2020年度國家出版基金資助項目

國家社會科學基金重大項目"民國話體文學批評文獻整理與研究"(15ZDB079)

現代(1912-1949)話體文學批評文獻叢刊

詞話卷

付優 編著

鳳凰出版社

圖書在版編目（ＣＩＰ）數據

現代（1912—1949）話體文學批評文獻叢刊. 詞話卷/黃霖主編；付優編著. -- 南京：鳳凰出版社，2020.12
ISBN 978-7-5506-3336-0

Ⅰ. ①現… Ⅱ. ①黃… ②付… Ⅲ. ①中國文學－現代文學－文學評論－叢刊②詞話(文學)－文學研究－中國－現代 Ⅳ. ①I206.6-55②I207.23

中國版本圖書館CIP數據核字(2020)第261061號

書　　　名	現代(1912—1949)話體文學批評文獻叢刊·詞話卷
主　　　編	黄　霖
編　　　著	付　優
責 任 編 輯	韓鳳冉
裝 幀 設 計	徐　慧
出 版 發 行	鳳凰出版社(原江蘇古籍出版社)
	發行部電話025-83223462
出版社地址	江蘇省南京市中央路165號,郵編:210009
出版社網址	http://www.fhcbs.com
照　　　排	南京凱建文化發展有限公司
印　　　刷	南京新世紀聯盟印務有限公司
	江蘇省南京市建鄴區南湖路27號春曉大廈5樓,郵編:210017
開　　　本	880毫米×1230毫米　1/32
印　　　張	24.25
字　　　數	648千字
版　　　次	2020年12月第1版
印　　　次	2020年12月第1次印刷
標 準 書 號	ISBN 978-7-5506-3336-0
定　　　價	148.00圓
	(本書凡印裝錯誤可向承印廠調換,電話:025-68566588)

總　序

黄　霖

在中國傳統的文學理論批評中，有一類"話體"之作。所謂"話體"①，就是如詩話、詞話、文話、曲話、小説話一類形式獨特、自成一體的文學批評著作。話體文學批評的基本特徵，就是既有別於傳統文學批評中諸如序跋、評點、書信、論詩詩、曲譜、詞譜、單篇文章等其他文體，也有別於現代有系統、成體系的文學論著，其主要表現形態爲筆記體、隨筆型、漫談式，凡論理、録事、品人、志傳、説法、評書、考索、摘句等均或用之，其題名除直接綴以"話"字之外，到現代就往往用"説"、"談"、"記"、"叢談"、"閑談"、"筆談"、"枝談"、"瑣談"、"談叢"、"隨筆"、"漫筆"、"卮言"、"閑評"、"漫評"、"雜考"、"札記"、"管見"、"拾雋"等多種名目，也給人以一種"散"的感覺。

這樣的一類文學批評論著，在現代新派文人眼裏就覺得在形

---

①　文學批評著作中有"話體"之稱，始於宋代歐陽修的《六一詩話》。話，即故事。此書主要是記述了一些與詩相關的故事，"以資閑談"，故《四庫全書總目提要》概括其主要特徵是"體兼説部"。之後，在宋代迅速興起撰寫詩話的熱潮，内容與形式也隨之多樣化起來，往往兼及詩法、詩論，乃至考證、辨訛之類。考慮到現代期間正宗的"體兼説部"的"詩話"實際上已爲數不多，更何況古代的詩話、詩論、詩評、詩法、詩式在表現形式上還是存在着一些共同的特點。因此，我們尊重長期以來約定俗成的對於"詩話"的認識，將隨筆散評型的詩品、詩評、詩論、詩法、詩格等各類成編（篇）的詩學著述統統歸之於"詩話"之中。其他文類如文話、詞話、劇話、小説話等也同其例，統稱爲"話體文學批評"。

式上鷄零狗碎,没有條理,不成體統,在内容上又多是關注舊的一套,是典型的"舊文學"的代表,屬於"死"去或即將"死"去的東西,因而長期以來,它們被忽視,被鄙視,被歪曲,被遮蔽,在現代文學史與批評史中最多作爲主流的對立面而被偶爾帶及而已。如今,打開塵封,正視歷史,覺得這些話體之作是有舊有新,亦舊亦新,去整理它們、研究它們是正當其時,很有必要。

這是因爲整理與研究現代話體文學批評,可以完整地展示長期被遮蔽的現代文學批評的重要一翼,否則,一部現代文學批評史至少是不完整的,甚至是畸形的。

這一點本來是小學生也可以理解的。但實際上,時至今日,還是有不少大學者會認爲,現代文學史就是寫"新文學"的文學史,現代文學批評史就是寫現代"新文學家"的批評史。在他們看來,"舊派"的,或者是"舊體"的文學理論與批評都是落後的、正在死亡的、毫無意義的。這種意見的代表作,要數茅盾在1922年發表的《"文學批評"管見》。他説:"中國一向没有正式的什麽文學批評論。有的幾部大書如《詩品》《文心雕龍》之類,其實不是文學批評論,只是詩賦詞贊等文體的主觀定義罷了。"像《文心雕龍》這樣的文論傑作,國外的學者也認爲,相比之下可使"亞里斯多德的《詩學》、賀拉斯的《詩藝》等西方古代文藝批評或文學理論著作頓時黯然失色"①,而在茅盾眼裏却被看得如此無足輕重,現代的一些話體批評當然更一文不值,應該"死"去了。更令人不能接受的是,茅盾在同一篇不到一千字的短文中又説,文學批評本來並不高深,"批評一篇作品,不過是一個心地直率的讀者喊出他從某作品所得的印象而已,算不了什麽大事"。想不到這種"算不了什麽大事"的事,在他心目中,我們的祖先竟都不會做,都是那麽的無能。正是在這種偏見與武斷的基礎上,他説:"所以我們現在講文學批評,無非是

---

① [日]興膳宏(京都大學名譽教授、日本學士院終身院士):《日本對〈文心雕龍〉的接受和研究》,《興膳宏〈文心雕龍〉論文集》,齊魯書社1984年版。

把西洋人的學說搬過來,向民衆宣傳。"①這種認識顯然是十分片面的。可悲的是,當時如此認識的不只是茅盾一個人,而是一批人。正如唐弢主編的《中國現代文學史》所説的:"當時的倡導者對於自己民族的古典文學大多采取輕視甚至一概否定的態度,而把人們的視綫完全引向西方。"更令人可嘆的是,不但當時有這樣一批人,就是到現在還是有那樣一批人抱着這樣的態度。

這裏我們姑且不論如《詩品》《文心雕龍》那樣的傳統文論的經典如何,就説現代期間的"舊派"或如話體一類"舊體"的文論著作,果真都是"死"的或應該"死"的嗎? 事實顯然不是這樣。我們不可否認,在現代期間的話體文學批評的作者隊伍中,是有一些守舊的遺老,始終裹足不前,死守着傳統的批評路數以不變應萬變,但其主流,不少人是從"戊戌"、"辛亥"、"五四"、"抗日"一路走來,都曾經積極地參與社會實踐,捲入過時代的大潮,甚至有的還搏鬥在大潮的前列,也有的是在國内接受過新式的教育或擁有出國留學的經歷,還有的在家中從報章雜誌、流行書籍中無聲無息地呼吸着從歐美刮到東土來的一些新鮮的空氣,這都在使這批話體作者的思想觀念、知識結構與傳統的士大夫有所區别,在他們所寫的話體文學批評中或多或少地流露了一些新的、活的氣息。較早的,即便如陳衍《石遺室詩話》、王逸堂《今傳是樓詩話》等一些公認爲傳統的話體作品也常常關注到一些出使海外的詩人的紀游詩作,接觸了聲光電化等現代科技文明,引入了一些代表西方精神文明的"民約"、"自由"、"民主"、"共和"等等新詞語,乃至露出了文學獨立與寫人生、寫現實的理論傾向。後來不少話體作品也在逐步使用西方傳來的詩學術語,如美感、美學、具體、抽象、理性、文學、人格、現實、主觀、客觀、象徵、浪漫、口語化、大衆化、科學化、想象力、表現力、創造性等等。這種新變還進一步體現在話體作家的思維方式也在不斷變化,不再一味執著於重直覺的思維慣性,就是話體本身,也逐步趨向條理化、系統化。這些都可以説是中國傳統的話體

---

① 《小説月報》1922 年第 13 卷第 8 期。

作品在新變,不能簡單地用一個"舊"字來將他們矮化、醜化。他們的這種變,與"新文學"家們不同的,只是在新變中特別自覺地堅守着傳統罷了。當然,反過來看,有的"新文學"家,甚至是認爲與"舊文學"不能"調和"而只有"鬥爭"的"新文學"家,也會不自覺地運用傳統的話體批評舊形式,寫起面向新時代、批評"新文學"的話體批評著作,如朱自清寫有《新詩雜話》,朱光潛寫有《詩論》,任鈞寫有《新詩話》,等等。事實證明,屬於"舊體"的話體批評,新文學家們也是用它來裝新酒的。話體批評不論在"舊派文人"那裏,還是在"新派作家"那裏,都没有死去。不但没有死去,而且還相當地活躍。今天,假如要寫一部如當初王瑶、劉綬松先生那樣命名爲"中國新文學史"的 1912 到 1949 年間的文學史著的話,眼睛只盯着一批所謂新文學家也未嘗不可,但假如說要寫一部名爲"現代"或"民國"(1912—1949)的文學批評史的話,你就必須關注到現代文學與文學批評中的"新"與"舊"、中與西的兩個方面,更不要說這種"新"與"舊"的劃分本身就存在着這樣那樣的問題。今天,我們要科學地、全面地研究與總結中國現代文學史與批評史,必須從數典忘祖、蔑視傳統、過度崇洋、無視當下的歷史慣性中解放出來,客觀、平允地認識現代歷史發展中"新文學"與"舊文學"矛盾統一的兩個方面,寫出一部完整的現代文學史與批評史。

同時,整理與研究現代話體文學批評,可以使我們認識到這些論者曾經爲研究與承續中國文論傳統作出的努力,同當時的"舊體"文學創作一起,爲我國的文學傳統不至於完全斷裂而徹底西化,作出了重要貢獻。

現代時期的話體文學批評十分繁榮,其文體之全面,數量之豐富,都是可以使話體之作最繁富的清代也瞠乎其後的。這是在當時主流之外,頂着潮流,注重傳統、承續傳統的重要的方面軍(另一大方面軍是教學)。就是這些話體批評,不但使我國傳統文論的範疇,如神、氣、格、韻、味、體、調、法、情、理、趣、真、清、麗、奇、幻、意象、境界、正變、形神、本色、結構、詩眼、活法等等仍然生生不息,而且在總結傳統文學的歷史與理論上不斷地作出新的成績。比如陳衍在《石遺室詩話》中總結"唐、宋詩之爭"的問題時提出的"三元說"及後來沈曾植接着提出的"三關說",都是在總結歷史的過程中,提倡"走變通之路,采兼容之法",關係到詩學及其相關聯的文化存亡問題,包含着陳衍深沉的社會關懷和人文精神。之後,有一批話體著作循着這條路,在梳理漢魏六朝詩、唐詩、宋詩的演變脉絡,建構詩史的過程中兼容貫通,時有新見,成績斐然。比如,作爲現代的學人,如何總結與評價清代的文學流變是擺在他們面前的一個重要的任務。1916年姚鵷雛的《赭玉尺樓詩話》論清代的詩説:"清一代詩,綜言之凡三世。初入關,漢文士以牧齋爲之領袖,而漁洋、竹垞、愚山、荔裳、海珊、石榖原諸家競起,一以初盛唐爲宗,清俊平厚。漁洋出以神韻,遂蔚爲大家,海内宗風,以沈歸愚爲之殿,此一世也。袁簡齋以駘蕩輕雋之才,矯爲白香山、陸放翁,以藥宗初盛唐枵響之弊。於時,漁洋之説過拘,海内稍稍厭苦之,一時遂靡然從風。他若甌北、心餘、船山之倫,庶歸此派。其間能者固多,而失之浮薄,名世不朽者少矣。外此別派,樊榭以生澀僻冷一種興於浙,稚存以高亢邁往一種興於吴,卓犖可傳,而從風者少;道咸之間,此事稍稍衰歇矣。獨定庵龔氏璀璨環瑋、沉雄綿麗,實爲一時之傑。乃其時詩後百年而始大昌於今日,亦有數存焉。同光而後,北宋之説昌,健者多爲閩士,如海藏、石遺、聽水諸家,以及義寧陳散原,其人生平可以弗論,獨論其詩,則不失爲一代作者矣。"①短短數語,將有清一代的詩歌的流變略分爲"三世",脉絡清楚,自有見地。再如關注詩話本身的問題,也是現代詩話的一個特色。過去的詩話,很少論到詩話本身。至清代,也只有吴騫的《拜經樓詩話》、潘德輿的《養一齋詩話》及章學誠的《文史通義》等少數作品顧及。而至現代,論史的意識加强了,不少詩話就注意對詩話本身進行總結與批評。如莊蔚心的《細雨梅花館談屑》(1919)就以近人之眼光對古代詩話進行了分類與總結:"詩話作者古今多矣,總觀其體,各有不同,約分之可别爲四類。一曰:品評類。專品評

---

① 《赭玉尺樓詩話》,《現代日報》1916年1月26日。

前人之作好惡優劣,逞一己之思想,而左右高下之,鍾嶸之《詩品》是也。二曰:描摹類。乃形容詩之形貌性格,須淋漓盡致,惟妙惟肖,司空圖之《二十四詩品》是也。三曰:立論類。爲論述詩之源流及做法,嚴羽之《滄浪詩話》以禪喻詩是也。四曰:表揚類。記載詩人名句名篇,蓋遁迹山林隱居鄉里,往往詩工而名不彰,或名著而詩不多,得附驥尾,聲價十倍,袁枚之《隨園詩話》是也。以上四者體格雖殊,然均爲詩學流傳之命脉,如山川草木,各不相關,而其點綴天地風景之功,實不可少一也。"①針對當時一些文人在市場利益的驅動下,急功近利,粗製濫造詩話的不良現象,不少詩話提出了尖銳的批評。如方廷楷《習静齋詩話》(1913)總結詩話之弊説:"詩話之作,其弊有五:一則無識,二則偏見,三則好奇,四則濫收,五則徇情。去此五者,方不負詩話之作。"《哲廬談詩》(1919)也批評近代文人"録古人詩數首,前後略加三四語,篇幅殊長,曰:是詩話也"②。王無爲撰《荒唐詩話》,更是痛批當時一些"僅識之無者"即處處作詩話,又寫得如"親家母裹足布,又臭又長"。他乾脆把近代詩話分爲狗派(描摹不似,畫虎類狗)、鬼派(競炫奇巧,弄巧成拙)、誨淫派(搜羅濃艷,以私誨人)、臭味派(不辨聲色,俚俗不堪)、狐媚派(歌功頌德,諂詞媚語)、窮酸派(一團糟醬,發泄窮酸)等六大派,語辭戲謔又辛辣,然確有見地,對話體文學批評的健康發展不啻是一劑良藥③。其他如詞話中對於詞體、詞源、詞譜、詞律,乃至虛字、俗字、叠字、去聲字的用法的論辯與探討;文話中關於文章意境、識度、氣勢、聲調、筋脉、風趣、情韻、神味的追求;劇話從編劇原則到伶人素質、表演技巧、導演水平、舞臺布置、觀衆心理、戲曲盛衰等有關"戲學"的瑣談;小説話對於小説的新的分類、強調小説的"興味"性、"美術"性與語言的通俗性、藝術形象的"代表主義"等

---

① 《細雨梅花館談屑》,《振勝日報》1919年4月10日。
② 《習静齋詩話》,《小説海》1916年第3卷第7號。
③ 《荒唐詩話》,《中華新報》1917年2月17日。此處引文參見李德强博士學位論文《1873—1919年近代報刊詩話研究》,復旦大學,2011年。

等,都無不有裨於正確認識傳統文論與文學。再加上這些話體文學批評的作者大都從事高校的教學與大衆媒體的工作,這無疑對於傳統文論與文學的傳承與光大起了推動的作用。因此,現代話體文學批評儘管長期消隱匿迹於主流的話語之中,却實際流淌在中國文論史的滚滚長河之内,默默地灌溉着大江南北、長城内外,對傳統文學與文論的承續、發揚功不可没。

第三,現代話體文學批評的整理與研究,將更好地揭示中國現代文論與文學演變的一條規律,即只有在中西融會、古今貫通、新舊共濟的大道上,排除左右干擾,纔能不斷地獲得新生,但這種求新求變的道路是不平坦的。

如前所述,即使是現代一批所謂"舊派"的話體作者與作品,也是在不斷地呼吸着新鮮的空氣,在不斷地新變。與此不同的是,在現代的詩話中另有一些借鑒西洋的理論觀念,用中國傳統的話體形式來寫就的詩話,如朱光潛的《詩論》就成功地運用了西方的現代心理學、美學理論來點評中國古代的詩詞以及新詩、西洋詩。而任鈞《新詩話》、戴望舒《望舒詩論》等等,則完全是用新的理念來品評新詩,但其形式則與傳統的話體相差無幾。這是另一種模式的中與西的融合。在中西兼顧、新舊交融的道路上,齊如山所走的路是值得注意的。他早年去西方觀摩了話劇,强調中國的京劇要吸取話劇的寫實元素,嚴厲地批評國劇的失"真"之病,寫過《説戲》《觀劇建言》等作品,致力於"略言歐美情形,兼道吾華舊弊"(《説戲》)。但是,齊如山以西洋話劇之長攻中國戲曲之短,目的並非是要打倒國劇,而是要改良中國戲曲。這正如他在《説戲》最後所説的:"鄙人這一套話,仿佛盡擡舉外國、毀謗中國的意思。其實不然,外國有外國的好處,中國有中國的好處。人自己總應該常想自己的短處,想出來好改。"正因爲齊如山當時"反對國劇"是旨在引進西方話劇的長處以改良戲曲,所以得到了中國戲曲界的熱烈歡迎。他晚年回憶説,在一次所有戲界人員都參加的"正樂育化會"的年會上,他演講了三個鐘點,"大致説的都是反對國劇的話,先説的是國劇一切太簡單,又把西洋戲的服裝、佈景、燈光、化妝術等等,大略都說了,沒想到說的雖然都是反對舊戲的話,而大家却非常歡迎"。譚鑫培對他說:"聽您這些話,我們應該都愧死。"事後譚的妻弟私下告訴齊說:"譚老闆一輩子沒說過服人的話,今天跟您這是頭一句。"①可見他努力引進西方話劇的藝術精華來改良中國傳統戲曲的正確性。這次講演的内容,後經整理出版,即爲齊如山的第一本劇話論著《説戲》。與此同時,他也認真研究、總結和發揚中華民族傳統戲劇藝術的精華。他在民國初年開始研究國劇時,就遍翻了古代有關戲劇論著,而最爲難能可貴的是,他還虛心、廣泛地向戲劇界的演員、樂手、劇務們求教,因而對戲曲的歌唱、舞蹈、音樂、化妝、道具等都有透徹的瞭解。在這基礎上,他對中國"國劇的原理"作了一些很好的總結。如他說的"無聲不歌,無動不舞",以及中國戲曲的特徵是"美術化",也即具有虛擬性和寫意性等等,都很有價值。1931年,與梅蘭芳、余叔岩等以改進舊劇爲宗旨,組成北平國劇學會,編輯出版了一些戲劇雜誌,搜集展出了許多珍貴的戲曲資料,還成立國劇傳習所,培養了不少人才。正是在中與西、新與舊相結合的基礎上,他幫助、引導梅蘭芳的表演藝術趨向成熟,走向世界。梅蘭芳後來說:"我這十幾年,一切事情都是靠齊如山。"齊、梅的密切配合,就是我國近現代戲曲史上理論與實踐、中與西、新與舊結合的典範,成爲當時戲曲改良的一面旗幟。

　　現代時期的話體文學批評,就這樣既承繼了歷代詩話的傳統特徵,又漸漸地在發生變化,開始轉型,諸多話體批評無論在外在的書寫形式上還是内在的理論觀念、思維方式上,都或多或少地吸取了西學的因素,中與西,古與今,新與舊,都不是二元對立的,而是在默默中交融互補,相生互動。當時的話體作者就認識到了中西融會、古今貫通的必要性與可能性。如范罕《蝸牛舍説詩新語》説:"今之學者,非一概抹殺以爲新,即一味頑守以爲舊,詩其一也。其實學術文藝,世界之公物,各以國語揚其波,助其流,無一日之停息。新者不必用拾人之所吐棄,舊者亦須慎圖其新。若捨己之所

---

① 《齊如山自述》,安徽文藝出版社2014年版,第72頁。

有,而反令他人代有之、代鼓吹之,可耻孰甚焉。"①曼昭《南社詩話》也説:"中西舊體詩歌的差別在於歐詩抒情淋漓盡致,中國舊體詩則追求一種韻外之致。應該將舊體詩追求'言外之意'的作詩方法移植新詩。""新舊兩體不妨並行,出此言,並非折衷之語,只是觀詩之歷史觀應是如此。"②另如蔣善國在《我的新舊文學觀》中談"調和"兩派時也説:"新派當研究新的,同舊的相合,以求新的;舊派當研究舊的,同新的相合,以求新的——是並立的,是互相幫助的,是一派也不可少的。有人説將來必有一派消滅,這話我是實在不敢信。"他還説:"新舊文學都是求新的,但是這個'新'字,求好了是進步,如求的不好,那就變成急進,由急進就漸漸的變成破壞。"③

但是,這種意見並不與當時的主流話語相合。開始時白話詩與舊體詩的爭論比較激烈,但後來不少新文學的旗手也好舊詩,所以矛盾漸趨平緩,而在小説、戲劇領域内的分歧還比較大(詞因本身幾乎没有新詞,故没有掀起多大的新舊之爭的波瀾),爭論相當激烈。且不説現代期間不分青紅皂白地否定舊戲的高調一直較響,所以呼籲新舊戲劇交融的聲音常常被淹没。在小説方面,當時的主流話語更是主張全盤西化,而肯定中國古代小説的價值,力主走中西融合、新舊共濟道路的往往是一批舊體小説話的作者。如靈蛇在1922年的《小説雜談》中呼籲"新""舊"兩派"和衷共濟",説:"所以我很希望舊體小説家,也要稍依潮流,改革一下子;新體小説家,也不要對於不用新標點的小説,一味排斥。大家和衷共濟,商榷商榷,倒是藝術上可以放些光明的機會啊。"④這些意見談得多好啊!可惜的是,在中國現代文學史上,"新""舊"小説家始終

---

① 范罕《蝸牛舍説詩新語》,見《現代詩話叢編》第二卷,上海書店出版社2002年版,第570—571頁。
② 曼昭《南社詩話》,見《南社詩話兩種》,中國人民大學出版社1997年版,第74、75頁。
③ 蔣善國《我的新舊文學觀》,《東方雜誌》第17卷,第8號。
④ 《星期》1922年第18期。

未能將"和衷共濟"形成主流。1921年局外人黄厚生寫了一篇《調和新舊文學譚》給"新派"的《文學旬刊》,馬上遭到了編者的徹底否定,寫文章名曰"新舊文學果可調和麽?"明確表示"非常的反對""調和","所能做的只是""極力攻擊"①。以後占着主導地位的一方,始終擎着新的旗幟,"勇往直前,頭也不回"。"舊派"小說家儘管也出了不少優秀的作品,但長期被主流輿論壓抑在邊緣綫上。從中可見,在現代時期,真正要走中西融會、古今貫通、新舊共濟的道路是十分艱難的。

  當時走這條路之所以艱難,主要還因爲這不是孤立的個別的文學問題的爭論,而是關係到一時整個思想文化的走向,關係到鴉片戰爭以來一批批知識精英在尋求救國之路的過程中,不知不覺地生成了一種頑固的民族自卑心理,一步一步地形成了一種"只要西方的,就是新的、先進的;凡是我國傳統的,就是舊的、落後的"思維定式。鴉片戰爭時,在列强的侵逼下,看到人家船堅炮利,殺氣騰騰,魏源說要"師夷長技以制夷",提出了一個學習西方以振興中國、克敵制勝的問題。但這時還認爲堂堂天朝大國,不如人家的"長技"只是一些兵艦火炮而已。於是造船買炮,開礦辦廠,忙了一陣洋務,結果甲午一戰,還是一敗涂地。這樣,一批精英就覺得問題還不在於"技",而根本在於"體",即政體的問題。於是就有了維新運動,有了辛亥革命,希望學習西方,結束封建專制,實現民主立憲或建立共和政體。結果,清王朝推翻了,皇帝換了總統,有了總理,有了議會,有了法院,學了西方,换了政體,國家還是貧窮落後,社會還是一片混亂,還是受人欺凌。在這過程中,一批精英就覺得癥結還在於包括文學在內的我國以儒學爲中心的傳統思想文化都是陳腐的,必須徹底拋棄。此時,文學界的革命就應時而起。不過,梁啓超們倡導的文學革命,主要還是着眼在内容與語言方面借鏡西方,還是承認傳統的"古風格"與舊形式。而從1917年開始的"文學革命",不但進一步要革傳統文學內容與語言的命,而且也要

---

① 《文學旬刊》1921年6月30日。

徹底革傳統文學形式的命；不但局限在革文學的命，而且明確地要革整個以儒家思想爲中心的中國傳統思想文化的命。其中一些激進分子，更是認爲中國的傳統，乃至整個"國民性"都一無是處，只有"把西洋人的學說搬過來"，在全盤西化中獲得鳳凰涅槃，民族再生。這樣的一種救國藥方，通過一批批高人雅士接二連三地大聲疾呼，順應了國人企求救國自強的急切心理，終於形成了一股不可小覷的自毀民族傳統的滾滾潮流。當然，面對着這股潮流，還是有一批真正的民族脊梁，奮起爭辯，呼籲要正確地對待古與今、中與西、新與舊的問題。但這樣的聲音顯然不足以砥中流，挽狂瀾。更何況當時的國家支離破碎，在那樣的大環境下，要重振民族自信，大張旗鼓地宣傳與發揚民族傳統的優秀精神，事實上是困難重重的。如今，我們換了人間，重振民族自信心，正當其時。在這樣的大環境中整理與研究現代時期的話體文學批評，反思歷史，就能更加清醒地認識到，走中西融會、古今貫通、新舊共濟道路的必要性，同時也使我們更加清醒地認識到，真正能做到堅持立足本土、以中化西的原則，去建設當代科學的文論體系，並不是一件十分輕鬆的事。

　　以上着重在理論上談了現代話體文學批評在中國文論史及文學史上的價值，除此之外，它們在文獻上對保存現代時期文學的原生態狀況也具有重要的價值。各體文學與文論作品的評介、作家的狀況、作品的傳播、讀者的反映、問題的論爭、思潮的起伏，乃至戲劇作品的演出、編導、劇場等等種種有關文學的情況，在這裏都保存着豐富的原始的資料。它們也從一個方面反映了中國社會從辛亥革命，到反袁鬥爭、五四運動、北伐戰爭、抗日戰爭，直到解放戰爭的艱難歷程與人心向背。在文化上，凡與文學相關的教育、出版、新聞、娛樂等事業的進退興衰，士人心理的微妙變化等等，都與這些話體之作密切相關。它們實際上是現代社會文化的百科全書，具有多方面的文獻價值與研究價值，我們應該予以重視。

目　録

總　序 ·· 黃　霖 1

凡　例 ·· 1

綰春樓詞話 ·· 楊全蔭 1
閨秀詞話 ·· 佚　名 9
舊時月色齋詞譚 ··· 倦　鶴 22
學詞隨筆 ·· 鶼　雛 43
倚琴樓詞話 ·· 周　焯 45
鏡臺詞話 ·· 病　倩 53
適齋詞話 ·· 摩　翰 57
香艷詞話 ·· 無　悶 62
梅魂菊影室詞話 ··· 王蘊章 68
竹雨綠窗詞話 ··· 碧　痕 94
紅藕花館詞話 ··· 哲　盧 114
雙鳳閣詞話 ·· 朱鴛雛 123
裛香簃詞話 ·· 龐樹柏 144
中華編譯社論詞三種 ············ 吳東國　劉哲廬　易實甫 152
蕊軒詞話 ·· 絳　珠 157
天問廬詞話 ·· 舍　我 158
習靜齋詞話 ·· 仙源瘦坡山人 162
病倩詞話 ·· 陳巢南 175

· 1 ·

悃簃詞話	聞野鶴 181
先施樂園日報詞話七種	史別抱等 210
詞話	陳　陳 226
冰簃詞話	秋　雪 228
心陶閣詞話	沛　功 233
紅葉山房詞話	霜　蟬 237
詞話	佚　名 244
詞論	野　鶴 245
雙十書屋詞話	忍　庵 249
卧廬詞話	周曾錦 251
心齋詞話	沈生今 260
詞話	佚　名 261
香艷詞話	姚賡夔 262
海棠香夢館詞話	朱婉貞 263
啼紅閣詞話	沈瘦碧 264
説詞	李萬育 266
天韻報詞話四種	胡鳳聲等 270
雙梅花龕詞話	鄭周壽梅 274
學詞大意	傅君劍 276
朱劍芒詞話四種	朱劍芒 281
新新日報詞話兩種	何庸鼠等 293
一葦軒詞話	劉德成 296
詞讕	宣雨蒼 298
詞説	蔣兆蘭 311
長興詞話	溫　匋 319
屯田詞話	關仲濠 324
詞學研究之一得	微 332
讀紅館詞話	次　檀 335
柳溪詞話	仲　堅 339
聽歌詞話	紫蘭主人 342

目 錄

秋蘋詞話	蘋 子	344
錢塘詞話	耐寒後人	346
憶紅館詞話	鴛 湖	348
怡稼詞話	翁麟聲	350
讀詞星語	蕭滌非	408
還讀軒詞話	朱保雄	430
詞話	懺 吾	435
詞學大意	紹興壽璽石工父	436
讀詞小紀	張龍炎	456
酹月樓詞話	配 生	462
談詞	夢 蛈	466
覺園詞話	譚覺園	471
放屁詞話	詞 客	484
論詞話	謝之勃	490
韋齋雜説	易大厂	496
樱窗雜記	汪兆鏞	499
詞林新語	靈	501
聽鵑榭詞話	武酉山	503
孖樓詞話	林庚白	511
詞説	顧 名	519
芳菲菲堂詞話	畢幾庵	522
粵詞雅	潘飛聲	524
詞潘	蜀 丞	532
讀詞雜記	巴壺天	539
詞話	林瑞良	544
西溪詞話	星 舫	548
談詞	憾 廬	554
雜碎詞話	干 因	567
詩詞叢談	干 因	574
碧梧詞話	王桐齡	579

秋雲平室詞話	王西神	582
凝寒室詞話	徐興業	588
今人詞話	星 舫	590
讀詞雜記	楊易霖	592
近代詞人逸事	張爾田	598
詞論	張文宬	601
自然室詞話	馮 振	605
讀詞閒話	唐 弢	608
詞中叠字	丁 易	611
古今詞話	風 子	613
讀詞偶記	鴻	616
讀詞小箋	林花榭	619
閒話談詞	史幼雲	626
拼字的詞話	尤 子	628
影香詞話	佚 名	629
白荼齋説詞	松 如	632
談詞	何家炳	638
聆風簃詞話	黃秋嶽	641
蕉窗詞話	林 丁	647
詞話	老 韜	649
淡泊齋詞話	李冰人	650
星槎詞話	厲鼎熉	653
菊部詞話	莊蝶庵	665
詞話	石獅頭兒	666
懷人詞話	子 文	667
懷舊詞話	留 夷	670
漚盦詞話	漚 盦	674
詞話	靖 梅	692
碩父詞話三則	碩 父	694
讀詞隨筆	林書田	700

目　録

新詞話 …………………………………… 朱　衣 702
柯亭詞論 ………………………………… 蔡嵩雲 705
咏雪詞話 ………………………………… 錫　金 718
集成詞話 ………………………………… 厲鼎煃 723
雙白龕詞話 ……………………………… 蒙　庵 726
無庵説詞 ………………………………… 祝　南 735
詞林語絲 ………………………………… 紅豆軒主人 745
詞話與樂話 ……………………………… 衛　心 748
紉芳簃説詞 ……………………………… 陳蒙庵 751

凡 例

一、本編選錄撰寫並發表於現代（一九一二——一九四九）期間的詞話文獻。凡採用傳統筆記體、隨筆型、漫談式形態且獨成一篇（編）的著述均列於編錄範圍內，內容兼顧民國各時段論理、錄事、品人、評詞、志傳、考索等各類作品。

二、本編所收詞話，除直接以"詞話"命名的作品外，兼收以"説"、"談"、"記"、"閒評"、"劄記"等命名之作。不收錄詞譜、序跋、尺牘、評點、大綱、概論、講義、教材、論詞詞、填詞法、詞學史和課堂筆記，也不收錄後輩學者從前人文集中輯錄的詞話著作。

三、本編所收詞話，不包括現代（一九一二——一九四九）時期發表或出版的前代詞話著作，也不涵蓋以"詞話"題名，實係他體的作品。

四、本編所收詞話以文言爲主，兼收少量以"詞話"命名的白話論著，以便完整展現這一時期話體體裁的延展和衍變。

五、本編所列詞話，大致以初次發表時間先後爲序排列。同年作品，報載本排列在單行本前。單行本署名、小序等一律存真，概不刪改。報刊文章存錄原始署名，一般的誤字、衍文徑改。原文字跡難以辨認且無其他版本可參者，以"□"代之。

六、本編所錄詞話，早期的多無標點，即有斷句，也無分段；後期的雖有標點，也多不統一，今悉據新式標點加以整理。

七、本編所錄詞話，首述文本特徵、刊載情況，次述著者生平、背景材料，末論該詞話主要內容、文獻價值等。

八、朱祖謀、鄭叔問、況周頤、文廷式、沈曾植、龍榆生等大家所著之詞論,見於各類新出整理本者已多,本編不再採擷,悉從略。

九、民國詞話文獻浩如煙海,編者雖窮力考索,限於刊物和稿本存佚不一,終究難以一時搜盡,容後再續,若有遺漏、錯訛之處,祈學界彥達補增闕略,析疑匡謬。

綰春樓詞話

楊全蔭 撰

載於一九一二年《婦女時報》第七期,作者署名"畢楊全蔭"。原文前有小序云"壬子清明後三日芬若自記",可知本文寫成於民國壬子年(一九一二)清明節後。作者楊全蔭,字芬若,生卒年不詳,江蘇常熟人,著有《綰春詞》《綰春樓詩話》《綰春樓詞話》,曾選清代閨秀詞九十五家二百三十一闋輯爲《綠窗紅淚詞》。其父楊圻(字雲史)爲近代著名詩人,著有《江山萬里樓詩詞鈔》。其母李道清爲李鴻章女孫,著有《飲露詞》。其夫畢振達(號幾庵)爲通俗小說家,著有《人間地獄》《芳菲菲堂詞話》等。王蘊章《然脂餘韻》卷三云:"《綰春詞》,楊芬若女史作,儀徵畢幾庵室也。幾庵選《銷魂詞》,以女史之作爲殿。鳳尾鸞心,自成馨逸。"

此詞話共十九則,主要評述清代閨秀孫碧梧、陳契、史景芝、葛玉貞、錢孟鈿、俞綵裳、孫汝蘭等人詞作。作者自言:"余於詞酷嗜《花間》,每有仿製,殊痛未似。"是以本文多選評閨怨相思之詞作,傾向於淒艷含蓄之詞風。該詞話對梁令嫺《藝蘅館詞選》評價極高,稱讚其爲"博視竹垞《詞綜》,而無其浩瀚;精視皋文《詞選》,而矯其嚴苛"。此外,本文較爲重視特殊體裁詞作,選評了五首回文體《菩薩蠻》、一首獨木橋體《百尺樓》。《滑稽時報》一九一五年第四期曾轉引本文"陽湖莊佩蓮"一則,雷縉輯《閨秀詞話》曾轉引三則。另,《小說新報》一九二一年第七卷第六、七期刊登《守誠齋詞話》,共十六則,前有小序,作者署名稚農,內容全抄自《綰春樓詞話》,唯順序微有不同。

春雨簾纖，薄寒料峭，小樓兀坐，意態寂寥。追憶昔日所讀諸閨秀詞集，清辭麗句，深印腦海，每不能去。際此多暇，一一寫出，編爲詞話，藉以排遣時日。拉雜錄之，不及刪潤，序述殊慚蕪陋，海內彥達，肯加匡謬，是全蔭所馨香企禱者也。壬子清明後三日，芬若自記。

余於詞酷嗜《花間》，每有仿製，殊痛未似。近讀仁和孫碧梧女史（雲鳳）所著《湘筠詞》，置之《花間集》中，直可亂楮葉矣。爲錄其《菩薩蠻》數闋。其一云："華堂宴罷笙歌歇，夜深香裊爐煙碧。酒醒小屏風，燭花相對紅。　玉釵金翠鈿，柳葉雙蛾淺。日午未成粧，繡裙雙鳳凰。"其二云："翠衾錦帳春寒夜，銀屏風細燈花謝。鴛枕夢難成，綠窗嘵曉鶯。　愁來天不管，鬢墜眉痕淺。燕子不還家，東風天一涯。"其三云："日長深柳黃鸝囀，繡牀風緊紅絲亂。微雨又殘春，落花深掩門。　高樓眉暗蹙，芳草依然綠。酒醒一燈昏，思多夢似真。"其四云："爐煙裊裊人初定，紗窗月上梨花影。春色自年年，故人山上山。　露寒風更急，此景還如昔。記得倚闌干，夜深人未眠。"其五云："小庭春去重簾下，東風一霎吹花謝。底事惜分飛，高樓啼子規。　舉頭還見月，脈脈傷行色。今夜莫教寒，有人羅袂單。"碧梧爲隨園女弟子，郭頻伽評其詞謂"寄意杳微，含情遠渺，髣髴飛卿、延巳之間"，殊非過譽。

碧梧女史小令單詞固絕似《花間》，長調亦殊有宋人意境。其《水龍吟·游絲》一闋，搖曳纏綿，極委宛之致。曼聲長吟，殊令人有意軟心銷之概。詞云："雨晴乍暖猶寒，清明時節閒庭院。飛花簾幕，輕煙池館，繡牀鍼線。曲曲迴腸，悠悠愁緒，隨伊縈轉。颺芳郊翠陌，流雲去水，渾無著，教誰管。　九十韶華過半。記南園，踏青歸晚。紅香影裏，綠陰疏處，飄揚近遠。搖漾吟魂，薈騰午夢，頓成春懶。但垂垂斜日，小闌人靜，晝長風軟。"

通州陳無垢女史契（其祖大科，仕清爲大司馬），幼適孫安石。安石家中落，以契無子，不相得，挈婢異居，契乃歸母家。久之，落髮事焚修，然不廢吟咏。晚而益貧，至併日以食，隱忍不以告人。病數月，起，覆水窗前，脫手墮樓死，人咸惜之。其境之衰有如此，事見《衆香詞》。女史有《菩薩蠻》，詞云：「今生浪擬來生約，從今悔却從前錯。腰帶細如絲，思君君不知。　五更風又雨，兩地儂和女。着意待新驢，莫如儂一般。」哀而不怨，怨而不怒，此之謂矣。讀者能勿爲之腸斷？

鄭蓮，字採蓮，爲新城陶響甫先生家侍婢，有春草詞，調寄《菩薩蠻》云：「春風二月江南路，春山如畫春光妒。綠幔捲高樓，黛痕眉上愁。　薄煙團幾里，拾翠人歸矣。又聽子規啼，如絲雨下時。」末二語含蘊無窮，得意內言外之旨。康成詩婢而後，僅見斯人。

王西樵先生士祿曰：「《菩薩蠻》迴文有二體，有首尾迴環者，如邱瓊山《秋思》、湯臨川《織錦》是也；有逐句轉換者，如蘇子瞻《閨思》、王元美《別思》是也。然逐句難於通首，近時惟丁藥園擅此體云云。」近讀《衆香詞》，蓉湖女子有《菩薩蠻・仿王修微迴文》一首，殊極其妙。詞云：「鏡開休學新粧靚，靚粧新學休開鏡。離別怕遲歸，歸遲怕別離。　綠痕螺黛促，促黛螺痕綠。千萬約來年，年來約萬千。」迴環一氣，情文相生，當不在丁藥園之「書寄待何如，如何待寄書」下也。（蓉湖女子，《衆香詞》謂其本名家，爲宦室婦，文才敏妙，篇什甚多，特以外君戒其吟咏，故不以姓字傳云云。）

又長洲沈散華女士纕《浣妙詞》中亦有迴文《菩薩蠻》。詞云：「墜華紅處顰眉翠，翠眉顰處紅華墜。春惜可憐人，人憐可惜春。　鬲窗疏雨急，急雨疏窗鬲。門掩便黃昏，黃昏便掩門。」又孫碧梧女士《湘筠詞》《菩薩蠻》迴文云：「小槏疏雨花飛曉，曉飛花雨疏槏小。寒峭覺衾單，單衾覺峭寒。　燕歸傷客遠，遠客傷歸燕。愁莫倚高樓，樓高倚莫愁。」又吳江沈宛君女士宜修《鸝吹詞》中迴文云：「古今流水愁南浦，浦南愁水流今古。清淺棹人行，行人棹淺清。　問誰憑去信，信去憑誰問。多恨怯裁歌，歌裁怯恨多。」又云：「曲闌憑遍看漪綠，綠漪看遍憑闌曲。流水去時愁，愁時去水流。　井梧疏葉冷，冷葉疏梧井。橫篆晚舟輕，輕舟晚篆橫。」諸作亦佳，因並錄之。

吳縣曹宜仙女史景芝，爲同邑陸元弟室，著《壽研山房詞》。有

《梅魂》一闋，調寄《綺羅香》，詞極悽咽，殆亦別有所悼邪。爲錄如下，詞云："院宇蕭條，美人何處，腸斷黃昏片月。誰吊芳妍，枝上數聲啼缺。依舊似、颶來邪，悄地共、華燈明滅。影亭亭、小立蒼苔，乍警清露更悽絕。　　東風輕颺似許，尋遍闌干袛有，半庭春雪。澹露空濛，誤却棲香胡蝶。但一縷、縈住湘雲，扶不起、珊珊瘦骨。還袛怕、玉篴吹殘，亂愁千萬叠。"

　　吳三桂迎滿清兵入關除李闖，說者謂三桂以闖據其愛姬陳圓圓，憤而出此。故吳梅邨祭酒《圓圓曲》有"衝冠一怒爲紅顏"之句。滿清主中夏幾三百年，其發端始於一圓圓？然則圓圓亦歷史上可紀之人物矣。圓圓著有《舞餘詞》，余僅見其小令二闋，因亟錄之，讀者知圓圓固不僅以貌勝也。《荷葉杯·有所思》云："自笑愁多歡少，癡了。底事倩傳杯，酒一巡時腸九回。推不開，推不開。"《轉應曲·送人南還》云："隄柳，隄柳，不繫東行馬首。空餘千縷秋霜，凝淚思君斷腸。腸斷，腸斷，又聽催歸聲喚。"（圓圓，武進人，名沅，亦字畹芬，事詳陸次雲所作《圓圓傳》。）

　　舊日閨中女兒，每值鳳仙花開，多擷花搥汁，染指甲上，紅斑深透，以爲美觀。年來女界昌明，群趨學校，指甲多剪去，以利操作。纖纖春葱，遒不獲見。而染指甲事，亦遂不復道。吳門葛秀英女史玉貞，有《醉花陰》詞一闋咏其事，錄之用志舊日紅閨雅事。詞云："曲闌鳳子花開後，搗入金盆瘦。銀甲暫教除，染上春纖，一夜深紅透。　　點絳輕濡籠翠袖，數亂相思豆。曉起試新妝，畫到眉灣，紅雨春山逗。"集詩難，集詞猶不易。以詞句有長短，詞均有平仄，一字一句，俱有譜律束縛，不容假借也。葛秀英女士《澹香樓詞》中有數闋，無縫天衣，殆同己出。爲錄其寄夫子之作三章。其一《憶王孫》云："畫堂深處麝煙微（顧敻），閒立風吹金縷衣（韓偓）。紅綃帶緩綠鬟低（白居易），落花飛（王勃），不見人歸見燕歸（崔魯）。"其二《虞美人》云："庭前芳樹朝朝改（李嶠），尚有餘芳在（韋莊）。年光背我去悠悠（沈叔安），恰似一江春水向東流（李後主）。　　此時欲別魂俱斷（韓偓），試取鴛鴦看（李遠）。不挑紅燼正含愁（鄭谷），別有一番滋味在心頭（李後主）。"其三《巫山一段雲》云："麗日催遲景（公乘億），羅幬坐晚風（趙嘏）。自盤金線繡真容（王建），翻疑夢裏逢（戴叔倫）。　　離恨卻如春草（李後主），滿地落花慵掃（李珣）。思量長自暗銷魂（韓偓），蛾眉向影顰（劉希夷）。"其贈雙妹兼以送別，調寄《生查子》云："桃花落臉紅（陳子良），困立攀花久（白居易）。垂柳拂粧臺（歐陽瑾），掬翠香盈袖（趙嘏）。　　不敢共相留（盧綸），去是黃昏後（韓偓）。欲去又依依（韋莊），幾日還攜手（韓偓）。"玉貞以如許清才，惜不永於壽，年十九便卒。造物忌才，於斯益信。

　　毗陵錢冠之（孟鈿）女史，爲錢維城女（維城官刑部尚書，清謐文敏），崔龍見室。賦性至孝，嘗剪臂療父疾。生平嗜龍門《史記》，研索殊有心得。旁通韻事，所著《浣青詩餘》，其小令余已選入《綠窗紅淚詞》矣。茲記其《楊花〈長亭慢〉》一闋，詠事殊極宛約，余謂有南宋詞人气息也。詞云："似花似雪渾無緒。過眼韶光，者般滋味。數點霏微，畫檐飄盡，向何許。斷腸堪寄，更莫向、章臺路。便折得長條，已不是、舊時眉嫵。　　遲暮。望天涯漠漠，忍見亂紅無數。池塘夢醒，倩鶯兒、喚他重訴。郤又被、曉風吹去。更淒冷、一天煙雨。算只有灞橋，幾曲綰愁千縷。"

　　外子幾庵客京邸時，在廠肆以百錢購得抄本詞一小册。才可廿餘翻，末數頁蠹蝕過半，漫漶不能卒讀，可辨識者約廿餘闋。字迹娟好，詞復淒艷，題名《卷繡詩餘》，不著姓名，書角有小印，審視爲"夢芙女史"，不知爲誰氏手筆。茲記其《浣溪沙》云："寒食清明奈怨何，傷春人已淚痕多，可堪春在病中過。　　徒有相思縈遠夢，了無情緒畫雙蛾，子規底事斷腸歌。"

　　德清俞繡孫女士綵裳，爲曲園先生女公子，適錢塘許佑身。所著《慧福樓詞》，多長調，頗有可誦語。爲錄一闋，以誌嘗鼎一臠之意，始信淵源家學，不同流俗也。其《長亭怨慢》云："正三月，落花飛絮。歲歲魂消，綠波南浦。剩有紅牋，斷腸留得斷腸句。一江春水，量不盡、情如許。欲別更徘徊，但淚眼、盈盈相覷。　　日暮。縱歸舟不遠，已抵萬重雲樹。無眠彊睡，怕孤負翠衾分與。想別後、獨自歸來，對羅帳，淒涼誰語。只兩地相思，挑盡一燈疏雨。"

(是闋原題注云：春暮隨家大人返吳下，静壹主人坐小舟送至城外，賦《南浦》一闋見贈。別後舟窗無事，因倚此調寄之云。）

又曲園先生孫女俞慶曾，字吉初，爲繡孫侄女。亦工詞，著《繡墨軒詞》。一門風雅，俞氏見之矣。其《浪淘沙》云："往事慣消魂，銀甲金尊。蛛絲應罩舊題痕。孤館簾垂鐙上早，疏雨江邨。夢裏暫溫存，祗欠分明。花陰燕子鑰重門。兩地酒醒香炧後，一樣黄昏。"《踏莎行·秋夜》云："秋露泠泠，秋風細細，秋蟲切切如私語。有人不寐倚秋鐙，銀屏疎影秋如水。　秋入愁腸，愁生秋際，秋聲聽徹無情緒。開帳獨自看秋星，秋河隱隱微波起。"《浣谿沙》云："惜别情懷幾度猜，熏籠閒倚漏聲殘，霜濃鴛瓦繡衾寒。　度曲怕拈紅豆子，送人記泊绿楊灣，消魂又是月初三。"《浪淘沙·七夕》云："羅襪縱情多，不解凌波。年年此夕問嫦娥。碧海青天明月裏，畢竟如何。　涼露濕金梭，風卷雲羅。相思細細訴黄姑。無賴天雞催曉處，寂寞銀河。"余謂吉初小令，清麗處遠出其姑母綵裳女史之上。

倚聲之道，自唐迄今，作者林立，專集選本，高可隱人。惟女史之以詞名者，論專集則有《漱玉》《斷腸》媲美兩宋；論選本，則千餘年來，僅見《藝蘅》而已。（藝蘅名令嫺，梁氏，粵之新會人，卓如先生女。）藝蘅選本，上溯唐五代，下迄有清。博視竹垞《詞綜》，而無其浩瀚；精視皋文《詞選》，而矯其嚴苛。繁簡斟酌，頗具苦心。藝蘅亦一詞壇之功臣與？

孫碧梧女史《湘筠館詞》中有《蘇幕遮》一闋，聲調雖胎息於范文正之"碧雲天，紅葉地"，而詞境則絶似晏小山，是《湘筠》集中佳構也。詞云："白蘋洲，黄葉渡，雲静秋空，人逐飛鴻去。目斷高樓天欲暮，遠水孤颸，衰草斜陽路。　漏聲沈，桐陰午。江闊山遙，有夢還難度。簾外霜寒風不住，明月蘆花，今夜知何處。"

魯山孫湘笙女史（汝蘭）《參香室詞》有《采蓮詞》，戲用獨木橋體，調寄《百尺樓》云："郎去采蓮花，儂去收蓮子。蓮子同心共一房，儂可如蓮子。　儂去采蓮花，郎去收蓮子。蓮子同房各一心，郎莫如蓮子。"淵淵古馨，樂府之遺響也。

余近有《綠窗紅淚詞》之輯，集有清一代閨秀之作，體仿《花間》，專收小令、中調，詞宗《飲水》，意取哀感頑艷，類多傷春怨別之辭，悉屏酬酢贈答之什。積時六月，共選詞凡九十五家，二百三十一首。書成，置案頭，自供吟諷而已。吾友唐素娟（英）見之，極加謬許，題二十字於冊端曰："無字不馨逸，無語不哀涼。一讀一擊節，一讀一斷腸。"朋儕聞之，多來索觀，頗有聳余印布者。然自鏡選例未精，未敢率付梓人也。

陽湖莊蓮佩女士盤珠，嫁同邑吳孝廉軾，年廿五便卒，著《秋水軒詞》一卷，多淒咽之音。如柳絮詞《蘇幕遮》云："早抽條，遲作絮，不見花開，衹見花飛處。繞砌縈簾剛欲住，打箇盤旋，又被風吹去。垯棠村，荒草渡。離却枝頭，總是傷心路。待趁殘春春不顧，葬爾空池，恨結萍無數。"淒惋幽咽，真傷心人別有懷抱矣。

先母合肥李夫人（自署道清，字味蘭），年未三十，便即仙去。生平極嗜倚聲，所作恒散置奩篋中，自謂殊不足存，每不加珍惜。辭世後，家大人檢點殘篇，爲刊《飲露詞》一卷，不及廿闋。嗚呼！吾母畢生心血，盡於此矣。每一展讀，涕爲琳琅。茲錄存九闋，用志吾哀。至先母詞之品高意遠，當世君子已有定評，吾不敢贅一辭也。《浣溪沙》云："小閣紅簫均未休，碧煙狼藉百花洲，春陰暗暗夢悠悠。　蝴蝶路迷芳草遠，黃鸝聲住水東流，古來誰得倩春留。"《浪淘沙・春閨》云："柳葉澹如煙，柳絮如綿。黃鶯紫燕共纏綿。一片飛花斜月裏，紅過秋千。　無語下珠簾，怕聽啼鵑。間愁振觸上眉尖。一曲琵琶渾不是，廿五冰弦。"《浣溪沙》云："春水悠悠澹遠空，無言閒立畫橋東，夕陽影裏落花中。　有恨門開千嶺綠，無情簾捲一庭紅，黃昏惆悵雨和風。"《青玉案・暮春》云："海棠澹白胭脂褪，更寂寞，無人問。九曲迴腸君莫訊。如今猜透，春愁離恨，總是詞人分。　博山一線春寒緊，侍女初將翠裘進，何處銷魂銷不盡。碧紗簾外，飛花成陣，又是黃昏近。"《更漏子・秋思》云："菡萏香，龍鬚冷，簾子風搖難定。還對鏡，更添衣，玉墀清漏稀。　畫樓近，天涯遠，夢裏醉半恩怨。無可奈，不堪尋，小庭秋雨深。"《菩薩蠻》云："博山香定爐煙直，薄妝閒坐西窗側。棋罷正思眠,畫屏春夜寒。　　玉埪苔蘇薄,花雨簾織落。春恨自闌珊,梨花半不開。"《相見歡》云:"畫長正自堪眠,雨簾纖。半是開花時候,落花天。　　春如夢,閒愁重,總堪憐。無奈去年今日,到今年。"《菩薩蠻》云:"蓮塘夜靜簫聲起,銀屏夢覺涼如水。玉臂捲湘簾,星河秋滿天。　　悠悠今夜怨,只有鴛鴦見。清影不分明,巧雲移月行。"

閨秀詞話

佚 名撰

載於一九一三年《時事匯報》第一期"文藝"欄。未署作者姓名。據詞話內容,作者可能系況周頤之親友。一九一五年《婦女雜誌》(上海)第一卷第一期刊發《閨秀詞話》,作者亦佚名,內容僅一則,抄撮陳其年《婦人集》"金沙王朗"條目。一九一八年《文藝雜誌》第十三期刊發雷瑨《閨秀詩話詞話》,僅一則,內容實爲雷瑨所輯同名著作的宣傳廣告。一九二五年,掃葉山房出版石印本雷瑨、雷瑊輯錄《閨秀詞話》,該書轉引一九一三年佚名作者報刊本內容三十三則。

佚名《閨秀詞話》共三十七則,前有小序一則,主要輯錄清代以來的閨秀詞作與逸事,其中彙輯晚清近代女詞人曾懿、徐自華、秋瑾等人詞作,記錄況周頤彙編《繪芳詞》等逸事,較具詞史價值。

女子才力薄弱,故工詩者少,而賦性幽婉,最近於詞。《斷腸》《漱玉》,卓然名家,雖逸才之士,莫能過之矣。有清一代,閨秀能詞者尤衆,搜羅彙集,不下數百家。平居多暇,時加點校,因從友人所請,日舉數首,輯爲詞話,且云當程督之,勿令以疏懶而中止也。

錢令芬字冰仙,會稽人,有《竹溪詞草》。記其《清平樂》云:"韶華如許,又聽黃鸝語。幾陣輕風兼細雨,多謝東君作主。　枝頭紅杏堪誇,酒帘到處橫斜。滿目青山綠水,不知春在誰家。"適丹徒戴少梅,戴亦能詞,惜未見也。

俞曲園先生次女繡孫，字綵裳，幼而明慧。曲園題其所居爲"慧福樓"，曰冀其福與慧兼也。性嗜詩，及歸武林許氏，又致力於詞。所作如《虞美人·寄仲蔭小姑》云："當時玉笛紅窗裏，不識愁滋味。無端一別各西東，負了闌干幾度、月明中。　年來折盡離亭柳，贏得人消瘦。雲山總是萬重遮，昨夜相思有夢、到天涯。"《如夢令》云："春色漸歸芳樹，愁思暗和疏雨。莫去倚闌干，簾外輕寒如許。無語。無語。誰識此時情緒。"皆清婉可誦。後以產卒。未卒前一月，盡焚其稿。曲園檢其舊藏，序而刻之，名《慧福樓幸草》，意取《論衡》所云："火燔野草，其所不燔，名曰幸草也。"凡詩七十五首，詞十五首。

吳清蕙，字佩湘，吳縣人，同郡彭南屏室，有《寫韻樓詞》行世。愛其《蝶戀花》云："自別蘇臺春色遠。萬縷千絲，那得重相見。絮影漫天飛歷亂，東風著意吹難轉。　玉井瓶沉音信斷。芳草多情，綠過長洲苑。明月曾窺當日面，畫梁空剩銜泥燕。"集中載戲作《念奴嬌》《一叢花》二首，疑爲調南屏挾伎泛舟之作。如《念奴嬌》云："緑波煙暖，記當時載酒，尋春勝處。七里香風佳麗地，有個蘭舟仙侶。"又云："羨他元白才華，評詩鬥酒，風月年年度。一闋新詞剛譜就，試遣雪兒歌舞。解佩情深，傳巾意密，韻事留佳句。"《一叢花》下闋云："尊前私語太匆匆，密意倩誰通。苎蘿訪得芳蹤後，早又是、煙月空濛。"其詞可見也。嘗讀《臨川夢》曲本，悼俞二姑事，謂女子多爲才所誤，因題《浣溪沙》云："玉茗詞章久擅名，紅牙閒譜牡丹亭，干卿何事太多情。　文士襟懷原磊落，女兒心性本幽貞，誤人端的是聰明。"

南海吳小荷亦有《寫韻樓詞》，與佩湘同姓，同以其樓名集，而才力不逮，所作少竟體完善者。惟邠州道中寄懷《南歌子》上闋云："暖護桃花蕊，寒飄燕子翎。東風吹夢似浮萍。且把一衾愁緒、伴啼鶯。"殊有清味。

唐人初爲詞，本由詩體流變，亦不甚分別也。如《憶江南》《花非花》《楊柳枝》等，詩詞並列其體。《竹枝》竟是七言絕句，後人亦以爲詞。予謂此類惟當辨其意境耳。或言閨閣小詩，多有類詞者，因舉錢塘章安貞《香奩》數首云："入簾晴雪暗殘缸，踏雪看梅故啓窗。徑滑不愁寒不惜，生憎蓮瓣印雙雙。"又"乞巧穿針事等閒，怪郎饒舌暈羞顏。問儂若也生天上，鵲駕銀河肯曉還。"又"郎似月圓儂鏡圓，鏡圓常定在郎前。月圓到處儂難管，知送清光阿那邊。"又"結習難除笑自家，金盆夜搗鳳仙花。玉纖染就羞郎見，翠袖擎杯一半遮。"

漱玉詞"香冷金猊，被翻紅浪，起來慵自梳頭"，第二句自來誤解。予案：四字亦隨人所用。《樂章集》云："酒力漸濃春思蕩，鴛鴦繡被翻紅浪。"《清真集》云："象床穩，鴛衾謾展，浪翻紅縐。"此狎暱之詞也。若辛稼軒云："被翻紅錦浪，酒滿玉壺冰。"取語雖同，而用意各別。易安此詞，本言蟄被而起，故紋叠波瀾。嘗見人手識其下云："香冷金猊爲何時，被翻紅浪爲何事。"顧猶暢然言之者。情之所感，男女同也。予辨曰："《禮》：'婦人不夜哭，嫌思人道。'易安空□寄遠，焉得思存媱褻，以受譏嘲乎？"近聞某氏女喜吟咏，偶襲此詞，其夫遂與之疏，可云陋矣。

文道羲《雲起軒詞鈔》有《長亭怨慢·和素君寄遠》一首，其下闋云："文園病也，更堪觸傷春情緒。便月痕、不上菱花，盡難忘、衣新人故。但乞取天憐，他日剪燈深語。"并附素君詞云："甚一片、愁煙夢雨。剛送春歸，又催人去。鷗外帆孤，東風吹淚墮南浦。畫廊携手，是那日、銷魂處。茜雪尚吹香，忍負了、嬌紅庭宇。　延佇。悵柳邊初月，又上一痕眉嫵。當初已錯認，道是、尋常離緒。念別來、葉葉羅衣，已減了香塵非故。恁短燭依篷，獨自擁衾愁語。"詳其往復，明爲男女相愛之辭。乃後見程子大《美人長壽盦集》中亦載此首，則攘爲己作，惟改"已錯"爲"見慣"，"離緒"爲"歌舞"，"羅衣"爲"春衣"，似反不逮原作，抑又何也。

婚姻嘉禮，以合兩姓之歡，而女子適人者，必流涕登車，蓋不如是，則人將笑之，非其情也。偶見仁和孫秀芬《洞仙歌》自述婚事云："畫堂銀燭，照氤氳瑞氣，吉日良時是誰筮。看門闌喜聚，冰上人來，人爭羨，兩座輜軒太史。曉妝雲鬢掠，玉鏡臺前，試點青螺暈眉翠，偷檢綵羅箱，絛脫雙金，循環意、袖中私繫。怪無語、人前鎮含羞。算祇有，菱花知儂心喜。"末語可謂曲盡隱微。又定情後作《菩薩蠻》云："沉沉漏箭催清曉，鴨爐猶賸餘香嫋。吹滅小銀燈，半窗斜月明。　繡衾金壓鳳，好夢教郎共。含笑語檀郎，何須更斷腸。"風流繾綣，令人意消。

通州范伯子先生，爲吳摯甫弟子，詩文與張季直、朱曼君齊名。時人稱爲"三鳳"。繼妻桐城姚倚雲，亦有清才，著《蘊素軒詩稿》，附伯子集以行。詞不多作，見其《好事近》一首云："供養水仙花，窈窕佩欹簪折。一片歲寒清思，共幽香雙絶。　碧天雲淨雪初消，又見風吹葉。人意鐘聲俱遠，有一輪冰月。"

宜興蔣萼工詩，早歲知名，老爲丹徒縣教諭，對客輒談故事及身所經歷，終日不倦。娶同邑儲嘯鳳，賢而早卒，每舉其所著《哦月樓詩餘》告人，且自嘆以爲弗及也。録其《一剪梅》云："旭日東昇上海棠，紅映雕梁，綠映瑤窗。曉妝才罷出蘭房，羅袂生香，錦襪生涼。　風送飛花處處颺，鷗唼迴塘，燕啄廻廊。流鶯也解惜春光，半學調簧，半勸飛觴。"又《惜分飛》云："簾幕深沉人靜悄，杜宇數聲喚了。夢醒紗窗曉，博山寶篆香猶裊。睡起凝妝渾覺早，窺鏡眉痕略掃。著意東風小，海棠一夜開多少。"

宋劉改之以《沁園春》詠美人指甲及美人足，體驗精微，一時傳誦。詞體本卑，雖纖巧，無傷也。後人紛紛效之，俱無足道。惟元邵復孺美人眉、目二首，差堪媲美耳。近讀錢塘女史孫蘭友《聽雨樓詞》，亦依其調詠指甲云："雲母裁成，春冰碾就，裹住葱尖。憶綠窗人靜，蘭湯悄試，銀屏風細，絳蠟輕彈。愛染仙葩，偶挑香粉，點上些兒玳瑁斑。支頤久，有一痕鉤影，斜印頤間。　摘花清露微沾。剖繡線、雙虹掛月邊。把霓裳悄拍，代他象板。藕絲自雪，摺個連環。未斷先愁，將修更惜，女伴燈前比並看。消魂處，向紫荊花上，故逗纖纖。"又詠後鬢云："青縷針長，靈犀梳小，妝成內家。正蘭膏試後，微黏繡領，紅絲繫處，低襯銀叉。背面丰神，鏡中側影，愛好工夫著意加。端詳久，要雙分燕尾，雅稱盤鴉。　春寒較重些些，被護耳、貂茸一半遮。甚羅巾風掩，輕籠頸玉，鬢雲醉舞，欲度頰霞。蟬翼玲瓏，鸞釵句惹，鬢畔斜承半墜花。香閨伴，問垂髫攏上,幾許年華。"此則現身說法,宜其工妙矣。

蘭友小詞時有瀟灑出塵之概,其《浣溪沙》云:"細雨和風灑竹扉,憑闌心逐濕雲歸,故山回首夢依依。　胃樹花疏蛛網密,翻書人瘦蠹魚肥,病深愁重易霑衣。"摘句如"月上珠簾和影卷",又"半夜秋聲千里夢,三年心事數行書",皆可喜也。

北方無四聲之辨,吟諷多乖音節。漁洋、秋谷,一時宗匠,而作近體詩,必依譜用字,嘗兢兢焉。詞律細入毫芒,故工者尤少。或舉新城陶夢琴詞相質,嘆此才正是非易,況閨閣中乎?因録《浣溪沙·秋夜》云:"銀漏聲沉篆半殘,幾回親自注沉檀,莫將纖指故輕彈。　怕向水精簾下立,今宵偏是十分寒,桐陰扶月上闌干。"《卜算子·舟行》云:"雲重壓篷低,沙積闌篙住。雨後山光緑不分,送入天邊去。　岸闊見長蘆,村遠惟疏樹。薄暮漁人泛艇歸,泊向荒煙渡。"

夢琴又有《菩薩蠻·和鄭響甫侍婢春草》詞一首云:"濛濛綠徧天涯路,青袍未免妨相妒。日落上西樓,閨中亦有愁。　長亭三十里,都是春光矣。牆外曉鶯啼,惱人惟此時。"婢名采蓮,其原作云:"春風二月江南路,春山如畫春光妒。綠幔卷高樓,黛痕眉上愁。　薄煙團幾里,拾翠人歸矣。又聽子規啼,如絲雨下時。"不謂康成詩婢猶有嗣音。

常熟歸佩珊夫人工詩詞,有女青蓮之目,龔定盦題其集云:"一代詞清,十年心折,閨閣無前古。"又云:"紅妝白也,逢人誇説親睹。"今觀其《聽雪詞》,凡二十首,清而不肆,疏而未密,非擅世之才也。至其和定盦《百字令》一首云:"萍蹤巧合,感知音得見,風前瓊樹。為語青青江上柳,好把蘭橈留住。奇氣拿雲,清談滚雪,懷抱空今古。緣深文字,青霞不隔泥土。　更羨國士無雙,名姝絕世,仙吕劉樊數。一面三生真有幸,不枉頻年羈旅。繡幕論心,玉臺問字,料理吾鄉去。海雲東起,十光五色爭睹。"氣甚充盈,而集中未載,然則世所流傳,固未得其全矣。

仁和陳嘉,字子淑,適同邑高望曾,貞静好禮,妙解文辭。咸豐庚申,遘洪楊之難,自杭州東渡錢塘,避居蕭山之桃源鄉。有《洞僊歌》述途中所見云："錢江東去，蕩一枝柔櫓。大好溪山快重睹。算全家、數口同上租船，凝眺處，隔岸峰青無數。　　桃源今尚在，黃髮垂髫，不識人間戰爭苦。即此是僊鄉，千百年來，看雞犬、桑麻如故。問何日扁舟賦歸歟，待掃盡欃槍，片帆重渡。"事定歸杭州，辛酉冬，復被圍城中，食且盡，嘉春粟進姑，自啗糠秕。城破，奉姑出奔，會大風雪，餓不能興，乃屬姑於妯娌而死。所著有《寫眉樓詞稿》，凡二十四首。佳者如《柳梢青・咏新柳》云："望裏魂銷。和煙和雨，綠徧亭皐。半拂征塵，半牽離恨，亂逐風飄。　　踏青纔過花朝。聽一路、鶯聲畫橋。淺蹙顰眉，微開倦眼，低舞纖腰。"《踏莎行・花朝》云："芳草侵階，落花辭樹。韶光一半隨流去。杏餳門巷又清明，踏青試約鄰家女。　　旅燕初歸，流鶯欲語。垂楊綠徧閒庭宇。二分春色一分陰，一分不定晴和雨。"《如夢令・春盡日聞杜宇》云："試問春歸何處，幾度欲留不住。樓上子規啼，似向東風説與。歸去。歸去。滿院落紅如雨。"逸樓嘗謂其人足傳其詞，其詞亦足傳其人，信然。

　　義寧陳彥通以一詞見示，云其鄉某女子所作。芬芳秀逸，致可誦也。調《木蘭花慢》云："甚菱花瘦了，漸秋信，到闌干。正羅帕新愁，香篝舊病，夜雨江南。無端。歲華誤盡，問西風、何事獨盤桓。無奈尊前意緒，醉餘翻怯輕寒。　　情難。對影休看。堤外柳，又摧殘。悵字渺銀鉤，神消玉笛，幽夢闌珊。深關。機回淚灑，祝從今、巢燕莫輕還。未到茱萸時節，料量衣帶先寬。"

　　余舊見綾枕一方，繡《清平樂》詞，旁有"珠君"小印，不署姓名，詞意幽怨，決為閨中所製。嘗屢和其韻，卒不能工。其詞云："懨懨春睡，睡又思量起。鳳股釵橫雲鬢墜，沾惹脂香粉膩。　　無情無緒空閨，憑他寄夢天涯。却怨春風多事，朝朝闖入羅幃。"

　　《夢影樓詞》，每多沉鬱悲涼。如《高陽臺》送沈湘佩入都及咏斜陽二首已為近代選家所録。予謂其規模易安，亦有似者，非他人所及。如《惜餘春慢・餞春》云："杏燕修巢，柳鶯撤戶，春事十分完九。昏昏心上，怕雨思晴，髻也不曾梳就。纔得湘簾半掀，便道西園，鼠姑開久。賸野塘風緊，晚來吹蕩，落花紅皺。　　曾記向、陌上春游，調鶯撲蝶，携得雙鬟柑酒。因循幾日，脂鬚粉頷，紅得夕陽都瘦。無計留春不歸，但把海棠，折來盈手。教侍兒知道，者回春色，零星還有。"

錢塘關鍈，字秋芙，幼耽禪理，因署妙妙道人。有《夢影樓詞》，自言學道十年，綺語之戒，誓不墮入。然其嫁後諸作，傷離怨別，情語綢繆，愛根終在，豈能掃除重障邪？如《清平樂》云："畫梁春淺。簾額風驚燕。不信天涯人不見。草也池塘生遍。　東風吹淺屏紗，飛飛多少楊花。何怪兒家夫婿，一春長不還家。"又《河傳·七夕懷藹卿》云："七月。初七。病懨懨。樓上茶瓜上筵，別離似今頭一年。天天，懶將針線拈。　驀記當初樓上坐。人兩個，上了羊燈火。一更多，傍銀河，問他鵲兒曾見麼。"

秋芙妹侶瓊，詞亦婉約。其《清平樂》云："晚樓鴉定，簾卷東風緊。弱酒亂澆心上冷，搖碎一窗燈影。　零魂不肯輕銷，無端瘦減儂腰。却又無愁無病，等閒過到今朝。"

徐積餘初刻《閨秀詞》六集，余嘗見之，未徨留意。近況玉梅以余爲《詞話》，特舉一編相贈，則增附至八集，都若干家，以舊所儲藏，互校有無，亦良可爲樂耳。玉梅方輯《繪芳詞》，凡古今咏美人形體者，靡不搜錄，五色並馳，不可殫形，因慫恿付刻，他日必能流傳士女間也。

余既錄錢冰仙《竹溪詞草》，今復見長洲吳冰仙《嘯雪庵詞》。冰仙，一字片霞，爲梅村從女弟，工書善畫，兼擅絲竹。其詞亦有情韻，玉梅最愛誦其《鵲橋仙·七夕》，云："華鍼穿月，蛛絲織巧，河畔鵲橋催度。相逢謾道是新歡，反惹起、舊懷無數。　沈沈鳳幄，依依鴛夢，愁煞曉寒歸路。羲和若肯做人情，成就他、雲朝雨暮。"

新建夏盥人，詩學郊島，尤善爲詞，娶左文襄女孫綴芬，淑慎多才，倡和相樂。盥人《映盦詞》載《暗香》《疏影》，題云："樓中列盆梅數株，先春破萼，嫣然一枝，除夕綴芬置酒花下，以風琴歌白石此詞，因各倚聲和之。"綴芬作《暗香》云："四山寒色，漸冷魂喚醒，燈樓橫笛。細蕊乍舒，雪底闌邊好攀摘。驚聽催春戲鼓，休閒擱吟牋詞筆。趁此夕，一醉屠蘇，花暖燭瑤席。　南國。思寂寂，嘆歲去歲來，萬感縈積。翠禽漫泣。仙夢羅浮那堪憶。清漏簾間滴盡。疏竹外，雲封殘碧。怕暗暗年換也，有誰見得。"《疏影》云："苔盆種玉。倚繡屏婀娜，深夜無宿。碧袖天寒，朔管頻吹，淒風弄響簷竹。薰籠紙帳烘纔暖，但笑索枝南枝北。想姹紅、悉待春來，讓却此花開獨。　　同向燈筵送歲，醉顏對鏡淺，杯映眉綠。末世悲歌，及早收身，可有孤山林屋。宵殘臘賸忽忽去，瞬息奏、落梅酬曲。恐漸携、臥陌長瓶，酒漬掃香裙幅。"沈思健筆，雖盟人無以過也。今綴芬已卒，聞遺集正付鏤板云。

　　古有爲人作書與婦者，無過以文爲戲，敷陳藻采，然寄書者必將其意，受書者亦宜會其誠，不以假手於人而有所隔也。至於惜別懷人，情自我發，莫能相代。良以無其事則無其情，無其情則文不能至，又安所貴邪？近見會稽商景蘭《錦囊詩餘》有《十六字令·代人懷遠》，云："瓜，今歲須教早吐花。圓如月，郎馬定歸家。"又《眼兒媚》云："將入黃昏枕倍寒，銀漢指闌干。半輪澹月，一行鳴雁，雲老霜殘。　　憑著飄英風自掃，小院掩雙環。離情難鎖，苕苕江水，何處關山。"又《菩薩蠻·代人憶外》云："蠟花香動煙中影，紗窗半掩羅幃冷。孤雁宿沙汀，寒砧夢裏聲。　　夢來相憶地，難訴相思意。夜雨渡芭蕉，懷人正此宵。"再三爲之，殊不可解。景蘭，明吏部尚書商周祚女，祁忠惠公彪佳室。

　　華陽曾懿，字伯淵，適湖南觀察使某。治家賢能，於家政、裁縫、烹飪諸學，皆有專書述之，兼通醫理，餘暇則爲詩詞，有《浣月詞草》。錄其《如夢令》云："春水鄰鄰波縐，南浦銷魂時候。風雨阻歸期，隔住行人那岫。消瘦。消瘦。鎮日簾垂永晝。"《采桑子》咏秦淮云："湖山罨畫秦淮好，王謝堂前。雙燕呢喃，芳草斜陽水拍天。　　六朝金粉銷魂地，桃葉溪邊。撫景流連，亞字闌干丁字簾。"又"清秋澹冶秦淮好，瘦了青桐。紅了江楓，金碧樓臺醉夢中。　　山河舊影依稀在，涼月惺忪。廿四橋東，一片秋心玉笛風。"《菩薩蠻》云："東風已綠西堂草，詩魂争奈離情擾。好景艷陽天，年年愁病兼。　　畫屏金縷鳳，香鎖深閨夢。別緒滿關山，人間心未閒。"

　　周止庵爲《四家詞選》，冠以序論，所見多獨到處。其側室山陽蘇佩襄工詞,有《望海潮》云:"濛濛疏雨,漸敲朱户,西風吹逗簾旌。深閣晝眠,重幃暗鎖,鶯啼殘夢偏驚。春盡絮飛輕,共海棠落去,千片無聲。此際魂銷,但將離恨寄春行。　　清池水上橋橫。被行人遮住,隔岸初晴。斜日樹邊,檐前燕子,銜泥虛傍琱楹。人倚越山屏。是爲花憔悴,減却芳情。冷落香篝,又隨雲想度長更。"《婆羅門引》云:"西風過後,更無落葉作秋聲。錦機偏動幽情。萬里天涯路窄,何處月長盈?嘆滄波一片,輕換陰晴。　　凝眸短檠,渾未辨舊時明。况又蕭蕭細雨,遙夜争鳴。繁華夢久,怕相將都付與雲屏。愁玉女立盡殘更。"《大聖樂》詠落梅云:"瘦骨亭亭,偏宜妝澹,共争春色。裊數枝、簾外湘雲,一片清波誰惜,天涯傾國。最恨掃紅東風勁,送零亂、幽香隨翠陌。無言處,漫凝立畫闌,猶見遺跡。　　多情忍教抛擲,料雙燕、歸來難自識。算春光情鍾,桃李那管,離愁狼藉。嫩柳搓黄,含煙露,更嗚咽。長堤悲倦客。斜陽晚,悵空寫生綃盈尺。"數詞開闊動蕩,蓋能深得止庵之法者。

語溪徐自華,亦字寄塵。其妹藴華,字小淑,俱以能詞入某社中。嘗見小淑《惜紅衣》詞並序,庶幾有白石意度。序云:"往歲旅居吴淞,數繫艇石公長崎間。江灣荷花數十頃,夏景幽寒,終日但聞泉響。每值夕峰收雨,湖氣彌清,臨去憺然。欲索李隱玉表姊寫意,王碧棲詞丈題册而未竟。病窗經歲,轉眼薰來。曉起舒襟,填此寄意。"詞云:"盆石堆冰,屏紗障日,曉來無力。强起推盦,含情鏡花碧。藥薰細嫋,鉤軟燕、簾前嗔客。湛寂。一枕藤陰,約溪人將息。　　蓮汀柳陌。來去鳴筴,舊游半陳跡。經年興致賸憶。斷灣北。載得米家詩畫,煙水刺船尋歷。祇半峰殘雨,猶待碧山詞筆。"友人某君見而愛之,因用其韻作《憶舊》詞云:"解帶量愁,吟詩計日,倦抛心力。過雨聽潮,江干亂山碧。驚窺鬢影,誰更認、當筵狂客。幽寂。閒倚柳陰,覺離亭消息。　　昏鴉古陌。曾試游驄,東風劃塵跡。都無燕雁漫憶。水雲北。後約許扶殘醉,重訴此時經歷。奈正酣春夢,禁得斷腸詞筆。"

吴江陳佩忍,爲其里中節婦袁希謝刻《寄塵詩詞稿》,並志其後云:"希謝故與里中顧、董二母齊名,號吴江三節婦。刊其詩詞爲

《素言集》行世,顧所著不全。余嘗於族孫成洛家見節婦手寫本,填詞略多,因假錄焉。未幾成洛亡,余以頻年遷徙,此詞亦遂散失。今年秋,養疴吳趨,而成洛之弟文田重以斯本見畀,故刊而傳之。"其詞如《阮郎歸·七夕戲贈織女》云:"今宵腸斷各東西,不堪新別離。無聊且去理殘機,相思意緒迷。　　河畔望,景依稀。餘情繞石磯,早知會後更淒其,何如未會時。"《南柯子·月中遠眺》云:"皎月懸如鏡,微雲淡似羅。恍將樓閣浸澄波。不羨揚州,更好二分多。　　顧影憐秋菊,臨風蹙翠蛾。闌干斜倚待如何。思欲凌空,飛去伴嫦娥。"味皆淡適。寄塵詩比詞爲少,而勝於詞。有《題深院梨花燕獨歸圖》絕句云:"幽情無限付梨花,深院沉沉掩碧紗。燕子亦甘同寂寞,雕梁夜冷月痕斜。"王湘筠以爲淒然欲絕,有心人當不能卒讀也。

盤珠,陽湖人,莊有鈞女。其母夢珠而生,故名。字蓮佩,幼穎慧,好讀書,女紅精巧,然輒手一編不輟。卒時年二十有五。垂絕復蘇,謂其家人曰:"余頃見神女數輩,抗手來迎,云:須往侍天后,無所苦也。"余觀其詞,故多淒苦之音。言爲心聲,宜其短折。至如《菩薩蠻·冬夜作》云:"梅枝正壓垂垂雪,梅梢又上娟娟月。雪月與梅花,都來作一家。　　也知人世暫,有聚翻成散。月落雪消時,梅花賸幾枝。"又《浪淘沙·海棠盛開以詞志感》云:"夢斷小紅樓,宿雨初收。鬧晴蜂蝶上簾鉤。一院海棠春不管,儂替花愁。　　吟賞記前游,轉眼都休。風前扶病強抬頭。知道明年人在否,花替儂愁。"一則於聚時悟離散之相因,一則於盛時悲榮華之易謝,豈真所謂湛然了徹,不昧宿根者邪？天上徵文,竟濟長吉,夫亦可以無恨矣。

武陵王夢湘,於近代閨秀中獨好莊盤珠《秋水詞》。嘗手錄一過,推爲清世第一。又謂其馨逸不減《斷腸》,高邁處駸駸入《漱玉》之室。至譚復堂選《篋中詞》,僅錄四首。余以王君所稱或逾其量,而譚選則有未盡。集中如《醉花陰·清明》云:"春好翻愁春欲去,燕子銜飛絮。何處響餳簫,楊柳門前,幾點清明雨。　　紙灰飛過棠梨樹,斜日無情緒。芳草古今多,誰定明年,重踏青郊路。"《浣谿沙》云："睡起紅留枕上紋，病餘綠減鏡中雲，畫簾窣地又斜曛。"" 倦蜨分明尋斷夢，浮萍容易悟前因，無聊天氣奈何人。"《踏莎行·青霄里舟中夜歸》云："待放蘭橈，重過菊徑。人和涼月同扶病。輕帆未掛恨行遲，掛時又怕西風勁。　　剪燭嫌頻，推篷怯冷。荒涼野岸三更近。草梢露重寂無聲，孤螢照見秋墳影。"《天仙子·春暮送別凝暉大姊》云："蜨到花間飛不去，人在花前留不住。春歸人去一時同，春也誤，人也誤，無數落花攔去路。　　昨夜同聽簾外雨，梅子青青青幾許。留人不住奈春何，行一步，離一步，怎怪鷓鴣啼太苦。"皆幽咽宛轉，令人輒喚奈何也。

上海趙儀姞《灈月軒詩餘》強半爲酬贈題物之作，然風格清華，不爲所掩。《得葉小鸞眉子硏拓本賦〈瑞雲濃〉詞並小序》云："硏側刻八分書'疏香閣'三字，背刻小楷八十四字云：'舅氏從海上獲硏材三，琢成分貽予兄弟。瓊章得眉字硏云：天寶繁華事已陳，成都畫手樣能新。如今祇學初三月，怕有詩人說小鸞。素袖輕攏金鴨煙，明窗小几展吳牋。開盒一硏櫻桃雨，潤到清琴第幾弦。己巳寒食題。'下有小印篆文'小鸞'二字。硏已歸粵東某氏，今所見者，秀水計氏拓本也。"詞云："紅絲片玉，螺香猶沁腴紫。素袖頻番丼華洗。櫻桃雨潤，記伴著、瑤宮仙史。夢影鎭恩恩，化飛雲逝水。

十樣新圖，誰拓出、初三月子。細字銀鉤認題識。優曇花謝，想膜拜、猊牀禪偈。墨韻流芬，小鸞似此。"

往在東京，見《秋璇卿集》，詩非其佳者，詞則間有好句。惜都不記憶，近從繡華處見其絕句四首，藻思綺合，清麗芊綿，雖當代才人猶不能過，何止閨閣之美也。題爲《贈曾筱石夫婦並呈馭師》，云："一代雕蟲出謝家，天教宋玉住章華。秋風捲盡湖雲滿，柱籟流馨開細花。""曲屛徙倚見珠衣，離合神光花際飛。石竹礙簾苔印澁，赤簫携手並斜暉。""掛席南來楚水清，遙聞奇論稱簪纓。蓮裳何幸逢文苑，廣樂流聲下鳳城。""海氣蒼茫刁斗多，微聞繡簾動吳歌。綠蛾蹙損家國，繫表名流竟若何。"璇卿本字蓮裳，其父官湘中，故嫁於曾氏。筱石者，其兄公馭師，即曾廣鈞重伯，重伯又字馭庵。此詩附載重伯所著《環天室支集》中，謂爲法越戰後所作，故第四首云爾悱惻忠愛。璇卿爾時故自不凡矣。紹興之難，竟隕蛾眉，其事傷心，其才猶爲可惜也。

顧子山《眉緑樓詞》有《過秦樓·天津旅舍和女子題壁》之作，並附載原詞云："月舊愁新，宵長夢短，今夜如何能睡。燈疑淚暈，酒似心酸，一樣斷腸滋味。獨自背著窗兒，數盡寒更，懶尋鴛被。更空槽馬齕，荒陲人語，嘈嘈盈耳。　空嘆息，落絮沾泥。飛花墮溷，往事不堪題起。美人紅拂，俠客黄衫，不信當時若此。試問茫茫大千，可有當年崑崙奇士，提三尺青萍，訪我枇杷花裏。"昨偶見時賢《嚼梅咀雪庵筆録》載此事云："天津旅舍，舊傳有高芝仙校書題壁詞，調寄《過秦樓》。"案：其詞即顧氏所見者，互相印證，知非虚誣，惟後有跋語，則顧所未録，意其時或先遭剥蝕也。跋云："妾良家女，爲賊所誘，誤墮風塵，荏苒三年。朝夕惟以眼淚洗面，紛紜人海中，古押衙向何處求也。北平高氏第三女芝仙留題。"

又用《金明池》調題柳如是鎮紙拓本，序云："震澤王研農，藏河東君書鎮，青田石，高寸餘，刻山水亭榭。款云'仿白石翁筆'小篆五字，面鎸'崇禎辛巳暢月柳蘼蕪製'十字。研農方搜輯河東君詩剞爲《蘼蕪集》將以付梓，適得此於骨董肆，云新出土者。自謂冥冥中所以酬其晨鈔暝寫之勞也。余見其拓本，因題此闋，即用《蘼蕪集》中咏寒柳韻。"詞云："片玉飛來，脂香粉艷，解佩疑臨蘭浦。誰拾得絳雲殘燼，嘆細帙早成風絮。賸芳名、巧逐苕華，揮小草、依約芝田鶴舞。伴十樣濤箋，摩挲纖手。記否我聞聯句。　玉樹南朝霏淚雨。共紅豆春蕤，飄零何許。霑幾縷、緑珠恨血，袛畫裹、山川如故。二百年、洗出苔痕，感詞客多情，燃膏辛苦。想蘇小鄉親，三生許認，試聽深篁幽語。"自注：河東君，本楊氏，小字影憐，盛澤人。

丹徒陳敬亭，研解經學，配同邑張靜宜則。能詩，閨房講肆，儼若分科，然雍容相得也。其子克勍、克勤，皆承母教。梓行遺集有《倚雲閣詩餘》三種。余與某君同坐閱之，問何首最佳，某君舉其《國香慢·咏水仙》云："沅湘何處。嘆蘼蕪杜若，飄零無數。洛浦寒深，宛宛流年，望斷美人遲暮。江皋風雨朝還夕，袛相伴、寒梅千樹。悵蒼梧、落木蕭蕭，一派江聲流去。　　最好移來妝閣，看星眸素靨，翠幮低護。盆盎波深，照影亭亭，羅襪不教塵汙。明璫翠珮今何在，又怨入、東風無語。暗香風露。問甚時、寫入瑤琴，待倩伯牙重譜。"余笑曰："此點鼠彭元遜詞爲之，且非《國香慢》本調，但以《疏影》改名，又誤增'暗香風露'四字耳。不如其《點絳唇》春陰一首，尚存本色。"今錄之云："門徑惝惝，苔痕濃淡離根繞。過春社了，燕子歸來早。　　鄉夢難憑，一覺晨鐘曉。簾櫳悄，篆煙猶裊，此際愁多少。"

　　王貞儀字德卿，江寧人，宣城詹枚室。記誦淹貫，最嗜梅氏天算之學，所著有《述算簡存》五卷，《星象圖釋》二卷《籌算易知》《重訂策算證訛》《西洋籌算增删》《女蒙拾誦》《沉疴囈語》各一卷，《象數窺餘》四卷，《文選詩賦參評》十卷，《繡帙餘箋》十卷，《德風亭初集》十四卷、二集六卷。詞多登臨弔古之作，然非其至者。錄其《浪淘沙·吉林秋感》云："關塞冷西風，沙霧迷濛。可憐秋去又怱怱。凝望亂煙衰草外，離恨無窮。　　最好故園中，黃菊丹楓。蟹螯雙擘酒盈鍾。此景那堪回首憶，愁見歸鴻。"《清平樂·由平原過東方曼倩故里》云："衛河西去，斜指沙洲路。此是歲星名里處，大隱金門堪慕。　　懸珠編貝空游，書生嘆息封侯。歸念細君分賜，詼諧竟爾風流。"《沁園春·過羊叔子故里》云："路指前途，汾水之南，太傅江鄉。羨戈戟臨戎，輕裘裝束，旌旗領隊，緩帶飄颻。談笑兵符，風流將術，卓識誰能與抗行。還回想，想東吳信壓，西晉功揚。

　　偶來此地堪傷。想蓋世才華百戰場。剩麥穗千畦，實垂宿雨，棗林萬樹，花發新香。舊里嘗存，殘碑可讀，揮淚何須上峴岡。而今事，嘆推賢已矣，更謬青囊。"

舊時月色齋詞譚

倦　鶴　撰

載於1913年《華僑雜誌》第1期、第2期，署名"倦鶴"，共二十三則。又載於1914年《生活日報》4月23日至4月26日、4月28日至4月29日、5月2日、5月8日至5月11日、5月13日至5月15日、5月17日、5月21日至5月23日，共18期，署名"倦鶴"，其中，5月8日後的内容改名《舊時月色齋詞譚》，主要論述《樂府指迷》。《生活日報》刊載版部分内容與《華僑雜誌》版相同，另有新論四十七則。又載於1916年《民權素》第13、15、17期，署名"匪石"，絶大部分内容與前兩版重合，僅有一則新論。1926年，《民權素》連載版又被收入民權出版社印行的《民權素粹編》第二卷第三集。

作者陳世宜(1884—1959)，字匪石，號小樹、倦鶴，室名舊時月色齋，江蘇南京人。"匪石"爲其早年任新聞記者，從事反袁鬥爭時所用筆名，取自《邶風·柏舟》"我心匪石，不可轉也"。室名舊時月色齋語出姜夔《暗香》"舊時月色，算幾番照我，梅邊吹笛"。早年就讀尊經書院，從張仲炘學詞。1901年於南京創辦新學，任幼幼學堂國文教師。1906年赴日留學，隨即加入同盟會。1908年回國，任教於蘇州法政學堂，加入南社，又隨朱祖謀研究詞學。后歷任上海各報刊記者，中國大學、華北大學等校教授。著有《聲執》、《舊時月色齋詩》、《倦鶴近體樂府》及續集、《宋詞舉》等。

《舊時月色齋詞譚》立論精警，辨析入微，頗多發人深省之處。匪石論詞承襲常州詞派論調，重寄託，求渾厚，倡拙境，提出"詞筆無害於拙。惟拙故重，重則無淺薄浮滑之病，而入渾之基在焉"。評價歷代詞人則以北宋爲宗,反駁竹垞所謂"詞至宋季始極其變"之言,推舉清真,主張"清真包括一切,絶後空前,實奄有南宋各家之長",又看重柳永,提出"屯田詞品,正如絶代佳人,亂頭粗服,而一種天然之致,自不可掩。且其氣冲和,純是渾淪未鑿氣象"。而論南宋各家,亦頗能持平允斷。如論白石,主張周濟所挑剔的"俗濫、寒酸、補湊、敷衍、支複"皆爲小疵,肯定白石詞"瘦硬通神,爲他人屐齒所不到","在兩宋中,固當獨樹一幟"。又論君特,則云夢窗詞"潛氣內轉,蕩氣迴腸","絶無堆垛餖訂之弊","必有夢窗之氣而後可以不澀"。該詞話多金針度人之語,如論情景,"詞固言情之作,然單以情言,薄矣。必須融情入景,由景見情";論用典,"造字琢句,不外一化字。用一故實,必有數故實以輔佐之。意取於此,用字不妨取於彼。合數典爲一典,自新穎而有來歷";論風格,"典博,宜加以微婉;濃麗,宜加以深厚。此當於氣息上作工夫",皆爲有益之論。

　　由雅頌而變爲樂府,由樂府而變爲律絶,由律絶而變爲詞,由詞而變爲曲,此亦世事由簡趨繁之常軌焉。古之雅頌、樂府、律絶、詞曲,無不可被之管弦,今僅爲詞章之一技,則本真寖離矣。然詞謂之填,按腔合拍之義,顯然可見,苟能協律吕,附絲竹,則黄鐘大吕之遺音,具在是乎?

　　填詞必明五音,始能合拍,非僅辨四聲,即爲能事畢具矣。觀玉田《詞源》所載,同一平聲,而"深"字不叶,"幽"字不叶,"明"字乃叶,即可知四聲不誤,未必即能付紅兒也。然輓近以來,五音之論已成絶響,則但於四聲之用而明辨之,庶或免於佹規錯矩之弊。若既不知五音,又不辨四聲,則不必填詞可也。

　　萬紅友《詞律》於去聲辨之極嚴,啟發後人不少。近人丹徒茅北山於四聲之中,各分陰陽二部,屬明之音,其論尤爲精密。聞其自編一曲，不知何日告成。

周止庵曰："平、去是兩端，上由平而之去，入由去而之平。"此語極精邃。

凡詞中押入聲之調，必不能押上去；而押上去之調，改押入聲，間或可行。此徵之兩宋各大家而皆然者。

《浣溪沙》有平仄兩調，又有平調而首句不起韻者，其下三字作平仄仄。此見之薛昭蘊"紅蓼渡頭秋正雨，越女淘金春水上"皆是也。宋以後用此體者，雖不多見，然固是一格。紅友《詞律》、紉庵《拾遺》，皆不載之，何也？

紅友駁《嘯餘圖譜》之誤，固為倚聲家功臣，然詞律中亦有誤者。夢窗《探春慢》詞，上段之"重雲冷，哀雁斷，翠微深，愁蝶舞"，明明是三字四句；下段之"冰溪憑誰照影，有明月，乘興去"，明明是六字一句、三字二句；與夢窗自度腔《探芳新》詞，上段之"層梯峭空麝散，擁淩波，縈翠袖"，下段之"椒杯香乾醉醒，怕西窗，人散後"等句，句法相似，而紅友於此兩調，注此數句皆為六字句，非也。

夢窗《玉京謠》過變曰："微吟怕有詩聲，翳鏡慵看，但小樓獨倚"，明明六字一句、四字一句、五字一句，至"倚"字乃叶韻；而紅友竟以"翳"字屬上句，注之曰叶，試問以"翳"字屬上，作何解說？不獨多一韻之為誤也。

清真《浪淘沙慢·曉陰重》一首，其結處曰："恨春去不與人期，弄夜色，空餘滿地梨花雪。""弄夜色"三字，聯屬於下七字，明明可見，則"色"字處特讀耳。且全首押月、曷、屑韻，而"色"字在職韻，亦無從叶，則不過此處適用入聲字耳。方千里《和清真詞》，不和"色"字，而於其用"色"字處用"日"字。其詞曰："漫飄蕩海角天涯，再見日，應憐兩鬢玲瓏雪。"可謂"色"字非叶之證，紅友注之曰叶，亦屬非是。

《惜分飛》調兩結句之第四字，有用韻者，有不用韻者。陳君衡之作，上段曰"相思葉底尋紅豆"，下段曰"翠腰羞對垂楊瘦"，是不用韻也。而毛東塘之作，上段曰"更無言語休相覷"，下段曰"斷魂分付潮歸去"，則"語"、"付"二字皆韻也。紅友《詞律》，僅載君衡之作,而於東塘一體,付之闕如,是漏去一體矣。

《惜紅衣》一調,爲白石自度腔。紅友所注叶處,只與張玉田諸作相合。其實後段之"國"字,亦韻也。鄭叔問謂:"鉤稽白石旁譜,次句之'日'亦韻。"漚尹先生六疊姜韻,"日"、"國"之韻皆和之。近人靡然從風矣。考與白石同時之作,吳夢窗、李周隱各有一闋,周隱之作"日"、"國"二字,皆不漏,同於時賢之所填。夢窗之作,則次句"雪"字,後段"箔"字,似乎不叶,人有謂爲借叶,而以白石《長亭怨慢》用此字叶"語"、"御"韻爲比者,則"日"、"國"之爲叶審矣。然此義實非叔問創獲,周止庵亦曾言之,而最初辨爲叶者,則《碎金詞譜》也。

《木蘭花慢》一調,當以柳耆卿爲正軌。首句爲四字裝頭,固已。中間相連之二字、四字、八字三句,其二字句必叶,其四字句必以一領三,乃爲合格。觀《樂章集》中,此調凡三首,無不如是也。若《山中白雲》,此調亦極夥,而不獨四字句多用二、二句法,首句或用二、三句法,即二字句亦多不叶,殊不足爲訓。

(以上見《華僑雜誌》1913年第1期)

山谷《瑞鶴仙》檃栝《醉翁亭記》,通首用"也"字均,《阮郎歸》通首用"山"字均。竹山《聲聲慢·詠秋聲》,通首用"聲"字均。在諸公一時戲作,以此見巧妙心思耳。張詠以謂此體效"南唐獨木橋體",近人謝枚如(章鋌)論之,以爲《湯盤銘》用三"新"字,《董逃歌》用十三"逃"字,即此體之濫觴。然吾以爲此種體裁,無論果出於古與否,吾人皆不必效法。以其太嫌纖巧,非大方家數也。不唯此體而已,凡詞中以一二字疊用不已,挑逗以示聰明者,如"衡陽猶有雁傳書,郴陽和雁無","郴江幸自繞郴山","牆裏秋千牆外道,牆外行人,牆裏佳人笑"之類,淮海、東坡偶一爲之,未嘗不別饒風趣,爲一時名句。然使後人奉爲金科玉律,專意摹仿,其不轉成惡趣者幾希。

《草堂詩餘》將各種詞調,硬分爲小令、中調、長調,以五十八字以下爲小令,六十字以上九十字以下爲中調,九十二字以上爲長調,不知何所取義。夫詞之有慢、犯、近諸名者,律呂上之關係,而小令、中調、長調等，則無與宮商也。以此分爲三種，不亦異乎？

古來詞多無題，調名即題也。後人或自爲一題，以取別於本意，然無題者居多。則讀其詞者，亦不必爲之強標一題也。若詞本無題，而強就詞中之意，穿鑿附會，取一題以實之，以致春景、夏景、秋景等字，羅列滿紙，不獨無當於詞之真意，抑亦陋矣。然此例亦創自《草堂》。

張皋之《詞選》，不取夢窗，是爲碧山門徑所限。

周止庵《四家詞選》，以周、辛、王、吳爲不祧之宗，是已。然降白石爲稼軒附庸，而所挑剔之俗濫、寒酸、補湊、敷衍、支複等處，又皆白石之小疵。其實白石之所不可及者，在純以氣勝，子輿氏所謂浩然者，白石之詞，足以當之。而瘦硬通神，爲他人屐齒所不到，與稼軒之豪邁，畦徑似別。余謂白石在兩宋中，固當獨樹一幟，非可爲他人附庸也。

柳屯田有"忍把浮名，換了淺斟低唱"之句，論者譏其輕薄。又以集中諸詞，多閨房媟褻語，議其輕褻。不知屯田詞品，正如絕代佳人，亂頭粗服，而一種天然之致，自不可掩。且其氣沖和，純是渾淪未鑿氣象。余嘗歎其不易學步，絕不敢人云亦云，視《樂章集》之詞，等於《疑雨集》之詩也。

清真《花犯》一首，詠梅也。結處數語曰："相將見、脆圓薦酒，人正在、空江煙浪裏。但夢想，一枝瀟灑，黃昏斜照水。"忽而推及梅子，忽而勒轉到梅花，中間仍以人爲骨，若在他手，恐非數十字，不能滿足其意。而清真包一切，掃一切，兔起鶻落，操縱自如，筆力何等雄渾。試問他人之勾勒，有如此包舉之大力否？

張玉田論夢窗詞，謂"如七寶樓臺，炫人眼目，拆碎則不成片斷"。是美其奇思異彩，而以其過於典實，意猶不知足也。玉田論詞，取清空不取質實。夫質實之流弊，晦澀與堆砌，易蹈其一。玉田之說，無可厚非，但細談夢窗各詞，雖不著一虛字，而潛氣內轉，蕩氣迴腸，均在無字句中。亦絢爛，亦奧折，絕無堆垛餖飣之弊。後人腹笥太空，讀之不能瞭解，輒襲取樂笑翁語，亦爲質實而不疏快，不亦謬乎？

張玉田爲人垢病，不曰律不精，即曰韻太雜。余謂玉田之病，在《山中白雲詞》，共三百首，爲數太多，不無瑕瑜之互見耳。使於三百首中，僅精選數十首，傳之後世，亦何至供人指摘耶？

玉田以《春水》詞得名，人呼之曰"張春水"，即"南浦波暖碧粼粼"一首也。余昔以其平淡無異人處，心焉疑之。漚尹先生曰："此詞雖無新奇可喜之處，然吾嘗試爲之，終不能及玉田之安詳合度，是即其可傳處也。"夫詞之平淡無奇，而他人爲之，輒不能及，則其境深遠矣。玉田《詞源》標"妥溜"二字，爲入門途徑。漚尹教人亦常舉此語，以爲入渾之基。余嘗思之，填詞一道，不必有驚人語，但通首之中，用意應有盡有，層次秩然不紊，遣詞命筆，無不達之意，安章宅句，磬折鈴圓，自然純熟，而饒有餘味，即爐火純青時候，可以當"妥溜"二字。余學填詞有年矣，然尚不能造此境焉。

成容若《綠水亭雜識》曰："《花間》如古玉器，貴重而不適用；宋詞則實用而不貴重；李後主兼有其美，而更饒煙水迷離之致。"容若瓣香後主，其所著《飲水》《側帽》詞，神味雋永，亦頗似之。故其語云然也。然細思之，亦同確論，貴重適用之別，即世風今古之變。《左》《國》不如《盤》《誥》，而《史》《漢》又不及《左》《國》，亦此故也夫。

（以上見《華僑雜誌》1913年第2期）

詞中以小令爲最難，猶詩中之五、七絕也。《花間》一集，盡辟町畦，益之以南唐二主、馮正中，更衍爲珠玉、小山、六一，小令之能事，已不爲後人更留餘地。近世以來，凡填小令，無論如何名家、皆不能脫溫、韋、馮、李、晏、歐窠臼。陳伯弢謂小令可以不填，持論雖似稍偏，然實甘苦獨得之言也。余謂填小令而欲避《花間》途徑者，尚有二派：其一，取語淡意遠之致，以古樂府之神行之，莊蒿庵《蝶戀花》四闋，此其選也。其一，用豪邁疏宕之致，中泠孽子和《庚子秋詞》韻，爲《春冰詞》五十三首，似得其竅也。

近二百年來，善言詞者，詞多不工，如萬紅友、戈順卿、徐紉庵、陳亦峰皆是也。或謂律太謹嚴，則爲所束縛，而填詞遂不能自然超妙。抑知兩宋大家，如秦、周、姜、吳、張諸子，誰非精於律者，又誰不工於詞耶？故謂紅友諸人精於律而拙於詞則可，謂其詞之不工，由於律之太細，則斷斷不可也。

竹垞有言，世人言詞，必稱北宋；然詞至南宋，始極其工，至宋季始極其變。此在竹垞當時自有兩種道理，一則詞至明季，盡成浮響，皆由高談《花間》《尊前》，鄙南宋而不觀之過，故以此語矯之。二則竹垞專宗樂笑翁，遂開二百年浙西詞派，其得力正在宋季，自言其所致力也。若律以讀詞之眼光，清真包括一切，絕後空前，實奄有南宋各家之長。姜、史、吳、王、張諸人，固皆得清真之一體，自名其家，即稼軒之豪邁，亦何嘗不從清真出；則至變者宜莫如美成，而屯田、子野、東坡，其超脫高深處，詞境亦在南宋之上。小山、淮海、方回，則工秀絕倫，更不得謂南宋始極其工也。竹垞此語實為宗南宋而祧北宋者開其端。然亦由南宋有門徑可尋，學之易至，而南宋之不如北宋愈彰彰矣。喬笙巢曰："詞至北宋而大，至南宋而深。"余於其論南宋之言，亦未敢以為愜心最當也。（編者註：《民權素》刊載版無"竹垞此語"至"愈彰彰矣"一句）

有清一代詞學，駕有明之上；且駸駸而入於宋。然究其指歸，則宋末二字足以盡之。何則？清代之詞派，浙西、常州而已。浙西倡自竹垞，實衍玉田之緒；常州起於茗柯，實宗碧山之作。迭相流衍，垂三百年。世之學者，非朱即張，實則玉田、碧山兩家而已。湖海樓崛起清初，導源幼安，極縱橫跌宕之妙，至無語不可入詞，而自然渾脫。然自關天分，非後人勉強可學，故後無傳人，不能與浙西、常州分鑣並進也。至同光以降，半塘、漚尹出，始宣導周、吳而趨其途徑。漚尹則直入夢窗之室，吳派遂為清末之新聲矣。若學美成而至者，則尚未有之也。

（以上見《生活日報》1914年4月23日）

蘇辛豪情通氣，自不可及，亦不可學。學之則易流於粗，余固不敢問津也。

詞固言情之作，然但以情言，薄矣。必須融情入景，由景見情。溫飛卿之《菩薩蠻》，語語是景，語語即是情。馮正中《蝶戀花》亦然，此其味所以醇厚也。然求之北宋，尚或有之；求之南宋，幾成廣陵散矣。

词贵有聪明语,谓能见其性灵也。词又不可专作聪明语,恐其渐流于薄,不能入于高浑深厚之境也。

词中咏物之体,忌雕琢,忌肤泛。人所共知,然苟无寄托,亦索然无味。碧山咏物诸词,俱含有一掬亡国泪,而借物以写其哀。如咏蝉、咏萤、咏榴花诸作,允推绝唱。而论犹谓其咏物体多未免自卑其格,可见咏物之词,不可轻作也。余谓咏物体亦非不可作,然须以我为主,不以物为主,而时序之感,身世之悲,家国之事,一以寄之,则不为物所束缚,方免于呆板之弊。彼《茶烟阁体物集》,全掉书袋,直獭祭耳。

瞻园师曰:填词以意为主,意浅则语浅,意少则不必强填。意贵新而造语宜圆熟,不可生硬;意贵远而造语宜冲淡,不可晦涩。

词有咽字诀,非可于字句间求之者。读清真《六丑》,无语不咽,而碧山诸作亦然。若于字句间讨生活,未有不失之浅薄也。

词笔无害于拙。惟拙故重,重则无浅薄浮滑之病,而入浑之基在焉。世之犯纤、犯薄、犯滑者,皆自命不拙之所为也。

典博,宜加以微婉;浓丽,宜加以深厚。此当于气息上作工夫。

玉田《乐府指迷》,于词中用事之法,标题紧著题融化不涩七字。余谓融化固难,不涩则尤难。盖词之运用故实,无直用者,无明用者。且地名、人名随意砌入,则生硬而不圆熟,凌杂而不纯粹,故融化之法最重。取其意者不妨变其面目,仍不能失其本真。使造作太过,令人不解其所隶何事,则晦涩矣。故免其病,须有一番研炼工夫。

(以上见《生活日报》1914年4月24日)

趋轻倩一派,其失也浮;趋侧豔一派,其失也猥;趋豪迈一派,其失也粗;趋圆熟一循,其失也滑;趋典实一派,其失也砌;趋雕琢一派,其失也纤;趋疏宕一派,其失也生硬;趋艰深一派,其失也晦涩,然皆不善学者之误。两宋名家,固无是也。

蘗子语余:一般词人无一字无来历,无一字不新颖。予谓造字琢句,不外一"化"字。用一故实,必有数故实以辅佐之。意取于此，用字不妨取於彼。合數典爲一典，自新穎而有來歷。如白石調中"昭君不慣胡塵遠，但暗憶、江南江北"之類，即得此訣。而夢窗尤擅用之，甲、乙、丙、丁稿中，舉不勝舉。吾人慾求造句琢字之妙，須於夢窗詞探味之。

白石、夢窗，皆善練氣。但白石之氣，清剛拔俗，在字句外，人得而見之；夢窗之氣，潛氣內轉，伏於無字句中，人不得而見之。此所以知白石者較多，知夢窗者較少。而一般對君特肆攻擊者，猶不免爲吳氏之門外漢也。

世人病夢窗之澀，予不謂然。蓋澀由氣勝，夢窗之氣，深入骨裏，彌漫行間，沉著而不浮，凝聚而不散，深厚而不淺薄，絶無絲毫滯相，淺嘗者或未之知耳。但必有夢窗之氣而後可以不澀。

竹垞詞曰："不師秦七，不師黃九，倚新聲、玉田差近。"□□之詞□亦二百餘年浙西之詞派也。然予殊不敢以爲知□，□□□論之□□之氣圓秀之致，實玉田之所□述。雖玉田未嘗自言，然玉田之妥溜，即淮海之清圓，是玉田亦淮海之支派也。至於黃九則疏宕之致，拗折之氣在北宋獨樹一幟，南宋則白石之清健似即由山谷脫胎而來，而玉田之詞實宗堯章，則又不免爲山谷之再傳乎弟子。竹垞知宗玉田，乃數典而忘其祖乎？蓋玉田之詞派乃合北宋之秦七、黃九而成，此中消息微而實顯，恐即起叔夏於九京，亦不易。吾說竹垞未免失辭矣。

吾於有清一代有以爲奇者，張、王兩大派而兩派歸原之白石，乃宗之者鮮。此亦數典忘祖之類也。夫碧山、玉田本爲一派，特碧山之氣息較咽，爲能藥張派走而不守之弊。碧山工比興，言中有物，又視張派之用賦體爲較深耳。然玉田清空，固從白石出，即碧山幽咽亦何嘗不自白石來？白石固不肯使一直筆，用一淺語也。至碧山末流，亦成浮響，但於字句中求淒咽，致蹈一滑字。若求之白石，便能免此矣。鄭叔問取徑白石，是能藥浙西、長洲兩派之病乎？

（以上見《生活日報》1914年5月2日）

碧山之詞品，其在夢窗、白石之間乎？幽眇之思、綿密之詞，與夢窗爲近，而流利之筆、疏宕之氣，則雅近白石。玉田與碧山近，與夢窗遠，故專取白石一家也。然吾以爲，與其學玉田，無寧學碧山。

玉田所以膾炙人口者，以字句打磨易於爲力，初學者易尋途徑，吾已言之。若以境言，則淺於碧山，弱於白石，薄於夢窗。

選詞之事難矣。《樂府雅詞》《陽春白雪》《詞林萬選》《草堂詩餘》，雜之一字，皆不能免。然而存人存詞，其功自不可沒。

詞之選本以一家宗派爲限，古人蓋多有之，草窗之《絕妙好詞》，其初祖也。他不必論，即觀其於于湖、幼安、龍州、龍川諸人去取之間，可以概見。竹垞之《詞綜》，守玉田家風，茗柯之《詞選》，守碧山門徑，即近世復堂之《篋中詞》所選清人之作，亦堅守常州派家法，一絲不紊，故清初之迦陵一派，選人較少。此皆所謂一家言也。

選本之無值者，昔以夏氏《清綺軒詞選》爲最，今則《藝蘅館詞選》矣！漚尹先生之題字，吾嘗尤之。此書撰擇之不精，已爲大雅所笑。且其所取材，又不過從朱氏《詞綜》、王氏《明詞綜》及《國朝詞綜》、張氏《詞選》、周氏《四家詞選》、譚氏《篋中詞》雜抄而成，而再益以近世三數人之專集，千古有只見人人所有之數種書而即可操選政者乎？此不足論詞，只可與乃父之不明四段活用而譯東文、稗販日人講義以論國學同一以腐鼠視之耳。

止庵《四家詞選》，其於領袖與附庸之間，配置或有失當，以此種選法較其他選難，吾雖偶有不滿之語，然未嘗不轉服其眼光之巨，體裁之當也。蓋選詞原爲啓迪後學而設，必使有門徑可尋，方爲善本。然詞與詩文一例，千塗萬轍，而所衍之家數即各有不同，株守一先生言，既不足以盡其變，且學者之心思才力，亦未免爲之束縛。在宋本無宗派之說，而止庵擇其塗徑之相近者，各類比而列之，此中消息，亦可以令人潛心默會，而知倚聲正變之淵源。降清則門徑顯然判矣。吾以爲有清一代之詞，尚無完全之選本，頗欲輯一《清代詞選》，而體裁則以止庵法。蓋自清初以迄乾嘉，迦陵一派趨蘇辛，而梁汾、電發諸人屬之；竹垞一派趨玉田，而樊榭、頻伽諸人屬之；茗柯繼起，標揭碧山，而如黃仲則、莊中白、蔣鹿潭、譚復堂諸人，皆爲碧山之一派。此三者略可以居其大部分，而清末之時，白石、夢窗又以鄭叔問、王半塘、朱漚尹諸先生之提倡,各成爲一派,爲一朝之殿焉。特茲事體大,甄採既恐有掛漏,鑑別又慮有未精,故久懷此志,而不敢必以成書也。

(以上見《生活日報》1914 年 5 月 8 日)

沈時齋(義府)與夢窗同時,夢窗詞中多有次伯時韻者,即時齋也。惜其詞不傳,而所著《樂府指迷》二十八條,議論精闢,允爲填詞家模範,其價值足與玉田《詞源》並稱,然只見於《花草粹編》中,無單行之本。吳江翁氏據文閣本刊之《晚翠樓叢書》中,而世亦不多見。巢南近覓得翁氏刊本,又從吳瞿庵處得一瞿庵手校鈔本。今巢南方刻《笠澤詞徵》,擬與陸輔之《詞旨》同附卷末,吉光片羽,彌足珍貴。茲錄之以我詞話,間附按語,則一得之愚,欲有所引申者也。

余自幼好吟詩。壬寅秋,始識靜翁於澤濱。癸卯,識夢窗,暇日相與倡酬,率多填詞,因講論作詞之法。然後知詞之作難於詩。蓋音律欲其協,不協則成長短之詩。下字欲其雅,不雅則近乎纏令之體。用字不可太露,露則直突而無深長之味。發意不可太高,高則狂怪而失柔婉之意。思此,則知所以爲難。子姪輩往往求其法於余,姑以得之所聞,條列下方。觀於此,則思過半矣。(陳去病按:靜翁當是翁處靜。)

愚按,時齋學於夢窗,時齋論詞之法,即夢窗作詞之法也。下字之雅而不露,發意之不可過高,皆夢窗詞之法度。學吳詞者,執此義以衡之,庶免於半塘所謂"但學蘭亭面"之誚也。

凡作詞當以清真爲主。蓋清真最知音,且無一點市井氣。下字運意,皆有法度,往往自唐宋諸賢詩句中來,而不用經史中生硬字面,此所以冠絶也。學者看詞,當以《周詞集解》爲冠。

愚按,夢窗之詞,下字運意,全從清真脫胎而來,時齋學於夢窗,故亦揭清真也。然清真集詞學之大成,世人久有定論,不獨南宋諸家皆得清真之一體，即以北宋論，亦至清真而始有百川匯海之觀，有耆卿之沖和而無其俚，有山谷之奧折而無其硬，有東坡之高遠而無其，比於淮海、小山，又加以博大高渾之氣，此清真所以爲大宗也。至其善運化古人詩句，不用生硬字，此世人所皆知，今讀《樂府指迷》，乃知時齋實首發之也。

又按，《周詞集解》一書，當是宋時周詞通行之本，今只見元巾箱本之《清真詞》（四印齋曾仿刻），汲古閣刻之《片玉詞》（《西泠詞萃》即據此本），而《集解》已不可考矣。

（以上見《生活日報》1914年5月9日）

康伯可、柳耆卿音律甚協，句法亦多有好處，然未免有鄙俗語。

姜白石清勁知音，亦未免有生硬處。

夢窗深得清真之妙，其失在用事下語太晦，使人不可曉。

愚按，時齋從夢窗遊，而論夢窗者如此，此夢窗詞所由受晦澀之也。夫夢窗爲詞，用事下語，頗有昌黎古文"陳言務去"之概，故其過也，偶或失之晦，有非細心讀之不能知其所隸何事者。蓋其運典煉字之法，每有所用爲此典，而其字面則另於他典求之者，只隸一事，而常有數事奔赴腕下，轉化去故實之面目，使他人之所有者，變爲我之所獨有。其晦因此，而其前無古人別開生面者亦在此。此實啓發後人不少，不可以間有晦處，據以夢窗造句煉字之法爲非也。

施梅川音律有源流，故其聲無舛誤。讀唐詩多，故語雅澹。間有些俗氣，蓋亦漸染教坊之習故也。亦有起句不緊切處。

孫花翁有好詞，亦善運意，但雅正中忽有一兩句市井句，可惜。

愚按，伯時於兩宋人詞，有鄙俗語俗氣市井句者，特拈出，此南宋人之詞說也。昔人謂詞至南宋，遂爲文人之詞，蓋北宋爲珠玉、

六一、屯田、東坡、少游、美成諸人之作，大半當筵命筆，曲成即付歌喉，非如南宋人視爲著作之業，數日而易一字，一字又改竄次也。故《樂章集》中，率多俚語，亦常不免。蓋爲便於當時歌唱，但求合拍，不暇推敲。且流傳教坊，亦不能盡歸於雅正，蓋猶不得與溫飛卿之《菩薩蠻》比，以飛卿乃受令狐綯之囑，預撰以進，與當筵作曲者不同耳。南宋人去北宋未遠，故雖漸流文人之詞於字句力求雅正，然而流風未沫，則北宋俚俗之弊，必有承之者，此不得爲梅川、花翁咎也。然既爲文人之詞，則俚俗語市井語，必不可有。藉口北宋以自飾，遂以淺陋者爲正音，伯時蓋深戒之矣。

（以上見《生活日報》1914 年 5 月 10 日）

  大抵起句便見所詠之意，不可汎入閒事，方入主意，詠物尤不可汎。

  過處多是自敘，若才高者方能發起別意，然不可太野，走了元意。

  結句須要放開，含有餘不之意，以景結情最好。如清真之"斷腸院落，一簾風絮"，又"掩重關，遍城鼓之"是也。或以情結尾亦好。往往輕而露，如清真之"天便教人，時廝見何妨"，又云"夢魂凝想鴛侶"之類，便無意思，亦是詞家病，卻不可學也。

  愚按，一詞之中，緊要關節，不過三處，即起過結是也。起處宜迤邐而來，如沿路看山，漸行漸近，其取勢雖不妨稍遠，而貴在不黏不脫，不即不離。去題過遠，拋卻主意，則不知所詠何事，且一時不易着題，時齋之論是也。但若泥定題意，將全意說足，則層次將不能分，而佈局必如出師之無律。故一篇之全局，當由淺而深，由景而情，由實境而寄托。比興之體固然，即賦體亦無不如此。而起首一句，總以虛籠爲佳，即古人詞中，亦有先見喻意或正意者，然不可爲常軌也。閱時齋此條，切勿誤會其意，以爲當一口喝破而不顧以後轉折之當如何。雖體認一"見"字，亦不可作實見解也。過變處亦全篇緊要關鍵，周止庵謂"或藕斷絲連，或奇峰突起"者，實爲扼要之論。蓋此處爲上下段之樞紐，必開下段而又不可離上一段，須以和婉之氣，而又具跳脫之筆，則上下兩段詞，自然成一關連，所謂"常山蛇擊中則首尾皆應"也。自敘固多，而另起一意者亦不少，然但以趨人寄託之本旨或所感的之意爲要。時齋"不可走了元意"之說，至切當矣。結處之窾要，"有餘不盡"四字，千古不能易其說。蓋天下說煞之語，都無餘味，有何妙處？可見煞而不煞，而言外之意可由甜吟密詠以求之，嫋嫋餘音，繞梁不絕，"曲終人不見，江上數峰青"，此實行文之極致，亦作詞之要義矣。情入於景，自比專言情者佳，北宋人多寓情於景中，妙處不可言喻，伯時拈出之，吾人當深味斯言。

（以上見《生活日報》1914年5月11日）

　　如詠物，須時時提調，覺不分曉，須用一兩件事印證方可。如清真詠梨花《水龍吟》第三第四句，引用"樊川"、"靈關"事，又"深門"及"一枝帶雨"事，覺後段太寬，又用"玉容"事，方表得梨花。若全篇只說花白，則是凡白花皆可用，如何見得是梨花？

　　愚按，詞中詠物體裁，運典一事，最關緊要。不可過疏，亦不可過密。過疏則流於蹈空之弊，而不能切題；若過密則餖飣堆砌，又成爲兔園册子，成爲書袋，而不成爲詞。二窗固以典實著者，然試靜觀之，有《茶煙閣體物集》《蕃錦集》之流弊否耶？蓋疏密相間，乃運典之佈置法，前後兩段必須相稱，而不可有所偏。伯時舉清真《水龍吟》以起例，誠哉運典之不二法門也。然而有宜加意者，則不可太泥。

　　要求字面好，當看溫飛卿、李長吉、李商隱及唐人諸家詩句中字面好而不俗者，採摘用之。即如《花間集》小詞，亦多好句。

　　鍊句下語，最緊要。如說桃，不可直說破桃，須用"紅雨"、"郎"等字。如說柳，不可直說破柳，須用"章臺"、"灞岸"等字。

又詠書，如曰"銀鉤空滿"，便是"書"字了，不必更說"書"字。"玉筯雙垂"，便是淚了，不必更說淚。如"綠雲繚繞"，隱然髮髻；"困便湘竹"，分明是簟。正不必分曉，如教初學小兒，說破這是甚物事，方見妙處。往往淺學俗流，多不曉此妙用，指為不分曉，乃欲直截說破，卻是賺人與要曲矣。如說情，不可太露。

愚按，詞中用物之法，當力避庸熟，而運新穎之典以代之，然不可生澀。此在夢窗，最得驪珠，而草窗次之，美成即不免有熟俗處矣。且熟俗二字，亦無一定，如前人用得太多，用得過，則本不熟不俗者亦變為熟俗，此倚聲家所不可不知也。夫熟俗且不可，況說破乎。《四庫全書提要》謂伯時此條力避鄙俗，而不免失之塗飾。此何言歟？塗飾之弊乃絕無意思，而徒飾門面以為美者，苟有意，即非塗飾，況力求新穎者，固無新意不足以驅遣乎！揆厥由來，則清當乾嘉以前，蘇辛之派，流為詞論，姜張一派，又專取清空，而其病乃在直率，在空虛，而與烹鍊興實之說格格不相入，非正論也。吾謂伯時之言，庸有未備，而不得以塗飾目之。蓋露骨之弊，無論言物、言景、言情，皆不可犯，"渾化"二字上上乘，學者當從事於此。

（以上見《生活日報》1914年5月13日）

　　遇兩句可作對，便須對。短句須剪裁齊整。遇長句須放婉曲，不可生硬。

愚按，一首詞不過數十字，多則百餘字耳，而千迴百轉，不在虛字之掉弄，專在於句中。常有一句之中，而意思轉折至數層者，若一句一意，即嫌淺率矣。長句之放婉曲，即此之故。婉則詞意和美，曲則具有迴折之波瀾，此造句之要訣也。若以生硬出之，則非特不能有清和朗潤之致，且流於直率矣。

　　押韻不必盡有出處，但不可杜撰。若只用出處押韻，卻恐室塞。

愚按，押韻之妙用，與下語用事同。固不可有一字無來歷，亦不可使事而反爲事使。蓋反爲事使者，非生硬即餖飣，而詞機爲之不暢，即伯時所謂窒塞也。

腔律豈必人人皆能按簫填譜，但看句中用去聲字，是爲緊要。然後更將古知音人曲，一腔三四隻參訂，如都用去聲，亦必用去聲。其次如平聲，卻用得入聲字替。上聲字最不可用去聲字替。不可以上、去、入盡道是仄聲便用得，更須調停參訂用之。古曲亦有拗者，蓋被句法中字面所拘牽，今歌者亦以爲礙。如《尾犯》之用"金玉珠珍博"，"金"字當用去聲字。如《絳園春》之用"遊人月下來"，（原按，此夢窗《絳都春》句，或當時亦名《絳園春》，他本未見。）"遊人"（原按，人當作字）合用去聲字之類是也。

愚按，宋人言詞多言五宮，鮮言四聲者。以四聲爲言，其自伯時始矣。《四庫提要》謂此一條"剖析微芒，最爲精核"。萬樹《詞律》實祖其說。蓋平仄聲之中，上去入各有一定，且去聲字尤關音節。如清真《六醜》《浪淘沙慢》，夢窗《鶯啼序》諸詞中，去聲字有一定，且上字亦間有一定，而《齊天樂》結句之"上平平去入"，尤爲著明，此非多看各名家詞而細辨之不可也。至調停參訂之說，參訂是互參同調之詞，調停則上去間分配之法。周止庵所謂上聲韻，韻上應用仄字者，去爲妙。去入韻則上爲妙。平聲韻，韻上用仄字者，去爲妙，入次之。即伯時調停之法也。今人填詞，什九不知音律，欲求四聲之不誤，當深奉伯時之言爲指南針。

（以上見《生活日報》1914 年 5 月 14 日）

前輩好詞甚多，往往不協律腔，所以無人唱。如秦樓楚館所歌之詞，多是教坊樂工及市井做賺人所作，只緣音律不差，故多唱之。求其下語用字，全不可讀。甚至詠月卻説雨，詠春卻説秋。如《花心動》一詞，人目之爲一年景。又一詞之中，顛倒重複，如《曲遊春》云："臉薄難藏淚。"過云："哭得渾無氣力。"結又云："滿袖啼紅。"如此甚多，乃大病也。

愚按，詞中運意之法，其開門見山語則忌鑿枘，忌重複。鑿枘則於境不合，即於理不通，重複則意無轉換，詞屬敷衍。不獨詞然，即爲文爲詩，亦必加一紅勒帛也。若以詞言，無意不必填，意少不必填。瞻園師曾諄諄詔我，天下固無勉強完篇之佳文，而勉強完篇，直不得以文論。伯時此條，深中奧窔，蓋教坊樂工之所爲，律腔容勝我輩，而下語用字，絕不能及，此古今確論。且微特樂工教坊，即令詞家當筵製曲，倉猝成篇，亦未必盡能純粹。六一之《臨江仙》，東坡之《賀新郎》，不可語於尋常人也。愚謂此病，固應引爲大戒，然輕律腔而重字句，則伯時實首創之。兩宋名家，工於律者無不工於詞，若以一二鑿枘重複者謂爲重律之過，則其拔本塞源，裂冠毀冕，引人以偭規錯矩，其罪又當加等矣。

（以上見《生活日報》1914 年 5 月 15 日）

　　作詞與詩不同，縱是花卉之類，亦須略用情意，或要入閨房之意。然多流淫艷之語，當自斟酌。如只直詠花卉，而不著些艷語，又不似詞家體例，所以爲難。又有直爲情賦曲者，尤宜宛轉回互可也。如"怎"字"恁"字、"奈"字、"這"字、"你"字之類，雖是詞家語，亦不可多用，亦宜斟酌，不得已而用之。
　　愚按，詞稱綺語，離騷、樂府之遺，本道兒女事者。後人用以詠物，其體一變。然美人香草自是詞家本面目，故情意不可忽也。伯時謂須用情意，而不可流入淫艷，此雅奏正音，而一洗靡靡之習，實□宋人作詞方法。北宋不同之點，讀詞者可深味而得之也。而"怎"、"恁"、"奈"、"這"、"你"等字之不可多用，亦是此意。

　　腔子多有句上合用虛字，如"嗟"字、"奈"字、"况"字、"更"字、"又"字、"料"字、"極"字、"正"字、"甚"字，用之不妨。如一詞中兩三次用之，便不好，謂之空頭字。不若徑用一靜字，頂上套下來，句法又健，然不可多用。
　　近時詞人，多不詳看古曲下句命意處，但隨俗念過便了。如柳詞《木蘭花慢》云："拆桐花爛漫。"此正是第一句，不用空頭字在上,故用"拆"字,言開了桐花爛漫也。有人不曉此意,乃云:此花名爲"拆桐",於詞中云"開到拆桐花",開了又拆,此何意也?

愚按,詞中虛字,一名軟字,靜字,一名硬字。用軟字一取曲折,用硬字取峭拔。軟字過多嫌空,且易犯複;硬字過多,又每流於直。此中大宜斟酌,伯時之言是也。但詞之曲折,在意不在字,故硬字苟能用好,則亦無妨。夢窗詞靜字多於空頭字,而於其氣轉絶無妨害,可以見之。伯時之論靜字,恰是覺翁家法。

(以上見《生活日報》1914 年 5 月 17 日)

近世作詞者,不曉音律,乃故爲豪放不羈之語,遂借東坡、稼軒諸賢自諉。諸賢之詞,固豪放矣,然放處未嘗不叶律也。如東坡之《哨遍》、楊花《水龍吟》,稼軒之《摸魚兒》之類,則知諸賢非不能也。

愚按,此條乃爲偭規錯矩而藉口蘇辛者説法。蓋南宋自稼軒、龍洲以後,豪放儼成一派,而人之學之者,乃流於粗,流於直,而音律格調亦多不厝意,伯時箴之是也。夫東坡即席賦詞,如"乳燕飛華屋"之類,未嘗非立付歌喉,如不叶律,何以能此? 稼軒之作亦然。則二公固先通曉音律,而後可以豪放。然其偶不經意以致格律不嚴之處,世人猶病之。余嘗與人論蘇辛,謂當如馬伏波愛之重之,不願汝曹效之,即伯時之旨也。伯時所舉《哨遍》《水龍吟》《摸魚兒》諸詞,蓋穠麗、微婉,與豪放不同者。他如東坡之《卜算子》"缺月掛疏桐",稼軒之《祝英近》"寶釵分"之類,亦詞家正軌。又爲陳龍川《水龍吟》"鬧花深處層樓"一闋,亦極綺麗風華,則豪放固非專長明明可見矣。不能穠麗微婉,而徒以豪放不羈爲歸,而反藉口蘇辛,使東坡、稼軒爲人受過,此後人之累蘇辛,非蘇辛之誤人也。

壽曲最難作,切宜戒"壽酒"、"壽香"、"老人星"、"千春百歲"之類。須打破舊曲規模,只形容其人事業才能,隱然有祝頌之意方好。

愚按，詞中之壽曲，與壽文、壽詩同酬應文字，托體甚卑，古人之不主張有此文字者，已數數見。然不得已而爲之，亦必以脫去俗套爲長。蓋題即甚俗，詞復不雅，當成何詞耶？伯時"只形容其人事業才能"之說，極爲得體，蓋必切定其人，只當作贈詞做，不當作壽詞做，而壽之之意，即從其事業才能中着想，既切題，又不落套。觀夢窗甲稿，壽曲頗多，然多從其人之本身落筆，即不俗不泛。吾人能不爲壽曲最妙，倘至不能不作時，當守定伯時此義，再參看夢窗詞之壽曲，即免於惡趣矣。

（以上見《生活日報》1914年5月21日）

　　詞中用事，使人姓名，須委曲，得不用出最好。清真詞多要兩人名對使，亦不可學也。如《宴清都》云："庾信愁多，江淹恨極。"《西平樂》云："東陵晦跡，彭澤歸來。"《大酺》云："蘭成憔悴，衛玠清羸。"《過秦樓》云："才減江淹，情傷荀倩"之是也。愚按，詞中不欲用出人姓名，嫌其硬也，不欲兩人名對使，惡其板也。一首詞有幾多字？字字皆須從千百鍊中出來，人名已嫌占地位，況直書人名，無從用運化之法，意亦未免嫌淺乎？《四庫提要》謂伯時此條，不免於拘，吾謂寧爲伯時之拘，不可以不拘而生流弊也。

　　古曲譜多有異同，至一腔有兩三字多少者，或句法長短不等者，蓋被教師改換。亦有嘌唱一家，多添了字。吾輩只當以古雅爲主，如有嘌唱之腔不必作。且必以清真及諸家目前好腔爲先可也。
　　愚按，此條所言，即所謂襯字也。《四庫提要》謂觀此云云，"乃知宋詞亦不盡協律，歌者不免增減。而萬樹《詞律》所謂'曲有襯字，詞無襯字'之說，尚爲未盡其變。"蓋宋人詞有襯字，昔人鮮言及者，伯時宋人，言之當屬確鑿，惜實例無從考證耳。至以句法之參差，歸諸教師之改換，嘌唱之增添，則正與曲中之襯字同一淵源，而襯字之不足訓，可以概見矣詞中多有句中韻，人多不曉。不惟讀之可聽，而歌時最要叶韻應拍，不可以爲閒字而不押。如《木蘭花》云："傾城，盡尋勝去。""城"字是韻。又如《滿庭芳》過處"年年，如社燕"，"年"字是韻。不可不察也。其他皆可類曉。又如《西江月》起頭押平聲韻，第二第四就平聲切去，押仄聲韻。如平聲押"東"字，仄聲須押"董"字、"凍"字韻方可。有人隨意押入他韻，尤可笑。

愚按，《西江月》詞第二句起平韻，第三句叶平，第四句仄，前後段均同。今曰"第二第四就平聲切去，押仄聲韻"，疑刊本有誤，待考。

（以上見《生活日報》1914年5月22日）

詞腔謂之均，均即韻也。

作大詞，先須立間架，將事與意分定了。第一要起得好，中間只鋪敘，過處要清新。最緊是末句，須是有一好出場方妙。作小詞只要些新意，不可太高遠，卻易得古人句，同亦要鍊句。

愚按，此論作長調、小令之異同。長調可以鋪敘，短調極須遒鍊，此人所共知也。

初賦詞，且先將熟腔易唱者填了，卻逐一點勘，替去生硬及平仄不順之字。久久自熟，便覺拗者少，全在推敲吟嚼之功也。

愚按，熟腔則參考者多，易唱則較少拗句拗字，平仄之不順，即可少見，生硬字替去，亦易從事。此初學所易爲力也。憶予初學時，漚尹先生嘗語予，當取玉田詞仿其調、仿其題而賦之，參互比較之下，易有進境。猶伯時意也耳。

詠物詞，最忌說出題字。如清真梨花及柳，何曾說出一個梨柳字？梅川不免犯此戒，如"月上海棠詠月出"，兩個月字，便覺淺露。他如周草窗諸人，多有此病，宜戒之。

愚按，此條之意，與前論桃柳等字不可直說破者同，蓋力避鄙率淺俗之病也。

（以上見《生活日報》1914 年 5 月 23 日）

汲古閣刻《宋六十家詞》，在今日頗不易得。子晉刻詞，得一集即以一集付梓，故如子野、石湖、東澤，固多未備。即人人傳誦之草窗、碧山、玉田，亦付闕如。且校讎之功，亦多疏忽，此汲古閣之失也。然填詞叢刻中，實以此爲最豐富，故久爲世界所惟重。近錢塘汪氏重鐫板於廣東，亥豕魯魚，視汲古爲尤甚。但取價不昂，且較爲易得，故此人多購之，以彌不得汲古原本之憾。若能以汲古原本付之石印，而再詳加校勘，以校勘記附其後，則風行之遠，可預卜也。

（以上見 1916 年《民權素》第 13 期）

學詞隨筆

鵷 雛 撰

載於一九一四年《江東雜誌》第一期，署名"鵷雛"。作者姚鵷雛（一八九二—一九五四），原名錫鈞，字雄伯，別號鵷雛、宛若、龍公、紅豆詞人，室名夢湘閣、生春水簃、楮玉尺楼、春水相干室，上海松江人，南社社員，文學研究社、國學商兌會、京江曲社社員。與朱鴛雛合稱"雲間二雛"，又與朱鴛雛、聞野鶴合稱"雲中三傑"。肄業於京師大學堂。曾主《太平洋報》《民國日報》筆政，歷任江蘇省長公署秘書、南京政府檢察院主任秘書、上海市文史館館員等。所作傳奇、説部、詩詞、詩話、雜著約三十五種。上海古籍出版社二〇〇八年至二〇一二年陸續整理出版了《姚鵷雛文集》（小説卷、詩詞卷、雜著卷）。

《學詞隨筆》係姚鵷雛與同鄉楊了公（號幾園）相約課詞而作的筆記，僅刊登一期。該詞話以評述詞人詞作爲主，如"以物代人"作詞法及"夢窗晦處，病在用事太雜"，"勁折清空之詞宜用仄韻，曼聇富麗之詞宜用平韻"，允稱有益。

偶學倚聲，未嫻音律，幽居多暇，寄興發颸，橫覽辛、姜，兼收吳、蔣、張、王、二周，隨興挹取，頗無專宗，近人則竹垞、湖海、樊謝、定庵，一篇之中往往而遇。鄉中楊幾園丈相約課詞，吟諷所得，觸類雜書，漫不銓次，聊以示丈，謂何如也？

竹垞檢討（注：原文佚檢字）《江湖載酒集》詞純乎清商哀竹之音，刻削雋永四字足爲定評。《買花聲·雨花臺》云："衰柳白門灣，潮打城還。小長干接大長干。歌板酒旗零落盡,剩有漁竿。秋風六朝寒,花雨空臺。更無人處一憑欄。燕子斜陽來又去,如此江山。"譚仲修謂聲可裂竹,信然。

　　詞於選韻,最常注意,以余所見,勁折清空之詞宜用仄韻,曼耷富麗之詞宜用平韻。白石善用仄韻,故頓挫處,聲可裂帛;夢窗善用平韻,故感慨處,情韵婉約。

　　夢窗晦處,病在用事太雜,往往上下兩句,各使一典,遂覺一篇之中,托意迷離不可尋。詰稼軒《賀新郎》賦琵琶故事臚列,雜亂無章,亦犯此病。雖曰大氣包舉,不覺粗率,然究不可學也。

　　空處出力,卽烘托,遙寫訣也。清真、夢窗於此最能。白石《暗香》《疏影》兩闋亦饒此境界。

　　稼軒"紅蓮相倚深如怨,白鳥無言定是愁"兩語,譚仲修最賞之,謂學詞者當於此討消息。不過以物代人法耳。以物代人四字,極粗淺,極切實,曾語楊幾園丈,丈極以爲然也。

倚琴樓詞話

周　焯　撰

　　載於《夏星》雜誌一九一四年第一期、第二期，分別署名"周焯"、"周太玄"。作者周焯（一八九五——一九六八），後改名無，號朗宣、太玄，四川新都人，近代著名生物學家。一九一一年考入中國公學，畢業後任上海《民信報》編輯。一九一九年參加少年中國學會，後赴法留學，創辦《旅歐週刊》。一九三〇年獲巴黎大學理學博士學位，回國任四川大學理學院院長兼生物系主任。解放後歷任重慶大學校長、中國科學院常務委員等職。著有《動物心理學》《人的研究》《詩的將來》等。今人陳應鸞編有《周太玄詩詞選集》。

　　《倚琴樓詞話》的主要詞學觀點包括三部分：一是反對堆砌雕琢、模擬古人，主張"作詞筆貴靈空，意貴縹緲，用筆宜熟，造意須生"，提出"學古人而泥於古人，用古人而爲古人所用，斯爲詞家大病"；二是提倡含蓄蘊藉，反對疏闊澀滯，提出"作詞密麗非病，澀滯實病，疏闊非佳，空靈乃佳"；三是主張志苦情真、窮而後工，提出"詞旨詞意獨到之處即志趣過人之處"，坎壈不遇的稼軒、龍洲和朱輪綠綺的後主、容成均乃如是；四是倡導重視詞眼，着力煉字，提出"填詞着力處當一二字點全闋之眼"，"用字尤須深加磨煉，方不蹈一二字失檢即爲全闋減色之病"。該詞話論納蘭性德"字字句句均係性情語"、"作不入世語而真者"，頗具慧眼。此外，詞話同時評述了友人李劼人、楊芬若等人的詞作，具有一定的文獻價值。

清新之詞興人山水之思，當以《春水》為最；悲忙之詞增人忠義之氣，是則當讓辛、劉。詞雖小道，感人最深，徒尚頑艷，無足觀也。文道希廷式《南鄉子·病中》詞云："一室病維摩，且愛閒庭掩雀羅。煮藥翻書渾有味，呵呵。老子無愁世則那？　莽莽舊山河，誰向新亭淚點多。惟有鷓鴣聲解道：哥哥。行不得時可奈何？"詞意沈鬱，不勝風雨陸沈之感，讀之令人愴然欲涕。

　　作詞筆貴靈空，意貴縹緲，用筆宜熟，造意須生。每見自來警句，字為人所常用，意則人所未道，其精絕處在人意外，又在人意中，若專事雕琢，未免澀晦，徒費心血而已。法夢窗者多膺斯病，不知夢窗才氣過人，決不為累，然玉田猶時病之，故堆砌雕琢，填詞者切不可犯。

　　學古人而泥於古人，用古人而為古人所用，斯為詞家大病。偶見周星譽《東鷗草堂詞》，有《踏莎行》云："珠箔閒垂，銀屏慵展，櫻桃斗帳金鳧燙。綠楊池館閉春陰，捲簾人比東風懶。　眉葉青銷，臉花紅斂，纖腰打疊游絲軟。懨懨病過海棠時，一身都被春愁綰。"《柳梢青》云："回首淒愁，松陵城郭，一路寒蟬。藕葉圍涼，蘋花遙暝，人在秋邊。　相思昨夜燈前。酒醒後、疏楊暮煙。對月心情，阻風滋味，又過今年。"兩詞正好，惟"捲簾人比東風懶"、"酒醒後，疏楊暮煙"等句，若無"簾捲西風，人比黃花瘦"、"今宵酒醒何處，楊柳岸，曉風殘月"在前，自可出一頭地，其奈運意用筆皆無獨到，適見小家剽竊而已。如辛稼軒之"長恨復長恨"，石帚之"猶記深宮舊事，那人正睡裏，飛近蛾綠"，用古翻新，何等氣力。有石帚、稼軒之氣力而用古翻新則可，否則將東鷗之不若矣。東鷗又有《浪淘沙》一闋，清新可愛，傑構自不可磨。其詞云："六曲小屏山，杏子單衫。笙囊如水玉鳧殘。雙燕和人同不睡，商略春寒。　香霧濕雲鬟，迆邐慵彈。重門深鎖蠣牆南。牆裏梨花花外月，花下闌干。"冒鶴亭謂使十八女郎執紅牙板歌之，恐聽者迴腸盪魄，信然。

　　詞中意貴含蓄不盡，必使人讀之有咀嚼味方好，古人詞不可及處正在此。不然，據景直書，簡淡無味，使人一讀即不欲再，而期以不朽,豈可得哉?邦彥詞云"流潦妨車轂","衣潤費爐煙";棄疾詞云"不知筋力衰多少,但覺新來懶上樓";于湖詞云"花影吹笙,滿地淡黃月",何等力量!江陰蔣春霖詞有"寫遍殘山賸水,都是春風杜鵑血",又"青衫無恙,換了二分明月,一角滄桑",諸句亦新穎可愛。朱湛廬盛稱宋張東澤以詞名入詞尾,實不知實先開自吕嵒矣。吕嵒字詞賓,關右人,咸通中,舉進士不第,携家隱終南,工詩詞。其《梧桐影》詞云:"落日斜,西風冷。今夜詩人來不來?教人立盡梧桐影。"

段弘章賦荼蘼《洞仙歌》詞云:"如此江山,都付與斜陽杜宇。是曾與,梅花帶春來,又自趁梨花,送春去。"絶妙!和靖之"萋萋無數,南北東西路";六一之"千里萬里,二月三月,行色苦愁人";聖俞之"滿地斜陽,翠色和煙老",咏草均能各盡其妙。

"風雨萋萋,雞鳴喈喈。風雨如晦,雞鳴不已"。寫景入神,令千古詞人一齊擱筆。

余友成都李劼人君,性清峭,潔然自喜,工詩詞。其《浣溪沙》云:"百尺高樓水接天,輕風微雨畫闌前,似無愁到酒杯邊。　曉院落花紅似淚,夜窗人影澹於煙,最宜渴睡是春寒。""燕繞梅梁樹點空,山光雲影入簾櫳,醉人端是棟花風。　兩岸鴨頭新漲綠,幾行鴉背夕陽紅,杖藜閒步畫橋東。""飛紫無端舞鷓鴣,清明前事已模糊,半階紅雨落花初。　一水惹情牽遠浦,萬山將意渡平蕪,計程人已過巴渝。"又遺余《醜奴兒·小照》詞云:"天涯同是飄零客,一度思君,一度銷魂,千里相逢紙上身。　煩君瘦骨殷勤比,恨是誰深,淚是誰新,繡鏡燈前仔細分。"《遺胡選之魏時小照》詞云:"清狂古道蜀中李,可似當時,哪似當時,清濁由君定是非。　無端寸紙花前影,有意揮題,無意揮題,待到相逢再係詞。""深杯淺酒東風裏,物換星移,猶記當時,紅淚青衫痛別離。　情懷底事如流水,近把秋姿,遠寄天涯,人影憑君判瘦肥。"

江安朱策勳篤臣先生善詞,學稼軒頗能得其精意。其《高陽臺》詞云:"笑海柔腸,磨天鐵膽,一齊交付歸船。生幾何時,蹉跎四十年。童年聽説江南好,到江南春已闌珊。更凄愁,兩鬢成霜,萬突無煙。　而今老大歸何處,六芙蓉江南,勸我先還。莫問游蹤,留些淚點難乾。無心再做糊塗夢,悔青侯,未學酣。怕啼鵑,如此鶯花,如此江山。"

又《南浦・秋水》詞云:"傍柳岸行來,看一波不興,秋和天染。霜氣白,蘆花彌漫處,消融諸雲成片。別離多了,又低頭,數南歸雁。十分潔淨紅醉葉,遍學桃花亂點。　今年苦雨添愁,漾斗柄西搖,月長星扁。偏問鱸魚挑舠去,了夢鄉心願。飄飄載酒,泛溪自恰尊芽短。錦鱗遙寄鴛機信,約我重陽重見。"咏楊柳《蘭陵王》詞云:"雨絲直,楊柳秋來又碧。江南岸曾記,年裏揉煙作天色。揚州是故國,偏挽錦颿愁旅客。闌干外,飄去又來,才隔花梢二三尺。

飛棉沒蹤蹟,已百度陽關,千幅蓬席。時花新酒忙寒食。枝一樹臨水,兩珠當岸,今宵人去駐冷驛。轉頭問南北。　淒惻。綠雲積。最不管離人,天涯孤寂。隋堤淺淺青蕪極。只茫茫葭浦,起聲漁笛。模糊天遠,似微霧,滄欲滅。"又《瑞龍吟》詞云:"仙庵路,遙隔野荒田,一層層樹。林間煙火模糊,寺僧負米,依溪北去。

且延步。曾記杏花門巷,絳雲飄雨。亂點煙鬟,飛開又綴,東風裙屐。　今我重來杯酒,綠肥紅瘦,秋風橫起。須自酌青梅,澆網塵句。蛇跳蕩,總是驚人語。何妨再勾留,幾日親翻詞譜。付與年年,燕子和煙,捽入桃溪柳鋪。説向癡兒女。來歲好,鶯花鮮明如故。繡車遲早,可向前邨駐。"自序云:秋日與友人飯二仙庵,回想百花投生時,鬟朵衣雲,恍如前日,風塵客子,蹉跎易老,憔悴依人,萬古如此。因製此曲,以見人生夢影。二仙庵在錦官城西南,工部草堂北,森木蓊蔥,幽静宜人。每歲春二三月,花會即設於此,鬢影衣香,花鬚柳眼,頗極一時之盛,故詞云云。

填詞着力處當以一二字點全闋之眼,如稼軒春晚詞云"煙柳暗南浦",只一"暗"字,而全闋精神俱見,不必再以晚春景物多事點綴。如下之"點點飛紅"、"十日九風雨"則又均從"暗"字出來矣。

艷詞最難,當以苦醫俗,以境界醫邪蕩,字眼語氣,猶須細加詳審。如梅溪之"恐鳳鞋挑菜歸來,萬一灞橋相見"。草山之"彈到斷腸時,春山眉黛低"。又"夢魂縱有也成虛,那堪和夢無"。六一之

"算伊渾似薄情郎,去便不來,來便去"。身份柔情,各得其正,若後主之"爛嚼紅茸,笑向檀郎唾",人賞其麗,吾驚其蕩。

稼軒、龍洲,鞿靮奔波,沈鬱雄渾,其獨到處乃才氣學問使然,非等閑者可與之京。蓋當山河破碎,衣冠浸淫之秋,二公胸懷忠義,坎壈不遇,其悲鬱忠勇之氣,無可發洩,乃盡瀉之以詞,故其詞旨詞意獨到之處即志趣過人之處,非惟詞是務者所能夢見。其得天也厚,其處遇也艱,其懷志也悲,故能言所欲言,大而不閥,雄而不狂,綺而不狷,穠而不纖,鏗鏘綿密,無往不可。世有才遜稼軒,志僅詞客而欲逐影追塵於千古下者,吾知其必無成也矣。

兩宋,詩之三唐;清真,詩之老杜;稼軒,詩之太白;而石帚,詩之退也。詞至白石而大,清正宏閎,各極其妙,且又深詣音律,故其改正《滿江紅》,自度《暗香》《疏影》諸曲,均協律入微,一整宿病。廣元三年丁巳四月曾上書論雅樂,並進《大樂議》一卷,《琴瑟考古圖》一卷,使古樂得傳,厥功亦偉矣。惜今人作詞,不重音律,遂令古樂存而若亡,世有白石,曷亟興乎?

予友維揚畢幾庵君工詩詞,著作頗富。其夫人楊芬若女士亦工詩,尤擅於詞,曾撰有《縮春樓詩詞話》各一卷,詩詞若干卷,人有近代女詞家之稱。今復得見其最近諸詞,珠璣滿紙,清正穠綺,若置諸《漱玉》《斷腸》之間,可亂楮葉。《珍珠令》云:"鵾鴣唱斷江南路,春光暮。早吹落櫻桃飛絮。彈淚向東風,奈東風不語。 一寸柔腸愁萬縷,撥瑤瑟心情難訴。難訴。又院宇黃昏,瀟瀟疏雨。"《醉桃源》云:"晚妝樓上夕陽斜,無聊掩碧紗。東風不管病愁加,開殘紅杏花。 香篆冷,繡簾遮,春深別恨賒。可堪夢裏說還家,魂銷天一涯。"《怨春風》云:"落花風裏,鶯啼鉤起愁絲。夢裏分明是舊時,怕重展臙粉殘脂。 醒來蹙損雙眉,斷腸處,天涯草萋。忍淚送春歸,綠楊枝上,紅瘦斜暉。"《太常引》云:"斷腸春色可憐宵,心事湧于潮。魂情不禁銷,奈夢裏、蓬山路遙。 桃花簾外,嫩寒如水,吹瘦小紅簫。銀燭不勝嬌,早又是、盈盈淚消。"《七娘子》云:"沈沈簾幕人俜俜,杏花殘,又是愁時候。南浦春波,大堤細柳,一般慘綠東風後。 尊前怕說相思久,怨江南,容易開紅豆。

無賴哀箏,聲聲依舊,銷他絃底春魂瘦。"

(以上《夏星》雜誌1914年第1期)

納蘭容若所著之《飲水》《側帽》詞,繼響南唐,齊名陳、朱,最擅長小令,字字句句均係性情語,而悱涼天成,綿纏獨到,如有神助。其得天也厚,故雖生長華膴,而不作一穠麗語;其涉世也淺,故不作一寒酸語;不知人間有不幸事,故不作一抑鬱語;語語以真性情、真學問出之,故又不作酬酢語。蓋惟文人最真,亦惟文人最假。其入世稍深,經歷既廣,所謂真性情者漸漸滅,而酬酢徵逐之事乃多,故其為詞非性情語而市井語也。然其閱世至深,則又至真,蓋能出世者也,其為詞必如孤雲野鶴,來去無跡,而作真性情語。故不入世者,固真入世,而出世者,亦真以真性情為詞,則其詞為個人之言,非眾人之言,為獨到之言,非膚淺之言。張玉田謂作壽詞最難,蓋不難於用意措詞,而實難於捨己從人作酬酢語也。非作酬酢語難,作酬酢語而見真性情實難。作酬酢語而見真性情,吾於古今則未見其人,非不能也,實不可能也。然作出世語而真者尚多,作不入世語而真者實少,千餘年惟南唐後主及納蘭容若二人而已。學詞者學清真、白石、夢窗、玉田易,學後主、容若實難,此其所以可貴也耶。

窮而後工,詞亦云然,非只窮其身,蓋必窮其心,心窮而後志苦,志苦而後情幽且真,不然南唐、容成朱輪綠綺,不可以為詞矣。近代詞人如張璚隱《得毋相忘詞》之《齊天樂》云:"年華三十春花夢,柳枝折殘離恨。不信詞人,淒涼萬種,都在眉痕鬢影。西風鳳鏡。試重照春衫,翠煙銷盡。如此蕭條,東華門外寶驄冷。　天涯消息自警,欹斜陽一角,闌干紅膡。萬朵梅花,春寒勒住,不放江南夢醒。玉簫誰聽。試打叠愁心,銷歸酩酊。只恐瑤尊,淚痕和酒凝。"程子大《美人長壽庵詞》《高陽臺》云:"殢雨蓬心,彈潮舵尾,春江斷送蘭橈。冷浸魚天,一枝涼月吟簫。返魂新柳誇三絕,做顰眉,淚眼蠻腰。縈灣頭,縱有他生,不似虹橋。　當初喚玉簾衣鬢,已心心心上,長遍愁苗。鏡海頹廊,居然有個鸚招。過頭風浪年時事,待萍鷗,送上離潮。怕橫江、萬斛詩愁,酒薄難消。"《小樓連苑》云:"可憐人日天涯,年年春夢花前冷。絲絲細雨,愔愔薄霧,艸堂芳訊。中酒心情,試燈天氣,峭寒偏忍。倩疎簾放了,闌干四面,遮不住,梅花影。　　醉裏憑肩悄問,問東風,乍催芳信。十分僝僽,三分成夢,七分成病。燕翦嬌黃,苔紋恨碧,個儂香徑。掩窗紗六扇,銀哥多事,喚愁人醒。"謝枚如章鋌《酒邊詞》《珍珠簾》云:"小山都做傷春色,況簟寒簾幕,尖風惻惻。落葉爾何心,偏亂飛庭側。香魂應有歸來日,只扶上枝頭難得。頃刻。已消盡脂痕,瑣窗漸黑。　　塵世多少空花,便各自繁華,百年奘極。幻夢不須陳,乃歸真太逼。平生久慣飄零恨,管此後、轉蓬南北。誰識。剩瘦影中間,愁陰如織。"《喝火令》云:"好夢原無據,愁多夜屢醒。對人無賴遠山青。最是酒闌燈炧小,膽怯淒清。　　河漢三千里,更籌二五聲。幾番憔悴可憐生。爲汝焚香,爲汝寫心經。爲汝素來多病,減算況雙星。"各詞均能苦矣。

　　作詞密麗非病,澀滯實病,疏闊非佳,空靈乃佳。可解而不可解謂之澀滯,不可解而可解謂之空靈。其詞眼消息,一二字即可判之空靈,章句一字失檢,即可陷爲澀滯,而澀滯者,亦一二字即可救之。近人漢州張祥齡子馥所作《半篋秋詞》,其中澀滯之病殊多,每每以一二字或一二句害及全闋,偶一研讀,輒爲之扼腕者再。如用片玉韻和淚薦季碩《月下笛》詞云:"雪弄山谷,湖光飛翠,蕩搖空碧。離懷阻抑,隔浦何人橫玉笛。倚危樓,低問歸鴻,可曾伴侶逢舊識。嘆塵箋蠹管,飄零都盡,恨填胸臆。　　因思往事,記小閣紅闌,玉葱曾拍。長楸走馬,那會青衫羈客。把從前,粉痕酒痕,暗和蜜炬成淚滴。枉啼鵑、喚遍春歸,萬里無消息。"《蝶戀花》用馮延巳韻云:"畫舸排停堤上樹,楊葉眉嬌,密護春千縷。獨抱秦箏移雁柱,眼波暗逐黃衫去。　　水面紅鱗吹柳絮,龍吻濺濺,玉碎飛香雨。隔坐避人絃解語,關心祇有春知處。""弄月溪唇時未久,不見人來,只見花依舊。小病懨懨非中酒,玉顏甚比梅花瘦。　　前度歌橈曾繫柳,因甚湖邊,心事新來有。日暮倦招翠袖,憑欄立盡黃昏後。"等詞,《月下笛》之"玉葱曾拍",《蝶戀花》前闋"眼波暗逐黃衫去"之"黃"字,後闋"玉顏甚比梅花瘦"之"甚"字,其病全闋甚深,即所謂一二字失檢即可病及全闋者也。然詞中亦不乏佳者，摘之如左。《阮郎歸》云："自知恩愛不如初，多情總說如。欲邀憐寵訴音書，翻招情義疏。　　金斗重，玉屏孤，眉攢待熨舒。寫恩寫怨總成虛，何如一字無。"

　　作詞只先求無病，平妥後再求高妙，方是大家路數。下筆之時，即須要將眼光放得高遠，用意選詞方才不陷於卑弱。至於用字，尤須深加磨煉，方不蹈一二字失檢即爲全闋減色之病。至於骨格氣魄，則在平時之抱負蓄養，非可强而至也。

（以上《夏星》雜誌 1914 年第 2 期）

鏡臺詞話

病　倩　撰

刊於《女子雜誌》一九一五年第一卷第一期，署名"病倩"。作者陳去病（一八七四——一九三三），原名慶林，字佩忍，又字巢南、病倩，別號醒獅、大哀、南史氏、垂虹亭長、有媯血裔、東陽令史子孫等，江蘇吳江同里人，南社創始人之一。一八九五年考中秀才。一八九八年，在家鄉組織雪恥學會，響應維新運動。一九〇三年，東渡赴日考察。同年，以漢代名將霍去病自勉，改名去病。回國後，積極參與反帝愛國運動，曾與徐自華、吳芝瑛一同安葬秋瑾於西湖，先後主筆和出版《警鐘日報》《二十世紀大舞臺》《國粹學報》等十餘種刊物，參與組織神交社、秋社、南社等。一九三三年十月病逝於蘇州虎丘。一生著述豐富，著有《浩歌堂詩鈔》《浩歌堂詩續鈔》《巢南詩話》《詩學綱要》《辭賦學綱要》《五石脂》等，輯有鄉邦文獻《笠澤詞徵》《吳江詩錄》等。陳去病今存詞約四十首，後人輯爲《巢南詞》（又稱《病倩詞》）。二〇〇九年，上海古籍出版社整理出版了《陳去病全集》。

《鏡臺詞話》共計六則，以評述宋代女詞人李清照、魏夫人與朱淑真的生平和詞作爲中心。該詞話推重易安，謂其詞作"有鋪叙，又典重，多故實而兼情致"，且贊其詞論"評隲諸家是非優劣，尤似老吏斷獄，輕重悉當，洵乎深得詞家三昧矣"。

詞肇於唐，盛於宋，衰於元明，而再振於清。然則清之詞，將彷彿乎宋之徒歟亦未也。唐宋研精聲律，其詞多可入簫管，而清賢俱謝不能，此古今優劣之比較，略可覩矣。往讀李易安論詞之作，輒用傾倒，茲迻錄如下，庶能得此中消息已。

論云："樂府聲詩並著，最盛於唐。開元、天寶間，有李八郎者，能歌擅天下。時新及第進士開宴曲江，榜中一名士先招李，使易服隱名姓，衣冠故敝，精神慘沮，與同之宴所。曰：'表弟願與坐末。'衆皆不顧。既酒行樂作，歌者進。時曹元謙《念奴嬌》爲冠。歌罷，衆皆咨嗟稱賞。名士忽指李曰：'請表弟歌。'衆皆哂，或有怒者。及轉喉發聲，歌一曲，衆皆泣下。羅拜曰：'此必李八郎也。'自後鄭衛之聲日熾，流靡之變日繁，亦有《菩薩蠻》《春光好》《莎雞子》《更漏子》《浣溪沙》《夢江南》《漁父》等詞，不可遍舉也。五代干戈，斯文道熄。獨江南李氏君臣尚文雅，故有'小樓吹徹玉笙寒'、'吹皺一池春水'之詞，語雖奇甚，所謂亡國之音哀以思也。逮及本朝，禮樂文武大備，又涵養百餘年，始有柳屯田永者，變舊聲作新聲，出《樂章集》，大得聲稱於世，雖協音律，而詞語塵下。又張子野、宋子京兄弟、沈唐、元絳、晁次膺輩繼出，雖時時有妙語，而破碎何足名家。至晏元獻、歐陽永叔、蘇子瞻，學際天人，作爲小歌詞，直如酌蠡水於大海，然皆句讀不葺之詩爾。又往往不協音律者，何耶？蓋詩文分平仄，而歌詞分五音，又分五聲，又分音律，又分清濁輕重。且如近世所謂《聲聲慢》《雨中花》《喜遷鶯》，既押平聲韻，又押入聲韻。《玉樓春》本押平聲韻，又押上去聲，又押入聲。其本押仄聲韻，如押上聲則協；如押入聲，則不可歌矣。王介甫、曾子固，文章似西漢，若作小歌詞，則人必絕倒，不可讀也。乃知詞別是一家，知之者少。後晏叔原、賀方回、秦少游、黃魯直出，始能知之。又晏苦無鋪叙，賀苦少典重，秦則專主情致而少故實，譬如貧家美女，非不妍麗，而終乏富貴。黃即尚故實，而多疵病，譬如良玉有瑕，價自減半矣。"去病案：此篇於源流正變，推闡極致。其所評隋諸家是非優劣，尤似老吏斷獄，輕重悉當，洵乎深得詞家三昧矣。沈東江謙嘗曰："男中李後主、女中李易安，極是當行本色。"今日思之，斯言良信。

歐陽公《蝶戀花·春暮》詞起句"庭院深深深幾許",連叠三字,風調絕勝。易安居士酷愛之,遂用其語别成數闋,亦可謂風流好事矣。然余所最佩者,莫若《聲聲慢》一闋,劈頭連用十四箇叠字,豈非大珠小珠落玉盤乎?而煞尾更綴以"點點滴滴"四字,真所謂"回頭一笑百媚生"也。

毛稚黄嘗以易安"清露晨流,新桐初引"係《世説》全句,用得渾妙,因謂:"詞貴開宕,不欲沾滯,忽悲忽喜,乍近乍遠,乃爲入妙。如李詞本閨怨,而結云'多少游春意'、'更看今日晴未',忽而開拓,不但不爲題束,并不爲本意所苦,直如行雲,舒卷自如,人不覺耳。"斯言真能將妙處道得出來。然余更因是知易安此作,殆爲《詞論》所云,有鋪叙,又典重,多故實而兼情致者歟。

李又嘗作《醉花陰》詞致趙明誠云:"薄霧濃雲愁永晝,瑞腦銷(一作曉)金獸。佳節又重陽,寶枕紗廚,半夜秋初透。　東籬把酒黄昏後,有暗香盈袖。莫道不銷魂,簾卷西風,人比黄花瘦。"明誠自媿弗如,乃忘寢食,三日夜得十五闋,雜易安作,以示陸德夫。德夫玩之再三,曰:"只有'莫道不銷魂'之句絶佳。"政易安作也。李復有《如夢令》云:"昨夜雨疎風驟,濃睡不消殘酒。試問捲簾人,却道海棠依舊。知否,知否,應是緑肥紅瘦。"極爲人所膾炙。明誠卒,易安祭之云:"白日正中,嘆龐翁之機捷;堅城自墮,憐杞婦之悲深。"文亦黯絶。或傳其再適張汝舟,此出怨家誣陷,不足信也。嘗考德甫之殁,漱玉年已四十餘。維時正值紹興南渡,倉皇奔走,艱苦迭嘗,讀《金石録後序》已略可覩。而曾謂其能從容再適乎?且既再適矣,而尚忍掇拾遺稿,與之作跋併闡述其生平行狀乎?是固不辯而知其誣也。蓋德甫雖暴卒,而其所寶藏猶多,漱玉以一嫠婦,提携轉側,安得不引人艷羨?而盗竊攘奪之事,斯接踵而至矣。及以玉壺興訟而仇隙益滋,此輩語之所由相逼而來也。《金石録》一序,易安其亦有悔心歟?故曰:"有有必有無,有得必有失,乃理之常。楚人亡弓,楚人得之,又何足道。蓋所以爲好古之戒,至深且切。"而再適之誣,亦大白矣。

朱晦庵嘗以魏夫人詞與易安并論,謂爲"本朝婦人之冠"。魏夫人詞不多見，世亦罕知之。惟曾慥《樂府雅詞》載十首，均清絕韻絕，果不在易安下也。如《好事近》云："雨後晚寒輕，花外早鶯啼歇。愁聽隔溪拽漏，正一聲凄咽。　　不堪西望去程賒，離腸草回結。不似海棠陰下，按涼州時節。"《阮郎歸》云："夕陽樓外落花飛，晴空碧四垂。去帆回首已天涯，孤煙捲翠微。　　樓上客，鬢成絲，歸來未有期。斷魂不忍下危梯，桐陰月影移。"《點絳唇》云："波上清風，畫船明月人歸後。漸銷殘酒，獨自憑闌久。　　聚散匆匆，此恨年年有。重回首，淡烟疏柳，隱隱蕪城漏。"清微咽抑，搖弄生姿。斷句如"三見柳緜飛，離人猶未歸"，融化龍標詩意，頗覺含渾。"冤盡春來金縷衣，憔悴有誰知"，亦是少婦本色。而余尤愛其《減蘭》兩闋："西樓明月，掩映梨花千樹雪。樓上人歸，愁聽孤城一雁飛。　　玉人何處，又見江南春色暮。芳信難尋，去後桃花流水深。""落花飛絮，杳杳天涯人甚處。欲寄相思，春盡衡陽雁漸稀。　　離腸淚眼，腸斷淚痕流不斷。明月西樓，一曲闌干一倍愁。"回環宛轉如注，而復使置之《茗柯詞選》，不幾以《金荃》《陽春》目之耶？

同時幽棲居士朱淑真，相傳爲文公姪女，以所適非偶，著《斷腸集》，時有怨語。或且以《生查子》詞病之，而不知爲歐九作，則其被誣也深矣。嘗觀其詩有與魏夫人飲宴唱和之作，所謂"飛雪滿羣山"者是已。詞尤與漱玉齊名。如《生查子》："寒食不多時，幾日東風惡。無緒倦尋芳，閒却秋千索。　　玉減翠裙處，病怯羅衣薄。不忍捲簾看，寂莫梨花落。""年年玉鏡臺，梅蕊宮妝困。今歲未還家，怕見江南信。　　酒從別後疎，淚向愁中盡。逐想楚雲深，人遠天涯近。"斷句如"欹枕背燈眠，月和殘夢圓"，"多謝月相憐，今宵不忍圓"，"十二闌干閒倚遍，愁來天不管"，"滿院落花簾不捲，斷腸芳草遠"，"亭亭佇立移時，拌瘦損、無妨爲伊"，"把酒送春春不語，黃昏却下瀟瀟雨"，俱極清新俊逸，意態橫生，一若聰明人不嫌作癡語，真所謂嬌憨絕世也。又其《清平樂》云："嬌癡不怕人猜，和衣睡倒人懷。最是分攜時候，歸來嬾傍妝臺。"《柳梢青》云："箇中風味誰知。睡乍起，烏雲任欹。嚼蕊挼英，淺顰輕笑，酒半醒時。"此尤豈門外漢所能道隻字耶？

適齋詞話

摩 翰 撰

載於《愛國月報》一九一五年第一卷第一期,署名"摩翰"。作者鄺振翎(一八八五——一九三二),字摩漢(翰),号石溪,別署石溪詞客,江西尋烏人。青年時加入同盟會,參與南昌光復、武昌起義。一九一四年,與波民、西河、負天等在南昌結粹社。一九一五年,與一雁、衡燕、滄州等結心社于海上。同年冬至北平,求學于林紓,與同學胡南湖、馮若飛合稱"林門三子",又與樊增祥、易順鼎交游。林紓曾贊其:"小令流贍近歐晏,長調清脆近玉田。"後游歷海外,歷任法政大學、武昌中山大學、南京中央陸軍軍校教授、教官。著有《石溪詞》《適齋詞話》等。

《適齋詞話》以記錄友人贈答詞爲主,主要輯錄與同鄉何俊卿、啼紅詞人蔡突靈、南康賴波民等交游事跡和往復酬贈的詞作。該詞話又載於《同德雜誌》一九一七年第二期,文字略有出入。

　　何君雋卿,吾鄉隱君子,喜治聲韻之學。著有《梅花仙館詩詞草》若干卷。甲寅秋,相遇邑城縣農會,談甚歡。次日,贈余《慶春澤》詞一闋,曰:"曲澗跳珠,飛湍瀉玉,泠泠古調誰彈。倚劍悲歌,却憐如此江山。天涯我亦嗟遲暮,恁銷魂秋雨闌珊。思千般,步遍廻廊,倚遍雕欄。　　勾當風月吟魂殢,看紅皺酒量,墨漬襟斑。瀛海歸來,天教重主詞壇。蘇豪柳膩君兼擅,寫烏絲爭刻琅玕。和應難，白雪啥成，唱徧歌鬟。"余依韻和之，稿亡。八月，余策蹇之鄂，君祖餞之夕，復贈余詩四章、泊春從天上來詞一闋。茲錄其詞，曰："咫尺天涯。恨西風無賴，盪散搏沙。笛冷吹愁，杯深承露，當筵慵泛流霞。約略墜歡如夢，追往跡同惜年華。別情賒，悵楚江渺渺，望斷靈槎。　惆悵王孫歸去，認櫓聲嘔軋，帆影欹斜。楓錦搖丹，蘋衣皺碧，不知秋在誰家。握手奈旋分手，數相思白露蒼葭。漫吁嗟。待何時把袂，同話桑麻。愛我故人，情深若揭。"余依留別同鄉諸君《齊天樂》詞韻，賦一闋答之，曰："旗亭醱酒陽關曲，平生怕傷離別。楓葉飄黃，蘆花落碧，驚起詩愁千叠。離懷百結。悵湘水重經，吳山難越。短棹孤蓬，年年偏照關山月。　歸來尋朋覓侶，惟吾君書寫，兩兩奇絕。字裏鍾王，詩邊李杜，高卧更同靖節。官腰不折。任屈子悲傷，賈生嗚咽。憤俗憂時，壯懷空激烈。"

《梅花仙館詞草》中多悲感之作。其《滿江紅·中秋感懷》一闋曰："荏苒韶華，早又是中秋時節。應省識人生幾度，得逢今夕。三尺吳鉤酬壯志，五車書史供歌泣。嘆人間無地可埋愁，乾坤窄。　雙眼冷，寸腸熱。滿腔事，向誰說。恁把酒高歌，唾壺捶缺。碧海茫茫隨夢墜，林煙漠漠和愁織。聽荒城旅雁叫西風，心淒切。"《自題紅袖添香圖·高陽臺》一闋曰："月轉魚屓，露冷鴛甃，沉沉已過宵分。伴讀燈前，幾煩翠袖殷勤。星星蕙炷當窗熱，戀餘香比似郎溫。忒氤氳，有底思量，直恁銷魂。　風流怎奈成虛語，悵春人不見，玉照空存。望斷鱗鴻，無聊怕到黃昏。傷心一幀崔徽畫。恁摩挲淚漬湘筠。盼江雲，思煞阿嬌，愁煞司勳。"

去歲冬，余過南州，於友人處，得見蔡啼紅集宋詞十闋，命名《庭院深深》，本歐陽永叔《蝶戀花》語，悱惻纏綿，天衣無縫。余愛讀之餘，亦集詞語和之。《啼紅詞》曰："庭院深深深幾許。不捲珠簾，人在深深處。盡日沉香煙一縷。畫堂博簺良宵午。　猶憶去年歡意舞。寶勒朱輪，共結尋芳侶。畫扇青山吳苑路。桃根桃葉當時渡。"（一）"庭院深深深幾許。雨濕雲溫，留我花間住。惟恨花前携手去。落花已作風前舞。　檀板未終人去去。千里病波，不見江東路。回首高城音信阻。玉容寂寞誰為主。"（二）"庭院深深深幾許。前度劉郎,重到章臺路。月細風尖楊柳渡。斷鴻過後鶯飛去。　　曉日窺簾雙燕語。燕子樓空,人面知何處。一晌沉吟無意緒。樓前獨繞鳴蟬樹。"(三)"庭院深深深幾許。深院無人,行到無情處。紅粉暗隨流水去。桃溪不作從容住。　　短雨殘雲無意緒。夢斷高唐,回首桃源路。淚眼倚闌頻獨語。淒涼誰吊荒臺古。"(四)"庭院深深深幾許。衾冷香消,剩有殘妝污。憶得佳人臨別處。啼痕濕花如霧。　　遺恨當時留秀句。去意徘徊,唱徹黃金縷。今日獨尋黃葉路。秦樓聲斷秦簫侶。"(五)"庭院深深深幾許。止有飛雲,冉冉來還去。碧落秋風吹玉樹。啼紅正恨重陽雨。　　檻菊愁煙蘭泣露。別後風亭,月榭孤歡聚。玉勒雕鞍游冶處。斷腸惹得離情苦。"(六)"庭院深深深幾許。簾卷西風,夜冷寒蛩語。簾外絲絲楊柳舞。梧桐葉上瀟瀟雨。驚破夢魂無覓處。行盡江南,不與離人遇。欲盡此情書尺素。孤鴻影沒江天暮。"(七)"庭院深深深幾許。更漏迢迢,耿耿天涯曙。流水落花無問處。綠蕪雕盡臺城路。　　漫被閒愁相賺誤。舊恨前歡,心事兩無主。細算浮生千萬緒。狂情錯向紅塵住。"(八)"庭院深深深幾許。家住吳門,久作長安旅。可恨歸期無定據。登臨況值秋光暮。　　冉冉年光真暗度。風月無情,總是傷情處。此會未闌須記取。砌成此恨無重數。"(九)"庭院深深深幾許。一帶長川,自在流今古。錦瑟年華誰與度。斷腸猶憶江南句。　　淚眼問花花不語。天上人間,後會知何處。又是天涯初日暮。夜涼明月生南浦。"(十)余詞曰:"庭院深深深幾許。門掩黃昏,寂寞閒庭戶。開盒愁將紅豆數。淒淒祇是驚秋暮。　　隱隱青山濛碧霧。睡起無僇,妒煞紅梅雨。粉蝶雙雙穿檻舞。憑闌總是銷魂處。"(一)"庭院深深深幾許。楊柳堆煙,回首斜陽暮。挽斷羅衣留不住。無情人向西陵去。　　秋藕絕來無續處。一別經年,未得魚中素。彩筆閒來題繡戶。桃花幾度吹紅雨。"(二)"庭院深深深幾許。記得當年,花底曾相遇。情似依依黏地絮。輞川圖上看春暮。　　淚濕闌干花著露。月幌風襟,總是牽情處。千偏懷人慵不語。憑君礙斷春歸路。"(三)"庭院深深深幾許。卓女文君,繡戶深深處。好箇當壚人十五。年光正是花梢露。　　爛醉花間知有數。一笑相逢,魂夢都無緒。深閉長門聽夜雨。紅紗未曉黃鸝語。"(四)"庭院深深深幾許。拍遍闌干,更漏頻頻數。一曲陽春春已暮。綠腰裙帶無人主。　偏怪東風吹不住。揚子江頭,兩兩昏鴉去。欲寄彩鸞無尺素。杜鵑啼盡行人路。"(五)"庭院深深深幾許。垂下簾櫳,一陣黃昏雨。驚破夢魂無覓處。銀河暗淡風悽楚。　年少拋人容易去。一霎旗風,斷送青春暮。細算浮生千萬緒。含情相對渾無語。"(六)"庭院深深深幾許。舊恨前歡,試托哀弦語。一片紅雲遮去路。夢魂長在分襟處。　去便不來來便去。月夕風晨,此際誰爲主。欲訴此情書尺素。斷鴻聲遠長天暮。"(七)"庭院深深深幾許。唱遍江南,一曲黃金縷。料得當年腸斷處。綠楊芳草長亭路。　把酒已嗟春色暮。寂寞園林,幾度黃昏雨。門外綠楊風後絮。悠揚便逐東風去。"(八)"庭院深深深幾許。閒展烏絲,翻作新詞譜。點點胭脂飄細雨。杜鵑聲裏斜陽暮。　綠滿當時携手路。楊柳樓臺,零落花無語。檀板未終人去去。玉容寂寞誰爲主。"(九)"庭院深深深幾許。月下殷勤,待客携尊俎。因恁斜陽留不住。爲誰留下瀟湘去。　望斷雲山多少路。冠蓋京華,枉被浮名誤。第四陽關雲不度。人間沒箇安排處。"(十)本年夏,寓滬無事,將此詞投郵寄上。旬餘,得其東京來書云:"'庭院'十闋,僕采先賢之語,以述已遇,方且自以爲足,不料更有愈接愈厲,復振雄威如君者。僕集既已不易,君以不易之餘更集是,則難乎其難,不可思議,令人可驚"等語。按啼紅云"采先賢之語,以述己遇",箇中人説箇中事,集中編次,自較余爲佳。

　　啼紅君,吾贛碩士。光復後,曾任教育司長,參議院議員。雅好倚聲之學,著作頗富,芟除綺語,力主清空,近喜治稼軒、淮海兩詞,故其錄示者,多豪俊沉痛之作。余最愛其《采桑子》四闋《暮春詞》,不實不虛,不黏不脱,寰中之象,弦外之音,每讀一過,令人神往。曰:"行人誰道春愁苦,滿眼淒淒。三徑都迷。撩亂楊花撲面飛。　落紅無限纏綿意,率著游絲。掛住殘枝。底事東風不住吹。"(一)"群英結局寧如此,春意闌珊。辜負幽歡。鏡裏韶光不忍看。　　故人寥落知何處,萬水千山。相見應難。鎮日無言獨倚闌。"(二)"似曾相識離亭燕,見我翩翩。不似當年。廿四番風獨佔先。　　雕鞍繡轂今無賴,江上鷗邊。亂草寒煙。游倦江南三月天。"(三)"流鶯勸我自珍護,萬管花飛。莫聽鵑啼。庭院深深睡起遲。　　此生奈被多情惱,過了花朝。憔悴如斯。酒興新來更不支。"

賴君波民,五年前與余訂莫逆交。癸丑夏,重過漢皋旅次。每屆夕陽西下,扁舟一葉,五雨風斜,文酒流連,殆無虛日,一和一唱,稿積寸餘。現稿存他處,待後擇尤補入。茲先錄其《滿江紅·北京天安門雪中懷古》一闋,曰:"一縷斜陽,祗影映千年舊宅。試望那樓臺深處,已非當日。玳瑁梁空春水綠,梧桐院鎖寒煙碧。剩失群孤鳥在林端,聲淒惻。　　青青柳,蒼蒼柏。寫不盡,興亡跡。向城頭細索,斷戈殘戟。旅客年年鷗夢遠,中原莽莽笳聲急。又無端風雪滿乾坤,山頭白。"沉雄悲咽,殆類斯人。

香艷詞話

無　悶　撰

載於《鶯花雜誌》一九一五年第二期，署名"無悶"。作者胡無悶，女，小字玉兒，生卒年不詳，號凝香樓主人，廣東人。據《新無錫》和《錫報》所載廣告，胡無悶曾從事戲曲表演，工青衣和花衫，在寧波掛頭牌演出過"髦兒戲"京劇。一九一五年在上海與孫靜庵共同主編《鶯花雜誌》，內容以刊登艷史艷詩、閨秀小傳、妓女小傳爲主。無悶著有《閨秀詩傳》《香艷詩話》《香艷詞話》等，後彙編爲《凝香樓奩艷叢話》，編有戲曲傳奇《章臺柳》與《玉管姻》兩種，系明人傳奇的刪節本。

《香艷詞話》共十四則，主要編彙歷代與閨秀歌妓相關的情事艷詞。考其内容，實則并非原創，全部抄撮自前人，價值不大。前兩條抄自徐釚《詞苑叢談》卷八《紀事三》中的"遼蕭后《十香詞》"、"無名氏女郎《玉蝴蝶》"；後十二條則抄自徐釚《詞苑叢談》卷九《紀事四》中的"龔定山醜奴兒令"、"葉天寥詞"、"贈隨春詞"、"龔中丞催妝詩"、"悔庵贈文玉詞"、"宗定九題《坐月浣花圖》"、"嚴蓀友《瑞龍吟》"、"汪蛟門和雙燕詞"、"姑蘇女子題壁詩"、"沈方珠"、"吳壽潛《一七令》"和"吳壽潛《醉春風》"。另，《鶯花雜誌》一九一五年第三期亦有《香艷詞話》，實爲鈔撮彙編前代詩話，茲不述。

遼蕭后有《十香詞》，其構禍之由也。雖事出冤誣，然以帝后之尊，爲奸婢作書，且詞多近褻，自貽伊戚，夫復何言？獨喜其《回心院詞》，則怨而不怒，深得詞家含蓄之意。斯時，柳七之調尚未行於北國，故蕭詞大有唐人遺意也。詞云："掃深殿，閉久□金鋪暗。游絲絡網塵作堆，積歲青苔厚階面。掃深殿，待君宴。""拂象牀，憑夢借高唐。敲懷半邊知妾卧，恰當天處少輝光。拂象牀，待君王。""換香枕，一半無雲錦。爲是秋來展轉多，更有雙雙淚痕滲。換香枕，待君寢。""鋪翠被，羞殺鴛鴦對。猶憶當時叫合歡，而今獨覆相思塊。鋪翠被，待君睡。""裝繡帳，金鉤未敢上。解却四角夜光珠，不教照見愁模樣。裝繡帳，待君貺。""叠錦茵，重重空自陳。祇願身當白玉體，不願伊當薄命人。叠錦茵，待君臨。""展瑤席，花笑三韓碧。笑妾新鋪玉一床，從來婦歡不終夕。展瑤席，待君息。""剔銀燈，須知一樣明。偏是君來生彩暈，對妾故作青熒熒。剔銀燈，待君行。""爇熏爐，能將孤悶蘇。若道妾身多穢賤，自沾御香香徹膚。爇熏爐，待君娛。""張鳴筝，恰恰語嬌鶯。一從彈作房中曲，常和窗前風雨聲。張鳴筝，待君聽。"按蕭后小字觀音，工書，能歌詩，善彈筝琵琶，天佑帝敕爲懿德皇后。帝游畋無度，蕭后諷詩切諫，帝疏之。作《回心院詞》，寓望幸之意也。宮女單登，故叛人重元家婢，亦善筝及琵琶，與伶官趙惟一争能，后不知，已遂與耶律乙辛謀害后，更令他人作《十香詞》，僞云宋國忒里蹇作，乞后書之，遂誣后與惟一通，以《十香詞》爲證，因被害。忒里蹇，皇后也。

　　無名氏女郎玉蝴蝶詞云："爲甚夜來添病，强臨寶鏡，憔悴嬌慵。一任釵橫鬢亂，永日薰風。惱脂消、榴紅徑裹，羞玉減、蝶粉叢中。思悠悠，垂簾獨坐，倚遍薰籠。　　朦朧。玉人不見，羅裁囊寄，錦寫箋封。約在春歸，夏來依舊各西東。粉牆花影來疑是，羅帳雨、夢斷成空。最難忘，屏連瞥見，野外相逢。"武林卓珂月云此詞當時甚爲馬東籬、張小山諸君所服。或曰洞天女作。詳見元之《夢游詞序》中。詞共十有八闋，周勒山《林下詞選》録其半。

　　龔定山尚書與横波夫人月夜泛舟西湖，作《醜奴兒令》四闋。自序云："五月十四夜，湖風酣暢，月明如洗，繁星盡斂，天水一碧，偕内人繫艇子於寓樓下，剥菱煮茨，小飲達曙。人聲既絶，樓臺燈火，周視悄然，惟四山蒼翠，時時滴入杯底。千百年西湖，今夕始獨爲吾有。徘徊顧戀,不謂人世也。酒語情話,因口占四調以紀其事。子瞻有云:'何地無月,但少閒人如吾兩人。'予則謂:'何地無閒人,無事尋事如吾兩人者,未易多得爾。'"詞云:"一湖風漾當樓月,涼滿人間。我與青山,冷澹相看不等閒。　藕花社榜疎狂約,綠酒朱顏。放進嬋娟,今夜紗窻可忍關。"又云:"木蘭掀蕩波光碎,人似乘潮。何處吹簫,輕逐流螢度畫橋。　白鷗睡熟金鈴悄,好是蕭條。多謝雙篙,折簡明宵不用招。"又云:"情癡每語銀蟾約,見了銷魂。爾許溫存,領受嫦娥一笑恩。　戲拈梅子橫波打,越樣心疼。和月須吞,省得濃香不閉門。"又云:"清輝依約雲鬟綠,水作菱花。蘇小夭斜,不見留人駐晚車。　湖山符牒誰能管,讓與天涯。如此豪華,除却芳樽一味賒。"

　　葉天寥虞部《半不軒留事》云:"仙仙十三四時,即羈迹秦淮,將有錦江玉壘之行。遠望故鄉,凄心掩泣,真所云'侯門一入深如海'也,余甚傷焉。今年十七,又作巫山神女,向楚王臺下去矣。酒間聞之,悵然感懷,口占《浣溪沙》二詞云:'一片歸心望也休,西陵千里水東流,杜鵑芳草楚天秋。　老去未消風月恨,閒來重結雨雲愁,欲緘雙淚寄亭州。'又,'金粉傷情別石頭,六朝煙柳繫離憂,破瓜人泣仲宣樓。　桃葉渡邊春易去,梅花笛裏夢難留,子規斜月一悠悠。'"

　　天寥又云:侍女隨春,年十三四即有玉質,肌凝積雪,韻彷幽花,笑盼之餘,風情飛逗。瓊章極喜之,爲作《浣溪沙》詞云:"欲比飛花態更輕,低回紅頰背銀屏,半嬌斜倚似含情。　嗔帶淡霞籠白雪,語偷新燕怯黃鶯,不勝力弱懶調箏。"昭齊和云:"翠黛新描桂葉輕,柳枝婀娜倚蓮屏,風前閒立不勝情。　細語嬌喃嗔亂蝶,清矑淚粉怨殘鶯,日長深院惱秦箏。"蕙綢和云:"鬢薄金釵半彈輕,佯羞微笑隱湘屏,嫩紅染面作多情。　長怨曲欄看鬪鴨,慣嗔南陌聽啼鶯,月明簾下理瑶箏。"宛君和云:"袖惹飛煙綠雨輕,翠裙拖出粉雲屏,飄殘柳絮暗知情。　千喚懶回抛繡鴻,半含微吐涊新鶯,嗔人無賴戞風箏。"諸詞俱用"嗔"字,以此女善嗔,嘗面發赤也。宛君又有"長愛嬌嗔人不識,水剪雙眸欲滴"之句。余亦作二闋云:

"初總銀篦攏鬢輕,添香朝拂美人屛,生來腼腆自風情。　淺麝翠分明月雁,小檀黃入曉春鶯,故憐斜撥學新箏。""紅袖垂鬟旖旎輕,闌干閒倚杏花屛,半將唶語寄深情。　金釧粉痕香畫鳳,玉釵脂膩滑流鶯,坐來簾下即彈箏。"按隨春一名紅于,葉小鸞歿後,歸麗氏,別字元元。龐蕙纕有《病中聞家慈同元姨爲予誦經誌感》《鷓鴣天》云:"終歲懨懨怯往還,盈盈兩袖淚痕潸。一心解織愁千縷,雙鬢慵梳月半彎。　鴛被冷,瑣窗寒,翻經畫閣懺紅顏。枕函稽首殷勤意,不盡箋題寄小鬟。"見《林下詞選》。

　　桐城方太史納姬,合肥龔中丞賦《燭影搖紅》催粧詞。詞既纖穠,序尤綺麗,今載《香嚴集》中。序云:"何來才子,自負多情。選艷花叢,既眼苛於冀北;效顰桃葉,空夢遶於江南。無處尋愁,歌燕市酒人之曲。有官割肉,慳金門少婦之緣。願得一心,合爲雙璧。今且窮搜粉譜,恰遇麗姝。綰髻相思,能誦義山之句。投珠未嫁,欣挑客座之琴。眉黛若遠山,臉際若芙蕖,風流放誕,驚絕世之佳人。玉釵挂臣冠,羅袖拂臣衣,微笑遷延,快上國之公子。錦茵角枕,良夜未央。白雪幽蘭,新懽方洽。兼以花枰月柏,並是慧心,璧版烏絲,時呈纖手。搴玉堂之紅藥,比金屋之奇姿。可謂勝絕一時,風華千載者矣。昔宋玉口多微詞,自許溫柔之祖,而其告楚王曰:天下之美,無如臣里,臣里無如東家之子。嘻,何隘也。燕趙多佳,夙驚名貴,文鴛擇棲,未肯匹凡鳥耳。豈必聽子夜於吳趨,載莫愁於煙艇,乃稱雅合哉?"詞云:"一挹芙蓉,閒情亂似春雲髮。凌波背立笑無聲,學見生人法。此夕歡娛幾許,換新粧,佯羞淺答。算來好夢,總爲今番,被他猜殺。　宛轉菱花,眉峯小映紅潮發。香肩生就靠檀郎,睡起還凭榻。記取同心帶子,雙雙綰、輕綃尺八。畫樓南畔,有分鴛鴦,預憑錦札。"

　　梁司徒伎有名文玉者,最姝麗,嘗裝淮陰侯故事。悔庵於席上調《南鄉子》詞贈之云:"珠箔舞蠻鞾,淺立氍毹宛轉歌。忽換猩袍紅燭艷,酰科。錦繢將軍小黛蛾。　鬖髮尚盤螺,一瓣絲鞭燕尾拖。爲待情人親解取,誰何。春草江南細馬馱。"蓋晉女未字者,鬖後垂辮,解辮則破瓜矣。司徒見詞大喜,命文玉酌叵羅,再拜以獻,盡醉而歸。

江夏女子周焰,字寶鐙,丰神娟媚,兼善詞翰,歸漢陽李生雲田。李固好游,篋中藏焰自寫《坐月浣花圖》,雙鬟如霧,髣髴洛神。廣陵宗定九題《風流子》詞云:"梧桐庭院下,黃昏後、又復捲簾鈎。見花影一天,蟾光如晝。太湖石畔,煙裊甃甌。新涼也,畫屏間冷簟,蘭蕊正嬌秋。低喚碧鬟,戲持銀甕,露珠輕瀉,細潤香柔。漢宫人似否,檐前月、偷看灔灔含羞。寧讓海棠春睡,宿酒初收。縱花愁婉娩,禁寒賺暖,浣花人見,更惹閒愁。何日雙攜畫卷,同玩南樓。"或云寶鐙又字絡隱,某觀察女,為雲田副室,年十九,所至雖謹自蔽匿,人得窺見之,焰蓋天人也。

李雲田既娶周寶鐙,復迎侍兒掃鏡於吳門。無錫嚴蓀友賦《瑞龍吟》一闋調之云:"吳趨里,誰在小小門庭,溶溶煙水。柔枝乍結春愁,盈盈解道,塗妝綰髻。癡情難擬。不比舊家桃葉,綠陰深矣。檀郎近約相迎,雀釵新黛,玉符空翠。　休問石城艇子,更堪腸斷,竹西歌吹。唯有泰娘橋邊,離夢猶繫。漢皋珮冷,別是傷心地。待攜向、蘭缸背底。菱花偷展,誰照郎心切。探春試問,春風來未。蜂子憐新蕊。香破也,報來幽窻慵起。吟牋賦筆,待伊次第。"

汪蛟門記夢云:"己酉夏,夜夢二女子,靚粧淡服,聯袂踏歌於瓊花觀前,唱史邦卿《雙雙燕》詞,至'柳昏花暝'句,宛轉嘹亮,字如貫珠。詢其姓,曰衛氏姊娣也。及覺,歌聲盈盈,猶在枕畔。爰和前調云:'伊誰艷也,看袖拂霓裳,廣寒清冷。柔情綽態,却許羅襟相並。行過玉勾仙井,更翩若驚鴻難定。衛家姊妹天人,不數昭陽雙影。　溜出歌聲圓潤。聽落葉迴風,十分幽俊。最堪憐處,唱徹柳昏花暝。驚醒烏衣夢穩,真難覓,天台芳信。魂消洛水巫山,獨抱枕兒斜凭。'"

古平原村店中,姑蘇女子題壁《鷓鴣天》一闋,有"收拾菱花把劍彈"之句。庚申春暮,丁觀察之任虔南,和詞云:"瓜字初分碧玉年,花枝憔悴一春前。陌頭塵浣文鴛錦,柳外風欺墮馬鬟。　郵壁上,墨光懸,柔腸百叠念鄉關。才人廝養千秋恨,箏柱調來拭淚彈。"頗有白香山商婦琵琶之感。附錄姑蘇女子原詞云:"弱質藏閨十六年，嬌羞未敢出堂前。眉顰曠道悲新柳，袖捲輕塵擁翠鬟。腸欲斷，意懸懸，舉頭何處是鄉關。臨粧莫遣紅顏照，收拾菱花把劍彈。"

西湖女子沈方珠，字浦來，善詩能文，以蘭次代葬其祖，願以身歸之而憚於入署，常以《減字木蘭花》寄吳，有"若肯憐才，携取梅花嶺外栽"之句。後以事不果，遂抱恨而卒。

廣陵吳壽潛，字彤本，號西瀛。其妻賀氏，名字，字乃文。吳與之情好甚篤，常戲作《你我詞》贈之，調《一七令》曰："我。情埋，愁裏。無奈事，如何可。薄倖些些，痴頑頗頗。眼下總成空，心中全未妥。堪嗟泣慰牛衣，難負書乾螢火。慢言枕上枉封侯，還憐有夢卿同我。""你。前來，語子。誇弄玉，隨簫史。視我何如，憐卿乃爾。時事笑秋雲，韶光悲逝水。難忘孔雀屏前，常記櫻桃帳底。一生苦樂任天公，白頭惟願我和你。"按此調有平仄二韻，始於唐人送白樂天，即席指物爲賦，作者頗多，然諸譜中不載，惟楊升庵有風花雪月四作，彤本蓋偶與其婦爲之耳。後十年，乃文死，彤本不勝哀悼，諸名士爲作輓歌甚多。彤本亦有《無夢詞》，調《子夜歌》曰："夜臺難道情俱死，如何衹我思量你。你若也思量，應知我斷腸。待夢來時省，夢也無些影。畢竟是多情，怕添離恨生。"

萊陽姜仲子，嬖所歡廣陵妓陳素素，號二分明月女子。後爲豪家攜歸廣陵，姜爲之廢寢食，遣人密致書，通終身之訂。陳對使悲痛，斷所帶金指環寄姜，以示必還之意。姜得之，感泣不勝，出索其友吳彤本題詞。吳爲賦《醉春風》一闋，其詞曰："玉甲傳芳信，金縷和香褪。懸知掩淚訴東風，問，問，問。明月誰憐，二分無賴，鎖人方寸。情與長江并，夢向巫山近。好將環字證團圞，認，認，認。有結都開，留絲不斷，些些心印。"吳蘭次以《二分明月女子集》《鵑紅夫人集》寄弟玉川，乞其婦小豌夫人題跋。夫人有絕句云："郵筒纔到一緘開，明月鵑紅寄集來。閨閣文人應下拜，吳興太守總憐才。"又，"朝來窻閣曉粧遲，小婢研朱滴露時。歌吹竹西明月滿，清輝多半在君詩。"

梅魂菊影室詞話

王藴章 撰

　　分別載於《生活日報》1914年3月28日、3月31日、4月1日、4月4日、4月6日、4月9日、5月3日、5月4日版,作者署"蓴農";《雙星》雜誌1915年第2期、第3期、第4期,作者署"蓴農"、"鵲腦";《文星雜誌》1915年第1期,標"續《雙星》第四期",作者署"西神";《春聲》1916年第2集、第3集,作者署"紅鵝生"。其中,《生活日報》1914年4月19日、20日、21日、5月5日,亦刊有以《梅魂菊影室詞話》爲題的内容,但實際爲曲話與詩話,故不予收録。

　　作者王藴章(1884—1942),字蓴農,號西神,別號二泉亭長、鵲腦詞人、西神殘客、紅鵝生、洗塵、窈九生等,室名藥廬、篁冷軒、菊影樓、秋雲平室、古健羨齋、玉晚香簃、雪蕉吟館、一花一蝶亭、梅魂菊影室、千二百輕鶯室,江蘇無錫人。光緒二十八年(1902),年方十六,即中副榜舉人。先後任上海滬江大學、南方大學、暨南大學國文教授,上海《新聞報》編輯,上海正風文學院院長。1910年,應商務印書館之聘,創辦並主編《小説月報》。1915年,創辦並主編《婦女雜誌》。王藴章爲近代著名詩人、小説家、書法家,鴛蝴派代表作家之一。他熱衷於參加滬上各種詩詞活動,先後加入南社、淞社和春音詞社,曾繪《西神樵唱圖》《十年説夢圖》《秋平室填詞圖》廣徵題詠。其詞作頗豐,柳亞子編《南社叢刊》收録王詞一百五十四首。金天羽《藝林九老歌序》中曾説:"是時吳中數才士,曲必瞿庵(吳梅),而詞必蓴農(王藴章),卓然名家,號稱雙絶。"王氏主要作品有《碧血花傳奇》《香骨桃傳奇》《可中亭》《鐵雲山》《霜華影》

《鴛鴦被》《玉魚緣》《綠綺臺》《西神小說集》等，另有詩詞專論《詞學》《然脂餘韻》《梅魂菊影室詞話》《秋平雲室詞話》《詞學一隅》《詞史卮談》行世。其中，《詞學》1919年由崇文書局出版，分爲溯源、辨體、審音、正韻、論派、作法六節，是較注重系統性和邏輯性的詞學專著。

《梅魂菊影室詞話》合計41則，主要内容包括四部分：一是彙輯評述歷代詞人詞作，包括宋代之徐師川，清代之郭頻伽、黄韻珊、趙秋舲、周星譽、湯雨生、吴承勛以及近代上海李小瀛《枝山安房詞》等；二是輯録歷代詞壇逸聞趣事，如陳宗之因梅花詩被貶謫事、劉伯壽牛車吹笛事、謝無逸題《江城子》於驛壁事、楊誠齋諷歌女事、绛子譏河東君事等；三是考訂詞集版本，如考證張元幹《盧川詞》、朱氏"結一廬"藏《宋五家詞》（包括王之道《相山居士詞》、向鎬《樂齋詞》、倪文舉《綺川詞》、陳經國《龜峰詞》、王以寧《王周士詞》）、士禮居舊藏本宋槧《片玉詞》、閣本《辛稼軒集》、王一元《詞家玉律》等詞籍的版本考證及流傳情況；四是記録春音詞社的詞學活動，補闕近現代詞史，如第一次社集的地點、人員和代表詞作。此外，該詞話還包括一些零碎的詞史詞論觀點，如倡導填詞必明音律，批評《詞林正均》作者戈載填詞持律不嚴，或如批評"有明一代，爲詞學最衰之時，比諸晚唐，雖卑之而實尊之"。

杭州許邁孫曾刻漁洋《衍波詞》寫本，分上下兩卷，共百餘闋。譚復堂弁其首云："貽上以詩篇弁冕一代，顧論者曰'王愛好'，又曰'絶代銷魂王阮亭'，其言不盡王詩之量，而于詞適合。"可謂定評。近吾友涇縣胡寄塵刊阮亭詩餘，雖不及《衍波》之多，而卷首有漁洋自序，實爲當日手定之本，每闋下有新城邱石常子廩徐夜東癡評註。按邁孫《衍波詞》跋語稱，嘗從陶子縝處録得阮亭詩餘而不及兩家評註，則寄塵此本尤可寶貴矣。書中《減字木蘭花·詠梅妃》

云:"天然姿媚,比向梅花應不異。一斛珍珠,得似鮫人淚點無。

文園老去,恨煞無人能解賦。我見應憐,不受長門買賦錢。"邱評云:"明皇以一斛珍珠密賜妃,妃賦詩不受。嘗以千金壽高力士,求詞人擬相如《長門》答邀上意,報曰:'無人解賦。'"梅妃艷潔,遠勝肥婢。得阮亭詞,三郎向何處哭耶?徐註云:"東癡有《讀開天傳信記》一絶云:'香雲翦下淚重重,必到尊前始啟封。癡煞長門錢買賦,相如雖好不如儂。'似得原意。讀阮亭此闋及海石此評,鄙作稍似為楊左袒,輸兩兄一籌矣。"讀之絶倒。他註亦多可采處。按東癡初名元善,字長公,慕嵇叔夜之為人,始更名夜,又號嵇庵。嘗東游浙江,至孤山坐放鶴亭下,弔林君墓,有句云"買斷西湖皆宋土,羨他生死太平間"。其寄託如此。年七十餘卒,漁洋有《徐東癡詩選》。

漁洋少與西樵好為香奩體。陳其年作詞懷新城二王有云"名士終朝能妄語"。漁洋讀之,笑曰:"家兄與下官不敢多讓。"初入都時,與海鹽彭羨門復以香奩詩酬答,此詩餘一卷,當作於彼時。《帶經堂全集》中,漁洋撰述備具,而《衍波詞》獨未著錄,殆有戒於少年綺靡之習歟?集中和漱玉詞,如《浣溪沙》云"不逐晨風漂陌路,願隨明月入君懷,半牀禪夢待君來。"《念奴嬌》云:"額淺雅黃,眉銷螺碧,彈盡相思意。"兩"彈"字是千古妙語,所謂消魂愛好者其在斯乎?

(以上《生活日報》1914年3月28日)

馮志沂字述仲,號魯川,山西代州人。官比部時,譚復堂入都,屢過譚藝。一日,馮語譚曰:"子鄉先生龔定庵言詞出於公羊,此何說也?"譚曰:"龔先生發論,不必由中,好奇而已。第以意内言外之旨,亦差可傅會。"馮曰:"然則近代多豔詞,殆出於穀梁乎?"其言詼諧入妙。馮高文絶俗,不屑屑為倚聲。然如春暮《蝶戀花》云:"雨過空庭人寂寂,細掃春苔,不見春歸跡。飛絮初晴無氣力,因風還度疏簾隙。 不耐閑階頻佇立,靜掩房櫳,猶怯輕寒襲。斷夢惺忪何處笛?聲聲裊入爐煙碧。"又秋蝶前調云:"老圃花殘風露冷,是汝生遲,莫怨流光迅。半晌斜陽花外影,餘溫且曬零星粉。

万紫千红摇落尽,不信人间,曾有花如锦。燕已南归莺又噤,凭谁诉与西风听?"二篇高秀,居然作家。近从复丁老人处得冯轶事数则,老辈风流,脱去凡俗,亟录之以实吾词话。冯尝客胜保幕,一日幕僚会食,有劝之迎夫人者,公曰:"内子来,诸公皆将走避矣。"众问故,公曰:"内子身长一丈,腰大十围,拳如巨钵,赤发黑面,声若驴鸣,那得不怕?"众大笑。盖公娶郝氏,同里武世家也,父武进士,兄武状元,悍而且妒。冯客游在外,不通闻问者三十余年矣。又尝佐皖抚乔勤悫军,历阶至观察。同治乙丑夏,雉河告警,捻匪已渡涡,将逼寿州,大军戒严,勤悫督师移驻南关外。刺史施照,良吏也,有应变才,檄乡兵运粮入城,为守御计,诣公请登陴听号令。冯曰:"吾于军事未尝学问,姑从君往,远眺八公山色可也。一切布置君主之,勿以我为上官而奉命也。"于是携良醖一巨甕,墨汁一盂,纸笔称是,书若干卷。人曰:"登城守御武事耳,焉用是为?"冯曰:"我不娴军旅事,终日据城楼何所事,不如仍以读书作字消遣也。"人曰:"贼至奈何?"公曰:"贼至,即不饮酒、不读书、不作字,又奈何?既为守土官,城亡与亡耳,我决不学晏端书守扬州,矢遁也。"(晏为团练大臣时,守扬州,贼氛已逼。晏在城上,思遁,忽曰:'吾内逼,须如厕。'众曰:"城隅即可。"晏曰:"吾非所习用者,不适意。"匆匆下城出门去,不知所往,晏时由署粤督改副都御使,在籍办团练也。)言罢大笑。既而大雨数昼夜,城不没者三版,渡舟抵雉堞上下。捻匪无舟,不得至,又不能持久,遂退。冯曰:"此所谓一水贤于十万师也。"

(以上《生活日报》1914年3月31日)

同里王宛先一元,久居扬州寄园。康熙癸未通籍,生平有词癖,顾大半散失。晚年自订共所存一千六百余首,釐为二十卷,名芙蓉舫集。《词综》竟未采录,小令如《卜算子》云:"无计遣春愁,帘外红成阵。绣对鸳鸯配并头,花下长交颈。 绣漫停针,心上还重省。数尽归期又不归,绣著鸳鸯怎。"殊有花间风韵。又将别西湖,调寄绮罗香云:"对月魂消,寻花梦短,此地恰逢春暮。绝胜湖山,能得几回留住。吊苏小、红粉西陵,咏江令、绿波南浦。看纷紛、油壁青驄,六橋總是斷腸路。　　重來樓上凝眺,指點斜外,扁舟歸渡。過雨垂楊,換盡舊時眉嫵。牽愁緒、雙燕來時,縈別恨、一鶯啼處。爲情癡、慾去還留,對空樽自語。"置之梅溪集中,亦復不能分辨。宛先初爲錢唐趙恒夫給諫觀風揚州所拔士,後官內閣中書。無子,以女適給諫孫。海寧吳子律稱《芙蓉舫集》二十卷,即存趙氏。殘編斷簡,名字翳如,可慨也。

(以上《生活日報》1914年4月1日)

馮客皖撫幕時,項城袁文誠過臨淮,遣人以卷子索勤愨題詠,乃明季李湘君桃花扇真跡也。扇作聚頭式,但餘枝梗而已,血點桃花,久已澌滅,僅餘鉤廓。後幅長三丈余,歷順治至同治八朝名人題詠迨遍。勤愨命公詠之,馮曰:"言爲前人所盡。"但署觀款以歸之。侯與袁世爲婚姻,故此卷藏袁氏,今不知存否。

《鏡湄長短句》一卷分爲四集,曰《飛蓬》,曰《縶匏》,曰《楚調》,曰《越吟》,嘉定周保璋著。每闋皆自標新名而附舊調名於下,從張東澤例也。其自序稱:"《飛蓬集》中,都係少作,刪存不及其半,猶焰然。"以語多侈飾爲戒。然如《鶯啼序・詠虞美人花》弟二弟三疊云:"記否當年,醉舞帳下,替將軍把盞。楚歌起,月黑天青,霎時驚破。歎聽緩虞兮,聲聲淚落。一曲罷,風流雲散。　　到而今休悲。算劫灰幾換,試看取,嫩條如掌,弱幹如腰。細葉如眉,好花如面。而今來,古往傷心多少,玉環飛燕皆塵土,芳魂寂寞憑誰管。爭能似,爾年年歲歲,青青惹人,隔世淒婉。"體物工細,神似碧山,《茶煙閣》不足道也。又《縶匏集》有難得相逢調倚《水龍吟》一闋序云:"正月十三日,偕翰卿閒步至城隍廟。廟舊有園亭池館,今存道院而已,道人桂雲烹茗以待。坐頃,月上,出至前殿廢址,立談一晌,各散去。翰卿嘗謂:'難得相逢,月下獨歸,緣以成詠。'詞曰:'近來難得相逢,相逢不是真難得。最難得是閒時,閒境閒情,共適芳節燈紅。清齋茗綠,偶停遊屐。待出門一笑,天空月上,移情處,渾無跡。零亂虛,擅瓦礫,莽乾坤,自成今昔。長衢擾擾,幾人肯向,此間閒立。曠蕩胸襟,塵勞身世,感懷今夕,且留君小住。明朝怕又,理松江楫。'"自註:時翰卿將之上海。一片神行,自係詞中上乘,其自度腔"有東風,無氣力"、"池上柳醉,來眠憶故人"諸闋,可補朱和義新聲譜所未備。

(以上《生活日報》1914年4月4日)

集後附己巳歲論詞一則,造詣甚精,自非好學深思之士不辦,錄之如下:庚申歲,余始得陽羨萬氏樹《詞律》,賞其詳覆。童年好墨,好爲購得,難以確守。萬氏不是尺寸,爲賢甚。且取白石自度曲,悉仿其四聲填之,明笺角勝樂之不疲。逮所見漸廣,而覺其無謂也。比年唱和寥落,且疑詞之爲律,有不盡於萬氏之説者,而又迄無依據。去春已來,遂不復彈此調矣。萬氏考訂字句,最爲謹嚴,惜其搜采未備,不無疏漏,而穿鑿之甚,謬誤亦多。如《角招》載虛齋詞首韻云"苔枝上、翦成萬點冰萼",而白石作"何堪更繞西湖,盡是垂柳",多一字,萬氏未及辨。第三韻云"晴雪籬落",萬氏以後段"飛來霜鶴"句校之,遂註"雪"字作平,豈知白石作"湖上攜手"第二字切用去聲也。竊意詞入歌喉,引爲曼聲,遂字外繩聲未如今曲之多,亦非必一字不可增損。特舊譜散佚,則亦無從懸斷。如姜、趙二作,不知傳本有誤衍、脱字耳。前後段相校,句同者平仄多同,而時或特異,此不可臆決其必同也。入聲作平,固詞家通例,然亦有作去、上者。蓋北音本無入聲,故高安周氏德清《中原音韻》以入聲分隸三聲,"雪"字固北之上聲也。萬氏又以入可作平,並創爲以上作平之説,不知入之作平者,讀如北音,非曰作也。且長吟入聲,可與平類,若上聲自有上聲之收音也。古詞或因不能用平,姑代以上,猶愈於去聲之激越耳。若上可作平,則四聲皆可通轉相作,字無定音也,胡可訓乎?且萬氏謹嚴之處,證之姜、張全集,亦有不必然者。要之,不審音律,終不足以訂字句。近見魏氏《碎金譜》、許氏《自怡軒譜》,雖皆旁註笛色,而皆漏略尚多。又曾見《白石歌曲》原譜,其所註笛色,不成字不可識。據後人所譯,則與近譜不合。康熙間有《欽定譜》,而傳本絕少,恨不得見,所謂迄無依據者也。繼而思之,詞出於詩,詩源於三百篇,上而卿雲、南風,皆已被之管弦。書曰:"詩言志,歌詠言,聲依詠,律和聲。"觀此數言可知,音律之大概矣。四聲之説,於古無傳,三百篇之韻,多平仄通叶某某均某調，使聲之清濁高下，雜二不越，所謂律和聲也。《高山流水》，聽其聲而可知其志，殆亦音節之出，出於性情者。後世詞家自度之腔，或務求悅耳，未必盡合古意，而因情生聲，尚近自然。顧亭林先生嘗言："古人以樂從詩，今人以詩從樂。從樂者先有調而後有辭。"此猶指漢魏樂府之屬。至於填詞，而按譜選字，真意或爲之不暢，且寓調之意與創調之意每不能符，則聲情相左矣。如《念奴嬌》詞多豪放，念奴，唐宮人也，美歌大曲，若以幽微婉約之詞填之，豈念奴所能奏其技乎？然而唐宋諸名家多填舊調者，何也？是必與原詞音致相類，而可倚聲歌者也。故楊繼翁有擇腔之說，亦或用其調而易其名，或用其體而並易其調。夫詞之調名，猶詩之篇題也。古樂府如《薤露行》《來日大難》《關山月》《青青河畔草》等篇，後人擬作者皆就題立意，未有以奉觴上壽之詞而題曰《薤露行》，東方花燭之詞而題曰《關山月》者也。即如《關山》《薤露》之屬，哀音相近，而題亦未嘗相假。唐宋詞之概題舊名者，度以調既承用，付之歌者爲便耳。張東澤詞必立新名，不爲無見。陽湖惲氏敬大雲山房稿，其敘例最嚴，而詞則自以曲名爲目，而次行註題。不知次行所註者，序也，而首行書舊曲名，是有序而無題也。近人詞或不題原名，而取前人所立之新名，益無謂矣。白石填《念奴嬌》調，更名《湘月》，自註即《念奴嬌》，禹指聲。念奴嬌爲大曲所謂禹指者，於笛則移一孔也。此乃並易其調者。即古人旋宮之法，蓋以詞意與原譜不合，故仿其節奏而移其宮調也。然則今之填詞者，苟非就題立意，皆當更立新名，既更立新名，而舊調可仍用，亦可移用，庶無聲情相左之病矣。余略涉律呂之學，而絲竹之器無一習者，故未敢度腔。若隨意作長短句，即意爲自製之體，固無不可，特腔未定耳。三百篇中，四言爲多，時有五言，如後人詩句者，亦有詞中一領四句法者。短至二字，如"鱒魴"、"鱣鯊"、"肇福"之類是也，長句如"儀式刑文王之典"亦是上之下四句法。今之長短句何獨不然乎？惟既填舊調，亦自以爲謹嚴爲是。萬氏說雖未可墨守，而詞中平仄必準，去上必辨之處，諸名家金科玉律，若合符節者，古之人自不余欺。而萬氏表章固多可法，若夫執一例百，指影疑形，好奇之談，多失之鑿，而矯之者必以闊略爲通，縱筆逞才，削規破矩，亦未免賢智之過也。又才人之筆，往往習與牢騷，溺於艷冶，一若以詩餘戲墨，無足高論者。不知詞實近代樂章，其濫觴於唐，原與古樂府不甚相遠，至宋多慢詞，其體製始與詩別，而要其義法，仍必以言志爲本，以三百篇爲宗。近之論詞者於字句工拙之數，辨之綦詳，至如古之稱"法乎情，止乎禮義"，與夫"好色不淫，怨悱不亂"之旨，則鮮或及焉。此雅樂之所以不振，而音律之中否又其後焉者矣。己巳暮秋，病起無事，嬾霞子。（嬾霞，黃翰卿宗起別號，又號赤霞，詳兄集中赤霞飛詞註。）以鄉先生章氏樹福《竹塢詞》見示，余讀之，清雋邁俗，悵觸舊興，輒復試筆度此事，終未能決，捨也。因就臆見，姑妄言之。俟質之知音者。

（以上《生活日報》1914年4月6日）

　　比來涵芬樓與杭州徐仲可先生樂數晨夕。先生詞名甚著，嘗取《楞嚴》"純想者飛，純情者墜"之意，以"純飛"二字名其館，取境之高，可以想見。先生嘗秉筆鳳池，又嘗從軍津沽，憤棄世變，舉其牢騷抑鬱之氣，一托之於詞，故其所作得紆徐爲妍、卓犖爲傑之妙。近數數與朱古微、況夔笙兩先生相唱和，格日高，律日細，能於叔問工僞中白穠摯而外，拔戟自成一隊。《採桑子》云："黃昏幾陣瀟瀟雨，綺閣疏櫺，孤館寒更，付與春宵各自聽。　紅鵑啼瘦清明節，絮落還縈，枝嫩纔青，一樣東風兩樣聲。"《南鄉子》云："疏雨晚來晴，一帶長堤草色青。青到夕陽紅盡處，回汀。知是蘭橈第幾程？　雙鬢坐調箏，不道朱弦手慣生。柳外東風花裡月，清明。容易高樓近五更。"二闋已由譚復堂錄入《篋中詞》。近見其《臨江仙》云："過盡孤鴻來盡燕，秦關消息，陽關柳絲，曾與綰征鞍。小樓何處，憔悴玉笙寒。　碧樹無情花自好，飛飛蝴蝶成團。彈指又春殘，天涯回首，斜日滿屏山。"《浣溪沙》云："一曲清歌帶玉簫，欵春來，日是花朝。淚痕多處在重綃。樓外啼鶯牆外燕，夜來疏雨晚來潮，離人何處木蘭橈。"疏宕渾成，入宋人之室。先生又有"微病逢疏雨"五字，況夔笙稱爲名句，未經人道。

　　江舫字旭東，號橙里，又號硯農，歙縣人，寓居揚州，著有《練溪漁唱》三卷，集《山中白雲詞》一卷。王蘭泉《國朝詞綜》選其詞三十七首，所作清空蘊藉，無繁麗暱褻之態，除激昂囂囂之習。沈沃田謂能追南渡之作而與之並，良非溢美。其憶舊遊序云："西磧在太湖西北，南面具區。余書莊在山下，門外波光萬頃，浩浩淼淼，不可窮極。湖中罛船張六道帆，任風所之。朱檢討云'到得石尤風四面，罛船打鼓發中流。'又'小姑腕露金跳脫，帆腳能收白浪中'是也。七十二峰羅列指頭，莫螯縹緲，正當樓遙峙。白浮米堆，雅宜諸峰翠色。接邊際山谷，廻環數十里，居人盡種梅爲業。山根沿水處，緋桃連綿，紅霞二十里，蕩漾波影中。垣內梅數百樹，桂數百本，枇杷數百枝，竹數畝。間以長松高梧、紫藤碧蔓，清蔭漲地，無分春冬。嘯詠間，頗得琴書幽趣。偶憶及此，不勝過眼煙雲之慨。爰製此詞，以志前蹤云爾。"不待讀其詞，已經足令人神往。江又嘗集宋元人詩餘七字者爲絶句，渾成無比，與竹垞蕃錦一集異曲同工。録其二首云"殘花微雨隔青樓（顧夐），聽得吹簫憶舊遊（孫惟信）。不分小庭芳草綠（孫元幹），一春長是爲春愁（辛棄疾）。簾幕輕回舞燕風（盧祖皋），雲屏冷落畫堂空（馮延巳）。最愁人是黃昏近（張炎），一樹梨花細雨中（陳堯）。"

（以上《生活日報》1914年4月9日）

余澹心《板橋雜記》三卷，讀之哀感頑艷，有泗水潛夫記武林舊事遺意。澹心與杜濬、白仲調齊名，號余杜白。故其歿也，尤西堂弔之曰"贏得人呼余杜白，夜台同看《黨人碑》"。魚肚白，金陵市語染名也。其所著有《味外軒詩稿》（見《文獻徵存録》）《江山集》《平山蕭瑟詩》《三吳遊覽志》《楓江酒船詩》《梅花詩》《茶史》（見《東湖叢記》），《澹心雜録》（見《靜惕堂文集》），《秋雪詞》（見《國朝詞綜》），吉光片羽，都付飄零，僅托其名於《板橋雜記》以待。文人多窮，亦可悲矣。《秋雪詞》，《詞綜》衹録《浣溪沙》《憶秦娥》二闋，詩之散見各書者，亦復寥寥無幾。王漁陽賞其《金陵懷古》詩以謂不減劉賓客。余所見者，有孫楚酒樓及勞勞亭二首。《酒樓》云："江南城西酒樓紅，無數楊柳迎春風。孫楚去後李白醉，千年不見紫髯公。"《勞勞亭》云："蔓草離離朝送客，驪駒愁唱新亭陌。夜深苦竹啼鵙鴂,空簾獨宿頭皆白。"蔣生沐稱嘗從馬二槎處見澹心手鈔《玉琴齋詞》,精絕無倫。有梅村祭酒題云"澹心詞大要本于放翁,而點染藻豔,出脫輕俊,又得諸金荃、清真。此縣學富而才雋,無所不詣其勝耳。余少喜學詞,每自恨香奩豔情,當升平遊賞之日,不能渺思巧句,以規摹秦、柳;中歲,悲歌佗傺之響,間有所發,而轉喉捫舌,喑噫不能出聲;比垂老,而生氣漸已衰矣。此余詞所以不成也。讀潛心詞,不能無愧。婁東弟梅村居士題。"又有尤西堂侍講題云:"昔人間詞何句最佳,曰'好似一江春水向東流'。然'小樓昨夜'卒召牽機之禍,豈非恨耶?千載而下,遇余子為知己,從而和之,可以波洗面之淚矣。宋人佳句殊不多,得秦九'雨打梨花深閉門',遂用入兩調。柳七'楊柳岸,曉風殘月'脫胎魏承班《漁歌子》,而艄公登澗,未脫妒語,不如'霜風悽緊,關河冷落,殘照當樓',尤為切響,此外亦寥寥矣。他如'紅衣枝頭春意鬧尚書'、'雲破月來花弄影郎中',祇以一句了此一生。詞家之矜重身價若此。如余子之清言綺語,絡繹奔赴,又何巧於用多耶?壽詞多者無過魏鶴山,苦不能傳稼軒,差強人意。余子於此兼能擅場,因知才人無所不可。猶記梅村賦《滿江紅》贈余子云'賭墅好尋王武子,論書不減蕭思話。問後來領袖,復誰人如鄉者。'足以定余矣。辛亥夏五月長洲同學弟尤侗漫題。"皆真跡也。

(以上《生活日報》1914年5月3日)

今《玉琴齋詞》不知散落何處,生沐嘗錄其數首,不啻鳳毛麟角矣。急錄之以饋有詞癖者。且生沐當時不更多錄數首也。《四十九歲感遇詞》六首並序:"白香山云:'四十九年身老日,一百五夜月明天'。蘇子瞻云:'嗟我與君皆丙子,四十九年窮不死'。余今年四十九,身既老矣,窮猶未死,追想生平,六朝如夢。每愛宋諸公詞,倚而和之。聊進一杯,正山谷所云'坐來聲噴霜竹'也。"《桂枝香·和王介甫》云:"江山依舊,怪捲地西風,忽然吹透。只有上陽白髮,江南紅豆。繁華往事空流水,最飄零、酒狂詩瘦。六朝花鳥,五湖煙月,幾人消受? 問千古英雄誰又?況伯業消沉,故園傾覆。四十餘年,收拾舞衫歌袖。莫愁艇子桓伊笛,正落葉、烏啼時候。草堂人倦,畫屏斜倚,盈盈清晝。"《念奴嬌‧和蘇子瞻》云:"狂奴故態,臥東山、白眼看他世上。老子一生貧徹骨,不學黔婁模樣。醉倒金尊,笑呼銀漢,自命風騷將。樓高百尺,峨嵋地作屏障。追想五十年前,文章意氣,盡淋漓悲壯。一自金駝辭漢後,曾共楚囚相向。司馬青衫,內家紅袖,此地空惆悵。花奴打鼓,聲聲喚醒瑜亮。"《水龍吟‧和陸放翁》云:"白雲黃石人家,山中宰相推前輩。布裘似鐵,湘簾似水,有人酣睡。劍削芙蓉,書裝玳瑁,都無塵累。聽鷓鴣啼罷,霓裳舞破,千日酒,真堪醉。　說起英雄兒女,哭東風,幾番揮淚。明年五十,江南遊子,九分憔悴。白髮臨頭,黃金去手,負淩雲氣。待何時倩取,麻姑鳥爪,爲余搔背。"《永遇樂‧和辛幼安》云:"擘脯彈箏,杖矛雪足,慷慨如此。壯士橫刀,美人卻扇,總爲多情使。胸中五嶽,夢中三島,不覺一時憤起。歎浮生、短衣破帽,應羞碌碌餘子。　天涯衰草,斜陽歸騎,認得蕭蕭故壘。四十九年,青樓白馬,一覺揚州耳。謝家安石,王家逸少,日在風流叢裏。從今後、及時行樂,逍遙而已。"《沁園春‧和劉後村》云:"老去悲秋,菊蕊盈頭,竹葉盈杯。正洞庭木落,宮鶯乍別,楚天雲淨,旅雁初廻。天許閒人,人尋韻事,高築栽花十丈臺。催租吏、縱咆哮如虎,如我何哉。　東籬更葺茅齋。鄴架上、藏書萬卷堆。歎年將半百,鬢髯如戟,運逢百六,心事成灰。莫話封侯,休言獻策,只勸先生歸去來。平生恨,恨相如太白,未是奇才。"《摸魚兒‧和辛幼安》云:"最傷情、落花飛絮,牽惹春光不住。佳人縹緲朱樓下,一曲清歌何處。鶯無語。誰傳道、桃花人面黃金縷。霍王小女。恨芳草王孫,書生薄幸,空寫斷腸句。　江南好,茂苑繁雄如故。畫舡多少簫鼓。吳宮花草隨風雨,更有千門萬戶。蘇臺暮。君不見、夷光少伯皆塵土。斜陽無主。看鷗鳥忘機,飛來飛去,只在煙深處。"

(以上《生活日報》1914年5月4日)

　　平望有鴛脰湖,一名鴛鬥湖,煙波淡沱,頗爲幽勝。張虛堂家於此,作漁父填詞閣,繪圖索題。郭頻伽爲題《漁家傲》詞云:"渺渺平湖天在水,鴛腔佳名,合是詞人裏。小閣高懸明鏡裏,窗乍啓,閒鷗宿鷺飛來矣。　家風好個元真子，雨細風斜，漁父詞清綺。定有穆青將曲記。畫眉未？赤闌僑外簫聲起。"自注：畫眉橋亦在平望。此詞靈芬詞中未載。

海鹽黃韻珊作《桃谿雪》《帝女花》《茂陵絃》《凌波影》《鴛鴦鏡》《脊令原》《居官鑑》傳奇七種，俊逸清新，一時傳誦。以其所著《倚晴樓詩餘》亦能脫去凡近，時出新意，雖雄警微有不逮。倘於風清月白時，令解事雙鬟，著杏子單衫，薰都梁茉莉，靜坐花陰簾角間，倚紫玉簫，曼聲歌之，不啻聽一聲《河滿》也。《蘇幕遮》云："客衣單，人影悄。越是天涯，越是秋來早。雨雨風風增懊惱。越是黃昏，越是蟲聲鬧。　別情濃，歸夢渺。越是思家，越是鄉思少。一幅疏簾寒料峭。越是消魂，越是燈殘了。"前調《題趙笛樓〈笛樓圖〉》云："碧雲高，良夜靜。樓在花陰，月在花陰等。燕子夢長吹欲醒。四面青山，對面青山應。　豔情飄，幽緒警。各處黃昏，各樣愁人聽。未是秋來先已冷。一樹垂楊，一樹相思影。"《采桑子》云："玲瓏亭子分三面，一面廻廊，一面紅牆，一面闌干靠夕陽。　木樨香和茶煙膩，才出紗窗，才整羅裳，人倚西風語亦涼。"又云："去年此刻曾相見，略訴殷勤，略解溫存，略有思量未當真。　今年此刻重相見，瘦了眉痕，肥了愁根，難道秋來例病人。"《喝火令·題潘補之同年希甫〈花隱庵填詞圖〉》云："韻細流鶯和，香疏粉蝶慵。冷扶殘醉倚東風。唱起花深深曲，心事海棠紅。　窄徑依微遠，廻廊宛轉通。吹笙良夜有誰同。一樹春陰，一樹月空濛。月在無人庭院，人在月明中。"

《香消酒醒詞》，仁和趙秋舲著。秋舲少飲香名，南宮早捷，而仕宦不進，窮愁潦倒以歿，故其所作亦多哀怨噍殺之音，然豔而失之纖，清而失之滑，以擬《倚晴》，彌復不逮。蓋《倚晴》取徑雖不甚高，時能以偏師直闖宋人之壘，秋舲則信手拈來，未能於文從字順外更進一步。余初學爲詞，喜其清圓流麗，輒誦不去口。旋覺其山溫水軟，一覽無餘，非如小李將軍之畫樓臺金碧，步步引人入勝也，乃屏不復觀。然其佳處如白香山詩，老嫗都能解。秋燈宵籟，輒復成吟，如"還是芭蕉，解得儂心苦。一句一聲相對訴。隔個紗窗，說到天明住。"(《蘇幕遮·聽雨》)"心是梧桐身是柳,到得秋來都瘦。"《憶羅月》)"玉闌干,金屈成,簾外長廊,廊響弓弓屐。鬢影春雲衫影雪,如水裙拖,幅幅相思褶。　阮弦鬆,笙字澀。心字燒香,香上心字滅。安得返魂枝底葉,便作青蟲,也褪花蝴蝶。"(《蘇幕遮》)"雨聲多,梧葉墜。點點相思,點點相思淚。貧裏相如秋更累。得酒偏難,得酒偏難醉。　鼓三通,燈一穗。入夜還愁,入夜還愁睡。四壁寒蟲心叫碎。夢也全無,夢也全無謂。"以上諸首,皆無愧作家。集後附南北曲數套,較詞尤勝,蓋曲固不厭其纖佻也。余猶愛誦其《拜月曲》中"我初三見你眉兒瘦,十三覷你粧兒就,廿三窺你龐兒鬥,都只在今宵前後。何況人生,怎不西風敗柳"數句。

(以上《雙星》1915年第2期)

《東鷗草堂詞》,祥符周星譽著。星譽字畇叔,著作甚富。詞學辛柳,非其所長,而時有佳致。亦如項羽讀書不成,去而學劍,而又不肯竟學者也。《洞仙歌》十闋,旖旎風流,別開一格。於詩為冬郎、玉谿,於字為河南、松雪,足為全集壓卷。錄之如下:"繡帆收了,正雨絲初歇。七里香塵熨柔碧。看綠楊陰外,樓閣溟濛,是多少、春睡初醒時節。　犀帷催喚起,餳眼慵揉,劃襪羚瓣向人立。檀痕遞完時,低項回身,傍孃坐、恁般羞澀。又小婢催人去梳頭,向鏡裏流眸,驀然偷瞥。"(其一)"呵鈿縮翠,坐棗花簾底。花捻斜簪小鴉髻。想粧成力怯,換了鶯衫,停半晌、纔見盈盈扶起。　問名佯不說,淺笑低聲,暗裏牽衣教孃替。羅畔坐隨肩,道是知情,卻便又、恁憨憨地。也忒煞難猜個人心,笑事事朦朧,者般年紀。"(其二)"深深笑語,膩緗桃花影。削哺金泥護春暝。看珠燈出玩,錦盒藏彄,卻難得、隨意猜來都準。　起身鬆繡珮,瑣步伶仃,釵尾丫蘭顫難禁。怯醉泥秋簽,親蘸豪犀,替抵牡丹雙鬟。似欲向郎言又還停,但小靨緋紅,可憐光景。"(其三)"荼蘼風軟,散閒愁無數。吹送青鳧到花步。算鴛鴦卅六,排作郵籤,好說與、記個相思程譜。(自注:吳江至蘇計三十六里。)　尋春三度也,永福橋西,門閉枇杷舊時路。小隔又生疏,道罷勝常,更沒些、離情低訴。但佯笑兜鞚倚娘邊,問梅雨連宵,別來寒否。"(其四)"卓金車子,接幺孃來早。鸚鵡銀龍隔花報。聽纖纖繡屐,纔近胡梯,驀一陣、抹麗濃香先到。　　進房攏袖立,瘦蝶腰身,寫上紅簾影都俏。側坐錦墩邊,女伴喁喁,盡背地、贊伊嬌小。看悄撚羅巾不擡頭,怎比在家時,更矜持了。"(其五)"猜花輸後,露些些嬌情。怯飲瓊蘇繭眉鎖。把銀蕉殘酒,笑情郎分,消受這、一抹口脂紅涴。　　雁箏攏義甲,唱罷廻簧(艷歌名),蓮箭沉沉月西矮。席散點紗燈,臨去殷勤,問明日、郎來送麽。正風露街心夜涼時,囑換了輕容,下樓方可。"(其六)"吳綃三尺,屑輕煤初畫。錦髻瓊題恁姚冶。只花般性格,藕樣聰明,描不出、留待填詞人寫。　　翻向麽令豔,細字紅鹽,鳳紙烏絲替親界。譜上女兒青,偷拍韉尖,低唱向、黃梔花下。好宜愛宜薰喚眞眞,瓣一片誠心,向伊深拜。"(其七)"閒情新賦,把靈犀一點。寫入香羅白團扇。好羞時低障,浴後輕攏,長傍著、小小桃花人面。　　橫塘重寄與,滿握冰鹽,比似華年一分見。畫裏說春愁,紅飾寞溫,反輸與、翠禽雙占。倘長得隨伊鏡臺邊,便掃地添香,也都情願。"(其八)"離腸一寸,化萬千紅豆。底事花前又分手。便不曾春去,也是無僇愗,況又到、深院月黃時候。　　玉鵝衾底夢,酒雨香雲,薄福蕭郎怎消受。無計贖珍珠,待説成名,可知道、甚時能彀。便僥倖雙棲也生愁,看半搦弓腰,恁般纖瘦。"(其九)"江湖載酒,徧青衫塵積。玉笛聲中過三七。道漂零杜牧,慣解傷春,原不爲、歌扇酒旗淒悒。　　惺惺還惜惜,儂自憐花,此意何曾要花識。一霎畫屏前,香夢迷離,儘後日思量無益。待提起又傷心,怕門巷斜陽,落紅如雪。"(其十)

《畫梅樓倚聲》四卷,武進湯雨生都尉著。雨生以武家子殉難金陵,大節凜然。而詞乃纏綿往復,得一唱三歎之遺,足與畫筆並傳。如《鷓鴣天・蘇州作》云:"春風綠水楊花命,細雨紅樓燕子家。"《采桑子・題畫有感》云:"白鷗家在蘋風裏,秋水長天。細雨空煙,一別天涯思渺然。美人不記青衫濕,宛轉冰絃。江月彈圓,仍上當年送客船。"皆有晏家風格。雨生一門風雅,眷屬神仙,如雙湖夫人、碧春女公子皆以詩畫著稱。紅豆雙聲,不乏言情之作。其《喝火令》詞云:"中酒迎人懶,調鸚挽髻遲。開簾已是又中時。團扇羞看細字,前夜定情詩。　　鬥草輸群佩,含毫褪口脂。堂前冷落賞花屆。姊去吹簫,小妹去彈絲。郎去紅牙低按,儂去唱郎詞。"歇拍翻古樂府,中婦、小婦入詞,抑何綺麗乃爾。

(以上《雙星》1915 年第 3 期)

　　道光朝曹太傅振鏞當國,陶文毅澍督兩江,兼鹽政。時以商人藉引販私,國課日虧,私銷日暢,至有根窩之名,謀盡去之。而太傅世業鹺,根窩殊夥,文毅又出太傅門下,投鼠之忌,甚費踌躇,因先奉書取進止。太傅覆書,略曰:"苟利於國,決計行之,無以寒家爲念,世寧有餓死宰相乎?"文毅遂奏請改章,盡革前弊。其廉澹有足多者,惟其生平涖歷要津,一以恭謹爲宗旨,深惡後生躁妄之風。門生後輩有入諫垣者,往見,輒誡之曰:"毋多言,豪意興。"由是西臺務循墨守位,浸成風氣矣。晚年恩禮益隆,身名俱泰。門生某請其故,曹曰:"無他,但多磕頭,少開口耳。"道咸以還,仕途波靡,風骨銷沉,濫觴於此。有無名氏賦《一剪梅》詞云:"仕途鑽刺要精工,京信常通,炭敬常豐。莫談時事逞英雄,一味圓融,一味謙恭。大臣經濟在從容,莫顯奇功,莫說精忠。萬般人事要朦朧,駁也無庸,議也無庸。"其二云:"八方無事歲年豐,國運方隆,官運方通。大家裹贊要和衷,好也彌縫,歹也彌縫。　　無災無難到三公,妻受榮封,子蔭郎中。流芳身後更無窮,不諡文忠,便諡文恭。"損剛益柔,每下愈況,孰謂之前? 未始非太傅盛德之累矣。

　　吳縣張商言墢《碧簫詞自序》云:故人蔣舍人心餘乞假還,過吳門,飲予舟中。喜讀予詞,納於袖,以醉墮江。寒星密霧,篙工挽救,群噱如鼎沸。既得無恙,而此卷亦不就漂沒。明日心餘詞所謂"一十三行眞本在,衍波紋鄒了桃花紙"也。一時興會泰甚,幾與波臣爲伍。文士愛才,狂態如見,然至今思之,殊饒風味也。

　　《蘆川詞》,宋張元幹著。黃蕘圃於蘇州元妙觀西骨董鋪見宋刻原版,欲以重價易之,而竟爲北街九如堂陳竹厂豪奪以去。蕘圃大恨,旋又得舊鈔本《蘆川詞》,行款與宋版同,因託蔣硯香向陳竹厂處假得宋版對校。知舊鈔本係影宋,每葉板心有"功甫"二字者,其字形之欹斜,筆畫之殘缺,纖悉不訛,可謂神似。而中有補鈔一十八翻，不特無"功甫"字樣，且行款間有移易，無論字形筆畫也。因倩善書者影宋補全，撤舊鈔非影宋者，附於後以存其舊。蕘圃珍惜殊甚，加跋至八段，並於社日獨坐聽雨，題兩詩於後。詩云："陰晴剛間日，風雨迭相催。未斷清明雪，頻驚啓蟄雷。麥苗低欲沒，梅蕊冷難開。我亦無聊甚，看書檢亂堆。今朝説春社，雨爲社公來。試問有新燕，相期探早梅（自注：向有詞云'燕子平生多少恨，不見梅花'，真妙語也。近年梅信故遲，社日猶未盛）。停針忘俗忌（自注：余家師女以針線爲事，無日或輟），扶醉憶鄰酤（自注：余斷酒已五年，雖赴席有酒戰者，從壁上觀之）。日覺愁城坐，頻看兩鬢催（自注：余處境不順已歷有年矣，惟書可以解憂，今有憂而書不能解，若反足以甚吾憂者，知心境益不堪矣）。"後跋"侫宋主人漫筆"。書淫墨癖，知此老於此興復不淺也。蕘圃歿後，此書歸罟里瞿氏，後又由瞿氏歸豐順丁氏，今歸涵芬樓，繆藝風假以鋟版，每半頁七行，行二十三字，字大如錢，精彩飛舞，誠詞林之瓊寶也。

《相山居士詞》二卷，宋王之道彦猷著；《樂齋詞》一卷，宋向鎬豐之著；《綺川詞》一卷，宋倪稱文舉著；《龜峰詞》一卷，宋陳經國著；《王周士詞》一卷，宋王以寗周士著。均舊鈔本，合爲一冊，係朱氏結一廬所藏。余按：汲古閣《宋百家詞》，已刻者六十二家，未刻者三十八家，知不足齋從毛氏轉錄，朱氏復從知不足齋轉錄，而書佚不全，僅存此冊，片羽吉光，彌可寶貴。今夏友人攜以見示，上刻"結一廬藏書"印，下刻"布衣暖，菜根香，詩書滋味長"及"錢唐何元錫字敬祉，號夢華，又號蝶隱"兩方印，知此書曾歸何氏矣。五家詞，竹垞《詞綜》俱有甄錄。《龜峰詞》一卷，皆作《沁園春》，尤跌宕多姿。中有一首序云："予弱冠之年，隨牒江東漕闈，嘗與友人暇日命酒層樓。不惟鍾阜、石城之勝班班在目，而平淮如席，亦橫陳尊俎間。既而北歷淮山，自齊安浙江泛湖，薄遊巴陵，又得登岳陽樓，以盡荊州之偉。觀孫、劉虎視遺迹依然，山川草木，差強人意。洎回京師，日詣豐樂樓以觀西湖。因誦友人'東南嫵媚，雌了男兒'之句，歎息者久之。酒酣，大書東壁，以寫胸中之勃鬱。時嘉熙庚子季秋下浣也。"詞云："記上層樓，與岳陽樓，釀酒賦詩。望長山遠水，荆州形勝，夕陽枯木，六代興衰。扶起仲謀，喚回玄德，笑殺景升豚犬兒。歸來也，對西湖歎息，是夢邪非？　諸君傅粉塗脂，問南北戰爭都不知。恨孤山霜重，梅凋老葉，平堤雨急，柳泣殘絲。玉壘騰煙，珠淮飛浪，萬里乘風吹鼓鼙。原夫輩，算事今如此，安用毛錐！豪雄感慨，直摩稼軒之壘。餘亦皆感懷君國而作，蓋南渡後傷心人語也。後有禹金跋云："詞多哀憤，時作壯語，略似辛稼軒。南宋國事，以付葛嶺賈浪子，而疏遠之臣有懷如此。"千載興慨，可謂龜峰知己矣。

（以上《雙星》1915 年第 4 期）

　　近與虞山龐檗子、秣陵陳倦鶴有詞社之舉，請歸安朱古微先生爲社長。古微先生欣然承諾，且取然燈之語，以"春音"二字名社。第一集集於古渝軒，入社者有杭縣徐仲可、通州白中壘、吳縣吳癯安、南潯吳夢坡、吳江葉楚傖諸人。酒酣，各以命題請。古微先生笑曰："去年見況夔生與仲可有遊日人六三園賞櫻花唱和之詞，去年之櫻花堪賞，今年之櫻花何如？即以此爲題，調限《花犯》，可乎？"時中日交涉正亟也，眾皆稱善。越數日而先後脫稿。古微先生作云："騞輕陰，娥娥怨粉，嫣然帶濃醉。萬姝嬌睇。渾未譜群芳，驚賦多麗。倚天照海搖花氣，仙雲臨鏡起。問檻曲、移春多少，喬妝齊豔水。　東風駐顏怕無方，蓬山外，眼亂千紅荷地。香夢警，閒庭院，夜闌容易。窺牆處，更誰記省？蛾黛斂、東鄰妍笑裏。恁倦竚，十洲芳約，危闌休去倚。"夔笙先生作云："數芳期，風懷倦後，多情誤佳麗。霧霏煙媚。重認取飛瓊，天外環珮。晚晴畫罨餘霞綺，闌干心萬里。漸暝入、銷魂金粉，滄洲餘淚幾？　東風鬢絲颭香塵，啼鵑外，滿眼斜陽如水。拋未忍，探芳信，繫驄前地。仙山路、蒨雲恨遠，憔悴畫、濃春殘醉裏。更夢警，玉窗寒峭，笙歌鄰院起。"兩作一以雄健勝，一以密麗勝，自非詞壇耆宿不辦。余作則卑無高論，妄許附驥，殊有瓦礫廁金銀之慨，姑錄之以誌一時雅興："數繁華，番風第幾，仙山豔雲飾。嫩陰催暝。憐潤洗蠻姿，輕換芳信。軟塵占舞凌波穩。鵑魂愁未醒。鬭曉色，一天霞綺，滄州餘淚影。　尋春問春在誰家，如今望斷否，蓬萊金粉。香夢淺，扶殘醉,膩妝嬌困。窺牆慣、賦情最苦,容易到、斜陽花外冷。但記取、玉窗人杳,啼紅心事近。"此調格律甚嚴,取清真、夢窗兩家對較,去上聲之必不可移易者,共三十四字,記之如下:"數"必上、"弟幾"必上去、"艷"必去、"潤洗"必去上、"信"必去、"占舞"必去上、"穩"必上、"未醒"必去上、"鬭曉"必去上、"綺"必上、"淚影"必去上、"斷否"必上上、"粉"必上、"夢淺"必去上、"膩"必去、"慣"必去、"最苦"必去上、"外冷"必去上、"但記取"必去去上、"杳"必上(古微先生之"約"字用入聲,從夢窗"但恐舞一簾蝴蝶"體也)、"事近"必去上。束縛至此,可謂難矣。第二集檗子以所得河東君妝鏡拓本命題,調限《眉嫵》。第三集夢坡值社,假座於雙清別墅,攜舊藏宋徽宗琴,爲鼓《一再行》,即拈《風入松》調屬同人共賦。名園雅集,裙屐風流,傍晚同遊周氏學圃,復止於夢坡之晨風廬,盡竟日之歡而別。翌日,夢坡首賦七律一章紀之,同社諸子各有和作,亦詞社中一段佳話也。

　　元和戈順卿持律最嚴,力正萬氏之訛,所著《詞林正均》,近時填詞家奉爲圭臬,可謂詞學功臣矣。然其所作,往往不能自遵約束。余曩時作《秋宵吟》,即攻其闕,説見《南社叢刻》中。又如夾鍾羽之《玉京秋》,宜用入聲叶韻,不可叶上去,見所著《詞林正均·凡例》中,及自作"楊柳岸"一首,用"院"字叶上去均。《憶舊游》調結七字,當作"平平去入平去平",第四字不宜用入,歷引各家詞證之,及自作"問東風"一首,結云"山花已盡紅杜鵑"。"盡"字非入,何恕於責己耶?芬陀利室主人謂此句何不作"山花淚濕紅杜鵑"?質之順卿,當亦首肯。

　　余曩作《洞仙歌》十闋,蓋梅魂菊影,振觸閒情,不無法秀之呵,遂蹈泥犁之戒者也。四負齋主獨見而賞之,貽書稱許,且媵以平韻《上江紅》一闋,有"抵封侯,十闋《洞仙歌》,播旗亭"之句。不虞之譽,徒增慚汗。近見上海李小瀛《枝安山房詞》中有《洞仙歌》四闋,則眞寫生妙手也。詞云:"一帆風雪,約胥臺小住。笳鼓聲中訪春去。驀相逢,邂逅人面桃花,猶記得,舊日芳洲蘭杜。　　漫天烽火裏,綠慘紅愁,飛絮東風更無主。更重問奈何,天甫定,驚魂還省

識，別來眉嫵。笑鸚鵡知名隔簾呼，卻不問滄桑問人安否？"（其一）
"葭灰初動，覺鍼樓春早。門外西風尚料峭。向妝臺，癡坐私語無聲，肩憑處，別有暖香盈抱。　　嬌憨憐姊妹，簾角潛窺，悄齧紅巾眈人笑。薄醉倩扶歸，深巷重重，偏謊道、獸環對了。判一宿空桑話三生，但何處巫峰怎生能到。"（其二）"酒闌雲散，聽沈沈更漏。眉月初三下牆久。看燈昏，鴛帳篆冷猊爐，人靜也，幾陣新寒輕逗。　　慵妝輕卸後，卸到羅裳，故作嬌嘆復停手。引臂替郎肩，一笑回眸，又攬取、繡衾覆首。只軟玉溫香可憐生，問小小春魂那堪消受。"（其三）"雲癡雨膩，正連宵徵逐。驪唱無歸又相促。怕牽衣，話別後會先期，明鏡裏，春色眉山雙蹙。　　柔腸縈宛轉，尺幅紅綃裹，贈鮫宮碎珠玉。人海易秋風，錦華年，須珍惜、蟬明蛾綠。願掃盡攙槍報平安，待舊燕歸來冶遊重續。"（其四）右作迴腸蕩氣，一往情深，香草哀音，以《金荃》豔體出之，自非箇中人，固莫能印證斯語耳。

《枝安山房詞》，小令最佳。《點絳唇》云："兩岸垂楊，門前流水明於鏡。宵來人靜，露立秋衫冷。　　水上紅樓，樓上紅燈暝。西風定，碧紗窗映，約略釵鬟影。"《醉太平》云："瑤琴懶橫，銀燈懶明。芭蕉故作秋聲，一聲聲怕聽。　　巫山夢醒，眉山淚盈。新涼已怯桃笙，待秋深怎生。"《清平樂》云："晝長人靜，繡倦尋芳枕。睡起羅衫斜未整，玉臂簟紋紅印。　　無聊獨倚妝臺，侍兒剛報花開。開到階前夜合，檀郎今夕歸來。"清圓流麗，脫口如生，所謂嘗一滴知大海味也。

近讀《滄江樂府》詞，輒多心賞之作，臚列於下。嘉定程序洎《浣溪沙》云："咫尺紅樓夢轉遙，更無人在更魂消，一簾花影下如潮。　　記得回燈還避影，零星舊事訴無憀，乍寒時節可憐宵。"鎮洋汪稚泉《臨江仙》云："蘭月流波銀箭咽，比肩人影窗西。眉尖傳語太迷離，蚖膏羞照鏡，麝屑替薰衣。　　悄說輕寒今夜減，妍春暖護雙棲。頰潮紅暈鬢雲低。海棠濃睡好，多事曉鶯啼。"《蝶戀花》云："銀籞沈沈深院靜。一點冰丸，簾隙窺人冷。拂檻芭蕉聲不定，黃昏疲了缸花影。　　酒到今宵偏易醒。倦倚紅蕤，往事和愁省。那更懨懨慵添小病,藥煙吹上屛山暝。"

寶山沈小梅,亦《滄江樂府》中之一人。蔣劍人嘗稱其《蝶戀花》云:"約住海棠魂未醒,嫩寒作就春人病。"《浣溪沙》云:"荻絮因風疑作雪,柳絲弄暝不成煙,夕陽紅上鷺鷥肩。"元人集中名句也。如此尖新,豈不可喜。然石帚、夢窗,尚須加一層渲染;淮海、清眞,則更添幾層意思。加渲染、添意思,正欲其厚也。若入李氏、晏氏父子手中,則不期厚而自厚,此種當於神味別之。劍人嘗以"有厚入無間"之說論詞,此寥寥數語,尤度盡金鍼不少。

(以上《文星雜誌》1915年第1期)

夢窗丙稿中《丹鳳吟》一闋,爲陳宗之芸居樓賦也。按宗之名起,即睦親坊開書肆陳道人也。睦親坊即今杭城弼教坊。又按《南宋六十家小集》,錢塘陳思彙集本朝人之詩集尾書刊於臨安府棚北大街陳氏書籍鋪者是也,題曰"群賢小集"。又陳起宗之編《前賢拾遺》五卷,此編較《群賢小集》流傳尤少。《瀛奎律髓》云:寶慶初,史彌遠廢立之際,錢塘書肆陳起宗之能詩,凡江湖詩人,皆與之善,刊《江湖集》以售,劉潛夫《南嶽稿》與焉。宗之賦詩有云:"秋雨梧桐皇子府,春風楊柳相公橋",哀濟邸而誚彌遠,本改劉屛山句也。或嫁"秋雨"、"春風"之句,爲敖器之所作,言者併潛夫《梅詩》論列,劈《江湖集》板,二人皆坐罪,宗之坐流配。於是詔禁士大夫作詩。如孫花翁之徒,改業爲長短句。紹定癸巳彌遠死,詩禁解。潛夫爲《訪梅絕句》云:"夢得因桃卻左遷,長源爲柳忤當權。幸非不識桃與李,卻被梅花累十年。"此可備梅花大公案也。今《江湖集》宋刻精本,尚存吾鄉蕩口某姓家。相傳康熙初長白某公官某省巡撫,得此書,珍如拱璧。與同臥起,臨歿,屬家人殉葬。其幕友汪亦愛書成癖,急賄近侍,以贋鼎易之,書遂歸於汪氏。及汪氏中落,又流轉入吾鄉。蠹魚三食,今亦只存三十家矣。吉光片羽,猶在人間。遙望鵝湖,隱隱有豐城劍氣,安得叩王將軍之武庫而一讀之。

白石小紅故事,爲詞人所豔稱。按在白石前者有劉几,字伯壽,洛陽人,爲"洛陽九老"之一,神宗朝官秘書監致仕,上柱國,通議大夫,築室嵩山玉華峰下,號玉華庵主。有妾名萱草、芳草,皆秀麗善音律。伯壽出入乘牛車，吹鐵笛，二草以蘄笛和之，聲滿山谷。出門不言所之，牛行即行，牛止即止。其止也，必命壺觴，盡醉而歸。觀此覺魏晉諸賢，去人未遠。垂虹雪夜，一曲洞簫，猶未免尋常兒女子態耳。伯壽又嘗於汴妓郜懿家賦《花發狀元紅》慢詞一闋，中有"詠歌才子，壓倒元白"之句，其情致可想見也。見《避暑錄話》。

"無可奈何花落去，似曾相識燕歸來"，《珠玉詞》中妙句也。皋文《詞選》誤爲南唐中主所作，不知何本。按《復齋漫錄》：晏元獻同王琪步遊池上，時春晚有落花，晏每得句書牆壁間，或彌年未嘗強對。且如"無可奈何花落去"一句，至今未能對也。王應聲曰："似曾相識燕歸來。"自此辟置館職，遂躋侍從。又張宗橚《詞林紀事》云，元獻尚有《示張寺丞王校勘》七律一首："元巳清明假未開，小園幽徑獨徘徊。春寒不定斑斑雨，宿醉難禁灩灩杯。無可奈何花落去，似曾相識燕歸來。遊梁賦客多風味，莫惜青錢萬選才。"中三句與此詞同，只易一字，細玩"無可奈何"一聯，情致纏綿，音調諧婉，的是倚聲家語。若作七律，未免軟弱矣云云。是此詞爲晏作無疑。（汲古閣《六十家詞》於此闋下亦注云："向誤爲南唐二主詞。"）

臨川謝無逸以《蝴蝶詩》三百首得名，人稱"謝蝴蝶"，不知其詞亦復含思淒婉，輕倩可人。漫叟題其《溪堂詞》，謂如"黛淺眉痕沁，紅添香面潮"，又"魚躍冰池飛玉尺，雲橫石嶺拂鮫綃"，皆百鍊乃出冶者。余尤愛其《江城子》云："一江春水碧灣灣，繞青山，玉連環。簾幙低垂，人在畫圖間。閒抱琵琶尋舊曲，彈未了，意闌珊。飛鴻數點拂雲端。倚欄看，楚天寒。擬倩東風，吹夢到長安。恰似梨花春帶雨，愁滿眼，淚闌干。"按《復齋漫錄》；無逸嘗過黃州杏花村館，題《江城子》於驛壁，過者索筆於館卒，卒苦之，因以泥塗焉。其爲當時賞重如此。

西江詩派，流衍至今，幾於戶視涪翁，人師文節，才薄者驚其淵古，韻俗者賞其清奇，海藏、石遺，卓爾不群無論矣，餘亦分一勺以自豪，嘗片臠而知重。然豫章在當日，即有不滿人意之處。徐俯字師川，山谷甥也。《後村詩話》稱其"高自標樹，不似渭陽"。又《堯山堂外紀》云：徐師川是山谷外甥，晚年欲自立名，客有稱其源自山谷者，公讀之，不樂。答以小啓曰：「涪翁之妙天下，君其問諸水濱。斯道之大域中，我獨知之濠上。」亦可爲狂放不羈矣。師川又有《卜算子》詞云：「胸月千種愁，掛在斜陽樹。綠葉陰陰自得春，草滿鶯啼處。　　不見凌波步，空想如簧語。柳外重重叠叠山，遮不斷、愁來路。」末二語固當與「問君能有幾多愁，恰似一江春水向東流」爭勝。

　　楊誠齋爲監司時，巡歷至一郡，二守宴之。官妓歌《賀新郎》詞以送酒，其中有「萬里雲帆何時到」之句。誠齋遽曰：「萬里昨日到。」守大慚，監繫此妓。按「萬里雲帆」句，葉石林詞也，此妓歌之，未爲有意，遽罹縲紲之辱，郡守亦大煞風景哉？

　　近有人持宋槧《片玉詞》求售，爲士禮居舊藏本，後云有蕘翁跋云：「己巳秋七日，余友王小梧以此《詳注周美成詞片玉集》三冊示余，謂是伊戚顧姓物。顧住吳趨坊周五郎巷，向與白齋陸紹曾鄰，此乃白齋故物，顧偶得之，託小梧指名售余者。小梧初不識爲何代刻本，質諸顧千里，始定爲宋刻，且云精妙絕倫。小梧始持示余，述物主意，索每冊白金一鎰。後減至番錢卅圓，執意不能再損。余愛之甚而又無資，措諸他所，適得足紋二十兩，遂成交易，重其爲未見書也。是書歷來書目不載，汲古鈔本雖有十卷，卻無注。此本裝潢甚舊，補綴亦雅，從無藏書家圖記，實不知其授受源流。余收得後，命工加以絹面，爲之線釘，恐原裝易散也。初見時，檢宋諱字不得，疑是元刻精本。細核之，惟避'愼'字，'愼'字爲孝宗諱，此刊於嘉定時，蓋寧宗朝避其祖諱，已上諱或從略耳。至詞名《片玉集》，據劉肅序似出伊命名。然余舊藏鈔本只二卷，前有晉陽強煥序，亦稱《片玉詞》，是在淳熙時，又爲之先矣。若《書錄解題》美成詞名《清眞詞》，未知與《片玉詞》有異同否？又有《注清眞詞》，不知即劉序所云病舊注之簡略者耶？古書日就湮沒，幸賴此種秘籍，流傳什一於千百。余故不惜多金購之。惟是一二同志，老者老，沒者沒，如余之年及艾而身尚存者，又日就貧乏，無以收之，奈何，奈何！書此誌感。復翁。」卷首更有蕘圃題詩。按毛氏、丁氏所刻《片玉詞》，均有劉肅序而無年月,鄭叔問校勘《清真詞》,遂指劉肅所序之本爲元刻,而此本於序文下有"嘉定辛未"云云,且書爲廬陵陳元龍注。《江西通志・藝文志》稱元龍宋人,注《片玉詞》十卷,是此書爲宋刻無疑。奇書入手,愛不忍釋,留案頭月餘,朝夕相對,後以物主索價甚昂,許以薆翁十倍之價,尚不肯讓售,卒爲某公子所聞,以重金豪奪以去。放翁詩云:"名酒過於求趙璧,異書渾似借荆州。"崑山片玉,握瑜懷瑾,豈眞薄福人不能消受耶?回首前塵,眞如牧翁兩漢書爲四明謝象山攜去時也。

(以上《春聲》1916年第2集)

近從南陵徐積餘丈處假得金繩武刻《十家詞彙》,中有《影曇館詞》一種,爲仁和吳子述承勳作。其詞幽秀冷艷,黃韻珊嘗比之"翡翠凌波,珊瑚篆月",故是浙派中健者。復堂《篋中詞》曾録其《探芳信》《四犯》《翠連環》諸闋,余猶愛其小令數首,録之如下。《鷓鴣天》云:"消損嬋娟鏡裏容,春如夢,忒惺忪。酒闌憶遠蘼蕪雨,病起知寒芍藥風。　愁忽忽,恨重重,幾時織在素絿中。淚痕界作烏絲格,寫取新詞餞落紅。"《浣溪沙》云:"試換羅衣待月明,玉人先上水西亭,鴛鴦睡了莫吹笙。　渲碧斜行蘋藥毯,糝金橫幅桂花屏,一池秋水浴雙星。"《梅花引》云:"柳花飛,杏花稀,落月催人輕別離。美人兮,美人兮,何處片雲,秦時宮闕西。　畫成重把鴛紋疊,淚流重把鵑痕拭。九張機,九張機,新織袖羅,紅如紅印泥。"《浪淘沙》云:"月湧萬山孤,不許雲扶,涼波另織玉浮圖。除卻美人和醉衲,沒甚稱呼。　攜策狎春鋤,衣薄風疏,瓜皮艇子百錢租,荻作闌干萍作毯,蓼作流蘇。"

積餘丈又惠余《小檀欒室閨秀詞續鈔》,中有柳河東妹絳子詞,附小傳云:"絳子薄其姊所爲,河東歸蒙叟後,絳子猶居吳江垂虹亭,杜門謝客,質釧鐲得千餘金,搆一小園於亭畔,日攤《楞嚴》《金剛》諸經,歸心禪悅,頗有警悟。嘗謁靈巖、支硎等山,布袍竹杖,飄遙閒適,視乃姊之迷落粉白髮翁者,不啻天上人間。嘉興薛素素女士慕其行,特僱棹擔書,訪絳子於吳門,相見傾倒,遂相約不嫁男子,以詩文吟答,禪梵討論爲日課。乃同至慧泉,溯大江而上,探匡廬,入峨眉,題詩銅塔終隱焉。其後,素素背盟,復至儁李,絳子一人居川中,足迹不至城市。河東君數以詩招之,終不應。未幾,卒。著有《靈鶼閣小集》行世。"《閨秀詞》錄其春柳詞調《高陽臺·寄愛姊》一首云:"過雨含愁,因風助態,江南二月春時。少婦登樓,憐他幾許相思。流鶯處處啼聲巧,纖柔條、搖曳絲絲。散黃金,持贈旗亭,勞燕東西。　　逢人莫便纖腰舞。縱青垂若輩,濁世誰知。張緒風流,靈和情更依依。天涯一霎飛花候,也應嗟、墜溷沾泥。怨東風,吹醒芳魂,吹老芳姿。"葢諷河東君而作也。

　　明張大復《梅花草堂筆記》云曾見閣本《辛稼軒集》,凡二本,而詩餘得半,中有寄調《賀新郎》詠水仙花二闋,愛其婉麗,吟詠累日,詞云:"雲臥衣裳冷。看瀟然、風前月下,水邊幽影。羅襪塵生凌波步,湯沐煙波萬頃。愛一點、嬌紅成暈。不記相逢曾解珮,甚多情、爲我香成陣。待和淚,搵殘粉。　　靈均千古懷沙恨。恨當時、忩忩忘把,此花題品。煙雨淒迷屢愁損,翠被遙遙誰整?謾寫入、瑤琴幽情。弦斷招魂無人賦,但金杯的礫銀臺潤。愁清酒,又還醒。"按此詞與嘉靖李氏刊本及四印齋刊本均有異同,"塵生"作"塵生","嬌紅"作"嬌黃"(水仙與紅字太遠,必黃字之訛無疑),"恨當時"作"記當時","忩忩"作"忽忽"(忩字誤甚),"翠被"作"翠袂"(亦袂字佳),"礫"作"皪","還醒"作"獨醒"。又:大復稱詞有二闋,而僅錄其一,疑"二"字亦一時筆誤,嘉靖本及四印齋本亦止有一闋也。大復又云:閣本用眞行篆隷雜書之,鐫刻遒潤,類名手新落墨者,或云稼軒自爲之。自來刻書,無以眞行篆隷並書者,明人好譌,於此可見。

　　月前過城中舊書肆,見吾宗一元所著《詞家玉律》鈔本。破碎已甚,方命工修理,余欲窺其全豹,未能也。僅錄其一序以歸。序云:"余不解音律,而雅好填詞。刻羽引商,惟譜是賴。顧《嘯餘圖譜》選聲諸書舛錯相仍,余心識其非而莫能正也。殆萬子紅友《詞律》一書起而駁正之,縷析條分,瞭如指掌,《金荃》一道,幾於力砥狂瀾。然其間亦有矯枉太過者,且序次前後,未盡畫一。批閱爲難。思得數月餘閒,重爲釐訂,而拘於帖括,迫於饑驅,忽忽未果。

今春捷南宮,需次京邸,應酬少暇,始取唐宋諸詞而參酌焉。會陰雨累月,剝啄不斷,濕翠入簾,獨坐小樓,燈光熒熒,漏三下不休,惟聞簾聲樹聲若與余相贈答者。雨霽而書適成,自念生平無他嗜好,《花間》《蘭畹》所樂存焉。減字偷聲之癖,久貽譏於士林。顧鄙陋如余,謬以詞名上達兩宮,翹首紅雲爲之感泣,既自愧且自礪也。繼今以後,惟有手此一編,與周、秦、辛、蘇諸君子尚友千古,以詠歌太平。其敢學俗吏之投筆焚硯,以自棄於盛世哉?是編也,仍名《詞家玉律》者何?亦以折衷於萬子之成書,不敢忘所自來也。康熙癸未孟秋朔日,梁溪王一元題於燕山寄寄園之䣃青閣。"按:一元,字宛先,占籍鐵嶺,官內閣中書。自訂存詞二千六百餘首,釐爲二十卷,名《芙蓉舫集》。寄園,錢塘趙恒夫給諫園,一元爲給諫所拔士,故久居其家。今《芙蓉舫集》亦在,趙氏詳見吳子律《蓮子居詞話》中。紅友之失,攻之者眾,一元以並世之人而糾正其誤,必有可觀。青氊是吾家故物,行購求之,不使流落天壤間也。

《花草蒙拾》,新城王阮亭著,中有一條云:"近日雲間作者論詞,有云'五季尤有唐風,入宋便開元曲',故尚意小令,冀復古音,屏去宋調,庶防流失。"此語恰中清初詞人之弊。大抵清初人所作小令,雅有《花間》風韻,長調未多講究,未始非此論階之屬也。阮亭力闢其說,謂廢宋詞而宗唐,廢唐詩而宗漢魏,廢唐宋大家之文而宗秦漢,然則古今文章,一畫足矣,不必三墳八索至六經三史,不幾幾贅疣乎?此語辨矣。然阮亭所作,亦以小令爲工,習俗移人,可畏哉!

《花草蒙拾》後附董以寧《蓉渡詞話》,僅六則。第四則云:"其年常云:'馬浩瀾作詞四十餘年,僅得百篇。昔人矜慎如此,今人放筆頹唐,豈能便得好句?'

與程村極歎斯言之簡妙。"其年此語,良云簡妙,乃《湖海集》正坐貪多務得之弊,何耶?至蓉渡所作,大都法秀所云泥犁語耳,可以不論。

潁川劉體仁著《七頌堂詞繹》,以詞之初盛中晚,比之於詩牛嶠、和凝、張泌、歐陽炯、韓偓、鹿虔扆輩,不離唐絕句,如唐之初未脱隋調也，非皆小令耳；至宋則極盛，周、張、柳、康蔚然大家，至姜白石、史邦卿則如唐之中；而明初比唐晚，蓋非不欲勝前人，而中實枵然，取給而已，至於神味處，全未夢見。此論殊精，然有明一代，爲詞學最衰之時，比諸晚唐，雖卑之而實尊之。余近輯《梁溪詞徵》，明人著作絶少。一日以語倦鶴，倦鶴曰："明代詞家，豈惟梁溪人少，即天下能有幾人者。"相與大噱。

　　詞曲之辨，界根分明。嘗見《儒林外史》載某名士作《春日寄懷詩》："桃花何苦紅如此，楊柳忽然青可憐。"自矜創獲，識者笑之，謂上句加一"問"字，填於《賀新郎》詞中，尚稱合拍，下句則等諸自鄶可也。此語論詩詞之辨，正可借鏡。阮亭謂："'無可奈何花落去，似曾相識燕歸來'，定非香奩詩；'良辰美景奈何天，賞心樂事誰家院'，定非草堂詞。"允矣！

（以上《春聲》1916年第3期）

竹雨綠窗詞話

碧　痕　撰

　　刊於《民權素》一九一五年第九至十二集、一九一六年第十四、十六集,共計七十一則。"徐碧痕(1898—?),江蘇吳縣(今蘇州)人,南社社員,曾旅居武漢、上海。"《民權素》一九一五至一九一六年間還曾刊載碧痕的短篇寫情小說《襟前血淚》《鴛峰碧血》《錦囊紅淚》及數篇詩詞、笑話等。作者在詞話中自言:"詞爲予生平所最好,然以不學無文之故,故不得其精微。自幼迄今,攻索殆疲,不敢言升堂入室,而已略見門户。故將平日所讀古今之詞,稍有心得者,漫筆記之,非敢與聲律家攀談也。"

　　《竹雨綠窗詞話》佳處一在記録身邊親聞親見的詞人詞事,多有他書所未載者。如記南社好友、革命烈士長沙寧太一遺詞兩首,評價其"爲稼軒一派,生平爲撫時感事之作,絕不作小兒女喁喁口吻"。或如記其表嫂王雪清,工詩善畫,所適非偶,未滿風信即亡。及逝,其夫竟葬其遺稿《雪園詩詞艸》於黄土壟中,一生心血,與草木同朽。又如記民國癸丑(一九一三),在武昌與劉菊坡、易雪泥、紀雷淵、鄭任厂諸子組織傲寒吟社事,可補社史之闕。它如録好友胡情俠、黄蠹君、易雪泥、鄭任厂、李子泠、族妹碧雲、碧玉、姨妹黎梨玉等人軼事詞作,皆具生氣。二在零星論及詞體、詞人詞風、作詞之法與學詞經歷諸語,頗有可取之處。如論詞題,則曰"詞之小令,如詩之絶句,最貴緊束精密";論詞人詞風,則曰"南唐諸詞家,以小語致巧,而後主尤勝。哀感頑艷,誠可稱詞中之南面王";論作詞之法,則曰"作詞原須本乎詩","有寒酸態者,亦不可爲詞","詞家作濃香之語易，作淡麗之語難"，提出"作詞須自標旗幟，別立新意"；論學詞經歷，則曰"十四五時，偶於先祖藏書樓中，翻取《全唐詩》《六十一家詞》等書閱之，愛不忍釋。然尤愛於詞，每課餘之暇，讀其愛者輒錄之"。然而該詞話轉引前人之處甚多，陳言因因，加之草就報章，校勘不細，內容有所重複（如第十一期、第十四期均載北里吳媽詞，內容相同），令人有玉瑕之嘆。

　　詞稱詩餘，本文章之小道。三唐引緒，五代分支，宋起大晟樂府，人才一盛。周片玉輩，移宮換羽，按時興歌，於是詞家旗幟，五色紛飄矣。至金元則曲盛，而詞勢稍煞。亦文章之命運，樂府之變更。而明而清，詞亦追勝於前，然而規行矩步，不出宋人窠臼。

　　詞爲予生平所最好，然以不學無文之故，故不得其精微。自幼迄今，攻索殆疲，不敢言升堂入室，而已略見門戶。故將平日所讀古今之詞稍有心得者，漫筆記之，非敢與聲律家攀談也。

　　詞所忌者，爲酸腐，爲怪誕，爲粗莽，爲艱澀。宋人詞險麗濃密，讀之柔聲曼然，有餘音繞梁之趣。李漁謂有道學風、書本氣者，不可以爲詞。當是確論。

　　予幼讀美成詞，即喜其《意難忘》之"衣染鶯黃"，《風流子》之"楓林凋晚葉"數闋。是笑是泣，疑遠疑近，真是詞家神手。又讀《玉團兒》之"鉛華淡竚新裝束。好風韻，天然異俗。彼此知名，雖然初見，情分先熟"。又《少年游》之"馬滑霜濃，不如休去，直是少人行"諸句，語談而意濃，今人多學之者，然皆畫虎類狗，貽方家笑。毛稚黃謂清真爲詞家神品，如李杜之詩，可望而不可及，豈虛語哉！

　　今之詩家多矣，而詞家不數見。予常於報紙雜誌上偶見之，雖多清空綺麗之作，足供眼福，然不能跳出窠臼，掃清牙慧，作青山外之詞人者正多。推原其故，蓋詞之一道，自八股盛行，學者不講久矣，而今不絕如縷，尤屬文運未死，遑怪其他。

《真相畫報》刊有《寫韻樓詩餘》一卷，都數百闋，爲南海吳荷屋先生女公子尚熹所著。尚熹字淥卿，工詩善畫，其詞尤纖麗。集中多寫景之作，予愛其吟秋四闋，亟錄之。《蝶戀花・秋聲》曰："剪剪清風穿繡幙。綺檻閒聽，滿樹鷩蕭索。幾聲寒蛩鳴四壁。巡簷鐵馬無休歇。　鶴唳澄虛天一抹。瀝瀝霜沾，遙逗心如結。寶鴨香銷燈欲滅。庭前送入梧桐月。"《唐多令・秋影》曰："寒霧空濛，明霞在遠峰。愛冰蟾，斜掛疏桐。瑟瑟西風催漏去，頻移向，畫簾中。　小徑百花叢，花開爾伴儂。對清淡，却又無蹤。翠袖添寒燈欲暗，還疑是，隔紗籠。"《臨江仙・秋色》曰："萬里清輝新月皎，碧痕搖曳風斜，江涵雁字寄天涯。寄天涯。星河雲影靜，何處著殘霞。　點綴飛鴻天際外，一行秋水兼葭。夜寒花影上窗紗。侵尋霜有信，庭樹正棲鴉。"《行香子・秋心》云："清夜溶溶，花影重重。乍聽來、四壁寒蛩。雲屏倦倚，愁緒偏濃。問翠眉邊，錦腸內，不言中。　展轉幽懷，料峭芳蹤。盡平分，一半絲桐。年華訊速，去雁來鴻。任金爐冷，銀釭淡，晚妝慵。"以上四闋，語語着眼，字字寫秋，真繪生手也。又《漁歌子・咏漁人》云："占取烟波曉露清，一竿斜裊小舟橫。收網坐，帶簑行，綠水青山欸乃聲。"直與張志和爭衡，誠易安後之一人矣。

紅杏尚書以一"鬧"字卓絶千古，而李笠翁痛砥之，謂春意胡可鬧乎？不知春到杏林，葉長花苞，次第爭發，若紅若綠，若大若小，若先苦後，實有爭恐之意，胡不可謂之"意鬧"。笠翁此說，亦西河之詆"春江水暖鴨先知"，宋人之語"杜鵑聲裏斜陽暮"之類耳。

"鶯嘴啄花紅溜，燕尾點波綠皺"，宋人甚稱爲偶句之佳者。予讀盧祖臯《蒲江詞》"柳色津頭泫淥，桃花渡口啼紅"，又如"寒餘芍藥欄邊雨，香落荼䕷架底風"，視之秦七，則有勝矣。其集中予愛而常書者爲《倦尋芳》一闋，詞意纖穠，風情旖旎，誠宋人中不可多得之作。其詞曰："香泥壘燕，密葉巢鶯，春情寒淺。花徑風柔，著地舞裀紅軟。鬥草烟欺羅袂薄，鞦韆影落春游倦。醉歸來，記寶帳歌慵，錦屏香暖。　別來惆悵，光陰容易還，又荼䕷牡丹開遍。妒恨疏狂，那更柳花迎面。鴻羽難憑芳信短，長安猶近歸期遠。倚危樓,但鎮日、繡簾高卷。"

張玉田謂句法字面,必深加鍛煉,字字推敲。予見今之作者,多未於此上用工。蓋粉澤太甚,正氣有傷耳。嘗觀宋人多稱賀方回、吳夢窗工於煉字。予讀謝無逸《溪堂集》如"黛淺眉痕沁,紅添酒上潮",又"紅綃舞袖縈腰柳,碧玉眉峰媚臉蓮",又"杜鵑飛破草間煙,蛺蝶惹殘花底霧",皆百煉而成,其較之"枝裊一痕雪在,葉底幾豆春濃",則相去遠矣。

詞爲詩之變體,作詞原須本乎詩。予觀五代之詞,鏤玉雕瓊,裁花剪翠,如嬌女子施朱粉,非不美艷,惜乎專工粉澤,有失正氣。

"繡床斜倚嬌無那,亂嚼紅絨,笑向檀郎唾",此李後主《一斛珠》詞也。楊載春翻其意爲《春繡詩》曰:"閒情正在停針處,笑嚼紅絨唾碧窗。"賀黃公謂彌子瑕竟效顰於南子,而笠翁乃謂"繡床斜倚,嚼絨唾郎",爲淫嬌行爲,惟楊則含而不露,深得風人之旨。予不辯是非,亦曾翻其意作《望江南·春繡》云:"停針罷,晝永詩如何。閒嚼彩絨無唾處,聊當紅豆謊鸚哥。含笑斂雙蛾。"自知狗尾續貂,不值識者一笑,嘗秘而不宣。前閱某雜誌,竟有變吾頭尾三句爲二句七言,中二句完全偷去,合爲一絕。予知其人爲小偷家,乃一笑置之。

黃梅縣有小蘭若曰大士閣,中住持者爲一尼,已近中年,尤有風韻。尼名逸山,不詳身世。嫻詩工詞,著有《綠天香雪樓詩草》四卷,《詩餘》一卷。甲寅春,太湖袁瞿園先生示其稿於予,予讀竟,悲感愴涼,殆塵圜之傷心人也。猶記其春暖《西江月》云:"小苑夭桃欲墮,長橋暖絮輕拋。雙雙燕子教回巢,任向畫樓飛繞。　檢點案頭舊卷,應憐世外逍遙。自知詩病自家調,不管人間煩惱。"讀其詞可以概其人矣。又如《咏春風》云:"笑問道旁楊柳意,何故低頭。"雅有風致,亦詞中之警句也。尼僧如此,不可多得。

予喜集詩,尤喜集詞,但不能聚稿,往往隨作隨失,不自檢點。記《春睡》集古二闋,頗爲朋輩所稱許。其一曰:"春睡重(潘雲赤),夜寒濃(晏幾道),鴛錦衾窩曉起慵(吳綺)。嬌鳥數聲啼好夢(陸鳳池),落花流水忽西東(柳永)。"其二曰:"春睡足(王世貞),篆香消

（成德），烟外飛絲送百勞（柯昱）。落盡梨花春又了（梅堯臣），更聞簾外雨瀟瀟（顧瓊）。"後見詩膥，其人作小詞集龔定庵之句甚多，讀之皆無筍痕，誠集句好手。予獨記其《賣花聲》一闋曰："蘭槳昨同游，明月揚州。一身孤注擲溫柔。安頓惜花心事處，看汝梳頭。

縹緲此身休，一桁紅樓。被誰傳下小銀鉤。我自低頭思錦瑟，錦瑟生愁。"

予友胡君情俠，別號倚紅癡蝶，皖南人。落落寡交游，流寓漢口，與予稱善。君於百無聊之時，輒於《尊前》《花間》消遣。初作詞，便以旖旎動人，語語入拍，其才蓋不可及也。然性豪放，不賴聚稿，其所作多棄於青簾紅袖間。昨檢書篋，得其賀予之《夢揚州》一闋曰："最堪愁。困人天，正是深秋。衰柳斜陽，襯出十里紅樓。許多事無心緒，效尋芳、花月勾留。及時聽鶯載酒，不教利鎖名鉤。

説甚雨意雲稠。恐孽海情天，有願難酬。紅袖青衫，多是恨繞心頭。金風一霎金英老，嘆浮華、轉眼都休。淒涼處，風流歇後，一夢揚州。"其造語平常，獨見其一往情深，非泛泛者所可比擬。

南唐諸詞家，以小語致巧，而後主尤勝。哀感頑艷，誠可稱詞中之南面王。今人往往學其"羅衾不耐五更寒，夢裏不知身是客，一晌貪歡"等句法，動輒流入穢淫。予謂小語非李後主其人，不能曲盡其妙。

詞重纖巧而忌穢淫。蓋一入穢淫，便失關雎之旨。黃山谷風流自賞，少年時於青簾紅袖間，喜作纖淫之句。後經法秀道人喝之，於是改其故智，其《漁家傲》數闋是其事也。學者可不戒乎？

唐人唱詞，以齊樂樂句拍眼。一有不協聲律，便不能歌。蓋詞之所重者，拍眼爲最。張玉田《詞源》論之甚詳，取之極嚴，學者讀之，殊難達其門徑，往往有望洋之嘆。楊升庵曰：作詞限語意，亦可通融。秦少游《水龍吟》前段歇拍云："落紅成陣飛鴛鴦。"換頭落句云："念多情但有當時皓月，照人依舊。"以詞意言，"但有當時皓月"作一句，"照人依舊"作一句。以拍限言，則"但有當時"作一拍，"皓月照"作一拍，"人依舊"作一拍，爲是。又如《水龍吟》首句六字，次句七字，而放翁"摩詰池上追游路"則是七字，下句"紅綠參差春晚"

則是六字。別如上句帶在下句,三句合著兩句者正多。然句雖不同,而字則不可增減,妙在歌者縱橫取協爾云之。予謂斯言固足以開學者方便之法門,究竟有顛倒訛亂之弊。若詞家老手,縱橫其句則可,初入門徑者,不若依樣葫蘆之爲愈。

壬子春,予參戎幕,駐襄陽。公餘之暇,輒作東山之游。小坐鶯兒樓上,聞鄰家有嬌聲歌曰:"無音弄金針,天氣困人。東風啼煞隔花鶯。學得海棠眠不得,倦眼斜瞋。"爾後聲音嬝細而笑語雜出,更不聞尾唱何詞,但察其聲音囀婉,是小女子口吻。予問鄰家何人,鶯兒答以初居於此,誰氏未知。予私謂此詞風情旖旎,直追五季,必欲察爲誰氏之作。次日,移軍南陽,行色匆匆,遂罷。

(以上見"民權素"1915年第9集)

蘇妓小林黛玉,爲予友易雪泥君所眷,一時漢上人士,爭以詩詞投贈,琳琅畢集,五色繽紛。予不揣翦陋,譜得《醉吟商》小品贈之。其詞曰:"却正是芳春時候,牡丹凝露。教人憐處,淺印蓮花步。畢竟顰卿重遇,怡紅須護。"社友黃囂聲君贈以《白水令》云:"怕底鶯嗔燕妒,掩却深深繡戶。欲別便依依,那得深情如許。淒悽楚楚,泣秋堦風敲涼堵。勞煞可憐蟲,更闌絮語。"一唱三嘆,深得詞旨。然予最愛者,爲雪清女士之"當年一掬哭花淚,今朝灑向琵琶。惱恨無情公子,又來纏他"。淡淡數語,妙不可言。我輩皆謂驪珠爲彼獨得矣。

宋時南渡諸家,多以《花間集》爲宗。晏氏父子,字字直逼《花間》,是以聲名洋溢。然予讀姑溪居士之《南鄉子》夏日諸闋,質之《花間集》中不分濃淡,而《卜算子》"君住長江頭"一首尤絕。毛晉稱爲樂府俊語,詢非過譽。其當年不列於南渡諸家者,不知何故。

李漁謂有道學風、書本氣者,不可以爲詞。余謂除道學風、書本氣而外,有寒酸態者,亦不可以爲詞。何則?詞以婉約爲宗,纖巧綺麗,必如風流自賞之人,然後始得其正,豪健沉雄則次之。如帶寒酸之氣,必腐澀質實,非詞矣。大若李杜爲詩家之宗,李能詞而杜不能,蓋二人一則豪情自放,一則悲感蒼涼,是以詞家有李無杜也。

長沙寧太一,文學鉅子也。歷主各報筆政,富於國家思想。癸丑之役,被執於武昌,竟就害,海內人士皆挽惜之。予嘗愛讀其文。往者,伊人未去,於海上南社集常見之。其詞亦富。顧太一爲稼軒一派,生平多撫時感事之作,絕不作小兒女喁喁口吻,磊落沉雄,一如其人。予記其《浪淘沙》詞曰:"一腹貯千愁,長夜悠悠。自憐要妙美宜修。謠諑忽然來衆女,淚灑芳洲。　詩獄苦埋頭,時俗昏幽。男兒不虜便爲侯。鑄得鐵錐長七尺,願子同仇。"又《河傳》云:"今生怎了。正天兒不黑,夢兒難曉。倦倚篷窗,萬事暗傳懷抱。又微風,吹雨到。　家鄉望,孤鴻杳。一片歸情,訴與誰知道。魔障孽緣,總特地來纏繞。漸一庭,秋色老。"慷慨悲歌,英氣勃勃,至今讀之,尤凜凜有生氣。

　　王雪清女史,予表兄吳怡之婦也。嫻詩工詞,尤善於畫。惜乎以邯鄲才人,歸之田舍兒,銅臭薰天,俗氣凌人,女史於是有非偶之嘆。嘗有《詠蓮詩》云:"亭亭但得香長好,何必凌波要並頭。"於此可見一斑。其詞學小晏一派,《記聞情》云:"聞到花陰尋並蒂,試將柳帶結同心。"又"鄰院女兒不解愁,夕陽送過鞦韆影"。皆秀麗之致。其所著有《雪園詩詞草》一卷,予曾一見及之。紅顏命薄,年將風信而死,大可哀矣。予時往要其遺作,吳兄云:"死時已隨其人葬於黃土壟中,以卒其生平所好。"予聞之,無語長嘆而罷。

　　族妹碧雲,雪清女史之至友。女史死後,大爲哀痛,子期死而知音無,蓋不得不痛也。其《哭女史·滿宮花》詞曰:"日沉沉,風嫋嫋,惆悵垂楊啼鳥。多般才貌與風流,換得一堆芳草。　相見遲。離別早。一想一回傷悼。西窗針黹雪園詩,腸斷物存人渺。"一字一淚,令人傷神,予知女史於地下見之,必含笑曰:"吾有此友,死無恨矣!"

　　詞之小令,如詩之絕句,最貴緊束精密,數語而括盡題意。搜羅萬物,作之大不容易。張玉田謂小令一字一句,間隔不得,末句須有有餘不盡之妙乃佳。此真實之語,學者不可不知也。汪森《十六字令》曰:"閒,獨對寒燈枕手眠。芭蕉雨,做弄是秋天。"寫秋思二字,不偏不倚,中間字字有神。他如"西塞山前白鷺飛","平林漠漠煙如織",皆足以爲吾人法。予嘗讀小令,尤記對句之佳者,如"楊柳綠搖樓外雨,桃花紅點渡頭煙","戶外綠楊春繫馬,床前紅燭夜呼盧","花底輕煙迷蛺蝶,柳梢殘日帶歸鴉","戲剝爪仁排梵字,閒將盞底印連環"等句。若絕句之佳者,如:"如夢如夢,殘月落花煙重","早是相思腸欲斷,忍教夢頻見","梨花飛盡不捲簾,黃昏却下瀟瀟雨","幾曲欄干萬里心"等句。自唐以來,佳者固多,在讀者自會耳?

鐵瓮楊蘋香女士,嫁吾乡黃子瑜君,伉儷甚篤。君好游,东南西北,任意而往,女士屢作小詞,喻意以勸之。其《卜算子》曰:"妾命薄如花,君意輕如絮。白白紅紅可煞人,都占春天氣。　三月好風来,送得春歸去。絮向東南西北飛,花淚落紅雨。"詞句淡雅,立意沉痛,深得宋人之法。黃君見其詞,游興乃減。

黯然銷魂者,惟別而已矣。春草碧色,春水綠波,有情者無不傷情。古人別情詞甚多,大底既有真情,便不乏佳句。柳永云:"多情自古傷离別,更那堪、冷落清秋節。今宵酒醒何處,楊柳岸,曉風殘月。"秦觀云:"此去何時見也,襟袖上、空染啼痕。傷情處,高城望斷,燈火已黃昏。"辛棄疾曰:"芳草不迷行客路,垂楊只礙離人目。"吳棠禎曰:"若看城頭山色,何如鏡裏眉彎。"皆一唱三嘆,曲盡陽關之妙。周美成善作情語淡語,如:"馬滑霜濃,不如休去,直是少人行。"爲世所盛稱。語淡意濃,洵不愧詞壇主將。明時女冠王休微,有"休送休送,今夜月寒珍重",是美成一樣筆法。清顧貞觀,亦有"盡俄延也,只一聲珍重。如夢如夢,傳語曉寒休迭。"此拾王氏牙慧,不及王氏多矣。予又記宋人有"樽前只恐傷郎意,閣泪汪汪不敢垂",又"不如飲待奴先醉,圖得不知郎去時",意新語俊,亦別詞佳構。

作詞須自標旗幟,別立新意,使人讀之屬目,餘味嫋嫋。如翻成語成句,須食古而化,若徒拾其牙慧唾餘,爲有識者所譏笑。

（以上見"民權素"1915年第10集）

作詞用詩之成句,甚不易易。蓋詩之造語與詞不同,如食古不化,便見偷借痕跡,欲巧反拙,不如不用之爲愈。然予亦好爲之,如

"書被催成墨未濃,祇寫相思意","閒敲棋子落燈花,細想郎輕薄","春夢初成雙蛺蝶,麝香微度繡芙蓉","夕陽西下晚雲濃"諸作,頗爲友儕所許。其實予非蓄意集古,隨意所之,不自知而成句也。

張仲炊,號瞻園,湖北漢陽人。通聲律,閒居無事,好爲詞章,著有《瞻園詞》傳世。詞尚瘦健,學山谷一派,佳構頗多。予記其《惜餘春慢》賦新綠云:"一碧無情,千紅如掃,繡陌雕鞍誰驟。香浮竹簟,色膩蕉衫,團扇影邊人瘦。簾外流鶯尚啼,偸送年芳,問花知否?忍風前重憶,鬖鬖雙鬢,少年時候。 空換却,愁裏光陰,江蘺吟罷,亂撲離人襟袖。春波已渺,夏雨還生,祇有夕陽依舊。知道春歸甚時,依約蟬娟,黛痕長皺。但沉沉如夢,眉蕪深處,畫欄憑久。"一字一態,處處著寫新綠二字,不即不離,非寫生手不克臻此。

甲寅春,予與校書花可可游晴川,見壁上有詞云:"老樹荒苔,緊伴著、千古怪石。重訪那、茅亭舊址,已非當日。黃葉戰風秋色冷,殘雲壓水斜陽碧。看回環、十二古欄杆,幾欹側。 失群鳥,聲淒側,隔籬狗,狂吠客。試登高一望,誰憐陳跡。鶴影縱橫薄寺晚,鐘聲搖動炊煙直。怕宵來、山鬼笑人窮,挪揄急。"下署芭蕉二字,不知何許人。可可極賞之,調悲壯沉雄,是辛幼安後生也。予亦然其言。

花可可自言吳氏,名嫣,蘇州人,流寓北京,家道中落,遂入北里。善音樂,知詩詞,胸中羅記甚富,尤善談吐。予自涉花叢,僅見其一人而已。自與予相見後、往往終夜清談,凡古今名作能於當前悉誦。性豪放而能飲,尤嗜古跡,鄂之黃鶴樓、晴川閣、琴臺、洪山等名勝皆邀予游之。其所作,予不曾見,屢要之,答以一無能。一日,予竊翻其篋,有斷箋,上書"一生心事兩眶淚,付與琵琶"之句,未竟,爲其所覺,奪去之,後不復得。曾聽其自弄琵琶,歌一曲曰:"四弦胡索,這許多心事,盡憑伊托。嘆此世曲折零離,似柳絮楊花,任風輕薄。何處家鄉,憑高望一天雲漠。看煙絲縷縷,惆悵舊時,芳草樓閣。 而今各自流落。料紅牆亞字,盡成瓦礫。我則回夢江南,問蘇小真娘,尚有愁莫。無奈無端,剩取孤身在鄂。小窗前蕭蕭紅葉,西風又作。"音節愴涼,悱惻纏綿。詢之,曰:"此我之身世也。"予以此詞大約自作。相處月餘,伊即自歸,云有老母住滬之九畝地德潤里某號。予旋來滬,已人面桃花,或者仍至燕京矣。

宋張炎父子以詞名。父斗南,取締聲律最嚴。蓋聲有五言四呼,音有輕清重濁之分,同一聲也,有協有不協者。如所作"撲定花心"必易以"守定花心"始協,"鎖窗深"易"鎖窗幽",又易"鎖窗明"始協之類。

陳晉公曰:"製詞貴於佈置停勻,氣脈貫串。"予以爲還須層次清楚,詞意婉回。如片玉之《早梅芳·別情》一詞,兼佈置、氣脈、層次、轉側之妙。其首云:"花竹深,房櫳好,夜闌無人到。"寫其地也。又云:"隔窗寒雨向壁,孤燈弄餘照。"寫其時,寫其景也。又云:"淚多羅袖重,意密鶯聲小,正魂驚夢怯,門外已知曉。"此中有人呼之欲出,而離情別緒,傷心斷腸,一夜間事,盡此四句之中。其下半闋曰:"去難留,話未了。"此二句承上。又云:"早促登長道,欲説難盡,去也難留。"此一句則啓下。又曰:"風披拂,霧露洗,初陽射林表。"此寫登程時候,又進一層。"亂愁迷遠覽,苦語縈懷抱。慢回頭,更那堪歸路杳。"此三句一寫眼前,一寫心事,一寫將來之悠悠相思。不知所止,結住全篇。如閒雲野鶴,去無痕跡。此詞實足以爲後世學者法。

予兄美如,不善爲詩詞,然偶一拈筆,不乏佳句。其《春情》有句云:"並非甘誤花時候,爲怕春寒懶下樓。"又如"小樓獨坐無人共,花影參差已入簾"等句,實景語中之佳構也。

同鄉郭魯泉,愛讀《樽前》《花間集》《花庵詞選》諸書,故所作多綺艷。予記其"窈窕好身材,惺忪立玉階。甚心情斜托香腮。却又羞人簾半下,端露著兩弓鞋",直有小晏之風調。

劉公勇以明初詞人,擬詩之晚唐,非不欲勝前人,而中實枵然,取給而已,於神味處全未夢見。予以是説未免過重。蓋明初得金元之餘炎,樂府中盛行南北曲,詞不大盛,是以作者多就於曲。至若顧孔昭、劉基、文徵明、陳道復諸人之作,豈皆取給於人乎?

張叔夏《詞源》,論吳夢窗詞如七寶樓臺,眩人眼目,拆碎下來,不成片段。蓋以其太質實耳。予讀其"何處可成愁,離人心上秋。縱芭蕉不雨也颼颼。都道晚涼天氣好,有明月,倦登樓。　年事夢中休,花空煙水流。燕辭歸客尚淹留。垂柳不縈裙帶住,漫長是,繫行舟。"一闋,實足與清真相埒,不落質實之譏。他如"渺空煙四遠""宮粉離痕"等句,亦屬咎有應得。

沈伯時《樂府指迷》云:作詞難於作詩。蓋音律欲其協,不協則成長短之詩。下字欲其雅,不雅則近乎纏令之體。用字不可露,露則直突而無深遠之昧。發意不可太高,高則狂怪而失柔婉之意思云云。予作詞謹守此語。

余明君,吾鄉先輩,作詩學玉溪、冬郎,而詞則不善。然尤拘拘爲之,實無佳構。予祇愛其《春光好·春繡》一闋,風韻翩翩,實出之聰明。其詞曰:"掩繡閣,垂簾櫳,畫芙蓉。無端卷去彩香絨,罵春風。　再覓金針無處,轉頭又惱小紅。斜欠腰支拋繡線,已情慵。"

碧玉妹讀書處額曰"綠蕉書舍",其自題有"閒吟久,書聲送到夕陽邊。開門來翠嶂,簾捲好晴天。意悠然,這奇峰好景不論錢"之句,磊落不羈,風流自賞,已可概見。若紅樓深鎖,甘受人憐者,相去真有天壤之別矣。

竟陵徐又陵,自號詞章大家,其詩如"雙懸玉腕擲春梭","錦字挑成奈爾何"諸句,爲世所稱。予究不知其妙在何處。竊謂首句爲王建之"玉腕不停羅袖捲",次句爲杜甫之"誰家挑錦字","奈爾何"亦常人作詩之附屬品,何奇之有? 又其詞有"淺草春衫騎騾驢,牆花錦簇聽鸍鴣"之句,亦以爲傑作。予謂"淺草"句由辛稼軒"歸騎春衫花滿路"與"騎騾驢荷青雲"諸句,臻合而成。至于"牆花錦簇"亦不能對"淺草春衫","聽鸍鴣"亦常字也。如此拾人牙慧唾餘,以邀虛名,予甚爲文字冤。

上海南社爲人才叢聚之處,詩詞文章冠絕一時,出有《南社集》。集中分文選、詩選、詞選三門。詞欄多唱和應酬之作,慷慨悲歌,英氣勃然,毫無爭穠鬥纖之氣,大是辛稼軒、蔣心餘一派筆法。

(以上見"民權素"1915年第11集)

詞用叠字、險字,甚不容易。呂渭老有"側寒斜雨,西風不落"之句,又有"重重忡忡"之句,皆叠字、險字之妙者。李清照之"尋尋覓覓,冷冷清清,淒淒慘慘戚戚",陸放翁之"錯錯錯","莫莫莫",歐陽永叔之"庭院深深深幾許"等句,亦叠字之特出者。叠字、險字,用來須有神情,否則寧可勿用。

作詞與作詩等,大底興之所至,真情流露,不自知爲佳句。若深入其境,盡知其中曲折,所出之語,必在意想之外。否則即多牽強拉雜,不存本色矣。龍洲道人《天仙子·三十里別妾》云:"宿酒醺醺渾易醉,回過頭來三十里。馬兒不住去如飛,牽一憩,坐一憩,斷送煞人山與水。　是則是青山終可喜,不道思情拼得未。雪迷村店酒旌斜,去則是,住則是,煩惱自家煩惱你。"此種詞,非身臨其境,不得如是之情致。

"疏影橫斜水清淺,暗香浮動月黃昏。"此千古咏梅詩中之佳句也。作詞者亦有咏梅,然佳句無多,予嘗讀之,惟姜白石《暗香》《疏影》二闋,頗稱絕唱。他如李邴之"向竹梢疏處,橫三兩枝",張錫懌之"疏影難描,月下闌干側",周紫芝之"小池疏影弄寒沙,何事玉臺鸞鏡對橫斜"等句,皆佳作也。近人詞予不多見,或者見識不廣耳。

"旅況淒涼,杜鵑殘夜催歸急。到曉來鷓鴣竹裏,道哥哥也行不得。"此鹿門吳子林君之佳句。人以其有"少年拼盡須博得兩字功名",貶其饒有寒酸氣,置而不齒,毋乃太過矣。

洛中蔡南,著有《南窗詞》。其人本某之幕客,有驕傲之氣,人咸鄙之。予記其"黃昏人静,且垂簾,待他月上,好看花影"。實有陸放翁之幽韻,不可因人廢也。

甲寅春,旅行漢口,寓於蕙芳旅館。偶於鏡臺畔,拾得紙角,上有"愛看花影不曾眠,偏惹得、滿身花露,偶驚寒,羅衫透"。頗有風韻,不知誰氏所作。

宋人謂程正伯與蘇子瞻同調,蓋譏其一是鐵喉銅板也。予讀其《酷相思·惜別》云:"月掛霜林寒欲墜,正門外,催人起。奈離別如今真箇是。欲住也,留無計。欲去也,來無計。　馬上離情襟上淚，各自供憔悴。問江路梅花開也未？春到也，須頻寄。人到也，須頻寄。"此詞渾厚和雅，置之《片玉集》中，不分軒輊，何竟是東坡乎？

詞家作濃香之語易，作淡麗之語難。蓋因詞重纖巧，人多以香奩趨之。宋之詞家奚只千百，惟趙介之以淡語勝。其《滿江紅》云："目斷碧雲無消息，試憑青翼飛南北，聽掀簾，疑是故人來，風敲竹。"又"霧膿烟重，遙山暗雲淡，天低去水長"等句，皆宋人所無者。

倪夢吾君，善作艷語，如"小雨初晴，輕寒如爾。梁間燕子話呢喃，是賀香巢營起"。又如："無人知處，憑一瓣馨香，低拜新月，心事未曾説。祇四壁蟲聲，訴得淒切。"其艷態不減史邦卿矣。

詞用一字韻者惟蔣捷。其賦秋聲《聲聲慢》曰："黃花深巷，紅葉低窗，淒涼一片秋聲。豆雨聲來，中間夾帶風聲。疏疏二十五點，麗譙門、不鎖更聲。故人遠，問誰搖玉佩，檐底鈴聲。彩角聲吹月墜，漸連營馬動，四起笳聲。閃爍鄰燈，燈前尚有砧聲。知他訴愁到曉，碎噥噥、多少蛩聲。訴未了，把一半分與雁聲。"此詞聲聲帶秋，聲聲不同，敵得歐陽子方一賦。如此作法，與辛稼軒之騷體，皆爲詞中別格。

癸丑春，小住武昌，與劉菊坡、易雪泥、紀雷淵、鄭任厂諸子相倡和，並組織傲寒吟社，一時入社者六十餘人，頗稱極盛。其間詞家如菊坡以豪放稱，蝶魂以冶艷稱，蟲聲以健庾稱，任厂以渾厚稱，雷淵以婉約稱。別如碧玉女史之纖語，雪清女史之情語，蘭如女史之雋語，梨玉女史之景語，五色繽紛，令人眩目。惜乎集未一年，而輪蹄東西，風流雲散，不復舊日之盛況矣。

黎梨玉女士，予之姨妹。慧中秀外，有咏絮之才。其所作甚富，集爲《紅餘草》。予記其約碧玉、雪清諸姊妹之《紅箋詞》曰："芳草滿春意。黃鶯也，教人休睡。垂簾風静處，飛來了絮與花，傷憔悴。　　誰也沒人來，趁時候、商量春事。這紅箋，遣得東風寄。好姊妹，邀春至。"其詞旨纖巧之極。

邱維生，江夏人。予讀其詞，而未見其人。其詞學晏氏，予曾錄其《搗練子》二闋。其一曰："輕傅粉，薄施朱，笑倩檀郎把筆濡。

畫箇彎兒新月樣,爲儂權擲正工夫。"其二曰:"梳洗罷,眼頻覷。背向人前正繡襦。攬鏡憑肩嗔問道,海棠濃淡勝儂無?"裊裊婷婷,有《花間》遺風。

社友鄭任厂,通羊人。詩學樂天一派,而詞非所長,偶有興時,亦譜一二闋,咸多好句。予記其《春閨》有云:"剛望到花開如許,怎今朝偏自來風雨。阿誰爲我收落紅,不教他水流去。"此數語,亦得五代小語之法。

作詞難,作詞而咏物尤難。史達祖之《雙雙燕》咏燕,姜堯章之《暗香》《疏影》咏梅,《齊天樂》咏蟋蟀,王沂孫之《三姝媚》咏櫻桃,唐珏之《摸魚兒》咏蓴,周美成之《蘭陵王》咏柳,張雨之《燕山亭》咏楊梅,李天驥之《摸魚兒》咏燈花,劉改之《沁園春》咏足,洪瑮之《月華清》咏月,章謙亨之《念奴嬌》咏垂楊,皆深得物之神情,足以爲咏物者法。

仁和倪稻蓀,有《雲林堂詞集》四卷,刊海上《時事新報》。予愛其《巫山一段雲·咏守宮》云:"小院猧兒吠,虛堂燕子眠。郎心果信妾心圓,一點在胸前。　的的空相守,蟲蟲生可憐。相思如豆復如煙,重認已經年。"

才人無聊之極,惟借吟咏以宣其鬱,盡情吐出,始覺神怡。此所以詩詞非窮愁不能工也。傅君劍《放言》十章,無聊之作也。然立語極有見地,録之以鎮我之無聊。詞曰:"把筆寫愁無限,及時行樂常稀。浮生秖合醉如泥,時事不消説起。　海上仙山縹緲,眼中夢境離奇。白衣蒼狗總堪疑,何物令公歡喜?"其二曰:"座上東坡説鬼,佛前蘇晉逃禪。有時興到喜談天,又作荒唐鄒衍。　彭澤何須高隱,旌陽未必神仙。可人最是李青蓮,終日酒杯愁淺。"其三曰:"一曲曉風殘月,數聲鐵板銅琶。興酣落筆走龍蛇,誰信曲高和寡。　世事水中撈月,人情霧裏看花。浮生一半寄紅牙,笑駡由他笑駡。"其四曰:"千古大江東去,遠天孤鶴歸來。英雄豎子總蒿萊,算有青山尤在。　秖合銜杯樂聖,不然繡佛長齋。此心人世已成灰,那管桑田滄海。"其五曰:"雁以失鳴見殺,木緣癰腫而夭。周將才與不才間,而後而今知免。　老子猶龍遠矣,仲尼若狗累然。潛龍無悶狗堪憐,嘗得蒸豚一臠。"其六曰:"萬樹梅花繞屋,千頭桔婢當山。一丘一壑任吾閒,休較誰長誰短。　蒲扇風堪却暑,穰皮火好消寒。柴門無事日常關,那識人間冷暖。"其七曰:"西子扁舟范蠡,赤松兩屐張良。神龍潛尾利於藏,人世獨來獨往。　蹈海仲連無取,逾垣干木難量。羞他堅子説侯王,何事此公倜儻。"其八曰:"披髮酒邊高叫,昂頭天外閒游。奇情一縱意難留,自笑吾狂依舊。　眼底東南雲氣,掌中西北神州。新亭涕泣請君收,消箇夷吾終有。"其九曰:"倏忽早知地啞,靈均枉恨天聾。竅開難鑿問難通,偏又會將人弄。　占識告余以臆,豈爲大塊夢夢。人間亦有物相同,釋策謝之曰懂。"其十曰:"有酒莫辭頻醉,白駒過隙勿匆。少年轉瞬便成翁,真箇浮生若夢。　開口笑時能幾,勞吾形者無窮。盜丘羶舜可憐蟲,不值達人一哄。"

　　予甫出世,而詩詞已亡,非詩詞之亡也,亡於無人也。鄉教師則諄諄以經義教。十四五時,偶於先祖藏書樓中翻取《全唐詩》《六十一家詞》等書閲之,愛不忍釋。然尤愛於詞,每課餘之暇,讀其愛者輒録之,常爲塾師斥爲無用之學。記有小詞解之曰:"文章事,底事性情真。小雅國風誰有用,三唐兩宋盡無珍。何必更留存。"又記有:"三唐樂府盡,兩宋更無詩。滄桑興替感,文章也關時。"初作大都如是。辛亥政變前,集散佚於軍中,一無存者,思之不禁嘆息。

　　詞有教人讀之破顏、讀之傷心、讀之而慷慨激昂、讀之而悔懼懾縮者,此無他,性情使然耳。我之性情,發乎聲而見於詞,人孰無性情,讀有所觸,則形隨矣。詞之足以感人,是詞之功用,袞聲哀音,不可以入世,此其故也。

　　黄山谷有《歸田樂引》曰:"對景還銷受。被箇人、把人調戲,我也心兒有。憶我又喚我,見我嗔我,天甚教我怎生受。　看我幸廝勾。又是尊前眉峰皺。是人驚怪,冤我忒捆就。拼了又舍了,一定是這回休了,及至相逢又依舊。"又:"怨你又戀你,恨你惜你,畢教人怎生是。"連用你、我、了字,極有神氣。古香先生有戲效子昂體《兩同心》一闋曰:"我正思卿,卿應憶我。我思卿、不肯忘卿,卿憶我、定然罵我。細思卿,罵我何爲,都緣念我。　卿我捏教成土,無分卿我。我身兒、時有箇卿,卿心兒、亦有箇我。才教卿也忘卿,我也忘我。"連用卿、我,一句一態,到底不落於綺。才人游戲,誠不可及。

予辛亥以前之作既失,而辛亥以後之作又於癸丑爲人檢去,豈天爲我藏拙耶?偶見某壁間粘《大漢報·楚些》一張,詞欄有余之《秋閨》二首,今錄存詞話中。《鷓鴣天》云:"菊老荷枯秋又殘,含愁無奈倚欄干。芭蕉泣雨淒淒滴,桐葉飄風惻惻寒。　思往事,恨悠然。一緘錦字倩誰傳。鄰家蘆管吹秋怨,同是心傷此夜天。"《蝶戀花》曰:"露冷霜淒秋欲盡。落葉殘花,日日飛成陣。新恨悠悠連舊恨,相思不管愁人困。　憔悴慵施脂與粉。閒倚樓頭,又見斜陽隱。雁唳斷無消息近,萬山都爲傷秋殞。"詞不佳,留之以證文字將來之進境。

(以上見"民權素"1915年第12集)

偶於藏書樓檢先大人遺篋,斷簡殘編,多不全璧。有《玉樓春》四闋,筆致頗肖晏氏,惟字句欠鍛煉耳。其一:"綠陰門巷牆東處,燕子呢喃春色露。鞦韆影落百花驚,一笑薔薇羞不語。　穿針樓上尋閒趣,結挽丁香憑繡戶。千絲萬縷結成工,却被小姑偷得去。"其二:"芳情爛漫初如曙,小觸無端還薄怒。自從花下記相逢,偏惹紅榴牆角妒。　落花細雨分飛去,夢裏相尋無覓處。明知沒分作神仙,鳳紙相思珍重付。"其三:"連朝風日輕飛絮,不解人從愁裏度。也知無石補天工,錯把黃金心印鑄。　此情懺悔朝朝暮,紅淚化成相思樹。因緣轉願結來生,却怕來生還是誤。"其四:"采蓮記取南溪路,往事不堪回首顧。秋來聽得雨聲寒,葉底鴛鴦何處去?　采蓮人本溪南住,惆悵重來都似故。傷心祇怕剝蓮心,剝取蓮心同樣苦。"後聞宗璞卿公言,係趙子吾前輩少年作,事已隔六十年矣。

庚戌春,讀書武昌。一日渡江游梅子山,舟泛月湖,山下有石壁,相傳有曹阿瞞題字,然糊模不辨何語。舟子指告就近視之,見有新題數行,其辭曰:"勸君莫墮新亭相,生是男兒,要作男兒,寶劍而今是用時。　血原成淚淚尤血,既得機宜,要乘機宜,流淚何如流血奇。"慷慨悲歌,有風蕭水寒之遺響。惜姓名不傳,蓋亦有志之士之語也。

黃花岡之血痕,千古傷心,亦千古欽仰慕拜者。凡知文士過其處,無不致辭以吊,惜予所記不多。汪蘭皋先生有和子瞻韻《大江東去》二闋,與七十二烈士並傳。其一云:"殲戾胡酋,霎那成宿草,痛哉英物。風馬雲車來往處,燐火宵飛石壁。碧血殷山,青虹貫日。血骨皚皚雪。九京游想,鬼雄還是人傑。　　回憶電掣雷轟,犁庭掃穴,叱咤暗嗚發。大纛高牙空眼底,拉朽摧枯齊滅。天妒奇功,問天不語,怒指衝冠髮。毋忘在莒,年年記取今月。"其二云:"英雄寧死,要山河還我,當年之物。一十二旬軍再起,取次成功赤壁。灑酒靈旗,椎牛銅像,白者衣冠雪。招魂來下,故人多少豪傑。　　滿眼流水華輪。游龍駿馬,意氣風雲發。整頓乾坤餘子在,往事空譚興滅。化鶴歸來,尉佗城畔,山縷青於髮。傷心憑吊,珠江獨酹明月。"社友吴虆子有《過黃花岡詩》曰:"二十年來我,不聞黃花岡。今日重過此,英雄骨已芳。"家兄粹生有《古風》曰:"黃花岡上英雄血,黃花岡下英雄骨。骨埋香土血化花,千年萬載名不滅。可憐北向杜鵑啼,不哭英雄哭殘孽。我來一拜徒傷心,岡花尤喜近芳烈。"漢民亦有《七十二英雄葬骨黃花岡》"黃花開燦爛,英雄骨亦芳"之句,是皆為英雄盡情一哭者,有人於此,斯為人矣。

"玉漏銀壺且莫催,鐵門金鎖徹明開。誰家見月能閒坐,何處聞燈不看來。"此崔液上元之詩,景龍中與蘇味道、郭利貞之詩,並稱絕唱。余謂不及王維之"游人多晝日,明月讓燈光。"簡徹有味。周邦彥《片玉詞》有《解語花·上元》曰;"風銷絳蠟,露浥紅蓮,燈市光相射。桂華流瓦,纖雲散、耿耿素娥欲下。衣裳淡雅,看楚女、纖腰一把。蕭鼓喧、人影參差,滿路飄香麝。　　因念都城放夜,望千門如晝,嬉笑游冶。鈿車羅帕,相逢處、自有暗塵隨馬。年光是也,唯祇見、舊情衰謝。清漏移,飛蓋歸來,從舞休歌罷。"亦元宵佳唱也。山陰諸貞壯有和韻一首,神韻不減美成。詞曰:"衢喧遠屐,樓擁華燈,聲影交相射。雨絲濕瓦,春風暖、並坐玉梅花下。兒啼雅雅,看雙髻、漸堪盈把。纈結佩囊,知欲將雛,近已屛穠麝。

今有上元一夜,問家鄉風俗,刪盡浮冶。粢糖盛杷,更分與、腰鼓泥人竹馬。狂夫倦也,須記取、燭龍不謝。簫管中、回憶兒時,索抱呼郎罷。"又毛澤民之"花市東風捲笑聲,柳溪人影亂於雲。梅花何處暗香聞。　　露濕翠雲裘上月,燭搖紅錦帳前春。瑤臺有路漸無塵。"又晁冲之之"千門燈火,九衢風月。"及"艷妝初試,把朱簾半揭。嬌波溜人,手捻玉梅低説。相逢長是上元時節。"皆雅有風致。前清趙維烈有《早梅芳》韻元宵曰:"月當城,霜融瓦,令節交元夜,滿街燈市,海上鰲山正初駕。香塵雲路起,火樹星珠掛。看珠簾半卷,紅袖飄蘭麝。　　響鈿車,遲寶馬。是好風流也,遺簪墮馬,一晌嬉游爲貪耍。踏歌聲飄渺,把盞人閒暇。笑黃柑,不到蓬門下。"此詞亦足以追配古人,爲元宵生色,若朱淑真之"月上柳梢頭"。

人約黃昏後,直藉元宵佳會,赴其幽期密約。四庫全書指爲六一之作,或謂歐陽才高望重,未必以筆墨勸淫也。是節《解語花》兩闋中疑互有錯誤。超注。

北妓吳嫣,余於漢口見之。其室中四壁皆古人手筆,陳列亦多古物。更有種種樂器,雅緻絕倫。其人亦清秀如翩翩濁世之佳公子。善歌,凡京調、秦腔、崑曲皆能追配老伶工。一日,聽其理琵琶,歌一詞曰:"四絃胡索,這許多心事,盡憑伊託。嘆往事,曲折零離,似柳絮楊花,任風飄泊。何處家鄉,憑高望。一天雲漠,看烟絲縷縷,惆悵舊時,悶艷樓閣。　　而今阿儂流落,料紅牆亞字,盡成瓦礫。昨夜回夢江南,問蘇小真娘,尚有愁莫鐵馬丁東,夢醒也,人居天角。小牕前蕭蕭葉響,秋風又作。"婉轉淒涼,音至哀痛。歌罷至於泣下。至琵琶彈來嘈嘈切切,絃外有聲,與之談音樂,頗精奧有理。問詞之作者,笑不答。詢家事曰:"盡在歌中,傷心歷史談不得也。"越數日告余曰,母病矣,當歸。余以一詞送之,今亡矣。攷其所謂之譜,似"玉連環"。

（以上見"民權素"1915年第14集）

吾鄉余禮誠先生,鄉教師也。性迂謹,咸稱之爲道學先生。作小詞,則翩然有致。然好用典,終不免詩書氣。其最可人者,爲"誰家女,窗下巧裁紅。悶綉鴛鴦雙翼起,無端飛去彩絲絨,拾得罵春風"。又"晴窗下，無語轉雙瞳。拋茸停針呼阿母，花枝宜紫是宜紅，兒綉莫成工。"二詞小語致巧，頗有五代遺致，非迂謹人所能。意者天性一時之轉化歟？或有言"悶綉"二字板滯無稽者，非也。段成式詩："愁機懶織同心苴，悶綉先描連理枝。"二字並非杜撰，且"悶"字實足以起結句之"罵"字，何嘗板滯。他如《生查子·咏團扇》曰；"團團明月光，制就齊袂素。蟬翼引清風，班女堪題句。"則是試帖咏法，酸腐不堪，不僅迂謹有書本氣已也。

　　紅拂墓在湖南醴陵縣，過者多題以吊之。予友李子泠公有題《滿庭芳》一首，今僅記其"青眼誰能似也，憑一顧認取情眞。而今望杜鵑啼處，黃土是佳人"。毗陵陳蛻庵先生有《金縷曲》一闋曰："可是當壚侶。又無端、紅塵同摘，華堂一顧。舊約三生都不省，萬古情魂一縷。更莫怨，當朝楊素。堂上將軍原負腹，是名花，便合遭風雨。相逢晚，亦天數。　　天涯何處埋香土。想如今、淥橋無恙，但爲卿故。錦瑟年華愁裹過，那更衝冠起舞。問今日，扶餘誰主。紅袖青衫飄泊久，便相逢、祇勸公毋渡。誓同穴，願逢怒。"今則淥水風景，半已邱墟。李子泠公曾建議修葺，乃和者無人，遂罷。恐久亡矣。

　　陳蛻庵先生一身事蹟，汪蘭皋傳之甚詳，讀者未有不傷心而淚下也。先生詩詞皆足傳誦，惜予見之不多。《南社詩文集》載《臨江仙·遣春》詞七首，別有寓意，不僅遣春已也。其詞練字雋句，嫵媚有骨，非徒飾脂粉者可比，今録之以存其人。詞曰："枉自月圓人壽，梅花開與誰看。分明消息漏春寒。客來遲問訊，燈燼倚欄杆。　　休記瑤臺青鳥語，須知錦帳難瞞。醒時惆悵夢時歡。同衾人不覺，何況隔邯鄲。"其二曰："從此纔知薄倖，那禁別著情愁。對花祝謝謝休留。吳鉤腰小嘯，橫斷愛河流。　　還怕橫波攔不住，向西長住溪頭。今生他世兩休休。長吟酬踽踽，傖舞傲溫柔。"其三曰："真箇消魂何必，似曾相識都非。醒時尚夢夢休題。三生拼碎石，七夕莫停機。　　我有迴腸腸有淚，年來漸漸霏微。更無閒暇爲人揮。要尋曾漬處，除是舊時衣。"其四曰："杜牧揚州遲到，臨邛海上空尋。鵜鵜鰈鰈隔升沉。不爲飛與躍，那許説情深。　　記得當年多少事,傷心已到如今。不曾留事祇留心。眼前無一物,休教更沉吟。"其五曰:"低唱黨家錦帳,橫彈馬上琵琶。風流原是屬豪華。情天無美景,著處便爭差。　還有傷心傷過我,千年恨史難查。夕陽行過玉鉤斜。死生空艷說,盡是雨中花。"其六曰:"拋却已經拋却,思量儘自思量。情絲剪短不添長。夜闌聞嘆息,休教夢荒唐。　記取坡仙曾道破,鳥聲煙景匆忙。朝雲抔土付斜陽。道傍誰氏墓,樹上有鴛鴦。"其七曰:"仔細推尋世法,千年萬里榛蕪。腳蹤蜿曲盡隨趨。分明人宛在,惆悵又何如。　健者亡情明達悔,情生情滅情虛。君看充棟汗牛書。一從施卓死,宋玉亦登徒。"予細味此詞,哀感頑艷,纏綿悱惻,大約遣二妾時作。其然乎?其不然乎?或者病此詞典重,不足爲法,然則杜撰者是耶?典不畏重,但須食古而化乃佳耳。

（以上見"民權素"1915年第16集）

紅藕花館詞話

哲　盧撰

　　載於一九一六年《小說新報》第二卷第一期、第四期、第五期，署名哲盧。作者劉哲盧，生卒年不詳，名錦江，字哲盧，又字遹聲，別號苦海餘生，齋名問字閣、無等等齋、紅藕花館、爛柯山房，浙江紹興人（一說爲福建政和人），南社、進社及中國文學研究會社員。曾師從陳衍。一九一八年，在上海創辦函授學校，聘請林紓爲教師。編輯《文藝叢報》《學生週刊》《文學雜誌》等報刊雜誌，編著文論集《文學常識》，著有《論小說》《小說作法》《寫信法》《哲盧談屑》《無等等齋閒談》等。

　　《紅藕花館詞話》共二十六則，提出作詞三法四難四忌，對詞體、煉字和近代詞人詞作均有精當議論。如論"詞有三法：章法、句法、字法。有此三長，方可稱詞"，論"詞有四難：曰用意，二曰鑄詞，三曰設色，四曰命篇"，又論"詞忌陳腐，尤忌深晦，忌率易，尤忌牽澀"，皆精當之論。

　　柴虎臣論詞云："旨取溫柔，詞歸蘊藉。曠而閨帷，勿浸而巷曲，浸而巷曲，勿墮而邨鄙。"又云："語境則'咸陽古道'、'汴水長流'，語事則'赤壁周郎'、'江州司馬'，語景則'岸草平沙'、'曉風殘月'，語情則'紅雨飛愁'、'黃花比瘦'"。毛稚黃謂其雅暢足爲填詞者軌範。余亦曰："詞要清空，不必質實。清空則古雅峭拔。質實則凝澀晦昧。咏物之詞，用事不如用意，取形不如取神。不知此不足以言詞也。"

詞之工絕處，乃不在"韻"與"艷"。蓋"韻"，小乘也。"艷"，下駟也。"韻"則近於佻薄，"艷"則流於褻媟。今人率以是二者言詞，未免失之淺矣。故先哲偶爲詩餘，必先洗粉澤，後除琱繢。靈氣勃發，古色黯然，而以情興經緯其間。梁任公游臺灣有感春之作，調寄《蝶戀花》，詞凡五首，余最愛其四、五兩首，雖豪宕震激而不失於粗，纏綿輕婉而不入於靡。其四云："依約年時携手處。謝却梨花，一夜廉纖雨。雨底蜀魂啼不住，無聊秖勸人歸去。　綿地漫天花作絮，饒得歸來，狼藉春誰主。解惜相思能幾度，輕軀願化相思樹。"其五云："莫怨江潭搖落久，似説年來，此恨人人有。欲駐朱顏宜倩酒，鏡中争與花俱瘦。　雨横風狂今夕又，前夜啼痕，還耐思量否。愁絶流紅潮斷後，情懷無計同禁受。"其第四首以臺人多有欲脱籍歸故國者，第五首則當英俄邊境正劇時，故能於豪爽中著一二精致語，綿婉中著一二激厲語也。操縱自如，尤見錯綜。

任公又有《浣溪紗·咏臺灣歸舟晚望》云："老地荒天閟古哀，海門日落浪崔嵬，憑舷切莫首重回。　費淚山河和夢遠，雕年風瑟挾愁來，不成抛却又徘徊。"余常謂僻詞宜渾脱，乃近自然，常調宜生新，斯能振動。任公此詞雖清雅沉著，然不及感春之作之超絕也。

易實甫，名順鼎，署哭盦。幼爲神童，長擅吟咏。凡有所作，輒傳遍人口。其爲詩也，行神如空，行氣如虹，足爲李白第二。通州張峯石《一蛩室詩話》中已備言之。然實甫不僅能詩也，間嘗譜詩餘，亦復迥異凡響。其江南舟中所作《大江東去》云："英雄往矣，對江山贏得，亂愁千斛。今古夢痕消不盡，付與敗蕉殘鹿。醉裏征誅，愁邊歌舞，畫就興亡局。欲書遺恨，南山可惜無竹。　應念茂苑風花，臺城煙草，蕭瑟空雲木。曾倚舵樓閒眺望，惟見暮帆沙鷺。貍去祠荒，雀飛橋冷，凄斷前朝曲。無情最是，秦淮一片寒緑。"余常謂："凡寫迷離之況者，秖須述景。如小窗斜日到芭蕉，半床斜月疏鐘後，不言愁而愁自見。"實甫此詞，庶乎近之。

哭盦又有《賀新涼》詞，其小序云："泊舟江南，天已向暝，雲影黏樹，濤聲嚙沙，廢苑荒城，糢糊莫辨。惟有亂蛙代漏，愁月照人而已。觸緒蒼凉,率成此解"。詞云:"憔悴江南客。問六代繁華去後,竟無消息。一片孤城斜照裏,剩有青山半壁。聽打岸寒潮正急。龍虎銷殘鶯燕老,便英雄兒女皆陳跡。聊付與,隔江笛。桃花暗抱脂痕泣。經幾度移根換葉,嫩紅猶濕。廿四橋邊眉樣月,曾照瓊娘夜立。更不管玉簫聲寂。流盡舊家簾幕影,恨秦淮總是無情碧。搖畫舫,到煙夕。"與李後主重光作《烏夜啼》一詞,同爲淒惋。後主之詞曰:"無言獨上西樓,月如鈎,寂寥梧桐深院鎖清秋。

剪不斷,理還亂,是離愁。別是一番滋味在心頭。"所謂其音哀以思也。諸如此類,均可爲詞人規模。

衡陽一雁,隱其姓名,自謂不解聲韻而愛填詞。然其詞多怨鬱淒艷之句,誠能蓋古排今,便自命爲詞人者:對之愧然。余每讀其詞輒愛不忍釋,一雁雖曰未學,吾必謂之學矣。余最愛其《蝶戀花》小詞,云"人人都道相思苦,儂不相思,也沒相思侶。苦到孤懷無定所。看來還是相思愈。　　天若憐儂天應許,儂願相思,可有相思女。倘得相思恩賜與。相思到死無他語。"自謂此係理想的相思語。推陳出新,此意從未經人道過。深合余"詞宜生新,斯能振動"一語,如孤雲澹月,如倩女離魂,如春花將墮,餘香襲人,韻而不佻,艷而不褻,洵不能與常人一例語也。

古詩之於樂府,律詩之於詞,分鑣并轡,非有後先。有謂詩降而爲詞,以詞爲詩餘者,非通論也。詞盛於唐人,而六代已濫觴。梁武帝有《江南弄》,陳後主有《玉樹後庭花》,隋煬帝有《夜飲朝眠曲》,均與詩迥有辨別,安得謂詞即詩之餘耶?

詞有三法:章法、句法、字法。有此三長,方可稱詞。句法中有字面,蓋詞中有生硬字用不得,須是深加鍛煉:字字推敲響亮、歌誦妥溜,方爲本色語。如賀方回、吳夢窗皆精於煉字者,從李長吉、溫庭筠詩中取法來。字面亦詞中之起眼處,不可不留意也。句法、章法更無論矣。

白樂天詞云:"花非花,霧非霧。夜半來,天明去。來如春夢不多時,去似朝雲無覓處。"此蓋長慶長短句也。而後人則名之爲詞。楊升庵謂此係樂天自度之曲,因情生文,雖《高唐》《洛神》

之賦,奇麗不及也。歙縣吳東園效其韻體曰:"煙非煙,霧非霧。逐月來,隨雲去。天寒歲暮總須愁,別有朝陽棲鳳處。"聲韻諧婉,聲細如絲,於今人中固爲不可多得矣。然方之古人、未免有點金成鐵之憾。

龔定庵詞有《瑤臺第一層》一闋,咏某王孫事。按武才人色冠後庭,裕陵得之,會教坊獻新聲,因爲製詞,號曰《瑤臺第一層》。定庵此詞,艷冶而不流於穢褻。其詞云:"無分同生偏共死,天長恨較長。風災不到,月明難曉,曇誓天旁。偶然淪謫處,感俊語、小玉聰狂。人間世,便居然願作,薄命鴛鴦。　幽香。蘭言半枕,歡期抵過八千場。今生已矣,玉釵鬟卸,翠釧肌涼。賴紅巾入夢,夢裏說、別有仙鄉。渺何方。向瓊樓翠宇,萬古携將。"刻細頗似晚唐。

樊山有《千秋歲引》四闋,與太白之"暝色入高樓,有人樓上愁"同一趣旨。今錄四之三以公諸世。其二云:"叮嚀明鏡,莫教紅顏老。人壽月圓花更好,紅蘭即是相思草,青禽即是相思鳥。玉瑲投,團扇寄,難爲報。　願金鴨一雙含瑞腦,願紫燕一雙棲黛瑁,願擲黄金買年少。桃花面對桃花笑,蛾眉月寫蛾眉照。萬祝告,千祝告,相逢早。"其三贈輕輕云:"緑波南浦,一段銷魂賦。怕見江南合歡樹,梨花影似娉婷女,娉婷淚似梨花雨。曲闌干,深院宇,愁來路。　妾自傍鴛鴦湖畔住,郎自向鳳凰山畔去,試問銀河幾時渡。有情總被無情負,負情悔被多情誤。欲往愬,休往愬,天憐汝。"其四代輕輕答云:"蓬山青鳥,枉寄相思字,勞燕東西等閒事。儂情深似桃花水,郎情薄似桃花紙。白頭吟,秋扇賦,休相擬。了不羨朱翁他日貴,更不望連波今日悔,身似井桐別秋蒂。玉環領略夫妻味,雙文通達夫妻例。笑不是,啼不是,誰爲計。"余竊謂是詞輕而不浮,淺而不露,美而不褻,動而不流,字外盤旋,句中含吐,詞之能事盡也。

詞之難於小令,如詩之難於絶句,不過十數句耳,而一句一字都閒不得。末尾最宜留意,有有餘不盡之意乃佳。當以《花間集》中韋莊、温飛卿爲則。至若陳簡齋"杏花疏影裏,吹笛到天明",真是自然而然之句。學詞者尤宜法之。又吕洞賓之"明月斜,秋風冷。今夜故人來不來,教人立盡梧桐影"之句,亦甚雅致。

(以上見"小説新報"1916年第2卷第1期)

詞有四難:一曰用意,二曰鑄詞,三曰設色,四曰命篇。宋人歡愉愁苦之致動於中而不能抑者,類發於詩餘,故其所造獨臻絶境,工穩無可比擬。四難云者,蓋以沈摯之思出之必淺近,使讀之者驟遇之如在耳目之前,久誦之而得雋永之趣,則用意難也;以儇麗之詞而製之必工煉,使篇無累句,句無累字,圓潤明密,言如貫珠,則鑄詞難也;其爲體也纖弱,明珠翠羽,猶嫌其重,何況龍鸞必有鮮新之姿,而不藉粉澤,則設色難也。其爲境也婉媚,雖以警露取妍,實貴含蓄不盡,時在低徊唱嘆之際,則命篇難也。宋人專事之,篇什既富,觸景皆會。雖高談大雅,而亦覺其可廢也。

詞忌陳腐,尤忌深晦,忌率易,尤忌牽澀。曲亦如之。下曲之歌,殊不馴雅。文士奇炫博,益非當行。大都詞欲藻,意欲織,用事欲典,然塗附堆砌則不可,意太刻細尤不可,用典偏僻更不可,必也豐腴綿密,流麗清圓,令歌者不噎於喉,聽者大快於耳方爲上乘。詞中句法對待,更當有一定之式,須如孫吳用兵,諸葛佈陣,紀律整嚴,一步不可亂動,斯可稱詞。倘可漫爲,則人人皆可爲之,不足貴矣。試觀《西廂》全傳,意態橫生,行雲流水却又嚴肅整齊,絲毫不亂,故人稱羨之。吳石華《桐花閣詞》,郭頻伽先生以爲跌宕而婉,綺麗而不縟,有少游之神韻而運以梅溪、竹山之清真者也。《黃金縷》云:"柳絲細膩煙如織,病過花朝,又是逢寒食。多少春懷抛不得,都來壓損眉峯窄。　可憐生抱傷心癖,一味多愁,祇恐非長策。葬罷落花無氣力,小闌干外斜陽碧。"《減蘭・過秦淮》云:"春衫乍換,幾日江頭風日軟。眉月三分,又聽簫聲過白門。　紅樓十里,柳絮濛濛飛不起。莫問南朝,燕子桃花舊板橋。"均可誦。

詞中《江城梅花引》一調最難措手。長句轉接處易俚,一病也;短句重迭處易滑,二病也;兩段結處易澀,三病也;措語類曲,四病也。康伯可"娟娟霜月",千秋絶唱,鮮有嗣音。郭頻伽一闋云:"一重方定一重紗。採蓮花。採菱花。愛住吳船,生小號吳娃。牆紅樓牆外水,有明月,照鴛鴦,宿那家。　那家那家在天涯。雨又斜。雲又遮。聽也聽不到,一曲琵琶。漸漸西風,秋柳不藏鴉。欲倩西風吹夢去,還衹恐,夢魂中,太遠些。"音節和緩,情景迷離,真合作也。

白樂天《花非花》詩,唐人《醉公子》詞,長孫無忌《新曲》、楊太真《阿那》曲,自是詞格。餘若《水調歌頭》諸名,實爲樂府。然其語有近詞者,則亦可以詞名之。如隋帝《望江南》、徐陵《長相思》,初亦何曾是詞,而句調可填即爲填詞。由是推之,則梁武《江南弄》諸樂以及鮑照《梅花落》、陶宏景《寒夜怨》、徐勉《迎客》《送客》、王筠《楚妃吟》、梁簡文《春情》、隋煬《夜飲朝眠曲》皆謂之古調,何不可哉?

宋徽宗天才甚高,詩文而外尤工長短句。嘗作《探春令》云:"簾旌微動,峭寒天氣,龍池冰泮。杏花笑吐香猶淺。又還是,春將半。　清歌妙舞從頭按,等芳時開宴。記去年,對著東風,曾許不負鶯花願。"又有《聒龍謠》《臨江仙》《燕山亭》等篇,皆清麗淒惋。《燕山亭》者,徽宗北轅後賦杏花者也。哀情哽咽,髣髴南唐李後主,令人不忍多聽。詞曰:"裁剪冰綃,輕叠數重,淡著胭脂勻注。新樣靚妝,艷溢香融,羞殺蕊珠宮女。易得凋零,更多少、無情風雨。愁苦。問院落淒涼,幾番春暮。　憑寄離恨重重,者雙燕,何曾會人言語。天遙地遠,萬水千山,知他故宮何處。怎不思量,除夢裏、有時曾去。無據,和夢也,新來不做。"

詞與詩不同,然人僅知其不同,而不知其所以不同也。詞之句語,有兩字、三字、四字至七八字者,惟迭實字讀之且不通,況付雪兒乎?合用虛字呼喚一字如"正"、"但"、"任"、"況"之類,兩字如"莫是"、"又還"之類,三字如"更能消"、"最無端"之類,却要用之得其所。漁洋山人曰:"'無可奈何花落去,似曾相識燕歸來',定非香奩詩;'良辰美景奈何天,賞心樂事誰家院',定非草堂詞,斯即詞曲之分界也。"

詞之語句,太寬則容易,太工則苦澀。如起頭八字,相對中間八字,相對却須用工著一字眼與詩眼相同。如八字既工,下字便合少寬,庶不窒塞。約莫太寬易,又著一句工致者便精粹,此詞中之關鍵也。詞中用事，最難要緊著題，融化不澀。如東坡《永遇樂》云"燕子樓空，佳人何在，空鎖樓中燕"，用張建封事。白石《疏影》云"猶記深宮舊事，那人正睡裏，飛近蛾綠"，用壽陽事。又云"昭君不慣胡沙遠，但憶江南江北。想珮環、月下歸來、化作此花幽獨"，用少陵詩。此皆用事不為所使。寫景之工者如尹鶚"盡日醉尋春，歸來月滿身"，李重光"酒惡時拈花蕊嗅"，李易安"獨抱濃愁無好夢，夜闌猶剪燈花弄"，劉潛夫"貪與蕭郎眉語，不知舞錯伊州"，皆入神之句。

　　詞以少游、易安為宗。秦少游《踏莎行》云："霧失樓臺，月迷津渡。桃源望斷無尋處。可堪孤館閉春寒，杜鵑聲裏斜陽暮。驛寄梅花，魚傳尺素。砌成此恨無重數。郴江幸自繞郴山，為誰流下瀟湘去。"東坡絕愛尾兩句，自書於扇曰："少游已矣，萬身莫贖。"《詞苑》謂："不如'杜鵑聲裏斜陽暮'尤堪斷腸。"然少游為詞極須沈吟，鏟盡浮詞，直抒本色，此其所以為宗也。李易安作重陽《醉花陰》詞寄其夫趙明誠云："薄霧濃雲愁永晝，瑞腦銷金獸。佳節又重陽，玉枕紗廚，半夜涼初透。　　東籬把酒黃昏後，有暗香盈袖。莫道不銷魂，簾卷西風，人比黃花瘦。"《琅環記》記是詞，謂當時明誠自愧不如，乃忘寢食三日夜，得十五闋，雜以易安作以示陸德夫。德夫玩之再三曰："祇有'莫道不銷魂'三句為最佳。"正易安之作也。易安又有春晚《如夢令》云："昨夜雨疏風驟，濃睡不消殘酒。試問捲簾人，却道海棠依舊。知否，知否，應是綠肥紅瘦。"前輩競稱易安"綠肥紅瘦"語為佳作，花庵詞客頗稱易安《壺中天》詞"寵柳驕花"句突過"綠肥紅瘦"一語，然昔人未有能道者。

（以上見"小說新報"1916年第2卷第4期）

　　賀黃公謂蘇子瞻有"銅喉鐵板"之譏，然《浣溪沙‧春歸》詞云"彩索身輕常起燕，紅窗睡重不聞鶯"，如此風調，令十七八女郎歌之，豈在"曉風殘月"之下？余謂此實足以覘才子固無所不能也。如烏程朱行中與東坡同遭貶謫，人但知其能文，而行中亦擅與。如其所作《漁家傲》詞云："小雨纖纖風細細，萬家楊柳青煙裏。戀樹濕花飛不起，愁無際，知春付與東流水。　　九十春光能有幾，金龜解盡留無計,寄與東陽沽酒市。拚一醉,而今樂事他年淚"。讀其詞,想見其人,不愧爲東坡黨也。

世言東坡不能歌,故其所作樂府多不協律。是則非然。晁以道謂紹聖初與東坡別於汴上,東坡酒酣自歌陽關曲,然則公不能歌之言僞也。但賦性豪放,不喜剪裁以就聲律耳。試取東坡諸詞歌之,曲終覺天風海雨逼人。蓋詞至東坡,已一洗前人綺羅香澤之態,使人登高望遠,舉首浩歌,超乎塵埃之外,於是花間爲皂隸,柳氏爲輿臺矣。或謂子瞻之詞如"與誰同坐,明月清風我"、"明月幾時有,把酒問青天",快語也;"大江東去,浪淘盡,千古風流人物",壯語也;"杏花疎影裏,吹笛到天明",爽語也;"彩索身輕常起燕,紅窗睡重不聞鶯",綺語也。然則博如東坡,雖爽快、雄壯、旖旎之語尚然兼之,誰謂東坡不能歌耶?

詞有與古詩同義者。如"瀟瀟雨歇"、"易水"之歌也;"聞是天涯""麥蘄"之詩也;"又是羊車過也"、"團扇"之辭也;"夜夜岳陽樓中",日出當心之志也;"已失了,春風一半",鰥居之諷也;"瓊樓玉宇",《天問》之遺也。詞有與古詩同妙者。如"問甚時,同賦三十六陂秋色"、即"灞岸"之興也;"關河冷落,殘照當樓",即"勅勒"之歌也;"危樓雲雨上,其下水扶天",即"明月積雪"之句也;"燕子樓空,佳人何在,空鎖樓中燕",即平生少年之篇也。

詞名多取詩句之佳者,如《夏雲峯》,則取"夏雲多奇峯"句,"黄鶯兒",則取"打起黄鶯兒"句是也。獨《酹江月》《大江東去》則因東坡《念奴嬌》詞内有"大江東去"、"一樽還酹江月"二句,遂易是名。夫以詞中句反易詞名,則詞亦偉矣。今人不知詞者動疵"大江東去",彼亦知其詞如是偉耶?

《一葉落》《陽臺夢》,皆後唐莊宗所製。《一葉落》云:"一葉落,褰珠箔。此時景物正蕭索。畫樓月影寒,西風吹羅幕。吹羅幕,往事思量著。"《陽臺夢》云:"薄羅衫子金泥鳳,困纖腰怯銖衣重。笑迎移步小蘭叢,彈金翹玉鳳。　嬌多情脈脈,羞把同心撚弄。楚天雲雨却相和,又入陽臺夢。"舊本有改"金泥鳳""鳳"字爲"縫"字者。

填詞必溯六朝者,亦昔人探河窮源之意。如梁武帝《江南弄》云:"衆花雜色滿上林,舒芽耀採垂輕陰,連年蹀躞舞春心。舞春心,臨歲腴,中人望,獨踟躕。"梁僧法雲《三洲歌》一解云:"三洲斷江口,水從窈窕河旁流。啼將別共來,長相思。"三解云:"三洲斷江口,水從窈窕河旁流。歡將樂共來,長相思。"梁臣徐勉《迎客曲》云:"絲管列,舞曲陳,含羞未奏待佳賓。羅絲管,陳舞席,斂袖嘿唇迎上客。"《送客曲》云:"袖繽紛,聲委咽,歌曲未終高駕別。爵無算,景已流,空紆長袖客不留。"隋煬帝《夜飲朝眠曲》云:"憶睡時,待來剛不來。卸妝仍索伴,解佩更相催。博山思結夢,沈水未成灰。憶起時,投簽初報曉。被惹香熏殘,枕隱金釵嫋。笑動上林中,除却司晨鳥。"王叡《迎神歌》云:"蓮草頭花柳葉裙,蒲葵樹下舞蠻雲。引領望江遙滴淚,白蘋風起水生紋。"《送神歌》云:"悵悵山響答琵琶,酒濕青沙肉飼鴉。樹葉無聲神去後,紙錢飛出木棉花。"此六代風華靡麗之語,後來詞家之所本也。

(以上見"小説新報"1916年第2卷第5期)

雙鳳閣詞話

朱鴛雛 撰

　　載於《申報·自由談》一九一六年五月十二日、五月十五日、六月三日、六月四日、六月五日、六月十一日、六月十三日、六月十六日、六月十七日、六月十九日、六月二十一日、七月十二日、七月十九日、七月二十日、七月二十五日和八月九日,共計十六期三十則。作者朱鴛雛(一八九四——一九二一),名璽,字爾玉,號鴛雛、孽兒、銀蕭舊主,松江人。幼孤貧,寄食松江孤兒院,爲楊了公收養,師事姚鵷雛,後經楊了公、姚鵷雛介紹入南社。一九一七年,在南社唐宋詩之爭中,朱鴛雛主張學習宋詩,被柳亞子驅逐出社,此即南社公案"朱柳之爭"。朱鴛雛與姚鵷雛、聞野鶴合稱"雲中三傑",又與姚鵷雛合稱"雲間二雛"。著有《銀蕭集》《紅蠶繭集》《鳳子詞》《簾外桃花記》《朱鴛雛遺著》等。一九一八年,小説叢報社曾匯編朱、姚著作爲《二雛餘墨》,收錄有《雙鳳閣詞話》《雙鳳閣詞話續稿》。經比對,刊本《雙鳳閣詞話》與報載本順序、文字略有不同,總計二十九則,原六月二十一日一則被挪入《續稿》。《雙鳳閣續稿》共計九則,刊于《二雛餘墨·言詮第一》。文前小序提到:"兩年中,填詞僅十餘闋……二月十一日,嘿坐家下……乃搜索故書,續爲《詞話》。"可知《續稿》作於一九一八年二月。

　　《雙鳳閣詞話》(附續稿)的内容以搜輯松江鄉邦詞作和評述清代詞人爲主。前者包括莊永祚《西堂詞》、汪價《半舫詞》、施子野《花影詞》、碧海逸伶《秋屏詞》、范武功《四香樓詞》、何琢齋《幗篋詞》等數十部松江詞人詞集的考訂;後者包括有清七十餘家詞人之姓氏、履歷、著作輯錄和毛奇齡、周韜甫、沈祥龍等詞人的逸聞趣事。在《續稿》小序中，朱鴛雛自言："余有宏願，纂《松江詞徵》外，擬纂遜清一代之詞爲《清詞綜》。"可見《詞話》之作，兼具詞別集與纂輯文獻而彙爲大觀之意。同時，朱鴛雛在《詞話》中保存了許多南社成員交往的記錄，如記載從姚鵷雛學詞事、與楊了公相約研究石帚詞事、王蘊章回復姚鵷雛書信事、爲南社詞學活動研究提供了史料。此外，《詞話》還有幾則關於詞牌名、詞調、詞律、詞與曲之關係的述評，然多抄撮自前代詞話詞論，未免新意不足。

甲寅夏日，消暑於松江城南之幾園。疎簾清簟間，稍稍學爲塡詞，唐宋以來莫不涉獵，不欲以門户之見，害其所好。姚師鵷雛謂同社無錫王蓴農（蘊章）持論亦如是。嘗見其覆鵷師箋云："夢窗詞，弟亦嫌其過費氣力，清空如玉田，豪雄如稼軒，渾脱如清真，得其一節，無慚作者。而某公等必欲揚此抑彼，殊近偏激。懷此有年，得公爲證心期，欣快何如也。"箋尾附二詞。《貂裘換酒·題鈍艮紅薇感舊記》云："脱帽悲歌起。數平生一簫一劍，更無知己。不是揚州狂杜牧，十載髮星星矣。忍更説墜歡重理。駿馬美人都去也，莽乾坤合爲多情死。負此者，有如水。　狂言忍發君須記。遍相思靈均香草，澧蘭沅芷。結客他年公事了，還我傾城名士。更碌碌，嗤他餘子。痛哭山中閒日月，肯如今短盡英雄氣。浮大白，拚沉醉。"《太常引·題亞子分湖舊隱圖》云："五湖歸記太無聊，魂也不禁消。何處木蘭橈，看畫裏烟波路遙。　松陵十四，碧城十二，吹瘦小紅簫。酒醒又今宵，有自琢新詞最嬌。"直合辛、周爲一手矣。

（以上見《申報》1916年5月12日）

集詞句爲聯語，頗見風致。集玉田、梅溪云："石磴拂松陰，幾曲闌干，古木迷鴉峯六六。烟光摇綠瓦，一屏新繡，芙蓉孔雀夜温温。"集稼軒、草窗云："雲洞插天開，欲往何從，一百八盤狹路。湘屏展翠叠，臨流更好，幾千萬縷垂楊。"集晉卿、永叔云："海棠開後，燕子來時，黃昏庭院。紅粉牆頭，秋千影裏，臨水人家。"集稼軒云："素壁寫歸來，畫舫行齋，細雨斜風時候。瑤琴才聽徹，鈞天廣樂，高水流水知音"。集清真云："錦幄初溫，葡萄架上春籐秀。闌干四繞，蒼蘚松階秋意濃。"集草窗云："蓮葉共分題，貯月杯寬，笑拍闌干呼范蠡。筻屏掩雙扇，避風臺淺，旋移芳檻引流鶯。"集梅溪云："竹杖敲苔，倚窗小梅覓句。簾波浸筍，閉門明月關心。"集夢窗云："數曲闌干，人事迴廊縹緲。一奩越鏡，仙山小隊登臨。"皆自然而渾脫者也。

咏物之作，以王中仙爲上，其詞旨凄咽，寄托遙深，不足以禁體限之。近見有綺庵者，《沁園春·賦藕絲》云："一舸搖紅，三十六陂，人來采香。看碧搓柳線，撩將桂棹，翠牽苻帶，攔斷銀塘。輕擎冰綃，徐舒玉腕，委霧凝霜細較量。間無事，把金針七孔，爭補荷裳。　飄烟曳雨情傷，算抽出相思寸寸長。祇青錢貫了，同心結小，明珠穿得，續命絲長。織倩湘妃，纕憑漢女，新試羅衫學淡妝。好綠雲深處，繫住鴛鴦。"未知是同社虞山龐蘗子（樹柏）所作否。

（以上見《申報》1916年5月15日）

《西堂詞》，署雲間莊永祚天申著，詞格稍遜容居，然亦茜婉可誦。《憶秦娥》云："雕闌畔，落紅似醉閒庭院。閒庭院，芹香翠徑，和風輕扇。　畫梁雙燕聲如剪，惜春歸去添離怨。添離怨，朱門深處，繡床人倦。"斷句如《賣花聲》云"樓外長條親折贈，却又青青"，《減蘭》云"倦眠還開，不寐如何有夢來"。尚有《漁家傲·閨詞》十二首，與容居詞同韵，爲一時唱酬之作明矣。並附錢芳標、范武功和作，不能盡錄。

《半舫詞》，署汪價著。天然散人云："汪價，號三儂，嘉定人，有《三儂嘯旨》。"《半舫詞》神似玉局。《雨中花·閨思》云："春起懶將殘髻束，向鏡面照了還覆。却裙帶輕拈，鞋尖漫點，斜倚闌干曲。　風色徵薰花氛郁，已作（去）就一天新緣。看燕子雙雙，鶯兒對對，祇有人兒獨。"《點絳唇·初夏》云："風色初薰，竹香細細抽新翠。疏簾影裏，小燕窺人睡。　閒處偷行，領得花滋味。初時喜,歸時心悸,以後長如醉。"《臨江仙·罨畫溪》云:"廿載前頭溪上宿,山光水色花香。今番重到白鷗鄉,扁舟獨放,野鳥語淒涼。

碧竹紫藤都化去,當年歌吹興亡。漫登危閣斷人腸,遠峰橫處,依舊有斜陽。"斷句如《西江月》云"手搓澀眼倦還眠,好夢重尋一遍。但憑柳悴與花孱,知道曉妝深淺"。馮夢華謂蘇詞有四難:獨往獨來,一空羈靮,一也;含剛吐柔,發其絕詣,二也;忠愛之誠,深以寄託,三也;笑樂哀傷,皆中其節,四也;所以振北宋之緒,挽秦、柳之風,與稼軒各樹一幟,不域于世。世第以豪放目之,非知蘇、辛者也。余謂三儂之詞,能知蘇、辛者也。

施子野亦雲間人,是李笠翁一流,著有本曲多種。曾於同邑費龍丁(硯)許見之,《花影詞》□卷,與天然散人所錄,稍有出入。《浣溪沙》云:"半是花聲半雨聲,夜分淅瀝打疏櫺,薄衾單枕一人聽。 密約不明渾夢境,佳期多半待來生,淒涼情況是孤燈。"《憶秦娥》云:"闌干曲,竹浸一池春水綠。春水綠,消閒棋子,破愁雙陸。 花逋酒負何時贖,多情反被情拘束。情拘束,不堪重見,熟飛華屋。"觀此,風情固不薄也。

(以上見《申報》1916年6月3日)

《秋屏詞》,署碧海逸伶著。《菩薩蠻》云:"酡顏絲髮稱才子,十年不合長如此。柳色暗雕輪,門前春水深。 羞將愁拍促,綱按涼州曲。風起赤闌橋,低頭魂欲銷。""春游慣說江南好,春光復向江南老。何惜馬蹄遙,東風喜鵲橋。 愁多容易醉,強拾佳人翠。滿院碧桐花,鉤簾日已斜。""鶯歌欲靜芳塵歇,垂楊滿院花飛雪。蕩子不歸家,空羞雙雀釵。 江南音信斷,望斷江南岸。青草咽斜陽,羅衣黯淡香。"《浣溪紗》云:"放浪青山久不歸,姑蘇臺下鷓鴣飛,古堤疏柳淡烟微。 欲問興亡徒草草,五湖西去又斜暉,一番新恨盡羅衣。"斷句如《菩薩蠻》云"江晚日初低,猿啼知妾啼",《江南好》云"酒旗風急杏花殘,人醉影闌珊",《臨江仙》云"夕陽無際山色亂,流中荻花吹動,江月小如錢"。"才子"諸闋,絕似韋莊留蜀之作,於言語文字之外,見其傷心。至詞氣之跌宕風流,讀之蕩氣,暗香水殿,舊國之思,殆自隱於伶邪。嗟嗟,江南花落,老去龜年,安得起天然散人問之,知其爲誰某邪?

《四香樓詞》,署范武功著。《臨江仙·金陵》云:"曾繫扁舟桃葉渡,雙柑斗酒頻攜。青山無數夕陽西,畫樓深院,細雨杏花飛。千古江流流不盡,後湖草冷烟低。客窗何事最凄其,六朝宮樹,夜夜子規啼。"斷句如《玉蝴蝶》云"怎消除五更香夢,空斷送一段春天"。原稿爲燒痕所廢,未窺全豹,然亦俊才也。與周冰持、莊天申多唱和,又有《茸城紀事詞》,當是雲間人。

《□□詞》,署周樨廉著。《沁園春》句云:"望空濛花徑,夢來夢去,參差柳影,疑短疑長。"爲索茗白龍潭蕭九娘家作,亦吾松韵事也。

《□□詞》,署張頸頑著。《減蘭》云:"愁來何處,遠在門前烏桕樹。近在眉頭,最有眉頭耐得愁。　菱花似月,照出花容紅一捻。無淚沾襟,秋在眉頭愁煞人。"似《憶雲》。

(以上見《申報》1916 年 6 月 4 日)

《望雲詞》,□□□著。《望江南》云:"山萬叠,石壁插天關。絕巘雲排孤塔秀,大江烟雨萬松寒,一雁拾蘆還。"《更漏子》云:"玉參差,金□□。牆外曾聞一笑。纔轉眼,急回身,綠楊影裏人。金爐短,犀簟軟。人和影兒都遠。捱夜夜,數更更,今生睡不成。"《水龍吟·楊花》云:"空中似有還無,白楊一片飛花墜。輕於蕩子,短於閨夢,澹於春思。黏著葳蕤,穿將麗霓,雙環半臂。想漢宮張緒,靈和殿側,懶更三眠三起。　一望盤渦沙嘴,似江天殘雲密綴。曉烟籠破,曉星逼冷,曉風揉碎。桂闕含秋,銀塘抹粉,銅鋪浸水。願隨花飄傍,那人衾枕,偷沾鉛淚。"《清平樂》云:"柳風梅雪,繡幕雲彄月。花氣撲簾香影折,睡煖一雙蝴蝶。斂眉獨倚金扉,輕寒吹上銖衣。滿池星紅小綠,鳳尖怕蹴香泥。"斷句如《如夢令》云"輕薄,輕薄,人被柳絲兜著",《薄倖》云"溪心寒月,爲流急纔圓便缺",諸詞哀感頑艷,亦松卿、端己之遺。至於深思寄意,其亦勝國遺臣乎?

《空瞳子詞》,不署名。《鷓鴣天》句云:"鳳靴細按新檀板,隔節窗兒分外明。"新意。

天然散人所錄如是，都吾松軼詞。書賈語余，得自一李姓家，然無實據可攷。邇來索居無事，與同邑遇春（光明）約爲選政。遇春之《谷水詩徵》自清嘉慶始。余之《谷水詞徵》依《松風餘韻》《松江詩鈔》爲例，蒐采之難，其終乃不可知。世方多故，余等獨作風月閒人想，亦復自笑。余答遇春詩所謂："世亂還宜論詩格，自敎刻意到宮商。"正有不能已者。安得多如天然散人者，饗余深也。

（以上見《申報》1916年6月5日）

《耐歌詞》，李笠翁著。董石甫《三岡識略》謂其淫蕩不檢，工媚時世，至欲屏於士夫以外。余友同邑張破浪（社浩）則特愛其詞，以爲哀感頑艷，皆從性情中來，深非石甫之說，以質於余。余意天下初無美惡，在人人之眼光爲變動耳。姑錄其詞，如《一剪梅·廣陵》云"此番再過玉人樓，喚汝回頭，切莫回頭"，《點絳唇·用情》云"怕有人聽，一半留將住"，《虞美人·代柬》云"當時作俑豈無人，那得繡針十斛刺伊心"，意思固精微深刻者也。

《沁園春·咏艷》二十首寫本，幀尾有慶雲篆印，字體婉弱，類出閨人之手。其中，劉改之四首見於《草堂詞》。外有范纘《美人齒》云："雙鳳帷中，嫣然微笑，半露朱櫻。向翠簾弄筆，澹浸墨瀋，繡窗擘線，濕膩紅星。香沁歌珠，脂黏暖玉，怕見枝頭梅子青。沉吟久，更巡檐鴉噪，低叩聲聲。　相看恰是芳齡，每聞喂鸚哥剝紫菱。喜含嬌剔罷，春纖甲軟，幽歡契齒，錦被痕輕。甘液流芳，清泉初漱，細嚼花鬚吐畫櫺。雕軒下，等檀郎不到，切恨無情。"原註：見《四香樓詞》，當是范武功作。

（以上見《申報》1916年6月11日）

錢葆紛《美人唾》云："羅袖花輕，點點仍留，鏤金舊箱。記鏡前斑管，欲拈先潤，簾前弱線，已斷猶香。窗紙偷穿，書緘密啓，沾着些些濕不妨。粧臺倦，愛越梅青小，齒軟津涼。　有時吹罷笙簧落，幾顆隨風小夜光。更玉魚含後，脂痕隱映，錦衾嚙處，檀印顛狂。不枉如飴，真堪消渴，莫作薔薇曉露嘗。藍橋路，算華池除却，那覓瓊漿。"原注：見《湘瑟詞》，目署申浦漁郎。錢立山《美人腕》云："碧藕華池，雪向銀盆，皎然素鮮。想雲和斜抱，清輝乍映，霓裳罢按,红袖轻缠。约髯微拳,洗粧全露,带出些儿齿印。偏娇憨处,似不任鸾绣,故倚郎肩。　　有时镂枕欹眠,襯蜎领鸦鬟相近边。爱无多弱骨,恰胜金钏。有馀丰腻,浑惹芳煎。捣素何柔,临书绝劲,不繫朱丝亦可怜。多应是,向洛波深处,采得芝玄。"目署澱湄老人。尚有一峰墨堂数首,未能悉录。多不知其出於何本也。或於是类侧艳之什,讥为纤细,然当春沈尽长,就白梨花底唱之,真觉鬟角衣波,呼之欲出也。

失名《忆江南》二十首,附黏前帧之后。其词艳怨沉幽,逼近皇甫。录其三、十一、十六、十九云:"江南好,梅雨掩重门。不是麝脐浮小鬟,果然獭髓没双痕,絮语酒微温。　　潇潇响,近共听黄昏。心似芭蕉长有泪,手无芍药已消魂,则怕是离樽。""江南好,麦信一番寒。碧茗焙香松叶路,银鲔翻雪楝花滩,怊怅又春残。　　梅梢雨,千子绿新乾。幽梦蝶惊虚画枕,小词蝇细满乌阑,和泪寄伊看。""江南好,别是一家春。弹去金丸花满地,坐来青翰月随身,风浅露华新。　　江南事,是处可伤神。心似明珠常不定,人如照镜未曾真,一载梦频频。""江南夜,最是五更长。昨日事如天上远,前生人在梦中忙,切莫负春光。　　江南恨,难向酒杯忘。残雨数声敲玉枕,飞花一点逗红窗,宿燕已双双。"后跋似乡先辈郭友松(福衡)墨迹。跋云:阅宋辕文集内载《忆江南》第十九首下半阕,"宿燕"句易为"切莫负时光",则知此全篇係是人所作无疑矣。按辕文名徵舆,号直方,华亭人。

(以上见《申报》1916 年 6 月 13 日)

《帼箧词》,华亭闺秀何琢齋著。《浪淘沙·拟易安》云:"楼外雨濛濛,狼藉芙蓉。澹烟笼树远连空。目断天涯书不至,缥缈征鸿。　　独自下簾拢,无限离衷。伤心怕听晚来风。见说重阳将近也,情思偏慵。"《点绛唇·嘲燕》云:"解得高飞,傍人偏是依门户。有河相诉,终日喃喃语。　　费尽经营,秋到还归去。无意绪。问家何处,不肯经年住。"断句如《踏莎行·春旅》云"杜鹃苦说不如归,欲归毕竟归何处",《醉花阴·病起》云"休近小阑干,怅望空庭,不见黄花瘦"。诸词澹写轻描,不落粉奁旧调,其在幽楼、漱玉間乎？

(以上見《申報》1916年6月16日)

《綠窻詞》，□□閨秀韓寒簧著。《賣花聲·春感》云："垂柳拂檐前，燕子呢喃。花明鶯媚艷陽天。有限韶光無限恨，辜負春妍。

對鏡怯連娟，縞素凄然。亦知妖冶不堪纏。遠岫正宜山澹澹，邨樹籠烟。""縞素"云云，殆鸞飄鳳泊之人乎？然而咏絮才工，自非凡近也。

《鸝吹詞》，松陵閨秀沈宛君著。《憶王孫》云："銀鐙花謝酒初醒，夢去愁來月半明。玉漏沉沉夜色清。翠生生，芳草能消幾許情。"《浣溪紗》云："楓葉無愁綠正肥，多情空自繞漚磯，今宵千里斷腸時。　　一棹青山人正遠，半床紅豆雨初飛，別離無奈思依依。"余謂女子之詞，類多弱於氣格，而清輕婉約，別有意味可尋，觀於《鸝吹詞》而益信矣。按宛君爲葉天寥室，午夢風流，猶在分湖烟水間也。

《愁言詞》，宛君長女葉昭齊著。《點絳唇》云："往事堪傷，舊游綠遍池塘上。閒愁千丈，暗逐庭蕪長。　　自古多情，偏惹多惆悵。人悽愴，寒宵淡月，一片凄涼况。"又有"東風無計，吹破春愁"之句，置之《飲水詞》中，當不能復辨。才地玲瓏，洵不可及已。乃妹瑶期《返生香詞》，知者已多，不錄。

(以上見《申報》1916年6月17日)

度曲已難，自度曲更難，乃知姜石帚《暗香》《疏影》諸闋，非擱然妄作可比。曲隸於律，律隸於聲，聲隸於何宮何調，各有絶旨。古者以宮、商、角、徵、羽、變宮、變徵之七聲乘十二律，得八十四調。後人以宮、商、羽、角之四聲乘十二律，得四十八調。蓋去徵聲與二變而不用，則四十八調已非古律，明矣。隋唐以來，相次沿革，逮乎趙宋，發爲詩餘，分隸四十八調。調不拘於短長，有屬黃鐘宮者，有屬黃鐘商者，皆不相出入。今則僅以小令、中調、長調分爲班部，聲律微渺，不可以跡求矣。蘇長公《赤壁懷古》《念奴嬌》調有云"千古風流人物，人道是三國周郎赤壁"，"捲作千堆雪，雄姿俊發，一樽還酹江月"。鮮于伯機是調云"雙劍千年初合，放出羣龍頭角"、"極目春潮闊,年年多病如削"。張于湖是調云"更無一點風色,着我扁舟一葉","妙處難與君説,穩泛滄浪空闊","萬象爲賓客,不知今夕何夕"。是一入聲而通物月屑錫覺樂曷合陌職葉緝十三韻者,可見宋人詞本無韻,任意取押之説所由來也。自沈去矜創爲詞韻,毛稚黄刻之(見《西河詞話》),雖有功於詞學而反失古意。假如上下平三十韻中,惟十一尤獨用,若東冬江陽魚虞佳灰支微齊寒删先蕭肴豪覃鹽咸皆是通用,雖不知詞者亦能立辨。以獨用之外無嫌韻,通韻之外,更無犯韻,雖不分爲獨爲通,而其爲獨爲通者自了也。

去秋與了公寄父共治石帚,浸淫其間,自有真味可尋。項憶雲所謂"不爲無益之事,何以遣有涯之生",豈不然乎?余無狀,不足造述。寄父則矜持,不多作,而集其詞,諸闋音節句法,幽情密意,合符古人。如《念奴嬌》一首云:"松江烟浦,問經年底事,琵琶解語。恨入四弦人欲老,別有傷心無數。金谷人歸,翠尊共款,心事還將與。梅邊吹笛,冷香飛上詩句。　江國暗柳蕭蕭,無人與問,惆悵誰能賦。書寄嶺南封不到,一點芳心休訴。玉笛無聲,朱門深閉,夢逐金鞍去。故人知否,爲君聽盡秋雨。"不特驅使前輩,天衣無縫,而含意深思,別有懷抱,寄父固自謂得意者。

(以上見《申報》1916年6月19日)

出王家營而北,迤邐乎徐沛之間,出入乎齊魯之野,不覺泰岱之高,惟見黄水之急,征夫勞人,於此有不積思一日,觸物萬狀,思今懷古,吊夢數離,發爲歌什者乎?吴縣倪朗山(世珍)《雪鴻偶鈔》詩四卷、詞一卷,譚促儀爲之序,所鈔皆往來都門題壁之作也。詞如吴縣曹紫荃(毓英)《庚子北上,道梗王家營》《更漏子》云:"五更風,千里月,戍鼓暗催車發。荒驛裏,斷橋邊,酒醒鄉夢寒。　驢背警,人語撤,面亂沙如雨。烽火逼,角聲殘,天涯行路難。"荆溪漁隱《青駝寺有懷》《念奴嬌》下闋云:"好夢春闌別懷秋,碎良會何時?又相思情味,説與白雲知否。"皖桐方士遴臨城驛《山花子》云:"水驛山程事遠游,夢回孤館數更籌。儂是年年爲客慣,不知愁。　對酒更無人似玉,捲簾惟見月如鈎。多少離情多少恨,夜燈收。"闕名《庚戌十一月,宿茌平縣,聽素梅唱歌》《虞美人》云:"盈盈珠睇含秋水,也識愁滋味。可憐嬌小不勝歌,抱着琵琶背裏蹙雙蛾。　　落花飛絮身無主,曲曲相思苦。淚痕猶在舊青衫,一夜風風雨雨夢江南。"鏡西富莊驛《卜算子》云:"又是夕陽邊,愁煞溟濛樹。樹外寒山山外雲,雲外鴻飛處。　　回首幾長亭,數了還重數。今日晨星昨夜霜,切莫明朝雨。"河朔少年富莊驛《浣谿沙》云:"賤葉淒迷墜月詞,畫屏遮處逗眉絲,斜風細雨上鐙時。　　殘夢暗隨芳草遠,泥情差被落花知,耐人憔悴是相思。"海寧羊復吉(辛楣)《秋日南歸,宿楊村驛》《念奴嬌》云:"亂鴉殘照,看長亭,煙柳絲絲憔悴。回首帝城,天際渺,又把離情勾起。花下搥琴,酒邊碎筑,都是窮途淚。　　笑我去住,無端匆匆一騎。此日纔歸耳,白草黃塵,催道遠,猶是天涯行旅。孤雁隨人,老蟾招手,南望家千里。殘更夢醒,故山低颭寒翠。"

(以上見《申報》1916年6月21日)

　　詞名之起原可考者,如《蝶戀花》之梁元帝"翻階蛺蝶戀花情",《滿庭芳》取吳融"滿庭芳草易黃昏",《夏雲峯》取"夏雲多奇峰",《黃鶯兒》取"打起黃鶯兒",《點絳唇》取江淹"明珠點絳唇",《鷓鴣天》取鄭嵎"家在鷓鴣天",《惜餘春》取李白賦語,《浣谿紗》取少陵詩意,《青玉案》取《四愁詩》語,《踏莎行》取韓翃詩語,《西江月》取衛萬詩語,《菩薩蠻》西域婦髻也,《蘇幕遮》西域婦帽也,《尉遲杯》取尉遲恭飲酒大杯也,《蘭陵王》以其入陣取勇也,《生查子》即張博望乘槎事也,《瀟湘逢故人》柳惲句也,《巫山一段雲》即巫峽事也。此皆楊用修升庵《詞品》考證之語,而都元敬、沈天羽、胡元瑞諸人,於詞調起原尤多論例。

　　三年來學詞於姚先生之門,得《春痕詞》若干首。側艷之作,止以導淫悠繆之辭,或將損性。山谷綺語,法秀所呵,良用自疚。然而人天影事,有不忍相忘者,草稿既燼,第留其序。序曰:平生役於世故,而塵役勞勞,稟賦不實,而孕愁漠漠,宜乎侷促兩間,莫知其所,沉吟章句,莫極其情矣。爾乃心靈蘭蕙之温馨,神思裙裾之曼妙,若有人焉,在我之旁。如花之醲,如玉之瓏。若怡其生,若澤其夢。高情无滓，塵墶奇愁，亦破鴻濛。殊呻窈吟，知所託焉。幽情麗想，莫不逮焉。

（以上見《申報》1916年7月12日）

自有言語文字以來，音學凡四變矣。毛詩三百五篇，古音賴存。魏晋而下，詞賦日繁。沈約作四聲之譜，於是今音行而古音亡，爲音學之一變。迨至東京，古音愈乖，休文作譜，按班張以下諸人之賦、曹劉以下諸人之詩所用之音，撰爲定例，於是今音變而古音愈亡，爲音學之再變。下及唐代，僧守温創三十六字母圖以紊古音，於是梵音盛而古音難復，爲音學之三變。宋理宗末年，平水劉安併二百六韻爲一百七韻，元初，黃公紹因之作《古今韻會》，於是宋韻行而唐韻亡，而古音更無論矣，爲音學之四變。江永言漢雖近古，時有古音，而踳駁舛謬者亦不少。其故有數端：一則方音之流變；一則臨文不細檢；一則讀古不審沿古而反致誤；一則韻學不精，雜用流於野鄙。一則恃才負氣，不妨自我作古。觀江氏之言亦可知古音之湮没，由來漸矣。陸紹明《言音》一書，發凡道古，言之較詳。至於詞韻如何者，余謂詞本長短句，發軔於唐，張大於宋，是則短調屬唐，長調屬宋。古音本難相論，能隸於古樂府爲上著。不則短調用唐音，長調用宋音，亦原本之微意也。南北雜曲，則無論矣。

（以上見《申報》1916年7月19日）

詞調之創，用紹詩樂之遺。於四始之中，大旨近於比興。聲有抑揚緩促，則句有長短。曲終奏雅，懲一勸百，亦承古賦之遺風，感人之深，疾於影響。則詞者，合詩樂教而自成一體者也。余嘗讀劉申叔氏之書矣，謂詩篇三百，按其音律，多與後世長短句相符。如《召南·殷其靁》篇云："殷其靁，在南山之陽。"此三五言調也。《小雅·魚麗》篇云："魚麗於罶，鱨鯊。"此二四言調也。《齊風·還》篇云："遭我乎峱之間兮，并驅往兩肩兮。"此六七言調也。《召南·江有汜》篇云："不我以，不我以。"此叠句韻也。《豳風·東山》篇云："我來自東，零雨其濛。鸛鳴於垤，婦勤於室。"此換韻調也。《召南·行露》篇云"厭挹行露"，其第二章云"誰謂雀無角"，此換頭調也。大抵緩促相宣，短長互用，於後世倚聲之法已啓其先。足證詞曲之源，實爲古詩之別派。至於六朝，樂章盡廢，故詞曲之體，亦始於六朝。梁武帝之《江南弄》、沈約之《六憶詩》，實爲詞曲之濫觴。唐人樂府，多采五七言絶句。如《紇那曲》《長相思》，皆五言絶句之變調也。《柳枝》《竹枝》《清平調》《小秦王》《陽關曲》《八拍蠻》《浪淘沙》，皆七言絶句之變調也。《阿那曲》《雞叫子》，則又仄韵之七言絶句也。《瑞鷓鴣》者，則七言律詩也。《款殘紅》者，則五言古詩也。此亦詞調爲詩餘之證。特古人詩調多近於詞，而後世詞調轉出於詩，蓋古代詩多入樂，與詞相同，而後世之詞，則又詩之按律者也。

（以上見《申報》1916 年 7 月 20 日）

詞律之密，無過宋人。能按律即能入樂，唐人已昌其風。若李太白、溫飛卿輩，其詞曲皆被管絃，以故精於詞律。太白所造《清平調》，玄宗調笛倚歌，李龜年亦執板高唱，且謂平生得意之歌無出於此。（見《松窗録》）。飛卿工於鼓琴吹笛（見《北夢瑣言》），所作詞曲，當時歌筵競唱（見《雲溪友議》）。宰相令狐綯因宣宗愛唱《菩薩蠻》，令飛卿撰進，而宣宗君臣迭相唱和（見《北夢瑣言》）。則太白、飛卿精於詞律，彰彰明矣。蓋詞者，古樂之派別。古之詞人必先通音律，默契其深，然後按律以填詞，故所作之詞，咸可播之於歌咏。後世之人按譜填詞，人云亦云，而音律之深，茫然未解，則所謂詞者徒以供騷人墨士寄託之用耳。而詞之外，遂別有謂曲。元人雜劇，實其濫觴，去古樂遠矣。

宋人之詞，各自成家。少游之詞，寄慨身世，一往情深，而怨悱不亂，悄乎小雅之遺。向子諲《酒邊詞》、劉克莊《復村詞》，眷戀舊君，傷時念亂。例以古詩，亦子建、少陵之亞，此儒家之詞也。劍南之詞，屏除纖艷。清真絶俗，遒峭沈鬱，而出以平淡之詞。例以古詩，亦元亮、右丞之匹，此道家之詞也。耆卿詞曲密處能疏，槩處能平，狀難狀之狀，達難達之情。例以古詩，間符康樂，此名家之詞也。東坡之詞，慨當以慷，間鄰豪放（如《滿庭芳》《大江東去》《江城子》是）。龍川之詞，感憤淋漓（如《六州歌頭》《木蘭花慢》《浣谿紗》

是),眷懷君國。稼軒之詞,才思橫溢,悲壯蒼涼(如《永遇樂》是)。例之古詩,遠法太冲,近師太白,此縱橫家之詞也(見《論文雜記》)。觀此古之詞人,莫不自闢塗轍,所作之詞各不相類,豈若後世詞人之依草附木,取古人一家之詞以自矜效法哉?即使盡心效法,亦當辨別其家數,歸其一旨。不則。東拉西雜,復成何理?嘗論近時詞人,多喜蘇辛詞曲之豪縱,競相效法,浮嚻粗犷,不復成詞。此則不善學蘇辛之失,非蘇辛之失也。

(以上見《申報》1916年7月25日)

元人涵虛子所爲《詞品》云:馬東籬如朝陽鳴鳳,張小山如瑶天笙鶴,白仁甫如鵬搏九霄,李壽卿如洞天春曉,喬夢符如神鰲鼓浪,費唐臣如三峽波濤,宫大用如西風鵰鶚,王實甫如花間美人,張鳴善如彩鳳刷羽,關漢卿如瓊筵醉客,鄭德輝如九天珠玉,白無咎如太華孤峯,以上十二人爲首等。貫酸齋如天馬脱羈,鄧玉賓如幽谷芳蘭,滕玉霄如碧漢閒雲,鮮于去矜如奎璧騰輝,商政叔如朝霞散彩,范子安如竹裏鳴泉,徐甜齋如桂林秋月,楊淡齋如碧海珊瑚,李致遠如玉匣昆吾,鄭廷玉如佩玉鳴鑾,劉廷信如摩雲老鶻,吳西逸如空谷流泉,秦竹邨如孤雲野鶴,馬九皋如松陰鳴鶴,石子章如蓬萊瑶草,盖西邨如清風爽籟,朱廷玉如百草爭芳,庾吉甫如奇峰散綺,楊立齋如風烟花柳,楊西庵如花柳芳妍,胡紫山如秋潭孤月,張雲莊如玉樹臨風,元遺山如窮崖孤松,高文秀如金盤牡丹,阿魯威如鶴唳青霄,吕止庵如晴霞結綺,荆幹臣如珠簾鸚鵡,薩天錫如天風環佩,薛昂夫如雲腮翠竹,顧均澤如雪中喬木,周德清如玉笛横秋,不忽麻如閒雲出岫,杜善夫如鳳池春色,鍾繼先如騰空寶氣,王仲文如劍氣騰空,李文蔚如雲壓蒼松,楊顯之如瑶臺夜月,顧仲清如鵰鶚冲霄,趙文寶如藍田美玉,趙明遠如太華晴雲,李子中如清廟朱瑟,李叔進如壯士舞劍,吳昌齡如庭草交翠,武漢臣如遠山叠翠,李宜夫如梅邊月影,馬昂夫如秋蘭獨茂,梁進之如花裏啼鶯,紀君祥如雪裏梅花,于伯淵如翠柳黄鸝,王廷秀如月印寒潭,姚守如秋月揚輝,金志甫如西山爽氣,沈和甫如翠屏孔雀,睢景臣如鳳管秋聲,周仲彬如平原孤隼,吳仁卿如山間明月,秦簡夫如峭壁孤松,石君寶如羅浮梅雪,趙公輔如空山清嘯,孫仲章如秋風鐵笛,岳伯川如雲林樵響,趙子祥如馬嘶芳草,李好古如孤松掛月,陳存甫如湘江雪竹,鮑吉甫如老蛟泣珠,戴善甫如荷花映水,張時起如雁陣驚寒,趙天錫如秋水芙蕖,尚仲賢如山花獻笑,王伯成如紅鴛戲波,以上七十七人次之。又有董解元、盧疎齋、鮮于伯機、馮海粟、趙子昂、班彥功、王元鼎、董君瑞、查德卿、姚牧庵、高拭、史敬先、施君美、汪澤民輩,凡百五人,不著題評,抑又其次也。虞道園、張伯雨、楊鐵崖輩,俱不得與,可謂嚴矣。

(以上見《申報》1916年8月9日)

續雙鳳閣詞話

丙辰歲撰《詞話》一卷,輟筆至今,垂兩年餘矣。嗜痂諸君,時復見訊,輒以無暇答之,殊自赧也。兩年中,填詞僅十餘闋,而搜採之心,未曾少泯。恒蹀躞舊書攤間,省酒資以求之。復於故家箱篋中,隨時乞讓,親友知其如是,有以零星相饋者,匪不珍而藏之。故私家著述,已積七百餘種,而詞集居其次半。鄉先輩所作,尤加研別,遲我數年,當纂成《松江詞徵》數十卷。我友吳君遇春亦允爲臂助也。二月十一日,嘿坐家下,風聲雨聲,扇於門外,悄然几屏,不可自聊,乃搜索故書,續爲《詞話》。

余有宏願,纂《松江詞徵》外,擬纂遜清一代之詞爲《清詞綜》。清人填詞之學,著色出奇,軼過前代。欲彙爲大觀,殊匪易易。以余初步邯鄲,止望洋興嘆而已。往年撰《清詞人錄》一卷,得七十餘家,均可備《清詞綜》甄別者。《錄》中兼及詞人軼事,略如徐電發之《詞苑叢談》,特繁瑣耳。茲姑錄姓氏、履歷、著作如左:吳偉業字駿公,號梅村,太倉人,崇禎四年進士,清官國子監祭酒,有《梅村詞》二卷。吳兆騫字漢槎,吳江人,順治十年舉人,有《秋笳詞》一卷。王士禎字貽上,號阮亭,新城人,順治十八年進士,官至刑部尚書,追諡文簡,有《衍波詞》一卷。孔尚任字季重,號東塘,曲阜人,聖裔,官户部郎中。曹貞吉字升六,安丘人,順治十七年舉人,官禮部員外郎,有《珂雪詞》二卷。沈謙。顧貞觀字華峰,號梁汾,無錫人,康熙五年舉人,官國史院典籍,有《彈指詞》三卷。性德原名成德,字容若,滿州正白旗人,康熙十二年進士,官侍衛,有《飲水詞》一卷。朱彝尊字錫鬯,號竹垞,秀水人,召試博學鴻司,授檢討,有《江湖載酒集》三卷。陳維崧字其年,宜興人,康熙八年以諸生召試博學鴻詞,授檢討,有《迦陵集》三十卷。厲鶚字太鴻,泉唐人,康熙五十八年舉人,乾隆元年薦舉博學鴻詞,有《樊榭山房詞》二卷,又《續集》二卷。王時翔字抱翼,號小山,太倉人,以諸生薦舉,官至成都府知府,有《香濤集》一卷、《紺寒集》一卷、《青綃樂府》一卷、《初禪綺語》一卷、《旗亭夢囈》一卷。黃景仁字仲則,武進人,貢生,議叙州判,未仕,卒,有《竹眠詞》二卷。惲敬字子居,武進人,有《蒹塘詞》二卷。吳翌鳳字伊仲,吳縣人,諸生,有《曼香詞》一卷。郭麐字祥伯,號頻伽,吳江人,諸生,有《蘅夢詞》二卷。楊夔字伯夔,□□人,有《過雲精舍詞》□卷。左輔字仲甫,陽湖人,官至巡撫,有《念宛齋詞》□卷。張惠言字皋文,陽湖人,有《茗柯詞》二卷。張琦字翰風,陽湖人,惠言弟,有《立山詞》□卷。董祐誠字方立,長洲人,有《蘭石詞》二卷。劉逢祿字申受,□□人,有《禮部集》□卷。張景祁字韻梅,仁和人,有《新蘅詞》四卷。周濟字保緒,宜興人,有《止庵詞》二卷。王士進字逸雲,□□人,有《聽雨詞》□卷。承齡字子久,□□人,有《冰蠶詞》□卷。潘德輿字彥輔,□□人,有《養一齋詞》□卷。周之琦字稚珪,□□人,有《金梁夢月詞》□卷。項鴻祚字蓮生,仁和人,有《憶雲詞》三卷。龔自珍更名鞏祚,又名易簡,字璱人,號定盦,仁和人,官禮部主事,有《無著詞》《懷人館詞》《影事詞》《小奢摩館詞》《庚子雅詞》各一卷。吳葆晉字佶人,固始人,有《半舫舫館塡詞》二卷。孫鼎臣字子餘,善化人,有《蒼筤館詞》《湘弦詞》各一卷。邊浴禮字袖石,□□人,有《空青館詞》一卷。陳澧字蘭甫,番禺人。許宗衡字海秋,上元人,有《玉井山館詩餘》□卷。蔣士銓字心餘,□□人,有《銅弦詞》□卷。王錫振字少鶴,□□人,有《茂陵秋雨詞》一卷。何兆瀛字青耜,□□人,有《心庵詞》二卷。劉履芬字彥清,江山人,有《漚夢詞》一卷。薛時雨字慰農,全椒人,有《藤香館詞》四卷。蔣春霖字鹿潭，長洲人，有《水雲樓詞》四卷。丁至和字保庵，□□人，有《萍蹤詞》二卷。馮焌字子明，□□人，有《道華堂詞》一卷。顧翰字兼塘，□□人，有《拜石山房詞》□卷。許增。端木埰字子疇，江寧人，同治三年優貢生，特用到閣，官典籍。葉英華字蓬裳，南海人，有《花影吹笙詞》三卷；王闓運字壬秋，湘潭人，有《湘綺樓詞》二卷。莊棫字中白，□□人，有《蒿庵詞》□卷。譚獻字仲修，仁和人，有《復堂詞》二卷。勒方錡。蔣敦復字劍人，寶山人，有《芬陀利室詞》四卷。盛昱字伯熙，宗室，官至國子監祭酒。王鵬運字幼霞，自號半塘老人，又號半塘僧鶩，臨桂人，官禮部給事中，有《袖墨集》《蟲秋集》《味梨集》《鶩翁集》《蜩知集》《校夢龕集》《庚子秋詞》《春蟄吟》等□卷。鄭文焯字叔問，滿洲人，有《瘦碧詞》《冷紅詞》《比竹餘音》等四卷。張祖同字雨珊，長沙人，有《湘雨樓詞》一卷。杜貴墀字仲丹，巴陵人，有《桐花閣詞》二卷(與梅州吳石華亦名《桐花閣詞》不同)。文廷式字道希，萍鄉人，官至翰林院侍讀學士。黃遵憲字公度，嘉應人，有《人境廬詞》二卷。王仁堪字可莊，閩縣人，甲戌一甲一名進士，官至蘇州府知府。何維樸字詩孫，道州人。況周儀字夔笙，臨桂人，有《第一生修梅花館詞》六卷。朱祖謀字古微，號漚尹，歸安人，官至禮部侍讀，有《彊村詞》四卷，又《前集》《別集》各一卷。潘博字若海，南海人。曾習經字剛甫，揭陽人，官度支部參議，有《瓔珞詞》□卷。麥孟華字孺博，順德人。馮煦字夢華，金壇人，有《蒙香室詞》二卷。樊增祥字雲門，恩施人，有《樊山詞》□卷。李岳瑞字孟符，咸陽人。夏敬觀字盥人，新建人，有《映鑫詞》四卷。桂赤字伯華，香山人。關瑛字秋芙，□□人，有《夢影樓詞》一卷。

毗陵周騰虎字弢甫，隨父宦陝，見知於林文忠公。時宗滌樓(稷辰)侍御有聲諫垣，疏論海內英特，以湘陰左宗棠與弢甫名同上，朝旨徵召入，因事不果。後遇湘鄉曾公於皖，哀其數奇，特復薦於朝，以疏通致遠、識趣宏深堪任封疆將帥之選入告。旨未下，至滬瀆病死，時論惜之。而嘉善金安清所為傳，謂左宗棠後積功至閩浙總督，封恪靖伯，當并薦時，猶一公車也。言外若有餘憾焉。弢甫爲人伉爽,常思立身報國,與呫嗶小儒,自有分別。然德清戴子高(望)評其詩,謂指陳利病,感切時務,雅近杜陵。《餐苄華館詩》八卷,其孫荄所刊,附《蕉心詞》一卷,僅十許首。纖麗之作,不能工致,而有二首如蔣鹿潭,傷離念亂,同其時也。《南浦·九江琵琶亭故址》云:"危亭漸側,乍憑闌日落九江邊。不盡大江東注,高浪蹴吳天。詞客愁魂何處,問波濤可解惜詩篇。剩寒蘆斷岸,碎磚零甓,蕭瑟積荒煙。　水面琵琶尚在,聽琤琤細語漏漁船。當日江州淚盡,我慣天涯漂泊。盡教人彈徹十三弦。看前溪月上,長吟驚起白鷗眠。"其一不錄。

婁縣沈約齋先生(祥龍),號樂志叟,爲劉融齋(熙載)先生高足。桐廬袁爽秋太常(昶)在蕪湖道任,羅致幕下。先生少年遭亂,晚歲里居寡出,著作不絕,誨人亦不倦。所著詩文而外,有《樂志簃詞》一卷,又有《論詞隨筆》二卷,盛道蘇、辛,所詣在是焉。《一萼紅·江干放歌》云:"大江頭,正涼風浩蕩,捲起萬重秋。帆去帆來,潮生潮落,都教攪入牢愁。便獨倚斜陽望遠,把詩心分付水邊鷗。舊日閒情,少年殘夢,回首悠悠。　客裏青衫憔悴,問家園消息,斷雁蘆洲。雲影蒼茫,林容蕭瑟,今朝休上高樓。空覽遍江山好景,更何人同入醉鄉游。剩有元龍豪氣,且看吳鉤。"《湘春夜月·登北固山石帆樓》云:"亂峰中,夕陽紅滿層樓。樓外滾滾寒濤,淘盡古今愁。倚醉登高望遠,看涼風吹動,一帶蘆洲。更水光映處,輕帆歷亂,多少歸舟。　梁朝舊寺,孫家片石,猶伴清秋。吊古蒼茫,空剩有青山無語,碧水長流。英雄事業,算向來都付閒鷗。憑檻久,正江聲幾派,雲痕萬叠,飛上簾鈎。"以視韜甫,懷抱類似,而雄闊過之。先生之哲孫晉之,爲余至交,數宿樂志簃中。俯仰琅玕,鬚眉猶可彷彿。恨余生晚,已不及見之矣。嘗題其《遺集》云:"五茸城下數家門,短句長謠似後村。儉歲屬文緣世故,殘年作健與詩暄。幕游聊惜平生意,縑素能收地下魂。絕學至今憐沚約,蠹魚無數爲翁存。"晉之好學,家聲以是不墮,而先生慰矣。

《鶴緣詞》一卷,陽湖呂庭芷(耀斗)號定子撰。譚仲修爲之序。譚云:定子卓犖,志學純至,少有匡濟之器。通籍盛年,文章侍從會寰宇兵起,憂危夙抱,不欲旅進循資,濫廁通顯,爲壯士所匿笑,於是游於四方,登山海之夷險,擴常變之籌策。惟時封域重臣,壁壘元戎,敬禮相接,咨詢機要。君劍佩奮發,胸有甲兵,然亦用而不盡用,坦然處之。而慷慨之氣,終欲爲康又民物,償其夙志。出入軍中,逡巡有年,晉階監司,方簡授永定河道,未蒞官而逝。又云:定子塡詞婉麗,樂府之餘,而通於比興,可諷咏也。《遺集》傳之其人(謂門人陳養原),君之志行遭遇,必有瑋異而嗟惜之者。所謂以少勝者亦在是。《鶴緣詞》僅二三十首。《浣溪沙》云:"冒戶蛛羅鏤鈿塵,紅牆深處近流鶯,絲絲夢雨玉簫聲。　柳絮竞飛連日煥,桃華嬌助一分晴,畫簾燕子過清明。"《少年游》云:"笙歌深巷,月華勝水,到處少人行。青漆門邊,丁香似雪,低照粉牆陰。　共君側帽天街畔,風露近三更。歸夢相邀,青山影裹,吹笛柳冥冥。"《洞仙歌》云:"翠霞缺處,有柳嬌花困。青玉重門鎖芳訊,更虛亭晝掩,冷霜絲絲。流水裏,依約棋聲人影。　仙源真不遠,猿鶴將迎。也學秦人笑相問,待解眠花下,一响雲深。被雲外暖笙吹醒。恁窣地東風妒湘桃,又添得人間,素塵一寸。"《百字令·觀荷》云:"平堤廿四,暫偷閒存訪,菰煙蔣雨。秋近水鄉才幾日,涼得晚荷如許。露暈蔬紅,風搖亂碧,花氣愔愔午。葛衫人影,鷺鷥來共秋語。　休問環佩當年,畫船吹笛,寂寞橫塘路。一星冷香圍作暝,簾幕悄無人住。斫藕論錢,拗蓮作饌,狼藉憑誰訴。瘦魂飛盡,夕陽衰柳知否。"數詞即復堂老人所謂婉麗可諷咏者,蓋學《山中白雲》,而微涉綺薄。陳養原(豢)則謂鳳鸞之瑞,未衝霄漢,乃僅以片羽與鶴爲緣。推求立言本末,導源六義,反覆循誦,非一時一境可盡已。

《比玉樓遺稿》四卷,山陽黃天河(振均)撰。門人滇南楊文鼎刊其稿,謂天河在咸同間,志存經世,生平服膺亭林之學,頗冀見諸施行,而困於儒官。《遺稿》第三卷爲《比玉詞》。《水調歌頭·秋夜過柳衣園舊址》云:"老樹作人立,半响恰無言。應是怕人愁聽,不敢說從前。剩有一輪明月,照著一灣流水,終夜守空園。千古幻塵耳,相念莫淒然。　靜思想,未來事,已過緣。都是無因自造,消息不由天。料得當時歌舞,已分將來零落,留博後人憐。搔首獨歸去，孤棹冷蒼煙。"作解脫語，不致煩嫌。天河有《天壺七墨》及傳奇數種行世，尚有《談兵錄》四卷。序存《遺稿》中，自謂於治亂之機，頗有裁取。然此書已否刊行，不可考矣。

　　出王家營而北，迤邐乎徐沛之間，渲漾乎齊魯之野，未覺泰岱之高，惟見黃水之急。燕京日近，華頂雲飛，亦極天下之壯觀矣。游跡所同，旅懷非一。征夫多感，勞者能歌，亦人情耳。吳縣倪朗山（世珍）善游歷，舟極於黃淮，車窮於宣大。蹤跡所至，輒寫錄題壁之什，積廿載，成《鴻雪偶鈔》四卷、附詞一卷。如吳縣曹紫荃（毓英）《更漏子·庚子北上至王家營道梗回南》云："五更風，千里月，戍鼓暗催車發。荒驛裏，斷橋邊，酒醒鄉夢寒。　駝驢背，警人語，撒面亂沙如雨。烽火逼，角聲殘，天涯行路難。"皖桐方士遜《山花子·臨城驛》云："水驛山程事遠游，夢回孤館數更籌。儂是年年爲客慣，不知愁。　對酒更無人似玉，捲簾惟見月如鉤。多少離情多少恨，夜燈收。"鏡西《卜算子·富莊驛》云："又是夕陽邊，愁煞溟濛樹。樹外寒山山外雲，雲外鴻飛處。　回首幾長亭，數了還重數。今日晨星昨夜霜，切莫明朝雨。"海寧羊辛楣《大江東去·秋日南歸宿楊村驛》云："亂鴉殘照，看長亭、煙柳絲絲憔悴。回首帝城，天際渺，又把離情勾起。花下摧琴，酒邊碎筑，都是窮途淚。笑我去住無端，匆匆一騎。此日纔歸耳，白草黃塵吹道遠，猶是天涯行旅。孤雁隨人，老蟾招手，南望家千里。殘更夢醒，故山低颭寒翠。"前調《月夜十刹海觀荷索雲門寄盫同作》云："涼蟬飛白，看綠荷萬柄，風來香滿。隱約雲橫瓊島碧，半是廣寒宮殿。柳外星高，桐間露濕，想象天邊遠。妝樓千尺，土花繡豎蟬鈿。　當年避暑離宮，鬧紅深處，四面紗窗茜。水佩風裳無恙在，不信繁華都換。駕宿花寒，鷺依人瘦，遙盼銀河斷。晶簾如水，幾聲玉笛淒戀。"夫大、小雅，多雍容揄揚之什，而亦不少行旅勞役之歌。十五國風，則盡勞人、思婦、游子、羈臣、戍卒、征夫所托諷。諸詞工力不同，而遺意同也。蓋柳往雪來，雉飛駱驛，積思一日，觸物萬狀，不期吊夢數離，凝感所咏，而不能已已。

　　蕭山毛又生（奇齡），即世稱西河先生者。過馬州時，有當壚者馮二名絃,夜聞其歌,倩其同行者導意。又生辭曰:吾不幸遭厄,吹簾渡江,彼傭不知音,豈誤以我爲少年游耶。次日遂行。後十年見《名媛詞緯》中有馮氏《江城子》二闋,是讀又生新詞所作。其詞曰:"綠陰何處曉啼鶯,弄新聲,最關情。一夜寒花,吹落滿江城。讀得斷碑黃絹字,人已渡,暮潮橫。"又曰:"蘭陵江上晚花飛,冷煙微,著人衣。無數新詞,最恨是桃枝。待得蘭陵新酒熟,桃葉好,送君遲。"又生著於《詩話》,謂誦之殊自淒惋,聞其詞倩桐鄉鍾王子代作者。然又有《武陵春·春晚》《虞美人·賦得落紅滿地》二詞,亦甚佳。想皆不出其手,而其意則有不可已者。前人所傳《子夜》《莫愁》諸詞,想皆似此耳。

前編曾著録女子詞數十首,茲續有所獲,最録於後。宋盧氏女,天聖中父爲縣令,隨父從漢川歸。《蝶戀花·題泥溪驛壁》:"蜀道青天煙霧翳,帝里繁華,迢遞何時至。回望錦川揮粉淚,鳳釵斜軃烏雲膩。　綬帶雙垂金縷細,玉佩珠瑁,露滴寒如水。從此鸞妝添遠意,畫眉學得遙山翠。"語甚韶秀,是才美者。延安夫人,蘇丞相子容之妹。《更漏子》云:"小闌干,深院宇,依舊當時別處。朱戶鎖,玉樓空,一簾霜日紅。　弄珠江,何處是,望斷碧雲無際。凝淚眼,出重城,隔溪羌笛聲。"極寫傷亂之象,而"朱戶"三句,故宮寂寞,如在畫中。魏夫人,丞相曾子宣室,朱晦翁嘆爲本朝婦人之能文者。《菩薩蠻》云:"溪山掩映斜陽裏,樓臺影動鴛鴦起。隔岸兩三家,出牆紅杏花。　綠楊堤下路,早晚溪邊去。三見柳綿飛,離人猶未歸。"《好事近》云:"雨後曉寒輕,花外早鶯啼歇。愁聽隔溪殘漏,正一聲淒咽。　不堪西望去程賒,離腸萬回結。不似海棠花下,按涼州時節。"《擊裙腰》云:"燈花耿耿漏遲遲,人別後,夜涼時。西風瀟灑夢初回。誰念我,就單枕,斂雙眉。　錦屏繡幌與秋期,腸欲斷,淚偷垂。月明遠到小窗西。我恨你,我憶你,你爭知。"三詞歇拍處,均以動宕出之。深情一往,詞筆疏秀,無拖沓之病,是從能文得來。美奴,陸藻侍兒《卜算子》云:"送我出東門,乍別長安道。兩岸垂楊鎖暮煙,正是秋光老。　一曲古陽關,莫惜金樽倒。君向瀟湘我向秦,魚雁何時到。"疏爽不佻,古音可接。

慕容岩卿妻某氏《浣溪沙》云："滿目江山憶舊游，汀花汀草弄春柔，長亭艤住木蘭舟。　好夢易隨流水去，芳心猶逐曉雲流，行人莫上望京樓。"姑蘇雍熙寺月夜，有客聞婦人歌此詞，傳聞於時。岩卿驚曰："此亡妻昔時作也。"詢之，乃其妻殯處。詞雖不工，而聲情鮮爽。此婦鬼而韻者也。王清惠，宋昭儀入元爲女道士，號冲華，《滿江紅·題驛壁》云："太液芙蓉，渾不似舊時顏色。曾記得承恩雨露，玉樓金闕。名播蘭簪妃店裹，受潮蓮臉君王側。忽一朝鼙鼓揭天來，繁華歇。　龍虎散，風雲滅。千古恨，憑誰説。對河山百二，淚沾襟血。驛館夜驚塵土夢，宮車曉碾關山月。願嫦娥相顧肯從容，隨圓缺。"詞氣懇摰，以深婉爲悲涼，筆極名貴。文信國讀至"隨圓缺"句，曰："夫人於此少商量矣。"針砭之意深哉。《東園友聞》云：此詞或傳爲昭儀下宮人張瓊英作。説亦不可沒也。金德淑，亦宋宮人，入元歸章丘李生。《望江南》云："春睡起，積雪滿燕山。萬里長城橫縞帶，六街燈火已闌珊，人在玉樓間"。語甚高逸。
　　嬰嬰宛宛之流，往往以姓氏不著，與玉顏同盡。而詞組傳流，足致珍惜。蜀妓某《市橋柳》云："欲寄意，渾無所有。折盡市橋官柳。看君著上春衫，又相將放船楚江口。　後會不知何日又。是男兒，休要鎮長相守。苟富貴，無相忘。若相忘，有如此酒。"戴石屏妻《碎花箋》云："惜多才，憐薄命，無計可留汝。揉碎花箋，仍寫斷腸句。道傍楊柳依依，千絲萬縷，抵不住一分情緒。　捉月盟言，不是夢中語。後回君若重來，不相忘處，把杯酒，澆奴墳上土。"《市橋柳》與《碎花箋》均自度腔，雖不入律，而音節淒惻。如聞出諸粉臆中，字字是淚。二詞俱道送行，一存厚望，一判長辭。搗麝拗蓮，亦極慘酷矣。

褱香簃詞話

龐樹柏 撰

　　刊於《民國日報》一九一六年十月九日、十月十日、十月十二日、十月十三日、十月十六日、十月十八日、十月十九日、十月三十一日第三版"旗亭韻語"專欄，共計八期七則。原名"褱香簃詩詞叢話"，中有詞話，下注"檗子遺著"。作者龐樹柏（一八八四——一九一六），字檗子，號芑庵，別署綺盦、龍禪居士、劍門病俠，江蘇常熟人。同盟會會員。光緒二十四年（一八九八），其父因爭漕賦觸怒奸吏，反坐入獄，不久憂憤而死。其母錢氏旋即自盡殉亡。樹柏賴親戚資助，前往江蘇師範學校求學，後因貧苦肄業。曾任江寧、蘇州等地學堂及上海聖約翰大學教師，又任《國粹學報》編輯。曾與黃人等組織三千劍氣文社，又與陳去病、柳亞子組織南社。辛亥革命爆發後，曾與宋教仁、徐天復謀劃發動上海起義。一九一六年重陽前四日因病去世，年僅三十三歲。王蘊章爲其編撰文集，彙爲《龐檗子遺集》二卷，柳亞子作序。文集內含《玉琤琮館詞》一卷，收詞四十九首，曾經朱祖謀刪定，《龍禪室詩》一卷，收詩九十九首。錢仲聯《近百年詞壇點將錄》以"楊林"評之，稱讚其"瓣香彊邨，爲南社詞流眉目"，"趨向南宋，得白石之警秀"。

　　《褱香簃詞話》主要包括兩部分內容：一是評述朱祖謀、況周頤、陳伯弢、王鵬運等詞壇師友之詞作與交游。其中尤對彊邨老人推崇備至，蓋因作者一九〇九年起于吳門聽風園從彊邨學詞，多承其教導獎掖、刪改詞作故耳。文中提到："余今日所得稍知倚聲塗徑者，皆師之力也。"二是記錄春音詞社社集和社課。一九一五年，作者與陳匪石、王蘊章共結春音詞社於海上,并請朱祖謀評點社課。此詞話錄詞社初期社友名單與第二次社集詞作甚詳,允爲補輯詞史之助。此外,該詞話還彙錄了馬湘蘭藏硯所題詩詞及冒廣生記女詞人顧太清遺事詩等,聊作詞壇軼聞。

馬湘蘭舊藏一硯,背刻女象,上有"咸淳辛亥阿翠"六字。右旁小字數行,爲湘蘭所題詩,云:"綠玉宋洮河,池殘歷劫多。佳人留硯背,疑妾舊秋波。"其下跋曰:"己丑三月,得此硯。墨池魚損去之。背象眉目似妾,而右頰亦有一痣,妾前身耶?阿翠疑蘇翠。果爾,當祝髮空門,願來生不再入此孼海。守貞記。"按據,翠,樂籍,工墨竹、分隸。咸淳辛亥,宋度宗七年。己丑,明神宗萬曆十七年也。今是硯爲沈石友所得,石友題三絕句云:"片石歷四朝,兩美合一影。想見畫眉長,露滴玉蟾冷。""洗汲綠珠井,貯擬黃金屋。若問我前身,爲疑王伯穀。""刻畫入精微,脂香泛墨池。漢家麟閣上,圖像幾人知。"徵余題,乃賦《點絳唇》一解應之。詞曰:"片石摩挲,煙花小劫曾經歷。翠漂香濕,猶似秋波泣。　應悔癡情,空自前身識。休追憶,馬頭月色,隱約行間墨。"(王伯穀與馬姬書:"二十七日發秦淮,殘月在馬首,思君尚未離巫峽也。")

(以上見《民國日報》1916年10月9日)

己酉閏二月,謁漚尹師於吳門聽風園。甫接顏範,備承獎誘,并出所刻《夢窗四稿》《半塘詞定》及自著《彊邨詞》三種見貽。嗣以拙稿就正,師則繩檢不少貸。余今日所得稍知倚聲塗徑者,皆師之力也。師於庚子拳亂,幾遭不測,繼而視學嶺表,力求解組,歸隱吳下,空山歲寒,獨致力於倚聲之學。王半塘謂六百年來真得夢窗之髓者,師一人而已。所著詞已刊者有四卷。近年之作,益趨高夐,如《送伯弢還武陵》,調寄《祭天神》云:"望楚天長短黃昏雨。斷行人、戍鼓聲中啼雁苦。悲秋佩,萎衰蘭,夢醒吳鐙語。背西風一卧,迢迢滄江暮。莫漫觸、蛟龍怒。　更凄絕、斜日新亭路。山河異,風景是,舉目成今古。問何堪、滄桑危涕,兵火浮家,庾信生平,竟寫《江南賦》。"此詞作于辛亥國变之時。伯弢,陈大令銳也。又《秋晚過樵風別墅,分殘菊一叢,歸以夢窗譜寫之》,調寄《暗香疏影》云:"露黃一襻,向故人帽底,翻窺飛雪。病起重陽,簾捲西風晚寒結。愁味傷秋更苦,惜縹壺、家泉冰潔。記冷香、呼取餘杯,清事隔籬説。　休道柴桑路遠,小城正歲晚,人事淒絕。獨坐遺芳,便有東風,不改漂搖柯葉。枝頭甘抱枯香死,有霜後、伶俜孤蝶。願此花、從此休開,占斷義熙煙月。"蓋當南京政府成立,有故舊欲以圖書館館長一席勸駕者,師一笑謝之,下半闋云云殆即因此而發也。又《浪淘沙慢》云:"暝寒送、繁霜覆水,暗雨啼葉。檐鐸敲愁乍急,帷鐙顫影旋滅。剪不斷、連環情緒叠。是當日、鸞帶親結。問故徑、蘼蕪夢何許,前塵竟抛撤。　淒切。錦書寄遠終輟。念玉几金床西風夜,縹緲胡雁咽。嗟攬斷羅裾,寧信長別。恨腸寸折,明鏡前、掇取中心如月。　却划連峰平於坁,黃塵擁、巨川頓竭。怒雷起、玄冬還夏雪。更千歲、倚杵天摧,厚地坼,深盟會與纏綿絕。"蕩氣迴腸,字字拗折,即以詞論,亦恐非夢窗所能及乎。

(以上見《民國日報》1916 年 10 月 10 日)

臨桂有兩詞家,半塘先生外,況夔笙先生周儀也,著有《第一生修梅花館詞》。近者避地滬上,與漚尹師以詞相切磋,根據宋元,守律益嚴,所咏櫻花多至十六闋,即名其居曰餐櫻廡,其詞曰《餐櫻詞》,漚尹爲鍥而傳之。《戚氏·咏櫻花》第十五云:"倚珍叢,落日搖首海雲東。錦織鶯情,粉含蛾笑,總愁儂。玲瓏。占春工。酥搓蕊破一重重。綠華舊日吟賞,駐馬何似少從容。閬苑環佩,瓊林冠冕,後塵五等花封。算神州載得,西指槎遠,何處相逢。　説與□□仙蓬。江樹玉秀,綺縞岸雙通。餐英侶,飯抄霞起,餅擘脂融。吊鷥鴻。畫舸涘雨,繁花燭轉,記省番風。滯鶯浪蝶,島日町煙,眼底著意妍濃。舜水祠環繞,憑香艷絕,映帶貞松。怪底星幡未改,付花狂、絮舞暗塵中。劇憐晝省翹冠,翠娥嚲鬢,春好人知重。甚醉鄉、容易韶華送。風雨橫、多少殘紅。剩倦吟、暮色簾櫳。又芳節、蒨雪照春空。作神山夢,瓊枝在手,俯瞰魚龍。"撫寫拘態,叙述羈情,可謂曲其妙矣。又有句云"滄洲金粉淚",五字尤頑艷,得未曾有。漚尹師《題餐櫻詞》,調寄《還京樂》云:"倦懷抱,閱盡斜陽,稍覓微波語。任墜香迷燕,亂紅踏馬,緘情無據。問絳都花事,傷春淚潑閒風雨。并萬感,吟夜醉曉,蠻芳成譜。　舊銷魂處。傍珍叢千繞,而今漲筆狂塵,弦外調苦。沈吟又拍闌干,蕩雲愁、海思如許。坐滄洲,還賺得天涯,文章羈旅。半篋秋蕭瑟,蘭成身世重賦。"蓋同此身世,各有懷抱,相喻於微而已。

（以上見《民國日報》1916 年 10 月 12 日）

伯弢丈庚、辛以後極意填詞,所作辭旨淒麗,而賦音朗拔,蓋於近世詞家如半塘、彊村外,能別樹一幟者也。有《扁舟衝雪至下關,入城歲晏,江南寒寂可想,效夢窗體》,調寄《瑞龍吟》云:"秣陵岸。遙望凍樹髡煙,磊沙鋪練。推篷一帶平潮,暮鴉四起,荒城半掩。　步帷濺。因念上街泥雨,怒蹄衝汗。誰知瑟縮氈裘,短轅坐我,清吟自遣。　來去江淮何事,鬢絲催老,年光飄轉。爲說昔時梁園,歌舞都換。英辭妙墨,眼底鄒枚賤。還孤憶、弓衣秀句,羊醪清宴。抵死風吹面,萬山動影,空花歷亂。笛裏天涯遠。愁絮裏、江南何時吹散。桂檐素月,窺人游倦。"《春初步至莫愁湖,憩勝棋樓,慨然吟望》,調寄《高陽臺》云:"寒水籠煙,荒埼繫艇,女牆遮却紅塵。未到花時,湖邊已有游人。青楊淺覆東西岸,步畫闌、都是迴文。恨沈沈闌外高樓,樓外黃昏。　江南自昔無愁地,甚年來吟眺,但有傷春。絕艷驚才,輸他若個名存。魚天一片前朝影,喚翠娃、收拾垂綸。恁淹留、誤了歸期,自倒空尊。"《題鶴道人沽上詞卷》,調寄《綺寮怨》云:"對雨當風殘夜,早涼吹上衣。暗舞榭、數點狂香,征塵裏、怕見花飛。當年旗亭畫壁,黃河唱、麗日春送悽。念醉中、玉笛羌條,關山遠、怨曲當寄誰。　悵望去天一涯。昆明舊事,何堪再夢銅犀。露泫雲淒。有蟬淚、灑高枝。滄江故人都老,且漫譜、冷紅詞。悲君自悲。相思待盡處、蠶又絲。"又嘗見《詞話》三卷,所論無不精,嘗自謂天分太低,筆太直,徒能爲作詩之法,作詞則未能。未免過謁謙也。

（以上見《民國日報》1916 年 10 月 13 日）

《半塘詞》爲臨桂王佑遐鵬運所著,漚尹師謂君詞導源碧山,復歷稼軒、夢窗,以還清真之渾化,非過譽也。《擬花間》,調寄《楊柳枝》云:"賦裏《長楊》舊有名,即看眉樣亦傾城。春風頓入朝元閣,莫更思量作雨聲。"其二云:"飛絮空濛鎖畫樓,年年寒食聽離留。爭信龍池三二月,片風絲雨欲驚秋。"又《夔生自廣陵游鄂,賦詞寄懷却和》,調寄《徵招》云:"幾年落拓揚州夢,樊川倦游情味。一笛落梅風,又吟篷孤倚。江山仍畫裏。祇無那、暮天愁翳。白帢飄零,紅簫岑寂,暗銷英氣。　迢遞。楚天長,懷人處、扁舟舊時曾繫。黃鶴倘歸來,問飛仙醒未。行歌休吊禰。怕塵涴、素襟殘淚。斷雲碧,醉拂闌干,正夜空如水。"又題《校夢龕圖》,有序,序曰:"往與漚尹同校夢窗詞成,即擬作圖紀之。今年冬,見明王綦畫軸,秋林茆屋,二人清坐,若有所思。笑謂漚尹曰,是吾《校夢龕圖》也,不可無詞。因拈此調。圖作於萬曆丁酉,乃能爲三百年後人傳神寫意,筆墨通靈,誠未易常情測哉。光緒庚子十月記。"其詞調寄《虞美人》云:"檀欒金碧樓臺好,誰打霜花稿。半生心賞不相違,難得劫灰紅處畫圖開。　清愁閒對闌干起,自惜丹鉛意。疏林老屋短檠邊,便是等閒秋色儘堪憐。"嘗於沈太侔所輯《今詞綜》中見半塘《玉漏遲》一闋《題蔣鹿潭〈水雲樓詞〉》,爲刊本所遺,今補錄於此。詞云:"玉簫沈舊譜。鼓鼙聲裏,暗愁如訴。濁酒孤吟,諳盡天涯風露。除是楊花燕子,更誰解飄零念汝。江上路。傷心消得。蕪城一賦。　淒涼蕙些蘭騷,嘆哀樂無端,如相告語。煙月陳隋,金粉工愁爾許。休怨城笳戍角,算聽到、無聲更苦。慵覓句,疏燈夜窗紅嫵。"

(以上見《民國日報》1916年10月16日)

乙卯春日,予携倦鶴、蒓農結春音詞社於海上,請朱漚尹師長之。一時入社者,予三人外,有杭縣徐珂仲可、通州白中磊曾然、烏程周夢坡慶雲、丹徒葉紅漁玉森、長洲吳瞿安梅、吳江葉小鳳、葉華庭、姚鵷鶵錫鈞。余第二次當社,即以河東君妝鏡爲題,調限《眉嫵》,計得九卷,并錄於此。漚尹云:"認文回蟠鳳,影落驚鴻,秋水半泓曉。篆取相憐意,菱花瘦,娉婷妝伴巾帽。秀眉倦掃,映潤東紅豆枝小。懺情是、一片滄桑影,帶風絮愁嫋。　　誰料玉臺人老。剩故山麓冷,銅暈孤照。稠髮拋殘後,諸天淚、春來腸斷花貌。絳雲恨繞,費麝奩、紅翠多少。記親見圓姿,和月滿替娟笑。"仲可云:"是朱顔儒士,白髮尚書,曾此照雙影。拂拭苔花膩滄桑,幻銅駝,留伴塵鏡。點妝未竟,有舊愁煙月重省。(柳詩有"向來煙月是愁端"句。)最堪憶、黛色宜深淺,錦峰鬥眉靚。　　鈿盒脂奩相并。想絳雲校史,巾帽慵整。一片圓冰小,芙蓉舫、回鸞當日同證。綠音夜永,更漫尋、紅豆村徑。看注語回環,還認取紛痕凝。"中磊云:"甚藏春雲掩,蕩夕潮乾,青眼倦窺柳。(牧翁贈詩"風前柳欲窺青眼"。)映水芙蓉艷消魂,夜新妝,人爲詩瘦。絳仙去後,膩翠苔銀帶重繡。試描取、一片蘼蕪影,料紅淚凝久。　　唐殿銅傾知否。怎照殘歌舞,還照巾袖。棋劫鐙唇語,沈吟,算東風多少,紅豆凍花鳳守。待畫眉,閒了呵手。但金背摩挲,娥月冷恨依舊。"瞿安云:"算冰苔千點,雨葉雙波,消損舊眉嫵。照取春紅豆琴河,夢菱花,猶記前度。翠鸞自舞,絆柳枝連愛成縷。笑眠起、一樣臨池裏,作如是觀否。　　分付評量妝譜。怎潤東人老,巾帽非故。零落蘼蕪怨,清霜後、朱樓誰問仙姥。鬢華細數,剩絳雲、奩艷空補。又魂斷滄桑,圓月影怕回顧。"

(以上見《民國日報》1916 年 10 月 18 日)

紅漁云:"恨桃花啼痕,錦樹藙琴,淮水故淒紅。紅豆妝何在娥眉,死菱槃,千古冰炯。絳雲爐冷,便翠奩微帶煙暈。算修到、星壓霜絲并,艷簾下風韻。　　撞碎金甌誰省。剩一規明月依舊,清迴不盡。蘼蕪怨,新妝罷,當時青鬢休映。麝箋淚隱,似美人、鵑血猶沁。笑擎掌犀杯,巾帽影、那堪整。"夢坡云:"認窗窺朱鳥,帳舞青鸞,留得鋒雲影。艷想垂虹,避芙蓉舫,當時飛燕人并。樓畫夢醒,對一規秋水寒瑩。種紅豆、不負相思久,捲簾照春暝。　　巾帽傷心重整。笑總持垂老,(臥子以江總諷牧翁。)猶幻仙境。菱角花開夜,唐宮樣,何年磨洗金炯。(容成侯金炯以善磨鏡名。)翠蕪怨永,怕聽來鵑語淒咽。嘆詩語催成,釵約妙玉臺冷。"菇農云:"算香留箋史,影落蛾池,鸞紙麈塵搗。記賦催妝句,芙蓉舫圓,姿春艷雙笑。鋒雲燼了。瘦翠菱,還認鴻爪。漫回首、弱映臨風柳,問眉樣誰好。　羞照當年巾帽。想暈潮紅膩,彈淚多少。南國鉛華謝,蘼蕪畫、紅心淒斷花貌。細釵舊稿,傍綺窗、星候朱鳥。香春換唐宮,留色相守蟾悄。"倦鶴云:"記祠龍江上,化誰人間,宮史鑄天寶。(原係唐鏡。)未洗銅仙恨,嬋娟瘦,蘼蕪春艷重照。膩塵麝搗,伴研盦沈水香嫋。賦情在、玉夜芙蓉舫,問詩句誰好。　朱鳥窗窺春曉。怕鬢霜新染,慵整巾帽。吹落圓蟾影,牽愁處、瓊樓仙佩聲渺。翠菱又老,暈淚痕村豆紅小。但笺硏銀光,殘拓寫黛眉稿。"拙作云:"算華年空數,粉劫難消,留此翠鸞影。漫把丹黃廢,(柳詩"香盦累月廢丹黃"。)蘼蕪怨,啼妝曾見珠瑩。舊緣暗省,伴夜釭相照肩并。(柳詩"銀紅一夕為君圓"。)又秋水、一棹芙蓉裏,愛眉樣添靚。　垂老尚書多病。盡細釵同在,巾帽羞整。勳業頻開否,南朝事、歌殘瓊樹誰聽。絳灰易冷,看柳星天上猶炯。記詩語回環,花月好忍重咏。"

(以上見《民國日報》1916年10月19日)

太清西林春,姓顧氏,蘇州人,才色雙絕,為清貝勒奕繪之側室。貝勒自號太素道人,其原配妙華夫人歿,太清寵專房。貝勒著有《明善堂集》,所作詞名《西山樵唱》,太清著有《天游閣集》,所作詞名《東海漁歌》,閨房唱和之樂比之為錢尚書與柳夫人也。如皋冒廣生有《記太清遺事》六首,録其詩并自注於此,以資考證焉。詩云:"如此佳人信莫愁,出身嫁得富平侯。九年占盡專房寵(妙華夫人以道光庚寅七月逝。),四十文君倘白頭。(太清與貝勒同生於嘉慶己亥,《明善堂詩》編至戊戌,則太清之寡恰四十齊頭矣。)""一夜瑤臺起朔風,雕殘金鎖淚珠紅。秦生晚遇潘生死,(秦、潘皆醫也。)腸斷天家鄭小同。(太清於道光甲午正月五日生子,因與己同日,故名載同。是年十二月,以痘殤。)""寫經親禮玉皇前,(太清曾集《玉皇心印經》,為五言詩四首。)偷剪黃絁便學仙。(太清有道裝小象,道士黃雲谷所畫。)不畫雙成伴王母,石榴可惜早生天。(石榴,太清侍婢名,早卒。)""信是長安俊物多。紅襌詞句不搜羅。淮南別有登仙犬,一唱雙鬟奈若何。(雙鬟,太清所蓄犬也。雙鬟病火,清拈一字與之,拈得福字,衆皆曰:'吉。'太清曰:'不祥也。是示一口田耳。'道人有《金縷曲》云'示一口田埋薄命',即用本事。)""貂裘門下列衣冠,('綠服庭前兒女,貂裘門下衣冠',太清春燈詞也。)詞到歡娛好最難。忽忽不知春料峭,水精簾外有天寒。""太平湖畔太平街,(邸西爲太平湖,邸東爲太平街,見貝勒《上夕侍宴》詩注。)南谷春深葬夜來。(南谷,大房山東,貝勒與太清葬處。)人是傾城姓傾國,丁香花發一低徊。"

(以上見《民國日報》1916年10月31日)

中華編譯社論詞三種

吳東園、劉哲廬、易實甫 撰

《中華編譯社論詞三則》爲一九一七年刊載於《中華編譯社社刊》的三種詞論。《中華編譯社社刊》由蔣著超主編，多發表中華編譯社函授學校師生的詩詞作品，其"藝府"欄目刊載有林紓、易順鼎、李定夷、劉哲廬、蔣著超等人大量論詩文書畫的短篇。

其一，吳東園《論詞》載於《中華編譯社社刊》一九一七年第一期、第二期。吳東園（一八五四—一九四〇），字子融，又字紫融，安徽歙縣人。晚清秀才，工詩文詞曲。民國初年曾出任新安五軍第七路軍秘書，後卸甲，在江蘇鹽城伍佑成立國粹保存社，教授詩詞學。著有《六朝文絜補釋》《東園傳奇十八種》《東園叢編》等，編輯有《尺牘辭典》。《小説月報》一九一六年二卷七期曾刊載過他的《與黄花奴論詞書》，主要討論官調詞韻。吳東園《論詞》共四則，其論詞推崇玉田之"清空"説，認爲近代詞人學玉田各有偏廢，重空靈者筆不求深，弊在意淺，重婉麗者句不鍊精，弊在音卑，惟有天虚我生嫺於詞學，得兼二美，次及易實甫、王藴章等人。

其二，劉哲廬《論詞》載於《中華編譯社社刊》一九一七年第四期。劉哲廬，生卒年不詳，名錦江，字哲廬，别號苦海餘生，作者簡介詳見前《紅藕花館詞話》。劉哲廬《論詞》共三則，主要討論詞的起源與詞的體裁，雖較多摘引前人，然而論小令與長調之别亦有可取之處。

其三，易實甫《論詞》載於《中華編譯社社刊》一九一七年第五期、第六期。作者易順鼎（一八五八—一九二〇），字實甫，又字中碩、仲實，號眉伽、哭盦、一厂居士，湖南龍陽人。光緒舉人，曾入張之洞幕，清末任廣東欽廉道。袁世凱稱帝，投袁，任代理印鑄局長，諸事袁克文，節行不撿。詩歌與樊增祥齊名，號稱"樊易"，亦工詞與駢文。著有詩集《四魂集》等二十種，編爲《琴志樓叢書》，詞有《鼉天影事譜》四卷、《楚頌亭詞》《丁戌之間行卷》《湘弦詞》《琴臺夢語》各一卷，《摩圍閣詞》二卷。另編有《蓉園詞綜》一卷。易實甫《論詞》共七則，撮輯前人詞話之處甚多，然論小令多用轉韻，以備跌宕之美，而中調、長調多一韻到底，以免意散之失，可堪咀嚼。一九二三年，"文學研究社社刊"曾轉發易實甫《論詞》，標註"漢壽易順鼎實甫遺著"。

論　詞

吴東園

《漢書·禮樂志》有《房中詞》樂，高祖唐山夫人所作也。凡樂樂其所生，禮不忘本，故《房中樂》，楚聲也。孝惠二年，使樂府令夏侯寬備其簫管，更名曰《安世樂》。至武帝定郊祝之禮，乃立樂府，采詩夜誦，有趙代秦楚之聲。以李延年爲協律都尉，又舉司馬相如等數十人造爲詩賦詩論律呂，以合人音之調。樂府之名，實始於此。

師友詩傳録，唐人惟韓之《琴操》最爲高古。李之《遠別離》《蜀道難》《烏夜啼》，杜之《新婚》《垂老》《無家》諸別，《石壕》《新安》諸吏，《哀江頭》《兵車行》諸篇，皆樂府之變也。降而元、白、張、王，變極矣。元次山、皮襲美補古樂章，志則高矣，顧其離合，未可知也。唐人絶句如"渭城朝雨""黄河遠上"諸作，多被樂府。元楊廉夫、明李賓之各成一家，又變之變者也。樂府之作，宛同風雅。如短簫鐃歌二百五十一曲，系之正聲，而非正樂之用也。正樂之餘，則有琴琴二十三曲，則古調新體等總四百十九曲。不得其聲，則以義類相屬，分爲二十五門。曰遺聲。遺聲者，逸詩之流也。

樂府登於漢《房中歌》，用於房中，風之變也。《鼓吹曲》用於朝會，《橫吹曲》用於軍中，雅之變也。相如諸人所定十九章之歌，以正月上辛用事，頌之變也。漢以後，節奏漸亡，往往以時事創意新題名爲樂府，而實與漢不同，故謂之新樂府。漢魏樂府高古渾典，不可擬議。初，唐人擬《梅花落》《關山月》等古題，有類五律。杜子美《新婚》《無家》諸別，《潼關》《石壕》諸吏，太白之《遠別離》《蜀道難》，則樂府之變也。韓退之、白樂天、元微之、王建及元楊維楨、明李東陽，名爲新樂府，雖自成一體，古意寖遠矣。

詞學尚雅正，當以張玉田之空靈婉麗爲宗。玉田詞雖與白石、碧山有別，然空靈婉麗，開詞家雅正之宗者，當以玉田爲首屈一指。今之學詞者如以空靈爲主，但學其空靈，而筆不求深，則其意淺，非入於滑，即入於麤矣。以婉麗爲歸，但學其婉麗，而句不鍊精，則其音卑，非近於弱，即近於靡矣。吾輩爲詞，不難於作，而難於改，不難於工，而難於協，此中造詣，可與知者道，難與俗人言。時賢當以天虛我生嫺於詞學，心細律嚴，詞句雅正，不獨以空靈婉麗見長，尋聲按節，換羽移宮，補古人之所未及。其次易實甫、王專農、吳瘂庵、汪詩圃、程筠甫、劉語石、周夢坡、王睫庵皆一代詞宗，大致不外乎雅正近是。

論　詞

劉哲廬

詞起於唐人，而濫觴於六代。梁武帝有《江南弄》，陳後主有《玉樹後庭花》，隋煬帝有《夜飲朝眠曲》，六代風華，靡麗之語，皆後來詞家之所本也。

《藝苑卮言》（王元美著）云："填詞小技，尤爲謹嚴。"由是見知詞故難作，詞亦未易。柴虎臣云："旨取溫柔，詞歸蘊藉。曬而閨帷，勿浸而巷曲，浸而巷曲，勿墮而邨鄙。"又云："語境則'咸陽古道'、'汴水長流',語事則'赤壁周郎'、'江州司馬',語景則'岸草平沙'、'曉風殘月',語情則'紅雨飛愁'、'黃花比瘦'"。可謂雅暢深致。作詞必先選料,大約用古人之事,則取其新僻,去其陳因,用古人之語,則取其清雋,而去其平實,用古人之字,則取其鮮麗,而去其淺俗。澹而彌永,清而不膚,渲染而多姿,雕刻而不病格,節奏精微,輒多弦外之響,是謂以無累之神全有道之器。

作詞先小令而後長調,猶作詩之先律絕而後古風也。小令貴有風緻,柔情曼聲,最爲相宜。若長調而亦喁喁細語,則失之弱矣。故須慷慨淋漓,沉雄悲壯,乃爲合作,其不轉韻,以調長恐勢散而氣不貫也。

論　詞
易實甫

韻,小乘也,艷,下駟也。詞之工絕處,乃不主此。今人多以是二者言詞,未免失之淺矣。蓋韻則近於佻薄,艷則流於褻媟,往而不返,其去吳騷巿曲無幾,必先洗粉澤,後除雕繢,靈氣勃發,古色黯然,而以情興經緯,其間雖豪宕震激,而不失於粗,纏緜輕婉,而不入於靡。即宋名家不一種亦不能操一律以求,美成之集,自標清真,白石之詞,無一凡近,況塵土垢穢乎?

宋人歡愉愁苦之致,動於中而不能抑者,類發於詩餘,故其所造獨工。蓋以沈摯之思而出之必淺近,使讀之者驟遇之如在耳目之前,久誦之而得雋永之趣,則用意難也。以儇利之詞,而製之必工煉,使篇無累句,句無累字,圓潤明密,言如貫珠,則鑄詞難也。其爲體也纖弱,明珠翠羽,猶嫌其重,何況龍鸞,必有鮮妍之姿,而不借粉澤,則設色難也。其爲境也婉媚,雖以警露取妍,實貴含蓄,有餘不盡,時在低徊唱嘆之際,則命篇難也。惟宋人專事之,篇什既多,觸景皆會。天機所啓,若出自然。雖高談大雅,而亦覺其不可廢。

詞貴清空,不貴質實。清空則古雅峭拔,質實則凝澀晦昧。姜白石如野雲狐飛,去留無跡,吳夢窗如七寶樓臺,炫人眼目,拆碎下來,不成片段,此"清空質實"之大較也。

朱良規語楊升唐云:"天無風月,地無花柳,人無歌舞,則不成三才。"言雖近戲而實有至理。范文正公、韓魏公、司馬溫公、歐陽文忠公,勳崇望碩,學富才豐,爲後學山斗,而范有《御街行》詞,韓有《點絳唇》詞,司馬有《西江月》詞,歐陽有《南歌子》詞,皆情致纏綿,不傷纖巧。至於寇萊公之《踏莎行》、蘇文忠公之《蝶戀花》等詞則固風流人語,不足稀也。

詩難於咏物,昔人固嘗言之。而詞之咏物尤難於詩,體認稍真則拘而不暢,摹寫稍死則晦而不明,寄託稍遠則寬而不當。要須收縱聯密,用事合題,一段意思全在結尾,斯爲絕妙,如張玉田之《水龍吟》咏白梅,《綺羅香》咏紅葉,《疏影》咏梅影,朱竹垞之《暗香》咏紅豆,《春風嫋娜》咏游絲,皆全章精粹,所咏瞭然在目,且不留滯於物,蓋絕妙之作也。

詞之小令猶詩之絕句,字句雖少,音節雖短,而風情神韻,正自悠長,作者須有一唱三嘆之致,澹而艷,深而顯,簡而文,近而遠,方是勝場。要知數十字中咏一事一物,不賅括非能事,實在一字一句閒不得。且詞體中調、長調多一韻到底,而小令或多用轉韻,取其層折稍多,姿態可以橫出,故作小令猶以動蕩爲宜,結尾一句必使有餘音繞梁三日不盡之妙,乃爲聖手。

詞雖貴柔情曼聲,然祇宜於小令。若長調而亦喁喁細語,則傷之纖弱,勢必首尾不相照應,故須慷慨淋漓,沉雄悲壯,方爲合作。蓋長調之所以少轉韻者正以防此弊,不欲作者之過爲其難也。

蕊軒詞話

絳　珠　撰

載於《小説新報》一九一七年第三卷第六期，署名"絳珠"。作者吳絳珠，生卒年不詳，福建人（一説安徽人）。著有彈詞《五女緣》《蘇小小》《瑶臺第一妃》《瀟溪女史》《揚州夢》，另在《小説新報》發表《蕊軒詩話》《蕊軒談詩》及大量詩詞作品。

《蕊軒詞話》僅一則，内容爲記録蜀中胡長木咏紙煤（用於引火的細紙卷）詞，聊供存人存詞之用，亦可見近代詞人引新題材入詞的嘗試。

紙煤從來未有咏之入詞者，有之，自湘中王壬秋始，和之則爲蜀中胡長木。然余衹記長木《長亭怨·紙煤》（和王壬秋韻），詞云："糁香屑、纖纖輕捵，繡袋平裝，畫屏嵌緊。蜜矩燒殘，翠簪熏罷起園暈。一絲縈曳，輕嫋過、風無準。捻著盡相思，便爇到、葱尖不（叶平）省。　　留爐。把銀筒護取，一寸碧茸刊引。輕吹細撚，記長與、絳脣相近。夜正冷、呵了還擎，恁烘向、熏爐猶潤。想落下、餘灰還惹，雙鴛微印。"

天問廬詞話

舍　我　撰

　　載於《民國日報》一九一七年四月一日至四月九日"文壇藝藪"欄，署名舍我。作者成舍我（一八九八——一九九一），原名成希箕，又名漢勛、平，筆名舍我、丁一、一丁、小白、百憂、成則王、戊戌生，以筆名舍我行，譯名鐵公雞，湖南湘鄉人，南社社員，近代著名報人。曾任《民嵒報》《健報》《民國日報》《益世報》等報刊編輯，創辦《世界晚報》《世界日報》《世界畫報》《立報》《自由人》，又創辦桂林世界新聞專科學校。在南社唐宋詩之爭中，反對柳亞子驅逐朱鴛雛，亦爲亞子驅出。

　　《天問廬詞話》共十五則，論詞宗仰常州詞派張惠言，認爲其人"以經師而爲詞宗"，能矯世俗鄙詞之陋習。同時亦指出惠言弊病，一在《詞選》選詞過於嚴苛，且遺漏柳永詞，未免矯枉過正；二是詞作工力遠遜譚仲修，不及譚能以澀藥滑。此外，該詞話讚許金應珪論詞三弊"淫、鄙、游"之説，微抑夢窗以棘練見長，恐太甚則導向牽强之病。

　　詩話汗牛充棟，詞話則頗罕覯。近惟徐電發之《詞苑叢談》頗膾炙人口。蓋其中有"紀事"一欄，凡宋至清初著名之詞，無不搜其本事，足資考證。故倚聲家頗稱道之也。至其論詞辯聲，則亦無足觀矣。作詩詞易，作詩詞話難。非詩詞話難，所難者，不易出色耳。蓋此種著作，須學識、經驗兼而有之。選擇稍濫，則招人嗤鄙，倘再評論失當，即見笑方家，遺人口實，此不可不審慎出之也。

予十五歲始學詩，十六歲始學詞，距今不過二三年，若言學識經驗，則幼稚達於極點。曩作之《尺蠖軒詩話》，已惴惴然懼其出乖弄醜，不意湖海朋輩不以爲陋，更紛以著作錄示，且囑予另作詞話一種。予自維鄙倭，然朋輩雅意，未可拂也。謹以所知，筆之於此，尚冀諸大方家有以教我。

予論詞頗宗宛鄰，以其能抉出詞之奧旨，使讀者能恍然大悟，不復以小道視詞，且知詞之爲物，出於中正，非僅止於游冶贈答也。

張惠言以經師而爲詞宗，殊足駭異。蓋有詞以來，人皆目爲導淫之具，治經者恒詆毀之不遺餘力，惠言獨能矯此種俗鄙之習慣，已足見其非凡矣。

（以上見《民國日報》1917年4月1日）

宛鄰《書屋叢書》中有《詞選》二卷，爲皋文先生所手定。皋文自叙其端，其叙甚佳，可爲學者敲門磚也。叙曰："詞者蓋出於唐之詩人，採樂府之音，以製新律，因繫其詞，故曰詞。傳曰：意内而言外謂之詞。其緣情造端，興於微言，以相感動。極命風謠里巷男女哀樂，以道賢人君子幽約怨悱不能自言之情，低徊要渺以喻其致。蓋詩之比興，變風之義，騷人之歌，則近之矣。然以其文小，其聲哀，放者爲之，或跌蕩靡麗，雜以昌狂俳優。然要其至者，莫不惻隱盱愉，感物而發。觸類條鬯，各有所歸，非苟爲雕琢曼辭而已。自唐之詞人李白爲首，其後韋應物、王建、韓翃、白居易、劉禹錫、皇甫嵩、司空圖、韓偓并有述造，而溫庭筠最高，其言深美閎約。五代之際，孟氏、李氏君臣爲謔，競作新調，詞之雜流，由此起矣，至其工者，往往絕倫。亦如齊梁雜言，依託魏晉，近古然也。宋之詞家，號爲極盛，然張先、蘇軾、秦觀、周邦彥、辛棄疾、姜夔、王沂孫、張炎，淵淵乎文有其質焉。其蕩而不反，傲而不理，枝而不物。柳永、黃庭堅、劉過、吳文英之倫，亦各引一端以取重於當世。而前數子者，又不免有一時放浪通脫之言出於其間。後進彌以馳逐，不務原其旨意，破析乖剌，壞亂而不可紀。故自宋之亡而正聲絕，元之末而規距隳。以至如今，四百餘年，作者十數，諒其所是，互有繁變，皆可謂安蔽乖方，迷不知門者也。今第錄此篇，都爲二卷，義有幽隱，并爲指發。幾以塞其下流,導其淵源,無使風雅之士,懲於鄙俗之音,不敢與詩賦之流同類而風誦之也。"(按:惠言先生爲陽湖派巨子,陽湖學者多治公羊及讖緯之學,故先生之文,能塊麗若是也。)

(以上見《民國日報》1917年4月2日)

皋文先生之論詞也,實爲詞之正宗。惟先生所錄《詞選》,自唐迄宋,僅止於一百一十六首,未免過嚴,且遺耆卿弗錄,此亦矯枉過正之弊也。《續詞選》爲先生外孫董子遠所錄,雖足補先生之失,然偏重南宋,未免與先生論詞之旨稍有牴牾。甚矣,其難也。

皋文選詞之旨,不外"莊雅醇麗"四字。其遺耆卿者,以耆卿之詞過於輕佻耳。然予以爲柳詞雖多淫冶之處,而《雨霖鈴》及《八聲甘州》二闋旖旎纏綿,要自不可沒也。

詩至唐而變爲詞,詞至元而變爲曲。元以後之詞家頗不多覯,雖有二三作者,然其去宋遠矣。有清一代,惟竹垞、樊榭、復堂三人可以追蹤前賢,而工力不足以副之,故不能恢廓堂皇,與姜張媲美。他若容若之《飲水詞》,哀感頑艷,說者謂容若乃後主前身,語雖無稽,然容若實後主同詞也。

金應珪曰:"近世爲詞,厥有三弊:義非宋玉而獨賦蓬髪,諫謝淳于而唯陳履舄。揣摩牀笫,污穢中冓,是謂淫詞。其蔽一也。猛起奮末,分言析字,誂嘲則俳優之末流,叫嘯則市儈之盛氣,此猶巴人振喉以和《陽春》,黽蜮怒嗑以調疎越,是謂鄙詞。其蔽二也。規模物類,依託歌舞,哀樂不衷其性,慮嘆無與乎情,連章累篇,義不出乎花鳥,感物指事,理不外乎應酬。雖既雅而不艷,斯有句而無章,是謂游詞。其蔽三也。"

(以上見《民國日報》1917年4月3日)

應珪爲皋文及門弟子,頗憤當時作詞者不能衷於矩蠖,故陳"三蔽"語,蓋有感而發,非無謂也。予以爲時至今日,其蔽愈甚,所謂"淫、鄙、游"三者幾無一不犯此病,斯可哀矣。

譚仲修《篋中詞》祖述皋文,惟選擇稍濫,不及皋文之精刻,而持論則與皋文同足以後先輝映。譚工小學,乃以其餘緒治詞,亦與皋文之以經師治詞相似。以予觀之,仲修之詞較皋文爲高。皋文

《水調》(東風無一事)、(粧出萬重花)諸闋,仲修許爲"詞中聖手",此實過譽。皋文此詞蓋摹倣東坡"明月幾時有"一闋而來,雖佳,然尚不足稱聖也。至仲修自填之詞,則師法白雲,殊能得其神味。予幼時見其登安慶大觀亭《渡江雲》詞,即深爲景仰。若"釣磯我亦垂綸手"、"看斷雲飛過荒潯"之類,置諸《白雲集》中,當不能辨其真僞,此等處非皋文所能做到。蓋皋文工力遜譚遠矣。譚之譽張,特所以標榜同志耳。

三六橋先生曾學詞於仲修,故其知仲修最詳。嘗謂予曰:仲修不多填詞,綜其生平不過百餘闋。每填一闋,必易稿數十次,每有歷數月之久尚未脫稿者。予聞此言,益信仲修主澀之論,實由經驗而來也。

(以上見《民國日報》1917年4月5日)

仲修論詞主澀,足爲特識。近世之詞,多流於滑。藥滑之法,惟一澀字庶幾能除其病根。大抵師法北宋者,易染此症。若從夢窗、白石、清真等入手,便決無此失矣。

近數十年,作者多趨重夢窗,蓋因仲修有澀字之論。澀即棘練之簡稱,而夢窗則專以棘練見長者也。如"黃峰頻撲秋千索,有當時纖手香凝","斷紅若到西湖底,攪翠瀾總是愁魚"等句,皆想入非非,非率爾操縱者所能做到。惟棘練太甚,則難免牽強不通,學者所當慎也。

予初學詞有"風定庭紅葉織愁"之句。或譽曰:"此可以抗手夢窗也。"予笑曰:"夢窗恐無此笨句,要惟笨人有之耳。"

(以上見《民國日報》1917年4月9日)

習靜齋詞話

仙源瘦坡山人

　　載於《小說海》一九一七年六月三卷五號、三卷六號,署"仙源瘦坡山人",共計二十七則。作者方廷楷(?—一九三六年前),字瘦坡,安徽太平仙源(今黃山市)人。光緒二十五年己亥(一八九九)、二十七年辛丑(一九〇一)兩次參加縣試,後於一九〇七至一九一二年間旅居湘潭,以授課楊溪學舍爲業。曾加入南社,入社編號爲365號,與柳亞子、馮春航、胡寄塵、陳夢坡等均有唱和。《南社叢談·南社詩選簡注》收錄有方廷楷《感馮春航事寄亞子》等詩四首。方氏著有《習靜齋詩話》《習靜齋詞話》《香痕盦影錄》《論詩絕句百首》等,編有《獨賞集》《不能詩齋小草》。

　　《習靜齋詞話》前有作者小序,言詞話原間雜於同名詩話之中,武進惲鐵樵勸別錄一集云云。該詞話頗多南社掌故,内容以收錄、品評柳亞子、陳巢南、姚鵷雛、潘飛聲、吳瞿庵、程善之、黃摩西、王蘊章、魏鐵三、姜參蘭等數十位南社社友詞作爲主。如評柳亞子、姚鵷雛詞風曰:"鵷雛長于寫艷,亞子工於言愁;鵷雛穠麗似夢窗,亞子俊逸似稼軒。余於鵷雛愛其小令,亞子取其長調。"或如記陳去病搜輯《笠澤詞徵》事,并評曰:"其詞之纏綿深婉,如曉霞媚樹,春水浮花,尤極幽艷蕩漾之致"。再如評黃人曰:"虞山黃摩西人,天才橫溢,其詞直可抗手蘇、辛","讀摩西詞,如入武夷啖荔枝,鮮美獨絕。"此外,詞話亦頗勤力搜采同鄉親友林慕周、孫鶮洲、崔弁山等人詞作,可補鄉邦文獻之闕。

《習静齋詩話》中間有詩餘之選，吾友武進惲鐵樵見之，以爲詞入《詩話》，雖前人偶有之，然嫌與《詞話》駢枝，似可刪去。所論極當，爰從其説，盡數汰下，寫於别紙。約可一卷，不忍棄去，强名之曰《習静齋詞話》云。

　　近代詞學，自朱竹垞倡之，厲樊榭和之。樂章之盛，幾欲抗手兩宋，希蹤五代。《紅鹽詞序》云："詞雖小技，昔之鉅公通儒，往往爲之。蓋有詩所難者，委曲倚之於聲，其詞愈微，而其旨益遠。善爲詞者，假閨房兒女子之言，通之離騷變雅之義，此尤不得志於時者所寄情焉耳。"旌德江秋珊先生順詒，宏才績學，尤工倚聲，有《明鏡詞》二卷。其友仁和譚仲修序之曰："秋珊抱才不遇，憔悴婉篤，而無由見用於世。於是玲瓏其聲，有所不敢放。屈曲其旨，有所不敢章。爲長短言數卷，退然不欲附於著作之林，而無蘼曼奮末之病，杳杳乎山水之趣，花草之色。"其激賞如是。余謂聲至於不敢放，旨至於不敢章，是亦《離騷》《小雅》之意，而出之勞人思婦之口乎。願世之爲詞者，同臻斯境也。《高陽臺》云："絮影膠空，花魂依夢，春風那許長留。一面天涯，奈何竟付東流。人間俊眼知何限，怎垂青翻在青樓。慘離魂，今日殘春，昨日中秋。　青衫久被淄塵浣，況半生潦倒，萬事都休。捲簾人瘦，好分一半新愁。美人一霎成黄土，問白楊何處荒丘。料輸他，蘇小錢塘，過客來游。"《高陽臺·用夢窗韻》云："瘦影凌風，幽香媚雪，無人獨倚江灣。翠羽飄零，難留金玉雙環。閒愁萬種黄昏近，趁晚妝都上眉山。更誰看，玉骨支離，珠淚闌干。　冰肌底作長生藥，恁深盟齧臂，淺蘸香瘢。青衫人老，偏憐翠袖單寒。柔腸百結渾難解，怕猿啼莫近溪邊。最關心，水幾時回，月幾時圓。"《惜餘春慢·春寒》云："翠抹湘雲，紅黏絲雨，一種春寒難遣。鴛衾怯薄，翠袖愁單，那更峭風似剪。多少閒情舊愁，冷冷清清，纏綿不斷。況天涯行客，惺忪冷夢，夜深誰暖。　最惱亂弱蕊嬌花，芳時忍俊，看來忒賤。任鶯嬌燕澀，獨倚熏籠，冷凝涙眼。"《蝶戀花》云："空望碧雲愁日暮。半角紅樓，消盡癡魂處。一寸芳心深掩護。分明月照相思路。　心期硬把良宵誤。夢裏膏騰，醒也無憑據。舊案崔娘誰解悟。聰明枉說鸂鶒賦。"《金縷曲・水仙花》云:"冷守東皇令。笑群芳香閉梁園,色枯陶逕。不借東風春煦力,寒破嫩芽齊迸。更葉葉青排翠並。選石安根泥盡浣,女兒身出世原清淨。塵莫汙,護明鏡。海天舊事宜重省。憶一曲瑤琴罷弄,誰憐孤影。縹緲迎來舟一葉,粉色波光相映。襯玉佩湘環齊整。比似冬山酣睡了,倩南檐曬得螺鬟醒。冰不凍,素心冷。"《虞美人・用花簾詞韻》云:"燕歸早趁珠簾卷,斜試春風剪。綠窗珍重晚來風,繡幕深深透入夕陽紅。無端賺得春人病,一晌疏簾鏡。閒來無計遣眉頭,生來嬌小偏說不知愁。"《唐多令》云:"冷菊傲清霜,三秋桂子香。恁匆匆前度劉郎。翠袖空將修竹倚,憔悴煞杜秋娘。　春夢爲誰長,春歸燕子忙。訊春風十載淒涼。殘稿零星曾讀遍,重記取斷人腸。"《渡江雲》云:"春深人未起,繡帷雙燕,軟語正遲遲。昨宵枝上雨,虧了花幡,不許峭風吹。多情芳草,想如今綠遍天涯。空記得茶煙輕揚,兩鬢易成絲。　相思。鴛鴦解繡,鸚鵡難傳,有萬千心事。枉費了深深粉黛,淡淡胭脂。晴絲不入閒庭院,倩紅簫莫唱新詞。春在眼金樽且醉芳時。"《浣溪紗》云:"楊柳當門青倒垂,一雙蝴蝶向人飛,封侯夫婿幾時歸。　西子湖邊尋舊夢,東風陌上寄相思,一腔春意沒人知。"《醜奴兒》云:"畫堂簾子朝來捲,苦恨斜陽。沒箇商量。燕子催歸又一雙。　可憐私語無人處,不是西廂。不是東牆。小犬金鈴也要防。"

　　吾鄉崔弁山先生,爲湯敦甫入室弟子。一時名流,如潘芸閣、徐少鶴、張吉甫、胡玉樵、華榕軒、陶鹿崖、杜晴川,皆與交好。平生喜著述,尤工長短言。其言情處,極婉約有致,如詩家之袁隨園。錄其《旅愁》,調寄《滿江紅》云:"我別無愁,祇春日他鄉作客。俾家園許多佳景,概同拋擲。轉眼便驚三月暮,回頭總恨千山隔。聽聲聲盡是子規啼,朝連夕。　一片片,梅似拭。一點點,桃欲滴。更柳枝可折,柳絲堪織。鴛枕頻縈蝴蝶夢,魚箋莫奮麒麟筆。正徘徊獨對夕陽中,誰橫笛。"《答友人問近況》,調寄《一剪梅》云:"閒居何事老吾身,琴裏三分,書裏三分。有時病作忽昏昏,日映疏櫺,夜撲寒檠。　阿儂老婦是良姻,喜也相親,怒也相親。一身傲骨犯時瞋,欲有人欣,那有人欣。"《咏懷》,調寄《樂天洞》云:"一帶林泉,四面雲煙。此中之樂樂由天。賓來倒甕,興至攤笑。不求人,不求佛,不求仙。　我賦歸來,二十餘年。每離寢蓐便窺園。風中嘯傲,月下盤旋。對竹亭亭,花簇簇,鳥翩翩。"

吾友玉梅,詩才放逸,尤精倚聲。嘗見其與淵一論填詞,須求協律。協律須論五音,不考五音,則不能協律。不能協律,則不能歌。不能歌,不得謂之詞也,吳夢窗所謂長短之詩耳。昔張玉田賦《瑞鶴仙》句云:"粉蝶兒撲定花心不去","撲"字歌之不協,改"守"字乃協。蓋清濁之分,輕重之節,不可亂也。觀此可知梅公深於此道矣。

儀徵劉申叔,爲恭甫先生猶子。先生三世治經,爲海內所稱榮。申叔長承庭誨,遂通左氏書,著《讀左劄記》,論者嘉其克紹先業。嘗痛祖國舊學淪亡,偕順德鄧枚子、黃晦聞諸子,創國學保存會於海上,收拾遺聞,刊售《國粹學報》,發明儒術,甚盛事也。申叔詩、古文、詞,皆有師法,詞尤才思洋溢,健麗絕倫,洵足起此道之衰。《讀南宋雜事詩》,調寄《掃花游》云:"殘山剩水,聽鳥喚東風,鵑傳南渡。繁華暗數。惜珠簾錦幕,美人遲暮。剩有華堂,蟋蟀芳園杜宇。傷心處。將無限閒愁,訴與鸚鵡。　西湖堤畔路。剩渺瀲寒波,蕭蕭秋雨。暮潮來去。送樓臺歌管,夕陽簫鼓。芳草淒迷,夢斷蘇堤煙樹。無情緒。酒醒時江山非故。"《徐州懷古》,調寄《一萼紅》云:"過彭城。看山川如此,我輩又登臨。繫馬臺空,斬蛇劍杳,霸業都付銷沉。試重向黃樓縱目,指東南半壁控淮陰。衰草平蕪,大河南北,天險誰憑。　千劫興亡彈指,剩碭山雲起,泗水波深。宋國雄都,楚王宮闕,千秋故壘誰尋。溯當日中原逐鹿,笑項劉何事啓紛爭。空嘆英雄不作,豎子成名。"《登開封城》,調寄《賣花聲》云:"莽大河流。空際悠悠。天涯回首又登樓。百二河山今寂寞,已缺金甌。　宮闕汴京留。王氣全收。浮雲縹渺使人愁。又是夕陽西下去,望斷神州。"《元宵望月》,調寄《壺中天慢》云:"滿身花影,看蟾光如許,盈虧幾易。難得南樓同醉月,不負天涯今昔。鼙鼓蕭條,悲笳嗚咽,遼海音書急。扶風歌罷,元龍豪氣猶昔。　　堪嘆好夢煙銷,年華水逝,俯仰悲陳跡。千里相思無寄處,惹我青衫淚濕。雲海沉沉,金波脈脈,終古橫空碧。夜烏驚起,一聲何處長笛。"《無題》,調寄《菩薩蠻》云:"一樹梨花深院隔。游絲飛去無蹤跡。金瑣闤門開。傳書青鳥來。　　簾櫳殘月曉。夢斷青樓道。曉色綠楊枝。流鶯對語時。"

南匯康秀書,以詩名世,而詞亦秀曼無前。《習靜齋詩話》中曾載其詩,茲更得其詞數闋,亟錄之,以餉世之同嗜者。《垂釣》,調寄《江南春》云:"風細細。日遲遲。一堤芳草綠,數點柳花飛。江村晝永閒無事,且把漁竿坐釣磯。"《春暮》,調寄《鳳蝶令》云:"稚竹搖新綠,雛鶯學弄機。池塘春暮落紅稀,衹有紛紛彩蝶作團飛。晚景堪圖畫,垂楊籠釣磯。鯉魚風起夕陽微,數點楊花飛上釣人衣。"《冶游》,調寄《踏莎行》云:"隴麥垂鬚,春光欲暮。桃花零落飛紅雨。隔溪一帶種垂楊,綠陰深處藏朱戶。　　略彴斜通,分明有路。徜徉緩步且尋去。數聲幽鳥最關情,聲聲似欲留人住。"《七夕》,調寄《鷓鴣天》云:"乞巧深閨笑語柔。橫空銀漢影悠悠。數聲衣杵鳴村巷,一片笙歌起畫樓。　　涼似水,月如鉤。鵲橋辛苦駕河洲。穿計有箇眉峰鎖,憶得蕭郎尚遠游。"又《拋球樂》句云:"無端杜宇催春去,紅了薔薇綠了蕉。"《搗練子》云:"兩岸黃鸝啼忽住,一聲欸乃見漁郎。"皆絕妙好詞也。

或述錢唐毛華孫承基《踏青詞》兩闋。《賣花聲》云:"煙際草痕迷。綠遍蘇堤。踏青深怕路高低。和向郎君低語道,扶過橋西。　　風試剪刀齊。恰試春衣。綠陰陰處聽鶯啼。悔把鳳頭鞋子換,浣了香泥。"《臨江仙》云:"一帶柳陰如畫裏,尋芳到處勾留。東風未免忒風流。吹開裙百褶,露出玉雙鉤。　　行盡沙堤芳草軟,夕陽紅上枝頭。小姑生性太貪游。長途行不得,喚渡趁歸舟。"二詞清麗芊綿,不減溫李。

(以上見《小說海》1917 年第 3 卷第 5 號)

連日得柳亞子、姚鵷雛詞數十闋,鵷雛長於寫艷,亞子工於言愁;鵷雛穠麗似夢窗,亞子俊逸似稼軒。余於鵷雛愛其小令,亞子取其長調。亞子《金縷曲》《巢南就醫魏塘,迂道過此,余小病初痊,冒雨往舟中訪之,復招潁若傾談,竟日而別,詞以紀事》云:"小病愁難療。忽報道先生來也,甚風吹到。倒著衣冠迎戶外,贏得兒童爭笑。算此意旁人難告。小艇垂楊低處泊,有明窗淨几添詩料。令我憶,浮家好。　　深談款款何曾了。依舊是元龍湖海,容顏未老。商略枌榆文獻業,此事解人漸少。剩滿地鴉鳴蟬噪。一客東陽來瘦沉,好共君清話瀾翻倒。奈別後,忘昏曉。"《高陽臺》(楚傖泛舟分湖,尋午夢堂遺址不得,作《分堤吊夢圖》以寄慨,為題此解)云:"午夢堂空,疏香閣壞,芳蹤一片模糊。衰草斜陽,涼風搖動菰蘆。深閨曾煮蕉窗夢,到而今夢也都無。最傷心,鏡裏波光,依舊分湖。　　披圖遙憶當年事,記一門風雅,玉佩瓊琚。一現曇華,無端零落三珠。孤臣況又披緇去,莽中原哭遍榛蕪。剩伊人,吊古徘徊,感慨窮途。"《金縷曲》(楚傖入粵,道出春江,邂逅臥子,開尊鬥酒,樂可知矣。書來索詞,填此奉寄)云:"百尺樓頭客。最傾心雲間臥子,東南人傑。歇浦遨遊誰把臂,狂殺東江葉葉。這相見何須相識。箝口莫談天下事,祗高歌痛飲乾坤窄。稽阮放,荊高俠。

酒家爐畔花爭發。笑人間淺斟低唱,都非英物。龍吸館吞無算爵,旗鼓中原大敵。似鉅鹿昆陽赤壁。笑問玉山頹也未,好商量死葬陶家側。算此樂,最難得。"《蝶戀花·寒夜憶內》云:"小別居然愁寂寞。一日三秋,況是三旬約。風雨淒清樓一角。惱人祗怨天公惡。　　因甚心情容易錯。見也尋常,去便思量著。睡鴨香銷寒夢覺。半床繡被渾閒却。"鵷雛《惜分飛》云:"淺笑深顰無意緒。煞憶柔情如許。小立花深處。濃春都被君收去。　　冉冉春雲忙散聚。記取舊題斷句。銀燭重開處。淚痕紅濕桃花雨。"《長相思》云:"別時愁。會時愁。離合一生雙鬢秋。骨灰情始休。

恨無由。思無由。淺醉初逢一味羞。背人紅淚流。"《生查子·閨情》云:"深院靜聞鶯,午夢人初醒。舊恨似春潮,一一心頭省。　　紅雨慣飛愁,暮色蒼生暝。不語自亭亭,立瘦花前影。"

南社同人,長於倚聲,足與柳、姚逐鹿詞場者,復有虞山龐檗子樹柏、梁溪王蒓農蘊章。檗子《浣溪紗》云:"垂柳依依畫檻邊。倡條冶葉把愁牽。總教攀折也堪憐。　　慘碧山塘春似水,落紅門巷雨如煙。怎生消受斷腸天。"《鷓鴣天·題病鶴丈石屋尋夢圖》云:"水白霜紅初雁天。西風衰帽又今年。尋來無賴三生夢,畫出銷魂一角山。山似黛,夢如煙。鐘聲落葉到愁邊。阿誰解得淒涼句,留段斜陽看不完。(全雲門女士遺句也。)"荵農《乳燕飛·題風洞山傳奇》云:"一滴真元血。是天工撐持世界,作成豪傑。猿鶴沙蟲秋爐化,了却中原半壁。生不幸謀人家國。欲乞黃冠歸里去,聽桃花扇底嬌鶯泣。抽佩劍,四空擊。　靡笲獨抱孤臣節。盡昏昏終朝醉夢,草間偷活。柱木焉能支大廈,萬丈靈光照澈。灰冷透昆明殘劫。遍地皆非乾淨土,莽青山何苦收遺骨。休更向,老僧説。"

　　吾鄉孫鵁洲先生,不獨能咏,兼擅倚聲,集中有詩餘數闋,兹錄其《春游》,調寄《菩薩蠻》云:"東風吹斷簾纖雨,尋芳踏遍青郊路。心醉板橋西,垂楊護酒旗。　春光無近遠,到處流鶯囀。日暮折花歸,餘香尚滿衣。"《蝶戀花》云:"妝罷登樓愁望遠。楊柳青青,又是春將半。枝上流鶯千百囀,芳心一點如絲亂。　不恨玉郎音信斷。祇悔當時,錯把封侯勸。日日花前珠淚濺,鏡中漸覺紅顏换。"《山花子》云:"隱隱江城漏欲終,背人獨立月明中。兩頰凝紅無一語,怨東風。　聽得喚眠伴作意,幾番不肯入房櫳。猶自徘徊香徑畔,看花叢。"《賀新郎》云:"生就枝連理。看華堂杯斝合卺,共誇雙美。已是郎才如錦繡,女貌更如桃李。問艷福幾人消此。漸漸更闌銀燭燼,想凝眸暗把芳心遞。呼侍女,展鴛被。　從前無限相思意。算今宵相思償盡,良緣天啓。怎奈夢回天又曙,不住雞聲催起。略代整新妝鏡裏。手把風流京兆筆,畫雙蛾一抹遥山翠。簾幕捲,鎮偎倚。"風流旖旎,詞家之最。

　　浙東戚又邨,善丹青,性傲岸,而與余交好,嘗爲余誦閩中王又點《木蘭花慢》詞一闋,題爲《興郡客感》云:"洗紅連夜雨,吹不散畫橋煙。嘆景物關人,光陰在客,情味如禪。尋思刺船弄水,便歸歟何用置閒田。拚約春風爛醉,恨春輕老花前。　湖天。碧漲簟紋邊,日日憶家眠。料試衣未妥,暈妝還懶,鬢冷欹蟬。分明片時怨語,説相思金撞已無籤。雨歇西齋淡月,隔牆猶咽幽弦。"王名允晳，生平詞學玉田，頗能神肖。

　　虞山黃摩西人，天才橫溢，其詞直可抗手辛蘇，惜以瘤卒。生平著作，半已散佚，然見於《南社集》中者，亦頗不少，茲錄四闋，可想見摩西當年之跌宕情場也。《喝火令》云："心比珠還慧，顏如玉不凋。砑羅裙底拜雲翹。立把剛腸英氣，傲骨一齊消。　　眼借眸波洗，魂隨耳墜搖。低發一笑過花梢。可惜匆忙，可惜性情嬌。可惜新詩無福，寫上紫鸞綃。"又云："再覓仙源路，劉郎鬢欲凋。蒼苔隱約印雙翹。立到下風偷嗅，香氣未全消。　　花底爐煙祝，燈前掛盒搖。茫無頭緒問收梢。何日重逢，何日許藏嬌。何日腮邊雙淚，親手拭鮫綃。"《南歌子》云："枕匣鸞情活，釵梁燕影橫。千憐萬惜泥呼卿，但覺香濃聲軟欠分明。　　倚玉酬初願，量珠定舊盟。投懷驀地臉波生，祗怕桃花年命犯風驚。"又云："霞頰含嗔暈，山眉斂翠橫。不知何事又幹卿，任爾左猜右測負聰明。　　胡亂賠花罪，慌忙指月盟。天生小膽是書生，爲甚祇禁歡喜不禁驚。"

　　吾鄉林慕周，一號香輪，余未見其人，友人咸稱其善填詞。嘗游秦淮，眷一妓，別後不能忘情，於舟中作《後庭宴》《醉春風》詞兩闋，以寫懷思，悟笙嘗爲余誦之。《後庭宴》云："暮靄沉山，斜陽掛樹。孤舟獨泊秋江渚。一鈎新月照篷窗，姮娥應解離愁苦。思量未帶愁來，何事帶將愁去。者番去也，後會知何處。夢繞水邊樓，魂銷江上路。"《醉春風》云："如玉人千里，欲見終無計。思量祇有夢魂通，睡。睡。睡。單枕愁寒，孤衾怯冷，怎生成寐。　　往事從頭計，幽恨何時洗。消魂無奈又天明，起。起。起。試把相思，寫來箋上，却將誰寄。"

　　張烈仲世兄，嘗手錄江蘇蔣小培詞數闋見寄，沉雄悲壯，有稼軒、龍川之遺風，不得目爲粗豪也。《水調歌頭》云："八九不如意，搔首問青天。將人抵死，磨挫辛苦自年年。不作名場傀儡，便合沙場馳騁，壯志豈徒然。倚酒拂長劍，慷慨繫腰間。　　天下事，非草野，所能言。驀思南宋，朝局怒髮欲衝冠。却笑中興宰相，慣有和戎妙策，歲幣輦金錢。五百兆蘿蔔，牧馬不窺邊。"《客窗聽雨》，《一剪梅》云："春雨簾纖膩似油，密過機籌，細數更籌。連宵織得幾多愁,旅客眉頭,思婦心頭。　　濁酒頻澆不解愁,望裏鄉樓,夢裏歸舟。十年蹤跡等沙鷗,鈍了吳鉤,敝了貂裘。"《聞雁》,《虞美人》云:"小窗一夜西風緊,梧葉飄金井。燈前白雁兩三聲,不是離人聽得也關情。　　問伊此去歸何處,道向衡陽去。來時帶月過津沽,爲問征人可有一封書。"《聞戴孝侯統帶六營,赴吉林防禦俄人,喜而賦此》,《清平樂》云:"憂時念切,海上妖氛烈。聞道故人新建節,佇看犁庭掃穴。　　吾生七尺昂藏,腰間蓮鍔霜寒。便欲乘風萬里,先驅手斬樓蘭。"

社友姜參蘭詩,已入《詩話》。茲又於《南社叢刻》中,讀其《賀新涼·吊史閣部墓》詞一首,激昂排宕,極似蘇辛。云:"血鑄興亡劫。戀江城忠魂一縷,動人歌泣。何事文山偏入夢,末季又完臣節。縱拋去沙場骸骨。身後了無毫髮憾,祇當年未葬高皇側。千載下,共凄絶。　　舊時袍笏新朝碣。剩寒宵梅花帶淚,二分明月。我亦臨風來膜拜,別有恨填胸臆。覺萬事從今休説。十日揚州君記否,者乾坤愈逼前途窄。空吊古,唾壺缺。"

番禺潘蘭史,在德時,曾撰《海山詞》一卷,中多記彼邦山水美人。余友寄塵《海天詩話》中,擇錄數首,讀而愛之,惜全帙余未之見也。《一剪梅·斯布列河春泛》云:"日暖河干殘雪消。新綠悠悠,浸滿闌橋。有人橋下駐蘭橈。照影驚鴻,箇箇纖腰。　　絶代蠻娘花外招。一曲洋歌,水遠雲飄。待儂低和按紅簫。吹出羇愁,蕩入春潮。"《碧桃春》(夏鱗湖在柏林西數里,松山低環,綠水如鏡,細腰佳夏日多游冶於此):"山眉青抹一螺煙。湖平花滿天。羅裙香影漾紅船。凌波人是仙。　　風絮外,醉魂邊。層樓燈又燃。畫筵歌舞系歸舷。鴛鴦眠不眠。"《搗練子》(與嬉嬋女士游高列林,林有酒樓,臨夏菲利河,極煙波之勝)云:"河上路,翠浮空。萬點蘋花逐軟風。縹緲樓臺如畫裏,捲簾秋水照驚鴻。"

浙中魏鐵三先生,負才不偶,徜徉江湖,生平工倚聲之學。傷時感物,游宴登臨,往往借長短言,以抒懷抱。其清新拔俗,頗有南宋諸家風概焉。《高陽臺》云:"搗麝留塵,焚香聚影,天涯俊侶曾招。曾幾多時,墜歡一倍迢迢。孤雲漸有飄流意,渺無憑風過清簫。最魂銷。止是當時,不似今宵。　華年莫漫尊前數,甚無端錦瑟,觸撥弦麼。別有傷心,酒波分付如潮。東風例把嬋娟誤,好花枝容易紅凋。更無聊。明日華顛,昨日華顛,昨日垂髫。"《游萬柳堂》,調寄《摸魚子》云:"問江潭婆娑萬柳,而今當剩多少。河陽潘令殷勤補,同是一般瘵倒。春已老。算如此年光,還有詞人到。虛堂晝悄。祇呵壁尋詩,憑欄寄恨,思古發清哺。　牢落感,槃敦風流已渺。劇憐無限芳草。倡條冶葉渾如帚,可惜不將愁掃。風嫋嫋。把十丈黃塵,吹滿閒亭沼。清游倦了。好款段歸來,斜陽影裏,休聽暮鴉噪。"

《蘿月詞》二卷,閩中許克摰先生廣皡著。先生性好山水,游輒經月忘返,嘗偕友游武彝,渡紅橋板,失足墜崖死。茲錄其《滿江紅‧題郵亭壁》云:"秋冷郊原,看一帶平林如畫。嘆閱盡嶔崎世路,夢中猶怕。萬里關河長緬嫩,千年塵土空悲吒。祇垂楊不管別離愁,斜陽掛。　誰苦勸,勞人駕。料不似,青山暇。奈感生髀肉,壯懷難罷。滾滾黃塵隨馬起,悠悠白鳥和煙下。聽笳聲寒月戍樓西,驚心乍。"《蝶戀花‧撥悶》云:"悶捲蘭窗消永晝。小小蛾彎,綠得愁痕皺。人在子規聲裏瘦。落花幾點春寒驟。　坐擁博山熏翠袖。燕姹鶯嬌,不管人偓促。拍斷闌干吟未就。鸚哥驚醒將人咒。""子規"句,的是絕妙好詞,當與《輞川》《陽關三叠》曲,同唱遍旗亭。林薌溪每盛稱先生詞:"品高詣粹,瓣香在邦卿、白石間。"良不誣也。

錢塘陳蝶仙以艷體詩聞,而其長短言,亦復娟媚流麗,不同凡俗。嘗有《南柯子‧咏聞情》兩闋云:"柳葉顰眉黛,桃花襯臉霞。剛剛睡穩莫驚他,分付鬟兒簾外走輕些。　睡起雙鬟嚲,羅衾半體遮。橫波無賴向人斜,笑索檀奴親手遞杯茶。"又"嫁去教郎愛,歸來阿母誇。和卿不是別人家,為甚人前稱我總稱他。　膚色瑩如玉,妝成艷若霞。同心結子縮雙丫,要與郎肩相并照菱花。"《浣溪紗‧贈曲中人翠玉》云:"阿姊年華二八强,大家風度畫眉長,西湖歌舞問端詳。　無限嬌憨羞小妹,若般輕薄笑癡郎,佯言阿母到中堂。"芳馨悱惻,讀之令人香生齒頰。

丹徒吳眉孫清庠，工爲詞，一宗南宋。聞所著有《春風紅豆詞》一卷，惜未寓目。僅於《南社》十一集中，見其《喝火令·別後寄阿蓮》云："豆蔻同心結，芙蓉透臂紗。洛陽街上七香車。笑指馬櫻，一樹是兒家。　長命千絲縷，相思一寸芽。青衫門外又天涯。記得沿河，十里紫菱花。記得鮫珠彈出，一曲悶琵琶。"

邇來海上伶人馮春航之色藝，名震全國。南社同人，若柳亞子、林一厂輩，復力爲揄揚，筆歌墨舞，幾不惜嘔盡心血，爲之辯護。葉楚傖嘗有《菩薩蠻》詞一闋，《戲送一厂歸粤，并調亞子》云："幾生修到江南住，緣何復向蠻荒去。即不記吳儂，還應戀阿馮。　近來心變了，到處窺顰笑。什麼是相思，分明一對癡。"

社友吳癯盦，吳中名士，其詩余已收入《詩話》。頃得其《蝶戀花》詞四闋，讀之令人想見其抑鬱磊落之氣。詞云："蟣蝨浮生同一夢，橫海功名，才大難爲用。試問芻尼誰作俑，可憐困坐醢雞甕。顛倒天吳翻紫鳳，浪說通侯，不及書城擁。和淚送窮窮不動，白楊風裏銘文塚。"又"拍案悲歌中夜起，生小吳儂，却帶幽并氣。汴水東奔湘水沸，人間難得埋愁地。　又向華亭聽鶴唳，煙驛燈昏，諳盡勞生計。誰解霜裘溫半臂，少年結客談何易。"又"大道青樓搖策去，錦瑟雙聲，子夜同心句。春水吳艘楊柳漵，匆匆艷夢歡如絮。　白馬青絲惟萬緒，一篋牛衣，孤負當時語。偏又重逢深院宇，小紅不是吹簫侶。"又"悔向名場標赤幟，一霎天風，折了南鵬翅。三十光陰如激矢，觀河面皺而今是。　識字從來憂患始，用盡聰明，笑破河東齒。咄咄書空真怪事，侏儒飽死臣饑死。"癯盦工爲傳奇，如《風洞山》《綠窗怨記》《鏡因記》《暖香樓》《落茵記》《雙淚碑》諸院本，唱遍旗亭。葉楚傖謂其"才調不讓臨川，音律辨別，精嚴無錯，且增損節拍，獨著新唱，聞癯盦歌，令人如坐《江城梅花引》中"，殆非虛語也。

歙縣程善之，素工倚聲，《南社集》中，收其詞最夥。嘗有倦雲憶語之作，少年情事，縷述無遺，其筆墨亦不在沈三白《浮生六記》下也。茲錄其《虞美人》《唐多令》詞兩闋入《詞話》，以告海內之知善之者。《虞美人》云："絳紗窗下珠絨墮，暗遞櫻桃唾。記儂生小慣聰明,怪底閒人偏說是多情。　　無端風雨年華暮,催促朱顏故。闌干倚遍怕黃昏,不耐舊人新夢訴温存。"《唐多令》云:"何處話春愁,花柔草更柔。舊心情度上眉頭。燕子不曾來入夢,人獨倚小紅樓。　　望遠倦凝眸,韶光幾日留。怕相思錯了簾鉤。桃葉桃根還柳絮,溝畔水自東流。"

長沙鄭蘿庵澤《述感》,調寄《上西樓》一闋云:"萱花誰道忘憂。試回眸,已是隔簾彈淚爲伊愁。　　春信好,東風早,上妝樓。拓起茜紗窗子再梳頭。"風格秀逸,酷肖迦陵。

巢南之詩,已傳誦海內,而其詞之纏綿深婉,如曉霞媚樹,春水浮花,尤極幽艷蕩漾之致。錄其《春暮與景瞻、匪石、癡萍、楚傖、無射旗亭偶集》,調寄《鷓鴣天》云:"薄霧濃雲半帶煙。鷓鴣啼亂奈何天。綠楊巷陌人誰過,細雨櫻桃色可憐。　　情脈脈,意綿綿。愁來且向酒家眠。鱸蓴味美盤飧好,莫問春歸何處邊。"《蝶戀花》云:"寒食清明都過了。盼得春來,又怕春歸早。綠暗紅稀鶯燕老。天涯何處尋芳草。　　獨上高樓思渺渺。感逝懷人,幾度愁盈把。白日蹉跎清興少。落花流水江南道。"巢南嘗輯其邑中自宋至清之詞,凡二百餘家,名曰《笠澤詞徵》,刊於歙浦,其用力可謂勤矣。

讀摩西詞,如入武夷啖荔枝,鮮美獨絕,前已收其數首,茲更錄其《浣溪紗》兩闋,以餉世之同嗜者。詞云:"偷驗紅痕玉臂寒,釧聲入袖炙荀蘭,欠伸不定骨珊珊。　　千手佛香攤掌嗅,十眉月樣并肩看,買花容易養花難。"又"草草蘭盟未忍寒,願爲文簟受花眠,燈前獨坐弄金鈿。　　瘦骨難消纏臂印,枯毫常帶畫眉煙,親探碧海種紅珊。"

近見某君《減字浣溪紗》詞下半闋云:"曲檻半危猶倚笛,中庭小立衹低鬟,笑啼宛轉向人難。"蓋謂全歐戰爭,波及青島,我政府方守局部中立也。寫弱國左右做人難之苦衷,隱然言外。

亞子《分湖舊隱圖》,題詩者幾遍海內。詞則以蒓農、檗子兩家爲最。蒓農《太常引》云:"五湖歸計太無聊,鄉思落輕橈。魂也不禁銷,看畫裏溪山路遙。　　松陵十四,碧城十二,吹瘦小紅簫。酒醒又今宵,有自琢新詞最嬌。"檗子《剔銀燈》云:"劫外移家何地,寫出水荒煙悴。夢吊疏香，詞搜珍篋（同社葉楚傖爲天寥後裔，有《分堤吊夢圖》；陳巢南輯《笠澤詞徵》，有《徵獻論詞圖》），一樣悲秋情味。滴殘清淚，却輸與冷吟閒醉。　　遙想寒燈獨倚，望斷蒹葭無際。故國梅花，扁舟桃葉，我亦難償心事。且拋歌吹，聽漁笛蘋洲夜起。"

(以上見《小説海》1917年第3卷第6號)

病倩詞話

陳巢南 撰

　　載於《民國日報》一九一七年九月一日至十九日第十二版"民國藝文・論詞"欄目，署名"陳巢南"。作者陳去病（一八七四—一九三三），字佩忍，又字巢南、病倩，江蘇吳江同里人，南社創始人之一。作者簡介詳見前《鏡臺詞話》。

　　《病倩詞話》共十三則，後六則與《鏡臺詞話》內容重複。前七則的內容以《笠澤詞徵》爲中心，評述自己搜輯文獻過程中所見鄉邦詞人詞作、師承、交游與軼事，兼及友人爲《徵獻論詞圖》題詞事。《病倩詞話》另有部分連載於一九一〇年一月《中國公報》，其內容有批評光緒詞壇風气"隸事僻奧，摘詞窒塞，有類射覆，無當宏旨"，讚賞龔自珍稱"近代詞人唯龔自珍氏足以名家"等。

　　往嘗搜輯鱸鄉遺著，得《松陵文集》八十卷，《詩徵》六十卷，咸以卷帙繁重，僅僅集稿，未暇秩理。祇《笠澤詞徵》，竭十餘年之力，分編二十四卷，亦弗敢示人也。柳子安如見之，敦促授梓，并以貲助。雅不欲孤其盛意，即畀之坊刻。不意未及竣板，而所獲益多，故刻成時竟得三十卷，可云富矣。兩年以來，奔走南北幾無暇晷，乃偶一展卷，輒復有得。若宋之孫耕間銳，明之趙氏重道，平時求其詩文亦所罕覯，矧在樂府。顧今所獲孫詞二首，一係《魚歌子》，一則與沈伯時相倡和者，良堪寶貴。惜伯時所作，僅見一序，爲缺陷耳。趙爲余里人，其詞六首，即分咏同川風景者，足爲富土增一掌故。尤奇者,雅宜山人王寵固以工詩文、擅書法鳴於當時者也,乃亦得其和石田、衡山諸賢詞一章,輒爲狂喜。閒時當爲續輯一卷,以附前刻之後,或庶幾無遺憾矣。

(以上見《民國日報》1917年9月1日)

王半塘一生憾事,即在朱敦儒《樵歌》一帙未之過目。余亦引以爲奇,平居輒便掮攏,頗獲逸簡,遂寫成一册,聊自娛悦。竊以爲原本之終不可覯矣。乃去歲在杭州於陳越流旅所得新刊巨頁,視之固赫然皆朱作,不禁狂喜。既而益自增嘆曰:"古人云:'讀書不可不多。'豈不然哉?"

(以上見《民國日報》1917年9月2日)

毛氏《六十家宋詞》,或附李漱玉、朱幽棲二人,成六十二家。余竊異之,謂宋以詞鳴,炳炳稱盛,雖年代久遠,而其專集亦斷不祇此。因力爲搜采,竟得百餘家,大抵取資於《西泠詞萃》、半塘輯本及各叢書。其間若碧山、玉田、草牕、夢牕諸作,頗經時賢校録,極爲精審。安得俸錢十萬,盡付雕鎪,則予願足矣。

(以上見《民國日報》1917年9月3日)

余既撰《詞徵》,嘗倩歙人黄質繪《徵獻論詞圖》,以紀一時之盛。其首爲余題詞者,則虞山龐芑庵也,其次爲吴瞿庵,最後則陳小樹。詞皆精妙,龐、吴詞已傳誦,不復及。茲録小樹詞,調寄《法曲獻仙音》云:"亭上虹垂,壺中天遠,舊日紅箭低度。響墮疏鐘,夢廻芳草,雞鳴漫天風雨。向百尺崝嶸處,蒼茫獨懷古。　　展縑素。有華香,一般情思。遺緒渺,佳話柳塘倩補(周勒山有《松陵絶妙詞》,沈柳塘有《古今詞話》,皆吴江人)。韻事勝填詞,問良工,誰憐心苦。短鬢婆娑,粤游吟、重續新謌(吴江沈日霖有《粤游詞》,君亦載橐游嶺南)。待楓漁棹返,妙筆水村同賦。"語語親切,無一浮泛,洵可喜也。小樹又嘗見示《浣溪沙》一詞云:"恥徹當筵定子謌,楊枝帶雨舞傞傞,夢回九九夜寒多。　　僊骨錯疑丹藥换,孤絃癡盼素琴龢,羞紅强説醉顏酡。"其寄託處亦殊緜渺。

(以上見《民國日報》1917年9月5日)

郭靈芬一代詞宗,舉世莫不知之。顧其所成就,實本之於庭訓。姚惜抱氏所謂郭海粟先生者,即其父也。海粟名灝,字少山,亦名諸生,與同里陸朗夫中丞交契。著有《深柳讀書堂詩稿》一卷,約百四五十首,係其所手寫未刻原稿,今藏其里陸樹棠所,惜未有詞。靈芬弟丹叔,詩學受之乃兄,亦不工詞。惟丹叔幼子少蓮名栴者,居嘉善,能填詞。余既錄之《詞徵》矣。而樹棠語我,其家有《杏花書屋詩詞鈔》一卷,爲郭仁蘋學洪所箸,都百數十首,經柳古槎先生所删定者。亦蘆墟人,諸生,精醫,大抵其族人也。

(以上見《民國日報》1917年9月7日)

其後蘆墟有黄小槎名以正者,亦工詞,著有《吟紅館詩詞集》。生平恬淡自適,不慕榮利,以野鶴自號。詩分《春雨錄》《白溪集》《雲水閒謳》《海南游草》《鶴歸吟》等五卷,其詩餘一卷附焉。

近時有潘倬雲文漢亦好填詞,著有《疏香齋存稿》一卷。雖其人名氏不著,所作亦未見,顧要皆於靈芬有一瓣香者,則亦不必以其壞流而廢之。因與竹蘋、小槎並記於此。

(以上見《民國日報》1917年9月8日)

詞肇於唐,盛於宋,衰於元明,而再振於清。然則清之詞,將彷彿乎宋之徒歟亦未也。唐宋挈精聲律,其詞多可入簫管,而清賢俱謝不能,此古今優劣之比較,略可覩矣。往讀李易安論詞之作,輒用傾倒,特迻錄如下,庶能得此中消息已。論云:"樂府聲詩并著,最盛於唐。開元、天寶間,有李八郎者,能歌擅天下。時新及第進士開宴曲江,榜中一名士先招李,使易服隱名姓,衣冠故敝,精神慘沮,與同之宴所。曰:'表弟願與坐末。'衆皆不顧。既酒行樂作,歌者進。時曹元謙念奴嬌爲冠。歌罷,衆皆咨嗟稱賞。名士忽指李曰:'請表弟歌。'衆皆哂,或有怒者。及轉喉發聲,歌一曲,衆皆泣下。羅拜曰:'此必李八郎也。'自後鄭衛之聲日熾,流靡之變日繁,亦有《菩薩蠻》《春光好》《莎雞子》《更漏子》《浣溪沙》《夢江南》《漁父》等詞,不可遍舉也。五代干戈,斯文道熄。獨江南李氏君臣尚文雅,故有'小樓吹徹玉笙寒'、'吹皺一池春水'之詞,語雖奇甚,所謂亡國之音哀以思也。逮及本朝,禮樂文武大備,又涵養百餘年,始有柳屯田永者,變舊聲作新聲,出《樂章集》,大得聲稱於世,雖協音律，而詞語塵下。又張子野、宋子京兄弟、沈唐、元絳、晁次膺輩繼出，雖時時有妙語，而破碎何足名家。至晏元獻、歐陽永叔、蘇子瞻，學際天人，作爲小歌詞，直如酌蠡水於大海，然皆句讀不葺之詩爾。又往往不協音律者，何耶？蓋詩文分平仄，而歌詞分五音，又分五聲，又分音律，又分清濁輕重。且如近世所謂《聲聲慢》《雨中花》《喜遷鶯》，既押平聲韻，又押入聲韻。《玉樓春》本押平聲韻，又押上去聲，又押入聲。其本押仄聲韻，如押上聲則協；如押入聲，則不可歌矣。王介甫、曾子固，文章似西漢，若作小歌詞，則人必絶倒，不可讀也。乃知詞別是一家，知之者少。後晏叔原、賀方回、秦少游、黃魯直出，始能知之。又晏苦無鋪叙，賀苦少典重，秦則專主情致而少故實，譬如貧家美女，非不妍麗，而終乏富貴。黃即尚故實，而多疵病，譬如良玉有瑕，價自減半矣。"去病案：此篇於源流正變，推闡極致。其所課隋諸家是非優劣，尤似老吏斷獄，輕重悉當，洵乎深得詞家三昧矣。沈東江謙嘗曰："男中李後諸、女中李易安，極是當行本色。"今日思之，斯言良信。

（以上見《民國日報》1917 年 9 月 15 日）

歐陽公《蝶戀花・春暮》詞起句"庭院深深深幾許"，連叠三字，風調絶勝。易安居士酷愛之，遂用其語別成數闋，亦可謂風流好事矣。然余所最佩者，莫若《聲聲慢》一闋，劈頭連用十四箇叠字，豈非大珠小珠落玉盤乎？而煞尾更綴以"點點滴滴"四字，真所謂"回頭一笑百媚生"也。

毛稚黃嘗以易安"清露晨流，新桐初引"係《世説》全句，用得渾妙，因謂："詞貴開宕，不欲沾滯，忽悲忽喜，乍近乍遠，乃爲入妙。如李詞本閨怨，而結云'多少游春意'、'更看今日晴未'，忽而開拓，不但不爲題束，并不爲本意所苦，直如行雲，舒卷自如，人不覺耳。"斯言真能將妙處道得出來。然余更因是知易安此作，殆如《詞論》所云，有鋪叙，又典重，多故實而兼情致者歟。

（以上見《民國日報》1917 年 9 月 16 日）

李易安作《醉花陰》詞致趙明誠云："薄霧濃雲愁永晝，瑞腦銷（一作曉）金獸。佳節又重陽，寶枕紗廚，半夜秋初透。　　東籬把酒黄昏後，有暗香盈袖。莫道不銷魂，簾捲西風，人比黄花瘦。"明誠自媿弗如，乃忘寢食，三日夜得十五闋，雜易安作，以示陸德夫。德夫玩之再三，曰："祇有'莫道不銷魂'之句絶佳。"政易安作也。李復有《如夢令》云："昨夜雨疎風驟，濃睡不消殘酒。試問捲簾人，切道海棠依舊。知否，知否，應是緑肥紅瘦。"極爲人所膾炙。明誠卒，易安祭之云："白日正中，嘆龐翁之機捷；堅城自墮，憐杞婦之悲深。"文亦彩絶。或傳其再適張汝舟，此出怨家誣陷，不足信也。嘗考德甫之歿，漱玉年已四十餘。維時正值紹興南渡，倉皇奔走，艱苦迭嘗，讀《金石録後序》已略可覩。而曾謂其能從容再適乎？且既再適矣，而尚忍掇拾遺稿，與之作跋並闡述其生平行狀乎？是固不辯而知其誣也。蓋德甫雖暴卒，而其所寶臟猶多，漱玉以一釐婦，提携轉側，安得不引人艷羨？而盜竊攘奪之事，斯接踵而至矣。及以玉壺興訟而仇隙益滋，此蜚語之所由相逼而來也。《金石録》一序，易安其亦有悔心歟。故曰："有有必有無，有得必有失，乃理之常。楚人亡弓，楚人得之，又何足道。蓋所以爲好古之戒，至深且切。"而再適之誣，亦大白矣。

（以上見《民國日報》1917 年 9 月 17 日）

朱晦庵嘗以魏夫人詞與易安并論，謂爲本朝婦人之冠。魏夫人詞不多見，世亦罕知之。惟曾慥《樂府雅詞》載十首，均清絶韻絶，果不在易安下也。如《好事近》云："雨後晚寒輕，花外早鶯啼歇。愁聽隔溪拽漏，正一聲凄咽。　　不堪西望去程賒，離腸草回結。不似海棠陰下，按涼州時節。"《阮郎歸》云："夕陽樓外落花飛，晴空碧四垂。去帆回首已天涯，孤煙捲翠微。　　樓上客，鬢成絲，歸來未有期。斷魂不忍下危梯，桐陰月影移。"《點絳唇》云："波上清風，畫船明月人歸後。漸銷殘酒，獨自憑闌久。　　聚散匆匆，此恨年年有。重回首，淡烟疎柳，隱隱蕪城漏。"清微咽抑，摇弄生姿。斷句如"三見柳緜飛，離人猶未歸"，融化龍標詩意，頗覺含渾。"冤盡春來金縷衣。憔悴有誰知"，亦是少婦本色。而余尤愛其《減蘭》兩闋："西樓明月，掩映梨花千樹雪。樓上人歸，愁聽孤城一雁飛。　　玉人何處，又見江南春色暮。芳信難尋，去後桃花流水深。""落花飛絮，杳杳天涯人甚處。欲寄相思，春盡衡陽雁漸稀。

離腸淚眼，腸斷淚痕流不斷。明月西樓，一曲闌干一倍愁。"回環宛轉如注，而後使置之《茗柯詞選》，不幾以《金荃》《陽春》目之耶？

（以上見《民國日報》1917 年 9 月 18 日）

同時幽棲居士朱淑真，相傳爲文公姪女，以所適非偶，著《斷腸集》，時有怨語。或且以《生查子》詞病之，而不知爲歐九作，則其被誣也深矣。嘗觀其詩有與魏夫人飲宴唱和之作，所謂"飛雪滿羣山"者是已。詞尤與漱玉齊名。如《生查子》："寒食不多時，幾日東風惡。無緒倦尋芳，閒却秋千索。　玉減翠裙處，病怯羅衣薄。不忍捲簾看，寂莫梨花落。""年年玉鏡臺，梅蕊宮妝困。今歲未還家，怕見江南信。　酒從別後疎，淚向愁中盡。逐想楚雲深，人遠天涯近。"斷句如"攲枕背燈眠，月和殘夢圓"，"多謝月相憐，今宵不忍圓"，"十二闌干閒倚遍，愁來天不管"，"滿院落花簾不捲，斷腸芳草遠"，"亭亭佇立移時，拚瘦損、無妨爲伊"，"把酒送春春不語，黃昏却下瀟瀟雨"，俱極清新俊逸，意態橫生，一若聰明人不嫌作癡語，真所謂嬌憨絕世也。又其《清平樂》云："嬌癡不怕人猜，和衣睡倒人懷。最是分携時候，歸來嬾傍妝臺。"《柳梢青》云："箇中風味誰知。睡乍起、烏雲任欹。嚼蕊揉英，淺顰輕笑，酒半醒時。"此尤豈門外漢所能道隻字耶？

（以上見《民國日報》1917 年 9 月 19 日）

恫餘詞話

聞野鶴 撰

載於《民國日報》一九一七年九月二十五日至一九一八年四月二十六日"論詞"("詞録")專欄,共七十四則。或題爲"論詞雜剳"、"論詞雜記"、"千葉蓮花室詞話",作者署"推仔"、"野鶴"。作者聞野鶴(一九〇一——一九八五),原名宥,字在宥,號野鶴,江蘇泗涇(今上海松江)人,南社社員、前期創造社社員。十五歲受知於南社詩人姚錫峻,隨即結識社長柳亞子并加入南社。一九二〇年入上海震旦大學文法學院就讀,通曉英、日、法、俄等多國語言。與錢病鶴并稱"雙鶴"。曾主編小説週刊《禮拜花》及《中國畫報》,先後在中山大學、山東大學、燕京大學等處任教,解放後歷任四川大學、中央民族大學教授。中晚年致力於漢藏系語言文字及古文物的探究,對字喃、彝文、羌語以及古銅鼓的研究有首創之功。早年著有小説《春鶯絮夢録》《雹碎春紅記》《野鳩零墨》等,文論《銷魂詩話》《恫餘詩話》《推仔第二樓詩話》《千葉蓮花室詩話》《恫餘詞話》《恫餘論文》等,後著有學術作品《白話詩研究》《轉注理惑論》《論民族語言系屬》《羌語比較文法》等。

《恫餘詞話》內容豐富龐雜,大致可分爲五部分:一則輯録保存了數位近現代詞人的詞作軼事。如録龐樹柏、邵次公、吳瞿庵、鐵三多首《鶯啼序》詞,又如録友人竹軒、惜餘、鳳子、奚白囊詞作,或如評述清代余石莊《玉藤仙館詞存》、孫平叔《泰雲堂詞集》、張汯《吳漚煙語》等詞集。特别是詞中分論近代朱祖謀、王闓運、鄭叔問、劉新甫、黄侃詞,以漚尹師君特、大鶴師白石,足爲兩派代表。又極力揄揚漚尹"絶代騷才",讚其"筆力橫絕處,誠能推倒一時豪傑,拓開萬古心胸。雖源出于夢窗而纖詞不滯,賦格高曠,蓋直欲突過之矣"。二則評詞服膺茗柯,宗尚北宋。詞話中好論宋七家高下,以美成爲"百世之所宗",視梅溪、白石、夢窗、草窗、聖與各有差,尤抑玉田,認爲"最庸下","僅能以規撫見長","下駟才也"。三則好以品第論詞,仿郭頻伽《詞品》之例評述兩宋、清代和近世詞家流品。如論兩宋詞人寇萊公、蘇東坡、秦少游等二十一人,論清代諸家龔芝麓、王阮亭、朱秀水等十人,論近世詞人文雲起、譚仲修、王鷲翁等六人,臧否諸家詞境詞風,頗具可采之處。四則對前代詞話詞論多有批駁,常出新論。如批劉公勇"其詆白石,尤微卓識";評張炎"七寶樓臺,拆碎下來,不成片斷"論有失偏頗,"以此抑夢窗,誠冤煞矣";評毛先舒"宋人作詞多綿婉,作詩便硬"語,"矧宋人詞,豈無硬者"。五則提出作詞應以命意、立局、選辭爲三要,以氣短、意失、節疏、語疏、才短爲病。又推崇賀黄公"詞家須使人身履其地"語,倡導作詞須情境如繪。

碧山《花外》詞,運思既細,選詞尤麗,與夢窗微有不同,以碧山思銳、夢窗氣原也。余最愛其《春水》《水仙》兩闋,而《齊天樂》之《咏蟬》尤見稱於後。"一襟遺恨宮魂斷,年年翠陰庭樹",如此作,起石帚亦不多得也。世每舉之與玉田并稱,實則玉田庸俗,僅能以規撫見長耳。

《玉藤仙館詞存》一卷,爲余石莊著。詞致平庸無足取,惟《鷓鴣天》一闋,差具豐甚。錄之:"曲曲欄干漠漠簾,春寒料峭晚來添。欲温花夢先燒燭,怕寫春詞且膩箋。　　風似剪,月如弦,光陰又近楝花天。遙憐疏柳紅橋畔,吟瘦東風雪一船。"

(以上見《民國日報》1917年9月25日)

東坡"綵索身輕常趁燕"、"紅牎睡重不聞鶯"二語,論者輒謂華韶秀,不似公作。余謂不然。坡公高才絕世,曠視千古,其不協律處，正其不屑拘拘於聲律，非遂不知律也。偶然斂才琢句，則"綵索"語成矣。楚傖詩本壯闊，好作河朔健兒語，乃近日亦有"春晝綠楊呼犢岸，秋風紅蓼打魚船"之句。雖曰微薄，殊見神致，與曩作亦不能同也。

《填詞圖譜》，紅友誚爲板腐，余謂拘泥固是，然初學亦有不能不遵者。特每附一詞，輒將其題目刪去，則是一大恨事。以既無標題，則讀者自無從得詞中真意矣。(此弊《詞律》亦然)紅友雖能論人，然《詞律》一書，誤處亦復不尟。梁晉竹《兩般秋雨庵》中言之特詳。縱紅友復起，亦無以自伸也。

(以上見《民國日報》1917 年 9 月 27 日)

龔羽琌詞稿，有孝拱手抄本，與曹籀刊本不同。如《菩薩蠻》上闋末兩句云："秋思正沈吟，沈陰幾許深"，孝拱本則爲"圓鏡午粧遲，鮫綃濯罷時"。《點絳唇》之"羅衣冷，香階紅陣"，孝拱本則爲"吳綿冷，簾旌紅陣"。《醉太平》之"天邊一曲瑤琴，是鶯心鳳心"，孝拱本則爲"小名合換青琴，會絃中訴心"。皆較原本爲勝。而《浣溪紗》末句"紅闌干外夜闌珊"，易爲"春宵原是女郎天"，尤超越萬倍。説者謂凡爲曹籀本不同處，即孝拱所竄易也。孝拱號半倫，疎狂自喜，視定盦若無物，宜此父真宜有此子也。王紫詮有《半倫傳》，叙次甚詳，茲不錄。

《庚子秋詞》二卷，爲半塘、漚尹、忍盦三公旅京之作，而復莽和作坿焉。錦句雲章，不能盡錄，率摘數章如右。漚尹《鷓鴣天》云："吟髩飄蕭泊袖乾，沈蓬江海得歸難。却從九陌游輪路，細憶雙貔短柱船。　田水外，野香邊，行杯一笑髮蒼顏。亂鴉飛盡柴門閉，守著斜陽尚滿山。"半塘《上行杯》云："侵堦落葉秋陰重，鄰笛驚隨清梵送。門巷依然，賭酒盟詩憶往年。　迴腹斷盡身猶在，翻羨騎鯨人大快。鶴響天高華表，魂傷莫漫招。"

(以上見《民國日報》1917 年 9 月 29 日)

劉公勇之論詞曰："詞亦有初盛中晚，不以代也。牛嶠、和凝、張泌、歐陽炯、韓偓、鹿虔扆輩，不離唐絕句，如唐之初，未脫隋調也，然皆小令耳。至宋則極盛，周、張、柳、康，蔚然大家。至姜白石、史邦卿則如明初,比晚唐,非不欲勝前人,而中實枵然矣。"此語與張皋文之論詞相表裏,皆尊北宋而抑南宋者也。其詆白石,尤徵卓識。

南社亡友龐檗子善倚聲,遺有《玉錚琮館》一卷,歸安朱彙尹先生爲之點定,集中佳章絡繹。如《瑞龍吟》云:"淞波路,猶有暝翠籠煙,晚香黏樹。傷春殘客重來,畫廊繞徧,尋詩甚處。　共延佇,輸與傍人秋燕,久棲堂戶。花前待說相思,倚橋忍記,新亭對語。　多少滄桑餘影,鳳愁徽冷,鸞愁匳舞。空費幾回哀吟,人事非故。蠹星醉墨,今補題襟句。還應念、靈峰舊夢,吳臯幽步。料理疎狂去。休教酒醒,翻牽恨緒,青鬢驚霜縷。無奈又催歸,車塵吹雨。俊游自惜,一般萍絮。"

（以上見《民國日報》1917年9月30日）

又《暗香·贈梅畹華》云:"畫裙雪色。又傍花怨度,東風殘笛。且喚綠華,欲試梅妝手親摘。無意調脂弄粉,重收入、何郎吟筆。漫忘却、玉樹歌終,清淚濕蘭席。　南國。嘆寂寂。有兩點翠眉,舊愁深積。細絃似泣,還口飄零爲誰憶。何日芳樽共倚,望漠漠、江雲凝碧。便一櫂、隨去了,此生未得。"又《疏影》前題云:"啼珠泣玉。恨半生慣自,空抱香宿。剔樣才情,銀口調箏,微風乍過幽竹。吹醒一片京華夢,早遠隔、高樓西北。儘夜來、月澹花疏,伴得素心人獨。　迴首前塵影事,酒底可認否,消透衫綠。不願重提,薇帳雲屏,祇稱天寒蘿屋。樊川老去風情減,尚萬古、歌將愁曲。算最難、蘭菊同時,合寫軟絹斜幅"。諸闋咸清秀可人。餘稱是者,多不能悉錄。

某公言:"昔人之詞多寫情,今人之詞多寫景。要必情景交作,詞致始緊。"僕意此未可一概論也。有寫景而其情寓焉,有寫情而其景寓焉。若定拘執,則詞之生趣減矣。又言:"北宋之詞,有詞而後有題,南宋之詞,有題而後有詞。先有詞,則中實而調易高;先有題,則中空而句易復。於此即可判南北之上下矣。"

（以上見《民國日報》1917年10月1日）

賀黃公曰:"詞家須使人如身履其地,親見其人,方爲蓬山頂上。"斯言果然。然此境須情文交至,渾脫無痕,有空山無人、水流花開之致,方稱其言。若一味刻劃,或過事清淺,亦徒見其小家數耳,不足以語此也。如王碧山《綺蘿香》云:"屋角疏星,庭陰暗水,猶記藏鴉新樹。試折梨花,行人小闌深處。聽粉片、簌簌飄階,有人在、夜窗無語。"則真可謂纖塵不染,情景如繪者也。

（以上見《民國日報》1917年10月2日）

里人竹軒耽於音均之學。今春,余蟄居里中,渠時以詩詞見質。雖不能盡工,然亦可謂篤學自信者。一昨復有數詞見質,則渾厚匝至,頗近夢窗,非復吳下阿蒙矣。録其《清平樂》如右:"瓊簫綺語,灌醉迴鸞舞。百樹春桃争媚嫵,依約眉痕遞與。　絳枝照老春宵,隔牆蓮漏迢迢。又是華轜歸去,鏡池瀉盡香潮。"雖不能全篇精緻,然亦不易得也。

（以上見《民國日報》1917年10月2日、3日）

《鶯啼序》一調在詞體中爲最長,歷來詞家工者絶尠,惟夢窗一闋最得名。良以脈絡太繁,收拾不易,又如千鈞之鼎,舉之者非具大力,必絶臏也。近人填此者,大都填塞詞藻,了無真意。欒子《玉錚琮館》中有一闋獨清整,雖未能語語精緻,然已不易得矣。録如下:"斜陽淡黄似舊,向鶯欄燕户。去年事、吹破瓊簫,可惜容易春暮。櫂歌去、吴波自緑,銷魂望斷金閶樹。待愁絲,輕繫東風,數點飛絮。　迴首前塵,酒醒夢冷,早看花過霧。更何意,刻翠題紅,淚痕空染豪素。恁飄零、揚州杜牧,怕吟鬢、微添霜縷。縱相逢,休話滄桑,且尋鷗鷺。　荒臺廢苑,到處鵑啼,有誰伴羇旅。嘆滿眼、剩香零粉,料理無計。换了淒涼,半溪畑雨。謫犀侣散,凌波人杳,芳心先逐鴟夷逝。趁漁燈、爲唤蘭舟渡。清游已晚,依稀屐步麋蹤,轉瞬一樣焦土。　繁華故國,最惹相思,漫逵蘿覓芋。算衹是、吴春難賦,負盡流光,幾度徘徊,罷歌休舞。茫茫對此,恁高懷遠,青鳥澆取千古恨,莫華年、閒數哀絃柱。何時携笛重來,一曲家山,尚能唱否。"題爲《劫後過吴閶感賦》。

自樂笑翁有"白石如野雲孤飛"一語,於是論詞者競尊石帚,而夢窗則竟折抑矣。要知"清空"、"質實"云者,不徒以面目判也。石帚天分孤高,洞曉聲律,其學自宜邁人。所謂清空者,猶不過其面目耳。若夢窗則作詞澤厚,遣辭周密,若天孫錦裳,異光曜目,無絲縷俗韻,特學者每以蘊意深邃爲憾,于是有以凝滯誚之者矣。要之皆非本也,且所謂"金碧樓臺,拆散下來不成片段"者,此語尤未能適當。詞如人體然,完好無恙則神采奕奕,使從而支解焉,則臭腐隨之矣。以其臭腐,遂亦謂人體不善耶?試以姜白石之野雲拆之,亦未審其果成何片段也。嗟乎!惟其不能成片段,益足見搆造之者之苦心。且樓臺自樓臺,亦正無煩於拆散。而樂笑翁乃以此抑夢窗,真冤煞矣。

《香銷酒醒詞》爲趙秋舲僕著。微時酷喜誦之,以其如白香山詩,老嫗都解,語語精圓,琅琅上口也。直至今日,始覺爲其所誤,棄之不敢復誦矣。趙小具聰明,淺人宜喜道之。如"夢也全無,夢也全無謂","得酒偏難,得酒偏難醉",非鈍根人所能道也。詞末附詞餘一卷,亦新穎可喜,蓋曲固不嫌其剽薄也。最得名者爲《對月有感》一套,其末云:"自古歡每散,由來美必收。我初三看你口兒闘,十三覷你粧兒就,廿三見你龐兒瘦,都在今宵前後。何況人生,怎不西風敗柳。"措語麋艷,讀之尤悽婉動人。趙氏殆小有才,未聞君子之大道者也。

昨錄龐檗子《鶯啼序》一闋,頗賞其深穩有序。頃得邵次公一闋,亦工,并錄之,以饜同嗜:"瀟湘一江恨水,似柔腸宛轉。暮帆繞、十里蘼蕪,碧雲心緒誰管。玉闌外、緗桃瘦損,春陰漠漠鵑啼徧。把殘魂,分付蠻牋,淚痕紅泫。　刻骨難忘,那番影事,記江淹浦畔。聽簫語、于邑蘆中,翠樓人正凝盼。儘天睢、鶯漂鳳泊,尚消得、燈前相見。託微波,來慰滄桑,怎禁悽惋。　三生璧月,百感瓊漿,算逢伊未晚。喜此際、懊儂歌罷,唱到憐子,便化梁塵,也都情繾。靈犀漫阻,明珠休贈,斑騅猶繫垂楊樹,酒林深、可奈因緣淺。斜陽茬苒,長亭切莫回頭,怕他畫簾還卷。　蠶絲欲盡,馬角偏遲,又歲華暗換。試重問、星辰昨夜,風雨中宵,豈是尋常,斷恩零怨。銀蒜鎖夢,頰鱗沈信,文園頭白吟更苦,料蓬山、咫尺和天遠。思量且自溫存,萬一人間,解海枯石爛。"題爲《題鈍根紅薇感舊記》。

(以上見《民國日報》1917年10月4日)

連日錄《鶯啼序》多闋,咸深穩有致。頃又得吳瞿安一詞,藻思縝密,華采動人,誠合作也。錄如下:"冰奩膩紅乍展,儘游仙路窅。畫堤柳、晴雪緋煙,冷落湖墅幽韻。暮寒早、銖衣瘦怯,迦陵了了罷禪分。滯瑤思,輕點瓊糜,綮鈎珠印。　碧淡簾波,翠掩鏡語,又都梁悄慣。露桃小、花入秦臺,箇儂誰遞芳問。數媽蹤、梨魂斷續,暗潮澀、春無憑準。拜長恩,刪薙愁騷,補裁歡論。　呵笙燕嫕,倚笛鸎傭,紫鵑正睡穩。曲徑外、綠書如繡,鬥草人懶,漱石巖空,武陵棲隱。秋霞漙淚,文犀留怨,琴絲孤負臨邛客,護江蘺、采擷靈均恨。紗帷鎖夕,梅英尚覆宮黃,記得那日蹇輓。　芙蓉巷陌,杜若汀州,歡勝金墜粉。鬢影改、娟痕星碎,慧業雲荒,冶事迷離,俊懷消損。回心院杳,同心詩幻,銀牀涼簟曾款夢,算鴛樓、門隔屏山僅。天風扶上華鬟,醉約嫦娥,照伊艷蘊。"題為《春老倦游,冶愁刪盡,沈君緩成見示西湖困雨詞,余方羈游,感此淒音,不自知其悲戾也,次韻答之》。

(以上見《民國日報》1917年10月6日)

近世詞人,文雲起如空山俠士,劍光曄曄。譚仲修如宦家閨秀,步履矜持。王鶩翁如海國珊瑚,不假磨琢。朱彊邨如郭熙作畫,五日一水,十日一石。樊身雲如長安少年,流動有致。易實甫如關西大漢,時慮粗鄙,然其放浪之作,則又如思光危膝,不可無一,不可有二。

(以上見《民國日報》1917年10月7日)

寇萊公如春日園林,蔚然深秀。蘇東坡如深山劍客,不嫻俗禮。秦少游如花間麗色,却扇一笑,百媚橫生。黃山谷如邨女媚客,簡直乏致。歐陽公如豪家子弟,儀態大方。張子野如春花百樹,淺深互見。周美成如周公製禮,大體略備。王荊公如蠻夷入貢,不諳禮數。辛稼軒如草野人入掌握樞密,動輒粗戾。蔣竹山如蓬門麗質,清秀有餘。柳耆卿如通天老狐,醉即露尾。康與之如春場笙歌,繁樂聒耳。史梅溪如剪綵成花,細而近纖。姜白石如江介澄波,悠然一往。吴夢窗如天孫雲錦,一絲一毫,盡發奇光。俗子庸夫,見之却步。李易安如中人舉鼎,時虞絕臏。王碧山如天家姬侍,神采幽馨,迥非凡艷。周公謹如辭樹紅英,難免浮浪。朱淑貞如碧窗鸚鵡,略解語言。陸放翁如野僧説法,清而無味。張玉田如中郎凋謝,典型尚存。餘則自檜以外,可無譏矣。

(原注:以上諸家,不過略拾一二,若求其備,請俟異日。且勿率撰成,年代或不免顛亂,所願讀者諒焉。)(以上見《民國日報》1917年10月8日)

我庵最嗜龔定庵詞,浸淫成癖。去歲春,爲某塾蒙師,束脩綦薄,他鄉聞之,願以厚金相邀。我庵以其地遠不願也。遂以書報之。書僅二語曰:"緑珠不愛珊瑚樹,情願故侯家。"見者失笑。

周介存《詞辨》一共十卷,焚於火,故流傳者僅得二卷。其尚附《論詞雜著》一卷,有極可採者。如論東坡云:"人讀東坡詞賞其麤豪,我獨賞其娟妙。"又云:"中仙最多故國之感,天分甚高。"又云:"白石詞前小序與詞相同,嚼蠟無味。"又云:"李清照詞在閨秀中爲最勝,究苦無骨。"諸語成不刊定論也。

(以上見《民國日報》1917年10月10日)

淮海《滿庭芳》詞有"銷魂。當此際,香囊暗解,羅帶輕分"數語,坡公遂誚其學柳七作詞。余謂少游此數語誠失之俚,然尚非柳七比。彼"密約偷期,把燈撲滅","巫山雲雨,好夢驚散"云云,甯不尤下劣萬倍哉。要之麗辭綺語非不可爲,特須麗而有則,艷在乎骨,片語玲瓏,春韻悠婉,方足付之紅兒,傳爲韻事。若纖小惡俗,粗鄙若邨嫗,況之盲詞猶且不逮。若而人者,直詞苑之罪人,才場之臣蠹耳,乃猶靦顏自命,高談放論,甯復知世間有羞恥事耶? 昔清初彭羡門自刊《延露詞》,晚年悔其浮艷,乃懸價購回,百錢一册,隨得隨焚。彭之詞雖不足稱,然其人則猶非佻撻不知恥者。今詞之媒俗倍於《延露》,而炎炎放言,直亦籠蓋千古,其顏面之厚,雖由基之箭,有不能射破者矣。況逐臭之夫張皇相從,鴟言日張,惡札載道,古雅淪喪,我甯能知其底相耶? 書竟,爲之一嘆。

(以上見《民國日報》1917年10月13日)

清諸家詞,龔芝麓如初日芙蓉,姱容秀發。王阮亭如青春少婦,媌娙多致。朱秀水如樂師奏曲,聲聲入叩。彭羨門如北里新姝,時嫌浮艷。成容若如孤山哀曲,遺響酸鼻。又如駿馬走古坂,時虞傷足。尤西堂如天半明星,流動自如。厲樊榭如孤山鳴琴,都非凡響,又如幽泉漱石,泠泠高尚。郭頻伽如倚馬速稿,時傷草率。吳轂人如大家閨秀,步履端莊。袁蘭邨如何郎傅粉,太嫌姣艷,却非本色。

　　　　　　　　　　　(以上見《民國日報》1917年10月14日)

　　惜餘在里,與余交最密,嘗一夕數過,篝燈研讀,直至夜午。前歲,余來滬上,蹤跡始稍稍疏。然江天鴻鴈,間日置郵,其密仍無以加也。惜餘能爲詩,清健有宋人遺致,近更致力於詞。刻來滬瀆,以近作數闋見示,則沈鬱杳致,頗似白石,不易得也。如云"暝色入窗寒,越楳酸更酸。"又云:"鴉影浮江,蘆花一簇臨風裊。幾聲秋鳥,度過楓林杪。"咸清玅有畫意。余不能憶矣。

　　　　　　　　　　　(以上見《民國日報》1917年10月20日)

　　近日詞人,大別爲二。歸安朱漚尹先生以絕代騷才,葩藻艷發,奇絲采纑,發爲異光。織辭之密,實宗君特。多能之士,競相效承。華飾豐腴,迥非寒枯儉腸者所能效步矣。至於大鶴山人鄭叔問則以清眇之思,發幽雋之語,疎風綺竹,厥景似之。《冷紅》一集興象幽高,而弦誦之風,卒遜彊邨。其源雖出白石,而知者實尠。良以淺學之流,本不足語,而高踏之士,又矜多才,於是姜派衰矣。

　　偶讀社刻,得吳癯盦《薄倖》一詞,甚工,爲錄如左:"娔香人影。早一夜,天風夢冷。記醉踏,梁溪明月,秋入玉臺冰淨。算玳梁,修到雙棲,紅絲枉續頻伽命。便泣露盟鶗,啼煙誅蝶,不耐梧桐秋警。

　　問畫閣,臨妝處,猶淚雨,黛痕悽迸。碧城夫容暮,人間天上,珮環消息西風等。指靈鸞鏡。縱蓬山替證,芳因已是薦魂醒。歡蹤似水,偏怪文園薄倖。"詞褥而不滯,曲怨而不激,合搆也。

　　竹軒在旅邸,足不涉歌簫臺臺,目不睨紛華靡艷,偶至游戲場,則攢眉立燈謎之側。同人咸笑爲書迂。竹軒雖自承,然猶以爲不逮吾也。昨得《探春》一詞錄以示竹軒。竹軒謂酷似夢窗,因出數詞相示,則咸精妙,非吾擾擾塵土者所能有也。爲題一絕云:"霜天鵾語入冰絃，便說尋歡已默然。還記年前清事否，畫船團扇麗人天。"末句借霞川《花隱》成作。

(以上見《民國日報》1917年10月22日)

詞有三要，略同於詩。其一命意。百尺之樓，基於壤土，繁英之發，榮於一芽，故其意須具。不則辭勝於情，失之也處；辭情俱短，失之也俗。其二立局。背水之陣，克奏功勳，破釜之師，一掃寇旅，其心局勝也。若宋襄仁義，不傷二毛，又或壽陵學步，傍徨無歸，則失矣。雖有瑤想，曷藉以彰哉。其三選辭。山鬼芰裳，映幽千古，海人鮫服，眩稱一世，其爲貌勝也。若繁采之製，靡而不華，入時之粧，媚而不古，則失矣。甚至矛盾緄緗雜之一室，林泉廊廟坐以連牀，斯下者耳，余無能稱焉。

(以上見《民國日報》1917年10月23日)

"細雨魚兒出，微風燕子斜"，是詩語。"落花人獨立，微雨燕雙飛"，便是詞語。其間相去雖似毫釐，實乃千里。

張祖望《掞天詞序》語頗可採，節錄如下曰："詞有艷語、雋語、奇語、豪語、苦語、癡語、沒要緊語，如巧手運斤，毫無痕跡，方爲妙手。古詞中如'秦娥夢斷秦樓月'、'小樓吹徹玉笙寒'、'香老春燕'、'償盡迷樓花債'，艷語也。'對桐陰滿庭清晝'、'任老却蘆花，秋風不管'、'祇有夢來去，不怕江攔住'，雋語也。'試問琵琶胡沙外、怎生風色'、'河星潋艷春雲熱'、'月輪桂老'、'撐破珠胎'、'柳鎖鶯魂'，奇語也。'捲起千堆雪'、'任天河水瀉，流乾銀汁'、'易水蕭蕭風冷、滿座衣冠如雪'，豪語也。'淚花落枕紅綿冷'、'黃昏却下瀟瀟雨'、'楊柳梢頭，能有春多少'、'斷送一生憔悴，能消幾箇黃昏'、'斷魂千里，夜夜岳陽陽樓'，苦語也。'海棠開後，望到如今'、'惟有樓前流水，應念我，終日凝眸'、'蟋蟀哥哥，倘後夜暗風淒雨，再休來小窗悲訴'，癡語也。'這次第，怎一愁字了得'、'怕無人料理黃花，等閒過了'、'一寸相思千萬緒，人間沒箇安排處'，沒要緊語也。"

(以上見《民國日報》1917年10月24日)

毛稚黃曰："宋人詞才若天縱之，詩才若天絀之。作詞多綿婉，作詩便硬。作詞多蘊藉，作詩便露。作詞頗能用虛，作詩便實。作詞頗能盡變，作詩便板。"余謂此盲人談燭之論也。宋人詩豈無綿婉者。北宋有淮海、宛陵諸人（宛陵外貌似枯，然音均極和）。南渡以還，則石湖、放翁尤爲世人所能道。矧宋人詞，亦非無硬者。稼軒、東坡、改之，鐵板銅琶，江東高唱，亦遂謂綿婉乎？作詩便露便實，此言誠然。至謂便板，則大妄矣。北宋若山谷、東坡，南宋若誠齋、放翁，體格咸具變化之能，稱之曰板，徒知其不自知耳。且宋詩之佳者，正在露在實，浮詞勿尚也，華飾勿尚也，誑言寐語勿尚也。清神獨斂，外發爲辭，則字字躍出，無一虛設矣。以是言實，正實之佳處；以是言露，正露之佳處。偶與客談及，故略辨若此，持視朋好一笑而已。

　　瞿安君詞，前已録其《薄倖》一闋，近續得數闋，亦勝。如《轆轤金井・和清夢》云："晚涼庭院，落花多、滿地散香飄麝。一剪風來，恰穠妝纔卸。何郎俊雅。儘笑隱、繡簾低亞。玉笛廻波，柔情絮絮，夢痕休寫。　　花間幺蟾纔下。記當年乍見，珊骨盈把。替畫蛾眉，趁天街游冶。綠房多暇。共幾許、春朝秋夜。苦憶而今，聽楓園裏，舊時亭榭。"又《西子妝慢・步慕先韻》云："犀劍夜光，鎢鈴花煖，浪説高丘無女。點襟紅淚不成冰，算雙棲、玳梁辛苦。嫦娥負汝。怎第一、良宵虛度。數佳期，剩有零星夢，治衷何許。　　門前路。咫尺銀河。肯放黃姑渡。小名休向別人呼，要隄防、隔籠鸚鵡。屏山枕處。恰年紀、盈盈三五。碎秋心，蕩作情絲萬縷。"皆佳境也。

（以上見《民國日報》1917年10月25日）

　　四日不讀靈運詩，覺胸次鬱塞，百事寓目，都無當意。友人仁盦遠道相過，共談詞理，拊掌大快，誠洗却庚塵十丈也。仁盦論詞，悉衷茗柯，宗尚北宋而掊擊石帚，尤與余暗合。周介存《詞辨》，其論亦與茗柯相上下，稱王中仙爲天分甚高。余固夙崇中仙，以爲突過夢窗。蓋夢窗時失之滯，而中仙則天仙玉袂，海國瓊粧，迥非凡艷可比。仁盦頗韙此言。且謂玉田最庸下，世人以善效清真目之，皆耳食也。此外則竹山時失之巧，淮海時失之弱，公謹藻密，恨無氣格。數語咸我所欲言而不能言者。

（以上見《民國日報》1917年10月27日）

前録《庚子秋詞》,猝書數閱,恨未有盡,兹特補録數閱如右。漚尹《菊花新》云:"粲夜釭花明古巷,驄馬連錢驕錦障。一笑試春衫,翻舊繡、天吴花樣。　十年身世牽塵網,夢初衣、故山凝望。黄蘗染絲無,須料理、畫羅秋桁。"《睿恩新》云:"歸鴻心事比雲冷,殘淚點、逝波俱凝。盡霜楓、強弄春紅,一葉葉、暗雕心影。　夢裏若耶如鏡,秋水淬、劍花霜瑩。待明朝、歸事猿公,更手種、菱絲萬頃。"《憶漢月》云:"輸了綠窗錢簸,花外鈿筝催破。別春滋味不成啼。

金埔侄子,夜風剪剪,一釵凄朵。管弦新學唱《伊州》,休道側商聲錯。"《錦帳春》云:"山字屏圍,水沉煙嫋。理舊恨、都無分曉。柳三眠,花一笑,趁簪紅欹帽,蝶沈蜂悄。　繙鬢秋多,楚腰春少,總無那、芳時懷抱。酒波深,香夢老。拚酹花千繞,要花知道。"《玉樹後庭花・用安陸韵》云:"鏡臺春重新妝鬥,燕昏鶯晝。隨花野步歸來,蕎挈舨香斗。　鈿塵催落東風舊,蕩春殘酒。換巢鸞鳳心情,爲鄰簫所後。"其二云:"歌雲如夢羞輕覺,綺筵臨曉。紅牙拍碎年年,妒玉簫聲妙。　春窗花底窺朱鳥,淡妝愈好。畫成生色羅裙,甚輸他芳草。"《鬥雞回》云:"梅邊樽俎,長記横枝剪。驛路遙,愁漪淺。望極黄昏,犯寒人不見。　蒼鬟素靨依然,何事翠禽聲換。月上遲,苔生遍。夢覓疎香,夜深羌笛亂。"其二云:"鶯飆吹幕,推枕瓊瑰滿。玉鏡窺,雙峨淺。諱説相思,帶羅寬一半。　江郎恨極天涯,重見怕逢春晚。尺素書,香羅薦。解得連環半,牀絃索亂。"《摘紅英》云:"關雲黑,邊沙白,金仙一去無消息。誰家唱,箏弦響。勅勒聲聲,月斜氈帳。　狂蹤跡,無人識,行歌帶索長安陌。高樓上,憑欄望。皂雕没處,飛狐上黨。"《茶瓶兒》云:"十載輕衫塵涴逗,鄉心玉梅疎朵。花魂誰與招清些,便料理、五湖單舸。　雪窗月明愁卧夢,東風灞橋春鎖。熏籠偎夜培殘火,尚暖得、數椒紅破。"《踏莎行》云:"照水單衫,飄香小扇。晚涼愁倚欄干遍。冷鷗三兩不歸來,鏡心一夕紅衣變。　經醉湖山,傷高心眼。秋來畫取蕪城怨。謝堂倦客總魂消,無人淚濕西飛燕。"《武陵春》云:"花流行歌燈下醉,春至會婆娑。走馬燕支何處坡,年少五陵多。　莫笑秋來雙鬢改,風味近頭陀。酒冷香銷一任他。清淚在銅駝。"鷲翁《賀聖朝》

云："紅綃私語傳新燕，話心期誰見。桃陰香徑又稱溪，隔笑春人面。　　落英隨水，輕塵漾曲，比閒愁深淺。手持環玦問東風，漫後期還綣。"《鶯聲繞紅樓》云："消息青禽問有無，纏綿意、裙帶親書。是誰垂淚解還珠。愁入合歡襦。　　花影迷鸞鏡，秋風冷、夢遠平蕪。金蓮隨步底須扶。暗塵傷氍毹。"《踏莎行》云："彩扇初開，疏砧催斷。雲山北向征人遠。驚塵莫漫怨飄風，岫眉好試新妝面。　　夢境迷離，心期千萬。絲絲縷縷愁難剪。不辭舞裏爲君垂，瑣窗雲霧知深淺。"忍盦《紅羅襖》云："桃李無顏色，風雨妬花朝。怪簾底鶯聲，才蘇曉夢，柳邊燕語，却戀香條。　　爲春瘦、微損春嬌。盈盈淚雨休拋，莫更鬥纖腰。説往事、禁得幾魂消。"《滴滴金》云："零香剩粉都拋却，暗塵封、舊妝閣。花外重諧錦牋約，伴春人離索。　　斜陽一線紅闌角，畫屏深、舞袖薄。祇怕霜寒雁聲落，把睡情驚覺。"《惜春郎》云："海棠偷展春消息，趁舞扇歌席。東風醉倚，夕陽紅透，風韻猶昔。　　錦字零星誰省得，有斷夢相憶。費夜來、染盡燕支，憔悴舊時顏色。"諸作咸典麗可誦。詞共二卷，咸小令，都五百闋。王、朱諸公避庚子拳亂時作也。憂傷之思，假於綺辭，危切之音，出以婉約，蓋深得《國風》之遺焉。

　　　　　　（以上見《民國日報》1917 年 10 月 27 日、28 日、29 日）

朱淑貞《卜算子》云："去年元夜時，花市燈如畫。月上柳梢頭，人約黃昏後。　　今年元夜時，花市燈依舊。不見去年人，淚濕春衫袖。"李元膺《茶瓶兒》云："去年相逢深院宇。海棠下、曾歌《金縷》。歌罷花如雨。翠羅衫上，點點紅無數。　　今歲重尋攜手處。空物是、人非春暮。回首青門路、亂英飛絮，相逐東風去。"兩詞作法相同，然朱詞言簡而意深，李詞則落尋常窠臼矣。

　　　　　　　　　（以上見《民國日報》1917 年 10 月 29 日）

鵷雛嘗謂："彊邨先生詞與散原詩皆有挽瀾移嶽之神力。"僕嘗以爲知言。先生詞筆力橫絶處，筆力橫絶處，誠能推倒一時豪傑，拓開萬古心胸。雖源出于夢窗而纖詞不滯，賦格高曠，蓋直欲突過之矣。"《金明池》云："裂帛通波，寨裳喚侶，望極瑶池路近。塵不到、冰奩半展，露微泣。粉靨未裉。是何年、錦幄牽絲，占畫裏、三十六陂芳訊。看倚蓋亭亭,鴛鴦無數,未許凌波人間。　拗折西風絲寸寸,漫覓醉仙漿,碧筒深引。霓裳舞、今宵叠遍,盤淚影、明朝吹盡。盡相思、太液秋容,但墜粉空房,石鱗沈恨。怕玉井峰頭,月昏煙淡,翠被餘香愁損。"

夔笙稱:"詞須實,實則易佳。"此語誠然。蓋實則意真,意真則辭易好也。昔人稱北宋人有詞而後有題,南宋人有題而後有詞,亦即此意。至於今日,則俗陋之子以風流自命,於是矯揉造作,譌爲歌離吊影之詞,春怨秋愁之什,實則所爲伊人者,皆一虛話也。意既若是,詞復安得而佳。

嘗謂李後主詞不可無一,不可有二。以其氣爽而不粗,語俊而不纖,皆無意爲詞而詞自勝也。後人效之者衆,然皆邯鄲學步,匍匐而歸,以逼肖稱者,僅一成容若。雖盲從之子,比附傳說,爲後主後身,然細按其詞,則僅能清楚而已,外强中乾,貌腴神索,其與後主終不能得萬一也。

楊升庵學甚淵博,然僻誕不經。王元美稱爲失之耳目之前,求之天地之外,誠篤論也。如《詩話》中言:"杜工部《麗人行》'頭上何所有',下又有'足下何所有',二句句既不類,且詭稱得之宋刻,實誑世耳。"又升庵《詞品》云:"李後主《搗練子》兩闋,嘗見一舊本,俱係《鷓鴣天》。其'雲鬟亂'一闋,前段云'節候雖佳景漸闌,吳綾已煖越羅寒。朱扉日暮隨風掩,一樹藤花獨自看'。'深院静'前段云'塘水初澄似玉容,所思猶在別離中。誰知九月初三夜,露似珍珠月似弓'。"近人況蕙風駁之,謂《搗練子》平仄與《鷓鴣天》後半不同。升庵大儒,填詞小道,何必自欺欺人。余謂其調之同否姑勿論,即此八句,分明是宋元絶句,與李後主詞截不相類。曹鄴詩曰:"難將一人手,掩盡天下目。"敢爲升庵誦之。

(以上見《民國日報》1917年11月1日)

樊山有《東溪草堂詞選》,其有刻本否,不可得知。僕嘗見其一序,論次古今,頗具理識。如駁張茗柯《詞選》云:"張氏不薄蘇、辛而係夢窗於黃、柳之次,論其甄藻,豈可謂平?又醇雅如清真,清峭如白陌,其所甄錄不過數闋,梅溪、玉田僅嘗一臠,顧於希真《樵歌》亟登五首,論其去取,豈可謂公?"(以上皆《叙》中語)皆的語也。又云:"邦卿昵於韓氏,清議所羞,要其纂組麗密,宮羽繽斐,不以人廢,斯之謂歟。君特以醲粹之姿,發瑶環之想,萬花其采,五鯖合讞。七寶樓臺之喻,殆樂笑翁之過言乎?"數語皆我所欲言者。又云:"聲音感人,迴腸蕩氣,以李重光爲君。演繹和暢,麗而有則,以周美成爲極。清勁有骨,淡雅居宗,以姜堯章爲最。至長短皆宜,高下應節,亦終無過於美成者。他若子瞻天才,瓊絕一世,稼軒嗣響,號曰蘇辛,第縱筆一往,無復紆曲之致、眇要之音,其勝者珠劍同光,而失者泥沙并下,等諸變徵,殆匪正聲。"諸語咸精論。第譽堯章則殊非僕所敢附和也。

郭復翁《靈芬館詞話》云:"詞之爲體,大略有四:風華流美,渾然天成,如美人臨妝,却扇一顧,《花間》諸人是也。晏元獻、歐陽永叔諸人繼之。施朱傅粉,學步容習,如宮女題紅,兩情幽艷,秦、周、賀、晁諸人是也。柳七則靡曼近俗矣,姜、張諸子一洗華靡,獨標清綺,如瘦石孤花,清笙幽磬,入其境者,疑有仙靈,聞其聲者,人人自遠。夢窗、竹屋,或揚或沿,皆有新雋。詞之能事備矣。至東坡以橫絕一代之才,凌厲一世之氣,間作倚聲,意若不屑,雄詞高唱,別爲一宗。辛、劉則粗豪太甚矣。其餘麼弦孤韻,時亦可喜。溯其派別,不出四者。"(以上皆《詞話》語)(余意秦、周、賀、晁諸人諸人與元獻、永叔爲一派,其説恐未成立,且以夢窗綴姜、張之下,尤未能平。)

(以上見《民國日報》1917年11月6日)

曩讀《靈芬詩話》,見其極口詆駿公詞,頗疑未當。頃得讀一過,乃始知其不謬。駿公詞大抵顯而失之粗,艷而失之俗。至於《千秋歲》《江城子》諸闋則直是打油釘鉸也。又如《臨江仙》(逢舊)"偷解粧羅裙"五字未免太媟。而下闋之"薄倖蕭郎憔悴甚"尤庸俗不耐。《南鄉子》之"新浴皓腕約金環"亦全似近人稗官中語。初不意清初諸家,乃至於此。卷首《望江南》諸闋張排過甚,麗而無均,亦不足道。末闋《賀新郎》"萬事催華髮"云云,即世所盛稱之悔艾詞也。"沉吟不斷,草間偷活"云云,意雖可取,論詞則未有當。

易安居士之論淮海曰:"秦詞專主情致而少故實,譬如貧家美女，雖極妍麗豐逸而終乏富貴態。"（以上李語）鶴按：李語雖是，此亦不過責備賢者之詞。若懵者不察，一味獺祭，若近人吳某所作，則滿紙無聊語，滿紙討厭語，甯尚成爲詞耶？故知"富貴"二字言之也易，而致之也難。甯爲寒酸，毋爲富貴，斯可矣。

（以上見《民國日報》1917 年 11 月 7 日）

董毅《續詞選》共一百二十有二闋，其中玉田爲多，其它名公，闕者匪尟。此其所以不逮《宛鄰》也。南宋詞家最盛，而最劣下者爲玉田，衹知步武前人，無一語精警，足以悅心怵目。歷來每以碧山與之并稱，老子與韓非同傳，未免不倫。矧董君獨嗜蕭艾，不知有蘭蕙耶？余于此不能無微辭矣。

駿公《詩話》云："女道士卞玉京，字雲裝，白門人也。善畫蘭，能書，好作小詩。書法逼眞《黃庭》。琴亦妙得指法。余有《聽女道士彈琴歌》及《西江月》《醉春風》等詞。"（以上駿公《詩話》）野鶴按：《梁村詞稿》中，《西江月》共有三闋。其一《靈巖聽法》，其二《咏別》，其三《咏雪塑僧伽像》。以意度之，當以《聽法》爲近。然詞甚庸。"君王舞榭，般若經臺"云云，皆常語也。《醉春風》則共兩闋，皆甚艷媟。以詞度之，則梁村之與玉京，實非東澗一序所能解嘲也。兩詞錄下。其一云："門外靑驄騎，山外斜陽樹。蕭郎何事苦思歸，去、去、去。燕子無情，落花多恨，一天憔悴。　　私語牽衣淚，醉眼偎人覷。今宵微雨怯春愁，住、住、住。笑整鸞衾，重添香獸，別離還未。"其二云："眼底桃花娟，羅襪鉤人處。四肢紅玉軟無言，醉、醉、醉。小閣回廊，玉壺茶暖，水沉香細。　　重整蘭膏膩，偷解羅襦系。知心侍女下簾鉤，睡、睡、睡。皓腕頻移，雲鬟低擁，羞眸斜睇。"豈《詩話》中所指者果此數詞耶，抑別有佚詞耶？

《蓼楥詞》一卷，儀徵劉新甫遺著。新甫與彊邨、半塘爲詞友。卷首有江都于齊慶一序，稱其人所遭遇，自幼而壯，鮮當意者。則亦傷心人也。其詞初極穠華，後則日趨平淡。雖格律較整，然俊語艷發似少作工也。錄其《天香‧咏鹿港香》云："碧唾探驪，珠塵搗麝，龍湖玉道輕碾。束素身纖，縷絲心細，沒骨笑同花順。蘭燈靜炷，看搯斷、檀痕深淺。微度屛山錄曲，氤氳水雲初展。　　靈巖翠槎未返,撫觀音、指蔥親捼。海嶠舊盟勾引,斷魂重斷。麼鳳人間去遠,剩一寸、心灰瘦如綫。暗憶南天,璚鉤慢卷。"又《尾犯·庚子閏中秋》云:"碎翦玉京秋,千里去槎,還未休息。抱襆人來,費工夫修得。霓裳冷、瓊妃罷舞,露盤傾、銅仙更拭。試探懷袖,幾度淚乾,終照舊痕跡。　　官槐地上落,暗塵鎖、日暮凝碧。兔老蟾嫣,縱歸時難識。桂子熟,重開重謝,恨銀漢、期寬路窄。最高寒處,綺樹未眠私憐惜。"均有真意。

(以上見《民國日報》1917年11月8日)

霜紅龕之論詩曰:"情性配以氣,盛衰唯其時。"余謂作詞亦然。深情人作詞,不鉤勒而自厚,不玄索而自深,則情性之至也。情性而附以氣,則驅彼萬有,靡然不可。然一旦氣衰,則詞亦將隨之而竭。古人集中往往有前後若出二手者,則盛衰之不同也。譚復堂論詞遵尚《宛鄰》,其所選《篋中詞》極謹。周介存《詞辨》亦曾手批一過,其語皆相表裏。平生詞亦不多。余於《復堂集》中得誦一過,格皆謹密,詞不虛泛,誠可爲北宋之嗣響。茲偶於案頭得《角招·抹荷花》一詞,錄如右:"近來瘦。還如蘸水花煙,漸老隄柳。欲尋雲際岫,蕩槳采菱,多刺傷手。悲秋病久,看褪盡、紅衣蓮歇。昨日柔香縹緲,有三十六鴛鴦。向花前低首。　　空有。抱香滿袖。江南信息,唱新詞秀。翠盤珠乍溜,細雨微波,重來時候。登樓念舊,嘆絲鬢、消磨尊酒。莫道簫聲更奏,怕雙淚濕青衫、人歸後。"

(以上見《民國日報》1917年11月9日)

吳郡曹君直,有數詞頗勝。如《絳都春·題天寒倚竹仕女》云:"清陰那畔。認林下靚妝,單衫團扇。獨憑畫欄,嬌怯還憐纖腰軟。青鸞燕尾晴光轉,尚明滅、碎金滲。怕他持作,錯刀贈我,惹芳心亂。　　不見。牽蘿歲月,又容易過了,年年淒斷。薄命露桃,能幾東風朱顏換。春光祇分蓬門賤,怎知道、梨花秋苑。有人金屋望恩,玉階寫怨。"又《江南春》,題云:"予自乙酉過秦淮,賦咏屢矣。歲晚重來,殊有夢窗清華池館之感。"詞云:"長揖鍾山,蒼顏似爾,重逢如舊相識。吟鞭影裏,墮六朝、煙翠猶濕。春夢休追憶,無人見、少年綺陌。忍剪取、莫愁頓浪,桃葉迴波,溫存照我今昔。　　青溪畔、紅板側。

甚別不多時，便疏游跡。三霜那久，爲撇了、花朝燈夕。塵思沾胸臆。爭饗得、白門秀色。何況眼前，金粉成塵，還消斷絲零笛。"《綠蓋舞風輕》云："月沒早涼初，促上雕鞦，芳期恐輕悞。行人池臺，曲波人影綠，照見微步。扇曳官羅，曉風動、紅衣齊舞。翠區鋪、玉瀉昆明，粧靚如故。　　無語。暗憶先朝，小苑鳳城南，點綴羣杜。冷落而今，堥塘開、檀暈粉煙脂露。一杼霞裳，問雲錫、天機誰顧。走盤珠，猶墮打荷飛雨。"均詞藻古密，且有深致。

（以上見《民國日報》1917 年 11 月 10 日）

漚尹《尉遲杯》云："危闌憑。看一點、南去飄鴻影。秋聲萬葉霜乾，天角陰雲籠暝。孤衾夜擁，殘燭颭、參差客愁醒。又爭知、痛哭蒼煙，野風獨樹吹定。　　應念北斗金華，空腸斷妖星，戰氣猶凝。心定寒灰都無著，將恨與、哀笳亂迸。何時送、雲帆海角，更偎傍、天涯泣斷梗。問何如、杜曲吞聲，紫荊吹老山徑。"此首層層緊逼。又《念奴嬌》云："樵風溪館，有吳鷗分席，閒緣瀟灑。滅燭自携涼月色，來理茶瓜情話。罷笛鴻歸，開簾螢入，一扇風無價。稀星出沒，薄羅雲意如畫。　　知是天上秋期，紅牆碧漢，隱隱飆輪駕。功拙未關吾輩事，贏得清涼今夜。針縷閒情，盤花綺夢，老去慵描寫。高梧搖露，遠空仙羽來下。"題爲"月下過叔問吳小城東墅，乃七夕也。歸來始覺之"。此首尤極風趣。略錄一二以見豹斑。

（以上見《民國日報》1917 年 11 月 12 日）

鄭叔問有《四西》畫册。其一《西泠問月》，叔問自題云："庚辰秋宴湖上，佳留彌月，苦雨。一夕夜晴，月陰清美，挐櫂忘反，賦得此詩。吾友龔藹老圖余游跡，詩以題之。"(以上爲題)詩甚長不錄。其二《西崦載雪》，叔問自題《看花回》一闋云："翠禽嘅過春半，夢地吹雪。并櫂故人不見，問客裏江梅，能幾攀折。題雲舊句，重覓倉厓和恨裂。聽倦篴、勸老花魂，斷魂猶自替花說。　　休暗賦、清波小關。酒醒後、怨紅歌咽。空有東風染鬢，奈步影歸來，又是輕別。分明袖得前夜，虎山橋山月。怕飛香、作寒食，夢也成愁絕。"又跋云："此曲爲大簇商之大石調。殺聲宜用大吕，惟美成歌之無前均之病。余以戊子始春，看梅鄧尉，載雪而歸，勾絃歌此。其音清異，惜無解音笛師爲之定拍也。"其三《西樓聞雁》，叔問自題《八聲甘州》一闋云："喚吟邊瘦月替珠燈，扶魂上西樓。嘆芳時俊侶，樽前掇送，墜夢難收。又是黃花勸客，須插少年頭。明月光風陣，綠減汀洲。蓬外亂峰無語，其秋腸分裂，還聽吹秋。想湖亭多宴，歌淚迸波流。自消凝、斷襟零珮，剩水雲、冷畫兩三鷗。休重問、小簾香處，殘葉題愁。"又跋云："吳城西偏，舊有西瘦，古歌舞場也。今爲湖南賓燕之所。丁亥秋九日，經此昇眺，有傷深情。同社各製新情記事，地書舊名，示存古意也。"其四《西園調鶴》，叔問自題《瑞鶴仙》云："我詩仙也未。換玉作壺天，一聲清唳。梅窗峭雲閉，伴琴西吟瘦，踏華游戲。籠鵝漫擬，却勝數、山陰故事。念孤棲、竹外香寒，夢老石芝無地。　　悽異。華亭靈蛻，落碣秋銘，索雲曾瘞。愁邊喚起，南飛曲，笛重倚。奈飄零爪雪，舊時城郭，到處巢痕侶寄。問庭前、何路沖霄，倦翎自理。"又跋云："余儗蘇州汪氏壺園，居有年矣。以園在城西，故名。園中舊豢華亭鶴，丁亥之歲，感秋而蛻，瘞於麗娃祠右。是冬，大雪中，彭孝廉頵林乞題其先世仁簡先生《志矩齋》圖，詩成，以白鶴見報。放之林下，水石俱仙，客來則鳴，聞笛則舞。馴知人語，獨與余親。壽以斯詞，庶徵元素之異。"又題《掃花游》云："小梅悄綠，悵夢老江春，野雲無侶。鍛風倦羽，更新詩比似，瘦來幾許。苦旁羊公，那慣逢人作舞。便飛去，笑尺鶂在天，何意同舉。　　心事渾漫與。任石瀾苔荒，舊巢誰主。歲寒自語。怕吳橋斷雪，爪痕都古。海角塵樊，祇合高問賺汝。冷唫譜。緲洪厓，待招仙步。"又跋云："余以詩易鶴，吳士艷稱之。因復置酒花下，招同社賦之。余先製茲闋，聊當喤引爾。"數詞咸清穎。《八聲甘州》尤哀楚。譬之霜宵唳雁，清響酸鼻口。而《看花回》之"勸老花魂，斷魂猶自替花說"，《掃花游》之"歲寒自語。怕吳橋斷雪，爪痕都古"云云，咸警語也。

（以上見《民國日報》1917年11月13日、15日）

　　嘗謂古人作詞之先，胸中已有真確意緒，關山之感、時序之思乃至咏物酢酬，亦的然有見。是故一下筆則語語真實，按之有骨，節節緊湊，而不見其迫，聲律之辨，不足以縛之。夫然，故精光湛然，再三玩誦，彌有真味。若近人作詞，則恒下均與上均斷，是氣短也。下句與上句斷，是意失也。下半與上半斷，是節疏也。質言之，則真意不足，而空設間架也。又或故爲乖巧，虛作幻語，以能新異，是愈見其語疏也。故事獺祭，以爲凝重，是愈見其才短也。上述諸病，患者益多，即南宋諸家亦不能免，於近人乎何尤。

（以上見《民國日報》1917 年 11 月 16 日）

前錄《鶯啼序》多闋，頃又見鐵三君《秋思用夢窗咏荷韻》一章，亟錄之：〝涼蟾乍升樹杪，晃空庭似水。塞垣冷、倦客思家，背燈羞看花蕊。畫欄外、秋聲漸急，蕭蕭露井青桐墜。又棲鴉，中夜驚啼，動人離思。　孤鶴南來，粲然素羽，正飄香桂子。步階砌、閒立花陰，喚天遙送音至。羨仙禽、翩跹健翩，任萬里、飛騰彈指。悟心觀身相無憑，頓添禪意。羊城象郡，上接瀟湘，問幾人獨寐。嗟路阻、舊情難遣，靜想當日，卧擁牛衣，對傾鉛淚。瓠瓜星暗，鞄窮藥費，三春霖雨東南積，念姬姜、異地憔悴。西風太惡，還憐稚子號寒，併入亂愁叢裏。　百年過半，萬事無成，倘儷青匹翠。試矯首、神州四顧，海水群飛，怕是蓬萊，暗塵揚起。幽憂訴與，金波鵝鶡，紅牆還隔銀漢影。望天涯，莫更危樓倚。纏綿待寫新詞，太息無端，付之片紙。〞詞雖稍替，然清整有法。

（以上見《民國日報》1917 年 11 月 20 日）

詞境有四。其一，如新桐始葉，嫩翠若滴。柳梢月上，娟娟欲波。天機靈活，生意澹宕。而無絲毫跡象可尋，東坡所謂"空山無人，水流花開"者也。此境惟飛卿、正中、小山諸公具之。其二，如巨室閨幃，範律嚴肅。入其閾者，微聞幽馨。仙幰縹緲，檀屏掩映。絃聲微作，不可端倪。此境惟少游、美成諸公具之。其三，如深山俠士，懷抱恢奇。酒酣起舞，劍芒騰躍。撫髀一嘯，林木戛靡。咤雲擲月，不可一世。此境惟東坡、稼軒諸公具之。其四，如霓羽仙人，神光姚冶。雲房露闕，瞬息萬變。龍網之帶，鳳羽之裳。織華組綺，迥非凡手。此境惟夢窗、草窗諸公具之。上下千古，不出四者。自餘曹廊不復成邦，可無譏已。

（以上見《民國日報》1917 年 11 月 21 日）

頃得鳳子書，并附《惜紅衣》詞一闋，絕佳，錄如下：〝倦羽求枝，長楓醉日。對吟孤力。晏起忘言,一樽破螺碧。紗巾岸角,還幸免、污塵爲客。奇寂。殘客幾時,好鳶肩休息。　清游故陌,聞說寒英,叛容自淒藉。相望不是上國,是天北。又是小屛迴處,不慣袪袍尋歷。請拂絃高咏,愁入香閨無色。"題曰:"入冬約碎琴日課小詞,先用姜韻發其幽趣。"碎琴亦吾邑俊士,能詩,絕似袁太常。詞則與鳳子相仿佛,皆出入二窗者也。

(以上見《民國日報》1917年11月24日)

　　朱古微刻《彊邨詞》,以王半塘一書爲弁,微特有別於酬酢之文,且見其服膺之重。書中言:"昨況夔笙渡江見訪,出大集共讀之。以目空一世之況舍人,讀至《梅州送春》《人境廬話舊》諸作,亦復降心低首曰:'吾不能不畏之矣。夔笙素不滿某某,嘗與吾兩人易趣,至公作則直以獨步江東相推,非過譽也。'"又云:"公詞,庚辛之際是一大界限,自辛丑夏與公別後,詞境日趨於渾,氣息亦益靜。而格調之高簡,風度之矜莊,不惟他人不能及,即視彊邨己亥以前詞亦頗有天機、人事之別。"又云:"自世之人知學夢窗,知尊夢窗,皆所謂'但學蘭亭面'者,六百年來真得髓者非公更有誰耶。夔笙喜自吒,讀大集竟,浩然曰:此道作者固難,知之者并世能有幾人。"書中并言刻集之體例次第,彊邨悉從之。故按語有云:"余素不解倚聲,歲丙申重至京師,半塘翁時舉詞社,強邀同作,翁喜獎借後進,於余則繩檢不少貸。微叩之,則曰:'君於兩宋塗徑固未深涉,亦幸不睹明以後詞耳。'貽余《四印齋所刻詞》十許家,復約校《夢窗四稿》,時時語以源流正變之故,旁皇求索,爲之且三寒暑。則又曰:'可以視今人詞矣。'"統觀兩人所記,相知有在交情之外者。故論詞,半塘自是不逮彊邨,然知彊邨者,要推以半塘爲真。若以夔笙者,雖趨異途,猶能傾倒。所謂知己知彼者,此也。

(以上見《民國日報》1917年11月26日)

　　曩謂作詞須情境如繪,姚光煥發,方爲至極。語本賀公。然此正偶能之。苟擁鼻苦求以靳其至,則吾敢斷其必無獲也。昨日有客造予,謂近人若某君,所作詞幾首首情景如繪,而詞話又力詆之,此曷以故。野鶴告之曰:"此即雅鄭之判也。情,有正情,有俗情;

境,有疋境,有俗境。惟其人俗,故所造之詞亦俗。此天定之理,無可奪也。彊邨先生一代詞家,然求其能合斯語者,集中亦僅有數閱。如《南鄉子》云:'雲磴滑,霧花晞,西樵山上揀茶歸。山下行人偏借問,朦朧應。半晌臉潮紅不定。'比之清境雲飛,古采艷發。每讀一過、輒覺此身在西樵山畔也。"

(以上見《民國日報》1917年11月27日)

詞有怨而不哀,如蕩嬪哭親,淚雨千點,而鄰里不動,以其情非真也。又有穠而不媚,如村女明粧,異脂瓊粉,而生意不屬,以其體不高也。又有弱而不雄,如孺子辨論,聲聲人理,而聞者不快,以其氣不盛也。又有奇而不妙,如牛鬼蛇神,怪雲繚繞,而見者不適,以其道不正也。

(以上見《民國日報》1917年12月1日)

偶於鐵兒處得見孫平叔《泰雲堂詞集》,深秀可喜。如《齊天樂》云:"壓肩紅影春愁重,成圍蝶蟬隨定。旖畫星寒,鈴敲雨碎,栽趁泥融三迥。幾番風信,早踏遍間園,尋來野町。歸卸銀衫,滿身香薰露華凝。　簫聲深巷喚賣,又攤錢乞與,花譜重訂。得燕銜將,和彎吹折,零落數枝官錦。陰晴未準,更惜頓憂寒,芳心擔盡。恰稱詩銜,署司香小隱。"題爲《題賈雲裝背花圖》。又前調《咏金銀花》云:"翠藤分占酴醾架,舔鬚半窺簾隙。釵股春鬟,釘頭碎蕚,照眼叢叢黃白。還丹有術,看幾日凡鉛,錬成金色。夜氣吹香,石門小隱料能識。　靈苗最宜消暑,問農經紀否,《本草》曾釋。魚玉津涼,蟬膏乳嫩,輸與清風兩腋。春纖小橋,向石鼎蒸雲,露珠狼籍。小盞澆詩,冷芬傾一滴。"

(以上見《民國日報》1917年12月16日)

鄭大鶴《西河》詞《題隋董美人墓誌》言:"仁壽第。風流剩有殘記。瑤華玉匣瘞花銘,故官艷事。晚雲鬢髻遠山眉,真人空想天際。　賦多麗,歌舞地。蜀王少小才綺。千琴枉製斷腸絲,別鸞自理。粉塵半鏡隔傾城,吹花秋夜孤起。　冷香冉冉墜夢裏。玉錫斜,空掩幽翠。片石都無苔字。算開皇舊邸,餘芳傳此。還念沉嬌豐碑淚。"此詞沉鬱盡致,三節骨肉峻整,首末相照,尤如常山蛇節節活動也。按《董美人墓誌》作於開皇十七年，蜀王楊秀自製以悼其後宮人者。文辭悱麗，書亦超逸，蜀王又嘗自製千面琴，其篤雅若此。古殿沉哀，流馨千載，是安得不起後人贊嘆耶。彊邨亦有詞，前已錄。

大鶴詞又有風麗自喜者。如《憶舊游》云："正梅風轉溽，麥浪吹涼，晴泛吳橈。未了尋幽興，賦枇杷晚翠，一掬金抛。五湖料理三畝，多事誤青袍。悵聽水燈前，看山枕底，夢境苕苕。　　蕭條。舊蘭若，問煙雨樓臺，誰換南朝。剩有倉黃壁，壓頗黎萬頃，斷劫難消。淒其五日情事，淺醉虎山橋。嘆滿地滄波，漁舟夜笛何處招。"題為《己亥五日浮家西崦，信宿石壁精舍，見湖濡漁家垂鐙疊鼓，饒有節物，感時賦此》。

（以上見《民國日報》1917年12月29日）

馮夢華《叙東坡樂府》末曰："東坡涉樂必笑，言愁已嘆。暗香水殿，時軫故國之思；缺月疏桐，空吊幽人之影。"斯言蓋未能盡信。東坡詞不靦律，往往有振衣孤往之概。大江東去，把酒問天，不道聊復道之耳。至於明月窺人，淡玉繩轉，則點竄孟昶舊稿也。惟嬉笑雜作，是其長耳。

無病呻吟，詞家通病。大抵南宋以後漸多。《山鬼》《陽阿》，非出逐客；《哀時》《秋興》，身非杜陵。浮詞既多，枵響雜出矣。

（以上見《民國日報》1918年1月17日）

嚴藕漁《秋水詞》，當時爭稱之。張漁川謂：小長蘆而外，斷推秋水。樊榭《論詞絕句》云："閒情何礙寫雲輕，澹處翻濃我未諳。獨有藕漁工小令，不教賀老占江南。"可見推引之重。僕乍讀一過，覺浮詞滿紙，未見是處。雖源出南唐，然終不脫宋末習氣也。率錄數闋如右。如《雙調望江南》云："春欲盡，昨夜畫樓東。暗綠撲簾銀杏雨，昏黃扶袖玉蘭風。人在小窗中。　　小枕淚，祇是背人紅。諱病鏡知眉作削，關心書被墨纖濃，歸夢鎮相逢。"《浣溪紗》云："梅粉園林曉夜涼，不堪終日倚樓窗，落花風外更斜陽。　　剩識唾花休卷袖，不成心字始憐香。十三弦上怨瀟湘。"《減字木蘭花》云："廣庭人去，閣淚晴秋無一語。重認行蹤，一片薔薇糝徑紅。

伴伊雙燕，分我三春花底雁。翻怕書來，又報愁蛾病不開。"

（以上見《民國日報》1918年1月25日）

清代戈載有宋七家之選，一周美成，二史梅溪、三姜石帚，四吳夢窗，五周草窗，六王聖與，七張叔夏。綜其得失，可得而稱焉。美成蓋代詞才，律細而不枯，意深而不刻。灝灝落落，百世之所宗也。梅溪能巧，上者故自清新，下者輒流浮俗。白石清響，爲世所稱，然音律故嫻，意象未備，雖幽邈自喜，要其去美成遠矣。夢窗刻意苦搜，鏤冰煮雪，一字一句，古麗照人。樊身雲所謂"花共采，萬鯖合饗"五者也。後者學之，輒傷碎亂。夢窗獨能寓鬱厚于藻采之中，是蓋上人一等者。草窗細敏，麗而有別，然古雅之致盡矣。聖與尤穠艷綿麗盡致，特稍遜夢窗耳。至於玉田，下駟才也，妄欲隨逐其後，吾無稱焉。

（以上見《民國日報》1918年1月28日）

湘綺老人宗漢晉，詩非五言不作。希風抗古，有足多者。生平治公羊學尤邃，諸經亦有箋述。肫然儒也。詞不多作，近從某刻見其長調數闋，甚工。如《齊天樂·天津聞蟬》云："綠槐涼雨高樓静，淒淒嫩聲還咽。楚夢無憑，蜀魂乍返，不記甚時相別。寒吹玉葉。是早日聽伊，弄音清切。得意初來，一庭花影送殘笛。　如今素秋又換，便孤吟到夜，空伴啼蛬。南國芳華，夕陽弦索，打叠羅衣收歇。西風漫曳。斗驚起離心、玉壺冰熱。細算流光，喚人愁第一。"此闋格高而語整，置之美成集中，不能辨也。又《轆轤金井·廢園尋春，見櫻桃花》云："玉窗長別，分今生、不見淚痕彈粉。春夢潛窺，蓦相逢傍晚，亭亭細（似）問。背人處，倩妝誰認。朝雨香殘，斜門煙、耐他思忖。　常時上林芳訊。見玉妃侵曉，撩亂雙鬢。妒殺夭桃，占東風不穩。如今瘦損，悔前度、掛心提恨。又欲成陰，一時判與，早鶯銜盡。"此闋層層進逼，結尤警絶。又《長亭怨·沙市晴望》云："正雲外、層陰乍霽，又引天際，送春餘恨。半老江湖，怨晴愁雨，沒期準。沙頭風色，從來是，催離信。五渚任興亡，忘不了，蔫花啼粉。　春晚，但看流水去，誰管佳人遠近。征帆似筍，指吳蜀浪高濤憤。恁渺渺、萬里煙波，楚宮外、柳綿吹盡。便跨海樓船,不抵鴟夷俘穩。"此闋下半,稍嫌闊,然定有所托。又《倦尋芳·湖曲待風》云:"小舟困懶,曲直彎環,細雨風蕭。春去霄寒,漫道柳絲煙煖。前浦燕日看似熟,暮雲鳩語如相喚。但朝朝,被新潮賺去,隨風吹轉。　料別後,紅窗暗坐,計日量程,早過巫巘。肯夢相尋,夢定比人行遠。自是無心隨去棹,爭知有恨銷年箭。怕匆匆,做桃源,迷仙阮劉。"中二對甚強,甚似美成,非功淺者所能強求也。

(以上見《民國日報》1918年2月5日、6日)

《吳漚煙語》一卷,泉塘張汜蓴著。汜蓴工詞,多與漚尹、叔向輩酬和,沉鬱俊整,視二子亦殊不弱也。如《臺城路·游元墓聖恩寺》云:"滿身松影尋秋路,飛來白雲蕭寺。佛火龕深,鴉林社集,參到木樨香未。壤苔布地、有黃眼支郎,相看憔悴。渺渺湖波,斷紅危碧一樓寄。　滄桑無限往事,古鐘留拓本,殘蝕文字。壁句籠紗,甌香試茗,勝領蕨蔬風味。樵歌四起,指簾外斜帆,亂峰淒異。鈴語催歸,冷飆天外墜。"上半"甚勝"、"渺渺"兩語,直有江天無盡之致。又《望江南》云:"妝樓記,綺夢費追尋。香草難瞞蝴蝶嘴,亂山啼殺鷓鴣心。何況舊羅襟。""亂山"句甚曲,頗似老杜"紅豆啄餘鸚鵡粟,碧梧棲老鳳凰枝"句法。"何況"一語,接尤廉悍有力。又《詠螢·齊天樂》云:"渡頭明滅飛青火,驚疑劍餘塵土。寶扇恩疏,銅舖影濕,呼出秋魂如許。雷塘暮雨。嘆化碧千年,玉鈎何處。滿院繁星,一枝銀燭淚痕聚。　天涯芳草似舊,采香人去遠,零落仙露。竹徑斜穿,湘簾巧入,窺見宮妝幾度。長門夢阻。怕熠熠陰輝,亂君懷素。莫待西風,暗蛩還替語。"上半結句警絕。

(以上見《民國日報》1918年2月28日)

漚尹《水龍吟·挽麥孺博》云:"峨如千尺崩松,破空雷雨飛無地。京華游俠,山林棲遁,斯人憔悴。一瞑隨塵,九州來日,諒非吾事。正蒼黃急劫,推枰撒手,渾不解,茫茫意。也識彭殤一例,愴前塵、飆輪彈指。長城并馬,滄溟擊楫,窮秋萬里。歸臥荒江,中宵破夢,慘春衰涕。更大招愁賦,湘魂縱返,甚人間世。"又《還京樂·贈龐檗子》云:"斷魂事,說與殘箋,倦墨能惆悵。念鬢羞塵鏡,淚灰蠟炬,吹簫誰唱。記影娥池上,長條帶月和煙蕩。倩素手,扶醉喚取,柔波雙槳。　　佇高樓望,剩狂花歧路,飛鶯未惜聲聲,芳草又長。東風換綠林亭,暗梨雲、懨夢來往。費銷凝,是急雨弦聲,明霞佩響。怨色西闌月,窺人昨夜薇帳。"二闋均泝尹近作。《水龍吟》如怒馬衝風,有高唱江風之致,却又不流於放恣。《還京樂》則柔曼盡致,沉摯處又不脫廉悍本色。其妙處有不可言傳者。

(以上見《民國日報》1918年3月2日)

徐幹臣《二郎神》詞云:"悶來彈鵲,又攪碎、一簾花影。謾試著春衫,還思纖手,薰徹金虯爐冷。動是愁端如何向,但怪得、新來多病。嗟舊日沈腰,如今潘鬢,怎堪臨鏡?　　重省。別時淚滴,羅襟猶凝。爲我厭厭,日高慵起,長任春醒未醒。雁足不來,馬蹄難駐,門掩一亭芳景。空佇立,盡日欄干倚遍,晝長人靜。"此闋見宋人筆記,徐以此乞於李孝壽,得還其侍婢。延津之劍,離而復合。今審玩其詞,情思固眞,然亦無大過人,不圖竟遂初志。今之人嗟風病月,嫣恨萬狀,而不獲賞者,視此何如也?

(以上見《民國日報》1918年3月10日)

王阮亭《衍波詞》,當時有盛名,今誦者絶渺然。"郎似桐花"二語,猶在人口。僕意此二語太褻,法鐵面見之,必且呵斥,以言工,亦未也。吳石華《桐花閣詞》《黃金縷·寄內》云:"瘦盡桐花,苦憶桐花鳳。"此則剽襲漁洋,更無意味。人亦有稱之者,可笑。

鐵沙奚生白囊有《燕子吟》行世,昨復携示《燕子吟續刻九種》,謂不日將付殺青矣。檢讀全稿,多可誦者。亟錄數闋如右。《賣花聲》云:"悄掩茜紗,驚起樓鴉,冰盤宵鏤綠沉瓜。休向碧闌干畔倚,露濕桐花。　　一桁繡簾遮,水榭誰家。銀河清淺玉繩斜。聽得隔窗人小語,今夜涼些。"《蝶戀花》云:"翠幕深沉寒似水,情思昏昏,領略愁滋味。一縷花魂扶不起,綠章乞得春陰未。　　暗裏偷彈紅燭淚,半晌無言,悄立湘簾底。嫩碧柳絲長跕地,粉牆月上銅環閉。"輕盈風麗,寫小兒女如畫。

(以上見《民國日報》1918年4月2日)

黃季剛文辭樸茂,希抗古哲,詞亦氣整意渾,一洗脂粉。如前刊《賀新郎》《解語花》數闋，宛然美成嗣響也。頃從報端得數闋，亟錄之。《浣溪沙·元日和夢窗游承天韻》："金碧檀欒映好春，憑高不受九衢塵，陽臺終日有行雲。　勝地獨游空有恨，芳辰陪飲更無人，針聽簫鼓送黃昏。"又《浣溪沙》云："春到人間愁與俱，殘梅謝了柳黃初，詩懷今昔不相如。　嬴病不禁三日醉，亂離難得一家娛，浮名嬾計總區區。""寥落新春白袷衣，在家沈醉出忘歸，感時傷命兩俱非。　金勒不來花正發，玉璫難寄雁仍飛，輕將雙淚灑斜暉。""士女熙春足勝游，嬴軀到處見春羞，強因山色一登樓。芳草自然堪下淚，萱花何事可忘憂，此情分付醉時謳。""海思雲悲亦易平，匡牀夜待鐘鳴，鏡中容色未妨更。　遠信不從蒼雁索，殘書難與白魚爭，預愁明日酒瓶傾。"諸詞外質而中華，一字一眼，均異凡手，并世能之者有幾人耶？

（以上見《民國日報》1918年4月3日）

郭頻伽《詞品》十二章，賡表聖《詩品》而爲之者，描寫極致，古艷斐然。今誦之者衆矣。以詞道較隘，故僅得其半。後楊伯夔有續作十二章，語亦幽雋可喜，世無知者。爰系如右。其一輕逸云：悠悠長林，熙熙曉暉。天風徐來，一葉獨飛。望之彌遠，識之自微。疑蝶入夢，如花墮衣。幽弦再終，白雲逾希。千里飄忽，鶴翅不肥。其二綿渺云：秋水樓臺，澹不可畫。載逢幽人，載歌其下。明星未稀，美此良夜。惝恍從之，夢與煙借。荷香浮沉，若出雲岫。油油太虛，一碧俱化。其三獨造云：萬山攢攢，回風蕩寒。決眥千仞，飲雲聞湍。龍之不馴，虹之無端。畸士羽衣，露言雷喧。洞庭隱鱗，蒼梧逸猿。元氣分變，創此奇觀。其四凄緊云：送君長往，懷君思深。白日欲墮，池臺氣陰。百年寸暉，徘徊短吟。松篁幽語，獨客泛琴。聆彼七弦，瀟湘雨音。落花醉枝，凄入燕心。其五微婉云：之子曉行，細客香送。時聞春聲，百鳥含哢。林花初開，蜂須欲動。美人何許，短琴潛弄。明明無言，冷冷如諷。卷簾緣陰，微雨思夢。其六閒雅云：疏雨未歇，輕寒獨知。茶煙化青，煮藤一枝。秋老茅屋，檐掛蟲絲。葉丹苔碧，酒眠悟詩。飲真抱和，仙人與期。其曰偶然，薄言可思。其七高寒云：俯視苔石，行歌長松。千葉萬吹，懷然噓東。返風乘虛,餐煙太蒙。矯矯獨往,落落希蹤。夜開元關,蕩聞天鐘。光滿眉宇,與半相逢。其八澄澹云:空波凌天,鳴簪叩舷。鷺鷥立雨,浪花一肩。采采白蘋,江南曉煙。覓鏡照春,逢潭寫蓮。漁舟往還,相忘千年。佳語無心,得之自然。其九疏俊云:卓卓野鶴,超超出群。田家敗籬,幽蘭愈芬。意必求遠,酒不在醇。玉山上行,疏花角巾。短笛快弄,長嘯入雲。軒軒霞舉,鬢眉勝人。其十疏瘦云:悢焉獨邁,鬱予隱憂。司出系表,天地可求。亭亭危峰,倒影碧流。空山高寒,老梅古愁。味之無腴,揖之寡儔。遙指木末,一僧一樓。其十一精煉云:如莫邪劍,如百煉鋼。金石在中,匪曰永藏。術心掏胃,韜神斂光。水爲沉流,星無散芒。離離九疑,鬱然深蒼。萬棄一取,駈虛錦囊。其十二靈活云:天孫弄梭,腕無暫停。麻姑擲米,走珠跳星。荷露入握,菊香到瓶。如泉過山,如屋建瓴。虛籟集響,流影幻形。四無人語,佛閣風鈴。十二章無一弱句,可謂一時瑜亮也。

(以上見《民國日報》1918年4月14日)

戈順卿選《宋七家詞》,自言酷嗜夢窗,故所選獨多。僕心善其言。然其所自作者未獲見也。去歲從友人許得《翠薇花館詞》,計三十九卷,讀未盡而燬於火。玉杯羽化,悢焉久之。頃檢黃均甫《國朝詞綜續編》,復得十數闋,亟錄其工者,實吾詞話。《山亭宴》云:"半山已覺山無路,遍林坳、冷楓紅舞。螺黛遠含顰,翠屏繞、明霞千縷。西風卷葉,送秋聲,帶松壑流泉飛去。古寺白雲深,聽緩緩疏鐘度。冶春晝出濃眉嫵。記閒游,鈿車如霧。秋意澹林巒,便冷落,歌朋嘯侶。把杯一笑,問山林,誰似我、孤吟愁句。倚樹映酡顏,又雁外、斜陽暮。"自注:"末句從《安陵集》作六字。"其題首小序,亦輕蒨,并錄之:"秋晚游天平山,憩白雲寺外,停車小燕。千山圍翠,一林染紅。境得清迥,復得寒艷點綴,景色頓異。憶春時游騎如雪,軟塵撲面,至此更無有過而問者。豈結習使然,抑高曠之致,能領之者鮮乎?半醉高歌,當有山靈起舞耳。"又《蘭陵王·和周清真》云:"畫橋直。明鏡波紋皺碧。輕煙繞、歌榭舞樓,一派迷離黯春色。東風遍故國。吹老關津怨客。長堤畔、千縷翠條,時見流鶯度金尺。　　萍蹤半陳跡。記側帽題襟,香靄瑤席,天涯今又逢寒食。嘆携手人遠,俊游難再,飛花飛絮散舊驛。送潮過江北。悲惻。亂愁積。對孤館殘鐙,無限凄寂。青禽望斷情何極。乍依枕尋夢,怕聞鄰笛。那堪窗外,更細雨、夜半滴。"又《南浦·詠春水和張玉田韻》云:"綠意染東風,泮冰澌、十橫塘晴曉。新漲起三篙,煙痕淡、垂柳絲輕掃。紅橋路轉,淺沙低護鴛鴦小。洗孝䰅塵奩鏡啓,倒浸碧雲芳草。　　桃花曲浣浮香,記織纖細鞠,湔裙過了。重聽亂鶯唬,無人處、幾片落紅吹到。波流杳渺。粉痕流去天涯悄。蘭舫歸遲斜照晚,一派暗愁多少。"又《浣溪沙》云:"寶獸香殘裊夢魂,差池燕蹴落紅新,飄梭院宇寂無人。　　柳絮輕霑雙袖淚,梨花深掩一筝塵,如何消遣可憐春。"諸章咸窈窕寸心,悽靡滿紙者。《南浦》一闋尤神似,幽渺之思,他人所不能望。《浣溪沙》一闋稍庸,然極深静。同時某君有"燕飛亂了一筝塵"之語,大致髣髴,然無其幽蒨也。順卿又有一《詞林正韻》一編,極聲律之得失,近日填詞者多宗之。黃韻甫亦言:"翠薇館音均格律,毫忽必謹,誠近百年一詞家也。"感而録之,以示同好。

(以上見《民國日報》1918年4月25日、26日)

先施樂園日報詞話七種

史別抱等 撰

《先施樂園日報詞話七種》包括一九一八年至一九二四年間連載於《先施樂園日報》的七種詞話，即《空齋詞話》《根香山館詞話》《冷廬非詞話》《黛影閣詞話》《滑稽詞話》《蘭蓓蕾館詞話》与《自惕齋詞話》。

其一，《空齋詞話》連載於《先施樂園日報》一九一八年十一月二十五日、十二月二日、十二月五日、十二月二十七日、一九一九年二月二十七日、三月十二日第二版。作者史別抱(？——一九二二年後)，字芸閣，別號酒囚、空齋主人，室名醉月樓、銅琴鐵劍樓等，近現代小說家。一九二一年，曾與滕若渠、方俊平等人在上海组织嚶声社。先後在《大世界》《禮拜六》《先施樂園日報》中連載小說《情天癡語》《童心》，另著有《游戲詩話》《醉月樓詩話》《也是聯話》《目窮千里樓聯話》《滬濱瑣話》《別抱談屑》等。該詞話主要引述介紹張祖望、勒方錡、項蓮生、蔣鹿潭等前代詞人，矩步陳言，新論沈尠。另，《新世界》一九一九年五月十八日、二十日、二十四日、二十五日亦載有同名詞話，內容有所不同，茲附後。

其二，《根香山館詞話》連載於《先施樂園日報》一九一八年十二月十二日、十二月十九日、十二月二十五日第二版，共四則，署名滕若渠。作者滕固(一九〇一——一九四一)，原名成，後改名固，字若渠，寶山人，著名美術理論家。畢業於于上海美术专科學校，一九一九年秋留學日本攻讀美術史。一九二一年與沈雁冰、陳大悲在上海成立民衆戲劇社，編輯《戲劇》月刊。一九二六年，曾與邵洵美、方光燾等人組織獅吼社，出版雜誌《獅吼》《金屋》。一九三二年获德國柏林大學美术史學博士學位。歷任上海國民大學、上海美專、金陵大學、重庆中央大學教授、國立藝術专科學校校長等。著有學術論著《唐宋繪畫史》《中國美术小史》《唯美愛的文學》，另著有小說《迷宮》《銀杏之果》《平凡的死》，散文集《死人之嘆息》及文論《根香山館詩話》等。該詞話主要述評邵心烱、黃仲則、梁啓超、龔定庵四人詞作，闡論不豐，亦可供爬梳作者與邵氏兄弟的交游詞跡。

其三，《冷廬非詞話》連載於《先施樂園日報》一九一九年一月八日、一月九日、二月十六日、四月十二日、四月十四日第二版，共五則。作者滕固（一九〇一——一九四一），簡介詳見前《根香山館詞話》。該詞話系效仿蔣箸超《非詩話》所作，內容以抄錄滑稽、戲謔之詞作爲主，兼及春賽、跳浜等新題材，俗不傷雅，亦游戲筆墨中之可誦者。

其四，《黛影閣詞話》載於《先施樂園日報》一九一九年四月四日第二版，僅一則。作者謝黛雲，生卒年不詳，字岱芸，浙江古董人，寧波陈寥士企白之妻。該詞話論龔定庵詞，內容與同報所載滕若渠《根香山館詞話》雷同，價值不高。

其五，《滑稽詞話》載於《先施樂園日報》一九一九年十月十五日第三版"俱樂部"欄目，署名秋農。作者馮秋農，又名馮肇桂，生卒年不詳，江蘇吳縣人，室名懷香室，姚江同聲詩社社員。一九三四年，東渡日本攻讀政治經濟學，歸國後與嚴子絢、金蓉初一同籌集資金在家鄉創辦私立吳西中學。著有散文集《藝花小識》、警世小說《夜半鐘聲》、愛國小說《國旗》、武俠小說《雙俠奇緣記》（與朱迂公合著），編有《國恥寫真記》，曾主編《雪花》季刊雜誌。該詞話共二則，記李天馥調優人新婚詞等，系鈔撮自徐軌《詞苑叢談》。

其六，《蘭蓓蕾館詞話》載於《先施樂園日報》一九二三年八月二十九日第五版，僅一則。作者唐和華，生平不詳，著有《蘭蓓蕾館室倚屑》《蘭蓓蕾館歌榭归語》等。該詞話內容爲評述項蓮生《水龍吟》詞之"清空"特質。

其七,《自愓齋詞話》載於《先施樂園日報》一九二四年十二月三十一日第五版。作者鄧履冰,生卒年不詳。一九一八年,在上海組織三廉學社,任社長。一九二二年九月,創辦《幻術月刊》,主要介紹幻術游戲、宣傳幻術書籍。著有《自愓齋詩話》《自愓齋詞話》《予之速記小史》《珠算簡捷法》等。該詞話共一則,摘錄湖南陳家慶女士爲其所辦《幻術月刊》題詞始末。

空齋詞話
史別抱

近世作詩者夥,而爲詞者則如鳳毛麟角。非詞高於詩,實神悟難期,而聲音之微者不易究也。陸輔之《詞説》曰:"命意貴遠,造字貴便,造語貴新,練字貴響。"《玉梅館詞話》曰:"真正作手,不愁亦工,不俗故也。不俗之道,第一不纖。"又云:"詞太做,嫌琢。太不做,嫌率。欲求恰如分際。"又云:"學填詞,先學讀詞,抑揚頓挫,心領神會。日久,胸次鬱勃,信手拈來,自然神韻諧邕矣。"凡茲數語,可作學詞者之金針指南觀。

《〈揽天詞〉序》張祖望曰:"詞雖小道,第一要辨雅俗,結構天成,而中有艷語、雋語、奇語、豪語、苦語、癡語、沒要緊語,如巧匠運斤,毫無痕跡,方爲妙手。古詞中如'秦娥夢斷秦樓月'、'小樓吹徹玉笙寒'、'香老春蕪,償盡迷樓花債',艷語也。'對桐陰、滿庭清晝'、'任老却蘆花,秋風不管'、'祇有夢來去,不怕江闌住',雋語也。'試問琵琶,胡沙外、怎生風色'、'河星瀲灩春雲熱'、'月輪桂老'、'搗破珠胎'、'柳鎖鶯魂',奇語也。'捲起千堆雪'、'任天河水瀉,流乾銀汁'、'易水瀟瀟風冷,滿座衣冠如雪',豪語也。'淚花落枕紅棉冷'、'黄昏却下瀟湘雨'、'楊柳梢頭,能有春多少'、'斷送一生憔悴,能消幾箇黄昏',苦語也。'海棠開後,望到如今'、'惟有樓前流水，應念我、終日凝眸'、'蟋蟀哥哥，倘後夜、暗風淒雨，再休來、小窗悲訴'，癡語也。'這次第，怎生一箇愁字了得'、'怕無人、料理黃花，等閒過了'、'一寸相思千萬結，人間沒箇安排處'，沒要緊語也，此類甚多，略拈出一二。至如'密約佳期，把燈撲滅'、'巫山雲雨，好夢驚散'等句，字面惡俗，不特見者欲嘔，亦且有傷風化，大雅君子所不取也。"

（以上見《先施樂園日報》1918年11月25日）

元人《裁衣曲》云："殷勤織紈綺，寸寸成文理。裁作遠人衣，縫縫不敢遲。裁衣不怕剪刀寒，寄遠惟憂行路難。臨裁更憶身長短，袛恐邊城衣帶暖。銀燈照壁忽垂花，萬一衣成人到家。"寥寥數語，體貼入微，可當得一篇寫情小說。秋閨思遠，讀唐六如《妬花歌》云："昨夜海棠初著雨，數點輕盈嬌欲語。佳人曉起出蘭房，折來對鏡化紅妝。問郎花好奴顏好？郎道不如花窈窕。佳人見語發嬌嗔，不信死花勝活人。將花揉碎擲郎前：請郎今日伴花眠！"嬌憨之態，躍現紙上。此歌係效宋女士《菩薩蠻・閨情》詞格調。

李佩金，字紉蘭，一字晨蘭，長洲人，虎觀女，山陰何仙帆室，著有《生香館詞》。《青衫濕・題潯陽送客圖》云："半帆冷月空江白，楓荻晚煙橫。歸鴻無數，鄉心幾許，如此秋聲。　尊前掩面，淒淒切切，細數生平。琵琶哀怨，青衫憔悴，一樣銷魂。"《惜分釵》云："傷離緒。斷腸句。病裏淒涼送秋去。懶巡檐。怕憑欄。燈移虛幌，月下重簾。慊！慊！　愁似繭。眉如綰。難道今生終莫展。漏將殘。淚空彈。夢隨香斷，心共灰寒。潸！潸！"讀之令人陡生秋感。

（以上見《先施樂園日報》1918年12月2日）

《樗洲詞》一卷，署西江勒少仲方鎬所著。《金縷曲・凝芬閣席上有懷雲儀並序》云："維年月日，筱石、穎三、秋圃偕飲於凝芬小閣。斜月將墮，疏星自明，雲斂天空，風嚴氣肅，於是主人清暇，促席燕談，醇酎累斟，重簾不捲，華燭却夜，溫爐借春。"穎三顧謂："二君是宜盡醉，毋獨醒也。"塵世可憐，浮生若夢，今我不樂，日月載馳，更俯仰一二十秋，我三人者，亦霜華點髮矣。謝家別墅，吹竹彈絲，念彼達人，寄情乃爾。我心鬱結，稗肉復生，命酒澆愁，其能已乎？感杜"秋須惜少年"詩意，爲《金縷曲》二闋，用以侑觴，倚醉揮毫，倡予和汝。詞云："多少淒涼意，向今宵，解裘貰酒，對花拼醉。打破愁城天地闊，消得青蛾皓齒。君莫問、功名滋味。匣裏星鐔苔繡澀，枉抛殘，湖海英雄淚。驚歲月，一彈指。　　珊瑚斷折鞭絲墜，算丁年，煙郵水驛，馬蹄千里。落拓京華塵壓帽，如此清歡有幾，肯負了、芳筵羅綺。喚出紫雲廻粉面，笑分司，御史情腸碎。蘭燭下，更凝睇。"又云："釵鳳搖花髻，傍熏籠，搴裙掠帶，晚妝新理。窗外稜風吹月落，一片清寒夜氣。待錄事、重溫芳醴。手撥金猊呼小玉，倩添香，近把瓊枝倚。還觸我，舊愁思。　　幽詞密寫銀光紙，記年時，更闌訴別，十分頹頹。人道夫君眞杜牧，惆悵啼痕滿袂，歡夢影、飛煙流水。欲寄楚雲淒婉曲，怕柔娥，蹙損眉峰翠。庭院靜，柝聲起。"亦曠達，亦纏綿，允爲個中名手。

（以上見《先施樂園日報》1918年12月5日）

《憶雲詞》共分甲乙丙丁四卷，署錢塘項廷紀連生撰，仁和許增邁孫校。予觀其字必色飛，語必魂絕，雖皆緣情綺靡之作，感遇怨悱之旨，而使人淒然思、黯然悲。凡吾身之所值，目之所接，纏綿悱惻，煩冤鬱積，徘徊不能自言者皆苦於是編具焉。《浪淘沙‧元夜有懷》云："綠酒負金蕉，疊鼓春宵。小屏風底暗香焦。閒夢一床推不去，夜夜楓橋。　　往事祇魂銷，雙鯉迢迢。梅花與我兩無聊。剩有眉樓弓樣月，還憶吹簫。"又《聲聲慢‧春聲擬竹山詞》云："賣餳小巷，撾鼓深閨，合成一片春聲。暗逗芳心，長堤隱隱車聲。二十四番風訊，滿西湖、吹散歌聲。倦游也，正畫樓夜雨，滴碎檐聲。　　又是紗窗曉霽，問驚回香夢，誰簸錢聲。燕語鶯啼，中間却帶鵑聲。更莫訴愁不住，怕落花、飛盡無聲。花自落，減秋千、牆裏笑聲。"按，先生姓項氏，名廷紀，鄉舉名鴻祚，字連生，道光壬辰舉人。幼失祜，艱苦力學，弱歲已有聲庠序間。性沉默，寡言語，不樂與人酬酢，每同輩狎集，終日無一言，微笑而已。喜填詞，奉花間爲宗旨，以爲詞之有晚唐五代，猶文之先秦諸子，詩之漢魏六朝也，故所著小令抑揚抗墜之音，獨擅勝場，蓋浸淫於此久矣。

(以上見《先施樂園日報》1918 年 12 月 27 日)

錢孟鈿，字冠之，武進人，刑部尚書錢文敏公維城女，荊宜施道永濟崔龍見室。性至孝，嘗剪臂療父疾，嫻《史記》，擅吟咏，有《鳴秋合籟》《浣青詩餘》。其《點絳唇》詞云："細雨聰纖，曉來燕子銜春去。殘紅飄砌，滴盡珍珠淚。　幾曲闌干，蹙損眉峰翠。渾無緒，天涯凝睇，有個人愁倚。"

錢鳳綸，字雲儀，仁和人，翰林繩庵女，同邑貢生黃式序室，有《古香樓詞》。《鵲橋仙·寄外》云："鴻雁初來，梧桐乍落，正是早秋時節。夜深無計遣愁懷，那更又燈兒將滅。　羅襦慵解，篆煙微燼，無限幽情難說。低徊脈脈少人知，還幸有今宵明月。"

白雲詞人不知爲誰，嘗見其《咏琵琶·調寄祝英臺近》云："撥鯤弦，移鳳柱，繡膝乍橫處。宮羽初調，宛轉動情緒。借他半面遮羞，欲彈又却，儘抱得秋心無語。　恨如許，玉纖漫縱輕佻，四弦訴心事。月冷黃昏，曲罷淚如雨。可憐歲歲秋風，天涯淪落，有幾箇江洲相遇？"

(以上見《先施樂園日報》1919 年 2 月 27 日)

《水雲樓詞》凡二卷，詞共一百零六闋，末附《燼餘藁》一卷，詩共一百二十首，著者爲江陰蔣春霖鹿譚。春霖事多不得志，故其所爲大半無聊感慨之作。《調寄甘州並序》云："余少識劉梅史於武昌，不見且二十年。辛亥余爲淮南鹽官，梅史自吳來訪，秋窗話舊，清淚盈眶，其漂泊更不余若也。"詞云："怪西風、偏聚斷腸人，相逢又天涯。似晴空墮葉，偶隨寒雁，吹集平沙。塵世幾番蕉鹿，春夢冷窗紗。一夜巴山雨，雙鬢都花。　笑指江邊黃鶴，問樓頭明月，今爲誰斜。共飄零千里，燕子尚無家。且休賞、珊瑚寶玦，看青衫、寫恨入琵琶。同懷感，把悲秋淚，彈上蘆花。"又："歲聿雲暮，舟行苦寒，擁衾酌酒，感吟成調。"《瑣窗寒》詞云："枯柏團鴉，荒蘆聚鴨，淡陰催暝。雲垂貼水，波暗更無星影。湧平沙、寒潮夜生，布帆一霎江風勁。正嘹空斷雁，趁船斜去，酒邊愁聽。　重省。歡游境。記借舫移花，試泉分茗。西洲再過，可奈鷗鄉人醒。掩霜篷、殘燈自挑，半床翠被支峭冷。任秋窗、夢繞疏蘋，隔浦尋煙艇。"

(以上見《先施樂園日報》1919年3月12日)

《銷魂詞》爲儀征畢振達選，共九十五家、二百三十四首，詞意淒婉，讀之幾爲腸斷，往復唏噓，不忍掩卷。昔楊蓉裳之序容若詞，謂爲淒風暗雨，涼月三星，曼聲長吟，輒複魂銷心死。吾於斯篇亦云。趙我佩《菩薩蠻並序》(春雨連綿，園花零落，風前獨立，悵然久之，譜錢花詞四章，並寄麗軒)其一曰："東風吹醒韶華夢。脂痕補卻蒼苔空。簾外即長亭。落花無限情。　花開人未去。花謝人何處。明歲此花開。知君來未來。"其二曰："彩幡搖曳鈴聲碎。秋千牆外餘香墜。不敢怨東風。含情訴落紅。　西園閒步蹀。春恨和誰說。啼鳥喚春歸。雨餘花淚垂。"其三曰："杏梁燕子春愁重。喃喃絮破紅窗夢。喚起惜花心。離情如水深。　碧城雲樣遠。別淚羅巾滿。春去有時歸。天涯人未回。"其四曰："闌幹拍遍傷春曲。襪羅淺印苔痕綠。香塚替花埋。攜鋤下玉階。　留春春不許。花又拋春去。把酒祝東皇，明年花事長。"莊盤珠《柳絮》《蘇幕遮》云："早抽條，遲作絮。不見花開，只見花飛處。繞砌縈簾剛欲住。打個盤旋，又被風吹去。　野棠村，荒草渡。離卻枝頭，總是傷心路。待趁殘春春不顧。葬爾空池，恨結萍無數。"王貞儀《眼兒媚·舟泊江浦道中》云："小泊行艖路偏賒。雲影雁行斜。數株疏柳，一痕殘照，幾點歸鴉。　蘆花兩岸如飛雪，潮汐下寒沙。水國西風，竹蓬夜月，人在天涯。"葛秀英《送春》《惜分飛》云："淚漬胭脂花濕露。簾外飛紅無數。芳草江南路。春魂一縷斜陽暮。　可惜彩雲留不住。恨煞風欺雨妒。願化相思樹。古來剩有鴛鴦墓。"錢鳳綸《寄外》《鵲橋仙》曰："鴻雁初來，梧桐乍落，正是早秋時節。夜深無計遣愁懷，那更又、燈兒將滅。　羅襦慵解，篆煙微燼，無限幽情難說。低徊脈脈少人知，還幸有、今宵明月。"孫雲鳳《訴衷情》曰："紅樓夢斷曉啼鶯。繡幕峭寒生。二月江南春晚，深巷賣花聲。　苔蘚薄，柳煙輕。最淒清。昨宵風雨，今朝寒食，來日清明。"又《點絳唇》曰："折柳尊前，離亭歌罷西風冷。路遙酒醒。立盡斜陽影。　　流水行雲，從此知難定。闌休憑。月殘煙暝。總是淒涼境。"曹景芝《浣溪沙》曰："靜掩妝樓不踏青。斷腸時節是清明。又聽牆外賣餳聲。　　楊柳有情常怨別，桃花命薄易飄零。依人燕子尚多情。"沈宜修《憶王孫》曰："梨花夢轉杏花寒。碧葉琅玕玉佩珊。零落春花恨遠山。倚闌看。又見煙籠日半竿。"又曰："銀燈花謝酒初醒。夢去愁來月半明。玉漏沉沉夜色清。翠生生。芳草能消幾許情。"範玉《闌幹萬裡心》曰："春山平遠不宜秋。新月彎環只似鉤。說與蕭郎莫浪遊。怕登樓。一曲闌幹一曲愁。"楊全蔭《醉桃源》曰："晚妝樓上夕陽斜，無聊掩碧紗。東風不管病愁加，開殘紅杏花。　　香篆冷，繡廉遮，春深別恨賒。可堪夢裡說還家，魂銷天一涯。"又《七娘子》云："沉沉簾幕人屢愁。杏花殘、又是愁時候。南浦春波，大堤細柳。一般慘綠東風後。　　尊前怕說相思久。怨江南、容易開紅豆。無賴哀箏，聲聲依舊。銷他弦底春魂瘦。"

（以上載《新世界》1919 年 5 月 18 日）

花奴師工小說，精詩詞，所作有擲筆空中、栩栩慾活之勢。近見其《殢人嬌‧題朱君屺瞻肖影詞一闋並序》云："予求學時，與龔君理封、金君普揚、朱君屺瞻友善。龔號菊癡，予號茶癡，金號文癡，朱號畫癡。時以所好，稱四癡焉。迄今十餘年，龔則困於教育界；予則困於毛錐子；金則東渡扶桑，將遍遊歐美；朱則苦研繪事，數年來精進無已。畫果癡矣！囑題其肖影，勉湊成章，長短句固非所長也。"詞曰："瀟灑風神，風流懷抱。賺人人、羨渠年少。蘇臺山妙、錢塘水繞。料不到，平添許多畫稿。往事堪思，前塵未老。還記否、四癡銜好。文旌員適，菊癡潦倒。卻不道，畫癡果真癡了。"

楊君吟廬係蘇浙路債權團理事長。予以駿乎之介，方得識荊。今楊君因團事北上，餞別之事已見各報新聞欄。駿乎君送其北上《江城梅花引》詞云："陽關三疊曲蒼涼。怕思量，又思量。聚也匆匆，離也總彷徨。玉漏聲殘紅燭冷，黯然者醉，難禁話正長。　　話長。話長。倚行裝。恨一腔。淚一腔。飲也飲也，飲不盡、仇血千觴。雲散唯留，星月照河梁。一夜銷魂離緒亂。從小別，怎偏偏，又斷腸。"

老友若渠爲予患難交。其《長相思》云："雨綿綿，恨綿綿，多少名花泣路邊。蕭疏我亦憐。　聽杜鵑，惱杜鵑，底事聲聲啼滿天。荒村一縷煙。"婉轉纏綿，卻非凡手所能。

（以上載《新世界》1919年5月20日）

《復齋漫錄》曰："晁無咎評本朝《樂章集》云：'世言柳耆卿曲俗，非也。如《八聲甘州》云：漸霜風淒慘，關河冷落，殘照當樓。此唐人語，不減高處矣。歐陽永叔《浣溪沙》云：堤上遊人逐畫船，拍堤春水四垂天，綠楊樓外出秋千。要皆絕妙，然只一出字，自是後人道不到處。東坡詞，人謂多不諧音律，然居士詞橫放傑出，自是曲中縛不住者。黃魯直間作小詞，固高妙，然不是當家語，自是著腔子唱好詩。晏元獻不蹈襲人語，而風調閒雅，如舞低楊柳樓心月，歌盡桃花扇影風。知此人不住三家村也。張子野與柳耆卿齊名，而時以子野不及耆卿，然子野韻高，是耆卿所乏處。近世以來作者，皆不及秦少遊，如斜陽外，寒鴉萬點，流水繞孤村。雖不識字，亦知是天生好言語。'"

賀黃公曰："蘇子瞻有銅琶鐵板之譏，然浣溪沙春閨詞曰：'彩索身輕常趁燕，紅窗睡重不聞鶯。'如此風調，令十七八女郎歌之，豈在'曉風殘月'之下。"

（以上載《新世界》1919年5月24日）

詞爲詩餘。學詩既成，若有餘力餘興，可兼及塡詞。以吟詩之法，照格塡詞，未有不能者。故曰"詞爲詩餘"。試觀趙宋以來，工詩者無不詞稿流傳，此其證也。

劉申叔之論詩詞源云："樂歌既廢，創爲詞調，以紹樂府之遺。夫詞於四始之中，近於比興。長短句則詩中亦多。'殷其雷，在南也之陽。'三五言調也。'魚麗於罶，鱨鯊。'二四言調也。'遭我乎峱之間兮，並驅從兩肩兮。'六七言調也。'不我以，不我以。'"疊句調也。'我來自東，霂雨其蒙。鸛鳴於垤，婦嘆於室。'換韻調也。《行露》章首章四字句四字，次章五字句四句，換頭調也。梁武帝《江南弄》、沈休《六六詩》爲詞曲之濫觴。唐人所創之《阿那曲》《長相思》，詞曲之變調也。《柳枝》《竹枝》《清平調》《小秦王》《陽關曲》《八拍蠻》《浪淘沙》，七絕之變調也。《阿那曲》《雞叫子》，仄韻七絕也。《瑞鷓鴣》，七律也。《欸殘紅》，五古也。古人詩調多近於詞，後世詞調轉出於詩。蓋古代詩多入於樂，而後世之詞乃詩之按律者也。唐詞多緣題生詠，如填《臨江仙》則題水仙，《女冠子》皆言道情，《河瀆神》皆詠祠祭，《巫山一段雲》皆指巫峽。故楊用修升庵於詞調起源，按考甚晰。如《蝶戀花》取梁元帝"翻階峽蝶戀花情"，《滿庭芳》取吳融"滿庭芳草易黃昏"，《點絳唇》取江淹"明脂點絳唇"，《尉遲杯》取尉遲敬德飲酒必用大杯之意。至宋人填詞則不以詞牌題為意，如《曉風殘月》《流水繞孤村》皆去牌題甚遠。如王晉卿《人月圓》、謝無佚《漁家傲》皆不切詞牌。

（以上載《新世界》1919年5月25日）

根香山館詞話

滕若渠

予束髮受書時，即飫聞先師伯邵心炯先生之名，蓋先生與家伯訒盦為文字交也。後予從其弟心箴、心傳兩先生游，知之尤詳。先生詞宗白石，以遭際有異，故不甚肖，然天分過之。悼亡後所著《金縷曲》三首，瘦鵑先生詞話中言之綦詳。然其吳下將歸時，所譜《金縷曲》一首，亦如伯奇孤子、屈原忠臣之所嘆。予每於夜闌人靜時誦之，不知涕泗之何從也。詞云："欲泣偏無淚。向人前、裝歡耐痛，有誰知己？好鳥時來枝頭勸，勸道荀郎休矣。何苦被、冤魔攪死。若忒情癡將花殉，教誰來、替雪憐花涕。思量透，非耶是。　浮萍聚散隨流水。祇今番、為誰歸去，淒涼行李。仍當花枝春依舊，依舊愁邊病裏。又幾日、為儂憔悴。無奈自家排不下，寫歸期、怯向雙魚寄。須寄到，重泉底。"又一闋云："花睡閒庭悄。子規兒、未喚人歸，却催春老。誰信東風無氣力，竟把殘紅輕拋。這憔悴、問誰能料？癡極咒春春不解，算多情、合被無情笑。送春去，為春吊。　煙花往事今休道。夠銷魂、一院斜陽，數聲啼鳥。

原識今番留不住,深悔當初迎到。偏又望、明年春早。便是春光真常在,可能拋、一種傷春抱。春過盡,恨難了。"多識語,非壽徵。

(以上見《先施樂園日報》1918年12月12日)

《竹眠詞》若干卷,係武進黃仲則所著。仲則爲有清一代之大詩家,世人但知其詩,而不知其詞。而其詞之豪放處,有如辛稼軒,旖旎處,有如李後主。如《貧也樂》云:"一匹馬,千金買,邯鄲少年有聲價。唱龍沙,拍胡笳,吾曹健兒不聽箏琵琶。　漢家邊釁今朝始,去去同生復同死。天蒼蒼,野茫茫,一片秦時明月掛邊牆。"《點絳唇》云:"瘦骨無情,年年此際懨懨病。風前小立,討箇傷春信。　淡月微雲,作出春宵景。斜還整,斷無人處,卍字闌干影。"即此可概其餘。

梁任公詞多豪氣縱橫,不可一世,然纏綿婉轉者亦有之。如《采桑子》云:"沉沉一枕扶頭睡,直到黃昏,猶掩重門。門外梨花有濕痕。　薰篝蕭瑟爐煙少,不道衣單,却道春寒。絲雨濛濛獨倚欄。"

(以上見《先施樂園日報》1918年12月19日)

龔定盦之《無著詞》《懷人館詞》《影事詞》《小奢摩詞》《庚子雅詞》,意想超脫,語多俊雋,戛戛獨造,脫盡恒蹊,間有不甚協律者,蓋才人之筆,固無所不可也。《洞仙歌》云:"高樓燈火,已四更天氣。吳語喁喁也嫌碎。者新居頗好,舊恨堪銷,壺漏盡、儂待整帆行矣。　從今梳洗罷,收拾箏簫,勻出工夫學書字。鳩鳥倘欺鸞,第一難防,須囑咐、鶯媒回避。袛此際、蕭郎放心行,向水驛尋燈,山程倚轡。"《浪淘沙》云:"好夢最難留,吹過仙洲,尋思依樣到心頭。去也無蹤尋也慣,一桁紅樓。　中有話綢繆,燈火簾鉤,是仙是幻是溫柔。獨自淒涼還自遣,自製離愁。"《菩薩蠻》云:"文窗花霧淒然綠,侍兒不肯傳銀燭。樓外月昏黃,口脂聞暗香。　新來情性皺,未肯偎羅袖。此度袷衣單,蒙他訊晚寒。"此數首,予最愛誦之。

(以上見《先施樂園日報》1918年12月25日)

冷廬非詞話

滕若渠

蔣著超先生著《非詩話》，名重一時。因效其體，作《非詞話》。閱者得弗哂爲狗尾續貂乎？一笑。

濡東錢子亭所爲詩詞，清圓流麗，的的可誦，有《美人詠》，頗近滑稽。其一《詠聾美人·調寄少年游》云："眼波眉黛鬢雲青，雙耳玉瓏玲。轉側凝神，低回含笑，話響嘈春鶯。　背人偷約訴衷情，一再費叮嚀。絮語傷多，芳心如印，未識可曾聽。"其二《詠瞎美人·調寄浪淘沙》云："悄悄又暝暝，似睡偏醒，箇人風貌太聘婷。膚雪鬢雲光聚月，忍再眸星。　何必盼清泠！暗已惺惺，那關秋水不晶熒。多管爲郎非冠玉，未肯垂青。"其三《詠啞美人·調寄點絳唇》云："默默含籟，誰猜箇裏相思苦。未能言處，暗地通眉語。　玉手輕翻，忍把心情吐。偷耍汝，縱無推指，半字何曾許。"其四《詠癡美人·調寄采桑子》云："芳心玉貌渾無主，才拭星牟。忽轉珠淚，爲捉銀蟾又上樓。　知他笑哭皆天然，不解佯羞。不識閒愁，羞煞檀郎愛并頭。"趣寓言中，香生言外，允稱傑作。

（以上見《先施樂園日報》1919年1月8日）

有署名也是詞人者，不知何許人也，有《春賽詞》三闋。《踏莎行》云："春色將闌，雄心未已，芳原再去騰騏驥。流光如駛本難留，一鞭俹徹春歸矣。　士女傾城，游人似蟻，紛紛不管春婪尾。停車勒馬互爭看，却將講武當兒戲。"《眼兒媚》云："踏青人唱踏青歌，衫子試輕羅。絲鞭玉勒，衣香鬢影，幾度輕過。　場內如煙芳草地，駿足去如梭。鞭兒梢影，馬兒蹄跡，帶轉秋波。"《奪錦標》云："薄暖輕寒，紅稀綠暗，正是困人天氣。借得春嵬遺範，輕策驪黃，廢弛絕地。向場中聚目，却都有、奔騰長技。舉紅旗、一霎臂飛，畢竟爭先誰是。　夕照銜山頭墜，奪得標歸，碧眼紫髯狂喜。遙莫明朝再到，重整棋盤，更超游騎。有旁觀脫帽，有旁觀、拈毫書記。逞豪雄，各地嬉游，我也情移綺羅。"描寫士女雜踏之狀，宛然在目。

(以上見《先施樂園日報》1919年1月9日)

無論遊戲之文章及詩詞，須寓有諷諫之意方爲上乘。若一味滑稽而無寓意，即失之浮矣。心病有《黃鶯兒·詠錢》四闋。一云："最好是銅錢，有了錢，百事全，時來鐵也生光彩。親族盡歡顏，奴婢進諛言，小孩兒也把銅錢騙。滿堂前，家人骨肉，不過爲銅錢。"二云："莫要説銅錢，説銅錢，便無緣，親朋爲此傷情面。爭什麼家園？奪什麼房田？歡恩仇總是銅錢變！更堪憐，沿門求乞，也爲一銅錢。"三云："偏要説銅錢，有了錢，通上天，吕仙曾把黃金點。起課怕無錢，推磨鬼來牽，那鬼神尚把銅錢戀。劉海蟾，歡天喜地，因爲有銅錢。"四云："莫再説銅錢，説起錢，實可憐，十年幾度滄桑變。賺不盡的錢，過不完的年，著財奴鑽進銅錢眼，亂山前，紙灰飛蝶，可再要銅錢？"詞意清淺，説盡錢之害人，爲守錢奴痛下針砭。

(以上載《先施樂園日報》1919年2月16日)

《一半兒》調最多游戲之作，然率皆俚俗不堪，讀之可作三日嘔者。予見某君《無題詞·調寄一半兒》云："目成心許已多時，宋玉何嫌竟有詞，低著頭兒理鬢絲。太憨癡，一半兒佯嗔一半兒喜。"(其一)"夜闌人静漫疑猜，私避雙親繡户開，月上花梢驀醒來。坐郎懷，一半兒驚惶一半兒愛。"(其二)"碧紗窗外露華凝，頰上紅潮酒暈增，雲雨巫山得未曾。背銀燈，一半兒含羞一半兒忍。"(其三)"風流生性惱狂夫，密事無端漏阿奴，軟倚郎身片語無。悶葫蘆，一半兒嬌憨一半兒酷。"(其四)描寫小兒女憨態，呼之欲出，俗不傷雅，允爲作手。

(以上見《先施樂園日報》1919年4月12日)

予既述《也是詞》之《春賽詞》矣，復有《跳浜詞》五闋，係《調寄浣溪沙》者，亦游戲筆墨中之可誦者也。其一云："一道鴻溝兩界開，趨前絶後睹龍媒，檀溪故事漫相猜。　勒馬俄延偏不發，據鞍踴躍水之隈，且看誰得錦標回。"其二云："一片驚風漲水濱，驕蹄徹遍水邊塵，風飄馬尾情餘春。　淺淺之窪疑渤海，龍超象外彼何人,虯髯碧眼信難偷。"其三云:"雲微雨絲絲欲濕,衣錯疑人醉玉樓,時聽他金勒馬驕嘶。　一失足成千古恨,可憐人馬盡沾泥,要人扶起故依依。"其四云:"偶爾超前氣便豪,名駒聲價陡然高,滬江誰是九方皋。　公子墮鞭渾欲似,魯連蹈海盡相嘲,些許缺陷哪能逃。"其五云:"春賽今朝煞尾聲,怨天偏不做人情,跳榜時節未曾晴。　車馬紛紜看賭賽,花萁架子儘縱橫,偶然躍過是身輕。"腕底雖能生風,總不如《春賽》之妙。

(以上見《先施樂園日報》1919年4月14日)

黛影閣詞話

謝黛雲

龔定庵詞凡五卷,曰《無著詞》,曰《懷人館詞》,曰《影事詞》,曰《小奢摩詞》,曰《庚子雅詞》。其詞才氣橫逸,不爲格律所束縛,如飛仙劍客,飛行無跡。如《虞美人》云:"紗窗暝色低迷紅,猶未傳銀燭。莫寒瑟瑟鏡臺邊,玉釧微聞應是換吳棉。　金爐香篆惜惜墜,新月窺人坐。湘簾放下悄含顰,生怕梨花和月射啼痕。"《浪淘沙‧寫夢》云:"好夢最難留,飛過仙洲,尋思依樣到心頭。去也無蹤尋也慣,六扇廂樓。　中有話綢繆,燈火簾鉤,是仙是幻是溫柔。獨自淒涼還自遣,自製離愁。"《菩薩蠻‧四月十九日即事》云:"文窗花霧淒然綠,侍兒不肯傳銀燭。樓外月昏黃,口脂聞暗香。　新來情性皺,未肯偎羅袖。此度袷衣單,蒙他訊晚寒。"其他警句,亦多瑰奇。如云:"萬劫千生再見難,小影心頭葬。"又云:"醒時如醉,醉時如夢,夢也何曾作。"又云:"長風起,吹墮奇愁到世間。"又云:"我已厭言愁,不理傷心話。翻願得嬌嗔,故惹鶯喉罵。"

(以上載於《先施樂園日報》1919年4月4日)

滑稽詞話

秋　農

　　名士李容齋因優人新婚，以《賀新郎》詞調之云："夫子門楣異，却瀛來、嬌羞事業，風流經濟。一向喬妝身是妾，此舉差強人意。指山海香盟粉誓，笑煞逢場花燭假。喜今宵、花燭真滋味，貪美酒，恣尤殢。　箇儂休作男兒覷，料無非、鉛華侶伴，裙釵班輩。正自難分姑與嫂，漫道燕如兄弟。恐還是、趙家姊妹。兒女溫存原自慣，願卿卿、憐婦如憐婿，今何夕，三生會？"一時傳遍長安。

　　昔有狂生讀《孟子》，作一詩云："乞丐何曾有二妻？鄰家焉得許多雞？當時尚有周天子，何必勞勞欲王齊？"前二句嘲孟子之過於譬喻，後二句責孟子之私齊而無公天下之心，孟子不得辭其責矣。

（以上載於《先施樂園日報》1919年10月15日）

蘭蓓蕾館詞話

唐和華

　　詞貴清空而病於質實。錢塘憶雲生詞之清空而甚者如魂。《水龍吟》云："幾時飛上瑶京，月中環佩珊珊静。朦朧似醉，悠揚似夢，迷離似影。真箇曾銷，黯然欲別，凄涼誰省。寄相思祇在，黃泉碧落，聽一片，啼鵑冷。　楚些歌殘漏永，翠簾空，篆香溫鼎。梨雲罩夜，絮煙籠曉，梧陰弄暝。來不分明，去無憑據，舊情難證。待亭亭倩女，前村緩步，喚春風醒。"清靈可誦。

（以上載於《先施樂園日報》1923年8月29日）

自愓斎詞話

鄧履冰

　　湖南陳家慶女史善詩詞，工繪畫，著作等身，時批報端，想爲閱者所見而共賞焉。不才在滬，於民國七年六月創辦三廉學社，分科教授，如打字、速記、珠算、看洋改課等等，俾青年志士得於公餘暇時，擇時研究，以資應用而佔上乘，嗣爲提倡高尚游戲，與衆共樂起見。爰於十一月七日添設幻術科面授、函授，以期普及。旋又編印《幻術月刊》，以廣傳佈。蒙陳女士惠賜瑶詞《調寄浣溪沙》，鈔錄於左："妙手偏能幻有無，也宜黑白也宜朱，一編端可自清娛。　絲帕已能千變化，紙牌還肯幾踟躕，者般神奇賽陰符。"

　　　　　　（以上載於《先施樂園日報》1924年12月31日）

詞　話

陳　陳撰

　　載於一九一九年《廣益雜誌》第五期。作者署名陳陳,生平不詳,或係同刊陳姓作者之誤。根據詞話內容中轉引龐樹柏《浣溪沙》詞推斷,作者可能爲南社社員。

　　陳陳《詞話》僅一則,主要引梁秋雲、龐樹柏等人詞作以證"小令中以《浣溪沙》《柳梢青》兩體爲最難作"。作者指出作此類小令"最忌襲用駢文句法",否則即"類於幕賓四六書稟",不過"一首不完全之律絕詩耳"。

　　小令中以《浣溪沙》《柳梢青》兩體爲最難作。《浣溪沙》上半闋三句,句句押韻,每患堆砌而失層次。而《柳梢青》末三句同是四字,尤易於運掉不靈,全闋情勢遂爲之收押不住矣。余嘗擬集今人稿中此兩調之善者,彙集一編,苦於謭狹,積久仍寥寥數紙耳。茲略錄一二,以示同好。梁秋雲君《浣溪沙》云:"花事盈盈過海棠,一聲風笛下寒塘,煙波何處祇茫茫。　　十里風塵籠暮靄,幾回鴉血滴清香,可憐無語又斜陽。"費無我君《浣溪沙》云:"客思依依繞短篷,一橈也去忒匆匆,祇餘山色入吟中。　　和我愁詩惟竹籟,吹將歸夢有春風,兩邊心事可相同。"龐檗子《浣溪沙》云:"垂柳依依畫檻邊,倡條冶葉把愁牽,總教攀折也堪憐。　　慘碧山塘春似水,落紅門巷雨如煙,怎生消受斷腸天。"郭楚主《浣溪沙》云:"玉撥珠弦夜未休,滿湖燈火放蘭舟,是鄉端合號溫柔。　　粉黛三千新按隊,朱簾十二半垂鉤,素心花下看梳頭。"夏玉廷《柳梢青·題橫波畫蘭》云:"春去天涯,江南哀怨,定屬誰家。想見臨時,無多幾筆,玉腕微斜。風流翠袖烏紗。空賺了,尚書鬢華。扇底香消,梅邊墨淡,愁對湘花。"趙寒庵《柳梢青》云:"淚濕梨雲,春容一片,紅了斜曛。且拓璇窗,展將褶痕,重印新紋。袷衣憔悴殘春。衹剩得,銀蟾二分。蝶散雲寒,花欹露重,愁煞那人。"旖旎繽紛,均屬於不可多得之作。按:《浣溪沙》以風韻勝,起三句宜一句一意,而一句中尤宜轉折生波,乃有情致,第三句尤重。後起對句尤貴細膩濃郁,結句宜有餘不盡,庶不類於詩。近人作者,往往非粗率即扯淡,直是一首不完全之律絕詩耳。《柳梢青》以四字句爲主,每一句中至少宜煉一字以作眼。三句連者,宜用蝦鬚格一氣呵成。後起二句宜呼應,便不覺難,最忌襲用駢文句法。不善作者,往往類於幕賓四六書稟,俗腐逼人。竹軒所選,亦未足以稱上乘也。

冰檥詞話

秋　雪　撰

　　刊於《詩聲》一九一九年第四卷第二期、第三期、第四期、第六期，共計十四則，署名"秋雪"。作者馮秋雪（一八九二——一九六九），名平，又名宗樾，字秋雪，號西穀、澹於，筆名紫君，室名冰檥，廣東南海人。一九〇五年前後，就讀於澳門培基兩等小學堂，受進步思想影響，常與保皇派辯論。一九一〇年，加入澳門中國同盟會，後積極參與辛亥革命、討袁鬥爭。一九一三年，與古桂芬、區韶鳳、周樹勳、馮印雪、趙連城、何國材創立雪社，這是第一箇以澳門本土居民爲骨幹的文藝團體。雪社以月課形式創作詩詞，連續出版四十六期《詩聲月刊》。一九一九年，與妻子趙連城創辦佩文學校。後參與抗日戰爭，解放後擔任廣州文史館館員。著有《宋詞緒》及詩詞集《秋音集》《水佩風裳集》等。

　　《冰檥詞話》前有小序，言詞話爲民國己未（一九一九）年初夏，夫妻二人誦唐宋諸大家長短句，評騭高下，駁難析理所成。該詞話辨詞體，"實樂之餘也"；明詞用，"和人之性情，詞之功尤居是上也"；溯詞史，將清代詞人與宋諸家一一比附，皆具可取之處。詞話尤其推崇李清照，謂其"洵一代詞家，果使易笄而弁，則宋代諸公，亦當退避三舍"。作者不僅詳析易安詞中情語、致語、麗語、趣語、癡語、苦語，且贊其"惟有樓前流水，應念我，終日凝眸"較清真《六醜》"更加一倍寫法"。又重視詞中叠字和叠韻，對李清照《聲聲慢》、賀雙卿《鳳凰臺上憶吹簫》與蔣捷《聲聲慢》評價甚高。此外，詞話中記夫妻二人七夕填問仙、傲仙詞事，又記謝菊初入雪社填《大江東去》詞事，饒具情韻風致。

去歲金風初至，採薪遽憂，晝永夜長，書城坐困，籠愁日淡，煮夢燈熒。連城藥爐事暇，輒於榻前爲余誦唐宋諸大家長短句，每終一闋，絮絮評高下，有屈古人者，余則如律師，滔滔申辯不已。連城謂余傷氣，古人縱屈，亦不許作辯護士，否則去詞談野乘。余素不甚喜説部，願反舌，可否亦筆之。積二旬，得百三十則，病中所記，詞多蕪雜。去臘歲除，出而刪汰。冰籐，余與連城讀書之室也，爰取以名篇。中所論者，皆愈後余辯正也。民國第一己未年初夏，秋雪記。

詞者，補詩之窮也。蓋詩於五七言不能盡者，詞能長短以陳之，抑揚緩促以達之，溫柔細膩以出之，和人之性情，詞之功尤居詩上也。

詞或曰詩餘，不知實樂之餘也。六藝，樂居其次，而佚亡久。居今日而求樂之似者，不能不取諸詞矣。

宋女子李易安（清照）洵一代詞家，果使易筓而弁，則宋代諸公亦當避軍三舍。其《聲聲慢》《醉花陰》《壺中天慢》等，非當代專家所能望其肩背。其《聲聲慢》詞云：“尋尋覓覓，冷冷清清，淒淒慘慘戚戚。”一連十四叠字，匪特不覺其叠，且一叠一轉，一轉一深，一深一折，真化筆也。後人多有仿之者，然自鄶矣。

繼漱玉後者，推朱淑真，有《斷腸詞》一卷。辭則可頡頏易安，而情則不及焉。其《菩薩蠻》：“山亭水榭秋方半，鳳幃寂寞無人伴。愁悶一番新，雙蛾衹舊顰。起來臨繡户，時有疏螢度。多謝月相憐，今宵不忍圓。”纏綿悱側，又可伯仲易安矣。

（以上見《詩聲》1919年第4卷第2期）

李易安之《聲聲慢》一連十四叠字，已是難能可貴。不謂《西青散記》内有《鳳凰臺上憶吹簫》云：“寸寸微雲，絲絲殘照，有無明滅難消。正斷魂魂斷，閃閃遙遙。望望山山水水，人去去隱隱迢迢。

從今後，酸酸楚楚，衹是今宵青遙。問天不應，看小小雙卿，裊裊無聊。更見誰誰見，誰痛花嬌。誰望歡歡喜喜，偷素粉寫寫描描。誰還管，生生世世，夜夜朝朝。"連用四十餘疊字，脫口如生，泂心靈舌慧，前無古人矣。

詞之疊韻，所在多有，然連迭一韻到底，則罕觀焉。宋蔣捷《聲聲慢·賦秋聲》云："黃花深巷，紅葉紙窗，淒涼一片秋聲。豆雨聲來，中間夾帶風聲。疏疏二十五點，麗譙門不鎖更聲。故人遠，問誰搖玉佩，檐底鈴聲。　彩角聲吹月墮，漸連營馬動，四起笳聲。閃爍鄰燈，燈前尚有砧聲。知他訴愁到曉，碎噥噥多少蛩聲。訴未了，把一半分與雁聲。"

詞之有宋，猶詩之有唐。有清一代，詞學大昌，集宋之成者也。吳梅村、顧汾梁也，則可追蹤幼安；曹實庵也，可伯仲方回、美成；納蘭容若，則升南唐二主之堂；朱竹垞、陳其年、厲樊榭也，則容與乎白石、梅溪、玉田、夢窗之間；王小山則直逼永叔、少游；張皋文則集兩宋之精英，開詞家未有之境；項蓮生則從白石、玉田、夢窗而超出其外；龔璱人則合周、辛一爐而冶，作飛仙劍俠之音；蔣鹿潭則與竹垞、樊榭異曲同工，勝朝杜工部也。鹿潭而後，雖有作者，然大都從字句間雕琢，有辭無氣，過此目往，恐成廣陵散矣。

（以上見《詩聲》1919年第4卷第3期）

月前，因沛功先生得交謝君菊初，并介紹入社。破題兒第一課題爲"落花"，君塡《大江東去》詞云："朱欄憑眺，看千紅萬紫，已知春暮。記得夭桃曾識面，可奈東風吹去。一段鶯愁，幾番蝶怨，多少銷魂處。杏芳園裏，悄然相對無語。　回憶漢苑繽紛，楚宮旖旎，觸景添離緒。縱使家僮還未掃，畢竟留他難住。流水無情，斜陽尚在，莫把衷懷訴。春陰乞借，明年更倩誰護。"不匝月，謝君即賦悼亡，君謂"生平未嘗塡詞，而首次賦落花，時已心滋不懌，詎料竟成詞讖"云云。雖然，詩讖之說，按諸古籍皆云歷歷不爽，惟我觀之，則未敢決其必然。猶憶八年前，讀書於廣雅書院。時初解吟咏，《秋懷》兩律中有句"萬斛愁懷百歲身"。詩成以箋謄寫，分示學友。陳子見而弗悅，曰："君詩不祥實甚。"余曰："何謂也？"曰："萬斛愁懷百日身。"余曰："余作迺歲字，非日字也，君誤耳。"陳子立出詩箋示余，余亦爲咋舌，果誤寫"萬斛愁懷百歲身"爲"萬斛愁懷百日身"。後學友來言，與陳子同，謂恐成詞讖，蓋皆誤"日"爲"歲"也。時雖不信，而心終惴惴，恐真成讖。然屈指至今，蹉跎八載，則此詩終不驗也，又何讖之足云乎？（此段與下段乃近著加入，非此編原作，讀者幸毋誤會。）

今歲雙星渡河之夕，予約連城塡七夕詞，題爲問仙與傲仙，各賦一題，以鬮定。余得問仙，連城得傲仙也。復翻詞牌以定譜，得《踏莎美人》。時已夜午，推窗仰視，雙星閃閃，正渡河時也。拙作下半闋云："白露橫空，鵲橋延佇。人間天上喁喁語。一年一度歡娛。細問天孫，巧字怎生書。"連城作有云："夜夜比肩，朝朝檢韻。此情此景而無分。女牛若解悄含顰，應羨阿儂，朝夕畫眉人。"予之問仙詞，問字已嫌問得太過，而連城之傲仙詞，傲字尤突過予前，牛女有知，淚當簌簌落也。詩成，黑雲頓翳，微有雨點，意者其仙姬之淚乎。

（以上見《詩聲》1919年第4卷第4期）

連城最愛《漱玉集》，謂其清新雋逸，別饒豐致，且詞華橫溢，睥睨一代，唐宋諸公不足道也。余謂其言過當。連城曰："'寵柳嬌花'之'寵'字，'怎生得黑'之'黑'字，奇險而穩，唐宋諸公，能及否乎？至其詞之純屬天籟，不假雕飾，尤與宋代諸公七寶樓臺者有別。"又曰"寫真景，男子能之，惟寫真情，非女子不辦。男子縱有能者，亦與真字相去尙遠。試將古今來巾幗詩詞，一讀便知。蓋情字天賦女子獨厚，無可如何者也"云云。是二説，我頗疑之。

連城又曰："鍾梅心之'花開猶似十年前，人不似十年前俊'二語，時人稱道弗置，不知實從李易安之'舊時天氣舊時衣，祗有舊懷不似舊家時'句脫胎出來，而情韻鏗鏘不及也。"

易安詞之"守著窗兒，獨自怎生得黑"，情語也；"莫道不消魂，簾捲西風，人似黃花瘦"，致語也；"寵柳嬌花寒食近"，麗語也；"祗恐雙溪舴艋舟，載不動，許多愁"，趣語也；"舊時天氣舊時衣，祗有舊懷不似舊家時"，癡語也；"此情無計可消除，才下眉頭，却上心頭"，苦語也。才思如此，蔑以加矣。

其《漁家傲》云："天接雲濤連曉霧，星河欲轉千帆舞。彷佛夢魂歸帝所，聞天語，殷勤問我歸何處。"昂藏若千里之駒，此豈女兒家言耶？兩宋諸公，當低首碧茜裙下也。

周止庵批清真《六醜》云："不說人惜花，却説花戀人，已是加倍寫法。而易安之'惟有樓前流水，應念我，終日凝眸'二句，比清真詞更深一層。"蓋清真詞云"長條故惹行客，似牽衣待話，別情無極"，則覺物尚有情，而易安則覺眼前事物，俱屬無知，誰可與語，祇有強教流水以情，縱不能載歸舟，亦應憐我危樓悵望也，的是更加一倍寫法。

（以上見《詩聲》1919年第4卷第6期）

心陶閣詞話

沛 功 撰

　　載於《詩聲》一九一九年第四卷第六至八期、一九二〇年第四卷第十期，共計九則，署名"沛功"。作者黃沛功，生卒年不詳，又名浦功，號奉宣、心陶閣主、岐江釣徒，廣東香山人，清末優增生。工詩詞，以執教爲業，後寓居澳門，與馮秋雪、趙連城相交，加入雪社。雪社社刊《詩聲》曾刊其《除夕訪秋雪二首》《贈連城女士二十韻》《澳門竹枝詞三十首》等詩詞作品，另連載有《心陶閣詩話》《心陶閣詞話》。

　　《心陶閣詞話》以評述歷代著名詞人詞作爲主，如論辛棄疾《西江月》、宋自遜《驀山溪》等詞"明白如話，句句雅馴，更難於詩"；論蔣士銓、容若《蝶戀花》"各極其妙"，"皆別具一副詞筆"；論完顏璹、厲樊謝、郭振《漁父詞》"灑脫飄逸"；論秦觀《好事近》"詞語頗奇，非復人間意境"，又論姚雲文《紫萸香慢》"正如杜少陵所謂'顧視清高氣深穩'者矣"，諸論皆簡潔精確。詞話中另記粵東三子詞三闋、沛功題畫詞兩闋，友人賀無庵贈詞一闋、贈馮秋雪、趙連城夫婦題《冰籢讀書圖》詞一闋、贈馮印雪題《雲峰仙館圖》詞一闋，可助備考雪社成員交游情況。

　　心餘、容若之《蝶戀花》，各極其妙。心餘詞曰："雨雨風風愁不止，月下燈前，愁又從新起。天許有情人不死，不應更遣愁如此。暫時撇去仍來矣，才盡天涯，又到人心裏。我愛人愁愁愛汝，一人一箇愁相倚。"容若詞云："蕭瑟蘭成看老去，爲怕多情，不作憐花句。閣淚倚花愁不語,暗香飄盡知何處。　重到舊時明月路,袖口香寒,心比秋蓮苦。休説生生花裹住,惜花人去花無主。"其所謂筆舌互用也。心餘妙句,如"情一往,瀲瀲溶溶難比,恰似一江春水"。又"記前歲,同在京華懷爾,爾懷亦復相似"。又"料知音各有淚痕雙,誰先墮"。又"却怪影兒難拆,峭風前抛他獨自。料應偎倚,防人相妬,轉令歡相避"。又"捫胸臆,既相識如斯,不若休相識"。又"不如放眼向青天。立盡松陰,我與我周旋"。容若妙句,如"不恨天涯行役苦。袛恨西風,吹夢今成古"。又"一世疏狂應爲著,橫波,作箇鴛鴦清得麽"。又"塞鴻去矣,錦字何時寄。記得燈前佯忍淚,却問明朝行未"。又"緘書欲寄又還休。箇儂憔悴甚,禁得更添愁"。又"曾記年年三月病,而今病向深秋"。又"腸斷月明紅豆蔻。月似當時,人似當時否"。又"幾時相見,西窗剪燭,細把而今説"。又"不爲香桃憐瘦骨,怕容易減紅情"。皆別具一副詞筆。曲而能達,爲二公獨步也。

(以上見《詩聲》1919 年第 4 卷第 6 期)

《潛確類書》言衡州華光長老,以墨暈作梅花如影然。黃魯直觀之曰:如嫩寒春曉,在孤山水邊籬落間,但欠香耳。家漱庵畫意,仿雪湖道人,客歲用潑墨法寫梅,蓋雪中景也。余題《清平樂》云:"暗香含雨,黯黯雲逐住。幾箇放翁和幾樹,不辨沉沉何處。是梅是雪繽紛,非煙非霧氤氳。一樣龍賓驛使,伴伊萼綠黃昏。"漱庵令弟弼臣,亦善丹青,其畫《美人花間戲卧圖》,生趣天然,栩栩欲活。余題《菩薩蠻》云:"春人慵到扶難起,腰肢倦甚無人倚。贏得十分憨,紅顏花半憨。　鞦韆方弄罷,眠近酴醾架。綠縞縱如茵,嫌渠香未温。"余酷愛兩翁之畫,因録此二闋而并誌之。

咏田家要閒淡樸雅,咏漁家要灑脱飄逸。金完顔璹《漁父詞》云:"楊柳風前白板扉,荷花雨裹緑蓑衣。紅稻美,錦鱗肥,漁笛閒拈月下吹。"頗饒風致。及觀厲樊榭《漁家詞》云:"漁事多,奈漁何,漁心太平誰似我。春雨漁蓑,落日漁艖,漁舍水雲窩。約漁兄漁弟經過,聚漁兒漁女婆娑。漁竿連月浸,漁網帶煙拖。歌漁笛,定風波。"其風趣殆更過之。宋人郭振《宿漁家》詩云:"幾代生涯傍海涯,兩三間屋蓋蘆花。燈前笑說歸來夜,明月隨船送到家。"亦佳。

賀無庵寓澳門南灣時,學琴於李柏農,所習《雙鶴聽泉》一曲,每當夜靜,爲余一彈再鼓,風濤之聲與琴聲相贈答,恍置身塵世外也。余偶與無庵別,寄余以《菩薩蠻》云:"南灣日晚多風雨,抱琴獨坐無人語。君去幾時歸,懷君花正飛。　春山青欲墮,春水愁無那。昨日得君書,遠君雙鯉魚。"觀此詞,其志趣可想見矣。乃未幾,無庵遣返羊城,余亦南騧北轍,迄無定所,惜未能學琴於無庵,如無庵之學柏農也。

(以上見《詩聲》1919 年第 4 卷第 7 期)

清道咸間,粤東三子詩推重一時,而其倚聲則少流傳。譚康侯詞,尚未之見。若張南山、黄香石詞,偶見於名流筆記中,亦管豹耳。南山《海珠寺》之《滿江紅》云:"一水盈盈,似湧出蓬壺宫闕。遙望處紅牆掩映,碧天空闊。光接虎頭春浪遠,影翻驪夢秋雲熱。看人間天上兩團圞,江心月。　南北岸,帆牆列。花月夜,笙歌徹。願珠兒珠女,總無離別。鐵戟苔斑兵氣静,石幢燈暗經聲歇。試重尋忠簡讀書堂,英風烈。"香石《西江月》云:"屋角烏雲漬墨,檐前銀竹懸流。愁心滴碎幾時休,怕看遠山沈岫。　安得青天見月,但聞玉漏添籌。曉來花架莫凝眸,打落那邊紅豆。"又《憶仙姿》云:"銀漢迢迢清景,滿院露涼風冷。回憶别離時,又是隔年秋永。人静,人静,憑徧一欄花影。"香石素稱方嚴,而詞乃爾風韻。宋廣平賦梅花,不類其爲人,未足奇也。

重陽詞不少佳作,而以宋人姚雲文之《紫萸香慢》爲最佳。其詞云:"近重陽偏多風雨,絶憐此日暄明。問秋香濃未,待攜客、出西城。正自羈懷多感,怕荒臺高處,更不勝情。向尊前,又憶漉酒插花人。秪座上、已無老兵。　凄清,淺醉還醒,愁不肯、與詩評。記長楸走馬,雕弓笮柳,前事休評。紫萸一枝傳賜,夢誰到、漢家陵。盡烏紗便隨風去,要天知道,華髮如此星星,歌罷涕零。"若此等詞,正杜少陵所謂"顧視清高氣深穩"者矣。

秦少游在處州時,夢中成《好事近》一闋云:"山路雨添花,花動一山春色。行到小溪深處,有黄鸝千百。　飛雲當面化龍蛇,天矯掛空碧。醉臥古藤陰下，杳不知南北。"詞語頗奇，非復人間意境。後公南遷，久之北歸，逗遛於藤州光華寺，方醉起，以玉盂汲泉，欲飲，笑視之而化。自來慧業文人具有夙根，觀此詞益信。

（以上見《詩聲》1919年第4卷第8期）

宋人詞有風趣絕佳、雅俗共賞者。辛幼安塡《西江月·示兒》云："萬事雲煙忽過，百年蒲柳先衰。而今何事最相宜？宜醉宜游宜睡。　蚤已催科了納，更量出入收支。乃翁依舊管些兒，管竹管山管水。"又宋自遜，號壺山，塡《驀山溪·自述》云："壺山居士，未老心先懶。愛學道人家，辦竹几、蒲團茗碗。青山可買，小結屋三間，開一徑，俯清溪，修竹栽教滿。　客來便請，隨分家常飯。若肯小留連，更薄酒，三杯兩盞。吟詩度曲，風月任招呼，身外事，不關心，自有天公管。"陳眉山亦有詞云："背山臨水，門在松陰裏。茅屋數間而已，土泥牆窗糊紙。竹床木几，四面攤書史。若問主人誰姓，灌園者陳眉子。　不衫不履，短髮垂雙耳。携得釣竿笭箵，九寸鱸一尺鯉。菱香酒美，醉倒芙蓉底。旁有兒童大笑，喚先生看月起。"詞能似此明白如話，句句雅馴，更難於詩。

孫子瀟之夫人席浣雲，所居曰長真閣，閨房唱和，令人艷羨。馮秋雪與其夫人趙連城，讀書一室，顏曰冰籅，倩家漱庵繪《冰籅讀書圖》，囑余題詞。余倚《壽星明》云："冰籅主人，仙侶劉樊，時還讀書。看燈熒縹緗，雙行并坐，香添紅袖，滴露研朱。董氏書帷，孟光食案，月夕風晨酒熱初。南陔近，指杏花深巷，是子雲居。　今吾。自愛吾廬。愛吟社攤箋集庾徐。況塡篋叠奏，翩翩二陸。唱隨多暇，汲汲三餘。公子親調，佳人相問，一片清冷貯玉壺。閒掩卷，記當年雄武，攬轡登車。"觀此詞，則馮君唱隨之樂，何讓子瀟、浣雲耶？其令弟印雪，有《雲峰仙館圖》，亦漱庵所繪。余題《清平樂》云："溪山佳處，中有高人住。峰外白雲飛過去，閒煞兩行煙樹。　客來風月能談，知非捷徑終南。半點紅塵不到，螺青當户層嵐。"

（以上見《詩聲》1920年第4卷第10期）

紅葉山房詞話

霜　蟬　撰

　　載於《民覺》一九二〇年第一卷第一期，共十九則。作者署名"霜蟬"，應係民國詞人蔡突靈筆名。蔡突靈（一八八二——一九四九），後改名復靈，字少黃、少鈞，號尋芳倦客，江西宜豐人，同盟會元老，南社社員。一九〇二年肄業於江西武備學堂。次年在家鄉創辦我群社，開辦工廠、商店。一九〇四年參與創立革命團體易知社。積極參加辛亥革命和討袁鬥爭，歷任贛軍副都督、瑞州革命軍都督、江西都督府教育司次長等職。通經史，善樂律，著有《四書集聯》《變風遺操》《霜蟬詩稿》《苦主詞稿》《不平鳴》等。

　　《紅葉山房詞話》係蔡氏爲評述、注釋自作《啼紅詞稿》所著。其詞內容上多指涉護法運動前後國民政府內部黑幕與鬥爭，形式上則多用回文與叠字。

　　吾友尋芳倦客，盡瘁國家，熱心社會，歷遭失敗，備極慘酷。而其志潔行廉，泥而不滓，所作詩餘，妙精律呂，咏嘆淫液，一往情深。其稱文小而其指極大，舉類邇而見義遠，楚些遺風，於今復振。人僅賞其含英咀華，披風抹月，而未解詞客哀時之旨。茲將抄列數作，附以説明，然後知傷心人別有懷抱也。

　　己未所作《高陽臺·憾事》一闋云："爐獸沈香，鏡鸞銷玉，簾櫳不耐春陰。薄晚歸鴻，流丹郤認斜曛。畫梁鸚鵡言猶在，向何人訴與殷勤。擲黃金，懶倩圖工，慢賦長門。　　仙緣歷盡閒愁苦，又花殘月缺,酒冷燈昏。一枕高唐,覺來雲雨無痕。從今休憶江南樂,任天涯絮果蘭因。斂芳魂,願化東風,莫化纖塵。"(一)(此數目記號指第幾韻,餘準此)猶北風雨雪之意,以比國家危亂,而氣象愁慘也。(二)春陰巨耐,渴望晴天而不可得,以見彼近黃昏之斜陽爲幸,詎非斜陽,乃流霞之餘焰耳。癡想之極,曲盡其致,以喻吾人希望武人護法,不知其實假名遂欲。(三)人民不能爲代議機關之後盾,反責其不行使職權。(四)(五)夤緣求媚於虜廷以圖私利者,實繁有徒,而君嚴絕之。(六)換頭追敘艱難締造之苦。(七)數載共和,付與槐安一夢。(八)當時紛紛主張南京制憲,君持反對,雖至解散,亦所弗恤。(九)(十)固定精神,決不同流合污,枉己徇人。觀其意緒重重,鋪敘井井,不以富麗取妍,而自然流利,投荒念亂,往復低徊,好色不淫,怨悱不亂,擷風挹雅,其庶幾乎?一結有拔山之力,蓋世之氣,而無撫劍裂眥之態。纏綿懇摯,餘韻悠然,尤耐尋味。詞至此境,洵神化也。

《虞美人·己未花朝》云:"自隨征雁南來後,江上西風瘦。年時花事太匆匆,一任韶光冉冉又西風。　今年花事何如也,卜簡東風卦。沈香亭北待繁華,遮莫來年依舊阻天涯。"自相從中山護法以來,迂徊曲折。以四換頭而道盡過去、現在、未來四年間事,作短調而峰巒層叠,波浪騰湧,大氣盤旋,得未曾有。其言也約而博,簡而該,譬而喻,且逆料到次年花朝,亦復如是。人咸謂護法結果,必不至此,以爲詩人浮誇是其常態,今此遷延之役,庚申花朝,餘幾日矣。三復此詞,可堪浩嘆。

《祝英臺近·己未春感》云:"杏花殘,芳意悄,小院東風老。無那流鶯,喚起懵騰覺。謝仙陌上依依,多情楊柳,放青眼親人如笑。　休憑眺。忙了蝶使蜂媒,趁把餘香醮。燕燕飛飛,飛到幾時了。年年寒食江南,舊時草色,慣惹得羈愁盈抱。"(一)(二)刺護法當局之萎靡。(三)鄰邦提出警告。(四)主張合法和平各團體(五)(六)鑽營趨赴和會諸人員,君曾通電反對。(七)奔走呼號於滬瀆者。永叔"庭院深深深幾許"之句,人皆愛之。君之"燕燕飛飛飛到幾時了",字法、句法、情致,無不酷肖。(八)刺長江某滑督。

此詞臚舉事實，寓以褒貶，可謂詞史。人方渴望和議快成，君殊否認，輕輕以"幾時了"三字斷定之。而"年年"、"慣"等字，皆有作意。今又重施設置仲裁於寧之倡議，賜不幸而言中，是使賜多言者也。吾於此詞亦云。

《青玉案》咏緑陰云："東風過盡江南路，草草又春歸去。暗柳黄鸝聲不住。枇杷巷迥，芭蕉鹵冷，舊夢無尋處。　千紅萬紫渾無據。斷送芳華是誰主。翠幕重重深幾許。晝長人倦，黄昏庭院，點破蒼苔雨。"上闋極寫疲靡不振，無正大强固之主張。下闋莊嚴神聖之國會，黑幕中竟有犧牲之陰謀，其條件紊亂不堪。（四）（五）（八）（九）换韻創格。

《醉花陰·感事》云："韶華消邵情深淺，直恁朱顏變。鷹眼待清明，深院誰家，欲把春光占。　匆匆一度尋芳宴，莫又笙歌散。歸騎倚吹鞭，悶殺東風，遍染垂楊岸。"（一）（二）事勢日非，内部感情益惡，態度漸變。（三）乘機伺隙，欲實行其包賣政策。（四）（五）遷延之役，有涣散之虞。（六）各路援軍盡撤，虜庭從容局部運動。

《虞美人》迴文一闋，不過施其餘才小技，發爲游戲之作。然試一尋味，其一片感事傷時之情，自然流露滿紙。至性如此，豈尋常雕蟲刻鵠者可比耶？文云："年華訴與誰辛苦，遍歷鹹酸趣。緑肥紅瘦怨殘春，甚説看花閒事也勞神。　南天問訊新來燕，極目煩愁遣。遠山流水思悠悠，日落翠蕪平處倚高樓。""樓高倚處平蕪翠，落日悠悠思。水流山遠遣愁煩，目極燕來新訊問天南。　神勞也事閒花看，説甚春殘怨。瘦紅肥緑趣酸鹹，歷遍苦辛誰與訴華年。"詩之迴文，句同字數，故易。詞則長短不齊，每闋自起一字至末，連屬不斷，故難。此作一氣貫注，渾無接痕而又得自由發雄性靈之妙，殊屬罕觀。

如上所舉，尚屬短調，且前後闋字數相等，可分作兩部爲之。若爲長調，而前後闋又有多寡之不同。自起一字延亙連綴，累百餘字，直貫至全首之終者，尤難回。《蘇武慢》云："暗柳嗔鶯，慘紅驚蝶，永晝晴闌倚倦。微酣新酒，薄酹閒花，餘香凝味清淺。風動簾波，翠紋横叠，輕悄静陰庭院。小窗幽，短夢重（平）温屏枕，愁春黯黯。　自笑枉怨斷歌殘,剩長懷忘(去)了,去來華序換。滄桑祇怕,綠鬢添絲,幾曾濃興游散。雲外樓空,城西江曲,到處平蕪青眼。望沈沈日盡,迥天寥碧,山重水遠。""遠水重山,碧寥天迥,盡日沈沈放眼。青蕪平處,到曲江西,城空樓外雲散。游興濃曾,幾絲添鬢綠,怕祇桑滄換。序華來去了,忘(平)懷長剩,殘歌斷怨。

枉笑自黯黯春愁,枕屏溫重(去),夢短幽窗小院。庭陰静悄,輕叠橫紋,翠波簾動風淺。清味凝香,餘花閒酹,薄酒新酣微倦。倚闌晴晝永,蝶驚紅慘,鶯嗔柳暗。"累累乎如貫珠,此之謂矣。

君迴文詞,尚有一首回作兩調者。《人月圓》云:"屏山掩映翠嵐淺,春色暝高樓。輕寒晚散,雲鳥游倦,罷舞休休。　橫塘水秀,軟風萍碎,瘦柳煙浮。笙調玉筍,嫩聲新起,静院悠悠。"《秋波媚》云:"悠悠院静起新聲,嫩筍玉調笙。浮煙柳瘦,碎萍風軟,秀水橫塘。　休休舞罷倦游鳥,雲散晚寒輕。樓高暝色,春淺嵐翠,映掩山屏。"兩詞互迴,各自成調,極有味也。

其逐句迴者,《子夜》二首。文云:"細塵香軟閒花碎,碎花閒軟香塵細。紗碧護鈿車,車鈿護碧紗。　綠波隨岸曲,曲岸隨波綠。鬢翠擁眉山,山眉擁翠鬢。""醉眠重眠香羅綺,綺羅香眠重眠醉。煙莫鎖深寒,寒深鎖莫煙。　斷腸愁夢遠,遠夢愁腸斷。潮落晚天寥,寥天晚落潮。"又二首:"亂雲橫叠重山晚,晚山重叠橫雲亂。遙路客魂銷,銷魂客路遙。　雁回驚夢斷,斷夢驚回雁。殘月悵天南,南天悵月殘。""暗燈寒悄空庭晚,晚庭空悄寒燈暗。長恨鎖眉雙,雙眉鎖恨長。　笑啼隨事好,好事隨啼笑。難處過秋三,三秋過處難。"

又調名《瑞鷓鴣》者,即七言律。有句云:"紅萼一枝春帶雨,碧蕪平野莫連天。""紅飛滿苑空啼鳥,綠軟垂楊瘦倚人。"皆迴文之工致者,餘不備錄。

山谷"萬事休休休莫莫"爲詞中複字之最精者。李易安創三叠韻六雙聲,千古詞宗,不可無一,不可有二。非雙聲叠韻之不可用,用之者不可強效施顰,適增鄰醜也。馮煦"花花葉葉雙雙";項鴻祚秋聲詞"冷冷暗起,淅淅漸緊,蕭蕭忽住";余淑柔"檐雨溜風鈴,滴滴丁丁"。君謂馮詞以"雙雙"形容花葉,如此使用複字,倣古生新;謂項詞複字形容,妙有層次;謂余詞承上雨鈴,用四雙聲二叠韻,以形容其音,巧無痕迹,別覺生色。可知使用複字,自有方法,正不必專以勦襲爲事也。乃喬夢符"鶯鶯燕燕,春春花花,柳柳真真,事事風風韻韻,停停當當人人",譽之者謂此等句亦從李易安"尋尋覓覓"得來。口口口《滿庭芳》全首複字"……望望山山水水……"譽之者謂易安不得擅美於前。夫二氏者,拚命勦襲,癡笨欲死,不揣譾陋,反欲逸古賢而上之,誠不復知人間有羞恥事。季氏舞八佾,是而可忍,孰不可忍。彼嗜痂嘗糞者,更不足道矣。君嘗讀至此,輒拋卷而起曰:"何何物物,儉儉父父,唐唐突突,西西施施。"其深絶而痛惡之如此。君所作《長想思》云:"風淒其,雨淒其,風風雨雨過城西。鳥鳥城上啼。　草離離,黍離離。勞勞亭畔燕飛飛,勞人歸未歸。"多使複字,加以變幻調節,遂不覺其笨伯。前"燕燕飛飛到幾時了"句亦佳。

　　《高陽臺》自序云:"國初鋭霆弟威鎮湖口,幼襄自武昌遣使,來修同姓兄弟之好,協以備袁。癸丑敗後,各自出亡,生平曾未一謀面也。弟就義後,幼襄同仇之念益切。詎今出師未捷,而身被害,視彼蒼蒼,空書咄咄。嗟予馬齒,自慚後死,臨風灑淚,莫知所云。"詞云:"目斷鴻飛,心傷鶴唳,夕陽無限江山。哀角蒼茫,風煙萬里荒寒。龍城飛將今何在,任強胡馬度秦關。動渺然,楚客相思,痛切南冠。　中原大事還堪問,但死生骨肉,相繼摧殘。一世參商,將星又隕南天。冤魂誰倩招清些,夢悠悠天上人間。剩重泉,細數生平,遺恨綿綿。"君與蔡公濟民,素無一面,不過彼此知名而已。第以兄弟同志關係,以其所愛,及其所愛,至情高誼,楚楚動人,晚近有此,可以風矣。論其文詞,一字一淚,可哀可怨,悲懷鬱結,仿佛屈宋,一結於無可奈何之際,反爲死者設身處地,尤令人難以爲情。吾每讀一回,輒復掩卷,心爲之酸,欷歔曾不自禁。聲音之道,感人深也。

　　《清明謁黃花二望兩岡》《醉吟商》二闋:"十里芳塵,寶馬香車無數,行人來去。　靈鶴歸何處,望斷白楊煙樹,斜照無語。""剩水殘山,迸入東風淚眼,忠魂吊遍。　　空把牧兒喚,問杏花村不見,綠蕪平遠。"寥寥數筆,將情、景、致全行寫出,綽有餘地,不見其率而。《丁巳秋過黃花岡》《惜秋華》長調一闋:"莽莽荒原,有神鴉隱隱,隨人來去。亂冢蕭蕭,任慘風淒雨。珠江脈脈東流,浪淘盡英雄千古。傷心問,斷螢衰草,幾番秋莫。　　事業如塵土,者匆匆一夢,國魂無據。贏得人民城郭,鶴歸何處。可堪北望燕雲,更百粵關山誰主。延佇,黯銷魂夕陽無語。"大氣鬱勃,鋪敍有序,與前作長短詳略,舉適其宜。(一)(二)因彼時尚未加修緝,故有銅駝荊棘之感。時北庭毀法,粵史又不贊成護法,故下半闋慨乎言之。黃花岡為建國歷史重地,遷客騷人,題咏極多,而詞最少,且無甚佳者。歷誦各作,輒歎觀止。

君嘗就診於廣州杏林醫院,其醫妥娘悅之,殷勤半載,要君棄其舊以與己。君弗允,妥娘怨望,君遂絕之。後過其處,則室邇人遠矣。為自譜《舊院》一闋云:"玉驄曾繫處,朱戶塵迷,翠衣人遠。小徑苔荒,杏花幾度開遍。回首妝臺何處,祇綠滿窗前。犀簾誰卷,語軟殷勤。多情算有,舊巢雙燕。　　杜郎俊賞,揚州一夢,覺來游興都懶。屢愁年光萬重,芳思零亂。贏得天涯冷落,商婦琵琶,向人依黯。枉教儂感時撫景,臨風浩嘆。"對景傷情,不勝前度劉郎、重來崔護之感。

《題許乙仙運甓齋詩集》《探春慢》云:"踏雪行吟,尋芳載酒,一襟幽思如許。錦纜盟鷗,金堂客燕,回首南州舊侶。漫數興亡迹,總銷向五陵風雨。征鞍十載歸來,人天影事無據。　　江左夷吾何處,但阮屐看山,謝棋賭墅。匣裏青龍,鏡邊華髮,三十功名塵土。無恙秦淮月,祇望眼關河非故。倦倚危闌,子規啼遍煙樹。"君與許有師生之誼,辛亥起義,皆有光復之勞。癸丑失敗出走後,嘗陪酒放歌於逆旅。今同護法於廣州,慨談身世,無限牢愁。故其大處發揮,慷慨淋漓,不落尋常題詞窠臼。

《病中所作》《渡江雲》云:"乍輕寒又暖,才醒還倦,天氣苦愁人。早嫣紅散盡,侵曉鶯啼處,亂碧濃陰。夢中夜雨,惜殘英猶自傷神。算輸與山公解事,慰問忒殷勤。　　沈沈。蠻歌隔院,竟日騰喧,惱羇懷陣陣。渾不管吳鈎潛焰,湘瑟封塵。從今莫問東風訊,倩柔荑爲整紅衾。拚醉了,胡床漫倚枯吟。"(一)病中情狀。(二)(三)感物傷時,惓懷大局,纏綿如許。(四)君有小猿,名克定,性聰慧。見君未下床,據窗呼嚕,聲極淒惋。(八)(九)此時決意不聞世事,專心靜養,奈情不可遏,乃藉醉鄉以自頽放,丹忱熱血,不能慰心之甚也。

《己未五日》《碧牡丹》云:"灑遍悲秋淚,勞倦傷春思。節序催人,又早趁炎天氣。榴火槐金,各自争華美,殉春誰念桃李。渾情起,夢擾蜩螗沸。游聰陌頭如水。艾虎龍舟,漫付尋常嬉戲。記否靈均,遺恨湘蘭佩,騷魂何日歸祇。"(四)(五)競攘私利,護法損軀,諸先烈則忘之。(六)(七)(八)(九)大局紊亂,竟如兒戲。(十)(十一)帶動零陵舊事。

《追悼援閩粵軍陣亡將士》《臨江仙》云:"半壁殘棋誰主,百年幽情填胸。數奇李廣未侯封。權奸排異己,重地陷英雄。　南渡君臣輕社稷,諸公齊恨何窮。黃龍痛飲又成空。岳軍方效死,秦檜竟和戎。"競存司令戡定南閩,功高勞苦,忌之者絕其軍械,斷其餉源。又利用所號稱民軍之土匪。塞其後路,以制止攻閩,爲媾和之密件。此作侃侃而談,公道難泯。

林子超以美人憑石依桐畫幅徵詞,即所見以起興,爲作《蝶戀花》云:"南國佳人幽谷裏。有所思兮,城北徐公美。薄倖不來腸斷矣,望夫石上長凝睇。　采采春萱言樹背。欲待忘憂,可奈心如醉。一點情癡何處寄,鉛華淚托秋桐洗。"(一)指某要人。(二)指虞酋。(三)(四)媾和中心移向武鳴,某大失望。(五)呼其名。(六)(七)其代表章某,爲暗通密款。此詞恰有其人,恰有其畫。傳神耶?寫照耶?何物詞人,具此魔力?燃犀一照,遂令方良無所遁形,奇文奇事。

詞　話

佚　名撰

　　載於一九二〇年《中國實業新報》第七期。原文未署作者姓名。
　　該詞話應係報刊補白，抄錄友人及自作詞三闋，對栩園陳蝶仙《蝶戀花》詞頗多溢美。

　　填詞一道足覘文人之馴靜温雅，頗有吐句如絲、吹氣如蘭之慨。即擬之以織錦刺繡之細工，終難喻其縝緻也。稍刻畫即欠流麗，稍放逸即欠細膩。絶似風前舞蹈，低徊審慎，其惜粉留香之態，深恐被飛絮流絲之孟浪，以觸碎其纖弱之芳魂也。余讀栩園先生詞稿，内有《蝶戀花》一曲，係戲演之盛君周拜花語，措辭諧而莊，流麗不落纖巧，詞令之殷勤款懇，勝於古風《飲馬長城窟》之情致纏綿也。謹錄如下云："如水交情儂與汝。不見相思，見了無言語。一歲相逢能幾度，那堪又向天涯去。　屈指郵程逢一五。天雁河魚，來往休耽誤。問道見書如見我，翻因遠別能常晤。"又清可軒詞亦清麗可人，錄如下："六角房櫳花四面。鏡樣玻璃，拂拭無塵點。小婢開簾見笑臉，風前放入雙雙燕。　露井宫桃開已遍，幾箇春寒，顔色些兒變。屏角迷藏人不見，麝香偷出紗窗眼。"均在落腳一句傳出神韻。余有首夏即景之《蝶戀花》一詞，覺口占時并未費力，故錄之："竹褪新篁憐瘦小。門外飛花，門裏香風裊。説與東風渾不曉，落紅滿地無人掃。　愁裏韶光容易老。夢覺添愁，醒覺愁多少。半枕閒情誰教惱，緑蔭深處啼黄鳥。"

詞　論

野　鶴撰

　　刊於《禮拜花》一九二一年第一期，原題名《讀書雜記·詞論之部》，共計三十七則。作者署名"野鶴"。作者聞野鶴，其簡介詳見前《怲簃詞話》。該詞話原題下附註"丁巳舊著"，可推知作於一九一七年，考其內容，與《怲簃詞話》有重合之處。
　　《詞論》行文零碎散漫，而內容涵蓋廣泛。如論學詞門徑，則曰"稼軒詞與定盦詩相似，不能學"，或曰"學夢窗者，往往覺通身熱汗"；論詞句沿襲，則曰"詩家好剽竊古人，詞則尤甚"，或曰"大抵竊者詞意尖露，易於見賞，若緘蘊工失，斷斷不及"；論詞人詞風，則曰"小山、永叔，在文中似建安七子"，或曰"白石清遠高妙，第不能當一'深'字"，或曰"詞中美成，大似詩中工部"。該詞論中較有特色的，一是以"境界"、"氣象"論詞，批評柳永"境界較狹，氣象較淒"，史達祖"終恨太小"，褒揚稼軒"工在境界"、後主"備諸氣象"；二是重視詞中虛字的作用，提出"虛字一字移不得，則脈絡必緊，層次必齊"，強調"暗"字等虛字"亦不盡無干係，此中最有分際"。

　　古今詞學概分兩宗，而皆以太白爲祖。其一如《菩薩蠻》之"暝色入高樓，有人樓上愁"，花間諸子，皆學此種。降而至永叔、淮海、小山，支別漸繁，而後來之梅溪、草窗、夢窗等屬焉。其一如《憶秦娥》之"西風殘照，漢家陵闕"，堂廡廣大，李重光頗近之，降而至東坡、稼軒、改之，則專以奔放爲能矣。唯美成、白石，互有出入。

詞至美成，可謂一大段落。

小山、永叔，在文中似建安七子，仆最愛之。

北宋水流花開，南宋剪綵爲花，遂有天機、人事之別。

詞中虛字，初學似可以湊長補短，隨意出入，實則虛字亦不盡無干係，此中最有分際。如"暗"字，端己之"柳暗魏王堤"，少游之"無奈歸心，暗隨流水到天涯"，自是神妙。白石之"暗憶江南江北"，已極無聊。公瑾之"短歌永、瓊壺暗缺"，則敷衍可厭。

詩家好剽古人，詞則尤甚。李重光"離恨却如春草，更行更遠還生"，六一竊之爲"春愁漸遠漸無窮，迢迢不斷如春水"，少游竊之爲"倚危亭，恨如芳草，萋萋剗盡還生"，咸相距不遠離此者正多。若正中之"雙燕歸來畫閣中"，永叔竊之爲"雙燕歸來細雨中"，則似直錄矣。

屯田之"霜風淒緊，關河冷落，殘照當樓"，胎太白之"西風殘照，漢家陵闕"，特境界較狹，氣象較淒。

稼軒頗多壯語，最工者爲"易水蕭蕭西風冷，滿座衣冠如雪"，別有悲慨界激之致。次則"千騎弓刀，揮霍遮前後"，十分壯傑。若"氣吞萬里如虎"，則便有獷氣。故知工在境界，決不能落痕跡中。（"氣"字、"吞"字均痕跡也。）

皋文曰："飛卿深美閎約。"介存稱之。近人王國維曰："四字唯正中克當"。劉融齋謂："飛卿精艷絕人。"差近之。

稼軒詞與定盦詩相似，不能學。

詞致悲壯，辛勝於蘇；氣格超妙，蘇勝於辛。

少游之"柳下桃蹊，亂分春色到人家"，疑自唐人"春色滿園關不住"竊來。

虛字一字移不得，則脈絡必緊，層次必齊。

介存曰"白石詩詞入法"，此語大確。白石清妙高遠，第不能當一"深"字。

東坡《楊花》"似花還似非花，也無人惜從教墜"，皋文改爲"盡飄零盡了，誰人解當花看"，似後來居上。大抵竊者詞意尖露，易於見賞，若緘蘊工失，斷斷不及。

梦窗之"黄蜂频扑鞦韆索,有时纖手香凝",癡極,與清照之"唯有樓前流水,應念我終日凝眸"相似,都不正當。

梅魂曰:"近人詞轉折脈絡,完全呈露,一看便了。"

"秦宮"、"漢苑"、"玉殿"、"金堂",中仙多用此種字,所謂有故國之思也。近人填塞滿紙,便覺可厭。

北宋人拙直處,今人萬萬不能及。南宋則但有巧密,衹須心思,可以躋至。

學夢窗者,往往覺通身熱汗。

白石《長亭怨慢》"韋郎去也,怎忘得玉環分付。第一是早早歸來,怕紅萼無人爲主",惆悵宛轉,窮極情致。然此等處似開後來"香銷酒醒"等纖惡一派。近人周星譽昀叔,亦是此種。

黄人謂"夢窗於空際轉身",此語至今不解。

梅溪《雙雙燕》,描寫盡致,終恨太小。

"細雨魚兒出,微風燕子斜",詩語也。"落花人獨立,微雨燕雙飛",便是詞語,此未可言傳也。

君特《風入松》"聽風聽雨過清明"、玉田《甘州》"玉關踏雪事清游"音響甚佳,白石不能有此。

介存言"白石用詩法",余謂白石用字亦多詩眼。

詞有關國家大局者,屯田之"三秋桂子,十里荷花"是也;有關一生遭際者,東坡之"瓊樓玉宇,高處不勝寒"是也。

人言美成好翻詩意成詞,僕意不第僅翻其意而已。如東坡《東府雨中別子由》詩"庭下梧桐樹,三年三見汝"云云,美成《花犯》之"粉牆低梅花照眼,依然舊風味",一吹一唱,無不盡合。

人言南渡復稍具典型者爲白石。僕曰:"稼軒爲近。"

詞旨悲壯,氣象淒厲,大半是吊古、望遠文章。須知古人遠景都無係屬,衹爭吊者、望者是何等人物,便具何等氣象。稼軒之"吳鉤看了,闌干拍徧,無人會、登臨意"以及"目斷秋宵落雁,醉來時響空弦",自然鬱勃,若"斜陽草樹,尋常巷陌,人道寄奴曾住",則平平矣。

後主詞備諸氣象。"子規啼月小樓西",極幽艷之致。"春殿嬪娥魚貫列",極皇麗之致。"黄昏人倚閒",極惆悵之致。"夢裏不知身是客",極哀痛之致。"人生長恨水長東",極昂闊之致。若"離恨却如春草,更行更遠還生"以及"一江春水向東流",尚是下乘。

美成《滿庭芳》"年年如社燕"云云,白石似學此種。

玉田最是清徹,然渾嫻不如片玉,雋秀不如白石,恐是天分不高,抑亦時代爲之也。

介存謂"少游多庸格",恐未是。馮夢華謂爲"古之傷心人","淡語皆有味,淺語皆有致",則得之矣。

玉田《詞源》,最右白石,至謂效《片玉》易失軟媚,恐是一家之言。

求詞於北宋,耆卿終不能廢,人謂其"淫冶",介存謂其"森秀",恐猶是表面之談。大抵寄思太廣,落筆太易,則是大累。

詞中美成,大似詩中工部,雖爲開來之聖,而繼往之功便不足。介存曰"美成沈著拗怒","拗怒"固亦詩中一大境界也。

雙十書屋詞話

忍　庵　撰

　　載於一九二一年《國慶紀念特刊》第四十五、一百二十一頁，署名忍庵。該刊物是無錫商團公會和無錫救火聯合會爲慶祝中華民國十周年國慶所印發的特刊，主要登載紀念文章、詩歌、小説、祝詞等。作者唐忍庵，生卒年不詳，原名唐奇，字忍庵(菴)，室名懷素閣，江蘇太倉人，南社、同南社社員。曾主編《月月》(無錫)月刊。著有《雙十書屋詩話》《雙十書屋詞話》《懷素閣筆記》《沙門嬌客》等，在《快活》《東方朔》《小説時報》《世界畫報》《婦女旬刊》等刊物上發表了大量小説、詩詞和雜文。

　　該詞話共二則，記錄南社社友汪蘭皋(文溥)悼念黄花崗七十二烈士《念奴嬌》詞兩闋，係報刊補白性質。

　　同社汪蘭皋吊廣州死事七十二烈士詞，其二曰："英雄寧死，要河山，還我當年之物。一十二旬，軍再起，取次功成赤壁。灑酒靈旗，椎牛銅像，白者衣冠雪。招魂來下，故人多少豪傑。　　滿眼流水華輪，游龍駿馬，意氣風雲發。整頓乾坤，餘子在，往事空譚興滅。化鶴歸來，尉佗城畔，山縷青於髮。傷心憑吊，珠江獨酹明月。"

　　國慶詩詞以元年度爲最多。武進汪蘭皋吊廣州死事七十二烈士詞(調寄《大江東去》)曰："幾抔荒土，化萇弘，碧血此中何物。風馬雲車，來往處，閃閃青燐石壁。博浪沙前，田橫局外，暴骨皚皚雪。黃花開落,鬼雄還是人傑?　　回想電掣雷轟,犁庭掃穴,叱咤暗鳴發。大懸高牙,靈眼底,拉朽摧枯齊滅。天妬奇功,問天不語,怒指衝冠髮。毋忘在莒,年年記取今月。"

卧廬詞話

周曾錦 撰

載於一九二一年《香草詞》附《卧廬詞話》本。周曾錦（一八八二——一九二一），字晉琦，一字晉者，號卧廬，江蘇通州人。光緒三十二年（一九〇六）優貢，曾與里中諸子結大鏞詩社，工弈，精篆刻。著有《藏天室詩》，詞有《香草詞》一卷。

《卧廬詞話》主要評述宋、清以及有交往的近代詞家，因詞繫事，偶加評論。論文推崇蔣春霖、杜文瀾，微抑柳永、吳文英。評屯田詞格卑下，云："大率前遍鋪叙景物，或寫羈旅行役，後遍則追憶舊歡，傷離惜別，幾於千篇一律，絕少變換，不能自脫窠臼。"論夢窗雕琢傷氣，曰："夢窗雕琢太過，致多晦澀，實是一病，固不必曲爲之諱也。"皆屬能立己見，不隨人後。《續修四庫全書總目提要》評《卧廬詞話》"耳食者多，全無心得，可知其工力尚淺也"，恐屬苛評。

昔譚仲修謂蔣鹿潭，咸豐兵事，天挺此才，爲倚聲家老杜。斯言當矣。與蔣同時唱和而工力悉敵者，有秀水杜小舫（文瀾）。其《采香詞》二卷八十二首，幾於首首可傳，不能選錄。但錄其與蔣贈答者三闋。《憶舊游·與蔣鹿潭話黃鶴樓舊游》云："記波涵紫堞，霧冪丹梯，頻展吟眸。念爾南冠久，問江城玉笛，曾聽吹否。去塵頓如黃鶴，萍跡話浮鷗。自戰鼓西來，楚歌不競，望斷空樓。前游。漫回首，便十里春風，何處揚州。燐火迷荒岸，任雕搜金粉，都付滄流。素絲暗尋霜色，詞客病工愁。怕賦冷晴川，萋萋草碧鸚鵡洲。"《三姝媚·贈蔣鹿潭》云:"空憐歸去好。聽千山啼鵑,淚痕多少。沽酒瓶空,算袖中、還剩散花舊稿。逝水年華,判斷送、斜陽芳草。憔悴訴知,紅豆愁抛,玉龍悲嘯。　誰勸春明頻到。更氣壓雲虹,意輕飛鳥。典却貂裘,墮蒼茫塵海,芰衣秋老。愛作詞人,詩繡出、餐霞函抱。還怕黃粱邀夢,炊香未了。"《無悶·鹿潭病店譜此以代七發》云:"長劍當年,敲研討會唾壺,豪氣都無千古。便黯淡青衫壯懷如故。酒醒偏憐短鬢,漸鏡裏、霜痕驚秋絮。家山何在,杜鵑喚作,不如歸去。　遲暮。尚羈旅。又憑廑人孤,病愁爭主。漫證破情禪,藥爐茶杵。我有新筍遲爾,且醉聽、檀槽歌金縷。更没咏、却虐花卿,舊日草堂詩句。"讀蔣、杜二公之詞,覺白石、梅溪,去今未遠。天挺二老於咸同之際,亦詞界之中興也。

　　張子野詞"雲破月來花弄影","嬌柔懶起,簾壓卷花影","柳徑無人,墮飛絮無影",人因目之爲"張三影"。余按:子野詞又有句云:"隔牆送過秋千影。"又云:"中庭月色正清明,無數楊花過無影。"又詩句云:"浮萍破處見山影。"語并精妙,然則不止三影也。此公專好繪影,亦是一癖。又按:"柳徑無人"二句,子野詞集作"柔柳搖搖,墮輕絮無影"。

　　魏伯子(際瑞),本不以詩詞名家,其詞不衫不履,然頗有俊快之筆。《蝶戀花》云:"妾本城南楊淑女,小字留姑,自小南門住。門對桃花三四樹,春風日日花叢住。　那日門前曾一過,郎自多情,特地回頭覷。妾本無情仍未許,等閒花裏窺郎去。"又:"獨立蒼苔東望久,明月黃昏,恰上西園柳。幾陣宮雅歸去後,碧天雲樹空搔首。　漫說破愁須是酒,影落深杯,越看成清瘦。淚迸銀盤如散豆,翠微峰上人知否。"又:"年少風流人第六,小扇新詞,字字蠅頭綠。扇手一時同似玉,玉人何必何平叔。　我欲爲君歌一曲,我唱君酬,歌斷心相續。但願無情無眷屬,無愁無恨無孤獨。"數詞小時誦之,至今不忘。又,《滿庭芳》云:"去去來來,孤孤另另,凄凄冷冷清清。年年歲歲,苦苦苦營營。日日時時刻刻,心心念、念念卿卿。昏昏睡、睡殘殘夢,夢影影盈盈。　春春春寂寂,山山水水,叠叠層層。對雙雙對對,燕燕鶯鶯。處處愁愁悶悶,行行住、住住行行。懨懨病,病中中酒,酒醒醒惺惺。"雖曰戲筆,叠字至此,亦未易也。

吾邑李漁衫先生(懿曾),博學能文,著作極富,其《扶海樓詩集》典贍風華,卓然名家。至於倚聲,非所措意,然《藕葉詞》二卷,不乏鴻篇麗製,亦可謂出其餘技,足了十人者矣。《滿江紅·有感》云:"淚灑秋衫詞,都衹爲、有人憐我。他説是,裁雲鏤月,肝腸繡作。結綠未邀和氏賞,陽春却少他人和。嘆十年、風雨小窗寒,空燈火。　柯亭竹,休愁挫。齊門瑟,休嗟左。任英雄落魄,牛衣馬磨。青眼偏從紅粉出,驪珠解用鮫綃裹。等平生、知己得昭容,消愁可。"《長相思》云:"怕閒行。又閒行。野渡荒煙一雁聲。釣船依舊橫。　水盈盈。淚盈盈。莫辨離人一段情。柳梢斜月明。"《浣溪沙》云:"驀地相逢油壁車,夕陽流水板橋斜,笑聲飛出幾盤鴉。　新綠眉棱裁柳葉,小紅門扇掩琵琶,粉牆轉過是天涯。"《望江南》云:"江南好,山水擅神州。絕壁鬱盤龍虎勢,大江流盡古今愁。滿目荻花秋。"又云:"江南好,風景記重來。沽酒夜尋桃葉渡,品泉晝上寸花臺。詩句袖中裁。"

勒少仲(方錡)《槱洲詞》二卷,清麗有餘,新警不足。惟"綺羅叢裹,拏酒説功名"二語,未經人道。其他如"落紅萬點圍歌舫,春水多情不肯流"。又,"吹得雨聲寒,雁聲空外酸"。又,"正是客愁深處,一燈紅得無情"。又,"山外江流江外山,春雲迷故關"。又,"天涯目斷平蕪,斜陽淡照棲烏。輸與寒磯釣叟,眼前忘得江湖。"又,"葉打疏窗絡緯啼,燈殘秋夢迷"。又,"多謝秋蟲,會得人心苦。燈殘醋衹蚓,更無頭緒。替我模糊訴"。均恰到好處,惜如此者不多耳。

柳耆卿詞,大率前遍鋪叙景物,或寫羈旅行役,後遍則追憶舊歡,傷離惜別,幾於千篇一律,絕少變換,不能自脱窠臼。詞格之卑,正不徒雜以鄙俚已也。

吴丈少山(毓沈),如皋老名士也。工書法,瘦硬通神。居白蒲鎮,予嘗訪之,時年八十,兩耳皆聾。手寫一詞示予,《題縫窮婦圖》云:"布抹飛蓬首,小市提筐走。問渠何不住深閨,否否否。短線零針,亂絲敗絮,藉茲糊口。儂亦途窮久,羞露襟邊肘。思量何物付卿卿,有有有。白袷衫殘,黑貂裘敝,敢煩纖手。"《醉春風》調。

吾邑李他山先生(進瑄),文名震一時,所著《萬花齋集》,不乞人序,自題《滿江紅》"自笑"、"自哭"二闋於簡端。《自笑》云:"心血無多,怎暮暮朝朝嘔得。我不惜、也無人惜,算來那値。筆管墨枯頭已禿,屋梁月落愁俱黑。料將來、都入廢書堆,真何益。　原不獻,荊山璧。原不想,天鵝食。但狂歌起舞,壯懷誰識。掉臂肯隨人步武,搜腸愛闢吾阡陌。定千秋、自作自吟哦,消岑寂。"《自哭》云:"一曲琵琶,便惹出、許多眼淚。若再聽,江州司馬,青衫破矣。老婦重提當日話,愁人各觸心頭事。怪區區、從未轉柔腸,頻揮涕。　志侘傺,顏憔悴。雖不逝,時不利。忽掀髯大笑,無須嘆喟。拂意已過年半百,賞心空負花三四。問家人、斗酒在床頭,予姑醉。"落拓名場,賫志以歿,今閱其詞,可謂也。

母舅陶咏裳先生(炳吉),上元人。倜儻權奇,工六法,尤長於仕女,名滿東南。久寓滬上,求畫者戶外履滿,然非其人不與也。予家藏小幅一,畫美人蕩舟采蓮,自題《踏莎行》一闋云:"淺碧垂條,亂絲飛絮。新涼恰好才過雨。小橋一帶種蓮花,蓮花深處儂家住。　十里銀塘,幾重香霧。歌聲宛轉輕舟渡。芙蕖采罷夕陽斜,笑呼姊妹同歸去。"所著詩詞甚富,身後遺稿,散失殆盡,恫夫。

朽道人陳師曾(衡恪),旅通時,寓城南通明宮,古剎也。荒墳老木,杳無人煙。小樓三楹,道人與其夫人汪春綺女士居之。有時會客,亦在樓中,瓶花爐篆,翛然絕俗。道人詞不多見,僅得一闋《慶清朝‧咏海棠》云:"絕艷宜簪,倩魂易冷,幾回嬋嫣東風。春嬌乍倚,曲闌獨映嫣紅。和醉重鳴怨瑟,無人處、幽意誰同。斜陽外,斷霞作袯,殘粉成叢。　猶憶故山步月,聽杜鵑啼夜,綠碎煙空。朱英數點,飛簾應爲詩工。鏡裏暗藏清淚,怕教零落亂雲中。深深院,濃愁未醒,争似花儂。"嘗一滴水,可知大海味,正不在多也。

《齊天樂》咏蟬,《天香》咏龍涎香,此宋末諸老社題也。杜小舫稍更之,以《齊天樂》咏蟬蛻云:"已判身世斜陽外,虛空又留塵影。幻相猶存,凡胎易換,寂寞枯僧禪定。西風夢醒。問抱樹何心,鬢凋青鏡。猶有螳螂，夜深偷上翠梧等。　前緣遠戀瘦柳，嫩涼斜曳處，無限淒哽。翳葉辭柯，焦桐寫韻，藥裏誰療詩病。清霜自警。算羽化疑仙，舊愁都屏。冷眼冰蠶，怨絲抛未肯。《天香·咏卍字香》云："窗眼嘘雲，闌腰印月，雛鬟夜静重炷。篆蛻盤蝸，薰圓睡鴨，縈係荀郎吟緒。春融四角，渾不倩、流蘇深護。剛似儂心，宛轉連環，萬絲千縷。　　温灰半星微度。畫秋蛇、似鉤愁譜。一寸繡腸，顛倒佛龕低訴。漫説情田未補。怕隔斷相思舊時路。織向鴛機，加文更苦。"二作別出匠心，脱盡前人窠臼，固由取徑不同也。

　　先府君生平著作甚富，數游京師，稿多散佚。見背時，錦甫周歲。及長，檢箧中遺著，僅得駢文數首，詩十數首，詞一闋而已。已並編入《周氏先墨》。詞録於下，題章藴卿和雅堂集，調寄《滿江紅》云："驀地逢君，快同話、西窗夜雨。聞説道，黄皮縛袴，從戎幕府。策馬關山衣短後，横刀舊領征南部。指西湖、潭月岱峰雲，屯軍處。　　乍抛却，應官鼓。重繡上，蟾宫譜。向京華飽吃，軟紅塵土。粉帳傳宣崔嘏製，布裙酬唱梁鴻廡。讀新詩、讀新詩、一卷擬風騷，搴蘭杜。"

　　戊申之秋，予以采石、赤壁、黄鶴樓、滕王閣四詞，徵和海内。雲間楊古醖丈（葆光）賜以四闋，信騒壇斫輪手也。兹録二闋，《百字令·采石》云："石頭城上，指袍披宫錦，扣舷高咏。偶遇宗之，招與侣、余子那堪游泳。旁若無人，飄然高舉，皓月明如鏡。一時無雨，磯邊草木輝映。　　猶憶創業高皇，伐陳大舉，笳鼓軍中競。宵濟舟師，乘敵醉，開國果然風勁。九曲池深，黄天蕩闊，未足儕名勝。小詩休唱，謫仙猶恐來聽。"《臺城路·滕王閣》云："壯游偶放章江棹，封藩試稽前事。畫棟才輝，徽章忽降，羨煞洪都王子。唐宗往矣。剩高閣巍然，尚留江沱。誰念滄桑，浦雲山雨兩無意。　　重陽小舟競舣。馬當神慨助，一夕風利。霞鶩齊飛，水天一色，要亦尋常詞耳。憐才念起。便請遂成文，衆家驚異。惆悵臨江，此風誰更繼。"

　　玉田於夢窗頗致不滿，不但七寶樓臺之喻而已。夢窗"何處合成愁"一闋，在夢窗爲別調，而玉田亟稱之，他詞不如是也。以此取夢窗，則其所不取者可知矣。平心論之，夢窗雕琢太過，致多晦澀，實是一病，固不必曲爲之諱也。

詩中有真摯一境，塡詞所無也。如《皋黃畊南詞》，雖不爲上乘，而其真摯處，固自可取。如《百字令·哭沙婿臥雲》云："貧儒一箇，合舉家八口，不能坑倒。村館遠爲謀食計，拚却寒氈終老。書報平安，人驚短折，倉卒何曾料。蕭然歸覿，紙灰空使盈道。去年也客荒村，沈沈臥病，祇辦今生了。豈意白頭偏後死，留取者番相吊。冷落親知，伶仃婦女，魂向高堂繞。我詩誰輯，反教收爾零稿。"聞沙婿舉殯，余客曉塘，不得一送，叠前韻云："一抔黃土，把古今豪傑，生生埋倒。少不成名兼富貴，合使衡門棲老。坦腹床空，招魂路隔，此別非吾料。朝來執紼，白衣遙想遮道。堪憐六十衰親，兩三弱息，一閉重泉了。我女未亡應更苦，身後不知誰吊。老矣窮鄉，悽其遠樹，望裏寒煙繞。秋墳何處，鮑家詩唱殘稿。"此種雖非詞家所尚，然正如龍眠人物，以白描見長，要非批風抹月者所能辦。又《百字令》之曉塘云："在家如客，從歸來計日，一旬才滿。打點輕裝還欲去，坐席何曾能暖。兒女情牽，友朋歡洽，致把行期緩。催人征櫂，早維門外河岸。　　回首荒海漫游，孤村浪跡，吟興原難遣。少不離鄉今老大，怎脫天公成算。後會堪憑，長途可即，莫動三秋感。春寒風雪，者番前度差遠。"又前調舟中寄懷同人，其前遍云："酒醒何處，祇遍舟一葉，離愁裝滿。如許東風偏作惡，吹面不教人暖。去固無情，行還有侶，報導郵簽緩。推篷遙望，依稀雙店田岸。"又《漁家傲》九日前遍云："掃盡寒雲山色淨。遙空一碧開天境。落帽今朝誰露頂。秋幾頃。東籬小拓柴桑境。"畊南數與熊澹仙女史唱和，著有《畊南詩鈔》。

合肥李季瓊女史，名敬婉，可亭公子之胞妹。年十五，題詩妓錢素秋《吟秋小草》三闋，婉麗可誦。《眼兒媚》云："鉤心團淚做成詩。展卷意爲癡。數行殘墨，十分幽怨，一半相思。　　女兒生受聰明誤，平白被愁欺。蕪城恨事，鳩江夢影，同入新詞。"又，《羅敷艷》云："一身漂泊江南北，恨滿江頭。淚滿雙眸，若箇人兒無限愁。　　今朝遇了憐才客，兩字吟秋。沒世名留，便是機濤及得否。"

又,《闌干万里心》云:"秋花天使傲霜妍,百折千磨忒可憐。好句傳愁付短箋。恨綿綿,嵌入春心不計年。"素秋名綠雲,錢唐人。本宦家女,嫁某氏子,後與離婚。爲債家所逼,遂墜樂籍。戊申間,余與伯茗、悼棠、峰石、澹廬,相與張之,其名大噪。而可亭適至,見其所著《吟秋草》,出資爲之鋟板。無何,素秋仍返滬上,後遂不復相聞,或曰已從良矣。其種花云:"種花日日替花愁。及至花開轉自羞。一片芳心才半吐,誰知已上美人頭。"次某君韻云:"年來識得清虛旨,默對青燈讀道書。"和可亭韻云:"年年憔悴風塵裏,詩句都成脈望仙。"附錄於此。

《白石道人詩説》有云:雕琢傷氣。予謂非第説詩而已,惟詞亦然。夢窗諸公,恐正不免此。

吾通工詞而有盛名於世者,僅陳散木(世祥)一人。散木性狷介,不爲苟容。有捷才,讀書數行,下筆數千言不竭。明末舉於鄉,宰新安,不屑折腰權貴,投劾歸。徜徉山水,與王西樵、杜茶村、冒巢民善。每有計歌,隔千里郵寄無虛日。所在淹留,幾忘歲月,不問家人生產,有《楚雲章句》《半豹吟》《敝帚》《蟲餘》《瑤草》諸集行世。工倚聲,與迦陵檢討有江左二陳之目。其《含影詞》二卷,刻入《十六家詞集》中,全稿未見。僅從《五山耆舊集》,摘錄數闋,以見一斑。《浣溪沙·午泛歸西園》云:"蝶子尋花日日忙,一溪春水膩歸航,杏煙深處讀書莊。　織柳欲成鶯襯貼,壘巢未就燕商量,迎人小犬出東牆。"《前調·書友人壁》云:"桐葉虛幽滿地陰,闌干曲曲路層層,遙聞棋子落楸枰。　香倚碧紗花壓夢,影牽紅杏鶴調琴,隔簾茶吼讀書聲。"《虞美人·黄湖積霖,正理歸棹》云:"千紅萬紫剛裁就,花事家家有。惱人無奈雨和風,何處杏花深處、月照中。　鳴鳩不管人愁絕,鸂鶒頻頻説。春泥滑刺雨如蓑,説是風狂,行不得哥哥。"《蝶戀花·咏愁》云:"潦倒十年愁窟裏。漏酒逋詩,意興都無幾。愁緒世間無物比,青衫濕似邗江水。　著地尋來無計避。好月名花,總是相思淚。笑煞天公無意味,生生無雨將春廢。"《菩薩蠻·客夜》云:"冷風索索尋窗紙,那堪更是簾纖雨。半睡過黄昏,殘燈偏著人。　閒愁無可破,夢裏成真箇。醒睡總來難,雙眸枕上乾。"前調次夜又雨云:"客愁飛入梅花紙,做成夜夜蕭蕭雨。參影已橫昏,停杯正憶人。　　春陰吹不破,鳩婦還添箇。祇爲看花難,芒鞋不要乾。"《最高樓‧歸來》云:"無窮路,今日賦歸與。整頓舊茅廬。蒲葉抽風能睡鴨,柳枝拖露好穿魚。莫踟躕,還度曲,更提壺。　　從今不、冷打詩書謎。從今不熱下江山淚。身外事,總然迂。好花放蕊今良友,好句吟成古大儒。拚醉倒,雲作伴,月相扶。"

散木弟,世昶,字仙庚,拔貢生。工詩詞,出散木指授。著《露香詞》一卷,溫柔香艷,其吊古諸作,直逼髯翁。《滿江紅‧舟過赤壁》云:"陡壁臨江,沙磧上、幾堆殘雪。凝睇望,戰場何處,煙波空闊。橫槊賦詩才不小,沿流縱火功偏烈。想周郎、英發擅英姿,真人物。　　何必恨,賢豪沒。最可詫,荒唐說。有千秋信史,堪稽事業。祇道綸巾同羽扇,未聞仗劍還披髮。笑天屏山頂祭風臺,冤諸葛。"《沁園春‧荊州九日》云:"借問蒼天,雨雨風風,意欲如何。算光陰瞬息,一年有幾,鄉關迢遞,千里還多。寒食秦淮,中秋襄水,佳節都從客裏過。重陽到,又仲宣樓上,把酒高歌。　　而今更莫蹉跎。好細看、紅萸間綠莎。笑鶡冠自整,怕來嘲語,龍山擬上,爲避愁魔。警句難酬,新醅易醉,伸紙含豪信口哦。君知否,此稜稜鐵硯,久不堪磨。"

同學徐貫恂(鋆),號澹廬,年十二,即以工書善詩名。所作詞曰《碧春詞》,曰《蠅須館詩餘》,清新可傳。歸安朱古微侍郎稱其詞自壬子後,一洗粉澤之態,與東坡、後村二家爲近,可謂善變。雲間楊古醖大令,和《滿江紅》題其集,有"如此清才供跌宕,盡堪游戲人間世,撥海濤、北向望伊人,蒼茫裏"等語,其爲詞場耆宿獎許,有如此者。茲撮錄數闋於下。《沙頭雨‧題珠媚園》云:"城市山林,依稀粉壁留題處(園壁舊有"城市山林"四大字)。斷煙零雨。幾換名園主。　　燕子雙雙,飛入誰家去。愁如許。一絲蛩語。宛把興亡訴。"《浣溪沙》云:"一剪風輕劈柳枝,春閨人去較鶯遲,海紅湘碧可憐時。　　艷曲歌殘三字令,回文織就九張機,眼簾淚雨不成絲。"《金菊對芙蓉‧癸卯夏避暑滬上味蒓園》云:"金碧樓臺,琉璃世界,半江剪取吴淞。携桃笙竹簟,著我當中。茜紗衫子香收汗,賀新涼、低唱吴儂。櫻唇索潤,晶瓶瀉白,甘露檸檬。　　卷上百葉籠櫳。報鋼絲車到,挽住青?。借蓴鱸興味,不待秋風。萬家兒女癡如夢,一雙雙、都是情蟲。鄰僧多事,當頭一棒,敲起晨鐘。"(園在静安寺路,夏夜游人雜沓,有破曉方散者)《生查子·和周劍青》云:"千萬擲黄金,難買天無曉。花底不禁消,蝴蝶香魂悄。

鳥不識歡心,催起人偏早。兩點小眉山,攔住愁多少。"《臨江仙·感事寄晉琦》云:"一夜西風三日雨,名山先送秋來。年年被放敢言才。前途行不易,依舊倒繃孩。　　碎了珊瑚埋了劍,雄心無計安排。人生但使酒如淮。酒酣星可摘,同上妙高臺。"(時約游金山)《一絡索·題畫》云:"任爾同生同滅。紫荆紅棘。孤根不肯寄人籬,晚乃見、黄花節。　　留取九秋消息。枝枝葉葉。何來一箇八哥兒,盡偷眼、休饒舌。"《十二時》(綴玉軒話别圖,爲梅郎浣華題,即送東行)云:"櫻紅棲島,丁歌甲舞,黄金争買。纖纖散花手,怎輕分天外。綴玉軒中人宛在。最難忘、故緣今愛。先行問歸信,繫羊車遥待。"題晉琦《天涯芳草填詞圖》次原韻云:"蒼然平楚。莫問天涯路。手撥水弦心太古。恰到清真處。晚涼捲上簾衣。粉箋輕界烏絲。留做畫圖憑證,一編香草新詞。"又,摘句爲玉寶題扇云:"東風第一琵琶手,人也多情。夜也多情,勒住情天不放明。"又,"既做有情人,忍説情爲累。"又,題《佩秋病秋圖》云:"簾外黄花簾内人,十分幽怨三分病。"皆警妙。貫恂自幕浙中官京師,而詩境益進。倚聲一道,不過偶爲之耳。

心齋詞話

沈生今 撰

載於一九二二年《新女子》第一卷第一期。沈生今，生平不詳。一九二二年九月，在上海創辦《新女子》月刊。著有《女子職業之商榷》《本年秋哈同先生暨德配羅夫人百卅雙慶爰賦七律一章》等。

《心齋詞話》原名《心齋詩詞話》，共四則，僅第一則係詞話，内容轉引《時報》所刊康有爲次女康同璧（字文佩，号华鬘）詞作。本編錄其論詞部分。

康南海次女康同璧女史，曾留學美國卒業，著有《婆羅門外道考》等書。去冬，《時報》刊其近作《青房並蒂蓮》一詞，寄慨遙深，非徒以詞藻音韻見長也。詞云："奈何天。又是東風，吹亂桃花片。惱燕嗔鶯，悵來去年年。傷春一曲隨流水，蕩餘情，縷縷成煙。顫顫生，怕這番瘦損，對菱花暗自纏綿。　　問春春自憐，看愁紅零亂，飄泊三千。黯銷盡，黄昏庭院，月上鞦韆。莫淒涼，重寫舊愁新恨，説與啼鵑。人前不敢明明訴，怕流光惱洩春光。"

詞　話

佚　名撰

　　載於一九二二年《家庭》(上海)第三期,該刊主要刊登婦女問題小説,係家庭休閒刊物。該詞話未署作者姓名,共一則,内容抄録嚴子容《沁園春》咏枕詞。下闋"漏長獨擁"後疑缺一句。

　　瞿佑《歸田詩話》載鞋盃一詞,陶南邨《輟耕録》載美人指爪眉足等四詞,皆調寄《沁園春》,胥佳構也。近有嚴子容咏枕亦用此調。其詞曰:"周正吴綾,整整斜斜,橫陳帳中。記翠翹墮後,釵聲未覺。鬢雲堆滿,香氣猶濃。不似琴張,還同書卷,雙頸交時儘可容。游仙好,被黄鸝喚醒,直恁忩忩。　　懵騰嬌困初慵,却印取,腮邊縷縷紅。憶繡成一幅,殘絨初剪,夢回千里。淚雨常烘,簟滑頻移。漏長獨擁,車走雷聲語未通。欹斜處,算不如郎臂,轉折隨儂。"温柔藴藉,殆所謂體物瀏亮者也。

香艷詞話

姚賡夔 撰

　　載於一九二二年《游戲世界》第十六期。作者姚賡夔（一九〇五—一九七四），別署蘇風，江蘇蘇州人。著有《勞山俠影》《偵探小説雜話》等。在《禮拜六》《快活》《紅雜誌》《星期》《最小》等刊物上發表了大量小説與小説話。

　　《香艷詞話》僅一則，抄録天虚我生陳蝶仙爲周瘦鵑《香艷叢話》所題《多麗》詞一闋，亦屬同派文人互標聲氣之作。

　　天虚我生題瘦鵑《香艷叢語》詞，余最喜誦之。此詞調寄《多麗》，曰："一叢叢，花嬌粉膩脂濃。裝點做金莖玉葉，晴窗展向春風。綺羅香，芳情醉蝶。玻璃軟，靚影驚鴻。心事千般，眉圖十樣，玉臺明鏡炤玲瓏。似身在寶山珠市，銀海炫朦朧。評量到衾鸞衣麝，釧鳳釵蟲。　　盥薔薇，低鬟迴誦，恍聞絮語喁喁。悄然時，眉顰蛾緑。嫣然處，唇綻猩紅。瘦燕輕盈，癡鶯睍睆，珮聲環韻丁冬。盡分付、蠻箋彩筆，密密替形容。分明似鮫絲細織，鴛綫裁縫。"情生文歟？文生情歟？令人不厭百回讀也。

海棠香夢館詞話

朱婉貞 撰

　　載於一九二二年《快活》第三十六期。作者朱婉貞，生平不詳。一九四一年，同名作者在《劇教》雜誌發表短文《第四屆戲劇節慶祝大會記》。《海棠香夢館詞話》共一則，抄錄"問字師"馮惕厂《滿江紅》賀壽詞。

　　重九後一日爲焦溪承月坡先生七十壽辰，徵文海内，一時名作雖多，終嫌膚廓不稱，惟余問字師馮惕厂先生所填《滿江紅》一闋爲恰稱分際，猶憶其詞曰："籬下黃花，纔過了、登高佳節。携螯酒、祝公純嘏，康彊七秩。舊業巾箱傳弈襈，清門累世稱通德。更栽培、桃李滿春風，多英傑。　　詩吟遍，樓前月。書讀遍，窗前雪。早耋聲，黌宮望隆辯席。雀鼠隱消鄉里訟，冰霜久煉神仙骨。問年來，銅狄幾摩挲，滄桑説。"

啼紅閣詞話

沈瘦碧 撰

　　載於一九二二年四月《禮拜六》第一五七期。作者沈瘦碧，生卒年不詳，曾任南京《農民教育》期刊編輯部主任。一九二五年至一九二八年，在《申報·自由談》發表《蠶話》《滑稽釋名》《奇行錄》《夢徵》等短文。另著有《挽聯：挽倚虹》（一九二六年《紫羅蘭》第一卷十三期）、《浪漫談話》（一九二六年第十二期《新上海》）等。《啼紅閣詞話》共六則，內容爲彙抄身邊師友和呂碧城等近代詞人詞作。

　　曩見某雜誌一小冊子，封面作仕女，綠楊陰下一淡裝女郎，持洗帕欲曝之，顏曰"晚風晾帕"。阿憐夫子喜其句可作詞料，因戲拈爲拍句之資，得《如夢令》一闋云："應是酒痕污了，莫是淚痕紅了。玉手浣殷勤，趁著晚風斜照。斜照，斜照，人與綠楊俱俏。"復有陳君亦爲之，猶憶其警句云："無限別離情，算有鮫綃知道。知道，知道，洗得淚珠多少。"後有擬再題之者，見此，遂爲之擱筆，亦一時佳話也。

　　某歲，於輪中獨居一室，彌覺悽然。夜闌，徘徊未寢，惟聞汽機排浪聲耳。偶一回顧，見壁間隱約有蠅頭小字數行，極纖秀。逼視之，蓋不知誰家少婦，以蘸釵墨所書《昭君怨》一闋也。讀竟，爲之悽咽累日。詞云："那日臨歧無語，那日有情難訴。忍淚背郎啼，怕郎癡。今日縱舟江渚，任我淚飄如雨。和病更和愁，對江流。"世不乏傷心人，讀此感想當何如。

吳君晉丞,肆力倚聲有年矣,今已屹然自立,能不落前人窠臼。昔年,見其自湘中寄懷阿憐夫子一闋,至今猶髣髴記之,其一縷深情,尚縈立腦際也。詞云:"故人寄我河梁意,遺我鯉魚雙。書中何有?相思兩字。紅淚千行,行間字裏。愁濃墨淡,語重心長。情深一往,直隨湘水流到湘江。"其《卜算子》,亦感慨淒涼,一字一淚,今並錄之:"籬下野花黃,窗外疎風勁。小枕□騰夢乍醒,微怯衣裳冷。　起坐更沈吟,往事從頭省。知己天小涯死生,攬鏡憐孤影。"

嘗見紅豆詞人有《四時令》一闋,其憨癡處,殊不可及。"風癡雨癡,愁癡夜癡,含情欲告影兒,怕影兒又癡。　思伊恨伊,憐伊感伊,擁衾不語多時,又悲伊悼伊。"

"長簪玉鳳銀釵嬋,髻墮香聞坐。傍肩偎酴眼盈盈,絕妙淺深眉意可傳能。　良宵遇得難心賞,燭剪窗紋漾。碧紗羅袂夜沉沉,慣伴卸裝慵理又初更。"此倚紅闌主人戲填《虞美人》通體迴文詞也。閱者試回讀也,當立浮一大白,嘆曰佳構。

庚申秋,於蔡君用之齋頭,見旌德呂惠如女士所作詞稿一冊,其中佳作美不勝收。余最喜其《瑣窗寒》云:"空欲成煙,淨無堪唾,碧愔愔際。淒迷一片,隔斷故園千里。隱江邊、誰家小樓,有人立在斜陽裏。正單衣才換,玉釵風漾,滿身涼翠。　花事。久消替。又換了梅園,清和天氣。鳴鳩乳燕,共賞綠天新意。想前番、殘紅褪餘,此中猶有春魂寄。伴畫橋、明月眠琴,夜色籠清綺。"字字由烹鍊而來,爐火純青,今之李易安也(不受酬)。

説　詞

李萬育 撰

　　載於一九二三年《國學叢刊》(南京)第一卷第三期。李萬育，生平不詳。一九二三年在《國學叢刊》發表有詞作《清平樂》《八聲甘州》《説詞》《小學研究叢録》等文。三十年代，上海有名李萬育者先後擔任市教育局科員、蘇臨時四中校長，著有《特殊學校》《上海市識字學校組織概要》等文，疑即係同一人。《説詞》一文分爲詞之緣起、詞之濫觴、詞之體尚三部分，主要引用歷代詞論雜著介紹詞學基本知識。

一、詞之緣起

　　有韻之文，昉自唐虞，風雅三百，成於周代，禮以是興，樂以是和，固非僅觀風察政之具也。殆夫聘問歌頌，不行於列國，學詩之士，逸在布衣，而賢人失志之賦作矣。(《漢書》詩賦略)秦焚典籍，禮樂崩壞，漢初制取紹復，而樂府之體始備。唐代倚聲，開後承前，其淵源所自，古今學者所見不同，其言各異。

　　《朱子語類·論詩篇》曰："古樂府祇是詩，中間却添許多泛聲，後來怕失了泛聲，逐一添箇實字，遂成長短句，今曲子便是。"《全唐詩》附録曰："唐人樂府原用律絶等詩，雜和聲歌之。其並和聲作實字，長短其句以就曲拍者，爲填詞。"

　　汪森《詞綜》序曰："自有詩而長短句寓焉……自古詩變爲近體，而五七言絶句傳與伶官樂部，長短句無所依，則不得不更爲詞。"

開元盛日,王之渙、高適、王昌齡詩句流播旗亭,而李白《菩薩蠻》亦被之歌曲……古詩之於樂府,近體之於詞,分鑣并馳,非有先後,謂詩降爲詞,殆非通論。"

《歌曲源流》曰:"開元天寶中,才士始依樂工按拍之樂,被之以詞,其句之長短,各隨曲而度。"徐師曾《詩體明辯》曰:"自樂府散亡,唐李白始作《清平調》《憶秦娥》《菩薩蠻》諸詞,時因效之。"俞樾《詞律序》曰:"《唐書·藝文志》經部樂部,有崔令欽《教坊記》一卷,其書羅列曲調之名,自《獻天花》至《同心結》凡三百三十有五,而今詞家所傳小令如《南歌子》《浪淘沙》,長調《蘭陵王》《入陣樂》,其名具在焉。《唐志》列之樂類,以此知今之詞,古之樂也。"張惠言《詞選》序曰:"詞者蓋出唐之詩人,果樂府之音,以製新律,因繫之詞,故曰詞。"

蓋齊梁以來,樂府之音節已亡,一時君臣喜翻新調,及至唐人,以詩入樂,七言絕律,皆付樂章。玄、肅之間,詞體更定,實即樂府之嗣響。或者不察,欲實詩餘之名,固嫌臆斷,而斥爲絕非同科,亦屬偏詞也。

二、詞之濫觴

徐炬《事物始原》曰:"詞始於李太白《菩薩蠻》等作,乃後世倚聲填詞之祖。"趙璘《因話錄》曰:"唐初柳范有《江南折桂令》。"

或曰:詞始於隋,韓偓《海山記》所云:隋煬帝泛東湖之湖上八闋是也。其有疑此爲偽託者。則侯夫人之《一點春》,固明明隋官之《看梅曲》也。

或曰:不然,始於蕭梁。梁武帝《江南弄》七首,沈約《六憶詩》四首,各字句相同,詞以填成,此其嚆矢也。且《江南弄》七首,六首平韻,而《采蓮曲》一首用入聲韻。《六憶詩》四首,三首平韻,而《憶食時》一首用入聲韻。又後人小令《柳梢春》《憶秦娥》,慢詞《百字令》《滿江紅》等詞,平人通叶之所本也。

或又曰:先於蕭梁者,東晉時有《女兒子》《休洗紅》二曲。

劉師培《論文雜記》曰：詞於四始之中，近於比興。三百篇多有與長短句相符者。如《召南·殷其雷》篇云："殷其雷，在南山之陽。"此三五言調也。《小雅·魚麗》篇云："魚麗於罶，鱨鯊。"二四言調也。《齊風·還》篇云："遭我乎峱之間兮，并驅從兩肩兮。"六七言調也。《召南·江有汜》篇云："不我以，不我以。"叠句調也。《豳風·東山》篇云："我來自東，零雨其濛。鸛鳴於垤，婦歎於室。"換韻調也。《召南·行露》篇首章曰："厭浥行露"，二章曰："誰謂雀無角"，換頭調也。足證詞曲之源，實爲古詩之別派。

夫穿鑿附會，雖文人之通病，而溯本求源，實爲學之要迭。并存上説，一以見涵蓋醞釀之遠，一以見息息相通之致耳。

三、詞之體尚

意内而言外調之詞。故詞者，低徊要眇，所以道其不言之情也。文小聲哀，辭近旨遠，既非詩之放逸，亦無曲之俗俚。

體必婉約。顧貞觀謂溫柔秀潤，艷冶清華，詞之正也；奇雄磊落，激昂慷慨，詞之變也。張世文謂詞體一婉約，辭情蘊藉；一豪放，氣象恢宏。少游婉約，東坡豪放。而東坡稱少游爲今之詞手，後山評東坡如教坊雷大使舞，雖極天下之工，要非本色。柴虎臣亦云："旨取溫柔，詞歸蘊藉。"

文必清靈。張玉田曰："詞貴清空，勿質實。清空則古雅峭别，質實則凝澀晦昧。"毛稚黃曰："詞貴開宕，不欲沾滯，忽悲忽喜，忽遠忽近，所爲妙耳。"陳鋭曰："詞之難工，純以清空出之，務爲典博，則傷質實，多著才語，又近昌狂。"

意欲奇，語欲新，而字欲煉。毛稚黃曰："詞家刻意俊語濃色，此三者皆作神明。"又曰："意欲湛深，語欲渾成。"陸韶曰："命意貴遠，用字貴便，造語貴精，煉字貴響。"仲雪亭云："作詞用意須出人意外，用字如在人口頭，創語新，煉字響。"

故白描不近俗，修飾不太文，生香真色，自然流露。小令則言短意長，而不尖弱；中調則骨肉停勻，而不平板；長調則操縱自如，而不粗率，豪爽中有精緻語，綿婉中有激厲語。沈氏東江曰："不卑不亢，不觸不悖，驀然而來，悠然而逝，設色雅，構局變，如驕馬丟銜而欲行，如粲女窺簾而未出。"陳氏子龍曰："以沈摯之思，而出之淺近，使讀者驟遇之，如在耳目之前，久誦即得雋永之趣，以儇利之詞，而製必工煉，使篇無累句，句無果字，圓潤明密，言如貫珠。其爲體也婉弱，明珠翠羽猶嫌其重，何況龍鸞？必有鮮妍之姿，而不藉粉澤，其爲境也嫵媚，雖以警露取妍，實貴含蓄不盡，時在低徊唱嘆之餘。"詞之可貴，如是而已。

天韻報詞話四種

胡鳳聲等 撰

《天韻報詞話四種》載於《天韻報》，包括《冷綠館諧詞話》《鳳吟樓詞話》《懷玉館詞話》《嚼紅館詞話》。

其一，《冷綠館諧詞話》載於《天韻報》一九二四年二月十三日第五版。作者署名姒冷綠，應爲姚冷綠之誤，即姚笑氅，號冷綠館主，生平不詳，在《婦女旬刊》《兒童週報》《明星》《嘯声》《天韻報》等刊物上發表了大量小說、詩詞、雜談。該詞話共三則，爲前代諧詞的匯錄。作者在小序中提出"詞較詩近俗，易語語體成文"，故諧詞比諧詩更易引人大噱。

其二，《鳳吟樓詞話》載於《天韻報》一九二四年四月十六日，作者胡鳳聲，即胡同光，生卒年不詳，近代海派漫畫家，杭州人。其創作的漫畫《飄萍》曾獲《上海漫畫》封面大賽第三名。著有《鳳吟樓詩話》《鳳吟樓詩草》《鳳吟樓筆記》《風聲雜談》《鳳聲謎存》等。該詞話共一則，抄錄徐樹錚《壽樓春》詞。

其三，《懷玉館詞話》載於《天韻報》一九二四年八月七日第三版，署名頑石。作者尤頑石，生平不詳，又署蕭山頑石。與《嚼紅館詞話》作者韓青伯爲詞友。在《餘興》《吳語》《天韻報》《女子月刊》《先施樂園日報》等刊物發表有《海濱寄廬隨筆》《懷玉館影事詞》《悲歡離合記》等文。該詞話共三則，記錄友人章東谷、韓青伯等人詞作，可備存人存詞之用。

其四，《嚼紅館詞話》載於《天韻報》一九二四年十一月二十五日第二版，署名青伯。作者韓青伯，生平不詳。在《天韻報》發表有《青伯詞》《抱香室詩話》《抱香室筆記》《抱香室隨筆》等文。該詞話共三則,録陳亦峯詞、咏螢咏蝶殘句,提出作詞一涉堆砌,便難生動。

冷緑館諧詞話

妣冷緑

余常見諧詩矣,誦之而發笑者,十不得一。及讀諧詞,則屢覺忍俊不禁。此無他,詞較詩近俗,易語語體成文而已。

陳全《水仙子·咏遺溺》云:"佳人一貌不尋常,流出桃花賺阮郎。身軀兒須在陽臺上,藍橋水淹得茫茫。二三更洩漏春光,錦被裹翻紅浪。繡幃中波液長,一對戲水的鴛鴦。"妙不可言。調名用"水仙子",尤含有餘不盡之意。

馮猶龍《黄鶯兒·嘲長妓》云:"仰面覷妖嬈,出蘭房,須曲腰,粉牆半露花容貌。也不是雲妝髻高,也不是繡鞋底高,拜如折竹因風倒。好姣姣,太湖石畔,有箇女曹交。"寫得令人捧腹。又前調嘲麻妓云:"繡閣俏嬋娟,恨朝朝,費粉錢,麗兒亂撲梨花片。　千圈萬圈,不方不圓,水漚滿泛青波面。貼花鈿,繁星拱照,點破鏡中天。"下半闋用爾許形容,真箇絶倒。恐好畫師圖之,亦不過爾爾。

又和尚還俗後花燭前調:"和尙討家婆,脱褊衫,著褊羅,彌陀大笑金剛怒。　撇了師徒,別了尼姑,繡房穩似禪牀臥。唱興波,堂前花燭,捧出老葫蘆。"上半闋末句、下半闋一二句及末句,可以笑煞人,意猶極諷刺之能事。

鳳吟樓詞話

胡鳳聲

昨閲《申報·自由談》,見有徐樹錚近作《壽樓春》詞一闋,頗見哀艷沉痛之妙,佳作也。爰爲照録如下:"臨江城聞笳。正東風燕子,身是天涯。肯負侵宵清吹,泛甌流霞。雲未歛,輕陰遮,悵故園、春寒遲花。趁素女凝絃,金槽按板,飛恨寄龍沙。宮商換,星蟾斜。倚釵變瘦笛,蕃馬哀琶。細認秋檐織絹,雨沉牆蝸。增怨抑,追芳華。度暗愁、江南無家。笑蘭角銅丸,風流漫誇腰鼓撾。"此公年來專心文學佛學,不圖一介武夫,竟具有此種志願,有此等作品,良可敬也。

懷玉館詞話

頑　石

　　余閒居無事,輒愛讀諸家詞鈔。從游諸子,以余有嗜痂癖也,常以詞來質。章子東谷以近輯《癡紅詞鈔》見寄,清麗纏綿,是胎息白石、玉田者。中有銷魂辭憶秋娘十闋,讀之如聞喁喁兒女私語。録其尤最者三首:"魂銷也,眉角翠生生,壓墜鳳釵雙鬢亂,分携鴛枕兩頭橫,心地忒聰明。""魂銷也,癡絕笑檀郎,香唾肯分當哺子,酥胸緊貼戲呼娘,心口好商量。""魂銷也,燈底餳星眸,西撚瘦腰證怕懂,故呵凍手熨溫柔,含恨更含羞。"

　　詞友韓青伯,三年前常相與論音韻之學,往往以一字未穩,推敲至於相爭。近見其自題荒村説部《金縷曲》,頗率直可喜:"縷縷炊煙起,剩斜陽雞鳴犬走,村兒跳戲。呼女携男忙未了,還話鄰家閒事,説什麼夫妻淘氣。村小流風猶太古,嘆年來也着桑中恥。玷戚族,笑鄰里。　　危橋古岸垂楊地。坐瓜棚,三三兩兩,歪頭扶醉。揮扇撚鬚談誰健,腰腳輸人老矣。却幸有、兒孫得意。粗布新裁誇新婦,喜頻年、將嫁都親理。天大事,祇柴米。"

　　某君年少才富,好冶游。余嘗規之,竟三數月不通音問。今春忽以《浪淘沙》詞見示,尚不改其狂奴故態。因愛其造語香艷,收諸詞話:"幽閣乍相逢,睡眼惺忪,昵郎拂鬢鬢雲鬆。悄説哥哥行不得,雨雨風風。小顆遞櫻紅,金訶春籠。爲憐瘦骨太玲瓏,解了茜羅貪嬉戲,貼臉微烘。"讀此足以相見當時情事。

嚼紅馆詞話
青 伯

　　丹徒陳亦峯先生，詩才敏捷，詞亦温婉清麗，吾嘗記其集唐祭繡雲校書一百首。近更從友人處獲得二詞，茲録如次。《湖上調寄点絳唇》云："古寺鐘鳴，雲封石燈煙橫路。林深無主，松柏凌風舞。如此湖山，爭忍抛他去。斜陽暮，馬嘶人語，好誇揚鞭處。又《謁金門》云："情已極，情極可憐無益。杜宇聲聲聽不得，競催春去急。簾内寶沉香寂，簾外落紅誰惜。三月又逢三十日，留伊無計策。"

　　吴夢窗詞，拆碎下來，不成片斷。咸以一涉堆砌，終難生動，得自然之趣。吾儕生自今日，此等詞正可不必作，亦不必讀。偶有會意，略寫性靈可矣。南昌姚君阿珍，數寓書究聲律，遂言及之，未知姚君以爲然否？

　　前於某雜誌，見有咏螢句云"故把紅燈來照字，要朗讀與儂聽"，又咏蝶云"描樣出，放他歸"，自然拈來，不加雕琢，的是絶妙好句，惜已忘全首，可知自然之印象深也。

雙梅花龕詞話

鄭周壽梅 撰

載於一九二四年《半月》第三卷第十二期,作者署名"鄭周壽梅"。周壽梅(?—一九七五),江蘇吳縣人。一九一三年嫁給鄭逸梅,故鄭逸梅曾使用雙梅花龕(盦)之室名。一九七五年病逝葬於蘇州橫山。《半月》刊有其《芳菲小志》《鼙鼓餘響》等文。《游戲世界》刊有其詩詞《餘興:遊戲世界撰述同文別署酒令》和《紙帳銅瓶室艷詞:浣溪紗(集姚武功句)》。從各篇文章的内容來看,實際可能係鄭逸梅借用妻子名義所撰寫。

該詞話共三則,彙録衆閨秀詠海棠詞、鮑茞芬詞、陸游《釵頭鳳》詞。

秋海棠,一種幽艷清韻,絶勝春日紅妝。余手植甚多,一至秋日,窗前牆角,所在皆是,珊珊臨風,殊可人意。復鈔閨秀所咏秋海棠詩詞若干,寫入窗心,余之酷嗜此,亦可見矣。詞録下。

張學雅《海棠春》一闋云:"西風吹展胭脂片,愁絶處睡醒難辨。試捲曉簾看,酒暈楊妃面。　霧籠煙鎖供腸斷,花史還嫌秋色淡。故把雨絲飄,染得紅堪玩。"張學典《蘇幕遮》一闋云:"嫩舒紅,輕剪翠。拂拭新妝,一種天然媚。淺暈胭脂凝宿醉。力怯憑闌,香夢初驚起。　映殘霞,籠曉霧。嬌態含情,欲語還羞吐。自是月中丹桂侶。一夜金風,吹向瑶臺聚。"學雅、學典,太原人,張佚之女。江陰錢瑜素《雨中花》一闋云:"滿砌濕紅嬌欲滴。似睡起,渾無氣力。看苔蘚籠香,薜蘿擁翠,相映幽姿别。　妒煞曉霞争艷色。奈暮雨，絲絲如織。想腸斷西風，自憐冷落，未與春相識。"錢唐戴衣仙《一萼紅》云："怪啼痕。甚無端幻出，寒綠閒晴紅。艷影迷離，仙姿綽約，西風認做東風。斜陽外、翩然漫舞，漸輕盈、欲睡眼朦朧。楊柳煙殘，梧桐葉落，蟋蟀堂空。　　暗把曲闌倚徧，看檀痕脂暈，無限惺忪。怕染新霜，愛依涼月，悄悄靜掩簾櫳。休更說、春前斷夢，問何人、銀燭夜高籠。且與黃花同醉，莫管征鴻。"

予戚鮑苣芬女史工於詞，然作詩亦輕倩有情，嘗見示四截云："月夜初聞玉笛聲，調將艷曲訴衷情。怪他不管人無寐，已盡黃昏到二更。""明朝又是花朝日，姊妹爭來訂出游。紫陌紅塵儂最厭，不如獨自上高樓。""繡鳳初停金線候，調鸚小倚玉闌時。偶然憶著相思句，却有閒愁上翠眉。""三年種得海棠秋，冷露幽閨共寫愁。清茗一杯琴一曲，銀蟾初上上簾鉤。"此種閨情艷體本可與詞一鼻孔出氣，宜其下語工穩有如是也。更錄苣芬《浪淘沙》一闋云："風雨又成秋，深閉吟樓。本無心事上眉頭。聞說海棠牆角艷，忽動幽愁。　　猶記去年游，小作句留。舅家妹子病綢繆。正是此花舒艷日，離別堪憂。"其世稿名《翠筼簹閣》，佳構頗多，不盡錄。

《耆舊續聞》云：放翁娶唐氏女，伉儷相得，而弗獲於姑。陸出之，未忍絕，爲別館住焉，姑知而掩之，遂絕。後改適同郡宗室趙士程。春日出游，相遇於禹跡寺南之沈園，唐語其夫爲致酒肴。陸悵然，賦《釵頭鳳》詞云："紅酥手，黃藤酒，滿城春色宮牆柳。東風惡，歡情薄。一懷愁緒，幾年離索。錯、錯、錯。　　春如舊，人空瘦，淚痕紅浥鮫綃透。桃花落，閒池閣。山盟雖在，錦舊難托。莫、莫、莫。"唐見而和之，未幾怏怏卒。放翁復過沈園，賦詩云："落日城頭畫角哀，沈園非復舊池臺。傷心橋下春波綠，曾見驚鴻照影來。"惜唐和作不可得見。此與逸梅外子之老友徐枕亞與蕊珠夫人事相仿佛，惟唐氏女絕後改適，爲不同耳。

學詞大意

傅君劍 撰

載於《晨報副刊·藝林旬刊》一九二五年第十一期，署名"傅君劍"。作者傅熊湘（一八八三——一九三一），字文渠、君劍，号鈍安、鈍根、屯艮，別號紅薇生，湖南醴陵人，南社社員。早年與寧調元、陳家鼎創辦《洞庭波》，倡言革命，後赴上海辦《競業旬報》，赴蘇州辦《大漢報》，回湖南辦《長沙日報》《湖南日報》《天問周刊》等。先後任第三十五軍參議、沅江縣長、中山圖書館館長等職。著有《鈍安詩》《鈍安詞》《白香詞話》《文字學大意》《新聞學講義》《國文法教科書》等。《學詞大意》主要介紹詞學入門常識，如詞之寄託、體例、平仄、聲韻、起源和學詞法等，並不涉及欣賞篇章、褒彈作者諸事。其中以自身與吳梅的詞學交流爲例，旗幟鮮明地主張"學詞之難，在於音律"，"填詞者，最重檢律，方不落腔"，要求學詞者嚴辨"詞律中每闋之字數、句豆、韻格、平仄及仄聲中上、去有分者"，"奉爲金科玉律"，並提出詞之韻律是其藝術境界高出新詩之處，認爲"言新詩者，果能取材於詞，則新詩界當不如今之粗陋，至貽反對者之口實"。

此篇爲傅先生在長沙雞鳴社之講稿，前面有一小段，因無關本文，今已删去。標點符號亦稍有變更，但未得作者同意，特此道歉。

大杰七月二十

吾湘人士，俱不善填詞。工爲詞者，大率爲江浙人，因詞盛於南宋，其流風遺俗，猶有存也。吾湘王益吾先生，自負宗工，選《湖南六家詞鈔》，刻於思賢書局。六人中以張爾珊（祖同）之《湘雨樓詞》爲第一，近有全集刻本。王湘綺自謂不能詞，觀其所作，乃絶似其五言古詩，非詞之至者也。自《湖南六家詞鈔》出，湘士始稍有習爲詞者，鄙人亦即聞其風而悅之之一人。當清末，偶随朋輩率笔倡和，所作亦數百首。迄辛亥光復之役，乃於蘇州識吴瞿安（梅）。吴工爲詞曲，又曉音律，能吹彈。每酒酣，輒曼聲倚笛，歌其所自作諸曲，聽者莫不傾倒。因日與論辯，略知詞中門徑，於是盡棄己作，以爲皆門外漢語也。蓋學詞之難，在於音律，而本人於樂之一道，性不相近，非可强致，自是亦不復作。蓋此事千秋無我席矣。

詞之爲體，上不可侵詩，下不可侵曲。詩大序云："詩者，志之所之也，在心爲志，發言爲詩。"詩之所云，即志之所在。我之詩，即我之志。故爲詩者，言必由衷，詞則不然。《説文》以"意内而言外"釋詞，填詞家沿用之，相率以言掩意，往往言在此而意在彼，寓言十九，不盡由衷，此於詞家，謂之寄託。周止庵所謂"讀其篇者，臨淵窺魚，意爲魴鯉，中宵驚電，罔識東西，赤子隨母笑啼，鄉人緣劇喜怒"是也。大抵如温飛卿等一派之詞，專工此道，其《菩薩蠻》諸作，處處説艷情，處處却有其他之事實。李後主一派則多直寫胸臆，然語亦隱秘，難尋首尾。驟讀但知其哀，而不知其何以哀，以詞中事實，與詞之體制，皆非可以平鋪直叙者也。然試一稽其平生，則十可得其八九矣。

詞止於謳吟，曲則兼有表演，伶人謂之"唱工"、"做工"，故詞密而曲顯。詞止一闋，即一題數闋，亦必同調；曲則雜用諸調，糅合成篇，故詞整而曲散。如《西廂記》《牡丹亭》《長生殿》《桃花扇》諸傳奇，皆曲也。詞往往有不盡之意，曲則無不盡者。又詞有一定字數，不容增減；曲則多有襯字，常有同一調而字數多少不同者。

學詞之先，宜篤信三事：一、一調有一調之字數、句豆。二、一調有一調之平仄，宋人詞仄聲中之上、去亦有分。三、一調有一調之韻格(格猶言位次),如文法中之主格、賓格,以言字之所居之位次也。以上三端,皆不容隨意變易者也。欲知其法,須檢《詞律》一書(明人萬紅友著),詞律中每闋之字數、句豆、韻格、平仄及仄聲中上、去有分者,皆一一詳注。初學者,宜奉爲金科玉律也。

　　詞有單調、有雙調。例如《憶江南》,單調也,《長相思》,則後半與前半同,雙調也。又有小令,有慢詞。唐人祇有小令,字數少,如《蝶戀花》《定風波》等調,不過六十餘字。宋人始演爲慢詞。慢即曼字,謂曼聲以歌,有引之使長之意。然慢詞之最長者,莫如《鶯啼序》一調,亦不過二百四十字。小令之最短者,莫如《十一字令》。亦有分五十八字以內爲小令者,五十九字至九十字爲中調,九十字以外爲一調者。《詞律》已不用其所,鄙意不若謂之令與慢之爲當也。今引例以證如下:

《憶江南》(單調)
李後主

　　多少恨(豆),昨夜夢魂中(韻)。還似舊時游上苑(豆),車如流水馬如龍(叶),花月正春風(叶)。

《長相思》(雙調)
李後主

　　雲一窩(韻),玉一梭(叶),淡淡衫兒薄薄羅(叶)。輕顰雙黛螺(叶)。　　秋風多(叶),雨相和(叶),簾外芭蕉三兩窠(叶)。夜長人奈何(叶)!

　　右引《長相思》詞,後半與前半,字數、句豆、平仄、韻格俱同,謂之雙調。然平仄亦有不同者,如"一"之與"風"與"如","淡"之於"三",俱一平一仄,則知此處平仄可以互用也。

　　填詞者,最重檢律,方不落腔。然有時未能檢律,則莫如取唐宋名作同調者二三首互校,或即用本詞前半與後半自校。柳永詞則爲例外,然亦有辨者。慢詞後半取者,名"換頭"。"換頭"多加字,謂之"偸聲",往往與半起處不合。末句則謂之"減字",然末句或不減字,"換頭"則無不偸聲也。今舉例如下:

《摸魚兒》(慢詞)
辛棄疾

更能消幾番風雨(韻)。匆匆春又歸去(叶)!惜春長怕花開早(豆),何況落紅無數(叶)。春且住(叶),見說道(頓)、天涯芳草無歸路(叶)。怨春不語(叶),算祇有殷勤(豆),畫檐蛛網(豆),盡日惹飛絮(叶)。

長門事(豆),準擬佳期又誤(葉),蛾眉曾有人妒(叶)。千金縱買相如賦(豆),脈脈此情誰訴(叶)?君莫舞(叶),君不見(頓)、玉環飛燕皆塵土(叶)。閒愁最苦(叶)!休去倚危欄(豆),斜陽正在(豆),煙柳斷腸處(叶)。

此詞宜辨者,從半"準擬"二字偸聲,故較前半"幾番風雨"多兩字。末句仍不減字,故較前字數相同。校之之法可取其他宋人所作《摸魚兒》調,與此相校。本詞自校,則除"換頭"之"長門事,準擬佳期又誤"七字不校外(因平仄多有不同),如"匆匆"句與"蛾眉"句,平仄同也。"惜"之與"千","長"之與"縱","何"之與"脈","見"之與"君","天"之與"玉","怨"之與"閒","算"之與"休","畫"、"蛛"之與"斜"、"正","盡"之與"煙",俱一平一仄可以互用也。又句豆有宜辨者,如"更能消幾番風雨"七字句也,而"更能消"爲一頓,謂之上三下四,與下句"惜春長怕花開早"之上四下三不同,此最要認確者。五字句亦然,如"算祇有殷勤"一句謂之上三下二,與"盡日惹飛絮"之上二下三者不同是也。又初學得一詞,每苦難於斷句,此亦有一捷法,先看此詞係用何韻,但查前後半句之末一字便知。如上詞先看其末一字爲"絮"爲"處",則知其"雨"、"去"、"數"、"路"、"住"語,皆爲韻也。已知其前半韻格,則後半可執前半而求之也。"賦"字何以不爲韻？因前半"早"字非韻也。故韻格亦可以前後半自校而知。校詞爲用之大如此。又慢詞大抵皆分八大句，每句葉韻謂之大韻，餘可謂之小韻，如此則脈絡易明，每得一字，無不可斷句之理矣。詞中如《相見歡》《水調歌頭》等調，平韻中俱間有仄韻，宜辨。至於《菩薩蠻》之換頭，《河傳》之間叶，又易知也。

詞中上、去宜辨者，前人所言，如周清真詞《蘭陵王》中末句"似夢裏淚暗滴"爲去去上去去入，認爲必不可易，易之則不起調是也。大抵轉折處及末句兩去聲字最爲要緊，《詞律》辨之詳矣，茲不多舉。

詞之起原，當始於隋煬帝之《清夜游》等曲。及唐人始解散五七言詩句而爲之，如李白之《菩薩蠻》《憶秦娥》等是也。《菩薩蠻》本爲婦女髻名之一種，而李白詞"平林漠漠煙如織"云者，意并不在咏髻，可知製此調以咏髻者，尚在李白之前，白因其調，而注以新題耳。至於《憶秦娥》詞中，"秦娥夢斷秦樓月"及下云"灞陵""樂游原""咸陽道"云者，又皆秦地，則可知此調，自白創始，即當時本題，以其詞意即爲"憶秦娥"也。調名謂之詞牌，大率取所咏之物，或詞中之語爲名，後人沿用其調，遂不能改，此學詞者所宜知也。若欲問諸調之各爲何人所作，則可借嚴氏之言以解之。嚴氏云："詞始於唐，盛於江南，而大備於宋。《花間》《草堂》，燦然一代之著作。至姜白石輩，間爲自度曲。而北宋諸家，已并用當時一定之調，不知諸曲復製自何人，至於此其多？而及其廢也，又何以一旦風波歇絕，更無一人能記其拍以寫其遺音者？斯亦可惜也已。"故今之爲詞，已失其音律之舊，而徒存其法於字句之間。縱令能工，亦不過爲長短句之詩耳。然詞之在吾國之文學界，實以附庸而成大國，且爲今日寫新詩者所取材。夫言新詩者，果能取材於詞，則新詩界當不如今之粗陋，至貽反對者之口實矣。然則詞之音律雖亡，存其皮毛，尚足沾概於無既也。至於欣賞篇章，褒彈作者，容當別論，茲不暇及焉。

朱劍芒詞話四種

朱劍芒 撰

《朱劍芒詞話四種》包括《重陽詞話》《申江本事詞》《秋棠室詞話》與《垂云閣戀愛詞話》。作者朱劍芒(一八九〇—一九七二),吳江黎里人,原名長綬,因仰慕漢代大俠朱家而改名慕家,字仲康、仲亢,別號劍芒、敏於、茗餘、太赤、朱肆、古狂、佩雙、蘇遺等,室名劍廬、秋棠室、吹花嚼蕊廬、鶯愁蝶倦室等,南社社員。幼年家貧,十七歲即在鄉間任塾師。辛亥革命期間,與陳孟俠創辦黎里平民小學,編輯《禊粹報》。一九一九年至上海,執教於環球中國學生會日校、競雄女學等,兼任上海世界書局編輯,並向《大世界》《新世界》等多家報刊投稿,後因編輯《三民主義國文讀本》《朱氏初中國文》《朱氏高中國文》等書聲名大噪。一九三六年,進入國民政府審計部門工作。一九四五年在福建永安組織南社閩集,並任社長。一九四九年後,歷任上海市審計處秘書、常熟市政協副主席等職。朱氏著作等身,著有《我所知道的南社》《新新詩話》《吹花嚼蕊廬艷體詩話》《燕江詩稿》《秋棠室小説札記》《春雨樓詞話》《劍廬詞存》《雙燕歸巢廬詞鈔》《南社詩話》《復泉居士詩文集》等。

《重陽詞話》載於一九二五年十月二十六日《申報》(上海版)第四張"重陽特刊",共五則。該詞話主要述評李清照《醉花陰》、蔣捷《浪淘沙》等重陽佳節相關題材名句,片言短語,應係爲報刊所撰應景之作。惟篇末提到友人評"定庵詞直似《紅樓夢》小説,雖讀百回不厭也",以及陳去病撰《笠澤詞徵》事,聊可爲近代詞事存照鱗爪。

《申江本事詞》分八期連載於《紅玫瑰》一九二六年第二卷

第三十期至第三十八期，除小引外，共計十五則。該詞話的内容以彙録身邊朋友、同事之軼事趣聞及相關詞作爲主，至其立意，正如小引和末段集龔定庵詞所云，僅爲"樽邊塗抹"的"閒情香草之作"。綺語艷文，雖微嫌傷格，亦可供管窺當時詞人生活之側面。

《秋棠室詞話》分四期連載於《天韻報》一九二六年三月十日至三月十三日。該詞話篇幅較短，主要評述歷代詞人軼事名句，如比較李易安《聲聲慢》、秦虞雨《減字木蘭花》、朱竹垞《瀟瀟雨》對於叠字的運用，又如彙録秦虞雨隳柘《琵琶行》之《滿江紅》詞，再如記録天虛我生陳蝶衣《玉麒麟慢》詞本事等。其中零星提及自己的詞論觀點，如"余教初學詞者，每力戒多用典實。因空泛之病，猶易補救，一涉堆砌，雖具點鐵之能，亦無從爲力矣"，亦是深切弊病之言。

《垂雲閣戀愛詞話》載於一九二八年《紅玫瑰》第四卷第三三期。該詞話主要輯録歷代詞人寫情如繪之名句，或狀一見傾心、手忙足亂，或摹兩心相系、離別依依，或怨久客羈旅，抒思婦腸斷，或記情之轉移，忽憎忽愛，篇幅雖短小，亦饒有風趣。究其原因，正如作者所云"必深於情者乃能作綺語，亦必工於詞者乃能描寫兒女間之至情"。

重陽詞話

宋李清照《醉花陰》一詞可謂重陽題絶唱。實則所佳者在"簾捲西風，人似黃花瘦"兩語耳。至"薄霧濃雲"、"瑞腦金獸"、"寶枕紗廚"諸字，究不免有堆砌之嫌，用之於詩猶慮敷泛，況詞乎？

宋末，蔣捷（字勝欲）有《竹山詞》一卷。其《重九》《浪淘沙》一首攙入李後主詞中，不能辨其楮葉也。亡國哀音，固有所謂相似者歟？其詞云："明露浴疏桐，秋滿簾櫳，掩琴無語意忡忡。搯破東窗窺皓月，早上芙蓉。前事渺茫中，烟水孤鴻，一樽重九又成空。不解吹愁吹帽落，恨殺西風。"

　　余少時未嘗讀詞，聞先君子所述柳郎中詞如十七、十八女郎唱"楊柳外，曉風殘月"，蘇長公詞須丈二將軍銅琶鐵板唱"大江東去"各語，遂以爲蘇詞專講豪放，即失溫柔之旨。故每見蘇詞，恒棄置弗讀。後偶聞人誦"明日黄花蝶也愁"一語，以爲如是清雋，其《花間集》中之句乎？後乃知東坡重陽所作《雙調·南鄉子》之詞也。因憶《紅樓夢》中薛寳琴嘲笑寳玉爲不通，如余井蛙之見，亦正復相似耳。

　　錢唐龔璱人集外詞中有《賀新涼》一闋，蓋和長白芝囿公子奎耀重陽憶菊所作也。其後段中"性懶情多兼骨傲，直得銷魂如此。與澗底，孤松一例"各語，余最愛誦習。往歲，山陽周人菊客滬上，酒後向余索借此詞，日誦三過，并語余云"定厂詞直似《紅樓夢》小説，雖讀百回不厭也"，余深然之。

　　明社既屋，汾湖吴長興伯突起義師，雖兵敗身殉，而大節固昭然千古也。陳佩忍先生嘗輯其詩文詞四卷刻之，而《笠澤詞徵》中復選刻十餘首，其九曰《賀新郎》一詞，慷慨悲涼，直可上繼岳忠武。

申江本事詞

（一）

小　引

　　小樓聽雨，永夜無聊；短檠照人，牢愁可掬。文章憎命，已教貽笑於江東；瓦釜鳴雷，肯更角名於海上。君苗之硯，本待焚燒；董氏之帷，亦將割棄。乃往時綺習，無端又上心頭；弱歲瑶情，不免重生管底。咀宫嚼徵，付少女之紅牙；滴粉搓酥，繼新聲於白石。誠可述初，非徒托於娥眉；意或微參，究未相同於蛇足。從此碧桃花下，金縷當歌；黄浦江邊，紅塵益頓。雖曰一時之好事，儻博衆口之艷稱，至閒情香草,難并乎孟榮之詩,則玉佩瓊琚,尚有俟乎虹亭之續。

虞美人

陳子壽松,嗜聽蔣氏蘇灘。蔣有八貞,最稚者舉止活潑。壽松嘗拉余及悼秋往聽。娟娟此豸,乃屢目悼秋,且低語其儕輩曰:"彼貌何酷肖哥兒。"嗣後,凡悼秋往,必微哂曰:"哥兒來矣。"

歌場細數相思鳥,儂本憐嬌小。檐前春雨正溫廡,倘亦能蘇萬古落花魂。 哀絲忽地聲柔緩,依約秋波轉。一行皓齒啓犀瓠,贏得哥兒兩字錫檀奴。

(以上部分見《紅玫瑰》1926年第2卷第30期)

(二)

女伶吳翠雲有殊色,爲吳下產,語滑於鶯,聞者心醉。我友周人菊、余十眉兩君亦嘗以么鳳目之。某夜同往聽歌,適演《梅龍鎮》,余既以詩紀之,爲陳子壽松所見,笑謂余曰:"君顛倒至此,盍即量珠十斛? 莫待綠葉成蔭,徒增惆悵也。"

踏莎美人

呵氣如蘭,熏香欲霧,風光恍入陳思賦。曲終小語亦精微,惹我吟懷浩蕩、一時飛。 燕倦鶯迷,蜂驕蝶妒,誰能化作相思樹? 簾前紅雨謝芳菲,說是美人魂夢,是耶非?

范君則歐有所眷者,曰蘭花。春日雇摩托車偕游龍華。范君強納余中坐,使蘭及方子夾持左右。方字端弌,衣服麗都,風神亦不減蘭花。撲朔迷離,人將疑吾挾姊妹花矣。

虞美人

春風蕩漾千絲柳,柳眉影較肥。冶游記取共香車,真箇一時人面比桃花。 二分醉意三分嬾,爭霸閒情刻。芳郊容易度斜陽,從此年年今日猛思量。

(以上部分見《紅玫瑰》1926年第2卷第31期)

（三）

南海吴女士緘志，往嘗與余同執教鞭。女士工文詞，數請受業，愧未敢應。其婿某君，時亦執業海上，賃小樓作棲巢。某日，女士晏至。問之，則云"夜來被竊，衣服飾物胥被席捲，并牀前之革履亦爲攫去。天雨道濕，丐我夫重購雙靴，始得出門"云。

菩薩蠻

小樓一夜遭胠篋，驚將鴛夢何須説。盜亦愛風流，雙鞮特地偷。　拔關追未及，徒濕凌波襪。從此惕芳樓，桃笙別置鞾。

某女校開會，以表演新劇向余借西服。演罷見歸，審余服無他所損，惟胯間紐扣無一存者，且有破裂痕。百思不得其解，余爲之啞然失笑。

醜奴兒

易笄爲弁新裝束，粉墨登場。意氣軒昂，蓮貌居然似六郎。　笑伊一事殊輕忽，紐扣除將。密護渾忘，累我燈前費打量。

（以上部分見《紅玫瑰》1926 年第 2 卷第 32 期）

（四）

長樂後裔美丰姿，能度曲，人嘗以"小梅蘭芳"呼之。會某姓結婚，衆共䜩飲，既不勝酒，倒臥裀間。酒闌燈炧，客已散盡，覺有人爲己覆衾，微睇之，乃一麗姝，驚慌不知所措。彼姝笑曰："醉亦甚矣！我慮君深夜攖寒，故以衾覆蓋，君但安寐可耳。"

調笑令

濃睡，濃睡，對此何郎心醉。掩衾別具深情，却惹南柯夢驚。驚夢，驚夢，艷遇從今傲衆。

偕長樂後裔永安購物，覯一少女，因尾之後，少女逡巡等電梯，忽回頭云："五樓去否？"余謂彼既相約，君宜樂從，馮紅暈兩頰，殊不願。歷一小時，登樓少女果猶在癡望。馮亟遁去。

减字木兰花

人前略避,料得檀奴能解事。相约声低,道是侬将入电梯。蓝桥有路,便抱奇慑还却步。衷曲谁传,反累秋波眼欲穿。

(以上部分见《红玫瑰》1926年第2卷第33期)

(五)

某女士家固甚寒,以有志赴美留学,遍商戚好。衆既贷以资斧,乃欣然首途。启椗时,女士望送行者,点首作别,泪忽簌簌下,襟袖尽湿。黯然销魂,惟别而已,江郎岂欺人哉?

阑干万里心

壮游初不让鬚眉,怪底濒行双泪垂?犹恐同舟人浪窥,敛欷歔、已湿新裁藕色衣。

武汉周某以谋幹来沪,时邀朋好於寓次作剧饮。座有吴氏子,偶招一稚伎侑觞。伎貌殊不恶,周为颠倒,戏酌以酒,伎不胜醉,仆裀席间,周即褫其上下衣。衆以周将梦巫山,各笑趋别室,扃其户,属耳於垣,微闻有默叹声。入觇之,周犹正襟危坐,作凝思状。诘之,亦不答。或谓彼素慑於阃威,去家前恒长跪设誓,私亲薌泽,所弗敢也。坚其所约,勒奔马於悬崖,若周者,亦足多矣。

卖花声

醉眼正模糊,乱解罗襦,鸡头新剥认清无?便未温柔乡里老,骨已全酥。 邂逅此娇雏,亲偏肌肤,偏教猛醒在须臾。既是阃威撄不得,焉用长吁?

(以上部分见《红玫瑰》1926年第2卷第34期)

(六)

嘉禾李君执教沪上,有女同事沈姓者僱摩托车约游龙华。沈殊伉俪娴英语,李爱之綦笃,惟初作情话,反多嚅嚅。既归,详述於余,犹作羞涩态。自春徂秋,两人始以订婚闻。

行香子

才茁情芽,便许同车,逐香风驰徧龙华。万千欢爱,缭乱如麻,剩心摇摇,羞答答,語呀呀。　　奇趣剛奢,日已西斜,向歸途猶戀桃花。頓紅塵裏,鶼影爭誇,願春常留,花常好,愛常加。

李、沈於游龍華之翌日,更游半淞園。車至西藏路一品香,輪廓驟損,沈趣御者易車,并謂李盍入餐室稍俟?李以并肩促膝爲樂,殊不欲離車。既至,有乞兒迎車側,以"少爺""少奶奶"呼之,李狂喜,畀以一金。

蝶戀花

油碧雙乘行絕快。一品香前,忽地車輪壞。縱使停留曾不怪,美人肩并何妨耐。　　焉用更嘗西國菜?秀色能餐,奚讓隋宮概?此日乞兒宜厚賫,誤稱嵌入儂心肺。

(以上部分見《紅玫瑰》1926年第2卷第35期)

(七)

金縷曲

北里有張紅玉者,夙耳苕狂名。某日,會飲酒樓,張亦被召侑觴,覩苕狂,喜甚,就座絮語,并謂最近脫有新著,宜擇一二見畁。座有某君,好謔浪,因語張云:"趙王孫近作以《肉蒲團》稱最,爾如飽覽一過,則三月不知肉味矣。"闔座大噱,張猶以爲真,厥後,值趙之稔友語,必及此,蓋念念不忘此《肉蒲團》也。苕狂被迫爲之攢眉云。

塗抹原非計,嘆無聊,終朝伏案,借彼游戲。不分紅顏能賞識,席上殷勤備至。更乞取,狂奴文字。醉客樽邊饒舌甚,指耶蒲,浪許稱能事。(《肉蒲團》一名《耶蒲緣》)言鑿鑿,最三四。　　琵琶巷裏門輕閉,料妝臺,焚香午夜,一編深味。憶昔前言還不捨,故故人前致意。却教我,無書堪寄。縱使毫端工刻畫,寫爲雲爲雨非容易。腸索盡,敢輕繼?

字字雙

某氏子才艷而命嗇,其所眷,蓋平康中下馴也,擬以三百金爲落籍,乞貸戚好,咸弗之許,中心悒鬱,時向余作愁嘆聲。

窮途邂逅憐復憐,魂夢相思牽復牽。精禽銜石填復填,茫茫恨海年復年。

(以上部分見《紅玫瑰》1926年第2卷第36期)

(八)

一剪梅

往歲,樂園香花會,有小翠玉者雖在髫年,而歌聲激越,壓倒羣芳。老友張是公亦常稱之,投贈之作,多於東筍。時京音大鼓于桂芬及梨花大鼓于秀鑾芳譽鵲起,有"雙于"之目,然猶不逮翠玉。彭子忠遺傾心尤甚,造妝閣無虛日。未幾,更名蓮花,張艷幟於北里,蹀躞歌場,竟罕覿其蹤跡。去年元夕,始相值於新世界,覺杏臉桃顋,嬌滴滴,越顯紅白矣。

絕妙燈前一串珠,醒客能娛,醉客能娛。歌場共情此鶯雛,羨煞雙于,妒煞雙于。　　最是彭郎戀小姑,朝也奔趨,暮也奔趨。芳姿原不愧芙蕖,雪比肌膚,玉比肌膚。

浣溪沙集龔詞部句

余自癸亥迄今,樽邊塗抹,以閒情香草之作居其泰半,茲擬彙錄一帙,竊比於休文綺語,磨劍室主所謂"泥犁黑獄"之說,不足以嚇我輩。兩廡特豚,尤非所屑也。

銀漢茫茫入夜流,替儂好好上簾鉤,一編鴻寶枕中抽。　　安用迂儒談故道,一生孤注擲溫柔,文人珠玉女兒喉。

(以上部分見《紅玫瑰》1926年第2卷第38期)

秋棠室詞話

余於七年前,嘗改名曰肆,易字曰古狂,蓋取魯論"古之狂也肆"句意。既讀辛稼軒《賀新涼》詞,有"不恨古人吾不見,恨古人、不見吾狂耳"兩語,恰嵌古狂二字,覺其遣詞灑脫。因欠劍霜鎸一石章,以爲吟牋壓尾之用。

古人詞中,恒喜用叠字。若李易安詞,"尋尋覓覓,冷冷清清,淒淒慘慘戚戚",連下十四叠字,《兩般秋雨庵隨筆》謂爲"出奇勝格,匪易所思",自是碻論。蔡州瓜陂鋪,有用笔刀刻青泥爲《浣溪紗》一闋,《宋稗類鈔》曾錄其詞,惜不知爲誰氏所作。猶記其後段云:"整整斜斜楊柳陌,疏疏密密杏花村,一番風月更銷魂。"此等叠字,驟讀之,似平淡無奇,設細加咀嚼,便可知完全詞中叠字,與詩中叠字迥然不同,此其所以爲妙也。長洲秦膚雨茂才,爲前清同治初詞人。余於亡友陳某處乞得《裁雲閣詞鈔》六卷,悉秦中年所作。集中有《減字木蘭花》一闋,全用叠字成句,尤屬奇特。錄之如下:"风风雨雨,燕燕莺莺相對語,白白紅紅,葉葉花花剩幾。愁愁恨恨,默默憁憁人自困。暮暮朝朝,瘦盡師師楚楚腰。"

(以上見《天韻報》1926年3月10日)

《裁雲閣紅蕖詞》中,有題潯陽琵琶圖《滿江紅》一首,剪裁《琵琶行》成句,絕無痕跡,其聲調悲壯,讀之,直欲擊碎唾壺。其詞云:"送客潯陽,孤舟泊、無言脈脈。琵琶奏、嘆來商婦,綺筵開夕。數樹霜催楓葉醉,半江楓卷蘆花白。夜茫茫、秋入四條弦,江天碧。

檀槽捧,嬌無力。調玉手,聲淒絕。等天涯淪落,第須相識。冷月一丸波底浸,清歌幾去樽前畢。灑西風、老淚濕青衫,悲遷客。"張應昌謂秦本少游裔孫,少游後人以科第文學顯者,代不乏人,獨倚聲一道,竟不數數覯,即爲之,亦無有克世其家學,惟有膚雨之詞,洵堪繼起淮海云。

詩以咏物爲難,而詞則尤甚,不用典即流於空泛,多用典則近乎堆砌。且詞句最貴自然,不善用典者,仿佛生吞活剝,讀之彌覺可厭。余教初學詞者,每力戒多用典實。因空泛之病,猶易補救,一涉堆砌,雖具點鐵之能,亦無從爲力矣。竹垞翁《茶煙閣體物詞》所載諸作,可謂刻畫入微,然其運用典故,全不露斧鑿痕,此所以稱一代作者也。其咏鴨《邁陂塘》一首,有"晚來笑把紅裙裹,觸損冷花濃蕊"兩語,旖旎風光,置之《花間集》中,不能辨其楮葉也。

(以上見《天韻報》1926年3月11日)

《茶煙閣》詞,又有咏落葉調寄《瀟瀟雨》,其中叠字句,如"任高高下下,肅肅槭槭,策策淒淒",雖云脫胎李句,已微嫌不甚自然,斯足證叠字入詞,要亦非易易也。

东坡《满庭芳》词起句云："蜗角虚名，蝇头微利，算来著甚干忙。事皆前定，谁弱又谁强。"吐语旷达。世之热中利禄者，苟亦诵及此词，正不殊服一清凉散也。至张杲卿《满江红》词："知富贵，谁能保。知功业，何时了。算箪瓢金玉，所争多少。"语更浅显，竞进之徒，其亦书此为座右铭乎？

朱淑真元夜《生查子》词，人或讥其不贞。要知三百篇中，且载桑间濮上之诗。月上黄昏幽密约，较期之今之解放女子，熟魏生张，公然滥交，究犹此胜于彼耳。

太仓杨艮生先辈，为道、咸间有名词家，其《眉影词》一卷，曾刊入《沧江乐府》，为娄东后七子之一。汪子潜称其词清脆如竹山，绵渺如叔夏，清丽又如秦、柳。余于集中尤爱其《虞美人》两阕，其一题花朝云："花前旧事重兜起，同把红绡繫。玉梅低近小窗纱，记得去年今日在他家。　今年叮嘱看花侣，且莫花时去。风风雨雨又花朝，谁道自家池馆更无聊。"其二题春风云："轻如丝缕尖如剪，吹得花心转。纸鸢弦上弄新声，皱尽一池春水总干卿。　画帘不用银钩卷，放入双双燕。多情犹做夜来寒，生怕箇人扶病倚阑干。"

（以上见《天韵报》1926年3月12日）

《玉麒麟慢》一调，天虚我生《搯花记月词》中自度腔也。盖其懒云夫人诞长公子时，历十二月产两昼夜，其次子孕亦一年，阅六时始分娩，事后称庆，因作词以补记云。兹录其第二首，以见陈丈之笃于伉俪，非寻常言情者所容冀及也。其词云："瓦鬵留香，银缸接䍦，恼人儿女侵晨起。癡憨小婢，照常时满注银盆，要侬梳洗。迴肠九转浑无计，我宗神祖灵倘在，此身情愿相替。是谁新法纪，不许和伊见面，生教热煞锅边蚁。兰汤百沸，耳根边一阵喧嘈，道声恭喜。生男我本寻常事，喜的是箇侬无恙，但侬真已愁死。"此词句句写实，柔情宛转，历历如绘。丈本长于言情小说，故能信手白描，俗不伤雅，"癡憨小婢"一语，读之令人忍俊不禁。

随园之从子兰村，余尝获其手写本《秋梦楼词》一卷，为小仓山房两集所未载。有题莫愁小照《浪淘沙》一首，其佳句似"不解如花當日貌,似此人無"。往余題半面美人圖,有"一幅紙容描半面,當年玉貌恐差池",其意蓋略本乎袁詞也。

(以上見《天韻報》1926年3月13日)

垂云閣戀愛詞話

　　詞雖詩餘,而寫情作品較詩尤有佳趣,蓋必深於情者乃能作綺語,亦必工於詞者乃能描寫兒女間之至情。余嗜讀詞,而嗜之最篤者十九爲寫情作品,因撰《戀愛詞話》,以供我同嗜者之快讀。世之鄙夫、陋儒苟以輕啓口孽責我,則正如柳君亞子所謂"泥犂黑獄",不足以嚇吾輩。兩廡特豚,本非所屑也。

　　番禺潘蘭史,所作小詞具極側艷。《香痕奩影錄》中亦盛稱之,謂與病紅山人足相伯仲。其《臨江仙》一闋記情如繪,詞云:"第一紅樓聽雨夜,琴邊偷問年華。畫房剛掩綠窗紗,停絃春意懶,儂代脫蓮韈。　也許胡床同靠坐,低教蠻語些些。起來新酌咖啡茶,却防憨婢笑,呼去看唐花。""代脫蓮韈"、"胡床同靠"、"低教蠻語"、"起酌咖啡",極狀初次相值即兩情繾綣,忽起忽坐,手忙足亂,所以憨婢在旁,亦慮其竊笑也。又有《如夢令·玉蓉樓錄別》一闋云:"不分玉樓雙鳳,喚醒紅窗幽夢。半晌不抬頭,祇道一聲珍重。休送,休送,江上月寒霜凍。""半晌不抬頭"一語含有無限淒楚。《西廂記》長亭一齣在此小令中包括無遺,可謂寫情妙手者矣。

　　古人作詞本多白話,北宋詞家如石孝友、柳耆卿、秦少游輩集中白話作品隨處可見。石有《品令》一闋寫離別時依依狀態,讀之宛然在目。其詞云:"困無力。幾度偎人,翠鬟紅濕。低低問、幾時麼,道不遠、三五日。　你也自家寧耐,我也自家將息。驀然地、煩惱一箇病,教一箇、怎知得。"余謂凡愛情濃厚之新婚夫婦,當初次別離,設展讀此詞,必致泣下沾襟,正不止"翠鬟紅濕"。

　　往讀《隨園詩話》所載,謂有棄其室人,久客異鄉不作歸計者。有友賦詩寄之,末二句云:"知否秦淮今夜月,有人樓上數歸期"。其人獲詩,即涕泣而歸。信乎!人非鐵石,終有感悟之望也。如屯田《少年游》一首云:"一生贏得是淒涼,追前事、暗心傷。好天良夜,深屏香被,爭忍便相忘。　　王孫動是經年去,貪迷戀、有何長。萬種千般,把伊情分,顛倒盡猜量。"末句之妙,真無與倫比,雖文君白頭之咏,亦不得占美於前也。

　　世間至速之物,爲電光火石,而情之轉移有較電光火石爲尤速者。如男女間之忽愛忽憎,一念中即可轉移,有不自知其所以然也。黃山谷《歸田樂》詞有句云:"拚了又捨了,一定是這回休了,及至相逢又依舊。"細加咀嚼,真堪令人失笑。

新新日報詞話兩種

何庸鼠、何振羲 撰

《新新日報詞話兩則》包括《藤軒詞話》和《咏蓮詩詞話》。《藤軒詞話》載於《新新日報》一九二六年九月十一日第二版。作者署名何庸鼠,生平不詳,疑即何振羲。曾在《新新日報》發表《芳鄰記》《半淞園消夏即事》《前塵影事》《藤軒詩稿》《藤軒雜記》《人道與貞潔》等十餘篇文章。《新新日報》是新新公司的游戲場報,創刊於一九二六年二月十三日,由劉恨我編輯,吳昌碩題寫報頭,内容以舊體詩詞、文論爲主。該詞話係作者偶見報紙所刊登的咏物詩,因而彙錄四位友人咏菱角、鮮桂圓、蓮蓬之詞作,以見"咏物詩以緊貼爲貴,填詞亦然"之理。

《咏蓮詩詞話》載於《新新日報》一九二七年一月九日第三版。作者何振羲,生卒年不詳,字雨神,號與宸,慶符人,筆名有情皇帝李三郎、顧曲生、小淵明等,又署六朝金石造像堪侍者。著有《花國春秋》,爲仿唐人李笙《閫外春秋》義例所作彙集京劇、川劇伶人戲事的游戲文字專集。另在《娛聞録》《新春秋》《日日新聞》發表了大量曲談。該詞話爲記録歷代咏蓮詩詞名句的雜談,係報刊補白性質。

藤軒詞話
何庸鼠

咏物詩以緊貼爲貴,填詞亦然,麗藻其次也。十九日本報恕遣録《存素堂詩稿》，中有咏菱一絶云："碧池一曲鏡光如，風骨稜稜出水初。舡座忽教主角然，多應口福替消除。"可謂工矣。予友梅盦，有《緑意・咏菱角》云："輕羅裹着。愛一捻嬌紅，瘦小尖削。浩浩煙波，細細天風，恍聽步聲虛作。蓬萊水淺無人渡，有照影驚影翩若。慣住雲水家鄉，精識洛妃仙屬。裙底依稀一角，認來香印好，勾蕩魂魄。惹動情懷，摘落塵寰，色相偶然抛却。看他世界繁華夢，畢竟人間污齪。憑將那、諷刺砭針，居處劃分清濁。"又南匯姚鞏甌先生《綺羅香・咏鮮桂圓》云："燕卵珠圓，鮫綃淚顆，不是相思紅豆。莫笑稱奴，勝似荔枝衣皺。更何須、席上安排，早付與、樽邊消受。稱櫻桃一點朱唇，丁香核小送檀口。摘來還憶素手，猶見晶丸盈掬，半揎羅袖。如此多情，可忍把伊辜負。漫誇説、玉局珠盤，待添炷、鴨爐金獸。味甘甘、細與評量，解醒和豆蔻。"又某君《紅情・咏蓮蓬》云："襟紅帶綠。記青房并蒂，香珠一匊。絶妙碧筩，金杯蓮子酒初熟。留住瓜皮小艇，花深處、其人如玉。菱鏡畔、影彈黄昏，明月水中掬。幽獨、思脈脈。甚杜若厚顔，洗淨塵俗。亂離骨肉，縱有苦心問誰告。争奈風鬟鬢，經幾度江湖落魄。芳自賞、污不染，寄生海曲。"又《緑意・咏菱角》云："風波險惡。任水深浪濶，無受拘縛。遠出鯤溟，近入鷗鄉，不改崢嶸頭角。清流自是腰難折，早瘦了江南沈約。引擢歌采采吴娃，身世浮沉不覺。萬紫千紅鉤閧，正船來船去，潮長潮落。雖露鋒芒，不屑模棱，遑問萍蹤漂泊。金颷涼逗鴛鴦浦，香氣拂篷窗催剝。染胭脂、白點清冰，忘却秋宵寂寞。"以上諸詞意雖各別，而工切則同，妙造自然，誠不多覯之作也。質之彭公，以爲何如？

咏蓮詩詞話

顧曲生

咏蓮之詞，頗多佳句，如"一掬雙鉤三寸，暗把檀香襯""緑梅花下立多時，留幾道纖纖印"，如"金蓮好，鞋子繡紅羅，小立花間扶慧婢，高擎掌上咒情哥，三寸不曾多"。詩之佳句，如"東方曉色入重簾,好夢初回嬾意添。試著紅羅鞋子窄,坐牀頻自捻雙尖"。"花影重重日上階,玉閨春夢正無涯。秋蓮瓣落歸何處,翻覆香衾覓睡鞋。""深閨無事静於禪,倚近屏風一榻眠。玉軟香溫紅瘦處,薰籠微火擱金蓮。"以上詩詞,咏一握金蓮,可謂有觀止之嘆矣。

一葦軒詞話

劉德成 撰

　　載於一九二六年十月《東北大學週刊》第一期。作者劉德成，生平不詳。經考，同名作者於一九二七年在《東北大學週刊》《東北大學季刊》發表詩詞多首，一九三〇年在《馮庸大學校刊》發表《詞學概論》一篇，一九四〇年前後在《華北文電》發表《旅日見聞記》《北電劇團指導記》多篇。《一葦軒詞話》共七則，主要評論歷代詞人。如論唐代詞人，疑李白並非《菩薩蠻》《憶秦娥》作者，推崇溫飛卿"根柢《離騷》，十九寓言，不愧千古詞家正宗"，勝於韋端已；評宋代詞人，讚美晏幾道不肯作世俗應酬之作，"詞品之佳，千古無兩"，又論"蘇東坡之詞豪放，周美成之詞沉鬱，晁無咎之詞伉爽，辛稼軒之詞激壯，黃山谷則近於粗鄙"，尤其批駁山谷所創白話詞粗俗淺露，卑鄙不堪；評清代詞人，則不滿張惠言"論詞以立意為本，協律為末"，致使詞調祇可讀而不可歌。《民彝》一卷一期所刊載《醉月樓詞話》，僅二則，署名伊鵑，但內容基本與《一葦軒詞話》相同，應係抄撮。

　　詞立意固重，而協律亦未可忽視。張惠言為清代詞家常州派之首領，而論詞以立意為本，協律為末。於是乾隆以後之詞調，祇可讀而不可歌矣。

　　太白為千古詩仙，其詞則不多見。今世所傳者，僅有《菩薩蠻》《憶秦娥》《清平調》《桂殿秋》《連理枝》數詞而已；然真偽尚屬疑問也。考唐大中初，女蠻國入貢，其人危髻金冠，瓔珞被體，人謂之《菩薩蠻》。當時倡優，遂製《菩薩蠻》曲，蓋出於唐之末季，今太白集有其詞，疑後人僞託也。他若《憶秦娥》等詞，恐亦非其。詞曲創於隋，至唐作者漸多。然當時詞曲，多出於音樂家，或精於音樂之文人。非若後人不解音樂，僅以詩筆填詞也。余意太白雖豪爽風流，或不解音樂，故無詞集盛行於世。不然，玄宗善製曲，最重太白，何未聞與太白有詞曲佳話之流傳乎？蓋後人作詞，恐人微言輕，不足以膾炙人口，故借太白盛名以傳，理或然矣。

北宋詞家，多精曉音律，能製腔填詞。然多視爲消遣品，或應酬品。若終其身不以詞媚權貴者，厥爲晏小山。小山視詞如神聖，不肯作世俗應酬之作。其詞品之佳，千古無兩。

詩以言志，用白話似矣。詞則以意爲經，以言爲緯，其旨隱，其詞微，用文言尚難盡其含蓄之妙，況白話乎？黃山谷詩才尚可，詞則粗俗淺露，爲宋代詞家之最下者。所創白話詞，尤卑鄙不堪。蔣竹山之《沁園春》，石次仲之《惜多嬌》，私淑山谷，竟體白話、更自鄶以下矣。

填詞不妨稍涉輕佻，詩則力避之。故吾謂詩中所棄之句，或爲詞中最美滿之句。

蘇東坡之詞豪放，周美成之詞沉郁，晁無咎之詞伉爽，辛稼軒之詞激壯，黃山谷則近於粗鄙矣。

詞家之有溫韋，猶詩家之有李杜也。李杜各有所長，不能強分上下。飛卿根柢《離騷》，十九寓言，不愧千古詞家正宗。端己深情曲致，清雅宜人，然終不免有意填詞。故溫韋并稱，似非平允。

詞 讕

宣雨蒼 撰

載於《國聞週報》一九二六年第三卷第八、九、十期。作者宣雨蒼,生平不詳。據繆荃孫《藝風老人日記》(丙申日記)"八日癸酉,晴……宣雨蒼霖來"條,疑即爲宣霖。高金寶《中國近代名賢書札》收錄有宣霖手寫詩稿。

《詞讕》共五十三則,涵蓋内容較爲廣泛。如品評歷代詞人,於唐代詞人中稱讚溫庭筠"最爲傑出";於北宋詞人中推崇蘇東坡"天馬行空,别成一格";於南宋詞人中,欣賞稼軒"感慨蒼涼",碧山"寄託雋永",又提出白石遠高梅溪;於清代及晚近詞人中,與蔣鹿譚有瓣香之緣,最爲推崇鹿潭《水雲樓詞》,而微訾黄仲則不如鄭叔問能裁汰浮詞。

論詞反對澀體,認爲其以詞害意,不啻爲"文字妖孽","何異聾者之聽茫茫,吃者之口剌剌邪",因而力詆長於澀體之夢窗艱澀怪誕,兼訾法祖夢窗之周濟("聽倉皇病柳"句)、彊邨("窣波鐘動"句)刻意好奇,餖飣不成語。

論詞調詞韻,則云:"倚聲之韻,又與詩韻稍異。蓋詩韻古所通考,倚聲無不可通。且但分平仄,不分上去,更較詩韻爲寬。惟於入聲爲獨用,實止略分四部。"由此大力批駁戈載、賴以斌等人諸種詞韻、詞譜自我作古,妄誣前人,篡改詞句,知音而不知詞。

論詞旨立意,則云:"文字以立意爲主,意立而後選詞,詞修而後運筆。音猶生氣,詞猶骨肉,筆猶血脈,三者有一或缺,不能成文。倚聲乃有韻文字而最精密者,安可不求其美備耶?"

論詞法運筆,則云:"填詞須通首詞氣勻配,或前虛後實,前實後虛,或前遠後近,前近後遠。實字過多,則嫌堆砌,否亦隔閡。虛字過多,則嫌薄弱,否亦弛懈。故必均勻支配。太促,則用排蕩之筆,以疏其氣;太散,則用妍煉之筆,以緊其機。務以一氣呵成者爲上,次亦必求通體疏達,饒有餘味。"

此外,該詞話反對近時教育中將令慢各調譜入風琴,以爲歌詞俚鄙,用夷變夏;反對詞人妄用内典(佛經)入文字,并自爲梵典詞以辨;反對濫作艷詞,認爲若不以蘊藉出之,將爲詞妖,禍害後進;亦反對應酬文字,痛詆其中每多溢美之言,未免近諂。該詞話提出《藝蘅館詞選》爲梁啓超託名其女所爲,當是誤解。

詞,詩餘也。其源從樂府長短句遞嬗而來。唐人采樂府,製新律,而後有詞。其嚆矢於何人?無可指實。第舉世之所傳最首出者,李白之《菩薩蠻》《憶秦娥》。然亦不得即謂權輿於太白也。其後有唐一代。所傳作者,韋應物、王建、韓翃、白居易、劉禹錫、皇甫淞、司空圖、韓偓,並有著作。而溫庭筠,最爲傑出。五季南唐,小令之工,後無能媲。北宋詞引爲慢聲,正如初唐五七言律詩,多在古近體之間。求其通體工穩之作,殊不多數。舍東坡如天馬行空,別成一格外,餘子如淮海、耆卿相傳諸作,往往一首中雖有可誦名句,而俗艷浮響,無謂俚言,亦復不免雜出,金鍮互見,誠不能爲古人曲諱。至於清真,漸臻完密。然生硬處仍時有之。蓋其時猶以爲詞者,乃詩之餘,未足并重,但以尋聲爲尚,而修詞次之。此其所以失也。南宋作者,究心倚聲,重於詩歌,一時士夫能文章者,無不旁通音律,故能聲文并茂。其最高爲姜堯章,《詞品》謂其高處有美成不能及者,多自製曲。初則率意爲長短句,既成乃按以律目,無不協者。其《長亭慢》自序亦如此。是知堯章之製詞,固先有文而後有聲,有聲而後有律,深合歌以永律諧聲之道。此其所以集大成也。

　　世既知倚聲之重於修詞矣，而澀體亦於是棼入。澀體爲南宋一時風尚，文氣艱澀怪誕，以詞害意，不獨爲禍倚聲，實千古文字之大劫運，可謂南宋亡國文字之妖孽。而近人亦多崇尚此體者，蓋同爲亡國之餘，固應有此亡國之咎徵也。

　　夢窗詞，世號澀體。玉田已謂其七寶樓臺，拆下不成片段。本朝張茗柯《詞選》亦毅然去之，所以正詞苑之風氣也。不圖近日詞家争相祖述，短訂寫來，幾不成語。嘗見今世奉爲詞伯者有傳句云："窣波鐘動，歸去連錢，蜻蛉催泛。"可謂澀矣。然窣波何不徑用佛樓？連錢何不徑用花驄？蜻蛉何不徑用扁舟？使讀者可以豁然意爽，仍未見其稍倍詞旨。必欲強借名詞，一一帖括，好爲其難，毋論矣。乃并其強借之名詞，不求甚解，是誠大可怪也。試爲正之，如窣堵波，爲梵語，譯即塔也。塔非藏鐘之地，鐘則別有鐘樓。而窣堵波一句梵語，尤斷不能截去堵字，但用窣波，致不成語。即彼或曾見前人有誤者，以爲是有所本，而不知爲一盲引衆盲，相牽入火坑也。彼執詞壇牛耳者，傳作且如此，世之依草附木，自號倚聲家，更可知矣。詞苑波旬，可爲一慨。近世西人有鐘塔，此若指彼鐘塔，即應用彼名詞，非吾所知。然窣堵波吾固知其明明梵語，裁去堵字，忽作窣波，則斷不許如此割裂也。

　　世以姜、史并稱，梅溪細膩熨帖，允稱作家。而考其根柢，實不逮姜遠甚。蓋白石風度，如孤雲野鶴，高致在詩人陶、孟之間，豈彼權門堂吏所可希及？人有真性情而後有真文字，彼搔首弄姿者，雖工，亦奚以爲。

　　稼軒詞，感慨蒼涼，自具一格，亦南宋之東坡也。後之學者，自改之、竹山，已不免病在疏狂。試讀辛"野城花落"、"羅帳燈昏"諸作，其静細處，豈尋常操心人能道一語。使舉後學之鄙獷叫囂，以爲胎息不善，歸咎師資，稼軒不能受也。

　　咏物詞，必有寄託而後雋永，常以碧山樂府爲最。其盛傳者如《眉嫵》之咏新月，《齊天樂》之咏蟬，《慶清朝》之咏榴花，《高陽臺》之咏梅，無不感時傷事，深契風人之旨。至於後世作者，運典而不運意，雖極工麗貼切，不過一事類詞耳，誠何足觀。

草窗與玉田相近，玉田於白石具體而微，然風骨終不能及。

雅正如白石，不善學者將流爲平滑。然壯如稼軒，不善學者將流爲粗獷。蘊藉如碧山，不善學者將流爲纖巧。斟酌飽滿如夢窗，不善學者將流爲堆砌敷衍，無所不至。

著作有著作之時代，必遇文武成康之世，而後可陳雅頌，必遇東周王室之變，而後可極諷刺。此皆時代爲之，非偶然也。至於尋常時世，固不可爲無病之呻吟，亦不可作太平之粉飾。作者惟以嘲風弄月，各抒懷抱，雖非興觀羣怨之旨，然不失其爲本色語也。至於今日天崩地坼，生民未有，誠爲空前絕後大著作之時代也。而猶光景流連，尊俎酬唱，意本貼括，詞尚餖飣，不惟負此著作，亦太負此時代矣。此稼軒之"斜陽煙柳"，白石之"廢池喬木"，所以傳之千古而繼響風騷也。

言語之精華爲文章，文章之精華爲韻語，倚聲亦韻語之一類，雖小道，其入彀之難，尤甚於尋常韻語也。便如吃者之口，前後剌剌；聾者之耳，東西茫茫，是即不能成爲語言。不能成爲語言者，安能成爲文章？反安能成爲韻語之文章邪？彼工爲澀體，而理晦於詞；從事貼括，而詞復於意：是何異聾者之聽茫茫，吃者之口剌剌邪？倚聲云乎哉！

文字以立意爲主，意立而後選詞，詞修而後運筆。音猶生氣，詞猶骨肉，筆猶血脈，三者有一或缺，不能成文。倚聲乃有韻文字而最精密者，安可不求其美備耶？蓋有意無詞，其病枯燥；有意無筆，其病沉悶；有筆無意，其病空衍；有筆無詞，其病浮滑；有詞無意，其病支離；有詞無筆，其病極滯。三者缺一，其病已及於此。缺二，非散漫即隔閡，甚則復冗敷廓，蕪穢而不能成章矣。

前清周止庵祖述夢窗者，其論詞於白石時有不足，與張茗柯之不選夢窗正同。門戶之見，雖詞章小道，亦復不免。然周詞甚不道張，以其好爲澀體，仍陷折下不成片段窠臼中。如咏蟬詞之起句"聽倉黃病柳，一聲淒婉"，柳豈有聲而可聽邪？彼固咏蟬，而如此起法，則不辨所聽者爲蟬爲柳矣，亦拆下不得之昭昭者。求澀而以詞害意也。雖然，予之指摘止庵，不免予之門戶見耳。

張玉田言：作慢詞最是過變，不要斷了曲意，是倚聲家不可不知。然人之短玉田者，或謂其慢詞換筆不換意，言之難過，而玉田此失，亦時有之。蓋本其不斷曲意一語而來也，倚聲豈易言哉。

作長調兩三換頭者，如《鶯啼序》《哨遍》《蘭陵王》《寶鼎現》之類，須段段有意，句句成彩，不復而不斷，累若貫珠，密若布網，具一常山索然之勢，否則毋庸其已。

詞調中有難工稱者，如《壽樓春》之多平，《繞佛閣》之多仄、《霓裳中序第一》之多韻，以及《夜飛鵲》《綺寮怨》之類，皆須以自然高妙出之。稍有牽合，便非作家，亦不如置之，而別求悲壯激昂、宛轉流麗之文。考詞定義，按部就班，庶不致有乖風雅也。

（以上載於《國聞週報》1926年第3卷第8期）

音韻之學，久已乖離，今世所用之詩韻，斷不足以代古韻也。倚聲之韻，又與詩韻稍異。蓋詩韻古所通考，倚聲無不可通。且但分平仄，不分上去，更較詩韻爲寬。惟於入聲爲獨用，實止略分四部。屋沃其一，覺藥其二，質陌錫職緝其三，物月乃至合洽其四，此稍異也。然古詩於質陌物月十餘韻均得相通。試讀杜、韓大家五古，如《北征》《南山》諸篇，可以概見。而詞家清真、白石，亦間有通用者。自後世詞韻出，而某通、某獨、某半通，分別井然，世遂奉爲金科玉律，而不察其並未折中於古大家也，不亦陋乎？

清真《浪淘沙慢》，通首用月屑韻，而有"恨春去、不與人期，弄夜色"一韻在焉。假令此句不入韻，而後人填此調者，莫不依韻填押。即近世鄭叔問號爲知音，其集此調用質陌韻，此句爲"似淚粉、亂點東風，悵恨極"，固知爲韻無疑。

白石《暗香》折字韻，後人以摘字易之，所以強就詞韻也。然當時吳毅夫所和，却爲"鐵石心腸爲伊拆"。其原韻"不管清寒與攀折"之"折"字，尚可強以摘字相代，於義未悖，而吳和之"折"字，若竟以"摘"代，尚成語邪？

白石《慶歲春詞》，即是月曷合洽通用，誦者便知，毋俟深考。又《霓裳中序第一》，用質陌韻，而羅衣初索之索韻，亦借叶入，索固在樂韻也。

詞韻以侵韻爲獨用，元韻爲半通，真文與庚青蒸，寒删先與覃鹽咸，均分爲兩韻通用。仄韻寢沁同侵爲獨用，阮韻同元爲半通。而旱銑翰霰與感儉勘艷等韻，軫震與梗敬等韻，亦同平韻寒覃真庚等韻，各分兩韻。然考之古諸詞家，并無如此之必相分者。如玉田之《憶舊游·登蓬萊閣》一首，真文庚青蒸侵六韻全用；陳西麓之《絳都春》一首，元與寒先亦復全通；而周草窗之《木蘭花慢》先鹽寒删覃等韻亦各通用。其仄韻詞韻所分，而詞家所通，尤復比比皆是，不可勝舉，是皆可爲先例也。

白石《長亭怨慢》全首用語遇韻，而中有也不合"青青如此"之此韻在焉。今詞韻固不相通，後人遂以"此"字改作"許"字。又將前之"暮帆零亂向何許"之許韻，改作"向何處"。此皆深中詞韻流毒，不可□者。故敢肆意妄誣古人，姑毋論其改所在點金成鐵，貽笑作家，且并白石自序極愛桓大司馬語亦忘之。桓語爲如此邪，如許邪？蓋古韻支魚紙語本屬相通，固非陋儒所知，而遑論於考定詞韻之老樂工邪。

弁陽老人選《絕妙好詞》，膾炙人口，開卷第一。即張于湖《念奴嬌》，其叶韻，令人所謂落腔也。兩宋詞家，多有以方音叶韻者，原不可從。至於酌用古韻，亦斷不可妄肆訾議。

今人所奉詞韻，實遵戈氏。按：戈順卿知音而不知詞，其自作詞，世有傳之者乎？俞曲園之序，鄭叔問詞有曰："戈氏深於律而不工於詞。律之不工，固不可言詞；詞之不工，又何以律爲？"之數語，知言也。蓋戈氏僅可調之知音之樂師，不可謂爲倚聲之詞人也。

詞固以音律爲尚，然果是浩氣流行及天然渾成佳句，即有一二字不叶者，盡可聽其自然，萬勿強肆雕琢，致損太璞。試觀南宋詞人，諸大家中，亦不乏此等出入。後世製譜者，必且曲爲之解，曰借某，叶某，非遇狂易無憑謬充詞伯之老伶工，斷不敢肆口詆語。總之，既名曰詞，則必情文並茂，方可傳世。若僅乞靈聲律，但一工尺譜足矣，又何必填詞爲邪？

戈順卿選刻《宋七家詞》，爲清真、梅溪、白石、夢窗、草窗、碧山、玉田，選宋詞而遺稼軒，已是不知子都之姣，其所選者，自謂律韻不合，雖美弗收。故於梅溪《雙雙燕》詞，以爲庚青真文四韻雜用，毅然屏之。而白石之《慶宫春》《眉嫵》二詞，亦以用韻不合不收，此固彼自圓其説，猶有詞也。乃於所選白石《摸魚兒》詞，竟將"湘竹最宜欹枕"改作"湘簟正宜宵永"，"閒記省"改作"閒對景"，"無人與問"改作"無人細省"，"微月照清飲"改作"微月照清境"，以強就彼所訂詞韻，不屑上誣古人。如此而操選政，講韻學，倚聲道中，有此闡提，可爲千古詞人同聲一哭。

著書講學，當有淵源，定詞韻者必應就古諸大家所作之詞，更參古韻而詳考之，定爲一是以範後學。則人不敢不瓣香以祀，無可置喙。若捨諸大家所作，而自我作古，定其所定，人亦何不可各定其定，安在必以詞韻爲準繩邪？

萬紅友《詞律》，亦多私臆。然所駁正《圖譜》之處，確有卓見。至於後出賴以斌之《詞譜》，幸而所收詞調不備，譜中破句，十調而五。譜陋至此，偏欲著書，吾不知其何以流傳至今，尚有奉之者，此譜不毀，貽誤後來，詞學將絶矣。《詞律》之失，亦在崇拜一家，但有夢窗之作，必將其他名家異同之處，強爲改就，於白石自度之《暗香》《徵招》諸詞，皆不深信，轉引他作爲證，是亦不可救藥之病也。

《詞律》一再言夢窗、白石二公交厚，同游最久，數數援以爲證。自予按之，則白石集中從無與夢窗賡和之作，不知紅友數百年下，何以得知？此蓋欲融門户之見，而愈形穿鑿也。

和韻非古也，詩且不宜，而況乎詞？勉強爲之，終近生捏。苟有獨運意匠，語語自然者，自爲有數之作，亦不可廢。余生平不嘗與人賡和，惟丁巳春，偶有和人獨游中央公園《念奴嬌》一首，稍信裁縫尚無針跡，惜乎原韻係用古通之入韻，與今詞韻大背。予固非墨守詞韻者，且不忍自澄苦心，附録於此，亦遂不復再編入集矣。詞曰："永嘉以後，算風流，誰是渡江人物？泣下新亭成底事，且讓雄譚押虱。白髮燈前，黃塵馬上，字字從何説？千門宫殿，潛行依舊春日。　　祇恐化作衰蘭，荒涼月落，送盡咸陽客。定有騷魂招不盡，悽斷陸離長鋏。芳草生時，流鶯啼處，幾箇無家别。天涯如此，素心羞問晨夕。"

　　近時教育，亦尚樂歌，列於學科，其所謂樂者，歐西之樂耳。不但非我古學，且絕非中國之聲。用夷變夏，極於如此，禮樂安得不亡？有心人聞之，宜如何驚且慨也。

　　　　　　　　（以上載於《國聞週報》1926年第3卷第9期）

　　學校風琴中，有將慢、令各調譜入者，其律斷非中國之舊有，然其聲亦間有可聽。嘗記其《喝火令》一譜，與詞譜稍異，而音尚颯颯，頗近崑曲。時方長夏，就其所譜，爲填一令，以當蓮歌。詞曰："三十六陂外，水香開白蓮。江南舊曲唱田田。爲問幾分湖雨幾湖煙，爲問湖煙湖雨，今日是何年？"音調殊哀以怨矣。

　　風琴樂譜，以較中國之樂，不惟古樂，即此倚聲，其難易不啻天壤。一村學究，數黃口兒，均能唱和一堂，其聲淫哇噍殺，且勿深論，而歌詞俚鄙，尤出里巷風謠之下。用之校中焉，用之軍中焉，風尚如此，尚欲與之言樂律，言倚聲，非秦咸池而享爰居，有不垂頭欲死老耶？是誠不可已乎？

　　內典入文字，最爲高尚，然必用之適當，方稱合作。萬一不求甚解，草率拈來，不第不能成詞，且不成語。如前載以"窣波"名詞代塔者是矣。唐人多通佛學，其運梵典，絕少訛謬。兩宋以後，已有強作解事者，不可爲訓。前清以來至於今日，其自號著作者，尤喜用之，然十人而誤者八九，亦可知今不逮古矣。

　　黃仲則《竹眠詞》，亦嘗數用梵典，工否不一。如《金縷曲》報勞濂叔手書大悲咒以贈有云："檀那衣缽何曾吝。"其全詞甚佳，惟此句義獨晦。蓋檀那，譯即佈施。衣缽，爲師弟授受淵源之表法。如禪以心印相授受，律以戒行相授受。如此可得名之衣缽。此曰檀那衣缽，則以佈施相授受矣。檀爲六度之一，義兼財法。其所言財法者，乃以法以財爲施。施與授義相若，循其詞義非兩義復出，即成以衣缽爲現前法物而施之矣，故甚不可。又《清平樂》（河間曉發），有云："替戾聲催裝上馱。""替戾"，鈴語也，見《佛圖澄傳》，此則不惟精當工貼，且將顯神形容入妙，如此運用便是作家。

　　竹垞於前朝詞人中號爲博雅，自無間言。然其《滿庭芳》詠佛手柑詞,並不敢多搜梵典。不過白牛露地鹿女雙林,略舉一二,且以活筆襯之,雖覺稍泛,尚無疵戾,殊有自知之明。長於後來儉腹高心者多矣。予因竹垞此詞,亦嘗擬作《春風嫋娜》一首,稍信運典處無可訾議。附錄於此。詞云:"正拈花倦了,游戲人間。分檐蔔,獻瞿曇。問携歸、誰解結巾妙用,供來合送,攬几餘閒。薰得天香,沁回塵夢,接引休嗟入勝難。為要圓通鼻功德,兜羅綿相示君看。堪笑衆生顛倒,低垂下處,莊嚴事、錯認般般。真嚼蠟,也稱柑。撐拳或有,豎拂無關。轉語空猜,後身金粟,比量不似,前度銅盤。何如還去,對茶鐺藥鼎,黃龍一指,於細重參。"此詞工切似已完備,惟絕少寄意。即予所謂事類詞也,雖佳,亦不應錄,故屏之集外。而尚贅此者,聊以標運用梵典一格耳。

《藝蘅館詞選》,梁啓超托其女令嫻名所輯也。自唐迄今,不盡純粹。彼新學家眼光,無論何事,例視他人別具一副,原無足異。其於今人中,極稱鄭叔問氏,錄詞甚多,然所錄者,大半皆叔問自删之作,不逮今集存者遠甚。文章千古事,得失寸心知。叔問之心知,自然高出《藝蘅》之知人。

叔問《樵風樂府》九卷,誠晚近倚聲之卓卓者。自光緒甲午、戊戌、庚辰以來,所作寄意深遠,具有家國之感。宣統辛亥後,遂絕筆矣。宗旨如此,此其可以傳也。

叔問於詞,所作多而所存少。果於割愛,故能少而精,此其所以長也。大凡著作家貪多者必敗。人生之精力有限,文字之精華亦有限,與其多而招尤,何如罕而見珍,鳳毛麟角,誠多乎哉!

《白石外集》一卷,當係偽記。不惟詞不相類,即製題亦復不似。假為白石自删之餘,而後人搜集成之。是亦可見其精於自鑒,而果於自決,大過人處,正在於此。離之則雙美,合之則兩傷,斯之謂歟?

黃仲則《竹眠詞》,真氣橫遍,開古今詞家未有之面目。然亂如牏服,不自修飾,往往一首中金鍮互見,完璧甚鮮,而荒穢不能成章者,尤時有之,甚可惜也。蓋仲則客死晉中,遺稿俱其平生交游好之者代為搜輯,靭無抉擇,至於如此。今若就其所傳稿中,重加選訂,存十二三,壽之名山,可以不朽矣。他日子將爲竹眠爲之。

咸同中詞人,以江陰蔣鹿潭先生爲獨步,其所傳《水雲樓詞》,止百餘首,未刻遺稿尚多,曾於其子子瀟茂才處見之。子瀟死,不知今佚何處。若藝蘅館所選詞中,即有其未刻之《琵琶仙》一曲,亦甚精美。先生所爲詞,沈抑雅正。白石後有數作者,惜其遇甚窮,以鹽官浮沈淮上,又值亂離,終客死於吳江舟中。平生善吹簫,得新詞,必自吹度,令妾婉君曼歌,有小紅低唱之風。既死,婉君殉之。馬塍啼損,尤爲希有。先生與先大夫同官於淮,遂聯縞紵。其流寓東州時,每來揚州輒館予家,予孩提中曾見先生丰采,嘗指予謂先大夫曰:"此子有慧根,將來必能文也。"今雖都不復記,而於先生生平,知之尚詳。先生有一佚事可附記之。

同治初,揚州名娼小劉者,鹽商求式以重幣納之。劉鄙其俗,不許。先生嘉劉之識,贈以小詩。有句云:"不嫁商人空老大,吳陵疏雨怨琵琶。"劉遂引爲文字知己。先生歿後,其子子瀟落拓淮上,時劉已退爲房老,養女數人,并名於時。審知子瀟困,求得之,爲之納粟得雜職。又介紹於其家往來豪客中,檄委不斷,以贍終身。若劉者信有古俠妓風,而詞人生無所遇,死乃食報於風塵文字知己,可傳亦可悲矣。

艷詞甚不易作,作者貴有纏綿反側一往之深情,忌爲妖冶猥瑣刺目之褻語。如東坡"缺月掛疏桐"《卜算子》一首,或謂其爲老兵女而作。而若柯選之,引朝陽居士所論,謂其與考槃極似。若此,可謂善言詞者。至於山谷語業,已造犂泥。再如"妝樓長望,羅帶輕分"之類,直是俗艷浮響耳。毫釐有差,天然懸隔,學者宜慎擇之。

白石集中,亦間作艷詞。如戲平甫、戲仲遠諸作,游戲之中,仍具深情。又其苕溪記見、金陵感夢,均艷在情致,而不在語言。是方稱爲艷詞合作。予亦習爲之。但師白石一派,斷不敢肆口昵昵,非戒之,益鄙之耳。

彭羨門以鴻博第一名世,所著《延露詞》,妖艷特甚。記其《卜算子》有云:"身作合歡床,臂作游仙枕。打起黃鶯不教啼,一晌留郎寢。"評者謂其神品,就豔詞言,誠爲佳構,然而風雅盡喪矣。至於晚近作豔詞者,亦是風尚,樊樊山、易實甫之流,皆好爲之。又如宋芝子有句云"口脂紅雨頰紅雲"之類,豔而不詞,尚成語邪?吾願世之爲豔詞者,稍以蘊藉出之,毋爲詞妖,以禍後進也。

應酬文字,每多溢美不衷之言,未免近諂,不佞生平之所深惡痛絕,故不敢作,不忍作。即勉強作之,亦斷不工。誠不若不作爲得。嘗觀古人此等著作,亦絕少當意。善乎白石一窮布衣,生平受知於當代名公鉅儒,其自述者,實繁有徒,而張平甫最稱知己。至謂十年相處,情甚骨肉,亦不得不謂交游之廣矣。就集中觀之,其所交中,微平甫、石湖外,餘子見者幾何?蓋與張、范之交,素心晨夕,迥異流俗,故得有此。然餘子能好白石者,自非庸俗不文可知。乃其自甘窮放,絕不以此爲罔道求合之具,益足倍其品操之高逸,著作之矜貴矣。

或難之曰:子安知白石當日不嘗爲此耶?作而不存,非不可也。曰:世之好白石者,好其文也。果有投贈白石不以人矜,人將以白石矜,雖不自存,寧無代存者乎?信是作而不存矣,亦可見其自好爲不可及。若後世作者,雖無契合,且將攀附一二知名士,以爲榮譽。幸如白石之遇,將不知其感恩知己之言,如何連篇累牘,窮形盡態也。嗚呼!白石之所恥,某亦恥之。

酬應之風,至今日而極盛。新學名詞,謂之運動。文字雖非所習,而風琴歌譜,固所風尚。舊有慶弔無論矣,更益之以歡迎、歡送、紀念、開會種種繁文,均莫不道之歌詞,以媚賓客。昔北齊有士大夫語顏之推曰:我有一兒,年已十七,頗曉書疏,教其鮮卑語,及彈琵琶,稍欲通此,以伏事公卿,無不寵愛,亦要事也。顏氏低頭至不欲聞,是即今日之好教科也。哀莫大於心死,不具死心而生今世,猶欲於詞章之末,抗論氣節,於亦自知其辭費矣。

白石之詞,於《慶宮春》其自序曰:過旬塗稿乃定。於《長亭怨慢》其自序曰:初率意爲長短句,而後協以律。是可知其或先成詞,而塗稿鄭重,或先得句,而協律精審,皆非率意爲之。昔人云"得句將成功",喻其難也。惟知難則下筆自然矜貴。今也不然,以文字爲無足輕重之物，故肯以之爲無謂周旋之用。不自知其難，遂亦不見人之苦心。安得有佳構？安得有賞音也？然亦可喻今之將略。不恤天下膏血頭顱，以爭一己之權利，僥倖用之，逞計得失。誠如曹孟德與孫吳書云"將與將軍會獵於吳"，是固以士卒爲鷹犬，人民爲飛走耳。何功之可言成？亦何成之足爲貴？斯文道喪，未有甚於今日者也。

有宋詞家極盛，但選詞善本極少，惟弁陽老人《絶妙好詞》尚饜人意。餘如《花間》《草堂》《樂府雅詞》《陽春白雪》《絶妙詞選》之類，大都純疵互見。蓋以當時人操當時選政，徒嫟於親愛，而選政於是濫矣。即弁陽所選，其第五、六、七卷，多其並時之人，故選入者亦復不能盡當，此其書之所以復不逮前也。夷謂選家與史家權衡相同，皆有華袞鐵鉞之操縱，不能具春秋之心，不必誣人，亦不必自誣。

嘗有人評有清詞家，謂如竹垞、迦陵爲才人之詞；衍波諸家，爲詩人之詞；惟飲水、憶雲、水雲樓三家，乃眞詞人之詞。其論尚屬允當。然飲水小令，可稱神化，而慢曲單緩不協，什之七八。其令可傳，其慢不可傳也。憶雲工整，稍近夢窗，亦似肉多於骨。予所瓣香無閒言者，水雲樓而已。

填詞須通首詞氣勻配，或前虛後實，前實後虛，或前遠後近，前近後遠。實字過多，則嫌堆砌，否亦隔閡。虛字過多，則嫌薄弱，否亦弛懈。故必均勻支配。太促，則用排蕩之筆，以疏其氣；太散，則用妍煉之筆，以緊其機。務以一氣呵成者爲上，次亦必求通體疏達，饒有餘味。若僅以字面工麗，徒事裝點，是非我所敢取也。

眾生耽軟暖，耽軟暖則慕榮利，慕榮利則習揣摩。不能揣摩者，即爲自絶。於時其不至放棄終身者鮮矣，若兩漢之訓詁、六代之駢儷、唐之詩、宋之詞、元之曲、明之製藝，皆隨時爲風氣。著述如此，即其他之讖緯、清談、理學門戶，亦各揣摩之一道也。有清盛時，各種學派皆有提倡，皆有揣摩，至於衰世，爭尚西學，而昔所揣摩，皆成糠秕。國變十年，其揣摩者，上下交征，廉恥道喪而已。生民以還，無私變相，吾誠不知所言。然倚聲一道，尚未至成《廣陵散》者，亦有一時之風氣也。能揣摩者，未嘗無人，特與予之所言背道而馳。予固自絕於時者,軟暖非不耽,而揣摹生不習,寧獨幸聲然邪！時絕我乎？我絕時乎？

（以上載於《國聞週報》1926年第3卷第10期）

詞　說

蔣兆蘭 撰

　　一九二六年鉛印本《詞說》，共三十二則。作者蔣兆蘭（一八五五——一九三二），字香轂，一字蘭笙，江蘇宜興人。晚清詞人蔣萼之子，增貢生。曾參加寒碧詞社、鷗隱詞社、白雪詞社等。晚年客居授徒於蘇州。有《青蕊庵詩》《青蕊庵詞》，輯有《樂府補題後集》。《詞說》一文爲作者鑒於清代詞話多門户之見，又有"博而寡要，勞而少功"之弊，故而"推本屈、宋、徐、庾之旨，甄別家數選本之精，闡述前賢時彦相承之統緒"所撰寫。《詞說》以指點學詞途徑爲主要内容。其中，"初學作詞當從詩入手"和"作詞當以讀詞爲權輿"等論斷受前輩詞人影響較大。同時，文中多處評論宋、清兩代詞人的派別、選本和選聲用律，發論頗有見地，如論清季張景祁、譚獻、鄭文焯諸賢色色皆精，蔚然稱盛"直欲突過清初，抗衡兩宋"，確是不刊之論。

　　有清一代，詞學屢變而益上。中葉以還，鴻生叠起，辟門户之正，示軌轍之程。逮乎晚清，詞家極盛，大抵原本風雅，謹守止庵，導源碧山，歷稼軒、夢窗以還，清真之渾化之説爲之。雖功力有淺深，成就有大小，而寧晦無淺，寧澀無滑，寧生硬無甜熟，練字練句，迥不猶人，戛戛乎其難哉。其間特出之英，主壇坫，廣聲氣，宏獎借，妙裁成，在南則有復堂譚氏，在北則有半塘王氏，其提倡推衍之功，不可没也。既自清命既訖，道喪文敝，二十年來，先民盡矣。獨有彊村、蕙風，喁於海上，樂則爲天寶霓裳，憂則爲殷遺麥秀，是可傷已。乃今歲初秋，蕙風奄逝，吾道益孤。猶幸承其風者，有吳君瞿安、王君飲鶴、陳君巢南諸子，大抵學有本原，足以守先而待後。兆半無似，友教吳門。諸生以老馬識途，時時從問詞法，兼求詞話，奉爲準則。因念古人名著如《詞源》《詞旨》及《樂府指迷》等作，未必淺深高下之皆宜。而清代叢談詞話諸書，往往特標一義，以自取重。誠恐博而寡要，勞而少功。又慮近世學者根柢不具，則枝葉不榮。故推本屈、宋、徐、庾之旨，甄別家數選本之精，闡述前賢時彦相承之統緒，撰爲一書，名曰《詞説》。要使本末兼修，古今同化。際茲斯文絶續之會，寧使後之人視吾説爲駢枝，無令嗜學者恨前人不爲傳述也。宜興蔣兆蘭。

　　初學作詞當從詩入手，蓋未有五七言不能成句，而能作長短句者也。詞中小令，收處貴含蓄，貴神遠，與詩之七絶最近。慢詞貴鋪叙，貴敷衍，貴波瀾動蕩，貴曲折離合，尤與歌行爲近。其他四五七議論偶句，則近於律詩。是故能詩者，學詞必事半功倍。但使端其趣向，勿誤歧途，一兩年或三四年，用功爲之，便成好手。大抵詩境寬，家數多，故不易自立。詞境窄，家數雖多，而可宗者少，故易於成就。至詞與詩之不同，雖匪一端，而大較詩則有賦比興三義，詞則以比興爲高，才入賦體，便非超詣矣。

　　作詞當以讀詞爲權輿。聲音之道，本乎天籟，協乎人心。詞本名樂府，可被管弦。今雖音律失傳，而善讀者，輒能鏘洋和韻，抑揚高下，極聲調之美。其瀏亮諧順之調固然，即拗澀難讀者，亦無不然。及至聲調熟極，操管自爲，即聲響隨文字流出，自然合拍。此雖專主論詞，然風騷、辭賦、駢散諸文詩歌各體，無不有天然之音節，合則流美，離則致乖也。

　　初學作詞，如才力不充，或先從小令入手。若天分高，筆姿秀，往往即得名雋之句。然須知詞以沉著渾厚爲貴，非積學不能至，至如初作慢詞，當擇穩順慣用之調，平仄多可移易者爲之，庶幾不苦束縛。既成，再將詞律細心對勘，務使平仄悉諧，辭意雙美，改之又改，方可脱手，出以示人。逮至功夫漸到，然後可作單傳孤調，及研究上去聲字。總之，此道無論天資高下，才情豐嗇，必得三五年功夫方能大成。登高自下，行遠自邇，不容躐等也。

填詞以到恰好地位爲最難，太易則剽滑，太難則晦澀，二者交譏。至如淺俗之病，初學尤易觸犯。第淺俗之病，人所易見，醒悟不難。惟纖佻之病，聰穎子弟不特不知其爲病，且認爲得意之筆。此則必須痛改，範以貞正，然後克躋大雅之林。

古文貴潔，詞體尤甚。方望溪所舉古文中忌用諸語，除麗藻語外，詞中皆忌之。他如頭巾氣語、南北曲中語、世俗慣用熟爛典故及經傳中典重字面皆宜屏除淨盡。務使清虛騷雅，不染一塵，方爲筆妙。至如本色俊語，則水到渠成，純乎天籟，固不容以尋常軌轍求也。

《説文》云：“詞者意内而言外也。”當叔重著書之時，詞學未興，原不專指令慢而言。然令慢之詞，要以意内言外爲正軌，安知詞名之肇始，不取義於叔重之文乎。至如樂府之名，本諸管弦。長短句之名，因其句法，並無關得失。獨至詩餘一名，以《草堂詩餘》爲最著，而誤人爲最深。所以然者，詩家既已成名，而於是殘鱗剩爪，餘之於詞。浮煙漲墨，餘之於詞。詼嘲褻諢，餘之於詞。忿戾慢罵，餘之於詞。即無聊酬應、排悶解醒，莫不餘之於詞。亦既以詞爲穢墟，寄其餘興，宜其去風雅日遠，愈久而彌左也。此有明一代詞學之蔽，成此者升庵、鳳洲諸公，而致此者實詩餘二字有以誤之也。今宜亟正其名曰詞，萬不可以詩餘二字自文淺陋，希圖卸責。

填詞之學，既始於讀詞，則所讀之選本宜審矣。約而言之，茗柯《詞選》，導源風雅，屏去雜流，途軌最正，世所稱陽湖派者，實本於茲。第墨守者，往往含有蘇辛氣味。不知詞貴清遒，不尚豪邁，可以不必。周止庵《宋四家詞選》，議論透闢，步驟井然，洵乎入室之明燈，迷津之寶筏也。其後戈順卿氏又選宋七家辭彙爲一編。學者隨取一家，皆可奉爲師法，就此成名。至如宋人選本，惟周草窗《絶妙好詞》選，最爲精粹，可作案頭讀本，他可勿論也。

清人選宋詞博而且精者，無過朱竹垞《詞綜》一書。此與萬紅友《詞律》、戈順卿《詞林正韻》皆詞家必備之書也。

宋代詞家，源出於唐五代，皆以婉約爲宗。自東坡以浩瀚之氣行之,遂開豪邁一派。南宋辛稼軒,運深沉之思於雄傑之中,遂以蘇辛并稱。他如龍洲、放翁、後村諸公,皆嗣響稼軒,卓卓可傳者也。嗣茲以降,詞家顯分兩派,學蘇辛者所在皆是。至清初陳迦陵,納雄奇萬變於令慢之中,而才力雄富,氣概卓犖。蘇辛派至此可謂竭盡才人能事。後之人無可措手,不容作,亦不必作也。

詞家正軌,自以婉約爲宗。歐、晏、張、賀,時多小令,慢詞寥寥,傳作較少。逮乎秦、柳,始極慢詞之能事。其後清真崛起,功力既深,才調尤高。加以精通律呂,奄有衆長,雖率然命筆,而渾厚和雅,冠絶古今,可謂極詞中之聖。

南渡以後,堯章崛起,清勁逋峭,於美成外別樹一幟。張叔夏擬之野雲孤飛,去留無跡,可謂善於名狀。繼之者亦惟花外與山中白雲,差爲近之。然論氣格,迥非敵手也。

繼清真而起者,厥惟夢窗。英思壯采,綿麗沉警,適與玉田生清空之説相反。玉田生稱其"何處合成愁"篇,爲疏快不質實。其實夢窗佳處,正在麗密,疏快而其本色也。至所舉過澀之句,爲後世學夢窗者點醒不少。草窗詞品,雖與夢窗相近,然練不傷氣,自饒名貴。

史梅溪詞,以幽秀勝。張功甫稱其有環奇警邁、清新閒遠之長,良是。戈順卿列之七家,允爲無忝。

初學填詞,勿看蘇、辛,蓋一看即愛,下筆即來,其實衹糟粕耳。竹垞提倡姜、張,太鴻參之梅溪,陽湖推挹蘇、辛,止庵揭櫫四家,而以清真集其成,可謂卓識至論。清季詞家,蔚然稱盛。大抵宗二張止庵之説,又竭畢生心力爲之。本立言之義,比風雅之旨,直欲突過清初,抗衡兩宋。後有作者,試研幾張(景祁)、譚(獻)、許(增)、鄭(文焯)及四中書(端木埰、許玉瑑、王鵬運、況周頤)、張(仲炘)、朱(孝臧)諸賢所作,當知吾言之不謬也。

張玉田論詞,以清空不質實爲主,又以騷雅爲高。周止庵則曰:"初學詞求空,空則靈氣往來。既成格調求實,實則精力彌滿。"蔣劍人論詞曰:"詞以有厚入無間。"譚復堂揭柔厚之旨,陳亦峰持沉著之論。凡此諸説,猶之書家觀劍器,見爭道,睹蛇鬥,皆神悟妙境也。學者試於諸説參之。

玉田論清真詞,謂其采唐詩融化如自己者,乃其所長。又言賀方回、吳夢窗皆善於練字面,多於溫庭筠、李長吉詩中來。而沈伯時亦稱清真詞下字運意皆有法度,往往自唐宋諸賢詩句中來。又謂施梅川讀唐詩多,故語雅淡。又言要求字面,當看溫飛卿、李商隱,及唐人諸家詩句中字面好而不俗者,採摘用之云云。以上諸説,蓋謂詞家必致力於詩,始有獨得,固已。竊以爲詩詞實同源異派,皆風雅之流別。詞家欲欲進而上之,則蘭成及齊梁人諸賦皆絶妙詞境。又進而上之,則董嬌嬈、羽林郎等樂府及高唐、洛神、長門、美人諸賦,亦一家眷屬。更進而上之,則屈宋諸作,莫非詞家大道金丹。雖體制各別,而神理韻味,猶蘭茝之與荃蓀也。顧才高者或以詞爲小道,鄙不屑爲。爲之者或根抵不深,或昧厥本原,此詞學之所以不振也。世有齕吾言者乎,盍試上探騷辨,下究徐庾,精思熟讀,一以貫之,美成、白石容可幾乎。不佞老矣,能言之而不能行之,可愧已。

詞之爲文,氣局較小,篇不過百許字,然論用筆,直與古文一例。大抵有順筆,有逆筆,有正筆,有側筆,有墊筆,有補筆,有説而不説,有不説而説。起筆要挺拔,要新警。過片要不即不離。收筆要悠然不盡,餘味盎然。中間轉接叠用虛字,須一氣貫注。無虛字處,或用潛氣內轉法。蒙常謂作一詞能佈置完密,骨節靈通,無纖毫語病,斯真可謂通得虛字也。

陸平原《文賦》云:"理扶質以立幹,辭垂條而結繁。"蓋無論何種文字,莫不以理爲質,理者意之所寓也。初學填詞,首在運意,理之所在,勿觸勿背,則質存而博覽會立矣。意之所發,文以辭藻,有條有理,不雜不亂,則條暢而繁茂。枝葉花實,附麗本博覽會,非飄萍斷梗之比矣。大抵才藻富、理路清,入手學夢窗尚可。否則,不如從姜張入,植其骨幹。迨格調既成,辭意相副,更進而求之可也。

填詞之法,首在練意。命意既精,副以妙筆,自成佳構。次曰佈局。虛實相生,順逆兼用,搏扣緊湊,或離或即,波瀾老成,前有引喤,後有妍唱,方爲極佈局之能事。次曰練句。四言偶句,必加錘練，勿落平庸。散句尤宜斟酌，警策處多由此出。試觀陸輔之《詞旨》，所摘警句皆散句也。偶句雖工，終是平板，散句之妙，直有不可思議者，此其所以尤宜注意也。次曰練字。字生而練之使熟，字俗而練之使雅。篇中無一支辭長語，第覺處處清新。情生文，文生情，斯詞之能事畢矣。

初學詞能謹守詞律，平仄不差，已是大難。然平仄既協，須辨上去。上去當矣，宜別陰陽。陰陽審矣，乃調九音。所以然者，音律雖已失傳，而近世填詞家，後起益精，不精即不得與於作者之列。況詞固貴宛轉諧和，若一句聱牙，即全篇皆廢。昔玉田論音律，嘗謂"鎖窗深"，深字不協，改幽字，仍不協，又改明字，乃協。所以然者，"鎖窗深"三字，不獨盡是陰聲，而且皆是齒音，宜其歌之不協也。幽字雖易喉音，第仍是陰聲，故亦不合。明字既是唇音，又屬陽平，正周止庵所謂重陰間一陽，宜其合也。又如所謂粉蝶兒"撲定花心不去，閒了尋香兩翅"，撲字不諧，改爲守乃諧。撲與守皆陰聲，何以一諧、一不諧。蓋撲字入聲，其音啞，守字上聲，其音緊，此其所以不同也。鄙見如此，故列陰陽九音之說。世有知者音，當不河漢吾言也。

宋人作詞，未有韻本。然自美成而後，南宋詞家通音律者，隱然有共守之韻。戈順卿依據名家詞，撰爲《詞林正韻》，近代詞家，遵而用之，無待他求矣。獨至押韻之法，趁韻者不論，即每逢韻腳處，便押一箇韻，韻雖穩而不能使本韻數句生色，猶爲未善也。名家之詞，押韻如大成玉振之收，聲容益盛，是亦不可不講也。

中國之學，務在師古，歐美之學，專尚改良。詞至南宋，可謂精矣。至元而音律破壞，除二三名家以外，已不饜讀者之心。有明一代，詞曲混淆，等乎詩亡。清初諸公，猶不免守花間、草堂之陋。小令競趨側艷，慢詞多效蘇、辛。竹垞大雅閎達，辭而辟之，詞體爲之一正。嘉慶初，茗柯宛鄰，溯流窮源，躋之風雅，獨辟門徑，而詞學以尊。周止庵窮正變，分家數，爲學人導先路，而詞學始有統系，有歸宿。吳門七子，守詞律，訂詞韻，於是倜規錯矩者，不敢自肆於法度之外。故以清代詞學而論，誠有如外人所謂逐漸改良者。以故清季詞人，如前所論列諸家，色色皆精，蔚然稱盛，殆亦時會使然。後起之英，亦既致力於詞，苟能精研屈宋以下，徐庾而上諸作，神而明之，大而化之，或亦改良之一助歟。

戈順卿《宋七家詞選》，標舉詞家準的，詳於南宋者，以詞至南宋始極其精也。其實北宋慢詞如淮海、屯田，并臻極詣，亦治詞家所不容舍也。戈選不收，猶爲缺憾。

歐陽、大小晏、安陸、東山，皆工小令，足爲師法。詞家醉心南宋慢詞，往往忽視小令，難臻極詣。鄙意此道，要當特致一番功力於溫韋李馮諸作，擇善揣摩，浸淫沉潛，積而久之，氣韻意味，自然醇厚不復薄索。蓋宋初諸公，亦正從此道來也。

三十年前，與南昌萬碩盟（釗）論詞，有足紀者，附錄於此。一曰：調如《賀新郎》《沁園春》《滿江紅》《水調歌頭》等曲，皆不易填，意謂其易涉粗豪也。二曰：凡四言偶句，仄仄平平、平平仄仄者，上句第二字，下句第四字，古人多用入聲，蓋以兩仄相連，忌用上上去去，故以入聲間之也。又曰：元人詞斷不宜近，蓋以元詞音律破壞，且非粗即薄。他山之助，不敢忘也。

詞雖小道，然極其至，何嘗不是立言。蓋其溫厚和平，長於諷喻，一本興觀群怨之旨，雖聖人起，不易其言也。周止庵曰詩有史，詞亦有史，一語道破矣。

止庵又云，詞非寄託不入，專寄託不出。一物一事，引伸觸類，意感偶生，假類必達，斯入矣。萬感橫集，五中無主，赤子隨母笑啼，野人緣劇喜怒，抑可謂能出矣。此最善言寄託者也。質而言之，要在渾含不露，若即若離，祇用一兩字點明作意，使人省悟。不可發揮太過，反致淺陋。

詞葉入聲韻者，如美成《六醜》《蘭陵王》《浪淘沙慢》《大酺》，及白石《霓裳中序第一》《暗香》《疏影》《惜紅衣》《淒涼犯》等調，皆宜謹守前規。押入聲韻，勿用上去。其上去韻孤調亦然。不得以上去入皆是仄聲，任意混押。

詞家以入作平，固是宋人成例，句苟可不作，豈不更好。若必不得已時，要以讀去諧和方可。

清真《蘭陵王》詞"一剪風快"、"月榭携手"二句，一字、月字，疑是以入作平。詞律未經注出。按宋人賦此調者於二字多用平聲。後人填此調，莫如照填入聲爲當，勿泛填上去也。

詞宜融情入景，或即景抒情，方有韻味。若舍景言情，正恐粗淺直白，了無蘊藉，索然意盡耳。

近日詞人如吳瞿安（梅）、王飲鶴（朝陽）、陳巢南（去病）諸子，大抵宗法夢窗，上希片玉，猶是同光前輩典型。此則自關根柢，有志詞學者，盍且培其根，沃其膏，爲步武名賢也乎。

長興詞話

温 匋 撰

載於民國丙寅年（一九二六）鉛印排印本《長興詞存》。温匋（一八九八—一九三〇），字彝罍，長興人。一九一六年，嫁給長興藏書家、書畫家王修（字季歡）。一九二〇年，夫婦旅居北平，温匋從畫家胡佩衡、姚茫父學山水畫，不逾年而成名家。一九二三年，得湖郡先輩奚虛白《漱玉詞》，以多種版本校訂出版，並將居所題名爲"拜李樓"。一九三〇年，難產而逝。温匋著有《彝罍詞》《拜李樓畫質》等。又爲配其夫王修《長興詩存》而選《長興詞存》五卷附詞話一卷，録自宋迄清長興詞人二十餘人，詞三百餘首。黄賓虹爲之作序。

《長興詞話》共十一則，考證長興自趙宋以來詞人如朱晞顏、朱紫貴等行止、作詞事跡。該詞話引文較多，中間全文抄録劉宰《故湖州通判朱奉朝墓誌銘》《四庫全書總目提要·瓢泉吟稿提要》、朱紫貴《楓江漁唱自序》、王承湛《寄龕詞問序》等文，雖有保存鄉邦詞人文獻之義，惜考證過瑣細，論詞未及深入。

趙宋以詞人著，而吾邑僅得劉燾、陳璧二人，亦云儉已。端師子以郡人顧邑乘，自顧志以來，傳諸方外，有詞四首，不啻珍琳。

陳君玉詞，朱彊邨宗伯《湖州詞徵》僅《踏莎行》《玉樓春》《謁金門》三闋。曩從湘鄉曾氏借閲《泰州府志》，中有君玉詞，當時未鈔，今無從求得，寧非憾事。

安間和尚淨端遺著，《長興縣志·藝文》著錄僅有《端禪師語錄》，註云：佚劉誼序。日本《續藏經》第三十一函中有《吳山淨端禪師語錄》二卷，爲法孫師皎重編，蓋流傳東土而不存宗國久矣。近聞有人影印以行，恨未得其書，不能證其中有無詩詞，足補蒐羅之未逮。

長興宋人詞無專集，無論已。元朱晞顏詞多至四十闋，亦無單刊本，僅附《瓢泉吟稿》以行。詞有專集當以明顧司寇應祥《崇雅堂樂府》一卷爲始，顧僅見其名於黃氏《千頃堂書目》及《明史·藝文志》，亦無傳本。

劉宰《漫堂集》有《故湖州通判朱奉朝墓誌銘》，云："君諱希顏，景淵字也。世家吳門，入大學爲諸生，陞內舍，中上舍試，擢第，就上元尉，調揚州教授，用舉者改秩，知湖州歸安縣。君爲之立類帖而催科簡，勸義役而役使均，置田以飯囚而絕瘐死之冤，爲禮以勸分而得賑饑之實。烏程褚氏女奴竊藏以逃，其父懼及，迫之溺死而訟，褚氏疑不能明，郡以是屬君。君致女奴之弟，一問得其情，闔郡駭嘆。社稷壇壝，按之禮典，新其什器，神用休嘉，物無疵厲。倪公思一代名臣，高其能，爲紀之，滿秩舉最，差福建轉運司主管文字，歷通判湖州。湖經總製額特重，會政多故，吏滋爲姦，期會稍違，督責日峻。君即與所部約截爲期而除宿負，度宜定數而減虛額。屬部欣然，力省而事集。罷爲主管建昌軍仙都觀，葬湖州長興縣至德鄉福來山鄉太陽塢之原。銘曰：耕之地同，彼獲則厚；賈之肆同，彼鬻則售；貨甯彼珍，力則我勛。嗚呼景淵，而止於是。有苾其香，式敬烝嘗。弁山之陽，庶幾桐鄉。"乃《四庫全書總目》《瓢泉吟稿》五卷，元朱晞顏撰。《提要》云："考元代有兩朱晞顏。其一爲作《鯨背吟》者，其一爲長興人，字景淵，即著此稿者。晞顏始末不甚可攷，惟《吳澄集》有晞顏父文進墓表，載及晞顏。稱其能詩文而爲良吏，亦不詳其爲何官。今以集中詩攷之，則初以習國書被選爲平陽州蒙古掾，又爲長林丞司煮鹽賦，又曾爲江西瑞州監稅，蓋以郡邑卑吏終其身者。其集藏書之家罕見著錄，惟焦竑《國史·經籍志》載有《瓢泉集》四卷，而世無傳本。顧嗣立錄元詩三百家，亦不及其名。今據《永樂大典》所載，鈔撮編次，釐爲詩二卷、詩餘一卷、文二卷。又牟巘、鄭僖原序二首尚存，仍以弁諸卷首。集中所與酬贈者爲鮮于樞、揭傒斯、楊載諸人。故耳目薰濡，具有法度，所作雖邊幅稍狹，而神理自清。牟巘序所稱擬古之作，今具在集中，頗得漢魏遺意，異乎以割剝字句爲工。其雜文亦刻意研練，不失繩墨。惟鄭僖所賞《麯生》《菊隱》二傳，沿《毛穎》《革華》之體，自羅文、葉嘉以來，已爲陳因之窠臼。僖顧以奇瞻許之，殆所謂士俗不可醫矣。"僅據《景澄集》而不考《漫堂集》，不得不謂其疏率，而嘆考據之難。至同治《湖州府志·名宦》竟改《漫堂集》文，作蘇州吳縣人，謂"朱希顏，字景淵，蘇州吳人，寧宗朝知歸安，立類帖以簡催科，勒義役以均役使，置田飯囚，捐俸賑饑。烏程有疑獄，郡守屬之，希顏一問得其情，闔郡駭嘆。尋通判湖州。湖經總製額特重，會前政多故，吏滋爲奸，期會稽違，督責日峻。希顏亦即與所部約截爲期而除宿負，度宜定數而減虛額。屬部欣然，力省而事集。未幾主管建昌仙都觀。卒葬長興"。斠以原文，不僅難辭妄改之愆，且無徵不信，貽欺來學矣。

　　朱立齋有詞三種，曰《清湘瑤瑟譜》《續譜》，曰《楓江漁唱》。吳興劉氏刊《吳興叢書》。吾家藏有其曾孫叔倫手寫本，後有會稽孫德祖跋。中惟《漁唱》有自序。蓋成稿最先。序云："吾郡家藏煙浦，戶具畫船。匪直詩林，抑亦詞窟。趙宋南遷，地當畿輔。子墨客卿，於時盧旅，則有石帚領異於前，草窗標新於後。苑爲世鏡，蔚爲太宗。有明以來，厥風不振，箏琶雜奏，嗣響綦難。往者，徐君詠梅欲集同岑數人爲詞社之舉，有志未成，斯人叠逝，幺弦寡和，彈不成聲。顧念天才，未必增長神智，不欲自腐，爰取舊作，益以今篇，共五十餘闋，爲一卷。嘗恨宮調失傳，庸音自綴，茫乎宮楣之梵字，寂然太樂之瘖鐘，無由發唱歌喉，寫聲橫竹。世有嫺音律如楊守齋、徐南谿其人乎？固將北面求之，竊比於玉田焉。道光戊子季秋既望，長興朱紫貴自序。"

　　詞有見於往籍，而確知其僞。如陳後主所傳詞，以及出自乩筆者，皆後人游戲之作。縱聲律翕諧，跡近詭誕，但可存諸小說，何能亂例,貽譏詞林,故從割愛。

　　吾邑詞人顧應祥,有《崇雅堂樂府》一卷,朱齐有《倚聲集》《旗亭集》,朱文震有《鬟雲樓詞稿》,朱紫貴有《楓江漁唱》《清湘瑶瑟譜》,施垂青有《却病詞》一卷,錢琴有《韻清詞》,王祿有《萬竹樓謠》一卷。茲外附見詩集,間或有之。然或存或亡,頻年搜求,迄無所得,生晚之感彌深。

　　先公祥生府君亦喜填詞,顧從不留稿。季歡六歲失怙,殆有零稿,亦力所不及保存歟。惟《序孫彥靖先生寄龕詞問》一文,可以見先公於詞學致力之一班。特錄之。序云:"天下之境,有寓目而快心者。夫人而可與知也,然而知之未必其能言,言之未必其能盡。不能强一世之人,而胥同吾好,而終不敢靳言之所好,而勿公諸人。學問之道,何獨不然。寄龕先生之秉鐸吾邑也,承湛以年家子辱收門籍,得聞文章大抵根源。六籍淹貫,百家用匄,瀹其性靈,而神明乎規榘。製不限洪纖,篇無論修短,要之,意之所至,筆亦隨之。尋常百思所不到者,矢口而陳,俯拾即是。曲而能達,動中自然。文詩雜著諸刻,以次流傳遐邇。諒有目者宜有公好,無所不悅,豈惟及門。乃者以多能餘事,有《詞問》之編,簡端自叙,言之備矣。間嘗非時請益,獲以燕間,受而讀之,見夫碢鏤景物,細祕騁妍,調燮宮商,循聲赴節,固已本醖釀之淵深,展才思之旖旎,抱景咸叩,裹響畢彈。夫其唾瓊瑶爲投報,則臭挹蘭言;攬文藻江山,則瑟彈古怨。以至委心絲竹,資匄寫中年;極目鄉關,寄纏綿於遠道。莫不循溫柔敦厚之教,吐流連往復之音。樂而不淫,哀而不傷。是謂祖述風詩,奚啻銜官屈宋。近歲儀徵宗伯采風兩浙,得先生詩,嘗亟稱之,以爲才長學富,律遒詞清,或者人有偏長,兼之實難,其選尤以至性至情,往往無心流露,嘆爲有裨名教,不慚抗席儒林。竊意依茲品藻,可讀先生之詞,而知意寓環中,韻流弦外,亦麗以則,亦正而葩。間寫滋蘭樹蕙之思,仍標節性防情之準。夫文以載道,詞以言情,各有攸宜,莫之能廢。是故廬陵椽筆,曾題鳳髻龍文;涑水名賢,亦譜紅畑翠霧。凡以擷靈均之香草,傳忠袍於千春;同陶令之《閒情》,染古芬於萬口。體有分途,情無二致。揆之昔悊,誼在兼收。是用請授梓人，公諸藝苑，并抒闞管以詒知音。非敢云知而能言，言之能盡，亦曰學問之中，詞固文家餘事，而其間實有此快心之境也。與寓目者，儻有同心，阿私所好，吾知免矣。光緒二十六年，歲在庚子春二月，受業年愚姪長興王承湛祥生校刊并叙。"

徐正梧《各夢山房遺稿》一卷，嘉慶十九年刻本。金子長表兄花近樓有之。前有邑人丁樹芝序，後有吳榮跋。中附詞十首，茲即賴以錄存

朱立齋紫貴所作詞，南林劉氏既爲刊傳矣，揆以存人之義，故但取《楓江漁唱》一集而捨其餘，非有取去存乎其問也。物以希爲貴，曩格選家，不錄生存，今采《花近樓詞》，固自破例，竊不敢承窳陋，且欲謂吾邑詞壇盛衰，假此存梗概焉。

屯田詞話

關仲濠 撰

載於一九二七年一月五日至一月七日《世界日報》副刊。作者關仲濠，生平不詳。一九二七年曾於《星花》雜誌發表《綠色的夢》和短詩《那兒是你的家》。《屯田詞話》主要介紹北宋詞人柳永的生平、詞作、逸事、影響，作者從"寫實文學"與"平民文學"的角度解讀柳詞，認爲其價值遠超錦繡叢中的晏氏父子所作《珠玉詞》《小山詞》。

一、宋詞與柳永

雖然是在詞人最擠擁的北宋，柳三變仍不失爲一箇橫絕當代的作者。他以諧婉的音律，代晚唐五代的萎靡；他以旖旎近情的聲調，一掃晚唐五代的堆砌。他的作品，是詞學上淒婉之宗。他的特長，就是用白詞描寫。在長詞裏，最能夠將一種很平常的境界藝術化、美化。因爲非常真切，所以雖香艷而不覺其靡，雖骩骳從俗而不以爲俚。有人說：宋詞之有柳三變，恰如唐詩之有白居易。較之所謂學際天人的晏殊、豪放狂詭的蘇拭，決不多讓，其他如賀方回、秦少游等尤其不是柳三變的對手。讀過《樂章集》的人們，自然會相信這些話不是武斷的。

因爲柳永是一位大詞人，而且是一箇寫實的文藝家，所以他的詞，強半是自己身世的表白。從藝術的腳點看，這樣忠實的作者，是誠然可貴的。北宋乘五季之後，《花間》的遺味，風披天下。當時的作者，君主如太宗、真宗、徽宗、高宗，朝宰如寇準、韓茂、范仲淹、王介甫、歐陽修,都是詞界的碩才,下而至道學、武夫、方士、婦人、女子、宦者,無不會製腔填詞。所謂隨時隨地是詞人,隨時隨地是作者。柳三變以他不可多得的天才,處於如此的環境,不知不覺已深深種下了文藝的慧根了。然而柳三變到底是偉大的創作者,《樂章集》確能夠跳出《花間》的圈套。"楊柳岸曉風殘月"與狂放學士的"大江東去",雖然可說異曲同工,但走上詞學的境界去觀察,便知道一則風流淒膩,一則叱咤嗚喑;一如美媛,他則不免有莽夫伧父的概度。項平齋說:"柳詞固無表德,祇是實説。"孫敦立說:"柳詞多雜以俚語。"殊不知這幾點,柳三變已足千古。祇是實説,不是現代的寫實文學嗎?不避俗語,不是現代的平民文學嗎?執定這些根據,所以敢大膽地説柳三變不僅是北宋的第一位詞人,而且是千餘年前的寫實文學、平民文學的先驅者。

二、柳永的生平

我們須知道,柳三變的處境,並沒有如李重光、納蘭容若輩之生於深宮之中,不離阿保之手。錦繡叢堆的生活,除非向夢裏去尋覓。他所有的,祇是顛沛潦倒的生平,宦途蹭蹬,已夠消受。而且因為曠達不構,到處受所謂正人君子的奚落。人情世態,領教過了,雞肋似的浮名,也看同嚼蠟。借勞人思婦的幽怨,去澆自己的塊壘。低斟淺酌,是掃愁的捷徑,秦樓北里,是遣興的樂園。從此柳三變真箇失意了,從此柳三變便蹉跎淪落,把可愛的生命,向歌臺舞榭浪費去了。

關於柳三變的籍貫我們正要考證一下:他是福建崇安人,少年時代,已經犯懶了風流跌宕的根性,擁著聰明絕世的天才,指揮著豐富熱烈的情感。這時,心中的宇宙,是怎麼樣可愛的,眼底的人生,是怎麼祥愉快而美滿的?造化之神,所賜與底天真,尚留存著,尚未有受環境風氣所惡化。他底父親宜擢,官至工部。從他的晚第看來,他的生平,大約在西元一千年左右。他的父親,雖則是一員京官,但不見得有什麼好處。然而,柳三變的少年生活,仍是風流的,浪漫的,在這最促期間,也可算為一生過程中最可愛的一段。

時光流駛，柳三變的青年期，已經如夢似的飛過了。這時，他的父親，也在宦邸撒手長辭，他爲著環境所驅使，決然向汴京去。帝都的蕃榮，早已在腦海中構成了無數蜃樓海市。既抵東都，遍游南北二巷，作新聲樂府，纏綿淒惻，仁宗好之，常使隨侍的近臣歌之再三。後又作宫詞，號《醉蓬萊》，墨蹟未干，後宫的嬪妃們，已經爭相歌咏。當著曉風初拂，晚景宜人的時節，苑内悠揚的歌聲，聽者魂消。呵，美人的青睞，是不容易得到的，何況這樣熱烈的歡迎，柳三變何修而蒙若是之寵愛呢？

　　然而，柳三變一生的命運，也跟著歌聲去了。當佳麗三千迎風高歌的時候，抑揚的歌韻，漸漸地吹到仁宗的耳邊，仁宗心裏已是十二萬分的不滿。景祐元年（西元一千零三十四年），柳三變春闈告捷（進士），臨軒放榜。在三變想，以爲自己的作品，久已叨受聖上的恩愛，自己的天才，也同時深深浸入仁宗的心坎，這回所得的，不問而可知爲獎勵慰勉，勸賞有加。然而結果怎樣呢？真是出人意料，希望轉成失望，自己平日以爲稱心的曲子，反成了招辱的導線。

　　其後太史奏"老人星現"。秋霽，仁宗開了一箇盛筵，並命左右詞臣供樂章，這時柳三變的機運，應該有進展的可能了。然而，因爲不會摹擬聖旨，不會體貼君意，祇憑自己的才華，想博人主的眷顧。當他把應制的詞呈奏時，仁宗讀到"宸游鳳輦何處"，與自己所作真宗挽詞暗合，惹動哀思，慘然失色。又讀"太掖波翻"已忍無可忍了，於是把本子向地一擲，大聲說："何不言波澄？"如此地觸冒龍顏，如此地忤犯天威！能夠安穩地保留小小的屯田員外郎，能夠不被付之有司，置之國法，已經是皇恩浩蕩了，還墮遷擢嗎？灰色的人生，滿胸懟憤，向何處去宣洩呢？

　　晏同叔也可算爲比較憐才禮士的朝輔吧。從"雙鴛衾裯悔展，夜又永、枕孤人遠"（《清商怨》）中，更可以證明所謂蓄道德能文章者，并非絕口不談閨閣幽怨，綺緯佳話。如果"針線慵拈伴伊坐"，并不可爲訓的淫曲靡詞，則"珠簾又整春風度，解偷送餘香。眠思夢想"（小山《喜團圓》），不更淫艷嗎？

然而在絕無理由的根據上,柳三變終得不到好評,終不能邀所謂正人君子的青睞。當他帶了一肚子悶氣去見晏殊的當兒,贏以握發吐哺自許的臺閣大臣,已由平日非常謙恭的面孔,搖身一變,現出一副咄咄逼人的鐵臉,徒然問:"賢俊作曲子麼?"柳三變覺得這話突如其來,好像給自己爲難,就不慌不忙地答:"祇如相公亦作曲子。"這句話真令晏殊呆住了。自己今日的地位,誰敢説是與自己的詞沒有關係?於是又帶著强辯的口吻説:"某雖作曲子,却未曾道:針線慵拈伴伊坐。"

柳三變這回真正失望了。自己以爲換不過低斟淺酌的浮名,也就至屯田員外郎而止。滿胸熱血,翻眼已冰冷沉滅。況自己生長八閩,壯游汴洛,依然故我,潦倒半生,如何不牢愁萬丈,如何不動家鄉之感?而且經年作客,流浪在外,已經是歲月頻更,還是無緣歸去,至今深閨伴侶,一竟日空凝睇。又何怪柳三變鄉愁極處,常發出"到此因念,繡閣輕抛,浪萍難駐。嘆後約丁寧竟何處。慘離懷空恨,歲晚歸期阻"(《夜半樂》),"脈脈人千里。念兩處恩情,萬重煙水……縱寫得、離腸別緒,奈歸雲誰寄?"(《卜算子》)的哀調呢?

然而逝者如斯,年復一年,無情的駒光,並不爲人生之倏促而假借。生命之神,已一天天的向沉淪大路走進了。故鄉的羨戀,年少的繁榮,已禁不起片斷的回憶。最後,横絶一世的大詞人——柳三變,終於在湖北襄陽結束他的浪漫生活了。他身後蕭條,葬費亦無所出,群姬爭噱金葬之於棗陽縣的花山。她們因被柳詞所感,所以對於作者的潦倒凄涼,不禁動了惺惺相憐之念。每遇清明時節,她們多載飲餟飲於柳三變的墓側,名曰"吊柳會"。名士美人足千古。三變有知,亦許認他們爲知己吧!

三、柳永的作品

講到柳三變的詞藝,能夠令我們越發起勁。然而有許多藝術的門外漢——雖然我也是其中之一——或自命衛道的先生們,看了這樣真切的、諧婉的、旖旎動人的作品,方寸間已由驚異而嘆服。

明明知道，作者的天才，是不可掩的，《樂章集》是比什麼《珠玉》《小山》詞，還要高一著，但仍死咬定這是淫曲靡詞。

這樣盲目的批評，這樣絕無理由的武斷，我們相信嗎？我們知道，袛"漸霜風淒緊，關河冷落，殘照當樓"數句，已夠令晃無咎等嘆服。而且素以岸傲自鳴的蘇軾，從他目空一切的眼光中，也以爲可以直逼唐人之府。周濟說："柳詞以平叙見長，或發端，或結尾，或換頭，以一二語勒提，掇有千鈞之力。"又說："柳詞鋪叙委婉，言近意深，森秀之越在骨。"可謂最精確的批評。陳質齋說："柳詞音韻諧婉，詞意罷帖，承平氣象，形容曲盡，尤工於羈旅行役。"然而《樂章集》裏頭幾無處不妥帖淒婉，幾無一不是描寫羈旅行役的絕品。

近人王靜安先生說："'衣帶漸寬終不悔，爲伊消得人憔悴'，非大詞人不能道。"可見公道自在人心。

柳詞的好處，已經得到如許學者們的贊許了。但還有幾段佳話，可爲柳詞生色不少。第一，蘇東坡因柳詞的風行，普遍宇內。他曾問一樂工："我詞何如柳七？"對曰："柳屯田宜十七八歲女郎，按紅牙板，唱'楊柳岸曉風殘月'。學士宜關西大漢，銅琵琶，鐵綽板，唱'大江東去'。"言外之意顯然。第二，宣和間，劉季高侍郎，嘗飯於宣國寺，因談歌辭，力砥柳耆卿，旁若無人。有老宦者聞之，默然起，徐取紙筆跪於季高之前，曰："子以柳詞爲不工，盍自爲一編示我乎？"劉默然無以應。(《却掃編》)第三，葉少蘊謂：嘗見一由西夏歸朝官說"凡有井水飲的地方，皆能歌柳詞"。以上這些話，我們可以知道柳詞是怎麼樣地可愛，是怎麼樣地得當時社會的民衆之欣仰，而傳播之廣，也可概見了。現在我們正要欣賞他的妙處。

《歸去來》："一夜狂風雨，花英墜、碎紅無數。垂楊漫結黃金縷，盡春殘，縈不住。　　蜂稀蝶散知何處，殢樽酒、轉添愁緒。多情不慣相思苦，休惆悵，好歸去。"描寫暮春景色，雨來花落，絲絲的垂楊，也因風雨之降臨而增長，迎風招展，光彩動人。但大好春光，依然去了，柳絲雖長，却無法把她留住。等到春夢無蹤了，花謝了，蜂兒蝶兒不知向哪里跑去了。心緒沉聞，欲借樽酒掃之，誰料及因此而倍覺無聊。回想故園風日,綺侶情深,何以道此?於是陡然動了歸計。

《八聲甘州》:"對瀟瀟暮雨灑江天,一番洗清秋。漸霜風淒緊,關河冷落,殘照當樓。是處紅衰綠減,冉冉物華休。惟有長江水,無語向東流。　　不忍登高臨遠,望故鄉渺邈,歸思難收。嘆年來蹤跡,何事苦淹留?想佳人、妝樓顒望,誤幾回、天際識歸舟。爭知我、倚闌干處,正恁凝愁。"不過是晚景,不過是暮積,而耆卿寫來,著實令人心酸:秋景的淒涼,暮秋的蕭殺,信口説出,是何等淋漓盡致!而且樹凋了,葉落了,大地上的繁華,也漸漸向灰色的自然,由沉寂而消滅了。覺得變遷者飄泊如此,不變者孤寂又如彼,不聚慘然魂消。白雲飄渺,哪裏是自己的故鄉?何忍再登高臨遠。至此,不覺反省一下,自己也發生疑惑。又從自己涉想到遠方去,因深閨裏尚有佳人,終日凝望,自己何故還淹留在外?況凝盼到切處,遠望歸帆而又屢誤呢。但我既能想像她的妝樓長望,亦許她同時想到我之空傷欄干。描寫雙方的情感,愈復密,愈糾纏。

《蝶戀花》:"獨倚危樓風細細,望極離愁,黯黯生天際。草色山光殘照裏,無人會得憑欄意。　　也擬疏狂圖一醉,對酒當歌,強飲還無味。衣帶漸寬終不悔,為伊消得人憔悴。"當細風微拂時,憑欄遠眺,祇有那天外層雲,或疏或密,時隨時現,令人黯然。而意中人遠,倍覺得心緒沉悶。對景生情,誰能夠絕然無動呢?況且綠草青山,好一幅自然圖畫,這時,沒有一箇人能瞭解自己的心事。牢愁愈深,雖然放懷痛飲,也是無效的。如此一天復一天,不覺得腰已不盈一捏。消瘦了,但不為她瘦,為誰瘦呢?所以雖衣帶漸寬,也絕無悔恨。

《鬥百花》:"滿嫋宮腰纖細,年紀方當笄歲。剛披風流沾惹,與合垂楊雙髻。初學嚴妝,如描似削身材,怯雨羞雲情意。舉指多嬌媚。　　爭奈心性,未曾先憐佳婿。長是夜深,不肯便入鴛被。與解羅裳,盈盈背立銀缸,却道你但先睡。"此闋係柳耆卿少年時代的作品,嬌艷香婉。青春少女的嬌美,是何等動人!青春少女的心性,是何等真潔!自然的美,裝束的美,天一處不足以表現少女的神秘。而且情態愈憨,格外覺得天真可愛。嬌怯就是動人處。體會入微,把少女的情致和心緒,深深烘托出。閨中恰如樂園,真南面王不足易。如此的生活,總算人生溫美滿的了。

然而這些不過是柳詞的一瞥,其他足以增加我們研究的趣味,實在還不在少數。《憶帝京》:"薄衾小枕天氣,乍覺別離滋味。展轉數寒更,起了還重睡。畢竟不成眠,一夜長如歲。　也擬待、却回征轡,又爭奈、已成行計。萬種思量,多方開解,祇感寂寞厭厭地。係我一生心,負你千行淚。"《安公子》:"夢覺清宵半,悄然屈指聽銀箭。惟有牀前殘燭,啼紅相伴。暗惹起、雲愁雨恨,情何限?從夜來、展轉千餘遍。任數重鴛被,孤眠不暖。堪恨還堪嘆,當初不合輕分散。及至厭厭獨自箇,却眼穿腸斷。似恁地、深情密愛如何拚,雖後約、的有於飛願。奈片時難過,怎得如今便見?"

生命的活躍,是文藝的源泉。客漏淒涼,纔覺得家園之可羨。何況佳人有約,久候不歸,閨閣裏的私嗔暗恨,回想當日彼此的恩愛,將何以自解?又將何以對那羅幃愁獨人的鴛侶呢?所以,左思右想,無法自慰,寒更數盡了,但雪似的鐵衾,混悶的心緒,早已把睡神逐之於九霄雲外,輾轉思量,大悔此行之孟浪。想勒好征容轡,馬上歸去,祇是此行的計畫,已經先時決定,環境和事實,均不許自己有自由的意志。感懷至此,那衾已紅袖濕遍了。縱使有時睡著,而寒蛩唧唧,半宵仍是醒來,悄然的漏聲,一陣陣令人心醉。起視四壁,祇有那燒剩的紅燭,滴著糊塗的酸淚。胸中新愁舊恨,如潮似浪的湧現。心頭冷了半裁,鴛被也無效了。想繡閣溫存偎紅倚翠時,真不知別離無味,竟難受如此。歸期綿邈,恨不得身生兩翼,隨著西風,向羅幃深處飛去。然而理想自理想,事實自事實,儘管汝寐思夢憶,眼穿腸斷,空造了無數幻象,待神魂略定,回顧自己,依舊孤形雙影,不禁爽然。中懷的搗摧,心靈的痛苦,向哪裏去求安慰呢?失望了!沸騰騰的熱血,也繞了幾箇彎,向冰寒霜冷的大江瀉去。

四、結論

　　固然,由柳耆卿的惆悵和哀吟,我們可以知道他的失意,究竟至如何程度?憑我們想,無論用什麼方法,這樣如描似畫、情實兼致的作品,大概不容再有不滿的批評吧!然而實際上却并不如此,却還有若干學者們加上了非難和輕視。李端叔說:"柳詞較之《花間》所集,韻終不勝。"黃叔晹說:"柳詞過於纖艷。"易安居士李清照更攻擊柳詞,批評柳永"雖協音律,而詞語坐下"。又作詩詆之云:"露華倒影柳三變。"我們知道所謂韻終不勝,所謂傷於纖艷,所謂詞語塵下,何嘗有絲毫影響它——柳詞的價值呢?不過我們覺得,似此苛刻的誅求,似此的吹毛求疵,適足以暴露批評者的近視吧!

詞學研究之一得

微 撰

載於《申報》一九二七年三月十三日版。作者微，生平不詳。《詞學研究之一得》一文副標題《讀過蕙風詞話詞以後》，全文即爲對況周頤《蕙風詞話》的推廣介紹。作者認爲，讀《蕙風詞話》可獲得知詞之源流、得詞之入門、通詞之理脈、知詞之用字、明詞之掌故、精詞之作法六種益處。

余寂處塵囂，久罕儔侶，暇日偶以詩古文詞，用爲排遣晷刻之計，以素乏根蒂，亦少心得。獨於詞學，心竊好之，而苦不得其門徑。《白香詞譜》、二張《詞選》雖加誦習，亦難測古人功力之所由與進徑之所自。既而得《蕙風詞話》詞讀之，始多進境，怳然於百思而不得其解，一旦便可豁然貫通，所謂"不惜金針度與人"者，信有之矣。余不敢自秘，爰述所心得者，略舉一二，亦願世人同好之人手一編，以爲孟晉之資也。原書全二冊，價二元五角，於大慶里中國書店、三馬路千頃堂蟫隱廬、四馬路校經山房均可購得。（按：該書爲惜陰堂叢書之一。叢書所刊若吳夢窗詞、蓉影詞、譚壁集、和珠玉詞、和小山詞等，均爲研究詞學者所必備，容再縷述之。）

（一）詞之源流可知也。詞自唐五代以來，歷宋元明清，至於今日，就中興衰正變、斷代異時，均有其歷史，而由詩變爲詞，就中復有自然之程序。且古人名詞爲詩餘，多屬誤解。本書於其源流分別詳舉，讀之而統系自明。夫欲研究一學問者，自應先知其經過之情形，而後可由以上進。論詞之書雖多，於此精嚴者則甚少，非取徑於斯，不可得也。

（二）詞之入門可得也。古今以來詞家千百，各備專集。初學者泛濫取觀，不知所入門。若隨意取一家觀之，又不知其人之爲工爲不工，或得其不工者而習之，取法乎下，將謂之何？且宋元名集中。亦有可學不可學、必學不必學、能學不能學之分。率意問津。事倍功半。得此指授。而後學者不至有歧途之誤。此蓋尤便於初學者矣。

（三）詞之理脈可通也。凡文字必有其自然之理脈，而後成理謀篇，詞亦猶是也。惟詞中有胡帝胡天之作、迷離烟水之情，故其理脈往往不易於得。然學者不得理脈則操觚爲之，必致蕪雜零亂，而難於斐然可觀，去成就也遠矣。詞話中於作法理脈多三致意，學者信手拈來、旁通觸引，蓋無往而不利者矣。

（四）詞之用字可知也。詞有詞之用字，昧然觀之，隨適皆可，而諦辨明審，則各有其恰當之作，雖絲毫不得移易，此在學者爲入手最難之事。然用字不愼，則通篇爲之減色，神味爲之不完。此等前人書中偶有發見，然無本書徵引之廣，就所識者而加功以之，必能語求精當矣。

（五）詞之掌故可明也。關於詞人之身世掌故足備讀誦者，亦學者所不可不知。其膾炙而在人口者固多能識之，而新闢可喜、前人所未見或語焉而不詳者，本書搜羅獨富。且有考證據訂，爲古人辨誣析疑者亦多，則作者續學之功。而學者得一一讀之，不寗大可快者耶。

（六）詞之作法可精也。詞之作法千百各異，而各有其絕勝之處。在學者偶涉斯途，五花八門，不諳作法，則無由上進，而作法之難又邈乎其遠。此書於古今名作及名句一一採取，而發明其底蘊，使學者讀之恍然知若者爲佳作而其所以致佳者何在，則於此以窺作法，而步趨以之，雖不中而不遠矣。

再者，詞話之後附以自定詞二卷。蕙風之詞，曩在零篇斷簡，頗讀其數十百闋，而全豹未窺，莫由精究。及讀此自定詞，而後知蕙風一生精力之所在，及其所可以爲人致學之道。蓋其中所含蓄而積發者，取之者特精，用之者特宏也。然初學得之，又可以爲悟入之道，而即取其一字一句，爲之琢磨，亦可略挹勝致。蓋讀古人之集，身世既遠，難於相接近，而近人之作，偏勝居多，讀之萬一或有流弊。惟蕙風之詞，大扣大鳴，小扣小鳴。謂斯言也不信，敢希同調者取而讀之，爲何如也？

讀紅館詞話

次　檀撰

　　載於《秋棠》一九二七年第一、二期，署名"次檀"。作者潘興剛(？—一九三四年後)，筆名次檀，又名孝暉，上海青浦朱家角人，虞社社員。著有《讀紅館詩話》《讀紅館詞話》等。潘興剛曾於一九二七年與黃意城、金世德、潘純鈞、蔡祖光在上海發起秋棠社，有江浙等地五十餘人參加。後出版月刊《秋棠》，以"聯合友誼、研究文學、發揚文化"爲目的，主要登載舊體詩詞、駢散文、雜俎等。同年，黃意城在《秋棠》發表《與潘興剛論詞中分段落書》。一九二八—一九二九年，潘興剛曾大規模徵題《龍潭故居圖》，夏承燾、許瘦蝶、陸醉樵等人均有相關詞作。據《申報》相關廣告，一九三二年後，潘興剛曾以律師身份與金世德聯合在法租界合組青光法律事務所。《讀紅館詞話》主張學詞應師法朱彝尊、厲鶚與彭駿孫，作詞應力求句意兩得，情景交鍊。另，《驪珠》一九二七年十月十六日、十一月四日、十一月十四日、十二月四日亦載有同名詞話，茲附後。

　　詞能鍊則句整，能有氣則句圓，然過則不及，多鍊則傷物，多氣則無物。傷物之病，夢窗是也。無物之病，白石是也。昔人先我言之矣。

　　清代詞人，超絶前代。若我所知者論之，朱竹垞涉獵百家，猶留意周、秦，可學。厲樊榭以白石、玉田爲家數，拾冷艷之字，運幽雋之思，得其片爪，便可超凡，可學。彭駿孫渾合一片，組織有法，其《金粟詞話》可與劉公勇《詞繹》并驅,可學。若伽陵之惟宜感慨,納蘭之衹工小令,略取之可矣。

(以上見於《秋棠》1927年第1期)

句意兩得,情景交鍊。眂其中心,奇光煥發,妙味盎然。

作詞着不得一絲暴氣,然蘇、辛有時未嘗不暴,其天分足,而出之腕力者也。

"此去劍門道上,鳥啼花落,無非助朕悲悼",唐元宗語。"陌上花開好,緩緩歸矣",錢武肅王語。二語哀感頑艷,詞中妙境。

春夜檢《白石詞》,有當我心者。若"數峯清苦,商略黃昏雨。"(《點絳脣》)"曲曲屏山,夜涼獨自甚情緒。"(《齊天樂》)"滿汀芳草不成歸,日暮移舟向甚處"。(《杏花天影》)"恨入四絃人欲老,夢尋千驛意難通。當時何似莫匆匆。"(《浣溪沙》)"因嗟念似去國情懷,暮帆煙草。"(《秋宵吟》)"虛閣籠寒,小簾通月,暮色偏憐高處。"(《法曲獻仙音》)諸句所謂意象幽閒,不類人境。

(以上見於《秋棠》1927年第2期)

用一故一實,寫一情一景,於字面上,務使脫化無滯,造化自然,期如己出,而望之鮮艷,味之幽复,欣賞之而不能已也。如是始可謂作家。彼活剝江為之句,生吞商隱之詩,畢竟化外人,不可語以道也。

吾邑王蘭泉,《琴畫樓詞》四卷,雖為姜張家數所限,然清妍雅靜,南宋高手中,亦所僅見。此孝尼品謝女,自是大家閨秀,不失林下風致也。

(以上載《驪珠》1927年10月16日)

《琴畫樓詞》中,最愛其題水墨仕女十二首。《尋芳草·踏青》曰:"嫩柳綠如許。誰得寫、傷春情緒。望葯皋、且幸攜仙侶。正落紅,滿鈿路。　恁風颺銖衣,試羅襪、凌波微步。想雙雙、共訴閑情趣。憑拾翠,晚歸去。"《採桑子·採桑》曰:"板橋桑葉陰陰綠,小曳羅衫。親揭筠籃。正是田家欲飼蠶。　清和時候將登蔟,雪繭分函。翠釜頻探。更置繰車曲牖南。"《留春令·思春》曰:"似夢聞香,如雲漏月,憶春何處。招取東君,低鬟掩袖,思共嬌鶯語。廿四番風猶未度,身與韶光住。只愁南陌,紅稀綠暗,又送花神去。"《海棠春‧簪花》曰:"海棠開遍香階側。喚小玉、春蔥輕摘。初日照輕紅,添上雲鬟色。　妝成不向垂楊陌。愛消遣、蘭閨岑寂。試仿衛娘書,別作簪花格。"《望梅花‧撫梅》曰:"苔石猶存殘雪。枝北數花明滅。來領寒香爭忍折。可似上元佳節。憶得年時簾外月。夢到故山幽絕。"《品令‧品茶》曰:"風信冷。下閑階、猶覺宿醒難醒。石台畔,喜見松爐暖,分泉試茗。　未啟櫻桃小啜,一剪香暗誰省。應還念,相如曾病渴,喚取待共品。"

(以上載《驪珠》1927 年 11 月 4 日)

《更漏子‧校書》曰:"倦彈棋,停擫管。愛校青箱黃卷。微步到,小窗西。梧桐日影低。　想像耽吟賞。應與檀奴酬唱。比謝女,傲班姬。還須絕妙詞。"《華清引‧待月》:"碧梧葉葉下銀床。聽盡寒螿。檀槽獨抱誰見,冰輪照晚妝。　不須銀甲奏宮商。秋闈無限淒涼。欲傳清夜怨,莫認在潯陽。"《一落索‧擣衣》曰:"幾日含情添線。又還搗練。梧桐影裡井華涼,砧杵雙鬟伴。　憶得龍沙人遠。淚痕零亂。此聲暗祝五更風,好吹入、昭陽殿。"《醉花間‧折桂》:"濃香起。芳園裡。折贈應誰寄。卻憶小檀郎,可到蟾宮未。　盈盈抬翠袂,先得姮娥喜。攜插膽瓶看,笑望泥金字。"《清商怨‧彈琴》:"苔茵小坐香軟。對玉琴輕按。徐拂冰弦,蕭蕭秋度雁。　天涯欲寄清怨。但悵望、瀟湘雲遠。縹緲餘音,風篁留共轉。"《河傳‧禮佛》:"性耽仙梵。慣向松龕,香雲獨佔。小坡陀下,蕙炷初染。木樨休更攬。　團蒲清課真無厭。還細勘。稍覺芳意斂。比同天女何忝。散花好共驗。"

(以上載《驪珠》1927 年 11 月 14 日)

龔定盦、蔣劍人二子以飛揚跋扈之才,融辛柳於一爐,其力如虎,詞場怪傑焉。顧視綿邈溫麗之音、高曠淡雅之調,風斯下矣。

近人常熟黃摩西詞,和龔蔣二氏,神完氣足,而精實過之。蓋得力乎夢窗為多也。或謂其署名之怪,余曰自有出處。明季黃周星字九煙,上元人,晚變名甚多,曰黃人,曰略似,又好圃庵,又曰汰沃主人，又笑蒼道人，布衣素冠，寒暑不易。人有一言不合輒謾罵。嘗賦詩曰："高山流水詩前軸，明月清風酒一船。接吻阿誰堪作伴，美人才子與神仙。"摩西之名，其在斯人乎？

（以上載《驪珠》1927年12月11日）

柳溪詞話

仲 堅撰

載於天津《南金》雜誌一九二七年第五期,署名"仲堅",由於該雜誌祇出版了十期便告停刊,後續未及刊登。作者向迪琮(一八八九——一九六九),字仲堅,號柳溪、玄晏堂,四川雙流人。清末入成都四川鐵道學堂求學,後加入同盟會。先後任天津河海工程局局長、四川省政府高級顧問、四川大學文學院教授、上海文史研究館館員等。兼擅詞學、書法與醫學,喜收藏名墨,在民國詞壇較爲活躍,曾先後參與漫社、聊園詞社、如社雅集。著有《柳溪長短句》《柳溪長短句續録》《柳溪詞話》《雲煙回憶録》《玄墨室知見墨録》等。陳聲聰《讀詞枝語》評向仲堅之詞"清新雅麗,聲情并茂","令詞似尤勝"。

《柳溪詞話》論詞宗法常州詞派,主張詞旨求深、詞境求險、詞韻求嚴。該詞話尤爲重視詞韻四聲,提出"詞之工不難,而詞之工而協爲尤難",提倡作詞嚴守詞格,繩尺森然,若畏難苟安,自放律外,則難免蹈詞壇之譏。作者回憶昔年從彊邨求正詞韻之事,指出初學者應以戈載《詞林正韻》四韻齋刊本爲津梁,免收俗本訛誤所害。

武進張皋文論詞曰:"詞者,蓋出於唐之詩人,採樂府之音以製新律,因繫其詞,故曰詞。傳曰'意内而言外謂之詞',其緣情造端,興於微言,以相感動,極命風謠里巷男女哀樂,以道賢人君子幽約怨悱不能自言之情。"近世江山劉子庚撰述《詞史》,其於源流正變之故，推闡詳明，援據精確，所言詞出於樂府，樂府出於風詩。三百篇者，五音之起源，郊廟用之，燕饗用之，瞽宗之所掌，瞽士之所肄，不以六律，不能正五音。孟晉於詞，必求合乎古樂。臨桂況夔笙曰："詞之爲道，智者之事。酌劑乎陰陽，陶寫乎性情，自有元音，上通雅樂，別黑白而定一尊，亙古今而不敝。"是皆於詞學有深造自得之言。蓋我國文章之事，爲類至繁，自有詞後，其變遂極，其出彌巧。詩不能道者，詞可婉約達之；文不能盡者，詞可曲折宣之。其旨隱，其辭微，其感人也深，其託意也遠，明乎古人言樂之法，則可論於詞之道矣。然詞旨至深，詞境至險，自隋唐迄今，千有餘年，其間以倚聲顯于世者，曾不及詩之十之一。造詣之難，蓋可想見。然習詞者，苟能潛心探討，低回要眇，爲之既久，則深者自淺，險者自夷，且愈深愈險，而其味愈永。寖假而不忍自盡，是易爲知者道，難與俗人言也。

毛奇齡言：詞本無韻，今創爲韻，轉失古意。每見宋人詞，有以方音爲叶者，如黃魯直《惜餘歡》閣、合同押，林外《洞仙歌》鎖、考同押，曾覿《釵頭鳳》照、透同押，劉過《轆轤金井》溜、倒同押，吳夢窗《法曲獻仙音》冷、向同押，陳允平《水龍吟》草、驟同押，遂疑毛氏所言，或亦不無依據。余初學詞，每於入聲韻，率爾臆押，未及檢閱韻書，以故篇中落腔處，層見迭出。癸亥春間，曾以所爲行卷，謁彊村翁。翁因言："詞韻向無專書，宋《菉斐軒詞韻》今已失傳，坊間所見《詞林要韻》，題爲菉斐軒刊本者，係後人僞託，因無入聲一部，是爲北曲韻書，非詞韻明也。其它韻書詳略不同，寬嚴互異，并難依據，宜以戈氏《詞林正韻》四印齋刊本爲定本。"方今坊間詞韻，名目繁多，習者不慎，易中其病，余故特揭彊翁之言，以爲初學津逮焉。

草窗賦《木蘭花慢》西湖十景詞成，楊守齋見之曰："語麗矣，如律未協何？"因與訂正，閱數月而後定。草窗自謂："詞不難作，而難於改；語不難工，而難於協。"玉田《詞源》謂："美成負一代詞名，所作詞渾厚和雅，善於融化詩句，而於音譜，間有未諧。"是知詞之工不難，而詞之工而協爲尤難矣。玉田時以協律教人，其集中詞,如《齊天樂》之去、上音,往往不協。草窗、西麓諸大家,亦偶坐是病。元明以後,倚聲家僅循平仄,而於四聲之說,皆淡漠置之。萬氏《詞律》僅守上、去二音,而於四聲亦多疏漏。夫兩宋名賢,以知律著者,自以北宋之耆卿、美成,南宋之白石、夢窗等爲最。耆卿集中同調詞如《迷神引》等,其四聲間亦有異,然僅入代平,平代入,或上代入,入代上之類,顧亦有不代者。至方千里之和清真,則四聲無一字異者,夫豈漫然爲之,自有不能不如是者。在其後夢窗之和清真、白石,莫不繩尺森然。今世不守律者,往往自託豪放不羈,不知東坡賦《戚氏》,其四聲與《樂章》多合。稼軒之賦《蘭陵王》,與美成音節,亦無大謬。今雖音律失傳,而詞格俱在,自未可畏難苟安,自放律外,蹈伯時所謂"不協則成長短詩"之譏。

況、朱二公,晚年守律至嚴。況公尤甚,其集中《戚氏》賦櫻花及贈梅蘭芳二作,四聲一依柳詞,亦云難矣。況公《蕙風詞話》嘗云:"守律誠至苦,然亦有至樂之一境。常有一詞作成,自己亦既愜心,似乎不必再改。唯據律細勘,僅有某某數字,於四聲未合,即姑置而過存之,亦孰爲責備而全求者?乃精益求精,不肯放鬆一字,循聲以求,忽然得至雋之字。或因一字改一句,因此句改彼句,忽然得絕警之句。此時曼聲微吟,拍案而起,其樂何如。雖剝璠出璞,選薏得珠,不逮也。彼窘於一字者,皆苟完苟美之一念誤之耳。"前輩致力之艱苦如是,後學詎可忽視耶?因錄況公是言,以告後之學者。

余友淳安邵次公,曾向余言:蕙翁往昔所作,及應酬熟調,有極流暢婉美,盡情遠意者,《餐櫻詞》《燭影搖紅》《高陽臺》等篇是(甲寅作),餘則頗有窘澀之病,蓋爲四聲所束也。

聽歌詞話

紫蘭主人 撰

載於《紫羅蘭》一九二七年第二卷第十八期，署名"紫蘭主人"。作者周瘦鵑（一八九五—一九六八），原名祖福，字國賢，別號紫羅蘭主人，筆名鵑、泣紅、且住、梅丘、梅星等，江蘇吳縣人，青社、星社社員。家貧少孤，肄業於上海民立中學，因病輟學，遂致力於小說。曾先後編輯《申報・自由談》《游戲世界》（與趙苕狂合作）《禮拜六》《半月》《紫蘭花片》《紫葡萄畫報》《紫羅蘭》《中華》《樂觀》等數十份刊物。抗戰前夕，與魯迅、茅盾等人署名發表《文藝界同人爲團結禦侮與言論自由宣言》。歷任江蘇省人民代表、蘇州市博物館名譽副館長等職。一生著譯甚夥，主要有《行雲集》《小説叢譚》《花花草草》《花前瑣記》《花前續記》等。周瘦鵑另有《綠蕪蕉館詩話附詞話》發表于《婦女時報》一九一一年第五期、一九一二年第六期，經比對，該文實爲詩話，茲不述。《聽歌詞話》主要介紹項蓮生《憶雲詞》中爲聽歌聞樂而作者，係摘句評述性質。

　　錢塘項蓮生先生有《憶雲詞》之作，手訂甲乙丙丁四稿，每稿皆系以小序。中如"不無累德之言，抑亦傷心之極致""不爲無益之事，何以遣有涯之生"等語至今膾炙人口，而其詞之幽異窈眇、哀感頑艷從可知矣。先生喜聽歌，故其稿中諸詞多有爲聽歌聞樂而作者。如《清涼亭聽亞雲校書彈琵琶（醉太平）》云：橋橫碧汀，山圍翠屏。小亭絃索淒清，雜溪聲樹聲。　　煙籠鬢青，風吹酒醒。幾時待訪雲英,趁江船月明。"《春夜聞隔牆歌吹聲(減字木蘭花)》云:"闌珊心緒,醉倚綠琴相伴住。一枕新愁,殘夜花香月滿樓。　　繁笙脆管,吹得錦屏春夢遠。祇有垂楊,不放秋千影過牆。"《彈琵琶(菩薩蠻)》云:"檀槽細響龍香撥,玉纖攏袖雙條脫。深院落花天,鶯啼楊柳煙。驟如風雨歇,萬里關山月。眉黛一痕愁,湘雲入鬢流。"《客中聞歌(太常引)》云:"杏花開了燕飛忙,正是好春光。偏是好春光,者幾日風淒雨涼。　　楊枝飄泊桃根嬌小,獨自箇思量。剛待不思量,吹一片簫聲過牆。"《燈下聽琴孃吹洞簫,窗外雨聲間作(燭影搖紅)》云:"潤澀琴絲,暗敲窗竹人初定。膽瓶清瘦小桃枝,屏底娟娟影。象局嬌嫌袖冷,倚瓊簫、閒銷夜永。紅牙按到,自琢新詞,緩吟細聽。

搖曳無端,恰如煙裊沉香鼎。曲中約略度殘更,淅淅簷聲靜。錦瑟華年謾省,笑何曾、柔鄉醉醒。歌樓銀燭,第一難忘,恁時風景。"又《聽琴孃彈碧雲秋思之曲(疏影)》云:"天空夜寂,蕩冷雲萬頃,飛上層碧。不信人間,容易西風,齊州九點煙隔。瓊樓玉宇應難到,算惟有嫦娥知得。待月明、控鶴歸來,説與此時游歷。　　多事移商換徵,悄驚塵夢遠,無限幽憶。杳杳悠悠,作盡春聲,拗折冰弦誰惜。還愁縞袂凌波去,却似泛清湘瑤瑟。怕淚痕、暗漬金徽,盼斷廣寒消息。"諸作緣情綺靡,讀之令人神往。金匱鄧濂謂其"字必色飛,語必魂絕",信然。

秋蘋詞話

蘋　子撰

　　載於《紫羅蘭》一九二九年第二卷第二十期。蘋子，生平不詳，上世紀二十至四十年代曾在《太平導報》《紫羅蘭》《婦女旬刊》《論語》《青年學生》等刊物發表過大量詩詞、文論和時政評論。一九二六年五月，張競生出版《性史》第一集，所選擇的七位作者都是北京地區的大學生，其中包括寫作《我的性史》的作者蘋子。《秋蘋詞話》一共四則，零星述評近代詞人之作，其中談及辛酉（一九二一）冬，與晚紅老人（朱蘊山）交游於武昌事和"海內六箇半詞人"之說，頗具趣味。

　　近代詞人如納蘭容若、項蓮生、饒石頑、鄭叔問、朱古微、成德驎、馮蒿庵諸賢，皆卓然自立，各盡其妙，所謂"海內六箇半詞人"也。《飲水》哀艷，《憶雲》淒婉，《湘淥》雋逸，《冷紅》幽涼，余最喜誦之。漱泉、蒿庵二詞非余性所近，彊邨則力逼夢窗，小子更不敢贊一詞矣。此亦如昌歜羊棗之嗜，各有不同，未易詰其所以然者。

　　饒石頑先生詞多散失，曩見其寄蓉初姬人《羅敷媚》一闋云："南來詞客多秋氣。枕外鄉魂，燈外騷魂，簾卷西風酒一尊。知卿此際相思苦，巾上啼痕，紙上愁痕，細雨青燈獨掩門。"

　　清道人亦工詞，其《浣溪沙》《長相思》諸闋，讀之尤令人魂斷也。《浣溪沙》云："珠漏頻催旅舍清，淡雲微雨滿荒城，相思一夜枕邊生。　　脈脈暗肌銷瘦盡，懨懨斜臥數殘更。教人愁思不分明。"《長相思》云："愁纏綿，病纏綿，自家將息自家憐，春漏永於年。　　朝無眠,夜無眠,誰道家在枕兒邊,看看又曉天。"

　　辛酉冬,余識晚紅老人於武昌。老人倚聲亦妙絶時人,茲録其兩闋,《昭君怨》云:"江山煙波雲樹,回首鄉關日暮。風雨助離愁,況經秋。　　怕對良宵圓月,偏到月圓佳節。佳節客中過,悵何如。"《別恨·調寄鷓鴣天》云:"天付多情便付愁,荻花楓葉可憐秋。相思不待臨歧始,那日樽前已起頭。　　多少恨,壓輕舟,緑楊深處是妝樓。蓬窗夜雨湘江水,并入離人眼底流。"

錢塘詞話

耐寒後人 撰

載於《錢業月報》一九二七年第七卷第四期。該刊由錢業公會發行，是民國金融舊刊"四大花旦"之一。作者署名耐寒後人，生平不詳。《錢塘詞話》原名《錢塘詩詞話》，本編僅錄詞話部分，該文共三則，係雜錄前代有關杭州的詞作逸事。

前人歷仕杭州而去者，往往有所追思。雖其山水清佳，亦因民風淳厚易感也。如白樂天詩云："自別錢塘山水後，不多飲酒懶吟詩。"又云："所嗟水路無三百，官繫無由得再游。"又云："渺渺錢塘幾十年，想君到後事依然。"又《憶江南》詞云："江南憶，最憶是杭州。山寺月中尋桂子，郡亭枕上看潮頭，何日更重游？"子瞻詩云："寄謝西湖舊風月，故應時許夢中游。"又云："居杭積五歲，自憶本杭人。故山歸無家，欲買西湖鄰。"又云："前生我已到杭州，到處常如到舊游。更欲洞霄爲隱吏，一庵閒地且相留。"二公之戀戀舊游，蓋必有所取耳。

宋時太學生俞國寶一日循湖行，作《風入松》詞云："一春常費買花錢，日日醉湖邊。玉驄慣識西湖路，驕嘶過、沽酒樓前。紅杏香中簫鼓，綠楊影裏秋千。　　暖風十里麗人天。花壓髻雲偏。畫船載得春歸去，餘情寄、湖水湖煙。明日重携殘酒，來尋陌上花鈿。"高宗微行，見之笑曰："詞則美矣，但重携殘酒，終是寒酸。何不云重扶殘醉？"即召見，予釋褐。一詞衹差二字，氣概自是不同。

小紅，順陽公青衣也，有色藝。順陽公請老，姜堯章詣之。一日,授簡徵新聲,堯章製《暗香》《疏影》兩詞,公使二妓肆習之,音節清婉。堯章歸吳興,公尋以小紅贈之。其夕大雪過垂虹,賦詩曰:"自琢詩詞韻最嬌,小紅低唱我吹簫。曲終過盡杜陵路,回首煙波十四橋。"堯章每自度曲,吹洞簫,小紅輒歌而和之。堯章竟以疾歿於蘇,石湖挽之云:"所幸小紅方嫁了,不然啼損馬塍花。"宋時花藥出東西馬塍,皆當時名人盧墓處,見《杭州府志》。

憶紅館詞話

鴛　湖撰

　　載於《婦女》（天津版，月刊）一九二八年第二卷第一期。作者錢鴛湖，生平不詳，曾在《婦女》雜誌上發表《跳舞》《女交際明星十二忙》《憶紅館詞話》等文。《憶紅館詞話》共四則，主要鈔撮關漢卿、趙子昂、徐甜齋艷詞逸事。

　　元詞曲家關漢卿，嘗見一從嫁媵婢甚美，百計欲得之。事將成，爲妻所阻，乃作十令以貽妻云：「鬢鴉臉霞，屈殺了將陪嫁。規模全似大人家，不在紅娘下。　巧笑迎人文談回話，真如解語花。若咱得他，倒了蒲桃架。」夫人見之，答以詩云：「聞君偷看美人圖，不似關王大丈夫。金屋若將阿嬌貯，爲君唱倣醋葫蘆。」關見之，知不可動，太息而罷。
　　趙子昂亦嘗欲置妾，然素懼內，乃先以小詞，調探之夫人。其詞云：「我爲學士，你作夫人。豈不聞陶學士，有桃葉桃根，蘇學士，有朝雲暮雲。我便多娶幾箇吳姬越女，有何過分？你年紀已過四旬，祇管占住玉堂春。」夫人即答之云：「你儂我儂，忒煞情多。情多處，熱如火。把一塊泥，捻一箇你，塑一箇我。將咱兩箇，一齊打破，用水調和。再捻一箇你，再捻一箇我。我泥中有你，你泥中有我。與你生同一箇衾，死同一箇槨。」
　　以上二事描寫女子之奇妒處如畫，然彼此以詩詞相酬答商量，不愧詩人雅趣，較之陳季常河東獅吼悍妬，似覺有雅俗之判別矣。徐甜齋有《水仙子》詞二闋，字艷語香，娓娓可誦。其《咏佳人釘鞋》云:"金蓮脫瓣載雲輕,紅葉浮香帶雨行,漬春淚、印在蒼苔徑。三寸中,數點星。玉玲瓏,環珮交鳴。淺越女紅裙,濕沁湘妃羅襪冷。點寒波,小小蜻蜓。"又《詠紅指甲》云:"落花飛上筍牙尖,宮葉猶將冰筋粘,抵牙關,越顯得櫻唇艷。怕陽春不捲簾,捧菱花,紅印妝奩。雪藕絲霞十縷,鏤棗斑血半點。掐劉郎,春在纖纖。"

又關漢卿有《題情(一半兒)》歌二首,亦詞意纏綿,一往情深之作。其詞云:"雲鬟霧鬢勝堆鴉,淺露金蓮簌綠紗。不比等閒牆外花。罵你箇俏冤家,一半兒難當一半兒耍。"其二云:"碧紗窗外靜無人,跪在床前忙要親。罵了箇負心回轉身。雖是我話兒嗔,一半兒推辭一半兒肯。"

怡簃詞話

翁麟聲 撰

　　連載於《華北畫刊》一九二九年三月二十四日至一九三〇年三月十六日版。作者翁麟聲（一九一〇——一九九四），筆名藕紅，後改偶虹，室名六戲齋，北京人，滿族，著名京劇作家、導演。幼嗜戲曲，在京兆高級中學就讀時即從事戲曲演出。一九三〇年起在中華戲劇專科學校任教，一九三一年首次改編京劇本《溫酒斬華雄》。新中國成立後先後在中國戲曲研究院、中國京劇院任編劇，後出任中央文史館館員。曾爲程硯秋、金少山、葉盛蘭、李世芳等編寫劇本，一生共編寫、改寫京劇劇本一百餘出，其代表剧作有《鎖麟囊》《宏碧緣》《紅燈記》《百鳥朝鳳》《火燒紅蓮寺》等。著有《翁偶虹戲曲論文集》《翁偶虹編劇生涯》《北京話舊》等。

　　《怡簃詞話》是翁麟聲青年時期的詞論作品，涉獵廣泛，體大思精。詳考始末，其內容主要可分爲以下幾箇部分：

　　大力強調詞韻的作用。作者認爲，"論填詞之要，在色爲藻飾與音律，在質爲法度與氣奏"，而"詞之法度氣概，多以韻行"，根據韻腳與字句之轉移，纔能產生起承轉合與開拓、煞尾、補餘之變化，故用韻爲填詞之重要關鍵。

　　主張詞人學力和性情並重。作者以溫、韋爲例，指出"韋莊之作，性情多而學力少，庭筠之作，學力足而性情略"。填詞之學，"無性情則字與字無關，句與句無絡"，正應昔人點鬼簿、獺祭魚之譏。而若無學問，則詞祇能"以藻飾出之，以比喻譬之，以聲調掩之"，無法顧及含蓄，不含蓄則無稍蘊秘也。

　　提出詞有時間性。作者認爲，"作詞之料，不過情景二字","景者,現在也。情者,屆於現在與未來之間",所以善填詞者,不論對景抒情,抑或臨情寫景,"拈定現在或未來之時間,以氣行之",則必有好詞。

指出今人填詞應以便讀爲目標。便讀,即聲調鏗鏘,是填詞的第一時期;耐讀,即思逸意遠,是填詞的第二時期。而便讀之法,忌韻雜,忌音連,忌字澀。

詳細考究詞體詞史,審察詞與樂府、詩、曲各體間的聯繫與區別。如論"詞實胎脫於詩","今日盛傳之詞調,皆昔日之詩題也"。又論"詞之源,來自樂府,樂府有古今之別,非有似於他,可任意贋之以顯身手者","詩與詞,詞與樂府,名異而質則一"。同時,填詞對于"句之長短、字之多寡、聲之平上去入、韻之清濁陰陽都有嚴格要求",其難度超過創作八股文和近體詩。

品評歷代詞人詞集優劣,搜輯身邊師友詞作與軼事。所論列前代詞人包括李後主、盧祖皋、袁蘭村、吳康甫、袁枚、毛奇齡、余心蟬等;所論列近代詞人包括張郁庭、張伯楨、何伯雍、徐捷之、羅常培、袁寒雲、朱芷青、林琴南、楊雲史、邵次公等;所搜采軼事包括姚君素仿顧梁汾以詞代柬填詞寄友事、繆金源新婚何伯雍填詞相賀事、黃秋岳爲梅蘭芳集姜白石詞爲聯語事等,刊爲詞史補白。

此外,該詞話提到作詞應"一氣如話",即章法結構上脈絡相接,文辭字句簡潔通暢,亦頗可取。

晉鈕滔母孫氏《箜篌賦》曰:"樂操則寒條反榮,哀曼則朝華晨滅。"按曼與慢同,故詞以操名者,多歡樂之音,如《醉翁操》等是。以慢名者,多哀靡之音,如《石州慢》《聲聲慢》等是。

予師何伯雍先生,詩文辭無不精絕,繪事尤冠時儕。近爲予作《楓猴圖》,予自製駢序,張郁庭先生題《滿庭芳》一闋云:"露冷吳江,秋深巴峽,楓人雨立黃昏。半天長嘯,驚鳳咽蘇門。正是霜紅龕裹,丹匡叟排奡愁雲。期相共狙公獲父,樓隱晚霞村。　　誰跳圈子出,諸侯割據,舉世紛紜。空勞媒蘗,樹倒猢猻散。何處安棋掃石,風塵外,幾度聲酸?休猜作綃山詞影,葉上迸啼痕。"盡態極妍,而清勁之氣,猶蟠縈字句間。郁公年五十有一,生平嗜謎,所輯謎書都百餘種。而詞曲之學,猶獲雋譽。嘗謂詞以靈空爲主,神韻爲輔,至於詞飾,特餘藻耳。有《鐵花仙館詞集》。如《青玉案·秋痕》云:"霜天清景安排徧,費幾度,量寒暖。道是神工工渲染。嫩黃園菊,冷青階蘚,點破蒼煙雁。　　檐牙蛛網篩晴線,卅六鱗雲簇天半。月色平分何處見?閃燈籬落,捲簾池館,梧影黃昏院。"《晝夜樂·含苞菊》云:"重陽近幸無風雨,却醞釀,黃花乳。輕指一伸天龍,又被秋風勒住。恰是得人際憐惜,偏怕咏小珍詩句。瘦影不教肥,恐青霜相妒。　　分明嬌小玲瓏女,好精神,匯還聚。有香無待先春,別蓄艷情如許。願乞佳時常不老,留晚節不傷遲暮。把酒向卿澆,問卿卿開否?"《虞美人·新月》云:"姮娥小試弓鞋樣,愁壓尖兒上。清寒詎耐鎖娥眉,勾起相思減却九分肥。　　誰憐碧海青天夜?玉鏡何時下?孤高偏愛内家妝,影取昭陽飛燕額間黃。"又《虞美人·咏雁來紅》云:"一枝分得繪雲赤,爭爲秋生色。臨風搖曳不知寒,來寄蠻箋十樣報平安。　　應封葉赫稱酋長,禮與花王抗。橫秋老氣本來豪,駐得朱顔有術傲三茅。"《一斛珠》(小婢結絨繩花三朵,簪於髮頂,頗有趣致,譜此狀其態)云:"軟絨花朵,同心結、倩針兒鎖。薔薇玉露還偷涴,欲逞新妝,故向身前過。　　斜襯牙梳雲鬢嚲,低徊顧影嬌無那。風來生恐吹將墮,仔細多些,纖手頻頻挼。"《陌上花》(友人楊仲子索作模特兒詞,填此一闋,聊以解嘲)云:"情天色相,緣何肯把,汗衫輕褪?纖手頻遮,幾度低徊雲鬢。條條縱不絲兒掛,別有攝魂風韻。最難描意緒,傳神阿睹,眼波偷睒。　　逞天魔妙舞,弓腰折處,去覓墮香飄粉。玉骨冰肌,曲線囫圇都俊。萬方素女陳儀態,一任打量分寸。待工師寫取,翻新花樣,美人標本。"此數詞,皆極倩秀,題極小,而鑄詞能爲大,允神品也。

(以上見《華北畫刊》1929年3月24日第11期)

湖上笠翁云:"予襁褓識字,總角成篇,於詩書六藝之文,雖未精窮其義,然皆淺涉一過。總諸體百家而論之:覺文字之難,未有過於填詞者。"誠以填詞之苦,千態萬狀。歷來中國文字之難,紛紜複雜,浩渺深邃,而限制又極嚴格。以分股限字、調聲叶律爲言:分股則帖括時藝爲尚,先破後承,始開終結,内分八股,股股相對,繩墨不爲不嚴,然其股法句法從無定矩,以意驅之長短由人,雖嚴而不見其嚴也。限字則駢偶之文爲尚,語有一定之字,字有一定之聲,對必同心,意難合掌,矩度不爲不肅,然祇限以數,未以定位,祇限以聲,未定以格。上四下六可,上六下四亦未嘗不可;仄平平仄可,平仄仄平亦未嘗不可也。雖肅而實未嘗肅也。至於調聲叶律,又兼分股限字者,則詩中之近體爲尚。起句五言,則句句五言;起句七言,則句句七言。起句用某韻,則句句用某韻,起句第二字用平聲,則下句第二字必曰仄聲,第三四又復顛倒用之,前人定法亦云密且詳矣。然起句五言,句句五言,起句七言,句句七言。想入五言一路,則七言之句不來矣;想入七言一路,五言之句不來矣。起句用某韻,以下俱用某韻則已。起句第二字用平聲,下句第二字必用仄聲。則拈得平聲之字,上去入三聲之字,皆可置之不問矣。守定平仄仄平二語,再無變更,自一首至千百首,皆出一轍。保無朝更夕改之令,隨人適從矣。是其密猶未密,詳猶未詳也。至於填詞,則句之長短,字之多寡,聲之平上去入,韻之清濁陰陽,皆有一定之嚴格。如宋玉之賦美人,添一分不能,少一分不可。又復時少時多,忽長忽短,令人把握不定。當平者平,用一仄字不得;當陰者陰,用一陽字不能。調得平仄成文,又慮陰陽反覆;分得陰陽清楚,又與聲韻乖張。此種苛法,即字穩音適,已足大幸,况品之低昂,情之工拙,在在爲批評之中堅。本來詞者,倚聲也,可拍而爲歌也。故古人能創詞牌,今人獨不能創乎?古人所作,大都協於宫商,適於音調,任佐何樂,僉可上口,是以遺萬世而不朽。後人奉之爲譜,按式填文,有以然也。海上陳蝶仙先生《古今詞曲品》云:"近人汪曼鋒編唱歌教科書,收張蒼水《滿江紅》二闋。張詞舛誤特甚,汪書既爲教科而設,深恐貽誤後學,亟爲點正。原詞云:'蕭瑟風雲,埋沒盡英雄本色。最髮指駝酥羊酪,故宮舊闕。青山未築(應仄仄平平)祁連(應平)塚,滄海(應平)又銜(應仄)精衛(應平)血。又誰知、鐵馬也郎當,雕弓折。　　誰討賊,顏卿檄。誰抗敵,蘇卿節。拚三臺墜指,九卿藏碧。燕語呢喃新舊雨,雁聲嘹唳興亡月。想當年、西臺(應仄)痛哭(應平)人,淚(應平)盈臆。'其二云:'屈指興亡,恨南北皇圖銷歇。更幾箇孤忠大義,冰清玉烈。趙信城邊羌笛雨,李陵臺畔胡笳月。慘模糊、吹出玉關情,聲淒切。　　漢苑露,梁園雪。雙龍(應仄)逝,一(應平)鴻滅。剩逋臣怒擊,唾壺皆缺。豪氣欲吞白(應平)鳳髓,高樓肯飲黃羊血。試撥雲、待把捧日(應平)心,訴(應平)金闕。'近時歌曲,往往有讀平作仄,讀仄作平者,究屬聱牙佶屈,不成曲調……"愚按詞之一道,上不同於詩,下不同於曲。其難已如上言,故作者雖多,入選者則極少。此特就刻本言。至於倚而爲調,拍之成聲,尤當謹愼從事也。

　　如兄次溪,前寄一函,抄其尊人篁溪先生之詞數首,囑愚編入詞話。其《壬子旅京自題小照》,調寄《金縷曲》云:"浪游同飛絮。自圖形、頭顱如此,鬢絲非故。歷遍天涯塵與土,徒慨英雄遲暮。何處是、王郎歸路。煙水茫茫人草草,説項斯、名著文章著。還顧影,向誰語。　　聊將往事從頭數。卅年來、江湖落魄,流光虛度。家國豪懷如畫餅,未遇蘭父休訴。翻笑比、苦寒征戍。頗悔才華難用世,嘆浮生、却受輸蹄誤。空留得,冷香句。"慨當以慷,哀感如畫,而曼聲相引,古調如聞。人居高山流水之間,調在白雪陽春而上。譬夫姑射神人,比綽約於處子。清廟之瑟,有唱嘆之遺音。其神貌所及,又非屛風小扇,孤筍初花之足擬也。此詞爲先生廿年前所作,傳誦一時。時人稱爲"張金縷",與沈南野先生之《落花詩》,同作日月光也。

　　　　　　(以上見《華北畫刊》1929年4月14日第14期)
　　題畫詩詞,最難著筆。謂止咏其畫也,則有聲之畫,無聲之詩,已發揮殆盡。謂止寄其慨也,則一紙雲煙,江山勝跡,放杖濠梁之上者,有息機嘆屓之樂,行吟江潭之間者,有蘭忌蕙焚之情,又豈可以一己之思,發爲翰墨,使後此之讀斯畫者,盡沉浮於其筆尖中?

然則題畫之作,從難工矣?曰:"不然。"得其性靈,奇之柔翰,足矣。畫之境,無涯涘;詩詞之境,無邊止。神乎畫者,能發其哀怨幽麗之情,組而成繪。神乎文者,亦能極大宇之大幻,快泄於毫。所謂超然物表,自得天機,車子囀喉,哀感頑艷,成連海上,能移我情。在舊藝爲初元,在新藝曰箇性,古今來大書畫家、大文章家、大批評家,所以南轅北轍,要難并跡,燕函越鑄,遞有專家者,有由然也。予故謂以詩詞題畫,非並出己手,難得相輔爲機,雙蘊其奧。箇中妙著,吾得一人,即吾師何伯雍先生也。先生湖北嘉魚人,旅京垂三十年,滄桑兩代,絲竹中年,其幽怨羈旅之情,無不寄之於畫,得其畫者,無不謂畫中有性情,讀其畫如見其人也。自北歲卸職教壇,惟鬻畫以飽其子女,畫多行於外埠,大連尤多。畫潤不例,不藉文字宣,有見其畫而思得者,乃轉倩其友人爲介,潤不計多少,足一瓶酒可矣。近年作畫,因得暇,時自作小吟,以題其眉,藉吐懷抱,益珍多也。題畫之詞尤佳,如《昭君怨·題淺絳山水直幀》云:"越是亂離時節,越想得家山切。無計到家山,畫來看。　曾上白雲山頂,確有此村莊景。羨煞太平人,總相親。"又《風入松·題山水示伯埏潔塵》云:"當年結伴楚江頭,竟日勾留。水外看山山外水,一望中、山水全收。江氣高低煙樹,夕陽遠近紅樓。　算來曾有幾春秋,往事都休。飽經溯漠風沙惡,化蝴蝶、縱逐江流。終是殘宵魂夢,還添一段羈愁。"又《點絳唇·題設色山水》云:"田影沈山,亂溪流上孤村晚。紫巒翠巘,還襯丹林顯。　山客何來,談笑輕稽阮。應忘返。窄長橋板,夜黑家山遠。"三闋詞筆,姑不論其行詞神韻之妙,求之於氣,則如天龍舞靄,宛轉玲瓏,意思安閒,應手赴節,吹乎天籟,止之衆心。蓋先生早年,優游家山,一邱一壑,都在言笑杖履中,其融於性靈者,何如也。一旦北來,士龍入洛,回首茫茫,墮歡難拾,寄之筆墨,有餘緒矣。嗟乎!雙龕紅葉,低憐影事之沉浮,玉壺清冰,淒切今生之哀樂,國有人焉,情同此也。

清代文人,有不工詞者二。袁隨園自命才子,當無所不能,而於詞曲一道,未嘗問津,已足相見其短,而又誣爲小道,曰雕蟲之技,丈夫不爲,毋亦英雄欺人之飾詞。毛西河一代偉人,所撰詞,雖多駢花儷葉，濃麗可珍，惟謬處特多，不足爲工詞者道。如《調笑令》云："怨怨，柳如線。青漆鴉頭紅脛燕。背人偸弄金條釧，一曲柳枝相戀。落花飛滿春江面，飛過春江何限。"詞凡三叠，悉如此格，核與《調笑令》，迥然有別，不知固何所本。如係自度，則不當沿用《調笑令》之名也。又如《十六字令》云："花下影，跟人上玉墀。誰推到，橫箸半氈兒。"按《十六字令》本三用韻，第一字起韻，係一字句，西河此詞，與原調迥異，西河既善音律，未審此詞何以謬也。

《捧月樓詞》，錢塘袁蘭村所作，小調最耐人讀，深得李後主詞中三昧。如《菩薩蠻》云："晚風吹入紗窗冷，小樓一粟寒燈影。不是舊歡場，花開也不雙。　秋心誰共說，祗有如鈎月。月不伴人愁，三更先下樓。"又云："藍橋曾許裴航到，雲翹私語雲英笑。法曲換霓裳，羅衣罩地長。　重尋歡喜海，玉文窺窗再。一樣髮梳蟬，別時披兩肩。"又云："水紋鬲子房櫳淺，衫痕鬢影依稀見。隔得似天涯，一重方空（作去）紗。　殘釭挑欲滅，小語吹蘭息。不怕夜寒深，剪刀時一聲。"又云："低鬟略道勝常罷，移床坐近娘肩下。笑與說排行，鯉魚紅六雙。　彩絨閒自理，碧綠青紅麗。命薄小桃花，恁生偏繡他。"又云："謝庭小宴花時節，合歡檀兒圓於月。一笑眼波流，坐來剛兩頭。　蘭姨智瓊姊，冷眼難迴避。特地酒親斟，到儂偏十分。"數詞細膩工致，遣詞異常流動。讀此一通，覺前塵歷歷，殘夢如飛，燈穗搖紅，正兒女情長時也。《風蝶令‧過揚州偶紀》云："香未沾荀令，舟曾欸鄂君。相思如夢夢如塵。偏是二分月照，十分人。　萍梗恩恩轉，秋心黯黯生。天涯何處證蘭因。祗恐暮潮平後，恨難平。"此詞收得有力，拍咏之後，覺氣蕩腸迴，生許多塊壘也。《浣溪沙‧咏綠蝴蝶》云："飛上閏人碧玉簪，雲鬟專處辨難分，天涯芳草夢中身。　樓向花叢渾似葉，照將春水欲無痕，撲時迷煞踏青人。"刻畫極肖，惜祗"天涯芳草夢中身"一句有寄託耳。《卜算子‧題吳山尊侍讀爲錢小謝畫〈秋窗聽雨圖〉》："風急帶秋來，雲濕依山住。涼入樓心逼夢醒，添陣疏疏雨。　紙上有秋聲，似讀廬陵賦。待買生綃更乞君，畫我林疏處。"以清靈之筆，寫淡泊之句，洗南朝之金粉，滌北地之胭脂，是謂之雅，是謂之潔。

《虞美人·聽雨》云:"宵長更著簾纖雨,沒地推愁去。一聲聲滴一更更,秪道離人聽得未分明。　　低迷春影渾忘却,那分思量著。桃笙如水淚如潮,爭不爲人流夢到虹橋。"結句之佳,置之後主集中,不辨楮葉。

(以上見《華北畫刊》1929年4月28日第16期)

　　詞者詩之餘,曲者詞之餘。詩詞曲,名互異而質則同也。予考夫詞之所由來,常有不出詩之範圍之跡。以詞調命名言,則今日盛傳之詞調,皆昔日之詩題也。如《黃鶯兒》咏鶯,《嫋娜東風》咏柳。《菩薩蠻》當作"菩薩鬟",西域婦女髻名也,以瓔珞爲飾,如塑佛像,詞即咏此。《朝天子》當作"朝天紫"。陸游《牡丹譜》:"朝天紫,蜀牡丹名。其色正紫如金紫,大夫之服色,故名。"後人以之爲詞名。凡此,皆有所指據,不然,詞調之名,何以各有別乎?故詞實胎脱於詩,今人填詞,其關鍵處,首在有別於詩。顧有名則爲詞,而考其體段,按其聲律,則又儼然一詩,欲覓相去之痕而不可得見也。如《生查子》前後二段,與兩首五言絶句何異?《竹枝》第二體、《柳枝》第二體、《清平調》《八拍蠻》《小秦王》《阿那曲》,與一首七言絶句何異?《玉樓春》《採蓮子》,與兩首七言絶句何異?《字字雙》,亦與七言絶同,秪有每句叠一字之别。《瑞鷓鴣》即七言律。《鷓鴣天》亦即七言律,惟減第五句之一字。《卜算子》即五言律,惟於第三句增兩字耳。凡此等詞,在昔日未必視以爲調,不過取此等詩能協律便歌者,被諸管絃,得此數首。迨後載嬗載紛,五光十色,其道備矣。《人間詞話》謂:"四言敝而有楚辭,楚辭敝而有五言,五言敝而有七言,古詩敝而有律絶,律絶敝而有詞。蓋文體通行既久,染指遂多,自成習套。豪傑之士,亦難於其中自出新境,故遁而作他體,以自解脱。"詞曲之來,曷非跡於此境?近言之,今日流行之新體詩,亦即由此徑醖釀所致也。

　　詞中《蝶戀花》一調,聲韻鏗鏘,搖曳姿多。古今來最善填此者,當推馮延巳,今記其名句於此。如:"誰道閒情拋别久。每到春來,惆悵還依舊。""獨立小橋風滿袖,平林新月人歸後。""百草千花寒食路,香車繫在誰家樹。""庭院深深深幾許,楊柳堆煙,簾幕無重數。""淚眼問花花不語,亂紅飛過秋千去。"數句風流跌宕,妍整流態。蘇軾亦有此詞云:"春事闌珊芳草歇。客裏風光,又過清明節。小院黃昏人憶別,落紅處處聞啼鴂。　咫尺江山分楚越。月斷魂銷,應是音塵絕。夢破五更心欲折,角聲吹落梅花月。"氣湧如雲,彌漫兩間,此蘇詞之妙也。而風格骨肉,則去馮詞遠甚。《勉憙集》亦有此詞,《題繼叔重司馬〈小紅樓填詞圖〉》云:"綠縐維窗涼似水。閣外梧桐,搖得秋痕碎。幾折闌干人獨倚,篆煙碧漾湘簾膩。　無限無聊無賴意。譜入香絃,字字相思淚。煙水斜陽紅萬異,閒情少箇涼鷗寄。"(未完)

(以上見《華北畫刊》1929 年 5 月 5 日第 17 期)

　　(續上期)此詞氣魄雖弱,而淡雅宜人,讀之一通,如盪蘭橈過莫愁湖畔也。今之詞家,非迫於深奧,即失於靡弱,求一雅潔如此者,亦曰僅見。

　　詞以抒纏綿之情,而後之製詞者,非纏綿乃輕佻矣。詞以寫韻妙之事,後之製詞者,非韻妙乃淫蕩矣。如艷體詩然。義山之詩,艷麗極矣,然按其《無題》《錦瑟》諸詩,則祇見其詞麗而意不淫也,祇見其韻逸而聲不佻也。攻艷詞者,能多讀義山詩,斯足以言詞之艷矣。唐人《菩薩蠻》云:"牡丹滴露真珠顆,佳人折向筵前過。含笑問檀郎,花強妾貌強?　檀郎故相惱,祇道花枝好。一面發嬌嗔,碎捼花打人。"此詞膾炙人口者素矣,人皆愛其韻妙而傳也。究之此詞,特戲場丑角之態,非繡閣麗人之容。花來尤物,美不自知。知亦不肯自形於口,未有直誇其美而謂我勝於花者。況揉碎花枝,是為不韻,捼後打人,是為不妙,溫柔幽嫻之義失,溫柔幽嫻之義既失,則所咏,殆蠢村姑耳。陳後主《一斛珠》尾句云:"繡床斜倚嬌無那,爛嚼紅絨,笑向檀郎唾。"此詞亦為人所公賞。惟此種意境,乃娼婦倚門腔。嚼紅絨以唾郎,較之倚市門而大嚼,唾棗核瓜子以調路人者何異。填詞之家,以此事謗美人,而後之讀詞者,又止重情趣,不問妍媸,復相傳為韻事。謬乎?不謬乎?無論情節難堪,即就字句之淺者論之:爛嚼打人諸腔,幾於俗殺。豈雅人詞內所宜?吾故謂填艷詞者最難,虎犬鵠鶩之譏,其易見也。吾弟徐君捷之,方治詞，性便慧，初作詞即有風格，惟多趨於艷體，因拾此數語爲奉。

詞中《花非花》一調，塡者極鮮。湖上李漁有四闋云："花非花，是人面。不教親，止容見。有錢難覓再來紅，銷魂始覺黃金賤。"又云："花非花，是人影。來何徐，去何猛。燈殘月落事茫然，花枝無邊蒼苔冷。"毛稚黃評云："從楚詞《九歌》諸作脫胎，長吉鬼才，亦當却步。"又云："花非花，是人意。意思來，貌佯避。含愁欲語向枝頭，徘徊若倩東風寄。"又云："花非花，是人血。淚中傾，恨時泄。鷓鴣聲裏一春寒，杜鵑枝上三更熱。"顧梁汾評云："石破天驚，得未曾有。"以上四詞，予最愛其末闋。所謂獨繭之絲，乙乙新腔而若抽者，非耶？

(以上見《華北畫刊》1929年5月12日第18期)

韻文最先有歌謠，而樂府，而古詩，而賦，而近體詩，而詞，而曲，而新詩。詞之來，即胎源於樂府也。樂府之體，與歌謠彷彿，必具有懸解，另有風神，無蹊徑之可尋，方入其室。若但尋章摘句，摹擬形似，終落第二。如《穆天子傳》之"白雲謠"，《湘中記》之"帆隨湘轉"，《古樂府》之"獨漉獨漉，水清泥濁"之類，神妙天然，全無刻畫，始可以稱樂府。樂府之名，始於漢初，如高帝之《三候》，唐山夫人之《房中》是也。郊祀類頌，鐃歌鼓吹類雅，琴曲雜詩類國風，故樂府者，繼《三百篇》而起者也。唐人摹擬，惟韓之《琴操》最爲高古。李之《遠別離》《蜀道難》《烏夜啼》，杜之《新婚》《無家》諸別，《石壕》《新安》諸吏，《哀江頭》《哀王孫》《兵車行》諸篇，皆樂府之變也。降而元、白、張、王，變極矣。變而又變，取其疏落灑拓之氣，界以聲韻管絃之圍，然後則詞出。或謂樂府之與詞，相去遠矣。子何強而衡以一乎？曰：時之不同，質也則一。文如水也，以浮動不羈之水，入於大江，則大江之波濤也，入於湖澤，則湖澤之波瀾也。時代能産生藝術，文字即藝術中之一種。以藝術獨鍾之才人，優游於時代之下，揆其要，循其氣，浴其風，驅自然之藝術組織，製爲文字，發爲音聲，此詩之所以後於樂府，而詞曲更後於詩也。五千年來，我國風化之所被，如出一軌，莫不由淳而樸，由樸而美，由美而麗，由麗而浮蕩,由浮蕩而至於不可解,由不可解則又反爲浮矣。韻文最古有歌謠。歌謠者,肉言也,天籟也,心聲也,泰然而發之語也。其質淳,氣淳,聲意亦淳,漸而至於樂府,已入於感情作用之化境。幽怨喜痛之情,泄之而無遺,然猶不失其質之樸厚。降而至於詩詞,則美麗之飾,日臻於極也。故其體雖異,其原則一,不過遞嬗變加,始有殊耳!今試以最古之詞,或始創之詞讀之,覺其於綺詞麗句中,猶有一二分淳厚樸實氣,則其來自樂府之迹,宛然可按面追尋。明乎此,方知塡詞之不易。蓋欲整齊限制中,而驅使其浩然之氣,當求神似,不在摹擬。"知易行難"之言,可爲塡詞之唯一估舉也。是以塡詞之家,不能以倣古肖古爲己身之長,且亦無持此以欺世人者。揆要言之:詞之源,來自樂府,樂府有古今之別,非有似於他,可任意膺之以顯身手者!

晚近名士風流,以梨園子弟爲囊中詩料者極多,如易實甫、羅瘦公、樊樊山諸公,九衢車馬,逐逐於夢梨樹梨中,其風流餘緒,至今不絕。報紙喧刊,不脛而走,花箋乍擘,便覺字比珠多,麝墨才幹,不盡花香蝶戀。惟是衣冠千古,滄桑兩遷,紅顏愧鵑,青衫作燕。回憶往事,摩挲記事之珠;眷懷伊人,彷彿蒼靈之玉。百年之外,白髮何多;十里之中,芳草已歇。箇中滋味,有不能已於言者。前於《輿論》附刊《瀚海》中,見恬庵先生《老伶詞》,調寄《霓裳中序第一》云云:"鴻泥認印速。換却宮袍歸未得。愁思隔年似織。又花下扇形,歌叢箏笛。平泉巷陌。悵去來、秋燕如客。層樓畔,鬱輪奏徹,隱約訴胸臆。　　人寂。夢都難覓。算此際、何戡尚識。銷魂偏在故國。曲繞梁塵,酒話瑤席。鏡鸞猶嘆息。但暗裏、春華自惜。漂流久,幽坊庭院,舊事那堪憶。"意纏綿,辭旖旎,氣流動,詞之佳,盡於此矣。予之所以選之實吾詞話者,以其真情摩挲,雅有寄懷。此意人人能知,而未必人人能道。觀名士之風流名作,有一道及於此者乎?

詞調之中,有古已有,而不得其名者,如《全唐詩》載呂岩詞三十首。其末首云:"暫游大庾,白鶴飛來誰共語。嶺畔人家,曾見寒梅幾度花。春來春去,人在落花流水處。花滿前蹊,藏盡神僊人不知。"注云：呂岩求齋不得，失注，調名無考。實則今傳之《減蘭》（《減字木蘭花》）也。又唐馮延巳有《金錯刀》詞二首，一名《瑤醉瑟》。其一云："雙玉鬥，一瓊壺。佳人歡飲笑直呼。麒麟欲畫時難偶，鷗鷺何猜興不孤。　　歌宛轉，醉模糊。高燒銀燭臥流蘇。衹消幾覺薔騰睡，身外功名任有無。"按此即《鷓鴣天》後半兩叠，而《花間》《草堂》及《圖譜》《嘯餘》《詞律》等，均不載，豈不知其名之有別耶？予於《古今詞曲品》中得見之。

昔顧梁汾以詞代柬，寄吳漢槎寧古塔，可謂倚聲中之一新紀元。姚君素君亦曾俯其體制，致瀟湘館索君校書，詞凡三叠，皆章臺之綺語債也。第一詞調寄《金縷曲》云："一紙傳青鳥。倘經過、素君香閣，相思寄到。為問佳人無恙否，更祝紅心不老。茲僕有，私衷細告。自古蛾眉傷老大，有幾分，春色歸蘇小。勸落籍，休云早。　　芳名賤字安排巧，盡銷魂，雲翻雨覆，鸞顛鳳倒。天許香山留阿素，不識名花陪笑。又不卜量珠多少。翹企瀟湘情脈脈，布腹心並候垂明教。姚君素，臨風禱。"第二詞調寄《滿江紅》云："前肅蠻箋，今諒達、素君妝閣。茲再啓，多情小小，丰姿灼灼。欲訪仙居聆綺語，衹緣棹成秋瘧。待月圓、三五慶元宵，塞珠幕。　　憐情種，多漂泊。恨富賈，多輕薄。請撐開慧眼，同心早約。顛倒鴛鴦名字巧，漫教鸞鳳因緣錯。望先貽、倩影慰相思，卿休却。"第三詞亦用《滿江紅》調云："未盡所懷，託毫素、重修尺牘。更佳想、隨時攝衛，花前暗祝。自笑蘇秦同落拓，誰憐史鳳耽幽獨。正天涯，一對可憐蟲，原堪哭。　　願屋把，黃金築。願財把，紅顏贖。爲幾翻款密，幾翻羞縮。力弱楊枝春不縮，歌傳桃葉期先卜。問芳心、知否女英雄，梁紅玉。"別開生面，獨運心裁，至於詞之工，已占盡雅麗二字矣。

（以上見《華北畫刊》1929年5月19日第19期）

吾人填得一詞，姑無論是否能被諸管絃，即以詞文之起承轉合言之，果謂盡如其度乎？文章之事，求精最難。文以彩飾，章以法度，無法度不得謂之章，無辭飾不得謂之文。大而言之詩詞賦曲，無一不在文章之例，即無一不有法度與藻飾，特其顯蘊有別耳。以賦言：荀卿雜賦，開北賦之端；屈子《離騷》，肇南賦之首。揆其所作，極自然，極流動，極參差，極曼渺。讀之一通，覺其氣如曲徑柳陰，隨人而綠，小溪細流，傍堤而瀾，自然極矣。苟曲解而精研之，則於錯落機妙中，別有規矩法度在，是最難耳。殆後律賦風屬，仕林作者，趨以奉之，則於整齊之句法，工麗之詞藻中，復繩之以某段起，某段轉，更某段展而拓，某段合而綜，審審然鏡懸於睫也。惟其章法雖完，而詞句必板，此今賦不如古賦之耐人味也。推之妙詩，何莫不然。予嘗謂詞出於樂府，樂府者，古詩之宗也。故詩與詞，詞與樂府，名異而質則一。善倚聲者，咸知一詞拍出，依韻腳與字句之轉移，而分起承轉合以及開拓、煞尾、補餘等境之變化。此種不期然而必然之化境，即所謂法度者也。然則詞之法度，果何所例？姜白石《詩說》云："載始末曰引，體如行書曰行，放情曰歌，悲如蛩螿曰吟，通乎俚俗曰謠，委曲盡情曰曲。"此古詩中之有別也。若夫詞，則始末亦載，放情亦抒，委曲亦盡，其爲物，超諸上者耳。求其法度之所在，則因所持情愫之不同，而所抒之情感亦各異。苟以古人所傳之名作爲法，雖研幾極精，亦徒見其誠摯移人，活潑可近，味之有法度在，讀之有法度在，拍以歌之，倚以聲之，亦有法度在，究其法度如何？機杼如何？反不得言矣。欲救此短，惟宜多讀古詩，取其法度，施以詞飾，煉以聲音，齊以節奏，斯純珍也。《古詩十九首》，如天衣無縫，神化攸同，已不可學。陶徵士之作，自寫胸臆，純任真率，爲千古一人，亦不易學。六朝則二謝、鮑照、何遜，唐人則張曲江、韋蘇州數家，庶可宗法。抑有進者，詞之法度氣概，多以韻行，故用韻亦一重要關鍵。大抵通篇平韻者，貴飛揚。通篇仄韻者，貴矯健。而其一承一轉，尤以韻腳爲轉移。如《虞美人》之"春花秋月何時了，往事知多少。小樓昨夜又東風，故國不堪回首月明中。　　雕欄玉砌應猶在，衹是朱顏改。問君能有幾多愁恰是一江春水向東流。"此詞"東風"句爲一轉，"猶在"韻爲一承，"多愁"韻爲一轉，"東流"韻爲一補，全篇行氣之宛轉，法度之整齊，無一處不以韻腳出之也。又如《菩薩蠻》云："平林漠漠煙如織，寒山一帶傷心碧。暝色入高樓，有人樓上愁。　　玉階空佇立，宿鳥歸飛急。何處是歸程,長亭更短亭。"此詞"高樓"韻爲一承,"愁"字韻爲一合,"佇立"韻爲一轉,"歸程"韻爲一補,"短亭"韻爲一合,其法度亦在韻中流動。此特就換韻者言之。漁洋山人謂:"七古換韻,起於陳隋,初唐四傑輩沿之,盛唐王右丞、高常侍、李東川尚然。李杜始大變其格。大約首尾腰腹,須銖兩自稱,始克爲法。"此論論詩極有見地,方之於詞,亦有當處。名家之作,其換韻時,類能寓跌蕩於整齊,細味所論之《虞美人》《菩薩蠻》兩詞即知。至於長詞之以一韻而分法度者,如《水龍吟‧咏白蓮》云:"僊人掌上芙蓉,涓涓猶滴金盤露。輕妝照水,纖裳玉立,飄飄似舞。幾度消凝,滿湖煙月,一汀鷗鷺。記小舟夜悄,波明香遠,渾不見,花開處。　　應見浣紗人妒。褪紅衣被誰輕誤?閒情淡雅,冶姿清潤,憑嬌待語。隔浦相逢,偶然傾蓋,似傳心素。怕湘皋佩解,綠雲十里,卷西風去。"此詞通篇用一韻,而章序法度,井井不紊。"露"韻承首句"僊人掌上芙蓉"言爲一承。"舞"韻三句爲一轉,轉到本題。"鷺"韻三句爲補,補足白蓮之背景。"處"韻四句又一轉,轉出餘意。"妒"韻承上半韻言。"誤"韻又緊承"妒"韻句。"語"韻三句爲一轉,轉到白蓮本色。"素"韻三句又一轉,由花事而轉到人事。"去"韻三句,綜合而收,人事花心,合而爲一也。通篇之承轉等處,無稍痕跡,而讀者隨其文以尋其境,又不知其境之誰然也?名妙之作有如此。故予論填詞之要,在色爲藻飾與音律,在質爲法度與氣奏。無藻飾音律者不得謂倚聲,無法度氣奏者,亦不得謂綺語也。是以欲填得好詞,須多讀古詩,然後錯之綜之,縱之擒之,庶乎有法度之可言,而不爲大家所齒冷也。

吳康甫先生,以書法獨傳,詩餘之學,尤有獨識。惟生平著作,不多見於世,僅於《古今詞曲品》中,見五六作,亦足以矜窺豹矣。如《高陽臺‧題春山埋玉圖》云:"竹淚成煙,梨魂照水,春歸却向西冷。淡月無言,啼鵑枝上三更。人間天上渾如夢,剩麼弦、錦瑟愁聽。報年年,拋了琴心,悔結蘭因。　　前生修到隨花伴,便埋香雪裏,詩骨當清。祇恐歸來,峰青不照眉痕。女蘿芳草行吟處,採芙蓉同薦秋馨。更何人,黃絹題銘,紅淚沾巾。"《齊天樂‧題半閒堂鬥蟋蟀圖》云："江山半壁秋聲滿,多少沙蟲蠻觸。金籠餘閒,翠盆幽興,小隊鏘鏘鳴玉。合圍籬角。笑草木皆兵,誰收殘局。決勝籌空,徒教天塹互南北。　　西泠路旁遺墨,一般蛩語鬧,不辨堂墅。蘚砌煙埋,豆棚花散,幾對莎雞相逐。喙長牙錯。任貌爾麼麼,銷沉南國。苔巷荒庵,木棉和雨落。"賈似道玩物喪志,禍及國家,千古稱恨。此詞以小喻大,納須彌於芥子,其纏綿悱惻之情,記之妙矯健豪凌之筆。"知我者謂我心憂,不知我者,謂我何求",此語庶可道也。又《齊天樂·詠鮮荔支》云："往來三百供常啖,曾誇嶺南風味。夢醒羅浮,甘懷蔗境,久別紅塵飛騎。筠籠誰寄。早十斛彤霞,芒騰珠氣。涼玉香融,胭脂顏色可憐紫。　　楓亭舊傳佳種,鳳含剛半熟,分致千里。火齊囊盛,水晶盤賜,惜少露華鮮膩。拈來纖指。喜粉髓凝膚,拚教酸齒。翠羽玲瓏,相思空結子。"楊太真喜食鮮荔支,勞民疲騎,以奉一口之酸,傾國喪身,獨傳千古之恨。鳳肝麟脯,不啻民脂,燕睕鶯嗔,竟成劫黑。楊太真,千古可人,亦千古罪人也。此詞藉荔支而寄慨,妙在筆有含蓄,非徒以聰明欺人者也。《生查子》云："半臂乍裝綿,莫問涼何許。青瑣暗生煙,偏照蕉心雨。　　報喜一燈紅,花笑含情語。彩鳳落誰家,前夜吹簫處。"又云："心事苦抽蕉,夢入涼煙瘦(好句)。一點玉釭紅,花鼓胭脂淚(好句)。　　橫笛到秋邊,且把芙蓉醉。中酒不知愁,獨抱吟肩睡。"小詞兩闋,清妙玲瓏。昔人句云："自是君身有仙骨,世人那得知其故。"可以持贈此作也。

(以上見《華北畫刊》1929年6月9日第22期)

李後主詞如飛黃脫韁,不受控捉。且傳者極少,未能盡其精華。於周氏《詞辨》中,見其《玉樓春》云："晚妝初了明肌雪,春殿嬪娥魚貫列。鳳簫聲斷水雲閒,重按霓裳歌遍徹。　　臨風誰更飄香肩,醉拍闌干情味切。歸時休放燭花紅,待踢馬蹄清夜月。"又《阮郎歸》云："東風吹水日銜山,春來長是閒。落花狼籍酒闌珊,笙歌醉夢間。　　春睡覺晚妝殘,無人整翠鬟。留連光景惜朱顏,黃昏人倚闌。"又《臨江仙》云："櫻桃落盡春歸去,蝶翻輕粉雙飛。子規啼月小樓西,玉鉤簾幕,惆悵莫煙垂。　　別巷寂寥人散後,望殘煙草低迷。爐香閒裊鳳凰兒,空持羅帶,回首很依依。"又《清平樂》云:"別來春半,耀目愁腸斷。砌下落梅如雪亂,拂了一身還滿。　雁來音信無憑,路遙歸夢難成。離恨恰如春草,更行更遠還生。"又《相見歡》《浪淘沙》《虞美人》諸詞,皆有刊作。惟管窺一斑,不無嘗臠涎屠之憾,今并不多傳者亦錄之。《相見歡》云:"林花謝了春紅,太匆匆。無奈朝來寒雨晚來風。　胭脂淚,相留醉,幾時重。自是人生長恨水長東。"《浪淘沙》云:"往事祇堪哀,對景難排。秋風庭院蘚侵階。一桁珠簾間不卷,終日誰來?　金劍已沉埋,壯氣蒿萊。晚涼天靜月華開。相得玉樓瑤殿影,空照秦淮。"又《虞美人》云:"春回小院庭蕪綠,柳眼春相續。憑闌半日獨無言,依舊竹聲新月似當年。　笙歌未盡罇罍在,池面冰初解。燭明香暗畫樓深,滿鬢清霜殘雪思難禁。"三詞均以神勝,人謂白石以詩法入詞,李後主之詞,亦有幾分似處也。

　　無論詩詞,欲其超諸象外,得之環中。其學力與性情,必兼具而後愉快。司空表聖云:"不著一字,盡得風流。"此性情之說也。揚子雲云:"讀千賦則能賦。"此學問之說也。二者相輔而行,不可偏廢。蓋學力深邃,始能見性情。若不多讀書,多貫穿,而遽言性情,則如出水蟹兒,油嘴猴子,嘵嘵自假。徒見信口成章,而一嚼無餘,粗粗泥人也。若無性情,而侈言學問,則昔人有議點鬼簿,獺祭魚者矣。學力深,始能見性情。無性情,不足言學問。數語言之於抄詞,造微破的之論也。填詞之學,無性情則字與字無關,句與句無絡。如美人然,徒具蘭質蕙心、明眸皓齒、梨渦桃暈、玉貌絳唇,而睛不秋波、口不鶯囀、頰不倩笑、手不纖柔,則雖見其色艷,而不得漸其情得也。此之所謂金鑄、珠綴、玉鐫、碧雕,終不見其綽約迴環,嬌啼便笑。故其質雖為珠玉金碧,或并珠玉金碧而尤足珍。殆亦案几之所供陳,與之語也不答,與之吟也不酬。情及之也,無紅豆相思之報;意佻之也,無翠羽堂上之心。如佛偈言,鐘漏俱寂,木灰土沙耳。尚何味之可耐?苟詞中有性情在,則"有我之境",無物不著我之色彩。"無我之境",將不知何者為物,何者為我。超然物表,自得天機。味其辭句,第覺靈心如蛻,大氣磅礴,語語見性情,句句覘變化,其"鬥筍"、"銜尾"、"煞腹"等處,尤能於不期然而然處出之。此無他,性情所以鍾靈之,抒發之,機趣之也。如韋莊《菩薩蠻》云:"紅樓別夜堪惆悵,香燈半卷流蘇帳。殘月出門時,美人和淚辭。　琵琶金翠羽,弦上黃鶯語。勸我早歸家,綠窗人似花。"又云:"人人盡説江南好,游人祇合江南老。春水碧於天,畫船聽雨眠。　墟邊人似月,皓腕凝霜雪。未老莫還鄉,還鄉須斷腸。"又云:"如今却憶江南樂,當時年少春衫薄。騎馬倚紅橋,滿樓紅袖招。　翠屏金屈曲,醉入花叢宿。此度見花枝,白頭誓不歸。"又云:"洛陽城裏春光好,洛陽才子他鄉老。柳暗魏王堤,此時心轉迷。　桃花春水綠,水上鴛鴦浴。凝恨對斜暉,憶君君不知。"四詞宛轉低回,如聞秋江上琵琶撥湊,所謂香弦乍響,萬花競飛,鐵笛忽秋,一鷗成夢者也。其性情融之妙筆墨,發之於辭句,出之於聲籟,可傳之作也。顧四詞之中,謂活潑則有餘,謂凝練則不足。謂嬌弄則有餘,謂雅正則不足。此何也?有性情而寡學問,以是每詞之中,終覺風騷太重,無稍藴秘也。藴秘者,涵蓄之謂。詩詞無含蓄,不足稱上乘。欲寫性情,而又欲顧及含蓄,則非學力碩足者莫辨。其有祇顧含蓄,一字一句,一言一語,一聲一韻,均審慎揀謹,惟恐鋒芒太露,裸國不衣,爲後世憾。不得已,以藻飾出之,以比喻譬之,以聲調掩之,則其所填,先不論其是否可以見性情,是否有性情,讀之一通,但覺霞飛雲蔚,紙醉金迷,如行九曲之廊,如入三懷之殿。後於我者珠玉,先於我者琳琅,左右我者楚楚齊諧,悒然莫知其何之也?温庭筠所作《菩薩蠻》云:"小山重叠金釭滅,鬢雲欲度香腮雪。懶起畫蛾眉,弄妝梳洗遲。　照花前後鏡,花面交相映。新帖繡羅襦,雙雙金明鵠。"又云:"水精簾裏頗黎枕,暖香夢惹鴛鴦錦。江上柳如煙,雁飛皎月天。　藕花秋色淺,人勝參差剪。雙鬢隔香紅,玉釵頭上風。"又云:"玉樓明月長相憶,柳絲嫋娜春無力。門外草萋萋,送君聞馬嘶。　畫羅金翡翠,香燭銷成淚。花落子規啼,綠窗殘夢迷。"又云:"寶函銅雀金鷟鸂,沉香閣上吳山碧。楊柳又如絲,驛橋春雨時。　畫樓音信斷,芳草江南岸。鸞鏡與花枝,此情誰得知。"又云:"南園滿地堆輕絮,愁聞一霎清明雨。雨後却斜陽,杏花零落香。　　無言勻睡臉,枕上屏山掩。時節欲黃昏,無寥獨倚門。"五詞艷麗莊凝,其遣解麗而不膩,其造境密而不纖。是學力充而能於含蓄上作工夫者。然以之方於韋莊所作,則韋莊之活潑玲瓏,遠在庭筠之上矣。而庭筠之凝練風神,又遠在韋莊之上矣。究其故何也?蓋韋莊之作,性情多而學力少,庭筠之作,學力足而性情略。古人名製,不免此短,後生未成之作,敢謂及於古人歟?填詞以造境為主,境之大小,境之有無,境之動靜,皆以性情而造之,學力以成之也。性情與學力之說,其填詞者之占畢矣。

《如夢令》始作者為唐莊宗。其詞云:"曾宴桃源深洞,一曲舞鸞歌鳳。曾記別伊時,和淚出門相送。如夢。如夢。殘月落花煙重。"蓋莊宗自度曲也。樂府取詞中"如夢"二字名之,今誤傳為呂岩之作,非也。《江城子》始作者為南唐張泌。其詞云:"碧闌干外小中庭。雨初晴,曉鶯聲。落花時節近清明。睡起捲簾無一事,勻面了,沒心情。　　流花溪上見卿卿。眼波明,眉黛輕。高綰綠雲,低簇小蜻蜓。好是問他來得麼,和笑道,夢多情。"細玩此詞,前後整齊,而"情"字重押,確係兩首。今合為一體,蓋誤耳。

(以上見《華北畫刊》1929年6月23日第24期)

詞有時間性。"現在"、"過去"、"未來",全依製詞者出之也。文貴高潔,詩尚清真,況於詞乎?作詞之料,不過情景二字。非對眼前寫景,即據心上說情,情說得透,景寫得明,即是好詞。景者,現在也。情者,屆於現在與未來之間。此二者,填詞家所依皈,而不可一日離者。其有專以說古為託口,一首長調中,用古事以百紀,填古人姓名以十紀。即中調、小令,亦未肯放過古事,饒過古人,其詞之氣、神、風、骨、格、調姑無論,即依行間字裏讀之,但覺書本之氣泥人,乃信"點鬼簿"、"錦繡堆"之說為有徵也。此詞之病,即病於無情景,無現在與未來之時間性,惟以過去之事,過去之人,補足充實,以矜淵博,究之何取?蓋詞之最忌者:有道學氣,有書本氣,有禪和子氣。禪和子氣,不沾而易除。道學氣,雖沾而可除。至於書本子氣,脫無偉大之魄力,鎮紙之學力,相與為事,期於擺脫,則書本子氣,終難了却。若謂讀書人作詞,自然不離本色,然則唐宋明清諸才人，亦嘗無書不讀，讀書既多，其詞中當有書本氣矣，而求其所讀之書於詞內，則又一字全無，此何也？讀書之量，多寡虛實有別而已矣。讀書多，則書侵淫於性，含養於氣，醞釀於情。性以道情，情以遣辭，辭以用氣，如是則骨肉勻，情景肖，風格高，非借物遣懷，即將人喻物，有句句不露秋毫情意，而實句句是情、字字關情者，是讀書多，而能以多量之書氣遣情也。故善填詞者，不論對景抒情，抑或臨情寫景，拈定現在或未來之時間，以氣行之，則好詞出矣。其有讀書雖多，而變幻之能力特鮮，今日畢一册，明日竟一卷，不論於所讀書中，有思致否？有蘊秘否？有感情否？惟以讀一卷，束一卷，博聞強記，自矜其見識之宏，飫嚼之廣。一旦走筆填詞，正襟危坐，拈髭凝色，握兔管，構滯思，但覺心窅癡迷，精神不喝，向日嚼得未爛之書，撲思而來，取此舍彼，裁紅剪綠，以爲滿腹珠璣，觸筆琳琅，苟不一一筆以出之，聲以寄之，終覺向日所讀，有負焦思。不得已，有來不拒，如江海之下百川，東鱗西爪，碎簡零紈，兔角龜毛將盡括之。於是稍有所情，必思合於所讀之書否？苟有所合，則取所讀之書，何人何事，以代其情。欲寫何景，必又思曾記某書與此有似，則又取某書中所合於現在之景者，以代現在欲寫之景。若是，則無論抒一情，寫一景，皆著有書本之色彩，沾染過去之時間，欲其清靈超脫，嗚呼可見？此即讀書淺，而爲書所左右也。笠翁論詞曰：「……情景都是現在事，捨現在而不求，而求諸千里之外，百世之上，是捨易求難，路頭先左。安得復有好詞？」凡諸文學作品，皆抒感言情者也。抒感，作者之感也。言情，作者若第二人相近之情也。在時間爲"現在"與"未來"。絕無以現在之情，而以古人忸怩掩飾者。有之，亦不得擬爲上品。填詞家欲得好詞，惟先於"時間"上稍致意也可。

　　無錫詞家余心神居士，名一鼇，字成之，號心禪。系出浙衢開化之六都。生於道光戊戌八月二十五日，曾候選通判，有《楚楚吟》《覺夢詞》。其自序云："僕也頻年嬰疾，端憂鮮歡，戚抱西河，似亡若失。游閩之道，終難排遣。壬午九秋，小寓吳門，樓居五旬，主人新有大故，昕夕所聞，無非高音楚語。屬當陰雨連旬，每值風雨撼窗,新寒警枕,耿耿中宵,茫茫有感,擁衾剪燭,輒占小詞。旬日間,凡得《菩薩蠻》若干首,名之曰《覺夢詞》。譬諸寒雁唳霜,荒雞唱月,不知其然而然。柳泉居士所云:自鳴天籟,不擇好音,有由然矣。嗟乎,春歸花落,緬往事以言情;雲散風流,憶墜歡而索句。苟未免有情,亦復誰能遣此。曼吟短闋,不堪我破愁顏。郢拍巴歌,冀博君開笑口爾。"其詞云:"宵來不覺清霜降,燕巢冷落烏衣巷。屏上鬥寒圖,蘆汀一雁孤。　當年歌舞地,花裏逢君醉。別夢憶瀟湘,瀟湘非故鄉。"又云:"思君不見迢迢鯉,夢中得句爲君起。携手憶河梁,月圓人影雙(好句,清澈便妙)。　相逢須下馬,別淚臨岐灑。何處是歸程,低頭聞雁聲。"又云:"更殘門掩黃昏月,離愁空抱心如結。何處展雙蛾,聲聲喚奈何。　羅衾寒意重,重憶江南夢。陌上鷓鴣唳,憶君君未歸。"又云:"柳陰濃護秋千索,柳綿飛趁池塘角。去去作青萍,鴛鴦傍一生(好句,一氣如龍)。　清明春有恨,錯怪東風剪。飛燕惜殘紅,飛來似告儂。"又云:"相思無鬭拈紅豆,月明香鈿深深扣。絮語祝君前,人歸在雁先。　枕函蝴蝶夢,夢好應珍重。珍重可憐宵,宵長減瘦腰。(此半闋全以氣行,迴環圓澈,玲瓏如弦語)"又云:"琵琶隔舫瓜洲月,月明風靜人離別。別意滿儂懷,懷中豆蔻胎。　郎如風漾絮,妾似花沾雨。雨細蝶飛遲,遲君楊柳枝。"又云:"梨花如雪吹香紛,眉痕低約愁相準。不信夢無憑,子規三兩聲。　青山憐小別,紅豆無人拾。春燕又銜泥,故園花亂飛。"又云:"綠窗幽夢停紅燭,杜鵑檐外聲相續。又是雨簾纖,春歸人可憐。(好句,明白如話,自然極矣)　青山無恙在,攬鏡朱顏改。何處去登臨,相思淚滿襟。"數首《菩薩蠻》,風格清道,無書本氣,無道學禪和子氣,可傳之作也。其他名作,於江陰金桂生先生武祥所輯《粟香筆記》卷四中見之,略云:"余成之(心律)別駕,名一鼇,字心神,爲楊蓉裳先生宅相。搜集楊氏遺著,集字印行。時丁杏聆司馬紹儀輯《詞綜補》,爲搜採校訂尤力。"壬辰秋間過訪,携所著詩詞稿數卷。其《虞美人》云:"落花有限紅辭樹,一片濛濛絮。柳陰斜日子規啼,送客江頭別夢兩依依。　春來春去尋常過,欲話愁無那。香清酒醒不勝情,回首畫眉江上畫眉聲。"又云:"簾波似水粼粼縐,宕漾春風柳。香溫茶熟夢初回,瞥見雙飛蝴蝶上瑤階。　歸期我亦無憑準,笑指燈花問。綠窗紅燭夜深燒,斜月三更隔院聰吹簫。"《臨江仙》云:"春草夢回寒食路,馬蹄踏破芳菲。小樓一角鷓鴣飛,風光大好,誰道不如歸。　盼到東風渾似剪,陌頭綠綻紅肥。碧波如鋭掩雙扉,重來燕户,門巷似耶非。"又《減字木蘭花》云:"惜春滋味,寒食清明離别意。渺渺關何,猶再楊花趕著他。"又斷句云:"篋中檢點那時封,啼痕幻作桃花色。"又斷句云:"風雨橫塘二葉舟,知君載得幾多愁。"又云:"夢更無聊醒更難,往事思量著。"又云:"便成好夢成何用,何況夢難成。"又云:"拚著腔綺恨付東風。"又云:"祇有飛來燕子替儂愁。"又云:"滿身花影敷春星。"皆詞中妙句也。

(以上見《華北畫刊》1929年6月30日第25期)

"曲宜耐唱,詞宜耐讀。耐唱與耐讀,有相同處,有絕不相同處。"此笠翁之名論也。究其所别,全在一字之音,至有妍媸。同為一字,讀是此音,而唱入曲中,全與此音不合者,故不得不設身立想。製曲之時,一若置身歌榭,冰雪管絃中,曼聲相引。寧使讀時礙口,以圖利吻於歌場,此所謂耐唱也。至於詞,雖可拍以製歌,然近百年來,合諸家而不顧,即取一二成名之詞人所作,果謂可披絃管乎?古人製詞,先通樂律,今人填詞,并樂律而不知。則詞之宜於今人者,特為吟誦而設耳。既為吟誦而設,則當先求耐讀。耐讀之法,則又先求便讀。便讀者何?易上口也。《尚書》雖古,詰屈聲牙之病不免。《長慶》雖淺,聲圓音澈之譽可當。詩詞,抒性情者也。吾摸得一詞,以待第二人或第三人之批評與賞鑒。使第二人或第三人,讀吾詞而知吾為人,洞悉吾隱痛,瞭解吾性情,且認識吾箇人之人生觀,此詞中之上乘,亦純文學之精品也。安有玄黄雜採,象膽獺肝,使一潔白無塵之心田,飾虛詞以千萬叠,用虛語以千萬折者乎?屈原作《離騷》,使後人知屈原之高潔;陶詩《詠貧士》,使後人知五柳之清趣。撲其所作,無不吹彼天籟,止乎衆心,清澈淡雅,耐人飫嚼。吾人填詞,雖不能遠期上擬屈生,并肩白石,然使讀者見之,覺一字一韻,都是通家見解。若然,方不負握管之苦心,所謂耐讀者即此也。填詞約分兩時期，先求聲調鏗鏘，爲第一時期。再求肯逸意遠，爲第二時期。格而言之：第一期即所謂求便讀也，第二期即所謂耐讀也。便讀之法，首忌韻雜，次忌音連，三忌字澀。填詞用韻，首以純正爲主。如東、江、眞、庚、天、蕭、歌、麻、尤、侵等韻，本來原純，不慮其雜。惟支、魚二詣之字，龎雜不倫。填詞時，非加選擇，難求聲適。支、微、齊、灰，四韻合一，固覺穩宜。然四韻之中，齊、微、灰可合，支字全韻，究難皆合耳。支韻中如"之"、"離"、"斬"等字，與齊、微等韻，若不調協。而支韻中之"披"、"陂"、"奇"、"碑"等字，則與齊、微、灰韻，顯然相合，此種用法，端在填詞者把并州剪，有以匀裁者也。又如魚、虞二韻，合之誠是。但一韻之中，先有二韻，魚中有諸，虞中有夫是也。盍以二韻之中，各分一半，使互相配合？與魚、虞同音者合爲一韻，與夫諸同音者別爲一韻，如是則純之又純，無衆音嘈之患矣。如十三元一韻，"門"、"根"、"痕"、"吞"等字，入眞韻，"言"、"軒"、"暄"、"猿"等字，入寒韻。此種分法，填詞家敢不云幸？湖上笠翁，曾言及此，聞有《詞韻》一書，惜未之見。此用韻不可過雜也。至於詞中不用韻之句，還其不用韻，切勿過於騁才，反得求全之毁。蓋不用韻爲放，用韻爲收。譬之養鷹縱犬，全於放處逞能。常有數句不用韻，却似散漫無歸，而忽用一韻收住者。此當日造詞人顯身手處，彼則以爲奇險，實則常技耳。欲得其妙，切記不用韻之數句，務使意連氣串，骨骼相銜，一波一瀾，層層相叠，趕至用韻處，戞然而止。其爲氣也貴乎長，其爲勢也利於捷，妙訣也。若不知其意之所在，飛黄不羈，朽索無形，東奔西馳。直待臨崖勒馬，韻雖收，而意不收，難乎其爲調矣。何謂音連？一句之中，連用音同之數字，如"先煙"、"人文"、"呼胡"、"高豪"之屬，使讀者黏齒泥吻，期期艾艾，不勝其苦。安得好文？非特此也。二句合音，詞家所忌。如上句之韻爲東，下句之韻爲冬。東冬二字，意義雖別，音韻則同。讀之既不發調，且有帶齒黏喉之病。近人多有病此者。作詩之法，上二句合音，猶日不可，矧下二句之韻者乎？何謂上二句合音？如律詩中之第三句與第五句，或第五句與第七句煞尾二字，皆用仄韻，若前後同出二音，

371

如意義、氣契、斧撫、直質之類，詩中犯此，猶指重症，矧嚴格調律如詞者乎？至於字澀，尤為詞人必剔之弊。夫琢句鍊字，雖貴新奇，亦須新而妥，奇而確。妥與確，在意中不越一理字，在聲中不越一響字。若其不妥不確，匪特意晦，抑且聲澀。欲望句之驚人，先求理之服眾，字無理解，雖珠璣亦不過蟹口之沫耳。如黃庭堅之《望江東》有句云"更不怕江攔住"，"攔"字新穎，且極順適，脫易他字，便成頑鐵。蘇軾《南鄉子》云"破帽無情却戀頭"，"却"字雖非奇字，然插讀於此，無稍澀滯，用字之神，不得不佩服古人也。又如柳永《兩同心》云"鴛衾冷夕雨淒飛"，"淒"字雖奇，而置諸"飛"字上，究犯澀病。不若"零飛"、"柔飛"等字為妙，且與下句"錦書斷暮雲凝碧"之"凝"字不相鬥筍也。近人填詞，往往求一字之新奇，輒不顧其澀滯，蓋通病矣。填詞家欲得好詞，此病最當首刃。用字不澀，用韻不雜，用音不合，則清妙洞澈，如聞鍾球。然後於逸旨及幽情中求之，豈獨玉田、竹屋，不見於今日耶？

（以上見《華北畫刊》1929年7月14日第27期）

以詞咏物，清人最工。納須彌於芥子，自成別格。如厲鶚賦包頭《咏皂雅特髻》云："膠鬟攏罷，稱滑笏吳綢，折成如水。淺緗素額，更斜遮蟬翅。重窺鏡、非關怕冷，上頭最愛道隨時世。最宜淡溪。恁略施珠翠。　還把一痕綿擘，襯微微紅起。春愁困、莫教半卸，到殘妝、秀暈分明是。碧煙抹斷，看兩蛾尤細。"朱彝尊《玉樓春·咏繡球》云："玉球繡出今番早，蝶翅蜂鬚迭回抱。一年一度雪成團，半雨半晴春未老。　者回上樹青猿報，合配醒紅香入腦。枝頭能得幾人憐，落地始知花亦好。"彭兆蓀《惜紅衣·咏姜》云："畫裏移家，吟邊坐雨，病花曾賞。一棱苗肥，筠簾哈低障。秋風蜀道，能幾度、游仙來往。回想。烏菱紫芋，聽同敲吳榜。　爬沙蟹上。良醞招邀，山廚搗微響。雛娃笑覷，怎忍擘紅掌。付與凍糟香漉，待化辣雲相餉。甚指尖齊斂，疑對柳家新樣。"又《沁園春·咏火判》云："蠢爾獰顏，也借光明，逞大神通。漸呿張一口，紅霞嚼爛，抓牢粢窾，赤舌燒空。透頂蓬蓬，熱中焰焰，炙手今番意獨雄。能火速，甚五花到事，有此威風。　形容黃胖差同。道此腹膨亭不負公。倘延爲上客,何妨頟爛,用吾下策,直欲心攻。變相圖開焰摩天,任莫是劉鑾塑出工。休相笑,祇與君頭惱樣冬烘。"又《沁園春·咏不倒翁》云:"莫笑龍鍾,聽而不扶,蹶然自興。任幾番壓捺,出頭須放,十分挫拗,強項偏能。老子婆娑,是翁矍鑠。睡意盤旋走不脛。如人柳,也一眠三起,態度盈盈。　掀騰與世何争,訝封得泥丸抵死撑。便空空此腹,盡多消納,團團對面,故學逢迎。何處難眠,有時作劇,拚得浮生紙樣輕。驚一跌,早虛空粉碎,蛻去枯形。"此兩作假物喻人,文學中之超然派也。詞家所謂空靈者即此。

《蒲江詞》,宋盧祖皋撰。祖皋字中之,一字次夔,號蒲江。登慶元五年進士。嘉定中,爲軍器少監。權直學士院。與閩人徐鳳并直北門時,慶澤孔殷,綸言沓布。祖皋爲樓鑰之甥,學有淵源,嘗與永嘉四靈以詩相倡和,然詩集不傳,惟可惜耳。祖皋抒思泉湧,工樂府,字字可入律吕,浙間多歌之。《四庫》中有《蒲江詞》一卷,約二十五闋。如《西江月·中春》云:"燕掠晴絲裊裊,魚吹水葉粼粼。禁街微雨灑芳塵,寒食清明相近。　謾著宫羅試暖,閒呼社酒酬春。晚風簾幕悄無人,二十四番花信。"收句清靈,如蜻蜓點水,寫意波瀾。緫之有紋,掠之無影者也。《清平樂·春恨》云:"柳邊深院,燕語明如剪。消息無憑聽又懶,隔斷畫屏雙扇。　寶杯金縷紅牙,醉魂幾度兒家。何處一春游蕩,夢中猶恨楊花。"春蠶製繭,層次經綸,意遠絲長,而不爲絲所羈。予作無題詩有句云:"自把鳳釵剔鳳筍,有無情緒剝層層。"此境彷彿似之。《謁金門·惜别》云:"蘭棹舉,相趁落紅飛去。一隙輕簾凝睇處,柳絲牽不住。　昨日翠蛾金縷,今夜碧波煙渚。好夢無憑窗又雨,天涯知幾許。"又《春思》云:"閒院宇,獨自行來行去。花片無聲簾外雨(好句),悄寒生碧樹。　做弄清明時序,料理春醒情緒。憶得歸時停棹處,畫橋看落絮。"句有神韻,極飄逸,而不失於浮。《洞仙歌·茉莉》云:"玉肌翠袖,較似酴醿瘦。幾度重醒夜窗酒。問炎州,何事得許清涼,塵不到,一段冰壺剪就。　晚來庭戶悄,暗數流光,細拾芳英黯回首。念日暮江東,偏爲魂消,人易老,幽韻清標似舊。

正簟紋如水帳如煙（好句），更奈向、月明露濃時候。"咏物之詩，最忌堆砌。託物以懷，又忌散漫。此作意融於辭，韻勝於質，允稱純璧。《鷓鴣天・春懷》云："纖指輕拈小砑紅，自調宮羽按歌童。寒餘芍藥闌邊雨，落香醅醸架底風（好句）。"（未完）

（以上見《華北畫刊》1929 年 7 月 21 日第 28 期）

（續上）"閒意態，小房攏。丁寧須滿玉西東。一春醉得鶯花老，不似年時怨玉容。"翠羽金紃，藻麗明艷，前半收句，尤足取法。又《春暮》云："庭綠初圓結蔭濃，香溝收拾樹稍紅。池塘少歇鳴蛙雨，簾幕輕回舞燕風。　春又老，笑誰同。澹煙斜日小樓東。相思一曲臨風笛，吹過雲山第幾重。"藻韻牟於上作，而格調尤上之。《滿江紅・齊雲月酌》云："楼倚晴空，炎雲淨、晚來風力。滄海外、等閒吹上，滿輪寒璧。河漢低垂天欲近，乾坤浩蕩秋無極。憑闌干、衣袂拂青冥，知何夕。　登眺地，追疇昔。吳越事，皆陳迹。對清光祇有，醉吟清得。萬古悠悠惟月在，浮生袞袞空頭白。自騎鯨，仙去有誰知，遙相憶。"氣魄浩乎兩間，擬之於詩，雖青蓮卓爾於前，亦不減東坡興來之作。《好事近・秋飲》云："雁外雨絲絲，將恨和愁都織。玉骨西風添瘦，減尊前歌力。　袖香曾枕醉紅腮，依約睡痕碧。花下凌波入華，引春雛雙鶺。"《菩薩蠻・春思》云："翠樓十二闌千曲，雨痕新染蒲桃綠。時節又黃昏，東風深閉門。玉簫吹未徹，窗影梅花月。無語祇低眉，聞占雙荔枝。"又《謁金門》云："香漠漠，低卷水風池閣。玉腕籠紗金半約，睡濃團扇落。雨後涼生雲薄，女伴棹歌聲樂。採得雙蓮迎笑剝，柳陰多處泊。"又云："風不定，移去移來簾影。一雨池塘新綠淨，杏梁歸燕并。翠袖玉屏金鏡，薄日綺疏人靜。心事一春疑酒，病鳥啼花滿徑。"又《清平樂》云："錦屏開曉，寒入宮羅峭。眠脈不知春又老，簾外舞紅多少。　舊時駐馬香階，如今細雨蒼苔。殘夢不成重理，一雙蝴蝶飛來（好句）。"小詞纖雅，都是詞人吐屬，無一字非推敲來者。其凝練處，如讀少陵晚年詩，愈嚼愈覺其味永，愈思愈知其律細。敲窗聽雨，掃榻看煙之餘，玩味再三，乃信昔人所謂詩雜仙心之語，却有十分見地也。詞曲同體，談詞往往及於曲。談曲者亦并詞而口稱之，理固然也。昨與銘馨君談及詞之變化不如曲，即引曲牌合譜者爲證。予然其説，更爲申述之於此：曲譜無新，曲牌名有新，蓋詞人好奇嗜巧，而又不得展其伎倆，故以二曲、三曲合爲一曲，以副獨穎之懷。在昔製者，不另名稱，祇以犯字加之。如本曲《江水兒》，而串入二別曲，則曰《二犯江水兒》。本曲《集賢賓》，而串三別曲，則曰《三犯集賢賓》。至如本曲《簇御林》，本曲《錦地花》，而串入別曲，則曰《攤破簇御林》《攤破錦地花》者，蓋以攤破二字概之也。其有鎔鑄成名，不假"犯"、"攤破"等字者，如《金索絡》《梧桐樹》是兩曲串爲一曲，而名曰《金索掛梧桐》。《傾杯序》《玉芙蓉》是兩曲串爲一曲，而名曰《傾杯賞芙蓉》。《駐馬聽》《一江風》《駐雲飛》是三曲，串爲一曲，而名曰《倚馬待風雲》。此種取名，要在妙思綺合，名在理論之間，雖巧而不厭其巧也。（未完）

（以上見《華北畫刊》1929年7月28日第29期）

（續上）其有只顧串合，不詢文義之通塞，事理之有無，生扭數字，撮合而成者，則失顧名思義之體矣。更有以十數曲串爲一曲，而標以總名。如《六犯青音》《七賢過關》《九迴腸》《十二峰》之類，渾雅可愛，僉足傳也。予謂串舊作新，終是末技。欲有獨到，端於文字音律間求之可矣。試觀詩餘之調，有幾許層巒叠巘者乎？

有以詞製謎者，於《絕妙好詞》中見之。是書長洲沈桐威贊漁所撰。其詞瑰麗筆贍，就詞之本身論之，已足睥睨不群，而所隱之謎，又復鐵畫銀鈎，絲絲入諦。敢謂數千年來，絕無僅有之製也。如《浣溪沙》云："紅袖當爐首懶擡，梢頭荳蔻乍含胎，芳肌瘦盡爲誰來。　採伴雙携還小立，紅潮一綫又輕回，被他玉體半相握。"隱六才句以"早苔經滑"。紅袖當爐者，"卓"文君也，首懶擡者，去"卓"字之頭也，得"早"字。"荳蔻梢頭"謂艸。芳肌瘦盡，意謂去"胎"字之月，合臺爲"苔"字。四句意射經字，末二句射滑字。《浪淘沙》云："折了柳腰身，密意重申。阿奴原是舊清門，明月橋邊傾蓋處，一夜橫陳。　剪斷碧衫痕，懷姙三分。梁間燕語口難憑，唯願弄璋兼弄瓦，葉落歸根。"射六才"變做夢裏南柯"。柳腰指小蠻言，折了者，"蠻"字上半也，重申爲又，合爲"變"字。阿奴謂人，舊清門爲故,合爲"做"字。明月橋邊取"二十四橋明月夜"意,謂"夢"字上之苗也,傾蓋指一言,一夕夜者一夕也,合爲"夢"字。剪斷衫痕,謂衣字分開也。懷妊三分者裹也,合爲"裹"字。梁間燕子取呢喃之意,口難憑去口也,喃去口得"南"字。弄璋者生男也,弄瓦者生女也,古謂一男曰丁,一女曰口,合丁與口爲"可"字。葉落歸根者指木言,加"可"爲"柯"。此作尤見巧妙。中以"夢"字、"柯"字之組成,爲有意趣。智珠在握,犀心自如,予謂此公有萬人不俱之聰明。

(以上見《華北畫刊》1929年8月4日第30期)

予師繆金源先生,於一九二九年四月一日,與周瑛女士行結婚禮。一切餕式,力就簡潔,允稱婚禮改良之導者。有《定情集》刊於世,凡親友所賀佳什,無不親爲拱璧。集之首,有繆金源《結婚告親友書》一文。文云:"午夜燈前,回想起三十年來的生活,怎禁得無限感慨!如今且説關於結婚這件事,我們中國的小孩,抱在手裹,甚至還在娘胎裹,他的父母便早早替他定婚。我十歲前,東鄰的王太太,西鄰的李奶奶,來議婚的也不知道有多少。然而照例應取決於關帝,我真該感謝的他老人家,每次都因他發下下籤否決了。十歲後,既進入學校,知識漸開,堅決主張婚姻自主。父母因我脾氣古怪,不忍加以强制,祇得聽其自由。我理想中的老婆,標準很高。記得揚州有一位朋友替我做媒,我給他一封長信,將我的理想發揮得淋漓盡致。末尾說:如果遇不到這樣的人,我寧娶梅花。一位桐城派古文家的老師看了這篇文章,很得意的批道:有道之言,超絕流俗,結處風流蘊藉,足徵高懷。然而理想終於理想罷了。自從進了北京大學,受新思潮的影響,越發主張自由戀愛。然而我們這班老實人,嘴裹儘管大喝戀愛,實際并不進行。儘管關起門來做幾首情詩,填幾首情詞,實際男朋友已經很少,女朋友不用說了。有時候也遇到可以戀愛的機會,無奈因爲老實的緣故,機會又在面前輕輕的過去了。結果我已是將近三十歲的老孩子,仍然過我的獨身生活。一九二六年的夏天,我回到家鄉。那時候對於老婆的標準,早已降低。深深覺得夫婦祇有一箇條件,祇要彼此能真切的瞭解。

我的老師繆文功先生很熱心的替我介紹尤蓮清女士。也談過話，也通過信。在那年九月一日，寫了訂婚書，蓋了圖章。十二月一日，尤女士反悔了。文功先生很感覺困難。我很慷慨的退還訂婚書。我從此再不願談婚姻問題。前年秋天，來到杭州。承楊廉、斯倫兩先生，介紹我和周瑛女士做朋友。我們通信已有一年多，談話已有許多次。我們發生了真摯的愛情。我告訴他身體上有許多缺陷，他容忍了。我告訴他我有許多古怪的脾氣、特異的主張，他容忍了。我告訴他我家境清貧，又不會鑽營，將來祇能過窮生活，他又大度的容忍了。我們的性情，有許多地方很不相同，但我們已真切的瞭解。性情的不同，正可以互相調劑，性情的不同，將來必有同的一日。我們深信在學問上、德行上、生活上，彼此都有極大的互助。我們深信我們的愛，真摯純潔而久遠。我們定於四月一日，在杭州西湖飯店開始共同生活。我們反對一切野蠻的舊禮，尤其是反對所謂'文明結婚'。我們訂婚結婚，都沒有絲毫儀式，祇照一張相片，做箇紀念。親友們送的東西，無論是洋錢，是衣料，是已經題字的書籍或用具，都一概退還。送文字的，無論是一箇字，是一篇文章，是白話，是文言，都一概拜領。但望以信紙書寫不必表做對聯屏幅。將來編印成書，每人當各送一冊。我敬愛的親友們，你一定贊成我們的主張，你一定能幫助我們，讓我們做一箇婚禮改良的模範。（結婚的那天，在校上課如常。四時後，在西湖飯店候駕。一九二九年三月，在杭州第一中學第一部。）"文情誠摯，故并書之。何丈伯雍為填《瑞鶴仙》詞以賀之。其詞云："奇才終有偶。幸早歲，緣慳直頭耽誤。悠悠三十許。記燕塵游倦，尚虛箕箒。意中新婦，似素娥、清寒耐否。不中程，寧娶梅花香影，一簾相守。　又久。朝辭溯漠，夕棹西湖，這回關紐。絲蘿牽附。天公月老無主。問名兒，一樣怜才意思，那不成琴瑟友。笑蓮清女史青盲，沒福消受。"此詞空靈清逸，誠非以玉田、竹屋自目者，所可望肩臂也。

　　徐弟捷之近以《瑣窗寒‧咏螢詞》見寄，詞云："小渡朱樓，間依井邑，又穿芳徑。香羅露濕，惹却小鬟相競。月朦朧，深庭暗過，舊時認得桐陰暝。便隔簾閃爍，因風吹去，漫流不定。　　人靜。良宵永,正促織吟寒,似星掩映。牽牛織女,謫到人間誰省。想伊人閒坐獨愁,玉屏香爐金鴨冷。且看他點點迷空,染亂清秋影。"予依調亦製一闋云:"珠便招涼,玉道礙露,天涯流夢。一年一度,半壁江山斷送。莽庭院説甚高萊,秋心和淚前生種。問相思紅豆,都來簾底,休藏扇縫。　　風動。滔人處,是萍隊波瀾,絮團賣弄。銅駝石馬,輸與今朝相鞚。聽荒雞啼滿橋霜,曉燈斜月飄零共。者香痕撲假伊人,飛也應珍重。"昨讀《鳳孫樓詞》,亦有《湘春夜月·咏螢》一首云:"近牆隈,暗螢飄墮蒼苔。卜玉團扇輕盈,簾外與低徊。暢好新涼院宇,正星星一點,照見金釵。却何曾識得,重門深鎖,飛上瑤階。　　羅袂無聲,蘭襟欲掩,殘月盈懷。花徑相逢,應尚記、王孫前度,緑遍章臺。冶游何處,問些時、可憶歸來。算衹待,到黄昏月黑,夢隨纖影,同覓天涯。"此作亦清新可誦。

(以上見《華北畫刊》1929年8月11日第31期)

　　詩詞曲之界甚嚴,由來説者,鮮有真確之辨斷。蓋詩語可入詞,詞語不可入詩。詞語可入曲,而曲語不可入詞。詞既求別於詩,又務肖曲中腔調。是曲不招我而我自往就,求爲不類,其可得乎？有同一字義而可詞可曲者,有止於在曲而斷斷然不可混用於詞者。試舉一二言之:如閨人口中之自呼爲妾,呼婿爲郎,此可詞可曲之稱也。若稍異其文而自呼爲奴家,呼婿爲夫君,則止宜在曲,而斷斷然不可混用於詞矣。如稱彼此一處,爲這廂那廂,此可詞可曲之文也,若略換一字爲這裏那裏,則又止宜在曲,而不可混用於詞矣。一字一句之微,即是詞曲岐分之界,不可忽也。且空疏者填詞,無意肖曲,而不覺彷彿乎曲,有學問人作詞,盡力避詩而究竟不離於詩。蓋一則苦於習久難變,一則迫於捨此實無也。欲爲天下詞人去此二弊,當令淺者就深,高者就下,一俯一仰,而處於才不才之間,詞之三昧,則得之矣。元人馬東籬《天淨沙》小令云:"枯藤老樹昏鴉,小橋流水平沙,古道西風瘦馬。夕陽西下,斷腸人在天涯。"此詞人盛稱道,謂寥寥數語,深得唐人絶句妙境,實則氣魄有以司之耳。試觀其起首三句,何嘗有一動詞？所謂枯藤也,老樹也,昏鴉也,若不之相脈絡。小橋也,流水也,平沙也,若不之相貫串。古道也，西風也，瘦馬也，若不之相關係。顧展而讀之，歌而意之，嚼而味之，意而境之，則覺枯藤老樹上，盤無數之昏鴉也，小橋平沙間，有活活之流水也，古道西風中，嘶千百之瘦馬也。以下"夕陽西下"而句，作一烘託，便覺全幅生動，令人生塞上李陵之慨。真神品也。此與納蘭容若《長相思》之"夜深千帳燈"句法同一氣魄。《人間詞話》謂納蘭容若以自然之眼觀物，以自然之舌言情，此由初入中原，未染漢人風氣之故，與北齊斛律金之"天蒼蒼，野茫茫，風吹草低見牛羊"同一風格。惟吾怪馬東籬之《天淨沙》，是否染漢人風氣也？

　　蘊隆蟲蟲，鑠石流金，冰雪藕絲，不足鎮舌。而扇之一物，反爲墨客吟咏之資。慧心雖矜，殊無妙製。昨讀《鳳孫樓詞》，有《滿庭芳・咏摺扇》云："研就濤箋，削成湘竹，憑誰割破清陰。一番把玩，重與認羅襟。未許團圓容易，相思處、曲折難禁。更殘後，莫教分手，長遣伴清琴。　　那年曾記得，晚妝卸罷，翠袖瑤簪。向藕花風裏，同坐更深。算是半輪明月，清宵永、難掩秋心。今休也，怕開深折，題編斷腸吟。"又《湘春夜月・咏芭蕉扇》云："蹙冰紋，問誰却會裁雲。界上些兒羅綺，點綴忒輕勻。剪取綠煙一段，免西風吹落，到處紛紛。算齊紈難比，任他拋擲，都是君恩。"（未完）

　　　　　（以上見《華北畫刊》1929年8月18日第32期）
　　（續上）"何年風雨，虛堂冷夕，孤館蕭晨。爭信飄零。剩葉曾做，將深恨斷盡羈魂。而今試看，便團圓未展愁痕。空千結，把秋心收拾，瀟瀟休聽，伴我黃昏。"又《滿庭芳・咏團扇》云："剪取湘雲，裁成璧月，做成一片清陰。團圓如許，何處著秋心。伴取湘江淚竹，西風早、誰問情深。剛相趁，晚涼新浴，螢火上羅襟。　　沉吟便與畫，乘鸞倩女，爭禁塵侵。自玉纖拋後，又到而今。纔有一分涼意，更幾日、夢也難尋。還拚得，長門鎖斷，不買賦千金。"數作假物咏懷，慨當以慷，輕輕著墨，自得天人。譬夫車子囀喉，哀感頑艷。成連海上，能移我情。佳製也。

　　朱淑貞爲千古唯一才人，亦千古唯一恨人。蓋淑貞以父母失審，所配非偶，在生已屬不幸，而身後微名，復遭此桑濮之厚誣，尤不幸者也。世傳朱淑貞有文無行,乃因楊升庵《詞品》載《生查子》一闋"月上柳梢頭,人約黃昏後"語也。毛晉汲古閣刊之,遂跋稱"白璧微瑕"。然此詞實係歐陽修所作,載《廬陵集》第一百三十一卷。而毛晉又刻《宋名家詞》六十二種,此詞即在歐陽修集內,何以不於歐詞下注明,或直作淑詞。一手所選,而不能互相證辯,已自亂其例矣。乃復貿然謂爲淑貞之作,是亦魯莽之甚,而自干"欲加以罪,何患無詞"之罟名矣。且夫詞之作,當以本身爲單位,詞之選,則不能以本身爲單位。詩詞歌曲,皆描寫人生者也。描寫人生,當有自我之人生觀,而其中之喜怒哀樂,以及淫蕩貞正之殊,均能於詞中知之,而不能見之。知與見,有殊也。知爲意忖,見爲意得。古之人,描寫其隱憂幽痛者,類皆使人讀而知,斷不能使人讀而見。屈原之《離騷》、梁鴻之《五噫歌》、左思之《咏史》、陶淵明之《咏貧士》,在在皆抒其伊鬱內蘊之所不已於言者也。顧揆其所作,有一直以本身之隱事入吟者乎?淑貞之詞,亦猶是也。淑貞即有桑濮之瑕,吾意斷不能自視爲宜,且斷斷然不能以之入於詞,而發爲文章也。是作詞時,當以本身爲本位,決不能明以不能示人之事,出之詞而示於人也。選詞者,不能以選者自身爲單位,當以作詞者本身而致思。試思當日之朱淑貞,果能以自身之瑕,欲廣播之而傳於世耶?且其詞何謂也?其詞曰:"去年元夜時,花市燈如畫。月上柳梢頭,人得黃昏後。　　今年元夜時,花市燈如舊。不見去年人,淚濕春衫袖。"明白如話,直一幅幽會圖也。以善交工韻之朱淑貞,安得有此種手筆?此意極易明析,吾不解當時作是說者,亦曾入雞林而探寶笈否也?又按《四庫全書》中收朱淑貞《斷腸詞》一卷,計二十七首,內《生查子》二首,係"寒食不多時"及"年年玉照臺"兩闋,并無"去年元夜時"一首。《總目提要》,謂係本洪武抄本,是可知淑貞本無此詞也。嗚呼!蘭忌當門,痛煩冤之何已?苕還稱璧,奈饒舌之徒然!吾爲淑真呼冤,而爲吾國文藝界呼恨矣!

填詞最忌隸事多,隸事多,則真情沈悶,詞而無情,則一堆零金碎玉耳!以詩言:白居易、吳梅村,皆以歌行傳於世。而以《長恨歌》之壯彩,所隸之事,祇"小玉雙成"四字,才有餘也。梅村歌行,則非隸事莫辨。白、吳优劣,於此可見。宋詞隸事少,清詞隸事多,故清詞終不如宋詞也。近人之詞,雖力易清人之短,而靈活之氣,終不及宋詞耐讀!時代有以然之耶?

竹枝詞本詞中小調,似容實難。古今作者雖多,而稱意者獨少。湖上笠翁有《春游竹枝詞》十二首。其一云:"新款羅縠試春三,飲稱蛾眉不染藍。自是淡人濃不得,非關愛著杏黃衫。"吳梅村評云:"淡人濃不得,讀之三日口香。"確論也。今之作竹枝者,非上就於詁,即下流於浮,僅選此作,爲作者榜之。

(以上見《華北畫刊》1929年8月25日第33期)

千古好文章,祇是説話,而多之乎者也數字耳。約而言之:自來絕妙筆墨,無不一氣如話。非然者,其文之佳,雖至於不可言之度,亦不過零球碎玉。大珠小珠落玉盤,言氣脈尚不足,矧復求性情於其中耶?前人以一氣如話四字,贊之妙詩,詩以言志,言爲心聲,固足當是語也。詞者,較詩尤深刻一層,細緻一層,抒情展蘊,説景紀事,無一不較詩爲生動。故作詞之家,尤當於一氣如話四字,載錘載煉,研幾極精,下一番工夫,得一番經驗,而後於詞之囿,庶乎盡之。一氣者何?脈絡相銜接也。如話者何?雖文而不文也。一氣則少隔絕之痕,話則無隱晦之弊。高抱群言,優游案衍,靈襟獨寫,餘味曲包。所謂"吉甫作頌,穆如清風",仲山甫咏懷,以慰其心,最得雅人深致也。惟是文人至於能填詞,於學已有五六分成熟,高傲自假,衿其所長。或輕肆以爲才,或襞積以爲學,或詰屈以爲古,或激壯以爲雄。不知竅啓者乃窘於篇,彼則拖泥而曳水也。縵獵者乃嗇於典,彼則標黃而滂紫也。醞喑者乃弱於氣,彼則建奏而鯨鳴也。憂息者乃殫於力,彼則潏水而壅壞也。彼以爲於詞之一道,矻矻然力之所及,競競然心之所至,無所不窺矣!安知彈隋候之珠,射千仞之雀,所持者重,而求者輕。雙雞供膳,何如取泪以餐也?此法作詞,終不是詞人之詞。蓋墨海何深,一棹不足得其涯涘,正軌不獲,宜其相背而尋也。吾嘗謂愈是有學問人作詞,愈當於一氣如話四字加以琢磨。欲問其法,先列以明之。小令如秦觀之《海棠春》云:"流鶯窗外啼聲巧,睡未足把人驚覺。翠被曉寒輕,寶篆沈煙裊。　宿醒未解宮娥報,道別院笙歌會早。試問海棠花,昨夜開多少。"此詞起句先言流鶯之啼,啼而驚人覺,覺後則翠被寒輕,寶篆煙裊矣。斯時也,宮娥來報,所報者,別院已笙歌矣,乃轉悟睡起之遲,試問海棠花,昨夜又紅了多少也?張先之《青門引》云:"乍暖還乍冷,風雨晚來方定。庭軒寂寞近清明,殘花中酒,又是去年病。　樓頭畫角風吹醒,入夜重門靜。那堪更被明月,隔牆送過鞦韆影。"此詞起句謂乍暖乍冷,是風雨初定時也。其時清明已近,而殘花又如去年之零落矣。不特此也,樓頭畫角,因風吹遞,盆助愁懷。乃轉思入夜或得安靜,安知明月皎白,把秋千影又送過牆頭也。蘇軾之《鳳棲梧》云:"春事闌珊芳草歇。客裏風光,又過清明節。小院黃昏人憶別,落紅處處聞啼鴂。　咫尺江山分楚越。目斷魂消,應是音塵絕。夢破五更心欲折,角聲吹落梅花月。"此詞為春事闌珊,客裏之風光,已過清明節矣。小院黃昏,客情淒冷,憶別時正落紅處處聞啼鴂之景也。乃自念江山咫尺,楚越一方,目斷魂消,音塵迥絕,愁腸轆轆,五更夢醒,心猶欲折!側耳聽之,角聲已吹落梅花月矣。中調如花仲淹之《鬢雲鬆》:"碧雲天,黃葉地。秋色連波,波上寒煙翠。山映斜陽天接水。芳草無情,更在斜陽外。　黯鄉魂,追旅思。夜夜除非,好夢留人睡。明月樓高休獨倚。酒入愁腸,化作相思淚。"此詞謂碧雲黃葉,點染秋色,秋色連波,波上之寒煙亦翠。襯以斜陽之山,斜陽外,更有一遍無情之芳草也。此景淒涼,有客感慨。黯鄉魂,追旅思,無時或已也。夜夜除非好夢留人,不作是想。明月照樓之時休倚,酒莫澆愁,蓋愁極重,飲一滴酒,是多一滴相思淚也。秦觀之《江城子》云:"西城楊柳弄春柔,動離憂,淚難收。猶記多情,曾為繫歸舟。碧野朱橋當日事,人不見,水空流。　韶華不為少年留,恨悠悠,幾時休。飛絮落花時候,一登樓。便做春江都是淚,流不盡,許多愁。"此詞謂因楊柳之弄春柔而動人離憂,憂以至於淚難收也。所憂者何?猶記多情曾為繫歸舟也。碧野竹橋當日之事,今則水空流而人不見矣。於此知韶華不為少年留,恨悠且遠,不知幾時休也。飛絮落花時,登樓一望,春水緣波,橫目千里,便都化淚,亦流不多許多愁耳！長調如李清照之《鳳凰臺上憶吹簫》云："香冷金猊，被翻紅浪，起來慵自梳頭。任寶奩塵滿，日上簾鉤。生怕離懷別苦，多少事、欲說還休。新來瘦、非幹病酒，不是悲秋。　休休，這回去也，千萬遍陽關，也則難留。念武陵人遠，煙鎖秦樓。惟有樓前流水，應憐我、終日凝眸。凝眸處，從今又添、一段新愁。"此詞謂香冷金猊，被翻紅浪，伊人起矣。伊人有愁，雅不自解，雖寶奩之塵滿，簾鉤之日高，亦慵自梳頭也。伊所愁者，離懷別苦也，多少事，欲說還休！以至不病酒不悲秋，而新來之肌容瘦矣。不堪再言，滿懷辛酸。即此次之離別，雖千萬遍陽關，也則難留。念武陵人遠，煙鎖秦樓。惟有樓前流水，應我憐終日凝眸也。一凝眸處，則又添一段新愁矣。周邦彥之《瀟湘夜雨》云："樓上寒深，江邊雪滿，楚臺煙霧空隙。一天飛絮，零亂點孤篷。似我華顛雪頰，渾無定漂泊孤蹤。空淒黯，江天又晚。風抽倚蒙茸。　吾廬猶記得，波橫索練，玉做山峰。更短坡煙竹，聲碎玲瓏。擬問山陰舊路，家何在水遠山重。漁蓑冷，扁舟夢斷，燈暗小窗中。"此詞描寫雪景，起句謂覺樓上之寒深，知江邊之雪滿，楚臺之煙靄空濛也。對此一天飛絮，零亂點孤蓬時，頗悲己身之華顛雪頰，而漂泊無定蹤也！空淒黯江天晚矣，惟風袖倚蒙茸耳！當此之時，吾廬猶記得，是素練橫波，寒峰嵌玉景也。短坡煙竹，玲瓏聲碎，更助幽趣！乃擬問山陰舊路，水遠山重。家何在耶？思及此，覺漁蓑頓冷，扁舟夢斷，小窗燈暗矣。以上所選諸詞，譯爲短文，簡峭可愛，有時直用原文，不加增減，亦自成格，可知詞人之詞，自然生動氣如話。非後世別入魔蹊，強玄爲黃者可比。細審諸作，自得妙諦。按此法爲詞，水到渠成，如丸走阪，芙蓉六月，自量胭脂，鶯鸝三春，便工舌巧，爐火純青之期也。茲述一簡便之法，學者庶勿忽之。求詞之一氣，必須認定開首一句爲主，第二句之材料不用別尋，即在開首一句中想出。如此因因而下，牟尼一串，直至結尾，不求一氣而一氣矣。填詞之如話，則在作詞之家，於秉筆走紙時，勿作文字做，且勿作填詞作，竟作與人面談，又勿作與文人面談，而與妻孥臧獲輩面談。有一字難解者，即爲易去，深恐因此一字模糊，使説話之本意全失，此求如話之方也。

三年學詞三年鍊詞，昔人數数言之。吾謂三年鍊詞之工夫，盡在一氣如話四字上也。

(以上見《華北畫刊》1929年9月1日第34期)

以"格韻"二字評詩詞，自昔然也。"格"是品格，"韻"是風韻，二者萬不宜混，抑亦不可混耳！詞之有格韻，如骨之於肉，雨之於風。擬之六法，則格是筆法，韻是墨彩也。擬之醫治，則格是關蟄，而韻是支蘭也。擬之擊技，則格是內堅，而韻是外運也。相輔相依，表裏至映，稍滯其用，即純金亦頑鐵也。予讀古人詞，每以格韻相約鑒，粗定其略，分別列述。棄膚抉髓，斂志詣微，味有等於嘗鼋，稍無嫌夫斷鶴。未可以"毀舟爲杖，毀鐘爲鐸"作墨言也。古詞人品格之佳，要以太白"西風殘照，漢家陵闕"爲最高。餘如白石之"二十四橋仍在，波心蕩冷月無聲"，雖不及太白，而清逸極矣。其他如晏殊之"樓頭殘夢五更鐘，花底離愁三月雨。"蘇軾《南鄉子》之"酒力漸消風力軟，颼颼。破帽多情却戀頭。"秦觀之《鵲橋仙》"柔情似水，佳期如夢，忍顧鵲橋歸路。"陸游之《夜游宮》"獨夜寒侵翠被，奈幽夢不成還起，欲寫新愁淚濺紙。"秦觀《踏莎行》之"可堪孤館閉春寒，杜鵑聲裏斜陽暮。"蘇軾《鳳棲梧》之"夢破五更心欲折，角聲吹落梅花月。"王安石《漁家徵》之"茅屋數間窗窈窕，塵不到，時時自有春風掃。"陸游《賣花聲》之"賀籃湖邊，初系放翁歸棹，小疏林時時醉倒。"孫浩然《離亭燕》之"悵望層樓下，寒日無言西下。"孫沫之《何滿子》"目斷連天衰草，夜來幾處疏砧。"白石之"數峰清苦，商略黃昏雨。"張先之《謝池春慢》"繡被掩餘寒，畫幕明新曉。朱檻連空闊，飛絮舞多少。吳文英《愁春未醒》之"東風未起，花上纖塵。"吳文英《惜秋華》之"細響殘蛩，傍燈前似說深秋懷抱。"秦觀《滿庭芳》之"高臺芳樹，飛燕蹴紅英。"辛棄疾《聲聲慢》之"翠華遠，但江南草木，煙鎖深宮。"(未完)

(以上見《華北畫刊》1929年9月8日第35期)

(續上)辛棄疾《雨中花慢》之"馬上三年，醉帽吟鞍，錦囊詩卷長留。悵溪山舊營風月新收。"史達祖之"煙光搖縹瓦，望晴檐風裊，柳花如灑。"周邦彥《鎖窗寒》之"桐花半畝，靜鎖一庭愁雨。"呂聖求《東風第一枝》之"老樹渾苔,橫枝未葉。"王安石《桂枝香》之"征帆去掉斜陽裏,背西風酒旗斜矗。"辛棄疾《念奴嬌》之"劃地東風欺客夢,一枕雲屏寒怯。"程正伯《木蘭花慢》起句之"倩嬌鶯婉燕,說不盡,此時情。"周邦彥《拜星月慢》之"念荒寒寄宿無人館,千門閉,敗壁秋蟲嘆。"柳永《雨霖鈴》之"寒蟬淒切,對長亭晚,驟雨初歇。""今宵酒醒何處,楊柳岸,曉風殘月。"吳彥章《春從天上來》之"舞徹中原,塵飛滄海,風雪萬星龍庭。"白石之"高樹晚蟬,說西風消息。"辛棄疾《永遇樂》之"白髮憐君,尋芳較晚,卷地驚風雨。"梅聖俞《蘇幕遮》之"落盡梨花春事了,滿地斜陽,翠色和煙老。"秦觀《望海潮》之"柳下桃蹊,亂分春色到人家。"賀鑄《望湘人》之"厭鶯聲到枕,花氣動簾,醉魂愁夢相半。"周邦彥《一寸金》之"望海霞接日,紅翻水面,晴風吹草,青搖山腳。"史達祖《內家嬌》之"紅樓橫落日,蕭郎去,幾度碧雲飛。"周邦彥《大酺》之"對宿煙收,春禽靜,飛雨時鳴高屋。"毛滂《八節長歡》之"波濤何處試蛟鼉,到白頭猶守溪山。"陸游《雙頭蓮》之"華鬢星星,驚壯志成虛,此身如寄。"(未完)

(以上見《華北畫刊》1929年9月15日第36期)

(續上)馮延巳《蝶戀花》之"庭院深深深幾許,楊柳堆煙,簾幕無重數。"李後主《浪淘沙》之"流水落花春去也,天上人間。"《臨江仙》之"子規啼月小樓西,玉鉤簾幕,惆悵暮煙垂。"白石《淡黃柳》之"空城曉角,吹入垂楊陌。"葉夢得《醉蓬萊》之"一曲陽關,斷雲殘靄,做渭城朝雨。"白石《琵琶仙》之"十里揚州,三生杜牧,前事休說。"麟聲讀書過少,綜所讀古人詞,足以言品格者,若斯而已。至於依品下格,忖格求神,反失纖細。總之有品格者自不凡同,無待吾輩規規焉競阿好也。

詞之有風韻者:以"紅杏枝頭春意鬧"及"雲破月來花弄影"為最佳,著一"鬧"字、一"弄"字,則境界全出矣。他如康與之《浪淘沙》之"夜過春寒愁未起,門外鴉啼。"秦觀《憶王孫》之"雨打梨花深閉門。"吳鼎芳《七娘子》之"南浦遙看,西樓頻上,天涯祇在心窩嵌。"韻在一"嵌"字。晏幾道《臨江仙》之"相尋夢裏路,飛雨落花中。"杜安世《朝玉階》之"無風輕絮墮,暗苔錢。"韻在一"暗"字。賀鑄《青玉案》之"試問閒愁都幾許。一川煙草，滿城風絮，梅子黃時雨。"極跌極宕，如舟行三峽。秦觀《千秋歲》之"春去也，落紅萬點愁如海。"張先《師師令》之"蜀彩衣長勝未起，縱亂霞重地。"韻在一"縱"字。《百媚娘》之"緑縐小池紅疊砌，花外東風起。"韻在"縐"、"疊"兩字。辛棄疾《祝英臺近》之"是他春帶愁來，春歸何處。又不解帶將愁去。"冷雋婉約。蘇軾《洞仙歌》之"但屈指西風幾時來，又不道流年，暗中偷換。"超然機趣。柳永《柳腰輕》之"顧香砌絲管初調，倚輕風佩環微顫。"韻在"顧"、"倚"兩字。吴文英《愁春未醒》之"若耶門閉，扁舟去懶，客思鷗輕。"清逸淡雅。周邦彦《滿江紅》之"背畫闌脈脈悄無言，尋棋局。"冷雋。趙長卿《燭影搖紅》之"酒醒人靜，月滿西樓，相思還又。"淡情如水。王元澤《倦尋芳》之"海棠著雨胭脂透。"新警。王觀之《慶清朝慢》"晴則箇，陰則箇，短釘得天氣有許多般。"韻在"短釘"兩字。吴文英《珍珠簾》之"還近緑水清明，嘆孤身如燕，將花頻繞。細雨濕黄昏，半醉歸懷抱。"冷峭。史達祖《雙雙燕》之"愛貼地雙飛，鞍誇輕俊。"韻在"貼"字、"誇"字。皎然《高陽臺》之"平明幾點催花雨，夢半闌敏枕初聞。"清嫻澄淨。白石之《眉嫵》"明日聞津鼓，湘江上，健人還解春纜。"水流花放，其境得似。史達祖《綺羅香》之"臨斷岸新線生時，是落紅帶愁流處。記當日門掩梨花，剪燈深夜語。"情文并至，格韻雙絶，此作獨可兼之。周邦彦《解連環》之"燕子樓空，暗塵鎖，一床絃索。"韻在"空"字下置一"鎖"字。尹磵民《一萼紅》之"却很閒身，不如鴻雁，飛過妝樓。"所謂取淡於濃，得平移險。鄧光薦《珠影》之"客來欲問荆州事，但細語岳陽樓記。夢故人剪燭西窗，已隔洞庭煙水。"導思清妍。辛棄疾《摸魚兒》之"算祇有殷勤，畫檐蛛網，盡日惹飛絮。"宕逸以取致，約舉以盡情。毛滂《新雁過妝樓》之"江寒夜楓悲落，怕流作題情腸斷紅。"哀感頑艷。黄機《乳燕飛》之"過橫塘試把前山數，雙白鷺，忽飛去。"悠然神往。温庭筠《菩薩蠻》"雙鬢隔香紅，玉釵頭上風。"及"藕花秋色淺，人勝參差剪。"綺麗明艷。韋莊《菩薩蠻》之"騎馬倚斜橋，滿樓紅袖招。"及"此度見花枝，白頭誓不歸。"風流藴藉，而"滿樓紅袖招"之"招"字，尤有神韻。馮延巳《蝶戀花》

之"日日花前常病酒,不辭鏡裏朱顏瘦。"及"百草千花寒食路,香車繫在誰家樹。"妙得輕清兩字訣。歐陽修《採桑子》之"飛絮濛濛,垂柳闌干盡日風。"委婉有致,澄潔無扮。至於李後主之《浪淘沙》《虞美人》《相見歡》《玉樓春》諸作,竟體雋逸,麗而不溺,密而不纖。蓋情至之文,水到渠成,山動秀生。情生文耶?文生情耶?天人兼到之作也。言風韻此爲冠矣。

(以上見《華北畫刊》1929年9月22日第37期)

南京李敦靜先生,致函於予,詞旨撝謙,足徵養到功深,篤學士也。函中極賛拙作,於拙論"一氣如話"四字,尤示同心。聲不敏,遙蒙厚褒,載忭載笑。李君近作《鳳凰臺上憶吹簫》一闋,雖初試,頗可觀。起句"對酒當歌,將愁供很"頗見氣勢。惜全幅未純璧稱耳。如收句"……征塵外,蘆花似雪,一望無垠。"稍嫌整滯。予妄易爲"……征塵外,蘆花散雪,似髮難簪。"率爾操觚,要爲知己者道也。近閱周氏《詞辨》,有一則極功於初徑詞學者,僅錄之以實予話,兼爲李君進寸愚焉:"初學詞求空,空則靈氣往來。既成格調求實,實則精力彌滿。初學詞求有寄託,有寄託則表裏相宜,斐然成章。既成格調,求無寄託,無寄託,則指事類情,仁者見仁,知者見知。北宋詞,下者在南宋下,以其不能空,且不知寄託也;高者在南宋上,以其能實,且能無寄託也。南宋則下不犯北宋拙率之病,高不到北宋渾涵之旨。"名言掀奧,下筆如鑄。

風花雪月泉,宋鑄,直徑一寸七分。"風花雪月"四字,爲蔡京所書。背作秘戲圖,故又稱秘戲泉,相傳爲壓勝之用。無錫華漁史藏,後歸袁寒雲君。寒雲一代詞宗,瓊什久播,曾譜《漢宮春》以題此泉云:"精鑄當年,看蔡京書埕,雪月風花。纖纖斂指,約束還認天家。烏銅竟底,算分明吐渥無遮。依約見,傳經素女,玉臺金鼎丹砂。　菩薩風流璪骨,更佛云歡喜,相秘登伽。何如洗兒舊事,艷説些些。巫山一角,盡安排雨逗雲斜。應選取,傳摹萬本,他年定作圖誇。"江都方地山先生題以《齊天樂》云:"風流少打圻皆歡喜,花紋鬥新如此。雪卧山中,月來林下,人約黃昏偎倚。團圓無比,縮影烏銅,迷樓鏡裏。肉好分明,盈盈私處盡墳起。　　觀寧宣政制度，瘦金侔御筆。波折蘇米。狎客腰纏，宮娃雜佩，艷說蔡京字體。流傳樣子，看著手成春，洛陽選紙。和墨團綿，一雲閑料理。"意有未盡，又題二絕云："風花雪月蔡京書，香殿春泉百不如。此是人間歡喜佛，眼皮供養最憐渠。""零雲拓本已希奇，女手纖纖更合宜。真是美人贈金錯，老夫欲續四愁詩。"諸作皆婉好。

《玉屑詞》，近人朱芷青所作。詞極清雅，惟俳句炙近於詩中偶聯，便覺濁氣多而清氣少。好句如《南鄉子・咏雞冠花》："風雨鬥無休，祗欠啼聲向曙流（流字新警有味）。翠羽花冠棲少樹，昂頭。似訴霜階萬古愁。"《清平樂・咏白蓮》："粉雲香冷，淡到波無影。"九字已將白蓮之神韻攝住。《踏莎行・咏鳳仙花》："嬌痕彈上指尖霞，秦樓莫道仙緣淺。"翻空而言，便有晶瑩之致。《鷓鴣天・咏茉莉》："風露盈佳句也香。"警策。《少年游・咏舊劍》云："平津曾見老龍蟠，掛壁尚生寒。鑒少風胡，求無薛燭，深度倚燈看。　　侯門自笑鋏輕彈，利想截鴻難。回首年時，白虹宵吐，飛夢斬樓蘭。"千古壯愁，慨乎言之，惜"鑒少"二聯嫌詰屈耳！《行香子・蓼花》云："看穗含煙，節抽雨，影搖風。……有久藏魚，聞飛蝶，遠歸鴻。"句雖藻整，而含蘊中別有韻致，亦巧妙用字者！《驀山溪・對月》云："萬里絕纖雲，直照得銀河淡了。"硫落淡淨，明白如話。《燭影搖紅・咏梅影》云："徘徊自賞，詩魂悄引，句隨香度。"身依清禁，抽此秘思，取況幽妍，寄懷綿邈。《沁園春・咏五時花》云："迎門處，更熏風披拂，文朵蒲絲。"艾而日朵，而蒲日絲，皆極新極妙。《沁園春・咏長命縷》云："行吟地，看毫揮五彩，自避蛟龍。"豹尾鞭石，收句奇響。前調《咏鬭兵符》云："願天涯劍氣，盡化青蒲。"羌有餘意，花紅未半之境也。《念奴嬌・月夜讀周叔昀太史東鷗詞》："周郎我友，羨當年顧曲，此才無匹。自譜東鷗居士句，紙上玉簫聲徹。風月閒愁，江湖浩感，催老瀛洲客。詞壇幟樹，幾番壓倒元白。"（未完）

（以上見《華北畫刊》1929年9月29日第38期）

（續上）"果見淮海樓頭，髯翁一去，公可參其席。我亦豪狂歌水調，欲葉龍宮仙笛。鐵撥音雄，瓊窗彩艷，夢裏都心折。和君誰聽,仰空遙駐涼月。"古音別操,靈響自結。煙墨資其稿飫,元儒養其惠心,是文人之詞也。《念奴嬌·秋日登樓書感》云:"醉倚危欄,間提吟管,四顧乾坤窄。"有雄氣。《滿江紅·新秋》云:"溽暑無涯,曾幾日、西風又也。深院外、井梧一葉,悄然而下。揮羽久殊人襔襪,披襟倍覺天瀟灑。望銀河、不見有波痕,祇雲瀉。　琴佇月,開軒迓。早染埃,關門謝。料吳蒓知我,亦相思者。篋笥詎嗟紈扇棄,漁樵自喜蓬窗話。笑飽經、風露説高蟬,吟偏啞。"超然物表,自得天機,擬之馬東籬《秋興》一套,則伯歌季舞也。《滿江紅·詠照像》云:"應是媧皇,恨搏土、成難再肖。將借爾、鬼工靈巧,教傳形貌。藥乞一圭顏便駐,毫添寸楮神都到。任虎頭、金粟影如生,輸茲妙。　誰撫石,三生較。疑印月,千潭照。算籙笠鏡象,古皆輕造。境好不妨雲水淡(好句),姿新更比丹青耀(好句)。且分摹、倩作百東坡,臨流笑。"意境極新,足徵學參變化。《瑞鶴仙·重陽後二日作》云:"暮涼添幾許。已過了重陽,又催風雨。吟詩更無緒。看飄梧掩砌,敗荷盈渚。征鴻驟語,但解説隨陽意苦。問誰知萬里清霜,有客闌干獨撫。　望處處一般蕭索,一種牽縈,一番淒苦。孤懷漫吐,剩自把吳鈎舞。但愁雲盡解,華燈再照,許唱博前金縷。且任他往日紅娥,悴同青女。"性情之言,發爲藻韻,是品中之最清最高者。詞中俳句,難於跌宕得趣,不難於整麗明艷。要於簪花格子中,不失其龍伸蠖屈、珠解泉紛之妙,斯正難耳。《玉屑詞》詞中偶句,即病於此,有極佳之詞,因一二偶句,壅塞其氣,致乏空靈。茲檢一二,以見一斑。予之録此,期乎初心,誠以研究爲正鵠,非故暴同道也。如《臨江仙》之"清閒花作友,瀟灑竹封侯。"《好女兒·自嘲》之"相少鳶肩,名牽雞肋,品愧龍頭。"雖非偶句,而以俳法出之,故僻獨。《沁園春·咏五時花》云:"令節成圖,頻誇綺繡,良辰鬥草,互炫珠璣。"又《咏闢兵符》之"走馬爲歡,游會蹭柳,登高辟惡,佩久囊萸。"《滿江紅》之"世事喚回蕉鹿夢,文章泣盡珠鮫雨。"皆以詩法入詞,故稍疵惡焉。

《古今詞曲品》謂:"學詞不學器,與不學等。蓋其所作詞,必不能入樂。無論其造句如何佳妙,要亦不過文章家之駢散文耳。"語固精審扼要，顧期之今世，塡詞之家，有幾工是說者乎？所謂學器，即知音也。音韻聲律，又有不同。考律者祇知十二律、二十八調等宮調之原理，而究其某宮須用何種聲音之字配之，則未能確指而明言也。樂工則祇知工尺等字，不復考其工字屬何律？尺字屬何律？第按譜吹聲，於節拍無差，卽爲能事矣。而究其工字應用何種聲音之字，配之乃合，亦茫然如聾瘖耳！而韻學家祇以四聲辨韻，問其某韻合於宮譜管色中之何字，則亦惟有茫對者。惟音學家獨能以四聲辨五音，以五音配管色，以管色求律呂。故詞曲家必知音，知音者，學器之初仞也。

（以上見《華北畫刊》1929年10月6日第39期）

　　林琴南先生，一代名家，雄彩文章，詩畫亦妙絕。惜不常觀！而詩餘尤靳所見。昨檢舊存《瀚海》，有署名枰君者，刊一則載《畏盧詞》一首。其詞附於林譯小說《迦茵小傳》中，詞係《買陂塘》，幷小序，清俊之至。序云："秋氣既蕭，林居寡歡，仁和魏生時時挾書就予談譯。齋舍臨小橋，槐榆蒼黃，夾以殘柳。池草向瘁，鳴蟹四徹。寥然不覺其詞之悲也。回念身客馬江，與王子仁譯《茶花女遺事》，時則蓮葉被水，畫艇接窗。臨楮嘆唶，猶見弗憚。矧長安逢秋，百狀蕭瑟，而《迦茵》一傳，尤爲美人碧血，泌夫詞華。余雖二十年庵主，幾被婆子燒却，而亦不能無感矣。爲書既竟，仰見明月。涉筆窗間，却成此解。"詞云："倚風前、一襟幽很。盈盈淚珠成趣。紅瘢腥點鴛鴦翅，苔際月明交頸。魂半定。倩藥霧茶雲，融得春痕凝，紅窗夢醒。　　甚恨海波翻，愁臺路近。換却乍來景。樓陰裏，長是紅幽翠屛。清除當日情性。篆紋死後依然活，無奈畫簾中梗。聊試省，碧潭水，阿娘曾蘸桃花影。商聲又警。正蘆葉飄蕭，秋魂一縷，印上畫中鏡。"詞清瑩雋永，所謂洗却鉛華畫牡丹，格雖艷而色不艷者，斯林南唐後主之詞，三折其肱也。

　　歷來集詩文爲聯語者極多。獨於詞，尠所及焉。蓋詞參差其句，崢嶸其氣，截章取句，嫌其不串耳。前讀《南金雜誌》，觀黃秋岳爲梅蘭芳所畫便面，錄近集姜白石詞聯語若干首，雋妙天成，眞神構也。愛不釋手，轉示友好，僉以錄入予話爲宜，循衆議，書於此。

其一云:"叠鼓夜寒,白頭歌盡明月。寫經窗静,此地宜有詞仙。"自注:"吾於光緒癸卯,始徙家宣南坊,居無何仲舅北來,設榻東廂。輒出張皋文《詞選》,授吾吟諷,始知倚聲之趣。今垂三十年矣。前年歸省舅於虎節河沿,淨室三楹,奉倦人甚虔,寒夜月明,白髮趁趨,行歌故如昔也。因集白石老仙詞句,寄奉左右。"(上聯):玲瓏四犯,念奴嬌。(下聯):喜遷鶯慢,翠樓吟。其二:"最可惜一片江山,算空有古木斜暉,舊游在否。更何必十分梳洗,致凝想明道素襪,雙槳來時。"自注:"昔歲征車南指,爲白下之游。晨登豁蒙樓、北極閣,近覽莫愁,平瞻鍾阜,想像六朝金粉之盛。其後躡屐春申,數詣建業,嘆息江山之美,以爲宜有紫髯吳兒,因緣坐領。兵機既動,蟠據者遂大有人。而氣度殊卑,偷安天塹。江水滔滔,爲減色矣。湖緑有靈,盧家少婦,應有桂棹蘭槳,自來自往,必不流眄茲輩也。"(上聯):八歸,江梅引,凄涼犯。(下聯):解連環,慶宫春,琵琶仙。其三:"象筆蠻箋,明年定在槐府。玉人金縷,何堪更繞西湖。"自注:"西湖之美,以春爲最。吾於丙寅花朝後二日入杭州。自臨平西南,山色如蛾緑,如中酒。既至湖上,飲於壺天春,坐有子民、卡魯、鈎任、爾和諸公。約爲天目之游,辭以未能。其明年北返京師,爾和索觀南游詩,并書吾詩中世間海上一聯相貽,因集石帚詞以報。其四云:"戍樓吹角,猶厭言兵,憶别庚郎時,甚而今不道秀句。小舫攜歌,有人應喜,常恐英兒覺,等恁時再覓幽香。"自注:"乙丑嚴冬,遵海入閩,氣候乃如北地初秋。顧里人久苦兵革。日暮與舜卿登於山,城中炊煙四合,及聞筰吹間作,愀然嘆息而已。歲闌覓舟洪山橋,江魚擊鮮,船娘勸酒。溯流至金山寺,望旗山,心目怡曠,未嘗有也。别吾鄉又三年,吟問疏闊,故里寒梅,何日重訊?離思山積,乃集此聯,寄舜兄福州。"(上聯):凄涼犯,揚州慢,卜算子,法曲獻仙音。(下聯):瑞鶴仙影,水龍吟,卜算子,疏影。其五云:"玉笛無聲,還記章臺走馬。琵琶解語,况有清夜啼猿。"自注:"薊門煙柳,隨處關情。二十年間,惱亂人腸者,不止曲中聞折柳也。"(未完)

(以上見《華北畫刊》1929年11月3日第43期)

（續上）"自甲子以還，鋒鏑頻仍。胭脂坡前，春風盡矣。所餘怡賞者：獨有舞榭歌場。梅派奔走天下人，亦二十年。中有玉霜踵起，務以幽誕哀咽動座客。論者比之曹穆善才，然程生過悲，非宮音也。"（上聯）夜行船，探春慢。（下聯）醉吟商小品，清波引。其六云："喚起淡妝人，曲曲屏山，細灑冰泉，湘竹最宜欹枕。追念西湖上，疏疏雪片，緩移箏柱，歌扇輕約飛花。"自注："吾少居北平，而心念江國。以爲江以南不惟春物奇麗，即恢臺之夏，亦足銷娛。童時住玉尺山房，修竹沁泉，石床莞簟，一一可使冰肌玉骨，清涼無汗，至今猶在心目。近年攬勝，仍無出西湖右者，沉醉青山，淡黃楊柳，哀絲豪竹，煙波畫船，亦可跌宕忘老。兵革阻憂，潘鬢皆霜。欲追賦昔游，而未能也。集白石詞竟，悢然累日。"（上聯）法曲獻仙音，齊天樂，惜紅衣，摸魚兒。（下聯）：淒涼犯，玉梅令，石湖仙，琵琶仙。其七云："楊柳嬌癡未覺愁，簾寂寂，夢依依，爲君聽盡秋雨。鴛鴦獨宿何曾慣，浪鄰鄰，荷冉冉，誰解喚起湘靈。"自注："集白石詞爲對聯，師曾舊最擅長。辛壬間，師曾數出白石斷句就商，當時不以爲意。今春多暇，自捉搦對仗，乃知匠心之苦。師曾故有聯：'紅乍笑，綠長嚬，早與安排金屋。引涼飆，動翠葆，誰解喚起湘靈。'"雋妙天成。然如吾此聯，亦不易摸索得之耳。（上聯）：卜算子，鷓鴣天，小重山令，念奴嬌。（下聯）：鷓鴣天，隔溪梅令，驀山溪，湘月。以上七聯，無不玲瓏便妙，悠然神凝，信是得心應手之作。

　　李太白之《菩薩蠻》，以激壯豪放之筆出之，自是千古絕調。以後作者，如何籀之"南園滿地堆輕絮，愁聞一霎清明雨。雨後却斜陽，杏花零落香。　　無言勻睡臉，枕上屏山掩。時節欲黃昏，無聊獨倚門。"（此詞周氏《詞辨》畫爲庭筠所作，姑依《草堂詩餘》。）秦少游之"蛩聲泣露驚秋枕，羅幃淚濕鴛鴦錦。獨卧玉肌涼，殘更與恨長。　　陰風翻翠幌，雨濕燈花暗。畢竟不成眠，鴉啼金井寒。"又云："金風簌簌驚黃葉，高樓影轉銀蟾匝。夢斷締簾垂，月明烏鵲飛。　　新愁知幾許，欲化絲千縷。雁已不堪聞，砧聲何處村。"黃叔暘之"南山未解松梢雪，西山已掛梅梢月。説似玉林人，人間無此清。　　此身元是客,小住娛今夕。拍手憑闌干,霜風吹鬢寒。"孫巨源之"樓頭尚有三通鼓,何須抵死催人去。上馬苦匆匆,琵琶曲未終。　　回頭凝望處,那更簾纖雨。謾道玉為堂,玉堂今夜長。"張子野之"哀箏一弄湘江曲,聲聲寫盡湘波綠。纖指十三弦,細將幽恨傳。　　當筵秋水慢,玉柱斜飛雁。彈到斷腸時,春山眉黛低。"陳克之"赤闌橋盡香街直,籠街細柳嬌無力。金碧上青空,花晴簾影紅。　　黃衫飛白馬,日日青樓下。醉眼不逢人,午香吹暗塵。"又云:"綠蕪牆繞青苔院,中庭日淡芭蕉卷。蝴蝶上階飛,烘簾自在垂。　　玉鉤雙語燕,寶甃楊花轉。幾處簸錢聲,綠窗春睡輕。"辛棄疾之"郁孤臺下清江水,中間多少行人淚。西北望長安,可憐無數山。　　青山遮不住,畢竟東流去。江晚正愁予,山深聞鷓鴣。"以及溫庭筠之"小山重叠金明滅"五闋,韋莊之"紅樓別夜堪惆悵"四闋,均流於綺麗倩秀中。欲求太白之元門胎淳,已不可得。有清之納蘭容若,以時代環境之薰染,稍有一二典型遺模,雖可觀,特不多耳。近人作者,猶以摘藻揚芬,挹葩嵌艷為能事,然清靈超逸,足補古人之短。常熟楊雲史著有《玉龍詞》。所填《菩薩蠻》小令極多,如"香衾重叠春雲熱,梨花慘淡吳宮月。紅豆發枝枝,江南腸斷時。　　玉屏燈影薄,雲髻頹香膊。簾外起東風,殘鶯啼落紅。"又云:"鳳凰弦上聞愁語,明朝滋味孤舟雨。含淚出離筵,蓬鬆雲兩肩。　　夜寒深閉閣,沁透鴛鴦薄。無力倚東風,長亭紅雨中。"又云:"啼鶯攪碎梨花夢,曉風殘月郎珍重。相送過欄杆,小山花雨寒。　　黃鸝枝上語,語語關情緒。樓上正相思,江風吹柳絲。"又云:"狐裘馬上春寒重,胡笳吹破妝樓夢。斜月轉荒溪,子規山上啼。　　征鴻千里去,客予同行路。金谷鎖鴛鴦,輸他春夢長。"(未完)

(以上見《華北畫刊》1929年11月17日第45期)

(續上)又云:"吳山月落霜華瀉,夢魂悄近西廊下。紅燭水晶簾,玉人對雨眠。　　相逢驚又問,露滴啼紅損。疑是夢中逢,夢中知夢中。"又云:"碧蕪狼藉春煙薄,蜻蜓飛上秋千索。人影柳絲扶,畫橋紅雨疏。　　花心斜日劈,絮腳香泥濕。獨自倚雕欄,滿樓重叠山。"又云:"屏山曲曲春寒折,薔薇月冷黄鸝喧。醉酒出重門,黄昏微有雲。　玉簫鸞鳳曲,深院鳴蝙蝠。牆外碧塵飛,玉郎歸未歸。"又云:"洞房窈窕眠鸚鵡,畫廊零落酴醾雨。日暮上紅橋,紅橋春水高。　憶郎當日去,握手來斯處。含淚訂歸函,郎云三月三。"又云:"羅巾感疊愁紅濕,春帆過盡無消息。無限夕陽山,桃花春水寒。　黄昏紅撲朔,翠羽香階啄。斜月掛山頭,小樓人自愁。"又云:"海棠結束紅星小,博山香澀香燈悄。風起杏花稀,開門聞馬嘶。　郎歸春夜短,水閣檀雲暖。門外草連空,亂山殘月中。"又云:"狂愁閒逐江流去,東風閒逐江頭絮。春酒月明中,杜陵花又紅。　高樓情脈脈,瓊怨和誰說。宛轉七香車,落英風裏斜。"又云:"銀屏半掩重門静,玉環冷落無人省。故國夢闌珊,梨花斜月寒。　秋千風外動,小閣春寒重。簾外落花輕,曉鶯殘夢輕。"又云:"天涯觸目傷心處,孤閒寥落揚州路。回首夢鄉關,江南秋月殘。　秋江何所有,惟有芙蓉秀。欲去採芙蓉,芙蓉零亂紅。"又云:"春流滚滚催帆去,鷓鴣聲裏長亭路。酒後怯春寒,江南無限山。　東風愁渺渺,芳草長安道。日薄柳如烟,鳳城寒食天。"(此闋"鷓鴣"句與"芳草"句嫌復。)又云:"簾攏新月銀鈎静,蕭蕭秋浪鴛鴦醒。相對泣香紅,野塘風露中。　興亡多少話,湘瑟彈紅謝。妃子不知愁,華清宫裏秋。"又云:"江南秋夢鷗邊冷,淡烟斜月籠秋影。深夜聽風摇,露珠江面抛。　愁臨水裏鏡,鏡裏臨愁影。(用兩"影"字,或梨棗之誤。)鴻雁正來時,思君知不知。"又云:"罘罳不障飛花影,碧雲無力春空冷。月白霧迷迷,五更蝴蝶飛。　此時愁不語,萬里人何處。北斗掛樓梢,吴江生暗潮。"以上録集中詞十數首。於哀感頑艷中,更得雋峭兩字訣。所謂骨肉停匀,多力豐筋,如幗國鬚眉,柔媚中别有剛勁勁氣者也。蔣廷黻評云:"填詞自毗陵諸老出而其道始尊,嘗聞吕庭芷先生述皋文、北江緒論,专主澀字。於靈芬館不甚許珂,以其過於流動,失之滑也。是卷沈鬱頓挫,深得澀字三昧。"所謂"澀"者,凝練峭拔之意也。無氣魄人為詞,易流靡弱。矧小令之格局已非長槍大戟,森然磨戛之調,而可以情感挪之耶?邵次公亦有《菩薩蠻》十二闋之作,錄之以見今日之詞風。其一云:"盤龍鏡裏嬌塵起,桃花染遍東流水。持淚問春寒,人生相見難。　　玉階朝復暮,千騎東方去。此意總成虛,還君明月珠。"其二云:"高樓雉雊長安道,葳蕤深鎖娥眉老。吹過五更風,畫堂春夢濃。　　笙歌開別院,燕子詩相見。河水送春潮,曬紅從此銷。"其三云:"漢宮秋冷仙娥下,玉笙吹徹初長夜。萬戶月朧明,有人眠未成。　　畫闌雙掛樹,仙掌芙蓉露。朱鳥不歸來,綺窗紅扇開。"其四云:"章臺街上纖纖柳,寶釵樓上纖纖手。街上少行人,攀條持贈君。　　贈君楊柳色,報以雙飛翼。比翼向天進,柳條吹暮花。"其五云:"西陵松柏風吹雨,銅臺白日聞歌舞。香冷總幃深,新禽啼故林。　　六宮誰第一,傾國傾城色。不見雒川神,襪羅生暗塵。"其六云:"燕池花落青春晚,鳳凰飛去簫聲遠。侍女貼宮黃,回身羅帶長。　　銅龍催夕漏,斗帳東風皺。騁馬不聞嘶,珠簾寂寞垂。"其七云:"雞翹春草鳧翁濯,秦桑三月枝枝綠。織錦幾時成,秋風蜻蚓鳴。　　鹿盧千百轉,井上朱絲短。誰唱鹿盧歌,玉繩低曙河。"其八云:"湘靈鼓瑟無人聽,洞庭木落秋風冷。何處寄明璫,微波千里長。　　暮雲生極浦,日日神靈雨。回首見巫山,夜深幽夢殘。"其九云:"西江月落啼鳥起,吳王沉醉深宮裏。絃管不關愁,宮門梧葉秋。　　五湖雙畫槳,越客千絲網。桃李可憐春,浣紗何處人。"其十云:"江南蓮葉田田小,採蓮人唱江南好。秋思滿黃蠃,涉江風露多。　　鴛鴦眠枉渚,疊舸凌波去。游子惜紅衣,夜涼垂手歸。"十一云:"虹梁陌上車如水,青絲白馬誰家子。解道惜朱顏,不知行路難。　　錦屏紅蠟燭,花底移寒玉。揮手弄箜篌,月明纖雨頭。"十二云:"年年惆悵秦樓別,夢回又過中秋節。歲暮擔忘歸,雲羅無雁飛。　　遠山青歷歷,芳草春風色。芳草映征袍,馬蹄前度驕。"次公先生此作,知得力於《十九首》者不少。綿渺其音,如聆空山之瑟;澄懷體物,勝探海上之琴。負聲有力,振彩欲飛,渾脫瀏漓,尤足為是詞厚也。以上錄楊雲史、邵次公二先生《菩薩蠻》都數十首,綺麗豐縟,導思清妍,雖少病於藻脁,而秋江楓錦,別饒清氣,以是見今日詞風之未盡頹也。

(以上見《華北畫刊》1929年11月24日第46期)

補庵論詩，謂："文藝者，時代之元培，而非以追隨時代者也。建安黃初之間，詩之天地，若寶藏初啓，隨手拾之，皆自瑰瑋。吾人讀陳思集，覺其眼前語意，都成絶響。阮步兵《詠懷》諸作，雜入市井流行語，而在古人發之，皆屬妙諦。後之人，寧不爲之，若仿爲之，則嚼蠟矣。且遑論後人，即晉末（指劉宋）間人，已須自下一番磨洗工夫。試取陶謝之詩，與《古詩十九首》之語意相近者，互參而對照，則晉宋時人，已有我生不古，天然妙文，都被古人先我而有之之嘆！是以二三百年而詩體一變，凡物皆然，不獨詩也。安有踟躕於轅下，猶規規於聲律氣息中討生活，不出山色江流、雨重雲輕之故轍，四五百年，而不能自闢一新天地如今日者乎？"補公此説，蓋有慨於今日之詩界而也。夫文字莫不貴新，所謂詩有天地者，新之謂也。文藝中，不獨詩然，倚聲尤甚。不新可以不作，意新爲上，語新次之，字句之新又次之。所謂意新者，非於尋常聞見之外，別有所聞所見而後謂之新也。即在飲食居處之內，布帛菽粟之間，盡有事之極奇、情之極艷。詢諸耳目，則爲習見習聞。考諸詩詞，實爲罕聽罕睹。以此爲新，方是詞内之新，非齊諧志怪、南華志誕之所謂新也。人皆謂眼前事、口頭語，都被前人説盡，焉能復有遺漏者？實則遺漏者正多，説過者未嘗盡其涯涘耳。"試觀唐宋明初諸賢，既是前人，吾不復道，祇據眼前詞人論之，如董文友、王西樵、王阮亭、曹顧庵、丁藥園、尤悔庵、吴菌次、何醒齋、毛稚黃、陳其年、宋荔裳、彭羨門諸君集中，言前人所未言而又不出尋常聞見之外者，不知凡幾。由斯以譚，則前人常漏吞舟，造物盡留餘地。奈何泥於'前人説盡'四字，自設藩籬，而委道旁金玉於路人哉？詞語字句之新，亦復如是：同是一語，人人如此説，我之説法獨異，或人正我反，人直我曲，或隱躍其詞以出之，或顛倒字句而出之，爲法不一，昔人點鐵成金之説，我能悟之。不必鐵果成金，但有惟鐵是用之時，人以金試而不效，我投以鐵，鐵即金矣。彼持不龜手之藥，而往覓封侯者，豈非神妙點鐵者哉？所最忌者，不能於淺近處求新，而於一切古冢秘籍之中，搜其隱事僻句及人所不經見之字，入於詞中，以示新艷，高則高，貴則貴矣，其如人之不欲見何？"此湖上笠翁論詞之深識也。方邵村評笠翁著述等身,無一不是點鐵,此現身説法語也。予更進其説而窮之。所謂新者:當以箇人言,不當以衆人論。蓋天地之大,何奇不有?風雲草木,盡態極妍,喜怒哀樂,隨人而別。不能以一己之獨悟,免爲萬象之南針,故曰詩詞所以淑陶性情,震撼胸臆,文字貽人,求後世之揚子雲以流傳之,則文藝之源,不致枯涸而斷其流也。詩詞均有境,即詩之天地,詞之天地之謂也。斯境也,謂其大,大而括八弦,範兩間,一萬一千峰,九野十一島,不足盡也。謂其小,小而現於眼前,達於耳外,而盤旋於方寸之間,納須彌於芥子,現玄猿於棘端,未見渺也。隨心而生者,隨心而宅。隨心而興者,隨心而度。此人之所以能詩詞,而詩詞之所以有境也。古今詩詞作者,不下千萬,而人各一境,人各一格,絕無相同而毫忽不異者,於是新不新之界出焉。柯亭之竹,見美於邕;海上之琴,引情於俞。同聲相應,同氣相求,同心之言,烈於金石,固其説也。吾境吾詞,不期然而然,爲汝之所不能道,且爲汝所欲道而未有所道之術者,則汝見吾詞,必躍然起,抵掌而呼曰:"何境之新也?"此之所謂新,斯真新耳。笠翁謂:詞中有最服其心者,"'雲破月來花弄影'郎中是也。有蜚聲千載上下,而不能服強項之笠翁者,'紅杏枝頭春意鬧'尚書是也。'雲破月來'句,詞極尖新,而實爲理之所有。若紅杏之在枝頭,忽然加一'鬧'字,此語殊難著解。爭鬥有聲之謂鬧,桃李爭春則有之,紅杏鬧春,予實未之見也。"此説偏於臆見,足徵新之於詩詞以及他項文藝,不易走筆立訓,割爲界説。端在作者之妙手偶成,而讀者之靈心冷釋耳!清之詞家,若笠翁所舉,固多新警之作,而有有一代之詞壇林幟,求其新穎卓出者,猶不免不推重笠翁。笠翁之詞,無詞不新,真所謂"不新可以不作"。出奇制勝,爲千古有數之風格。茲因篇幅關係,略錄小調,以覘片玉。如《搗練子·惜花》:"花片片,柳絲絲。天爲春工費不貲。一歲經營三日盡,直呼風作蕩家兒。"又云:"紅未盡,綠先濃。同倚芳柯鬥錦叢。命不由人空妒葉,一年秋盡始凋風。"《搗練子·春景》云:"藏麝腦,熄沈煙,蘭忌薰香寶鴨閒。好夢祇教蝴蝶共,常移一榻臥花前。"《憶王孫·苦雨》云:"看花天氣雨偏長,徒面青青薜荔牆,燕子秋寒不下梁。惜時光,等得晴來事又忙。"胡彥遠評云:"詞貴乎真,'事又忙'三字,無人肯道。"又《山居漫興》云:"不期今日此山中,實踐其名住笠翁,聊借垂竿學坐功。放魚鬆,十釣何妨九釣空。"又云:"似儂才可住萬萊,四壁蕭然雪滿腮,日日柴門對賊開。賊偏乖,道是才人必少財。"《如夢令・春怨》云:"無緒無懷心孔,何故忽生煩冗。花乍飛時,燕子銜來驚恐。情種。情種。知是東皇作俑。"又云:"繡戶常年深鎖,不到花時猶可。多事怪花叢,故故與人相左。雙朵。雙朵。切莫開時向我。"又云:"春似人情難據,賺得花開思去。此際是光風,轉眼便成飛颶。堪慮。堪慮。屑紫霏紅如鋸。"《风流子・贈月》云:"最喜多情明月,夜夜伴儂孤子。雖不語,似聞聲,光是嫦娥精血。照人親切,如在廣寒宮闕。"《長相思》云:"轉秋波,定秋波。轉處留情定揣摩,芳心待若何。　蹙雙蛾,展雙蛾。蹙似陰霾展太和,看來好意多。"《河滿子・感舊》云:"記得流螢天氣,有人愛拍輕羅。月下吹簫忘夜短,晏眠好夢無多。紅日三竿補漏,清風一覺或魔。"又云:"記得雪深三尺,有人煨芋忘眠。素靄每從歌口出,教人誤作香煙。寒暑未停絲竹,溫和肯廢箏弦。"吳梅村評:"寒時吐氣,有如白虹,常事也。却未經人道。"《生查子・入春蕾雨至人日始晴》云:"春來第一朝,纔睹溫和氣。簾卷出餘寒,沁入梅香細新。　新鳥試如簧,珍重聲無幾。滿院未開花,盡作縱橫計。"《生查子・閨人送別》云:"樽中酒已空,去解青驄馬。慘殺此時情,淚重渾難灑。　欲不看登程,送別胡爲者。覷上寶雕鞍,不覺心如刷。"方邵村評云:"刷字極俚,而用之甚雅,所謂字新也。"

(以上見《華北畫刊》1929年12月1日第49期)

　　《生查子・春閨》云:"春來樂事繁,也忌芳心冗。欲待不看花,無奈金蓮勇。　最喜上鞦韆,又怕郎心恐。前度墜香階,曾代將心捧。"吳梅村評云:"兩副情腸,一筆畫出。"《賀聖朝引・春朝送客》云:"草連春水水連雲,送王孫。一片桃花路不分,好迷津。　到處有詩君莫懶,及芳辰。歸來不是舊行人,雪紛紛。"《昭君怨・贈友》云"無故去家十里,結箇茅庵近水。兒女盡相抛,對離騷。　　有客尋來懶見,屋後開門一扇。潛步入鄰家,且看花。"《春光好·本意》云:"春光好,見芳叢,互相蒙。妙在桃花能綠,柳能紅。　　織錦尚嫌繁雜,畫山終欠玲瓏。天意不隨人弄巧,自然工。"顧梁汾評曰:"忽作宋儒語,天然妙絕。"《女冠子·秋夜懷人》云:"夜深獨嘯,驚得滿林鴉噪,爲何來。記起歌三叠,難忘酒一杯。五年愁雁絕,十度見花開。知他貪欲絕,愧無財。"馮青士評云:"財字爲詞家所忌,笠翁用之最雅。有此妙術,何鐵不金?吾不能不垂涎此指。"《點絳唇·閨情》云:"小立花前,噥噥唧唧同誰語。萬聲千句,同病憐紅雨。　　見有人聽,一半留將住。佯推故,連花帶土,逐瓣將來數。"《浣溪沙·題三老看雲圖》云:"家在雲中不識雲,偶來山下送游人,同看不覺自消魂。　　看去既成雲世界,原來身住錦乾坤,而今纔識下方貧。"又云:"一姓人衣五色裳,午時又變曉來妝,蒼天不止一痕蒼。　　不信但觀先後色,與君坐此待昏黃,昏黃又是一家鄉。"又《夢裏渡江》云:"倦起婆娑事未諧,秋山如醉復如憨,與人相對止相堪。　　睡慮正酣淮北酒,醒來身已在江南,長房縮地籍風帆。"《菩薩蠻·江榦夜泊懷諸同人》云:"秋林霧卷松如沐,孤舟雅伴漁人宿。風逐晚潮生,波痕皺月明。　　今宵天共水,清透詩人髓。所恨祇孤吟,淒淒和遠砧。"又《元宵喜晴》云:"昨宵拚坐今宵雨,今宵不道能如許。甘受至愚名,籌陰誤得晴。　　罰予金谷酒,滅我談天口。從此祇拚愁,歌娛誤到頭。"又《歌兒怨》云:"歌喉不合清如溜,含羞耐怯當筵奏。最苦遇周郎,低徊眼一雙。　　爲憐無可顧,却似聲聲誤。祇爲貌中看,翻令曲受冤。"何醒齋評云:"怨詞那得如此香艷?又絕不用一艷字,所以然佳。"又《舞女怨》云:"生來不令腰如線,貪慵怯舞將誰倩。一度試霓裳,花枝一度狂。　　盡言風擺柳,柳困君知否。香汗透輕羅,淋漓却爲何。"後半意穎句新,極蘊藉之能事。又《巧婦怨》云:"芳心不合明如鏡,百端交集由天性。巧是拙之奴,何妨受厥辜。　　所嗟諸事巧,不博些兒好。無米飯能炊,無緣唱莫隨。"以至理言怨,是詞中別開生面者。又《才姬怨》云:"生人不合生彤管,無才何處分長短。彩筆較金針,爲功孰淺深。　　可憐十八拍,徒受琵琶厄。妒殺似鳩兒,鴛鴦睡起遲。"激裂纏綿,兼而有之。又《月下聞簫》云:"中庭露下涼颸徹,湘簾雖掛渾如揭。非近亦非遙,誰家吹洞簫。　　竹音嬌似肉(好句),想見唇如玉(好句)。何處借人教,多念應四橋。"詞中"竹音"二句,真空前絕後妙思妙文,予於笠翁,撫臆虔敬矣。《卜算子·咏愉荚錢》云:"詩跟俗春朝,到處迷阿堵。夷甫從來口不言,一任空中舞。　　拾起細評論,改性從商賈。翻怪東皇不愛錢,拋擲同泥土。"其二云:"沽酒正無憑,偷荚飛將至。絕細蠅頭寫一行,權當開元字。　　莫道不流通,效用從今始。柿葉蕉書盡可珍,何況錢爲紙。"又云:"不鑿鄧家山,幻出通神具。貫盡韶光未破慳,祇道千年聚。　　儼是富家翁,人喚搖錢樹。一旦春歸守不牢,陣陣飛將去。"又云:"從未睹錢飛,枉却青蚨號。此際迎風祇一呼,子母齊來到。　　莫作杳然觀,虛實曾相較。試問銅山鑄盡年,可是空頭鈔。"四首意警詞新,一掃千古套襲之習,足爲咏物詞之先覺作品。《巫山一段雲》云:"何處繁絃絕,誰家綺席翻。歌聲遙似隔重山,妙在有無間。　　爲感金風驟,遙憐翠抽寒。不知於我甚相幹,却爲惜更闌。"後半詞入化境,所謂一往情深者此也。《減字木蘭花·閨情》云:"人言我瘦,對鏡龐兒還似舊。不信離他,便使容顏漸漸差。　　裙拖八幅,著來果掩湘紋縠。天意憐儂,但瘦腰肢不瘦容。"余澹心評云:"寧教身敝,不願色衰,情至語,谁人解道?"又《惜春》云:"春光九十,風風雨雨將過七。餘日無多,屈指才伸即便過。　　東皇有意,暫放花神舒口氣。必欲摧殘,零落掃如一夜刪。"尤展成評云:"宛是閨中憤恚語。"又《閨怨》云:"黄昏至矣,露湿欄杆徒自倚。何處留連,祇看杯中不看天。　　但償酒債,聽爾來遲儂不怪。所慮清談,座客成雙少第三。"杜于皇評云:"刻畫至此。"又《對鏡》云:"少年作客,不愛巔毛拚早白。待白巔毛,又恨芳春暗裏銷。　　及今歸去,猶有數莖留得住。再客三年,雪在人頭不在天。"末句神明獨運,韻意雙絕。陸麗京評曰:"此等調,真堪獨步。宋人以後,絕響五百年矣。"又《聞雁》云:"數聲嘹嚦,酸雨生風寒淅淅。貼近茅檐,影度空階落素蟾。　　有人憐你,壓背霜濃飛不起。好覓蘆汀,勉强孤淒待曉行。"清逸之作。又

《悔春》詞其一云:"春光太富,似馬離韁收不住。怪煞東皇,散有為無不善防。　早知今日,綠遍郊原紅寂寂。何不當時,且許鮮葩放一枝。"其二云:"鶯聲太巧,催得百花抽似草。等得花殘,嚦嚦枝頭舌也乾。　早知易老,不應賤却啼聲好。終日間關,悅耳詞多也類繁。"其三云:"東風太驟,易盛花枝還易瘦。薄露微陽,祗許嫣然不許狂。　此時還在,縱滅芳姿餘故態。何至茫然,不怪群芳祗怪天。"其四云:"識春太晚,雪隱梅花人亦然。待捲簾時,粉褪香銷看已遲。　紛紛桃杏,又為支床游蹬蹬。病起開殘,青帝空過又一番。"四首標題用"悔春"字樣,已屬新奇,矧論其詞之綺柔耶、熊元獻云:"悔字妙絕,此題一出,和者紛紛矣。"吳念庵評:"四闋如燕語鶯啼,不嫌繁絮。所謂汝正傷春,我又悲秋耳!"

(以上見《華北畫刊》1929年12月22日第50期)

《夢窗詞》,宋吳文英著。刻本極多,間多謬誤。予讀吳詞,係歸安朱氏無著庵校刊本,尚精確。至毛晉本及杜文瀾本,則一失之不校,舛謬致不可勝乙;一失之妄校,每并毛刻之不誤而亦改之。朱氏本首載諸家校識語,擇錄之,以見諸本之病在何處也。毛晉識云:"或云《夢窗詞》一卷,或云凡四卷,以甲乙丙丁釐目。或又云吳君侍從吳履齋諸公游,晚年好填詞,謝世後,同游集其丙丁兩年稿若幹篇,釐為二卷,末有《鶯啼序》,遺缺甚多,蓋絕筆也。與予家藏本合符,既閱《花庵》諸刻,又得逸篇九闋,附存卷尾。山陰尹焕序略:'求詞於吾宋,前有清真,後有夢窗,此非焕之言,四海之公言也。'"毛晉又識云:"余家藏書未備,如四明吳夢窗詞稿,二十年前,僅見丙丁兩集,因遂授梓,蓋尺錦寸繡,不忍秘諸枕中也。今又得甲乙二冊,但錯簡紛然。如'風裏落花誰是主',此南唐後主亡國詞識也。'無可奈何花落去,似曾相識燕歸來'之巧對,晏元獻公與江都尉同游池上一段佳話,久已耳熟,豈容攘美?又如秦少游'門外綠陰千頃',蘇子瞻'敲門試問野人家',周美成'倚樓無語理瑤琴',歐陽永叔'佳人初試薄羅裳'之類,各入本集,不能條舉。但如'雲接平岡'、'對宿煙收'諸篇,自注附某集者姑仍之。未識誰主誰賓也。"至秀水杜文瀾刻本則云:"南宋端平、淳祐之間,工於倚聲者,以吴梦窗爲最著。梦窗名文英,字君特,據《蘋洲漁笛譜》末附録梦窗所題《踏莎行》,自稱覺翁,蓋晚年之號。家於四明,高尚不仕,久客杭都及浙西淮南諸郡,與吴履齋諸公游。尹惟曉、沈義甫、張叔夏皆稱之。與周草窗爲忘年之交,《草窗詞》有《玲瓏四犯》一闋,題爲《戲調梦窗》。《拜星月慢》一闋,題爲《春暮寄梦窗》。《朝中措》一闋,題爲《擬梦窗》。而《玉漏遲》一闋,即《題梦窗〈霜花腴詞集〉》,傾倒尤至。梦窗詞以綿麗爲尚,筆意幽邃,與周美成、姜堯章并爲詞學之正宗。顧《片玉詞》《白石歌曲》,即行於世,而梦窗手定《霜花腴詞集》爲周草窗所題者,散軼不傳。後人補輯之,甲乙丙丁四種,僅附刻於汲古閣《六十家詞集》中,無單行本。因摘出校勘付梓,以廣其傳焉。"儀征劉毓崧跋云:"觀察杜公,博極群書,深於詞律。重編吴梦窗詞稿既成,以定本見示,屬爲作叙。其校正之精,删移之善,輯補之密,評論之公,具見自叙及凡例之中,本無待於揚榷。惟是梦窗之詞品,諸書言之甚詳,而梦窗之人品,諸書言之甚略。故聲律之淵源可溯,而行事之本末罕知。汲古閣毛氏跋語,言其絶筆於淳祐十二年辛亥,今以詞中所述推之,知其壽不止此。蓋梦窗嘗爲榮王府中上客,丙稿中《宴清都》一闋,題爲《餞嗣榮王仲亨還京》,有'翠羽飛翠花'之語。《掃花游》一闋,題爲《賦瑶圃萬象皆春堂》,有'正梁園未雪'之語。據周草窗《癸辛雜識》言,榮邸瑶圃,則瑶圃即榮王府中園名,故以梁王比榮王,而以鄒枚自比也。榮王爲理宗之母弟,度宗之本生父。梦窗詞中有壽榮王及壽榮王夫人之作,雖未注明年月,然必在景定元年六月以後。蓋理宗命度宗爲皇子,係寶祐元年正月之事,立度宗爲皇太子,係景定元年六月之事。寶祐元年,干支係癸丑,後於辛亥二年,景定元年,干支係庚申,後於辛亥九年。今按梦窗乙稿内,《燭影摇紅》一闋,題爲《壽嗣榮王》,其詞云'掌上龍珠照眼',又云'映蘿圖星暉海潤'。丙稿内《水龍吟》一闋,題亦爲《壽嗣榮王》,其詞云'望中璚海波新'。甲稿内《宴清都》一闋,題爲《壽榮王夫人》,其詞云'長虹夢仙懷,便洗日銅筆翠渚'。又云'東周寶鼎,千秋鞏固,何時地拂龍衣,待迎入玉京閬圃'。《齊天樂》一闋,題亦爲《壽榮王夫人》,其詞云'鶴胎曾夢电绕'。又云'少海波新'。所用詞藻,皆是皇太子故實。不但未命度宗爲皇子之時,萬不敢用,即已命爲皇子之後,未立爲皇太子之前,亦不宜用。然則此四闋之作,斷不在景定元年五月以前,足徵度宗册立之時,夢窗固得躬逢其盛矣!據壽詞所言時令節候,榮王生辰,當在八月初旬,《水龍吟》詞云'金風細裊',又云'半凉生',《燭影摇紅》詞云"寶月將弦",又云'未須十日便中秋'。榮王夫人生辰,當亦在於秋月,《宴清都》詞云'蟠桃正飽風露',《齊天樂》詞云'萬象澄秋',又云'凉入堂階彩戲。"(未完)

(以上見《華北畫刊》1930年1月26日第55期)

(續上)"《水龍吟》詞言'璿海波新',《齊天樂》詞言'少海波新',必在甫經册立之際,則此兩闋,當即作於庚申秋間。若《燭影摇紅》《宴清都》兩闋之作,至早亦在辛酉秋間,是時夢窗尚無恙也。況周草窗詞内《拜星月慢》一闋,題爲《春暮寄夢窗》。《蘋洲漁笛譜》此調有叙,謂作於癸亥春間,是時夢窗仍無恙也。安得謂辛亥之作,爲絕筆乎?夢窗曳裾王門,而老於韋布,足見襟懷恬淡,不肯藉藩邸以攀援,其品概之高,固已超乎俗流。若夫與賈似道往還酬答之作,皆在似道未握重權之前,至似道聲勢薰灼之時,則并無一闋投贈。試檢丙稿内《木蘭花慢》一闋,題爲《壽秋壑》,其詞云'想漢影千年,荆江萬頃',又云'訪武昌舊壘',又云'倚樓黄鶴聲中'。《宴清都》一闋,題亦爲《壽秋壑》,其詞云'翠匝西門柳荆州,昔未來時正春瘦',又云'對小絃月掛西樓',就其中所用地名古迹推之,必作於似道制置京湖之日。乙稿内《金盞子》一闋,題爲《似道西湖小築》,其詞云'轉城處他山小隊,登臨待西風起'。丙稿内《水龍吟》一闋,題爲《過秋壑湖上舊居寄贈》,其詞云'黄鶴樓頭月午,奏玉龍,江梅解舞',亦均作於似道制置京湖之日。蓋《水龍吟》詞言'黄鶴樓頭',固京湖之確證。《金盞子》詞言'登臨小隊',亦制置之明徵。《金盞子》詞題言'西湖小築',必作於落成之初。《水龍吟》詞,題言丁湖上舊居,必作於既居之後。其次第固顯然也。似道官京湖制置使在淳祐六年九月,其進京湖制置大使在淳祐九年二月。迄十年二月,改兩淮制置大使,始去京湖。夢窗此四闋之作,當不出此數年之中。或疑開慶元年正月，似道爲京湖南北四川宣撫大使，次年四月還朝，此一年有餘亦在京湖。夢窗之詞安見其非作於此際？不知似道生辰係八月初八日，周草窗《齊東野語》言之甚詳。開慶元年正月以後，元兵分攻荊湖、四川，七八月間，正羽檄飛馳之際，似道膺專閫之任，身在軍中，而夢窗此四闋之詞皆係承平之語，無一字及於用兵。如《木蘭花慢》詞云'歲晚玉關長，不閉靜邊鴻。'《宴清都》詞云'正虎落馬靜，晨嘶連營，夜沈刁斗。'《金盞子》詞云'應多夢岩扃，冷雲空翠。'《水龍吟》詞云'錦颿一箭，攜將春去，算歸期未卜。'豈得謂其作於此际乎？似道晚節，誤國之罪，固不容誅，而早年任事之才，實有可取。觀於元世祖攻鄂之際，似道作木栅環城，一夕而就，世祖顧扈從諸臣曰：'吾安得如似道者用之。'其後廉希憲對世祖亦嘗稱述此言，是似道在彼時固曾見重於敵國君相，故周草窗雖深惡似道之擅權，而於前此措置合宜者，未曾不加節取。王魯齋爲講學名儒，生平不肯依附似道，而其致書似道亦嘗稱其援鄂之功。則夢窗於似道未肆驕橫之時，贈以數詞，固不足以爲累。況淳祐十年，歲在庚戌，下距景定庚申，已及十年。此十年之中，似道之權勢日隆，而夢窗未嘗續有投贈。且庚申、辛酉正似道入居揆席之初，而夢窗但有壽榮邸之詞，更無壽似道之詞，不獨灼見似道專擅之迹日彰，是以早自流遠。亦以疇昔受知於吳履齋，詞稿中有追陪游宴之作，最相親善。如丁稿内《浣溪沙》一闋，題爲《出迓履翁府中即興》，補遺内《金縷歌》一闋，題爲《陪履齋先生滄浪看梅》。是時履齋已爲似道誣譖罷相，將有嶺表之行，夢窗義不肯負履齋，故特顯絕似道耳。否則似道當國之日，每歲生辰，四方獻頌者以數千計，悉俾翹館謄考，以第甲乙。就中曾膺首選者，如陳維慶、廖瑩中等人，其詞備載於《齊東野語》。夢窗詞筆超越諸人，假令彼時果肯作詞，非第一人無以位置，勢必衆口喧傳，一時紙貴，焉有不在草窗所錄以內者乎？縱使草窗欲爲故人曲諱，又豈能以一人之手掩天下之目，而禁使弗傳乎？然則夢窗始與似道曾相贈答，繼則惡其驕盈而漸相疏遠，較之薛西原始與嚴嵩相酬唱，繼則嫉其邪佞而不相往來，先後間屬同揆。西原之集，爲生前自定，故和嵩之作，一字不存。夢窗之稿爲後人所編，故和似道之詞，四闋具在。然刪存雖異，而志趣無殊。夢窗之視西原，初無軒輊，則存此四闋，豈但不足爲夢窗人品之玷，且適足見夢窗人品之高，此知人論世者所當識也。故詳爲推闡，以見詞品之潔，實由人品之純。觀察尚友古人，爲之刊佈是帙，不特其詞藉以停播，即其人亦藉以表章，此實扶輪大雅之盛意也夫。"按此叙，於夢窗人品之彰映，夢窗作品之考闡，研幾極精，罕識殆聖。故連錄數叙，以見其椎輪之所在焉。至於夢窗詞品之幽妍，則另評論之。

(以上見《華北畫刊》1930年2月2日第56期)

昔人評《夢窗詞》，謂"如七寶樓臺，炫人眼目。"其詞之瑰麗也可知。予讀《夢窗詞》既竟，掩卷神往者久。既而思曰：情動於中，恒多鬱勃；託諸比興，務在綿渺，吹彼天籟，止乎衆心；刻羽流商，詎聞天上，比青麗白，所謂神工。雖意思安閒，應乎赴節；而靈襟獨寫，餘味曲包。文藝者，追隨時代者也。夢窗之詞，藻麗其中，剛拔其外，知其錦心繡口之文人，別具枕戈請纓之奇氣。此讀君特詞者，所當知也。夢窗生當似道專橫之際，玉弩橫飛，金甌倒擲。江山半壁，非仙人劫外之棋；金粉六朝，盡才子傷心之賦。天寒袖薄，夢醒雲孤，託行蹤於去馬來牛，嘗世味於殘杯冷炙。遇金人於灞上，能言茂陵；値銅駝於棘中，誰知典午？鬱伊不少，憂患已深。亦惟有共名花而發嘆，和落葉而墜聲耳。是以其詞筆瘦，其聲哀怨。奏雷威琴於深雪之巘，落魚山梵於清夜之霄，其庶幾乎？試觀其乙稿之《八聲甘州》："渺空煙四遠，是何年、青天墜長星。幻蒼崖雲樹，名娃金屋，殘霸宮城。箭徑酸風射眼，膩水染花腥。時靸雙鴛響，廊葉秋聲。　宮裏吳王沈醉，倩五湖倦客，獨釣醒醒。問蒼波無語，華髮奈山青。水涵空、闌干高處，送亂鴉、斜日落漁汀。連呼酒，上琴臺去，秋與雲平。"又《夜合花》云："柳暝河橋，鶯晴臺苑，短策頻惹春香。當時夜泊，温柔便入深鄉。詞韻窄，酒杯長。翦蠟花、壺箭催忙。共追游處，凌波翠陌，連棹橫塘。　十年一夢淒涼。似西湖燕去，吳館巢荒。重來萬感，依前喚酒銀罌。溪雨急，岸花狂。趁殘鴉、飛過蒼茫。故人樓上，憑誰指與，芳草斜陽。"激清調於花箋,奏繁聲於素紙。溫而不厲,慨當以慷;取況幽妍,寄懷綿邈。豈能以庸朱妖粉之名,強飾佛句仙心之品乎?夢窗詞之可誦讀者極多,如《尉遲杯・賦楊公小蓬萊》:"垂楊徑。洞鑰啓、時見流鶯迎。涓涓暗穀流紅,應有緗桃千頃。臨池笑靨,春色滿、銅華弄妝影。記年時、試酒湖陰,褪花曾采新杏。　　蛛窗繡網玄經,纔石硏開盦,雨潤雲凝。小小蓬萊香一掬,愁不到、朱嬌翠靚。清尊伴、人間永日,斷琴和、棋聲竹露冷。笑從前、醉卧紅塵,不知仙在人境。"按:楊伯岩字彥瞻,號泳齋,楊和王諸孫。淳祐間,除工部郎,出守衢州,錢塘薛尙功之外孫,弁陽周公謹之外舅也,有《六貼補》《九經韻補》行世。(未完)

(以上見《華北畫刊》1930年3月2日第60期)

(續上)《蘋洲漁笛譜・長亭怨慢》序云:"先子作堂日嘯咏。撮登覽要,蜿蜒入後圃。梅清竹腴,蔽虧風月,後俯官河,相望一水,則小蓬萊在焉。"境既清幽,詞亦嫻逸,取詞中收句,"笑從前醉卧紅塵,不知仙在人境。"讀而意之,覺世事脫屣,汗漫盧敖,依影冥心,有不期無而然者。此其詞言之多婉,則感人也深;意在求空,則漸人也警。則又讀夢窗詞者不可不知也。又《瑞鶴仙》云:"淚荷抛碎璧。正漏雲篩雨,斜捎窗隙。林聲怨秋色。對小山不迭,寸眉愁碧。涼欺岸幘。暮砧催、銀屏剪尺。最無聊、燕去堂空,舊幕暗塵羅額。　　行客。西園有分,斷柳淒花,似曾相識。西風破扅。林下路,水邊石。念寒蛩殘夢,歸鴻心事,那聽江村夜笛。看雪飛、蘋底蘆梢,未如鬢白。"收句以蘆花比鬢,意境均穎特。昨年予爲南京李敦靜君正詞,有《鳳凰登上憶吹簫》一闋,其原詞收句爲"……蘆花似雪,一望無垠。予易爲"蘆花散雪,似髮難簪。"則以蘆花比白髮,意與吳詞同也。此詞本無題,毛本作《秋感》。按宋人詞不盡標題,《草堂詩餘》多輒增春景、秋情諸目,取便依時附景,當筵嘌唱而已。甲乙二稿,無一詞無題者,其中秋感、春情、夏景及有感、感懷諸題,凡二十餘見。且依調編次,與丙丁稿體脈迥別,顯出後人重定。以意標目,猶踵《草堂》陋習,應一律删去。今從其說。又如玉蘭、梅花、上元、七夕諸題,恐皆有本事,亦經删節。觀《蘋洲漁笛譜》與《草窗詞》，繁簡異同可證，惜舊本久佚，莫能詳考矣。又《解連環》云："暮檐涼薄，疑清風動竹，故人來邈。漸夜久、閒引流螢，弄微照素懷，暗呈纖白。夢遠雙成、鳳笙杳、玉繩西落。掩練帷倦人，又惹蓄愁，汗香闌角。　　銀瓶恨沈斷索，嘆梧桐未秋，露井先覺。抱素影、明月空閒，早塵損丹青，楚山依約。翠冷紅衰，怕驚起、西池魚躍。記湘娥、絳綃暗解，褪花墜萼。"此詞毛本亦作秋情。詞中"練"字，毛本作"練"。按《玉篇》：練紡粗絲，練煮溫也。《廣韻》：練，所菹切；練，郎甸切。音義俱別。刻本往往相溷。徐鉉詩"好風輕透白練衣"，趙以夫詞"正蕭然竹枕練衾"，皆作"練"。且是調此字，無用仄聲者，其爲沿誤無疑也。又《解語花・梅花》云："門橫皺碧，路入蒼煙，春近江南岸。暮寒如翦。臨溪影、一一半斜清淺。飛霙弄晚。蕩千里、暗香平遠。端正看，瓊樹三枝，總似蘭昌見。　　酥瑩雲容夜暖。伴蘭翹清瘦，簫鳳柔婉。冷雲荒翠，幽棲久、無語暗申春怨。東風半面。料準擬、何郎詞卷。歡未闌，煙雨青黃，宜畫陰庭館。"

（以上見《華北畫刊》1930年3月16日第62期）

讀詞星語

蕭滌非 撰

載於《清華週刊》一九二九年第三十二卷第二期。作者蕭滌非(一九〇七—一九九一)，原名忠臨，江西臨川人，杜甫研究專家。幼失父母，隨兄長蕭格非輾轉苦讀。一九二〇年考入河南留美預備學校，後就讀于江蘇省立第一中學。一九二六年，因仰慕梁啓超，考入清華大學中文系。一九三三年研究生畢業，任山東大學中文系講師。抗戰爆發後，任教于四川大學、西南聯大。一九四七年後，回山東大學，歷任中文系教授、系主任等。著有《杜甫研究》《解放集》《杜甫詩選注》《漢魏六朝樂府文學史》《樂府詩論薮》等。

《讀詞星語》是蕭滌非求學期間發表的第一篇研究文章。全文含小引共計六十六則，以李後主、韋莊、馮延巳、李珣、鹿虔扆、晏殊、晏幾道、柳永、張先、歐陽修、蘇東坡、秦觀、黃山谷、孫洙、趙令時、賀方回、陳去非、周美成、李清照、辛棄疾、趙彥端、吳文英、蔣捷、馬莊父、康伯可、張炎、明媛黃氏、王國維、崔華二十九位古今詞學名家爲研究對象，探究其帶代表詞作之文源出處，意在對比展示詩詞"本色語"巧、拙、莊、媚之差別，嚴辨詩詞之分際，頗具參考價值。

吾友臨川蕭君，治文學，尤好詞。此篇之作，蓋在去年。計所論列，於五代有李後主、韋莊、馮延巳、李珣、鹿虔扆，於宋有晏殊、晏幾道、柳永、張先、歐陽修、蘇東坡、秦觀、黃山谷、孫洙、趙令時、陳去非、周美成、李清照、辛棄疾、趙彥端、吳文英、蔣捷、馬莊父、康伯可、張炎，於近代則有王國維，塡詞名家，略備於此。蕭君此作大旨，要在指出以上各家代表作品之來源出處。君讀書至淵且博，故能窮源竟委，發前人所未發。教授楊振聲先生曾稱此篇"多獨到處，具見功力"，其搜輯之精勤，從可知矣。詞爲吾國文學中永遠不朽之一體，吾人得蕭君此文，其有助於讀名家作品者，正自匪尠也。爰請諸蕭君，載入本刊，以餉閱者。

十八年十月旭光識於本刊社

小　引

　　賀黃公曰："詞家多翻詩意入詞，雖名家不免。"余年來致力於詞，居恆欲取一一專集爲之注釋，而時間精力，兩病未能，然以涉獵所及，要亦不無所得，其於詞中佳句之出處，頗有爲前人所未發，亦間有與舊說相補正者。零星斷錦，原無關乎宏旨，而對此雞肋者，又不忍遽棄捐，爰爲錄出，略以作家時代之先後爲次，聊以供同好者之談助與賞鑒耳，爾後當不復費日力於此矣。

　　詩詞之分也，顯而微，彰而隱，前人亦少作具體之說明，李東陽云："詩太拙則近於文，太巧則近於詞，宋之拙者皆文也，元之巧者皆詞也。"李東琪云："詩莊詞媚，其體元別。"必欲嚴詩詞之分際，則巧、拙、莊、媚四字，差可以概舉之。是以詩詞二者，俱各有其本色語，一相混雜，必無是處。故儘有巧語，在詩則寂然無聞，入詞則流膾人口者，小山之"落花人獨立，微雨燕雙飛"，其明例也。詞家之翻詩語，蓋即取其近於詞者，并非漫無抉擇，且其點染變化之間，語氣之輕重，造句之巧拙，亦各有別，要皆"自然而然"，故仍不失爲佳句，此點則有望於讀者之注意也。《野客叢書》謂"好處前人皆已道過，後人但翻而用之"。此固不盡然，但亦事實所不免，不經人道語，原沒有許多也。

李後主

　　李後主《浪淘沙》詞"別時容易見時難"，《能改齋漫錄》以爲本

《顏氏家訓》"別易會難,古人所重;江南餞送,下泣言離……此間風俗,不屑此事,歧路言別,歡言分首",實覺支離,不足爲訓。余按魏文帝《燕歌行》云"別日何易會日難,山川悠遠路漫漫。"後主蓋用此語耳。又宋武帝《丁督護歌》"別易會難得",戴叔倫《織女詞》"難得相逢容易別",意亦正與詞同。

後主《憶江南》詞"還似舊時游上苑,車如流水馬如龍",蓋用唐蘇頲《公主宅夜宴詩》成語也。詩云:"車如流水馬如龍,仙史高臺十二重。天上初移衡漢匹,可憐歌舞夜相從。"然皆本《後漢書·馬后紀》"車如流水,馬如游龍"二語。

《後山詩話》載王安石謂張先"雲破月來花弄影",不如李冠"朦朧淡月雲來去"。按此爲《蝶戀花》詞,《尊前集》則以爲後主作。《樂府朝雲曲》云"巫山高高上無極,雲來雲去長不息"。此其語所自本也。

又《相見歡》詞"自是人生長恨水長東",《人間詞話》謂此語氣象特大,爲《金荃》《浣花》所未有。然其句調,亦有所祖。李涉詩:"半是半非君莫問,好山長在水長東"。周濟《宋四家詞選叙》謂:"詞韻各具聲響,不可草草亂用"。又云:"東真韻寬平"。然後主此詞用東韻,而并非寬平,是知音韻亦有時而可爲詞之一助耳。填詞者固不可以詞害意,亦不應以韻害詞,無所固執可也。

後主以俗語白話入詞,如"酒惡時拈花蕊嗅","酒惡"乃當時俗語。又如《相見歡》詞"剪不斷,理還亂,是離愁,別是一般滋味在心頭"則純爲白話矣。

《湘山野錄》載吳越王錢鏐還臨安與父老飲酒詞云:"爾輩見儂良歡喜,別是一般滋味子,永在我儂心子裏。"此其所本也歟?特後主用以言離愁,故更覺意味深長,真切動人耳。

韋　莊

前人於其心愛語,往往詩詞并見。如晏同叔之"無可無奈何花落去,似曾相識燕歸來",是最著者也。他如蘇東坡"明日黃花蝶也愁"之句亦然。按此實端已有以開其先例,其《浣溪沙》詞云:"暗想玉容何所似,一枝春雪凍梅花"。又《春陌》詩云:"滿街芳草卓香車,仙子門前白日斜。腸斷東風各回首,一枝春雪凍梅花。"然此等語,要皆以入詞爲宜,因置之詩中,則嫌纖巧,反覺有傷原句之美也。

馮延巳

正中《長命女》詞云:"春日宴,綠酒一杯歌一遍。再拜陳三願:一願郎君千歲,一願妾身常健,三願如同梁上燕,歲歲長相見。"其詞調頗爲別致。余按白居易《贈夢得》詩云:"前日君家飲,昨日王家宴。今日過我廬,三日三會面。當歌聊自放,對酒交相勸。爲我盡一杯,與君發三願:一願世清平,二願身強健,三願臨老頭,數與君相見。"馮詞得非祖此乎?

正中《南鄉子》詞"細雨濕流光",《人間詞話》謂五字能攝春草之魂。《蜀中詩話》以此語爲本孫光憲詞"一疏朗雨濕春愁"。余按二人同出一詩,決非相爲剽竊,《詩話》蓋誤以馮詞爲後主作耳。王維詩"清風細雲濕梅花",又"草色全經細雨濕",馮詞豈無所承?特有冰水青藍之妙。

馮《謁金門》詞"鬥鴨闌干獨倚",胡適《詞選》作鬥鴨一截,意亦可通,惟觀詞中語氣,似不如此。且恐非作者本旨也,度其意殆以闌干不可以鬥鴨名,故爲別出枝解,實則不然。《說郛》:"南唐馮延巳詞有'鬥鴨闌干獨倚'之句,人疑鴨未嘗鬥,余按《三國志·孫權傳》注引《江表傳》'魏文帝遣使求鬥鴨,君臣奏宜無與,權曰:彼居諒陰中,所求若此,豈可與言禮哉?具以與之',《陸遜傳》'遠昌侯盧作鬥鴨闌'……則古蓋有之。"又余按宋錢易《南部新書》亦有關於此事之記載,今并錄之:"陸龜蒙居震澤之南積莊,產有鬥鴨一闌,頗極馴養。一旦有驛使過,挾彈斃其尤者。龜蒙詣而駭之曰'此鴨能人語'。復歸家,少頃,手一表本云:'見待附蘇州上進,使者斃之何也?'使人恐,盡與囊中金以糊其口。龜蒙始焚其章,接以酒食。使者俟其稍悅,方請其人語之由。曰:'能自呼其名。'使者憤且怒,拂袖上馬。復召之,還其金,曰:'吾戲之耳。'"(亦見《中吳紀聞》及《唐代叢書》中）自三國以迄晚唐，可知鬥鴨之風，流行甚久，"鬥鴨闌"遂亦成爲文人慣用之名詞。有是名，初不必即有是事也。韓翃《送客還江東》詩"池畔花深鬥鴨闌，橋邊雨洗藏鴉柳"，非馮詞之先例歟？

李　珣

陸游《老學庵筆記》："白樂天詩'微月初三夜，新蟬第一聲'，晏元獻云'綠樹新蟬第一聲'，王荆公云'去年今日青松路，憶似聞蟬第一聲'，三用而愈工，信詩之無窮也。"余按寇萊公詩"臨風忽起悲秋思，獨聽新蟬第一聲"，亦是用白詩，又李珣《浣溪沙》詞"斷魂何處一蟬新"則稍加變化矣。

鹿虔扆

鹿《臨江仙》詞曲折盡變，有無限感慨淋漓處。其後半闋云："煙月不知人事改，夜來還照深宮。"則係用前人語意。李玖《四丈夫同賦》詩："春月不知人事改，閒垂光景照深宮。"又雍陶《經杜甫舊宅》詩："山月不知人事變，夜來江上與誰期？"《草堂詩餘》注缺，余故表而出之。

晏　殊

同叔《玉樓春》詞："無情不似多情苦，一寸還成千萬縷。天涯地角有窮時，惟有相思無盡處。"《草堂》注引東坡詞"多情却被無情惱"及白居易詩"春來何處不同游，地角天涯遍始休"，皆不類。余按韋莊詩"纔喜相逢又相送，有情爭得似無情"，又張仲素《燕子樓》詩（一作《關盼盼》詩）"樓上殘燈伴曉霜，獨眠人起合歡牀。相思一夜情多少，地角天涯不是長"，晏正用此語也。

"昨夜西風凋碧樹，獨上高樓，望盡天涯路。"同叔《蝶戀花》詞也。《人間詞話》極稱之，蓋喜其氣魄之大。杜詩"霜凋碧樹待錦樹"，此其首語所自來。又《踏莎行》詞"高臺樹色陰陰見"亦本義山詩"後堂芳樹陰陰見"。

晏幾道

小山《臨江仙》詞，是爲特出，其"落花人獨立，微雨燕雙飛"之句，尤爲卓絕千古，膾炙人口，然實則用五代翁宏《宮詞》語也。《五代詩話》輯《雅言系述》："翁宏字大舉，桂嶺人，隱居韶、賀間，不仕，能詩。《宮詞》云：'又是春殘也，如何出翠幃。落花人獨立，微雨燕雙飛。寓目魂將斷，經年夢亦非。那堪向秋夕，蕭颯暮蟬輝。'《秋風》云：'又是秋殘也，無聊意若何？客程江外遠，歸思夜深多。峴首飛黃葉，湘濱走白波。仍聞漢都護，今歲合休戈。'"翁詩祇此二首，亦見《函海》《全五代詩》卷六十一，蓋又間接本於《五代詩話》者。《雅言系述》一書，余曾詢朱希祖、朱自清二先生，皆云未見，佚否不可知，而對於碩果，彌覺可貴矣。吁！同一語也，翁爲原作，而闃其無聞；晏乃襲用，而飛聲千古，豈非巧拙之道不同，而用之有得不得耶？

叔原《虞美人》詞："採蓮時節定來無？醉後滿身花影情人扶。"陸龜蒙《春日酒醒》詩云："覺後不知新日上，滿身花影情人扶。"用此語也。

叔原《浣溪沙》詞"戶外綠楊春繫馬，牀前紅燭夜呼盧"，蓋用韓翃詩"門外碧潭春洗馬，樓前紅燭夜迎人"。陸游《老學庵筆記》謂："晏詞氣格，乃過本句，不謂之剽竊可也"。《能改齋漫錄》謂用《樂府水調歌》，然叔原之詞甚工，所謂《樂府水調歌》者即是韓詩。張宗儒《詞林紀事》乃謂晏詞祇易得韓詩二字，不知其何所本而然。余按《全唐詩》及《唐人萬首絕句》所載皆無二致。又李龔《剪綃集》所集韓此詩，亦作"門外碧潭春洗馬"，然則張氏雖有異本，殆不足爲信矣。近人胡雲翼《宋詞研究》亦謂晏詞祇易得二字，蓋又誤因《詞林紀事》而未之細考也。

柳　永

耆卿《雨零鈴》詞"楊柳岸，曉風殘月"之句，最爲古今稱誦，前人有謂本飛卿《更漏子》詞"簾外曉鶯殘月"者。余按唐韓琮詩"幾處花枝招離恨，曉風殘月正潸然"，耆卿雖未必本此，然要是前人已道語也。張惠言以比興論詞，其《詞選》於耆卿獨不錄，實不免偏見。且其中亦多有與其本旨不相吻合者，如王雱之《眼兒媚》，其著者也。沈去矜曰："詞不在大小淺深，貴於移情，'曉風殘月''大江東去'，體制雖殊，讀之皆身歷其境，惝恍迷離，不能自主，文之至也。"可謂知言。

耆卿《八聲甘州》詞"是處紅衰翠減，苒苒物華休"，李義山《贈荷花》詩"此花此葉長相映，翠減紅衰愁殺人"，用此語也。又此詞"想佳人妝樓長望，誤幾迴天際識歸舟"，則全用謝朓詩"天際識歸舟，雲中辨江樹"。

張　先

子野《一叢花》令詞："懷高望遠幾時窮？無物似情濃。離愁正引千絲亂，更東陌、香絮濛濛。嘶騎漸遙，征塵不斷，何處認郎蹤。雙鴛池沼水溶溶，南北小橈通。梯橫畫閣黃昏後，又還是、斜月朦朧。沈思細恨，不如桃杏，猶解嫁東風。"《過庭錄》謂此詞一時盛傳，歐陽永叔尤愛之，恨未識其人。子野家南地，以故至都，謁永叔，閽者以通，永叔倒屣迎之曰"此乃桃杏嫁東風郎中也"。古今以爲美談，後之用者，亦不一而足。如東坡《南歌子》詞"莫翻紅袖過簾攏，怕被楊花勾引嫁東風"，又沈自炳《玉樓春》詞"年年同嫁與東風，祇有小園紅杏樹"，皆是也。余按此語，并非由子野創作，唐人詩中數見不鮮。其最早者，如李賀《南園子》詩："曜枝草蔓眼中開，小白長紅越女腮。可憐日暮嫣香落，嫁與春風不用媒。"又韓偓《寄恨》詩："秦釵枉斷長條玉，蜀紙虛留小字紅。死恨物情難會處，蓮花不肯嫁春風。"又五代庾傳素《木蘭花》詩亦有"若教爲女嫁東風，除卻黃鶯難匹配"。然此等語，在詩中則微嫌纖巧軟媚，自以入詞爲本色，此子野所以能獨享盛名也。

蕙風謂詞中最要境界爲"靜"。子野詞好押"影"字，曾有"三影"之目。其《木蘭花》詞云"無數楊花過無影"，朱彝尊以爲在所傳"三影"之上，蓋亦以其境界之静故也。余按顧況詩"落花繞樹疑無影,回雪從風暗有情",子野得非祖此乎?

子野《天仙子》詞"雲破月來花弄影",《人間詞話》謂著一"弄"字而境界全出。宋吳开《優古堂詩話》以爲本《樂府》劉氏謠《暗別離》"朱弦暗斷無人見,風動花枝月中影"。余按元稹《襄陽爲盧竇紀事》詩亦有云"風弄花枝月照階",於詞語爲尤近,然子野之言自工。

子野《慶金枝》詞"抱雲勾雪近燈看,算何處不堪憐",蓋用《子夜歌》"婉伸郎膝上,何處不可憐?"前人多謂張詞韻高於柳,若此語,正耆卿所不屑用也。

歐陽修

"闌干十二獨憑春,晴碧遠連雲。千里萬里,二月三月,行色苦愁人。　謝家池上,江淹浦畔,吟魄與離魂。那堪疏雨滴黃昏,更特地、憶王孫。"歐公《少年游》詞也。《能改齋漫錄》以此詞及梅堯臣《蘇幕遮》、林逋《點絳唇》爲古今咏草三絕。《人間詞話》云:"此詞前半闋語語都在目前,便是不隔"。余按顧況《春草謠》"春草不解行,隨人上東城。正月二月色綿綿,千里萬里傷人情",則歐詞固亦有所本矣。

永叔《浣溪沙》詞有"緑楊樓外出鞦韆"之句。晁補之云:"祇一'出',便後人所不能道"。《人間詞話》以爲本馮延巳《上行杯》詞"柳外鞦韆出畫牆",但歐語尤工。余按王維《寒食城東即事》詩云"鞦韆競出垂楊裏",是馮詞亦有所本也。劉熙載《詞曲概》謂歐陽永叔得馮之深,《人間詞話》亦謂歐學馮延巳。余謂此在詞句方面,亦頗足資證明。如馮《羅敷艷歌》詞"雙燕歸來畫閣中",歐《採桑子》則云"雙燕歸來細雨中";又馮《蝶戀花》詞"日日花前常病酒,不辭鏡裏朱顔瘦",歐《浪淘沙》則云"縱使花前常病酒,也是風流",此等處,殆非偶然。

永叔《踏莎行》詞"離愁漸遠漸無窮,迢迢不斷如春水",蓋本寇萊公詩"杳杳煙波隔千里,白蘋香散東風起。日落汀洲一望時,愁情不斷如春水"。唐李頻亦有詩"春情不斷若連環",皆妙。又此詞末云"平蕪盡處是春山,行人更在春山外",釋天隱謂與石曼卿"水盡天不盡,人在天盡處"相似,王漁洋謂石詩平板,不如歐之深曲,實則以七言較五言搖曳耳,"長袖善舞",未可以以優劣論。

歐公《蝶戀花》詞"淚眼問花花不如,亂紅飛過鞦韆去",前人謂本嚴渾詩"盡日問花花不如,爲誰零落爲誰開"。余按飛卿詞亦有云"百舌問花花不語",然皆不如歐語之真摯也。鄭谷詩云"情多最恨花無語,愁破方知酒有權",此語最能道出歐公心事。

馮正中《玉樓春》詞"芳菲次第長相續,自是情多無處足。尊前百計尋春歸,莫爲傷春眉黛促。"王静安謂永叔一生,似專學此種詞,然永叔詞中盡有極悲涼者。如《玉樓春》一闋云:"妖冶風情天與指,清瘦肌膚冰雪妒。百年心事一宵同,愁聽雞聲窗外度。信阻青禽雲雨暮,海月空驚人兩處。強將離恨倚江樓,江水不能流恨去。"末語情尤淒厲。杜牧詩云:"徒想夜泉流客恨,夜泉流恨恨無窮。"歐公得非祖此乎?《草堂詩餘》注缺,沈東江云"徐師川'柳外重重叠叠山,遮不斷,愁來路',歐陽永叔'強將離恨倚江樓,江水不爲流恨去',古人語不相襲,又能各見所長。"是尚不知杜詩也。

蘇東坡

東坡《臨江仙》詞:"多病休文都瘦損,不堪金帶橫垂腰。望湖樓上暗香飄。和風春弄笛,(彊邨本'笛'作'袖',似勝,坡《行香子》詞'飛步巉岩,和風弄袖',杜牧詩'紫陌微微弄袖風')明月夜聞簫。 酒醒夢回清漏永,殷床無限更潮。佳人不見董嬌嬈。徘徊花上月,空度可憐宵。"末語余深愛之,初不知爲前人成語也。《韻語陽秋》載葉少蘊云李益詩"聞門風動竹,疑是故人來",沈亞之詩"徘徊花上月,虛度可憐宵",皆佳句也,乃知東坡用唐人詩句。惟余查《全唐詩》沈亞之集及其所作諸傳奇小説,均不載。《升庵詩話》曾載此詩全首,蓋一五絶也,然又未題作者。是知古人佳什,其遺佚爲不少矣。《詩話》云:"唐詩作者往往託於傳奇小説,以傳於後,而其詩大有妙絶今古,一字千金者,如'雨滴空階曉,無心换夕香。井梧花落盡,一半在銀床。'又:'命笑無人笑,含嬌何處嬌。徘徊花上月，虛度可憐宵。'"度東坡亦自酷愛此語也，子野《燕春臺》詞"猶有花上月，清影徘徊"，亦正本此。

東坡《和章質夫〈水龍吟〉》咏楊花詞，《人間詞話》謂其"和韻而似原唱，爲咏物詞之最工者。"然詞中語意，亦自有所來。《艇齋詩話》云："此詞'思量却是無情有思'，用老杜'落絮游絲亦有情'也。'夢隨風萬里，尋郎去處，依前被、鶯呼起'，即唐人詩云'打起黃鶯兒，莫教枝上啼。啼時驚妾夢，不得到遼西'；'細看來，不是楊花，點點是離人淚'，即唐人詩云'時人有酒送張八，惟我無酒送張八。君看陌上梅花紅，盡是離人眼中血'，皆奪胎換骨手。"所釋均是，未解尤有見地。惟余按唐裴説《咏柳》詩云"思量却是無情樹，不解迎人祇送人"，則是"思量"句，東坡分明用此也。又此詞首云"似花還似非花"，亦本梁元帝《咏柳》詩"楊花非花樹，依樓自覺春"。《草堂》注皆缺。

東坡嘗面笑少游"銷魂當此際"爲學柳七句法，蓋以柳《內家嬌》詞曾有"帝里，風光當此際"之語也。然其《蝶戀花》詞"衣帶漸寬無別意，新書報我添憔悴"，獨非學柳詞"衣帶漸寬終不悔，爲伊消得人憔悴"句法乎？使當時少游以此反詰者，不知東坡何以自解。以余意度之，坡殆以少游此詞纏綿綺旎，風格於柳獨近，故特標此一語以爲言耳，亦即"山抹微雲秦學士，露花倒影柳屯田"意也。若第以句法論，則劉禹錫《聞蟬》詩"年年當此際，那免鬢凋零"，視柳詞不已早乎？

王昌齡《西宮秋怨》詩云"芙蓉不及美人妝，水殿風來珠翠香"，東坡《洞仙歌》詞"水殿風來暗香滿"用其語也。徐陵詩"竹密山齋冷，荷開水殿香"，李白詩"風動荷花水殿香"，此則其詞意所本。

東坡好爲集句及檃栝前人詩文入詞，如《哨遍》之於《歸去來辭》，《定風波》之於杜牧《九日齊安登高》詩，其著者也，然皆不過微改其詞耳。若其《水調歌頭》（遺章質夫家善琵琶者）之於韓愈《聽琴詩》，則檃栝而近於創作矣。余最愛其首段云："昵昵兒女語，燈火夜微明。恩怨爾汝來去，彈指淚和聲。忽變軒昂勇士，一鼓填然作氣，千里不留行。"其描寫琵琶，可謂入神。吾人循其聲而意自見，正不必求甚解。蓋其中全以字聲之陰陽爲之錯綜，而又益之以詞句之長短，故極幽咽抑揚之致，視原詩，信後來居上矣。其"千里不留行"句，用莊子《說劍》"臣之劍，十步一人，千里不留行"。李白《俠客行》云："十步殺一人，千里不留行"，亦正本此。又其後半闋云"起坐不能平"，亦係全用後主《烏夜啼》詞語，是皆櫽括而出於原詩之外者也。

羅隱《隴頭水》詩："借問隴頭水，終年恨何事？全疑嗚咽聲，中有征人淚。"東坡《減字木蘭花慢》詞"玉觴無味，中有佳人千點淚"，蓋脫胎於此。

東坡《水調歌頭》中秋詞"不知天上宮闕，今夕是何年？"《草堂詩餘》注引韓愈詩"今夕是何朝"。余按戴叔倫詩"已悟化城非樂土，不知今夕是何年"，意坡用此。又《念奴嬌》詞"驚濤拍岸，捲起千堆雪"，注引李白詩"潮白雪山來"。余按孟郊詩"古鎮刀攢萬片霜，寒江浪起千堆雪"，是詞自別有所本也。

重字在詩中易避，而在詞則難，因詩第分平仄，而詞則兼辨四聲。故詞中兼有重字，倚聲者亦在所不忌也。世多謂東坡《念奴嬌》詞用三"江"、三"人"、二"國"等重字，於詞不宜，指以爲詬病，陋矣。以東坡爲未諳音律耶？然耆卿、美成可謂知音，而耆卿《八聲甘州》(對瀟瀟暮雨灑江天)詞，重字乃有七處之多。美成《宴清都》"淒涼病損文園……更久長不見文君"，不用相如，而用文園。《玲瓏四犯》"但認取芳心一點，又片時一陣風雨惡，吹分散"，連用兩"一"字。其《浣溪沙》"樓上晴天碧四垂，樓前芳草接天涯，勸君莫上最高梯。　新筍已成堂下竹，落花都上燕巢泥，忍聽林表杜鵑啼。"則竟連用二"樓"、二"天"、三"上"諸重字，皆未聞有舉而非之者，何獨於坡而爲已甚乎？《後山詩話》載游次山《卜算子》詞"風雨送人來，風雨留人住。草草杯盤話別離，風雨催人去。　淚眼不曾晴，眉黛愁還聚。明日相思莫上樓，樓上多風雨。"《逸老堂詩話》云："一詞疊用四風雨，讀去不厭其繁，句意清快可喜。"即此一例，已足見詞之不忌重文，顧用之如何耳。

東坡論文，謂"如行雲流水，初無定質，但常行於所當行，常止於不可不止"。吾人於其詞,亦正可作如是觀。余頗愛其《少年游》一闋云:"去年相送,餘杭門外,飛雪似楊花。今年春盡,楊花似雪,猶不見還家。　對酒捲簾邀明月,風露透窗紗。却似姮娥憐雙燕,分明照,畫梁斜。"音調極其自然,前半闋尤累累如貫珠。余按何遜與范雲聯句云:"洛陽城東西,却作經年別。昔去雪如花,今來花似雪。"東坡得非翻用此語?

秦　觀

少游《虞美人》詞:"行行信馬橫塘畔,煙水秋平岸。綠荷多少夕陽中,知爲阿誰凝恨背西風。　紅妝艇子來何處,蕩槳偷相顧。鴛鴦驚起不無愁,柳外一雙飛去却回頭。"蓋全用杜牧之詩,詩云:"兩竿落日溪橋上,半縷輕煙柳影中。多少綠荷相倚恨,一時回首背西風。秋聲無不攪離心,夢澤兼葭楚雨深。自滴階前大梧葉,幹君何事動哀吟。"(《齊安郡中偶題》)又《題水口草市》詩"倚溪侵嶺多高樹,誇酒書旗有小樓。驚起鴛鴦豈無恨,一雙飛去却回頭。"雖是襲用,然亦可見其變化處。

少游《千秋歲》詞末句云"落紅萬點愁如海"。《艇齋詩話》謂當時人多能歌此詞,山谷欲和之而終難於"海"字。《後山詩話》云:王平甫之子嘗云今語例襲陳言,但能轉移耳。世稱此詞"愁如海"爲新奇,不知李後主《虞美人》詞已云"問君還有幾多愁,恰似一江春水向東流",但以"江"爲"海"耳。余按唐詩中,以海喻愁情者已多有之,《後山詩話》所載實非確論。如李群玉詩"請量東海水,看取淺深愁",又如白樂天詩"借問江湖與海水,何似君心與妾心。相恨不如潮有信,相思始覺海非深",皆是也。且江海之間,一動一靜,其意自別,未可混爲一談。若少游《江城子》"便作春江都是淚,流不盡,許多愁",則可謂本後主語耳。

"芳草萋萋憶王孫,柳外樓高空斷魂,杜宇聲聲不忍聞。欲黃昏,雨打梨花深閉門。"此詞向以爲觀作。《花庵詞選》及《歷代詩餘》皆以爲李重元詞,李詞凡春夏秋冬四闋,此其春景一闋也。觀此,當爲李作無疑。其末語最爲名句,然少游《鷓鴣天》詞固亦有之，即"甫能炙得燈兒了，雨打梨花深閉門"是也。《古今詞話》云："此詞形容愁怨之意最工，末語有言外之意。"《草堂詩餘》注引《長恨歌》"梨花一枝春帶雨"，此大可絶倒也。余按吳聿《觀林詩話》云："荊公酷愛唐《樂府》'雨打梨花深閉門'之句"。是知此語，實非少游創作。然現存唐《樂府》不載，大概已遺佚矣。吳聿，宋人，其言當可信，少游殆亦愛而用之耳。

《人間詞話》："少游詞境淒惋，至'可堪孤館閉春寒，杜鵑聲里斜陽暮'，則變而爲淒厲矣。"《漁隱叢話》載山谷謂此詞高絶，惟"斜陽暮"三字，有語病，改爲"簾櫳暮"。後《郴州志》遂作"斜陽度"，而米元章書此詞，則竟改爲"斜陽曙"矣，此皆無理取鬧，前人辯之已詳。實則此三字，絶不重複，此在今日稍有文法學者，皆能知之。若潘正叔《迎大駕詩》"朝日順長途，'夕暮'無所集"，阮嗣宗《詠懷》"朝爲媚少年，'夕暮'成老醜"及《樂府》"出儂吳倡門，春水'碧緑'色"，則真重複矣。此固不足爲訓，然亦舊體詩詞中難免之現象也。《草堂》注引義山詩"望帝春心託杜鵑"及杜詩"子規枝上月三更"，皆不得要領。余按寇萊公詩"無奈鄉心倍寥落，殘陽中有鷓鴣聲"，詞中境界，與此正相吻合。又此詞末云"郴江幸自繞郴山，爲誰流下瀟湘去？"東坡極賞之。釋天隱謂二語由戴叔倫詩"沅湘日夜東流去，不爲愁人住少時"變化而來。余按唐詩中，類此者正多。如元稹詩"若到莊前竹園下，殷勤爲遶故山流"，又"殷勤輞川水，何時出山流？"而杜牧詩"水殿半頃蟾日澀，爲誰流下蓼花中？"於詞語爲尤近，蓋文人發興造語，往往而合，非必有所因襲也。

周濟《四家詞選叙》云："詞韻各具聲響，不可草草亂用。"又云："蕭尤韻感慨。"少游《江城子》詞"飛絮落花時候一登樓"，正可爲其一例。《全唐詩》張佖詞云"飛絮落花時節近清明"，此其語調所仿，然少游爲不可及矣。

羅隱《牡丹》詩"若教解語應傾國，任是無情也動人"。少游《南鄉子》題畫"盡道有些堪恨處，無情，任是無情也動人"，用其語也。

《艇齋詩話》：少游詞"高城望斷，燈火已黃昏"，用歐陽詹詩"高城已不見，況復城中人"。因《詩話》，余乃解得白石詞二句"日暮望高城不見,惟見亂山無數"。又少游"憑欄久,疏煙淡日,寂寞下蕪城"之句,余謂亦係用武元衡詩"誰堪此時景,寂寞下高樓"。

少游《八六子》"倚危亭,恨如芳草,萋萋剗盡還生"蓋用後主《清平樂》詞"離恨恰如春草,更行更遠還生"。惟余按前人詩中,已多有以草喻愁情者,然皆不如二詞之工致也。范雲詩"思君如蔓草,連延不可窮",杜牧詩"恨如春草多",秦韜玉"又覺春愁似草生,何人種在情田里?"又李康成"思君如百草,繚亂逐春生",皆是也。

黄山谷

《詞苑叢談》:山谷過瀘帥,有官妓盼盼,帥嘗寵之,山谷戲作《浣溪沙》贈之云"腳上鞋兒四寸羅,唇邊朱麝一櫻多,見人無語但回波。　料得有心憐宋玉,祇應無奈楚襄何,今生有分共伊麼。"此殆山谷少作,法秀所謂"當墮犁舌獄"者也。李義山詩云"料得也應憐宋玉,一生惟事楚襄王",此其後半語所本。按此詞亦見《淮海集》,今觀此本事,似當為山谷作也。

《誠齋詩話》:"五七言絕句最短而最難工,雖作者亦難得四句全好。如王建宮詞'樹頭樹尾覓殘紅,一片西飛一片東。自是芳心貪結子,錯教人恨五更風',則四句全好。"山谷《定風波》詞曾翻用此語,頗得自然之趣。詞云:"牆上禾桃簌簌紅,巧隨輕絮入簾櫳。自是芳心貪結子,翻使,惜花人恨五更風。　露萼鮮濃妝臉靚,相映,隔年情事此門中。粉面不知何處在,無奈,武陵流水卷春空。"余按此詞後半闋,則用崔護詩"去年今日此門中,人面桃花相映紅。人面不知何處去,桃花依舊笑春風"。余謂此詩亦四句全好。

山谷《清平樂》詞云:"春無蹤迹誰知,除非問取黃鸝。百囀風無人能解,因風飛過薔薇。"余按李頻詩"却羨浮雲與高鳥,因風吹去又吹來",又鄭谷詩"千言萬語無人會,又逐流鶯吹短牆",詞殆由此脫胎而來。

孫洙

巨源《河滿子·秋怨》詞:"悵望浮生急景,淒涼寶瑟餘音。楚客多情偏怨別,碧山遠水登臨。目送連天衰草,夜闌幾處疏砧。

黃葉無風自落,秋雲不雨常陰。天若有情天亦老,搖搖幽恨難禁。惆悵舊歡如夢,覺來無處追尋。"意調最為淒涼,後半闋數語,尤哀怨動人。真"黃葉"二句,用唐盧綸送萬巨詩"霜葉無風自落,秋雲不雨空陰",祇易得二字。《草堂詩餘》注引杜甫"浮雲蔽秋曉",非也。其"天若有情"句,則全用李賀《金銅仙人辭漢歌》"衰蘭送客咸陽道,天若有情天亦老"。《草堂》注並失,此詞雖拾前人詩句,但運用自然,了無痕跡,固不失為絕妙好詞也。

趙令畤

李東陽《懷麓堂詩話》謂"夢"字唐詩中用者極多,然說夢之妙者絕少,如"重門不鎖還家夢"乃覺親切。余按令畤《錦堂春》詞"重門不鎖相思夢,隨意遠天涯",正用此語也。《苕溪漁隱叢話》謂徐師川"門外重重疊疊山,遮不斷愁來路",與此詞造語不同,而意絕相類,信然。惟余按岑參詩"別君祇有相思夢,遮莫千山與萬山"("遮莫",唐俗語,猶言儘教也)是此意,前人早已道過,第二詞造語特工耳。

賀方回

方回以《青玉案》詞知名,其末云:"試問閒愁都幾許?一川煙草,滿城風絮,梅子黃時雨。"列舉三者,蓋以喻愁之多也,於格調最為奇特。後人乃獨賞其末句,曾有"賀梅子"之目。此實無道理,"梅子黃時雨"過是當前景物,有何佳處?潘子真詩話謂係本寇萊公詩"杜鵑啼處花成血,梅子黃時雨如霧",恐亦係偶然相同耳。余按宋二十一家集所載寇公詩,并無此二語,殆已佚耶?

方回《踏莎行》詞"當時不肯嫁東風,無端却被秋風誤",上句用韓偓詩(見張先條),次句用退之《落花》詩"無端又被春風誤,吹落西家不得歸",雖全出因襲,亦頗見變化工夫。

陳去非

去非《臨江仙》詞有"長溝流月去無聲"之句,造語甚覺新奇。余按隋煬帝詩"流波將月去,潮水帶星來",孫逖詩"圓潭瀉流月,晴明含萬象"又張若虛詩"江水流春去欲盡,江潭落日復西斜",是其語意,亦自有所本也。《草堂》注引杜詩"月湧大江流",猶嫌迂闊。

周美成

(原文注:另有《片玉詞集注補正》數則見《清華周刊》三十卷第七期)

蕙風論詞,特標重、拙、大三者,余以為重、大尤可,惟拙為難。蓋拙語純出白描,別具天趣,不可力學而致也。自北宋而下,已無此種境界,由疏拙而細密,固亦文學演進必然之公例。周保緒乃謂"南宋下不犯北宋拙率之病,高不至北宋涵渾之旨",夫豈知言哉?美成集北宋之大成,其詞於結語,尤多以拙語取勝,視北宋諸家為尤甚,此實其詞之一大特點也。如《風流子》"天教人,霎時廝見何妨",《法曲獻仙音》"待花前月下,見了不教歸去",《風流子》"多少暗愁密意,惟有天知",《慶春宮》"許多煩惱,祇為當時一霎留情",《滿路花》"除共天公説,不成也,還似伊,無箇分別",諸如此類,所在多有,要皆白描淡寫,不事纖巧,語愈拙而意愈濃,故讀之極似無道理,而却極動人,殆老子所謂物極必反,而"大巧若拙"者耶?後人學美成者多矣,陳允平、楊澤民、方千里之所唱和,且一步一趨,雖四聲亦不易,而終未得其神似者,蓋其愚有不可及也。

美成《感皇恩》詞"怎奈向言不盡,愁無數",毛本無"奈"字。考之《詞律》,此句亦似多一字,惟就文意言,則以有"奈"字為長。美成《拜星月》"怎奈向一縷相思,隔溪山不斷",又《大酺》"怎奈向蘭成憔悴,衛玠清羸",是"奈"三字,實繫連文也。(又秦少游《八六子》"怎奈向歡娛漸隨流水"亦可證明)

美成《六醜》(薔薇謝後作)詞,時而説花,時而説人,時而人花并説,極變化渾成之妙。其"釵鈿墮處遺香澤,亂點桃蹊,輕翻柳陌"則仍是説花,非説人。《片玉詞集注》引杜詩"神女落花鈿",失其旨矣。唐徐匯《薔薇詩》云"朝露瀼時如濯錦,晚風飄處似遺鈿",詞蓋本此。全詞"似牽衣待話,別情無極",陳注缺,余按儲光羲《薔薇歌》云"高處紅鬚欲就手,低邊緑刺已牽衣"。

美成以善於融化詩句見稱,然亦有化全首者。如《尉遲杯》"無情畫舸,都不管煙波隔南浦。等行人,醉擁重衾,載將離恨歸去",全用唐鄭仲賢詩"亭亭畫舸系春潭,直到行人酒半酣。不管煙波與風雨,載將離恨過江南"。此詩作者頗有疑問。蔡寬父《詩話》謂:客有見此詩於舍壁者,莫知誰作。或云"鄭兵部仲賢也"。然集中無有,好事者或塡入樂府。《冷齋夜話》及《宋文鑒》則以爲宋張文潛詩,《詞林紀事》遵之。余按《升庵詩話》云:"余弟未庵,酒邊誦一絕句云云,'兄以爲何人詩?'余曰:'按《宋文鑒》則張文潛詩也。'未庵取《草堂詩餘》周美成《尉遲杯》注云'唐鄭仲賢詩'。余因嘆唐之詩人,姓名隱而不傳者何限!或文潛亦愛而書之,遂以爲文潛作耳。"是此詩當爲鄭作無疑。蓋注必有所本,且宋人多有竊取唐人詩者,雖大家不免。如王荆公詩:"山中十日雨,晴霽門始開。坐看蒼苔文,欲上人衣來。"末二句全用王維詩。黄山谷"人家圍橘柚,秋色老梧桐",用太白"人煙寒橘柚,秋色老梧桐"。又山谷詩"草色青青柳色黄,桃花零亂杏花香。東風不解吹愁去,春日偏能惹恨長",此唐賈至詩也,特改易五字耳。(賈詩:桃花"歷"亂"李"花香,又"東"風不"爲"吹愁去,惹"夢"長。)

美成讀書甚博,所著有文集二十卷,惜爲詞名所掩,以致散佚。吾人今日,亦惟有於詞中能窺其身世思想之一二而已。然詞中所言,大抵不外男女相思、離別悲歌之作,綺詞艷語,在所不免,而後人不察,遂群以風格爲周詞詬病,幾於異口同聲,一孔出氣,此不獨不足以知美成,亦不足與言文學也。劉熙載《詞曲概》云:"美成律最精審,邦卿句最警鍊,然未得爲君子之詞者,周旨蕩而史意貪也。"又云:"周美成詞,或稱其無美不備。余謂論詞莫先於品,美成詞信富艷精工,祇是當不得箇貞字。是以士大夫不肯學之,學之,則不知終日意縈何處矣。"此謬論也。夫文學所貴,惟在真實,男女起居,大欲所存,周詞雖多艷語,要不失爲實錄,非必思君懷國,而後可爲君子之詞也。"瓊樓玉宇",固是好詞;"曉風殘月",又何嘗不是好詞?夫以道學概念,雜入文學處已無有是處,況以之言詞耶?至士大夫學之者不知終日意縈何處,則尤非周詞之過矣。又《人間詞話》云"歐公、少游,雖作艷語,終有品格,方之美成,便有淑女與倡伎之別。"此亦不免偏見,而未之細察,其失正與劉氏等。歐陽姑無論矣,若少游,則其《河傳》"語軟聲低,道我何曾慣?雲雨未諧,早被東風吹散,瘦殺人、天不管。"視美成《拜星月》之"眷戀潤雨雲溫,苦驚風吹散"何如?其《滿庭芳》"銷魂當此際,香囊暗解,羅帶輕分",視美成《憶舊游》之"鳳釵半脫雲鬢,窗影燭光搖"又何如?所謂"淑女與倡伎之別"何在?所謂"雖作艷語,終有品格者"又何在?以品論詞,竊所不取也。

李清照

易安《一剪梅》詞:"一種相思,兩處閒愁。此情無計可清除,纔下眉頭,却上心頭。"王阮亭謂是從范希文《御街行》詞"都來此事,眉間心上,無計相迴避"脫胎,而李語特工。余按唐羅隱詩云"春色惱某遮不得,別愁如瘧避還來",此語正可與詞相參看。

易安造語最工,如"寵柳嬌花""綠肥紅瘦",皆極新奇。其《醉花陰》詞:"莫道不清魂,簾捲西風,人比黃花瘦"之句,尤爲世所稱道。余按唐胡曾詩云"窗殘夜月人何處?簾捲春風燕復來",又少游詞"人與綠楊俱瘦"。此其道語所自仿歟?《草堂詩餘》关注。

辛棄疾

辛棄疾稼軒《祝英臺近》"寶釵分,桃葉渡"詞,張端義《貴耳集》載有本事,係爲其逐妾而作。沈東江亦謂此曲昵狎溫柔,魂銷意盡,與他詞之激蕩奮厲者不同。是此詞祇是實說,并無表德也。其末云:"是他春帶愁來,春歸何處?却不解帶將愁去!"蓋亦回應前半関"斷腸點點飛紅"數語耳。張惠言《詞選》乃謂"春帶愁來"爲刺趙、張（趙鼎、張浚，因二人擧用秦檜），實不免斷章取義，過爲曲解。或惠言欲爲自身說法，故別出新意，以求合其所謂比興之義，恐非辛詞本旨也。《耆舊續聞》云：幼安"是他春帶愁來"之句，人皆以爲佳，不知趙德莊《鵲橋仙》詞云"春愁元自逐春來，却不肯隨春歸去"，蓋德莊又本李漢老楊花詞"驀地便和春，帶歸將去"。大抵後輩作詞，無非道人已道底句，特善能轉換耳。余按李端詩云"緣草將愁去，遠入吳雲暝"，又雍陶《送春》詩"勿言春盡春還至，少壯看花復幾回？今日已從愁裏去，明年更莫共愁來"，是詞實皆翻用詩意也。《草堂詩餘》注缺。

稼軒《清平樂》詞云："屋上松風吹急雨，破紙窗間自語"，造句頗新。按《樂府道君曲》云"中庭有樹自語，梧桐推枝布葉"，又陳後山詩"庭梧盡黄隕，風過自成語"，又"沖風窗自語，浣壁蝸成字"，是亦有所本矣。余最愛杜牧之一絶云："秋聲無不攪離心，夢澤蒹葭楚雨深。自滴階前大梧葉，于卿何事動哀吟。"意亦猶人，而運筆遣辭之間，獨覺細緻。

趙彦端

趙《謁金門》詞云："休相憶，明夜遠如今日。樓外綠煙村羃羃，花飛如許急。　柳岸晚來船集，波底斜陽紅濕。送盡去雲成獨立，酒醒愁又入。"《貴耳集》云："德莊宗室之秀，賦西湖有'波底夕陽紅濕'。阜陵問誰詞，答曰端彦所作。上曰：'我家裏人也會作此等語！'甚喜。"《耆舊續聞》以爲本後主詞（當係馮詞之誤）"細雨濕流光"與《花間》"一庭疏雨濕春愁"，其境界亦頗相類。惟余按庾信《月詩》云"渡河光不濕"，意德莊翻用此語也。嘗見梁任公先生爲人書一聯云："送盡赤雲成獨立，緩尋芳草得歸遲"，則似又賞其次句也。"赤"字殆任公以意改。

吳文英

夢窗《望江南》詞云："三月暮，花落更情濃。人去秋千閒掛月，馬停楊柳倦嘶風。堤畔畫船空。　慵慵醉，長日小簾櫳。宿燕夜歸銀燭外,啼鶯聲在綠陰中。無處覓殘紅。""人去"一聯,造語極工,然實有所本。宋王得臣《麈史》載:張頌舉進士,不第,館其家,讀書外,口不及他事,然好吟詩曰"人散秋千閒掛月,露冷蝴蝶冷眠風"。夢窗不能掠美矣。

蔣 捷

蔣《浪淘沙·重九》云"不解吹愁吹帽落,恨煞西風",語極新巧。余按李白《獨酌》詩云"東風吹愁來,白髮坐相侵",又賈至《思春》詩"東風不爲吹愁去,春日偏能惹恨長",此其造語所自。

馬莊父

馬《鷓鴣天》詞:"睡鴨徘徊煙縷長,日高春困不成妝。步欹草色金蓮潤,捻斷花鬚玉筍香。　輕洛浦,笑巫陽,錦紋親織寄檀郎。兒家閉户藏春色,戲媒游蜂不敢狂。"前人謂末二語有深意。余按薛維翰《春女怨》詩云:"白玉堂前一樹花,今朝忽見數枝開。女家門户尋常閉,春色緣何得入來。"語蓋本此,惟意境則視詩又更進一層。

康伯可

詞中於前人詩句,有減字用之者。如山谷之"斷送一生惟有,破除萬事無過",美成之"且莫思身外,長近樽前"是也。亦有增字用之者,如康《鷓鴣天》詞"見來怨眼明秋水,欲去愁眉淡遠峰",用李義山《垂柳》詩"怨目明秋水,愁眉淡遠峰"。此種用法,最易將讀者混過。

張 炎

樓敬思謂叔夏詞以翻案側筆取勝。其《高陽臺·西湖春感》詞"東風且拌薔薇住,到薔薇春已堪憐"可爲此語一例。胡適之先生於張詞獨愛此二句。"春已堪憐",余亦恒訝其新,後讀唐詩,乃知叔夏語固亦有自來,蘇頲《桃花詩》云"東望望春春可憐",又崔顥

《少年行》"長安道上春可憐"。

明媛黃氏

中國向以禮教爲治，其於婦女，尤多所桎梏，然在文學上意志之表現，則女子與男子幾處於同等之地位，享有相當之自由。此種情形，在詞中尤爲昭著，其間往往有男子所不肯道（或亦不能道）者，乃出於嬌羞女子之口。如鄭雲娘寄張生《西江月》及《兜兜鞋兒曲》其尤者也。蓋情動於中，則歌韻外發，吐納之間，有非禮教所能囿者。又如明媛黃氏《巫山一段雲》詞亦極妖艷，詞云："巫女朝朝艷，楊妃夜夜嬌。行雲無力困纖腰，媚眼暈春潮。　阿母梳雲髻，檀郎整翠翹。起來羅襪步蘭苔，一餉又魂銷。"此詞與唐蔣蘊《贈鄭氏姝》詩，可稱伯仲，皆三百中之鄭衛也。因有可與詞相參看處，今并録之。詩云："艷陽灼灼河洛神，珠簾繡户青樓春。能彈箜篌弄纖指，愁殺門前少年子。笑開一面紅粉妝，東園幾樹桃花死。朝理曲，暮理曲，獨坐窗前一片玉。行也嬌，坐也嬌，見之令人魂魄銷。堂前錦褥紅地爐，綠沈香檻傾屠蘇。解佩時時歇歌管，芙蓉帳裹蘭麝滿。晚起羅衣香不斷，滅燭每嫌秋夜短。"

王國維

静安先生賦性忠實，而詞中乃多綺語，不類其爲人，其中有無寓意，則吾人不得而知，今第就詞論詞而已。其《浣溪沙》一詩云："畫舫離筵樂未停，瀟瀟暮雨闍閻城，那堪還向曲中聽。　祇恨當時形影密，不關今日別離輕，夢回酒醒憶平生。""祇恨當時"一聯，可謂有目共賞。余按賈島《寄遠》詩"始知相結密，不及相結疏。疏別恨應少，密離恨難袪"，與詞意正暗合，然静安之言工矣。

崔　華

《詞苑叢談》：王阮亭《和漱玉詞》云："涼夜沈沈花漏凍，欹枕無眠，漸覺荒雞動。此際閒愁郎不共，月移窗隙春寒重。　憶共錦綢無半縫，郎似桐花，妾似桐花鳳。往事迢迢徒入夢，銀箏斷續連珠弄。"人稱爲"王桐花"。崔華出其門,有"黄葉聲多酒不辭"之句,人號爲"崔黄葉"。汪鈍翁云:"有王桐花爲師,正不可無崔黄葉作弟子。"當時傳爲佳話。崔全詩見《清詩别裁》,題爲《許野舟中别相送諸子》,詩云:"溶溶月色漾河湄,曉起頻將玉笛吹。同上郵亭忘别緒,獨行驛岸解相思。白蘋(本作丹楓,沈歸愚易)江冷人初去,黄葉聲多酒不辭。此路三千今日始,薊門回首雪霜時。"詩亦甚平凡,黄葉句雖佳,然係剽竊歐陽修《東閣雨中》詩語,并非崔氏自創。歐詩云"緑苔人迹少,黄葉雨聲多",得不本此耶？此固無關乎詞,因後人猶多唧唧稱道之者,緣爲附録於此,亦所以明士衡"傷廉愆義"之意也。

十八,五,二十,蕭滌非初稿

還讀軒詞話

朱保雄 撰

載於一九三〇年《清華週刊》第三四卷第一期，原名《還讀軒詩詞話》。原文後半段爲節録黄遵憲《人境廬詩》，本編僅摘前半段論詞部分。作者朱保雄，生平不詳。《清華週刊》係清華大學學生一九一四年創辦的校刊，多發表校内師生的學説、時評、小説、詩歌等，據此推斷，本文作者朱保雄爲清華學生的可能性較大。《還讀軒詞話》主要討論王國維的詞學成就和淵源。作者提出，静安《人間詞話》受劉熙載《藝概》影響極深，並逐條對比了兩文的相似條目。又認爲"王氏《頤和園詞》又實從梅村七古得來者，而其詞句亦頗多出自梅村"，並細緻對比了静安《頤和園詞》和梅村《雒陽行》的類似語句。

昨晚中秋踏月，不禁憶起蘇州最早的一首吴歌："月子彎彎照幾州，幾家欢乐幾家愁。幾家夫妇同衾帳，幾箇飄零在外頭。"

重游頤和園，野餐於魚藻軒，爲王静安先生自沈處也。先生中年以後，致力樸學，於考訂古史方面，成績最大。早年致力詞曲，所著有《宋元戲曲史》《人間詞話》等，今收入《王忠愨公遺書》四集者是也。《人間詞話》有箋注本，但標出處，於先生論詞系統源流，多未闡發。先生《詞話》一書，受劉熙載《藝概》影響甚大，不但文筆相類，即其"隔""不隔"之説，亦出於劉先生於《聊齋》，極致崇仰。《詞話》中提及熙載者，亦不一二見，其《録曲餘話》末條云："曲之爲体既卑，爲時尤近，學士大夫论之者頗少。明則王元美《曲藻》，略具鑒裁；胡元瑞《笔叢》，稍加考證。臧晉叔、何元朗雖以知音自命，然其言殊无可采。國朝惟焦里堂《易餘答録》，可比《少室》；融齋《藝概》，略似弇州。"吳公之則更以《藝概》，在批評史上可方《詩品》《文心雕龍》之作。今將《人間詞話》與《藝概》足以闡發者，略據數條如下：

《人間詞話》云："紅杏枝頭春意鬧"，著一"鬧"字而境界全出；"雲破月來花弄影"，著一"弄"字而境界全出矣。

《藝概·詞概》云：詞中句與字有似觸着者，所謂極煉如不煉也。晏元獻"無可奈何花落去"二句，觸着之句也。宋景文"紅杏枝頭春意鬧"，"鬧"字觸着之字也。

《人間詞話》云：問"隔"與"不隔"之別，曰：陶、謝之詩不隔，延年則稍隔矣；東坡之詩不隔，山谷則稍隔矣。"池塘生春草"、"空梁落燕泥"等二句，妙處唯在不隔。詞亦如是。即以一人一詞論，如歐陽公《少年游·咏春草》上半闋云"闌干十二獨憑春，晴碧遠連雲，二月三月，千里萬里，行色苦愁人"。語語都在目前，便是不隔。至云"謝家池上，江淹浦畔"，則隔矣。白石《翠樓吟》"此地宜有詞仙，擁素雲黃鶴，與君游戲。玉梯凝望久，嘆芳草萋萋千里"便是不隔，至"酒祓清愁，花消英氣"，則隔矣。然南宋詞雖不隔處，比之前人，自有淺深厚薄之別。

《藝概·詞概》云：詞有點有染。柳耆卿《雨淋鈴》云"多情自古傷離別，更那堪、冷落清秋節。今宵酒醒何處，楊柳岸、曉風殘月"上二句點出離別，冷落、今宵二句，乃就上二句意染之。點染之間，不得有他語相隔，隔則警句亦成死灰矣。

先生論詞要旨具見其《人間詞甲稿序》，序蓋先生自作而託名於樊志厚者。《人間詞甲稿序》刊光緒三十一年，時先生正二十九歲。《乙稿》刊於三十三年，時先生正三十一歲。詞又名《苕華詞》，以詞中多有人間二字，故即以"人間"冠集。

《乙稿》序云：去歲夏，王君靜安集其所爲詞，得六十餘闋，名曰《人間詞甲稿》，余既叙而行之矣。今冬，復彙所得作詞爲《乙稿》，丐余爲之叙。余其敢辭，乃稱曰：文學之事，其内足以攄己而外足以感人者，意與境而已。上焉者意與境渾，其次或以境勝、或以意勝，苟缺其一，不足以言文學。原夫文學之所以有意境者，以其能觀也。能於觀我者，意餘於境，而出於觀物者，境多於意。然非物無以見我，而觀我之時，又自有我在，故二者常互相錯綜，能有所偏重而不能有所偏廢也。文學之工不工，亦視其意境之有無與其深淺而已。自夫人不能觀古人之所觀，而徒學古人之所作，於是始有僞文學。學者使之，相尚以辭，相習以摹擬，遂不復知意境之爲何物，豈不悲哉！苟持此以觀古今人之詞，則其得失可得而言焉。溫韋之精艷所以不如正中者，意境有深淺也；《珠玉》所以遜《六一》《小山》所以愧《淮海》者，意境異也。美成晚出，始以辭采擅長，然終不失爲北宋人之詞者，有意境也。南宋詞人之有意境者，惟一稼軒，然亦若不欲以意境勝。白石之詞，氣體雅健耳，至於意境，則去北宋人遠甚。及夢窗、玉田出，并不求諸氣體，而惟文字之是務，於是詞之道熄矣。自元迄明，益以不振。至於國朝，而納蘭侍衛以天賦之才，崛起於方興之族，其所爲詞，悲涼頑艷，獨有得於意境之深，可謂豪傑之士，奮乎百世之下者矣。同時朱、陳，既非勁敵；後世項、蔣，尤難鼎足。至乾嘉以降，審乎體格韻律之間者愈微，而意味之溢於詞句之表者愈淺。其非拘泥文字，而不求諸意境之失歟？抑觀我觀物之事自有天在，固難期諸流俗歟？余與靜安，均夙持此論。靜安之爲詞，真能以意境勝。夫古今人詞之以意勝者，莫若歐陽公；以境勝者，莫若秦少游。至意境兩渾，則惟太白、後主、正中數人足以當之。靜安之詞，大抵意深於歐，而境次於秦。至其合作，如《甲稿》《浣溪沙》之"天末同雲"、《蝶戀花》之"百尺朱樓"等闋，皆意境兩忘，物我一體，高蹈乎八荒之表，而抗心乎千秋之間。駸駸乎兩漢之疆域，廣於三代；貞觀之政治，隆於武德矣。方之侍衛，生徒伯仲。此固君所得於天者獨深，抑豈非致力於意境之效也？至君詞之體裁，亦與五代、北宋爲近。然君詞之所以爲五代、北宋之詞者，以其有意境在。若以其體裁故，而至遽指爲五代、北宋，此又君之不任受，固當與夢窗、玉田之徒，專事摹擬者同類而笑之也。光緒三十三年十月，山陰樊志厚叙。

吳偉業與錢（謙益）、龔（鼎孳）並稱，有"江左三大家"之目，而吳尤稱"詩史"，趙翼《甌北詩話》稱其詩有不可及者二："一則神韻悉本唐人，不落宋以後腔調，而指事類情，又宛轉如意……一則庀材多用正史，不取小說家故實，而選聲作色，又華艷動人……蓋其生平於宋以後詩本未寓目，全濡染於唐人，而己之才情舒卷，又自能推瀾不窮，故以唐人格律，寫目前近事。宗派既正，詞藻又豐，不得不推爲近代中之大家。"王國維自稱："首作《頤和園詞》一首，雖不敢上希白傅，庶幾追步梅村。蓋白傅能不使事，梅村則轉以使事爲工。然梅村自有雄氣駿骨，遇白描處尤有深味，非如陳雲伯輩但以秀縟見長，有肉無骨也。"而王氏《頤和園詞》又實從梅村七古得來者，而其詞句亦頗多出自梅村，今列表對照如下：

《頤和園詞》：
更栽火樹千花發，不數名珠徹夜懸。
《雒陽行》：
早見鴻飛四海翼，可憐花發萬年枝。
《頤和園詞》：
豈謂先朝營楚殿，翻教今日恨堯城。
《雒陽行》：
總爲先朝憐白象，豈知今日誤黃巾。
《頤和園詞》：
嗣皇上壽稱臣子，本朝家法嚴無比。
《雒陽行》：
我朝家法逾前制，兩宮父子無遺議。
《永和宮詞》：
本朝家法修清謹，房帷久絕珍奇薦。
《頤和園詞》：
北渚方深帝子愁，南衙復遘丞卿怒。
《雒陽行》：
帝子魂歸南浦雲，玉妃淚灑東平樹。
《頤和園詞》：

開膳曾無賜坐時,同懷罕講家人禮。
《蕭門青史曲》:
抱來太子輒呼名,六宮都講家人禮。
按:先生是時新喪偶,故其詞蒼涼激越,過此以往,又轉治宋元明通俗文學,其致力於詞,亦僅此數載耳。先生於詞,自負甚高,其《三十自序》中亦謂:"近年嗜好,已移於文學,而填詞亦於是時告成功。"又云:"雖所作不及百闋,然自南宋以來,除一二人外,尚未有能及者。"今先生遺詞所存者計入《人間詞》五十九首,《觀堂集林長短句》二十三首,合八十二首,正不滿百闋耳,而全集精會美玉,幾不能選。序中所謂《浣溪沙》(天末同雲)及《蝶戀花》(百見朱樓)一首諒其得意,你我乃是以代表其萬一也。

《浣溪沙》云:
天末同雲黯四垂,失行孤雁逆風飛,江南寥落爾安歸? 陌上挾丸公子笑,座中調醯麗人嬉,今宵歡宴勝看時。

其《蝶戀花》云:
百尺朱樓臨大道,樓外輕雷,不問昏和曉。獨倚闌干人窈窕。閒中數盡行人小。 一霎車塵生樹梢,陌上樓頭,都向塵中老。薄晚西風吹雨到。明朝又是傷流潦。

先生又輯《唐五代六十一家詞》,每家詞後俱有跋,各家籍貫,一依《全唐詩》。跋中評詞之句甚多,可補如詞話中。劉毓盤亦輯有《唐五代宋遼金元名家詞》六十種,其五代詞中有孫光憲《荊臺傭稿》據費氏藏宋刻本,係海內未見之孤本,未識此書何見出版,得與王先生輯本并歡。

詞　話

懺　吾　撰

載於一九三〇年《成都國民日報》副刊《樂園》第五期。作者懺吾。生平不詳，可能爲川籍文人。一九三〇年在《樂園》連載有《懺吾聯話》《詞話》等文。懺吾《詞話》共二則，内容爲論評詞之法門和詞體特性。

凡一詞到手，欲先以公允態度而評其優劣，絶非一種含混。觀其層次，思其情理，咀其字句，彌論精研，迨有所得，始發語言，自能真實有物，無濫套之譏。否則隨手拈來，雖是津津有味，未必頭頭是道也。

詩與文異，而詞又與詩異。文之所不能傳者，而詩能傳之；詩之所不能傳者，而詞能發之。詞之體格，其律嚴，其譜密，其字不能妄易，一語不能泛設。以曲折之筆，寓精密之意，陰陽不混，平仄必分，絶對無遷轉之餘地，譜之管弦，奏之歌聲，自能成拍，又則非詩文之所能及也。

詞學大意

紹興壽璽石工父 撰

載於《藝林月刊》一九三〇年第二期至第十二期、一九三一年第十三期至第二十四期、一九三二年第二十五期至第三十四期。作者署名紹興壽璽石工父。壽璽（一八八五——一九〇五），字石工，又字務熹，碩工，號印匃、悲鳳、珏庵、珏公、無量、悴公、燕客、園丁、咫翠、石尊者、會頑石、冷荷亭長、不食魚齋主人等，又取趙之謙"二金蝶堂"和吳昌碩"飯青蕪室"之意名其居所曰"蝶蕪齋"，浙江紹興人，南社社員。曾與陳師曾等創立北京美術專門學校。工詩詞，善書法，精篆刻。遺囑要求在墓碑上刻"詞人壽璽之墓"。著有《珏庵詞》《重玄瑣記》《蝶蕪齋印稿》《鑄夢廬篆刻學》《篆刻學講義》等。《詞學大意》爲作者因曩著《詞學講義》"論詞之語，頗病簡略"而創作的詞學專論。全篇縱論今古，綜采駁雜，大抵以時間先後爲經，以著名詞人爲緯，以詞學衍變爲綱，綜述自南北朝詞體之初以迄晚清民國四大家之間詞派、詞作、詞事，間附短評，並引歷代文論佐證，堪稱博奧。

《說文》："詞，意內言外也。"明乎我所欲言，必有司我言者，而後可盡我之詞，故隸司部。意者，司我言者也，故曰內。意與志不同，故詞與詩不同。詞者，源出於詩，而以意爲經，言爲緯，意內言外，寓言十九。古人作詞，蓋即古人言樂之法也。詞也者，進不與詩合，退不與曲合，其取徑也狹，其陳意也高，嚴格於律，諧以陰陽，必有司我言者。節奏協斯，情文相生，樂府而後，求合於古樂名，詞而已矣。三百篇之不能不降而楚詞，楚詞之不能不降而漢魏者，勢也；三百篇之不能不降而樂府，樂府之不能不降而爲詞者，亦勢也。

詩三百篇，孔子皆弦歌之，皆歌辭也。漢代古詩、歌謠，曾被之樂府。唐樂府亡，而歌詩興，洎後長短句盛，遂啓兩宋倚聲製詞之漸。南宋郭茂倩《樂府集》一百卷，上起陶唐，下迄五代，凡《郊廟歌詞》十二卷、《燕射歌詞》三卷、《鼓吹曲詞》五卷、《橫吹曲詞》五卷、《相和歌詞》十八卷、《清商曲詞》八卷、《舞曲歌詞》五卷、《雜曲歌詞》十八卷、《近代曲》七卷、《新樂府》十一卷。每一題必先列古詞、後列擬作，再列入樂。所改者使後人得考知……（未完）

（以上見《藝林月刊》1930 年第 2 期）

其孰爲側、孰爲艷、孰爲趨、孰爲增字、減字，其聲詞合寫不可訓詁者，在於題下注明。世稱樂府第一善本，採錄之富，敷寫之詳，誠所僅見，學者於此，可以考得音樂變遷之次第，與夫詩詞遞嬗之跡。

蓋詞事之盛，古今實不相侔，詞以協樂爲主，則古今一也。九歌而後，秦惟五行壽人之樂。漢以簫管侑房中歌，馴有巴渝舞曲以及短簫鐃歌。晉魏以下，若梁武帝《江南弄》、沈約《六憶》，傳爲詞體之初起。"衆花雜色滿上林，舒芳耀綠垂輕陰，連手蹙蹀舞春心。舞春心，臨歲腴。中人望，獨躑躅。"（《江南弄》）"游戲五湖採蓮歸，發花田葉芳襲衣。爲君艷歌世所希，有如玉。江南弄，採蓮曲。"（《采蓮曲》第三）"氤氳蘭麝體芳滑，容色玉耀眉如月，珠佩葳蕤戲金闕。戲金闕，游紫府。舞飛閣，歌長生。"（《游女曲》第六）《江南弄》七首，此其三也。

（以上見《藝林月刊》1930 年第 3 期）

此三句皆用平聲韻，惟《游女曲》《朝雲曲》二首用入聲韻收。四句皆平聲韻，惟《采蓮曲》一音換入聲韻。簡文帝《採蓮曲》則平聲，後人小令若《憶秦娥》、慢詞若《滿江紅》，可用平、入聲改叶者，本此。舉例以待隅反："憶來時。的的上階墀，勤勤叙別離，慊慊道相思。相看常不足，相見乃忘饑。"（《憶來時》第一）"憶食時。臨盤動容色，欲坐復羞坐，欲食復羞食。含哺如不饑，擎甌似無力。"（《憶食時》第三）《六憶詩》傳四首，此其二也。通用平聲韻，惟三首用入聲韻。隋時置清商府，所採之曲甚多，至唐猶存六十三曲，至宋猶存三十三曲，又謂之清樂，即平調、清調、側調。

（以上見《藝林月刊》1930 年第 4 期）

周《房中樂》之遺尚也，本有聲而無詞，晉宋間始依聲而為之詞。至於胡角者，本以應胡笳之聲，始於黃帝時之吹角。漢時張騫於西域求得其法，因之李延年新聲二十八解，以為武樂，《樂書》以為此即中國用胡樂之本。其後存者僅十曲，《梅花落》者，即胡笳曲，即所謂邊聲也。"中庭雜樹多，偏為梅咨嗟。問君何獨然？念其霜中能作花，露中能作實。搖花春風媚春日，念爾零落逐春風，徒有霜花無霜質。"此鮑照《梅花落》樂府。唐時李白詩所謂"江城五月落梅花"者，即此是也，而改入笛矣。古樂府若《臨高臺》收句，"吾有所思之妃呼豨"，其聲詞合寫不可訓詁者，亦若《古今樂錄》所錄之"羊無夷，伊那何"。蓋曲調之會聲也，詞亦有之，助詞是已。"樹頭紅葉飛都盡，景物淒涼。秀出群芳。又見紅梅淡淡妝。也囉，真箇是，可人香。蘭魂蕙魄應羞死，獨占風光，夢斷高唐，目送疏枝過女牆。也囉，真箇是，可人香。"此趙長卿《攤破采桑子》詞也。"也囉"即助詞，兩結"香"字重押，即歌時之和聲也，金人詞亦往往用之，有非助詞而又不屬於聲者。

（以上見《藝林月刊》1930 年第 5 期）

"歌發誰家筵上？嘹亮。別恨正悠悠，蘭缸背帳月當樓，愁麼愁、愁麼愁。"此顧夐《荷葉杯》詞也。凡九首，結二句皆用"麼"字，句法同。蓋設為問答之詞也。古樂府在聲不在詞，王灼《碧雞漫志》分有聲有詞、有聲無詞，二者悉舉其名，唐時已不能得其聲。故所擬古樂府，但借題抒意，不能自製調也。至新樂府，則五七言詩而已。其採詩入樂，必以有排調、有襯字者，始為詞體。至宋而傳其歌詞之法，不傳其歌詩之法，於是一衍而為近詞，再衍而為慢詞。其自製曲，視唐時之變化為多。北宋時柳永所作，方言市語，錯雜不倫，當時傳播者，廣取其聲耳，非盡取其詞也。周邦彥、姜夔胥工倚聲，胥能製調，然後篇什雖存，知音難索，至兀曲出而詞之宮譜亡矣。吾人所作，不過依據舊詞，考其句法，依律以求其聲，未必與宮譜合也，詞必以兩宋爲法。萬樹《詞律》所列各體，必取證於宋人，雖里巷之詞，悉錄之，以備一格。小詞起於隋之宮中，唐人能傳其法，五言、六言、七言絕句皆能歌，又有借聲之法，已不傳。

（以上見《藝林月刊》1930 年第 6 期）

更有加字以便歌者。如王維《渭城曲》詩："渭城朝雨浥輕塵，客舍青青柳色新。勸君更盡一杯酒，西出陽關無故人。"宋無名氏《古陽關》詞，就王維原詩加字："渭城朝雨，一霎浥輕塵。更灑遍客舍青青，弄柔凝，千縷柳色新。更灑遍客舍青青，千縷柳色新。休煩惱，勸君更盡一杯酒。人生會少，自古富貴功名有定分。莫遣容儀瘦損。休煩惱，勸君更盡一杯酒，祇恐怕西出陽關，舊游如夢，眼前無故人。祇恐怕西出陽關，眼前無故人。"

溫庭筠，唐宣宗大中時人，始專爲詞。庭筠字龍卿，并州人，初名歧，後改曰"庭雲"，又改曰"庭筠"，貌陋，時號"溫鍾馗"，才思敏捷，又號"溫八叉"，以士行有缺，累舉不第，所著有《握蘭》《金荃》等集。唐人能詞者，多附詩以傳，詞之有集，自庭筠始。其詞最著者《菩薩蠻》，蓋感士不遇之作也。《詞源》嘗謂詞之難於令曲，如詩之難於絕句，不過十數句，一字一句閒不得，末句尤當留意，有有餘不盡之意始佳。溫氏得之矣。

（以上見《藝林月刊》1930 年第 7 期）

溫所創各體，如《南歌子》《荷葉杯》《蕃女怨》《遐方怨》《酒泉子》《玉蝴蝶》《女冠子》《河瀆神》《河傳》等，雖自五七言句法出，而漸與五七言句法離，所謂解其聲，故能製其調也。今錄其《河傳》詞："湖上。閒望。雨蕭蕭，煙浦花橋路遙。謝娘翠蛾愁不銷。終朝。夢魂迷晚潮。　　蕩子天涯歸棹遠。春已晚，鶯語空腸斷。若耶溪，溪水西。柳堤。不聞郎馬嘶。"此詞句法極長短錯落之致，實宋詞之祖也。五代文運萎微，他無可稱，獨長短句濃艷穩秀，後世莫及，《花間》《樽前》等集所錄盛矣。其時君唱於上，臣和於下。人主之能詞者，後唐莊宗而外，如前蜀後主王衍、後蜀後主孟昶、南唐中主李璟、後主李煜。

(以上見《藝林月刊》1930年第8期)

當時亦有慢詞,而作者絕少有。唐中葉以後,迄於五代,若杜牧之《八六子》、尹鶚之《金浮圖》、李珣之《中興樂》,如此而已。兩宋詞事之盛、詞人之多,不可勝舉,宋之詞,猶唐之詩也。言宋詞者,尤西堂曰:"唐詩有初、盛、中、晚,宋詞亦有之;唐之詩由六朝樂府而變,宋之詞由五代長短句而變。約而次之,小山、安陸,其詞之初乎?淮海、清真,此詞之盛乎?石帚、夢窗似得其中,碧山、玉田風斯晚矣。唐詩以李、杜爲宗,而宋詞蘇、陸、辛、劉有太白之風,秦、黃、周、柳得少陵之體,此又畫彊而理、駢騎而馳者也。"其說不爲無見。北宋、南宋,論詞者區而析之。張惠言、周濟等,即詞中之常州派者,專主北宋,以爲北宋之詞與詩合,南宋之詞與詩分;北宋猶争氣骨,南宋則專精聲律。是南宋詞雖益工,以風尚所論,則有黍離降而詩亡之嘆矣。浙派所論,則謂南宋詞即出於北宋,特時代之有先後耳。北宋國勢較强,朝野士夫方以潤色鴻業爲樂事,其上者見朝政之弊,則借詞以格君心之非。南宋局守一隅,議和議戰,叫囂不已,知兵力之不足以勝人,則逞忿於口誅筆伐,文網愈嚴,則詞意愈晦,解人不易索,權奸亦未如之何也?故曰:北宋之詞大,南宋之詞深。浙派諸人若朱彝尊、厲鶚以迄譚獻皆是也。

(以上見《藝林月刊》1930年第9期)

李清照論北宋人詞,極於嚴刻,其說曰:"始有柳屯田永者,變舊聲作新聲,出《樂章集》,大得聲稱於世;雖協音律,而詞語塵下。又有張子野、宋子京兄弟,沈唐、元絳、晁次膺輩繼出,雖時時有妙語,而破碎何足名家!至晏元獻、歐陽永叔、蘇子瞻,學際天人,作爲小歌詞,直如酌蠡水於大海,然皆句讀不葺之詩爾。"又曰:"王介甫、曾子固,文章似西漢,若作一小歌詞,則人必絶倒,不可讀也。"又曰:"後晏叔原、賀方回、秦少游、黃魯直出,始能知之。又晏苦無鋪叙。賀苦少典重。秦即專主情致,而少故實,譬如貧家美女,雖極妍麗豐逸,而終乏富貴態。黃即尚故實而多疵病,譬如良玉有瑕,價自減半矣。"此説持論過高,幾於睥睨一切。北宋詞人,遭其抨擊,體無完膚,獨於周清真,無一語及之,或者默契於心、引爲同調,蓋有柳歆花殫之致,不遜於清照之温婉也。北宋之初,論詞以南唐二主及馮正中爲法,晏殊最先出,所作不減《陽春》樂府,"花落"一聯,尤其得意之作也。"一曲新詞酒一杯,去年天氣舊庭臺,夕陽西下幾時回。　無可奈何花落去,似曾相識燕歸來,小園香徑獨徘徊。"(《浣溪沙》)殊子幾道,即世所稱爲小晏者,能世其學。黄庭堅序《小山詞》,謂寓以詩人句法,自能摇動人心,合者《高唐》《洛神》之流,下者亦不減《桃花》《團扇》。蓋氣骨所存,且去詩未遠焉。"夢後樓臺深鎖,酒醒簾幕低垂。去年春恨却來时。落花人獨立,微雨燕雙飛。　記得小蘋初見,兩重心字羅衣。琵琶弦上説相思。當時明月在,曾照彩雲歸。"(《臨江仙》)

（以上見《藝林月刊》1930年第10期）

歐陽修不專以詞名,而所作有深致。李清照謂其深得叠字之法,蓋指《蝶戀花》一詞而言。"庭院深深深幾許?楊柳堆煙,簾幕無重數。玉勒雕鞍游冶處,樓高不見章臺路。　雨疏風狂三月暮,門掩梨花,無計留春住。淚眼問花花不語,亂紅飛過秋千去。"

慢詞始柳永而俚俗語言,連篇叠見,晁補之稱其"霜風"三語,不減唐人,則《甘州》一詞佳製也。"對瀟瀟暮雨灑江天,一番洗清秋。漸霜風淒緊,關河冷落,殘照當樓。是處紅衰柳減,苒苒物華休。惟有長江水、無語東流。　不忍登高臨遠,望故鄉渺邈,歸思難收。嘆年來蹤跡,何事苦淹留。想佳人,妝樓顒望。誤幾回、天際識歸舟?争知我,倚闌干處,正恁凝眸。"

蘇軾之詞,論者謂開南宋辛棄疾一派,尋流溯源,不能不謂之別格,然謂之不工則不可。"明月幾時有,把酒問青天。不知天上宫闕,今夕是何年。我欲乘風歸去,又恐瓊樓玉宇,高處不勝寒。起舞弄清影,何似在人間。　轉朱閣,低綺户,照無眠。不應有恨,何事長向別時圓。人有悲歡離合,月有陰晴圓缺,此事古難全。但願人長久,千里共嬋娟。"(《水調歌頭》)

秦觀之能合律,盡人知之。蔡伯世謂其情詞相稱,蘇氏獨許其

《踏莎行》郴州旅令詞："霧失樓臺，月迷津渡，桃源望斷無尋處。可堪孤館閉春寒，杜鵑聲裏斜陽暮。驛寄梅花，魚傳尺素，砌成此恨無重數。郴江幸自繞郴山，爲誰流下瀟湘去？。"

周邦彥詞渾厚和雅，善於融化字句。周濟稱其："思力獨絕千古，如顏平原書，雖未臻兩晉，而唐初之法，至此大備。後有作者，未能出其範圍。"又曰："讀得清真詞，多覺他人所作，都不十分經意。"又曰："鈎勒之妙，無如清真。他人一鈎勒便薄，清真愈鈎勒，愈渾厚。""正單衣試酒，恨客裏、光陰虛擲。願春暫留，春歸如過翼，一去無跡。爲問花何在？夜來風雨，葬楚宮傾國。釵鈿墜處遺香澤，亂點桃蹊，輕翻柳陌，多情最誰追惜？但蜂媒蝶使，時叩窗槅。　　東園岑寂，漸蒙籠暗碧。靜繞珍叢底，成嘆息：長條故惹行客，似牽衣待話，別情無極。殘英小、強簪巾幘，終不似、一朵釵頭顫嫋，向人欹側。漂流處、莫趁潮汐，恐斷紅尚有相思字，何由見得？"(《六醜·薔薇謝後作》)"風老鶯雛，雨肥梅子，午陰嘉樹清圓。地卑山近，衣潤費爐煙。人靜烏鳶自樂，小橋外、新綠濺濺。憑欄久，黃蘆苦竹，擬泛九江船。　　年年。如社燕，飄流瀚海，來寄修椽。且莫思身外，長近尊前。憔悴江南倦客，不堪聽、急管繁弦。歌筵畔，先安簟枕，容我醉時眠。"(《滿庭芳·夏日溧水》)

（以上見《藝林月刊》1930年第11期、第12期）

黃庭堅與秦觀齊名，所謂"秦七黃九"也，其詞實不逮淮海遠甚，但以豪放勝耳。"斷紅霽雨，淨秋空、山染修眉新綠。桂影扶疏，誰便道、今夕清輝不足？萬里青天，恒娥何處？駕此一輪玉。寒光零亂，爲誰偏照顱淥？　　年少從我追游，晚涼幽徑，繞張園森木。醉倒金荷，家萬里、難得尊前相屬。老子平生，江南江北，最愛臨風曲。孫郎微笑，坐來聲噴霜竹。"(《念奴嬌》)山谷亦能作纏綿語，婀娜中有二三分峭健，陳後山亟稱之。"鴛鴦翡翠，小小思珍偶。眉黛斂秋波，盡湖南、山明水秀。娉娉嫋嫋，恰近十三餘，春未透。花枝瘦。正是愁時候。　　尋花載酒，肯落誰人後。祇恐遠歸來，綠成陰、青梅如豆。心期得處，每自不由人，長亭柳。君知否。千里猶回首。"《驀山溪·贈衡陽妓陳湘》)山尤喜爲淫豔之詞，論者每以猥褻爲病。總之，其語氣塵下處，蓋不減屯田三變也。又有一種以拆字法人詞者，如"女邊者字，門裏挑心"，直墜惡道矣。至有人以集古詩或括古詞爲山谷病，此不獨山谷然也，兩宋詞人皆好爲此，蓋一時風尚所趨，等於游戲爲之而已。

晁補之與山同時，其《琴趣外篇》曲縟奇卓，不減耆卿高處，而恰無塵下語。或者謂其似秦少游，則偶然矣。"謫宦江城無屋買，殘僧野寺相依，松間藥臼竹間衣。水窮行到處，雲起坐看時。一箇幽禽緣底事，苦來醉耳邊啼，月斜西院愈聲悲。青山無限好，猶道不如歸。"（《臨江仙·信州作》）

陳師道亦與山谷同時，自謂詞不減"秦七黃九"，但其詩實勝於詞。"哀箏一弄湘江曲，聲聲寫盡湘波綠。纖指十三弦，細將幽恨傳。　當筵秋水慢，玉柱斜飛雁。彈到斷腸時，春山眉黛低。"（《菩薩蠻·箏》）此種詞難有深刻之思、警策之句，殊尠要眇低徊之致，直詩中之絕句耳。此蓋後山詞中傑作，若慢詞更無可觀，嘗有"藏藏摸摸，好事如莫"語，尚復成何詞句？後山有怪癖，行文書惡聞人聲，稚子抱寄人家，并貓犬亦逐去，得句歸臥，呻吟如病人，以十二月二十九日窮餓竟死，可哀也。

賀鑄即"賀鬼頭"是也，亦曰"賀梅子"，以《青玉案》收句"梅子黃時雨"得名。"凌波不過橫塘路，但目送、芳塵去。錦瑟華年誰與度？月橋花院，瑣窗朱戶，祇有春知處。　飛雲冉冉蘅皋暮，彩筆新題斷腸句。試問閒情都幾許？一川煙草，滿城風絮，梅子黃時雨。"（《青玉案》）又曰："解唱江南斷腸句，至今惟有賀方回。"亦即指此闋第一句也。方回不僅工於小詞，其慢詞之工，當時亦無能及之者。《六州歌頭》幾於一句一韻，尤令鄉曲小生，見之咋舌。"厭鶯聲到枕，花氣動簾，醉魂愁夢相半。被惜餘薰，帶驚剩眼，幾許傷春春晚。淚竹痕鮮，佩蘭香老，湘天濃暖。記小江風月佳時，屢約非煙游伴。　須信鸞弦易斷，奈雲和再鼓，曲中人遠。認羅襪無蹤，舊處弄波清淺。青翰棹艤，白蘋洲畔，盡目臨皋飛觀。不解寄、一字相思，幸有歸來雙燕。"（《望湘人·春思》）"少年俠氣，交結五都雄。肝膽洞，毛髮聳。立談中，死生同，一諾千金重。推翹勇，矜豪縱,輕蓋擁,聯飛鞚,鬥城東。轟飲酒壚,春色浮寒甕。吸海垂虹。閒呼鷹嗾犬,白羽摘雕弓,狡穴俄空,樂匆匆。　　似黃粱夢,辭丹鳳;明月共,漾孤篷。官冗從,懷倥傯,落塵籠,簿書叢。鶡弁如雲眾,供粗用,忽奇功。笳鼓動,漁陽弄,思悲翁,不請長纓,系取天驕種。劍吼西風。恨登山臨水,手寄七弦桐,目送歸鴻。"(《六州歌頭》)論者謂東山詩文皆高,不獨工於長短句。周保緒謂方回鎔景入情,故穠麗。張文潛謂方回樂府,妙絕一時,盛麗如游金張之堂,妖冶如攬嬙施之袪,幽潔如屈、宋,悲壯如蘇、李,非過譽也。

同時毛滂《東堂詞》小令頗工。"淚濕闌干花著露,愁到眉峰碧聚。此恨平分取,更無言語,空相覷。　　短雨殘雲無意緒,寂寞朝朝暮暮。今夜山深處,斷魂分付,潮回去。"(《惜分飛》)

李清照論詞嚴刻,已如前所述。清照之詞,能運用最通俗、最粗淺之語納入句中,論者謂練詞精妙則易,平淡入調者難。清照皆以尋常語入音律。如《聲聲慢》詞前面連用"尋尋覓覓,冷冷清清,悽悽慘慘戚戚"十四疊字,後面又用"梧桐更兼細雨,到黃昏點點滴滴",運用之巧,描寫之真,有不可思議者。"尋尋覓覓,冷冷清清,淒淒慘慘戚戚。乍暖還寒時候,最難將息。三杯兩盞淡酒,怎敵他、晚來風急?雁過也,正傷心,却是舊時相識。　　滿地黃花堆積。憔悴損,如今有誰堪摘?守著窗兒,獨自怎生得黑?梧桐更兼細雨,到黃昏、點點滴滴。這次第,怎一箇愁字了得。"(《聲聲慢》)此詞精到處,有他人所萬不能者,但通篇三用"怎"字,暨"守著窗兒"等句,已開元曲之漸,詞中不應有此纖佻句也。清照生當北宋之末,承端已、中正之遺緒,耳濡目染,又不外小山、淮海之間,慢詞實遜小令,又何可諱言耶?"髻子傷春慵更梳,晚風庭院落梅初,淡雲來往月疏疏。　　玉鴨熏爐閒瑞腦,朱櫻斗帳掩流蘇,通犀還解辟寒無。"(《浣溪沙》)"薄霧濃雲愁永晝,瑞腦消金獸。佳節又重陽,玉枕紗廚,半夜涼初透。　　東籬把酒黃昏後,有暗香盈袖。莫道不銷魂,簾卷西風,人比黃花瘦。"(《醉花陰·九日》)"簾卷"兩句,人故稱之,蓋易安居士生平之傑搆,當與"寵柳嬌花"、"綠肥紅瘦"並傳不朽。《醉花陰》一詞作於德甫守建康之日,時已泥馬渡江,直把杭州作汴州矣。

(以上見《藝林月刊》1931年第13期、第14期、第15期、第16期)

南宋詞人多於北宋,當爲邇事最盛時代。高宗能詞而又提倡群工,不遺餘力,見張掄詞即命以知閤門事,見康與詞即官以郎中,見俞國寶詞即予以釋褐。上有好者,下必有甚焉者矣。宗室能詞,趙鼎其最著者也。勳戚能詞,宰相能詞,若將帥能詞,辛棄疾尤能自成一家。辛棄疾與易安居士爲同鄉,少有恢復中原之志,曾上疏言百年治安大策,請創設飛虎營,爲東南半壁屏幛。軍成,爲江上諸軍之冠,屢擒殺叛將大盜,所作詞曲,多在兵間。"更能消、幾番風雨,匆匆春又歸去。惜春長怕花開早,何況落紅無數。春且住。見説道、天涯芳草無歸路。怨春不語。算祇有殷勤,畫檐蛛網,盡日惹飛絮。　長門事,準擬佳期又誤。蛾眉曾有人妒。千金縱買相如賦,脈脈此情誰訴?君莫舞,君不見、玉環飛燕皆塵土!閒愁最苦。休去倚危欄,斜陽正在、煙柳斷腸處。"(《摸魚兒》)周保緒曰:"稼軒斂雄心,抗高調,變溫婉,成悲涼"。王阮亭曰:"石勒云:'大丈夫磊磊落落,終不學曹孟德、司馬仲達狐媚。'讀稼軒詞,當作如是觀。"毛子晉曰:"詞家爭鬥穠纖,而稼軒率多撫時感事之作,磊落英姿,絕不作妮子態。"以上所本,對於稼軒之詞,可謂譽之惟恐不至。平心而論,稼軒能於剪紅刻翠之外,異軍突起,屹然別立一宗,不可謂非宋詞中一大作家,正如東坡之詞,謂之不工不可,然終不能不以詞中別派視之也。

(以上見《藝林月刊》1931年第17期)

余就詞論詞,不敢苟同,於稼軒詞決不有所指摘,特是稼軒才大,斯能出其縱橫傲岸之豪氣,一一被之於詞,信手拈來,恰到好處。吾輩升斗之才,必欲效其豪縱,則亦等諸嫛婗舉鼎而已。南宋諸家,若姜夔、吳文英、史達祖、王沂孫、周密、張炎,即戈載選詞,合之北宋周邦彥,都爲七家者也。後來浙派學堯章、叔夏而陽湖派極詆之,周保緒知夢窗矣。晚近高談北宋,力崇樂章,並片玉亦有微詞,大是怪事。石帚清空,浙派所主,又醉心唐五代者,每不耐濃重幽澀,其於石帚,輒有相當之感應,所謂主意須超,造語須自然也。宋翔鳳曰:"詞家之有姜石帚,猶詩家之有杜少陵。"張炎亦曰:"石帚詞用事,不爲所使。"而石帚自叙有"初率意爲長短句,然後協以律"之語。石帚通音律,精樂理,常作自度腔。其《白石道人歌曲》四卷,多置律吕於字旁,或且記拍,當時即負盛名,格調未嘗不高,音律自然和諧,其所長也。"簟枕邀涼,琴書换日,睡餘無力。細灑冰泉,並刀破甘碧。牆頭喚酒,誰問訊、城南詩客。岑寂。高柳晚蟬,説西風消息。虹梁水陌。魚浪吹香,紅衣半狼藉。維舟試望故國。眇天北。可惜渚邊沙外,不共美人游歷。問甚時同賦,三十六陂秋色。"(《惜紅衣》)"空城曉角,吹入垂楊陌。馬上單衣寒惻惻。看盡鵝黃嫩緑,都是江南舊相識。　　正岑寂,明朝又寒食。强携酒、小橋宅。怕梨花落盡成秋色。燕燕飛來,問春何在?唯有池塘自碧。"(《淡黄柳》)以上二詞,非石帚詞之膾炙人口者,然此等詞格律,自在《暗香》《疏影》之上。世人惟知《暗香》《疏影》,徒震其爲自度曲耳。

　　夢窗甲乙丙丁稿,存詞甚當,尹惟曉謂宋人詞中,北宋衹有清真,南宋衹有夢窗。紀昀謂其詞家之有吴文英,亦如詩家之有李商隱,此其對於夢窗,亦可謂譽之惟恐不至。張炎則對於夢窗抨擊不遺餘力,其言曰:"夢窗詞爲七寶樓臺,炫人眼目,拆碎下來,不成片段。"叔夏生於南宋之末,力主清空,過宗石帚,其於夢窗,應有過情之毁,所謂宗派所在,桀犬殆不得不爲無謂之狂吠歟。若周保緒列夢窗爲四家之一,稱其"奇思壯采,騰天潛淵,返南宋之清泚爲北宋之濃摯。此四語字字貼切,非尹氏、紀氏之室口所可比擬。夢窗善於用典,而不爲典所囿;工於用字面,而潛氣内轉,足以貫串之而不爲散漫。惟其能用潛氣,故其思奇;惟其善於用典,工於用字,故其采壯。南宋詞人,本有過纖過滑之通病,夢窗一洗其弊,歸於沉著,此固非張叔夏所能比肩。即同時行輩,若石帚徒以峭拔勝者,擬之古器,般匜簋梱之屬,終遜此大鼎豐碑之典重矣。"盤絲系腕,巧篆垂簪,玉隱紺紗睡覺。銀瓶露井,彩箑雲窗,往事少年依約。爲當時曾寫榴裙,傷心紅綃褪萼。黍夢光陰,漸老汀洲煙蒻。　　莫唱江南古調,怨抑難招,楚江沉魄。薰風燕乳,暗雨梅黄,午鏡澡蘭簾幕。念秦樓也擬人歸,應剪菖蒲自酌。但悵望、一縷新蟾,隨人天角。"(《澡蘭香·淮安重午》)"翠微路窄,醉晚風、憑誰爲整欹冠。霜飽花腴,燭消人瘦,秋光作也都難。病懷強寬。恨雁聲、偏落歌前。記年時、舊宿淒涼,暮煙秋雨野橋寒。　　妝靨鬢英爭艷,度清商一曲,暗墜金蟬。芳節多陰,蘭情稀會,晴暉稱拂吟箋。更移畫船。引佩環、邀下嬋娟。算明朝、未了重陽,紫英應耐看。"(《霜花腴·重陽前一日泛石湖》)"暮雲千萬重,寒夢家鄉遠。愁見越溪娘,鏡裏梅花面。　　醉情啼枕冰,往事分釵燕。三月灞陵橋,心剪東風亂。"(《生查子·稽山對雪有感》)"燈火雨中船,客思綿綿。離亭春草又秋煙,似與輕鷗盟未了,來去年年。　　往事一潸然,莫過西園。凌波香斷綠苔錢,燕子不知春事改,時立秋千。"(《浪淘沙》)

　　近時王鵬運謂夢窗以空靈奇幻之筆,運沉博絕麗之才,證諸以上所錄四詞,當然瞭然於心目間矣。詞也者,意內言外,精微要眇,往往片詞懸解,相餉於語言文字之外,鈍根人固難領悟,即浮躁膚淺,不耐沉思,亦未能索解俄頃也。夢窗詞派,當時惟蔣捷學之差近。有清一代,朱爲私淑弟子。若朱祖謀彊村,尤得夢窗神髓,殆如李陽冰所謂,斯翁而後,直到小生是也。

　　　　　　　　(以上見《藝林月刊》1931年第18、19、20期)

　　梅溪依附韓侂胄,人不足道,詞尚秀逸。周保緒曰:"梅溪甚有心思,而用筆多涉尖巧,非大方家教,所謂鈎勒即薄者。"又曰:"梅溪詞中好用'偷'字,足以定其品格。"持論不免過苛。但梅溪詞品,實開浙派纖巧細碎之先聲,張叔夏最稱之,尤於其詠物詞,若《東風第一枝》《雙雙燕·詠燕》之類,推崇備至。姜石帚序其詞,亦謂融情景於一家,會句意於兩得云云。姜張與史,本屬同派,其標榜也固宜,至謂梅溪可以分鑣清真,平睨方回,則真妄人也。"二月東風吹客袂。蘇小門前,楊柳如腰細。蝴蝶識人游冶地,舊曾來處花開未。　　幾夜湖山生夢寐。萍泊尋芳,祗怕春寒裏。今歲清明逢上巳,相思先到湔裙水。"(《蝶戀花》)此當爲梅溪最佳之詞,風格遒俊,而造語無纖巧痕也。其膾炙人口之《雙雙燕》,則韻律未協,適足爲不奉規律者所藉口耳。南宋韓氏當國時，禁作詩，而於詞提倡不遺餘力，梅溪會逢其適。其工詞也，蓋得爲投時利器而已。"碧山能詩工詞，琢語峭拔，有石帚意度。"此叔夏之語也。叔夏與碧山同時，碧山之死也，叔夏譜《鎖窗寒》之詞，吊之玉笥山，又有《洞仙歌》題其詞集。

周保緒曰："石帚之詞，空前絕後，非特無可比肩，抑且無從入手。而能學之者，則惟中仙。其詞運意高遠，吐韻妍合，其氣清，故無沾滯之音，其筆超，故有宕往之趣，是真石帚入室弟子也。"保緒過崇石帚，宜爲此言。平心論之，能不謂其張邪？然而碧山骨清神妍，意能尊體，其格調自在梅溪之上。"晚寒佇立，記鉛輕黛淺，初認冰魂。紺羅襯玉，猶凝茸唾香痕。淨洗妒春顏色，勝小紅、臨水湔裙。煙渡遠，應憐舊曲，換葉移根。　山中去年人到，怪月悄風輕，閒掩重門。瓊肌瘦損，那堪燕子黃昏。幾片故溪浮玉，似夜歸、深雪前村。芳夢冷，雙禽誤宿粉雲。"(《露華·碧桃》)"小窗銀燭，輕鬟半擁釵橫玉。數聲春調清真曲，拂拂珠簾，殘影亂紅撲。　垂楊學畫蛾眉綠，年年芳草迷金穀。如今休把佳期蔔。一掬春情，斜月杏花屋。"(《醉落魄》)

碧山又有題草窗詞卷，句曰："空留遺恨滿江南，相思一夜蘋花老。"爲人傳誦。草窗之於碧山，猶之碧山之於叔夏也。草窗博聞多識，詞話持論頗精確，所輯《絕妙好詞》，採擷精華，無非雅音正軌。其詞獨標清麗，幾於上企夢窗，惜筆致微弱，未能超然遐舉。至其嚼蕊吹花，自能新妙，雖碧山未之或先也。《西湖十景》《木蘭花慢》十首，自以爲絕工，其小序云："詞不難於作，而難於改；不難於工，而難於協。"其言是也。然草窗之詞，韻雜律乖者，往往而有。噫，此何說也？

"重到西泠，記芳園載酒，畫船橫笛。水曲芙蓉，渚邊鷗鷺，依依似曾相識。年華易失。斷橋幾換垂楊色。漫自惜。愁損瘦郎，霜點鬢華白。　殘蛩露草，怨蝶寒花，轉眼西風，又成陳跡。嘆如今、才消量減，尊前孤負醉吟筆。欲寄遠情秋水隔。舊游空在，憑高望極斜陽，亂山浮紫，暮雲凝碧。"(《秋霽》)(乙丑秋晚，同盟載酒爲水月游。商令初肅，霜風戒寒。撫人事之飄零，感歲華之搖落，不能不以之興懷也。酒闌日暮，憮然成章）"簾消寶篆捲宮羅，蜂蝶撲飛梭。一樣東風，鷰梁鶯院，那處春多。　曉妝日日隨香輂，多在牡丹坡。花深深處，柳蔭蔭處，一片笙歌。"（《少年游》）此等詞並無失律出韻之病，可謂有韶倩之色，繇邈之思矣。《少年游》擬梅溪者，實與梅溪相伯仲也。梅溪之尖纖，庶幾免矣。

叔夏之詞，有清一代，最所尊奉。宗姜、張者，尤不敢苟有異論。周保緒謂其"積穀作車，把纜放船，無開闊手段"。蓋叔夏之詞，清絕而已，深遠二字，終作不到。至其《詞源》一書，雖多膚淺語、門面語，震其名者，往往奉爲圭臬，真耳食已。王靜庵所訂《人間詞話》，有解頤語曰："玉田之詞，余取其詞中之一語評之曰'玉老田荒'。"靜庵非知詞者，然此一語也，"君房言語妙天下"矣。"接葉巢鶯，平波捲絮，斷橋斜日歸船。能幾番游？看花又是明年。東風且伴薔薇住，到薔薇、春已堪憐。更淒然，萬綠西泠，一抹荒煙。　當年燕子知何處？但苔深韋曲，草暗斜川。見說新愁，如今也到鷗邊。無心再續笙歌夢，掩重門、淺醉閒眠。莫開簾。怕見飛花，怕聽啼鵑。"（《高陽臺·西湖春感》）"波暖綠粼粼，燕飛來，好是蘇堤纔曉。魚沒浪痕圓，流紅去，翻笑東風難掃。荒橋斷浦，柳陰撐出扁舟小。回首池塘青欲遍，絕似夢中芳草。　和雲流出空山，甚年年淨洗，花香不了？新綠乍生時，孤村路，猶憶那回曾到。餘情渺渺，茂林觴詠如今悄。前度劉郎歸去後，溪上碧桃多少。"（《南浦·春水》）二詞皆膾炙人口，"張春水"之稱，即以《南浦》一詞得名者也。論者謂詞至宋末，久變靡靡之音，匪惟北宋風流，渡江已絕，即臨安風韻，亦已蕩然，蓋慨乎其言之。叔夏浮光掠影，夫何能辭其責耶？其他詞家，殆無能越此七家範圍者。范成大與姜夔最契，其詞派與姜夔爲近，録其《醉落魄》一首："棲烏飛絕，絳河綠霧星明滅。燒香曳簟眠清樾。花影吹笙，滿地淡黄月。好風碎竹聲如雪，昭華三弄臨風咽。鬢絲撩亂綸巾折。凉滿北窗，休共軟紅說。"

高觀國與史達祖齊名，時稱"高史"，所謂"梅溪竹屋詞，要是不經人道"語也。録其内《東風第一枝·壬戌立春日訪梅溪雨中同賦》一首："燒色回青,冰痕綻白,嬌雲先釀酥雨。縱寒不壓葭塵,應時已鞭黛土。東君入夜,怕預惱、詩邊心緒。意轉新,無奈吟魂,醉裏已題春句。　　香夢醒、幾花暗吐。綠睡起、幾絲偷舞。酒醅清惜重斟,菜甲嫩憐細縷。玉纖彩勝,願歲歲、春風相遇。要等得、明日新晴,第一待尋芳去。"

蔣捷之詞,於夢窗爲近。周保緒置之辛稼軒附録之下,殆以其有時似稼軒也。《竹山詞》中似稼軒者,如"甚矣君狂矣。想胸中,些兒塊澆不去。據我看來何所似,一似韓家五鬼。又一似,楊家風子"。又如"鬢邊白髮紛如,又何苦招賓拿客歟"。此是敗筆,隨手寫來者。其實《竹山詞》亦有婉約綺麗一派,而鍊字調音,精深諧鬯。毛晉謂其'語語纖巧,字字妍倩,有世説之麈,有六朝之喻",是知竹山能鍊字,能調音,獨於夢窗之空際轉身,無此大神力耳。然其思力沉透,亦幾幾可乎可以登夢窗之堂而入室矣。"春愁怎畫。正鶯背帶雪,酴醾花謝。細雨院深,淡月廊斜重簾掛。歸時記約燒燈夜。早拆盡、秋千紅架。縱然歸近,風光又是,翠陰初夏。　　婭姹。嚬青泫白,恨玉佩罷舞,芳塵凝榭。幾擬倩人,付與蘭香秋羅帕。知他堕策斜攏馬。在底處、垂楊樓下。無言暗擁嬌鬟,鳳釵溜也。"(《絳都春》)"絲絲楊柳絲絲雨。春在溟濛處。樓兒忒小不藏愁。幾度和雲飛去、覓歸舟。　　天憐客子鄉關遠。借與花消遣。海棠紅近緑闌干。纔捲朱簾却又、晚風寒。"(《虞美人》)兩詞足證竹山思力。但其句中"如怎畫"、"如溜也"、"如借與",所以不免纖巧之誚也。

陳允平與竹山齊名,和平溫婉,恰無健舉之筆、沉摯之思。周保緒謂書中有"館體",《日湖漁唱》殆詞中之"館閣體"也。其言未免近謔。衡仲之詞,究不得不謂之雅而正。録其《垂楊·懷古》一首:"銀屏夢覺。漸淺黄嫩緑,一聲鶯小。細雨輕塵,建章初閉東風悄。依然千樹長安道。翠雲鎖玉窗深窈。斷橋人空倚斜陽,帶舊愁多少?　　還是清明過了,任煙縷露條,碧纖青裊。恨隔天涯,幾回惆悵蘇堤曉?飛花滿地誰爲掃。甚薄倖隨波縹緲。縱啼鵑不喚春歸，人自老。"姜、張，浙派之所從出也。故朱彝尊論詞以姜氏爲正宗，張惠言由碧山入手，知蔬筍之味，而未足以饗大烹也。周氏知夢窗矣，過崇碧山，似猶習於陽湖派之緒論，庸可據爲確論哉？余草此篇，本戈載之説，就七家詞多取論列，非謂宋人佳詞僅在七家，亦非謂七家之詞可以概括兩宋。又進夢窗而抑石帚、玉田，似左右於周氏之説者。其實不然，詳論七家，取其便初學耳。宋詞浩如煙海，抉擇匪易，輓近淺識者流，且專取柳耆卿、黄山谷之詞涉猥褻者，選爲專集，美其名曰"社會化"、"平民化"。且以打倒古典派號於衆，以掩飾其儉腹。邪説縱横，王風蔓草，不亟覓捷徑，以急馳直驅者，詞學行且絶矣。

契丹文字與漢不同，能詩者亦尠，若詞之見於紀載者，僅懿德蕭皇后之《回心院》十首，體猶小令，無論列之價值也。女真立國專尚武功，自與宋通和，宋使被留者，以文化開其國。元好問《中州樂府》録三十六人，完顔璹、完顔文卿外，皆漢人也。詞人自南來者，首爲宇文虚中。《迎春樂》詞："把酒祝東風，吹取人歸去。"吳激亦以奉使被留。《人月圓》詞："江州司馬，青衫淚濕，同是天涯。"皆眷眷有故國之思，不啻庾蘭成之《哀江南》焉。若蔡松年父子，以綺麗勝。元好問詞深於用筆，精於鍊力，風流藴藉，不減周、秦，則張叔夏之説也。《遺山樂府》大令尤勝。"多情却被無情惱，今夜還如昨夜長"，雋永之旨，詎在汴京諸公之下？元人之詞，其先爲遼金所遺，其後出於有宋，薩都剌自是此中健者。趙孟頫夫婦、父子皆能詞，似仲穆待制之詞，猶具興亡骨肉之感。若張翥《蛻巖詞》，世論推爲元人之最著者，稱其有飛鴻戲海、舞鶴游天之妙。兹録其《多麗·西湖泛舟》一首："晚山青。一川雲樹冥冥。正參差、煙凝紫翠，斜陽畫出南屏。館娃歸、吳臺游鹿，銅仙去、漢苑飛螢。懷古情多，憑高望極，且將尊酒慰飄零。自湖上、愛梅仙遠，鶴夢幾時醒。空留在、六橋疏柳，孤嶼危亭。　待蘇堤、歌聲散盡，更須携妓西泠。藕花深、雨涼翡翠，菰蒲軟、風弄蜻蜓。澄碧生秋，鬧紅駐景，采菱新唱最堪聽。□一片、水天無際，漁火兩三星。多情月、爲人留照，未過前汀。"宋元人詞至蛻巖而極盛，周旋曲折，純任自然，無一語可入北曲，其才力差薄，則時限之也。

元世八十八年中，十等之分，儒分列第九，詞曲取士之法，取曲而不取詞，元曲之名，與宋詞益盛，詞敝於元，又何怪乎？

明人之詞，尤不逮元。蓋明太祖以布衣得天下，果於殺戮。江湖月落，燕啄皇孫，十族何妨？讀書種子盡矣。仁宗而後，下訖啓、禎，文風不振，程試之式，臺閣之體，經義論策，言不由中，更何暇研討及於詞哉？樂府盛而詩衰，北曲盛而詞衰，故明人小詞，其工者僅似南曲，間爲北曲，已不足觀。引、近、慢詞，率意而作。繪圖製譜、自誤誤人。自度各腔，去古彌遠，宋賢三昧，法律蕩然。第曰詞曲不分，其爲禍猶未烈也，直謂之明代無詞，寧得謂之苛論邪？

王昶《明詞綜》外，吳衡照錄憲宗以迄呂福生詞爲《明詞綜補》，佟世南錄明人詞爲《東白堂詞選》。言明詞者必首以楊慎、沈謙，此《詞律》所斥者，而其他可知矣。

升庵所輯《百琲真珠》《詞林萬選》，不可謂非詞林大觀，又作《詞品》，頗具思力。其詞好用六朝麗字，似近而實遠。錄其驪山溫泉詞："三郎年少客，風流夢，繡嶺蠹瑤環。漸嬌汗發香，海棠睡暖，笑波生媚，荔子漿寒。況此際、曲江人不見，偃月望無端。羯鼓三聲，打開蜀道，霓裳一曲，舞破潼關。　馬嵬西去路，愁來無會處，淚滿關山。空有香囊遺恨，錦襪傳觀。嘆玉笛聲沉，樓頭月下，金釵信杳，天上人間。幾度秋風渭水，落葉長安。"（《風流子》）

沈去矜列名於"西泠十子"，填詞稱最，此《柳塘詞話》所云也，其實去矜工曲。又一家能詞，張倩倩其妻也，李玉照其繼妻也，沈宜修、沈静專，其女兄弟也，沈憲英其女也，葉小紈、葉紈紈、葉小鸞其女甥也。當時可謂風氣所鍾矣。又謙曾作《詞韻》，於詞不爲無功。詞之造詣，則時代限之也。錄其《清平樂·咏帶》一首："香羅曾寄，小鳳蟠雲膩。誰識春來腰更細，剩得許多垂地。　玉鈎移孔難尋，有時撚著沉吟。蹤跡可知無定，兩頭都結同心。"

清代詞人之多，視兩宋殆尤過之。王昶《清詞綜》，訖於嘉慶初；王紹成《清詞綜二編》，訖於道光中；黃燮清《清詞綜續編》，訖於同治末；丁紹儀《清詞綜補編》，訖於清亡。所錄合三千人，可以觀其全矣。

清初人詞,多以明人爲法。曹溶曰"詞學失傳越三百年",蓋慨乎其有言之矣。溶嘗搜集遺集,求之兩宋,崇爾雅,斥淫哇,浙西填詞家,爲之一變。朱彝尊等復唱其説以左右之,曹氏實啓浙派之先。時陳其年與朱彝尊齊名。朱失之碎,陳失之粗,然較之明人,自有上下牀之別焉。劉毓盤曰:"詞之有浙派,猶文之有桐城派也。浙派至厲鶚而盛,猶桐城派之盛於姚鼐也。"乾隆間,其別於桐城派,而爲陽湖派者,惲敬倡之。同時於詞,其別於浙派,而爲常州派者,則張惠言倡之,董士錫和之也,一時翕然無異辭。張氏論詞以立意爲本,協律爲末。周濟師之,以意內言外爲説,所謂以比興出之,非一覽可盡也。先是,明人不明詞律,以意爲之,清初吳綺《選聲集》、賴以邠《填詞圖譜》,弊與明人同。萬樹病之,乃取歷代人詞,訖於元末,考其字句,別其異同,作《詞律》十二卷。

(以上見《藝林月刊》1931年至1932年第21至30期)

其後,凌廷堪《詞潔》謂宋詞非四聲可盡,鄭文焯《詞學徵微》極言四上競氣之妙,又萬氏所未見及者也。周之琦《論詞》不左右常、浙兩派。劉毓盤曰:"一字不苟,覺萬氏於律之疏也;一往而深,覺張氏於意之淺也。"而無門之見者曰文無古今,其是而已。嘉慶以來,詞學莫盛於吳,朱綬《知止堂詞》、沈傳桂《清夢庵詞》、沈曾《蘭素詞》、戈載《翠微雅詞》、吳嘉淦《儀宋堂詞》、王嘉録《嗣雅堂詞》、陳彬華《瑶碧詞》爲"吳中詞七子"。戈氏精於律,於白石旁譜多所發明,其《詞林正韻》一書尤足爲詞人籤衍之需。朱氏於宋人獨尊夢窗,其詞固四明之嗣音也。

"濃緑分橋,斷紅流浦,看春平倚危闌。玉舞珠歌,冶情不似前番。濛濛香霧垂楊濕。泛空波,艇子蕭閒。恨無聊,三兩愁鴉,嗁老荒灣。　　塵蕉一片傷春色,問畫驢誰騁,寶勒雕鞍。除都西湖,江南無此溪山。翠衫佇立銀樓角,夕怨天涯、未有人還。定宵深、夢繞蘋花,絲雨催寒。"右朱仲潔《高陽臺》詞,題爲"廢港沉春,層樓度暝。爲畫中人傷別"。"鷺浴新涼,鷗盟舊夢,泫紅搖碧。載酒尋芳,清香沁瑶席。西風未老,還自媚、歌裙游屐。凝立。斜照晚煙、對一簑漁笛。　　驚鴻瞥影。環佩珊珊,凌波素羅濕。吹簫柳外,舊曲採蓮識。可惜粉痕香露,不是故鄉秋色。問九峰螺黛,知否碧城消息?"右戈順卿皇甫墩觀荷《惜紅衣衫》詞。兩氏以詞論,朱實勝戈遠甚,朱遒上,戈庸濫;朱祖夢窗,能得其神;戈自謂源出清真,却不免中行鄉愿之誚,顧戈氏以律爲名,字字協律。此鄭叔問之言也。

　　黃燮清以曲名,而詞名不爲所掩。陳元鼎與之齊名,元鼎字寰庵,曾與龔定庵自珍訂忘年交,其於浙派,享名在譚獻之先。""放船好。正水泛新萍,煙熏細草。認那時樓閣,垂楊又青了。悄悄小院春如醉,花訊籠清曉。甚東風,簸艷吹香,作成愁報。　　重省舊池沼,記前度吟秋,俊游都老。滿地殘紅,苔徑更誰掃。湖山尚有閒鷗鷺,無事還尋到。最消魂,一曲黃鶯樹秒。"右韻珊重過長豐山館《探芳訊》詞。"素書曾託。自雙魚去後,綠波縣邈。倩燕鶯,喚醒春魂,奈夢繞絲輕,淚淹花薄。鏡夕釵晨,總未抵,而今離索。漸懨懨病裏,瘦減秋妝,懶裹靈藥。　　芳尊漫斟下若。悵星期暗數,偏遇張角。念宏郎、少小工愁,便艷冶光陰,等閒抛却。舊跡西園,已莫問、翠蕤紅萼。況悽涼、數聲杜宇,暮寒院落。"右實庵《解連環》詞和片玉韻。黃氏《倚晴樓詞》、陳氏《鴛鴦宜福館詞》,陳氏又有《說苑》《詞律補》二書,與查繼佐《古今詞譜》、舒夢蘭《白香詞譜》不同,彼疏於律,此則嚴於律也,惜六十字外,未成而死,是在徐本立《詞律拾遺》、杜文瀾《詞律補遺》之先者。

　　蔣春霖以常州人而從浙派,《水雲樓詞》二卷,譚氏復堂謂"咸同之際,天挺此才,爲傳聲家老杜",過譽也。然而張、周以後,朱、厲之餘,得此,豈易言哉。

　　　　　　　　(以上見《藝林月刊》1932年第31、32期)

"青溪流水宵烏咽,青溪楊柳無枝葉。遠客莫相思,江南春信遲。　　遲君堤上道,堤下多荒草。布穀雨聲中,野花腸斷紅。"右鹿潭《菩薩蠻》詞。"天際歸舟、悔輕與、故國梅花爲約。歸雁嚦入箜篌、沙洲共漂泊。寒未減、東風又急、問誰管、沈腰愁削。一舸青琴、乘濤載雪、聊共斟酌。　　更休怨、傷別傷春、怕垂老、心期漸非昨。彈指十年幽恨、損蕭娘眉萼。今夜冷、篷窓倦倚、爲月明、强起梳掠。怎奈銀甲秋聲、暗回清角。"右鹿潭《琵琶仙》詞，題爲"五湖之志久矣。羈累江北苦不得去。歲乙丑、偕婉君泛舟黃橋、望見煙水、益念鄉土。譜白石自度曲一章、以箜篌按之、婉君曾經喪亂、歌聲甚哀。"此鹿潭詞之膾炙人口者，以清峭勝耳。

先蔣鹿潭而得名者，杭人項廷紀字蓮生，有《憶雲詞》，宗派與《水雲》同，有"二雲"之目。

譚獻，浙人，所學固猶之乎朱、厲也。有《篋中詞》，蓋隨時甄錄所見今古詞人之作，間以己意評騭數語。其所著《復堂詞》，即復錄《篋中詞》之後。其言曰："周美成云'流潦妨車轂'，又云'衣潤費爐煙'，辛幼安云'不知筋力衰多少，祇覺新來嬾上樓'，填詞者試於此消息之。""零亂楊枝千萬縷，今日爲萍，昨日還飛絮。禪榻鬢絲春又去，東風不伴閒花住。　幾點繞簾梅子雨，潤到屛山，畫箇江潭樹。門外天涯芳草暮，眉顰深淺渾無語。"右復堂《蝶戀花》詞，題爲"水香庵餞春"。

有清一代，詞事盛矣，然而浙派自炫色采，常州獨逞才華，似是而非者，比比也。三百年來，互有消長。龔翔麟刻《浙西詞》，浙派也。張惠言十二家詞，常州派也。吳中詞七子，則大爲左右袒焉。乾隆以後，迄於同治，詞變益工，於"二雲詞"可以徵之。光緖中葉，王鵬運半塘、鄭文焯叔問、朱祖謀彊邨、況周儀夔笙力闢異說，校刊宋賢詞集至數十種，示學者以塗徑，陳義益高，規制益嚴，而詞旨亦日益顯。《庚子秋詞》《鶩音集》《彊村語業》《樵風樂府》傳誦遍海內。不二十年，而漚社、春音社，迭興於海上矣。

余曩《詞學講義》，斷代言之，最錄詞集書目，以備學者研讀之選。論詞之語，頗病簡略，此編別述所述，不甚與之同也。輓近詞事，雲興霞蔚，會當輯其人其詞，更著於篇。庚午歲不盡十日，壽鑈並識。

（以上見《藝林月刊》1932年第33、34期）

讀詞小紀

張龍炎 撰

　　載於《金聲》一九三一年第一卷第一期，共二十三則。文後落款日期爲"庚午春暮"，可知本文創作於一九三〇年。作者張龍炎（一九〇九—二〇〇九），後改名隆延，字十之、子縑，號礨翁，江蘇南京人，書法家。一九二八年進入金陵大學就讀，師從胡小石、黃侃。後獲法國南溪大學博士學位，並赴柏林、牛津、哈佛等院校深造。曾先後任職於金陵大學、南京大學、臺灣藝術專科學校等處。一九七一年起旅居美國，於聖約翰大學任教。喜古文、好書法、工詩詞，著有《西洋景》《中國書法》等。《讀詞小紀》爲張龍炎於金陵大學讀書期間的零星詞學心得。後附《清真詞校記》，共四則，探討周邦彥詞集版本與題名等問題。

　　詞，一名詩餘，如《草堂詩餘》《歷代詩餘》《詩餘圖譜》是。悔庵論詩餘曰，詩何以餘哉，"小樓昨夜"，《哀江頭》之餘也；"水殿風來"，《清平調》之餘也……況夔笙曰："唐人朝成一詩，夕付管絃，往往聲希節促，則加入和聲。凡和聲皆以實字塡之，遂成詞。詞之情文節奏，並皆有餘於詩，故曰詩餘。俗以爲詩之剩餘，非也。"

　　詞，一名"曲子詞"，如燉煌石室之《雲謠集雜曲子》是。晉宰相和凝少年好爲曲子，契丹號爲"曲子相公"。

　　《苕溪漁隱》載唐初歌詞多是五言詩或七言詩，初無長短句。《瑞鷓鴣》猶可依字而歌，若《小秦王》必須雜"虛聲"乃可歌耳。

焦里堂《易餘籥録》論文學之勝衰，各有時代，"一代有一代之所勝，舍其所勝以就其所不勝，皆寄人籬下者耳"。嚴滄浪《詩辨》："……夫豈不工？終非古人之詩也。"嚴氏詆晚唐之詩爲"聲聞辟支果"，蓋晚唐以下，詩運已頹，故詞爲宋代獨勝之文學也。

詞之勝於宋，緣乎詩之大成於唐也。詩，自風雅頌而楚騷而五言。晉宋以降，易樸爲雕，化奇作偶。齊梁文人，精研聲律。隋代五言，多有絕唱。律詩見於唐而詩至此大成。王靜安《人間詞話》謂："蓋文體通行既久，染指途多，自成習套。豪傑之士，亦難於其中自出新意。故遁作他體。"顧亭林《日知録》所謂"詩文之所以代變，有不得不變者"，蓋詩已大成，不得不變生新文學也。杜甫詩（《偶題》）"文章千古事，得失寸心知"、"前輩飛騰入，餘波綺麗爲"。所謂"前輩飛騰人"，正可以譬解新體文學之興。創格者才高調新，游刃有餘，故能風靡一世。後人局促轅下，無可見長，及錘句鍊字，即入"綺麗"之域，文體就衰，乃不得不另闢蹊徑，此詞之所以起於唐詩大成之後也。

古者先爲詞，後叶音律，得自然工整。《古今詞話》載唐莊宗得斷碑有"曾宴挑源深洞，一曲清歌舞鳳"一闋，命樂工入律歌之，名《宴桃源》，是自度曲子早者。宋姜堯章知音精律，有自度曲曰自製曲，吳文英亦有自製曲九調。

詞有譜拍俱存者，故沈梅嬌能歌周清真《意難忘》《臺城路》二曲，古者自度曲刻録譜拍（餘譜盡傳，乃不刻録），今並失傳，詞多不能按腔矣。

玉田《西子妝慢》序云：吳夢窗自製此曲……久欲述之而未能……惜舊譜零落，不能倚聲而歌也。今《白石道人歌曲》，刻本間有旁譜，然以拍亡，亦不能歌矣。

白石叙"五湖舊約，問經年底事……"《湘月》一闋曰"予度此曲，即《念奴嬌》之鬲指聲也，於雙調中吹之'鬲指'，亦謂之'過腔'……"。《念奴嬌》與《湘月》調音譜差異在調中第三韻上，句法《湘月》調作四、三、六，而《念奴嬌》調中作七、六、二句也。

詞中溶改詩句多不遑舉。如秦少游《滿庭芳》詞"寒鴉萬點，流水繞孤村"即隋煬帝詩"寒鴉千萬點，流水繞孤村"。寇萊公詩"梅子黃時雨如霧"，賀方回《青玉案》作"一川煙草，滿城飛絮，梅子黃時雨"，傳誦至今。周美成《西河·金陵懷古》一闋"夜深月過女牆來，賞心東望淮水"，直是"淮水東邊舊時月，夜深還過女牆來"二句詩。又宋子京改《千家詩》"借問酒家何處有，牧童遙指杏花村"二句爲《錦纏道》"問牧童遙指孤村，道杏花深處，那裏人家有"，益覺生動。

詞句直用詩者，如晏同叔以七律中二句"無可奈何花落去，似曾相識燕歸來"，作《浣溪沙》之過遍，較詩中一聯尤佳。賀方回《臨江仙》"巧翦合歡羅勝子"一闋末句用薛道衡詩"人歸雁落後，思發在花前"，亦不見痕邊。

詩詞句格終不相似，如"夜闌更秉燭，相對如夢寐"自是詩句，"今宵剩把銀釭照，猶恐相逢是夢中"自是詞句。"不上樓來今幾日，滿城多少柳絲黃"，宛陵詩也；"幾日不來樓上望，粉紅香白已爭妍"，易安詞也。

詞中如《楊柳枝》《生查子》《小秦王》《瑞鷓鴣》《紇那曲》等，字句排列，偶與詩類，然而"意境"、"聲調"、"運辭"，自見"詞"之風格，絕不淆於截句、律詩也。

入山宜深，深則盡林壑之美；入世宜淺，淺則保靈性之真。李後主幸而爲宮闈少主，寄情文采，處優養尊，有"花明月暗飛輕霧"、"晚妝初了明肌雪"、"金窗力困起還慵"、"櫻花落盡階前月"、"尋春須是先春早，看花莫待花枝老"一類妙品，是"入世不深"，天真未泯也。李後主又幸而爲亡國之君，身歸臣虜，寄宮人書謂"此中日夕，惟以淚洗面耳"，境窮而有"春花秋月何時了"、"多少恨"、"人生愁恨何能免"、"簾外雨潺潺"一類無上上品詞，蓋歐陽修所謂"窮而後工也"。後主遭遇顛沛，然適得失國前後之雙重時會，苟祇獲其半，不足爲大詞人，是天之遇後主者厚矣。古今帝王，惟後主之詞登峯造極，百年榮貴，易萬世詞宗，何嘗不值？東坡嗤其"揮淚對宮娥"爲全無心肝，豈必欲易爲對廟堂痛哭打滾而庶幾保其"三千里地"乎？

盛英問"君何以狀白石歌曲?"對曰:"'秋林霜月,石上流泉。'何如?"又曰:"何以狀張玉田詞?"曰:"則惟'白雲舒卷,微風天末'乎?"

詞多無題,亦猶詩之無題,強作蛇足,則不免附會失真。

詞寫縹渺之思,各具本意。張惠言《詞選》徒增解注,乃盡變若者爲思君,若者爲憂國,徒勞筆墨,無益文章,否則將盡選詞作修身寶鑒,"臣皆視君如腹心"?

詞以縹渺綿邈、哀感頑艷盡之,東坡以爲己詞合關西大漢持銅板高歌乃喜,實則柳耆卿之"曉風殘月"由妙女按紅牙歌之,亦何嘗見有遜色,蓋情之感人者,不能強定是非。

詞間亦有賦、比、興諸類。即以少游《浣溪沙》"淡煙流水畫屏幽"一語爲例,則"淡煙流水",賦也;"畫屏幽",比也。歐陽修"庭院深深",興也,"誰道閒情拋棄久",賦也。

梅堯臣曰:"傳不盡之情見於言外,狀難寫之景如在目前。"文學手段之能及此者,其惟詞乎。

庚午春暮

附:清真詞校記

余六十九歲時,避地古吳麗娃鄉,長夏讀美成詞,自爲校注者近二月。更分之爲寫懷、紀別、節序、賦物四卷,既成,遂置之。己巳春,盛英復加以點編,抄錄成册。每卷冠以小引、目錄,名之曰《清真詞注》,要余爲記以實其端。

周邦彦,字美成,號清真,浙之錢塘人也。生年卒月,史無確載,《宋史·文苑傳》及《玉照新志》記其卒於宣和七年,美成享年六十有六,據此則可知其生於嘉祐五年也,然近人王國維著《清真遺事》則謂其生於嘉祐二年,是又較《宋史·文苑傳》所載爲不同矣。

美成疏雋少檢,不爲州里所重(《文苑傳》云云)。元豐初,以太學生進《汴都賦》,神宗召爲大學正,此時美成年少才華,益肆力於詞,乃其後浮沉州縣三十餘年(《揮麈餘話》)。後復出教廬州,知溧水縣,其政敬簡(見強煥序)。迨崇寧立大晟樂府,又膺命討論古音，八十四調之聲稍傳，乃復增慢、曲、引、近，或爲三犯、四犯之曲（《詞源》）。仕至徽猷閣待制，出知順昌府，徙處州，遂卒（《處州府志》《文苑傳》云云）。然《玉照新志》更載其卒於南京鴻慶宫焉。周公身歷三朝，顯於元豐，宦游南北，歷叙諸詞，而集中《西平樂》一調，唏噓感慨，實其生平自述也。

　　周公精音律，善製曲，詞中常自喻公瑾，實頗符洽。陳藏一（《話腴》）稱邦彦以樂府獨步，學士、貴人、市儈、妓女皆知其詞爲可愛，每成一曲，名流輒依律賡唱。紹興初，都下盛咏《蘭陵王慢》一闋，西樓南瓦皆歌之。張炎詞叙中兩記名伎沈梅嬌、車秀卿能歌美成舊曲，得其音旨（見山中白雲詞《國香》《意難忘》二調叙中）。強焕又謂式燕嘉賓，歌者以公詞爲首唱。美成既卒，南宋諸詞家尤多望風模擬焉。《四庫提要》稱美成下字用韻皆有法度，且多融會唐人詩句，玉田謂其取字皆從唐之温、李詩中來，博極群書，且爲詞切情附物，風力奇高。周介存（《論詞雜著》）言美成思力獨絶千古，如顔平原書，雖未臻兩晉，而唐初之法至此大備，南渡之後，美成樂章實一時勝寄。

　　周公詞集初刊本凡三：毛晉跋其所刻《片玉詞》，謂家藏有《清真集》及《美成長短句》，皆不滿百闋，最後得宋刻《片玉集》二卷，調計百八十有奇，攷劉肅之叙陳（元龍）本謂猶獲崑山之片珍，琢其質而彰其文，因命之曰《片玉集》，是清真詞實自陳刻而易號，北海鄭叔問校本謂陳元龍始名清真詞爲《片玉集》，是知毛晉謂《片玉》爲"宋刻"之非。又《宋史·藝文志》載美成以"清真"名其集，且方千里、楊澤民、陳允平和詞，及夢窗、玉田詞叙中並稱"清真"，故當以"清真"名其集也。

——晉盧寫記

附記

　　周公詞之流行本，有《彊村叢書》本，係以陳元龍本加以校録，每闋加注宫調，印製頗佳。王（鵬運）氏四印齋本與陶氏（蘭泉）本槧印俱佳，惟陶氏本裝訂過精，值乃奇巨，而誤字不免，爲可惜耳。

毛氏（汲古閣）本載《六十一家詞》中（今上海博古齋有影印本），以明槧乃不易得，而單字歇拍，皆多誤刊，重價易之殊不值也。

　　鄭氏（大鶴）校本最精（末附《音律圖考》），新建夏氏刊行之，惟購求不易得。

　　此外，商務印書館所發行之《周姜詞》便於購置。林大椿校本則無箋注，售價俱廉。

　　周詞散見於《陽春白雪》《花庵詞選》《草堂詩餘》《西泠詞萃》《詞律》以及近人《詞選》《詞絜》等書，不欲窺其全豹者，固無需購備全集也。

醉月樓詞話

配　生　撰

　　載於一九三一年五月至七月《北平晨報・藝圃》，共十七則。作者配生，生平不詳。《醉月樓詞話》內容多爲對著名詞人詞作的摘句批評，如評晏殊《珠玉詞》中"言神仙與壽轍不佳"，評劉子翬詠桂詞體物入神，勝過夢窗，評陸放翁用白話入詞不如王道輔《玉樓春》自然雋永，又評何籀"那更天遠，山遠，水遠，人遠"句不及呂聖求"心與揚花共遠"句、李季秉"皓月隨人近遠"句和蔡伸道之"流水天涯遠"句善用遠字。詞話中還指出詞中用典，以不著痕跡爲妙，否則便爲清空之累，可謂知言。一九三〇年《成都國民日報》副刊《樂園》第五期曾轉引配生該詞話"詞句最忌似詩"、"義山詩云"、"詞中用典"三則，題名爲"詞話"。

　　馮延巳《長命女》云："春日宴，綠酒一杯歌一遍。再拜陳三願：一願郎君千歲，二願安身長健，三願如同梁上燕，歲歲長相見。"溫柔敦厚，而命辭尤雅，彭羨門以爲雖置在古樂府，可以無愧者也。《珠玉詞》十首中，四五言神仙與壽轍不佳。蓋文詞之道，唯基於性情，然後可以動人。馮公之詞，性情也，元獻則故作休詳語耳。正不知公自以爲視"畫裝曲譜金書字，樹記花名玉篆牌"爲如何也？

　　詞中用典，以不著痕跡爲妙，不然，便足爲清空之累。而用典亦自有律，後主"沈腰潘鬢消磨平"，用沈腰潘鬢律也。梅溪"白髮潘郎寬沈帶"，既云"潘郎"，又云"沈帶"，未免駁雜，斯害於律矣。

詞句最忌似詩，東坡、山谷時蹈此弊，"龍山落帽千年事，我對西風欲整冠"，"顧我已無當世望，似君須向古人求"，"上黨從來天下脊，先生原是古之儒"，"無波真古井，有節是霜筠"，皆詩也。至少游之"自在飛花輕似夢，無邊絲雨細如愁"，耆卿之"漁市孤煙裊寒碧，水村殘葉舞愁紅"，并爲七言對句，細玩之，却不是詩，此所謂當家語也？

山谷《如夢令》云："天氣把人僝僽，落絮游絲時候。茶飯可曾炊，鏡中贏得消瘦。生受，生受，更被養娘催繡。"與東坡之主人嗔小"欲向東風先絕倒，已屬君家，且更從容等待他"并以俚語入詞。以言格調，雖嫌卑下，然自有風人之旨。

義山詩云："新灘莫悟游人意，故作風檐夜雨聲。"竹垞《祝英臺近》："靜聽滴滴檐聲，驚愁擾夢，更不管庾郎心碎。"襲用此語，而哀婉過之。

咏物詞最難於神韵飄逸。白石之《暗香》《疏影》，玉田之《南浦》諸調，固已膾炙人口，傳爲絕唱。劉子翬《滿庭芳·咏桂》有"秋入微陰，涼生平遠"二語，體物入神，極"覓水影，寫陽春"之妙，借通首不稱是耳。夢窗亦有咏桂詞《古香慢》一闋，警句如"秋淡無光，殘照誰主"。雖復淒艷清雅，然是菊不是桂，此子翬所以爲勝也。

昔人稱李清照之"紅藕香殘玉簟秋"爲不食人間煙火語。吕聖求《木蘭花慢》："新愁暗生舊恨，更流螢弄月入紗衣。"神韵清逸，屏絕塵滓，固宜置之《漱玉集》中矣。

得全居士詞，黃叔旸稱其媚婉不減《花間》。予最愛其《點絳唇》一闋云："惜別傷離，此生此念無重數。故人何處，遠送春歸去。美酒一杯，誰解歌金縷？無情緒，淡煙疏雨，花落空庭暮。"末二句，盡將"無情緒"三字寫足。又《蝶戀花》調中"年少淒涼天賦與"一語亦奇。

顧貞雙和納蘭容若《金縷曲》，一時傳誦都下。其過拍云："慚愧王孫圖報薄。但千金當酒平生淚。曾不值，一杯水。"真俊語也。閒嘗讀《散花庵詞》其《酹江月》換頭云："應笑楚客才高，蘭成愁悴，遺恨傳千古。作賦吟詩空自好，不值一杯秋露。"始知顧詞從此中胎托而出。

"好一箇無聊的我。"放翁語也。皮相之士，多愛其類語體。實則是詞粗獷近俗，初非佳構。王道輔名采《玉樓春》云："秋閨思人江南遠，簾幕低垂閒不捲。玉珂聲斷曉屏空，好夢驚回還起懶。風輕衹覺香煙短，陰重不知天色晚。隔窗人語退朝歸，旋整宿妝匀唾眼。"換頭"風輕"二句，寫眼前景不著一字，真白話也。

朱希真"多謝汀南蘇小，尊前怪我青衫"是極沉痛語，視江東生贈雲英一絕，尤覺淒愴動人，而措辭全不著力。

何籀，字子初，信安人。《宴清都》末云："那更天遠，山遠，水遠，人遠。"四遠字嫌太著力。不及呂聖求"心與揚花共遠"一遠字之纏綿深微。李季秉(持正)之"皓月隨人近遠"，蔡伸道(仲)之"流水天涯遠"皆善用遠字者。

無名氏《菩薩蠻》云："牡丹帶露真珠顆，佳人折向庭前過。含笑問檀郎，花強妾貌強，　檀郎故相惱，剛道花枝好。一面發嬌咳，碎捋花打人。"唐玄宗嘗稱之。時有婦人斷夫兩足者，玄宗戲曰："此亦碎捋花打人耶?"潘元質《倦尋芳》末云："恨疏狂，待歸來、碎揉花打。"雖本是詞，而婉媚冲雅，過之奚啻倍蓰。

長短句有立意新穎，設詞都麗，別體奇句，可吟玩讚嘆而不可爲法者。蔣竹山《聲聲慢》句句皆有聲字，初亦未嫌冗雜，此非學者所可輕擬，即在竹山特一爲之耳，使重賦一調，未必若是之工。世所謂"文章本天成，妙手偶得之"，觀是彌徵其信。然竹山亦有所本。後蜀歐陽炯《清平樂》云："春來街砌，春雨如絲細。春徑滿飄紅杏帶，春燕舞隨風勢。　春幡細縷春繒，春閨一點害燈。自是春心撩亂，非關春夢無憑。"句句用春字，亦清麗可誦。然視竹山自有青藍之判。

後村詞："空有羹如潘騎省，斷無面見陶彭澤。"語極奇俊。明詩人張弼詩云："酒杯不及陶彭澤，詩法持隨陸放翁。"貌雖近似，終嫌平弱，益嘆宋賢之不可及。弼字汝弼，有《鶴城》《東海》二集。詩學劍南，故云。

長調中四字句，太半相對而組織最難，言微旨遠，詞簡意深，則草窗、日湖、竹屋、梅溪皆極工此法。如晁次庸之"當時體態,而今情緒",徐幹臣之"雁足不來,馬蹄難去"皆淺俗不堪入目。宋人猶未免此,況又其下者耶?

"楊柳岸曉風殘月"世稱絕調。良以氣清神逸,得之天助,此雖名家集中,未易數覯。張東澤《疏簾淡月》揭拍云:"疏簾淡月,照人無寐。"寫閒情幽致,入妙入神,視三變此詞,庶乎近之。

談　詞

夢　蚨撰

　　載於一九三一年《希望月刊》第八卷第八期。作者夢蚨，生平不詳。該詞話落款爲"一九三一，七，廿一"，可知創作時間。《談詞》主要辨析"詞爲詩遺"之說，探討詞的起源和發展。作者認爲，"詞祇是樂府的同類，他和五七言詩并不有相承繼的統系"。具體來說，"五七言詩是不能歌唱的"，詞則是"唐宋可歌的曲的總稱"。同時，作者提出，詞來源於"胡夷里巷之曲"，其發展可分爲胚胎期（唐初至開元、天寶之時）、形成期（開元、天寶至唐之末年）、創作期（五代至南宋滅亡）和模擬期（元初至滿清末年）四個部分。

　　六朝樂府，自經了晉、隋，而至唐中葉的一個長時期之後，他的命運便到了盛極而衰。至於五代，歌唱者皆擯棄樂府而尚"詞"；而樂府的黃金時代，遂也從此一去而不復返了。至宋則詞的流轉愈廣，上自朝庭，下至市井，無論其爲文人學士，或走卒武夫，無有不解歌者。詞的流傳，到此可謂"至矣盡矣，無以復加矣"。

　　在未說到詞的啓源和詞的發展以前，不能不先把詞爲"詩遺"的說素，辯證清楚，否則要走到"此巷不通"，因爲沈括的《夢溪筆談》說："詩之外又有和聲，則所謂曲也。古樂府皆有聲有詞，連屬書之，如曰'賀賀賀'，'何何何'之類，皆和聲也。今管弦之中，纏聲亦其遺法也。唐人乃以詞填入曲中，不復用和聲。"

　　朱熹在他的《語類》上也說："古樂府祇是詩，中間却添了許多泛聲,後來人怕失了那泛聲,逐一添箇實字,遂成長短句,今曲子便是。"

《全唐詩》第十三函第十册,在詞之題下,亦注道:"唐人樂府原用律絕等詩,繼和聲歌之,其并和聲歌作實字,長短其句以就曲拍者爲填詞。"

方成培的《香研居詞麈》也同樣的主張説:"唐人所歌多五七言絕句,必雜以散聲,然後可被之管弦,如《陽關》必至三叠而後成音,此自然之理也。後來遂譜其散聲,以字句實之,而長短句興焉。"

上面幾箇人的見解,都是以詞爲"詩遺",以爲詞是從五七言詩蛻變而成的。這種見解的主要原因,是誤以唐人所歌者,皆爲五七言詩。其實五七言詩之入樂府,乃是偶然的事,并不是必然的事。按崔令欽的《教坊記》,共録曲名三百二十五;詞録所録者計六百六十餘體。又《欽定詞譜》所録者凡八百二十六調。在這許多曲調中,據《苕溪漁隱叢話》云,在宋時"所存者祇有《瑞鷓鴣》《小秦王》二関,是七言八句詩與七言絕句詩而已"。然而統計唐宋之合於五七言與古律絕等詩的詞體,也祇有《怨回紇》《紇那》《南柯子》《三臺令》《清平調》《欸乃曲》《小秦王》《瑞鷓鴣》《柯那》《竹枝》《柳枝》《八拍蠻》諸曲,乃因了偶有寥寥幾首能合於五七言律絕詩的樣式,便武斷詞爲詩遺,未免説得太不合邏輯了。

據吾們所知的,詩歌祇有可歌的與不可歌的兩種。可歌的便是樂府,便是詞,便是曲;不可歌的便是五七言與古律絕詩。不可歌的詩歌,是出於不必有音樂素養的文人之手,祇以抒情達意爲主,并不有另外的目的;可歌的詩曲,一方面雖是有抒情達意的目的,一方面却有一種自娛或娛人的應用,有的是宗廟朝廷的大樂章,有的是文人學士家宴的新曲詞,有的是妓女階級娛樂顧客的工具。音樂有了變遷,詞曲也隨之而變遷,其啓源和發展是和音樂相附而進行的。

從文體的統系上論起來,詞祇是樂府的同類。他和五七言詩并不有相承繼的統系,也不是五七言詩的代替者。大凡由舊的五七言古詩體,一變而爲新的詞體,決不是一種蛻化,如毛蟲之化爲蝴蝶；或是一種生長，如種子之長成綠草紅花。他不是五七言詩體的借屍還魂，也不是五七言詩體的枯楊生稊，更不是五七言詩體的改頭換面，是出於五七言詩體以外的另一種來源的。成肇麐說得好："十五國風息而樂府興，樂府微而歌詞作，其始也皆非有一成之律以爲範也。抑揚抗隊之音，短修之節，連轉於不自已，以蘄適歌者之吻。而終乃上躋於雅頌，下衍爲文章之流別。詩遺名詞，蓋非其朔也。唐人之詩未能胥被管弦，而詞則無不可歌者。"王應麟的《困學紀聞》裏也有兩句話說："古樂府者，詩之旁行業；詞曲者，古樂府之末造也。"這兩箇人所見的，確能看出詞的真正來源。但王應麟"樂府之末造"一語，頗帶語病，與詞爲"詩遺"同時違背了文體生長和文體演變的原則。而他們獨到之處，是以詞祗是一種歌曲，他與六朝樂府完全同類，却和五七言詩大異其面目與性質。

　　簡括些說，五七言詩與詞的相異之點是：五七言詩是不能歌唱的，即歌唱也要另自配上譜。詞則譜與辭是具於一體的。每首詞都有譜，這些譜或是新創的，或是歷來相傳的。詞的辭語，都是依舊譜填出來的，也有些是先有了詞而另製新譜來歌唱的。所以說詞不是詩體，他祗是唐宋可歌的曲的總稱。

　　詞的内容是複雜的，因爲他的來源是頂複雜的。我們若要把他的來歷一一分別指證出來，那倒是一件頂不容易的事，祗好擇其重要者，指出以下的兩箇來源來，即《舊唐書·音樂志》說："自開元以來，歌者雜用胡夷里巷之曲。"這所謂的"胡夷里巷"之曲，便是詞的兩箇最大來源，晰論於下：

　　（一）胡夷之曲——中國的音樂，大都深受外邦異域的影響。據我們可玫而知的，自漢武帝之後，匈奴及西域的音樂，便已開始輸入中國。到了五胡亂華之時，胡夷之曲便從中國北方流行到了南方。按《舊唐書·音樂志》說："自周隋以來，管弦舞曲將數百曲，多用西涼樂，鼓舞曲多用龜茲樂，其曲度皆爲時俗所知也。"朝廷所用之管弦舞曲及鼓舞曲既皆爲胡曲，其曲度又皆爲"時俗所知"，即此可見當時胡曲流傳之普遍。玫崔令欽《教坊記》所載的三百二十五曲中，率皆望名而知原爲胡曲，或至少是受到胡曲之影響。但胡曲雖大量的爲中國教坊所採納，其初不過採納其曲譜，後乃有辭，更後乃泯滅了外來的痕跡，而成爲中國音樂之一部分。中國的樂家把來融會而貫通之，利用了胡夷的樂器，自製新譜，自編新詞，胡曲到了這箇詞的時代，他的勢力可謂籠罩一切了。

（二）里巷之曲——里巷之曲，比胡夷之曲的影響較小，何者見採於教坊，也不多見於記載。然在詞的初期，文士、學士，最初模擬之而寫詞的，却是一類的里巷之曲，而不是胡夷之曲。胡夷之曲雖是普遍於各地，而特別是以帝京爲中心，里巷之曲則散在各地，而又各有其地方之性質，所以不大能夠普遍。在最早的許多詞調中，如《竹枝詞》《楊柳枝》《浪淘沙》《憶江南》《調笑》《三台》，皆是出於里巷。又如，張志和的《漁歌子》，是依當時的漁歌之體而作，或竟爲當時的漁歌，而張志和或加以潤飾，或改作者。元結的《欸乃曲》也是仿當時的船歌而作的，由此可見里巷之曲的影響，在詞中雖不甚大，却成了初期詞人模擬的範型。

把以上歸結起來，可以看出胡夷里巷之曲流行中國而後，歌客詞人無不從風而靡，無不依仿胡夷里巷之曲寫他們的詞，這便是詞的啓源，後來乃更由此而別創新聲，另翻雅調，自己製譜，自己填詞，於是詞調日益繁多，不復限於所謂"樂府相傳"的胡夷里巷之曲。而到了所謂"豪家自製"的時期，這便是詞的發展，也就是詞的黃金時代的開端。這箇豪家自製的時期，歷時最久，直到詞已不復成爲歌場上的曲子時方才告終。

根據詞的啓源和發展的程序，而斷定詞史可分爲下列四箇時期：

（一）詞的胚胎期——約自唐初至開元、天寶之時，便是引入了胡夷里巷之曲而融冶爲己有的一箇時期。這箇時期的詞，是有曲而未必有辭，或有辭而不雅馴的。

（二）詞的形成期——約自開元、天寶以後至唐之末年，利用了胡夷里巷之曲以及皇族豪族的創製，作爲新詞。這一期是曲舊而詞則是新創的。

（三）詞的創作期——約有五代至南宋滅亡之時，此時皇族豪族創作的詞調愈多，而文人學士對於音律又日益精進，喜於進一步而自創新調，以譜其自作的新詞，不欲長久襲用舊調舊曲。這一期的曲與詞，有一部分皆爲新創的。

（四）詞的模擬期——約自元初至滿清末年。這一期歷時雖最長久，而詞人祇知墨守舊規，依腔填詞，絕無別創新調之能力，和另闢蹊徑的野心。詞的活動時代已經過去，已不復爲活人所歌了。然而他們還在依腔填詞，一點也不問這些詞填起來有什麼意思。

一九三一，七，廿一

覺園詞話

譚覺園 撰

　　載於《勵進》雜誌一九三二年第一期至第三期、第五期至第十期，共二十五則。作者譚覺園，生平不詳，疑即爲同刊作者譚同甫。除《覺園詞話》外，該作者曾於同年在《勵進》發表《岳陽樓中》《漢皋留別》等舊體詩與《我國經濟前途之烏瞰》《道德與智能》兩篇雜文，另於《高農期刊》發表曲《南呂·一剪梅·述懷》，還曾於一九四六年在《大同半月刊》發表《民族詩話》。以上三種刊物均出版於湖南長沙，作者係湘籍文士可能性較大。《覺園詞話》內容豐贍，涵蓋詞史、詞體、詞調、詞韻、詞派、平仄、作詞法等諸多方面，對陳論常發辯駁，深得詞人創作三昧。

　　詞話首言詞史，主張李白並非長短句之創造者。詞之興盛，濫觴於三百篇，沾概於樂府，發源於韓偓雜言詩、韋應物《三臺令》與劉、白之《憶江南》。而唐詩字數形式整飭，"必雜以'和聲'、'散聲'、'泛聲'，然後方可被之管絃，使音之清濁，高低等得合曲拍，於是而詞興矣"。

　　次言四聲平仄，提出"詞以調爲主，調以字音爲主"。作者認爲"詞調之音節，是否合奏，全關於宮、商、角、徵、呂五音，而五音復以平、上、去、入四聲爲主，四聲不正，則五音廢矣"，是故平仄"爲填詞度曲之指針，用字造句之骨體"。又指出"凡所謂仄韻者，盡屬入聲，切不可通上去"，要求"按譜填詞，以上去不相代爲好"，批評不辨五音四聲之填詞家"實則已失詞之本質"。

　　次言選字煉句。主張"詞字貴生動，詞句貴巧麗，絶忌參有死字板句,每調中必有警句,全部方克生動"。又以"清、輕、新、雅、靈、脆、婉、轉、留、托、澹、空、皺、韻、超、渾"爲詞之十六字要訣。

次言詞韻。提出"詞之用韻,忌雜湊、生僻、聲啞、重複",認爲用韻之難,難在音和字的相互配合,捨音就字則不工,捨字就音則不確。亦指出"作詞乃以寫性情,應隨作者性情之所適","使韻爲我所用,勿使我爲韻用",允爲中平之論。作者認爲《晚翠軒詞韻》堪稱"填詞之津梁",效用超過實際爲曲韻的《詞林要韻》《中原音韻》和《中州全韻》。

次言詞譜。批評歷代詞譜以一字之異,"必於原調之外,另立一體,妄加割裂"的作法,主張初學者應主要參考天虛我生考訂本《白香詞譜》或《填詞圖譜》,佐以萬紅友《詞律》,以備檢用。

次言詞派。提出"詞派分南北","北宋無門徑,故似易而實難,南宋有門徑,故似深而反淺",但作者並不贊同"以北爲變體,南爲鄭重",亦不贊同豪放、婉約二分法,認爲都屬於"强立本支之別"。

次言詞體。按照做法種類,將詞體分爲寫情、即景、懷古、叙事、咏物、書函、告誡、福唐、迴文、集句諸體;又按性質及作用,將詞體分爲散詞、聯章詞、成套詞和雜劇詞等,各各追溯源流,詳析要點。

最末言詞調,追溯《蝶戀花》《滿庭芳》《點絳唇》等二十九種詞調的來源,並以《念奴嬌》爲例,詳解詞調別名的由來,以《端正好》爲例,分析同詞牌名而所入宮調迥異、字數不同的情況,綴以"犯"、"近"、"偷聲"、"減字"對詞調的影響。尾則提及創作中"一調而成數體"的現象,提出"删去襯字,以京於古",無須"於所作之詞調之下,注爲第幾體藉以區別之"。

詞起自中唐，相傳李白爲長短句之創造者。考《尊前集》，載白詞十二首，內有最晚作品——如《菩薩蠻》《憶秦娥》等。然據《杜陽雜編》及《唐音癸籤》所注，《菩薩蠻》作於大中之初，樂府遍載李白歌詞，獨無《憶秦娥》等。且所收初唐盛唐歌詞，皆爲五六七言之律絕，并無長短句之詞，是則此說不確明矣。《香籢集》韓偓《金陵雜言》："風雨瀟瀟，石頭城下木蘭橈。煙月迢迢，金陵渡口去來潮。自古風流皆暗銷，才魄妖魂誰與招？來餞麗句今已矣！羅襪金蓮何寂寥！"此種雜言詩，已爲詞之開端。韋江州之《三臺令》，乃脫胎於中唐樂府之六言《三臺》，如"胡馬，胡馬，遠放燕支山下。東望西望路迷。路迷，迷路，邊草無窮日暮。"劉禹錫和白居易《憶江南》詞，依其曲拍爲句，是爲塡詞之先聲。《三臺令》《憶江南》，爲最早創體。唐之歌詞，皆爲整齊之五言、六言、七言；而必雜以"和聲"、"散聲"、"泛聲"，然後方可被之管絃，使音之清濁，高低等得合曲拍，於是而詞興矣。

　　詞者詩之餘，曲者詞之餘。"詩言志，歌永言"，則三百篇實爲濫觴。一變而爲樂府，再變而爲詩餘，寖假而爲詞餘矣。三百篇之音不傳，當爲詩餘時，雖號之爲樂府，而古樂府之音不傳。傳奇歌曲盛行於元，文士多習之。其後體例日多，內容日富，而必屬之專家，操觚之士，僅塡文辭，惟梨園歌師，習傳腔板。近則西樂浸入，詞曲翻新，而腔板之學，將失傳矣。

　　宋人《草堂詩餘》，以小令、中調、長調三者類分。舊譜據以爲例：五十八字以內爲小令，五十九至九十字爲中調，九十一字以外爲長調。唐人之長短句，皆爲小令。其小令，實出於《子夜》《懊儂》等曲，後乃有慢詞，南北宋最勝。次有雙調、套數、雜劇及明代戲曲等。

　　詞以調爲主，調以字音爲主。音之平仄，固有定律，然平僅一途，仄兼上去入。近人塡詞，不知音調，遇仄則以三聲概塡，實屬大謬。蓋上去入三聲，其音迥異。上厲而舉，去清而遠，入短而促，抑揚配用，皆有不可假借者。如《憶舊游》一收句，必用平平去入平上平是也。否則歌時，必有澀舌棘喉之弊。然間有上去入，可三聲任用者。習者當審其音，度其拍而爲之，庶不致見笑識者矣。

(以上見《勵進》1932 年第 1 期)

周挺齋著《中原音韻》，元人詞曲多本此。使作者通方，歌者協律，堪爲詞曲功臣。蓋欲作樂府，須先正言語，欲正言語，須先宗中原之音，如是而後方能字暢語俊，音調韻足。聲分平仄，字別陰陽。如東、紅之類，東爲下平，屬陰，紅爲上平，屬陽。以東、紅二字各調平仄，即可知平聲陰陽字音。此皆爲填詞度曲之指針，用字造句之骨體也。

歌唱詞曲，凡去聲當高，上聲當低，平入又當酌其高低，不可有混淆之弊。然其聲屬陰者則可，如世、再、翠等字。若屬陽者，則出口之初，宜稍平，轉腔始宜入高，平出去收，方能圓穩，否則陽去幾陰去也，如被、動、淚等字。上聲固宜低出，但遇揭字高腔板緊情急時，有所拘礙，則出口之初，宜稍高，轉腔始宜低，平出上收，方合拍奏。是以按譜填詞，以上、去不相代爲好。而入之可代平者，因長吟即肖平聲，讀則有入，唱即非入。因之詞中，常有以入作平者，曲中尤多，如張鳴善之《脫布衫》："草堂中夏日偏宜，正流金爍石天氣；素馨花一枝玉質，白蓮藕樣彎瓊臂。"上曲中是以石、白作平也。然亦有用作上去者，如鑠、一、質作上也，玉作去也。學者務宜按其譜，叶其聲而讀之，切不可任意忽略也。

詞之拗調，其用仄聲處，重在去聲，即其去聲字，不可易上、入聲。因三聲之中，上入二者，可作平，去則獨異。吾人論聲，應以一平對三仄，論歌者應以去對平上入。當用去聲之處，非去則不能激起，斷不能以平、上、入代之。如史邦卿之《瑞鶴仙》末句："又成瘦損。"又字、瘦字必係去聲方可，否則激不起矣。各家詞譜，儘以●代仄，〇代平，◎代不拘平仄，三者區別之而標於字旁，實則音韻之學，全未講求，所製詞曲，讀之尚可，唱之則必不能上口。苟欲致力詞學，必須多讀古名家作品，取同調者，綜合比較，三復誦之，口吻間自有此調音響，下字自能心手相應，而合音節矣。

詞調之音節，是否合奏，全關於宮、商、角、徵、呂五音，而五音復以平、上、去、入四聲爲主，四聲不正，則五音廢矣。宜逐一考正，務得中正，苟有舛誤，雖具繞梁，終不足取。近代填詞諸家，不惟五音莫辨，即四聲，恐亦多有不明者。或半就格律，半越規範者，而負填詞之名，實則已失詞之本質。夫格律雖機械萬分，但功候深到、渾厚有得者，開口便有格律，出字即合平仄，音節自然，無待雕琢，致汩沒性靈焉。

北宋之詞，多付箏琶，故嘽緩繁促而易流。南渡後，半歸琴簦，故滌蕩沉渺而不雜，唱《薤露》者俗樂增，歌《白雪》者雅音存。而元人之曲遂立一門，以文寫之爲詞，聲度之爲曲，於是度曲但尋其聲，填詞但求其意。總之，詞可作曲，曲決不可作詞。晁無咎謂子瞻詞，"曲子中縛不住"，則詞皆曲也。詞字貴生動，詞句貴巧麗，絕忌參有死字板句，每調中必有警句，全部方克生動，上能脫《香奩》，下不落元曲始得稱爲作手。

（以上見《勵進》1932年第2期）

清、輕、新、雅、靈、脆、婉、轉、留、托、澹、空、皺、韻、超、渾爲詞之十六字要訣。清則眉目顯；輕則圓潤而不板；新則別開生面，可免陳腐；雅能避俗；靈能通變；脆乃聲響，動人殿聞；婉乃曲折，不致粗莽；轉則筆姿生動；留則可免一瀉無餘；托則不致窮迫，泥煞本題；澹則恬漠，空則超脫；皺能免滑易之弊；韻勝神乃傳；渾厚功乃到。作詞之初，當於此十六字，詳加揣摩，逐一研究，心有所得，然後下字造句，自入妙境矣。

詞之用韻，忌雜湊、生僻、聲啞、重複。惟製曲，可於一曲中重一韻，詞則不可。即字同意異，亦在所忌。然亦有例外，間用重韻者，如白樂天之《長相思》："汴水流，泗水流，流到瓜洲古渡頭，吳山點點愁。思悠悠，恨悠悠，恨到歸時方始休。"前後起二句，係用重韻。王灼詞作"來匆匆，去匆匆"，劉克莊詞作"煙迢迢，水迢迢"，此乃定格，不可易者。又如劉克莊之《一剪梅》："束縕宵行十里強，挑得衣囊，拋了衣囊，天寒路滑馬蹄僵。元是王郎，來是王郎。酒甜耳熱說文章，驚倒鄰牆，推倒胡床！旁觀拍手笑疏狂。疏又何妨！狂又何妨！"上詞中囊、郎、妨皆爲重韻，前後闋三四兩句及六七兩句，不用重韻亦可，惟句法宜相仿佛。蔣捷詞前闋之"江上舟搖，樓上帘招"、"風又飄飄,雨又瀟瀟",後闋之"銀字筝調,心字香燒"、"紅了櫻桃,綠了芭蕉",易安詞之"纔下眉頭,又上心頭",是其例也。總之,無任作何韻語,必便使韻爲我所用,勿使我爲韻用。填詞尤宜考其譜,而押其韻,不可稍忽。今人押韻,多牽強、雕琢,因就韻而桎梏性靈,受韻支配,實做韻耳。

用韻之雜,有碍於歌。若舍音就字,則其音不能工;舍字就音,則其字不能確。如先天之不可溷於鹽、鹹或桓、歡,雖不辨閉口之異,以其一爲微中空,一爲開故也。俗多以庚青奸真文,魚虞入齊微,實爲不倫。

詞譜間有載某調之平仄韻,可通押者。則凡所謂仄韻者,盡屬入聲,切不可通上、去,因入聲之字,慢呼之即成平(前已略言)。茲將應押仄韻而用入聲者,略爲舉出:《江城子》《秦樓月》《蘭陵王》《看花回》《聲聲慢》《慶春宮》《慶佳節》《霜天曉角》《望梅花》《滿江紅》《兩同心》《丹鳳吟》《好事近》《一寸金》《浪淘沙》《雨霖鈴》《西湖月》《解連環》《暗香》《淡黃柳》《六幺令》《疏影》……然亦有必押上聲者,如魚游春水、秋宵吟、清商怨。又有必押去聲者,如《玉樓春》《菊花新》《翠樓吟》。一調中上去兼押者,亦所常見,未克枚舉。填詞者,必詳加考慮,庶不致有誤。

(以上見載於《勵進》1932年第3期)

作詞乃以寫性情,應隨作者性情之所適。一韻中有千數百字,可任意選用,以求韻之工穩。即用定後,苟有不愜意者,亦可得而別改之,豈能受一二韻之束縛也?今人作詞,好用古人原韻,或和韻,或叠韻,且間有聯句者,殊不知文有情而生,韻隨句而用,有情有句(非完成句),而後有韻,否則,是先有韻而後由韻生情造句也。如此所成之詞,决不免有削足適履之弊,生僻聲啞之虞,安能描寫性情哉?如方千里之和《片玉》,張杞之和《花間》,皆首首強叶是也。然亦有善用韻者,雖和韻猶如自作,乃爲妙協。蘇東坡和章質夫之《水龍吟·楊花》,不特獨翻新意,且用韻處,舉重若輕,遠勝原詞,并錄之如左,以資比較。

章質夫原詞

燕忙鶯懶芳殘，正堤上柳花飄墜，輕飛亂舞，點畫青林，全無才思，閒趁游絲，靜臨深院，日長門閉，傍珠簾散漫，垂垂欲下，依舊被風吹起。　蘭帳玉人睡覺，怪春衣露沾瓊綴，繡床漸滿，香球無數，方圓却碎，時見蜂兒，仰粘輕粉，魚吞池水，望章臺路杳，金鞍游蕩，有盈盈淚。

蘇東坡和詞

似花還似非花，無人惜從教墜，拋家傍路，思量却是，無情有思，縈損柔腸，困酣嬌眼，欲開還閉，夢隨風萬里，尋郎去處，又還被鶯呼起。　不恨此花飛盡，恨西園落紅難綴，曉來雨過，遺蹤何在，一池萍碎，春色三分，二分塵土，一分流水，細看來祇不是，楊花點點，是離人淚。

（蘇詞多一字，因是字爲襯，非誤也。末二句斷句，係依萬民注，與他譜有異，特此附注。）蘇固是大才，然亦偶一爲之，方能至此神妙之境，更非他人所敢望塵也。用古人韻與用自己韻（即叠韻）皆類似和韻。毋庸贅述，叠韻有一叠再叠至十餘叠者，陳其年集中最多此體，皆爲逞才自喜之表現，實則不免弄巧反拙耳。

詞韻與詩韻異而源同。詞韻者，乃以詩韻分合而成也。唐人填詞，概用詩韻，迨宋始有《菉斐軒詞韻》，今已失傳。坊間流行之《詞林要韻》，題爲菉斐軒刊行本者，係後人僞託，乃曲韻非詞韻。《中原音韻》《中州全韻》（范善溱輯），以入聲而派入平上去三聲，故亦爲曲韻，而非詞韻。現所用者，爲《晚翠軒詞韻》，其內容可謂盡善盡美矣。該書分平上去爲十四部，入爲五部，共十九部。係取《詞林正韻》及《中州》《中原》《洪武》等韻，爲之對照，雖列韻較少，而常用者，均列入無遺。且入聲另列，尤爲填詞家應守之正軌。上、去聲相併，以求便於通押，未開入聲借叶平上聲之例，而免有傳奇家方言爲叶之弊，此乃填詞之津梁，亦詞韻與曲韻之分疆也。

詞體頗繁多,對於詩之絕律而曰調。其一調,少者二三體,多者二三十體。萬紅友《詞律》者,改作訂《嘯餘譜》,乃作詞之一大證典。所搜羅詞體,達六佰六十調,一千一百八十餘。據康熙敕撰之《欽定詞譜》,則調詞少,而體更多,二佰二十六調,二千二佰六十體。要之,所有詞體,確在二千以上之譜,但暗記其平仄圖譜,大非易事,亦究有不能盡依用者。初學者,以《白香詞譜》或《填詞圖譜》,較爲適用。《白香詞譜》,尤以天虛我生之考正本爲妥善,每調之後,附有考正乃填詞法,可省學者冥行索道之苦,且選詞精美,足資模倣,一一皆爲填詞家所習用者。惟調儘百闋,九牛一毛,病其太簡,可更備《填詞圖譜》或《詞律》一部,以便檢用。

(載於《勵進》1932年第5期)

詞派分南北。北宋盛於文士,衰於樂工,南宋則反是。北主樂章,故情景但取當前,無窮高極遠之趣,善用重筆,是以能大、能拙。受地域影響,多北風雨雪之感,其妙處不在溫柔、艷褻,而在高健、幽咽。南乃文人弄筆,彼此爭名,變化易多,取材益豐,善用深筆,是以能細,能密,較北益工。然北宋無門徑,故似易而實難,南宋有門徑,故似深而反淺,因之又有豪放、婉約之分焉。北宋蘇東坡、南宋辛棄疾等爲豪放領袖。北宋晏氏父子、南宋姜白石及李後主、柳耆卿、張子野、周美成、李易安、秦少游等均爲婉約名家。世人以北爲變體,南爲正宗,究有何根據? 未免強立本支之別。況豪放婉約之分,不過就其大體而言。豪放中未嘗無婉約者,婉約中亦未嘗無豪放者,如蘇東坡《蝶戀花・春情》:"花褪殘紅青杏小,燕子飛時,綠水人家繞;枝上柳綿吹又少,天涯何處無芳草。　架上鞦韆牆外道,牆外行人,牆裏佳人笑;笑漸不聞聲漸杳,多情却被無情惱。"溫柔纏綿,艷麗動人,不免婉約。又如辛棄疾《清平樂・賀佗胄生日》:"如今塞北傳得真消息;赤地人間無一粒,更五單于爭立。　熊羆百萬堂堂,維師尚父鷹揚;看取黃金假鉞,歸來異姓真王。"棄疾作此詞時,因韓佗胄議伐金,辛示贊成,其忠義慷慨,有志中原,何非豪放之作,他如《漢宮春》"春已歸去"亦不失豪放。且除豪放、婉約二派外,如陸務觀之《放翁詞》、朱希真之《樵歌》,既不婉約,復不豪放,另立一派,又何嘗不可?

(載於《勵進》1932年第6期)

詞體類繁多,分類亦不一致。大概可別之爲寫情、即景、懷古、叙事、咏物、書函、告誡、福唐、迴文、集句諸體。前寫情、即景、懷古、叙事四者,可并用之,苟一詞之中,兼四者之妙,則爲詞之上乘矣。

詞之寫情,雖不能如詩之莊嚴,然絶不可流於荒淫靡艷之途。

即景之作,字句必高古,胸襟必闊大,萬千氣象,皆入眼底,尤以詞中有畫爲貴。

登臨懷古,或低首徘徊,或激昂慷慨,聲韻以洪亮較勝。

叙事貴簡明詳盡,有情景。

北宋以前詞家,咏物之作絶少,即間或有之,皆不過借物而遣其興,就事而言其情,毫未得咏物之旨趣。南渡後,填詞家目擊胡騎之縱橫,身丁國家之多難,而生禾黍之感,始寄託於詞中。蓋咏物而乏寄託,則失咏物之宗旨而爲詞之下乘矣。咏物最忌拘而不暢,晦而不明。作詞過於認真,必不暢;過於寫遠,必不明。須在不真不遠之境,方能恰到妙處,所謂取其神,而不取其形也。質言之:取形必失之機械,取神必得之自然,即用意而不用事也。

昔人作詩寄友,以代書束,乃所常見。詞學昌明,作者爭奇鬥艷,體裁日多,亦有以詞代束者,情致纏綿,婉而易達,起結處,儼然如一尺牘。

辛棄疾以告誡口腔作詞,開詞學中之新體,即以告誡之瑣言,填入詞譜是也。

古人逞己之才,有將全闋之韻,悉用一字者,是曰福唐體,或曰獨木橋體。此體務以句法變幻無定,押韻處自然爲勝,但不免近於纖巧之作,究非大雅所宜。

以迴文體作詞,音調平仄必可倒顛任意讀之者方可,否則無能爲力,然此亦屬險處求勝,詞人鬥巧之作。

集成句而爲詩,則易;集成句而爲詞,則難。以其詩句爭奇,而詞句參差故也。所集之句,宜咸宜巧合,不加絲毫牽强,字面亦不可複沓,非胸中富有者,何敢染指?各體之例過多,未克悉舉。

以上皆就詞體之作法種類而言也。若就其性質及作用而分,可得左表:

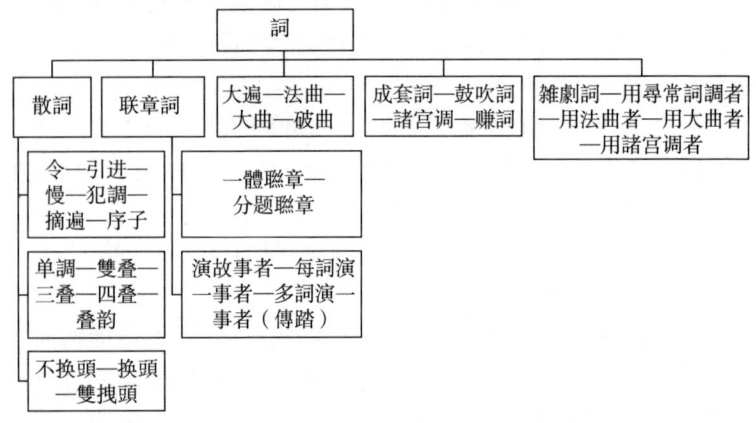

(載於《勵進》1932年第7期)

詞有調同而句讀異者,亦有句讀同而調異者,平仄亦復如是,漫無定例。苦乏書爲之考證,雖有詞律,詞譜,及詩餘圖譜等著,然彼此各有差異,句讀各有長短。其平仄多以○(平)●(仄)◐(應仄而平)◑(應平而仄)別之,更不無亥豕之混,如葉道卿《賀聖朝》之後闋起句"花開花謝,都來幾許",據萬氏《詞律》,則與前○起句同,爲"花開花謝都無語"七字句。陸務觀之《沁園春》"當日何曾輕負春","短艇湖中間采菰"兩句,其最末三字皆爲平仄平,詞律則注爲可作仄平仄,諸如此類,不一而足。苟欲識其優劣,定其從舍,非有得於音韻之學者,何能妄加判斷焉?

詞調多而難以稽考,究其源流,頗非易事,因其調名之來,多取諸昔人之名句或典故。近代之作詞者,多不解其由來。據俞少卿所云:"調名原起之說,起於楊用修及都元敬,而沈天羽掩楊論爲己說。"茲將所考,不憚繁多,述之於次:

蝶戀花——取梁元帝"翻堦蛺蝶戀花情"。

滿庭芳——取吳融"滿庭芳草易黃昏"。

點絳唇——取江淹"白雪凝瓊貌,明珠點絳唇"。
鷓鴣天——取鄭嵎"春游雞鹿塞,家在鷓鴣天"。
惜餘春——取太白賦語。
浣溪沙——取杜陵詩意。
青玉案——取《四愁詩》語。
踏莎行——取韓翃詩"踏莎行草道青溪"。
西江月——取衛萬詩"祇今惟有西江月"。
菩薩蠻——西域婦髻也。
蘇幕遮——西域婦帽也(高昌女子所戴油帽)
尉遲杯——尉遲敬德飲酒必用大杯也。
蘭陵王——每入陣必先歌其勇也。
生查子——張騫乘槎事也(查,古槎字)
瀟湘逢故人——柳渾詩句也。
滿庭芳——取柳柳州"滿庭芳草積"。
玉樓春——取白樂天詩"玉樓宴罷醉和春"。
丁香結——取古詩"丁香結恨新"。
霜葉飛——取杜詩"清霜洞庭葉,故欲別時飛"。
清都晏——取沈隱候"朝上□閶宫,夜晏清都闕"。
風流子——出劉良《文選》。
荔枝香——出《唐書》"貴妃生日命小部奏新曲,未有名,適進荔枝至,因以名"。
解語花——出《天寶遺事》明皇稱貴妃語。
解連環——出莊子"連環可解也"。
華胥引——出列子"黃帝晝寢夢游華胥之國"。
塞垣春——"塞垣"二字出自《後漢書·鮮卑傳》。
玉燭新——玉燭出《爾雅》。
多　麗——妓名。善琵琶者。
念奴嬌——唐明皇宫人念奴也。

(以上見《勵進》1932 年第 8 期)

詞調不下二千餘種,即宋人詞調,亦不下千餘。若一一推鑒,何能勝數,且生僻詞甚多,又何能一一傳會載籍。右列之調,皆爲最通常者,然其所考,未嘗盡當,胡元瑞《筆叢》駁斥用修之處頗多。總之,吾人志學於詞,略知其調之由來可也,何用自命考古爲?況調名之變更無定,取辭取意取事,三者隨人取捨,均無限制,故每一調雖屬一體,而調之名有至六七者,如東坡之《念奴嬌·赤壁懷古》:"大江東去;浪淘盡千古風流人物。故壘西邊,人道是三國周郎赤壁。亂石崩雲,驚濤裂岸,捲起千堆雪。江山如畫,一時多少豪傑! 遙想公瑾當年,小喬初嫁了,雄姿英發;羽扇綸巾,談笑間,強虜灰飛煙滅。故國神游,多情應笑我早生華髮。人生如夢!一尊還酹江月。"因全詞爲一百字,故名《百字令》或《百字謠》。復因句有"酹江月"、"大江東去"故名《酹江月》,或《大江東去》《大江西上曲》。又因地在湖北嘉魚縣東北江濱,故名《壺中天》《湘月》《淮甸春》等。考蘇東坡所游之赤壁,乃黃岡縣城外之赤壁,非嘉魚縣周瑜、劉備破曹操之赤壁也。蘇素重才氣,放意無忌,不沾沾於音律,後闋第二三句,句法皆有參差。元薩都剌,步其原韻,特句法互異,前闋第二句,作"望天低,吳楚眼中無物",後闋第二三句作"東風輦路,芳草年年發",守律而矯其誤,實屬佳作。後人以蘇詞有異,必於原調之外,另立一體,妄加割裂,殊爲多事。《圖譜》等,且以一字之故,列爲九體,使人無誰的從。似是任意臆説附會,則不如付之闕如,無使人徒資彈射可耳。苟如《圖譜》等之以一詞而列爲九體,恐詞調之起源,非墨楮簡籍所能盡載也。

(以上見《勵進》1932年第9期)

詞名有同,而所入之宮調異者,字數多少,當隨之而異。如《【雙調】水仙子》與北劇《【黃鐘宮】水仙子》異,南劇《【越調】過曲·小桃紅》與《【正宮】過曲·小桃紅》異,茲將北《【正宮】端正好》與北《【仙呂宮】端正好》各列舉一首,以資證明。

【正宮】端正好
費唐臣

道德五千言,禮樂三十卷,本待經綸就舜日堯天,祇因兩角蝸蠻戰，貶得我日近長安遠！瑤臺昨夜蛟龍戰，玉鱗甲飛滿山川，馮夷飲罷瓊林宴，醉把鮫綃剪。

【仙呂宮】端正好
無名氏

既相別，難留戀，爲昆仲捻指十年，臨行也將二弟丁寧勸，你若是居臺省掌兵權，平天下，立山川，方稱了一世男兒願！

正宮之音，雄壯惆悵；仙呂之音，綿渺清新。前者爲六十字，後者爲四十五字，二者顯然有別。

詞之體制，唐人長短句，皆爲小令，後演爲長調，中調，復有系之以"犯"、"近"。如《四犯剪梅花》，乃用《解連環》《醉蓬萊》《雪獅兒》，復用《醉蓬萊》，故名曰《四犯》。其餘尚有《八犯玉交枝》《玲瓏四犯》等乃"犯"也；《荔枝香近》《訴衷情近》乃"近"也。除此以外，又有"偷聲"、"減字"、"添字"、"合調"、"雙調"、"歌頭"等。南北劇有以"犯"、"賺"、"破"等名及字數同所入宮調之異，而名亦隨之不同者。如《木蘭花》與《玉樓春》同，以《木蘭花》歌之，即入【大石調】類是也。

詞句字數有定，然每因受此限制，多難記憶，故當多增一二字，以資聯屬，而便記憶，即所謂襯字是也。如蘇東坡和章質夫之《水龍吟》，段其原詞多一字（詞見前）之類是。後世不解其故，以爲多一字，或少一字，即另成一體，一律按腔以實之，因之以一調而成爲數體。又以其未便另行命名，乃別爲第一體，第二體，或概稱爲又一體。但代遠人多，無由考其原調，刪去襯字，以近於古，而使詞體不致雜亂。《女冠子》有一二四五體，而無三體。《歸國謠》則有第三第二，則無第一。《賀聖朝》則有一三，而無第二。想當時必以順次名之，而現傳者，次第多不相銜接，其中必有遺誤在。然後世以舊定次序，亦不敢令以次第名之。故學者當於所作之詞調之下，注爲第幾體藉以區別之，此皆不免近於迂也。

（以上見《勵進》1932年第10期）

放屁詞話

詞　客撰

　　載於一九三三年《微言》第一卷第九期、第十期。作者託名"詞客",自稱爲愛好詞學的中學生,真實身份不詳。《放屁詞話》是針對曾今可所發起"詞的解放運動"的批駁文章。一九三三年,曾今可、趙景深等人在《新時代月刊》先後發表文章討論詞的解放問題,大體上繼承新文化運動中胡適推翻詞譜曲譜束縛的論點,主張解放四聲,用白話寫詞。該運動在三十年代初引起了熱烈討論,產生了一定影響。本文作者則針對曾今可《詞的解放運動》(《新時代》一九三三年第四卷第一期)一文,提出三條批駁意見。其一,不讚同"詞一定要有譜,否則與詩無異",認爲"狹義的詩與詞的分別,絕不在有譜無譜"。其二,反對"因爲詞是有音樂關係的,所以詞必須要講平仄,但可以不講陰平陽平,不論平上去入",主張詞的唱法既已失傳,平仄四聲要麼嚴格講求,要麼全不講求。其三,部分反對"詞全用白話,或者近於白話的淺近的文言",認爲"陳死的文言固然不好,歐化的白話却也不妙","通暢的文字,就是大衆的文字"。總體上看,該詞話準確點明了"詞的解放運動"屬於"不徹底的解放",其理論有自相矛盾之處,但作者行文過於情緒化,甚而近於謾罵,對詞之特性的認識也模糊不清,降低了文章的深度。

（一）

在月刊上，看見曾今可"詞的解放運動"那一篇大作，我就想出來說一二句小孩子的話。不過我到底還有點自知之明，知道以我這樣一箇實足年齡不滿十八歲的中學生，平時既不做詞，又沒有深刻的研究過他，現在祗因愛好誦讀前人和近人的作品而來談論這"文學史上的一箇大變動"的"詞的解放"問題，的確是太不配了。雖然曾今可"希望大家起來從事這運動"，但是像我去做曾某的學生，他或許會因不肖不學而推出門外呢。何況同他來討論這"文學史上的"大問題呢？並且附和曾今可的傅某曾說"我希望柳亞子以及我的同鄉林庚白諸人，也來參加這解放的運動"，却沒說希望一箇中學生來討論。然而，"自知之明"有時也不能自知，小子魯愚，做事說話並不三思而後行，祗看清真理，就不再回首。曾今可以及他博學多聞的先生們，寬恕小孩子吧，他正迷醉於"以理論與天下相見"八箇字呢。原諒，寬恕。

我這篇詞話，祗談曾今可所主張的"三分之一五"的解放問題。

（二）

曾今可說："詞一定要有譜，否則與詩無異。"我的意思是詞就是詩，因為在中唐時代有幾位詩人不滿意於詩句的整齊劃一，乃創作長短句的詩。此後新調越做越多，因要別於舊詩，故名為詞，其實詞就是詩而已。但是為了研究上的便利起見，且退一步，把詩分為普通所謂的詩詞曲，以及其他歌謠等。"詞一定要有譜，否則與詩無異。"那麼反過來說："詩一定要有譜，否則與詞無異。"（把曲暫時拋開了，曲更是有譜）詩沒有譜嗎？假如說詩沒有譜，則作近體為什麼要有平起式或仄起式呢？為什麼每逢二四六八句要押韻呢？為什麼除掉平仄可以通用的地方而外，偶或誤平為仄，或誤仄為平，便要說是失粘呢？至於詞，是中唐詩人的創作，在最初是沒有譜的，後人因襲，依調填詞，才有所謂的譜。詞譜之多，照萬樹所著的《詞律》搜至七八百調，何字須平，何字須仄，何句須韻，何句須葉,都有註明,我不必舉例。總之,這二者在比較上是相類的:一、二者字句的多少,都有規定。二、二者在字句中的平仄,也有一定的規定。三、二者皆有一定的地方可變通平仄。四、韻皆有指定處,且指定平仄。

但是,這兒却不得不聲白一下,我所談的譜,是廣意的譜,律詩絶詩的譜,普通都稱爲格式或格調。但我的意思,以爲格式或格調就是譜。雖然這是比較上的話,但却是確實的,因爲我們如果做律詩不依律詩的格調,不是同□詞不依詞譜,一樣的不是律詩,不是詞,而是別一類的詩了。(這時又是廣意的,因爲詩最主要的要素是詩意而已。)還有,詩韻、詞韻是有分別的,限於篇幅,不多贅述。

就是依曾今可自己而論,也不一定依着正式的譜。例如元旦日某刊上曾某的《如夢令》,依詞譜是"知否,知否,應是綠肥紅瘦",最後一句是上二下四句,但曾某却填作"圍着那松柏樹",在聲調不由不在"那"字後豆一下,成了一箇三三句了。並且這句的第五箇字,應用平聲,而曾某却用"柏"字的仄聲。唉!曾某既主張"詞一定要有譜",他又何以自己不依譜呢?

總之,狹義的詩與詞的分別,决不在有譜無譜,如果這樣,更好一點的例子,就是曲和詞依曾今可看來是一樣的東西了,但是,事實呢?故所以詞有譜,詩也有譜,我們打倒詩的譜,不妨也來一箇"無譜的詞"吧。然而,新詞和新詩分別沒有了,算了吧,新詞,狗屁。

(三)

曾今可說:"因爲詞是有音樂關係的,所以(二)詞必須要講平仄,但可以不講陰平陽平,不論平上去入。"這兒有了問題了,詞有音樂關係,其他的(如狹義詩、曲等)有沒有音樂關係呢?曾某說:"文章是注意在'寫',不注重在'抄'。"好,現在不抄,在寫一隻故事吧。在從前春秋戰國,晉會諸侯於向,晉大夫范宣子不允許許戎子駒隻與會,兩下子就此大大的辯駁,駒隻終唱著《青蠅》(《詩經》上的一篇)而退。可看《左傳》。還有一只故事:在唐朝有三個大詩人:王昌齡,高適,王之渙,在吃酒的時候,看見人家招妓唱歌;結果他們三人的作品都被唱到,共四首絕句。可看《碧雞漫志》。故事講完了,問題出來了,《詩經》居然好唱,絕句又是好唱,曲更是好唱,這是不必講故事的故事吧。難道曾今可獨愛詞,給詞抱了箇音樂的情人,却不放其他來吻一下子嗎?

其次,詞是有音樂關係的,但也許會有無音樂關係的詞吧?人人知道有井水的地方,就有唱柳永的詞,但是不見得沒有人直到中國文學史上的蘇東坡這位天才者,是以詩爲詞,而爲胡聖人所說的"詩人之詞"吧。"居士詞是曲子縛不住的","東坡不能歌,故所作樂府詞多不協",這大概都是一點"世言"和"古人今人說厭了的話"吧。

其實,詞的唱法,即所謂和音樂的關係者,現在早已失傳了,善填詞的人也不知道了曾今可可能唱一二首自己做的詞呢?

詞的改革一定"要講平仄",但既如此,却又"不講陰平陽,不論平上去入",這真是陰錯陽差,錯到大西洋的馬來羣島去了。

(以上見《微言》1933年第1卷第9期)

(四)

曾今可説:"詞句完全用白話,或近於白話的淺近的文言,絕句不用古典和比較深奧陳腐的文言。"這段意見,本來沒有什麼批評。不過在相對上,我把他改造一下,就是成功這樣"我們做詩(詞是詩的一種,這不用多説),要用通暢的文字,相對的不用古典。"現在來詳述一下子,我們且不管文學的定義如何,我們總不能拋棄了把自己的情意(包括思想感情等一切),傳給他人。既要把自己的情意傳給他人,那麼一定要他人懂得,陳死的文言固然不好,歐化的白話却也不妙,我們不盲目的像胡聖人一樣,祗要白話就是好的。(看他的《詞選》就可知道。)我們要說"辭能達意"就是好的,通暢的文字,就是大衆的文字。

但,典是絕對的不可運用的嗎? 又不如此。如果典是普通的,用之又何妨呢? 例如"同室操戈",現在已經用慣了,他可以代表同袍自相殘殺的意義,這是人人知道的,那麼用他又何妨呢？故我說是相對的不用古典。

(五)

總結曾今可的"不解放"、"半解放"、"全解放"三點,我除了第三點同意加以補充外,其他就是退一步認同詞沒有解放(詞到底解放沒有,再說)。我也要給他一箇全解放。曾今可是三分之一五的解放,我却要三分之三十的解放。

其實,詞早已是解放的了。既不要曾今可三分之一五的解放,也不要三分之三十的解放。"詩",中國的"詩"字,常常使人誤會。詩的定義如何,我們不必在現在來討論,不過我們略有一點新思想,定可以知道,詩是包括詞的。詞,是狹義的詩的革命,是廣義的詩的一種,古人稱他是"詩餘",甚至說是"不知者謂詩之變,而其實詩之正也"。(《清詞綜》王昶序)實在是很明白表示這箇意義。我們與其說詞是我們中國所獨有的,反不如說中國的詩較其他各國的詩爲特別。他有許多特別的地方,這是中國文字使之然。詞和詩(指狹義的言)在比較上也許可以爲了便利起見分別開來,但决不是詞和詩在根本上有什麼絕對的不同。傅紅蓼先生的"詞根本同詩就不同"。不知其"根本"到底何在？當新詩的創作,也就是新詞的創作,這是社會上種種關係所形成的的。正如《詩經》的詩變成古體詩,古體詩變爲近體詩,近體詩變爲詞,詞又變爲曲;曲也好,詞也好,都是詩而已。故有人以爲可代新詩想一箇名字,同詞、曲一樣,做中國詩之一體,也就是這箇原故(什麽人,什麽書本或者刊物上,我都忘記了)。

曾今可說:"詞的解放運動——也可以說詞的復興運動,是要把新的生命灌進舊的——死的——詞裏去。"這工作雖不是"無聊",也不"有閒",但多少却有點"開倒車"。我們談詞的解放運動是如此,那麼不妨也來同樣一箇古體詩惡解放運動、近體詩的解放運動、曲的解放運動了,把新的生命灌進舊的死的形式裏去,再不要那不三不四的新詩了。詩的革命的功臣,胡聖人可以退位給曾聖人了。然而,做劃時代的轉變者,并不是一件容易的事呵。我們就不談新詩的詩字者包含着詞,就是爲邏輯先生所不允許吧。這是一箇質與量的問題,死去了的屍身中決沒有活的生命。

我是一箇十幾歲的中學生,難道我沒有一箇野心嗎？我不知道人有英雄觀念嗎？但是,一箇英雄是時代造成的,這時代正是英雄製造業發達的時代,無論任何哪一方面,都在轉變中,做劃時代者并不是一箇難事,羅騷、孫文、列寧……他們的成功,不過是握着這時代的輪子而已。做英雄的方法多着,何必走向這死角中來呢？難道拋棄了時代,違背着真理,會得到勝利的嗎？迷迷的黑夜已有了一絲微的光,"沒有解放的決心"(借用白焦語)的詞的革命者,可以醒矣。這是我一箇小孩子的忠告。

(以上見《微言》1933年第1卷第10期)

論詞話

謝之勃 撰

載於一九三三年《無錫國專季刊》第一期。作者謝之勃（一九一三—一九七五），餘姚陸埠人。畢業於無錫國專，歷任餘姚、寧波、舟山各地中學語文教師。在《國專月刊》發表有《漢初學術考略》《先秦兩漢鄉官考》《古執政長官考》等文。謝之勃《論詞話》分爲溯源、明體、研究三部分。論淵源，則追溯至王灼《碧雞漫志》，並指出詞話實爲"紀詞林之故實，辨詞體之流變，道詞家之短長"的一類文體。論體例，則綜合宋張炎《樂府指迷》、清徐釚《詞苑叢談》、沈雄《古今詞話》而將歷代詞話內容分爲詞源、詞詳、紀事、考訂四類，并各舉例言之。論研究，則指出詞話的發展方向應該以辨僞、搜集爲方向。此外，作者還點明，詞非爲小道附屬品，且詞話爲文苑必不可少之一體，將與詞作輔車相依，共存永光。

一、溯源

詞之興，其於唐末五代之時乎？夫詩至晚唐，風格脆薄，音節馳靡，如強弩之末矣。以文學演進之趨勢言之，則詞之代起，必然之現象也。大凡一種新文體，其殫精竭力，以求於文壇上占一角地位，其初必爲人重視，及其一經試用，確知其所長，則燦爛如日中天矣。詞亦何嘗不然。唐之末也，詞體雖具，然不過爲詩人作詩外一種試驗而已。迄五代，南唐後主，君臣提倡，格律愈謹嚴，音節愈鏗鏘,(王國維《人間詞話》曰:"詞至後主而眼光始大。")然後人始知詞之句參差疏落,勝於詩之失於板也;詞之韻轉換變化,勝於詩之固定也。於是詞浸浸然駕詩而上之。詞既風靡一時,爲士林所崇尚,則以詞爲對象之詞話,亦孳生其間,而爲士林所愛好。蓋詞話者,紀詞林之故實,辨詞體之流變,道詞家之短長者也。

《四庫全書總目提要·詩文評類叙》曰:"文章莫踐於兩漢,渾渾灝灝,文成法立,無格律之可拘。建安黃初,體裁漸備,故論文之法出焉,《典論》其首也。其勒爲一書,傳於今者,則斷自劉勰、鍾嶸。勰究文體之原流,而評其工拙;嶸第作者之甲乙,而溯厥師承,爲例各殊。至皎然《詩式》,備陳法律;孟棨《本事詩》,旁采故實;劉攽《中山詩話》、歐陽修《六一詩話》,又體兼説部,然所論著,不出此五例中矣。"此所以論詩話者也。劉、鍾之作,雖未明白標目,已具文話之兼體矣。詞話之起亦爲此。宋王灼《碧雞漫志》,詞話之先河也。灼紹興中遂寧人,其書詳叙詞牌得名之緣起、詞調之遞交等。論者謂"其正變之由,猶賴以略得梗概,亦考古家所必資也。"前此詞話,皆雜見於詩話筆記中,蓋昔人固以詞爲詩餘,且好詩者亦多好詞,論詩者亦多論詞,由是混爲一談,不可分離。其專成一書,風行於後世者,其王灼之作乎? 及陳霆撰《渚山堂詞話》,論者謂"持論多確,宋元佚篇斷句,往往而有。"則其體已不僅限於詞品矣。而詞話名目之確定,或亦自此始也。

二、明體

宋張炎《樂府指迷》分其書爲詞源、製曲、句法、字面、虛字、清空、意趣、用事、咏物、節序、賦情、離情、令曲、雜論十四篇。清徐軌《詞苑叢談》分其論爲體制、音韻、品藻、紀事、辯正、諧謔、外編七門。沈雄《古今詞話》分其書爲詞辨、詞詳、詞品三門。今綜合諸家而删削之以爲四門:曰詞源;曰詞詳;曰紀事;曰考訂。

甲、詞源 詞源者,明詞體之流變者也。夫詞昉於晚唐,盛於兩宋,格調聲律,固時隨時代而演化,故用資考驗,以識大體、則論

詞源者尚矣。（世多專書，例略）

乙、詞詳 《四庫全書總目提要》集部總叙曰："詩文評之作，著於齊梁。觀同一八病四聲也，鍾嶸以求譽不遂，巧致排譏；劉勰以知遇獨深，繼爲推闡。詞場恩怨，亙古如斯。冷齋曲附於豫章；石林隱排乎元祐。黨人餘釁，報及文章，又其已事耳。"是故評論品題，仁者見仁，智者見智，我好人惡，我惡人好，欲求一致，難也，甚或易爲所誤。然而觸引性靈，指援門徑，則亦不可因噎廢食也。

例一《曲洧舊聞》：章質夫楊花詞，命意用事，瀟灑可喜。東坡和之，若豪放不入律目，徐而視之，聲韻諧婉，反覺章詞有纖補工夫。

例二《浩然齋雅談》：周美成長短句，純用唐人詩句。如"低鬟蟬影動，私語口脂香"。此乃元、白全句。方回嘗言吾筆端驅使李商隱、溫庭筠，常奔走不暇，則亦可謂能事矣。

丙、紀事 紀事者，明作詞之背景者也。夫詞家之產物，能爲一代絕唱，而歷爲世不朽者，背景之助力多也。蓋背景淒切，則詞境因之而雄切；背景雄偉，則詞境因之而雄偉。未有身坐玉堂，而所作皆深道民間流離困乏者也。昔時禮法緊嚴，士大夫偶有失儀，則刑法立至。故昔賢每隱約其辭，以致本事蘊藏而不露，後人猜研爲苦。於是有不得不借鏡於紀事者矣。蓋本事明，則情感愈覺逼真，而詞之趣愈高。

例一：《歸潛志》：先翰林嘗談國初宇文太學叔通主文盟時，吳深州彥高，視宇文爲後進，宇文止呼爲小吳。因會飲酒間，有一婦人，宋宗室子流落。諸公感嘆，皆作樂章一闋。宇文作《念奴嬌》，有"宗室家姬，陳王幼女，曾嫁欽慈族。干戈浩蕩，事隨天地翻覆"之語。次及彥高，作《人月圓》詞曰："南朝千古傷心事，猶唱後庭花。舊時王謝堂前燕，飛向誰家。　偶然相見，仙肌勝雪，雲鬟堆鴉。江州司馬，青衫相濕，同是天涯。"宇文覽之大驚。自是，人乞詞，輒曰："當詣彥高也。"

例二：《甕牖閒評》：東坡倅錢塘日，忽劉貢父相訪，因拉與同游西湖。時二劉方在服制中。至湖心有小舟翩然至，前一婦人甚佳，見東坡自叙少年景慕高名,以在室無由得見,今已嫁爲民妻。聞公游湖,不避罪而來。善彈箏,願獻一曲,輒求一小詞,以爲終身之榮可乎？東坡不能却,援筆而成,與之。其詞云："鳳凰山下雨初晴,水風清,晚霞明。一朵芙蓉開過,尚盈盈。何處飛來雙白鷺,如有意,慕娉婷。　忽聞筵上弄哀箏,苦含情,遣誰聽。煙斂雲收,依約是湘靈。擬待曲終尋問取,人不見,數峰青。"此詞豈不更奇於《卜算子》耶？

　　丁、考訂　凡查字句及辨審異同者屬之。

　　例一：《容齋隨筆》：向巨源云；元不伐家,有魯直所書東坡《念奴嬌》,與今人歌不同者數處；如"浪淘盡"爲"浪聲沉"；"周郎赤壁"爲"孫吳赤壁"；"亂石穿空"爲"崩雲"；"驚濤拍岸"爲"擦岸"；"多情應笑我早生華髮"爲"多情應笑我生華髮"、"人生如夢"爲"如寄"。不知此本今何在也？

　　例二：《九九消夏錄》東坡《念奴嬌》詞,首句云"大江東去",後人即改名爲《大江東去》。戴復古《石屏詞》有些調以"大江西上"發端,即改名《大江西上》。詞人競爽代興,無所不可,然《大江東去》,人人知之,《大江西上》,知者罕矣。

　　例三：《潯南詩話》山谷詞云："杯行到手莫留殘,不道明月人散。"嘗疑"莫"字不妥。昨見王德卿所收東坡書此詞墨蹟,乃是"更"字也。

　　析此四端,雖未盡然,要以區分前人之作,亦無所阻礙矣。

三、研究

　　好讀詞,喜看詞話,而盡乎視簡諷誦,此賞鑒也。玩其小而失其大,非爲學之道。然則奈何？須取辯僞、搜集二途進也。能如是,則可許爲研究矣。

　　甲、辨僞　姚際桓曰："造僞書者,古今代出其人。"(《古今僞書考序》)是故吾人生於今世,讀古人書,當時時以懷疑眼光視之。《尚書》中國大經,閻若璩出而真僞定,若璩之讀《尚書》,以懷疑眼光讀之者也。故以懷疑眼光立身,而以科學的方法持之,此好古者所必需。

　　古之好事者,率多删削前人作品,而復以己意增補之。又如古代印刷術未明,故用字簡省,意或因之而晦。後世讀者,輒不盡曉,於是復穿鑿其不可通考,牽連附會而流傳也。是以古書真僞相間,歷多世而不能辨矣。

　　李後主作《破陣子》:"四十年來家國,三千里地山河。鳳閣龍樓連霄漢,玉樹瓊枝作姻蘿,幾曾識干戈。　一旦歸爲臣虜,沈腰潘鬢消磨。最是倉皇辭廟日,教坊猶奏別離歌。"蘇拭揆之情理而斥曰:"後主既爲樊若水所賣,舉國與人,故當場哭於九廟之外,謝其民而後行,乃揮淚宮娥,聽教坊離曲哉?"(《志林》)而希通錄則謂後主之詞,猶項王"力拔山兮"之歌。尤侗則曰:"東坡謂'……'然不獨後主然也。安祿山之亂,明皇將遷幸,當是時,漁陽鼙鼓驚破《霓裳》,天子下殿走矣,猶戀戀於梨園一曲,何異揮淚對宮娥乎?"疑者信者,各標己意,莫衷一是。及近人戴景素輯注李後主詞,則稱詞爲僞作。其言曰:"友人任二北與編者討論此詞,疑出自他人,非後主真作。以爲全詞絕似旁觀者,對於後主之事加以嘆息,非若後主其餘自傷淪落諸作,出語真切,千回百轉也。'鳳閣'兩句,著意粗魯,宜出措大,不似後主生長其間之識見旨趣與口吻矣。"此語出後,吾知士林將奉以爲準則矣。

　　《增修詩話總龜》引《古今詩話》曰:"江南大理卿成文幼,精爲詞曲。嘗作《謁金門》云:'風乍起,吹皺一池春水。'李璟聞之,召而謂之曰:'卿職在典刑,一池春水,干卿何事?'文幼頓首。"陸游《南唐書》則謂馮延巳有句云:"風乍起,吹皺一池春水。"中主云:"干卿底事?"對曰:"未若陛下'小樓吹徹玉笙寒'也。"此二者事實略,作者又互殊。由前者視之,一若李璟爲一不好文學而又嚴肅之君主;由後者視之,則李璟如喜笑輕慢,與臣下談笑矣。果熟真孰僞? 非考較辨析莫能明也。

　　《五總志》曰:"東坡廣玄真子詩爲《浣溪紗》曰:'西塞山邊白鳥飛,散花州外片帆微,桃花流水鳜魚肥。　自蔽一身青箬笠,相隨到處綠蓑衣,斜風細雨不須歸。'山谷云:'新婦矶頭黛眉愁,女兒浦口眼被秋,驚魚錯認月沈鉤。　青篛笠前無限事,綠蓑衣底一時休,西風吹雨轉船頭。'"而《詞律》則曰:"山谷增句作《《鷓鴣天》,增入'朝庭尚覓玄真子,何處如今更有待?"於青箬笠之上,語氣不倫,可謂蛇足。"二說互殊,又非考較辨析而莫能明也。由此觀之,則辨偽之道,亦云切要矣。

乙、搜集　夫詞話既散前人筆記及詩話中,故一不經意,易致散銷蝕,今搜集成書,亦所以救亡之道也。

搜集之功,清人成績蔚然。馬國翰之《玉函山房輯佚書》,黃奭之《漢學堂叢書》,其若者也,於詩詞則有王士禎之《五代詩話》,徐釚之《詞苑叢談》等。《叢談》綴輯纂補,其量最富,上極唐末,下詳宋人。宋元詞話之存,賴此書爲巨,洵一博大精之作也。然猶有進者,即以斷代搜集也。以時代區分,則眉目明順而搜羅亦較可詳盡。《全唐詩話》《唐詩紀事》《五代詩話》,及近人之《元詩紀事》皆其例也。

詞話重話而不重詞,故讀昔人詞話,每多有摘錄一二句以見事者,使人有未窺全貌之嘆。故吾人設從事輯集,須以原詞附後,以見全善也。

勃曩年從餘姚陳先生伯瀛游。先生既邃於史,復工詞章。間嘗命勃輯《兩宋詞話》,迻錄之餘,時有所會,蓋此文動機已早伏下矣。

今人動斥詞章爲小道,而不知學問本無所謂大道小道,但求好而已。今人動言詞爲詩餘,而不知詞與詩性質同而不相屬。詞與詩同爲吾國文學上之放異像的光芒者,又烏可以小道及附屬品而屈之?

詞存則詞話存,詞亡話亦亡,兩者如輔車之相依。此勃所敢昌言也。

草就有感,聊復書之,質之同好,以爲然否?

　　　　　　　　　　　　　　　之勃附識。

韋齋雜説

易大厂 撰

　　載於一九三三年《詞學季刊》創刊號，署名易大厂。作者易孺(一八七四——一九四一)，原名廷熹，字季馥，號大厂、韋齋、守愚、依柳詞人等，廣東鶴山人，南社社員。早年肄業於廣雅書院，爲陳澧再傳弟子。後游學日本，歸國後歷任北京高等師範學堂、暨南大學、上海音樂學院教授。精研書畫、篆刻、詞曲之學，尤以詞名當時。著有《宜雅齋詞》《大厂詞稿》《雙清池館集》《韋齋曲譜》《揚花新聲》《和玉田詞》行世。曾參與編纂《全清詞鈔》，並編校韓純玉《蘐廬詞》《北宋三家詞》。《韋齋雜説》倡導復興唱詞之法。作者提出，藉助西式五綫譜和歐西樂器，融合傳統唱風歌味與唱法，必可以唱詞。作者認爲，詞中唱詞法雖不便於合唱，但祇要填詞前詳審用字之四聲清濁，則一竹一木亦可。

　　於詞有一種偏矯固執之鄙見。不敢求知於人，尤不願强人附我。在素志編定一備具完足之詞論，未成書之先，更不欲爲鱗爪之記載。兹以本刊付印。榆生先生甚盼草一作，兼旬未報，再不容緩，扶病率書，不成片段，聊表所企而已。

　　唱詞之法亡，而填詞者愈衆，此可以謂之乘人之危，而巧取豪奪。填詞者衆，求唱詞之法者寡，是謂因陋就簡，畏難苟安。

　　作有好詞，填有好詞，大衆吟賞字句。不必管宫調配合與否，尤不必問聲韻協和與否，亦何嘗不是豪舉，不是快事？而且於所謂文學占一重要位置，依然加冕不墜。又何必自尋煩惱，搖破舟，追絕港耶。以上是許多人向我呆子不宣諸口而默示以意者也。但我現尚未能唱詞，即唱詞之法，亦未盡行搜集。雖然，不知老之將至，尚日日在繼續努力，單人努力。

　以後必可以唱詞，一、記譜法即仿五線，稍事研討，十日可了，百日可習，卒歲可成。未知其理，不習其術，鄙夷之，畏之，斯亦已矣。二、器音備而易，鋼琴、大風琴，音域亥延齊一，唱詞僅占中央稍迤左右二社區，以一指打之，所需音，即隨應而出，絕無技術之難矣。習其宮調，半載已成，籍亦咸備而當（如蕭友梅氏、王光祈氏所著）。居今日尚棄而不講唱詞之法，是謂入寶山空回。

　四聲清濁，在復音音樂之歌唱中，原無所需，如四部合唱一歌，每歌一字，已具四聲，且各呈清濁，主四聲法者，已失效用。惟唱詞爲一種獨歌性，不利合唱。且賦徒歌性，樂聲僅伴奏之職，而主調音符，亦僅詔人以某字唱某音而已。所以唱詞，否定爲一種純妙之雅音。而且并不如流行稱爲單調，故有微美之伴奏樂可，即一竹一木（如我國之笛或簫、外國之長笛）亦可。

　原於上則，故唱詞最重念清字音，使人一聆而感受辭意之美，不需要樂聲以混之，此爲唱詞要律，亦即爲作詞填詞要義。吾人能知宮呂而按尋之以製一詞，謂之自度腔。則用字之四聲清濁，自可就律支配。若填人之調，必須將所欲填之詞，按宮呂唱過，審其何字可以於清濁上通融，何字萬不能苟且，是爲最大規程，舍此不講，吾不欲與之言矣。

　我國之笛，音域太狹，不敷旋宮轉調之用。如荀勗所作，須分出十二笛。梁武亦造十二笛，均不能備各調。今若秉一外國之長笛吹以協之，則無論何調之詞，均可浹洽。此何等省事而易爲乎。

　綜上以言，今日有五線譜以記欲唱之詞音，有鋼琴風琴，一打便成欲唱之詞調，有長笛一吹便出欲唱之調聲。而譜紙及樂器，隨處可得，長笛更便於攜帶，此是最好機會，如何再能不群起而研究唱詞也。

　昔毛西河（蕭山毛奇齡）嘗自誇能唱詞（見其所著詞話"予少不

檢，曾以度曲知名"一段），而"崇禎甲寅"一段，尚有"詞雅則音諧，音諧則弦調"之語。此又鄙見之所最信仰者也。

　　用外國記譜法，及外國樂器，是爲適用而普及，並能留傳起見，若唱風歌咮與夫唱法，自有我在。或創或因，其權在我。非強人以就調，實利用其物質耳。

大厂附志。

椶窗雜記

汪兆鏞 撰

載於一九三三年《詞學季刊》第一卷第二期。作者汪兆鏞（一八六一——一九三九），字伯序，號憬吾（景吾），又號慵叟、今吾、微尚居士、微尚老人、清溪漁隱、雨屋深燈詞客，室名雨屋、椶窗、微尚齋、小十二石山齋、五百四峯草堂等，祖籍浙江山陰，生於廣東番禺，爲汪精衛長兄。光緒十五年（一八八九），中鄉試第二十八名舉人。後兩應禮部試，均不售，遂輾轉南歸，佐幕爲生。辛亥革命後，寓居澳門，閉户撰述。著作有《雨屋深燈詞》《微尚齋詩文集》《稿本晉會要》《元廣東遺民錄》等數十種，共二百餘卷。《椶窗雜記》是汪兆鏞的隨筆雜錄，原僅存稿本，其子希文在兆鏞死後爲之整理爲世德、識小、師友、談屑四卷，於一九四三年排印發行。一九三三年《詞學季刊》刊載本僅三則，主要内容爲評王闓運《湘綺樓詞選》、記所藏二葉便面之詞人詞事、記存陳東塾佚詞事。

《湘綺樓詞選》三卷，湘潭王壬秋（闓運）纂。於古人詞多所竄改。如歐陽永叔之"燕子飛來窺畫棟，玉鉤垂下簾旌。"改"窺"作"歸"，謂"垂簾矣，何得始窺"。不知垂簾燕子正不得歸，必著一"窺"字。簟紋雙枕，皆從"窺"字寫出，故妙。改作"歸"則涉呆相矣。周美成之"纖指破新橙"，謂"作指則全身不現"，改作"手"。破橙以"指"，"手"字不及"指"字嬌細。（康與之《滿庭芳》詞"玉筍破橙桔香濃"，亦言指也。蘇子瞻之"不應有恨，何事長向別時圓。"謂

"與下二有字犯"，改"有"作"惹"，不及"有恨"渾成。韓無咎之"惟有御溝聲斷，似知人嗚咽。"因復"聲"字，改"聲"作"流"。流斷二字生湊，且"流"音濁，亦未叶也。(《吹劍錄》："東坡《大江東去》詞，三江、三人、二國、二生、二故、二如、二千字，以東坡則可，他人固不可。然語意到處，他字不可代，雖重無害也。今人看人文字，未論其大體如何，先且指點重字。"此論極是。《容齋隨筆》："黃魯直手書東坡《念奴嬌》詞'浪淘盡'，爲'浪聲沉'。"《詞綜》謂："他本'浪聲沉'作'浪淘盡'，與調未協。"張宗儲《詞林紀事》："考譜'浪淘盡'三字，平仄未嘗不協，覺'浪聲沉'更沉著。"張琦《續詞選》仍作"浪淘盡"。兩存其說，以質世之知音者。)

余藏便面二葉：一爲北通州白李生觀察(讓卿)書詞，合卺之夕，鄉舉報捷。(原注：嘉慶己卯，年十八，九月初六日完姻，初七日鄉試開榜，先一夕泥金報到，中第五名，時已夜分，漏下三商矣。友人賀詞，調寄《滿庭芳》云："試駿新程，乘龍佳話，二美君快遭逢，芹香桂馥，并入雀屏中。好握江郎彩筆，玉臺畔、先畫眉峰。恰難得，定情詩就，名報榜花紅。　聯芳常棣秀，塤箎韻葉，琴瑟音同。菱花揭，鏡中人兆芙蓉。金榜洞房時夜，更高堂、晝錦增榮。門循盛，狀元宰相，先占解頭公。"季生爲小山尚書鎔之子，與兄楳臣同時入泮，亦於是日贅姻。曾文正公克復金陵，季生集杜詩："天子預開麟閣待，相公新破蔡州回。"二句作聯以賀，爲時傳頌。)一爲番禺黃蓉石刑部(玉階)爲漢軍徐鐵孫(榮)書詞賀其納姬日捷南官。(調寄《菩薩蠻》云："渡江桃葉何須揖，入門一笑郎君捷。却扇賦妝臺，泥金剛報來。　石湖能贈婢，韻事今誰比。忙殺有情儂，新詞付小紅。"鐵孫官杭嘉湖道。咸豐五年，禦賊安徽祁門陣亡。妾伍在杭聞之，投繯殉焉。舊爲潘德畲仕成之青衣也。)二者皆一時美談。

余刊陳東塾先生《憶江南館詞》時，憶及先生有"尋呼鷺道故址不得"一詞，而稿中無存。偶過冷攤，於故紙堆中，得先生手書此詞原稿，爲之狂喜。又在珠江上襟江閣，見壁懸爲鄭紀常書扇，"龍溪書院望羅溪山"詞，亦稿中未載，亟錄之而歸。翌日閣毀於火矣。當將二闋，補刊作集外詞。文字有靈，信哉。

詞林新語

靈 撰

　　載於一九三三年《詞學季刊》第一卷第三號。作者署名靈，身份不詳，或言即爲張爾田（參見《近代詞人軼事》作者介紹）。《詞林新語》係補白性質，共十八則，記錄近代詞人王國維、況蕙風、朱祖謀的等人的生平逸事，言辭頗有簡雋之趣。

　　龍陽易實甫，仕而不達，漸簡右江道，途出海上，臨桂況蕙風見之，欣然道故，挾之肘腋曰："吾抱道在躬。"歸安朱彊村，詞流宗師，方其選三百首宋詞時，輒携鈔帙，過蕙風簃寒夜啜粥，相與探論。維時風雪甫定，清氣盈宇，曼誦之聲，直充閭巷。

　　臨桂王右遐於蕙風爲前輩，同直薇垣，研討詞事。右遐每有所作，輒就蕙風訂拍，蕙風謹嚴，屢作爲之屢改，半塘或不耐，於稿尾大書"奉旨不改了"。

　　海寧王靜安，樸學大師，間作小詞，亦循蘇、辛一流，不肯昵昵作兒女子語。時客海上，梅子畹華方有《香南雅集》，一時名流，題詠藻繪，蕙風强靜安填詞，靜安亦首肯，賦《清平樂》一章，題永觀堂書。

　　梅畹華演劇，一時無兩，嘗搬演彩樓配於上海之天蟾舞臺。彊村、蕙風，連袂入座，時姜妙香飾薛平貴，襟褸得彩球。彊村忽口占云："恨不將身變叫花。"蕙風應曰："天蟾咫尺隔天涯。"轉瞬成《浣溪沙》一解，曰："不足爲世人知之。"

　　仁和邵伯褧，儀容整適，垂頤廣頰，或曰："此天官相。"

（以上見《詞學季刊》1933年第1卷第3號第80頁）

淳安邵次公嘗有所眷娉婷，殘年風雨，戎馬載途，乃自析津隨至京師，次公欣然以造象屬朋輩徵題咏，曰《采芳圖》，不逾年，娉婷他適，次公遂屏不復言。

傅彩雲以絕色負盛名，某名士嬺之，嘗與蕙風同過酩酊，蕙風亦欣賞。迨其官浙東，彩雲少不繼，蕙風爲作小箋，詞意婉委，其人爲致二百金慰之。

歸安朱彊村暇輒行博，蕙風爲賦詞《竹馬子》，以紀其事。或勸之曰："久坐傷骨，久視傷脾。"彊村曰："不坐傷心。"

南海譚瑑青久客京師，精治庖膳。客有北行者，以不得就一餐爲恨。

蕙風有芙蓉癖，濡染彊村，微燈雙枕，抵掌劇談，往往中夜。

安吉吳昌碩於書畫篆刻負盛名，所居邇彊村、蕙風，輒就夜談。忽一日，吳姬宵遁，昌碩爲之不歡。彊村曰："老人乃一往情深。"蕙風曰："姬人一往，此老情深。"

半塘字妾曰抱賢，蕙風就訊其義，唯唯曰："余以賢自況而已。"

伶女潘雪艷父事蕙風，迨蕙風歿，哭泣致賻，發引日，衣大布，隨靈輀以行，途人側目。

（《詞學季刊》1933年第1卷第3號第126頁）

嘉興沈子培居上海，十年不涉歌場。自畹華來滬，遂往觀劇，並作《臨江仙》一解，時人以爲難能。

南海康長素傲岸自大，或於稠座請赴梨園，應曰："余豈不畏人剺殺者耶。"

鐵嶺文叔問之喪，康長素往哭之哀，即寢其書舍，午夜檢叔問遺籍，丹鉛幾遍，彌爲泫然，因輂之海上。叔問有姬字南柔，後叔問十五年卒，無以爲葬。彊村、蕙風約客釀資薶之虎邱，題冷紅閣故姬南柔之墓，過者每爲掩涕。

南陵徐積餘富藏書，尤好詞籍，當選閨秀百家付剞人，裒然成集。或以元詩選故事告之曰："行見裙釵羅列下拜。"

或問彊村翁："晚歲何以少作詞。"翁噱然曰："理屈詞窮。"

（《詞學季刊》1933年第1卷第3號第156頁）

聽鵑榭詞話

武酉山 撰

　　分別載於一九三四年《文藝春秋》第一卷第八期和一九三五年《待旦》創刊號，前者十六則，後者十四則，共計三十則。前者有長序一篇，落款爲"民國二十有二年，歲次癸酉九月十七日雨夜，泗州武酉山書於九江同文中學之望湖樓"，後者小序落款爲"一九三四年聖誕節酉山識"，可推知創作時間。作者武酉山，曾師從黃侃、石凌漢，後爲南京師範大學教授。著有《論宋代七家詞》等。《聽鵑榭詞話》主要輯録近代名家及師輩詞人逸事，尤多引用婺源石凌漢論詞之言。

　　況夔笙氏《蕙風詞話》，解詩餘爲詩之贏語，顧爲識者訾病。予意爲詩餘二字，當做三百篇之緒餘解，若認作漢魏唐宋詩之餘，則誤矣。
　　張心齋《幽夢影》云："所謂美人者，以花爲貌，以鳥爲聲，以月爲神，以柳爲態，以玉爲骨，以冰雪爲膚，以秋水爲姿，以詩詞爲心，吾無間然矣。"美人以詩詞爲心，實未經人道語。
　　客有問填詞之清詣者，余曰："當以佳山水爲詩餘，以好風月爲詞候，以奇花爲詞體，以蒼松爲詞骨，以幽石爲詞眼，以美人爲詞心，斯得之矣。"客曰："詞心奚必力美人爲？"余曰："正貴其靈犀暗通處。"
　　余數年來，於校課之暇，頗留心於長短句，客裏孤棲，聊以自娱。而於清人詩集，常節衣縮食購置案頭，展卷吟哦，如對古人。

一日，訪石戩素先生談詞，先生語余曰："知君年來於清代詞甚努力，然爲學之道，須知由博返約，治詞亦然。治清詞後，必返治宋詞，宋代名家如林，結果必專研柳詞，蓋耆卿爲宋詞之矩矱也。由柳詞再往前追求，則惟有《楚騷》《詩經》二書而已。因二書爲千古詞章之祖，此治詞由博返約之道也。"

白石詞序用字精練，下句超麗，蓋學漢魏人短文，然語率單行，不以駢儷勝。清詞家學之者，惟鄭文焯得其仿佛。近人治散文，多有取徑於白石詞序，從無人敢非之者，獨周止庵略致不滿，謂"白石小序甚可觀，苦與複詞，若序其緣起，不犯詞境，斯爲兩美"。試觀美詞，果不出周氏所言，可謂獨具隻眼矣。

詞有用古人陳句而見佳者。如李清照《念奴嬌》中"清露長流，將桐初引"，係取《世說新語》卷四《賞譽》篇王恭條句。蘇東坡《赤壁懷古》《念奴嬌》中"亂石穿空，驚濤拍岸"，係取諸葛武侯《黃陵廟記》句。又夏景《賀新郎》中"手弄生綃白團扇，扇手一時似玉"，係取《世說新語》卷五《容止》篇"王夷甫容貌整麗，妙於談玄，恒捉白玉柄麈尾，與手都無分別"句意。南唐後主《憶舊》《憶江南》中"車如流水馬如龍"，係取《後漢書·馬后紀》"前過濯龍門上，見外家問起居者，車如流水，馬如游龍"，而祇去一"游"字。周美成金陵《西河》中"山圍故國繞清江，髻鬟對起，怒濤寂寞打孤城"，又云"夜深月過女牆來，賞心東望淮水"，係取劉禹錫《金陵懷古》詩"山圍故國周遭在，潮打空城寂寞回。淮水東邊舊時月，夜深還過女牆來"而全用之。以上諸家，皆不啻若自其口出。蓋古人意到筆隨，忘形古今，非有意竊竊陳篇也。

張玉田云："美成詞採唐詩融化如自己者，乃其所長。"劉潛夫云："美成頗偷古句。"陳質齋云："美成詞多用唐人詩語，隱括入律，渾然天成。"由諸家評美成語觀止，則知美成甚熟於唐詩矣。葉夢得《石林居士建康集·賀鑄傳》，謂鑄常自言"吾筆端驅使李商隱、溫庭筠，常奔命不暇。"張叔夏《詞源》云："賀方回、吳夢窗皆善於煉字面，多於溫庭筠、李長吉詩中來。"王銍《默記》云："賀方回遍讀唐人遺集，取其意以爲詩詞。"則賀方回亦多襲用唐詩矣。吾謂宋代詞家，無不留心於唐詩者，豈獨周、賀二家爲哉。

項蓮生自序其詞集云："不爲無益之事，何以遣有涯之生？"斯語危苦！譚復堂猶然少之，謂其"知二五而不知一十"，是未處其境耳，蓮生豈得已哉？

石戔素老人云："戈載《宋七家詞選》，實有眼光，惟七家次序，排列未至當。設若七家會宴，自當讓周美成坐首席，姜堯章第二，王聖與第三，吴君特第四，史梅溪第五，周公瑾第六，張叔夏第七。若柳屯田自外來，周美成須匆忙退席，揖屯田上座，因周詞曾自柳脫胎而出者也。"

陳伯弢《褒碧齋詞話》云："屯田詞在小說中如《金瓶梅》，清真詞如《紅樓夢》。"余謂《金瓶梅》未免淫晦，柳詞村俚處似之；《紅樓夢》善於寫衆女子情態，雖好色而不淫，怨悱而不亂，周詞雅正芊綿處似之。

《彈指詞》中，余最愛"有名從他薄，無才倚佛憐"二句，真千古傷心人語。昔曾印之於信箋，見者有謂斯語太苦，不知實達人之言也。

有云："《宋詞三百首》，非朱彊邨手選，乃趙尊岳輩假名爲之也。"

千古英雄名士，未有不好色者，詞人自難例外。朱竹垞《曝書亭集》有風懷二百韻，爲其幼姨馮壽嫦女士所作也。壽嫦字静志，故竹垞詞名《静志居琴趣》。後壽嫦卒爲竹垞死，朱爲詩悼之，悲傷不可爲懷，所謂"楔先爲檀斨，李果代桃僵"是也。

王半塘有腐鼻病，渾身多黑毛，性喜狹邪游，有時囊空金盡，以衣物質之長生庫中，無悔也。

況夔笙昔嘗得一玉章，鐫有李香君小名，況氏喜不自勝，嘗告友人云："香君時於夢中姍姍來臨，晤談極歡。"不謂此老愛美人之至於斯也。

王半塘給諫在清末爲詞壇先進，名家如朱古微，曾向之請益，餘如況周頤、宋蕓子、劉伯崇輩，皆從之游。朱氏自序其詞云："予素不解倚聲，歲丙申重至京師，半塘翁時舉詞社，强邀同作，翁喜獎借後進，於予則繩檢不少貸，微叩之，則曰，君於兩宋塗徑固未深涉，亦幸不睹明以後詞耳，貽予四印齋所刻詞十許家，復約校夢窗四稿，時時語以源流正變之故，旁皇求索，爲之且三寒暑。則又曰，可以視今人詞矣。示以梁汾、珂雪、樊榭、稚圭、憶雲、鹿潭諸作。會庚子之變，依翁以居者彌歲，相對呫呫，倚茲事度日，意似稍稍有所領受。"朱氏後來成就，既專且深，然終未能掩王也。

(以上見《文藝春秋》1934年第1卷第8期)

余昔負笈金陵大學時，問詞學於婺源石戩素老人，黃季剛師亦多所誨導。課餘鉛槧不去手，治之數年，間亦有所論列，乃集稿題名曰《聽鵑謝詞話》，且謀付梓。適漢生同學，爲諸生索稿，聊錄出數褚付之。一九三四年聖誕節酉山識。

余來九江年餘，僅填詞數首，非關江郎才盡，實緣嵇生疏獺：且離羣獨逝，居恒悢悢。朋輩寥落，師門久違，強歌無歡，於茲益信。今夏，同窗徐君漢生來潯，稍慰屏處，徐君精研小學，不涉余之藩籬，予亦絕口不與之言倚聲家事，然徐君未嘗不重予之詞也。憶客歲徐君教學南京匯文女學。余方舌耕於金陵中學，兩校相隔僅一路，過從甚勤。徐君率諸生游西湖，歸後，囑予填西湖一詞紀其事。

序云："徐君士復教學匯文女子中學，春假內，率一九三三級畢業生游杭州，歸而繩西湖之美。余別西子蓋七載矣，鶯花無總，韶光漸老，既羨徐君與諸同學之勝賞，且自感也。"詞云："春景麗，撩人幾許游意。相將結伴向西湖，無邊興味。遠岑孕翠浪搖青，輕舟如箭同戲。斷橋柳絲窣地。阮墩嫩碧萋蔚。年年好景鬥芳菲，韶華暗逝。忍看北國羽書馳，鶯花應也垂淚。　軟風掠鬢壞塔倚。念湖山，千古如繪。武穆小青誰記。嘆英風艷質，同埋荒卉。杜宇啼煙愁無已。"

朱古微氏臨終前，賦《鷓鴣天》云："忠孝何曾盡一分，年來姜被減奇溫，跟中犀角非耶是？身後牛衣怨亦思。　滄露事，水雲身，枉擬心力作詞人。可哀最是人間世，不結他身未了因。"自道身世，一字一淚，可謂詞史已。

況夔笙氏爲晚清詞學矩手，與朱彊村先生相頡頏。況氏詞實從唐詩醞釀而出。一日，取沈炳震所纂之《唐詩金粉》示石戩素先生曰："此吾之篋中鴻寶，惟我與君知之，慎勿輕告他人！"余五年前負笈於金陵大學，同室東海人李鵬年有是書，曾假用數月，後李君離京，該書壁還。悵悵若有所失。購之三年未得。今年春，在五馬街一舊書店，以銀一元購之，如重會故人，朱點一遍，藏之篋笥，實不啻爲一部全唐詩之縮影焉。

　　余前論詞爲詩餘，乃三百篇聲樂之餘，非漢魏六朝唐宋之所謂詩也。偶閱劉師培《論文雜記》所言，頗與余合。劉氏云："吾觀詩篇三百，按其音律，多與後世長短句相符。如《召南・殷其雷》篇云：'殷其雷，在南山之陽。'此三五言調也。《小雅・魚麗》篇云：'魚麗於罶，鱨鯊。'此二四言調也。《齊風・還》篇云：'遭我乎峱之間兮，并驅從兩肩兮'。此六七言調也。《召南・江有汜》篇云：'不我以，不我以。'此叠句韻也。《豳風・東山》篇曰：'我來自東，零雨其濛。鸛鳴於垤，婦嘆於室'。此換韻詞也。《召南・行露》篇曰：'厭浥行露，'其第二章曰：'誰謂雀無角。'此換頭詞也。大抵煩促相宣，短長互用，於後世倚聲之法，已啓其先。足證詞曲之源，實爲古詩之別派。"觀劉氏此論，足徵詞之源，乃直繼三百篇之遺，後人動言漢賦、唐詩、宋詞、元曲，皆爲一朝代表之文體，遂謂詞之形成，源自唐代之詩，而宋代名家之詞，又喜涵化唐人詩句，益有所藉口，致斯道爲之不尊，亦習焉未之深考耳。

　　劉師培論文體，喜附會《漢書・藝文志》所言，儒、道、陰陽、法、名、墨、縱橫、雜、農、小說等十家，謂唐宋名家詩文，皆源出十家。又謂欲參考詩賦之流別，必溯源於縱橫家，固自有見地。至將宋人之詞，亦强比合某家某家，則未免好奇之過矣。如云："宋人之詞，各自成家。少游之詞，寄慨身世，一往情深，而怨誹不亂，悄乎得小雅之遺。向子諲《酒邊詞》，劉克莊《後村詞》，眷戀舊君，傷時念亂，例以古詩，亦子建、少陵之亞，此儒家之詞也。劍南之詞，屏除纖艷，清真絕俗，通悄沉鬱，而出以平淡之詞，例以古詩，間符康樂，此名家之詞也。東坡之詞，慢當以慷，間鄰豪放；龍洲之詞，感憤淋漓，眷懷君國；稼軒之詞，才思橫溢，悲壯蒼涼。例以古詩，遠法太冲,近師太白,此縱橫家之詞也。"酉山案:《漢志》云;"諸子十家,其可觀者,九家而已。皆起於王道既微,諸侯力政,時君世主,好惡殊方;是以九家之術,蜂出并作,各引一端,崇其所善,以此馳説,取合諸侯。"是十家之派別,乃起自春秋戰國王道衰微之際,係一時風會使然,與後世文士,吟咏篇章,留連風月者,自不相涉。若作詞者在拈管之前,必欲適合於某家,寧非苦事? 今之作白話詩者,吾不知其意中,果思牽合於某家乎?

古人作詞,多即調言事。觀《花間集》中所載:如《楊柳枝》之咏柳,《河瀆神》之咏神詞,《荷葉杯》之咏荷,《女冠子》之咏道悄,《定西番》之咏邊塞,《漁父》之咏漁人,《巫山一段雲》之咏巫峽;皆緣詞成咏,不別製題。至宋代作者,率多於調下標題,以明所咏之事物,如"閨情"、"秋怨"等字。觀《花庵絶妙詞選》所選宋人詞,幾無一首無題者。北宋人詞,立題者尚寡;歐公、大晏集中,祇一二首有題,尚疑爲校者所加;至小山詞中,竟無一首有題者。其餘名家,標題也不過一二字,至數十字耳。至南宋姜白石,而詞題遂繁:《徵招》之題,竟多至四百二十五字,其餘一二百字之題甚夥。論者名之曰詞前小序。此亦文學由簡趨繁之一證也。白石詞序,後多有仿之者,至清代益靡已。

劉師培《論文雜記》謂,"五代之時已有詞題"。不知唐人已肇其端矣。竇弘餘、康駢二氏之《廣謫仙怨》,詞前云云,即題也。調雲廣者,西增飾劉長田《謫仙怨》原詞之意。竇氏一序,爲千載詞題之祖,長至二百六十三字,亦姜白石長序之所本也。

桐城張氏敦复,勳業文章,彪炳一代,所蓄《聰訓齋語》一書,教子弟讀書修身,治家處世,皆有至理。曾文正公雅好此書,嘗囑子弟勤加閲覽。惟氏一生最厭棄詩餘,書中有云:"幼年當攻舉業,以爲立身之根本,詩且不必作,或可偶一爲之;至詩餘則斷不可作。余生平未嘗爲此,亦不多看,蘇辛尚有豪氣,余則靡靡,焉可近也。"此老未免道學氣太深,閲至此,令人意冷。

史達祖《雙雙燕》云:"還相雕梁藻井,又軟語商量不定。"囊讀此詞,未悉藻井二字作何解。偶閲鄭叔問《絶妙好詞》校録,始悟鄭云：「按表異錄，綺井亦名藻井，又名斗八，今俗曰天花板。」可知治詞，亦須博識矣。

今詞書多有誤字，蓋因校者疏忽，遂沿誤莫正。如張玉田《渡江雲》詞云：「幾處閒田，隔水動春鋤。」黃季剛師謂「春」爲「舂」之誤。「舂鋤」即鷺鷥，引黃山谷詩「水遠山長雙用玉，身閒心苦一舂鋤」爲證。余案《廣韻》云：「䴏鋤烏白鷺也。爾雅作舂鋤。」是「舂鋤」去烏旁，係便寫字也。

余一日訪歿素丈，謂近在滬濱購《碎金詞譜》一部，價百餘金。閱至辛稼軒《祝英臺近》詞：「怕上層樓，十日九風雨。」「怕」字刻爲「陌」，疑有誤，以刀剜去，改爲「怕」。少頃見字旁笛譜注爲入聲，則當爲「陌」無疑。復以剜去之字，粘舊處。可見丈於一字之正訛，亦煞費苦心矣。

偶閱《四部叢刊》景明刻《草堂詩餘》，秦少游《滿庭芳》詞首句，「晚免雲開」，案「免」，近本作色。晚免雲開，即雲散月出之意：若作色，則景太虛矣。

民國廿年五月十日，《申報》載葉恭綽在暨南大學演講，謂清代詞人，以江蘇、浙江爲盛。江蘇多至二千零九人；浙江一千三百四十八人；皖、粵、贛、湘等省次之，甘肅、蒙古最少，各三人；察哈爾、綏遠、熱河、吉林、黑龍江、新疆竟無一詞人。共得四千八百五十人。有籍者四千二百三十三人。餘尚有漏列，約可達六千人。順治朝承明末餘風，得一百八十八人，道光時，達四百四十四人，殆爲常州詞派盛行後之影響。葉氏必有所據而云然。咸同之亂，東南各省，書册多毀於兵火，若欲搜集全代之詞，自難完整；且詞索爲學者所鄙爲小道，故傳世者，更難比詩文之久遠矣。

有清一代，各種學術，悉臻絕境。即倚聲一道，亦突過前朝。國初之際，碩學如吳梅村、毛西河、朱竹垞、陳其年、陳子龍輩，雅稱作手。即神韻派詩人王漁洋，少年時，亦樂此不倦。後遂專致力於詩，絕口不言詞。一時文士，亦多捨此而之他。詞風爲之浸衰。名流轉移學風之巨如此！觀顧貞觀與陳栩園書可知也。書云：「漁洋之數載廣陵，實爲斯道總持，二三同學，功亦難抿，最後吾友容若，其門地才華,直越晏小山而上之,欲盡招海內詞人,畢出其奇,遠方駸駸,漸有應者;而天奪之年,未幾輒風流雲散。漁洋復位高望重,絕口不談,於是向之言詞者,悉去而言詩古文辭。回視《花間》《草堂》,頓如雕蟲之見恥於壯夫矣。雖云盛極必衰,風會使然;然亦頗怪習俗移人,涼燠之態,浸淫而入於風雅,爲可太息。"不滿漁洋之意,真痛乎言之。自納蘭逝後,顧氏孤學冥行,茲事不廢,此《彈指詞》之所以卓然不朽也。

(以上見《待旦》1935年創刊號)

孑樓詞話

林庚白 撰

載於一九三三年七月六日至十一月二十四日《晨報》。作者林庚白(一八九七—一九四一),原名學衡,字浚南,號衆難、愚公,晚以庚白行,福建閩侯人,南社社員。民國初年任衆議院、非常國會秘書長、交通部參事、國民政府特殊時期任外交部顧問、立法委員。抗戰時期在香港被日軍殺害。著有《麗白樓自選詩》《孑樓隨筆》《庚白詩詞集》等。後人輯録有《麗白樓遺集》九十七萬字。《孑樓詞話》原名《孑樓詩詞話》,以詩話爲主,共九四則,本編選録其中十九則與詞論相關的内容。該詞話用新語言寫新意境,於平凡中見大技巧。一方面,作者主張立意求新,屢屢批評近代詞人之食古不化、剽竊古人,如云"古人詩詞中之意境,已不足以應今世之用,必更求其深刻。剽竊古意已是次乘,若但辭句貌似古人者,斯其下焉矣"。另一方面,又倡導作詞應意深句重,下筆求平易通俗,"凡詩詞,意欲其深,句欲其重,而遣辭用字不忌其也。蓋深而重者,必能深入而淺出","能用極平凡、通俗之語出之,而辭意深刻,有自然之美者,爲上上乘"。兩者括而言之,即爲"詩詞中用字造句,不畏其平凡,而病在意境之狹,技巧之疏"。此外,該詞話多論及清代至晚近詞人如張之洞、林㦿楨、楊蕊淵等,有存人存詞之效。

古人於人名、地名,以迄事、物,苟其爲前代所無者,往往舉其實以入詩詞。晚近儈夫，不解此意，如是而猶靦顏自儕於詩人、詞客之列，雖欲不謂之不通，豈可得哉？試以隅反。如陸放翁之"公卿有黨排宗澤，帷幄無人用岳飛"，宗澤、岳飛，皆當時人名。劉後村之"檀水歸來邊奏少，熙河捷後戰功無"，檀水、熙河，皆當時地名。又後村詩"可憐白髮宗留守，力請鑾輿幸舊京"，留守，亦當時官名。此在今人，倘或以部長、主席、委員等入詩者，且譁然以爲打油矣。今人之食古不化若此。

詩詞中用字造句，不畏其平凡，而病在意境之狹，技巧之疏。余屢告朋儕以字句無所謂雅、俗，僅有生、熟之分，善爲詩詞者，生而熟之，則雖俗而亦雅……此耽吟者所不可不知，於詞亦莫不然，後將更舉例以實之。

同、光以來詩人詞客，間亦不乏卓絶者，顧什七失之膠柱刻鵠。彼將求古人之殘骸於墟墓中，而不顧其遠於現實之生活，抑亦非善學古人者。此與語體詩人，強以歐、美之意境與句調入詩，其弊將毋同？蓋一則己身雖同化於質勝之社會，其於今之文物典章，履之而不欲言之，強今之社會爲封建社會；又其一則未嘗深察今之社會性，以爲是已歐美化矣，此其強今之社會爲資本社會，亦膚淺之徒而已。夫以矛盾相持之今社會，新舊事物與意境雜然并陳，蓋取之左右逢其源。古人僅有一事物，一意境，今之事物與意境倍之。古人所有，今固無疑；而古人所無，乃造物所以厚我，將以助我之詩詞張目者。如是而猶局促於一隅，謬矣。

詩以能用極平凡、通俗之語出之，而辭意深刻，有自然之美者，爲上上乘。此惟求之大家爲能。若名家則務言風骨，言神韻，言工力。其謀篇琢句之中，於此數者極其勝。不知彼大家之作，蓋不待雕鏤，已臻於此數者之絶詣矣。此於詞曲，亦莫不然。略舉梅村之五律、容若之短調爲例。梅村詩："消息憑誰問，羈愁祇自哀。逾時游子信，到日老人開。久病吾猶在，長途汝卻回。白頭驚起問，新喜出涼來。"狀封建社會間父子之愛，離亂之情，何等逼肖，何等渾成，何等真摯！此較工部之"有弟皆分散，無家問死生"及"遙憐小兒女，未解憶長安"，幾突過之矣。容若詞："心灰盡，有髮未全僧。

風雨銷磨生死別,夜來相對衹孤檠。情在不能醒。"其佳處又較後主之"流水落花春去也,天上人間",更爲有力。"情在不能醒"五字,頗似爲近代沉溺於愛河者作寫照。味在弦外,彌足珍誦。

柳亞子著有《磨劍室詞》,未刊行問世。雋語時出,如《醜奴兒令》云:"飄淪莫向天涯問,道是閒愁。不是閒愁,一往情深不自由。何人慰我傷讒意,待數從頭。忍數從頭,往事零星記得不?"《蝶戀花》云:"小別無端愁寂寞,一日三秋,況是三旬約。雨橫風淒樓一角,惱人衹怨天公惡。　因甚心情容易錯?見也尋常,去便思量著。香冷重衾驚夢覺,半床繡被渾閒却。"此闋中"見也尋常,去便思量著",看似平淡,含意雋永,未經人道過。又題《李後主詞》之《虞美人》一闋云:"南朝自古多亡國。汝亦何須說。傷心鏟襪下香階,此恨綿綿,流不斷秦淮。　不容卧榻卿酣睡,喝澈塚山破。燕雲十六盡干休,至竟趙家天子有人不。"勇於滅同種而怯於排異族,蓋并狹隘之民族意識已久,不復爲中國士大夫階級所尚矣。亞子此詞,殆爲拯救此沒落之民族而深有慨歟?

(更正:十五日我的《詩詞話》中,鈔了《磨劍室詞》數首。經亞子先生來信,屬爲更正如下:《蝶戀花》中"雨橫風淒樓一角",敬謹更正爲"風雨淒清樓一角"。又"香冷重衾驚夢覺",敬謹更正爲"睡鴨香銷寒夢覺"。一九三三年七月十七日。)

精衛所刊《雙照樓詩詞稿》,亦時有佳構……又《八聲甘州》詞有句云:"輕颸微颭枝頭露,似桃波靧面欲生寒。"《念奴嬌》詞有句云:"暮靄初收,月華新浴,風定波微翦。　然携手,雲帆與意俱遠。"一則以娟秀擅,一則以淡遠勝。

歲壬戌、癸亥之交,廖仲愷數出入於粵軍,蓋策之以討陳烱明也。有《安海感賦》之《蝶戀花》一闋云:"五里長橋橫斷浦,送盡離人,又送征人去。剩對山花憐少婦,向來椎髻圍如故。　黯黯斜陽原上暮,罌粟淒迷,道是黃金縷。彩勝紅旗招展處,幾人涕淚傷禾黍。"其於農村婦女之力作,民間之遍種鴉片,與武人之挾鴉片以收功,慨乎其言之,可資爲後之史料。詞亦佳。

張樊圃爲遜清咸、同間詞客之一,有《新薈詞》行世。偶於友人黄蔭亭處見其晚年所作數闋，皆集中未載者。錄《唐多令》《山花子》各一首。《唐多令》云："花片落空尊，春寒鎮掩門。擁單衾幾箇黄昏。明月青溪煙柳暗，空愁煞，渡江人。　紈扇篋猶存，薰壚香復温。渺天涯，如夢如雲。流水三生萍再世，銷不得，是春魂。"《山花子》云："火冷錫稀杏欲殘，梨花如雪壓東欄。一角新愁無著處，寄眉山。　天上鵾雞驚夜午，簾前鸚鵡説春寒。剪燭爲君裁白紵，稱心難。"風致皆不惡。清代中於樊榭差近，而"流水三生"句則頗沉著，似後主之《浪淘沙》矣。

　　凡詩詞，意欲其深，句欲其重，而遣辭用字不忌其平易通俗也。蓋深而重者，必能深入而淺出。擅此者，便是大家。看似平易通俗，實非僅平易通俗而已。中國往昔之思想界，囿於社會制度，故古人詩詞中之意境，已不足以應今世之用，必更求其深刻。剽竊古意已是次乘，若但辭句貌似古人者，斯其下焉矣。同、光以來詩人、詞客，可與語此者，詩人則前有江弢叔，而後有諸貞壯。詞客雖夥，什七以清真、夢窗爲宗匠，罔或直排二主之閫，得此中三昧者，似猶未覯。貞壯詩在朋儕中，端推第一，以較老輩，則其才力又遠勝弢叔、伯子。天下後世，自有定評，豈吾之阿私所好哉？

　　梁溪楊蕊淵，爲遜清詞人楊蓉裳之女公子。嘉道間頗蜚聲詞苑，所著《琴清閣詞》多才語，而世無刻本。余於章衣萍案頭，見其購自市肆之鈔本，雖未可以方駕《漱玉》，要較《芙蓉山館集》，似已跨灶矣。錄《高陽臺》云："乍試生衣，猶欹單枕，曉窗幽薾初殘。香篆縈青，重扉静掩雙。嬌癡鸚鵡玲瓏語，唤雲英，移近闌干。捲疏簾，翠雨如煙，一片迷漫。　瘦人天氣添憔悴，任脂零粉膩，明鏡慵看。燕子來遲，小樓空貯春寒。閒愁祇在垂楊裏，被東風，吹上眉端。憑妝臺，細字蠻眠，寫遍冰紈。"《南歌子》云："勻淚欹珊枕，尋詩拂錦箋。晚涼如水浸疏簾。低漾一層花影一重煙。　蘭露飄殘月，桐蔭罨畫檐。藥爐聲沸夜無眠，祇覺年年多病是秋天。"《聲聲慢》云："明漪皺碧，纖雨飄香，佳游好是今朝。膩粉嫣紅，閒園共鬥春嬌。朦朧海棠睡醒，試新妝酒樣難描。簾影外，看幾絲垂柳，緑到無聊。　知否韶華晚，怕流鶯憔悴，坐老花梢。昨夜闌干,厭厭瘦盡夭桃。相看別饒鄉思,況家山煙水迢遙。風正緊,任飛吹過小橋。"斷句如《鬢雲鬆令》之"薄暖輕寒,好倩花枝耐",《點絳唇》之"更深也,月來窗罅,一樹梨花謝",《菩薩蠻》之"莫勸餕春杯,茶蘼尚未開",《采桑子》之"俏悄簾櫳,薄霧輕籠,春到緗桃第幾叢",并皆有致。與蕊淵同時者,有李紉蘭、許林風,亦擅倚聲。林風有句云"人在看風冷似秋",看似尋常語,而讀之使人低徊不能自己。遜清末葉,詩人詞客,競以雕鏤相標榜,往往辭浮於意。若更從嚴論列,則南宋詞已多此弊。南宋以後,尤難更僕。試尋繹其詞,幾於千篇一律,僅字句不同耳。如是者,雖聲律極精,辭藻至美,又安足貴?凡文藝之上乘者,意境勝於辭藻,詩詞亦莫不然。僅求律與辭之工,侈言風骨,全無意境,或雖有之,而陳陳相因,是塗澤而已,摹擬而已,不足以語於創作,充其量僅可自傲曰"吾述而不作"也。故中國詩詞之弊,至近百年而極。晚近耽於語體詩者,其剽竊歐、美、日本之辭與意,什九與此輩同是。亦不可以已乎?

傀儡僞國,自僭號以來,亦復黨派紛歧,各挾日人或其他勢力以自重。遺老陳寶琛,曩應溥儀之召,有所參與,知難而退,未嘗復往。與交厚者,謂其識解,高鄭孝胥一等。余偶從友人處,見其客歲所賦二詞,於僞國之內訌,與感嘆所系,頗足以供研討,詞亦不惡。《詠殘棋》調《壺中天》云:"一枰零亂,欠猢兒、爲我從新翻却。越是收場須國手,不管饒先爭著。休矣縱橫,究誰勝敗,苟罷同邱貉。可憐燈下,子聲敲到花落。 兀自坐爛樵柯,神州累卵,眼看全盤錯。大好河山供打劫,試較是非今昨。蜩甲枯餘,玉塵輸盡,説甚商山樂?羨他巖老,夢邊那省飛雹?"《中秋待月》調《南樓令》云:"叢薄易黃昏,衆星檐際繁。好山河生怕幕吞。七寶催修成也未?一年事,夠銷魂。 秋色正平分,天風吹海雲。甚仙人,擎出金盆?祇要高寒挨得過,怎秋月,不如春?"意在弦外,可深長思矣。

白蕉君數以詩詞相質,致力甚勤,進步亦猛。曩見其七律,有"落花庭院詩俱瘦,涼雨江城氣欲秋"之句,頗稱賞之。近辱見示《浣溪沙》一闋,乃幾欲突過古人。亟錄於下:"減却相思意轉癡,櫻唇欲淡血紅脂,歡情偏笑那家兒。　今日休言還有恨,這番非夢更無疑,斜陽猶掛最高枝。"下半首尤使人低徊不自已。又爲余誦煉霞女士句云:"憐我影成孤,何如影也無。"殊沉著,故是佳句。

歌咏所發,性情胥見,此間於中外古今而皆然。中華民族富於惰性,故標榜清高,企求逸豫,雖在賢哲,猶所不免。其隱爲民族性之蠹者,蓋深且遠。詩詞中舉例,尤難更僕。唐之韓昌黎,宋之蘇東坡,皆以名臣而兼詩人。然昌黎有句云:"斷送一生惟有酒,尋思百計不如閒。"東坡有句云:"惟願孩兒愚且魯,無災無難到公卿。"其委心任運之意緒,盎然字裏行間。宜數千年以來,影響於智識階級之心理而不自覺。民族性之日墮,固有由矣。

咏物與悼亡之作,余所見以張之洞之《牡丹》一絶、林薇楨之《蝶戀花》一闋爲最佳。張詩云:"一夜狂風園艷殘,東皇應是護持難。不堪重讀元輿賦,如咽如悲獨自看。"哀感頑艷,蓋不獨爲牡丹而作也。此詩南皮詩集中,竟未載入,不可不舉以公諸同好。林詞云:"行近城陰天慘碧,添箇悽惶,雨別黃昏密。柳似煩寃苔似泣,一行舟施橫風入。　憐汝幽樓還自惜,剪紙招魂,獨對前和立。從此風萍隨浪跡,一生腸斷重陽日。"蓋送其亡婦殯所作也,無一字一句不極沉痛纏綿之致。此叟亦工詩,有咏月句云:"能入世間千種意,始知明月是天才。"直發古人所未發。又游杭有句云:"涼生平野千林雨,酒醒孤城一拍箚。"亦悠然使人神往。

歲己巳之冬,閩有政變,省府委員,被擒於盧興邦者六人,且禁錮之於延平。此六人者,爲林知淵、程時煃、鄭寶菁、吳澍、陳乃元、許顯時。既入陷阱,六人計無出,則惟日夕以讀書吟詩,遣此浮生。程時煃有《浣溪沙》一闋,余見而美之,爰取以實吾《詩詞話》:"鎮日樓頭聽雨聲,一春來去總無情,花朝過了又清明。　逆水送將孤棹返,晚風吹向萬山行,夢中何日是歸程?"頗有北宋人之風格。

白蕉過談,出所鈔煉霞女士《一剪梅》詞,甚美。錄如下:"相見何如衹愴神?眉上愁顰,襟上啼痕。相思何苦太殷勤?有限温存,無限酸辛。　　相憶何時最斷魂？倚盡斜曛，坐盡燈昏。相憐何事忒情真？減了廚珍，瘦了腰身。"上半闋之"相思何苦太殷勤？有限溫存，無限酸辛"數語，不僅纏綿，尤極深刻。涉筆及此，憶及仲鳴詞，有"依舊雲鬢，依舊眉彎，依舊梨渦宛轉看"之句，格調與此頗仿佛，而情境略異。

　　章衣萍詞，讀者頗病其淺薄。平心而論，衣萍工力誠未深造，音律亦未工穩，而才語則間亦有之。如"素手偷親親不得，在人前"，刻畫封建社會中男女之交際，良復神似。又《摸魚兒》詞，有句云："君記取，是瞞了那人，來訴匆匆語。"此中情景，呼之欲出，蓋有婦使君，別有所歡，而於故劍，又未能恝然。其矛盾之情緒，至可味。殆昔賢所謂"未免有情，誰能遣此"。

　　煉霞女士詩詞，前此已略有採錄。頃復見其《月夕書懷》云："碧天如水月輪明，照澈闌干分外清。頗費安排惟畫債，最難消受是才名。愁腸怯酒偏成淚，病骨宜詩別有情。惆悵夜深簾影外，懊儂猶唱一聲聲。"《浣溪沙》云："曲曲簾攏剪碧波，芭蕉葉大柳絲拖，閒情可似別情多？　　細雨濕殘香夢影，晚風吹皺小眉窩，病深愁密怎禁它？"又："絲雨濛濛薄暮時，飛花滿院濕胭脂。一春心緒更誰知？　　自是多愁何必諱，本來添病不關癡，銀燈孤影負相思。"斷句如："慣懶有因偷戀夢，避愁無計學忘情。""金縷薄羅輕似蝶，珍珠小字瘦如人。"并極工致。偶從友人案頭，得翠眉女士《長相思》一闋，白描聖手，亦良不惡，輒及之。詞云："更一聲，漏一聲，愁煞明朝郎要行，此時愁更真。　　坐不寧，臥不寧，袛是思量那箇人，背人涕淚零！"極旖旎纏綿之致。出諸女子，可謂勇矣。

　　白蕉有《羅敷艷歌》三闋，深入淺出，讀之黯然。心如是，盼詞之爲詞，乃可以不朽。矧其爲雅俗共賞，尤夐夐乎難，此勝於務求堆砌與晦澀而自矜其沉博、艱深者，何啻天壤！白蕉真才人也。亟錄之："最難收拾秋情緒，笑也無名，愁也無名，每到花時暗自驚。　　宵來獨自成孤酌，酒也盈盈，眼也盈盈，待不思量淚已零。"其二云："尊前不把嫌疑避，笑靨生渦，笑語微酡，曾記相憐敷粉何？　　此情竟遣成追憶，盼斷姮娥，鎮日誰過？孤館秋情特地多。"其三云:"無言終是多情思,心上微波,眼上微波,并向秋宵伴酒魔。　依依今古傷心別,車影如梭,日影如梭,猶怕年時未易過。"此數詞,字字平凡,字字深刻,使人如桓子野聞歌,輒喚奈何。余頗慫恿白蕉恣爲之,當無愧一代作者。

詞　説

顧　名　撰

　　載於一九三四年《大夏》第一卷第六期。作者顧名（一八九四—一九三六），字君義、君誼，號行一、紅葉，江蘇泰州人。早年就讀於通州師範，後考入北京大學，師從吳梅、黃侃。畢業後任國史館編纂、財政部秘書等職，兼任《又新日報》等多家報館主筆、主編。歷任北京平民大學、上海國立暨南大學、復旦大學、大夏大學教授、導師。著有《詞説》《説清曲》《紅葉詩抄》《基本國文》《我與大夏》等，編有《曲選》，與單毓元共同編纂《泰縣民國志稿》。《詞説》主要梳理從先秦迄兩宋時期詞體的形成過程，兼而提及詞樂和詞集。其中指出："故凡有聲之詞，宜歸樂府之條；無聲之詞，宜歸附近體之列，如此，則名實俱當矣。"可視爲對當時詞壇通行的"詞爲詩餘説辨"、"詩詞辨體"等問題的回應。

　　詞或謂之詩餘。（《蜀中詩話》："唐人長短句詩之餘也。"）亦謂之即樂府之遺。（元稹《古題樂府》於詩外區二十四名，其末即列有詞。）以其句多長短錯落流變孔繁，故又稱長短句。文其名者，以六經無詞字，云通作辭。《説文》：辭，訟也。詞，意内而言外也，以言辭説爲訓故，則本自相通。若局於特解，固復有小殊，推衍鄩書以解詞。江山劉君爲諧婉以闡釋曰："明乎我所欲言，必有司我言者，而後可以盡我之詞，故隸司部。意者，司我言者也，故曰内。以上與志不同，故詞與詩不同。"實則有思旨而語言，由語言成文章，凡屬文辭,胥莫能外。特文以載類萬狀,而詩則盛飾情感;文或有蹇音理,而詩必求韻節;文不定入樂章,而詩咸蘄能永嘆,塗軌既分,源流各別。自上古以迄三代,樂章所列,盡屬於詩篇,里巷所歌,行人則采。詩樂一而非二,故《咸池》《六莖》之作,與雅頌比興之辭無間。戰國以還,兵戎相競,歌咏尠暇情,慷慨起新聲,言鋪陳則賦頌興,好事功則夷夏雜,樂器、樂歌、樂語不盡相稱。删詩則體用以判,散聲則正變以淆。魏文問古樂則思卧,胡亥改《大武》作五行,部秩淆亂,代有因革。蓋自衛及魯而雅頌得所,亦惟有得所之雅頌,而不得所者多不可諧律吕。詩有入樂、不入樂,由此始矣。

漢興,定《大風》以代《韶濩》,作《房中》《郊祀》以代雅頌。惠文、孝武復徵趙、代、秦、楚之歈趣,尊曰歌詩,更以樂府令統轄其事,於是樂府之名以立。循名責實,凡歌詩即入樂之詩,亦即樂府,自九代暨三百篇所載漢人新署皆屬焉。而不入樂不屬樂府令之一切韻語,祇被詩名,匪具詩德,由賦比興以暨蘇、李所作,胥是也。漢亡,魏代,雅樂愈庳,不入樂之詩固不能歌,即入樂之歌詩或樂府,亦有不盡能合律吕者,而樂府又半成空名。自漢魏有雜曲,至於隋唐,其作漸多,唐之燕樂尤稱爲盛,後遂稱其歌辭曰詞。宋之燕樂,亦雜用唐聲調而增廣之,於是宋詞遂爲極多,於樂府外又別立題署,實則詞亦樂府之流也。凡填詞,但依古調爲之者,與前世擬樂府無異。蓋遂依其平仄,仍未能被諸管弦。正言其體,特長短句之詩耳。以其製篇擇辭,有殊於雅俗之詩,因而別爲區域。然而七言殊於五言,律詩異乎古體文,何不可判畫之有?故凡有聲之詞,宜歸樂府之條,無聲之詞,宜附近體之列,如此則名實俱當矣。

宋世詞本於唐之燕樂,然大底出自胡戎。其最行者曰"龜茲樂",非華夏舊聲。隋時"龜茲樂"特盛於閭里,曹妙達等競造新聲,文帝惡之,煬帝初不知音,後乃大製艷篇,有《萬歲樂》《七夕相逢樂》諸曲,掩抑摧藏,哀音斷絶。是時樂有九部,除"清聲"及"禮畢"外,皆夷樂也。至唐專造燕樂,又并餘九部而總稱燕樂,其器大率以琵琶爲主,凡有四均二十八調。自武德、貞觀至開元、天寶,其著録十四調二百二十一曲。今樂府詩集所載諸燕樂詞,大底即當時文人所作五七言絕句，如"秦時明月"、"渭城朝雨"之類詩也。間有爲長短句者，若李白《菩薩蠻》、白居易《憶江南》之類是也。自是以來，長短句彌盛。《花間集序》曰："有唐以降，率土之濱，家家之香徑春風，寧尋越艷；處處之絲蘿夜月，自鎖嫦娥。在明皇朝，則有李翰林《清平調》，近代溫飛卿有《金荃集》，今衛尉少卿字弘基更遺近來詩客曲子詞五百餘首云云"。然唐及五代之詞，大體由詩轉化。其聲（謂平仄）、其辭（謂意與詞藻）大底與詩鄰類。至宋徽宗出甯，立大晟樂府，遂命周邦彥諸人討論古音，審定古調，由此八十四調之聲稍傳，而美成諸人又復增演慢曲引近，移宮換羽爲三犯四犯之曲，宋之詞由此益繁。詳其結句參差，位聲拗澀，去詩益遠，又不得不別啓土疆矣。然宋詞大致有所資於唐，其詞有法曲、大曲、慢曲。法曲即原於宋如望瀛、獻仙音之屬是矣。宋人多辨音律，姜夔、吳文英皆能自度曲，然其數甚少。按燕樂雖名二十八調，南宋末但行七宮十二調，凡十九調而已。詞雖仍有作者，然亦不以付歌筵，僅爲文士之著撰。蓋其時間曲已盛行，而詞避席矣。元明之際，二十八調祇存九宮，至今日，俗樂祇存七調。詞既久不歌，聲律無復解者。按譜填字，徒因舊式，致意於清濁，斷斷於平仄，一字之誤，作色相詢。要之，皆扣槃捫籥之類也失。

　　錄古樂府書，史志以《宋書》爲最詳且精。其書所錄，自晉宋郊廟、燕享之詩，及晉世所用相和曲、舞曲、鼓吹、鐃歌，莫不備載。《晉書》特依放之耳。《南齊書・樂志》所載樂詞，祇於郊廟、燕響之辭，餘不錄。蓋以歌辭至繁，難可盡錄乎？

　　總集以宋郭茂倩《樂府詩集》爲最備，其推靠源流，解釋題號，又至賅洽。求古樂府者，未有能捨是書者也。清凌廷堪著《燕樂考原》於詩、燕樂府、詞曲變遷，言明且清，亦參考之良篇矣。

芳菲菲堂詞話

畢幾庵 撰

　　載於《詞學季刊》一九三四年第一卷第四號。畢幾庵(一八九二——一九二六)，原名振達，筆名幾庵、清波、逐客、松鷹、娑婆生等，畢畏三之子，楊芬若之夫，江蘇儀徵人，民國時期小說家。十五歲到北京，捐官陸軍郎中，後被任命爲爪哇領事館領事。辛亥革命後，考入中國公學修讀法政。因投稿《婦女時報》，結識包天笑，後家庭屢遭變故，遂以筆耕爲業。曾參與編輯《時報》《小時報》《上海畫報》等報紙雜誌，著有小說《人間地獄》(僅寫完前六十回，包天笑、陳定山曾分別續寫)、《黑暗上海》《苦惱家庭》《春江花月夜》《極樂世界》等，詩集《銷魂詞》《光緒宮詞》《幾庵絕句》等。《芳菲菲堂詞話》篇幅較短，僅有四則，主要評述番禺潘蘭史軼事詞作，給予潘氏"一代作手"的讚譽，認爲其人"求諸近代中，於納蘭公子性德爲近。並世詞家，如浙江張薀梅太史，亦嫌氣促，遑論其他"。

　　番禺潘蘭史先生，四十後，更字老蘭，主香港《華報》《實報》筆政。曾梓其文稿與游記、詩集，都爲十四卷。而詞則自《海山》《花語》二集之後，未有繼刊。有人傳誦其《香海別洪銀屛校書》云："客裏雲萍情緒亂。便道歡場，説夢應腸斷。莫惜深杯珍重勸。銀筝醉死銀燈畔。　　同是天涯何所戀。月識郎心，花也如儂面。東去伯勞西去燕。人生那得長相見。"右調《蝶戀花》。此詞纏綿盡致，一往情深，置之子野、耆卿集中，不能過也。

蘭史嘗游柏林，氈裘絶域，聲教不同，碧眼細腰，執經問字，亦從來文人未有之奇也。所著《説劍堂集》，意幕定庵，而無其發風動氣。蘭史婦梁佩瓊亦能詩詞，其斷句如"花陰一抹香如水，柳色千行冷化煙"，"花前怕倚回闌望，紅是相思綠是愁"，皆淒婉可誦。梁卒，蘭史賦《長相思詞》十六章，聞者掩涕。

　　蘭史詞已梓者，《海山詞》《花語詞》《珠江低唱》《長相思詞》四種。詞筆自是一代作手，求諸近代中，於納蘭公子性德爲近。并世詞家，如浙江張藴梅太史，亦嫌氣促，遑論其他。

　　蘭史多情，尤多艷跡。居德意志時，有女史名媚雅者，授琴來柏林，彼此有身世之感，蘭史賦《訴衷情》詞云："樓迴，人静。移玉鏡，照銀槞，琴語定。簾影月朦朧，芳思與誰同。丁東。隔花彈亂紅，一痕風。"他日媚雅邀游蝶渡，招同女史二十六人，各按琴曲，延蘭史入座正拍。復成《琵琶仙》詞云："仙舫晶屏，有人畫洛浦靈妃眉嫵。歌扇輕約蘋風，雲鬟醮香霧。芳渡口，銀盒浸綠，更紅了櫻桃千樹。初度劉郎，三生杜牧，塵夢休賦。還憐我似水才名，話佳日匆匆莫閒度。都把一襟羈思，與前汀鷗鷺。扶窄袖，瑶絲代語，喚水仙共點琴譜。祇惜弦裏飛花，斷腸何處。"順德賴虚舟，年七十矣，續而艷之，詫爲奇福，因題其後云："乣縵情雲結綺寮，萬花叢裏擁嬌嬈。文君自有求凰曲，不待相如玉軫挑。琴雖異體一般弦。得葉宫商韻總圓。廿六嬌娥翻舞袖，倚聲齊踏鷓鴣天。"

粵詞雅

潘飛聲 撰

　　載於《詞學季刊》一九三四年第一卷第四期、第二卷第一期。作者潘飛聲(一八五八—一九三四)，字蘭史，號劍士、心蘭、老蘭，別署老劍、劍道人、說劍詞人、羅浮道士、獨立山人，齋名翦淞閣、室名水晶庵、崇蘭精舍、禪定室等，廣東番禺人。長於詩詞書畫，善行書。一八九〇年，應邀赴德國柏林大學講授漢語言文學，為期三年。返國後舉經濟特科，不應。後旅居香港十年，任香港《華報》《實報》《中外日報》主筆。晚年移居上海，任教于環球、神州等學校。一九〇七年加入南社，積極參與南社活動，與南社中的高天梅(鈍劍)、俞鍔(劍華)、傅屯良(君劍)被譽為"南社四劍"，故以"說劍堂"為詩詞集名。著有《海天詞》《花語詞》《珠江低唱》《長相思詞》《說劍堂詞》《飲瓊漿館詞》《羅浮游記》等近二十種詩詞文集。《粵詞雅》共二十六則，從追溯粵人填詞作詩鼻祖起筆，主要評述宋代嶺南六家崔與之、劉鎮、李昂英、趙必瑑、陳紀、葛長庚詞作詞事，其中論葛長庚詞最為詳細。

　　吾粵地鎮尚離，人文炳煥，代出異才。聲詩之道，始於晉綠珠，逮唐而盛於張曲江。即何仙姑(增城何泰之女，見邑志)絕句十數章，亦得仙意。至倚聲一門，則倡自南漢黃益之也。益之名損，連州人，登梁龍德壬午進士，仕南漢劉龑，累晉尚書左僕射。以極諫忤朝旨，退居永州不出，相傳仙去。所著有《三要書》《桂香集》及

《射法》。《粵東詞鈔》刻其《望江南》一首云："平生願，願作樂中箏。得近佳人纖手子，砑羅裙上放嬌聲。便死也爲榮。"南海譚玉生舍人瑩論粵詞絕句云："誰謂益之能直諫，平生願作樂中箏。"殆宋廣平之賦梅花矣。

吾禺崔清獻公有《菊坡集》，其詞載《宋詞選》《詞綜》。《水調歌頭》一闋題劍閣云："萬里雪間戍，立馬劍門關。亂山極目無際，直北是長安。人苦百年塗炭，鬼哭三邊鋒鏑，天道久應還。手寫留屯奏，炯炯寸心丹。　　對青燈，搔白髮，漏聲殘。老來勳業未就，妨却一身閒。梅領綠陰青子，蒲磵間清泉白石，怪我舊盟寒。烽火平安夜，歸夢到家山，歸夢到家山。"此詞起四句，雄壯極矣，雖蘇、辛亦無以過之。昔杭董甫論粵詩云："尚得古賢雄直氣，嶺南猶覺勝江南。"余謂崔詞，非雄直而何。

宋人頗重壽辭，然壽辭出以典雅，亦復不易。菊坡先生有壽趙運使《賀新涼》一首云："雨過雲容掃。使星明、德星高揭，福星旁照。槐屋猶喧梅正熟，最是清和景好。望金節、雲間縹緲。和氣如春清似水，瀾思波、沾渥天南道。晨雀噪，有佳報。　　天家黃紙除書到。便歸來、升華天下，安邊養浩。好是六逢初度日，碧落笙歌會早。篇西郡、歡聲多少。人道菊坡新醞美，把一觴、滿酌歌難老。瓜樣大、安期棗。"

李忠簡公（昴英）《文溪集》，附詩餘一卷，南海伍氏刻入《粵十三家集》。有《摸魚兒》一調云："曉風癡、繡簾低舞。霏霏香碎紅雨。燕忙鶯懶春無賴，懶爲好花遮護。渾不顧。費多少工夫，做得芳菲聚。休顰百五。却自恨新年，游疏醉少，光景恁虛度。　　貌煙瘦，困起庭陰正午。游絲飛絮無據。千林濕翠須臾遍，難綠鬢根霜縷。愁絕處。怎忍聽、聲聲杜宇深深樹。東君寄語。道去也還來，後期長在，紫陌歲相遇。"纏綿麗密，置之《清真集》中不能辨。

宋人詞多縱筆，而格調仍嚴。《文溪集》中有《水調歌頭·題舫齋》云："郭外足幽勝，潮入漲溪流。舫齋小小一葉，老子日遨游。管領白蘋紅蓼，披戴綠蓑青箬，直釣任沉浮。玉縷飽鱸膾，雪陣狎沙鷗。　　箇中眠，箇中坐，箇中謳。箇中收拾詩料，觴客箇中留。

休羨乘槎博望,且聽洞簫赤壁,樂處是瀛洲。日月盪雙槳,天地一虛舟。"

《文溪集》慢體多而短調殊少。《浣溪沙》云:"筍玉纖纖拍扇紈。戲拈荷葉起文鴛。水亭初試小龍團。拜月深深頻祝願,花枝低壓髻雲偏。倩人解夢語喧喧。"似五代之作。

余友劉匆石(世珩),貴池人,刻《貴池三唐人集》。余亦擬輯嶺南宋六家詞,六家者,崔菊坡(與之)、劉叔安(鎮)、李文溪(昂英)、趙秋曉(必瑑)、陳景元(紀)、葛如晦(長庚)也。

劉叔安先生,名鎮,南海人。嘉泰壬戌進士,自號隨如子,有《隨如百咏》。其詞格高氣遠,情致綿邈,而才足以運之,爲宋代詞家特出。《沁園春·題西宗云山樓》云:"爽氣西來,玉削群峰,千極萬松。望疏林清曠,晴煙紫翠,雪邊回棹,柳外聞鐘。夜月瓊田,夕陽金界,倒影樓臺表裏空。橋陰曲,是舊來忠定,手種芙蓉。仙翁。心事誰同。付魚鳥相忘一笑中。向月梅香底,招邀和靖,雲山高處,問訊梁公。物象搜奇,風流懷古,消得文章萬丈虹。沉吟久,想依依春樹,人在江東。"又《花心動·題臨安新亭》云:"鳩雨催晴,遍園林、一番綠嬌紅媚。柳外金衣,花底香須,消得艷陽天氣。障泥步錦尋芳路,稱來往、縱橫珠翠。笑携手、旗亭問酒,更酬春思。　　還記東山樂事。向歌雪香中,伴春沉醉。粉袖殢人,彩筆題詩,陶寫老來風味。夜深銀燭明如畫,待歸去、看承花睡。夢雲散,屏山半熏沉水。"此等詞用意摛藻,宛轉渾雅,總不輕下一筆,真是大家手筆。

昔人謂耆卿情有餘而才不足,夫以屯田猶未能兩者俱兼,況他人哉。《隨如集·漢宮春鄭賀守席上懷舊》云:"日軟風柔,望暖紅連島,晴綠平川。尋芳拾蕊,勝伴陌上鮮妍。玉驄歸路,記青門、曾墮吟鞭。人去後,庭花弄影,一簾香月娟娟。　　追念舊游何在,嘆佳期虛度,錦瑟華年。博山夜來爐冷,誰換沉煙。去後,庭花弄影,一簾香月娟娟。追念舊游何在,嘆佳期虛度,錦瑟華年。博山夜來爐冷,誰換沉煙。屏幃半掩,奈夢魂不到愁邊。春易老,相思無據,閒情分付魚箋。"又《水龍吟·庚寅寄遠》云:"老來慣與春相識，長記傷春如故。去年今日，舊愁新恨，送將風絮。粉淚羞紅，黛眉顰翠，推愁不去。任瑣窗緊閉，屏山半掩，還別有、愁來路。
回首畫橋煙水，念故人、匆匆何處。客情懷遠，雲迷北樹，草連南浦。離合悲歡，去留遲速，問春無語。笑劉郎不道，無桃可種，苦留春住。"二詞情文交至，不知較之耆卿如何。

《隨如集》中丙戌清明和章質夫韻，調《水龍吟》云："弄晴臺館收煙候，時有燕泥香墜。宿醒未解，單衣初試，騰騰春思。前度桃花，去年人面，重門深閉。記彩鸞別後，青驄歸去，長亭路、芳塵起。　　十二屏山遍倚，任蒼苔、點紅如綴。黃昏人靜，暖香吹月，一簾花碎。芳意婆娑，綠陰風雨，畫橋煙水。笑多情司馬，留春無計，濕青衫淚。"丙子元夕調《慶春澤》云："燈火烘春，樓臺浸月，良宵一刻千金。錦步承蓮，彩霞簇仗難尋。蓬壺影動星球轉，映兩行、寶珥瑤簪。恣嬉游，玉漏聲催，未歇芳心。　　笙歌十里誇張地，記年時行樂，憔悴而今。客裏情懷，伴人閒笑閒吟。小桃未盡劉郎老，把相思、細寫瑤琴。怕歸來、紅紫欺風，三徑成陰。"情思婉妙，讀者疑爲白石道人集中作。

茉莉，一名小南強，夏夜花開，清馥與素馨無異。隨如先生集中有《念奴嬌》一調賦茉莉云："調冰弄雪，想花神清夢，徘徊南土。一夏天香收不起，付與蕊仙無語。秀入精神，涼生肌骨，銷盡人間暑。稼軒愁絶，惜花還勝兒女。　　長記歌酒闌珊，開時向晚，笑挹金莖露。月浸闌干天似水，誰伴秋娘窗户。困殢雲鬟，醉欹風帽，總是牽情處。返魂何在，玉川風味如許。"賦物小題，而託體高華，此宋人與元明人異處。

趙秋曉先生名必𤩪，字玉淵，東莞人。咸淳乙丑，與父崇詡同登進士，官朝散郎，僉書惠州軍事判官，系出濮安懿王。德祐四年，惠州守文璧闢爲從事。會邑人熊飛以勤王兵潰歸，自循惠下招輯，而梁雄飛亦以招安兵自大庾下入城，飛與梁構兵弗解，必𤩪語飛曰："師出無名，是爲盜也。吾聞宋主舟在海中，不若建宋號，通二使，尊宋主，然後舉兵入城，事成則可雄一方，不成亦足以垂不朽。"飛深然之，即日署虎旗，舉兵向城，梁遁去。飛議盡括邑人財穀以充軍實，群情洶洶。必瑑請於飛，願以家貲三千，緡米五百石贍軍，乞寬邑人之力，飛從之。景炎三年三月，文天祥復東州。必瑑往謁，相與論時事，慷慨泣下。天祥偉其義，闢軍事判官兼知錄事。十一月天祥被執於五坡嶺，遁歸。明年宋亡，元以故官例授將仕郎象州儒學教授，不赴，退隱邑之溫塘，足跡不入城市。惟東走甲子門，望崖山伏地大哭，又畫天祥像於廳事，朝夕泣拜。嘗題其室曰："詩人祇合住茅屋，天下未嘗無菜羹。"所著有《覆瓿集》五卷，著錄於《四庫全書》，據《粵十三家集》，附長短句一卷。

秋曉先生志節高超，儒林景仰。其詩若霜天鶴唳，清氣往來，騷屑哀音，寓黍離麥秀之感，皆可傳也。詞則綺思麗句，取法清真。《蘭陵王》一闋贛上用美成韻云："畫闌直。餡釘千紅萬碧。無端被狂風怪雨，人愁柳人屠花禁春色。尋芳遍楚國。誰識五陵俊客。流水遠，題葉無情，雁足不來杳箋尺。　　浮生等萍跡。纔御却歸鞍，坐未溫席。匆匆還又京華食。嘆聚少離多，漂零因甚，江南逢梅望寄驛。美人兮天北。悲惻。恨成積。悵釵玉塵生，猊金煙寂。綠楊芳草情何極。偏懶撥琵琶，愁聽羌笛。梨花院落，黃昏後，淚珠滴。"

《風流子》一調別故人，用美成韻云："春光纔一半，春未老、誰肯放春歸。問賈春價數，酒邊商略，尋春巷陌，鞭影參差。春無盡，春鶯調巧舌，春燕壘香泥。好趁春光，愛花惜柳，莫教春去，柳怨花悲。　　春心猶未足，春幃暖、爐熏香透春衣。說與重心　後約，春以爲期。記春雁回時，錦箋從寄，春山鎖處，珠淚長垂。多少愁風恨雨，惟有春知。"多用春字，自成一格。

秋曉詞瓣香清真，集中多用美成韻。《瑣窗寒》春暮用美成韻："乳燕雙飛，黃鶯百囀，深深庭戶。海棠開遍，零亂一簾紅雨。繡幃低、卷起春風，香肩倦倚嬌無語。嘆玉堂底事，匆匆聚散，又江南旅。　　春暮。人何處、想歌館睡濃，日高丈五。舊迷未醒，莫負孤眠鳳侶。長安道、載酒尋芳，故園桃李還憶否。早歸來、整過闌干，花下携春俎。"詞中意匠經營，節折流利，逼肖清真，此境實不易到。

秋曉先生家國之思，時時流露詞間。《綺羅香·和百里春暮游南山》云："辦一枝藤臘一雙屐，蹤步翠微深處。無限芳心，付與蜂媒蝶侶。紅堆裏、杏臉勻妝，翠圍外、柳腰嬌舞。有吟翁、熱惱心腸，肯拈出美成佳句。　　九十光陰箭過，趁取芳晴，追逐春風杖屨。消得幾番風和雨。春歸去。恨鶯老對景多愁，倩燕語苦留難住。秋千影裏，送斜陽、梨花深院宇。"意思沉著，令人尋繹不盡。

短調有極艷冶者。《蘇幕遮·錢塘避暑憶舊用美成韻》云："遠迎風，回避暑。人似荷花，笑隔荷花語。無限情雲并意雨。驚散鴛鴦，蘭棹波心舉。　　約重游，輕別去。斷橋風月，夢斷飄蓬旅。舊日秋娘猶在否。雁足不來，聲斷衡陽浦。"

《菩薩蠻·戲菱生》云："紅嬌翠溜歌喉急，舊撥弦斷新腔入。往事水東流，菱花曉帶秋。　　幃香雙鳳集，情淚層綃濕。殘夢五更頭，酒醒依舊愁。"殘夢句，引陳希夷"祇怕五更頭"語，及命宮中轉六更事，雖艷曲，隱寓亡國之戚。

陳景元先生，東莞人，名紀。咸淳間登進士，官至通直郎，宋亡隱居不仕。有詞名《秋江欸乃》。《賀新郎·聽琵琶》云："趁拍哀弦促。聽泠泠、弦間細語，手間推覆。鶯語間關花底滑，急雨斜穿梧竹。又澗底松風簌簌。鐵撥鵾弦春夜永，對金釵、鐘乳人如玉。敲象板，剪銀燭。　　六幺聲斷涼州續。悵梅花、天寒歲晚，佳人空谷。有限弦聲無限意，淪落天涯幽獨。頓喚起、閒愁千斛。賀老定場無處問，到如今、祇鼓昭君曲。呼羯鼓，瀉醽醁。"

增城有增江口，以昌黎"增江滅無口"句爲名。相傳崔清獻公曾家於此。景元先生有重九登增江鳳臺，望崔清獻故居，調《滿江紅》云："鳳去臺空，庭葉下、嫩寒初透。人世上、幾番風雨，幾番重九。列岫迢迢供遠目，晴空蕩蕩容長袖。把中年懷抱更燈臺，秋知否。　　天也老，山應瘦。時易失，歡難久。到如今，惟有黃花依舊。歲晚淒其諸葛恨，乾坤祇可淵明酒，憶坡頭老菊晚香寒，空搔首。"

葛長庚字如晦，自號白玉蟾，瓊州人。居武夷山，嘉定中，詔徵赴闕，館太乙宮，封清明道真人，後仙去，有《海瓊詞》。《蘭陵王·

調題筆架山》云:"三峰碧,縹緲煙光樹色。高寒處、上有猿啼鶴唳,天風夜蕭瑟。山形似筆格,人道江南第一。游紫觀、月殿星壇,積翠樓前吟鐵笛。　客來訪靈跡,問王郭當年,曾此駐錫。二仙爲謁浮邱伯,從參鸞去後,雲深難覓。丹壚灰冷杵聲寂。依然舊泉石。泉石最幽闃。更禽靜花閒,松茂竹密。清都絳闕無消息。共羽衣揮塵,感今懷昔。堪嗟人世,似夢裏。駒過隙。"《沁園春·調題湖頭嶺庵》云:"客裏家山,記踏來時,水曲山崖。被灘聲喧枕,雞聲破曉,匆匆驚覺,依舊天涯。抖擻征衣,寒欺曉袂,回首銀河西未料。麇埃債,嘆有如此髮,空爲伊華。　古來客況堪嗟。盡貧也輸他在家。料驛舍旁邊,月痕白處,暗香微度,應是梅花。凍折一枝,路逢南雁,和雨字平安寄與他。教知道,有長亭短堠,五館三茶。"又《水龍吟》調云:"雨微疊巘浮空,南枝一點春風至。洞天未鎖,人間春好,玉妃曾墜。錦瑟繁弦,鳳笙清響,九霄歌吹。問分香舊事,劉郎去後,還誰共、風前醉。　回首暝煙千里。但紛紛、落英如淚。多情易老,青鸞何許,詩成難寄。斗轉參橫,半簾花影,一溪流水。悵飛梟路杳,行雲夢斷,有三峰翠。"辭意高超,飄飄仙舉,當與呂純陽吾家逍遙子同傳。

白玉蟾有演《歸去來辭》入詞者,《沁園春》寄鶴林云:"三徑就荒,松菊猶存,歸去來兮。嘆折腰爲米,棄家因酒,往之不諫,來者堪追。形役奚悲,途迷未遠,今是還知悟昨非。舟輕颺,問征夫前路,晨光熹微。歡迎童稚嘻嘻。羨出岫雲間鳥倦飛。有南窗寄傲,東皋舒嘯,西疇無事,植杖耘耔。矯首遐觀,壺觴自酌,尋壑臨流聊賦詩。琴書外,且樂天知命,復用何疑。"此爲詞家創格。

白玉蟾詞,有情辭伉爽,一氣呵成,置之蘇辛集中,所謂詞家大文者。特錄著二闋。《摸魚子》云:"問滄江舊盟鷗鷺。年來景物誰主。悠悠客鬢知何事,吹滿西風塵土。渾未悟。謾自許功名,談笑侯千戶。春衫戲舞。怕三徑都荒,一犁未把,猿鶴笑君誤。　君且住,未必心期盡負。江山秋事如許。月明風靜萍花路。欹枕試聽鳴櫓。置又去。道喚取陶潛,要草《歸來賦》。相思最苦。是野水連天,漁榔四起,蓑笠占煙雨。"又《賀新涼》云:"且盡杯中酒。問平生、湖海心期,更如君否。渭樹江雲多少恨,離合古今非偶。更風雨、十常八九。長鋏歌彈明月墮,對蕭蕭、客鬢聞摧手。還怕折、渡頭柳。　　小樓夜久微涼透。倚危闌、一池倒影,半空星斗。此會明年知何處,蘋末秋風未久。謾輸與、鷺朋鷗友。已辦扁舟松江去。與鱸魚蓴菜論交舊。應念此,重回首。"

懷古詞須感慨淋漓,讀之令人神往,斯稱傑作。白玉蟾有武昌懷古調《酹江月》云:"漢江北瀉,下長淮、洗盡胸中今古。樓櫓橫波征雁遠,誰見魚龍夜舞。鸚鵡洲雲,鳳凰池月,付與沙頭鷺。功名何處,年年惟見春絮。　　非不豪似周瑜,壯如黃祖,亦逐秋風度。野草閒花無限影,渺在西山南浦。黃鶴樓人,赤烏年事,江漢亭前路。浮萍無據。水天幾度朝暮。"

白玉蟾集中短調《霜天曉角·題綠淨堂》云:"五羊安在。城市何曾改。十萬人家闤闠,東亦海,西亦海。　　年年蒲澗會。地接蓬萊界。老樹知他一劍,千山外,萬山外。"壯游中饒有仙氣,自成一格。

白玉蟾畫梅,見稱於金冬心《題畫集》中,而真跡實不易睹。曾有《好事近·贈趙製機》云:"行到竹林頭,探得梅花消息。冷蕊疏英如許,更無人知得。　　冰枯雪老歲年徂,俯仰自嗟惜。醉臥梅花影裏,有何人相識。"讀此詞,可知其畫境之妙矣。

《海琼詞·蝶戀花》二闋有句云:"柳絮欲停風不住,杜鵑聲裏山無數。"又"醉裏尋春春不見,夕陽芳草連天遠"。均見纏綿不盡之思,得古大家神解。

詞瀋

蜀丞撰

　　載於《細流》一九三四年第三期、一九三五年第四期,署名"蜀丞";又見於《輔仁文苑》一九三九年第二輯、一九四〇年第三輯、一九四一年第六輯,署名"孫蜀丞"。其中《細流》本一九三四年第三期與《輔仁文苑》本一九四〇年第三輯關於陳元龍注《片玉集》的內容略有重複。作者孫人和(一八九四——一九六六),字蜀丞,號鶴臞,江蘇鹽城人。畢業於北京大學國文系。一九二〇年左右,在北京與黃侃、陳垣、陳匪石等成立思辨社。一九二九年後歷任中國大學國文系教授、北平師範大學、北平大學國文系講師,民國大學教授、輔仁大學國文系名譽教授、北京古學院文學研究会研究員,河北大學、暨南大學教授等。一九五二年被聘為中央文史研究館館員。著有《論衡舉正》《抱朴子校補》《三國志辯證》《詞學通論》《詞史》等。《詞瀋》主要内容為補正陳元龍注《片玉集》、辯證沈括《夢溪筆談》中以《霓裳羽衣曲》為道調法曲之説、揚譽李清照《聲聲慢》、介紹清汪玢輯校《漱玉詞彙鈔》、考證韋莊《女冠子》繫年,其中補正《片玉集注》尤力。

　　陳注《片玉集》,喜引唐詩,蓋以美成善融化唐人詩句也。然如《意難忘》云"私語口脂香",明用白樂天詩句。(《江南喜逢蕭九徹因話長安舊游戲贈五十韻》)《花間集》載顧敻《甘州子》,亦有"私語口脂香"之句。而陳注引方杜之詩,與詞意了不相涉。《六醜》云

"夜來風雨,葬楚宮傾國",亦當補引韓偓《落花詩》"夜來風雨葬西施"之句。尤可異者,《綺寮怨》云"江陵舊事,何曾再問楊瓊",陳注楊瓊事未詳。考元白並有《楊瓊詩》,元詩附注"楊瓊本名播,少爲江陵酒妓。"詩中述楊瓊事甚詳,正可推證美成詞意。且元白詩集,初非僻書,何竟輕忽如此也。

(以上見《細流》1934 年第 3 期)

沈括《夢溪筆談》卷五云:"《霓裳羽衣曲》,或謂今燕部有《獻仙音》曲,乃其遺聲。"然霓裳本謂之道調法曲,今《獻仙音》乃小石調耳,未知孰是。今欲闡明沈說之由來,當追溯此曲之原始。

考《霓裳羽衣曲》,始於開元,盛於天寶,成曲之由,說者多異。或謂明皇與葉法善游月宮而製曲,或謂夢得紫雲迴曲而成者,皆恢奇妄誕之言,殊不足據。惟白居易《霓裳羽衣歌》:"由來能事皆有主,楊氏創聲君造譜。"自注:開元中西涼府節度楊敬述造(《唐書·禮樂志》作河西節度使楊敬忠),最得其正矣。元稹《法曲》:"霓裳羽衣號天落。"白居易《法曲歌》:"法曲法曲舞霓裳,政和世理音洋洋,開元之人樂且康。"白又有《卧聽法曲霓裳》一首,可證霓裳爲法曲也。

白氏《嵩陽觀夜奏霓裳》云:"開元遺曲自淒涼,況近秋天調是商。"是霓裳本商調也。《碧雞漫志》卷三杜佑《理道要訣》云:"天寶十三載,七月改諸樂名,中使輔璆琳宣進旨令於太常寺刊石內黃鐘商《婆羅門曲》改爲《霓裳羽衣曲》。"所稱黃鐘商,雖與白傅之詩詳略不同,亦未移入別調也。

《碧雞漫志》又云:"宣和初,曹府守山東人王平詞學華贍,自言得夷則商霓裳羽衣譜,取陳鴻、白樂天《長恨歌傳》,並樂天寄元微之《霓裳羽衣歌》,又雜取唐人小詩長句及明皇太真事,終以微之《連昌宮詞》,補綴成曲,刻板流傳。曲十一段,起第四遍、第五遍、第六遍,正攧,入破,虛催袞,實催袞,歇拍,殺袞,音律節奏與白氏歌注大異,則知唐曲今世決不復見,亦可恨也。"按:王灼所云,似未精審,王平所得今不可見,然就所述攷之,若補散序、中序、九遍,并非與白氏歌注異也。王國維謂此譜再加散序六遍,中序前三遍,當得十二遍,與唐之十八遍異,亦非也。段與遍不盡相同。《齊東野語》所記《樂府混成集》中,霓裳一曲共三十六段,即每遍二段,十八遍三十六段也。此譜必有二遍各二段者,故爲十一段,并非十一遍也。惟王平謂爲夷則商,雖與《理道要訣》黃鐘商異,然其爲商調則同也。

姜夔《霓裳中序第一》序:"於樂工故書中,得有商調霓裳十八閱,皆虛譜無辭。"按:沈氏《樂律》,霓裳道調,此乃商訓。未知孰是。則知唐曲之爲商調,無可疑矣。

《文獻通考》一百四十五云:"唐文宗每聽樂,鄙鄭衛聲,詔奉常習開元中霓裳羽衣舞,以雲韶樂和之。舞曲成,太常卿馮定總樂工,閱之於庭,端凝若植。自兵亂以來,霓裳羽衣曲,其音遂絶。"是此曲始於開元,亡於唐末矣。

陸游《南唐書》:後主昭慧國后周氏小字娥皇,通書史,善歌舞,尤工琵琶。故唐盛時霓曲羽衣最爲大曲。亂之後,絶不復傳。後得殘譜,以琵琶奏之,於是開元天寶遺音,復傳於世。內史徐鉉問之於國工曹生,鉉亦知音,問曰:"法曲終則緩,此聲反急,何也?"曹生曰:"舊譜是緩,宮中有人易之,非吉徵也。"是南唐尚有重整曲譜之事。然據樂工曹生所言,已失法曲之理。虛謂開天遺言,不足置信。故徐鉉譏之以詩曰:"此是開元天寶曲,莫教偏作別離聲也。"有唐一代此曲源流,盡於此矣。

沈存中爲元豐熙寧間人,何以獨知爲道調法曲?沈既深明樂律,何以與當時通行之《獻仙音》,不能辨別?無徵之曲既得其調,通行之歌反不能曉,此其間必有故矣。攷《宋史·樂志》:"法曲部其曲二:一曰道調宮《望瀛》;二曰小石調《獻仙音》。"并無《霓裳曲》也。宋時傳記多謂《望瀛》爲《霓裳曲》遺聲,《獻仙音》亦別見記載。徒以曲拍曲終引聲相近。而不知其宮調不合也。若調同均異,相去亦多。文人學士,多所想像,即深明樂律者,亦以唐曲久亡,無從檢定,不得不附和之。然則存中所言,別無他證,實以《望瀛》轉定之也。惟《望瀛》爲道調,《獻仙音》爲小石調,雖同爲法曲,宮調不同。如以《獻仙音》與《霓裳曲》同,即無異於以《獻仙音》與《望瀛》

同。而當時二曲，實有分別，故不敢逕定也。（當時文士不能樂理，故以《望瀛》《獻仙音》爲《霓裳》遺聲。沈氏精妙聲律，當時二曲可以檢定，非若唐曲已亡，不可判斷，故既以《望瀛》定《霓裳》，不能再以《獻仙音》亂之。此似高於文士而不知其仍爲俗所誤也。）

今先以實事證之。歐陽修《六一詩話》云："《霓裳曲》今教坊尚能作其聲，其舞則廢而不傳矣。人間又有《望瀛府》《獻仙音》二曲，云此其遺聲也。"葛立方《韻語陽秋》卷十五云："今世所傳《望瀛》，亦十二遍。散序無拍，曲終亦長引聲。若樂奏《望瀛》，亦可髣髴其遺意也。"王灼駁歐陽修云："《瀛府》屬黃鐘宮，《獻仙音》屬小石調，了不相干。永叔知《霓裳羽衣》爲法曲，而《瀛府》《獻仙音》爲法曲中遺聲。今合兩箇宮調作《霓裳羽衣》一曲遺聲，亦太疏矣。"按：王說未審《六一詩話》之《望瀛府》當從常之書作《望瀛》。何文煥校訂本《六一詩話》作《望瀛洲》，亦非。王承其誤。不獨黃遜宮有《瀛府》，即林鍾宮亦有《瀛府》，與道調之《望瀛》全異。晦叔竟合爲爲一，致成大謬。且永叔之意，以《望瀛》《獻仙音》并似《霓裳》之曲，非合兩箇宮調以製《霓裳》也。若以聲律證之，以《望瀛》近於《霓裳》者，實以遍拍曲終引聲相同，常之已明其旨矣。至以《獻仙音》似《霓裳》，亦未嘗無説。王國維云："宋詞小石調有《法曲獻仙音》，又有《法曲第二》。柳永《樂章集》，二詞同在一卷中，知非二調。又字句雖略同，而用二名，知又非一遍也，殆亦《霓裳》之類。"按：王説是也。余嘗考之，《獻仙音》遍拍，今難質言，惟其爲小石調，實爲林鐘商，若稍高爲中管調，則爲夷則商。宋仁宗《景祐樂髓新經》云："夷則商爲中管小石調，林鐘爲小石調。"是《獻仙音》遍數既多，亦爲宋代商聲十二調之一。故當時傳説以爲與霓裳近也。沈括既以《望瀛》定《霓裳》，則《獻仙音》不容相混。其餘諸家，但知《霓裳》唐爲商調，不能詳攷宋代之傳説，即明於樂律之妻夔，亦爲存中所惑，故辨之如此。

（以上見《細流》1935年第4期）

李易安謂以往詞人無合格者，而又不明其旨趣，故人多疑之。今繹其評語及所撰之詞，亦可粗窺其意也。易安以詞爲侑酒嘌唱之用，故不忌淺俗。然爲文學之一體，故必當善於運用。文人見之，不厭其俗，俗人見之，文誼曉暢，自能雅俗共賞。若徇俗爲貴，失文之質，以雅爲能，不可流行。故易安論曰："詞别是一家，知之者少。"然觀《漱玉集》中，惟《聲聲慢》一闋可以當之而無愧，餘則未能稱是。可知此道之難也。許昂霄極詆其《聲聲慢》，蓋未知易安之詞旨也。

《漱玉詞彙鈔》二卷，清汪玢女士所輯校。玢字孟文，錢塘人。是書刊於道光庚子，封面吴薲香所題也，後有許繡跋。詞據汲古閣本十七首，玢從《陽春白雪》補一首，《樂府雅詞》十六首，《梅苑》六首，《詞林萬選》三首，《歷代詩餘》一首，共四十四首。易安詞散見羣書者，近八十首，此輯殊不完備。玢又輯録詞話，分附各首之後，内引《問遽廬隨筆》，疑即玢所著也。評論亦不精確。前附録紀事，僅引《清波雜誌》《四六談麈》《瑯嬛記》《貴耳録》各一則，而於易安晚節之傳説，全未言及。蓋玢讀書甚少，既不能爲易安辨正，而又以再嫁爲嫌，故置而不論也。

（以上見《輔仁文苑》1939年第2輯）

劉肅序陳元龍《片玉集注》，謂其病舊注之簡略，遂詳而疏之，俾歌之者。究其事，達其辭，則美成之美益彰云云。清真詞舊注已佚，未能較其短長。縱觀陳注，亦頗粗粗，往往失之眉睫。今即所知，略爲補正，未暇一一考也。

《瑣窗寒》："故人剪燭西窗語"。温庭筠《舞衣曲》詩："回鸞笑語西窗客。"正：按此上句云："静鎖一庭愁雨，灑空堦夜闌未休。"下云："似楚江暝宿，風燈零亂，少年羈旅。"則明用李商隱《夜雨寄北》詩"何當共剪西窗燭，却話巴山夜雨時"之意。又《荔枝香》云："共剪西窗蜜燭。"亦用李旨。注但引李賀"蜜炬千枝爛"，非其質也。

《風流子》："最苦夢魂，今宵不到伊行。"補：晏幾道《臨江仙》詞云："如今不是夢，真箇至伊人行。"

《解連環》"燕子樓空"唐張建封節制武寧云云。補：蘇軾《永遇樂》詞云："燕子樓空，佳人何在，空鎖樓中燕。"

《憶舊游》："舊巢更有新燕，楊柳拂河橋。"宋之問詩："旦别河橋楊柳風，夕卧伊川桃李月。"正：韓偓《春晝》詩："藤垂戟户，柳拂河橋。簾幕燕子，池塘百勞。"

《塞垣春》："玉骨爲多感，瘦來無一把。"東坡云："司馬公子見王度，謂客曰：此兒神如秋水而清澈，骨如皓玉而美秀。""一把"俗云"一搦"也。李百藥詩："一搦掌中腰。"正：李商隱《偶成轉韻七十二句贈四同舍》詩云："天官補吏府中趨，玉骨瘦來無一把。"

《氐州第一》："薔薇謝，歸來一笑。"賈島詩："薔薇花謝秋風起。"正：杜牧《留贈詩》云："不用鏡前空有淚，薔薇花謝即歸來。"又《虞美人》云："待得薔薇花謝便歸來。"明用小杜詩句，陳亦引島語以注之，非也。

《六醜》："夜來風雨，葬楚宮傾國。"溫庭筠詩："夜來風雨落殘花。"補：韓偓《哭花詩》："若是有情争不哭，夜來風雨葬西施。"

《綺寮怨》云："江陵舊事，何曾再問楊瓊。"楊瓊事未詳。補：元稹《和樂天示楊瓊》一首，自注云："楊瓊本名播，少爲江陵酒妓。"詩云："我在江陵少年日，知有楊瓊初喚出。腰身瘦小歌圓緊，依約年應十六七。去年十月過蘇州，瓊來拜問郎不識。青衫玉貌何處去，安得紅旗遮頭白。我語楊瓊瓊莫語，汝雖笑我我笑汝。汝今無復小腰身，不似江陵時好女。楊瓊爲我歌送酒，爾憶江陵縣中否。江陵王令骨爲灰，車來嫁作尚書婦。盧戡及第嚴潤在，其餘死者十八九。我今賀爾亦自多，爾得老成余白首。"

《意難忘》："私語口脂香。"方干《美人詩》："些些私語恐人知。"杜詩云："口脂面藥隨恩澤。"正：白居易《江南喜逢蕭九徹因話長安舊游戲贈五十韻》："私語口脂香。"顧敻《甘州子》詞亦有"私語口脂香"之句。

《夜飛鵲》："但徘徊班草。"王介南《次韻留別》詩："班草數行衣上淚。"又："待追西路聊班草。"想即如"班荆"之義也。補《後漢書·逸民·陳留老父傳》云："陳留張升去官歸鄉里，道逢友人，共班草而言。"注"班，布也。"

（以上見《輔仁文苑》1940年第3輯）

韋莊入蜀，伺機返唐。逮唐之亡，深哀家國，故詞多感慨之音。

其《女冠子》首三句云："四月十七，正是去年今日，別君時。"考唐昭宣帝天佑四年，禪位於梁王。四月甲子，梁王即皇帝位。則甲子前一日癸亥，即唐祚告終之日。是年四月丁未朔，癸亥正是四月十七日。憶君之旨，昭然若揭矣。又：朱溫即位於天佑四年四月，月之二十二日，即改元開平。王建即位於本年九月，國號大蜀，次年戊辰，蜀建元武成。故梁太祖開平三年，即蜀高祖武成元年。以此詞"去年今日"推之，殆作於武成元年乎？莊卒於武成三年八月。詞末二句："除却天邊月，沒人知。"言此心惟有天知，亦即《菩薩蠻》"憶君君不知"之意也。

（以上見《輔仁文苑》1941年第6輯）

讀詞雜記

巴壺天 撰

載於一九三四年《學風》第四卷第九期,共十六條。作者巴壺天(一九〇五——一九八七),名東瀛,字壺天,號玄廬,安徽滁縣人。一九三一年起,歷任安徽省政府秘書、主任秘書,湘南行署主任秘書、安徽省政府秘書長等職。一九四九年,渡海至臺灣。先後任臺灣師範大學、新加坡義安書院、臺灣大學、東海大學教授。著有《藝海微瀾》《玄廬剩稿》,編有《唐宋詩詞選》。《讀詞雜記》以引用詞話、筆記等材料評述歷代著名詞人詞作爲主要内容,摘引豐富,惜新見不多,惟比較稼軒、夢窗、東甫、其年四人同題材詞句等幾則,可窺作者評詞之片羽。

《人間詞》云:"客裏歡娱和睡減,年來哀樂與詞增,更緣何物遣孤燈。"余江城重到,殊乏好懷,秋館燈涼,讀詞自遣,此情聊復似之。偶摭群言,兼參己說,其事爲大雅所笑,其旨與流俗或殊。尤冀讀者亮焉。

馮正中《謁金門》首句:"風乍起,吹皺一池春水。"膾炙人口。《南唐書·馮延巳傳》云:"元宗嘗因曲宴内殿,從容謂曰:'吹皺一池春水,何干卿事?'延巳對曰:安得如陛下'小樓吹徹玉笙寒'特高妙也?元宗悅。"按:元宗語氣,蓋甚妒羨馮詞。元宗,固詞中聖手也。陳霆《渚山堂詞話》曰:劉伯温秋晚曲《謁金門》首句"風嫋嫋,吹緑一庭秋草",爲語亦佳,然即"風乍起,吹皺一池春水"格耳。以二言細較,劉公當退避一舍。余味馮公詞意,止水一池,春風乍起,心隨風動,而輒愁生,頗覺意境兩忘,物我一體。劉公豈僅當退避一舍而已？又"吹皺"二字特妙。

溫飛卿《更漏子》首章云："驚塞雁,起城烏,畫屏金鷓鴣。"張惠言《詞選》曰："'驚塞雁'三句,言懽戚不同,興下'夢長君不知'也。"陳廷焯《白雨齋詞話》曰："此言苦者自苦,樂者自樂。"統觀全章,其説良是。若第就此三句觀之,則城烏、塞雁,雖難定驚魂,而畫屏鷓鴣,却毫無生氣。莊生固嘗論楚龜矣,留骨廟堂,無寧曳尾塗中也。

唐無名氏《菩薩蠻》"平林漠漠"一首,釋文瑩《湘山野録》云："此詞不知何人寫在鼎州滄水驛樓,復不知何人所撰。魏道輔泰見而愛之,後至長沙,得古風集於子宣内翰家,乃知李白所作。"其辭頗涉疑似。胡應麟《莊嶽委譚》云："今詩餘名《望江南》外,《菩薩蠻》《憶秦娥》稱最古,以《草堂》二詞出太白也。近世文人學士或以爲實,然余謂太白在當時直以風雅自任,即近體盛行七言律,鄙不肯爲,寧屑事此。且二詞雖工麗,而氣衰颯,於太白超然之致,不啻穹壤,藉令真出青蓮,必不作如是語,詳其意調,絶類温方城輩,蓋晚唐人詞,嫁名太白,若懷素草書,李赤姑熟耳。原二詞嫁名太白有故,《草堂詞》,宋末人編,青蓮詩亦稱《草堂集》,後世以二詞出唐人,而無名氏故僞題太白,以冠斯編耶?"徐釚《詞苑叢談》襲之。且曰："《杜陽雜編》云:大中初,女蠻國貢雙龍犀明霞錦,其國人危髻金冠,纓絡被體,故謂之'菩薩蠻'。當時倡優,遂歌《菩薩蠻曲》,文士亦往往效其詞。《南部新書》亦載此事,則太白之世,唐尚未有斯題,何得預填斯曲耶？又《北夢瑣言》云:'宣宗愛唱《菩薩蠻》詞,令狐丞相假飛卿所撰密進之,戒以勿泄,而遽言於人,由是疏之。'按大中即宣宗年號,此詞新播,故人喜歌之。予屢疑近飛卿,至是釋然,自信具隻眼也。"余按此詞謂爲太白所作,固未足信,然據《杜陽雜編》《北夢瑣言》所載,遽信爲温飛卿作,尤爲附會。王國維《〈春秋後語〉背記跋》云:"考崔令欽《教坊記》所載教坊曲名三百六十五種,有《望江南》《菩薩蠻》二調。令欽時代雖不可考,然《唐書·丞相世系表》有國子司業崔令欽,乃隋恒農太守宣度之五世孫。唐高祖至玄宗五世,宣度與高祖同時,則其五世孫當在玄、肅二宗之世。

其書記事,訖於開元,亦足略推其時代。據此,則《望江南》《菩薩蠻》二詞,開元教坊固已有之。"何得遽謂此調至宣宗時始有之耶?

又此詞末句,《草堂詩餘》作"長亭更短亭","更"字去聲,按律應用平聲。此字用平,則"長"字可仄。溫飛卿此調十四首,此字十三首用平,祇第十一首"無憀獨倚門","獨"亦入聲作平用。萬紅友《詞律》,改"更"作"連",知此字應平也。第以二字相較,"更"字實佳。

周清真《浣溪沙》"戲拋蓮菂種橫塘"句,余讀之,頗有微嘆種愁之感。世固不乏逢場作戲,偶種愁根,終乃藕縷難刪,蓮心逾苦者矣。

蘇東坡《卜算子》(缺月掛疏桐)一首,鮦陽居士《復雅歌詞》云:"缺月,刺明微也。漏斷,暗時也。幽人,不得志也。獨往來,無助也。驚鴻,賢人不安也。回頭,愛君不忘也。無人省,君不察也。揀盡寒枝不肯棲,不偷安於高位也。寂寞沙洲冷,非所安也。此詞與《考槃》詩極相似。"譚獻《復堂詞話》曰:"以《考槃》爲比,其言非河漢也。此亦鄙人所謂'作者未必然,讀者何必不然'"。余謂讀詞能多悟一意,即作詞能多辦一法也。

史梅溪《雙雙燕》咏燕云:"應自棲香正穩,便忘了天涯芳信。"襲用王荊公《歸燕》詩"貪尋舊巢去,不帶錦書迴"句意。語尤俊絕。

溫飛卿《菩薩蠻》首章"小山重叠金明滅"一句,解者各異。楊慎《升庵詞品》云:"後周天元帝令宫人黄眉黑粧,其風流於後世。虞世基咏袁寶兒云:'學畫鴉黄半未成。'此煬帝時事也,至唐猶然。駱賓王詩:'寫月圖黄罷,凌波拾翠通。'又盧照鄰詩:'纖纖初月上鴉黄。''鴉黄粉白車中出。'王幹詩:'中有一人金作面。'裴慶餘詩:'滿額鵝黄金縷衣。'溫庭筠詞:'小山重叠金明滅。'又'蕊黄無限當山額',又'撲蕊添黄子,呵花滿翠鬟',又'臉上金霞細,眉間翠鈿深'。牛嶠詞:'額黄侵膩髮,臂釧透紅紗。'張泌詞:'蕊黄香畫帖金蟬。'宋陳去非臘梅詩:'智瓊額黄且勿誇,眼明見此風前葩。'智瓊,晉代魚山神女也。額黄事,不見所出,當時必有傳記,而黄妝實自智瓊始乎?今黄妝久廢,汴蜀妓女以金箔飛額上,亦其遺意也。"其說似較可信,然於小山句,則仍語焉未詳。於按此句言眉黄零落也。《妝臺記》云："五代宮中畫眉：一曰開元御愛眉，二曰小山眉，三曰五嶽眉，四曰三峰眉，五曰垂珠眉，六曰月棱眉，又名却月眉，七曰分梢眉，八曰涵煙眉，九曰拂雲眉，又名橫煙眉，十曰倒暈眉。"五代去晚唐未遠，小山眉，疑或沿自晚唐，即飛卿所云"小山重叠"也。至開元御愛眉，顧名思義，當爲唐玄宗時宮中眉樣，尤足藉資參證。如據此解，則此章第三句"懶起畫娥眉"，承上第一句，即"小山"句，第四句"弄妝梳洗遲"，承上第一句"鬢雲欲度香腮雪"，章法亦似整密。

曾鷗江《點絳脣》後段云："來是春初，去是春將老。長亭道，一般芳草，祇有歸時好。"況夔笙《蕙風詞話》曰："看似毫不吃力，政恐南北宋名家未易道得，所謂自然從追逐中來也。"余按劉圻父《玉樓春·題小竿嶺》云："一般垂柳短長亭，去路不如歸路好。"曾詞實自此脫胎出，特更佳耳。

詞能以有寄託入，以無寄託出，方臻上乘。王碧山《齊天樂·咏蟬》（一襟餘垠）一首，端木埰云："詳味詞意，殆亦黍離之感。'宮魂'字點出命意，'乍咽''还移'，慨播遷也。'西窗'二句，傷敵騎暫退，燕安如故。'鏡暗'二句，殘破滿眼，而脩容飾貌，側媚依然。哀世臣主，全無心肝，千古一轍也。'銅仙'三句，宗器重寶，均被遷奪，澤不下究也。'病翼'二句，更是痛苦流涕，大聲疾呼，言海島棲遲，斷不能久也。'餘音'三句，遺臣孤憤，哀怨難論也。'漫想'二句，責諸臣到此，尚安危利災，視若全盛也。"此首句句言君國，句句仍不脫言蟬，無一澀筆，洵詞中高境也。

劉招山《一剪梅》云："一般離思兩銷魂，馬上黃昏，樓上黃昏。"傷離念遠，同此黯然。閨秀張縈《清平樂·憶外》云："一天離恨分開，同携一半歸來。日暮孤舟江上，夜深燈火樓臺。"實由劉詞脫胎，而描景寫情，更形透露矣。然劉詞又固自毛澤民《惜分飛》"此恨平分取"句脫胎來也。

李知幾贈官妓詞有云："暖玉倚香愁黛翠，勸人須要人先醉。問道明朝行也未？猶自記，燈前背立偷垂淚。"好事者或改"偷"爲"佯"。見《升庵詞品》。納蘭容若《清平樂》云："記得燈前佯忍淚，却問明朝行未?"實襲用之。然"佯忍淚"三字,強抑悲懷,更加淒婉矣。

納蘭容若《浪淘沙》云:"曾染戒香消俗念,怎又多情?"蓋自韓冬郎詩"曾把禪機銷此病,破除才盡又重生"句脫出。馮小青與某夫人書云:"蓮性雖胎,荷絲難殺。"亦此意也。

吴夢窗《西子妝慢·湖上清明薄游》云:"流水麴塵,艷陽酷酒。""酷"字《詞潔》作"醋",鄭文焯疑"酷"作"酤",《説文》"宿酒也"。宋翔鳳《樂府餘論》曰:"按:酷酒,謂酒味酷烈也。白香山詠家醖云'甕揭開時香酷烈',此'酷'字所本。太白詩:'風吹柳花滿店香,吴姬壓酒勸客嘗。'當風吹柳花之時,先聞香味之酷烈,而後知店中有酒。故先言香,後言酒也。'艷陽酷酒',正同此意。萬氏《詞律》,疑'酷'是'酤'字之訛。然但言酤酒,便索然無味。"此説未足爲"酷酒"二字根據。余按《前漢書·吴王劉濞傳》:"周丘者,下邳人,亡命吴,酤酒無行。"宋祁校云:"南本'酤'作'酷'。"又戈載《詞選》,從汲古刻本,亦作"艷陽酷酒",並識云:"《説文》,酷酒味厚,汲古不誤也。"庶乎得之。

辛稼軒《水調歌頭·醉吟》:"而今已不如昔,後定不如今。"吴夢窗《金縷歌·陪履齋先生滄浪看梅》云:"後不如今今非昔,兩無言相對滄浪水。"黄東甫《眼兒媚》云:"當時不道春無價,幽夢費追尋。"陳其年《水調歌頭·雪夜再贈季希韓》云:"縱不神仙將相,但遇江山風月,流落亦爲佳。豈意有今日,側帽數哀筇。"納蘭容若《浣溪沙》云:"被酒莫驚春睡重,賭書清得潑茶香。當時衹道是尋常。"王静安《清平樂》云:"當時草草西窗,都成別後思量。遮莫天涯異日,應思今夜淒涼。"意雖略同,境實各別。蓋稼軒悲涼,夢窗沉鬱,東甫哀婉,其年感憤,容若淒麗,静安幽咽也。然其年不可爲訓。

況蕙風《水調歌頭·落花》云:"風雨枉教人怨。知否無風無雨,也自要飄零。"又《江南好》云:"憐花瘦,移向繡閨中,掩却碧紗屏十二,曉來依樣有殘紅,不敢怨東風。"比興温厚,然即蔣元龍《好事近》"風定老紅猶落",及沈覃九《浣溪沙》"落花風定也難收"句意耳。

詞　話

林瑞良　撰

　　載於一九三四年《津汇月刊》（天津）創刊號，該刊係天津匯文中學校刊。作者林瑞良，生平不詳。在《津匯月刊》發表有《詞話》《不如歸去》《叛變》《復仇》等文章。林瑞良《詞話》主要述評唐五代、兩宋代表詞人名作，並推薦盧前《宋詩十九首》、劉大傑《春波樓詩詞》、胡雲翼《詞學小叢書》和董康校《衆香詞》作爲學詞入門必讀書。

　　在中國古代文學裏，我最愛好詞。因爲詞的韻格不似詩的淺狹，句子長短也不等，比較其他的韻文容易發表情感；再者吟誦起來也容易引人入勝——所以很久以前便把詞調作成曲來唱。至於詞的全盛時代，我們可以用宋朝來做代表，在這箇時代裏所產生的詞人很多——雖然唐、元也有傑出的人才，不過不像宋朝的多罷了。
　　關於詞的作法，完全是按照調名來填，所以我們作詞不叫做，而叫填。這種作法也不是三言兩語所能容納下的，我們先不用去研究。現在先將幾箇詞家和他們的作品介紹來看。
　　要講填詞那一定要推南唐李後主做巨擘了。在他的詞裏充滿了人生的痛苦和心情的悲淒，所發出的抑揚情感，詞句的淒涼確非他人所能望肩。王國維曾説過："詞至李後主而眼界始大，感慨遂深。"確是很對的，總之後主詞的好點就在情致深摯和意境高遠。我們看他的《虞美人》詞："春花秋月何時了？往事知多少。小樓昨夜又東風,故國不堪回首月明中。　　雕欄玉砌應猶在,祇是朱顏改。問君能有幾多愁?恰似一江春水向東流。"那是多麼哀涼,做這種亡國之音真能使人淚爲之落。

此外,還有我們應當認識的,就是宋朝的文人——歐陽修。他在文章和修史兩方面是很著名的,在詞史裏的貢獻更非常之大,他的著作有《六一居士詞》。我們試看他的《臨江仙》:"柳外輕雷池上雨,雨聲滴碎荷聲。小樓西角斷虹明。闌干倚處,待得月華生。燕子飛來窺畫棟,玉鉤垂下簾旌。涼波不動簟紋平。水精雙枕,傍有墮釵橫。"和他的《南歌子》:"鳳髻金泥帶,龍紋玉掌梳。走來窗下笑相扶,愛道'畫眉深淺入時無'?　　弄筆偎人久,描花試手初。等閒妨了繡功夫,笑問'鴛鴦'兩字怎生書?"這種綺麗香艷的詞,試想可是他老先生作的?然而這正是他的偉大。

辛棄疾,字幼安,也是宋朝的一位大詞人,他的作風和旁人悲切艷麗又不同,差不多近於閒淡瀟灑的一種意境。我們試看他的《祝英臺近》:"寶釵分,桃葉渡,煙柳暗南浦。怕上層樓,十日九風雨。斷腸片片飛紅,都無人管,更誰勸、啼鶯聲住?　　鬢邊覷,試把花卜歸期,才簪又重數。羅帳燈昏,哽咽夢中語:是他春帶愁來,春歸何處?却不解、帶將愁去。"

還有一位女詞人李清照也是擅長於詞的,筆調是細膩委婉,她著有《漱玉詞》。我們先舉她的《醉花陰》來看:"薄霧濃雲愁永晝,瑞腦銷金獸。佳節又重陽,玉枕紗廚,半夜涼初透。　　東籬把酒黃昏後,有暗香盈袖。莫道不銷魂,簾捲西風,人比黃花瘦。"

晏幾道字叔原,也是宋人,他父親晏殊就是宋朝有名的詞人,官位隆赫。有人曾說晏殊的詞勝過叔原那是不對的,實在他的造詣要高過他父親。他在詞裏能夠運用詩句作辭藻。黃山谷說過:"叔原樂府,寓以詩人句結,精壯頓挫,能動搖人心,上者《高唐》《洛神》之流,下者不減《桃葉》《團扇》。"可以作晏幾道的評。我們也舉兩首來看,一是《點绛唇》:"花信來時,恨無人似花依舊。又成春瘦。折斷門前柳。　　天與多情,不與長相守。分飛後。淚痕和酒。占了雙羅袖。"第二首是《蝶戀花》:"碧落秋風吹玉樹。翠節紅旌,晚過銀河路。休笑星機停弄杼,鳳幃已在雲深處。　樓上金針穿繡縷。誰管天邊,隔歲分飛苦。試等夜闌尋別緒,淚痕千點羅衣露。"

宋秦少游在宋代的文壇上也是佔有相當地位的詞人,著有《淮海集》。他的作品的音韻非常清妙,有一種新穎麗都的情緒。如《憶王孫》:"萋萋芳草憶王孫,樓外樓高空斷魂,杜宇聲聲不忍聞。欲黃昏——雨打梨花深閉門。"《鵲橋仙》:"纖雲弄巧,飛星傳恨,銀漢迢迢暗度。金風玉露一相逢,便勝却人間無數。　柔情似水,佳期如夢,忍顧鵲橋歸路。兩情若是久長時,又豈在朝朝暮暮。"《桃源憶故人》:"玉樓深鎖薄情種,清夜悠悠誰共?羞見枕衾鴛鳳,悶則和衣擁。　無端畫角嚴城動,驚破一番新夢。窗外月華霜重,聽徹《梅花弄》。"

五代馮延巳是得力於詞的一箇人,晏幾道和他父親的詞就是受影響於他的。延巳的詞的佳處就在思深詞麗,韻逸詞新。徐軌《詞苑叢談》上説:"馮氏之詞,曲雅豐容;雖置在古樂府中,可以無愧。"這便知道他是多麼偉大的一位詞人了。且舉幾首來看。"風乍起,吹皺一池春水。閒引鴛鴦香徑裏,手挼紅杏蕊。　鬥鴨闌干獨倚,碧玉搔頭斜墜。終日望君君不至,舉頭聞鵲喜。"(《謁金門》)"誰道閒情抛擲久。每到春來,惆悵還依舊。日日花前常病酒,敢辭鏡裏朱顔瘦。　河畔青蕪堤上柳。爲問新愁,何事年年有。獨立小橋風滿袖,平林新月人歸後。"(《蝶戀花》)

宋周邦彦,字美成,是詞壇巨子。至於他的詞也是運用詩句做詞藻的,不過他的手筆又要勝過晏叔原,著有《清真集》詞二卷,後集一卷。試看他的《瑣窗寒》:"暗柳啼鴉,單衣佇立,小簾朱户。桐花半畝,静鎖一庭愁雨。灑空階、夜闌未休,故人剪燭西窗語。似楚江暝宿,風燈零亂,少年羈旅。　遲暮。嬉游處。正店舍無煙,禁城百五。旗亭喚酒,付與高陽儔侶。想東園、桃李自春,小脣秀靨今在否。到歸時、定有殘英,待客攜尊俎。"

好了,不再多説了。此外還有蘇軾、黄庭堅、范仲淹、白居易、張炎、陸放翁、柳永……等也各佔有他們的位置,因爲限於篇幅,不便再多介紹。

　　將前面所舉的實例來看，我們知道填詞最要緊的，是要有含蓄，絕不要傷風吟月地無病呻吟底做作。此外文體要新穎，詞句要美麗，音韻要相切……都是學填詞的要素，此外還有幾本很適宜於學填詞的就是《宋詩十九首》（盧冀野）、《春波樓詩詞》（劉大傑）、《詞學小叢書》（胡雲翼）、《裳香詞》（董康校），都是很好的關於詞學的書。

二十三，十，二十日夜

西溪詞話

星舫 撰

載於一九三四年四月十五日《福建省立龍溪中學師範校刊》一卷一期、《海濱》雜誌一九三四年第三期、第五期、一九三六年《龍中導報》第一卷第八期,均署名"星舫"。比對可知,《福建省立龍溪中學師範校刊》刊載本與《海濱》雜誌第三期刊載本內容相同。作者沈奎閣(一八八八——一九四二),字星舫,號西溪居士,福建漳州人。畢業於集美國學專門學校,曾從周岸登學詞。自陳:"十六年癸師來廈,乃以所學,時就問難,始恍然於學詞須從校勘入手。乃著手校美成、夢窗諸名家詞集。於是購詞、校詞、讀詞、填詞遂爲余之癖嗜。"歷任福建龍溪師範、龍溪中學、詔安中學、集美師範等學校國文教師。著有《西溪吟草》《西溪詞》《西溪詞話》等。《西溪詞話》主要彙輯朋輩詞人詞事,並附簡短評論以志交誼,共記錄詞傭、棲霞、雲郎、滌心、青萍、師彥、溫伯夏、笠山、顏影、懺因、沈祖牟等十一位朋輩友生詞作詞事,兼及南京詞人盧冀野,有存人存詞之益。

　　余向編詞話,以校勘爲多,間及評語,唯於朋輩詞,未曾提及,雨窗無俚,檢點破麓,擇尤紀之,非云"標榜",聊志友生交誼,及一時杯酒間聞見云爾。

　　詞傭《撥香灰》:"香沉睡鴨黃昏後,吹客夢,西風還又,把定心兒不想伊,怎拋却、愁時候。　桃花人面都依舊,恨衹恨,自尋僝僽,眠食因卿不準時,何須待、秋來瘦。"善以白話入詞。

棲霞自謂其作品："風雲氣多，兒女情少。"然其《綺羅香》："縱不傷春，何堪恨別，生怕愁如煙縷。怯數歸期，也祇爲關山阻。立盡了多少黃昏，但滿目亂紅飛絮。漸天涯芳草萋萋，美人消息又遲暮。　　樓頭新月媚嫵。猶戀蘭閨倦去，漫貪延佇。曲巷迴廊，都是斷人腸處。夢裏釵鈿諦難真，無情最是瀟瀟雨。正疑芳貌尚依稀，復相思幾許。"風流狎昵，柔清一縷，能令讀者銷魂意盡，所謂才人之筆，信乎不可測度。

余學詩始於民七，慫惠者爲谷懷夫子，而獲益於延平范秋帆夫子爲多。學詞始於民八，陳敬恒先生引其端，爾後既無良師指導，睦是閉門造車，花晨月夕，風雨懷人，輒手一編，藉以遣興而已。十六年癸師來廈，乃以所學，時就問難，始恍然於學詞須從校勘入手。乃著手校美成、夢窗諸名家詞集。於是購詞、校詞、讀詞、填詞遂爲余之癖嗜。雲郎初學爲詩，含思悽惋，時病婉弱，既而學詞，出筆便雋，時相倡和。於是而映雪樓之一燈雙影室中，紀燭傳箋，拈題分韻，遂平添一段韻事矣。余與雲郎初約聯句和小山全集，惜以事牽，僅成四十餘闋而已，錄八闋於此。《玉樓春》："惱人緒緒斜陽暮，葉落梧桐深閉戶。一秋情味感華年，五夜夢魂迷斷絮。　　當時勞燕風飛處，柳外馬嘶人別去。一聲彈指淚如絲，回首霸橋東畔路。"前調："峨眉勝雪哂秋暮，懶撥檀槽聲不住。兩行紅淚濕羅巾，一曲行雲忘去路。　　當初悔却多情遇，好一夢暗隨流水去。銷魂聞與說相思，畢竟相思無著處。"《蝶戀花》："醉倚危欄頻悵望，時節落花，聽徹陽關唱。舊夢新歡餘一晌，錦鱗空寄湘江浪。　　記得梅黃春水漲，一點靈犀，脈脈深相向。擬托琴心挑座上，多情總似無情樣。"《歸田樂》："莫把飛鴻數，點點是惱人愁緒。乍看金英吐。遣愁更把盞，籬下長住，怕祇黃花又殘去。　　空惜蛩亂語，間作客年年人無恙否。海盟山誓，記得燈前語。而今祇落得，月明歌處，漂泊天涯似飛絮。"《蝶戀花》："黃菊開時秋意晚，送酒人來，瀲灔金卮淺。屈指歸期期更遠，西窗一夜銀蟾。　　自是多情腸易斷。不信多情，却道情人短。一傃因風葉紅亂，經秋憔悴朱顏換。"《玉樓春》："風雲變幻終難計，金粉繁華歌舞地。樓臺搖影似當年,今日逢君須著意。　旁人那識傷心事,枉費登臨多少淚。六街燈火照儂歸,看盡魚龍終日醉。"《醉落魄》:"一彎眉月,離筵聽唱連宵徹。節近黃花歸思切,臨水登山,惆悵經年別。　湖樓影事成春雪,金釵鈿合都消歇。綠陰青子重攀折。十載樊川,待與何人說。"《六麽令》:"數根楓樹,時見鴉棲息。淒涼板橋流水,殘照暮煙碧。又是欄干倚遍,此恨無端的。舞茵歌席。重來崔護,爲問湖樓舊時客。　還見梧桐蟋蟀,堆遙黃花折。落葉堆滿西園,更有誰堪摘。顧遲暮蘭成倦旅,怕聽江關笛。一秋岑寂。鱸魚漫好,故里西風倍思憶。"

"舊情細憶去,容我醉時眠。"滌心《臨江仙》歇拍句也,殊有二晏風致。

"同伴青燈雙影瘦,獨聽細雨一簾寒。"雲郎和中主詞句。"一燈雙影室"之名由此起。

青萍自謂花中最愛玫瑰,其《祝英臺近》咏玫瑰云:"乳鴉啼,寒食近,隄柳暗飄絮。天也傷春,幾日絲絲雨。玫瑰點點嫣紅,矯著繡裹,新枝嫩綠芳初吐。　吐芳處,未忍攀折恣人,生計自家護。含笑迎風,葳蕤渾無緒。累黃鸝愛情深,依依難去,却不敢向枝頭住。"

青萍《歸自謠・代柬》寄余云:"燈火綠。燈下有人兒幽獨。一簾疏雨風扶竹。雁書幾次無回復。難猜卜,三更愁聚淒涼屋。""扶"字,"聚"字,頗得煉字之妙。

青萍詞弟,始從余學於漳華英學校,爲詩有思致。其後余負笈鷺門,青萍旋亦輟學。涸跡市廛,鬱鬱不樂。蓋渠性嗜學,尤酷嗜文藝,從商非其志也。然其自修甚勤,中西文具有長足之進境。嘗以《滿江紅・晚眺》一詞寄余:"遠浦歸帆,斜陽外黛山重叠。黛山下,驚濤澎湃,浪花凝雪。風斷炊煙人靜悄,倦飛宿鳥悲時節。看沙鷗數點高下飛,江天闊。　西塞草,東山月。極目處,空愁絕。念鳴蟬初過,荻蘆發。留慧中繁華社會,曾籌歸計何時決。對暮霞無語滿江紅,潮聲咽。"一氣渾成,直入北宋之室。

師彥詞棣,余來漳任丹霞講席時所認識同學也。文詩具悱惻纏綿，芬芳竟體。曾有《踏莎行》詞登載某報云："淒霧迷窗，淡煙籠柳。征衣舊漬都因酒。當時不合種相思，海棠秋雨黃昏後。花祝長生，更嫌漏久。懨懨睡起頻低首。嫣然無語憶郎歸，白綾衫子剛新鈕。"風格獨絕。

（以上見《福建省立龍溪中學師範校刊》1934年4月15日1卷1期、《海濱》雜誌1934年第3期，內容相同）

厦埠自民十六年開闢馬路，於是昔所稱爲"天險"之鎮南關亦夷爲平坦之馬路矣。友人溫伯夏《滿江紅·過鎮南關見施瑯紀功坊已毀，感賦》一詞云："回首當年，鴻山上紀功坊屹。嘆彈指、桑田滄海，而今淪滅。鞭石破山通孔道，果然人力天工奪。秪去年此日鎮南關，風光別。　繩百尺，坊傾折。既必毀，胡爲設。又平臺勳業，早成枯骨。煮豆燃萁何太急，貳臣自古無高節。笑願爲功狗願爲鷹，功名切。"

癸師謂余與笠山詞，俱與周、姜爲近。余固酷愛碧山者。笠山前作，確是周、姜一派，近作則沉鬱峭拔，進乎夢窗矣。《華胥行·歸杭用清真韻》："飛鳶堞毀，化鶴人棉，渡橫舟葉。矮屋臨江，修蘆旁水爭鯉喋。怕聽吹角嚴城，送午風悲軋。寥落河山，幾經離亂心怯。　訪舊翻驚，數鬼錄鬢華慵鑷。酒痕和淚，青衫休輕檢閱。自笑飄零湖海，剩詩箋行篋。鄉關何處，愁雲惆悵千叠。"

棲霞《金縷曲》："誤我儒冠耳，更休提，詩書世業，舊家門第。三十年來塵土夢，回首都無快意。任落拓、罕逢知己。綠柳婆娑春未老，盡傷心灑盡漢南淚。多少恨，隨流水。　丈夫未肯隨人醉。一教余，窮途潦倒，命將才忌。事業早抛雲水外，雲水流連足矣。縱老去，悲傷堪悔，但得陶情尋樂趣，問浮名何必丹青裏。身世事，從頭記。"

盧冀野《齊天樂》："平生心事憑誰說，青衫淚痕多少。走馬求名，挑燈訴怨，如此勞人草草，孤雲自好，祇雨袖風懷，一囊詩料。奄忽春光，依稀歡意怕人曉。　滄桑彈指閱遍，認兒時巷陌，游屐猶到。雨冷江城，石迷驛路，懶向長安西笑。黃鸝正悄，有千百橋西，一聲聲早。未白秦郎，可憐春夢老。"江南才子，詞筆自是不凡,以棲霞作較之,風格機軸,亦虎之賁似中郎耳。然冀野蜚聲藝苑,藉甚當時,棲霞則困厄南荒,餓驅謀食,落拓之狀,不下於余,固有幸有不幸耶。

朋輩詞中,顏影多言情之作。癸師所謂"抒情伊鬱,得南唐二主及易安居士之神"者也。然其《秋宵吟·哀東三省》則憤慨中饒健舉之氣,詞云:"何辜東省萬戶,憑漲滔天禍水。驚風發,引書角天狼,珠彈轟起。奪奉城,陷遼吉,火龍金蛇東指。回眸處,剩破屋鱗鱗,亂屍千里。　淚眼樓頭,正故國晚秋天氣。煮豆燃萁,海外鯨牙,怒濤叠愁緒。同胞清醒來,忍看榻旁,他族鼾睡。執橫磨,敵愾同仇,今日何日恨未已。"

懺因詞多憂時念亂、感事懷人之作,其《湘春夜月·贈北平梁慧清、張炳平畫家》云:"又匆匆,扁舟小繫河,歲晚浪跡天南,愁聽鷺門潮。作客逢君閩嶠,值千家劫燹,野哭悽嘹。望燕雲千里,鄉思萬丈,嗚咽寒刁。　漁樵不見,桃源路杳,樂國偏遙。等是有愁難遣,待流民繪就,與寫離騷。江山非舊,願吾儕起舞中宵。今而後,拾滄洲書稿。換他馬革,誓掃金遼。"又《鳳凰臺上憶吹簫·有悼》,誠情文兼茂之什也。詞云:"墮地花魂,漂流何去,一春恨事悠悠。算塵緣今謝,劫局全收。紅粉每招天妒,最憐是,質慧情柔。空剩下,鸞箋翠帕,過眼生愁。　休休,前塵莫問,嘆母命媒言,錯飲酖謀。問夜臺況味,頗稍甜不。形影時依旅夢,南歸惆悵吊蓬丘。傷情處,鶯聲瀝瀝,悄倚樓頭。"

夏間訪舊集美,半崖謂余:"早來則佳,瑋德方歸不久也。"蓋渠亦嗜填詞,惜當時未曾拜讀其大作耳。回漳時翁君乃以沈祖牟詞二闋見示。沈,閩縣人,與瑋德友好,亦新詩人也。詞婉聲纏綿,亦何愧作者?《洞仙歌·寄人雙紅豆》:"櫻桃紅乍綻,待妝成猶妒。燈下臨封又重數。把纏綿意緒,染付春紅,忙寄與,祇恐相思無據。　幾枝勤采擷,南國輕狂,惆悵春衫誤塵土。何日說歸期,婉轉柔腸,柔欲斷,可憐兒女。念劃地風霜峭寒天,倩兩小心魂,伴君朝暮。"

(以上見《海濱》雜誌1934年第5期)

《滿江紅》調，音節最爲高亢，宜於抒寫激昂慷慨之情緒，岳武穆詞其尤著者也，今人任中敏亦有此調，内容係憤暴日侵略東北而作。詞云：" 還我河山，指落日椎胸泣血。存一息，此仇必報，子孫踵接。魂魄縈回遼海闕，精誠呵護榆關密。撫金甌缺處幾時完，心如蓺。　公理勝，何能必。頭顱好，寧虛設。便空拳赤手，亦撓強敵。我有男兒三百兆，人人待立千秋業。聽神獅雄吼亞東時，君何怯。"

憶三年前，漳州方推行"新生活運動"，林梓絃以《復興報》經理資格向本校邱、林二君及余索"新生活運動專刊"稿，並詢余以常填詞否？時某君在座，笑謂新生活豈可入詞料。余曰姑妄爲之，亦填《滿江紅》一闋："蒿目時艱，正一髮，千鈞難繫。倩何人，去請長纓，縛他矮子。臺時志士疾首口，登場傀儡又搬戲。好男兒熱血未應灰，急振起。　欲雪恥，先知恥。欲救國，先救己。但衣食住行，清潔規矩。運甓好將前輩學，聞雞休負今生志。看吾儕再造舊山河，反掌耳。"一時興到之作，由今觀之，淺俗殊甚。甚矣"舊瓶裝新酒"之難也。

(《龍中導報》1936年第 1 卷第 8 期)

談　詞

憾　廬　撰

　　載於一九三四年《人間世》第十二、十四、十六期。作者林憾廬(？——一九四三)，原名玉琪，改名憾廬，福建漳州人，著名作家林語堂之三兄。曾主編《北京晨報》副刊、《宇宙風》及《中國與世界》，任教於民國大學、朝陽大學。一九四三年病逝於桂林後，《宇宙風》刊登有吳經熊、魏兆銘等十餘人的悼念文章。著有詩集《影兒集》、散文《懷魯迅》等。《談詞》分爲八個部分，主要記述個人學詞經歷，探析詞之本質、詞之起源、詩詞之別、詞曲之別等問題，尤其重視巴蜀《竹枝詞》、江南《采蓮子》的影響。作者指出："其説詞是依調填的文詞，還不如説是歌者照調歌唱的口詞。"見解可稱敏鋭。然而該詞話認爲詩詞的不同點之一在於詩是"文言的，古典的"，詞是"白話的，通俗的"，又提出"詞和曲是一樣的東西"，"宋詞和元曲的不同祇是文言(多少帶著白話)和大衆語的差别"，恐值得商榷。

一

　　我從少時就很好讀詞，大概是因爲它的韻節音律的美吧。到了稍長，喜歡詞曲更甚於詩。然而，詞曲是甚麽東西？那時因爲沒有考究的興趣，就不會去注意它。而且，生在這詞曲不發達的地方，又被那些詞人詞話把詞曲説得那末神秘，甚麽宮調，甚麽音律，甚麽格式，簡直把頭嚇昏——所以一向不敢去學它。

　　後來在一箇時期，偶然想試填詞，於是就把古人的詞作譜，試填下去，成功了幾首詞。這學填的勇氣，大半是由於平時不相信那些詞人的詞話，把詞說那末神秘，甚至摻入陰陽相生之說，而且，又像詩一般，差不多每句都要有典。我覺得真是豈有此理。那末，初作某句後人所謂出處的典故，又出於那裏呢？還有學填詞的小半的勇氣，是由於不過是自己試試玩，本不想作詞人，傳之於世。

想不到於學填之後，因爲多看些詞調的名，和幾本古的集子，忽然發覺了詞是甚麼東西和它的起原。這發覺真有"偶有所得，便欣然忘食"之樂。以後甚麼詞人的鬼詞話，也不去相信他了。而且，對於那些詞人爭辯之點和疑問，都有我的解答了。幾年來頗想把所得的寫出來，可是因爲我的漫話久已擱筆；而且時常奔走些無聊的事情，總不曾動手寫它。現在，試著寫出來看看，這或者是我箇人的偏見，而又沒有系統的研究，仍舊是些漫話吧。

二

詞是甚麼東西？多數說是詩的變體，所以又稱爲"詩餘"。可是這不能說明它。我們要明白它是甚麼東西，當然要先求得它的起原。從前的詞人說明詞的起原的很少，而且有的越說越含糊。祇有《歷代詞綜》汪森的序說："自有詩而長短句即寓焉。《南風》之操，《五子之歌》是已……迄於六代，《江南》《採蓮》諸曲，去倚聲不遠。其不即變爲詞者，四聲猶未諧暢也。自古詩變爲近體，而五七言絕句傳於伶官樂部；長短句無所依，則不得不更爲詞。當開元盛日，王之渙、高適、王昌齡詩句流播旗亭，而李白《菩薩蠻》等詞，亦被之歌曲。古詩之於樂府，近體之於詞，分鑣并騁，非有先後。謂詩降爲詞，以詞爲詩之餘，殆非通論矣。"這頗可稱爲正當的見解。近人考究詞的，我記得在《語絲》上登過日本某氏的《關於詞的考證》，似乎也是祇說明它發見的時代，未曾作更進一步的說明。

胡適之先生的《詞選》在序文裏，把詞的歷史分爲三箇大時期："第一時期：自晚唐到元初，爲詞的自然演變時期。第二時期：自元到明、清之際，爲曲子時期。第三時期：自清初到今日，爲模仿填詞的時期。第一時期是詞的'本身'的歷史。第二時期是詞的'替身'

的歷史,也可說是他'投胎再世'的歷史。第三時期是詞的'鬼'的歷史。……這部《詞選》專表現第一箇大時期。這箇時期,也可分作三箇段落:一、歌者的詞;二、詩人的詞;三、詞匠的詞。蘇東坡以前,是教坊樂工與娼家妓女歌唱的詞;東坡到稼軒、後村,是詩人的詞;白石以後,直到宋末元初,是詞匠的詞。"

又在《詞選》後面附一篇《詞的起原》,有許多考證,關於"長短句的詞起於何時呢?是怎樣起來的?"的文字,因爲太長了,不能引錄。胡先生的意見是:長短句的詞起於中唐。而王國維先生則以爲長短句如以詞人方面言之,可謂不起原於盛唐:"若就樂工方面論,則教坊實早有此種歌曲(《菩薩蠻》之屬),崔令欽《教坊記》可證也。"胡先生又用科學家懷疑的態度,説明中唐以前的長短句都是七言詩之類。

我總覺得胡先生太重於書籍上的證明,因而把詞的起原仍舊不能説明白。我箇人的意見,却以爲詞是起於民間的歌曲,遠在唐代以前。

其實,與其説"詞"是依調填的"文詞",還不如説是歌者照調歌唱的"口詞"。我以爲:詞就是歌曲。

所以,何時有歌者,何時便有歌詞了。就使讓一步而言,詞曲的"詞"是伴著音樂而唱的,那末胡先生所謂"歌者的詞"的起原也一定遠在唐以前的。因爲在唐代以前,音樂早已發生,民間歌者伴音樂而歌唱的詞曲也早已發生了。

三

我們要明白"詞就是歌曲",這是不難證明的。我們曉得一切的文學都起於民間。古時的歌曲,經孔老先生收集起來,就是《詩經》(當然不收入的很多,散見各書中),所以有風、雅、頌之類。以後的又經人家收集起來,就是古樂府。那時古樂府一定都有調有譜,不過譜調在樂工方面或者是口授、手練、心記而已。然而,民間還繼續產生歌曲,當然常有新的調出來。到五胡亂晉、南北朝、隋、唐時代,北方西域的音樂和歌舞不斷地輸入,音樂發達,而民間歌曲亦極盛了。在許多調名中，還保存歌曲之名，如《採蓮曲》《漁歌子》《欸乃曲》《宮中調笑轉應曲》《歸自謠》《十拍子》《紇那曲》《水調歌頭》《甘州曲》《涼州曲》等，極多。

我們要知道，在南北朝早已有長短句散見於文字上了。到唐代因爲朝野太平，文人更有工夫去記些民間的歌曲，或仿作歌曲了。我們由這些收集，可以知道各地有地方流行的歌曲。如《楊柳枝》是運河江南一帶的歌曲，《浪淘沙》是黃河流域的，《竹枝》是巴蜀的，《瀟湘神》是湘江流域的。在最初見到的，文士詩人的詞曲，都是仿民間歌曲而作的，所以白話居多，如劉禹錫、白居易等人的《竹枝》《楊柳枝》等詞，而且，作的都是要給人家唱的，非白話不行。

詞就是散曲的更明顯的證據，是它的調名帶有地名，還有簡直是各地方言的，所以有《欸乃曲》《生查子》《卜算子》《菩薩蠻》（或作鬘）、《唐多令》《蘇幕遮》等名。這就是土名的證據，不然，那些填詞的文士何以寫成不可解的調名呢？

假如現在各地有歌曲的調名爲某某，我們覺得音調很美，便把譜的字句拿來，照著填下去，成了一首新的歌曲，那便是詞的起原了。這樣，我們可以打破詞的神秘說，和一定是甚麼時代起的謎了。

四

至於詞曲之分，我以爲本來是一樣的東西，到了元曲時代，音樂劇曲發達，另外成爲一種了。在前五代時，後晉的宰相和凝稱爲"曲子相公"是箇例。那時的話就已經叫詞爲"曲子"，而且許多調名，如《羅嗊曲》《甘州曲》《採蓮曲》等明白地稱爲曲了。

歌曲之分，我的意見以爲："歌"是有調的，而不必有音樂伴奏；"曲"是有音樂伴奏的。詞有的依曲調而填，有的依歌調而填，在調名上很可見得出來。大多數是有音樂伴奏的，因爲那時音樂發達，娼妓伶工當然有音樂伴唱，而民間亦有民間的音樂了。如胡適《詞選》所引劉禹錫記他在建平所見云："里中兒聯歌《竹枝》，吹短笛，擊鼓以赴節。歌者揚袂睢舞，以曲多爲賢。聆其音，中黃鐘之羽，卒章激訐如吴聲,雖傖佇不可分,而含思宛轉,有《淇澳》之艷。"(《劉賓客集·竹枝詞序》)這不但證明《竹枝》是"樂曲",并且是"舞曲"了。還有《楊柳枝》《宫中轉踏》《紇那曲》《破陣子》等,當是舞曲。《楊柳枝》是江南運河的舞曲,如薛能的《楊柳枝》(見《尊前集》):"數首新詞帶根成,柳絲牽我我傷情,柔娥幸有腰肢穩,試踏吹聲作唱聲。"明白説是舞蹈,有吹聲伴唱的。《紇那曲》,如劉禹錫的:"楊柳部青青,竹枝無限箇,同郎一回顧,聽唱紀那聲。"又:"踏曲興無窮,調同辭不同,願郎千萬壽,長作主人翁。"我無須多引證,可以推想那時北方的胡樂,西方的番樂,也同時輸入了踏舞,而我國本來也有歌舞的。南洋的馬來人現時還有"跳哼嚦"(音樂,舞女,且歌且舞,會舞的人盡可加入同舞),可給我們看。

五

《竹枝》是我們值得一談的。劉禹錫、白居易等人作的《竹枝》詞,都是七言四句,我疑心不是本來的體式,因爲他們不是巴蜀人。蜀皇甫松的《竹枝》六首却很異式了,每首二句七字,而一句又分二句的樣子,四字之下注"竹枝",又三字之下注"女兒"。如第一首:"檳榔花發(竹枝)鷓鴣啼(女兒),雄飛煙瘴(竹枝)雌亦飛(女兒)。"各首皆如此。我以爲是巴蜀的舞曲,兒童男女共舞唱和的。男的手執竹枝,女兒共舞而和之。不然,這下麵注的"竹枝"、"女兒",作何用呢?劉禹錫、白居易作的,雖是白話,情文完全不同了。如白居易的:"竹枝苦怨怨何人?夜静山空歇又聞。蠻兒巴女齊聲唱,怨殺江南病使君。"這裏説的"蠻兒巴女齊聲唱",似乎是男女同唱無疑了。又:"江畔誰家唱竹枝,前聲斷咽後聲遲。"所謂"前聲"、"後聲",似乎就是四字下注"竹枝",三字下注"女兒"的唱法吧。總之,《竹枝》是一種舞曲,男女同舞唱和,是可斷定的。唱法如何,不曉得巴蜀現在還有那種舞蹈没有?

和《竹枝》一樣,還有《採蓮子》,每句七字下麵注著"舉掉"、"年少"。如皇甫松的:"菡萏香蓮十頃陂(舉棹),小姑貪戲採蓮遲(年少)。晚來弄水船頭濕(舉棹),更脱紅裙裹鴨兒(年少)。"又:"船頭湖色艷艷獨（舉棹），貪看年少倍船流（年少）。無端隔水拋蓮子（舉棹），遙被人知半日羞（年少）。"我以爲是採蓮的曲，也是男女唱和的。所唱的，似乎是男女相互褒誚之詞。在臺灣有《採茶歌》，都是少年男女歌咏酬答之辭。他們都善於歌，見景生情，信口成歌。如對方是可人兒，便露褒慕之意；不然，便任意嘲笑，大家不服氣，互相答罵起來，仍用歌兒，用諷刺譏誚的比興，倒也别趣的很。大概各地方現在還有這類的歌，如珠江還有《蛋歌》。

六

　　詞的起原就是歌曲，就是樂府，也可説是和五言七言詩同一來原，由民間歌曲衍化而成的。因爲五言七言詩已成爲一大支流，其他，或整齊或長短句的，有樂調的，便收入樂府。歌曲成爲詞曲之後，便没有收集樂府的了。因爲那時作者太多，各人各有他的詞集，而另有總集的本子流傳於世。我們看《彊村叢書》所收的集名，如《樂府補題》《中州樂府》；箇人的詞集名爲樂府的，如《東坡樂府》《松隱樂府》《誠齋樂府》，共有十八種，又有稱樂章的，可見詞就是樂府。到元代的曲集，還是稱樂府，如《朝野新聲太平樂府》。姜白石的詞集，更明白地名爲《白石道人歌曲》（原有調譜附入，可惜是那時的音樂符號，不是現在的"工尺"譜）。還有敦煌石室舊藏唐人寫本（今歸英京博物館）的《雲謡集雜曲子》，也明白承認詞就是"曲子"。

　　詞的起原是歌曲樂府，已無容疑問了。然而，當時的詞人爲甚麽不説呢？因爲，那時這事是大家知道的，無容説明。到了近代。大家祇覺得詞那末盛，究竟從那裏來的，莫名其妙地不明白它就是歌曲的衍化。後來填詞的人不會音樂，音樂也已經了多次的變化，成爲近代的音樂，詞曲的樂調已差不多都失傳了。至於宋人稱爲"詩餘"，應當解爲作詩的餘暇所作的意義。

七

詞詩之分

　　詞的起原是歌曲，我已經説過。詞之發展，隨著音樂的發達而盟，在唐代已經很可見到。那時的宫廷常有樂工歌者製新曲，而民間也時有新歌曲出來。李白的《清平調》，雖然是整齊的七言詩，但明白説是宫中作新聲——曲調，而叫他作歌詞的。我們不能因爲許多詞都是整齊的七言、六言、五言便説詞是詩的變體，或者如胡適之先生説的"詞不起於盛唐"。胡先生懷疑白居易的《長相思》《如夢令》，不見於《長慶集》，劉禹錫的《瀟湘神》等詞，是後來附人便不敢相信。其實，這是受了"文以載道"的影響，那時代視"詞曲"爲非"道"，所以不收入。有許多人的文集都不收入他的詞，而另有人集之爲××詞、××樂府。胡先生認《浪淘沙》爲"白居易、劉禹錫唱和的歌詞"，而"此調變成長短句乃是五代時的事"。這是更可異的見解，是由於他的主觀"詞不起於盛唐"而來的錯誤。《尊前集》收的劉禹錫的《浪淘沙》，如："日照澄洲江霧開，淘金女伴滿江隈。美人首飾侯王印，盡是沙中浪底來。"又："莫道讒言如浪深，莫言遷客似沙沉。千淘萬漉雖辛苦，吹盡寒沙始到金。"

　　這是黃河流域的一種歌曲，那時或許有淘金的男女工人歌唱著做工，而劉、白都是聽到歌調而仿做，是可斷定的。他們都是極力模仿民歌，而情詞也都是男女抒情的。説是劉、白二人唱和的歌調，那是笑話。

　　我説過，詩和詞同出於民間的歌曲，這是很明白的。詩的初起，當然也有調可歌的。不過詩到魏晉已經盛起來，文人作者很多，而原來民歌是抒情的，到文人便發展爲各種各樣的情調了。這樣，和詞的情調便有不同之處。詞和詩不同之處：

　　詩：一，可歌的，但沒有音樂伴奏。二，抒情之外，還有應制、贈答、"載道"等。三，文言的，古典的。

　　詞：一，可歌唱，大多以音樂伴奏。二，純粹抒情的。三，白話的,通俗的。

我們看唐五代的詞,可以得到上面的證明。李清照的《詞論》所以稱北宋的幾位作家的詞爲"句讀不葺之詩",就是因爲他們已漸失了詞的本來面目。温飛卿爲《花間》之祖而詩名不著。李後主的詞,是古今公認爲第一人,而詩却不能佳,或許説是很劣的,這可以見出詩詞之分了。

詞起於民間歌曲,有的并且是舞曲,所以它的情調和那時盛極的詩不同。我們看最初的作者,差不多都極力模仿民歌的情調,便可得到詩詞的異點。下面幾首:

楊柳枝
劉禹錫

御陌青門拂地垂,千條金縷萬條絲。
如今綰作同心結,將贈行人知不知?

竹　枝
前　人

山桃紅花滿上頭,蜀江青水拍山流。
花紅易衰似郎意,水流無限似儂愁。

前　調

楊柳青青江水平,問郎江上唱歌聲。
東邊日出西邊雨,道是無晴還有晴。
("晴"雙關"情"字)

浪淘沙
白居易

借問江潮與海水,何似君情與妾心?
相恨不如潮有信,相思始覺海非深。

前　調

海底飛塵終有日,山頭化石豈無時?
誰道小郎抛小婦,船頭一去沒回期。

　　此外如張志和的《漁父》,一共五首,這是漁人的一種歌兒。胡適之先生因爲宋人説它不可歌——我以爲詩歌調失傳——認爲"衹是一首詩,一首變態的七言絶句",也是主觀的錯誤。

楊柳枝
白居易

人言柳葉似眉愁,更有愁腸似柳絲。
柳絲挽斷腸牽斷,彼此應無續得時。

宴桃源
前　人

落月西窗驚起,好箇匆匆些子。雲鬢軃輕鬆,凝了一雙秋水。告你,告你,休向人間整理。

楊柳枝
成文祥

欲趁寒梅趁得麼?雪中投眼望陽和。
陽和若不先留意,這箇柔條争奈何?

　　這些詞有的完全是白話,而情調和詩也完全不同。作者因爲模仿民間歌曲,所以文詞和情調都帶有民歌的色彩。不過像李白的《憶秦娥》《菩薩蠻》《清平樂》《清平調》,是宫廷的,文士的,當時填給樂工歌使唱的,就沒有民歌的意味了。然而,和詩的情調仍有不同之處。

　　詞大部分起源於民間歌曲,小部分起源於宫廷樂工譜得的新調——如《好時光》《謫仙怨》《清平樂》等。於是,在許多人看來,誤以爲詩的變體。實在,在情調上,詩詞有不同之處。晚唐和五代的詞已經很盛了，仍是抒情的。李後主是開拓詞的境界，由普通的歡樂或離別的艷詞，而爲作者悲哀淒涼的抒情的音調。北宋作者仍是詞的本色，到了蘇東坡再開闢了詞的境界，寫境物，述懷言志，便以寫詩的方法來作詞了。李清照不滿於以詩作詞的方法，她自己作的仍守著詞的本來，專爲抒情之作，而寫得很好，所以有"男中李後主，女中李易安"之稱。

我們如拿唐五代和北宋幾家的詞和歷代詩來對看它們情調之別，不僅是整齊和長短句之差異了。

八

詞和曲

詞和曲是一樣的東西，我說過了。在最初詞已經是叫做曲，如我以上所引的調名，和北人稱和凝——後晉宰相——爲"曲子相公"，可以證明。又如《雲謠集》簡直稱"雜曲子"。劉禹錫的《楊柳枝》第一首說："請君莫奏前朝曲，聽唱新翻楊柳枝。"白居易的："古歌舊曲君休聽，聽取新翻楊柳枝。"證據很多，不用再引了。總之，那時的詞，就是歌曲的詞。而那時的"大衆語"一定把"詞"叫做"曲"或"曲子"是無疑的。詞就是曲，曲就是詞。不管你們文人詞匠怎麼弄玄虛，我們大衆却仍看作一樣東西。

你或許疑問：那末宋詞和元曲明顯地有不同處，而歷來都認曲爲詞的變，這都是呆板地從文字書本上去考證的錯誤。宋詞和元曲的不同祇是文言（多少帶著白話）和"大衆語"的差別。我們既然知道文學大都是出於民間的，那末我們不能不承認元曲也是民間來的，而不是文士把詞衍變而成的。

從民間的歌曲被收集爲《詩經》、古詩、古樂府、魏晉樂府、《樂府詩集》之後，便是唐、五代、宋的詞曲了。因爲音樂發達，倡優歌姬之盛，文士詩人宜飲之詞，倚聲填詞，給歌姬唱來作樂，於是有了盛極一時的宋詞，而許多人成爲詞家，各有別集抄行了。雖然北宋的作家如晏氏父子、歐陽修、柳永、秦觀、蘇軾等人，作的是文縐縐的詞，可是都是可以唱的，不能說它不是曲。蘇東坡的詞，有人說："須關西大漢，執鐵綽板，唱大江東去。"這是說如此纔合於蘇詞的情調。黃庭堅說："居士詞橫放傑出，自是曲子中縛不住者。"也是說它的情調內容不同艷曲。其實東坡身邊常有歌姬朝雲隨著。所作的都是給她歌唱的，不懂的人才說東坡的詞不合律，不可唱的。至於南宋的作家，辛稼軒和東坡一樣，而姜白石、吳夢窗、張叔夏等都是精於音律，姜白石自己且會作新調。所以這許多詞家作的詞也一樣是"曲子"，可合樂而歌唱的。姜白石很多自度曲，他的歌曲集附有曲譜。我們的確可以承認詞就是曲而無疑問了。

然而，宋詞雖然因爲作者很多，又大都是文人，所以成爲文學上一大支流，但曲的本流并不停止。文學本來沒有像政治一樣，"祇准州官放火，不許百姓點燈"。你們大人先生可以作樂歌唱，我們民眾却也仍於餘聞或工作時唱著曲兒玩。我們也有音樂，俳優，和一切的歌曲。你們作曲詞曲，我們聽不懂，還是用我們的言語，創作我們的曲，唱我們的歌。儉俗俚野也好，我們總有我們的好聽的歌曲了。

奇怪！這民間的玩意兒多有趣！又率真，又樸質，又天然，又動耳！而且音調怪好聽的！終於文士們不得不承認這野俗的歌曲有"美"存在。於是文人不得不屈服而模仿著試作"大眾化"的曲子。你們屈服了，就索性把"詞"字開放，專用"曲"字叫你們作的東西吧！這就是元代的"曲"。

這一下可不許文士搗鬼了。你覺得我們的曲有趣，承認它是藝術，那末你作曲定要唱給我們聽。你作的曲，如我們聽得懂，覺得好，我們便捧你的場，替你傳佈，唱給大眾聽。可是千萬別再文縐縐地，用什麼典故。不管它是古聖古賢說的，我們不懂就沒趣兒，誰耐得去聽它，唱它。我們唱歌聽劇曲，是玩著樂。誰和你去研究甚麼文字典故、文章道德呢？要作曲便要我們的言語，不然怎麼樣叫人唱得下去呢？要麼，就來和我們一塊兒。不要，拉倒。仍舊守你們的甚麼詞壇，填你們的詞去。

是的，你作的曲兒不錯，祇是話還不大對。爲甚麼要這樣說？

不如照我們的土語"□□□□"説下去吧。沒有這些字嗎？可是我們有這樣的話，這樣説纔好。對了，把同音的字借用一下便行。唱出來我們懂的，這就好極了。究竟你還聰明！

上面説了一大維，荒唐有點荒唐，事實却是這樣，而元代的曲就是這樣成立的。到了作的人多，在他們（文士）自己唱着玩的，還可以不妨文雅點，用些典故——這壞習氣總脱不了，總因爲帶著頭巾兒——就是我們所看到的曲集，如《朝野新聲太平樂府》所收的。但是，如果作的要唱結大衆聽的，一定要儘量用"大衆語"。於是，俗字，土話，借用同音的字，使在元曲中時常用到。如董解元——你不要想他是不文之士，他中了解元呢——的弦索《西厢》，以及其他的劇曲中都可隨處看到。最文雅，經過無數修改的金批《西厢記傳奇》，還是仍有許多俗字土話，如："顛不刺的"，"鶻伶祿老不尋常"，"沒揣的"，"不恁般撑"等，很多很多。在元代的劇曲中，你可以談到極多的俗字土話，有的衹是看上下文，約略推測得其意義而已。然而，在當時，唱出來正是人人懂得的話。這是"大衆語"戰勝文言文的成績。

因爲音樂的發展，同一宮調，合了數闋的曲兒而成爲套曲，這是很自然很平常的事件。在那時，民間的短劇發生了。初時，多數是優伶自己編演的，每劇對話（白）較多而唱曲較少。後來，許多劇作家以來，漸漸增加了劇的文學的成分。音樂愈發達，劇中的曲增多，而"白"也漸爲減少至不能再少的。因爲曲可以當説話，可以抒情，可以表示心思，可以叙述景色（補救戲臺上佈景所不及），所以曲在劇戲中占最重要的地位。就是這樣，元曲在中國的戲劇史居於創造的地位，而在文學上放了異彩。到了明代，還有許多的劇作家繼承著這支流，一直到明末大亂，社會受了大影響，方纔衰退。

這就是詞和曲的差異。它們本來同是一樣東西——民間的歌曲——初由文士採用填唱而成爲"詞"；而民間保留的，隨音樂發展的仍是"曲"，或稱它爲"樂曲"。這樣成爲二支大流。至於元代的劇，是綜合了以前的俳優、音樂、故事、歌曲，而成立的一種藝術。劇中有曲，但"曲"不是劇的全部而是它的一部分。

曲仍存在於民間，現在各地方盡有許多"樂曲"，有調的歌曲。詞因爲它們的調大多遺失，祇有文士填作，成爲文字上的東西。然而許多同的原調寄生在曲裏，這是可斷言的。因爲詞的曲語是在樂工心裏，後來雖經散失，一部分一定定仍流傳下去。在曲譜裏，宮調和譜或許稍有變異，所以我們看見詞調的名和曲調的名有許多相同，而宮調不同，字數不同。其實，它們本是一樣的，後來的轉變而已。

詞的聲調，一部分保存於閩南的樂曲：這裏的樂曲稱爲"南管"，都是細樂，沒有鼓吹鑼鉦。聲調很優美，幽雅，而常有一字牽長爲三五音級，曲調很長，我以爲就是慢詞。南宋時，閩南稱爲世外桃源，而南宋的末代遷都至於泉州。現在的"南管"是用本地方音的文言和白話組合而成的曲調，而唱的正是泉州的音腔。然而，我們不說他是唱詞而說是唱曲。

雜碎詞話

干　因撰

載於一九三四年十月《北平晨報·藝圃》。作者署名干因，生平不詳。同年在《北平晨報·藝圃》發表有《詩詞叢談》《記清明上河圖》等文。或言干因即徐興業（見《凝寒室詞話》作者介紹），可備一說。《雜碎詞話》分爲六部分：第一部分論詞體的特殊性，"是絕對的而純粹的通過感情的"文體，是詩與歌曲中間的"橋"，細膩而又變化無窮。第二部分論詞的美感特質，"詞是最主觀性的"，所以留下的影像也是曲線的，感情也是複雜的，其魅力在於"隱而不顯"。第三到第五部分分別舉例討論詞的三種表現方法，即直接的、間接的、先間接而後直接的。作者認爲，這種間接與直接的手法也可以借用王國維"隔與不隔"之說來表達，進而可比擬爲"詞的不隔，就像三百篇的賦；詞的隔，就像三百篇的比；詞的先隔後不隔，就像三百篇的興。"第六部分以歐陽修、朱淑真等詞人爲例，說明詞的境遇是最純潔的，因爲"詞是最可以表現作者的真心，和容易找到作者的真生活"。該詞話引用廣博，例證生動，趣味橫生。其中"詞是超圖畫而又超音樂的一種藝術"，"它要具有各種藝術電子的美的混合"等論斷，頗爲尖新。

一

詞，是絕對的而純粹的通過感情的生命之流的一種。無疑，沒有通過感情的作品決不是文學作品。不過因通過而佔有了感情的成分,却以詞爲最多。詞是不會像小說可以滲進一些理智;也不會像詩的"發乎感情,止乎禮義"(摯虞),硬要那性質相反的禮義扯進感情裏。

然而詞,是上承於詩,下沿於曲——"詩言志,歌永言"。詞是與詩有關係,"詞者詩之餘也",大抵接近於修辭方面(在辭爲詩,簡文帝),也可以與歌曲有關係,是接近於音樂方面。前者如《菩薩蠻》《憶秦娥》《憶江南》《長相思》等本唐人之詩,《清平調》一首"楊柳青青江水平"有詩之形式,他如《小秦王》《竹枝》《柳枝》等無異七言絕句。後者,"以曲調而置之,則《搗練子》亦已通於詞曲矣"。又若《西江月》《玉交枝》是完全與音樂有關係的;他如《花間集》,大抵適當於歌曲的編纂,又如柳永把詞扯進音樂裏,都能獲得成功的。

實在說起來,詞是具有詩和歌曲的長處。也可以說,詞是詩與歌曲中間的"橋"。如其大膽地說,就詞史的來龍去脈和詞的作用與意義,它還是一種複雜的藝術的電子的混合物呢!

不過,詞比詩,在用韻上來得廣寬,在達意上來得自然,在運字上來得靈活,雖然小說比詞又來得精細,曲比詞又來得痛快流暢,然而小說和曲却是寬手腕的創作,詞是細膩的罷了。例如,僅在一箇普通的單字上,詞是變化無窮的。"人"字罷,"月上柳梢頭,人約黃昏後"和"千里江山寒色暮,蘆花深處泊孤舟,人在月明樓"意味不同;"于闐采花人,自言花相似","人好自宜多"和"人不寐,將軍白髮征夫淚",意味又不同。有些是用於第三身(大抵多用於情人),有些用於第一身;有些專指女人,有些專指男人。用於如Person的很少。這恐怕在小說詩曲中,很難做到的。

二

詞是最主觀性的,不但是"有強力的感情"(Wordsworth 說:詩者是強力的感儲的自然流露),而且主觀的成分愈多,詞的意味愈濃厚;反之,客觀的成分衆多,詞的勁力愈少。所以"有我之境"的詞,比"無我之境"的詞來得妙。永叔詠蝶的"江南蝶,斜日一雙雙。身似何郎全傅粉,心如韓壽愛偷香。天賦與輕狂",這正顯現他的心情沒有支配蝶的能力,是客觀的實在,完成了枯燥乏味的東西,這實在比不上"淚珠滴破胭脂臉"的意味雋永,所落之"破"字,如同李清照的"獨自怎生得黑"的"黑"字,一樣是最主觀的——這是主觀的真實。

因爲詞是最主觀性,所以易流於影像化。正爲此,纔完成了詞的百分之百的成功。但是影像宜於複雜的,曲線的,又不必太富於客觀的。李後主的血書(《人間詞話》)比杜甫的血書,總來慘切,原因是影像的不同。前者是絕對箇人性,後者算是社會性,雖然不必相提并論,但與其念"安得寒士盡歡顏"之句,誠不如念"流水落花春去也,天上人間"。大抵前者所給人家影像是客觀的、直線的,感情也是單純的,後者留下的影像是主觀的、曲線的,感情也是複雜的。

影像與"隱"又能發生關係,大凡富於影像的都是"隱"的多。李清照的"風住塵香花已盡",如果不曉得她那時已死了丈夫,決不懂得生離死別中落下這"風住塵香"一句,這有深意;而她祇有死了丈夫纔"溫出了的影像"(Reproductive imagination)抒於此語。李後主的"雕闌玉砌應猶在,祇是朱顏改","夢裏不知身是客,一咱貪歡",又何嘗不是這種情調。

但在影像化裏,隱的固然多,顯的却又不少,而畢竟,以隱的爲貴。"雕闌玉砌應猶在,祇是朱顏改"比"夢裏不知身是客,一響貪歡"稍差了。前者一看如看地圖地知道作者的身世,後者令人反復推扣,想像推進複雜界境。"惟恐雙溪舴艋舟,載不動,許多愁"比"風住塵香花已盡,日晚懶梳頭"又差得遠了。

三

詞,因與其他藝術的不同,是最主觀與最影像的束縛裏,其描寫的手段那樣複雜,或遷就於某種便利,然而又不外是三種:一種是直接的;一種是間接的;還有一種是先間接而後直接的。這些各有各的妙處,又因表現的内容不同而異。

用直接的方法爲詞,都是顯明的,直線的,感情也是單純的,大抵很適宜於寫景和慷慨的，或悲極的，或流血的事蹟，是接近於圖畫，就是"狀難寫之景如在目前"，"不隔"之謂（但《人間詞話》所云隔與不隔，意義似有未明，且引例亦含糊）。張志和的"西塞山前白鷺飛，桃花流水鱖魚肥，青箬笠，綠蓑衣，斜風細雨不須歸"（《漁歌子》）。這簡直是一幅垂釣的墨水畫了。"東風吹柳日初長，雨餘芳草斜陽，杏花零落燕泥香，睡損紅妝。"（魯直《畫堂春》）"兩行疏柳，一絲殘照，萬點鴉棲。"（伯溫《眼兒媚》）"柳外輕雷池上雨，雨聲滴碎荷聲。"（永叔《臨江仙》）等這些都是很好的寫景文。

寫慷慨或流血的，大都是情動於中，不可遏止，一冲而出，筆尖過處，風起雲動，或掀起了變亂，或憤慨身世，殊非綿綿曲折的表現。如古歌《大風歌》《垓下歌》等，三百篇的《魏風·伐檀》，岳武穆的《滿江紅》。又如辛棄疾的"壯歲旌旗擁萬夫，錦襜突騎渡江初，燕兵夜娖銀胡觮，漢箭朝飛金僕姑。""六代豪華，春天也，更無消息。空依望，山川形勝，已非疇昔。"（薩天錫）"蔽日旌旗，連雲檣櫓，白骨紛如雪。大江南北，消磨多少豪傑。"這些何嘗不是"情"呢？然而有人說"情宜於隔"，不過所看的情是怎樣，兒女的情確宜於隔，但英雄的情宜於暴露了。

悲哀極的時候，這種情却又宜於暴露——但這暴露在技巧上頗成問題，很容易成為戲臺上的哭，哭得像仍未像，從心裏哭出來纔是真哭，所謂實在與真實的不同了，所以這種抒情還是以隔的為實。《孔雀東南飛》可以說是登降造極的直接式的抒情作品，其他如《葬花詞》也能動人，但《葬花詞》隔的辭句也不少。"花開易見落難尋，階前愁煞葬花人。""今日葬花人笑癡，他年葬儂知是誰？"這是悲極的不隔描寫。"青燈照壁人初睡，冷雨扣窗被未溫。""隨花飛到天盡頭，天盡頭，何處有香丘？"則是隔帶隔的描寫了。"獨立獨坐，獨唱獨酬還獨卧。仁立傷神，無奈輕寒著摸人。"（淑真《減字木蘭花》）"去年元夜時，花市燈如晝。月上柳梢頭，人約黃昏後。今年元夜時，月與燈依舊；不見去年人，淚濕青衫袖。"（淑真《生查子》）這又是悲極的斷腸的直接寫法的了。

四

　　用間接方法爲詞,是曲線的,幽默的,感情也複雜了的,給人家的印象是雋永的,或者留下一箇空隙讓讀者彌補,或說這物而比彼物,或者作者寧願不要讀者似的,或者作者說話的不自由的抑制情感。王靜安調之"隔",但"隔"的條件,第一要情感一貫的,意象要具體而清楚,最忌的是含糊不清。然而祇有那些最沒出色的作家用典故亦謂之"隔"。意義最含糊的永叔的"身似何郞全傅粉,心如韓壽愛偷香",甚而,詞家最喜歡互相抄襲的"謝家池閣"、"漢家陵闕"等,離開"隔"的意義太遠了。

　　大抵要成爲纏綿悱惻的,間接的手段是必需的。"無言獨上西樓,月如鉤,寂寞梧桐深院鎖清秋。""畫橋流水,雨過落紅飛不起。月破黃昏,簾裏餘香馬上聞。""風乍起,吹皺一池春水。""陌上花開,則吾緩緩歸矣。"——這都是很好的比例。尤以"吹皺一池春水"與"陌上花開",宛若三百篇的"比"。前者令讀者想到"干卿底事",後者令讀者想到"別妃"的情緒,如"風住塵香花已盡"和"無言獨上西樓"的意味一樣。作者僅口此物,讀者可雋永他物或他過去的陳跡。

　　但是在詞的抒情中,全闋詞完全是"隔",間接的,却很少。因爲完全"隔"的時候,恐怕除了作者之外,不會讓其他的人可尋味了。所以完全"隔"的詞,實在可以說"不是隔"。

五

　　言情的詞,大多先隔後不隔。

　　先隔的原故,就是作者寄於自然的一種表現,因物而感,因感而寄於物,先咏物而後感。似乎這手段足可以迷醉讀者,而且是另一種方法以流露纏綿悱惻的衷情,印象也并不單純。《孔雀東南飛》尚且要"孔雀東南飛,五里一徘徊"來先隔呢。但後不隔呢,有些人以爲這種不好看,把意味說破了便"有窮"了。(如朱光潛的《詩之顯與隱》,《人間世》期一)這殊不然。雖然王靜安先生并未提及"先隔後不隔"這問題,但是要找全隔的詞,恐怕不容易找到;而且"先隔後不隔"是救濟"隔"的"意義流於含糊"的毛病,也彌補"不隔"的"意義流於淺白"的缺陷,它是具有兩者的好處,不會贏口兩者的壞處的。

温飛卿的《憶江南》:"梳洗罷,獨倚望江樓,過盡千帆皆不是,斜暉脈脈水悠悠,腸斷白蘋洲。"這是先隔後不隔。"腸斷白蘋洲"雖說破意味,而正是因物而感的。"腸斷"二字仍是意味無窮的。

"黄鳥嚶嚶,曉來却聽丁丁木。茅心已逐,淚眼傾珠斜。"(淑真《點絳唇》)這也是因物而感的。苟使"淚眼傾珠斜"五字脫丢,無可尋味於"黄鳥嚶嚶"這單調的四字了。這實在是詩詞上的"回聲作用"。"回聲作用"是一種有勁兒的描寫手段,因爲"感情線"的波動次額較強而較複雜。

"綠槐影裏黄鸝語,深院無人春盡午,畫簾垂,金風舞,寂寞繡屏香一炷。碧雲天,無定處,空有夢來去。夜夜綠窗風雨,斷腸君信否。"(韋莊《應天長》)原來"先隔後不隔"在方法上有些是驟然不隔的,有些是漸進不隔的,像韋莊這闋是漸進的了,朱淑真的《點絳唇》是驟然的了。

"秋風多,雨如何,簾外芭蕉三兩棵,夜長人奈何?"這樣的描寫,簡直同三百篇一樣的先比後賦。

正是因爲懸終"把意味說破"了,纔達到畫龍點睛的程度,更顯得生猛的,活躍的。如其硬要變成沒睛的龍,很好也不過是一幅圖畫。圖畫的魅力雖然也是詞裏的一種,然而詞是超圖畫而又超音樂的一種藝術,其實如前面説過,它要具有各種藝術電子的美的混合。

許我不客氣地説:詞的不隔,就像三百篇的"賦";詞的隔,就像三百篇的"比";詞的先隔後不隔,就像三百篇的"興"。雖然三百篇的描寫手段有社會的根基的和歷史的不同,然而這許説是差強人意的説明了。

六

詞裏沒有虛偽,存虛偽的心去爲詞的作家都不能成功的。所以詞是最可以表現作者的真心,和容易找到作者的真生活。詩歌也是這樣,不過詩歌曲境域裏已滿著臭蟲了,總比不上詞的境域的純潔。

例如歐陽修,他在散文裏被表現是頂一的君子,所謂"一代宗儒"。然而他在詞裏被表現是頂一的浪漫的。他是在兩重人生裏鬼混。而要找到他的"真人",却要在詞裏。他的散文都犯上了虛偽的毛病。這就如同韓愈的散文一樣都是虛偽的作品,祇有他跟虛仝鬼混的詩纔是真實的作品。

有人説朱淑真曾"下嫁市井庸人",憑證真實與否又是另一問題。因爲她的詞在有意無意間都表現她實在生活的"薄命"。"却嗟流水琴中意,誰向人前取次彈。"這無論如何,這位"斷腸女詞人"的丈夫,最高限度仍是一箇俗夫。

李煜的生活分前後兩期,他的詞亦分前後兩期了。後期的詞,決不可以繼續他前期那樣浪漫形態。詞是無虛偽地跟著他的真實生活去的。不過白居易過著有"家妓"的生活,他却吟著社會性的悲哀,那却像"坐在鋼琴底喊普羅文學"的一樣了。這是詞的境界的純潔,與詩的境界污濁的不同。苟使詞家真如白居易的作起無病呻吟的詞,那總是滾蛋的東西罷。所以周邦彦的《少年游》仍是如他自己"妓院生活"的一樣真實呢。

李清照的詞的遭遇也如李後主一樣,夫死之後纔是她的詞的精鋭處,而她的舊詞決不會再現於她的晚年。這種又是普通的藝術定則:祇有生活的異常變動,藝術纔異常的發展。

這原是一箇普遍的藝術條件:凡是虛偽的作品,決不是藝術的作品。不過詞在束縛上比較來得潑辣罷了。

詩詞叢談

干 因撰

　　載於一九三四年十二月五日至十二日《北平晨報·藝圃》。作者署名干因,生平不詳。作者簡介詳見前《雜碎詞話》。《詩詞叢談》是作者連載的詩詞雜論,本編僅選取其中讀詞的部分。該詞話中,作者從"以音達情,因情傳於音"角度解讀《斷腸集》,指出淑真詞句動人心魄,非僅於押韻和平仄,而在於掇拾自然聲調,使用自然音節增加情感的深度,辭章從纏綿變爲尖銳再復歸於纏綿,引領讀者的情感心理跌宕起伏,令詩的内容更加豐富完整。該詞話引用英文詩句對比傳統詩詞,闡述聲音起伏頓挫所引起的情感變化,自成妙諦。

　　暇時偶讀詩詞,每有所感,但是感想似乎與時下論者有些出入,雖然詩詞及詩詞作者被之談論,大家快要覺得老生常談了。而今我於這工作并不厭倦的緣故,大抵是保留我箇人的見解吧。至於對不對,或者不會"絕對的對",也會"相對的對"吧。

讀《斷腸集》

　　新學者之流,提倡詩須廢韻;古董之輩,撐持詩須重韻。兩者都是囿於一方:前者容易因内容而失了形式,後者却容易囿形式而失了内容。情調濃厚,未始不令人流涕或雀躍,但全無音節韻律,却就等於一篇乞賑文的零句斷語或跳舞廳的開幕詞。"口號文學"之不能成立也是這箇原故,可是咬字嚼句,竭力造成人工音韻,雖則道來好聽,而給人家的是一種淺薄的印象,未必能挑起人家的癢處,人家也不容易滴一點同情淚或隨之歡喜,這就等於一朵無香的花,外向美是有的,內在美却失丟了。

要是避免這兩者的偏見,我以為要"以音達情,因情傳於音",不必斤斤於不要內容的韻律,也不必斤斤於不要形式的情調。

近讀《斷腸集》,對於這條件有所闡明:

魏端禮輯淑真詩詞名曰"斷腸",朱惟公以該集內的散句夾"斷腸"二字,竟有九處之多,云"誰曰不宜"。但我以為淑真之斷腸云者,并不在"斷腸"單字的運用技巧上説,還是她能"以音達情"的一種感傷的斷腸,魏仲恭初於金陵旅邸,竊聽淑真詞,謂"清新婉麗,薔思含情,能道人意中事",這就是音節與情感齊下的活東西。例如讀到:"自是斷腸聽不得,非干吹出斷腸聲。"(《中秋聞笛》)這裏并不是因為運用了兩箇"斷腸"就為之斷腸,我以為她是用"自是"與"吹出","自是"而轉"聽得","吹出"而轉"聲",這三點音節:

(一)按"自是"與"吹出"這四箇音相當於英文發音 E。E 字不是帶點細膩,是帶點纏綿,按周濟的《四家詞選》所説:"支先韻細膩,漁歌韻纏綿",支韻、漁韻都帶 E 音或 YE 音,為什麽呢?因為在發音方面,是讓氣流很清澈而輕地流出,或者緩饅地發出。在歌謠方面使用得適當,例如"怒"之古音近"武",表示雄壯。而且"自是"、"吹出"起音時是帶 S 或 C,這是表示輕小的(英文詩中多以 S 音為暴露情感之最初預備音),所以當談到這四音很會令人感覺到"不可對人言"的"細語",或者"兒女情長"的咽聲。如果能留意聽那"有女懷春"的嘆息,那就曉得淑真用這四字的意味。好像英文詩中:"Lying silent and sad in the afternoon shadow of sunshine"。"She sells sea sheils at the seashore"。這句蘊詩了四箇或八箇 S,就是不明白意義,常聽到這麽多的 Se 音。也會覺得細膩而纏綿了。米爾頓等輩用這種"以音達情"尤工。而淑真也并不示弱,與這同一例的如:"遲遲花日上簾鉤"(《恨春》),"燕子欲歸寒食近,黃昏庭院雨絲絲"(《海棠》),"枝上渾無一點春,半隨流水半隨塵"(《初夏》)"竹裹一技斜,映帶林逾靜,雨後清奇畫不成,淺水核疏影"(《卜算子》)。這些例中,"遲遲"、"食近"、"雨絲絲"、"半隨塵"、"枝斜"、"逾静"、"淺水"、"疏影",都是表示輕沿而繞綿又細膩的情感,尤是後一例"淺水橫疏影",淺字從"戈","戈"就是表示渺小的音,水小爲淺,幣小爲錢,貨小爲賤(可以説中國的發音屑於輕齒音都臺有輕小的意思)。"疏影"如没有淺字,或换一字,都不能表現影之疏的一種情感。

（二）"自是"而轉"聽得"一例,"聽得"是 T 音起首,落至 ing 和 a 或 er,這些音是表示一種尖鋭或寬平。周濟渭"東真韻寬平"與這有相類之點,近人形容女人高跟鞋行步云"履聲得得",古人的"停停"、"丁丁"等音,又如"伐木丁丁,鳥鳴嚶嚶",俱是表示尖鋭。以全句"自是斷腸聽不得",是由纏綿轉到尖鋭的音節。很恰當表示女人的嘆息。

（三）但落到第二句又回復纏綿,由"吹出"而轉"聲"字時,又回復尖鋭。按"聲"音 ing。不過"聲"音完全寬平,所以它是一種撒尾的嘆聲——因爲發音平且迂緩,嘴很自然地張開。結果,這兩句就是有一種波動的音節,由輕微(自是)至平寬(聽)至尖鋭(得)又回至輕微"吹出"而平緩(聲)。

關於尖鋭和寬乎的音節,如英詩:"Over the mountains and over the waves. Under the fountains and under the grass——ANON."這裏的 Tain,幾乎與 Over 連合時,不用意思就可以表明詩的感槽了。淑真詩詞中,同這一例的很多,如:"黄鳥嚶嚶,曉來却聽丁丁木。芳心已逐,淚眼傾珠斛。"(《點絳唇·夏景》)這一例全不絶綿,正箇是硬看喉嚨不能或不易檯下的。全節含有 K 或 T 音太多,K 音是發音硬而苦,極難傳音(女人泣時多 K 音)。所以讀這節時,聲氣給唇兒塞住,極爲悲淒。

"午窗睡起鶯聲巧,何處唤春愁?綠楊影裏,海棠亭畔,紅杏梢頭。"(《眼兒媚·春怨》)這裏有鶯巧何愁海棠亭畔杏頭等音都屑於尖鋭或平寬,也如前一例的令人氣塞——"亭"字别作"枝"字決非淑真手,"枝"與"亭"的好壞就在音節了。因"海棠亭畔"四字全硬喉苦讀,甚淒。苟换"枝"音,細讀之則情調不濃了。

"梧影蕭疏弄晚晴,殘蟬悽楚不堪聽。"(《秋日登樓》)這是波動音節,由微弱的"蕭索"而尖銳的"情",再由微弱"殘蟬悽"而尖銳的"堪聽"——可知淑真的詩詞非僅於押韻和平仄這方面,而且自然的音節的使用增加她的衷情,令詩的內容完整。

應用這種波動音節,而技巧上用硬喉音開始而落輕嘆的,她女兒家也能體驗這些。如:"舉杯無語送春歸,分付東風欲去時,燕子樓臺人寂寂,揚花庭院日熙照。"(《暮春》)"舉杯"是硬喉音和拍唇音,以下就是"欲去時"、"人寂寂"、"日熙熙"每三淺齒音,同音或音近。所以這種句子讀時所得的情調又一種。它給人家一種咬著牙關無可奈何的辛酸。同這例的如:"哭損雙眸斷盡腸,怕黃昏後到昏黃。更堪細雨新秋夜,一點殘燈伴夜長。"(《秋夜有感》)這裏的"哭損"、"怕"、"更堪",不是 K 音,就是 P 音,一樣是強情調的表現。

另外有一種音節,表示物類自身的呼聲的。如吾家鄉稱貓爲苗,河北稱口爲屈屈,他如澎湃、撈叨,都因聲音而狀物呼名。詩人體驗自然,留自然的各種聲音,於白紙黑字發生一種感情作用。我國的小學"形聲"幾乎全是這種構成。但能以平凡字句音節顯示情調,如沙氏比亞的 Pan 的,却是極難的工作。李義山的"芙蓉塘外有輕雷",有人讀"外"字時感覺雷已在遠處響來了,可知這種音節更加動人。

淑真的"不必西風吹葉下,愁人滿耳是秋聲。"(《湖上閒望》),這裏的"吹"、"下",我覺得已是"秋聲",再加"是"音,最末脫丟"秋聲"二字也無妨了。"吹"音是示輕小的(見前)狀西風,"下"音宛若輕風吹葉聲。這箇音調的吻合與勻合,我看,并不是偶然如此,還是詩人掇拾自然聲調,自然而然的應用。原來的發音器官所聲象乎意,并不憑空的。我國語音之於意義,許多字也都由這裏來了,喜怒哀三音,像喜怒哀,空弓因發音時口腔空虛而像空虛等等。如果詩,能理解這些,未始不無大幫助,因爲可從那音節受心理的聯想而生一種"回聲作用",就變成自然的歌了。

又如:"片片花飛弄晚暉。"(《春歸》)"片片"發音爲 P 狀零碎,

"暉"音是加强"飛"字。如 R. BARNEFIELD 的《夜鶯》有兩句："Fie, fie, fie, now would she cry; Tereu, tereu, by and by"。Fie 和 tereu 是夜鶯的叫聲,而却用作 Philomela(希臘稱爲夜鶯,傳説乃女子之名,她被 tereu 所害,變成夜鶯),發出 tereu 的聲音。

"一霎黄梅細雨"。(《清平樂·夏口游湖》)"霎"音和"細雨"是有關系了。"霎"者好像有"細雨"快到的味道。

我讀《斷腸集》時是感覺她使用音節的斷腸,并不在於詞句形式或内容,就是與時下論者不同之處,但各人有各人的觀點不同,當然人家不是全不對的,祇是我是另一種看法罷。不過,我總希望,無論新舊詩人,須在音節方面研究,不必太固於一方面,或許這會有格外的成功。

碧梧詞話

王桐齡 撰

載於一九三四年《文化與教育》第二十二期。作者王桐齡（一八七八—一九五三），號嶧山，河北任丘人，清末秀才。一九〇二年就讀於京師大學堂師範館。一九〇四年留學日本。一九〇七年畢業於東京第一高等學校。一九一二年畢業於東京帝國大學文學系。歸國後，歷任北洋政府教育部參事、國立北京高等師範學校教務主任、國立北京師範大學歷史系教授，兼任燕京大學、清華大學、北京大學課程。著有《中國史》《東洋史》《中國民族史》《中國歷代黨爭》《儒墨之異同》《局儉居詩存》等。隋樹森曾從王桐齡求學，寫有悼念文章《記王桐齡先生》。《碧梧詞話》係《文化與教育》於一九三四年第十九期至一九三六年第一〇七期連載之《碧梧存稿》中的第五部分。該詞話開篇提出"詞之能令人笑者必佳"，遂自《校輯宋金元人詞》《中興以來絕妙詞選》等詞集中摘録數則引入發噱之詞作詞事，蓋亦民國報刊中"滑稽詞話"之流亞。

　　詞之能令人笑者必佳。《中吳紀聞》載僧仲殊居杭州，一日造郡中，接坐之間，見庭下有一婦人投牒，立於雨中。守命殊咏之。口就一詞《踏莎行》云："濃潤侵衣，暗香飄砌，雨中花色添憔悴。鳳鞋溼透立多時，不言不語厭厭地。　　眉上新愁，手中文字，因何不倩鱗鴻寄？想伊祇訴薄情人，官中誰管閒公事？"後殊自縊於枇杷樹下，輕薄子更之曰："枇杷樹下立多時，不言不語厭厭地。"（《校

辑宋金元人词》第一册《宝月集》,《白香词谱笺》卷一欧阳修《南歌子》注)

宋徽宗宣和甲辰,蔡伸自彭城倅以檄燕山,取道莫间,见所谓陈文者於州治之籌邊閣,诚不负所闻。明年归,则陈已入道矣。崔守呼至之,伸即席赠以一词为《小重山》云:"流水桃花小洞天。壶中春不老、勝塵寰。霞衣鹤氅并桃冠。新装好、风韵愈飘然。功行满三千。婴兒并姹女、炼成丹。刘郎曾约共昇仙。十箇月、养箇小金壇。"秦妓胡芳来常隸籍,以其端严如木偶,人因目之为佛。蔡伸赠以一词为《踏莎行》云:"如是我聞,金仙出世。一超直入如来地。慈悲方便济群生,端严妙相谁能比。　四衆皈依,悉皆歡喜。有情同赴龙华会。无忧帐裏结良缘,麽訶修哩修修哩。"(二则见《宋六十家词》中《友古词》)

辛弃疾侍者阿钱将行,弃疾赋《临江仙》以赠之曰:"一自酒情诗兴懒,舞裙歌扇阑珊。好天良夜月團團。杜陵真好事,留得一钱看。　岁晚人欺程不识,怎教阿堵留连。杨花榆荚雪漫天。从今花影下,衹看绿苔圆。"(编者按:原文该词下半阕誤为韦庄《女冠子》,并标注出自《唐五代词》卷二,疑中间脱落两行)

冯延巳《长命女》云:"春日宴,绿酒一杯歌一遍,再拜陈三愿。一愿郎君千岁,二愿妾身强健,三愿得如梁上燕,岁岁常相见。"(《唐五代词》卷三)

陆游自蜀挟一妓归,蓄之别室,率数日一往。偶以病稍疏,妓颇疑之。游作词自解,妓即韵答之云:"说盟说誓,说情说意。动便春愁满纸。多應念得脱空经,是那箇、先生教底。　不茶不饭,不言不语,一味供他憔悴。相思已是不曾間,又那得、工夫咒你。"(按此词名《鹊桥仙》,此事出《齐东野语》)皆纯任自然,不露斧凿痕跡。

辛幼安《鹧鸪天·戏题村舍》云:"鸡鸭成群晚不收,桑麻长过屋山头。有何不可吾方羡,要底都无饮便休。　新柳树,旧沙洲。去年溪打那边流。自言此地生兒女,不嫁金家即聘周。"(《稼轩长短句》卷九)

劉改之初赴省別妾，賦《天仙子》云："別酒釅釅渾易醉，回過頭來三十里。馬兒不住去如飛，牽一憩，坐一憩，斷送殺人山共水。是則青衫真可喜。不道恩情拋得未。雪迷村店酒旗斜，去也是，住也是，煩惱自家煩惱你。"（《中興以來絕妙好詞選》卷五）

　　朱希真《朝中措》云："先生饞病老難醫。赤米屑晨炊。自種畦中白菜，醃成甕裏黃齏。　　肥蔥細點，香油慢爇，湯餅如絲。早晚一杯無害，神仙九轉休癡。"皆足令人噴飯。

秋雲平室詞話

王西神 撰

載於《雲外朱樓集》，署梁谿王西神著，上海中孚書局一九三四年版。作者王西神，即王蘊章，近代著名詩人、小説家、書法家，舊派代表作家之一，作者簡介詳見《梅魂菊影室詞話》。本書由陶冷月繪封面，趙子雲題書籤，許廎蝶題詩，二册一函，分正編及附編，内容包括《秋英擷秀記》《夏屋品茗記》《伐雪迎梅記》《象山五日記》《缶庐得寶記》等。書前有自序，叙中孚書局主編鄭逸梅邀請彙輯歷年報刊所載零篇短簡付梓事（此事在鄭逸梅短文《王西神的〈雲外朱樓集〉》中也有記載）。序末識云"甲戌中秋，西神識於秋雲平室"，甲戌即民國二十三年（一九三四），可觀此書編成時間。除詞話外，書内還刊有《秋雲平室聯話》《秋雲平室曲話》《詩謎瑣話》等。

《秋雲平室詞話》合計五則，其核心内容有二：一是繼承周濟"詞史"説，主張"詩有詩史，詞亦有詞史"，認爲宋末太學生《念奴嬌》《祝英臺近》"此類詞實可爲詞史之濫觴"，讚揚近代王半塘、劉新甫、蔣鹿潭三人借讀史以刺時事，妙造無跡、感慨淋漓。王蘊章極爲重視詞史上表現亡國之痛、寄託遙深的作品，"嘗欲搜求此類詞，彙爲一編，時備觀覽"，認爲其價值不僅"似勝昔人集本事之詩，與但爲詞人作箋注記傳者遠甚"，而且有紀世變之新詞，即"不必侈談文學革命"，"不必更像海外求耳"。二是記録評述近代詞人詞作軼事，如記黄人《摩西詞》，贊其"言之深摯"，又如記南通周曾錦《水龍吟》、金鴻佺《摸魚兒》，欲以補續《篋中詞》，再如記春音詞社爲朱祖謀賀壽事，録沈曾植《霜花腴》詞。

詩有詩史，詞亦有詞史。詩中如杜工部之《哀王孫》，哀帝室之飄零也；《兵車行》，傷戰禍之慘酷也；《石壕村》，寫吏役之恣睢，與夫苛政之如虎也。他若《南征》百韻，劫記滄桑；《丹青》一篇，意存感慨。以及白居易之新樂府，元微之之《連昌宮詞》。名篇巨著，皆足備遺山野史之性，供金鑒千秋之採。詞中類此者，較少於詩。然如南渡末造，德祐乙亥，太學生作《念奴嬌》："半堤花雨，對芳辰、消遣無奈情緒。春色尚堪描畫在，萬紫千紅塵土。鵑促歸期，鶯收佞舌，燕作留人語。繞欄紅藥，韶華留此孤主。　真箇恨殺東風，幾番過了，不似今番苦。樂事賞心磨滅盡，忽見飛書傳羽。湖水湖煙，峰南峰北，總是堪傷處。新塘楊柳，小腰猶自歌舞。"《祝英臺近》云："倚危欄，斜日暮，驀驀甚情緒？稚柳嬌黃，全未禁風雨。春江萬里雲濤，扁舟飛渡，那更聽，塞鴻無數。　嘆離阻！有恨流落天涯，誰念泣孤旅？滿目風塵，冉冉如飛霧。是何人惹愁來？那人問處？怎知道愁來不去！"按：前詞三四兩句，謂眾宮女風流雲散，如飛燕辭巢也；第五句謂朝上紛紛引去，如群龍無首也；第六句謂臺官默默無言，如仗馬不鳴也；第七句指太學上書事；第八、第九兩句斥陳宜中也；"恨煞東風"，謂賈似道；"飛書傳羽"，謂北軍至也；"新塘楊柳"，則謂似道新納之寵妾耳。後詞之"穉柳"謂幼君；"嬌黃"謂太後；"扁舟飛渡"，亦指北軍；"塞鴻"指流民；"人惹愁來"，謂賈似道之出；"那人何處"，謂賈似道之去也。此詞實可爲詞史之濫觴。近人詞中如臨桂王半塘給諫《校夢龕集》中《鷓鴣天》序云："向與二三同志，爲讀史之約。意有所得，即以是調紀之。取便吟諷，久而不忘，人事作輟，所爲無幾。今年四五月間，久旱酷熱，咄咄閉門，再事丹鉛，漫成此解，並告同志，毋忘前約，爲之不已，亦乙部得失之林也。"借讀史以刺時事，其意顯然。惜半塘詞中，此調僅得四首。其一云："卅載龍門世共傾，腐儒何意占狂名。武安私弟方稱壽，臨賀嚴裝促辦行。　驚割席、憶橫經，天涯明日是春城。上尊未拜官家賜，頭白江湖號更生。"其二云："群彥英英祖國門，向來宏長屬平津。臨歧獨下蒼生淚，八百孤寒愧此君。　傾别酒、促归轮,壮怀枉自托风云。剧怜彩鹢乘涛处,新见蓬莱海上尘。"第三云:"属国归来重列卿,杨家金穴旧知名。似传重订冰山录,那得长谣颍水清。　　仙仗入、箧书倾。空令请剑壮朱生。好奇事尽归方朔,殿角微闻叩首声。"第四云:"注籍常通神虎门,书生恩遇本无论。鬼神语秘惊前席,挽辂谋工拾后尘。　　空折角、笑埋轮。寓言秦鹿底翻新。可怜一哄成何事,赢得班姬苦艺身。"此四首刺翁同龢、张佩纶等,引古证今,妙造无迹。翁常熟于稱寿前数日获谴,孙师郑诗注中言之甚详。读此四词之第一首,可备见当时情事也。又仪徵刘新甫恩黻《绮罗香·咏红叶,用玉田韵》,第一首上半阕云:"鸭脚黄边,鸭头绿后,霜讯朝来寒妒。一树门前,难觅旧题诗句。纵还我、夺后燕支,懒重过、唱春山路。怕荒沟、流出涛笺,劝郎休回那边去。"第二首下半阕云:"停车聊放倦眼,谁信西风世界,繁华如许。好不多时,还是夕阳归路。凭画手、多贯燕支,也难写、艳春娇语。笑儿曹,当作花看,醉容和泪舞。"皆指清德宗之珍、瑾二妃而言,故有"夺后燕支"、"夕阳归路"之语。新甫所著名《麋援词》。其《水龙吟·唐花》一解云:"花宫不耐深寒,群仙偷嫁红尘里。春愁未醒,凭空数到,番风廿四。喂雨痕轻,酿云香润,内家标致。笑贵人金屋,藏娇买艳,浑不解,温存意。　　过了试灯天气,玉簾空主恩捐弃。当初底事,千熏万沐,催教梳洗。我亦曾经,凤城西畔,略窥芳思。叹龟年老去,凄凉羯鼓,说开元事。"则指庚子拳乱,德国联军统帅瓦德西入都,留京诸人,争纳手版求其嘘植事也。郑叔问《比竹馀音》,《汉宫春·庚子闰中秋作》云:"明月谁家,甚今年今夕,多事重圆。移盘夜辞汉阙,贮泪铜仙。珠簾画栋,倒寒波、空影如烟。魂断处,长门烛暗,数声惊雁蛮弦。　　还见山河残影,恁磨成桂斧,补恨无天。凄凉镜尘顿掩,云里婵娟。东华故事,祝团圞、归梦空悬。凝望久,蓬壶翠水,西流好送槎还。"时两宫西狩,翠华未归。起韵三句,可谓慨乎言之。广东鸦片之役,酿成五口通商,为吾国外交史上之奇耻深痛。方事之殷,邓蠏筠廷桢总制两广,与林少穆诗酒唱酬,刊有《邓林唱和集》。集中《高阳台》一词,专记此事。起句云:"鸦度冥冥,花飞片片。"已明点鴉片二字。廣州商人業洋貨者,頗爲此事與外人通款曲,其最著者曰十三行,故詞中亦有"十三行"字樣。每讀一過,不啻一篇《鴉片戰史始末紀》矣。洪楊之亂,向忠武以江南大營,長圍金陵。天國中人,困守危城,勢日窮蹙。自將星遽隕,太平諸王,突圍而出,大江南北,遂無噍類。故江陰蔣鹿潭《水雲樓詞》中《踏莎行》一闋:"墨砌苔深,遮窗松密。無人小院纖塵隔。斜陽雙燕欲歸來,捲簾錯放楊花入。　蝶怨香遲,鶯嫌語澀。老紅吹盡春無力。東風一夜轉平蕪,可憐愁滿江南北。"感慨淋漓,不嫌意盡。題曰"癸丑三月賦",蓋志其知運轉移之時日也,鹿潭亦有心人哉。余嘗欲搜求此類詞,彙爲一編,時備觀覽,似勝昔人集本事之詩,與但爲詞人作箋注記傳者遠甚。況晚近以還,世變紛乘,開千古未有之局,歷五洲未有之奇。倘能本此史筆,爲作新詞,不必侈談"文學革命",其價值自等於照乘之珠,連城之璧,網裏珊瑚,正不必更向海外求耳。

咏物詞不難於體物瀏亮,而難於寄託遙深。《樂府補題》,以白蓮喻伯顏,以龍涎喻二聖之蒙塵。香草美人,意在言外。王半塘咏燭《鷓鴣天》云:"百五韶光雨雪頻,輕煙惆悵漢宮春。祇應憔悴西窗底,消受觀書老去身。　花影暗,淚痕新,郘書燕說向誰陳。不知餘蠟堆多少,孤注曾無一擲人。"又《浣溪沙‧咏馬》云:"苜蓿闌干滿上林,西風殘秣獨沉吟。遺臺何處是黃金?　空闊已無千里志,馳驅枉抱百年心。夕陽山影自蕭森。"借物興感,最爲得體。民國初年,余於役南洋群島,英屬各地,涉歷殆遍。初意華南僑商,蘊藉宏深,必能摘屏瑋抱,以光祖國。及日與晉接,遂有何所聞來之慨。島中多檳榔,若檳榔嶼,即以此得名。因譜《齊天樂》一解以紀之。其末句云"瓠落年年,棟樑渾坐棄",蓋不自覺其言之直率矣。

虞山黃摩西人,才氣橫溢,詩詞文皆如其人。負奇不遇,卒以窮死。歿後其同鄉諸子爲刻《摩西詞》八卷,計《和龔自珍無著詞》一卷、《懷人館詞》一卷、《影事詞》一卷、《小奢摩詞》一卷、《庚子雅詞》一卷、《集外詞》一卷、和張皋文《茗柯詞》一卷、和蔣劍人《芬陀利室詞》一卷。《和無著詞》中《太常引》云："夢中天上醒人間。尚索夢痕看。襟袖浣應難。有無數、香斑淚斑。　十分輕忽，五分疏懶，圓月誤成彎。情債積如山。祇準備、愁遠病遠。"《賣花聲·白門作》云："六代總荒煙。金粉依然。秦淮水照畫闌干。闌外垂楊萬千樹，春正誰邊。　如此好江山。祇貯青鬟。東南王氣久闌珊。我亦不辭絲竹寫，漸近中年。"《水調歌頭》云："居此大不易，行路亦良難。歲華誰道易邁，但覺日如年。未必世皆欲殺，無奈天還沈醉，創烏墜驚弦。惜此人不出，傷我道長艱。　占紫氣，參白骨，擁紅顏。平生仙佛兒女，信誓未曾寒。否則某山某水，準備一耕一釣，二頃去求田。風浪滿人海，枕石聽潺湲。"《鵲橋仙》云："吹簫也可，碎琴也可，祇有濫竽計左。舐丹雞犬盡飛升，却剩得、閒鷗一箇。　青山難買，青鬟難買，莫問爐中芋火。西風落葉大江萍，算一樣、飄零似我。"皆探喉而出，人人所欲言而難言者。又《鳳棲梧》云："寸心萬古情魔宅。積淚如河，積恨如山叠。願遣美人都化月。山河留影無生滅。　月墜西頭終費覓。後羿長窮，羞受純狐憶。飛上青天無力氣。彩毫一擲長虹直。"摩西，多情人也。故能言之深摯若此。

譚復堂《篋中詞》，捃摭甚富，惟較復堂年輩稍後之人，多未列入。即同時儔侶，或以聲氣罕通，或以微尚各異，亦不免有道珠之憾。《復堂日記》，頗不滿於吾鄉丁杏聆之《國朝續詞綜》。然《聽秋聲館詞話》中，亦正不乏佳構，而採錄未廣，人有同病。如復堂者，則又何說。余嘗欲仿《篋中詞》例，遍搜近人遺著，憔悴江湖，見聞益陋，抱此宏願，尚未知何日償也。著錄已及者，黃摩西外，有南通周晉琦曾錦《香草詞》，能以語體入詞，如元人之白描高手。《水龍吟》云："世間那有神仙，世間那有長生草？世間那有，金丹玉液，服之不老？笑煞當年，秦皇漢武，癡腸愚腦。被兩三方士，萬千誑語，欺惑得，顛還倒。　三百童男童女，更遠尋、十洲三島。十洲三島，原來都是，虛無縹緲。我道神仙，非靈非異，亦非奇妙。但無榮無辱，一歌一曲，即神仙了。"秀水金希偓鴻恮，纏綿婉轉，高逸之趣，欲遏行雲。《摸魚兒·題漁樵唱晚圖》云："恁匆匆、翠微拾橡，功名都付群竪。裘披五月渾閒事,肯學紅衣漁父。君未悟,怎忍把、腰鐮換了黃金組。歸來何暮。算祇有浮雲,殷勤遮路,留我嶺頭住。　　參天干,多少常留深塢。枝柯肩負幾許。從來才大難爲用,此恨竟成千古。誰最苦,嘆塵世勞薪,臠肉愁空拊。狂歌欲舞。還自問名流,安排第幾,軒冕羞爲伍。"第二首云:"最堪傷、河橋官柳,燒殘劫火無數。今番侵曉携柯去,免惹別離愁緒。漁也錯,任一舸浮家,欠了官租賦。層巒穩步。正村落炊煙,焦桐入聽,太息無人顧。　　擔頭上,得失難蟲幾許。攀援群峭何苦。茅簷堆得榆錢夥,笑比豪家財府。柯爛否?縱石室觀棋,肯被神仙誤。高歌月午。盡帶得雲歸,兒童不識,追逐同飛絮。"慨當以慷處,不減《漁陽三弄》也。

朱彊村先生六十覽揆時,余偕春音詞社同人,假長浜路周氏學圃,奉觴上壽。先生旋屬高君野侯繪《霜花腴吟卷》,遍徵題咏。沈寐叟、王靜安、張孟劬、況蕙風、陳倦鶴各譜《霜花腴》一解。寐叟詞不多見,錄之以見灰囊一跡。"碧瀾霽色,斂新寒,秋山爲整妝容。碧空禪撩,顚毛病禿,還來落帽西風。人間斷蓬,著淚痕染遍江楓。度關山萬里雲陰,傷禽不是楚人弓。　　古往今來多事,盡牛山坐看,哀樂無窮。壞井蛙聲,危柯蟻夢,臺邊戲馬恩恩。騎馬老公,莫青袍誤了吳儂。仗英觴辟惡渰愁,愁來還蕩胸。"

凝寒室詞話

徐興業 撰

載於一九三五《國專月刊》第一卷第二號。作者徐興業（一九一七—一九九〇），筆名星葉，浙江紹興人。一九三四年考入無錫國學專修學校。一九三七年畢業，先後在上海稽山中學、國學專修館、和建中學、比樂夜中學任教。後任職於上海教育出版社、中國作家協會、上海師範學院等。著有長篇歷史小説《金甌缺》《清代詞學批評家述評》等。《凝寒室詞話》僅三則，論詞宗尚情真，提出"推其情真，而後有板拙語、至性語。惟其才大，而後有敷衍語、堆砌語"，由此指出南宋詞人雖才大氣密，情真味切遠遜於北宋諸子。論宋代詞人，推重周邦彦，"清真詞於兩宋間，最爲擅長"。論清代詞人，推重納蘭性德，指出"納蘭詞小令淒惋處，於南唐二主非惟貌近，抑亦神似"，"淒澹悱惻，得正中、六一之遺"；其次推重蔣春霖，"璆然冠有清三百年，清靈處直逼白石，而身世感懷，發爲沉鬱"。

作詞當尚情真，不當誇才大。推其情真，而後有板拙語、至性語。惟其才大，而後有敷衍語、堆砌語。北宋諸家，除東坡外，才實不逮後人，但以其情真，遂覺脱語天籟，自有渾璞之詣。南宋諸詞人，才大而氣密，故能獨創詞境，不剽襲前人。然以其真摯之情稍遜，味之終覺隔一層。清真詞於兩宋間，最爲擅長。其《蝶戀花》云："唤起兩眸清炯炯，淚花落枕紅綿冷。"《玉樓春》云："當時相候赤闌橋，今日獨尋黄葉路。"又云："滔邊誰使客愁輕，帳底不教春夢到。"皆人人意中事,眼中情,而以不經意筆出之,透成絕詣。此南宋諸家累千鈞之力,所不能到者。清真《六醜》詞云:"怕斷鴻尚有相思字,何由見得?"是結句之神拙者。求之後世,惟梅溪《東風第一枝》云:"恐鳳靴挑菜歸來,萬一灞橋相見。"意境差似,但稍嫌刷色矣。詩人體物感情,觸境抒懷,發之於文,不必求人知我意趣之所在,而感非一端,觸非一境,故自三百篇、古詩十九首以降,皆爲無題之作,佛家所謂無人相之境也。唐五季北宋之詞亦然。似東坡、清真,間爲咏物之作,大抵托寫感懷,借物以抒情。似東坡《咏雁》以訴飄零,清真《蘭陵王》咏柳以寫別情,《花犯》咏梅以抒其二年之身世,遂啓後來咏物一源。至梅溪咏燕,劉改之咏指足,摹狀繪色,已落言筌。後此更撦拾故實,廣徵博引,情韻皆匱,斯爲極蔽。

朱彊村先生易簣前,口占《鷓鴣天》曰:"忠孝何嘗盡一分,年來姜被減奇溫。服中犀角非邪是,身後牛衣怨亦恩。　　泡露事,水雲身,枉抛心力作詞人。可哀惟有人間世,不結他生未了因。"先生素篤於友愛,與仲弟孝威共寓吳,相依爲命,年前病殁,詞中第二句指此。有子隽而殤折,晚撫仲弟子方飭爲嗣,時尚未冠,第三句指此。先生晚年作詞極少,此詞自道身世,尤可珍貴。

納蘭詞小令淒惋處,於南唐二主非惟貌近,抑亦神似。至《蝶戀花》數首,則勢縱語咽,淒澹悱惻,得正中、六一之遺。清初詞人大抵承明季之極弊。小令學《花間》,長調擬蘇、辛。陸次雲、汪懋麟以下,專事纖小,格卑語猥。湘瑟(錢芳標)、延露(彭孫遹)稍稱醇正,亦瑕瑜互見。迦陵號名家,不脫叫囂奔放之習,錫鬯入於南宋而不能出,以視汴京尚遠,遑論五季。故欲於清初求詞有真氣者,其惟納蘭乎? 蔣春霖《水雲樓詞》,璆然冠有清三百年,清靈處直逼白石,而身世感懷,發爲沉鬱。其《渡江雲》云:"縱青衫無恙,換了二分明月,一角滄桑。"《甘州》云:"待攀取楊枝寄遠,怕楊花比客更飄零。"又云:"畫眉錯問愁深淺。"皆慘澹,極自然,所謂自然,從慘澹中出者。一代雅音,遂得復見。譚復堂以之與成容若、項蓮生並論,猶非允言。

今人詞話

星　舫撰

　　載於一九三五年《南方》（福建）第二卷第一期。作者署名星舫，應即沈奎閣（一八九八——一九四二），字星舫，號西溪居士，福建漳州人。作者簡介詳見前《西溪詞話》。《今人詞話》原標題爲《今人詞話（續二）》，推測原應係報刊連載本，今僅存《南方》第二卷第一期所載一則，内容爲評述章衣萍（一九〇〇——一九一七，近代小説家）《江城子》《虞美人》《摸魚兒》等詞作中所體現的"生命之暗創"。

章衣萍

　　無疑的衣萍的《看月樓詞》是具有寫作的背境的：其自序所謂"海邊女郎"及其小說之"小嬌娘"是也。作者又云："我的悲哀和煩惱都衹有寄託在我的傷感的詞中。大多數的詞是在這樣可憐又浪漫的心情中寫下的。"這可見出作者創作的心理了。

　　現在看他的詞《江城子》："吴淞江上小嬌娘，玉軀長，鬢雲光。指點閒鷗，同坐話斜陽。細剝香蕉送郎口，郎莫笑，看鴛鴦。西風吹老美人妝，怕倚廊，怯空房。眩過新年，郎不渡申江。怕聽寒潮深夜語，傷病也，自心傷。"

　　人生是不斷的追求，某種欲望而成爲事實時，反覺得索然無味。内心的悲哀是偏從缺陷方面而發展的。所謂"生命之暗創"，即是專從缺陷方面擴大的，這樣的人生將永遠成爲不滿足的人生，而生命亦將永遠成爲不滿足的生命了。

《虞美人·深秋有懷》:"……別來六載音書杳,病久心情悄。……人前祇道不思量,且向高樓含淚看斜陽。"

《蝶戀花·公園信生》:"夜夜夢魂向何處,梵王渡畔行人路。"

《摸魚兒》:"又無端臨風惆悵,爲誰海史留住?半年總做松江夢。惱煞深宵風雨。君記取:是瞞了那人,來泝匆匆語。無量辛苦,看濁浪連天,癡心萬縷,暗逐離鴻去。黃衫客,人兒婿嫵如故,豕來休怨遲暮,一往情深空癡絕,見也無從低訴。人觀住,嘆別離不忍,車上勞延佇,低聲細訴:"願絕業成時,與君奔走,天涯日出處。""

讀詞雜記

楊易霖 撰

載於一九三五年《詞學季刊》第二卷第四期。作者楊易霖，字雨霖，四川犍爲人。師從邵瑞彭。著有《詞範》《周詞訂律》等。《讀詞雜記》共十則，內容以圍繞《彊邨叢書》所刊詞集文獻，進行詞學文獻考證爲主。如辨朱祖謀《彊村叢書》中所錄米芾詞有誤，據毛氏汲古閣本、黃堯圃舊抄本可知該詞作者實爲秦觀。又斷四印齋本《花間集》和彊邨叢書本《尊前集》所錄溫庭筠《菩薩蠻》（南園滿地堆輕絮）作者有誤，據伍氏粵雅堂本及四印齋本《草堂詩餘》可知，該詞作者實爲何籀。博雅宏通，考證細緻，令人信服。

一

張文襄《書目答問》相傳爲藝風先生代作，實則出於文襄本意者甚多。即以詞目而論，藝風平生所刻詞甚多，尤其注意清詞，而《書目答問》中清詞一類既不著版本，又多所錯誤。如曹貞吉《珂雪詞》，明袁中道有《珂雪齋集》，明末刊本未及註明。《隨園全書》內有納蘭性德《飲水詞》、厲鶚《樊謝山房詞》，初名《秋林琴雅》，全集中兩存，均不言及。又郭麐詞總名爲《靈芬館詞》，文襄但著其《蘅夢詞》一種，而又誤題爲《蘅夢樓詞》。姚燮《疏影樓詞》不言，即《復莊詞問》。周之琦詞總名爲《心日齋詞集》，但著其《金梁夢月詞》一種。邊浴禮《空青館詞》誤題爲《空青詞》。且於最負盛名之項蓮生《憶雲詞》、蔣鹿潭《水雲樓詞》皆不著錄，反著無甚價值之《冰甌詞》。藝風決不致疏略如此。文襄平生僅作《摸魚子》一首，可見其於詞學未甚措意。近淮陰范氏《書目答問補正》一書補錄甚多，然於以上所舉，亦多遺漏不載，良可惜也。

二

米元章《寶晉長短句》一卷內《滿庭芳》一闋，《山林拾遺》本、鮑淥隱鈔本、蔣氏《別下齋叢書》本、趙氏星鳳閣鈔《寶晉英光集》本均入錄，朱氏《彊村叢書》本從之，題作《紹聖甲戌暮春與周熟仁試賜茶書此樂章》，趙本題末有"中岳外史米元章書"八字，朱氏從蔣本刪。按：此詞乃秦少游所作。愚所知《淮海居士集》如毛氏汲古閣本、黃蕘圃以殘宋本校舊抄本皆載入，僅異一二字。彊邨本、近日北平影清內府宋本、葉氏影印本亦有之。竊疑海岳所署，祇言"書此樂章"，自題別號姓字，是當時未嘗指此詞爲己作。後人不擇，見有米書此詞墨跡，遂定爲米作，誤矣。蓋秦、米二人同時，秦以詞章名，米以書畫名，而海岳行輩稍晚，似海岳以後進身份書淮海詞未爲不合。彊邨翁校此詞，未加按語，又失註互見等字，似一時偶未經意所致。猶邵次公師所云，王蘭泉《明詞綜》據《古今詞話》錄商文毅《一叢花》詞，不知爲東坡作，同屬無心之誤。若《淮海集》中誤載賀方回《長相思》（望揚州）一闋，彊邨翁兩處錄之，并加按語，可徵其用心之密矣。

三

彊邨本《淮海居士長短句》卷上載《滿庭芳》三首，其二首彊邨本《張子野詞補遺》下亦載入。彊翁舉從黃子鴻校鮑子鴻知不足齋本，而不云互見，但於子野《浣溪沙》一首注云"又見秦淮海詞"。

四

四印齋本《花間集》載溫飛卿《菩薩蠻》十四首，其第十一"南園滿地堆輕絮"一首，彊邨本從梅禹金藏明鈔本《尊前集》載之，題與《花間集》同。彊邨本《金奩集》不載，云已見《尊前集》。伍氏粵雅堂本及四印齋本《草堂詩餘》均載此詞，而題爲何籀作。按：飛卿《菩薩蠻》十四首自餘十三首起句首二字皆作仄平，如"小山"、"水精"、"蕊黃"、"翠翹"、"杏花"、"玉樓"、"鳳凰"、"牡丹"、"漢宮"、"寶函"、"夜來"、"雨晴"、"竹風"等皆是，僅此詞獨作平平，與他詞不合，可見《花間》亦有宋人羼亂之處。

五

王氏四印齋仿宋十行十七字本《花間集》十卷，卷五載歐陽舍人炯《三字令》一首，彊邨本張子野詞卷二亦載入，不云互見。惟《生查子》一首注云："又載《六一詞》。"

六

《八聲甘州》起首二句，讀法有四。其一起句爲上一下七之八字句，下接以五字句，如柳詞"對瀟瀟暮雨灑江天，一番洗清秋"是也，《草窗詞》"信山陰道風景多奇，仙翁幻吟壺"一句從之。其二起句爲上三下五之八字句，下接以五字句，如東坡詞"有情風萬里卷潮來，無情送潮歸"是也，而晁無咎和東坡作"謂東坡未老賦歸來，天未遣公歸"則讀爲上一下七、上三下五皆可也。其三爲上一下四之五字句，下接以上三下五之八字句，如夢窗詞"渺空煙四遠，是何年、青天墜長星"是也。其四起句爲三字句一，下接以五言對句，如遺山詞"玉京嚴，龍香海南來，雪裳月中傳"是也。尋《八聲甘州》爲耆卿首創之調，自當據爲定格。其餘各家讀法，亦婉美可誦。惟夢窗以三字句屬下，較爲生澀耳。又此調第二句第二字，即"一番洗清秋"之"番"字，亦可用仄聲填之。如玉田所作《甘州》凡十二首，每首第二句如"寒氣脆貂裘"、"萬裏見天心"、"中有百花莊"、"顧曲萬花叢"、"幾被暮雲遮"、"吹動一天秋"、"簾影最深深"、"招隱竟忘還"、"休道北枝寒"、"山拔地形高"、"孤影尚中州"、"此樂不知年"等等其第二字皆作仄聲也。

七

世傳平定張碩州校定《遺山新樂府》有二：一爲陽泉山莊刊本，原本衹四卷，末卷爲海風吳氏補刻，即彊邨翁所見者；一爲永年武慕姚兄家藏殘鈔本六卷，內有補遺一卷，原闕卷一，即次公師所云□齋本之第二種也。殘鈔本補遺載《小聖樂》一首云：「緑葉陰濃，徧池亭水閣，偏趁涼多。海榴初綻，朵朵蹙紅羅。乳燕雛鶯弄語，對高柳鳴蟬相和。驟雨過，似瓊珠亂打，徧新荷。 人生百年有幾，念良辰美景，休放虛過。富貴從前定，何用苦張羅。命友邀賓，宴賞飲芳醑，淺斟低歌，且酩酊。從教二輪，來往如梭。」詞末有小注云：「見《花草粹編》，原出《輟耕錄》九。」云云。按：此詞，《遺山新樂府》如明高麗刊本、凌雲翰選本、張家藕南塘刊本、彊邨本均不載。而明宗室丹邱先生涵虛子所編《太和正音譜》內載《驟雨打新荷》一首云「緑葉陰濃，徧池亭水閣，偏趁涼多。海榴初綻，妖艷噴紅羅。老燕携雛弄語，有高柳鳴蟬相和。驟雨過，珍珠亂糁，打遍新荷」乃遺山原作《小聖樂》詞，後半爲後人妄增。其前半異文，則因傳寫之誤，非遺山原有二闋也。此與《三李詞》所載後主《鷓鴣天》詞正同。否則《小聖樂》詞一首之中，「羅」字、「過」字皆重押二次。遺山雖大雅不拘，要亦不至如此疏略。至其調名，疑本爲《小聖樂》，因詞中有「驟雨過，打徧新荷」之句，故取以爲名。丹邱以之入曲者，因元代詞曲之界未曾顯別故耳。

八

光緒間，蒙自楊文斌質公，刊太白、重光、漱玉三家爲三李詞，其所取材，多從輯佚，而未標出處。所錄後主詞中有《鷓鴣天》二首。第一首云：「塘水初澄似玉容，所思還在別離中。誰知九月初三夜，露似珍珠月似弓。 深院静，小庭空，斷續寒砧斷續風。無奈夜長人不寐，數聲和月到簾櫳。」除楊升庵《詞林萬選》外，前此未見。且此詞前半乃白樂天詩句，後半乃後主《搗練子》詞相合而成。不知《鷓鴣天》換頭第三句爲平平仄仄仄平平，此詞作仄仄平平仄仄平，與律不合，宜爲僞作。況夔笙先生作《蕙風詞話》，明知其僞作而取之，蓋詞章家之議論，固不能以攷證之科條繩之也。

九

扶箕降神，古所未聞。《東坡樂府·少年游》題云："黃之僑人郭氏，每歲正月迎紫姑神（按：唐人小説屢見，本集亦作子姑神，有《子姑神記》）。以箕爲腹，箸爲口，畫灰盤中，爲詩敏捷，立成"。云云。愚所見，此爲扶箕之始。至若齊梁時，陶弘景撰《真誥》，所載多屬神仙開示之語，非扶箕未由得此。然無明文，未敢臆斷。紀文達筆記謂箕字俗作乩，實當作卟。蓋文達不知以箕代神像，謂之扶箕，因以《尚書》卟疑解之，實誤證也。頃閲《道書全集》，內有楊良弼雲石校本《純陽呂真人文集》八卷，第七卷末載《漁父詞》十八首、《夢江南》十一首，卷八載《西江月》八首、《沁園春》三首、《卜算子》《步蟾宮》《滿庭芳》《酹江月》《水龍吟》《浪淘沙》《蘇幕遮》《雨中花》《促拍滿路花》各一首，餘皆無之。上述各詞，是否真出洞賓所作，或謂羽士僞託，或爲扶箕而來，無從考證。其詞十九爲神仙家言。如《漁父詞》第十六題爲《作甚物》，詞云："貪貴貪榮逐利名，追游醉後戀歡情。年不永，代君驚，一報身終哪裏生。"第十七首題爲《疾瞥地》，詞云："萬劫千生得箇人，須知先世種來因。速覺悟，出迷津，莫使輪回受苦辛。"《夢江南》第七首題爲《修身客》，詞云："修身客，修身客，莫誤入迷津。氣術金丹傳在世，象天象地象人身。不用問東鄰。"第九首題爲《長生藥》，詞云："長生藥，長生藥，不用問他人。八卦九宮看掌上，五行四象在人身。明瞭自通神。"《滿庭芳》一首云："大道淵源，高真隱秘，風流豈可知聞。先天一氣，清濁自然分。不識坎離顛倒，誰能辨金木浮沈。幽微處，無中產有，澗畔虎龍吟。　壺中真造化，天精地髓，陰魂陽魄，運周天水火，燮理寒溫。十月脫胎丹就，除此外皆是傍門。君知否，塵寰走遍，端的少知音。"又《水龍吟》有句云："目前咫尺長生路，但愚人不悟。"《沁園春》第二首有句云："夜去明來，早晚無憂。奈今日不知明事，波波劫劫，有甚來由。人世風燈，草頭珠露，我見傷心眼淚流。不堅久,似石中迸火,水上浮漚。　　休休。聞早回頭。把往日風流一筆鉤。但粗衣淡飯,隨緣度日,任人笑我,我又何求。到頭來,不論貧富,著甚干忙日夜憂。勸年少,把家緣棄了,海上來游。"上述各詞,皆涉筆成趣,饒有深意。因憶王荆公效寒山詩一首,援佛語入詞,比於説偈,爲聲家別開生面。吕氏援道語入詞,與紫陽真人同一吐屬,遠在荆公之先,洵聲家之異彩,較之宋人《游仙》《朝元》諸作,又進一層也。又檢《道書全集》尚有李道純詞五十八首,見《中和集》薛道光詞九首、陳楠詞三首、白玉蟾詞十六首(玉蟾集本,世傳甚多,其一種名《瓊館集》)。蘭廷之詞二十四首,見《諸真玄奧集成》,而《道藏》不載,擬就《鳴鶴餘音》一勘之。

十

《道書全集》本《中和集》載李道純詞,標目五十八首,實祇五十四首,所闕者贊園庵傅居士、贈止庵張宰公、贈密庵述三教、贈唯府宗道人各一首,皆《滿江紅》調,彊邨翁重刊《清庵先生詞》五十八首,於上述四首完全無闕,可見元刊本之善。又《道書全集》本《諸真玄奧集成》所載白玉蟾詞僅十六首,而彊邨本所載於上述十六首外多出一百十九首,誠善本也。

近代詞人逸事

張爾田 撰

載於《詞學季刊》一九三五年第二卷第四期。作者張爾田（一八七四—一九四五），一名采田，字孟劬，又字遁堪，浙江錢塘人。孟劬爲張上龢之子，曾從蔣春霖學詞，與鄭文焯爲詞話至交。清末官刑部主事、江蘇候補知府。民國初建，預修《清史》，又任交通大學、政治大學、北京大學等校教授，晚年爲燕京大學國學總導師。著有《蒙古源流箋證》《史微》《玉溪生年譜會箋》《新學商兌》等，詞集名《遁庵樂府》。《近代詞人逸事》僅四則，記錄蔣鹿潭、文小坡、況夔笙、沈寐叟四人，文字雋雅，亦足耐人玩索。

蔣鹿潭軼事

鹿潭，先君子學詞之師也。性落拓。官兩淮盐大使。罷官，避地東淘，杜小舫觀察愛其才，時周給之。小舫之詞，多出其手定。鹿潭素不善治生，歌樓酒館，隨手散盡。晚年與女子黃婉君結不解之緣，迎之歸於泰州，又以貧故，不安於室。鹿潭則大憤，走蘇州，謁小舫。小舫方署臬使，不時見鹿潭。既失望，歸舟泊垂虹橋，夜書冤詞，懷之，仰藥死。小舫爲經紀其喪。婉君聞之，亦以死殉。余從嫂黃亦家泰州，親見婉君死狀，言之甚悉。是亦詞人之一厄也。鹿潭遺詩宗源瀚序，略及其事，而不能詳云。

大鶴山人逸事

文小坡（焯）爲瑛蘭坡中丞子。一門鼎盛，兄弟十八，裘馬麗都。惟小坡被服儒雅，少登乙科，官内閣中書，不樂仕進。旅食江蘇，爲巡撫幕客四十餘年。善詼諧，工尺牘。故所歷賢主人，無不善遇之。然其中落落，恒有不自得者。先君子諱上龢，字沚蓴，曾從蔣鹿潭學詞，從沈旭庭梧學畫，與小坡爲詞畫至交。時余家居蘇州天燈巷。曾記一日大雪，晚飯後，小坡携煙具，敲門入，欲拉同赴盤門，觀女伶林黛玉演戲。或曰："此是殘花敗柳。"小坡笑曰："我輩又何嘗非殘花敗柳。"余隅坐，誦昔人句云："多謝秦川貴公子，肯持紅燭賞殘花。"小坡爲太息久之，蓋自傷其老而依人也。小坡填詞之外，能畫，兼工醫術，自謂於音律有神悟。所著《詞源斠律》，大抵依據《燕樂考原》。余爲糾正數條，小坡大驚曰："是能傳吾大晟之業者也。"金石小學，靡不綜貫，皆非其至者，然自喜特甚。其齋中懸一聯云："籀說文九千字，治墨學十三篇。"楊守敬所書也。尊彝筆硯，事事精潔，有南宋江湖詩人風趣。鼎革後，以賣畫爲生，樵紅別墅所藏，一夕散盡。光緒甲午，先君子棄官僑吴中，與小坡及張子苾諸君連舉詞社。小坡方有"比紅"之賦，即所謂侍兒紅冰是也。後遂歸於小坡。乃於翦金橋卜西樓以貯之。《冷紅詞》一卷，大半咏此。小坡晚年營別墅於孝義坊，其東坡陀綿亙，按圖經知爲吴小城，賦詞以張之。手種梅竹，極幽蒨之致。小坡歿後，吴印臣（昌綬）擬爲保存其墅，余爲題"僑吴舊築"四字，後亦未果，聞已易主矣。孟劬記於觀我生室。

况夔生逸事

夔笙爲兩江總督端忠敏（方）幕客，爲之審定金石，代作跋尾，忠敏極愛之。時蒯禮卿（光典）亦以名士官觀察，與夔笙學不同，每見忠敏，必短夔笙。一日，忠敏宴客秦淮，禮卿又及夔笙。忠敏太息曰："我亦知夔笙將來必餓死，但我端方不能看其餓死。"夔笙聞之，至於涕下。李審言，禮卿客也，有咏忠敏詩云："輕薄子雲猶未死，可憐難返蜀川魂。"自是有宴會,夔笙與審言必避不相見。噫,忠敏之愛才,無愧明珠太傅,而夔笙知己之感,雖死不忘,尤可念也。

案:況李交惡事,據審言先生哲嗣語予,其先人咏忠敏詩云云,蓋別有所指,非詆夔笙,或孟劬先生偶據傳聞之語歟。編者附記。

沈寐叟逸事

有一人謁培老,自言家貧,非作官不可。培老笑曰:"西山薇蕨,本我輩專利品,原不敢分潤公等。"既而正色曰:"我有一言奉告,作官儘管作官,切不可胡鬧。"其人踧踖不安,逡巡而退。此僕在座親聞者,殊可見此老風骨。

詞　論

張文宬 撰

　　載於一九三五年《國立四川大學週刊》第三卷三十期"學術"欄目。作者張文宬，生平不詳。《國立四川大學週刊》創刊於一九三二年，係校刊性質，多發表本校教師、學生群體的學術研究和文藝作品，由此推斷張文宬或係川大師生一員。《詞論》主要探討詞的起源、詞體、詞韻、作詞法等內容，多引用前人詞論，新見較尠。

　　詩訖於周，離騷訖於楚，是後詩之流爲二十四名——賦、頌、銘、贊、文、誌、箴、詩、行、咏、吟、題、怨、嘆、章、篇、操、引、謠、謳、歌、曲、詞、諷，皆詩人六藝之餘。而作者之旨，由操而下八名，皆起於祭軍賓吉凶苦樂之際。在音樂者，因聲以度詞，審調以節唱，句度長短之數，聲韻平上之差，莫不由之準度，而又別其譜琴瑟者爲操引，採民甿者爲調歌，備曲度者，總得以定樂也，則是後之依曲句而填之詞，其命名必託始於此。所謂詩之流爲二十四名，皆詩人六藝之餘，即前人稱詞爲詩餘之所本。惟詞僅爲二十四名之一，後乃以別名爲總名耳。故詞之爲體，實爲樂府之遺，識者爲之，莫不沿溯漢魏，游衍屈宋，以靳上關乎三百篇之旨意，謂不如是不足以徵其源、涉其奧，此乃文辭之源，非文心之原也。文心之源，亦存乎學者性情之際而已。爲文苟不以性情爲質，貌雖工，人猶得以抉其抵，不工者可知。所謂詞者，以意爲輕，以言爲飾，意內言外，交相爲用，而意不必一定，言不必由衷，美人香草，十九寓言，其旨隱，其辭微,言之不足,故長言之,長言之不足,故嗟嘆之。昔人作詞之法,即聖門言樂之法也。蓋古之作者,情有所感,不能無所寄,意有所鬱,不能無所洩,於是設爲勞人思婦之言,孤臣孽子之懷,隱喻以抒其情,繁稱以晦其旨,其爲言也,哀以思,其感人也,深以婉,其取徑也狹,其陳義也高,其至者,則南北東西,惚恍迷離,如風雷之在天,虎豹之在山,蛟龍之在淵,恣其真意之所向,不復可以繩尺求矣,而又調度乎格律,酌劑乎陰陽,自有元音,上通雅樂,別黑白而定一尊,亘古今而不敝矣。唐宋以還,作者斯盛,飛卿、端己,首發其端,周、秦、辛、奚,曲盡其緒,而要皆發源於風雅,推本乎離騷,言詞者必奉爲圭臬,匪特其音節之足法,蓋風人之旨猶有存調絕響。操選政者,率昧正始之義,嫭妍不分,雅鄭并奏,復感於《詩餘圖譜》《嘯餘圖譜》諸書之説,以爲字句可以出入,後之爲詞者遂芒乎不知所從矣。有清一代,號爲中興,斯時樂譜失傳,管弦已廢,而文藻之工,轉軼前代,選詞訂律,各有所觀,然門户之爭,亦百餘年而稍殺。洎乎咸同以迄光宣之際,内憂外患,訖無寧日,憂國之士,往往長歌代哭,一時才彦,如蔣鹿潭、王幼霞、鄭叔問、朱彊邨之倫,叠主騷壇,狡童黍離之悲,新亭故國之感,亦各自抒心機,駸駸乎而入兩宋之室矣。

詞上承於詩,下沿於曲,雖源流和紹,而界域判然,故作詞須上不似詩,下不似曲。李笠翁所謂"不淄不磷,立於二者之間",方爲好詞。李又云:"大約空疏者作詞,無意肖曲,而不覺彷彿乎曲;有學問人作詞,盡力避詩,而究竟不離於詩。一則苦於習久難變,一則迫於舍此實無也。欲爲天下詞人去此二弊,當令淺者深之,高者下之,一俛一仰,而處於才不才之間,詞之三昧得矣。"然余謂詩語可以入詞,詞語不可入詩,詞語却可入曲,曲語却不可入詞,總以從高而降爲善耳。

楊守齋《作詞五要》第五云:"要立新意。若用前人詩詞意爲之,則蹈襲無足奇者。須自作不經人道語,或翻前人意,便覺出奇。或祇能煉字,誦纔數過,便無精神,不可不知也。更須忌三重四同,始爲具美。"按所謂意新者,非於尋常見聞之外,而後謂之新也,即在飲食居處之内，布帛菽粟之間，僅有事之極奇，情之極艷，洵諸耳目，則爲習見習聞，考諸詩詞，實爲罕聽罕覩，以此爲新，方是詞內之新，非《齊諧》志怪，《南華》志誕衹所謂新也，詞語字句之心，亦復如是。同是一語，人人如此説，我之説法獨異，或人正我反，人直我曲，或隱約其詞以出之，或顛倒字句而出之，爲法不一。昔人"點鐵成金"之説，我能悟之，不必鐵果成金，但有惟鐵是用之時，人以金試而不效，我投以鐵，鐵即金矣。彼得不龜手之藥，而往覓封侯者，豈非神於點鐵者哉？所最忌者，不能於淺近處求新，而於一切古冢秘笈之中，搜其隱事僻句，及人所不經見之冷字，入於詞中，以示新奇，高則高，貴則貴矣，其如人之不欲見何？

詞當取法於古，所謂翻前人意，便覺出奇者是已。然古人佳處宜法，常有瑕瑜并見處，便當取瑜擲瑕。若謂古人在在堪師，語語足法，吾不信也。試舉一二言之，唐人《菩薩蠻》云："牡丹含露真珠顆，美人折向庭前過。含笑問檀郎，花强妾貌强？檀郎故相惱，衹道花枝好。一面發嬌嗔，笑捼花打人。"此詞膾炙人口久矣。從來尤物，美不自知，知亦不肯自形於口，未有真誇其美，而謂我勝於花者。况捼碎花枝，是何等不韻之事，捼花打人，是何等暴戾之形？幽閒之義何居？溫柔二字安在？李後主《一斛珠》之結句云："繡床斜侍嬌無那，爛嚼紅茸，笑向檀郎唾。"此詞亦人所競賞。予曰：此媚婦倚門腔，黎園獻醜態也。嚼紅絨以唾郎，與倚市門而大唾棗核瓜子以調路人者，其間不能以寸。優人演劇每作此狀，以發笑端，是深知其醜而故爲之者也。不意填詞之家，竟以此事謗美人，而後之讀詞者，又衹重情，趣不問妍媸，復相傳爲韻事，謬乎？不謬乎？無論情節難堪，即就字句言之，淺者論之，"爛嚼"、"打人"諸口腔，幾於俗殺，豈雅人詞內所宜？後人作《春繡絕句》云："閒情正在停針處，笑嚼紅絨唾碧窗。"即"爛嚼"爲"笑嚼"，易"唾郎"爲"唾窗"，同一事也，而雅俗判然矣。

詩詞和韻，不必强己就人，戕賊性情，莫此爲甚。張玉田云"詞不宜和韻"，旨哉斯言。

詞中有小令、中調、長調之分，草堂創其例，而後人因之亦有令引近慢之別。令即小令。以小令微引而長之曰引，以音調相近，從而引之者曰近，皆中調也。引而愈長者曰慢，則所謂長調也。然小令、中調、長調之分，究以何者爲標準，終未明瞭。查近代各家，如錢塘毛氏以五十八之内爲小令，五十九字至九十字爲中調，九十一字以外爲長調。萬紅友駁之，謂少一字即短，多一字即長，必無是理，故《詞律》部分小令、中調、長調之名。其實毛、萬二氏，均屬武斷。夫小令即引子也，中調即過曲也，長調即慢詞也，其分別乃在於歌唱時所用樂具及拍眼音譜等之不同耳。近人任二北有《南北宋詞之音譜拍眼考》一文，具詳論之。

凡詞題意之與音譜，相輔以成，關係極重，故作詞因題選調，相體裁衣，最宜節節稱合。蓋選調得當，則其音節之抑揚高下，處處可以助發其意趣，作者控御隨心，而讀者珠璣在口。苟其不然，則神光離合，非拘而莫暢，即冗而多泛，非板而不靈，即輕而見弱。易地盡成佳構，而一誤滿盤皆輸矣。

沈伯時云："蓋音律欲其協，不協則成長短之詩。下字欲其雅，不雅則近乎纏令之體。用字不可太露，露則直突而無深長之味。發意不可太高，高則怪而失柔婉之意。"余謂宋譜今已淪亡，今所謂律，但僅守其四聲陰陽而已，可信不可泥也。用字宜雅誠是，發意不可太高，吾則不謂然也。而宋詞東坡、白石、碧山諸家，發意皆甚高遠，可不謂非大詞人耶？吾輩爲詞，正恐發意不能高遠耳。彼執一而論，更從而和之者，真井蛙之見也。

自然室詞話

馮　振　撰

　　載於一九三五年《學術世界》第一卷第一期。作者馮振（一八九七——一九八三），原名汝鐸，字振心，廣西北流人。早年師從陳衍、唐文治。先後在梧州中學、北流中學、無錫國專、江蘇教育學院、正風文學院、上海暨南大學、大夏大學、交通大學、無錫江南大學任教，後任廣西師範學院中文系教授。著有《自然室詩稿與詩詞雜談》《老子通證》《韓非子論略及提要》《荀子講記》《呂氏春秋高注訂補》等。《自然室詞話》原名《自然室詩詞雜話》，原文以詩話爲主，雜錄詞話九則，內容爲賞析、比對兩宋詞人名句來源，本編僅錄詞話部分。

　　李清照詞云："簾捲西風，人比黃花瘦。"明樊阜詩云："愁來自起推窗看，人比梅花瘦幾分。"余嘗有寄內詩云："病怯西風簾幕低，不知肥瘦比黃花。"李詞"人比黃花瘦"，爲決定之詞；樊詩"人比梅花瘦幾分"，雖決定其爲瘦，而瘦之分量則尚未定；余詩則並肥瘦都不可知，又似同而實異也。

　　李後主詞云："離恨恰如春草，更行更遠還生。"秦少游詞云："倚危亭，恨如芳草，萋萋剗盡還生。"莫少虛詞云："愁同芳草，雨萋萋。"用意俱相似。

　　宋徽宗《宴山亭》詞云："怎不思量，除夢裏，有時曾去。無據，和夢也，新來不做。"晏幾道《阮郎歸》詞云："夢魂縱有也成虛，那堪和夢無。"張炎《渡江雲》詞云："甚近來翻笑無書，書縱遠，如何夢也都無。"秦觀《阮郎歸》詞云："衡陽猶有雁传書。郴陽和雁无。"四詞之中,三言夢,三言無,意相仿佛,俱加一倍寫法。

李長吉詩云："天若有情天亦老。"張子野詞云："天不老,情難絕。"點化亦妙,然張詞實兼用漢鐃歌"山無棱,江水爲竭,冬雷震震夏雨雪,天地和,乃敢與君絶"之意。

張先詞云："送春春去幾時回。"晏殊詞云："夕陽西下幾時回。"語相似。

晏殊詞云："鴻雁在雲天在水,惆悵此情難寄。"晏幾道詞云："欲畫此情書尺素,浮雁沉魚,終了無憑據。"又云："勸君莫作獨醒人,爛醉花間應有數。"晏幾道詞又云："此時金琖須深看,看盡落花能幾醉。"小晏正從大晏而來。

范希文詞云："眉間心上,無計相迴避。"李清照詞云："纔下眉頭,又上心頭。"李詞恐亦從范來。

范希文詞云："山映斜陽天接水,芳草無情,更在斜陽外。"歐陽永叔詞云："平蕪盡處是春山,行人更在春山外。"俱用"更在"、"外"三字,句法相似。

李之儀詞云："正佳時,仍晚晝,著人滋味,真箇濃如酒。"汪藻詞云："君知否,亂鴉啼,歸興濃如酒。"兩"濃如酒"均佳。

舊讀晏小山詞,酷愛"落花人獨立,微雨燕雙飛"二句,以爲遠在"舞低楊柳樓心月,歌盡桃花扇底風"之上。久之,乃知此二句本唐末吾鄉桂林詩人翁大舉(宏)《春殘詩》。其全首云："又是春殘也,如何出翠幃。落花人獨立,微雨燕雙飛。寓目魂將斷,經年夢亦非。那堪向愁夕,蕭颯暮蟬輝。"然翁詩不著,而晏詞稱誦於人口,豈非有幸有不幸邪?

賀方回詞云："試問閒愁都幾許? 一川煙草,滿城風絮,梅子黃時雨。"又云："欲知方寸,共有幾許清愁,芭蕉不展丁香結。"辛稼軒詞云："舊恨春江流不斷,新恨雲山千叠。"都從李後主"問君能有幾多愁,恰似一江春水向東流"化出。

周邦彥《金陵懷古》詞前二半闋云："佳麗地,南朝盛事誰記? 山圍故國繞清江,髻鬟對起。怒濤寂寞打孤城,風檣遙度天際。斷崖樹、猶倒倚，莫愁艇子誰系？　　空餘舊跡郁蒼蒼，霧沉半壘。夜深月過女牆來，傷心東望淮水。"全從劉夢得"山圍故國周遭在"一絕演成，毫無新意，殊覺乏味。劉克莊《九日》《賀新郎》詞下半闋云："少年自負淩雲筆。到而今、春華落盡，滿懷蕭瑟。常恨世人新意少，愛說南朝狂客。把破帽、年年拈出。"必如此翻新，始能不依傍古人籬下。

　　"數點雨聲風約住，朦朧淡月雲來去。"宋李世英（冠）《蝶戀花》詞。而賀方回《蝶戀花》詞亦有此二句。特李詞在上半闋之尾，而賀詞在下半闋之終，微不同耳。然李世次差早，且此二句爲荊公所稱，當是賀取之李也。

讀詞閒話

唐 弢 撰

載於一九三五年六月《中華郵工》第一卷第四期,共十五則。據文後附記云"這是我五年前的一篇《讀詞閒話》",可知本文實際創作於一九三○年。作者唐弢(一九一三——一九九二),原名唐端毅,字越臣,筆名晦庵、風(鳳)子、若思、潛羽等,浙江寧波鎮海人,現代散文、雜文作家、魯迅研究學者。歷任復旦大學、上海戲劇專科學校教授,《文藝新地》《文藝月報》副主編等。著有《推背集》《海天集》《短長書》《投影集》《晦庵書話》《生命冊上》等。《讀詞閒話》主要評述、辨說前人詞論。如駁斥劉公勇"詞起結最難,而結尤難於起"之說,提出起難於結,非老手絕無一決千里之氣勢。又如引述張玉田所謂"詞之難於小令,如詩之難於絕句",反駁曰"求其工,則長調易於小令也"。詞話中亦有直申詞論之處,倡導"作起句須從精鍊處下筆,又須顧首顧尾,不落痕跡",又提出學詞不應先讀讀前人詞論,否則難乎落筆。

詞貴婉約,與詩不同。然詩人作詞,往往不能脫盡詩腔。于弢仲《浣溪沙》"日西初見下妝樓"一語,王次回引以爲詩,不見痕跡。若李供奉"秦娥夢斷秦樓月","咸陽古道音塵絕"等語,雖雕琢之,亦不能成詩矣。

秦少游《踏莎行》"杜鵑聲裏斜陽暮",極爲東坡所賞,妙在能傳一"暮"字。

劉公勇謂詞起結最難，而結尤難於起，余以爲不然。蓋結衹需種種一句，意在言外，便足耐人尋味，若起則須如長江之源，一決千里，非老於此道者不辨。東坡《水調歌頭》起句云"明月幾時有？"讀之已覺塵襟怀滌，不待終闋也。

作起句須從精煉處下筆，又須顧首顧尾，不落痕迹。岳飛《滿江紅》起句"怒髮衝冠"，妙在能留下許多地步與後文，自是聰敏人起法。

俞仲茅謂："好語往往前人説盡，當何處生活。"余謂祇須天地間有好語，便是快事，何必定出諸我。

學詞須先胡謅，然後再讀前人詞論，不難改頭換面，徐入化境。若一下手便讀詞論，則難乎落筆矣。

李後主《搗練子》"深院静"一闋，膾炙人口，與周邦彦《十六字令》咏月，允稱小令中絶調。楊升庵《如夢令》云："雲陰月華飛過，雨意鐘聲敲破。"亦頗生動。

秦少游《生查子》："月色忽飛來，花影和簾卷。"上句勁，下句輕接，悠揚疾徐，是深得詞家三昧者。

才如子瞻，猶不免有銅琶鐵板之譏，蓋詞固以婉約爲上品也。然顧宋梅云："詞雖貴於情柔聲曼，然茅宜于小令，若長調而亦喁喁細談，失之約矣。"自是別一種見解。

況周頤解釋"詩餘"云："詩餘之餘，作贏餘之餘解。唐人朝成一詩，夕付管絃，往往聲希節促，則加入和聲。凡和聲皆以實字填之，遂成爲詞。詞之情文節奏，并皆有餘於詩，故曰詩餘。世俗之説，若以詞爲詩之剩義。則誤解此餘字矣。"此蓋能獨具隻眼，確認詞之地位者。

南朝變樂府爲長短句，詞之萌芽也。至唐李白，有《憶秦娥》《菩薩蠻》二闋，而後溫庭筠、白香山諸人繼之，至宋而大盛，爭調競思，各製新腔，此詞之所由起也。

《菩薩蠻》本作《菩薩鬘》。《南部新書》載："唐大中初，女蠻國入貢，危髻金冠，纓絡被體，號菩薩蠻隊，遂有此曲。"此曲又名《子夜歌》，亦名《重叠金》，又名《巫山一段雲》。

《憶秦娥》一名《秦樓月》，一名《雙荷葉》，又名《碧雲深》。多押仄韻，然亦有押平韻者，如孫夫人《花深深》一闋是也。

宋子京《玉樓春》"紅杏枝頭春意鬧"，一"鬧"字，劉公勇稱其卓絕千古，自是定論。

張玉田所謂詞之難於小令，如詩之難於絕句。余謂通常小令易於長調，若求其工，則長調易於小令也。質諸今之詞家，不知亦有當否？

附　注

這是我五年前的一篇《讀詞閒話》，自從我弄弄新文學以來，已經宣告和舊文學脫離關係，立誓不再做詩填詞了，自然也不會再弄詞話這一類東西。去年的復興文言運動，聲勢是非常浩大的，但我自己却也更明白而且更堅定地走著我自己的路。把這篇東西寄給《中華郵工》，算是給我自己一點紀念。從此以後，在文言文，自文言詩詞裏，再不會找到我了。

五月一日記

詞中叠字

丁 易 撰

載於一九三五年七月二十六日《北平日報·藝圃》,共二則。作者丁易(一九一三——一九五四),原名葉鼎彝,諧音丁易,曾用筆名孫怡、訪竹、童宜堂,安徽桐城人,文學史專家。畢業於北京師範大學,先後在四川成都省成聯中、省成女職、省立戲劇音樂專科學校、東北大學、華北大學等校任教。一九五三年十月赴蘇聯莫斯科大學講學,翌年因病在莫斯科去世。著有《丁易雜文》、散文集《戰鬥在朝鮮後方》,長篇小説《過渡》、中篇小説《雛鶯》和論著《中國現代文學史略》《中國文學與中國社會》等。《詞中叠字》是丁易青年時期所作的短篇詞論,主要討論歷代詞作中叠用雙字、三字的情況,品評高下。

李易安之《聲聲慢》詞:"尋尋覓覓,冷冷清清,淒淒慘慘戚戚。"與"到黄昏點點滴滴"叠用雙字,運用自然,歷來詞人,均推爲傑作。前閲《西青散記》,載絹川女子雙卿《鳳凰臺上憶吹簫》一詞云:"寸寸微雲,絲絲殘照,有無明滅難消。正斷魂魂斷,閃閃搖搖。望望山山水水,人去去、隱隱迢迢。從今後,酸酸楚楚,祇似今宵。
青遙。問天不願,看小小雙卿,裊裊無聊。更見誰誰見,誰痛花嬌。誰望歡歡喜喜,偷素粉、寫寫描描。誰還管,生生世世,夜夜朝朝。"用雙字二十餘叠,較李詞且多至數倍,而運以變化,不見痕跡,易安見之,亦當低首。喬夢符亦曾效李詞云;"鶯鶯燕燕春春,花花柳柳真真,事事風風韻韻,嬌嬌嫩嫩,停停當當人人。"則一味堆砌,毫無生態,東施效顰,更見其醜矣。

歐陽永叔《蝶戀花》詞:"庭院深深深幾許。"叠用三字,自然渾成。李易安自稱酷愛之,作"庭院深深"調數闋。(見李易安詞序)楊升庵云:"一句連三字者,如'夜夜夜深聞子規','日日日斜空醉歸','更更更漏月明中',又'樹樹樹梢啼曉鶯',皆善用叠字也。"諸句亦頗無牽強之弊,然比之歐詞,則不但意境遠遜,且見雕琢之跡,蓋有意爲之,終不能工耳。

古今詞話

風　子　撰

　　載於一九三五年《人間世》第二十三期。作者署名風子，實即唐弢（一九一三—一九九二），原名唐端毅，作者簡介詳見前《讀詞閒話》。一九三五年，唐弢以"風子"的筆名在《人間世》發表有《古今詞話》《春》《無言無病室隨筆》和一系列《隨感錄》文章。《古今詞話》係隨感性質，作者由前國務總理熊希齡高齡續娶毛彥文、青島女子危文繡再醮於綢緞店夥計兩件事而大發感慨，徵引危文繡自作詞和蘇東坡《卜算子》《江城子》二詞，以論争古今法律和輿論對於"吊膀子"、"軋姘頭"都有嚴厲限制。該詞話行文立意雖接近游戲閒筆，但亦可從中管窺當時文壇輿論對婦女問題的關注。

　　前國務總理熊希齡先生，續娶毛彥文女士，一箇六十六，一箇三十九，於是輿論沸然，大家以為他有勇氣，足可師法。

　　但因此却引起了危文繡女士的傷感。危女士最近犯了"再醮罪"，被青島當局驅逐出境，情形很狼狽。所以她做了一首詞，寄給《申報·婦女園地》。詞道："往事嗟回首，嘆年來慘遭憂患，病容消瘦。欲樹女權新生命，惟有精神奮鬥。黎公去，誰憐蒲柳？天賦人權本自由，乞針神別把鴛鴦繡。青島上，得相手。琵琶別把新聲奏。雖不是齊眉舉案，糟糠箕帚。相印兩心同契合，恍似當年幼。箇中情況自濃厚。禮教吃人議沸騰，渤海濱無端起頑漚。干卿事，春水皺。"詞雖不佳，却也發了一點牢騷。還有一封信，據說也是危女士的親筆,是寫給"婦女園地"編輯的。信裏以爲"熊氏本危同一現世之人也,所異者男女之相耳,乃一娶一嫁之間,而是非竟然判若天淵"。其實社會輿論的毀譽,並不因男女而轉移的。但看危女士的意中人王敬軒,輿論并不因爲他是男人而寬貸他;熊氏的意中人毛彥文女士,輿論也并不因爲她是女人而厚責她。爲什麽呢?就因爲別有緣故。

"吊膀子"、"軋姘頭",無論古今法律,是都要受相當處罰的。但也有例外,倘若那被"吊"被"軋",或者主"吊"主"軋"的男人有幾分才氣、幾分官運,加起來足以成爲一箇名人的話,那就不至於干違法律,或者受輿論指責了。説不定大家還傳爲美談,例如"三笑姻緣"就是。

如果這些稗官野史,猥鄙荒誕,不足爲據吧,就不妨舉一箇例,但自然是要新法律和新道德尚未通行以前。記得宋袁文所撰《甕牖閒評》裏有一則云:"蘇東坡謫黃州。鄰家一女子,甚賢,每夕袛在窗下聽東坡讀書。後其家欲議親,女子云:'須得讀書如東坡者,乃可。'竟無所諧而死。故東坡作《卜算子》以記之。黃太史——即黃魯直,風注——謂語意高妙,蓋以東坡是調爲冠絶也。獨不知其別有一詞名《江神子》者。東坡倅錢塘日,忽劉貢父來訪,因拉與同游西湖,時二劉方在服製中。至湖心,有小舟翩然至前,一婦人甚佳,見東坡,自敘'少年景慕高名,以在室,無由得見,今已嫁爲民妻。聞公游湖,不避罪而來。善彈箏,願獻一曲,輒求一小詞以爲終身之榮,可乎?'東坡不能却,援筆而成,與之。其詞云:'鳳凰山下雨初晴,水風清,晚霞明。一朵芙蓉,開過尚盈盈。何處飛來雙白鷺,如有意,慕娉婷。忽聞宴上弄哀箏,苦含情,遣誰聽? 煙斂雲收,依約是湘靈。擬待終曲尋問取,人不見,數峰青。'此詞不更奇於《卜算子》耶?"

以一"弱女子",在舊禮教勢力範圍下,處心積慮,不避罪責,去和一箇陌生人見面,談情、獻曲,這還不足以使衛道的先生們搖頭麽?然而這素來以"不甚喜婦人"出名的蘇東坡也"不能却"起來,做了這一首"未免有情"的調兒。而有因爲東坡的才氣和官運足以成爲一箇名人,所以當時和後世,就一起"傳爲美談"了。

揆以近例,則對於再醮,也還是如此的。

危文繡女士的意中人是一箇綢緞點夥,他沒有"名師才情",祇懂得"商業競賣",翻起族譜來還該是一箇海派。什麼加什麼也成不了什麼,其遭社會不滿,官方驅逐,不亦宜乎?

二月十八日

讀詞偶記

鴻 撰

載於一九三五年第四期《之江期刊》，該刊物爲杭州之江文理學院院刊。作者署名"鴻"，從同刊物另兩篇文章《孤兒行》和《大學朱子改本平議》來看，作者應即蔣禮鴻。蔣禮鴻（一九一六—一九九五），字雲從，室名懷任齋、雙甈室，浙江嘉興人，語言學家、敦煌學家、辭書學家。一九三九年畢業於杭州之江大學。曾從學於夏承燾。先後在之江大學、湖南藍田國立師範學院、重慶國立中央大學師範學院、浙江師範學院、杭州大學任教。著有《商君書錐指》《敦煌變文字義通釋》《古漢語通論》等，與妻子盛静霞合著有《懷任齋詩詞·頻伽室語業》。《讀詞偶記》以納蘭容若爲中心，賞析其悼亡、和王阮亭紅橋懷古、自題小像諸詞，兼及容若的交游、詞作繫年等問題。

余讀納蘭容若詞，并及徐健庵作容若墓銘，韓慕廬作神道碑，蓋容若婦盧氏先卒，繼官氏云，因欲求容若悼亡之年，不可得也。然仿佛得之，私以爲當在康熙十四年也。合容若悼亡諸詞觀之：《沁園春》二首，自註曰："丁巳重陽前三日，夢亡婦淡妝素服，執手哽咽，語多不復能記。但臨別有云：'銜恨願爲天上月，年年猶得向郎圓。'婦素未工詩，不知何以得此也，覺後感賦長調。"《鷓鴣天》注云："十月初四夜風雨，其明日是亡婦生辰。"二詞似同年作，以其日時相距甚近也。

又《金縷曲·亡婦忌日有感》云："此恨何時已。滴空階、寒更雨歇,葬花天氣。三載悠悠魂夢杳,是夢久應醒矣。料也覺、人間無味。不及夜臺塵土隔,冷清清、一片埋愁地。釵鈿約,竟拋棄。重泉若有雙魚寄。好知他、年來苦樂,與誰相倚。我自中宵成轉側,忍聽湘弦重理。待結箇、他生知己。還怕兩人俱薄命,再緣慳、剩月零風裏。清淚盡,紙灰起。"此詞所謂"寒更雨歇"者,又與《鷓鴣天》所云風雨相合,故推斷此四詞同爲丁巳所作。丁巳爲康熙十六年,三年之前,當在十四年也。

又讀顧梁汾《彈指詞》,有《金縷曲·悼亡》云:"好夢而今已。被東風、猛教吹斷,藥爐煙氣。縱使傾城還再得,宿昔風流盡矣。須轉記、半生愁味。十二樓寒雙鬢薄,遍人間、無此傷心地。釵鈿約,悔輕棄。　　茫茫碧落音誰寄。更何年、香階劃襪,夜闌同倚。珍重韋郎多病後,百感消除無計。那衹爲、箇人知己。依約竹聲新月下,舊江山、一片啼鵑裏。雞塞杳,玉笙起。"非悼亡也,和容若悼亡耳。此詞綴於《酬容若見贈》及《寄吳漢槎》二詞後,彼三者作於康熙丙辰,則此詞作於丁巳,似不遠矣,安得就知者質之!

容若既悼亡,哀傷之情見乎辭,又築室曰鴛鴦社,今其詞集中《滿江紅·茅屋新成却賦》一首所咏是也。彼所謂"百感都隨流水去,一身還被浮名束"者,與顧詞"百感消除無計",語不同而可比觀也。容若屬嚴蓀友顏其室,而顧梁汾爲之賦《桃源憶故人》詞。《桃源憶故人》(容若構一曲房,屬藕漁書其額曰鴛鴦社):"千金一刻三春夜,轉眼水流花謝。已覺都成夢話,衹是傷心也。分明有恨如何寫,判得今生暫舍。還擬他生重借,領袖鴛鴦社。"藕漁,嚴蓀友自號也。梁汾跋《離亭燕詞》:"藕蕩,地近揚州,有蓮,暑月香甚,其旁爲埽蕩營,蓋元明間水戰處也。蓀友往來湖上,因號藕蕩漁人。"容若詞有《浣溪沙·寄蓀友》,所謂"藕蕩橋邊理釣筒"是也。

容若《浣溪沙·和王阮亭紅橋懷古》,不知何時作矣。余按《詞苑叢談》,阮亭司理揚州日,與諸名士游讌於平山堂法海寺側之紅橋。阮亭自爲《浣溪沙》云:"北郭清溪一帶流,紅橋風物眼中秋,綠楊城郭是揚州。　　西望雷塘何處是?香魂零落使人愁,淡煙芳草舊迷樓。"阮亭司理揚州在順治十六年，容若僅五齡也。

容若《太常引·自題小照》兩首云："西風乍起峭寒生，驚雁避移營。千里暮雲平，休回首長亭短亭。　　無窮山色，無邊往事，一例冷冷清清。試倩玉簫聲，喚千古英雄夢醒。""晚來風起撼花鈴，人在碧山亭。愁裏不堪聽，那更雜、泉聲雨聲。　　無憑蹤跡，無聊心緒，誰説與多情。夢也不分明，又何必吹教夢醒。"案：容若有二照，其一徐健庵所謂"嘗讀趙松雪自寫照詩有感，即繪小像，仿其衣冠"；其一爲出塞圖，《湛園集》有《題成容若出塞圖》詩，此二詞題《出塞圖》者也。

案：容若《菩薩蠻·爲陳其年題照》者，題《迦陵填詞圖》也。迦陵圖題者數百家，洪昉思題云"數年坐對如花貌，麗詞寫出三千調"，容若則謂"烏絲曲倩紅兒譜"，皆不指迦陵，圖有迦陵侍人耳。"鬖髿渾如戟"，則指迦陵言矣。

右數則，無當大雅之指。阮葵生謂吳漢槎戍寧古塔，携有容若《側帽詞》及顧梁汾《彈指詞》、徐電發《菊莊詞》，爲朝鮮使臣購去，題詩致美。案：漢槎謫戍，容若才兩歲，其謬甚顯。有世以容若詞有《飲水》《側帽》兩集，不知道容若詞初名《側帽》，後改名《飲水》，未嘗分別。已別有説，故不贅。讀者教之。

讀詞小箋

林花榭 撰

載於一九三六年五月十三日至六月十二日《北平晨報·藝圃》。作者林花榭,生平不詳。《讀詞小箋》共二十四則,主要記錄作者讀詞的零碎心得,如論稼軒檃栝陶淵明詩文,論詞中多見唐宋人口語,論詞中用"瘦"字、"櫻桃"字樣,論馮正中詞美而不深,批《讀詞偶得》錯解溫庭筠《菩薩蠻》等。

閒讀長短句,偶有會心,輒復識之,得若干則。著眼不在博大,然亦或不無一得耳。題曰"小箋",非敢擬於前賢"詞話"也。

一

古來多少詞人,不能詩;工詩者,詞亦未必高,何以故?曰:作詞往往爲詩所限也。李易安謂:詞別是一格,而東坡天分絕頂,猶不免"詞似詩"之誚,況餘子乎?

二

《花間》有調而無題,蓋一以男女酬唱之辭,無須題;一以其調多寓題意,如《定西藩》之寫"防邊",《更漏子》之寫"更漏"也。南唐詞有題者,惟李後主《阮郎歸》之"呈鄭王十二弟",尚足憑信,他題疑皆後人所擬。

三

　　東坡在黄岡，聞"赤壁"之名，而興懷吊古，作《大江東去》一詞。後人率以爲東坡誤此間爲周郎破曹公處，大謬。葛立方《韻語陽秋》卷十三云："黄州亦有赤壁，但非周瑜所戰之地。"東坊嘗作賦曰："西望夏口，東望武昌，非曹孟德之困於周郎者乎？"蓋亦疑之矣。故作長短句云："人道是三國周郎赤壁。"謂之"人道是"，則心知其非矣。趙彦衡《雲麓漫鈔》亦嘗明辯及此，并有見地。

四

　　春社在二月間，時正燕子歸來時節，故飛卿《菩薩蠻》云："音信不歸來，社前雙燕回。"元獻《破陣子》云："燕子來時新社，梨花落後清明。"王君玉《憶江南》云："二月池塘新社過。"清貞《應天長》云："梁間燕，前社客。"梅溪《雙雙燕》起句，即曰："過春社了。"

五

　　南唐中主《浣溪沙》云："手持真珠上玉鉤，依前春恨鎖重樓。"真珠或改作珠簾，《漫叟詩話》以爲非知音也。近人俞平伯《讀詞偶得》曰："言真珠，千古之善讀者，都知其爲簾；若説珠簾，寧知其爲真珠也耶？是舉真珠，可包珠簾，舉珠簾不足以包真珠也。"此辨亦不足服人。予謂用真珠，似不通而實妙，然其妙，却不可説也。蓋以質代物，古人文辭中往往見之。《左傳·僖公二十三年》云："我二十五年矣，又如是而嫁，則就木焉。"木者，棺也。《後漢書·馮衍傳》云："懷金垂紫。"李注："金謂印也。"至若一日三秋，秋以代歲：入口無饑，口以云人，此類尤數見不鮮。又李白詩："真珠高卷對簾鉤"。毛文錫《戀情深》："真珠簾下曉光侵"。再旁證以李後主《采桑子》之"百尺蝦須在玉鉤"，蝦須簾名。然則"真珠"炬不可解爲簾乎？

六

張泌《江城子》:"好是問他來得麼?和笑道:莫多情。"娓妙入神,固知是《花間》語。後之歐秦諸公,雖擅小詞,亦莫能到此境界。

七

荆公子雱,年少富才華,而早卒。讀其《眼兒媚》詞:"楊柳絲絲弄輕柔,煙縷織成愁。海棠未雨,梨花先雪,一半春休。"情懷如此,宜其不永年也。按沈雄《古今詞話》云:"雱字元澤,有心疾。妻獨居小樓事佛,介甫憐而嫁之,男作《眼兒媚》詞。"其情亦可哀已。

八

晏元獻《破陣子》:"疑怪昨宵春夢好,元是今朝鬥草贏,笑從雙臉生。"《珠玉》溫柔,可於此等處見之,宜乎許昂霄以爲"三句如聞香口,如見冶容"也。

九

《花間集》,明本雜入《二主詞》,蓋爲時人篡亂,真面盡失矣。宋初詞集,流傳至今,較完備者,當推晏同叔《珠玉詞》。其錯雜偽托者,則以歐陽公《六一詞》爲最,宋人筆記,多已言之。

一〇

馮正中詞,全以男女之情出之,而富其意於迷離恍惚中。王靜安《人間詞話》以爲"深美閎約,惟馮正中足以當之",予謂正中詞美則有之,深恐未必然也。

一一

納蘭容若《少年游》云:"尋常風月,等閒談笑,稱意即相宜。"《鷓鴣天》云:"休嗟髀裏今生肉,努力春來自種花。"旨是真情流露語。又咏雪花云："冷處偏住,別有根芽,不是人間富貴花。"綜其身世觀之,直是自家寫照。

一二

王荊公詩"細數落花因坐久",閒趣也。納蘭云"倚著閒窗數落花",乃無聊也。雖同言一事,而情自有別。

一三

納蘭《生查子》云："欲度浣花溪,遠夢輕無力。"婉約不減少游。又《清平樂》云："淒淒切切,慘澹黃花節。夢裏砧聲渾未歇,那恐亂蛩悲咽。"悽楚絕似乎易安,置之《漱玉集》中,亦無遜色。

一四

温飛卿《菩薩蠻》云："懶起畫娥眉,弄妝梳洗遲。"寫春情著"懶"、"遲"二字,意態宛然。又上句"鬢雲欲度香腮雪",《讀詞偶得》謂是"寫未起之狀"。復謂："欲度二字,似難解,却妙。此不但寫晴日之下美人,并寫晴日小風下之美人,其巧妙因在此難解之二字耳。"余意既是未起,何得在晴日小風之下？蓋欲度二字,誠靈活,但如是解,便泥。

一五

無名氏《菩薩蠻》云："含笑問檀郎,花強要貌強？"李後主《一斛珠》："爛嚼紅茸,笑向檀郎唾。"李清照《採桑子》："笑語檀郎,今夜紗廚枕簟涼。"俗解檀郎為香郎,蓋喻親密之意。《詞苑萃編》引顧茂倫曰："詩詞中多用檀郎字,不知所謂？"解者曰："檀喻其香也。"後閱曾謙益《李長吉詩注》云："潘安小字檀奴,故婦人呼所歡為檀郎,然未知何據？"是則檀郎乃有二說也。

一六

詞中用"瘦"字,王弇州已言其妙。稼軒《昭君怨》云："人共青山都瘦。"亦本"人與綠楊俱瘦"而來，特語更新奇耳。又《臨江仙》"舞低花外月，唱徹柳邊風"，蓋本晏小山"舞低楊柳樓心月，歌盡桃花扇底風"。《菩薩蠻》"試上小紅樓，飛鴻字字愁"，則全襲秦淮海"因傷危樓，過盡飛鴻字字愁"者。

一七

美成詞以魄力勝，下筆旋伸旋縮，欲吐仍茹，王靜安方之倡伎，亦以其迴腸蕩氣，既潑且辣耳。繼復許爲詞中老杜，與前論判若二人。

一八

岳武穆《滿江紅》"怒髮衝冠"一詞，激昂慷慨，令人想見其叱咤風雲之英雄氣概。"抬望眼，仰天長嘯，壯懷激烈"，一"抬"字即有千鈞重矣。《話腴》曰："忠憤可見，其不欲白了少年頭，足以明其心事。""心事"者，言其頗以"當時和議"爲非也。

一九

夢窗《唐多令》云："何處合成愁，離人心上秋。縱芭蕉不雨也颼颼。"讀之，但覺其清氣逗人。又《風入松》云："惆悵雙鴛不到，幽階一夜苔生。"雙鴛，女口也。頗得餘情不盡之妙。

二〇

江總詩曰："春鸚徒有膩，還笑在金籠。"韋端己《秦婦吟》用之"正閉金籠教鸚鵡。"又《歸國謠》曰："惆悵玉籠鸚鵡，單棲無伴侶。"柳耆卿曰："却傍金籠教鸚鵡，念粉郎言語。"納蘭性德本之曰："閒教玉籠鶴朗念郎詩。"一艷麗，一澹雅，意越自覺不同。

二一

宋初統一，得江南樂至夥，而尤取於南唐文學，故語多旖旎，音多冶蕩。其時文章復古，以詞之深人人心也。晏同叔等，乃力變其艷麗而爲質樸,并破其詞調,擺脫男女範圍,以直抒情懷爲主,於是北宋詞風,清切婉麗,幾一以馮正中爲歸矣。然生氣不免漸見消失,故柳屯田出,氣象乃爲之一變也。

二二

櫻桃多入詞。正中云:"一樹櫻桃帶雨紅。"清麗如洗。晁無咎云:"櫻桃紅顆壓枝低。"亦有情致。納蘭云:"深巷賣櫻桃,雨餘紅更嬌。"尤起人一片遐思。

二三

詞中多見唐宋人口語,少游《滿園芳》及《品令》二闋,幾全是方言。山谷詞用俳語處,更觸目皆是,讀者不可不知也。茲述數例:

趙長卿《攤破醜奴兒》:"也哆真箇是可人香。"李童山曰:也哆,二字,乃歌詞語助辭。

薛昭蘊《浣溪沙》:"瞥地見時猶可可。"柳屯田《定風波》:"芳心是事可可。"可可,即可堪也。

歐陽永叔《漁家傲》:"蓮子與人長廝類。"又"天與多情絲一把,誰廝惹?"辛稼軒《游宮》:"幾箇相知可喜,才廝見說山說水。"廝者,相也。東坡《水龍吟》:"從教墜,拋家傍路。"晁無咎《少年游》:"從教便向東山老。"稼軒《念奴嬌》:"前事從教浮雲來去,枉了冲冠髮。"從教,蓋任之而不顧之謂。

少游《八六子》:"怎奈向歡娛漸隨流水。"稼軒《雨中花慢》:"怎奈向兒曹抵死,喚不回頭。"怎奈向者,猶言怎麼到如此地步。此乃自問自嘆之辭,"向"乃語尾也。少游《滿園花》:"我當初不合苦攔就。"山谷《歸田樂》:"冤我忒攔就。"《雨村詞話》曰:"攔,如專切,挨也。""攔就",或謂即"捋就"之意。

少游詞:"憶後教人,片時存濟不得。"(《促拍滿路花》)。"存濟",猶云"安穩"也。"幸自得一分索強,教人難吃。"(《品令》)"索強",有好勝意,今俗所謂"要強"也。"慣縱得軟頑,見底心先有。"(《滿園花》)又:"放軟頑,道不得。"(《品令》)"軟頑",即"撒嬌"也。

餘不悉舉。

二四

稼軒於古人，最心儀陶靖節，詞中屢見之。《聲聲慢》隱括淵明《停雲》詩而成。《鷓鴣天》序曰：讀淵明詩不能去手。餘如《水調歌頭》："淵明謾愛重九，胸次正崔嵬。"……又："我愧淵明久矣，猶借此翁煎洗，索壁寫歸來。"《臨江仙》："試尋殘菊處，中路候淵明。"《洞仙歌》："東籬多種菊，待學淵明，酒性詩情不相似。"又："待學淵明，更手種門前五柳。"《生查子》："醉裏却歸來，松菊陶潛宅。"《賀新郎》："把酒長亭說，看淵明風流，酷似卧龍諸葛。"《浣溪沙》："自有淵明方有菊。"《最高樓》："穆先生陶縣令是吾師。"《漢宫春》："一自東籬搖落，問淵明歲晚，心賞如何，"《念奴嬌》："須信采菊東籬，高情千載，衹有陶彭澤。"《水龍吟》："老來曾見淵明，夢中一見參差是。"《瑞鷓鴣》："暮年不賦短長詞，和得淵明數首詩。"《蝶戀花》："千古黄花，自有淵明比。"此類都四十餘見，不能一一記也。

閒話談詞

史幼雲 撰

　　載於《民德》月刊一九三六年第四/五期。作者史幼雲，生平不詳。在《津彙月刊》發表有《標題音樂與彼爾約》《一箇連長的自殺》等文。在《民德》(天津私立民德中學校刊)發表有《關於易卜生主義》《面酱斋詩詞選》等文。
　　《閒話談詞》主要闡述詩詞關係、詞之起源、詞之分類等問題，內容近於一般常識介紹性質。其中"詞以南北面分的，又可分爲南北二派，南曰婉約，北曰豪放"等說法，似係率筆而成，讀者當細分辨之。

　　詩，夷陵至梁陳的時候，整箇的試探差不多爲一般有閒階級所謂文人騷士所佔領了，其作品大多是嘲風月、弄花草而已。至唐時，一部分的近體詩，漸趨於駢儷，講韻和韻的關係日多。到這時候，差不多和音樂完全脫離了關係，人們都以絕句度曲。到五代和宋朝時，流於長短句，遂漸趨於詞了。現在我們把詞嚴格的分起來，可以分作二百二十六調(見康熙《欽定詞譜》)、二千三百多體。詞是用以說曲的，所以句之長短雖較近體詩爲容易，可是音律却較近體詩爲難。再談詞的起源。有許多人說是源於《離騷》，有許多人說是源之於"玉篇"，更有些人說是源於李白的"清平調"，還有些人說是源於梁武帝的"江南弄"。當見所及，某一箇文藝的成功決不是忽然的，直起的。大半是唐代詩人的樂府，到了五代時，衍化而成。至宋時，詞正在走旺運的時候，與唐代的詩差不多有同等的價值，同時并佔了箇上承詩，下開曲的重要位置。

詞譜既繁，後人乃以字數分爲小令、中調、長調三種。小令定五十字以內的，中調是五十字以上、九十字以下的，長調則爲九十字以上的。以音樂的關係可分爲：引、近、令、犯、慢五種。於每曲中截句而成者謂之犯；引、近是無節拍的；令、慢則有節拍。詞以南北面分的，又可分爲南北二派，南曰婉約，北曰豪放。婉約派至元以還演化而成南曲，豪放派至金以還衍而成北曲。唐時爲前詞時期，李白、白香山、温庭筠等皆其中崢嶸者。五代時，詞頗盛極一時，尤以南唐爲最。南唐李後主、牛希濟都精於小詞。李煜的詞差不多都完全自己寫照，艷詞最多，亡國以後，終日以淚洗面，身雖在宋，却時時思念故國。《浪淘沙》中的"流水落花春去也，天上人間"，至今猶嘖嘖於人口。漸至宋時，詞體乃完備，長調就是這時候的產生品。至柳三變出，又創慢詞，詞句通俗，易於傳誦，故當時有人說"凡有井水處，即能歌柳詞"，傳播之廣，可見一斑。至蘇軾出，變婉約爲豪放，不拘於音律以響亮爲上乘，在當時頗爲詞人所不取，南宋時則詞普遍矣。書及於此，似可告一段落，以上所寫不過稍具皮毛，丟三忘四，自知難登大雅，然性靈衝動，自可諒之矣。

拼字的詞話

尤　子　撰

　　載於《陽春小報》一九三六年第五十二期。作者尤子，生平不詳。《拼字的詞話》爲作者見到報載《夏閨詞話》，觸動秋思，因而記錄之前所填寫的拆字格《浪淘沙》始末，其詞近於文字游戲。

　　前天在□□□中，看到棠輝君的《夏閨詞話》，同欄尾又有朱竹垞的集句詞一闋。當時因爲冗事匆匆，衹"走馬看花"似的閱了一過，也不暇再來細讀，何況能執來寫出一些感想呢？

　　當登載《夏閨詞話》的那一天，雖然忘記了什麼日子，但無疑地確是秋天了。秋的心，較得是有詩意的。古今詩人詞客，寫秋的應比較寫夏的爲多。像"莫道不消魂，簾捲西風，人比黃花瘦"，這樣的秋閨名句是很容易找的。不過我因浪跡旅途，不但沒帶了許多書去找，也沒心情去找哩。

　　今天再閱到木君吾的《秋心》，再喚起我心中的悵觸。在前年吧，在不經意匯總，試用拆字格來填了一闋《浪淘沙》，這也是一種文字的游戲吧。

　　現在拼字的《浪淘沙》寫下來："啼鵑恨情'秋'，或上'心'頭，拼來真箇合成'愁'。'一'任愁如天樣'大'，'天'也知否？　　'人'事盡堪'憂'，且□'優'游，滿懷悲憫幾時休，莫話桑麻尋老'叟'，'風'自'颼颼'。"

影香詞話

佚 名撰

　　載於《天津商報畫刊》一九三六年第十六卷三十五、三十六、三十七期。原文未署作者姓名。從排版來看,可能是原定刊載的雲若撰《紅杏出牆記》第十二回由於著者生病不能執筆,編者臨時組稿填充版面之作。《影香詞話》内容抄襲、拼湊自前代詞話,如"詞愛清空"説來自張炎《詞源》,"詞起結最難"與"中調長調轉換處,不欲全脱"等數則來自劉體仁《七頌堂詞繹》。

　　詩話難,詞話尤難。詩分初盛中晚,及有宋南北,詞亦分有唐南唐及南北宋,下逮元明清。詞人輩出,音響匪遥。其猶可指數者,固非一家言所可目論,亦非一彈指所可指歸。截取寸長,單舉片義,是在識者,會鑒其通。
　　以言唐李,則太白是其奎選,秦樓一月,炤耀千古。洎乎南唐李氏父子花月千秋,冠冕百代,音傳天上,響逸人間。至宋又復大開門户,如秦、如柳、如蘇、如黄,堂奥深深,更臻圜妙。追乎北宋,如寇如陸,亦復壁壘森嚴,工於排比,中間更益之以范、辛、大小晏等輩,譬如鏤金錯采,出手如新,碧玉樓臺,隨地湧現,而朱李秀出,益爲水藻之湘花,冰層之瓊苔。斯後家有玄珠,人争片玉,尤復逸情雲上矣。
　　若言體制,則大雅變後,小令爲先,長調彈來,古音是集。每有機軸,而用之不殊,間有絲竹,而傳聲則一。不知各是一家,别分先後。張子野、宋子京、晁次膺輩雜出,雖時有妙語,而破碎不足名家。而晏元獻、歐陽永叔、李際夫人等,作爲小歌,間有句讀不葺,又往往不協音律。何耶？大抵才有餘而韻不足,格雖仿而調不協,真酌酒之於大海,抑放色之於音聲。

又如介甫、子固,非不文采豐足,滿逸羣流,若作小詞,必居□下。乃知音韻,別有傳人,知者固少,不案仍多。若賀氏方回,苦少典重。秦氏淮海,又多虛套。譬如貧家美女,非不妍麗,終乏名貴。黃知故實,又多疵病,正如良玉有瑕,雖貴不重。此雖易安之卮言,要亦名家之論斷。

又詞要清空,不要質實。清空則古雅峭拔,著手爲難。質實則凝澀晦昧,了不易解。姜白石如野雲孤飛,去留無跡。吳夢窗如七寶樓臺,眩人耳目,拆碎下來,不成片段。故如《聲聲慢》"檀欒金碧,婀娜蓬萊,浮雲不蘸芳洲",八字不無太澀。如《唐多令》"何處合成愁,離人心上秋,縱芭蕉不語也颼颼",此詞渾脫流離,亦幾於無跡可尋。然亦有與古詩同義者,"瀟瀟雨歇",易水之歌也;"同是天涯",麥蘄之詩也;"又是羊車過也",團扇之辭也;"已失了春風一半",鰥居之諷也;"瓊樓玉宇",天問之遺也。又如"問甚時,同賦三十六陂秋色",即瀨岸之興也。"關河冷落,殘照當樓",即敕勒之歌也。"危樓雲雨上,其下水扶天",即明月積雪之句也。"燕子樓空,佳人何在,空鎖樓中燕",即平生少年之篇也。是又一例也。

又詞起結最難,而結尤難於起,蓋不欲轉進別調也。"呼翠袖、爲君舞","倩盈盈翠袖、搵英雄泪",正是一法。然又須結得有不盡之思,乃爲允妙。若"惟共我,醉明月",恨賦也。皆非詞家本色,亦不可不知。

又中調長調轉換處,不欲全脫,不欲明黏,如畫家開闔之法,須一氣而成,方有神味,以有意求之,不得也。又長調最難工,蕪累與癡重同忌。而襯字不可少,但又忌淺熟。又詞中對句,正是難處,莫認作襯句,至五言對句、七言對句,使觀者不作對疑,尤妙。又小調要言短意長,忌傷尖弱。中調要骨肉停勻,切忌平板。長調要縱橫自如,最忌粗率。能於豪爽中帶一二精微語,綿婉中帶一二激勵語，始明錯綜之巧。

又白描不可近俗，修飾不可過文，生香真色，在離即之間，不可過露。又小令中調，須有排蕩之勢。吳彥高"南朝千古傷心事"，范希文之"塞下秋來風景異"等是。又長調須極狃暱之情，周美成"衣染黃鶯"，柳耆卿之"晚晴初"等是。於此可知移宮換羽之妙。又是一格也。

又詞著手不易，到口嘗鬆。爲之，若上九折坡，三尺梁，驚心動魄，莫可名狀。及成，又脫口如生，尋象不易，快於齒舌，若不知幾何脆膩也哉。故著者爲之也艱，入之也細，求之無聲，聽之無息。一字之推敲不易，一絲之維繫常艱。信乎天夫九淵，不獲不止者也。其精心結構，較諸他藝何如？

又詞有境界，有尺寸，差一分不可，多一分不能，各有精神，各有繫屬。以蘇辛爲秦柳，固不可；即以秦柳爲蘇辛，亦不能。各家面目，各有成就。以纖細認爲宏放，或宏放視爲纖細，皆不足以盡其功能，引其變態更有千出不窮乎哉？

以言乎此，詞工信難矣，然亦有水到渠成，鶯啼花放，如活潑潑地，不著人間煙火跡象者，如"紅了櫻桃，綠了芭蕉"，又"庭院深深深幾許，楊柳堆煙，簾幕無重數"等，信乎信手拈來，都成妙諦，又不以詞論已。

雖然，學水而止於水，求鹽而止於鹽，而不知鹽中之水，水中之鹽，若何情狀，若何變態，似未知水與鹽之究竟也，烏足以知詞之究竟而明辨之也。吾又何言？

白茶齋説詞

松　如撰

　　載於一九三六年十月《正中校刊》（石家莊）第三十六期。作者署名"松如"，即張松如（一九一〇—一九九八），曾用名張永年、張崧甫，筆名公木、龔棘木、木農，河北束鹿人，《中國人民解放軍軍歌》作者。一九二七年考入國立北京大學第一師範學院。先後任河北正定中學、魯迅藝術文學院、吉林大學中文系教師。著有《中國文字學概論》《中國詩歌史論》、新詩《孤兒嘆》《風箱謡》《我愛》《再見吧，延安》等。《白茶齋説詞》主要釋讀韋莊《浣溪沙》《清平樂》、孫光憲《浣溪沙》，馮延巳《鵲踏枝》，李後主《虞美人》五首詞，摘引古今詞論爲旁證，述評頗爲細緻。

浣溪沙
韋　莊

　　夜夜相思更漏殘，傷心明月憑欄干，想君思我錦衾寒。　　咫尺畫堂深似海，憶來唯把舊書看，幾時携手入長安。

　　楊湜《古今詞話》云："莊有寵人，變質艷麗，善詞翰，建聞之，托以教内人爲辭，强莊奪去。莊追念悒怏，作《荷葉杯》《小重山》詞，情意悽怨，人相傳播，盛行於時。姬後傳聞之，遂不食而死。"按莊相蜀時，已年遭耳順，似未必有少姬之愛，況爲建之佐命元老，更似不致有奪愛之事，此事原甚可疑。不過昔人往矣，史册紛紜，是真是假，誰又敢定？兹依楊説，細玩此詞，情愜意適，恰能自圓，懶得疏證,姑此説之,亦圖省事兒之一法也。不然,你説是怎麽一回事呢?

此詞開首先點明"夜夜",自然不是偶然一夜。相思而至更漏殘,自然不是俄爾片刻。於此等處,作者亦何曾經意,待情到筆隨,乃寫實耳。已害刻骨的相思,坐也不是,立也不是,出也不是,進也不是,諸君試自閉目一想,定能想見他那般淒迷悵望,沒局神氣。當此時也,一輪明月,竊照無眠,索性站定廊前,獨依欄干,愁思如水,盡且潑吧。月那般清冷,人這般孤獨,月照著人,人望著月,其傷心當何如耶? 但她偏不説出如何傷心,却從對方去寫。《栩莊漫記》:"想君思我錦衾寒句,由己推人,代人念己,語彌淡而情彌深矣。"自是運密入疏,寓濃於談之筆法。侯門一入深如誨,從此蕭郎是路人,任你怎麽去想,豈非徒然? 相思來時,推有把君舊箋,聊以自慰。此一段無可奈何之情,亦衹有此無可奈何之法耳。至於攜手入長安,當非此生所有期矣。湯顯祖云:"想君、憶來兩句,皆意中意,言外言也。水中著鹽,甘苦自知。"此種滋味,諸君亦實該砸吧砸吧也。

清平樂
韋 莊

鶯啼殘月,繡閣香燈滅。門外馬嘶郎欲别,正是落花時節。
妝成不畫蛾眉,含愁獨倚金扉。去路香塵莫掃,掃印郎去歸遲。

鶯啼殘月,天已欲曙,繡閣之中,香燈始滅。想鶯未啼、月未殘前,一定是銀燭熠,徹夜未吹也。昔曾有句云:"怕見月兒隔窗笑,徹夜燈不吹。"豈端己亦曾作此想乎? 抑猶有進者,香燈則滅,馬已長嘶。此一聲長嘶,當催得游子居人如何心驚,當催下游於居人多少眼淚! 郎欲去矣,郎果要去耶? 看殘紅片片,柳絮紛紛,行不得也哥哥! 然而郎竟去矣! 郎既去矣,尚爲誰容,娥眉不畫,含愁倚門,黯然魂銷,怳然有望。此一段離愁,正自茫茫無系,突見去路香塵,尚留車跡馬痕,這車跡馬疽,她自然不能不諦視,不能不端詳,於是她更自然不能不墮入回想:車兒慢慢,馬兒迤迤,執手歧路,相愛凝咽,如此這些,又都開映在腦膜上矣。一恍惚間,若見車行,如聞馬嘶,豈郎復歸歟?郎果復歸矣。然一霎頃,衆響俱寂,衆相亦渺,留於目前者,惟斑斑點點,車跡馬痕耳。啊呀,此斑斑點點車跡馬痕,當是如何重要也?當然不得掃也!昔讀太白《長干行》:"門前遲行跡,一一生綠苔。綠苔不可掃,落葉愁風早。"初頗不解,今始恍然。

浣溪沙
孫光憲

攬鏡無言淚欲流,凝恃半日懶梳頭,一庭疏雨濕春愁。　楊柳祇知傷怨別,杏花應信損嬌羞,淚沾魂斷軫離憂。

爲要梳頭,方去攔鏡。但攬起鏡來,驀然如花,却又不禁凝情無言,懶得梳頭。這一下子,可不定有多少離情別恨,兀的兜上心來。隔窗望去,疏雨瀟瀟,祇見楊柳垂淚,杏花含羞,淋在這細紉的雨絲之下,直織成一片春愁。能不令人沾淚,能不令人魂斷,能不令人軫離憂乎?楊柳祇知傷怨別,是懷人,一定想到別時情景了。劉禹錫詩:"長安陌上無窮樹,惟有垂楊管別離。"杏花應信損嬌羞,是自悼,一定和鏡中人融化了,大有花銷翠減,玉瘦香肌之慨。"楊柳"、"杏花"二句,上承"雨"字,下啓"淚"字,綰合上下,不露痕跡。首句淚欲流,是尚未流,末句淚沾魂斷,始一傾如注,故不犯重。

鵲踏枝
馮延巳

幾日行雲何處去,忘却歸來,不道春將暮。百草千花寒食路,香車攜在誰家樹?　淚眼倚樓頻獨語:雙燕來時,陌上相逢否?撩亂春愁如柳絮,依依夢裏無尋處。

此詞亦見歐陽永叔《六一詞》。忘却,一作忘了。來時,一作飛來。撩亂,一作掩亂。依依,一作悠悠。直尋詞意,乃是蕩子婦語,甚明。古詩:"青青河畔草,鬱鬱園中柳。盈盈樓上女,皎皎當窗牖。娥娥紅粉妝,纖纖出素手。昔爲倡家女,今爲蕩子婦。蕩子行不歸,空床難獨守。"蕩子之行,如天上浮雲,飄忽不定,故其行不歸也,稱曰行雲。正當寒食時節,春之將暮,百草千花,芳菲欲歇,你偏忘却歸來,叫我如何忍俊?此所以"空床難獨守"也。百草千花寒食路,當是淚眼倚樓望中所見。倚樓眺望,原冀驀見歸來,却是毫無影事兒,衹有雙燕翩翩,自遠而近。要注意,是雙燕,盈盈樓上女,睹此雙燕,當別有一番感觸,自是不在話下。到此怎能不急?怎能不神魂顛倒?雙燕阿,你飛來的時候,在陌頭上,可碰見他了嗎?此淚眼倚樓頻獨語者也。然而雙燕無言,翩翩而過。對燕獨語,已是無可奈何之情,及雙燕飛過,此無可奈何之情,當更加深加濃,沒法兒支持。於是愁心如焚,愁腸似紋,剪不斷,理還亂。此一段撩亂春愁,他無可像,惟像彼隨風狂舞之柳絮耳。以柳絮像春愁,亦不僅取其撩亂,輕浮飄蕩,慵懶無力,蓋無不象焉,比喻絶妙。然愁來愁去,仍是徒然,衹好求之夢寐,此本已是無可奈何之無奈何,而依依夢裏,竟又無處尋覓。無尋處正與起句行雲相照應,彌見思婦之苦矣。

虞美人
李後主

春花秋月何時了,往事知多少。小樓昨夜又東風,故國不堪回首月明中。　　雕欄玉砌應猶在,衹是朱顔改。問君都有幾多愁?恰似一江春水向東流。

奇語劈空而下,以傳誨久,視若恒言矣。日日以淚洗面,遂不覺而厭春秋之長,歲歲花開,年年月滿,前視茫茫,能無回首?固人情耳。"小樓昨夜又東風",下一"又"字,與何時了密銜,而"故國"一句,便是必然的轉折。就章法言之,三與一,四與二,隔句相承也,一二與三四,情境互發也。但一氣度下,竟不見有章法。後主又焉知所謂章法哉?而自然有了章法,情生文也。

過片二句,亦今昔之惑,衹有直説。其下二句,千古傳名,實亦羌無故實。劉繼增箋注所引《野客叢書》以爲本於白居易、劉禹錫,直夢囈耳。胡不曰本於《論語·子在川上》一章,豈不更現成嗎!

此所謂直抒胸臆，非謗書史者也。後人見一故實，便以爲"囚在是矣"，何其陋即？（俞平伯《讀詞偶得》）

以上兩段，仍妙偶得，凡此偶得，皆得余心，是以妙也。自來箋注後主詞考，無不於此詞大賣力氣，然半是隔靴之談。此詞故是千古絕唱，而通首白描，所謂"直抒胸臆"，"羌無故實"者也，吾人讀之直尋意於辭得矣。不必再強爲之解，強爲之解，拐彎抹角，猶啞謎也。《野客叢書》："僕謂李後主之意，又有所自。白樂天詞曰：'欲識愁多少，高於灔澦堆。'劉禹錫詞曰：'蜀江春水拍天流，水流無限似儂愁。'得非祖此乎？則知好處前人皆已道過，後人但翻而用之耳。"王闓運曰："常語耳，以初見，故佳，再學便濫矣。朱顏本是山河，因歸宋，不敢言耳。若直說山河改，反又淺也。結亦恰到好處。"《野客叢書》之説，俞書已斥之。王氏之言，亦是搔不到癢處，說來說去，叫人越看越糊塗完事。

"問君都有幾多愁？恰似一江春水向東流。"自來詞評家皆以此兩句爲最好，但究竟何以最好？怎樣好法？却又無人道破。余謂此語之妙，妙在詞情調情，恰相吻合。"恰似一江春水向東流"，以長語一句直下，讀二二二三，似仄江平水仄，末著"東流"二字，皆平聲，當重讀長讀，讀時宛如碧波滾滾，一瀉千里，恰與一江春水、滔滔東流之姿態韻味，融成一片；而衷懷無盡之愁，亦似溢在言表。外體物情，内抒心象，豈獨妙肖，謂之入神可也。然凡此皆源於真情，出諸自然，非可力致，不假勉強，即在後主，亦難自覺。王闓運之言曰："再學便濫矣。"既曰學，烏得不濫？此豈學可得著手？

《人間詞話》："畫屏金鷓鴣，飛卿語也，其詞品似之。弦上黃鶯語，端己語也，其詞品亦似之。"俞平伯氏更效其言曰："恰似一江春水向東流，後主語也，其詞品亦似之。"究竟一江春水的詞品却又何似？請看他的解釋："蓋詩詞之作，曲折似難而不難，唯直爲難。直者何？奔放之謂也。直亦不難，奔放亦不難，難在於無盡。恰似一江春水向東流，無盡之奔故，可謂難矣。傾一杯水，杯傾水涸，有盡也；逝者如斯，不舍晝夜，無盡也。意竭於言，則有盡，情深於詞，則無盡。言之不足，故長言之，長言之不足，故嗟嘆之，那是那麽不足,豈有盡欤?情深故也。"

情者,詩詞之源泉也。情深,即所謂源泉混混不舍者矣。有混混源泉,自然盈科滿洼,放乎四海,一瀉千里,滔滔直下。是深於情者,冲口所出,即情語也。昔人論詩詞,有景語情語之分,不知一切景語,皆情語也。景而無情,景又何取?此意静安先生已發之。余謂一切景皆由情生,無情斯無景矣。然情故不必寓於景也。觀後主詞,即每直抒心胸,一空倚傍,以此《虞美人》論,當無一句是意在寫景。此蓋其衷懷切至,忍俊不禁耳。近人蔣香穀《詞説》有云:"詞宜融情入景,或即景抒情,方有韻味。若舍景言情,正恐粗淺直白,了無蘊藉,索然意盡耳。"此可以繩古今任何詞人,獨不能繩後主,後主之情,一往而深,其春愁秋怨如之,其詞復宛轉哀傷,隨其弧往,於是遂"恰似一江春水向東流"矣,所謂無盡之奔放也。凡後主詞皆當作如是觀,非祇《虞美人》也。

談　詞

何家炳　撰

　　載於《約翰聲》（上海聖約翰大學學報）一九三七年第四十八卷。作者何家炳（一九一六—？），福州人。上世紀三十年代肄業於聖約翰大學。在《約翰聲》發表有《談詞》和幾篇詩歌。在《人間世》發表有專篇《嚴幾道先生小傳》。在《福建民報·小園林》發表有《中華美協首屆美展觀光記》等。《談詞》主要談論詞的起源、代表詞人和風格流派。論詞之起源，贊同"詞雖是古樂府的流別，却是從唐之絕句產生出來的"。論詞之風格流派，對婉約派頗有微詞，認爲"緊要的不應該衹顧旖旎近情，浮夢豪華"，批評范仲淹、韓琦等"壯志凌雲的雄赳赳丈夫"都學作萎靡不振之詞，實堪禍及士氣，貽笑後世。

　　詞在我國文學史佔一極重要的位置，雖然"文體辨明"裏有言，"詩餘謂之填詞"，意即把詞視爲詩之末流，但詞之好處比詩實有過之而無不及。而時至今日，詞更值得我們的研究。

　　誰都知道詞在五代已經很盛的了，衹是那時詞多是小令，原是絕句的變體。我們可看《詩藪》裏有這麼一段的記載："樂府之體，古今凡三變。漢魏古詞一變也，唐人絕句一變也，宋元詞曲一變也。六朝聲偶變唐之漸乎？五季詩餘變宋之漸乎？"由此看來，可知詞雖是古樂府的流別，却是從唐之絕句產生出來的，因爲唐代樂府最通行的要推五七言絕句，如李白之《清平調》，劉夢得之《竹枝詞》，白樂天之《柳枝詞》，王建之《霓裳詞》等都算爲七絕，但也都稱爲詞。蓋有詩則有詞，其初詩人作詞，歌詞按調遷就歌之，所以其詞就是詩。其後詩人作詞，遷就其調以視乎詩，字遂有增減，像張志和的《漁歌子》，劉禹錫的《瀟湘神》，同是其例。總之，詞起於中唐，大流行於晚唐五代之間，至宋代而極盛。

詞的起源既如上述，但詞怎麼會感人這樣的深切呢？真的。秦少游的詞十分膾炙人口，相傳遠方女子有好之至死的——這是什麼緣故呢？柳屯田的詞流行極廣，當時有人曾"凡有井水飲處，即能歌柳詞"——這是什麼緣故呢？我們知道秦觀的詞最是婉麗綺靡，所以才會感動人心。柳永的詞，旖旎近情，因此始能風行天下。由是我們可以想見詞之好處與其所以佔得地位，也祇在乎淒婉艷麗，滿帶悲哀的成分罷了，所以人們也認爲這樣的詞才算得好詞。如《藝苑卮言》里說："詞雖婉轉綿麗，淺至儇俏，挾春月煙花於閨幨內奏之，一語之艷，令人魂絕，一字之工，令人色飛，乃爲貴耳。至於慷慨磊落，縱橫豪爽，抑亦其次，不作可耳。作則寧爲大雅罪人，勿儒冠而胡服也。"這麼一來，詞之佳者祇在於能"令人魂絕"，"色飛"，否則那就不"爲貴"了。而"慷慨磊落，縱橫豪爽"，竟視爲"不可作"。怪不得一般詞人們還是"儒冠"，文文縐縐地把風花雪月索性來歌咏箇痛快。

你一定會說詞還是有許多派別，南派北派根本是懸殊，柳、蘇之詞本來就是"分道揚鑣"的。是，像坡公的《赤壁懷古》，的確有一掃綺羅香澤而空之豪情盛慨。但除了辛棄疾、劉過等學東坡外，我們更少見此人中能發慷慨激昂之壯語的。且人皆目坡公一派爲"別格"，至多也不過認與"花間"一派并行，從沒有人肯說"有過之"者。

一般人的見解既是如此，於是就是十分轟轟烈烈的漢子一填了事，也故意無病呻吟起來了。范仲淹、韓琦人皆稱爲宋代有數之能臣，他們真是文能安邦，武足定國，就是他們的詩文中也無不說得十分激烈的，但祇有他們的詞裏，不是說愁，就是說病。例如范仲淹之《御街行》云："紛紛墜葉飄香砌。夜寂靜，寒聲碎。真珠簾捲玉樓空，天淡銀河垂地。年年今夜，月華如練，長是人千里。

· 639 ·

愁腸已斷無由醉,酒未到,先成淚。殘燈明滅枕頭欹,諳盡孤眠滋味。都來此事,眉間心上,無計相回避。"又如韓之《點絳唇》云:"病起懨懨,庭前花樹添憔悴。亂紅飄砌,滴盡珍珠淚。　　惆悵前春,誰共花前醉?愁無際,武陵凝睇人,凌波空翠。"他們兩箇都是壯志凌霄的雄赳赳丈夫,而竟作此萎靡不振之態,豈非笑話?宋室之偏安而至於亡,真是活該的吧!

　　李後主之詞一讀便知其爲亡國之音,那樣浮靡淫艷的句子真夠令人肉麻。如此可見詞人之流毒與詞之爲害實非淺鮮了。

　　不過,無論如何,詞本身是絲毫沒有弊害的,祇因次人們觀點之錯誤,致力於淫艷之詞而生弊害。我們盡可學坡公那樣高唱"大江東去"的雄赳氣概,就是"儒冠胡服"也無不可之事。緊要的是不應該祇顧旖旎近情,浮夢豪華。令人"魂絕"、"色飛"固可以,但別祇以淒婉綺麗來動人罷了。

聆風簃詞話

黃秋嶽 撰

載於《中華月報》一九三七年第五卷第二、四、六、七期。作者黃秋嶽(一八九一——一九三七),原名黃濬,字哲維,別號壺舟,室名花隨人聖庵,福建閩侯人,陳衍弟子。曾就讀於京師大學堂、日本早稻田大學。回國後在北洋政府中任職,受知於梁啓超。曾入南京國民政府行政院任職。一九三七年八月,因向日方出賣國家軍事機密,以叛國罪處死。陳寅恪在《寒柳堂集》中評論道:"秋嶽坐漢奸罪死,世人皆曰可殺。然今日取其書觀之,則援引廣博,論斷精確,近來談清代掌故諸著作中,實稱上品,未可以人廢言也。"著有《聆風簃詩》《聆風簃詞》《花隨人聖庵摭憶》。後人輯錄《花隨人聖庵摭憶》中論詞言語彙爲《花隨人聖庵詞話》,發表於一九八六年《詞學》第四集。

《聆風簃詞話》原名《聆風簃詩詞話》,本文僅錄其論詞部分。該詞話主要抄錄、評論近代詞人詞作,兼及清代蔣春霖等詞人掌故,其中對晚清四大家,尤其是朱祖謀之詞學成就與論詞觀念特爲注意。

江建霞先生(標),戊戌新黨中人物也,下世甚早。嘗爲冒鶴亭畫扇,題《念奴嬌》一詞,下半闋云:"最是驀地西風,江干黃竹,記識漁洋句。塞外新寒初到信,誰絮棉衣萬緒。雙槳迎愁,危樓極目,一樣銷魂苦。替人寫怨,畫工心事如許。"弦外極有哀音,題時爲己亥八月，不五十日下世矣。言爲心聲，良不爲妄。建霞與其夫人汪靜君，伉儷綦篤，嘗乞日本女畫家小蘋野口親繪《靈鶼閣圖》，倩幷時夫婦能詩詞者題之，亦一代韻事也。

因記江建霞夫婦事，而念前清夫婦同能文詞者至多，清初陳之遴素庵，室徐燦湘蘋，即其一例也。梅村集《咏拙政園山茶歌》及《贈遼左故人》八首，皆爲陳作，世所共知。拙政園者，故大宏寺基，在婁、齊二門之間，林木絕勝，嘉靖中王御史獻臣侵之，以廣其宮，沈石田、文衡山嘗爲作圖，衡山圖凡卅一葉，各繫以詩，最後有記。後歸徐氏，中有寶珠山茶，最奇，爲江南僅見。素庵買得此園，在政府十年不歸，旋遭遷謫，從未一日居，與後來畢秋帆之靈岩山館相似。前年過蘇州，訪此園，荒蕪特甚，山茶久不見矣。湘蘋病中《永遇樂》云："翠帳春寒，玉墀雨細，病懷如許。永晝悄悄，黃昏悄悄，金篆添愁注。薄幸楊花，多情燕子，時向瑣窗細語。怨東風，一夕無端，狼藉幾番風雨。　曲曲闌干，沉沉簾幕，嫩草王孫歸路。短夢飛雲，冷香侵佩，別有傷心處。半暖微寒，欲晴還雨，銷得許多愁否。春來也，愁隨春長，肯放春歸去。"婉約隱怨，佳製也。

晚清詞家，予甚愛蔣鹿潭，其《水雲樓詞》中尤以《琵琶仙》一闋爲最。鹿潭有所歡曰黃婉君，相傳其聚散離合，宛轉悽惻，不可奚記。鹿潭卒爲婉君而死，婉君亦以身殉。《琵琶仙》者，鹿潭嘗偕婉君泛舟黃橋，望見煙水，念五湖之志，苦不得遂，因譜此曲，使婉君歌之。詞云："天際歸舟，悔輕與、故國梅花爲約。歸雁啼人篛簑，沙洲共漂泊。寒未減、東風又急，問誰管沈腰愁削。一舸青琴，乘濤載雪，聊共斟酌。　更休怨傷別傷春，怕垂老心期漸非昨。彈指十年幽恨，損蕭娘眉萼。今夜冷、篷窗倦倚，爲月明強起梳掠。怎奈銀甲秋聲，暗回清角。"其聲可謂哀以思矣。鹿潭晚侘傺，又有阿芙蓉癖，邊幅不修，居其摯友陳百生舍。百生愛其才，欲正言冀其革除痼疾，乃面責之，不虞鹿潭遽自縊，百生哀之，悉刊其詞。然又傳鹿潭乃爲婉君而死，婉君見遺書大慟，面百生再拜，乞佳傳，從容就義。兩説莫能明也，讀"彈指十年幽恨"句，其癡極生怨可想。

仲鳴歸國，舟次有二詩一詞，皆於深穩中時見懷抱，詩一爲《印度洋舟中除夕船客歡集歌舞》,詩云:"望中家國經年別,天末逢辰萬里船。寒浪冲風如自語,明雲橫海似無邊。已難靜夜容我夢,況又狂歌擾客眠。驚起叩舷還獨嘯,長空月大影茫然。"一爲《東歸舟次倚闌夜眺》,詩云:"燈火檣梢閃欲微,枕樓鐘響覺人稀。波濤静向天涯闊,星月輕從袖畔飛。情緒向來愁近國,炎風此際尚侵衣。神州莽莽空回首,正釀江南雨雪霏。"詞調寄《高陽臺》,小序云:"印度洋舟中除夕,船客舉行化妝跳舞會,并循歐俗,至午夜,男女并立欄前,痛飲祝福畢,舉杯碎之,相擁接吻而散。"詞云:"萬里驚濤,一行歸雁,扁舟容與其間。誰念今宵,相侵年事漫漫。新裝奇服琴聲裏,共歡歌狂舞闌珊。擲餘杯,夜正三更,影正團圞。　霎時便覺繁華歇,漸沉沉人散,寂寂燈殘。獨倚船樓,涼風吹透衣單。波瀾深處浮雲起,向天涯遮斷家山。更微茫,幾點疏星,孤月荒寒。"予於仲鳴第一詩最愛"寒浪"一聯,能寫大海中光景,"寒浪"句尤有神味。第二詩則竟首流宕,情文相發。"情緒向來愁近國"句,是極愛國又極憂國語,能以淡筆寫出,亦前所未有也。詞則一氣流轉,真切澹蕩,其始予頗致疑於下半闋稍近淒清,近日細諷,漸覺其真妙。"波瀾"二語,是沉摯之自然語,亦宋法也。舟行值歲曆歡宴,即景生情,此等詞中之新領域,昔人幾曾見到。

汪莘伯先生(兆銓),有《惺默齋詞》,未刊。友人近抄示其《壺中天》一闋,蓋題《雁來紅圖卷》者。詞云:"斜陽庭院,正屏風倚處,離愁千里。冷落秋江蘆荻岸,幻出一枝明媚。鶴頂深紅,鵑啼恨血,灑入西風裏。一船紅葉,幾行新試題字。　橫舍相約尋秋,軟遲來作客,飄零如此。不是芙蓉江上影,也自向人沉醉。絳樹歌殘,茜窗事杳,剩有書難寄。老來顏色,那人應怨蕉萃。"風格似碧山、玉田,結處悠然。

瘦庵曩住舊京校場二條老屋,云是半塘、彊村舊居,因鉤《瘞鶴銘》字,爲橫額曰"王朱前後詞仙之宅",後移廣州館,猶懸之。王、朱兩先生,實爲勝清晚年天挺倚聲妙手,彊村得力於半塘,故盛稱之。以予之見,彊村晚年所詣,尚在佑霞之上,此非虛詞,以半塘所許彊村,僅云似夢窗,而古微後半塘翁逝世且二十年,桑海後所作,沉深綿邈，有非夢窗所能限者。張孟劬序其詞，援半塘、夢窗之言，而又以"曲中玉溪"許之，其意殆以聲家老杜一脈相摧，有進於半塘之言也。彊村以庚子辭朝，別舊京殆十五年，至甲寅秋，始間關北游，過玉泉山，作《洞仙歌》一詞云："殘衫剩幘，悄不成游計。滿馬西風背城起。念滄江一卧，白髮重來，渾未信禾黍，離離如此。

玉樓天半影，非霧非煙，消盡西山舊眉翠。何必更繁霜，三兩栖鴉衰柳外，斜陽餘幾。還肯爲愁人住些時，祇嗚咽昆池，石鱗荒水。"此則純是坡仙不二法門，澹宕自然，脫盡二窗皮骨，而一種悽音，則甚似玉田之《高陽臺》"接葉巢鶯"一首，爽切處或過之，所謂亡國之音哀以思也。

佑遐與彊村書云：自世之人知學夢窗，知尊夢窗，皆所謂但學蘭亭而者，六百年來真得髓者，非卿更有誰耶？此語推夢窗與彊村至矣。今舉彊村詞中擬半塘所謂夢窗髓者如下。其《齊天樂》（馬神廟海棠百年物也，花時寥寂，半塘翁吟憶見貽，依韻報之）云："錦窠春濕紅雲透，匆匆故宮芳事。冷瓷延嬌，温泉罷浴，催換東風人世。嬋媛夢裏，尚刻意新妝，洗煙梳霽。妒極瑤臺，玉妃無語正愁悴。　　綠章惆悵再乞，夜深障淅膩，心緒無會。怨鳳簫寒，鰲譜幄暗，消盡燕脂濃淚。橫陳艷綺。肯輸與西廊，媚春桃李。不嫁含章，墮梅餘恨蕊。"其《夢芙蓉》（羅喉嶺爲趙戒壇、潭柘分道處，茗憇書壁，用夢窗韻）云："溪霞明斷綺。帶東風客雁，齊將十里。鏡空春路，心緒淡蛾外。泛英謀野醉。年年催載秋被。盼客山靈，惜愁鬢未整，鶯語亂呼起。　　轉首瑤臺眼底。疑有雙成，結束連環佩。舊塵如夢，還付亂雲洗。駐鞍消茗翠，斜陽冷透峰意。未怯春寒，知游仙路近，微步響風水。"其《河瀆神》云："獨樹賭煙微。花袍白馬來時。天吴移海綠塵飛。日夕靈風滿旗。　　濕霧冥冥斑竹院。野鴉如陣迴旋。帝子不歸秋晚。單衾沉夢銅輦。"其《霜葉飛》（秋晚奉使嶺南，晦鳴、悔生集中聖齋，用夢窗韻聯句錄別，越日待舟唐沽，感音寄和）云："亂雲愁緒。孤帆外，隨風飄著燕樹。倦程先雁下滄州，寒帶丁沽雨。甚一霎，飆輪過羽。微塵驚見紅桑古。怕更倚危樓，海氣近、黃昏換盡，酒邊情素。　　何況北極觚棱，東門帳飲,怨歌今夜難賦。簡書媛鳥意蒼茫,空覓荒雞語。夢不人、蒓絲半縷。商量聽水聽風去。剩恨笛飛聲罷,寂寞魚龍,覷人眠處。"其《解連環》(賦缾中落梅)云:"碎鈿香跡。引啼煙翠羽,細窺簾隙。黷帳紙殘墨薔籐,又攙弄麝塵,半消宫額。拚忍清寒,有妝鏡愁鸞偎泣。悵新歌散雪,舊譜暗香,斷紅無覓。　瑶臺夢中誤擲。倩仙雲評泊,笑厲羞索。待料理紺玉寒泉,總浸作愁漪,換春無力。未返芳魂,料不怨高樓橫笛。伴黄昏背燈瘦影,翠尊酹得。"以上諸詞,皆半塘未殁前所見,信乎其沉浸君特、咀其英華矣。然彊村後來工力,已能從夢窗入又從夢窗出,其最瑰偉者,如《浪淘沙慢》(辛亥歲不盡五日)作云:"暝寒送、繁霜覆水,暗雨啼葉。檐鐸敲愁乍急。帷燈顫影旋滅。剪不斷、連環春緒叠。是當日、鸞帶親結。問故徑蘼蕪夢何許,前塵竟拋撇。　淒切。錦書寄遠終綴。念玉几金床西風夜,縹渺胡雁咽。嗟攬斷羅裾,寧信長别。恨腸寸折。明鏡前,掇取中心如月。　却劃連峯平於垤。黄塵擁,巨川頓竭。怒雷起、玄冬還夏雪。更千歲、倚杵天摧,厚地坼。深盟會與纏綿絶。"此蓋清室下詔遜位日所作,悲鬱中有層次,人後尤健舉,而其魄力沉摯,實由夢窗上合美成,一氣呵成,不可逼視,此所以爲大家也。

半塘致彊村書中有云,夔笙素不滿某某,嘗與吾兩人異趣。某某,疑指文道希。案:道希論清詞,謂曹珂雪有俊爽之致,蔣鹿潭有沉深之思,成容若學陽春之作而筆意稍輕,張皋文具子瞻之心而才思未逮。又言自竹均以玉田爲宗,所選《詞綜》,意旨枯寂,後人繼之,尤爲冗漫,以二窗爲祖禰,視辛、劉若寇仇,家法若斯,庸非鉅謬云云。標舉若此,宜與况舍人枘鑿也。道希於庚子、辛丑間,流寓春申,與沈子培兄弟、費屺懷、張季直輩,朝夕相聚,繼以酒歡,曾賦《念奴嬌》云:"江湖歲晚,正少陵憂思,兩鬢衰白。誰向水精簾子下,買笑千金輕擲。淒訴鷗弦,豪斟玉罪,黛掩傷心色。更持紅燭,賞花聊永今夕。　聞說太液波翻,舊時馳道,一片青青麥。翠羽明鐺飄泊盡,何況落紅狼藉。傳寫師師,詩題好好,付與情人惜。老夫無語,卧看月下寒碧。"具見豪逸之氣,此詞中蓋有本事,於宫闈惜珍妃之殞,於江湖則一時名妓如賽寓之流不可悉舉也。彊村《望江南》雜題諸名家後,於道希則云:"閒金粉,曹鄶不成邦。拔戟異軍成特起,非關詞派有西江。兀傲故難雙。"此蓋不以道希論詞爲然,而又許其拔戟成一軍也,持論殊公。

亡友唐有壬文章深晰如其人,於詞章雖非所長,亦酷嗜之,嘗背誦《飲水詞》若干首,爲人書扇往往舉清人詩詞,亦可見天性之醇永矣。二十三年,受命北行,歸以《賀新涼》一詞稿示予,其中不入律者多,然意境絕佳,蓋言有所指也。有壬既歿,予從其夫人歐陽立微處,得此詞殘稿,唐夫人固亦能文者,因共爲增減數字,存其原意,今亟錄之。《賀新涼》(北上先寄諸先生):"北去沉吟久。怕重逢、社壇古柏,玉橋煙柳。獨上城樓閒凝佇,綺陌香街似舊。付十萬春花相守。如此春光圖畫裏,怎饒他雨橫風狂驟。祇此意,愧尊俎。　　留春莫待春深後。更商量、山催黛瞑,水隨煙瘦。城上胡笳城下淚,長把心情潺偢。漫道是婦人醇酒。不遣杜鵑啼血盡,待他年記取回春手。腸十斷,君知否。"其中所言,與其時所遭,艱難悲痛,有不可悉殫述者,存之以見其苦心孤詣,詞其餘事也。

蕉窗詞話

林　丁撰

　　載於一九三七年七月十二日《北平晨報·藝圃》。作者林丁，生平不詳，或即爲越劇導演林守端（一九一六年十二月生，福建人）。一九三三年《濤聲》雜誌載有林丁致曹聚仁《論上海文壇》的書札，未知是否即同一作者。《蕉窗詞話》篇幅較短，主要爲對李易安與辛幼安、納蘭容若與文叔問、李後主與宋徽宗的詞句對比，又提出"李後主、馮延巳、曼殊、歐陽修、蘇東坡、李清照、辛棄疾、納蘭容若爲中國八大詞人"之論，片言只語，蓋爲記錄零星讀詞感想所作。

　　詞在宋朝，可謂登蜂造極，詞家之多，不亞唐朝詩人。但最高的兩把交椅，却都讓我們濟南人坐了；一位是愛國軍人辛棄疾，一位是狀元甥女李清照。一字幼安，一字易安。幼安詞奔放淋漓，如懸崖飛瀑，充滿憂國熱忱；易安詞輕柔婉約，如午夜洞簫，抒發箇人憂樂。以思想以量論，前者勝後者；以藝術以質論，後者勝先者。

　　詞至元明，已成强弩之末，及清又轉盛。但最高的兩把交椅，却又讓人家滿人坐了。一位是納蘭容若，一位是文叔問。納蘭容若詞纏綿淒回，含蓄直藉，抒發箇人憂樂，極似易安；文叔問詞粗獷豪邁，多涉時事，則極似幼安。前者以小令勝，後者之詞格高。

　　歷朝帝王能詞者，當推李後主與宋徽宗，二人的身世又恰恰相同，都嘗過亡國的滋味。茲將抒寫被擄後生活最足動人者，各舉半闋：

"四十年來家國，三千里地山河。鳳閣龍樓連霄漢，玉樹瓊枝作煙蘿。幾曾識干戈？　一旦歸為臣虜，沈腰潘鬢銷磨。最是倉裏辭廟日，教坊猶奏別離歌。揮淚對宮娥。"（後主《破陣子》）

"憑寄離恨重重，這雙燕，何曾會人言語。天地遙遠，萬水千山，知他故宮何處。怎不思量，除夢裏，有時曾去。無據。和夢也、新來不做。"（徽宗《燕山亭》）

身居九五，為人間至尊，故非兩人所宜，但做一箇藝術家的資格，却綽綽有餘。

李清照為濟南城東柳絮泉人，坤順門外尚志堂內，有金線泉，相傳清照《漱玉詞》即成於此。

清照之《漱玉詞》與納蘭容若之《飲水詞》，為中國詞壇雙璧。

唐詩人中，兼工詞者，當推青蓮、香山，量雖不多，自然通暢，遠出五代宋詞以上。

胡懷琛先生以屈、陶、李、杜、白、蘇、陸、王為中國八大詩人，吾以李後主、馮延巳、曼殊、歐陽修、蘇東坡、李清照、辛棄疾、納蘭容若為中國八大詞人。

詞　話

老　韜撰

載於《新天津畫報》一九三七年第一九一期第三版。作者老韜,生平不詳。老韜《詞話》僅一則,抄錄言琴吾《蝶戀花》詞一闋,係報刊補白之用。

　　近購得言琴吾之《鷗影詞》一卷,殊雋永尤爲。茲錄其蝶戀花一闋云:"一偏幽懷□代語,碧海青天,多少吟風句。天到深情天亦妬,摹神況有風流緒。　　翩若驚鴻雲外度,繡履無聲,故作纖纖步。恐被姮娥拾得去,彩鸞飛下人間住。"風神妙絶。

淡泊齋詞話

李冰人 撰

　　載於《華文大阪每日》一九三八年創刊號。作者李冰人，生平不詳。據《康導月刊》一九三九年第二卷第三期的新聞報道，其身份可能爲新加坡記者。

　　《淡泊齋詞話》副標題爲《李後主與李清照詞》，內容爲介紹李煜、李清照之生平和代表作，通過細緻賞析兩人在人生滄桑變故前後的詞作風格變化，藉以揭示"生活之激蕩，爲偉大文藝之源泉"之理。

　　南唐李後主與宋代李清照各爲一代詞宗，而生平際遇，均是前半生演著喜劇，後半生演著悲劇，文人薄命如出一轍。他們一生的作品，也隨著前後心境之不同，而顯然的劃出一條鴻溝。

　　後主在開寶八年（公元九七五）以前，貴爲天子，幸運之神，把南唐的宮殿，築成一座象牙之塔。後主沉醉於脂粉隊中，有的是逸致閒情，有的是賞心樂事，因而他這時的作品，多係曼艷之詞。李清照生於宋神宗元豐四年，其父李格非官居禮部，母爲王狀元拱辰之孫女，皆工文章，後適趙明誠，亦一代風流學士，乃翁趙挺之官居吏部，後擢升宰相，可謂出身宦門，生長世家。所以她在青春妙齡的時候，也是完全度著美滿甜蜜的生活，因而她這箇時期的吟咏，亦多清新奇麗之作。

　　開寶八年後，後主被虜於宋，宋帝待之甚酷，其貧苦情況，由他寫給金陵故人的書中"此中日夕衹以眼淚洗面"一語可以想見。而清照亦於四十七歲後,以桑榆之晚景,踏入淒苦悲愴之途。金兵陷青州,使她十餘年藏書,付諸一炬,接著生父又遭罷免,未久,明誠亦告長辭,清照以悲痛餘生,更屢歷顛險。及金兵陷洪州,所有家私,又盡被焚毀,乃至無家可歸,後依其弟李迒卜居京華,於風霜憂患中,終其殘年。較之後主雖時代地位有殊,而命運之坎坷,均由極端之歡愉暢快而跌入悲哀淒楚之境則如出一轍。吾人每讀此二大詞宗之生平著作,實不勝造物弄人、文章憎命之感也。

後主與清照,前半生創作,多係描寫男女兩性間甜蜜親暱之情,艷詞妙語,令人神醉,而一係才子心思,一爲少婦襟懷。看他們是如何寫的:

晚妝初過,沉檀輕注些兒箇。向人微露丁香顆,一曲清歌,暫引櫻桃破。羅袖裛殘殷色可,杯深旋被香醪涴。繡床斜憑嬌無那,爛嚼紅茸,笑向檀郎唾。(李後主《一斛珠》)

以描寫寢宮中暱狎溫柔之生活。

再看李清照怎樣描寫她生活的甜蜜:

晚來一陣風兼雨,洗盡炎光。理罷笙簧,却對菱花淡淡妝。絳綃縷薄冰肌瑩,雪膩酥香。笑語檀郎:"今夜紗廚枕簟涼。"(《採桑子》)

同是一般心情,却是兩種香艷。

繡面芙蓉一笑開,斜飛寶鴨襯香腮。眼波才動被人猜。一面風情深有韵,半箋嬌恨寄幽懷。月移花影約重來。(《浣溪沙》)

賣花擔上,買得一枝春欲放。淚染輕勻,猶帶彤霞曉露痕。　怕郎猜道,奴面不如花面好。雲鬢斜簪,徒要教郎比並看。

寫少婦媚態,是何等妖艷!何等大膽!新意自創,道人所不能道,充分表現出少女新婚的滿懷愉快。

後主的情詞與清照的相思詞也可作箇對照的觀賞:

花明月暗籠輕霧,今宵好向郎邊去。剗襪步香階,手提金縷鞋。　畫堂南畔見,一向偎人顫。奴爲出來難,教君恣意

憐。(李後主《菩薩蠻》)

銅簧韻脆鏘寒竹,新聲慢奏移纖玉。眼色暗相鉤,秋波橫欲流。　雨雲深繡户,來便諧衷素。宴罷又成空,魂迷春夢中。(同上)

據云:後主與昭惠后之妹,在未婚前已私相戀愛,這些親暱之詞,都是爲她而作。

紅藕香殘玉簟秋。輕解羅裳,獨上蘭舟。雲中誰寄錦書來,雁字回時,月滿西樓。　花自飄零水自流。一種相思,兩處閒愁。此情無計可消除,才下眉頭,却上心頭。(李清照《一剪梅》)

這是李清照一首寄給明誠的相思詞,無限幽情,如怨如訴,實千古絕妙佳作。以上是他們前半生曼艷愉快之跡,現在再看看他們生離死別的晚景,是如何的沉痛淒涼吧!

春花秋月何時了?往事知多少。小樓昨夜又東風,故國不堪回首月明中。　雕欄玉砌應猶在,祇是朱顏改。問君能有幾多愁?恰似一江春水向東流。(《虞美人》)

人生愁恨何能免,銷魂獨我情何限!故國夢重歸,覺來雙淚垂。　高樓誰與上?長記秋晴望。往事已成空,還如一夢中。(《菩薩蠻》)

這是後主於被虜後,以淒婉之筆風,寫出不堪回首之愴懷,血淚迸發,感人至深。

再看看李清照的晚年作品:

風住塵香花已盡,日晚倦梳頭。物是人非事事休,欲語淚先流。　聞説雙溪春尚好,也擬泛輕舟。祇恐雙溪舴艋舟,載不動許多愁。(《武陵春》)

同樣的哀婉淒愴,感人心脾。

生活之激蕩,爲偉大文藝之源泉,後主與清照之所以成爲絕代詞人,其亦由於生活之坎坷激蕩有以成之者歟?

星槎詞話

厲鼎煃 撰

　　載於《國學通訊》一九四〇年第一至四期、一九四一年第五至六期。作者厲鼎煃（一九〇七——一九五九），字筱通（亦作小通、嘯桐），號星槎，另有筆名蠖生、憶梅、阿通等，江蘇揚州人，契丹學研究專家。一九二三年考入國立東南大學，畢業後任中學教師多年，期間曾與盧前、范存忠等人創辦狄鞮社，以介紹西洋文化、充實國學內容爲宗旨。後因腦病歸里，助辦揚州國學專修學校，於揚州國專任教師，主講《史記》。七七事變，國專停辦，厲鼎煃避亂歸鄉，創辦蕪城文理學院。一九四一年春，赴上海組建中華國學會，附設中華國學院，創辦《國學通訊》雜誌。上海淪陷後，又携家奔皖南，期間在復旦附中（遷至贛南涇縣）、廣益中學（涇縣茂林鎮）教書。一九四五年，又返上海，成立《集成》編譯社。其《〈嘔心瘻語〉自序》稱："夫余生平爲文，相題署名，初無定準。論學論政，每稱星槎。叢談瑣語，或署蠖生。而詩詞韻語，多署憶梅。"著有《契丹國書新說》《絳幃痕影録》《物質建設三大問題》《浩劫忠信録》等書，譯著有《莎士比亞考信録》（譯著）、《華歐交通史》（譯著）等，另有詩集《幽憂吟》、詞集《憶梅詞》、文集《嘔心瘻語》，此外還有論音韻、詩話、詞話之作散見報刊。《星槎詞話》分六期發表於《國學通訊》，前後分别題名爲《星槎詞話》《星槎詞話補義》《星槎詞話外編》《星槎詞話叢編》，其内容包括點評納蘭詞和《人間詞話》，記録作者譯李清照詞始末等，提倡"漸近自然，俗不傷雅"的評詞標準。

（一）王靜安論詞，獨拈境界二字，自謂滄浪所謂興趣，阮亭所謂神韻，猶不過道其面目，不若拈出境界二字，爲探其本。謹案：靜安所謂境界，一稱意境，近于英文所謂 Illusion。詩詞劇曲小說，無論其爲寫實，爲想象，皆以造成一種境界，使人神往，與之俱化，故《人間詞話》盛稱陶謝之詩、馬白之曲，至《水滸傳》《紅樓夢》。然則境界可謂文學之共相，不可以限詞。今試起靜安於九原而問之曰："詞之所以爲詞者，在境界耶？"則必啞然無以應也。故專以境界論詞，猶非深於詞者也。

靜安又云："古今詞人調格之高，無如白石。惜不於意境上用力，故覺無言外之味，弦外之響，終不能與於第一流之作者也。""南宋詞人，白石有格而無情，劍南有氣而乏韻。其堪與北宋人頡頏者，唯一幼安耳。""幼安之佳處，在有性情，有境界。即以氣象論，亦有'橫素波'、'干青雲'之概。"此其分別格調、性情、氣象、神韻、境界爲五，而儕境界于格情氣韻之間。又似與專拈境界二字之說不倫。又云："'紅杏枝頭春意鬧'，着一'鬧'字，而境界全出。'雲破月來花弄影'，着一'弄'字，而境界全出矣。"似以生動爲境界。故來境界成一字巧之疑（說見邢芷衡論肌理）。由今言之，境界必須生動。生動者，英文所謂 Vivid。境界生動，令人生敬畏之觀者，即爲氣象；令人起愛好之感者，即爲神韻。所以造成此氣象與神韻者，即由作者之興趣（興趣近於英文所謂 Inspiration）。故滄浪之興趣、漁洋之神韻、靜安之境界氣象，猶二五之爲一十也。觀其舉言外味，弦外響，與嚴、王所謂"羚羊掛角，無跡可求"，"不著一字，盡得風流"，直是一鼻孔出氣，未能跳出表聖《詩品》範圍，而以爲詞家探本之論，豈其然乎？

（二）靜安每以"隔"字譏白石。一則曰："覺白石《念奴嬌》《惜紅衣》二詞，猶有隔霧看花之恨。"再則曰："白石寫景之作，雖格韻高絕，然如霧裏看花，終隔一層。"三則曰："白石《翠樓吟》'此地宜有詞仙'，便是不隔。然南宋雖不隔處，比之前人，自有深淺厚薄之別。"窺其意，一若以曲直爲隔不隔之準。然靜安謂有境界，則自成高格,又謂白石格高而無意境,殊爲兩歧。蓋循彼之意,人不解白石格調何以獨高也。今謂白石之詞,有意境而能狷潔,故成高格。白石之病,在婉約而不深閎,非病在無意境也。惟其婉約也,故似隔一層。然細味之,正自有意境者。後主之詞,能深閎,故又勝一籌。而蘇辛之詞,則豪放傑出,其佳處在其能斂才就範者耳。若其有境界則均也。

　　(三)靜安論詞,類主氣象。其謂:"太白純以氣象勝,'西風殘照,漢家陵闕',寥寥八字,遂關千古登臨之口。"又云:"詞至李後主而眼界始大,感慨遂深……'自是人生長恨水長東','流水落花春去也,天上人間'。《金荃》《浣花》,能有此氣象耶?"又云:"馮正中詞,雖不失五代風格,而堂廡特大,開北宋一代風氣,與中後二主詞,皆在花間範圍之外。"彼其所謂氣象,以永叔詞於豪放之中有沉著之致爲尤高,而亦稱少游凄婉之作。又謂嵯峨蕭瑟二種氣象,惟東坡、白石,各得其一二。今案:凡此所謂氣象,即詞家所創境界之壯美者也。然此亦文章藝術之共相,非可專施於詞者也。

　　(以上見《國學通訊》1940年第1期,題名《星槎詞話·書人間詞話後》)

　　(四)《人間詞話》中,最爲精粹之處,厥維拈舉例句,以證明不可言之境界。其言云:"古今之成大事業、大學問者,必經過三種之境界:'昨夜西風凋碧樹。獨上高樓,望盡天涯路。'此第一境也。'衣帶漸寬終不悔,爲伊消得人憔悴。'此第二境也。'衆裏尋他千百度,驀然回首,那人却在燈火闌珊處。'此第三境也。"此等語非大詞人不能道。細繹其意,似以悲天憫人爲第一境,犧牲小我爲第二境,此二者皆有我之境也。若物我交融,無我之境,斯爲最高境矣。至於如何而可以造斯境,則靜安言之甚悉。其言:"詩人對宇宙人生,須入乎其內,又須出乎其外。入乎其內,故能寫之;出乎其外,故能觀之。入乎其內,故有生氣;出乎其外,故有高致。"又曰:"詩人必有輕視外物之意,故能以奴僕命風月。又必有重視外物之意,故能與花鳥共憂樂。"又云:"大家之作,其言情也必沁人心脾,其寫景也必豁人耳目。其辭脫口而出,無矯揉造作之態,以其所見者真,所知者深也,詩詞皆然。"說並閎通,然皆言文學之共相,而未專言及詞。昔有人問漁洋詩詞曲之別,漁洋不能答,惟各拈一例而已。靜安謂白仁甫《秋夜梧桐雨》雜劇,沉雄悲壯,爲元曲冠冕,然所作《天籟詞》粗淺之甚,不足爲稼軒奴隸。又謂讀者觀歐秦之詩,遠不如詞,足透此中消息。含糊過去,亦未能剖析入微。

然則詞之所以爲詞者,究何在? 一言以蔽之曰,漸近自然而已。詩整而曲放,皆與詞異。其工者,亦往往能漸近自然。惜終爲體裁所限而。故靜安亦以古詩高於近體,絕句優於律詩,論曲則專主自然。特未知古詩之所以高,絕句之所以優者,在其近於自然之語調。而曲雖有痛快淋漓之觀,然以爲純屬天籟,則將置曲律於何地。故一切文學,皆以漸近自然爲工。而詞之爲詞,上不似詩,下不似曲,正尤能漸近自然者也。所謂漸近自然,即非純任自然之謂,故詞句之長短參差,似自然之曲調,然平仄清濁,即所以限任意之弊。蓋古今文學有極不自然者,亦有純任自然者,執兩用中,其惟漸近自然乎? 惟詞體足以當之。倚聲家抱一漸近自然之態度以爲之,則必可上不似詩,下不似曲,而爲絕妙之好詞矣。詞家如夢窗之流,以律詩之法入詞,故雖宮麗精工,而失其自然。詞家如彭元寵之類,以作曲之法入詞,亦遂失其雅致。故詞人實最富於中華國民性之人,以其漸近自然,而不失其雅緻也。是故學究不可爲詞人,傖父不可爲詞人。宋人輯集《樂府雅詞》,著一雅字,可謂深得詞心矣。耆卿、山谷之貽譏詞壇,正以其有不雅之詞也。詞而不雅,即非詞矣。抑詩文并須爾雅。而詞之雅,乃在俗不傷雅,斯爲特異。所謂俗不傷雅者,即漸近自然之謂,亦即口語雅化之謂。凡真正士君子,談吐必不粗鄙。故詞人吐屬,自必爾雅。靜安推尊五代北宋之詞,至并其淫鄙而亦稱許之,則好奇之過也。詞既以俗不傷雅、漸近自然爲尚,故意境最狹,格調最高。詞之所以可貴,端在於此。推原國人創造詞體之由,實在於國人尚中庸之性質,則雖謂詞爲中國文學之代表作,可也。

(五) 後主之詞,言歡娛者,如"歸時休放燭花紅,待踏馬蹄清夜月",言悲愁者,如"故國不堪回首明月中",皆絕妙雅詞也,皆漸近自然之詞也。若"幾回識干戈"，"垂淚對宮娥"，駑劣衰殺，則有純任自然之病，斯爲集中下乘。

飛卿之詞穠艷，其佳處正在其空靈動蕩之句。"江上柳如煙，雁飛殘月天"，"雙鬢隔香紅，玉釵頭上橫"，皆絕妙雅詞，亦即漸近自然之詞。《更漏子》換頭處"梧桐樹，三更雨，不道愁離正苦。一葉葉，一聲聲，空階滴到明"，淒厲不忍卒讀。然聶勝瓊"枕前淚共階前雨，隔箇窗兒滴到明"，則舉重若輕，大有出藍之慨。韋端己之詞，不愧大家。《菩薩蠻》之"弦上黃鶯語"，固已膾炙人口。《女冠子》一闋，"四月十七，正是去年今日別君時"，何其信手拈來，都成妙諦也。細審之，亦不過漸近自然而已，俗不傷雅而已。

近人多好馮正中詞，馮夢華、成肇麐、王靜安，尤喜稱道。然延巳專蔽固寵，亡國大夫，詞雖溫厚，旨乖立誠，"和淚試嚴妝"，活畫出一善妒娥眉來，餘無取焉。

歡娛之詞難工，後主《玉樓春》而後，惟晏同叔《破陣子》"笑從雙臉生"，差堪繼武。

小山《鷓鴣天》"當年拼却醉顏紅"，亦耆卿"衣帶漸寬終不悔，爲伊消得人憔悴"之意，然小山興會較高，靜安捨晏而取柳，所未解也。

少游"醉卧古藤花下，了不知南北"，力竭聲嘶，有鳥之將死，其鳴也哀之慨。此正靜安所謂最高境界。若"可憐孤館閉春寒，杜鵑聲裏斜陽暮。郴江幸自繞郴山，爲誰留下瀟湘去"，尚屬有我之境，非其至者，而東坡、靜安，分別賞愛，疑其不及山谷之獨具隻眼矣。

蘇辛詞可愛處，如"春色三分，二分塵土，一份流水。細看來，不是楊花，點點是離人淚"，如《武陵春》"走去走來三百里，五日以爲期。六日歸時已是疑，應是望多時。　鞭個馬兒歸去也，心急馬行遲。不免相煩喜鵲兒，先報那人知"，正以其漸近自然。若"大江東去"，"明月幾時有"，在當時已不爲人所許，易安所譏，當是此等。幼安集中，每有效易安體之語，知其漸漬於李詞也深，故不失爲詞壇將帥。若改之"燕可伐歟，曰可"，直是以詞爲戲，其旨雖正，其詞不足道也，靜安偏嗜辛劉，未喻其旨。

白石詞最近騷雅，且以擅長音律，殷當為南宋一大家，惜其柔弱無骨。如《揚州慢》"廢池喬木，猶言言兵。漸黃昏，清角吹寒，都在空城"，寧非俊語，而換頭接以"杜郎"等語，便有陳叔寶全無心肝之譏。集中上乘，當推"昭君不慣胡沙遠，但暗憶，江南江北。想環珮，月下歸來，化作此花幽獨"，咏物不拘滯於物，神理杳渺，情緒悲婉，斯為當行。《隔溪梅令》雖短調，而清新馨逸，自擾名貴。

　　李易安論詞極精，其所作亦不在李後主下。其淺語如"和羞走，倚門回首，笑把青梅嗅"，其淡語如"笑語檀郎，今夜紗窗枕簟涼"，淒婉語"多少事，欲說還休，此情無計可消除"，哀傷語"守著窗兒，獨自怎生得黑"，感慨語如"風休住，蓬舟吹取三山去"，皆不假雕琢，自然入妙。惜二李遺文多逸，全豹難窺，然要其咳吐珠璣，并登大雅，蓋君王失位，哲婦悼亡，天下傷心，莫大於此。宜其有句皆佳，無言不妙也。然《武陵春》"也擬泛輕舟"，遂來晚節不終之誣，立言之不可不慎也如此。玉田詞曉音律，而為律所奴，又在白石之下。碧山身仕胡元，而為故國之思，以視許魯齋、吳梅村二祭酒，有喋喋多言之恨。

　　昔人疑納蘭容若貴、項蓮生富，而工為淒楚之詞，殊不知富貴場中，正自有傷心人。然《飲水》《憶云》，并擅小令，不工長調，盡善者其惟蔣鹿潭乎？水雲而後，惟彊邨、蕙風差堪繼武。蔣丁洪楊之亂，朱、況當庚子、辛亥之交，家國之感，宜多可悲。然丁丑以還，詞家銷聲匿跡，而瞿庵師承金陵，乃有"此地慣偏安"之嘆。有志斯道者，正當含況度蔣，直追二李，而為詞壇放一異采也。

　　（以上見《國學通訊》1940年第2期，題名《星槎詞話續·書人間詞話後》）

　　（一）劉公職體仁《詞繹》曰："'夜闌更秉燭，相對如夢寐'，叔原則云，'今宵剩把銀缸照，猶恐相逢是夢中。'此詩與詞之分疆也。"沈東江謙曰："承詩啓曲者，詞也，上不可似詩，下不可似曲，然詩曲又俱可入詞。貴人自運。"按：劉說不及沈，"夜闌更秉燭"，宋人有用入詞者矣。

　　（二）又曰："白描不可近俗，修飾不得太文，生香真色，在離即之間，不特難知亦難言。"又曰："詞要不卑不亢，不觸不悖，驀然而來，悠然而逝，立意貴新，設色貴雅，構局貴變，言情貴含蓄，如驕馬弄銜而欲行，粲女窺簾而未出，得之矣。"案：沈說破多中肯，然亦有太拘隘處。賀黃公裳《詞筌》云："小詞以含蓄爲佳，亦有作決絕語而妙者。如韋莊'誰家少年足風流。妾擬將身嫁與，一生休。縱被無情棄，不能羞'之類是也。牛嶠'須作一生拚，盡君今日歡'抑亦其次。柳耆卿'衣帶漸寬終不悔，爲伊消得人憔悴'亦即韋意，而氣加婉矣。"可補沈說所不及。

（三）王阮亭士禎曰：或問詩詞曲分界。予曰："'無可奈何花落去，似曾相識燕歸來'，定非香奩詩。'良辰美景奈何天，賞心悅事誰家院'，定非草堂詞也。"按：漁洋此説，殊未了了。董文友《蓉渡詞話》曰："嚴給事與僕論詞云：'近日詩餘，好亦似曲。'僕謂詞與詩曲界限甚分明，似曲不可，似詩仍復不佳，譬如擬六朝文，落唐音固卑，侵漢調亦覺倨父。"其說稍暢，究不若鄙人以漸近自然，俗不傷雅爲詞之分野，明白可據也。

（以上見《國學通訊》1940年第3期，題名《星槎詞話補義》）

我國之詩經楚辭、漢賦、樂府、唐詩元曲，西人多知之矣，至於宋詞，則絕鮮知者，此張師叔明所以有譯詞爲西文之意。歲在己巳，余始從事於此，首成柳耆卿《雨霖鈴》一闋，師大稱美，而余實未能自信，特以求教於錫山某前輩。某前輩固以擅倚聲名當時，而又嘗譯哥斯密隱士吟爲五言古風，馳譽遐邇者，亦許以選辭精當，音調茂媺。余誠受寵若驚，而愈不敢信也，然自是頗留心於此事矣。

越數載，師奉命出使，軺車將發，復以譯詞相勗。余以張志和《漁歌子》、李後主《相見歡》諸闋進，皆附小傳、注釋、評論，師益善之，而譯稿於是滋多。而猶未遑卒業，蓋鄙意以爲譯詞固難，精選名家之作尤難。若任情取捨，則事等兒嬉，未免爲識者詞冷，必也如江文通雜體詩所謂無乖商榷者耳。坐是所讀漢唐以來詞籍日富，而所譯仍不夠數十首而已。

今秋來滬，聞韓師湘眉有李易安《漱玉詞》之譯，余大欣喜，以詞品與女子爲近，此不但余意爲然，徐英君亦若是也。易安之詞，出色當行,且明誠夫婦并擅文藻,求之於古,則秦嘉、徐淑,求之於外,則羅伯與伊麗莎、白朗寧,求之於今日之中國,則張、韓兩師。李詞之譯,信非湘眉先生莫屬矣。余從其後爲之考訂聲律,釋解典實,搜羅評論,而姑衍其大意焉。樂乃無藝,偶閱林語堂先生《我國與我國人》(My Country and My People),見其中有辛稼軒《醜奴兒》一首,不禁空谷足音之感。亟録於左,以爲詞壇佳話。至如林君庚白譯法人詩爲《浣溪沙》,某君又譯詞爲琅都 Rondean。吾誠愛之重之,然以爲能傳原文體制風格,則未也。

The Spirit of Autumn
Hsin Ch'ichi
Translated by Lin Yutang

In my young days,
I had tasted only gladness,
But loved to mount the top floor,
But loved to mount the top floor,
To write a song pretending sadness.
And now I've tasted
Sorrow's flavors, bitter and sour,
And can't find a word,
And can't find a word,
But merely say, "What a golden autumn hour!"

林語堂譯辛棄疾《醜奴兒》

少年不識愁滋味,愛上層樓。愛上層樓,爲賦新詞強説愁。　　而今識盡愁滋味,欲説還休。欲説還休,却道天涼好個秋。

(以上見《國學通訊》1940 年第 4 期,題名《星槎詞話外編》)

初,余從友人處,獲觀納蘭容若《飲水》《側帽》詞,聞別有足本,求之經年,乃得覆印檢園叢刻本。既讀訖,便以獻之海鹽師。時師方乘軺西行,有志於譯詞之事也。退而復購得一冊,迴環諷誦,至今藏諸經笥。來滬日,與師議譯詞事,先從李清照集入手。而余秉鄉先舉陳公含光之教,猶擬譯李後主詞,因李詞而憶及納蘭詞,遂更取坊本讀之。蓋今世詞曲之學盛行,檢園舊刻,今已一再摹雕,或付活字攏印,求之甚易易矣。余既有《星槎詞話》之作,近來腦力大衰,記憶苦不分明,涉筆記所見聞,以爲詞話叢編。儻亦嗜倚聲者,所樂與相印證者也。

卷一佳句如"心字已成灰"(《憶江南》),"天咫尺,人南北,不信鴛鴦頭不白"(《天仙子》),"聞教玉籠鸚鵡念郎詩"(《相見歡》),"寂寂鎖朱門,夢承恩"(《昭君怨》),"花月不曾閒,莫放相思醒"(《生查子》),"總是別時情,那得分明語"(《生查子》),"空將酒量一扇青,人家何處問多情"(《浣溪沙》),"賭書消得潑茶香,當時祇道是尋常"(《浣溪沙》),"我是人間惆悵客,知君何事淚縱橫,斷腸聲裏憶平生"(《浣溪沙》),"須知淺笑是深事,十分天與可憐春"(《浣溪沙》),"曲罷鬖鬖偏,風姿真可憐"(《菩薩蠻·爲陳其年題照》),"絲絲心欲碎,應是悲秋淚,淚向客中多,歸時又奈何"(《菩薩蠻》),"半晌試開奩,嬌多直自嫌"(《菩薩蠻》)。

其通篇佳妙者,如"山一程,水一程,身向榆關那畔行,夜深千帳燈。　風一更,雪一更,聒碎鄉心夢不成,故園無此聲"(《長相思》)。王靜安《人間詞話》云:"壯觀境界,求之於詞,唯納蘭容若《長相思》之'夜深千帳燈',《如夢令》之'萬丈穹廬人醉,星影搖搖欲墜'。"差近之。

"東風不解愁,偷展湘裙衩。獨夜背紗籠,影著纖腰畫。蓺盡水沉煙,露滴鴛鴦瓦。花骨冷宜香,小立櫻桃下。"(《生查子》)

"誰道飄零不可憐,舊游時節好花天,斷腸人去自經年。一片暈紅才著雨,幾絲柔綠乍和煙,倩魂銷盡夕陽前。"(《浣溪沙·西郊馮氏園看海棠,因憶香嚴詞有感》)

"楊柳千條送馬蹄,北來征雁舊南飛。客中誰與換春衣。終古閒情歸落照,一春幽夢逐游絲。信回剛道別多時。"(《浣溪

沙·古北口》）

"新寒中酒敲窗雨，殘香細嫋秋情緒。端的是懷人（一作才道莫傷神），青衫濕一痕。　無聊成獨臥，彈指韶光過。記得別伊時，桃花柳萬絲。"（《浣溪沙》）

"問君何事輕離別，一年能幾團圓月。楊柳乍如絲，故園春盡時。　春歸歸不得，兩槳松花隔。舊事逐寒潮，啼鵑恨未消。"（《菩薩蠻》）

"驚飆掠地冬將半，解鞍正值昏鴉亂。冰合大河流，茫茫一片愁。　燒痕空極望，鼓角高城上。明日近長安，客心愁未闌。"（《菩薩蠻》）

"蕭蕭幾葉風兼雨，離人偏識長更苦。欹枕數秋天，蟾蜍下早弦。　夜寒驚被薄，淚與燈花落。無處不傷心，輕塵在玉琴。"（《菩薩蠻》）

（以上見《國學通訊》1941 年第 5 期，題名《星槎詞話叢編之一：三讀納蘭詞記》）

"爲春憔悴留春住，那禁半霎催歸雨。深巷賣櫻桃，雨餘紅更嬌。　黃昏清淚閣，忍便花飄泊。消得一聲鶯，東風三月情。"（《菩薩蠻》）

"相逢不語，一朵芙蓉著秋雨。小暈紅潮，斜溜鬟心隻鳳翹。　待將低喚，直爲凝情恐人見。欲訴幽懷，轉過回闌叩玉釵。"（《減字木蘭花》）

其外可附載者，自度曲至《連環影》及《菩薩蠻》回文二闋。至《連環影》云："何處？幾葉蕭蕭雨。濕盡檐花，花底無人語。掩屏山，玉爐寒。誰見兩眉愁聚倚闌干。"《菩薩蠻》回文云："霧窗寒對遙天暮，暮天遙對寒窗霧。花落正啼鴉，鴉啼正落花。　袖羅垂影瘦，瘦影垂羅袖。風翦一絲紅，紅絲一翦風。"

卷二佳句如"一片幽情冷處濃"（《採桑子》），"獨睡起來情悄悄，寄愁何處好"（《謁金門》），"蕭蕭木落不勝秋，莫回首斜陽下。欲愁擁髻回燈前，說不盡離人話"（《一絡索》），"菱花偷惜橫波"（《清平樂》），"有夢轉愁無據。知否小窗紅燭，照人此夜淒涼"（《清平樂·憶梁汾》），"相思相望不相親，天爲誰春"（《畫堂春》），"人到情多情轉薄，而今真箇悔多情。又到斷腸回首處，淚偷零"（《攤破浣溪沙》），"莫笑生涯渾是夢，好夢原難"（《浪淘沙》），"那更夜來孤枕側，又夢歸人"（《浪淘沙》）。

其全篇可錄者，有如"誰翻樂府淒涼曲？風也蕭蕭，雨也蕭蕭，瘦盡燈花又一宵。　　不知何事縈懷抱，醒也無聊，醉也無聊，夢也何曾到謝橋。"（《採桑子》）

"而今才道當時錯，心緒淒迷。紅淚偷垂，滿眼春風百事非。情知此後來無計，強說歡期。一別如斯，落盡梨花月又西。"（《採桑子》）

"何路向家園，歷歷殘山剩水。都把一春冷淡，到麥秋天氣。料應重發隔年花，莫問花前事。縱使東風依舊，怕紅顏不似。"（《好事近》）

"將愁不去，秋色行難住。六曲屏山深院宇，日日風風雨雨。雨晴籬菊初香，人言此日重陽。回首涼雲暮葉，黃昏無限思量。"（《清平樂》）

"淒淒切切，慘澹黃花節。夢裏砧聲渾未歇，那更亂蛩悲咽。塵生燕子空樓，拋殘弦索床頭。一樣曉風殘月，而今觸緒添愁。"（《清平樂》）

"欲語心情夢已闌，鏡中依約見春山。方悔從前真草草，等閒看。　　環佩衹應歸月下，鈿釵何意寄人間。多少滴殘紅蠟淚，幾時乾。"（《攤破浣溪沙》）

他如自度曲不見詞律者，附錄之以備考。

《落花詩》（一本作《好花時》）："夕陽誰喚下樓梯，一握香荑。回頭忍笑階前立，總無語，也相宜（一作依依）。相思（一作箋書）直恁無憑據，休說相思。勸伊好向紅窗醉，須莫及，落花時。"

《添字採桑子》（詞譜有《促拍採桑子》，字同句異，一本作採花）："閒愁似與斜陽約，紅點蒼苔，蛺蝶飛回。又是梧桐新綠影，上階來。　　天涯望處音塵斷，花謝花開，懊惱離懷。空壓鈿筐金線縷（一作縷繡），合歡鞋。"

《鞦韆索·淥水亭春望》(一本作《撥香灰》):"藥闌携手銷魂侶,爭不記看承人處。除向東風訴此情,奈竟日春青語。　悠揚撲盡風前絮,又百五韶光難住。滿地梨花似去年,却多了廉纖雨。"

又:"游絲斷續東風弱,渾無語半垂簾幕。茜袖誰招曲檻邊,弄一縷秋千索。　惜花人共殘春薄,春欲盡纖腰如削。新月才堪照獨愁,却又照梨花落。"

又:"墟邊喚酒雙鬟亞,春已到賣花簾下。一道香塵碎綠蘋,看白袷親調馬。煙絲宛宛愁縈掛,剩幾筆晚晴圖畫。半枕芙蕖壓浪眠,教費盡鶯兒話。"

(以上見《國學通訊》1941年第6期,題名《星槎詞話叢編之一續:三讀納蘭詞記》)

菊部詞話

莊蝶庵 撰

載於《半月戲劇》一九四〇年第三卷第一期。作者莊蝶庵，或即爲近代篆刻家莊蝶庵（一九一一—一九八二），號端虞，江蘇無錫人。畢業於東北政法大學，先後任職于哈爾濱造船所、青島市政府、航空委員會、天津塘沽新港、廣州港工程局等。一九四九年到臺灣，歷任臺灣工礦公司材料處副處長、臺北紡織廠廠長等。曾在《十日戲劇》《半月戲劇》《百合花》《百美圖》等刊物發表有《習曲散記》《歌餘瑣記》《書壇詠舊》《閒話仙霓社》《書壇佳麗錄》《昆班場面瑣談》《菊部詞話》等文。《菊部詞話》僅一則，係報刊補白，其内容抄錄常州許指嚴（名國英，號蘇庵、不才子）掌故筆記《南巡秘記》中《百媚娘·咏小櫻官》詞一闋，小櫻官爲乾隆時優伶。

小櫻官，清高宗時杭紳某公家之聲伎，艷菊班中之青衣旦，東南第一名腳色也。某公寵之甚，非上客不出奏，餘則惟名士及得意門生至，始許捧觴。有吳中玉鱂生者，以驚才絕艷受知，公嘗以比小櫻官，謂平生二愛，築玉櫻仙館，刻篆章曰"二愛老人"。以故玉鱂生至，必令小櫻官獻藝，舞衫歌扇，詩酒流連。玉鱂生曾有詞咏之，調寄《百媚娘》云："歌罷秋波微溜，媚態低垂鸞袖。善病工愁摹寫透，越顯龐兒消瘦。細蹴蓮鉤氍上走，腰嫋風前柳。　　稱體舞衫金繡，一笑嫣然回首。燕掠鶯梭簫管奏，記曲自拈紅豆。婉轉珠喉簧乍灸，淺笑輕顰逗。"見毗陵許指嚴《南巡秘記》。

詞　話

石獅頭兒 撰

　　載於《同聲月刊》一九四一年第一卷第三期。作者署名石獅頭兒，生平不詳，從文章内容看，其人應爲汪精衛之友人或下屬。石獅頭兒《詞話》共二則，其一録汪精衛論文廷式、朱祖謀詞學淵源語，其二録汪精衛賞析文廷式《金縷曲》評語。

　　某夕，在汪精衛先生寓晚膳，談及近人所爲詞。先生云："《雲起軒詞》，人人知爲學蘇辛，而不知其沉博絶麗，非深於夢窗者不能也。彊邨詞，人人知爲學夢窗，而不知其灝氣流轉，非深於東坡者不能也。"余聞之，憬然有悟。
　　《雲起軒詞》，有《金縷曲》一首。"別擬《西洲曲》"云云，讀者每不得其解。先生曰："此爲珍、瑾二妃作也。'一霎長門辭翠輦，怨君王、已失苕華玉'云云，辭意顯然。《竹書紀年》：'癸命扁伐山民，山民女子傑二人，曰琬曰琰，后愛二女，斲其名於苕華之玉，苕是琬，華是琰也。'以此喻珍、瑾二妃，其工整蔑以加矣。至所云'看對對文鴛浴'，則刺西太后也。楊鐵崖詩：'六郎酣戰明空笑，對對鴛鴦浴錦波。'以武則天喻西太后，其工整亦蔑以加。"余聞之，始知同一讀《雲起軒》，而心領神會之相去，有如是者，益知此後讀書之不可不虛心矣，乃拜識之。

懷人詞話

子　文　撰

　　載於《中央周刊》一九四二年第四卷第四十七期十三至十四頁。作者子文，生平不詳。在《中央周刊》發表有《懷人詞話》《白居易小詩》《文字的辯證》《文章尺度答案》《戰時生活一瞥》等文章。《懷人詞話》主要抄錄唐宋詞人懷人思想詞作。其內容雖並不深刻，却可從中窺見時人在混亂時代中，從傳統詞作汲取精神力量的共同心理，正如作者所云：＂許多人骨肉流離，爲相思、鄉思和離愁所苦，讀了這些絶妙好詞，或者胸襟可爲之一抒＂。

　　詞是情感的產物。情感的種類雖多，而表現在詞中，多半是惜別、傷春、懷人等數種。今年端午節閒居旅邸，真所謂＂獨在異鄉爲異客，每逢佳節倍思親＂，遙想老父妻兒天各一方，不勝暮雲春樹之感。因取唐宋詞集朗誦消遣，並取其中有關懷人各詞鈔登在《中周》。在這干戈遍地的時候，《中周》讀者一定有許多人骨肉流離，爲相思、鄉思和離愁所苦，讀了這些絶妙好詞，或者胸襟可爲之一抒。

　　在許多懷人詞中，我最喜歡溫庭筠的《憶江南》：＂梳洗罷，獨倚望江樓；過盡千帆皆不是，斜暉脈脈水悠悠，腸斷白蘋洲。＂

　　顧敻的《訴衷情》也很好，我特別賞識最後兩句：＂永夜拋人何處去？絶來音。香閣掩，眉斂月將沉。爭忍不相尋？怨孤衾。換我心，爲你心，始知相憶深。＂

馮延巳的《蝶戀花》(一説爲歐陽修所作)寫情□□□:"幾日行雲何處去？忘却歸來，不道春將暮。百草千花寒食路，香車繫在誰家樹？　淚眼倚樓頻獨語。雙燕來時，陌上相逢否？撩亂春愁如柳絮，依依夢裏無尋處。"馮延巳還有一首好詞:"春日宴。綠酒一杯歌一遍，再拜陳三願:一願郎君千歲，二願妾身常健。三願如同梁上燕，歲歲長相見。"

少時讀詞，最先是讀李後主的。其中兩闋到現在還背得上來。一是《相見歡》:"無言獨上西樓，月如鉤。寂寞梧桐深院鎖清秋。剪不斷，理還亂，是離愁。別是一般滋味在心頭。"另一首是《清平樂》:"別來春半，觸目柔腸斷。砌下落梅如雪亂，拂了一身還滿。雁來音信無憑，路遙歸夢難成。離恨恰如春草，更行更遠還生。"古人説"詩窮後工"，我説詞尤其如此。李後主以萬乘之尊，降爲臣虜，可謂窮矣，所以觸景生情，寫出來特別深刻。

范文正公允文允武，詞也寫的很好。我最愛他的《御街行》(秋月懷舊):"紛紛墜葉飄香砌，夜寂静、寒聲碎。真珠簾捲玉樓空，天淡銀河垂地。年年今夜，月華如練，長是人千里。　愁腸已斷無由醉，酒未到、先成淚。殘燈明滅枕頭敧，諳盡孤眠滋味。都來此事，眉間心上，無計相回避。"(按:"都來"解作"算來"，因此字宜平，故用"都"字。)

歐陽修的詞，以婉麗勝。好詞美不勝收，這裏祇鈔他的《蝶戀花》:"庭院深深深幾許，楊柳堆煙，簾幕無重數。玉勒雕鞍游冶處，樓高不見章臺路。　雨横風狂三月暮，門掩黄昏，無計留春住。淚眼問花花不語，亂紅飛過秋千去。"

與歐公齊名的詞人，首推蘇東坡。他的《水調歌頭》(中秋懷子由)，國文教科書有收作教材的，想讀者中必有好多人早已熟讀成誦。我特別愛他最後五句:"明月幾時有？把酒問青天。不知天上宮闕，今夕是何年。我欲乘風歸去，又恐瓊樓玉宇，高處不勝寒。起舞弄清影，何似在人間？　轉朱閣，低綺户，照無眠。不應有恨，何事長向別時圓？人有悲歡離合，月有陰晴圓缺，此事古難全。但願人長久，千里共嬋娟。"

晏殊、晏幾道父子的詞，可與温（庭筠）、韋（莊）匹敵，而小晏精力尤勝。有人説："求之兩宋詞人，實罕其匹。"實非過譽，現在介紹小晏的《阮郎歸》："舊香殘粉似當初，人情恨不如。一春猶有數行書，秋來書更疏。　　衾鳳冷，枕鴛孤，愁腸待酒舒。夢魂縱有也成虛，那堪和夢無。"因爲限於篇幅，不能多寫，且鈔兩首極有趣的小詞，以作結束，一首是唐人韓翃給柳氏的《章臺柳》；另一首是柳氏的《楊柳枝》。（一）"章臺柳，章臺柳，顏色青青今在否？縱使長條似舊垂，也應攀折他人手。"（二）"楊柳枝，芳菲節。所恨年年贈離别。一葉隨風忽報秋，縱使君來豈堪折！"

懷舊詞話

留　夷　撰

　　載於《宇宙風：乙刊》一九四一年第五十六期。留夷，生平不詳，可能即爲史學家程應鏐夫人李宗蕖。據虞雲國編著《程應鏐先生編年事輯》中"一九四〇年，二十五歲"條下轉引李宗蕖《我踏進了大學的門》："應鏐在他編輯副刊時，曾不止一次刊登過我的習作。在第一篇《晚星》發表後，他還寫了很長的讀後稱讚了它，鼓勵了我，約我繼續爲他寫稿，還送了我一箇筆名留夷。我珍視這份關心，不但後來在《陣中日報》發表《海行》時用它，連以後寫的教學小品也用它發表。"《懷舊詞話》爲作者記錄因老同學從北國來信附寄《浣溪沙》詞一闋，而回憶昔年相伴聽戲、讀詞之交誼，並由此學填和詞之始末。文章後半段記錄填詞過程和心得，以及友人讀詞之郵書燕說，種種細節，憨頑可喜。

　　《浣溪沙》："難憶當年舊燕巢，更聽隔院教吹簫，可堪凝睇記魂消。　　燈焰爆成人漫喜，夜寒歸去燕空勞，遠天風雨共今宵。"（久不作小詞，忽遠道得故人來書，示以新詞，慷慨不能自已，輒依韻和之。匆匆寫成，未遑計工拙也。）

　　我是不會作詩詞的。所謂"久不作小詩詞"，也不過是爲了行文的便利。距今十幾年前，當我十歲的時候，記得曾硬和過《紅樓夢》上的菊花詩，内容當然糟不可言，現在也已經全忘記了。這次怎麽會又冒充風雅，填起詞來了呢？小序裏稍微說到了些。四五年不見的老同學,從遙遠的北國,寄了信來,裏面就附著一闋《浣溪沙》。看了細弱的筆跡,我就又回憶起幾年前在中學裏的舊事來。當時我們同住一間宿舍,是像所謂"抵足而眠"的聯床睡著的。他是箇故家子弟,人瘦瘦的,近視而不喜歡帶眼鏡,除了去看戲以外。無事時就拿一面小鏡子放在桌上,獨坐看箇半天。他人是聰明的,胡琴、口琴、笙、簫無一不會,而且也弄得相當的好,喜歡聽戲,尤其好崑曲。當時在北方,祇有兩箇崑弋班子的。是所謂"弋陽腔",又稱"高腔",和南方的崑曲兩樣,大概是比較的多些"不羈之氣"罷。真是所謂"舊京日暮,霓羽飄零"了,看的人非常少,而且淪落到一箇大游藝場裏充數,像上海的"大世界"一般。當時我們忽然發了"思古之幽情",於是每星期六、日,相約去給他們捧場去。

我們的興致,大體上是相同的,然而也不太相同。記得他所激賞的是《金雀記》《賞畫叫畫》,而我則頗喜歡《山門》《安天會》之類。大概是小孩子脾氣未除罷,對郝振基表演的美猴王非常喜歡。至於《探莊》《夜奔》,我是喜歡的,他是唯唯否否的看。還有一齣大家都讚成的,就是陶顯庭的《彈詞》。陶君表演那位窮老的李龜年,在"正是江南好風景"的"落花時節",高歌天寶遺事,一曲方終,似乎真能有使人淚下之力。我們都拿了一本《綴白裘》坐在池子裏細聽,前面放了兩碗清茶,儼然有"遺少"之慨。現在想來不免是有些可笑的了。

他似乎有著深深的懷鄉病。開學後總託故請一兩星期的假,而每逢有短期的假日,七天,或即使是三天,他也馬上整裝回去。在學校內總是"抑鬱寡歡",冷落的寂寞着。我們是很接近的。成了每天日課的,是晚飯後的散步,到學校西邊遠遠的一箇河堤上去。雖然教我們的何其芳先生説過這是一條"臭河",然而我們却深愛它。它的前面是一片河蕩,密密地擠滿了田田的蓮葉,幾乎沒有下船的地方了。遠遠一望無際全是水田,和那紅樓黃瓦的"南大"。夕陽下去以後,蓮蕩裏罩上一層暗綠色,這時我們就能深深地領略王靜安所激賞的李璟詞"菡萏香銷翠葉殘,西風愁起綠波間"了——也是《浣溪沙》。

等到散步同學和 Tiger(我們稱女中裏的同學的名字)們一起回去以後,我們還是坐在堤上,吹著有些"厲"起來的晚風。直等宿舍裏的自修鈴搖過了,才慢慢地走回去。這時大抵已經可以看見租界裏百貨公司樓頂的燈火了。

自然還有一點,我們是相同的,都喜歡讀《浮生六記》和舊詩詞。《浮生六記》已經很久不曾翻過了,他大概還時常在摩抄著罷。

有一次,我在星期日的晚上自修班上了以後才回宿舍來,帶來了一部初印的《四印齋所刻詞》的零種。裏邊的一本馮延巳的《陽春集》他看了非常喜歡,不僅是對那些"清言儷語"傾倒,而且還格外讚美那些刻書的字體,説是不俗。如"斷"字偏刻成"斵","啼"字刻作"嗁"字,"前"字刻作"歬"字之類。這大概也算是我們的"遺少氣"的一種。

有一天,他在箱子裏拿出一册抄本來給我看,裏面是他歷年所作的詩詞,我給他寫了箇跋語。如果現在看來,也一定是很可笑的。然而事已做過,便後悔也來不及的了。

後來一同去受軍訓,彼此在兩箇連隊裏,不大見面。偶然一次見面,看見他很露出吃苦的樣子來。自然,像他這樣的人和"老粗"混在一起,還有不吃苦的嗎?再往後就是出連隊時彼此歡喜的把晤,當時還約定下半年返校後還住同屋,不料後來我們的宿舍做了馬廄,使我斷了北歸之念。現在是已經結束了中學的生活,回想這種舊夢,大概是不會再有的了。

這次偶然的寄信,真好像是一箇突然的來臨,敲在一具已經敝舊了的琴的弦上,響出了回憶的調子。

至於這次怎麼會和起詞來了呢?原因是新近得到了兩本汲古閣刻詞的零種,《片玉》《淮海》《小山》在翻讀著,腦子裏充滿了清麗的詞句,覺得也頗是箇詞人了,於是發願來追和一首。先在一張白紙上寫好了"巢"、"簫"、"銷"、"勞"、"宵"幾箇韻腳,順序填下去。第一句倒還不曾費多少工夫,第二句就不行了。不用説隔鄰是沒有人在教吹簫的,祇是常聽見一位女士在嗚嗚的唱著外國歌,真是"如怨如慕,如泣如訴",大有洞簫之意。實在是出乎意料之外的事情，所以把它寫進詞裏去。

至於第三句，好像是説在那裏發癡作什麽綺夢，就更是不行了。原來作詩填詞都有一種秘寳，就是"類腋"或"詩韻集成"之類的參攷書。一翻"銷"字，那駢詞就源源不絕，有一兩行到數十行之多。順次看下去選了適當的填進去，就大功告成。可惜手頭無書，而記得起的偏是"銷魂"這一箇詞，衹好硬用進去。回想自幼受了聖經賢傳的教誨，唯一的"好處"是養成了箇拘謹而不能交際的性子。至今似乎還沒有值得銷魂的業績，所以這句詞其實是不確的。

底下就遇到難題了。原來是一聯對句。余生也晚，自小沒有受過對對子的訓練，所以實在覺得有些難。衹好先有"勞"字想起，想出下面的一句。然後再用喜對勞，漫對空。而漫字上面的人字却是像算術裏的減法一樣，算出來的。因爲除了人，別的動物還不會漫喜咧。

末了的一句，也是順利地縐出來的。全詞填就總共用了一刻鐘左右的時間。第二天拿了給朋友看，他却在"燈焰爆成人漫喜"的一句旁邊，畫了密圈，表示稱讚之意。然而我填這詞是在早晨十時一刻，太陽還在半天裏。就是晚上，所填的也是五十燭光的電燈，根本沒有什麽"燈花爆喜"之類的現象。而他却偏偏欣賞者一句。嗚呼！

漚盦詞話

漚 盦 撰

　　載於《雜誌》一九四二——一九四三年第十卷第二期、第十卷第三期、第十卷第五期和第十一卷第一期，總計二十三則。作者漚盦（約一九〇五——一九四五年後），姓氏生平不詳，根據其作品内容推斷，應爲江蘇吳江人，或係文學或歷史研究者。上世紀四十年代，在《雜誌》發表有《漚盦詞話》《李後主與小周后》《談李白》等文，在《政治月刊》發表有《爲什麽紀念孔子》《詞之起源與音樂之關係》《離騷作者的商榷》，在《春秋》發表有《歷史上著名的哭》，在《新江蘇教育》發表有《歷史教學之商榷》，另在《鍛煉》發表了多篇討論書法技巧的短文。

　　《漚盦詞話》主要包括三方面的内容：一是反思修正王國維《人間詞話》之"境界説"理論。一方面，漚盦認爲，王氏標舉的"無我之境"實際並不存在。"物境者，景也；心境者，情也；情景交融，則构成詞之境界"，境界即爲外在物境與内在心境的化合爲一。歷代詞人"以詞心造詞境，以詞境寫詞心，固處處著我，初無'無我之境'也"。另一方面，反對王氏"隔"與"不隔"的區分方式，提出"凡詞之融化物境、心境以寫出者，皆爲'不隔'，了無境界，僅搬弄字面以取巧者爲'隔'，'隔'與'不隔'之分野，惟在此耳"。二是倡導清雋綿麗、含蓄自然的審美旨趣。詞話開篇指出，不僅小令"要必有鮮妍之姿，而得雋永之趣，斯爲上乘"，所有詞體均當"以清麗之辭，寫纏綿之思，樂而不淫，哀而不怨，斯爲名貴"。詞之當行本色語，"多以淺顯之辭，達幽隱之情，造語貴乎曲折，則語愈轉而情愈深"。因此，"詞之厚，在意不在辭；詞之雄，在氣不在貌；詞之靈，在空不在巧;詞之淡,在脫不在易"。三是推崇煉字雕句的創作方式。作者以"綠楊樓外出鞦韆"(歐陽修《浣溪沙》)和"柳外鞦韆出畫牆"兩句爲例,提出"詞之工拙,固非爭勝於一字,而昔人於此,亦復幾費斟酌。蓋以一字之妙,足令全句生色也"。此外,詞話還涉及對詞作"戛戛獨造,不容剿襲"的強調,對詞曲界限的判定,對廋詞(隱語)的認識,對鄉邦詞人袁棠、周迦陵、葉元禮、葉小鸞和湘社詞人程子大詞作之點評輯錄等。

余年十五六,即好填詞,迄今二十餘年,自唐季歷兩宋以迄清人之詞集,靡不披覽。顧涉獵所及,未能深造,彌自愧也。今夏逭暑鄉間,晝長無俚,爰將平日與友人論詞之語,隨筆輯錄,共得百許條。按其體裁,於詞話爲近,因名之曰《漚盦詞話》。藏之行篋,未敢出以示人,會《雜誌》索稿,錄副與之,俾分期刊載,聊充篇幅。他日續有所得,當排比而並刊之。漚盦識。

一

詞莫難於小令,以其體纖弱,明珠翠羽,未足方其清麗,要必有鮮妍之姿,而得雋永之趣,斯爲上乘。如李後主《相見歡》云:"剪不斷、理還亂,是離愁。別有一番滋味在心頭。"風神高秀,千古絕唱。求之清代詞家,如彭孫遹《延露詞》,極妍秀婉媚之致。《生查子·旅夜》云:"夢好恰如真,事往翻如夢。起立悄無言,殘月生西弄。"《浣溪沙》云:"紅杏枝頭寒食雨,碧桃花外夕陽樓,千條弱柳綰春愁。"《菩薩蠻》云:"儂已不成眠,知伊更可憐。"又云:"春夢太分明。關人半日情。"《玉樓春》云:"江南無限斷腸花,枝上東風枝下雨。"又云:"人從春色去邊來,舟向夢魂來處去。"又如張砥中《洗鉛詞》,亦多綿邈飄忽之音。《卜算子·送別》云:"已到別離時,那得多言語。酒似愁濃醉不消,芳草長亭暮。　江上幾重山,都在銷魂處。但願伊心似我心,一任天涯去。"《浪淘沙》云:"春柳暮煙含,燕醉鶯酣。飄綿舞絮恨相兼,雨打風吹收不了,又上眉尖。　繫馬弄金銜,斜日厭厭。夢中歸路又誰諳。渺渺茫茫花一簇,説是江南。"《清平樂》云:"祇恐春光無賴,背人先到西溪。"《烏夜啼》云:"也知夢去還想見,無奈不成眠。"又如毛稚黃《鶯情詞》,《江城子》云:"滄海月明都換淚,還道是,不成愁。"《菩薩蠻·細雨》云:"冥蒙簾外如煙氣,積成一點花梢淚。"《更漏子·得信》云:"麝薰箋,脂抹印,一點淚痕紅暈。將拆處,更遲留,安排讀了愁。"《鳳來朝·西湖春曉》云:"覺愁來,覓愁無處。黯黯飛將去。雲曉樹,冥濛許。"皆姿致幽渺,神味綿遠,低徊吟諷,輒覺靡靡蕩魄。可謂小詞之上乘矣。

二

　　詞之工拙,固非爭勝於一字,而昔人於此,亦復幾費斟酌。蓋以一字之妙,足爲全句增色也。晁無咎評歐陽永叔《浣溪沙》"綠楊樓外出秋韆"句云:"祇一出字,自是後人道不到處。"王靜庵謂:"歐九此語,本於馮正中《上行杯》詞'柳外秋千出畫牆'。"予按王摩詰《寒食城東即事》詩有句云:"秋千競出綠楊裏。"二公之用"出"字,蓋皆本此耳。

三

　　黯然銷魂者,別而已矣。是以贈別之作,每多佳什。唐人絕句"勸君更盡一杯酒,西出陽關無故人"可謂絕唱。詞之音節宛轉,寫離別之情,尤婉於詩。柳屯田"楊柳岸,曉風殘月"之句,久已膾炙人口。至若"一番離別兩銷魂。馬上黃昏,樓上黃昏",不過造語纖巧而已。余最愛牛希濟《生查子》"春山煙欲收,天淡稀星小。殘月柳邊明,別淚臨清曉。　語已多,情未了,回首猶重道:記得綠羅裙,處處憐芳草。"情辭悱惻,令人黯然。又如白石道人《長亭怨慢》云:"漸吹盡,枝頭香絮,是處人家,綠深門户。遠浦縈回,暮帆零亂向何許?閲人多矣,誰得似長亭樹?樹若有情時,不會得青青如此!　日暮,望高城不見,祇見亂山無數。韋郎去也,怎忘得、玉環分付:第一是早早歸來,怕紅萼,無人爲主。算空有并刀,難剪離愁千縷。"語語幽咽，最爲感人深至。吾鄉（吳江）於有清三百年間，詞人輩出。其贈別之詞，如袁棠（湘湄）《南樓令》云："載月返梁溪，看潮又浙西。對殘缸，絮語依依。問了行裝問僮僕，還再四，問歸期。　落月壹簷底，鄰雞不住啼。到臨分，又勸添衣。才出中門呼小住，怕門外，曉風淒惻。"郭麐（頻伽）《洞仙歌》云："綺窗臨水，掛一重簾子。簾外垂楊畫船繫。道春風正好，催放輕橈，全不管，先把箇儂催起。　嘔啞聲未遠，轉箇彎頭，眼底居然便千里。不見一重簾，簾外垂楊，又何況，隔簾雙髻。算臨別無言忒匆匆，有曲曲溪流，是伊清源。"以淺近之語，寫纏綿之情，此境亦未易到。至若張砥中《金縷曲》云："歲月留難住。數年來、功名何物，盡成塵土。我已銀絲生雙鬢，何況秋娘眉嫵。更莫話、舊時歌舞。無限傷心言不得，解金貂、且付當爐女。歌乍闋，淚如雨。　西風歷歷傳更鼓。倩江頭、曉來鴻雁，漫催行路。十五年間天涯客，纔是歸來一度。早又向、北燕南楚。馬上濛濛寒雨下，指萬山、樹黑無人處。獨自箇，掉鞭去。"寫離情之外，別有身世之感，慷慨悲涼，又是一副筆墨矣。

四

詞稱綺語，言情之作，固所不免。惟閨襜好語，吐屬易盡。率露之多，穢褻隨之。要當以清麗之辭，寫纏綿之思，樂而不淫，哀而不怨，斯爲名貴。如高青邱《石州慢》云："落了辛夷，風雨頻催，庭院瀟灑。春來長恁，樂章懶按，酒籌慵把。辭鶯謝燕，十年夢斷青樓，情隨柳絮猶縈惹。難覓舊知音，托琴心重寫。妖冶。憶曾攜手，鬥草闌邊，買花簾下。看到轆轤低轉，秋千高打。如今甚處，縱有團扇輕衫，與誰更走章臺馬。回首暮山青，又離愁來也。"潘瀛選《大有》云："亞字牆邊，棟花風大，小樓中、簾捲入瘦。滿圓林，參差綠草誰鬥。屏山水鳥背人數，也何曾、愛單嫌偶。惱恨柳色空濛，和煙鎖，畫欄口。　燈前襟，花底咒，小鴨戀紅衾，清清坐守。好夢蓊騰，愁到醒時依舊。自謝了丁香後。受無限，蜂僻蝶億。十年事、凝想如無，閒思有。"袁湘湄《清平樂》："月斜更短，尋到深深院。約略長廊三四轉,夢近不知人遠。投懷一笑含情,頰窩兩點分明。底事朝來相見,依然脈脈生生。"趙野航《鳳凰臺上憶吹簫》云:"芍藥階前,酴醾架下,相逢一任低頭。認苔痕泥印,量徧春鉤。幾曲闌干遮斷,衣香在,人影全休。安排就,情濃似酒,緒亂如秋。　　知否。驚鴻瞥眼,除却夢魂中,怎得勾留。願化成輕燕,飛傍朱樓。日日穿簾來去,鏡臺畔,好自凝眸。癡心甚,也知天分,聊與消愁。"賦情駘蕩,含思淒迷。語淡旨深,自然名雋。憶十年前,余嘗填《洞仙歌》兩闋。其一爲《拆書》:"瑤璫小札,訝何人緘寄?落款分明李波妹。想雲箋叠了,纖手封將,松膠薄,轉抹唾痕香膩。　　中央書姓氏,四角看來,添注銀鉤幾行字:除却瘦腰郎,不許開械。畢竟是,兒女心細!更消息深防外人知,囑付與爐灰,莫留塵世。"其二爲《焚箋》云:"鸞箋一炬,悵霎時銷滅滅。空裊絲絲篆煙碧。恁煙還易散,些子無痕,祇心上,冒起愁絲重叠。迴環思錦字,掩抑含啼,麗句清辭鏤冰雪。小劫博山爐,一例寒灰。餘香在,尚堪憐惜。莫錯怨東風不多情,替片片輕吹,雙雙飛蝶。"此兩闋,尚屬辭意新穎,附錄於此,以就正於方家。

五

　　詞人大抵以貧困者居多,而其自寫窘困之境況,或強作達觀之語,則失之道學氣,或激爲悲憤之辭,則失之牢騷氣,或搬運典故,如"牛衣對泣"云云,則滿紙陳言,更是俗筆。昔人謂歡娛之詞難工,余謂貧苦之詞,亦復不易著筆,以其造語貴乎親切,而意境又須超曠也。近閱鄧廷楨《雙研齋詞》,有《贖裘》一首,意態橫生,令人擊節。調寄《賣陂塘》云:"悔殘春、爐邊買醉,豪情脫與將去。雲煙過眼尋常事,怎奈天寒歲暮。寒且住。待積取、叉頭還爾綈袍故。喜餘又怒。悵子母頻權,皮毛細相,斗擻已微蛀。　　銅斗熨,皺似春波無數。酒痕襟上猶涴,歸來未負三年約,死死生生漫訴。凝睇處。嘆毳幕氊廬、久把文姬誤。花風幾度。怕白袷新翻,青蚨欲化,重賦贈行句。"

(以上見《雜誌》第 10 卷第 2 期)

六

近代湘社詞人，易中實、叔由昆季，與王夢湘、陳伯弢、況夔笙、程子大齊名，稱湘中後六子。中實尤推重子大，謂"子大閎識孤抱，用能別吾湘詞派而定一尊"。夔笙亦稱子大所著《美人長壽庵詞》，"於宋人近清真、白石，其緻密綿麗之作，又似夢窗。於清代近朱錫鬯，《載酒》《琴趣》兩集勝處，兼而有之。清而不枯，艷而有骨。"同時湘社外之詞人，亦盛稱子大。王幼霞謂"其詞清麗綿至，取徑白石、夢窗、清真，而直入溫、韋"。譚仲修謂"湘社詞人，齊驅掉鞅。子大芳蘭竟體，騷雅芳菲"。然予觀子大綿麗之作，大抵氣體脆弱，運思纖巧。其佳句如"月明昨夜倚闌干，祇是更無人與説春寒"，"眉痕鎖夢太無情，恨煞一簾煙雨不分明"。(《虞美人》)"記取折枝花樣畫羅裙"，"記取裙邊書小字，詩瘦也，比儂家，瘦幾分"。(《江城梅花引》)"春夢剩些些，柳角簾遮。小桃花落謝娘家，溜却玉釵渾不管，愛殫雙鴉。"(《浪淘沙》)"此身願化作花箋，叠徧香閨指印玉纖纖。"(《虞美人》)"紅茜衫子不禁寒，生怕月兒移過小闌干。(前調)"魂向夕陽銷盡，淡煙流水孤村。"(《清平樂》)"憑闌花第一，扶柳月初三。"(《臨江仙》)夔笙以爲得清真神髓，余謂特特拾浙派詞人之牙慧耳。顧獨愛其引《徵招》《西河》諸闋，氣格蒼秀，魄力沈雄，戛戛獨造，不愧大家手筆。《徵招·贈沈伯華》云："狐奴磧外秋聲送，桑乾一條河水。落日共登臺，黯幽州千里。飄蓬吾與爾，怨闉柳、祇催徵騎。雁外天低，蛩邊人瘦，馬嘶愁起。　擊筑少年場，今何似、人海兩鷗而已。自古帝王州，祇消磨才子。勸君須醉耳。況有簡、雙鬟能倚。聽今夜、畫角吹寒，變一天霜氣。"《西河》諸闋，以其所佔篇幅太多，不復徵引。

七

吳真周迦陵先生，古今體詩，規撫蘇黃，卓然大家。近年以其餘力，習倚聲之學，著有《匏庵詞》《信芳詞》各一卷。小令啼香怨粉，怯月淒花，不減南唐風格。慢詞俯仰悲歌，雄渾蒼茫，有傲睨一世之槪。茲錄其小詞《浣溪沙》四闋云；"憶昔妝臺燭乍停，代收鸞鏡索調箏，定情還把守宮盟。　促坐渾忘更漏盡，擁衾不覺曉窗明，驚殘好夢是鶯聲。""殘夢惺忪被未溫，倚牀聊把藥籠薰，落紅偏又點重茵。　壓帳簾鈎纖似月，窺窗花影淡於人，最難排遣是黃昏。""涼月如丸冷照時，花陰沈寂漏聲遲，劇憐無處寄相思。紈扇情歌金絡索，瑤琴愁按玉參差，強燒紅燭寫烏絲。""徙倚雕闌強自持，落花飛絮數歸期，爲郎瘦損小腰肢。　望斷青山空有約，拋殘紅豆不成詩，一春心事訴誰知。"又《浪淘沙》四闋，《叙》云："僕本畸人，生逢濁世。啼花怨鳥，空興淪落之思；依翠偎紅，易醒繁華之夢。織盡機中之錦，祇剩箋愁；題殘漢上之襟，獨工寫恨。流虹艷覯，還期緣結三生；秀水風懷，早已情忘兩廡。流風未沫，遭遇斯同。爰借俳詞，聊存影事。豪情逸興，都流浪於金迷紙醉之間；俯唱遙吟，極纏綿於燈炧酒闌之後。大雅君子，幸恕清狂；幼婦外孫，還祈賞析。"詞云："檐際雨颶颶，笛按梁州。江南回首又清秋。悽絕曲終人不見，無限離愁。　往事記從頭，同倚高樓。月斜燈施話綢繆。欲向羅幃尋舊夢，夢也難留。""咫尺泰娘橋，新築香巢。荼蘼花下醉葡萄。蝶夢惺忪鶯語澀，真箇魂銷。　雲漢碧迢迢，風急天高。無情雨打可憐宵。冰雹銀牀愁不寐，數盡更譙。""閒泛木蘭艘，十里橫塘。雨絲風片促歸裝。載得畫中人去也，妬煞鴛鴦。　好事最難長，轉眼淒涼。煙波橋畔倦尋芳。綠意紅情收拾起，付與斜陽。""春夢正朦朧，意密情濃。箇中消息却愁儂。六曲銀屏遮不住，燭影搖紅。　人去杳無蹤，鸞鏡塵封。妝臺餶復繡芙蓉。欲寄相思何處是，雲樹千重。"

八

王靜安論詞，標舉境界。所著《人間詞話》，謂："有境界則自成高格，自有名句。五代北宋之詞所以獨絕者在此。而境界非獨謂景物也。喜怒哀樂，亦人心中之一境界。故能寫真景物，真感情者，謂之有境界，否則謂之無境界。"余謂詞人觸景生情，感物造端；亦復融情入景，比物連類；故外界之物境與其內在之心境，常化合爲一。當其寫物境也，往往以情感之滲入，而鎔鑄爲主觀之意境，非復客觀之物境。當其寫心境也，往往借景色之映托，而寄寓於外界之物境，非復純粹之心境。是故能寫真景物者，無不有"真性情"流露其間；能寫"真性情"者，亦無不有"真景物"渲染於外。心物一境，内外無間，超乎跡象，而入乎自然化境。自然化境者，詞中最高之境界。

物境者，景也；心境者，情也；情景交融，則構成詞之境界。故情以景幽，單情則露；景以情妍，獨景則滯。譬若體态之與衣裳，膚貌之與粉黛，互相映發，百媚斯生。是以善言情者，多寄寓于景；善寫景者，多融入于情。如："玉樓明月長相憶，柳絲婀娜春無力。"（溫飛卿《菩薩蠻》）"花落子規啼，綠窗殘夢迷。"（同上）"春水碧於天，畫船聽雨眠。"（韋莊《菩薩蠻》）"樓前綠暗分攜路，一絲柳、一寸柔情。料峭春寒中酒，交加曉夢啼鶯。""黃蜂頻撲秋千索，有當時，纖手香凝。"（吳文英《風入松》）"情如水，小樓薰被，春夢笙歌裏。"（吳文英《點絳唇》）"驚起半牀幽夢，小窗淡月啼鴉。"（劉小山《清平樂》）"試問閒愁都幾許，一川煙草，滿城風絮，梅子黃時雨。"（賀鑄《青玉案》）此皆託景以寫情者也。如："小窗斜日到芭蕉，半杯斜月疏燈後。"（無名氏《玉樓春》）賀裳《詞荃》謂其寫迷離之況，止須述景，不言愁而愁自見。"燕子漸歸春悄，簾幕垂清曉。"（韓持國《胡擣練令》）況蕙笙謂此中有人，如隔蓬山。但寫境而情在其中。又如："黃葉無風自落，秋雲不雨常陰。"（孫洙《河滿子》）"月孤明，風又起，杏花稀。"（溫飛卿《酒泉子》）"江上柳如煙，雁飛殘月天。"（溫飛卿《菩薩蠻》）皆"淡遠取神，祇描取景物，而神致自在言外。"（借用蕙笙語）此融情以入景者也。

九

詩人比物連類，寄託遙深，詞人亦然。余最愛玉田句："楊花點點是春心，替風前，萬花吹淚。"（《西子妝慢》）"恨西風，不庇寒蟬，便掃盡，一林殘葉。"（《長庭怨·舊居有感》）一寫春色，一寫秋景，淡淡著筆，而感慨無窮，殊耐人玩味。又如賀方回（鑄）《踏莎行》咏荷花;"斷無蜂蝶慕幽香,紅衣脫盡芳心苦。"下云:"當年不肯嫁東風,無端却被秋風誤。"辭旨哀怨,含蓄不盡,自是騷雅遺音。

唐人詩:"曲終人不見,江上數峰青。"善寫悵惘之情。司馬溫公《西江月》"笙歌散後酒微醒,深院月明人靜。"更覺悵惘難堪。較之柳屯田"今宵酒醒何處?楊柳岸,曉風殘月"有過之無不及。故沈義父《樂府指謎》謂"以景結情最好"。余亦謂"善言情者多寄寓於景"也。

十一

詞家有當行,多用本色語。如清真"最苦今宵,夢魂不道伊行"。"天便教人,霎時廝見何妨。""許多煩惱,衹爲當時,一晌留情。""多少暗愁密意,惟有天知。""伴今生,對花對酒,爲伊淚落。"雖屬當行家語,爲後世詞人所推崇,然余終病其率直,殊無意味。所謂"單情則露"也。本色語之動人者,多以淺顯之辭,達幽隱之情;造語貴乎曲折,則語愈轉而情愈深。如蕭淑蘭《菩薩蠻》:"去也不教知,怕人留戀伊。"孫夫人《風中柳》:"別離情緒,待歸來都告;怕傷郎,又還休道。"孫光憲《謁金門》:"留不得,留得也應無益。"宋徽宗《燕山亭》:"天涯地遠,萬水千山,知他故宫何處。怎不思量,除夢裏,有時曾去。無據。和夢也,新來不做。"此外不可多得,蓋質勝文之難也。

(以上見《雜誌》第 10 卷第 3 期)

十二

静安於境界中,分有我之境與無我之境。謂:"'淚眼問花花不語,亂紅飛過秋千去','可堪孤館閉春寒,杜鵑聲裏斜陽暮',有我之境也。'采菊東籬下,悠然見南山','寒波澹澹起,白鳥悠悠下',無我之境也。有我之境,以我觀物,故物皆著我之色彩。無我之境,以物觀物,故不知何者爲我,何者爲物。"余謂詞人物境、心境,化合爲一，而自成詞境，在此境之中，處處著我，斷無"無我之境"。"淚眼問花花不語，亂紅飛過秋千去"，"可堪孤館閉春寒，杜鵑聲裏斜陽暮"，藉物境以寫心境，固爲"有我之境"。至若"采菊東籬下，悠然見南山"，"寒波澹澹起，白鳥悠悠下"，此乃融心境於物境，初非"以物觀物"之謂。必有超脫之心境，斯得超脫之物境。此物境者，固爲我之心境之象徵，而妙合於自然化境，安得遂謂之"無我之境"？詞人自有詞心，以詞心造詞境，以詞境寫詞心，固處處著我，初無"無我之境"也。

馮延巳《謁金門》："風乍起，吹皺一池春水。"唐中主李璟戲問延巳曰："吹皺一池水，干卿何事？"似可謂"無我之境"矣。顧此非"以物觀物"而專寫物境也，寫物即寫我，寫物境即寫心境，融心境於物境之中，而入乎自然化境，其高妙在此。蓋我心之未接於物，寂然不動，正若一池平靜之春水；忽爲外物所感，則情緒繚亂，有不能自禁者矣。"風乍起，吹皺一池春水"，正此種心境之象徵，固亦一"有我之境"也。至若范石湖《眼兒媚》下半闋"春慵恰似春塘水，一片縠紋愁。溶溶洩洩，東風無力，欲皺還休。"雖其思路與延巳相似，而點明"春慵"，又著"恰似"兩字，以示取譬於物境，辭意固較明顯，終不若延巳融心物於一境之爲高妙耳。

詞人寫心境而取譬於物者，多屬名句。如李後主《相見歡》"自是人生長似水長東"，《虞美人》"問君能有幾多愁？恰似一江春水向東流"，《清平樂》"離恨恰如春草，更行更遠還生"等句，皆是也。

十三

靜安辯詞境，又有"隔"、"不隔"之別。謂："白石寫景之作，如'二十四橋仍在，波心蕩、冷月無聲'、'數峰清苦，商略黃昏雨'、'高樹晚蟬，說西風消息'，雖格韻高絕，然如霧裏看花，終隔一層……如歐陽公《少年游·咏春草》上半闋云：'闌干十二獨凭春，晴碧遠連雲，二月三月，千里萬里，行色苦愁人。'語語都在目前，便是不隔。至云'謝家池上，江淹浦畔'，則隔矣……白石'酒祓清愁，花銷英氣'，則隔矣。"余謂凡詞之融化物境、心境以寫出之者，皆爲"不隔"。了無境界,僅搬弄字面以取巧者爲"隔"。"隔"與"不隔"之分野,惟在此耳。"謝家池上,江淹浦畔","酒祓清愁,花銷英氣",此數句皆僅在字面上搬弄取巧,謂之"隔"也,宜矣。至若白石《揚州慢》下半闋,乃感懷杜牧而作。杜牧詩云:"二十四橋明月夜,玉人何處教吹簫?"今白石之過揚州也(按白石於淳熙丙申至日過揚州),昔時之簫聲,早已絕響,而美人名士,亦俱歸黃土,惟橋與月尚如故耳!故有"二十四橋仍在,波心蕩,冷月無聲"之句,不可謂非"語語都在目前",而含思淒惋,有絃外之音,真可謂千古絕唱。靜安僅以寫景視之,自難領悟。其於白石之詞境,殆亦如"霧裏看花,終隔一層"歟。靜安嘗推崇南唐中主詞"菡萏香銷翠葉殘,西風愁起綠波間",謂"大有衆芳蕪穢,美人遲暮之感"。然則白石"數峰清苦,商略黃昏雨","高樹晚蟬,說西風消息"融心境於物境中,其遲暮之感,沈鬱之致,更是淒然欲絕,隔於何有?乃靜安獨賞南唐,貽譏白石,"故知解人,正不易得"(即用靜安語)。

十四

唐人詩"江頭數盡南來雁,不寄西風一幅書",描摹入神,自是好詩。蓋當其"數雁"時,在每隻雁上,含有幾多熱望。誰知數盡來雁,而終不得一二幅之書,又是幾多失望。凡此神情,悉流露於寥寥十四字中,此其所以能動人也。張武子《西江月》過拍:"殷雲度雨井桐凋,雁雁無書又到。"襲取其意,而神情俱失。以視玉田"寫不成書,祇寄得相思一點",含思綿邈,超神入化,不著刻鏤痕迹,於此可悟詞筆之高下。

十五

好詞要有境界,要以我之詞心寫我之詞境,貴乎戞戞獨造,不容剿襲。清真融詩以入詞,昔人譏其"頗偷古句",原非上乘。後之詞人,拾人牙慧,往往翻詞句以入詞。如徐山民《阮郎歸》:"妾心移得在君心,方知人恨深。"乃脫胎於顧敻《訴衷情》:"換我心,爲你心,始知相憶深!"聶勝瓊《鷓鴣天》:"枕前淚共階前雨,隔箇窗兒滴到明。"乃襲取溫飛卿《更漏子》"梧桐樹,三更雨,不道離情正苦。一葉葉,一聲聲,空階滴到明。"王士禎《花草蒙拾》亦謂:"俞仲茅小詞云'輪到相思沒處辭,眉間露一絲',語本李易安之'纔下眉頭,却上心頭',其前更有范希文'都來此事,眉間心上,無計相迴避',李語特工耳。"他如蘇東坡《卜算子》:"纔始送春歸,又送君歸去。若到江東趕上春,千萬和春住。"黃山《清平樂》:"春歸何處？寂寞無行路。若有人知春去處,喚取歸來同住。"王碧山勦襲其意,加以變化,譜入慢詞:"怕此際春歸,也過吳中路。君行到處,便快折湖邊,千條翠柳,爲我繫春住。"祇是拾取昔人舌尖上幾句聰明語,愈刻畫,愈纖巧,愈變化,愈薄弱。要知,詞固有詞境,有詞心,以我之詞心,造我之詞境。譬若釀秫爲酒,繅繭爲絲,有其本源。若以他人已釀之酒,已被之絲,而再釀之,再繅之,宜其所成者,質薄而味淡矣。傾閱《蕙風詞話》,載陳夢弼《鷓鴣天》詞:"指剝春蔥去採蘋。衣絲秋藕不沾塵。眼波明處偏宜笑,眉黛愁來也解顰。 巫峽路,憶行雲。幾番曾夢曲江春,相逢細把銀缸照,猶恐今宵夢似真。"歇拍係用晏叔原"今宵剩把銀缸照,猶恐相逢是夢中"句,亦套語耳。乃蕙風謂"恐夢似真,翻新入妙,不特不嫌沿襲,幾於青勝於藍",推崇過當,殆阿私之言歟。

十六

李清照《武陵春》:"聞說雙溪春尚好,也擬泛輕舟。祇恐雙溪舴艋舟,載不動,許多愁。"蔣竹山《虞美人》:"樓兒忒小不藏愁,幾度和雲飛去覓歸舟。"詞筆清雋可喜,開後世纖巧一路。

十七

南朝艷曲,好使詞猶隱語。如《子夜歌》:"霧露隱芙蓉,見蓮不分明。""蓮"隱含"憐"意,"芙蓉"隱含"夫容"——夫君之容貌之意。《子夜歌》:"始欲識郎時,兩心望如一。理絲入殘機,何悟不成匹。""絲"隱含相思之意,"匹"隱含"匹偶"之意。又如《丹陽孟珠歌》:"適聞梅作花,花落已成子。"其中"梅"字,隱含"媒"意。《華山畿》:

"將懊惱,石闕晝夜題,碑淚常不燥。"其中"題"字隱含含"啼"意,"碑"字隱含"悲"意。大率取其諧聲,含情隱約,較風騷比興之旨,尤爲宛轉,耐人尋味。唐人作絶句,兼有承其遺風者。如"東邊日出西邊雨,道是無晴還有晴"。"晴"、"情"諧聲,亦庾詞也。詞之小令,本以婉麗勝,而《金荃》《香奩》《花間》《樽前》,絶少庾詞。惟牛希濟《生查子》云:"新月曲如眉,未有團圓意。紅豆不堪看,滿眼相思淚。終日劈桃穰,人在心兒裏。(桃穰中有桃仁,"仁"、"人"諧聲)兩耳隔牆花,早晚成連理。"通篇連類屬辭,含思婉約,兼比興之長,極庾詞之妙。蓋吾國文字多諧聲,聲既相諧,義亦雙關,遂成庾詞。此實爲吾國文學上獨擅之絶技,彼異域之士,以衍音成文者,不特無由獲此技巧,抑亦未易領悟其妙趣也。

(以上見《雜誌》第 10 卷第 5 期)

詞之淡,在脫不在易。所謂脫者,天然好語,脫口而出。昔人云:"文章本天成,妙手偶得之。"又云:"得來容易却艱辛。"近代蕙風詞人更下一轉語云:"自然從追逐中來。"初非率易之謂也。丁飛濤曰:"月是何色? 水是何味? 芝蘭之香何香? 水煙山霧之氣何氣? 其間皆有自然化境。"此我之所謂詞之淡也。而此自然化境,惟妙手偶得之耳。余於飛卿詞,最愛其《更漏子》二闋(詞見前節),以其語彌淡而情彌苦。他如韋莊《女冠子》:"不知魂已斷,空有夢相隨。除却天邊月,沒人知。"李後主《相見歡》:"剪不斷,理還亂,是離愁。別有一番滋味在心頭。"皆姿致幽渺,神味綿遠,不假粉飾,自然入妙。又如張星耀(砥中)《洗鉛詞》《烏夜啼》:"也知夢去還相見,無奈不成眠。"彭孫遹(羑門)《延露詞》《菩薩蠻》:"春夢太分明,關人半日情。"陳玉瑾(賡明)《耕煙詞》:"夢裏和愁,愁時如夢,情似越梅酸。"(詞牌不復記憶)郭麐(頻伽)《浮眉詞》《賣花聲》:"夾衣初換又添錦,祇是別來珍重意,不爲春寒。"袁棠(湘湄)《濃睡詞》《阮郎歸》:"歸期已近怕書來,書來未擬回。"許肇篪(塽友)《蝶戀花》:"喚到侍兒何處使? 秋韆架外尋梅子。"皆著墨無多,尋味不盡,亦異乎穠艶爲佳者矣。

詞之厚,在意不在辭;詞之雄,在氣不在貌;詞之靈,在空不在巧；詞之淡，在脫不在易。

有沈雄之氣魄，乃能有雄健之筆力；有雄健之筆力，乃能寫蘇、辛一派豪放之詞。蓋詞之豪放，由於才氣之橫溢，初不斤斤於字句間也。清初陳維崧迦陵詞，氣魄絕大，骨力絕遒，幾可突過蘇、辛。其《醉落魄》咏鷹云："寒山幾堵，風低削碎中原路，秋空一碧無今古。醉袒貂裘，略記尋呼處。　男兒身手和誰賭，老來猛氣還軒舉。人間多少閒狐兔，月黑沙黃。此際偏思汝。"是何等懷抱。有此懷抱，出語自豪。余嘗塡《臨江仙》，歇拍云："一丸涼月照人間，老狐啼破冢，靈鬼嘯空山。"雖無多大魄力，自謂尚有意境。

顧貞觀華峰營救吳兆騫一事，詞家記載綦詳，其《金縷曲》一闋，膾炙人口。所著《彈指詞》，自謂"不落宋人圈襀，可信必傳"。曹溶（秋嶽）評其詞"有凌雲駕虹之勢，無鏤冰剪綵之痕"。余最愛其《青玉案》："天然一幀荊關畫，誰打稿，斜陽下？歷歷水殘山剩也。亂鴉千點，落鴻孤煙，中有漁樵話。　登臨我亦悲秋者，向蔓草平原淚盈把。自古有情終不化。青娥塚上，東風野火，燒出鴛鴦瓦。"又《夜行船·登鬱孤臺》云："爲問鬱然孤峙者，有誰來，雪天月夜？五嶺南橫，七閩東距，終古江山如畫。　百感茫茫交集也。憺忘歸，夕陽西掛。爾許雄心，無端客淚，一十八灘流下。"以飛揚跋扈之氣，寫嶔崎歷落之思，如渴驥奔泉，怒猊下阪，其品格當在東坡、稼軒之間。

十九

自袁綯謂："東坡詞當令關西大漢，執鐵綽板，唱'大江東去'；屯田詞可令十七八女郎，按紅牙拍，歌'楊柳岸，曉風殘月'。"後人奉爲美談，遂論詞派有婉約與豪放之分，此僅辨別其粗枝大葉耳。昔吾邑（吳江），郭麐頻伽與金匱楊伯夔仿司空表聖《詩品》之例，撰《詞品》各十二則，辨別極爲精細。茲摘錄其精華於左。頻伽《詞品》：

幽秀　　時逢疏花，娟若處子；嫣然一笑，目成而已。

高超　　即之愈遠，尋之無蹤；孤鶴獨唳，其聲清雄。

雄放	海潮東來，氣吞江湖；快馬斫陣，登高一呼。
清脆	芭蕉襄雨，芙蓉拒霜；如秋之氣，如冰之光。
神韻	明月未上，美人來遲；却扇一顧，群妍皆媸。
感慨	鉛水迸淚，鵾雞裂絃；如有萬古，入其肺肝。
奇麗	鮫人織綃，海水不波；淒然掩泣，散爲明珠。
含蓄	陽春在中，萬象皆動；一花未開，衆綠入夢。
逋峭	清霜警秋，微月白夜；其上孤峰，流水在下。
穠艷	雜組成錦，萬花蕊春；異彩初結，名香始薰。
名雋	名士揮麈，羽人禮壇；微聞一語，氣如幽蘭。

伯夔《詞品》：

輕逸	天風徐來，一葉獨飛；千里飄忽，鶴翅不肥。
綿邈	秋水樓臺，澹不可畫；時逢幽人，載歌其下。
獨造	洞庭隱鱗，蒼梧逸猿；元氣紛變，創斯奇觀。
淒緊	松篁幽語，獨客泛琴；落花辭枝，淒入燕心。
微婉	美人何許，短琴潛弄；捲簾綠陰，微雨思夢。
閒雅	茶煙畫清，鷟藤一枝；秋老茆屋，檐蟲掛絲。
高寒	俯視苔石，行歌長松；千葉萬吹，凜然噓冬。
澄淡	鷺鷥立雨，浪花一肩；采采白蘋，江南曉煙。
疏俊	卓卓野鶴，超超出群；田家敗蘿，幽蘭逾芬。
孤瘦	空山冱寒，老梅古愁；遙指木末，一僧一樓。
精鍊	鉢心搯胃，韜神斂光；水爲沈流，星無散芒。
靈活	荷露入握，菊香到瓶；四無人語，佛閣一鈴。

其所標詞品，雖間有指功力者，如"獨造"、"精練"，而大抵皆屬意境。要之，跡象可求，意境難辨。就詞之跡象言，則婉約與豪放之分，亦可得其大較。而就詞之意境言，則頻伽、伯夔之所標舉者，差可奄有衆妙。惟其間剖析微茫，可意會而不可言傳耳。

二〇

《西廂》："繫春心，情短柳絲長；隔花陰，人遠天涯近。"在曲中，非當行出色之語，蓋北曲專重白描，不尚辭藻。若以此兩句作詞看，却是絕妙好詞。

二一

吾邑詞人，在郭麐以前卓然名家者，如女作家葉小鸞及葉元禮（舒崇）、徐釚（電發），其最著者也。元禮豐神雋逸，不減衛玠。其風流韻事，播於藝林，傳爲佳話。朱彝尊（竹垞）《慶春澤》一闋即爲元禮而作。元禮少時，嘗隨其兄學山（舒胤）過流虹橋（在今吳江城西門外）。有女子在樓上見而慕之，問其母曰："有與葉九秀才偕行者，何人也？"母漫應之曰："三郎也。"女積思成疾，將終，語母曰："得三郎一見，死無恨矣。"氣方絕，元禮適過其門，母以女臨終之言告。元禮入哭，女目始瞑。竹垞詞"橋影流虹，湖光映雪，翠簾不捲春深。一寸橫波，斷腸人在樓陰。游絲不繫羊車住，倩何人、傳語青禽？最難禁，倚遍雕闌，夢遍羅衾。　重來已是朝雲散，悵明珠佩冷，紫玉煙沈。前度桃花，依然開滿江潯。鍾情怕到相思路，盼長堤、草盡紅心。動愁吟，碧落黃泉，兩處難尋。"（見《江湖載酒集》）元禮著有《謝齋詞》，啼香怨粉，怯月淒花；清雋秀麗，一如其人。嘗客會稽，每入市，窺簾者夾道。時宋副使琬觀察越中，曰："是將'看殺衛玠'。"因招之入署讀書。（見朱彝尊《静志居詩話》）元禮既至西泠，遇雲兒於宋觀察席上，一見留情，時尚未破瓜也。雲兒居孤山別墅，密簡相邀訂終身焉。別五年，復至湖頭，則如彩雲飛散，不可蹤跡矣。元禮撫今追昔，情不自禁，援筆賦《浣溪沙》四闋（見徐釚《南州草堂詞話》）其一云："彷彿清溪似若耶，底須惆悵怨天涯，青驄繫處是儂家。　生小畫眉分細繭，近來綰髻學靈蛇，妝成不耐合歡花。"其二云："柳暖花寒懊惱時，春情脈脈倩誰知，簾纖香雨正如絲。　團就鏡臺烏鰂墨，寄來江上鯉魚詞，此身有分是相思。"其三云："潛背紅窗解佩遲，銷魂爾許月明時，羅裙消息落花知。　蝶粉蜂黃拚付與，淺顰淡笑總難知，教人何處懺情癡。"其四云："斗帳脂香夜半侵，幾番絮語夢難尋，清波一樣淚痕深。　南浦鶯花新別恨，西陵松柏舊同心，一番生受到而今。"雲兒即阿芸，元禮別有《寄阿芸》一律，可資考證。

二二

　　葉小鸞字瓊章，一字瑤期，自號煮夢子，紹袁幼女。葉氏一門風雅，其母沈宜修（宛君）有《鸝吹詞》，姊妹紈（昭齊）、小紈（蕙綢均善倚聲，而瓊章尤爲傑出。所著《疏香閣詞》，不特可冠《午夢堂集》（葉氏總集），在徐乃昌《小檀欒室彙刻閨秀百家詞》中，亦可壓卷。其《如夢令·辛未除夕》"風雨簾前初動，早又黃昏催送。明日縱然來，一歲空憐如夢。如夢。如夢。惟有一宵相共。"又《踏莎行》歇拍："無端昨夜夢春闌，絲絲小雨花爲淚。"格韻高妙，氣體秀脫，方之漱玉，無多讓焉。年十九卒，紹袁哭之慟，作《續窈聞》云：余家設香花幡幢，敦延吳門泐庵大師。問以亡女瓊章。師曰："瓊娘向係月府侍書女史，因游戲人間，故來君家，今仍歸緱山仙府。"隨爲遣使招之。少頃即至，題句云"帷風瑟瑟女歸來，萬福尊前且節哀"。二語即止，似哽咽不能成者。又作詩呈泐，有"從今別却芙蓉主，永侍猊牀沐下風"之句。云："願從大師授記，今不往仙府去矣。"師云："皈依必須受戒，授戒必先審戒。我當一一審汝。"師云："曾犯殺否？"女對云："曾犯。曾呼小玉除花虱，也遣輕紈壞蝶衣。""曾犯盜否？"女云："曾犯。不知新綠誰家樹，怪底清簫何處聲。""曾犯淫否？"女云："曾犯。晚鏡偷窺眉曲曲，春裙親繡鳥雙雙。"師又審四口惡業。"曾妄言否？"女云："曾犯。自謂前生歡喜地，詭云今坐辯才天。""曾綺語否？"女云："曾犯。團香製就夫人字，鏤雪裝成幼婦辭。""曾兩舌否？"女雲："曾犯。對月意添愁喜句，拈花評出短長謠。""曾惡口否？"女云："曾犯。生怕簾開譏燕子，爲憐花謝罵東風。"師又審意三惡業。"曾犯貪否？"女云："曾犯。經營緗帙成千軸，辛苦鶯花滿一庭。""曾犯嗔否？"女云："曾犯。怪他道蘊敲枯硯，薄彼崔徽撲玉釵。""曾犯癡否？"女云："曾犯。勉棄珠環收漢玉，戲捐粉盒葬花魂。"師云："子固一綺語罪耳。"遂予之戒，名曰"智斷"，字絕際。其事雖窈渺難信，而所引皆瓊章詩句，足見其才思之敏妙也。

二三

　　與頻伽研討倚聲之學者,曰袁棠,字湘湄。湘湄所著詞集,曰《洮瓊》,曰《濃睡》。其詞清雋綿麗,卓然名家。顧以布衣終老,無籍甚名,其詞亦遂湮沒不彰。譚復堂獻,輯《篋中詞》,始選錄之。余猶恨其表彰不力,未探秘珠。嘗屢爲摘句,以入詞話。茲更錄其《河傳》《唐多令》兩闋,皆《篋中詞》所未選者也。《河傳》云:"春曉,雨小。陰陰院宇,落紅多少。聽他雙燕呢喃。闌干,東風寒不寒?欠申微度吹蘭息,香幛揭,小玉低聲說,略從容,下簾攏,休傭,羅衣添一重。"《唐多令》題爲《白門使院桐花下作》,詞云:"濃緑結陰涼,疏花作穗長,漏苔階,點點斜陽。隔院不知誰拜月?飄一縷,水沈香。　　團扇記追涼,輕容玉色裳。倚梧桐,冷著思量。一樣黃昏人立地,多幾曲,短迴廊。"(湘湄舊藏宋帝賜周益公洮瓊硯,希世之寶也,故以名其館及詞)聞之鄉先輩陳去病云。

(以上見《雜誌》第 11 卷第 1 期)

詞　話

靖　梅

　　載於《三六九畫報》一九四二年第十五、十六、十七、十八期"風雅頌"欄目。作者靖梅，生平不詳，在《三六九畫報》另發表有《曲江池與寒窰》《慈恩寺雁塔題名》等文。該刊於第十三、十四、十五卷另連載有《詞話》，共三四期，作者署名詞客，檢視其內容，實爲《古今詞話》等前人詞話的抄撮彙編，茲不錄。

　　靖梅《詞話》選錄李煜、歐陽修、李清照、俞慶曾諸首風格纖婉穠麗的詞作，行文順序零亂，應係匆匆補白報刊，未經深思之故。

　　情是神秘而不可思議的，真情流露時，有理智思想不能遏止的，而詞人眼中一切皆多情，真情恣放寄託靈魂的絕妙好詞，足以代表一箇時代的精神。如宋歐陽文忠公《醉蓬萊》詞云："見羞容斂翠，嫩臉勻紅，素腰嫋娜。紅藥闌邊，惱不教伊過。半掩嬌羞，語聲低顫，問道有人知麽。強整羅裙，偷回波眼，佯行佯坐。　　更問假如，事還成後，亂了雲鬟，被娘猜破。我且歸家，你而今休呵。更爲娘行，有些針線，誚未曾收囉。却待更闌，庭花影下，重來則箇。"此詞娓娓寫出，都入畫境，描寫偷情的景況，宛然在目，詞人的真情恣放，流露紙上呈現一種自然天籟，是如何的令人玩味。然而情之深者，繾綣綢繆，非筆墨無以表剖其形骸者，如李後主"花明月暗籠輕霧，今宵好向郎邊去。刬襪步香階，手提金縷鞋。　　畫堂南畔見,一向偎人顫。奴爲出來難,教君恣意憐。""蓬萊院閉天臺女,畫堂晝寢人無語。拋枕翠雲光,繡衣聞異香。　潛來珠鎖動,驚覺銀屏夢。臉慢笑盈盈,相看無限情。"神情刻酷,曲盡心坎兒上的溫馨也。

李清照詞,最膾炙人口。《採桑子》云:"晚來一陣風兼雨,洗盡炎光。理罷笙簧,却對菱花淡淡妝。　絳綃縷薄冰肌瑩,雪膩酥香。笑語檀郎,今夜紗廚枕簟涼。"旖旎的情懷,體貼入微,尤以"笑語檀郎,今夜紗廚枕簟涼"句,嫵媚穠纖,道出無限風情,殊耐人尋味也。《減字木蘭花》云:"賣花擔上。買得一枝春欲放。淚染輕勻。猶帶彤霞曉露痕。　怕郎猜道。奴面不如花面好。雲鬢斜簪。徒要教郎比并看。"寫少婦的媚態,婀娜動人,俊逸清新,風緻嫣然。

歐陽文忠公《南歌子》一詞寫閨中韻事,尤勝。其詞云:"鳳髻金泥帶,龍紋玉掌梳。走來窗下笑相扶,愛道畫眉深淺入時無?　弄筆偎人久,描花試手初。等閒妨了繡功夫,笑問鴛鴦兩字怎生書?"以燦花之筆,寫琴瑟之音,繪影繪聲,令人神往矣。

清人俞慶曾女士有《醉花陰》詞云:"一抹晚霞花氣暝。琴韻書聲應。香篆鎖窗紗,下了簾櫳,小語防人聽。　月明如水人初定。郎識儂情性。笑促卸殘妝,卸了殘妝,相倚同窺鏡。"亦甚清麗可喜,閨情如許,有過於畫眉之樂者,讀之可增伉儷之情也。

碩父詞話三則

碩　父　撰

　　載於《永安月刊》一九四三至一九四四年間，分別名《頤齋詞話》《石淙閣詞話》《石床詞話》。碩父，即何嘉（一九一一——一九九〇），字之碩，號頤齋、練西詞隱，筆名沙飛、煮石，嘉定人。何嘉爲夏敬觀門生，馬公愚忘年交，午社、稊園詩社成員。少年受學于同鄉趙卓孫，畢業於中國公學大學部，曾留學日本，後歷任中國公學、江南學院、中央大學教授，又任南方大學司務長、青海省西寧市政協常委等。善詩詞，工小令，精章草，長山水，爲"西北三大名家"之一。著有《詞調溯源箋》《頤齋樂府甲乙稿》《和陽春集》《千章草堂叢話》等。陳聲聰《讀詞枝語》稱："何頤齋（之碩）爲夏映庵門人，午社中最少年，今亦垂垂老矣。有《頤齋甲乙稿》，皆毁于十年動亂之時。惟《和陽春集》一卷尚存，持來囑爲題簽，未及摘録，已寄西寧影印。謂映庵曾勸其專爲小令，蓋亦厭于近來之飣餖堆砌爲長詞者也。"又稱："其所作《鵲踏枝》諸闋中，有'雨後林塘收薄霧，落紅暗逐流波去'，'燕子飛來無一語，斜陽都送朱輪去'，'樓上有人調瑟柱，荼蘼開過紅橋去'。時仇述庵、林子有、林半櫻諸社老皆贊賞之，因有'三去詞人'之目。"

　　《頤齋詞話》載於《永安月刊》一九四三年第四八期，共七則。其内容多評述前人詞學觀點，然亦有自出機杼處。如主張學詞嚴守繩墨規矩，"微特平仄須當注意，即四聲陰陽，亦以不苟爲是"。又如提出唱詞之法非哦詩之法，應從昆曲、南詞入手探求。

　　《石淙閣詞話》載於《永安月刊》一九四三年第五二、五四期,共四則,署名"碩父"。其内容主要節録周保璋、鄭叔問、吴昌綬等人論詞零語,又論及"學詞者不可不自小令入手,學小令應以《陽春》爲矩範"等,新見較尠。

《石床詞話》載於《永安月刊》一九四四年第六十二期。該詞話主要録清王鳴盛、程序伯及己製和温庭筠《歸國謡》詞,可補詞集之疏漏。

顗齋詞話

元高安周德清(挺齋)撰《作詞十法》,謂作詞大抵先要明腔,後要識譜,審其音而作之,庶無劣調之失。周氏所舉十法,爲知韻、造語、用事、入聲作平聲、陰陽、務頭、對偶、末句、定格等是也。元人之所謂詞即今之所謂北曲,然周氏十法,亦可通之於詞也。

務頭之説,後之學者每不知其究竟,而各家之説,亦時有出入。近人任氏中敏:"學者倘一時不解何處爲詞之務頭者,但看譜中某調注明某某字必當去上、去平、上平、去上平等等不可移易者,即知是該調聲音美聽之處。填詞時若嚴守之,而文字又務求精警,務令聲文合美,則雖不悉中爲務頭之處,要亦相去不遠。"此與吴瞿安先生"每一曲中,必須有三音相連之一二語,或二音相連之一二語,即爲務頭處"之論,蓋相符也。

明陸深《溪山餘話》云:"歌詞代各不同,而聲亦易亡,今世踵襲,大抵分爲二調,曰南曲,曰北曲。胡致堂所謂綺羅香澤之態,綢繆宛轉之度,正今日之南詞也。登高望遠,舉首高歌,而逸懷浩氣,超乎塵垢之表,近於今之北詞也。"詞曲分南北之説,始於明人,蓋北音高亢,南音柔靡,地域使然,有不能强同者矣。至於宋賢詞則婉麗與豪健者并有之,在當時殊無南北之説也。

詞貴守律,前賢言之者多矣(清人詞有極不守律者)。自陽羨萬氏樹(紅友)《詞律》一書出,學詞者往往奉爲圭臬也。夫古人作詞或前後兩首，偶有不同，亦爲習見。承學之士，往往以此爲藉口，率爾亂塡，或妄自製腔調，滋可厭也。坊肆有所謂詞譜者，每於古人詞旁，亂注可平可仄，最爲誤人。微特平仄須當注意，即四聲陰陽，亦以不苟爲是。一調之中，豈無數字自以互用，然必無通篇可以隨便通融之理。學詞入手時，應嚴格自繩，他日受用不盡也。

自塡詞之説盛，而唱詞之法亡。南渡以降，樂譜亡佚，元曲大行，其音節已非。故今人而欲求唱詞之法，殊非易事。余維崑曲、南詞，多沿用宋詞調名，如《風入松》《臨江仙》《二郎神》《洞仙歌》《採桑子》……等均是，以爲必尚有宋樂遺意（譬如六十年前之鼓詞，其調沿襲至今，詞意內容，雖常有改作，而其調依舊），以此推之，殆亦相去不遠矣。

余爲探求唱詞之法，曾求教於當世諳詞學名家，而所以見授者，不過爲哦詩之法，私心不然也。乃更從南曲老樂工學，俾於崑曲之歌宋詞者以歌詞。詎知崑曲中，同一詞牌，往往唱法各異，甚至每曲之歌同一調名，亦各不相同（如《紅梨記・亭會》一折，小生所唱之《風入松》，與旦唱之《風入松》，其所吹之工調，不盡相同），因此而轉覺茫然不知所從焉。

解唱曲者，於詞學大有裨益，如《千鍾祿・八陽》一折，蓋北詞遺意也，其《傾杯玉芙蓉》"受不盡苦雨淒風帶怨長"句，曲之唱音最高亢處也，非至唱時，不知其上去聲搭配之妙，"苦雨"、"帶怨"四字若易以他字，決唱不到，亦決不能如此動人。日後塡詞時，便深知四聲之不可不講求矣。

石淙閣詞話

錢君西園，郵示鄉前輩周保璋先生《鏡湄軒長短句》。先生爲邑名諸生，澹泊自持，不慕榮利，著書自遣，意宴如也。晚歲築室清鏡堂上，因自號曰鏡湄居士。其詞不務紛華，自見真色，亦可觀其爲人也。精音韻之學，著有《聲韻雜論》等書，未刊。其論詞之音律有云："詞出於詩,詩原於三百篇。上而《卿雲》《南風》,皆已被之絃歌。《書》曰:'詩言志,歌永言,聲依永,律和聲。'觀此數言可知音律之大概也。四聲之說,於古無傳。三百篇之韻,多平仄通叶。後世一字數音者,古音多略。究未知古人有無平仄之別,其爲詩也,豈有斟句酌字以求合律者?詩成而歌之,一詩有一詩之性情,即有一詩之音節,於是以樂器和之,所謂聲依永也;協之以律,定其某韻某調,使聲之高下清濁雜而不越,所謂律和聲也;高山流水,聽其聲而可知其志,殆亦音節之出於性情者,後世詞家自度之腔,或務求悅耳,未必盡合古意,而因情生聲,尚近自然……"文長不能悉錄,夫近世詞人於四聲之說,爭辯紛呶,引古證今,莫衷一是,聞先生之言,其亦可以休乎!

《花間》一集,詞華紛茁,錯彩鏤金,所謂古蕃錦者是也。然學其字面之縟麗,不如學其情境之濃摯。陽春翁於時名輩雖較後,然語淡而意真,實開晏氏父子、歐陽、子野一脈。夫學詞者不可不自小令入手,學小令應以《陽春》爲矩範,既可免雕飾之病,咏嘆比興,亦可以知其大概焉。

(以上見《永安月刊》1943 年第 52 期)

大鶴山人與張孟劬丈書,論詞極精,可爲學詞者之藻鑒,今摘錄其言於下:"沈伯時論詞云:'讀唐詩多,故語多雅淡。'宋人有隱括唐詩之例。玉田謂:'取字當從溫、李詩中來。'今觀美成、白石諸家,嘉藻紛縟,靡不取材於飛卿,玉溪,而於長爪郎奇雋語,尤多裁製。嘗究心於此,覺玉田言不我欺。因暇熟讀長吉詩,刺其文字之驚采絕艷,一二彙錄,擇之務精,或爲妃儷,頓獲巧對。溫八叉本工倚聲,其詩中典要,與玉溪'獺祭'稍別,亦自可粹以藻咏,助我詞華。必不臆造纖靡之辭,自落輕俗之習,務使運用無一字無來歷。熟讀諸家名製,思過半矣。"夫詞者詩餘也,兩宋名家多有裁剪唐人詩句入詞者,自明人造作纖仄柔靡之辭,詞之博雅風格爲之掃地,故欲求詞境之高,詞句之典,多讀唐人詩,爲不二法門也。

仁和吳伯宛先生（昌綬），博通羣籍，爲一代名士，歿後遺作多未梓行，詞稿亦不知散佚何處。頃見其和張山荷《壽樓春》詞《有懷吳門舊燕》云：＂慚衰顏梔黃。聽鹽聲鵯外，蜜語蜂旁。猶記揉雲梨夢，膩脂膏鄉。欹寶瑟，如人長。鳳城南，秋衾宵涼。恨卸朵鬢花，凝冰淚酒，輕別踏謠娘。嗟漂泊，浮江湘。贈迴文錦字，年少疏狂。誰遣蕉抽心卷，藕連絲量。悲弱絮，懷猗桑。問空梁，燕泥存亡。誤石上三生，吳宮屧廊春草香。＂自注云：此詞不惡，但用字太多，有類《演雅》，然不忍棄也云。先生寓居吳下時，嘗數與朱漚尹侍郎相和唱，侍郎恒稱道其詞學之邃焉。

（以上《永安月刊》1943年第54期）

石床詞話

　　王西莊先生爲一代大儒，學術精邃，與錢辛楣先生齊名，所著《十七史商榷》一書，士林傳誦，爲治史學者之津梁，餘事爲詞，亦戛戛獨造。謝橋一集，余求之數年，頃得錢氏玉振堂手抄本，不禁狂喜。其中佳構頗多，難勝遍舉。茲錄其《雙雙燕·題張憶娘簪花圖》云：＂小唇秀靨，訝壓衆風流。趁時梳裏，冰綃露萼，依約鬢邊花朵。當日平康佔斷，按金縷瑤笙吹和。贏他妙手調鉛，染出翠鬟輕鎖。　　低彈，娉婷婀娜。自化彩雲歸，粉香摧挫。釵鸞箏雁，都逐亂紅飛墮。空剩霜紈塵涴，有多少留題傳播。淚濕青衫，一種傷心似我。＂其風格在東山、梅溪之間，可謂傑出當時。

　　程序伯先生廷鷺，博學不仕，以丹青寫譽，東南稱爲＂小四家＂之一。詩已刊者曰《以恬養志齋集》。所爲詞曰《紅蘅別譜》，未刊。近承錢君西園録其副相示，余愛其向湖邊清溪訪張麗華詞：＂結綺臨春，一番塵劫，付與六朝啼鳥。脂井雲荒，養長紅心草。翠輦紅梁陳跡換，薄倖黃奴，甚甘被嬋娟笑。煙月蕪城，有啼蛩淒吊。　　欲問叢祠，捲夢靈旗杳。祇小姑獨處，門外青山繞。嗚咽溪聲，算環珮歸去，正賞心亭外月初曉。休重憶，花發後庭，歌殘玉樹。落盡棠梨，暮雨行人悄。＂麗華祠在賞心亭側，比年旅食白下,訪之不可得,讀先生詞,重有慨焉。

温庭筠《歸國謠》,一作牛嶠、馮延巳製,奧衍縟麗,爲小令傑構,古今無和之者。余妄用其韻倚聲,頗爲詞壇傳頌。詞云:"茗華玉,風蹙寶鬢搖寀寀,吳綾香染紅粟,照觥雙袖緑。　萼梅半簪銀燭,踏歌蓮步促。寸波遙遞心曲,墜歡能再續。"

讀詞隨筆

林書田 撰

> 載於《公教雜志》一九四四年第四卷第二/三期。作者林書田，生平不詳。《讀詞隨筆》篇幅無多，主要强調詞的時代性。該詞話既受傳統詞學的影響，强調常州詞派所推崇的"重拙大"之説，又受新文學思潮的影響，强調詞是純文學和美術文學，"於德育美育上有無形的補助"，"是要保存自然文學的精神的"，在詞學思想上呈現出雜糅的狀態。

　　一種文藝有一種立場和一種特色纔能成功。詞是純文學，是美術文學，不是應用文學，爲什麽研究這種文藝呢？詞可以調和別種學科的枯燥，可以陶冶人的性情，於德育美育上有無形的補助。

　　我們也可以創作，箇人都有不同的作風，也不必像柳永一樣，一定要通音律，製新詞。創作也不在乎時代的遠近。清時的納蘭性德離唱詞時代已數百年了，但論詞的人都推許他。他有獨自的作風，也可以説是創作。他有一種創作的精神，不在乎時代的遠近了。如果説前人的作品，已是燦爛到極點了，後人便無可創作，這話錯了。沒有進取的精神，一切的學問都不能研究了。

　　宋人的詞是自動的，有"以我駕馭萬物"的氣象，清人的詞多是應酬而作，是被動的。

　　詞是一種美術文學，美術的要素是基於自然的，不自然便是從雕飾方面求美，結果反不美了。美術文學是要保存自然文學的精神的。

寫詞時眼光要偉大。宋詞的好處在"大"、"重"二字上,至於字面和句法,全是枝葉工夫,不可陳陳相因,拾人牙慧,要先整理舊的方面,然後再溝通新的方面。

新詞話

朱 衣 撰

　　載於《中國週報》一九四四年第一二六期。作者朱衣（一九零八—一九六七），字居易，江西鉛山河口鎮人。畢業於上海暨南大學，師從龍榆生。曾協助葉恭綽、龍榆生編輯《清詞鈔》《詞學季刊》。後任教於上海暨南大學、江西中正大學。著有《清詞欷乃》《毛刻宋六十家詞勘誤》《元雜劇俗語方言例釋》等。在《暨大學生》等刊物上發表了大量詞作。《新詞話》主要賞析溫庭筠《南歌子》（似帶如絲柳）和《菩薩蠻》（小山重叠金明滅）兩闋詞。作者自稱對於溫庭筠，不愛其"畫屏金鷓鴣"的精艷絶人，而愛其"艷到極點又斯文到極點的寫法"，實則章法、意旨本不可截然二分，作者所欣賞的，仍未離開傳統評論溫詞所習見的"含蓄蘊藉"、"言外之旨"等關鍵詞，且詞話中對溫詞的點評頗多庸俗之處，未見其"新"。

　　我是個生成一身俗骨的人，然而却偏喜歡讀《花間集》，深愛溫飛卿的小詞。人家説飛卿詞精艷絶人，一如其名句"畫屏金鷓鴣"，但我却不喜歡他秀麗、漂亮的句子。我最愛他艷到極點而又斯文到極點的寫法。假如讀時偶然一個忽略，就要錯過詞中佳景。如今且先來説他的《南歌子》。

　　"似帶如絲柳，團酥握雪花。簾捲玉鉤斜，九衢塵欲暮，逐香車。"這個詞有什麼好呢？更有何精艷之處？即使柳條兒是那麼輕柔，花是那麼嬌麗，有一輛香車過去，也并不便算艷膩。若依考證來說,則將曰:玉鈎者新月也,天已傍暮,那個時候又沒有電燈,更不會如何的熱鬧了。但我說:這個詞的香艷、熱鬧之處,絕不亞於廢曆大除夕那個晚上,方浜路一帶,人山人海,女人扯破了大衣,丟脫了高跟鞋的那個情景。飛卿之情,必須細細嚼過,方見其動人,而不由你不拍案叫絕,這便是他寫法的可愛處。

"九衢塵欲暮",言欲暮,明明是未暮時光,不過香車過處,煙塵飛揚,所以天色竟爲之昏暗若暮。由此更可想到香車必不止一輛,一輛香車決不致於煙塵滿天。你看"逐香車"的"逐"字,何等有力!可以想到一輛香車過處,隨後有無數香車寶馬在追逐著。聰明的讀者,就能想到香車之中一定有一箇嬌滴滴的美人兒。一些也不差,溫飛卿已把這箇可喜娘描寫得令人垂涎欲滴了。

"似帶如絲柳",讀了這一句,你便可聯想到"柳腰款擺,露滴牡丹開","團酥握雪花"。雖然目前的漂亮姑娘要把她的兩頰涂得紅如猿猴屁股,但那箇時候,雪白的臉兒,總是可愛的,何況又嬌嫩得吹彈可破。讀者諸君,同意嗎?這詞的首二句實是描寫那車中美人,而并非寫景。那麼九霄之中,雖一絲楊柳,點綴些鮮花,豈不牛頭不對馬嘴了?

而且車中人的身份,作者也已告訴我們,"簾捲玉鈎斜",我想那箇時候,閨閣千金出來,必然簾幕低垂,深深掩藏,決不讓你輕易一窺嬌容,比不得現在的摩登小姐,坐在敞篷車裏倚在男人懷中在南京路上駛過。既然是玉鈎兒斜,珠簾兒捲,任人品評,那麼定是可以追逐的人兒吧。

其次再來一談溫飛卿的那闋《菩薩蠻》:"小山重叠金明滅,鬢雲欲度香腮雪。懶起畫蛾眉,弄妝梳洗遲。　　照花前後鏡,花面交相映。新帖繡羅襦,雙雙金鷓鴣。"這首詞字面比較明艷,在一瞥之中,就可看出一箇多嬌多媚的倩影。以結構言,這詞是用一貫而下的寫法。第一句寫景,"小山"屏山也,古時床上都嵌鏡屏。"金明滅"是描寫日光映屏,閃爍不定的情狀。時候不早,該起身了。於是從懶起寫到梳妝,照前後鏡,而新妝初成,這是一箇原原本本的美人弄妝圖,但詞中精艷之處,決不止此。

要體味詞中佳處，還是先把詞中人的身份爽快些説出來。末句"雙雙"二字，最不可忽略過。你若看她這襲新裁羅襦，裁得那麼金碧輝煌，繡的鷓鴣又是成雙對兒，我説這箇人兒是囍月中的新嫁娘大概差得不遠吧。

　　回頭再讀一遍，橄欖滋味來矣，怪不道，這麼晏，已是日上三竿時候，還不想起來，原來是新婚燕爾，滋味初嘗，風光那麼氤氳旖旎，自然慵懶得不想起來，而成了清真詞所説"待起難舍拚，任日炙、晝欄暖"。這一"懶"字，看來情事已見，飛卿寫艷，皆從虛處落筆，最爲可愛。現代某博士費了幾萬言去寫那個事，真是肉麻而多事。

　　是新娘子，梳妝自然潦草不得，所以必須"弄"，"弄"則"遲"矣。聰明的讀者，這時，在那"照花前後鏡"的鏡中，你大概可以看見，所謂"花面交相映"者，決不僅是一張新娘子的俏臉兒，而是脈脈含情，溫存淺笑的一對倩影了。

柯亭詞論

蔡嵩雲 撰

　　載於一九四八年中華書局出版《柯亭長短句》附錄本,共四七則。作者蔡楨(一八九一——一九四四),字嵩雲,號柯亭詞人,江西上饒人。二十世紀三十年代初執教於省立河南大學,師從鄭文焯、吴梅等詞學大師,並與邵瑞彭、盧前、夏敬觀等人交好。一九三四年,曾與吳梅、陳匪石、喬大壯、唐圭璋等參加如社。撰有《詞源疏證》《樂府指迷箋釋》等詞學專著。有《柯亭長短句》三卷,附《柯亭詞論》一卷。

　　《柯亭詞論》文末自識提到己卯、辛巳間,作者遁跡竹西江村時,與滬上友人填詞、論詞自遣。"諸友以予治詞有年,或寄篇章以相酬和,或舉疑義以相商兑。緘劄月必數至,每次作答,累千百言不能盡,所論者莫非詞也。"其後檢點累積書札,匯輯論詞星語編成本文,落款為"甲申春仲,柯亭詞人自識"。由此可知本文撰寫於一九三九至一九四〇年間,定稿於一九四四年。該詞話內容涵蓋廣泛,舉凡詞之聲律、詞旨、字句、法度、詞人、賞析等無所不包。

　　首先,該詞話對詞之聲律問題持通脫之見。作者指出,"詞守四聲,濫觴南宋,在北宋并無守四聲之說"。而講求四聲,"多為音律家之詞。文學家之詞,分平仄而已"。因此,守四聲實乃詞之"進一步作法","初學填詞,實無守四聲之必要",填詞"須不感拘束之苦,方能得心應手"。

　　其次,該詞話非常重視作詞之法度。嵩雲不僅強調作詞陳言務去、必立新意,指出意貴清新,境貴曲折,而且十分看重字法句法章法的重要性,"字法須講侔色揣稱,句法須講層深渾成，章法須講離合順逆貫串映帶。如何起，如何結，如何過變，均須致力。否則不成佳構"。作者認爲，初學填詞，"第一步求穩妥，第二步求精警，第三步求超脫"，庶幾不爲貽誤。

再次，該詞話多處點評歷代詞人詞作。如評馮延巳"詞難學，在其輕描淡寫不用力處。一著濃縟字面，即失卻陽春本色"；評柳屯田"詞勝處，在氣骨，不在字面"，"章法大開大闔，爲後起清真、夢窗諸家所取法，信爲創調名家"；評蘇東坡"闊大處，不在能作豪放語，而在其襟懷有涵蓋一切氣象"。評述皆非徒襲前人，自有成理之處。

此外，該詞話的清詞三期論、清季名家論和對鶯啼序等詞調的來源考索都各具價值，頗耐深索。

詞講四聲，宋始有之，然多爲音律家之詞。文學家之詞，分平仄而已。音律家之詞，原可歌唱，四聲調叶，爲可歌之一種要素。仇山村曰："詞有四聲、五音、均拍、輕重、清濁之別，即指可歌之詞而言。北宋如屯田、方回、清真、雅言諸家，南宋如白石、梅溪、夢窗、草窗、玉田諸家，大都妙解音律，所爲詞，聲文并茂。吾人學其詞，多有應守四聲者。且所謂音律家之詞，亦惟獨創之調，自度之腔，如清真《蘭陵王》、白石《暗香》《疏影》之類，須嚴守四聲。至於通行之調，如《金縷曲》《沁園春》《水龍吟》之類，則無四聲可守。《摸魚子》《齊天樂》《木蘭花慢》之類，一調中衹有數處仄聲須分上去，不必全守四聲也。四聲調叶之詞，今雖以音譜失傳而不可歌，然較之僅分平仄者，讀時尚覺鏗鏘可聽。故詞家之守律者，必辨四聲分上去，以爲不如是，不合乎宋賢軌範。淺學者流，每謂守四聲，如受桎梏，不能暢所欲言，認爲汩沒性靈。其實能手爲之，依然行所無事，并無牽強不自然之病。觀清末況蕙風、朱彊邨諸家守四聲之詞，足證此語不誣。

詞守四聲，濫觴南宋，在北宋并無守四聲之説。南宋發生此種詞派，亦非無因。四聲之不同，全在高低輕重。去高而上低，平輕而入重，其大較也。歌辭之抗墜抑揚，全在四聲之配合恰當。非然者，必至生硬不能上口，又何能美聽乎。在深通音律之詩人詞人，隨意發爲詩詞，無不可歌，無不叶律。非然者，其用字必待樂工之校正，方能入調。史稱温飛卿能逐弦管之音，爲側艷之辭，其詩詞自可入樂。李太白、王摩詰不聞知音，而《清平調》《渭城曲》唱遍一時，未始不由於前説。唐人歌絕句，五代歌小令，其歌法均其簡單。北宋初，仍循五代遺法歌小令。中葉以後，慢詞漸盛，詞樂始突飛猛進，内容遂日趨於繁複矣。當時創調製譜最有名者，首推柳耆卿。所製新聲獨多，飲水處都歌柳詞，是其一證。繼之者爲周美成，曾充大晟府樂官。文人而通音律，故其詞和協流美，都可入樂，一時稱爲絶唱。南渡後，大晟樂譜散失，不獨柳譜全亡，周譜亦所存無幾。坊曲優伎，有能歌清真詞一二調者，人莫不視同珠璧（參看拙著《樂府指迷箋釋》"可歌之詞"條下小注第四段按語），惟其審音用字之法既不傳，如是群視周詞四聲爲金科律。方千里、楊澤民、陳西麓諸家和清真調，謹守四聲，少有逾越，即其一例。厥後詞家，因守周詞之四聲，遂推而守其他音律家詞之四聲，此南宋守四聲詞派所由成立也。無論何事物，在原始時代，均純任自然，本無所謂法。漸進則法立，更進則法密。音樂進展，亦復如是。始何嘗有五音六律與四聲，其後覺天然歌唱，過於簡單凌亂，於是始有音律之發明。其實此音律，仍含於自然法則中，特後人加以發明。雖出人爲，謂仍屬自然法則，亦無不可。慢引近詞之成爲宋代詞樂，實由進步使然。其内容之繁複，迴非唐人絶句、五代小令可比。欲明其故，非將宋代燕樂所以承前啓後者，加以徹底之研討不可。總之守四聲詞派，實有其甚深之根據。篇幅所限，兹僅發其凡而已。

　　詞守四聲，乃進一步作法，亦最後一步作法。填時須不感拘束之苦，方能得心應手。故初學填詞，實無守四聲之必要。否則辭意不能暢達，律雖葉而文不工，似此填詞，又何足貴。惟世無難事，習之既久，熟能生巧，自無所謂拘束，一以自然出之。雖守四聲，而讀者若不知其爲守四聲矣。北宋尚無守四聲之説。通音律之詞家，大都能按宫製譜，審音用字（參看拙著《樂府指迷箋釋》"去聲字"條下小注第一後按語）。南渡後，此法漸失傳。於是始有守四聲詞派出，以求於律不迕。至所謂守四聲，在一調中，有全守者，有半守半不守者。方楊諸家之和清真，每有此現象。全守者不必論。半守者，即詞中此一部分四聲，有絲毫不容假借處。故諸家於此等處，均不肯違背。半不守者，即詞中此一部分四聲，有可通融處。故諸家可各隨其意。又同一人所創之調亦然。如夢窗《鶯啼序》三首中四聲雖大致相同，亦間有不同處。總之皆隨各宫調音譜之性質，而填詞用字各如其量。惟四聲在調之何部即可通融，宋賢亦無定則傳後。故今日填詞，不講律則已，講律則惟有遵守宋賢軌範，亦步亦趨矣。入可代平，去不代上，本案賢成說，不妨按調之情形採用。王半塘、鄭叔問、況蕙風、朱彊邨爲清末四大詞家，守律之嚴，王、鄭似不如朱、況。而朱、況之嚴於守律，前期之作，似不如其後期。總之宋詞之音譜拍眼既亡，即守四聲，亦不能入歌。守律派之守四聲，無非求其近於宋賢叶律之作耳。近年社集，恒見守律派詞人，與反對守律者互相非難，其實皆爲多事。詞在宋代，早分爲音律家之詞與文學家之詞。音律家聲文并茂之作，固可傳世。文學家專重辭章之作，又何嘗不可傳世。各從其是可也。

　　詞尚自然固矣，但亦不可一概論。無論何種文藝，其在初期，莫不出乎自然，本無所謂法。漸進則法立，更進則法密。文學技術日進，人工遂多於自然矣。詞之進展，亦不外此軌轍。唐五代小令，爲詞之初期，故《花間》、後主、正中之詞均自然多於人工。宋初小令，如歐秦二晏之流，所作以精到勝，與唐五代稍異，蓋人工甚於自然矣。宋初慢詞，猶接近自然時代，往往有佳句而乏佳章。自屯田出而詞法立，清真出而詞法密，詞風爲之丕變。如東坡之純任自然者，殆不多見矣。南宋以降，慢詞作法，窮極工巧。稼軒雖接武東坡，而詞之組織結構，有極精者，則非純任自然矣。梅溪、夢窗，遠紹清真，碧山、玉田，近宗白石，詞法之密，均臻絕頂。宋詞自此，殆純乎人工矣。總之尚自然，爲初期之詞。講人工，爲進步之詞。詞壇上各占地位，學者不妨各就性之所近而習之。必是丹非素，非通論也。

填詞即舍律而論文，亦正難言。意境神韻無論矣，字法句法章法，一毫鬆懈不得。字法須講倬色揣稱，句法須講層深渾成，章法須講離合順逆貫串映帶。如何起，如何結，如何過變，均須致力。否則不成佳構。

作詞之法，造意爲上，遣辭次之。欲去陳言，必立新意。若換調不換意，縱有佳句，難免千篇一律之嫌。

詞以意境爲上。但意貴清新，境貴曲折。若換調不換意，或境祇表面一層，則一覽無餘，一二讀便同嚼蠟。

陳言務去，乃詞成章後所有事，非所論於初學。初學縛於格調，囿於聲韻，成章已不易，遑論及此。楊守齋言，詞忌三重四同，去陳言自是其中一事。但好語都被古人說盡，欲其不陳甚難。惟有立新意、造新境，庶可推陳出新耳。昌黎標此義以論文，其集中未見陳言盡去，亦可見茲事之不易矣。

小令猶詩中絕句，首重造意，故易爲而不易爲。若祇圖以敷辭成篇，日得數十首何難。作小令，須具納須彌於芥子手段，於短幅中藏有許多境界，勿令閒字閒句佔據篇幅，方爲絕唱。如太白《憶秦娥》，即其一例。此詞一字一句，都有著落，包念氣象萬千。若但從字面求之，毫釐千里矣。善學之，方有入處。

自來治小令者，多崇尚花間。花間以溫韋二派爲主，餘各家爲從。溫派穠艷，韋派清麗，不妨各就所嗜而學之。若性不喜花間，尚有二途可循。或取清麗芊綿家數，由漱玉以上規後主，參以後唐之韋莊，輔以清初之納蘭，此一途也。或取深俊婉約家數，由宋初珠玉、六一、淮海諸家，上溯正中，更以近代王靜庵之《人間詞》擴大其詞境，此亦一途也。

慢詞與小令，不獨體制迥殊，即文心內容，亦一繁一簡。文心何物，換言之，即意匠也。詞境之構成如何，全視意匠之工拙。設喻以明之。小令如佈置庭園一角，無多結構，奇花異石，些少點綴，便生佳致。慢詞則不同，如建大廈然，其中曲折層次甚多，入手必先慘澹經營，方能從事土木。若枝枝節節爲之，外觀縱極堂皇，內容必破碎不成格局。小令袛要些新意，便易得古人句。作慢詞，全篇有全篇之意，前遍有前遍之意，後遍有後遍之意。故運意時，須先分別主從，庶詞成後聯貫統一，脈絡井然。慢詞與小令之文心既繁簡迥殊，構成之辭章即因之異色，而作法亦因之截然不同矣。

　　詞尚空靈，妙在不離不即，若離若即，故賦少而比興多。令引近然，慢詞亦然。曰比曰興，多從反面側面著筆。賦者，敷陳其事而直言之，便是從正面說。至何者宜賦，何者宜比興，則須相題而用之，不可一概論。慢詞作法，須講義法，與古文辭同。古文用筆，有正反側。然有時何嘗不用正筆，亦在相題用之。宜用反側，即用反側，宜用正筆，即用正筆。此例詩詞古文中甚多，故曰不可一概論。

　　小令以輕、清、靈爲當行。不做到此地步，即失其宛轉抑揚之致，必至味同嚼蠟。慢詞以重、大、拙爲絕詣，不做到此境界，落於纖巧輕滑一路，亦不成大方家數。小令、慢詞，其中各有天地，作法截然不同。何謂輕、清、靈，人尚易知。何謂重、大、拙，則人難曉。如略示其端，此三字須分別看，重謂力量，大謂氣概，拙謂古致。工夫火候到時，方有此境。以書喻之最易明，如漢魏六朝碑版，即重大拙三者俱備。輕清靈不過簪花美格而已。然各有所詣，亦是一種工夫，特未可相提并論耳。如以作小令之法作慢詞，以作慢詞之法作小令，亦猶以習簪花格之法習碑版，以寫碑版之法寫簪花格。反其道而用之，必兩無是處。

　　詞中有澀之一境。但澀與滯異，亦猶重大拙之拙，不與笨同。昔侍臨川李梅盦夫子几席，聞其論書法，發揮拙、澀二字之妙，以爲聞所未聞。後治慢詞，乃悟詞中亦有此妙境，但非深入感覺不到。由此見詞學亦通於書道。

　　填詞貴能以輕禦重。此則關乎工力，不外熟能生巧。難題澀調，守四聲，辨陰陽，以及限韻步韻等，在能手爲之，何嘗不舉重若輕。非然，未有不手忙腳亂者。

　　初學填詞，第一步求穩妥，第二步求精警，第三步求超脫。先言第一步，穩有字穩、句穩、韻穩、章穩數種。入手求穩，當先字句韻三者。至於章法求穩，則功夫已到七八成矣。填詞練章法，尤難於練字、練句。時下詞流，講章法者，十中難得二三人，可概也。入手填詞，字句有不穩處，不足爲病。最忌者，穩而平庸，則難期精進耳。

　　詞本可歌，音節鏗鏘，理所應有。填詞能入調，自無生硬之病，故覺鏗鏘可聽。欲求入調，惟有熟誦古名家詞，久之自然純熟。周介存詞辨，乃選本中最精者，首首可誦。

　　叠字句法，創自易安。以聲聲慢係叠字調名，故當時涉筆成趣。一起連叠十四字，後人以爲絶唱。究之非填詞正軌，易流於纖巧一路，祇可讓弄才女子偶一爲之。王湘綺云：諸家賞其七叠，亦以初見故新，效之則可嘔。誠然。否則兩宋不少名家，後竟無繼聲者，豈才均不若易安乎？其故可思矣。

　　咏物詞，貴有寓意，方合比興之義。寄託最宜含蓄，運典尤忌呆詮，須具手揮五弦目送飛鴻之妙，方合。如東坡《水龍吟》，咏楊花而寫離情；夢窗《瑣窗寒》，咏玉蘭而懷去姬；白石咏梅，《暗香》感舊，《疏影》吊北狩扈從諸妃嬪；大都雙管齊下，手寫此而目注彼，信爲當行名作。此雖意別有在，然莫不抱定題目立言。用慢詞咏物，起句便須擒題。過變更不可脫離題意，方不空泛，方能警切。

　　學詞切勿先看近人詞。近人詞多重敷浮字面，不尚意境，不講章法，不守格律。從此入手，以後即不能到宋名賢境界。清詞亦祇末季，王、朱、鄭、況等數家可以取法，餘不足觀也。

　　清詞派別，可分三期。浙西派與陽羨派同時。浙西派倡自朱竹垞，曹升六、徐電發等繼之，崇尚姜張，以雅正爲歸。陽羨派倡自陳迦陵，吳薗次、萬紅友等繼之，效法蘇、辛，惟才氣是尚，此第一期也。常州派倡自張皋文，董晉卿、周介存等繼之，振北宋名家之緒，以立意爲本，以叶律爲末，此第二期也。第三期詞派，創自王半塘，葉遐庵戲呼爲桂派，予亦姑以桂派名之。和之者有鄭叔問、況蕙風、朱彊村等，本張皋文意內言外之旨，參以凌次仲、戈順卿審音持律之説，而益發揮光大之。此派最晚出，以立意爲體，故詞格頗高。以守律爲用，故詞法頗嚴。今世詞學正宗，惟有此派。餘皆少所樹立,不能成派。其下者,野狐禪耳。故王、朱、鄭、況諸家,詞之家數雖不同,而詞派則同。

慢詞行文,現分二派,一從裏面做出,一從外面做入。從裏面做,便是以意遣辭。此派作法,以佈局爲先務。下手時,先須立定主意,通篇即抱定此意做去。敷藻下字,均有分寸。如何起、如何結、如何過變、如何鋪叙,均須意在筆先。故詞成後,語無泛設,脈絡分明,一氣卷舒。宋賢矩矱,本應如是。此即以意遣辭,所謂從裏面做出者也。從外面做入,便是因辭造意。此派作法,以琢句爲先務,字面務取華美,隨其組織以造意。貼切與否,在所不顧。全詞無中心,湊合成篇。承接貫串,起伏照應,更所不講。故詞成後,其佳者,亦祇有好句可看,無章法脈絡可言。其劣者,堆砌粉飾,支離破碎,一加分析,疵纇百出。此即因辭造意,所謂從外面做入者也。從裏面做出之詞,譬如內家拳,外表不必如何動人,真實工夫,全在裏面。詞之鏈意、鏈章、行氣、運筆者似之。惟工力深者,一見能知其佳處。此類詞,若僅從字面求之,毫釐千里矣。從外面做入之詞,譬如外家拳,其至者,亦有身法手法步法可看,工夫全在表面。如僅以句法見長之詞,其未至者,花拳繡腿而已。餖飣獺祭之詞流似之。可以駭俗目,未能逃法眼也。今世詞流如鯽,以句法見長者,尚車載斗量。講究章法者,二三老輩外,幾如鳳毛麟角,洵可概已。

作詞固難,看詞亦不易。看前人詞,最宜仔細分析,能洞見前人工拙,方能發見自己短長,而加以改進。大鶴、蕙風,最善論詞。彊邨則心知其故而不多言。方今論詞具法眼者,當推嘉興張孟劬、南海陳述叔。孟劬深受大鶴陶鎔,述叔則傳彊邨衣缽者。二人一病一老,此後恐成廣陵散矣。

看人詞極難,看作家之詞尤難。非有真賞之眼光,不易發見其真意。有原意本淺,而視之過深者。如飛卿《菩薩蠻》,本無甚深意,張皋文以爲感於不遇,爲後人所譏是也。有原意本深,而視之過淺者,如稼軒詞多有寓意,後人但看其表面,以爲豪語易學是也。自來評詞,尤鮮定論。派別不同,則難免入主出奴之見。往往同一人之詞，有揚之則九天，抑之則九淵者。如近世推崇屯田、夢窗，而宋末張玉田《詞源》，則非難備至，即其一例。至於學識敷淺，則看詞見解失真，信口雌黃，何異扣槃捫燭，目砆砇爲寶玉，認騏驥作駑駘，更不值識者一哂矣。偏見多蔽，陋見多謬，時人論詞，多有犯此病者。

正中詞，纏綿悱惻，在五代，別具一種風格。穠艷如飛卿，清麗如端己，超脫如後主，均與之不同家數。其詞最難學，出之太易，則近率滑，過於鍛煉，又傷自然，總難恰到好處。

正中《鵲踏枝》十四章，鬱伊惝怳，究莫測其意指。劉融齋謂其詞流連光景，惆悵自憐。馮夢華則以爲有家國之感寓乎其中，然歟？否歟？

正中詞難學，在其輕描淡寫不用力處。一著濃縟字面，即失却陽春本色。近代王靜庵《人間詞》，接武歐、晏，其實歐、晏仍自陽春出。《人間詞》中，《蝶戀花》調最多，亦最佳，即《鵲踏枝》也。

東坡詞，胸有萬卷，筆無點塵。其闊大處，不在能作豪放語，而在其襟懷有涵蓋一切氣象。若徒襲其外貌，何異東施效顰。東坡小令，清麗紆徐，雅人深致，另辟一境。設非胸襟高曠，焉能有此吐屬。

少游詞，雖間有《花間》遺韻，其小令深婉處，實出自六一，仍是陽春一脈。慢詞清新淡雅，風骨高騫，更非《花間》所能範圍矣。

屯田爲北宋創調名家，所爲詞，得失參半。其倡樓信筆之作，每以俳體爲世詬病，萬不可學。至其佳詞，則章法精嚴，極離合順逆貫串映帶之妙，下開清真、夢窗詞法。而描寫景物，亦極工麗。《雨霖鈴》調，在《樂章集》中，尚非絶詣。特以"楊柳岸，曉風殘月"句得名耳。

柳詞勝處，在氣骨，不在字面。其寫景處，遠勝其抒情處。而章法大開大闔，爲後起清真、夢窗諸家所取法，信爲創調名家。如《玉蝴蝶》"望處雨收雲斷"、《夜半樂》"凍雲黯淡天氣"、《安公子》"遠岸收殘雨"、《傾杯樂》"木落霜洲"、《卜算子》"江楓漸老"、《甘州》"對瀟瀟暮雨灑江天"諸闋，寫羈旅行役中秋景，均窮極工巧。

周詞淵源,全自柳出。其寫情用賦筆,純是屯田家法。特清真有時意較含蓄,辭較精工耳。細繹《片玉集》,慢詞學柳而脫去痕跡自成家數者,十居七八。字面雖殊格調未變者,十居二三。陳裛有言:能見耆卿之骨,始能通清真之神。目光如炬,突過王晦叔、張玉田諸賢遠甚。夢窗深得清真之妙,其慢詞開闔變化,實間接自柳出。惟面貌全變,另具神理,不惟不似屯田,并不似清真。看詞者若僅於字句表面求之,更不易得其端倪矣。

清真令曲,閒婉似叔原,而沉著亦近之。慢詞疏宕類耆卿,而精湛則過之。於以見其作法非同一機杼矣。夢窗亦然,慢詞極凝煉,令曲却極流利。故玉田於其慢詞,譏爲凝澀晦昧,謂如七寶樓臺,碎拆下來,不成片段。而獨賞其《唐多令》之疏快,以爲不質實。集中尚有。又以其令曲妙處與賀方回并稱。令曲慢詞,截然兩途,觀此益信。

清真慢詞,沉鬱頓挫處最難學,須有雄健之筆以舉之。若無此筆,愼勿學清真,否則必流於軟媚。夢窗慢詞,高華麗密處最難學,須有靈變之筆以禦之。若無此筆,愼勿學夢窗,否則必流於晦澀。

稼軒詞,豪放師東坡,然不盡豪放也。其集中有沉鬱頓挫之作,有纏綿悱惻之作,殆皆有爲而發。其修辭亦種種不同,焉得概以"豪放"二字目之。

白石詞在南宋,爲清空一派開山祖,碧山、玉田皆其法嗣。其詞騷雅絕倫,無一點浮煙浪墨繞其筆端,故當時有詞仙之目。野雲孤飛,去留無跡,有定評矣。

碧山、玉田生當宋末元初,黍離麥秀之感,往往溢於言外。二家雖同出白石,而各具面貌。碧山沉鬱處最難學,近代王半塘,即瓣香碧山者。玉田輕圓甜熟,最易入手。不善學之,則流於滑易而不自覺,蓋無其懷抱與工力也。清初學玉田者,多蹈此弊。

納蘭小令,豐神迥絕,學後主未能至,清麗芋綿似易安而已。悼亡諸作,膾炙人口。尤工寫塞外荒寒之景,殆扈從時所身歷,故言之親切如此。其慢詞則凡近拖遝,遠不如其小令,豈詞才所限歟?

大鶴詞，吐屬騷雅，深入白石之室。令引近尤佳。學清真，升堂而已。辛亥以後諸慢詞，長歌當哭，不知是聲是淚是血，殆所謂亡國之音哀以思歟。此則變徵之聲，不可以家數論者。

彊邨慢詞，融合東坡、夢窗之長，而運以精思果力。學東坡，取其雄而去其放。學夢窗，取其密而去其晦。遂面目一變，自成一種風格，真善學古人者。集中各詞，皆經千錘百煉而出，正如韓文杜律，無一字無來歷。其詞多性情語，辛亥以後，尤多故國之思。然較大鶴稍含蓄，殆如其爲人。彊邨小令亦極工，然鮮當行者。微覺用力太多，故未能如初寫黃庭，蓋過猶不及也。

蕙風詞，才情藻麗，思致淵深。小令得淮海、小山之神，慢詞出入片玉、梅溪、白石、玉田間。吐屬雋妙，爲晚清諸家所僅有。然以好作聰明語，有時不免微傷氣格。少作以側艷勝。中年以後，漸變爲深醇。論慢詞，標出重大拙三字境界，可謂目光如炬。其蕙風詞話五卷，論詞多具卓識，發前人所未發。

填詞，一調有一調之體制，一調有一調之氣象，即一調有一調之作法。《水龍吟》本非難調，亦無難句，惟前後遍中四字組成之六排句，太整太板，不易討好。詞中遇此等句法，須於整中寓散，板中求活。換言之，即各句下字時，須將實字虛字動字靜字，分別錯綜組織以盡其變。前言字法須講伴色揣稱，此其一端也。細玩東坡"似花還似非花"一首，稼軒"楚天千里清秋"一首，於此前後六排句，手法何等靈變。又此調二二組成之四字句太多，故講究作法者，末尾四字句，多用一三句法，亦無非取其變化之意。詞之句法，故不嫌變化多方也。如東坡之"是離人淚"，稼軒之"搵英雄淚"，即其一例。

《木蘭花慢》，有句中韻三處，如屯田作清明一首，前遍中間之"傾城"，後遍換頭之"盈盈"，及中間之"歡情"，均作一頓，極有姿致。兩字押韻，一稱短韻，因在句中，又稱暗韻，最能發調。稼軒作四首，則此三處均不押韻，不足爲訓。故《古今詞話》謂《木蘭花慢》惟屯田得音調之正也。又前後遍中間暗韻下，若接以去平去上四字，二結六字句兩句，若上句配以去上平平去上，音節流美，更爲動聽。填此調如致力此數者,所作必極沉鬱頓挫、蕩氣迴腸之能事。

《河傳》調,創自飛卿,其後變體甚繁。《花間集》所載數家,圓轉宛折,均遜溫體。此調句法長短參差相間,溫體配合最爲適宜。又換叶極難自然,溫體平仄互葉,凡四轉韻,無一毫牽强之病,非深通音律者,未易臻此。又溫體韻密多短句,填時須一韻一境,一句一境。換叶必須換意,轉一韻,即增一境。勿令閒字閒句佔據篇幅,方合。

《小梅花》,係東山創調,一名《梅花引》,體近古樂府,宜逕用古樂府作法。軟句弱韻,均所最忌。賀作筆力陡健。詞律收向子諲作,不逮賀作遠甚,而反謂勝之,眞賞識於牝牡驪黃之外矣。

《戚氏》,爲屯田創調,"晚秋天"一首,寫客館秋懷,本無甚出奇,然用筆極有層次。初學慢詞,細玩此章,可悟謀篇佈局之法。第一遍,就庭軒所見,寫到征夫前路。第二遍,就流連夜景,寫到追懷昔游。第三遍,接寫昔游經歷,仍落到天涯孤客,竟夜無眠情況,章法一絲不亂。惟第二遍自"夜永對景"至"往往經歲遷延",第三遍自"別來迅景如梭"至"追往事空慘愁顏",均是數句一氣貫注。屯田詞,最長於行氣,此等處其難學。後人遇此等處,多用死句填實,縱令琢句工穩,其如憺憺無生氣何。

《鶯啼序》爲序文之一體,全章二百四十字,乃詞調中最長者。填此調,意須層出不窮,否則滿紙敷辭,細按終鮮是處。又全章多至四遍,若不講脈絡貫串,必病散漫,則結構尚矣。此外更須致力於用筆行氣,非然者,不失之拖遝,即失之板重。此調自夢窗後,佳構絕鮮。夢窗作三首,以"殘寒正欺病酒"一首尤佳。此詞第一遍,寫湖上羈人又當春暮。第二遍,寫昔日湖游遇艷情景。第三遍,寫重來湖上,物是人非,追尋昔游,都成陳跡。第四遍,傷高嘆老,撫時悲逝,總寫感懷。竟體固章法井然,而三四兩遍用大開闔之筆,純自屯田、清眞二家脫化而出。大力包舉,一氣舒卷,尤爲僅見。

己卯、辛巳間,同學江都臧祜佛根、丹徒柳肇嘉貢禾、靖江謝承塈硯馨,同避兵海上,海上猶桃源也。端居多暇,月課數詞以自遣。時予則遁跡竹西江村,亦以讀詞遣日。諸友以予治詞有年,或寄篇章以相酬和,或舉疑義以相商兑。緘劄月必數至,每次作答,累千百言不能盡,所論者莫非詞也。長女宜隨侍在側,爲錄而存之。滬局變後,佛根物化,柳、謝亦非復以前興致矣。暇日檢點函稿,爰摘其論詞之言,略加詮次,構成是編以貽來學。初非有意於著述也,題曰《柯亭詞論》,亦不過曰此一人之言而已。甲申春仲,柯亭詞人自識。

詠雪詞話

錫　金撰

載於《文萃》一九四六年第二六期。作者錫金，應係蔣錫金（一九一五—二〇〇三），筆名錫金、霍亭、丰隆、長庚等，江蘇宜興人。一九三四年畢業於上海正風文學院國文系。早年在湖北省農村合作委員會、湖北省財政廳任職，同時從事文藝創作。抗戰爆發後，經老舍介紹，參與主持《抗戰文藝》編務工作，同時主編《時調》《戰鬥》。後任教于佳木斯東北大學、東北師範大學。著有詩集《黃昏星》、敘事詩《瘸腿的甲魚》、劇本《橫山鎮》等。《詠雪詞話》主要賞析毛澤東《沁園春·雪》詞，作者主要以思想性、階級論等觀點衡量作品，因而提出這首詞的偉大，全在於代表了"目下向前更躍進一步的時代的聲音，也是表達了這位出自人民、爲了人民、屬於人民的偉大革命領袖的聲音"。

　　從來偉大人物，常傳偉大詩篇。這並不是詩以人傳，却是由於他的識見和胸襟，廣闊博大。當他意有所屬之時，隨手發揮，直書懷抱，便自不同凡響。所以學習寫詩的人，先應該學習做一箇詩人，就是説應該學做一箇充溢於内，不同流俗的人。能做得一箇詩人，不愁寫不出好詩。而一般尋章摘句、無病呻吟的人，事實上祇能產生些假詩和壞詩，即使偶然或有些能看得過去的句子，充其量也不過是一箇詩匠的作品而已。

　　二月八日報上揭載了毛先生重慶"雙十協定"前所作的新詞

《沁園春・詠雪》以後，就聽得到處有人談論，無不讚美。但也有人覺得這詩好，又說不出爲什麼好，因爲他們苦於不能全部了解。本來，這該是毛先生自己的遣興之作，所以不必像發表他的思想的論文和演講那樣力求淺出；公之報章，也不過是偶然的事。然而，大家又覺得很想從這首詩上來窺見這一位偉大者的情操和襟抱。那麼，花些時間，根據我自己所瞭解的來解釋一下，幫助大家瞭解，也許不是過於多事罷。

這是一首舊詩（詞也是詩），是用舊文字寫的。中國的舊文字的特點，在渾成和含蓄，所以言外有意，弦外有音。牠的長處在這裏，而牠的短處却在不能精確地表現意念，使人得到的是籠統的概念，而具體的內容則需要到詞意之間去捕捉。如果我們要了解毛先生這首詩，我們一定先能把握這首詩的概念是怎樣形成的，又歸結到何處。大致說來，這首詩是由於北方的雪天景象而觸發了意興的，詩人咏嘆著這雪天的景色，同時，也湧起了家國的緬想。

他說："北國風光，千里冰封，萬里雪飄。"寒冷是苦難的象徵，而冰雪正是寒冷的具象的表現。艾青有一首詩，開頭就那麼寫："雪落在中國的土地上，寒冷封鎖著中國啊！"兩者的意境有類似的地方。但毛先生麵對著這景象，不曾感到有什麼哀戚，他的意念，却飛揚到整箇的"北國"之上。

於是高瞻遠矚，他感到："看長城內外，惟餘莽莽；大河上下，頓失滔滔。"一陣大地蒼茫之感，與人世亂離的景象，向他襲來了。這"長城"和"大河"，是北國的疆域。而"茫茫"和"滔滔"，則是有雙重意義的，既寫出塞內塞外的荒涼無穢，荊榛滿目，又寫出這古今征戍之地的殘破和悲壯，既寫出黃河上下的波濤洶湧，也慨嘆著這亂離人世的滔滔濁浪。但大自然的變化是無情的，牠不管引起人們何等樣的感慨，衹是恣意的進行著。

雪花的漫天飛舞翻騰，却造成了無比鮮明美麗的景象："山舞銀蛇，原馳蠟象，欲與天公試比高。"由嚴寒而生的冰雪，正是在嚴寒中最生動的東西。他們不耐於嚴寒的苛毒，不耐於嚴寒爲一切所安排下的死滅的命運。他們的生命開始活動了，翻騰飛舞，完全改變了宇宙的容貌，使得兀峙的山岳之上，祇見得有如嬌夭的銀蛇亂舞，而曠遠的原野之中，也如有蠟像——象徵冬月的酷冷的龐然巨物在奔馳。寒冷的規律是給破壞了，原來，牠決定的是靜止、死滅、肅殺、蕭條，但由於牠而產生的雪花却違反牠的意志，把宇宙點染得無比熱鬧、生動、光彩、炫耀。不但違反了大自然的"天公"的殘酷規律，幷且，在他們的騰躍飛舞，充滿了生的意念的氣象裏，似乎還有一種堅決的意圖，到底是死的意願勝利呢，還是生的意願勝利？這凌空飛舞，轉死爲生的鬥爭的景象是美麗的，但更光潔燦爛的景象却還常在晴明之後。

"須晴日，看紅裝素裹，分外妖嬈。"要到了晴明的日子，生與死的兩種景象的鬥爭是過去了，生是勝利了，景色全變了。新的生機萌發了，明朗的陽光裏，積雪將在到處襯托著枝頭最初綻發的新葩。鮮紅襯著皓白，更顯得嬌麗，格外的嫵媚。魯迅先生曾有詩句道："血沃中原肥勁草，寒凝大地發春華。"這是憤怒的，悲壯的，但他却看到了這"血沃"的"中原"和"寒凝"的"大地"上，那些"勁草"和"春花"的居然也必然要更爲繁茂和到處苗發。毛先生的意境却是看到了勝利的喜悅，他愛這必然萌發的生機，十分喜悅的愛著他們，感到那是最美的，惑人地美，因此他甚至稱之爲"妖嬈"。

如果我們把這上篇的詞意著實了來講，這豈不正是我們的祖國和人民最近所經歷了的歷史階段的縮影麽？當毀滅性的戰爭和黑暗的統治，籠罩在我們頭上時，我們（毛先生也和我們一起），我們這些雪片，無千無萬的雪片，漫天飛舞，有些落下污泥而玷污了，有的溶解而消滅了，但終於積了起來，戰勝了死亡與窒息的命運。這景象是壯麗的，而更美麗的前景，還要在和平建設中展開，在晴朗的光輝下顯豁出來！在溫煦的陽光下生發出來！每一片參與了這輝煌的建造過程的雪片，都是何等的衷心企望著那光明而美麗的未來啊！

毛先生深深地體味了這一箇歷史階段，深深地愛著這一箇歷史階段，更深深地愛和深深地期望於芬芳絢爛的未來。他環顧著，慨嘆著祖國的山河："江山如此多嬌，引無數英雄競折腰。"對於祖國的山河，祖國所經歷了艱苦卓絕的戰鬥而終於獲得了勝利的歷史階段，祖國光輝燦爛的前途，不是沒有人關心，更不是沒有人愛慕。事實上，正是有著和已經有過無數的好像是英雄的人物，向她拜倒。希望、願意、企圖，或者却是霸佔過她。祇是不曾理會得到底應該怎樣去愛她而已。

就從歷史上看罷："惜秦皇漢武，略輸文采；唐宗宋祖，稍遜風騷；一代天驕，成吉思汗，祇識彎弓射大雕。"那些都是中國歷史上赫赫有名的暴君：秦始皇嬴政、漢武帝劉徹、唐太宗李世民、宋太祖趙匡胤，都祇知道以大好河山來填自己獨夫的欲望，祇知道窮兵黷武，禍國殃民。雖也都曾外抗異族，內平衆庶，開拓疆土，威震遠邦，但終以缺乏經綸濟世的氣質，溫文爾雅的情懷，不能解怎樣去愛這大好河山，為人民造幸福。在這些"雄主"的貪欲下，反為人民造成了無窮的災禍，弄得民怨沸騰，社集傾毁，真是太可惜了！縱使像那蒙古的成吉思汗奇渥溫・鐵木真，赫赫武功，震爍歐亞，真可算是一代"天之驕子"，但也不過是一箇"祇識彎弓射大雕"的獷狠的馬上豪雄而已！沒有溫存，不知體貼，一意恣縱孤行，結果賊民者民恒賊之，還不是為人民所共棄了。

詩人慨嘆著他們的往跡，說："俱往矣！數風流人物，還看今朝！"悼惜過去了的他們的失敗，而寄厚望於今日與未來，但願再沒有蹈他們的覆轍的人。慨然以天下為己任，同時也昭示了歷史的道路，與天下之人共勉。對於我們的大好河山，對於我們的祖國，誰是真能體念她，護惜她，寄予無限深厚的愛的"風流人物"呢？這祇有看他對於歷史發展的深切瞭解，與付諸決策和實施的行動中來決定了。

這一首詩的所以偉大，誰都可以從牠的意象、氣度和胸襟中感到。這是代表了目下向前更躍進一步的時代的聲音，也是表達了這位出自人民、為了人民、屬於人民的偉大革命領袖的聲音。牠不同於任何一箇時代的成功或失敗的英雄的慷慨高歌，隨便舉出哪一首已往的誰的詩來，都不曾見過這樣的宏偉和明澈。就看劉邦的《大風歌》吧："大風起兮雲飛揚，威加海內兮歸故鄉，安得猛士兮守四方！"確實壯偉，但那種躊躇滿志，又患得患失的心境，較之咏雪詞的樂觀今古，慨寄豪情的心境又是如何呢？時代是進步了，我們的新的時代的人民領袖的輝煌的詩篇，爲我們站來了一片光明、廣大，而充滿了生命與熱愛的遠景。

一九四六，三，一四，淮陰。

集成詞話

厲鼎煃 撰

載於《集成》雜誌一九四七年第一、二期。前有小序，落款識云"丁亥端午後五日"，可知創作時間。作者厲鼎煃（一九〇七—一九五九），簡介詳見前《星槎詞話》。《集成詞話》内容爲鈔録彙評武進董憲（伯度）、邗江桂蔚丞二人詞作軼事，爲詞叢拾遺補缺。

詩亡於話，而詞又何話之有？話詞，所以存十一於千百也，非敢亡之也！否則充棟汗牛者，誰盡讀之？然非好之者，不能話，亦不願聽人話也。憶梅蓋好詞者也，話古今人之詞，以貽夫同好。其不願聽吾話者，吾亦不屑强聒之也。丁亥端午後五日，記於榴紅桐緑之軒，儀徵憶梅詞人厲鼎煃。

武進董伯度先生憲，遺著《含碧堂詩稿》，附詞稿一卷，無錫錢名山先生嘗爲序之。佳句如《滿庭芳》云"落花成陣，一半過鄰家"，"安得身輕如燕，歸來早醉話桑麻"，風緻嫣然。《滿江紅》云"破夢不知腸轉九，横空忽報花飛六"，思深詞苦，亦神來之筆也。《念奴嬌·書感》云"閨閣怕見青山，青山仍舊又把人埋了"，悵觸無端。《八聲甘州·懷許夢因金陵》云"多少南朝舊恨，盡付莫愁湖"。《如夢令》云"迴避，迴避，好讓鸚哥安睡"，風趣之至。《浪淘沙》云"報道一聲春欲去，斷盡花魂"，"爲問人同春去了，若箇温存"，惆悵切情。又《金縷曲·寄厲志雲》换頭云："伊誰真把塵緣屏，問茫茫知音何處，笑他歌郢。尚有愛才心未死，獨繭抽絲難盡。記舊約平山相等,衹怕重尋時已改,聽潮明月滿秋江冷。君去也,鶴宵警。"聲淒以厲,哀怨之作也。《念奴嬌·檢亡婦遺札》一首絕佳,詞云"珠沉玉碎,試開箱尚有,幾魚殘字。莫道鳥籠曾染紙,侵眼都成紅淚。五夜詩催,八行書就,誰向瑶京寄。人生行樂,壯時偏不如意。

愧我連歲辭鄉,春來携酒,尚踏平山翠。堪嘆林禽稱共命,留得風前孤翅。美景空存,離情難補,此恨銀箋記。挑燈重展,年年添作秋思。"叫人無處著圈,是絢爛之極,歸於平淡也。此外尚有《如夢令》十首,蓋悼亡之作,而未加附題,實集中壓卷之作。其一曰:"樓上瓊簫罷弄,蕭瑟金風相送。朗月照空階,露冷桐間孤鳳。誰共,誰共,偏是愁來無夢。"其二云:"幾陣簾前秋雨,滴碎蕉心難補。琴倚夜窗虚,猶記蘭房小語。空佇,空佇,輸與河邊牛女。"其三云:"作客頻嫌書懶,握手遽驚魂斷。江水碧無情,咫尺天涯歸緩。不算,不算,艸艸夢中春短。"其四云:"獨對茫茫蒼昊,何處瑶池瓊島。行客總須歸,那問華年正好。去早,去早,歲月慣催人老。"其五云:"徒倚空閨神倦,庭草萋萋綠徧。玉匣網絲生,人赴碧樓金殿。不見,不見,寂寞殯宫秋薦。"其六云:"堂畔似聞織素,落葉階前無數。踏碎一庭秋,爲掃夜中歸路。且住,且住,檻外飛鴻暗度。"其七云:"翳翳林端煙靄,睡起怪禽聲碎。誰料碧天遥,環珮更歸天外。重會,重會,知是人間何代。"其八云:"彈指流光十載,石山三生相待。碧落寸心通,精衛何勞填海。未改,未改,髩髩雲鬟常在。"其九云:"偶檢篋中殘繡,枕上淚痕沾透。翠帶幾回重,不信秋來腰瘦。聽漏,聽漏,又是黄昏時候。"其十云:"千古神原不死,默禱爐香篆紫。清酒未曾乾,畫像空留形似。如是,如是,焚寄家書連紙。"情真語摯,自然入妙。先生悼亡者再,而卒賴繼室嚴覺先女士之賢,爲梓遺稿,此亦報應之不爽者。至《沁園春》"英雄老,哭名流健者,一例庸才,壯不如人,世誰知我,獨立蒼茫倒緑醅",則效劉龍洲體,而嬉笑怒罵,雖非詞家所尚,亦可見生平昂藏不平之慨矣。

(以上見《集成》1947年第1期)

邢江桂先生蔚丞久任北京大學地理教授,南還後,遂爲府中學堂邀任講。余肄業省立八中時,先生以幡然一老,講授羣經大義。

民八孔誕日,先生嘗於大會堂講《禮記·孔運大同》一章,實爲余治禮學之先導。生平長於爲其,而遺作不少概見。主修《江都縣志》,刻本今已稀見。但讀王翁廷鑒《懷荃室詩餘》丁巳(民國六年)新刻三卷本,附錄先生和章一闋,蓋即民國年年題春作。王融永明之體,賴宣城詩集以傳。吉光片羽,彌足珍貴。茲迻錄於左,覽者幸勿笑爲阿其所好過而存之也。詞調寄《暗香》,懷荃原作有副目《人日寄懷蔚丞》,先生步韻云:"試燈幾日。看漢宮柳鞞,昆池冰圻。羯鼓衝寒,怕聽花前數聲擊。新曆應題上巳(原注:近歲參用西曆,却好三月三日),混不見,怒江春色。祇感得、驛使梅枝,遙向隴頭擲。　　江北。望眼急。嘆暮雨短檠,笑共誰索。李程賦筆,無復豪情吐紅霓(原注:舊七政曆改爲觀象,歲書面目全非矣)。賴有迦陵鼓吹(原注:謂陳孝起戍丁詩),聊寄遣、西窗幽寂。想此夜、搔白首,聖湖水碧。"

(以上見《集成》1947年第2期)

雙白龕詞話

蒙 庵 撰

　　分別載於一九四七年《雄風》第二卷第二期,一九四八年《茶話》第二三期。各載二一則,共計四二則,作者均署"蒙庵"。陳運彰(一九〇五—一九五五),原籍廣東潮陽銅盂,生於上海,原名彰,字君謨,又字蒙庵、蒙厂,號孝成、華民、仄夷、默堂、越雪、拙奴、師齋、鏤冰、吳絲詞客等,因排行第二,又自稱陳二、陳仲子,室名蓬齋、紉芳簃、證常庵、華西閣、須曼那閣、五百蘭亭室等。早年隨蕙風老人況周頤學詞,工詩詞,擅書畫,精篆刻。曾加入南社,歷任杭州之江文理學院、太炎文學院、上海聖約翰大學教授。蒙庵在世時,詞集未能出版,後人輯有《陳蒙庵先生剩稿》,另有詞論著作《雙白龕詞話》《紉芳簃說詞》《紉芳簃讀詞記》《校詞札記》等散見於報刊。

　　《雙白龕詞話》論詞推重"厚、毅、秀",反對刻意求,主張涵養性情,積累學力,大題小做,方合分際。其中頗多警句新見,如論學詞法,則曰:"初學爲詞,以不看論詞之書,爲第一要義。以其精警處決不能瞭解,瞭解處即非精警。"又曰:"學詞要從相信自己起,不相信自己止。填詞要不學古人起,能學古人止。"又如臧否歷代詞人,評述張炎《山中白雲詞》用韻氾濫;批評劉改之《沁園春》指、足二闋詞無當大雅、枉費精神;指摘清代詞人作詞多不實踐其詞論,有眼高手低之弊;又提出"以語錄話頭之言說詞境,使人家永不明白,不但欺人,直是自欺",皆非無的放矢之言。

小题大做，不如大题小做。一则刻意經營不免張脈憤興；一则隨手拈來，自然妙契機微。

以一己之意思，能使古人就我範圍，此選家之能事。然結果反爲古人所囿，束縛之，馳驟之，乃至不能自脫。

沈伯時《樂府指迷》云："孫花翁有好詞，亦善用意，但雅正中，時有一二市井語。"此病至深，不可不知，昔人評書，所謂"如王謝家子弟，縱復不端，正奕奕有一種風氣"。此則關乎性情懷抱，益以讀者洗伐之功，不可强求者也，彼三家村學究，孤陋寡聞，使其描寫珠光寶氣、雍容華貴之意象，必致愈裝點，愈覺其寒傖，何以故？以其未曾夢見，心所本無故。

《楊柳枝》，本唐人樂府，劉、白諸作，純乎唐音，及《花間》所收，則不能不名爲詞，然詩詞累限，究竟若何而分，難言也。劉、白非《花間》，《花間》亦決非劉、白。斯不可誣耳。

碧山詞與《山中白雲》較，信爲勁敵，叔夏之流美，聖與之凝練，爲草窗、山村所不逮。其弊也，乃病滑與琢，兩家別集，慎加抉擇，則精者亦不過十之三四而已。

凌次仲（廷堪）論詞，以詩譬之，其言曰："慢詞如七言，小令如五言。慢詞北宋爲初唐，秦、柳、蘇、黃如沈、宋，體格雖具，風骨未遒。片玉則如拾遺，駸駸有盛唐之風矣。南渡爲盛唐，白石如少陵，奄有諸家，高、史則中允、東川，吳、蔣則嘉州、常侍。宋末爲中唐，玉田、碧山，風闊有餘，渾厚不足，其錢、劉乎？草窗、西麓、商隱、友竹諸公，蓋又大曆派矣。稼軒爲盛唐之太白，後村、龍洲，亦在微之、樂天之間。金、元爲晚唐，山村、蜕巖，可方温、李、彥高、裕之，近於江東、樊川也。小令唐如漢，五代如魏、晉，北宋歐、蘇以上如齊、梁，周、柳以下如陳、隋，南渡如唐，雖才力有餘，而古氣無矣。"次仲填詞，守律最嚴，於詞雖不專主一家，而深解音律，其微尚固與白石老仙爲近也，且其詞集名曰《梅邊吹笛譜》，又嘗乞張桂巖（賜寧）爲畫暗香疏景詞意小照，可知其瓣香所在矣。

情與境，不可以户說而眇論也，須身受而意感之。漬漸之功，在乎自養。

以研經考史之功治詞學,與自己了不相干,此是爲人。以語錄話頭之言說詞境,使人家永不明白,不但欺人,直是自欺。

初學爲詞,以不看論詞之書,爲第一要義。以其精警處決不能瞭解,瞭解處即非精警。且各有看法不同,不可以躓也。

《蕙風詞話》曰:"余嘗謂北宋人手高限低。其自爲詞,誠復乎弗可及。其於他人詞,凡所盛稱,率非其至者,直是口惠,不甚愛惜云爾。後人聞其説,奉爲金科玉律,絶無獨具衹眼,得其真正佳勝者。流弊所及,不特薶沒昔賢精詣,抑且貽誤後人師法。"按清代詞人乃反是,其流傳論詞之語,議論之精闢,乃有復絶古人者,迨其自爲之,乃多不踐其言,不僅爲眼高手低已也。是以讀宋人論詞語,當別白是非,讀清人説詞,尤當知其所蔽,昔人以初學填詞,勿看元以後詞,余謂閲詞話諸書,於清代諸家,非慎選嚴擇,其流弊亦相等也。

張氏《詞選》,如措抱之《古文辭類纂》。然則《宋詞三百首》,其湘鄉之《經史百家雜鈔》乎?

《湘綺樓日記》有言:"古艷詩,惟言眉目脂粉衣裝,至唐而後,及乳胸腰足,至宋、明乃及陰私,亦可見世風之日下也。"按此言詩體云然。若倚聲之作,殆又甚焉。五代、北宋之艷詞.其骨艷,其意摯,愈樸愈厚。南宋之作,不免刷色,自此以降,徒以俸色揣稱爲能事。儇薄相尚,尖新纖巧,無所不用其極,直可覘世運之遞降也。劉改之《沁園春》指、足二闋,爲龍洲詞中最下下者,而世艷稱之。即賢者如邵孺復(亨貞),亦嘖嘖稱道,刻意追摹,《蛾木詞選》卷三(孺復詞集名)《沁園春》序云:"龍洲先生,以此詞咏指甲、小腳,爲絶代膾炙,繼其後者,獨未見,彦强庚兄,示我眉目二作,真能追逐古人於百歲之上,不既難矣。暇日偶於衛立禮坐上,以告孫季野丈,爲之擊節不已,因相約同賦,翼日而成什焉。"龍洲詞於宋人中,未爲上乘,其橫放傑出之才,更不可厚非。孺復爲元代詞人,亦卓然名家。其集中擬古十首,若花間、雪堂、清真、無住、順庵、白石、梅溪、稼軒、遺山、龍洲,靡不神似。可見其功力之深至。後世盛稱孺復詞，亦僅及其《沁園春》眉、目兩詞，失其真矣。至若竹垞、葆酚、秋錦諸公，偶事游戲，分和疊咏，愈出愈奇，出人意表，捃摭故實，餂訂成文，縱不至於穢褻，究無當於大雅。可憐無補費精神，致斯道爲之不尊。未始非諸公扇此隳風也。

學詞要從相信自己起，不相信自己止。填詞要不學古人起，能學古人止。能事畢矣。

《憶雲詞》刪存稿《菩薩蠻》，戲仿元人小令云："夜來風似郎縱憨，曉來雲似郎情薄。窗外柳飛綿，問郎心那邊。誓盟全是假，祇合將花打。見面說相思，知人知不知？"此種詞，直是元人艷曲，古人固有此一格，然其中自有消息，亦不必再學之也。蓮生詞爲復堂所推重。吳瞿安乃謂與《靈芬館詞》同一流弊，其致毀之由，當屬此種。

讀古詩十九首，不外傷離怨別，憂生年之短迫，冀爲樂之及時。其志愈卑下，而其情彌真切，爲僞道學家所萬不敢言者，此其所以爲千古絕唱也。自有寄託之説興，詩詞遂成隱謎。自有派別之説起，語言乃不由衷情。故南宋以下，遂無真文字矣。

田山薑（同之）《西圃詞説》云："後來詩詞并稱，余謂詩人之詞，真多而假少。詞人之詞，假多而真少。如《邶風》燕燕、日月、終風等篇，實有其別離，實有其擯棄，所謂文生於情也。若詞，則男子而作閨音。其寫景也，忽發離別之悲。咏物也，全寫捐棄之恨。無其事而有其情，令讀者魂絶色飛，所謂情生於文也，此詩詞之辯也。"此論殊精警。惟所謂真多假少，假多真少，尚須視乎其人，非漫然生情，及言之不文者，所能概之耳。

以婉曲之筆，達難言之情；以尋常之語，狀易見之景。此閨襜中人，所獨把其長。其病也，或患於淺，或傷於薄。然情真則語摯，意足乃神全。是語益淺近，而愈覺其深厚，景至平庸，而不礙其韶秀，要本出之自然，不假雕琢，斯爲得之。此惟《漱玉詞》近之，世以幽棲居士與之并稱，非其偶也。

彭瑟軒（鶯），評《獨弦詞》云："疇丈（按：謂端木子疇）肆力古文辭，餘事情聲，奇氣自不可掩。亦有工致綿密，神明規矩之作，《獨弦詞》（按：《獨弦詞》吳縣許鶴巢五琢著），同工異曲，卓然名家，足當厚、殼、秀三字。"瑟軒與子疇、鶴巢、半塘諸公相唱和，嘗取子疇《碧灧詞》、鶴巢《獨弦詞》、半塘《袖墨詞》，益以吾師蕙風先生《新鶯詞》，序而刻之，爲《薇省同聲集》。當時詞風，爲之不變，譚復堂所謂"四人，人各有格，而矜抱同棲於大雅者也"。半塘論詞，以"重、拙、大"三字爲揭櫫，乃人人所習聞者，此"厚、殼、秀"三字，則知者鮮矣。嘗謂能"厚、殼、秀"，始能達"重、拙、大"之境，此固互相表裏，亦填詞之六字真言也。

仇山村稱張玉田詞"律呂協治，當與白石老仙相鼓吹"。然《山中白雲》，用韻至爲氾濫，真、文、庚、青、闌入侵、尋；元、寒、删、先，雜用覃、臨。句中於雙聲叠字，亦有安之未洽者，讀之頓覺戾喉棘舌，如《新雁過妝樓》，賦菊云："瘦碧飄蕭摇梗，膩黄秀野發霜枝。"飄、蕭、摇三字連用，政恐未易上口。惟用入聲韻，則又極爲謹嚴，屋、沃，不混入覺、藥；質、陌，不混入月、屑，極爲可法。

宋尚木（徵璧）曰："詞稱綺語，必清麗相須。但避癡肥，無妨金粉。譬則肌理之與衣裳，鈿翅之與環髻，互相映發，百媚斯生。何必裸露，翻稱獨立。且閨襜橡好語，吐屑易盡，率露之多，穢褻隨之矣。"尤展成（侗）云："近日詞家，愛寫閨襜，易流狎暱。歸揚湖海，動涉叫嚚，二者交病。"此清初二詞家，論詞精語，切中當時之弊。展成能言之，而躬自蹈之何也。

俳詞與雅詞，僅隔之間，俳詞非不可作，要歸醇厚。情景真，雖庸言常景，自然驚心動魄，本不暇以文藻爲之妝點也。第一須避俗，俗不在乎字面，而在乎氣骨，此不可以言傳也，多讀古人名作，自能辨之。尤展成《西江月·咏新嫁娘》云："昨宵猶是女孩兒，今日居然娘子。"此等句，看似新穎，實則淺俗，一中其病，將終身不克自拔。

（以上見《雄風》1947年2卷2期）

世人争説夢窗詞，不免有西昆諸公拎搶義山之譏。欲求蘭亭面，苦乏金丹。能换凡骨者，誰邪？

曩侍臨桂先生坐。一日，先生忽詔予曰："欲作詞，須讀古人詞五千首，然後下筆。"當時未嘗不驚怖其言，若河漢也。由今思之，始怃然而嘆曰：嗟乎！此先生不惜心法傳授者，政復在此。差幸不誤落塵網中，端賴受此當頭一棒。試問從古至今，何曾有五千首可供我讀之佳詞，即讀得五千首佳詞，又有何用？默察世趨，則此五千之說，尚嫌其少。何則？不如是，不足以別白是非也。"讀千賦然後能賦"與"說法四十年，未曾道着一字"同義理。要悟到此境，方合分際。

《蘋洲漁笛譜》，《減字木蘭花》題序云："西湖十景，尚矣。張成子嘗賦《應天長》十闋，余曰：'是古今詞家，未能道者。'余時年少氣銳，謂：'此人間景，余與子皆人間人，子能道，余顧不能道耶？'冥搜六日而詞成。成子驚賞敏妙，許放出一頭地。異時，霞翁見之，曰：'語麗矣，如律未協何？'遂相與訂正，閱數月而定。是知詞不難作，而難於改；語不難工，而難於協。翁往矣，賞音寂然。姑述其概，以寄余懷云。"填詞協律之說，百年來，學者精研討索，各有創獲。舊譜既亡，亦徒具成說而已。觀夫草窗十詞，試比勘其音節句法，能得其與霞翁數閱月相與訂正之苦心否？即此可知南宋時，樂律已不能具守。易安所謂"句讀不葺之詩"，霞翁刪削當時"官譜"諸曲以爲"繁聲"者，則謹守古詞遺譜，亦當慎所抉擇。畏守律，則古調放失；輒便自恣，與泥古法，而穿鑿附會，有乖雅音，其弊適相等。寧失之拘，毋失之放，是一折衷之一道。

清人詞所以不及五代者，以其看得太正經，又一面則太隨便也。

《湘綺樓詞》，《水龍吟·題岳雲聞笛圖》自序云："圖爲程穆庵爲其師顧印伯作，印伯爲余弟子，葉煥彬誤以康有爲爲我再傳弟子，故戲比之。時久不作詩，偶題二絶句寄去。又於案頭得來紙索題者，因檢案頭易實甫《琴思樓詞》本，和其第一篇《水龍吟》韻，以期立成，蓋文思不屬時，非和韻必無著手，以此知宋人和韻，皆窘迫之極思也。印伯溫文大雅，必無無聊之作。見此必憐我之忽忽矣？如張孝達，則又無此捷才，而印伯亦師之，弟子不必不如師，康南海又何諱焉？"壬秋作此詞時，年已八十有三，老懶不復精思，故作此鶻兀語,然以和韻啓發文思,此理却極精。況先生教初學塡詞,多和古人韻,即此法也。

入聲字在詞中,用之得當,聲情激越,最是振起其調。此惟美成、堯章兩家,獨擅其勝。蓋出天成自然之音節,有定法,即非有定法。當驗諸脣吻齒牙之間。不能泥守一字一聲,鍥舟守株以求之也。昧者爲之,步趨不失,而未有不捩喉棘舌者。

彊邨丈自述學詞之次第云:"予素不解倚聲,歲丙申,重至京師,半塘翁時舉詞社,强邀同作。翁喜獎借後進,於予則繩檢不少貸。微叩之,則曰:'君於兩宋途徑,固未深涉,亦幸不睹明以後詞耳。'貽予四印齋所刻詞十許家,復約校夢窗四稿,時時語以源流正變之故。旁皇求索爲之,且三寒暑,則又曰可以視今人詞矣。示以梁汾、珂雪、樊榭、稚圭、憶雲、鹿潭諸作。"以上諸家,並彊丈得力之所由,其晚年手定清詞爲《詞莂》,以繼《宋詞三百首》者,仍此志也。凡所願學,於兩宋之外,輔以上諸家別集,涵咏而玩索之,神明變化,終身以之可也。

彊邨丈選《宋詞三百首》,蓋幾經易稿,嘗與先臨桂師斟酌討論,商量取捨,二公論詞宗旨,於此尚可略見端倪。厥後剞劂斷手,尚復更加增損,而印本流行不能追改矣。重訂之本,散在人間,亦有數本,本各不同,江寧唐氏箋本,即其一也。先師亦有十四家詞之選,其目爲:溫飛卿、李後主、晏同叔、晏叔原、歐陽永叔、蘇子瞻、柳耆卿、周美成、李易安、辛幼安、姜堯章、吳君特、劉會孟、元裕之。又備選三家:馮正中、秦少游、賀方回。惜其稿已佚,異日當重爲寫定,以爲《詞莂》之先。

先師爲《宋詞三百首》作序:"大要求之體格神致,以渾成爲主旨。夫渾成未遽詣極也,能循途守轍於三百首之中,必能取精用閎於三百首之外。"此二公不惜金針度與人之旨。略更繼以《詞莂》一編。則臨濟宗風,於焉大昌矣。

《唐詩三百首》爲村塾陋書,其稱名頗苦不韻,彊邨丈援之以題所選詞,詎爲便於初學計邪?竊附諍議,不敢逃"輕議前輩"之譏。

談"柳"學"吳",爲近二十年來盛行之事,亦時會風氣使然。彊丈選詞，三變存詞多，而黃九竟盡刪（原選山谷《鷓鴣天》（黃菊枝頭），《定風波》（萬里黔中）各一首），當有深意存其間，然後學固莫能測也。

涪翁詞正是詞家正脈，其爲秀師所訶之語，特飾辭爲其作詩高位置耳。

柯山存詞不多，如《風流子》（亭亭木葉下）一首，其意境當在少游之上，既選而復刪之，何也？

《宋詞三百首》所選諸家僅存一二首而屢見於宋人總集者，似可不錄。

岳忠武"怒髮衝冠"一闋，自是天地正氣，不當以文辭論，若"詞以人重"計，何不易以《小重山》？

覺翁是彊丈瓣香所在，故所選最多。宣洩宗風，正復在茲，特恐索解人不得耳。（以上數則《宋詞三百首》校記）

《聽秋聲館詞話》；"孫文靖（爾準）論詞絕句云：'作者誰能按譜填。樂章琴趣調三千。誰知萬首連成璧，眼底無人識畹仙。'蓋爲吾鄉王畹仙中翰（一元）作。畹仙寄籍奉天，冒吳姓，舉京兆，康熙癸未捷南宮，工駢體文，善倚聲，所作幾萬首。頗自來選家，咸未錄及，里中人鮮有知其姓氏者，余亦僅見詠物詞一卷。"按：《詞綜續編》云："自訂詞一千六百餘首，釐爲二十卷，名《芙蓉舫集》。"清代詞家別集之繁富，若陳其年《湖海樓詞》三十卷，戈寶士《翠薇花館詞》十九卷。王君所作，庶幾相類，顧名字瞖如，可慨也。其年之意氣才華，寶士之持律正韻，并一時無兩。顧茲鉅帙，轉滋多口。乃知下筆之不可不慎。"愛好，貪多"，宜自反矣。

趙仲符（執信）《飴山詩餘》，《減字木蘭花》："陸居非屋，三徑幽居溪一曲。誰與追尋，把臂風期似竹林。清言狂醉，問著時流渾不會。隔斷仙津，妝鏡欹斜似美人。"自注："虹，別名美人，見《詩疏》。"李武曾（良年）《秋錦山房詞》，《解連環·送孫愷似陪使朝鮮》云："歌殘朝雨，聽都人豔說，酒樓孫楚。纔幾日，天子呼來，見鞭影壁塵，采風東去。堠杳程荒，夢不到，朱蒙舊部。想名藩冠帶，紫羅黃蓋，遍逢迎處。　　書生據鞍慣否？脫締掛晚，短亭談虎。膩小艇,鴨緑江油,信繭紙吟秋,鬢雲遮暑。渡口楊花,惜過了、一天春絮。看雌圖,別叙紛綸,棧車載五。"自注:"雌圖"、"別叙",并《孝經緯》,周廣德中高麗所進。清初詞家爲詞,喜掉書袋,援引僻典,上及經子,非自注不能明其所指。其實與詞之工拙無關也。即如趙詞之用《詩疏》,李詞之引《孝經緯》,細按之究亦未當,自注之,則味同嚼蠟。不注,則人不知所謂,好奇之過,知所勉夫!

有一種詞,純以天分性靈出之,好在無意求工,自然流露天真。若遇事"著色"、"勾勒",便墮阿鼻犁。

姚梅伯(燮)《畫邊琴趣》,《解連環·觀女郎解九連環》云:"金絲細剪。恁彎環嫋就,看時零亂。背花陰、掩袖凝思,驀瓊響纖纖,扣來銀釧。玉指雙挑,把恨結、無端尋遍。笑團圓樣子,層層抱住,到頭不斷。　似緣蟻珠宛轉。似青蟬離蛻,綠蠶卸繭。便輸伊、鐵石心腸,怕幾度回來,也須柔軟。解慧鸚哥,隔煙影、頻頻偷見。總憐如、繞夢疑山,祇明一半。"此題絶新穎,詞亦稱題。然至换頭處,已現舉鼎絶臏之勢。故下乎此,則堆垜字面矣。此等詞學不至,未有敗者。而頗爲初學者所喜。以梅伯之纖媚猶若是,他可知矣。

王西樵(士林)《炊聞詞》,《點絳唇·閨情》云:"雨嬲空庭,夢迴失却桐廬路。春愁相赴,又是紅窗暮。卜損金釵,怕見芳園樹。微寒度,水沈銷炷,且仲春風住。""嬲"字入詞,殊不多見。按《廣韻》:嬲,奴鳥切,音嬈,擾。《集韻》:乃老切,音腦,義同。王荆公詩"嬲汝以二句,西歸瘦如臘",又"細浪嬲雪於娉婷",西樵此字,蓋從此出。《四庫全書提要》嘗譏其"失之雕琢,過於求奇之病,非詞家本色也。"此雖非篤諭,然過於求奇之病,當知所戒。

（以上見《茶話》1948年第23期）

無庵説詞

祝 南

載於一九四七年七月《文學》第一期,該刊物爲國立中山大學文學院院刊。作者署名祝南,即詹安泰(一九〇二——九六七),字祝南,號無庵、無想庵,廣東省饒平人。自幼酷愛古典詩詞,十歲學寫詩,十三歲學填詞。曾任教於中山大學,被譽爲"南詹北夏,一代詞宗"。著有《無庵詞》《宋詞散論》《花外集箋注》《碧山詞箋注》《姜詞箋解》《詹安泰詞學論稿》等。其中,論聲韻、音律、調譜、章句、意格、寄託、修辭、詞心等詞學研究十二論影響深遠,澤被後學。

《無庵説詞》是詹安泰一九三八年底、一九三九年初隨中山大學遷居雲南澄江期間,爲學生講授詩詞所得,主要探討作詞法與鑒賞法,兼及歷代詞人評論,其中部分内容後被收入《宋詞散論》等著作。

首先,該詞話論作詞法分述令、慢。提出令詞"最重情意","非鋪叙之具",寫令詞"不可立意取巧",而應以寫景言情,合二爲一,"情味濃至,使人低徊不盡"爲追求目標。同時,令詞易纖,難於凝重,慢詞易滯,難於頓宕,"研習令詞,須先細事分歷,然後求其脈絡;研習長調,須先看其脈絡,然後細事分析"。

其次,該詞話論評詞法以"突如其來,戛然而止,不枯不脱,若即若離"爲高境界。作者指出,"詞法雖多端,然亦不外順逆、承轉、正反、主賓之類,能加按索,必無不可通者"。

再次,該詞話共計品評温庭筠、馮延巳等唐宋詞人二十六人,所論多有新意。如論淮海"不辣不重",論少游"鬆而能厚,平而能深",論美成"於富艷精工中見沉頓"。又如後主詞超出溫、韋二人,則云"以亂頭粗服比後主詞,周止庵可謂善於取譬。余謂惟亂頭粗服亦不失其爲國色者乃係天下之至美。若溫之嚴妝,韋之淡妝,終輸一著,以其猶有妝在也"。或如批駁王國維《人間詞話》以東山詞爲北宋最次之説,指出方回詞作"古艷絶倫,而筆力精健,氣韻亦高"。

令詞最重情意。情深意厚,即平談話亦能沉至動人,否則鍍金錯采無當也。

寫令詞不可立意取巧。一經取巧,即陷尖纖,必無深長之情味。尤西堂、李笠翁輩即犯取巧之病,驟看煞有意致,按之情味索然。好逞小慧,終身無悟入處也。

令詞非鋪叙之具。寫令詞不可立意鋪叙,須立意精煉:精煉而覺晦昧時,則當力求其自然。精煉而能出之以自然,則進乎技矣。古來令詞之精煉無過飛卿者,試讀飛卿詞,有不自然之句不?濕詞最麗密,人驚其麗密,遂日爲晦昧,失之遠矣!

寫景言情,分之爲二,合之則一。善言情者,但寫景而情在其中;善寫景者亦然,景中無情,感人必淺,其能摇蕩心魂者,即果亦情也。溫飛卿之"江上柳如煙,雁飛殘月天",孫孟文之"片帆天際閃孤光",馮正中之"細雨濕流光",何嘗不是景語,而情味濃至,使人低徊不盡。作令詞固當會此,讀令詞亦當會此。唐五代人小詞之不可及多在此等處,不獨寫情之拙重而已。

以重、拙、大言,南唐二主及馮正中詞實過花間。常州詞人主重、拙、大而高抬飛卿,殆不可解。飛田詞措語下筆,重則有之,大猶可強爲傅合,將安得拙耶?而此三義中似尤以拙爲首著,蓋惟拙爲能得重且大。能重且大者未必能拙。

重、拙、大爲作詞三要,固也;然輕清微妙之境界亦不易到,因此等境界,不容不用意,又不容大著力也。馮正中"風乍起"詞,深得此中三味。宋詞家惟韓子耕、范石湖時有此境;淮海《浣溪沙》"漠漠輕寒"一首,亦能寫此境界,然頗著奇語,便覺矜持。

讀《花間集》,學飛卿或失之難;學端己或失之易;惟學孫孟文可無所失。

如有巧妙之意境,則貴出之以拙重之筆,庶不陷於尖纖。巧妙而不尖纖,爲孟文所持擅,但或出之以奇橫,不盡拙重耳。

奇橫非險巧之謂也,今詞最忌纖巧而不妨奇橫,如張子野之"昨日亂山昏,來時衣上雲",奇橫極矣,然是何等氣象,其得謂之險巧耶?

《花間》詞派,孫孟文是一大家,與溫、韋可鼎足而立,《花間集》錄孫作特多,不爲無故。宋人張子野、賀方回均由孫出,張得其意,賀得其筆,故賀猶遜張一籌。

周止庵以李後主詞爲亂頭粗服,以比飛卿之嚴妝與端己之談妝,論奇而確。飛卿多比興,端己間用賦體,至後主則直抒心靈,不暇外假矣。

南唐後主與馮正中詞亦自有別,正中雖不乏寄意深遠之作,選聲設色,猶不盡脫《花間》習氣,如後主之氣象雄偉、力大聲宏者,殆不可得。此則性情襟袍,遠不相及,非關學養也。

正中詞可學,故爲宋初諸家所祖。若後主之"林花謝了春紅,太匆匆。無奈朝來寒雨晚來風。　　胭脂淚,相留醉,幾時重?自是人生長恨水長東",哀艷而復雄奇,悲憤而復仁愛,曲折深至而復痛快淋漓,兼包羅長,無美不備,直是天地間第一等文字,詎可學而能耶!即此可判李、馮之高下。

以亂頭粗服比後主詞,周止庵可謂善於取譬。余謂惟"亂頭粗服亦不失其爲國色"者乃係天下之至美。若溫之"嚴妝",韋之"淡妝",終輸一著,以其猶有"妝"在也。周氏特尊飛卿,竟不悟此。

范希文詞,雖所傳不多,殆足以壓倒一世。論氣象,論情境,幾可踵美南唐,所不及者,著意奇創,不免矜持耳。

歐、晏並稱,歐詞清深,晏詞和美,小晏運以巧思,尤多麗句,故較易學。

張子野詞，能斂能橫，善挑善刷，有含蘊深厚者，亦有力破除地者，創意甚多，讀之可增詞識。

"人生無物比多情，江水不深山不重"，子野《木蘭花》句子，覺古今形容多情之句，無出其右者，人鑒賞其"三影"及"桃杏嫁東風"等句，可謂"貌相"。

柳耆卿詞，寓曲折於平直，氣機最爲流暢，可藥破碎，可救艱澀。

耆卿敘句樸拙處，爲美成所成祖。特耆卿轉筆輕圓，美成則潛轉；耆卿意脈拈連，美成則多起落復；耆卿一瀉無餘，美成如往而復；輕重厚薄，固自有不同耳。

耆卿詞最長鋪敘，隨意抒寫，無微不至，以其精樂律，善創調，一無拘束，得以敘捲自如也。然而取材不精，故時不免俗濫。

賀東山詞，古艷絕倫，而筆力精健，氣韻亦高，讀之久久，可以滌除俗穢，引動雄懷。王觀堂《人間詞話》謂："北宋名詞，以方回爲最次。"未爲公論。

東山《天香》詞，騰空實氣，凌厲無前，刷羽彩鷺，有時自賞，爲壓卷之作。

幽咽俊快，兼有二長，東山合作，直如參軍樂府，讀之神往。

東坡樂府，氣體高效，前無古，後無今，於詞境爲最高，最不易學。蓋既不雕鏤句調，又不用拙重之筆，天趣流行，大氣包舉，學之者不失之庸，即失之肆，恰如分際，恰到好處，正不易言也。

坡詞北行，金源作手蔡伯堅、吳彥高、元裕之等均多摹擬之作，足爲坡公羽翼。求之於宋，反不可得。

詞至東坡，境界最大，取材最廣，可以發抒懷抱，可以議論古今，其作用不亞於詩文，蓋至是而詞體乃尊矣。

東坡《水調歌頭》上闋"我欲乘風歸去，又恐瓊樓玉宇，高處不勝寒"，"去"、"宇"協韻，下闋"人有悲歡離合，月有陰晴圓缺，此事古難全"，"合"、"缺"協韻，似係偶合，非有意爲此，集中他作，亦無於此處用韻者。顧坡派詞家，每依此首用韻，如蔡伯堅《明秀集》中《水調歌頭》八首無一例外，顯係有意仿此。作始者無心，而步趨者固執，積之已久，遂成定律，天下事類此者衆，此特其一端耳。

宋以後學坡詞者大率走稼軒一路，稼軒固不能與東坡例視也。武進張皋文不以學蘇自命，所作《水調歌頭》乃真神似東坡，因知此事自有解悟，非可點滴以求也。

東坡天人姿，胸襟、學養種種均非凡夫所能學步，但亦不能因噎廢食。讀東城詞多，不惟可以擴胸襟，開眼界，於慢詞驅遣馳驟之法，亦大有裨益。

淮海詞，不懾不怒，不茹不吐，其音和，其氣靜，其神穆，而深入淺出，情味濃至，讀之令人低徊不盡。周止庵謂其遜清真之辣，又病其少用重筆，殆非真知淮海。不辣不重，正其所以爲淮海也。

淮海《滿園花》《品令》諸作，純用白描，間入方言，多不可解。此係有意存真，故爲塵下，戲謔之作，并時多有，不足爲大雅之累。爲耆卿之不免俗濫有關風格者，正自有別。

讀淮海詞多，覺他人所作，多是偏才，浪費氣力。鬆而能厚，平而能深，是少游特擅。

晁無咎詞，超妙遜東坡，厚重遜少游，而有清剛之氣，深沉之恩，高視闊步，不肯作猶人語，自是一大家數。

山谷詞，專重意趣，不避險怪，雖有佳作，究非當行，轉不如濟北詞人之猶可學步。

褻諢之作，山谷、耆卿均喜爲之。惟耆卿體貼入微處用常語便得，山谷則非運用俗語方音不成，此固可見山谷之好奇，要之。對此等事之描繪，山谷究非耆卿敵手。

清真詞，神完法密，思沉力健。周止痛謂"讀得清真詞多，覺他人所作，都不十分經意"，信然。

張玉田調清真"善於融化詩句"。實則清真以前，若耆卿，若東坡，若山谷，均喜以詩句入詞，并時賀方回，運用詩句亦不減清真。耆卿《醉蓬萊》之"漸亭皋木下，隴首雲飛"，《傾杯》之"梨花一枝春帶雨"；山谷《鷓鴣天》之"且看欲盡花經眼"，《南鄉子》之"莫待無花空折枝"；方回《第一花》之"飛入尋常百姓家"，《忍淚吟》之"十年一覺揚州夢"（亦見山谷《鷓鴣天》），其明徵也。至若東坡《定風波》之括杜牧之詩,《水調歌頭》之括韓退之詩:方回《晚霞高》之演杜牧之詩(此例起自顧瓊,用韻微不同耳),通篇均剪裁詩句爲之,不惟摘句而已。

滕宗諒《臨江仙》,前結"氣蒸雲夢澤,波撼岳陽城",用孟浩然詩句;後結"曲終人不見,江上數峰青",用錢起詩句,是又在坡、谷之先矣。因知以詩句入詞,非詞家所忌,特不能專此見長耳。融化沿用,原出一轍,清真所長,固別有在。若以此論,則衆人之所同能,非爲清真所獨擅矣。

於富艷中見沈頓,詞家所難,美成能之,以工力言,不能不推聖手。然終覺用心太細,氣格不高,殆猶詩中義山,不足以當工部也。

漁洋服膺易安,至推爲婉約宗主,然則將置少游於何地？平心而論:易安於此道致力甚深,其自命亦殊不凡,觀其論北宋諸公詞可見。以詞心言,真可不愧少游,特矜氣太重,時欲出奇制勝,畢竟女流,襟抱尚覺偏隘。

易安工於言情,其《聲聲慢》《鳳凰臺上憶吹簫》《一剪梅》《武陵春》諸闋,均纏綿悱惻,足以蕩氣回腸。《醉花陰》之"簾捲西風,人比黃花瘦",雖傳誦一時,通首不稱,惟以句勝耳。

"蹴罷秋千,起來慵整纖纖手。露濃花瘦,薄汗輕衣透。見有人來,襪划金釵溜。和羞走,倚靠門回首,却把青梅嗅。"女兒情態,曲曲繪出,非易安不能爲此,求之宋人,未見其匹,耆卿、美成,尚隔一塵。

陳簡齋不以詞名,而《無注詞》《臨江仙》《虞美人》諸闋,骨氣奇高,直可破坡仙之壘。惜所作不多,不能自成家數。

辛稼軒詞,思力沈透,筆勢縱橫,氣魄雄偉,境界恢闊,每一下筆,即有籠蓋一切之概。由此其書卷多,襟抱廣,經驗豐得來,絕非粗莽淺率者所得藉口。

坡詞由南而北,稼軒由北而南,雖作風不同,而辛受蘇影響之跡象欲可按索。

稼軒詞且沈著處,每以最渾脫之筆出之,此層最須體會。有似脫口而出,實乃幾經錘煉,沈痛至極者,尤不可草草看過。

稼軒詞至難學,然不可不讀,盤薄之氣,堅蒼之骨,得於此植其基也。周止庵標稼軒爲一宗,而其詞於稼軒實無所得。近賢如文芸閣、王半塘、沈子培、朱古微等乃真知取氣植骨於稼軒者。

稼軒詞真力彌滿,不易以貌襲也。徒襲其貌必平淺,患平淺也而益之以風趣,則學稼軒乃轉入竹山一路矣,烏睹所謂稼軒者!蔣心餘、鄭板橋輩均如此。

稼軒詞以力量勝,性情勝,所謂"滿心而發,肆口而成"也。惟其如此,故爲令詞,時不免失之直牢。直率不爲稼軒病,學稼軒而專師其直率,乃真大病矣。

劉融齋謂白石詞"擬諸形容,在樂則琴,在花則梅",以格韻言也;張玉田謂白石詞"如野雲孤飛,去留無跡",以意境言也。余謂白石實兼衆長,集中有絕類稼軒者,如《玲瓏四犯》《翠樓吟》《永遇樂》諸闋是;有絕類美成者,如《霓裳中序第一》《秋宵吟》《月下笛》諸闋是;至若《惜紅衣》《念奴嬌》《揚州慢》《琵琶仙》《長亭怨慢》以及《暗香》《疏影》等作,於清虛騷雅中自饒激楚之音,淒婉之味,則前無古人,自開氣派。玉田以下,歷數百年,宗風不墜,胥於此中求之也。常州詞人尊稼軒、美成而力詆白石,門户之見甚深,然於白石亦何曾有毫髮損哉。

令詞非白石所長,然如《點絳脣》《隔溪梅令》等,亦非凡手可及。王觀堂衹賞其"淮南皓月冷千山,冥冥歸去無人管",殆取其有遠韻耶?以此兩語,較之"今何許?憑闌懷古,殘柳參差舞"與"謾問孤山山下覓盈盈,翠禽啼一春",情味孰爲濃至,必有能辨之者。

石湖小詞有絕佳者,如《眼兒媚》之"春慵恰似春塘水,一片縠紋愁;溶溶曳曳,東風無力,欲避還休",香軟溫馨,中人欲醉,使淮海爲之,恐不外是。惜石湖詞如其詩,專主清潤,類此者不多耳。夢窗和作,幸不及此,否則,將不知要費許多氣力也。

梅溪《雙雙燕》,體物之工,古今第一。東坡《水龍吟》咏揚花如不遺貌取神者,恐亦不能出其右也。

梅溪詞盡態極研,思精筆靈,可療粗率,可藥腐俗。

梅溪詞用心過細,時病巧琢;然清麗圓美,自是出色當行之作。

其佳者便可比肩美成，筆力差弱耳。或以儕之白石，非知言也；白石工力未必勝梅溪，白石格韻，斷非梅溪可到。

朱希真詞，清超拔格，合處極似東坡，而少奇逸之越。襟抱亦自灑落，聰明才學不及東坡也。用韻特寬，白話方言亦時見，希真於此等處自有分曉。

夢窗詞煉字煉句，迥不猶人，足救滑易之病。

夢窗詞以麗密勝，然意味自厚，人驚其麗密而忘其意味耳。其源出自飛卿。

夢窗詞亦有氣勢，有頓宕，特不肯作一平易語，遂不免陷於晦澀。讀者須於此處求真際，不應專講情韻，獵采藻也。

夢窗詞用意過事曲折，故有"不成片段"之譏。然能細加按索，自有脈絡可見，非湊雜成章也。惟不可穿鑿求之耳。況蕙風謂"非絕頂聰明，勿學夢窗"，恐以湊雜爲夢窗也。

王碧山詞，品高味厚，托意深遠，而句調安雅，不雕不率，於兩宋諸家中最爲純正。陳亦峰至欲尊之爲古今第一人，雖屬私嗜，然以醇雅言，雖少游亦當却步也。《花外集》中，無游戲之作，無粗率之筆，求之兩宋詞集中未見其比。

碧山事蹟，最難考索，因爲疑其曾入翰苑者（朱彝尊跋《樂府補題》及劉毓盤《詞史》）；又碧山詞或作二卷（黃虞稷《千頃堂書目》、朱彝尊《詞綜》發凡引目、《歷代詩餘》等），或不分卷（名《花外集》者均不分卷，錢大昕《元史藝文志》作《碧山樂府》一卷，《花外集》二卷，似誤。以余所考，碧山詞原名《花外集》，不分卷；後易名《碧山樂府》，始有二卷之分），因有疑已佚一卷者；蓋無實據，均不可信。以草窗題辭推之，碧山或非布衣，然不能謂其入翰苑也；以陸輔之《詞旨》考之，碧山詞必有遺佚，然不能謂其脫去一卷也。

碧山詞多托物寓意，故情味殊厚。然即以詠物詞觀，亦曲折深透。以其不用險仄之筆，故高於夢窗。

張玉田以故國王孫，遭覆亡之痛，故其詞感慨特深。惟其過事勾調之流轉與勝躍，故時時陷於空滑。

玉田警句最多，善用翻仄之筆，亦不少回復蕩漾之境，然非白石之儔匹也。白石超逸排蕩處，句調乃極精潔；玉田稍一用力，便覺浮粗矣。白石層折多而鋪排少，故有開闔，有頓挫；玉田以鋪排爲層折，故貌似開闔，實乃平平，甚至有筆無意。

玉田專學白石"高柳垂陰，老魚吹浪"一類句調耳，非真白石也。二白并稱，不免冤煞堯章。

研習令詞，須先細事分歷，然後求其脈絡；研習長調，須先看其脈絡，然後細事分析。

令詞易纖，慢詞易滯，故讀令詞須留意其凝重處，讀慢詞須留意其曲折處。

令詞不難於濃艷而難於凝重，慢詞不難於鋪排而難於頓宕。能凝重則意味深厚，能頓宕則局寬筆靈。

讀名家令詞，於看似平易處最須切實體會；讀名家慢詞，於看似瑣屑者最須加意玩索。平易每多本色語，必其意味甚深厚也，不則淺率矣；瑣屑每多渲襯語，必於前後情意有關也，不則冗濫矣。

詞家生香出色，每於渲染處見之。有全篇不多著主語而渲染得淋漓盡致者，不得以其喧賓奪主而目爲浮濫之辭。

詞法雖多端，然亦不外順逆、承轉、正反、主賓之類，能加按索，必無不可通者。如不可通，非雜湊即晦昧。雜湊與晦昧，均非佳詞，不讀可也。

古詞有於描寫景物中間忽插入情語者，此正是穿插變化處，不可認爲破碎，須細尋其關係。

突如其來，戛然而止，不枯不脫，若即若離，此詞中甚高境界，應於氣格神味中求之。

詞人今昔之感最深，故一觸景物即追懷往昔，追懷往昔即感慨系之。作長調如若本能下筆時，即依次抒寫，亦可終篇。但老於此道者，每喜錯綜運用。

詞家有所謂"留"字訣者，亦非奇創。蓋猶歐公所謂"擬歌先斂，欲笑還顰"耳。爲欲"最斷人腸"，故"先斂"，故"還顰"，不則盡可筆直寫下，誰爲拘管者？又安所用其"留"耶？"留"與"頓"有別，或以"留"爲留下遙頂者，非是。

右居澄江時爲同學講授詩詞，談鋒偶及，隨筆紮出者，故意甚淺近，辭不加點。以其尚非抄襲，或於初學有裨，爰爲過錄於此。語止於詞，其談詩部分，容後再錄。

詞林語絲

紅豆軒主人 撰

　　載於《上海洪聲》(中國致公堂上海分堂創辦的政治刊物)一九四八年第二卷第五期、第六期、第七/八期。作者署紅豆軒主人，生平不詳。《詞林語絲》主要以片語零談的形式討論各種詞調(詞牌)的特性、詞曲的界限、小令與長調的區別、填詞的宜忌技巧，並點評美成、白石、小晏、納蘭、韓偓等詞家名句，如批評納蘭詞"意境不深厚，措辭亦淺顯，幾無一首可卒讀"。

　　詞調多至千餘體，雖字句長短不一，均各有擅長。蓋《醜奴兒》《一剪梅》之叠句，弄姿無限，寫景寫情，皆有低徊之致。《浣溪沙》《蝶戀花》，音節諧婉，亦宜情景。《臨江仙》《小重山》則宜寫情。《高陽臺》詞意纏綿，誠寫情佳詞。《祝英臺近》妙在頓挫，有用以紀事。《金縷曲》宜寫鬱抑之情，其別名爲《賀新郎》，可賦本意，賀人婚娶。《沁園春》多四字對句，故覺板滯，可用咏物。因別名《壽明星》，可咏本意，以賀壽誕。至《滿江紅》《念奴嬌》《水調歌頭》音節高亢，宜賦激昂慷慨之情。小令《浪淘沙》尤爲激宕，登山臨水，懷古吊今，用之最宜。《虞美人》《相見歡》前後兩結均爲九字句，氣弱者多不易佳。

　　"別母情懷，隨郎滋味，桃葉渡江時"，白石少年游詞也。"隨郎滋味"四字，似不經心，而別有姿態。蓋全以神味勝，不在字句間著痕跡也。

納蘭性德《飲水詞》，譽者謂北宋以來僅一人，或謂其詞酷似後主，皆溢美之詞，殊屬不然。蓋因意境不深厚，措辭亦淺顯，幾無一首可卒讀。惟詞句淺顯，初學讀之，似亦適宜。

白石長調著稱南宋，其小令亦有勝人者。《點絳唇》詞云："燕雁無心，太湖西畔隨雲去。數峰清苦，商略黃昏雨。　第四橋邊，擬共天隨住。今何許？憑闌懷古，殘柳參差舞。"通首祇寫眼前景物，惟感時傷事。在末結句，祇用"今何許"三字提倡，在"憑闌懷古"下，僅以殘柳五字，咏嘆了之，全在虛處，寓無窮哀感。

小令易學而難精，長詞難學而易精也，如詩之難於五言絕句。蓋一句一字閒不得，末句最當留意。有有餘不盡之意，方耐人尋思，百讀而不厭也。

詞貴於悲鬱中見忠厚，悲怒中而見激烈。

詞忌質實，蓋質實則靈感盡失，但過於清空，則流於滑，填詞誠非易事也。

"算誰在，迴廊影下，願天上人間，占得歡娛，年年今夜。"美成《二郎神》七夕詞也。能融會咏事之旨，而不著痕跡，非詞家能手，其易爲哉！

詩忌言理，詞尤忌之。

填詞切忌強求，任興致所至，靈感始油然而生，下筆如有神。

前輩嘗謂"長詞難學而易工，小詞易學而難工"，惟初學工夫未臻，而遽填長詞，易傷其氣，非有才雄力厚者，豈易爲力哉！

"彩袖殷勤捧玉鍾，當年拚却醉顏紅。舞低楊柳樓心月，歌盡桃花扇影風。從別後，憶相逢，幾回魂夢與君同。今宵剩把銀釭照，猶恐相逢是夢中。"叔原《鷓鴣天》詞，風度閒雅，詞情婉麗，猶以兩結，洵百讀而不厭。

詞貴蘊藉，清詞獨缺蘊藉，各家皆然。初學者宜多讀宋詞，尤以清照詞字句雖淺顯，而含情無限。蓋因清詞能淺出而不能深入，宋詞能深入而淺出。今人多讀清詞，故佳作甚尠。

"侍女動妝奩，故故驚人睡。那知本未眠，背面偷垂淚。懶卸鳳凰釵，羞入鴛鴦被。時復見殘燈，和煙墜金穗。"致堯《生查子》詞，合情無限，讀之情境迫真，便是好詞。

少游新詩似詞，東坡小詞似詩，韓文公詩則似文。

詞與曲之區分，於雅俗二字得之。

詞話與樂話

衛 心 撰

載於《音樂評論》一九四八年第二五期。《和平日報》1948年10月10日刊有同作者同名詞話，內容完全相同。作者衛心，生平不詳。《詞話與樂話》引用王國維《人間詞話》的段落來比附闡釋音樂（主要是西方音樂）的發展階段和風格流派，以展現詩詞和音樂的共同之處，其形式較爲新穎。然而行文至末尾，作者也承認"詩詞雖不比小説之宜於叙事，但到底還是文字"，音樂則是"藝術中最不擅講故事者"。如果在不同的藝術形式間過度牽强比附，不免弄巧成拙。

　　偶讀王國維《人間詞話》，覺得其中有許多話很可使用於音樂方面，從知詩詞和音樂，實有共同之點。
　　試讀："四言敝而有楚辭，楚辭敝而有五言，五言敝而有七言，古詩敝而有律絶，律絶敝而有詞。蓋文體通行既久，染指遂多，自成習套。豪傑之士，亦難於其中自出新意，故遁而作他體，以自解脱。一切文體所以始盛終衰者，皆由於此。故謂文學後不如前，余未敢信。但就一體論，則此説固無以易也。"
　　音樂上的作風何獨不然？復調音樂衰微而主調音樂興起，古典派衰而浪漫派興起，交響曲衰微而交響詩和音詩興起。我們不能説貝多芬不如巴赫；或利斯特、斯姜塔那、斯特勞斯、聖松等不如貝多芬。巴赫的《受難曲》《組曲》和《賦格曲》固然是復調音樂的點發製作品，但貝多芬的奏鳴曲和交響曲也是改姓氏道德登峰造極之作,而利斯特等的交響詩又擺脫了交響曲的形式,另翻新的蹊徑。有人説:十九世紀是交響曲的世紀,二十世紀是交響詩的世紀。當一種舊的形式,已不再能發揮時代的精神時,作曲家們應當另創新的形式來取而代之。

"詩之三百篇、十九首,詞之五代、北宋,皆無題也。非無題也,詩詞中之意,不能以題盡之也。自《花庵》《草堂》每調立題,並古人無題之詞亦爲之作題。如觀一幅佳山水,而即曰此某山某河,可乎?詩有題而詩亡,詞有題而詞亡。然中材之士,鮮能知此而自振振者矣。"

音樂是抽象的藝術,内容非言詞所可表達,所以"純音樂"(或稱"絶對音樂")都沒有題目。但好事者喜歡給音樂作品加題目,這種情形由來已久。如巴赫的 D 長調賦格稱爲《二分之二拍子賦格》,B 短調賦格稱爲《科累利賦格》,D 短調托克塔興賦格有《多利安》之名,G 長調賦格有《基加舞曲》之名,D 短調賦格稱爲《巨人》賦格,降 E 長調賦格稱爲《聖安》賦格,E 短調賦格稱爲《楔形》賦格。貝多芬的三重奏有《大公爵》《精靈》等别名,四重奏有《春琴》《拉斯莫夫斯基》等别名,奏鳴曲有《克勒聶爾》《春》《熱情》《園亭》《月光》《田園》《窩爾泰恩斯德》等别名。崇班的練習曲有《蝶翅》《革命》《牧童》《冬風》等别名,圓舞曲有《小貓》《小犬》等别名……這些都是别人給加上的名稱。到了利斯特、培利俄兹以後,□音樂題興起,音樂常和其他藝術(如文學、繪畫等)相結合,未始不是一條新的途徑,但如一位模仿自然音響爲能事,就會使音樂的品格降低。

"以《長恨歌》之壯采,而所隸之事,祇'小玉雙成'四字,才有餘也。梅村歌行,則非隸事不辦。白、吳優劣,即於此見。不獨作詩爲然,填詞家亦不可也。"

詩詞雖不比小説之宜於叙事,但到底還是文字。至於音樂,可説藝術中最不擅長講故事者,而近代的作曲家偏喜歡用音樂來講故事。有人挖苦斯特勞斯《英雄的一生》説:"從《英雄的配偶》一段優美的旋律,與和諧的和聲中,可以想見尊夫人的風姿綽約,和貴伉儷的情如膠漆,但尊夫人面目如何,身材怎樣,是長是短,是日是夜,我們還是無從獲知。"音樂是具有想象的作用,而不宜於寫實,如果一定要強其所難,結果是會弄巧成拙的。

紉芳簃説詞

陳蒙庵 撰

載於一九四九年三月《永安月刊》一一八期，共九則。詞話前有小序，落款爲"三十八年一月十五日紉芳簃寫記"，可知本文創作時間。作者署名"陳蒙庵"，即陳運彰（一九〇五—一九五五），作者簡介詳見前《雙白龕詞話》。《紉芳簃説詞》專評清代詞派、詞人、詞作，多記譚復堂、朱彊邨事跡，論詞反對嚴守四聲、自甘桎梏，亦非人云亦云者。然而該詞話中朱彊邨自述學詞經歷、趙仲符《飴山詩餘》兩則與《雙白龕詞話》重複，難免瑕玉之憾。

十數年前，曾作《詞述》一卷，雜叙聲家雅故，詞籍源委，間抒臆見，或事目論，隨筆抒寫，都無詮次。薦經亂離，積稿散失，亦既忘之矣。朋輩中偶存殘帙，用以相示。深悔少作，猛增慚惶。顧有謂一得之愚，亦堪節取；十駕之至，要在頤步。遂忘譾陋，廣爲札録。或訂舊制，別標新意。庶幾他日，更爲論定。三十八年一月十五日紉芳簃寫記。

《復堂日記》云："廉訪（按：此指張蔭桓）亡友謝韋庵，有《白香詞譜箋》稿本，網羅亦富，所託未尊，不能追厲箋《絶妙好詞》也，屬予校正付刻。"按此書今刻入《半庵叢書》中。《白香詞譜》實爲陋書，謝箋亦無甚精要。復堂雅人，何取於此？觀《日記》"託體未尊"之語，弦外之音，蓋可知矣。

清代詞派凡更數變，可就當時撰録覘之。若王漁洋、鄒程村之

《倚聲集》，朱竹垞、王蘭泉之《詞綜》，皆屬別出手眼，能使古人就其模範，一時風氣，爲之丕變。張(惠言)、董(士錫)結集，切箴時弊，實奠常州詞派之始基。而周(濟)、潘(德輿)乃首爲發難，《詞辯》之選，即其職志。介存自云"全稿厄於黃流"者，乃其飾辭，觀其擬目，則"正"、"變"兩卷，儼然與張、董爲敵國。其它瑣瑣，乃不足論矣。復堂於光緒初元，主持風雅，最爲老師，《篋中》之集，《詞辯》之評，亦此志也。然一派之盛衰，其是非利鈍，及行之久暫，則時代爲之，有非大力者所能左右者矣。

彊邨詞自記云："予素不解倚聲，歲丙申，重至京師，半塘翁時舉詞社，强邀同作。翁喜獎借後進，於予則繩檢不少貸。微叩之，則曰：'君於兩宋途徑，固未深涉，亦幸不睹明以後詞耳。'貽予四印齋所刻詞十許家，復約校夢窗四稿，時時語以源流正變之故。旁皇求索爲之，且三寒暑，則又曰可以視今人詞矣。示以梁汾、珂雪、樊榭、稚圭、憶雲、鹿潭諸作。"以上爲彊邨丈得力半塘之指授，其晚年手定清詞爲《詞莂》，以繼《宋詞三百首》，仍本此旨。

《詞莂》所選十四家，爲毛西河、陳其年、朱竹垞、顧梁汾、曹珂雪、成容若、厲樊榭、張皋文、周稚圭、蔣鹿潭、王半塘、鄭叔問、朱彊村、況夔笙，此選與張遯堪問訂，以己作入選，遂逯題張氏名。民十五，彊邨丈作《望江南·雜題我朝諸名家詞集後》二十六首，凡三十三人，上列十三家外，益以屈翁山、王船山、王貽上、李武曾、李分虎、周保緒、項蓮生、嚴九能、王壬秋、陳伯弢、陳蘭甫、莊中白、譚復堂、文道希、徐湘蘋、萬紅友、戈順卿、陳述叔。萬、戈二氏，一以"律"一以"韻"，徐湘蘋則閨秀之領袖也。以詞論，實三十人，武曾、分虎，以兄弟并稱；壬秋、伯弢，以湘咏自標；中白、復堂，則常州別子也。別裁僞體，截斷衆流，二百年鉅製，差備於是。惟翁山、船山二家，以明代遺民，列之新朝之首，恐竊於義未安耳。

彊邨《望江南》以屈、王二家冠首。題屈集云："湘真老，斷代殿朱明。不信明珠生海嶠，江南哀怨總難平，愁絶庾蘭成。"王集云："蒼梧恨，竹淚已平沈。萬古湘靈聞樂地，雲山韶濩入淒音，字字楚騷心。"此則身世之感，後先同揆，故知有所託而言者。

潘梅巖（廷章）《南柯子·歸山》序云："余少年亦喜爲詞，然不能避《花間》《草堂》熟徑。中頗厭之，因而棄去。近日詞場颷起，爭趨南宋，猶詩之必避少陵，而趨劍南也。鄙亦不盡謂然，而故情復萌，聊以自豎犢鼻，然而崑崙琵琶，已棄樂器者，幾十年矣。自伊璜來築萬石窩，代爲乞緣，勉强有作，後於應酬間，亦時時及之。其將按牙拍乎？抑付鐵綽板乎？知其未有當也。"詞云："打破夢中夢，撐開山外山。嬴顚劉蹶幾何年？一齊收拾交付，大羅天。　　問我真休歇，從人乞小緣。齊州九點破蒼煙，揀定一處風定，月眠。"此所言清初詞派也。風氣所趨，賢者不免。中間有一二大力者爲之主持，則移潛默化，有不期然而然者。及其既衰，則又不期然而變者矣。清代二百數十年，詞格數變，每變而益高，而門派愈多，黨爭遂起，一派之興，亦各主持數十年，彼非一是非，尚不知其所屬也。

趙仲符（執信）《飴山詩餘》，《減字木蘭花》："陸居非屋，三徑幽居溪一曲。誰與追尋，把臂風期似竹林。清言狂醉，問著時流渾不會。隔斷仙津，妝鏡欹斜似美人。"自注："虹，別名美人，見《詩疏》。"李武曾（良年）《秋錦山房詞》，《解連環·送孫愷似陪使朝鮮》云："歌殘朝雨，聽都人艷說，酒樓孫楚。纔幾日，天子呼來，見鞭影壁塵，采風東去。堠杳程荒，夢不到，朱蒙舊部。想名藩冠帶，紫羅黃蓋，遍逢迎處。　　書生據鞍慣否？脫綈掛晚，短亭談虎。膩小艇，鴨綠江油，信繭紙吟秋，鬘雲遮暑。渡口楊花，惜過了、一天春絮。看雌圖，別叙紛綸，棧車載五。"自注："雌圖"、"別叙"，并《孝經緯》，周廣德中高麗所進。清初詞家爲詞，喜掉書袋，援引僻典，上及經子，非自注不能明其所指。其實與詞之工拙無關也。即如趙詞之用《詩疏》，李詞之引《孝經緯》，細按之究亦未當，自注之，則味同嚼蠟。不注，則人不知所謂，好奇之過，知所勉夫！

草窗西湖十景詞自序云："西湖十景，尚矣。張成子嘗賦《應天長》十闋，誇余曰：'是古今詞家，未能道者。'余時年少氣銳，謂：'此人間景，余與子皆人間人，子能道，余顧不能道耶？'冥搜六日而詞成。成子驚賞敏妙，許放出一頭地。異時，霞翁見之，曰：'語麗矣，如律未協何？'遂相與訂正，閱數月而定。是知詞不難作，而難於改；語不難工，而難於協。翁往矣，賞音寂然。姑述其概，以寄余懷云。"按：填詞協律之說，百年來，學者精研討索，各有創獲。舊譜既亡，亦徒具成說而已。觀草窗十詞，試比勘其音節句法，能得其與霞翁數閱月相與訂正之苦心否？即此可知南宋時，樂律已不能具守。易安所謂"句讀不葺之詩"，霞翁刪削當時"官譜"諸曲以爲"繁聲"者，則謹守古詞遺譜，亦當慎所抉擇。畏守律，則古調放失；輒便自恣，與泥古法，而穿鑿附會，有乖雅音，其弊適相等。寧失之拘，毋失之放，亦或折衷之一道。

　　守四聲，比陰陽，以爲能守律矣。踁踁焉，不敢稍軼，而自甘於冷桎梏，且援仇山村所謂不惶"協律言謬"之譏以自解。不知四聲之出入，未必合於律也。侈言寄託，皮傅騷雅，適成其猜謎射覆也。一則徒見其言之謬，二則難測其意所寓，此近代詞之一劫。